# 清 代 世 系 图

①太祖爱新觉罗氏努尔哈赤 十一年

②太宗皇太极 十七年

③世祖福临 十八年

④圣祖玄烨 六十一年

⑤世宗胤禛 十三年

⑥高宗弘历 六十年

⑦仁宗颙琰 二十五年

⑧宣宗旻宁 三十年

⑨文宗奕詝 十一年

⑩穆宗载淳 十三年　　⑪德宗载湉 三十四年
　　　　　　　　　　⑫宣统帝溥仪 三年

# 清代主要人物

**多尔衮** （1612~1650），努尔哈赤第十四子，皇太极之弟。1626年封贝勒，后因战功封睿亲王。皇太极之后，以摄政王执政，并领导了清军入关，对清代300余年的统治起了决定性作用。

**汤若望** Johann Adam Schall von Bell（1592~1666），传教士。德国人。明亡后，汤若望以其天文历法方面的学识和技能受到清廷的保护，受命继续修正历法。将在明代编撰的《崇祯历书》压缩成《西洋新法历书》一百零三卷。

**郑成功** （1624~1662），明清之际民族英雄。康熙元年（1662年）率将士数万人，自厦门出发，于台湾禾寮港登陆，击败荷兰殖民者，收复台湾。

**于成龙** 字北溟，号于山。在20余年的宦海生涯中，三次被举"卓异"，以卓著的政绩和廉洁刻苦的一生，深得百姓爱戴和康熙帝赞誉，以"天下廉吏第一"蜚声朝野。

**施 琅** （1621~1697），字尊侯，号琢公。清初著名将领，原为郑成功部下，后投靠清廷，并最终率军攻克台湾，统一中国版图。

**孙嘉淦** （1683~1753），字锡公，又字懿斋，号静轩，历康熙、雍正、乾隆三朝，是清前期一位突出的有胆识的宰相级官员。

**刘 墉** （1719~1804），清朝书画家、政治家，字崇如，号石庵，另有青原、香岩、东武、穆庵、溟华、日观峰道人等字号，诸城县逄戈庄（今属山东省高密市）人，大学士刘统勋之子。

**纪 昀** （1724~1805），字晓岚，一字春帆，晚号石云，道号观弈道人。主持了《四库全书》的修撰工作。

**林则徐** （1785~1850），清代名臣，因主持禁烟运动而闻名。

**洪秀全** （1814~1864），领导了晚清声势浩大的太平天国运动。

**曾国藩** （1811~1872），初名子城，字伯函，号涤生，谥文正。因镇压太平天国运动而擢升。其著述颇丰，尤其以《家书》流传最广。

**左宗棠** （1812~1885），中国晚清军政重臣，湘军统帅之一，洋务派首领。

**李鸿章** （1823~1901），本名章桐，字渐甫，号少荃，谥文忠。洋务派领袖之一。因与日本签署《马关条约》等卖国条约而为后世所诟病。

**郭嵩焘** （1818~1891），1877年起，任清政府驻英法公使。他是中国第一位驻外外交官。

**刘铭传** （1836~1896），字省三，号大潜山人。号称"台湾第一巡抚"。在他任职巡抚的六年（1885~1890）中，对台湾的国防、行政、财政、生产、交通、教育，进行了广泛而大胆的改革，全面推进台湾的近代化进程，使台湾的面貌焕然一新。

中国历朝通俗演义

一代史家　千秋神笔

中国历朝通俗演义

清史演义

蔡东藩◎著

中央编译出版社
Central Compilation & Translation Press

# 出版前言

《中国历史通俗演义》原名《历朝通俗演义》，包括前汉、后汉、两晋、南北史、唐史、五代史、宋史、元史、明史、清史、民国等十一种。从1916年至1926年间，蔡东藩花费十年的心血，完成了这部上下两千余年、七百多万字的煌煌巨著。其时间跨度之长，涉及人物之众，篇幅之巨，堪称演义之最。为后人留下了不可多得的文学和史学巨献。

作者蔡东藩是清末民初的一位历史学家和演义作家。在著述这部历史演义时，蔡东藩在史料上一遵其"以正史为经，务求确凿，以轶闻为纬，不尚虚诬"的原则，十分注重历史的真实性，对史料选择和运用都经过一番审慎的考核。因此，这一套断代史通俗读物问世后，流传很广，成为人们阅读正史的参考读物。而且，它采用人们所喜爱的演义体著述，语言通俗畅晓，符合一般大众的阅读习惯，容易为广大读者所喜爱，在传播历史知识方面，起到了正史所不能起到的作用。

当然，限于作者的生活年代和历史的局限，蔡东藩在选择史料和解释历史方面，难免带有一些时代的特征，存在这样那样的问题。诸如其大汉族主义观点、对农民起义的看法，以及对女性的偏见，等等。相信读者在阅读的时候，能够自行鉴别和分析。

在重新出版过程中，我们参考了其他一些版本对本书进行了必要的校勘，对少数如今书写已经改变的文字和词语做了少许的修正，对作者的一些显然不太恰当并且可有可无的评注，进行了少量的删节。限于出版者的水平所限，本书可能仍然存在不少的错误之处，恳请读者批评和指正。

二〇〇八年五月

# 自序

**清史演义**

**蔡东藩**

革命功成,私史杂出,排斥清廷无遗力;甚且摭拾官闱事,横肆讥议,识者喟焉。夫使清室而果无失德也,则垂至亿万斯年可矣,何至鄂军一起,清社即墟?然苟如近时之燕书郢说,则罪且浮于秦政隋炀,秦、隋不数载即亡,宁于满清而独永命,顾传至二百数十年之久欤?昔龙门司马氏作《史记》,蔚成一家言,其目光之卓越,见解之高超,为班范以下诸人所未及,而后世且以谤史讥之;乌有不问是非,不辨善恶,并置政教掌故于不谭,而徒采谍亵鄙俚诸琐词,屡杂成编,即诩诩然自称史笔乎?以此为史,微论其穿凿失真也,即果有文足征,有献可考,亦无当于大雅;劝善惩恶不足,鬻奸导淫有余矣。

鄙人自问无史才,殊不敢妄论史事,但观夫私家杂录,流传市肆,窃不能无慊于心,憬然思有以矫之,又自愧未逮;握椠操觚者有日,始终不获一编。而孰知时事忽变,帝制复活,筹安请愿之声,不绝于耳,几为鄙人所不及料。顾亦安知非近人著述,不就其大者立论,胡人犬种,说本不经,卫女狐绥,言多无据;鉴清者但以为若翁华胄,凤无秽闻,南面称尊,非我莫属;而攀鳞附翼者,且麕集其旁,争欲借佐命之功,博封王之赏,几何不易君主为民主,而仍返前清旧辙也。

窃谓稗官小说,亦史之支流余裔,得与述古者并列;而吾国社会,又多欢迎稗乘。取其易知易解,一目了然,无艰僻渊深之虑。书籍中得一良小说,功殆不在良史下;私心怦怦,爰始属稿而勉成之。自天命纪元起,至宣统退位止,凡二百九十七年间之事实,择其关系最大者,编为通俗演义,几经搜讨,几经考证,巨政固期核实,琐录亦必求真;至于帝王专制之魔力,尤再三致意,悬为炯戒。

成书四册，凡百回，都五六十万言，非敢妄拟史戚，以之供普通社会之眼光，或亦国家思想之一助云尔。稿甫就，会文堂迫于付印，未遑修饰，他日再版，容拟重订，阅者幸勿诮我疏略也。是为序。

中华民国五年七月古越蔡东藩自识于临江书舍。

| 第 一 回 | 溯注事慨谈身世 | 述前朝细叙源流 | 1 |
| 第 二 回 | 丧二祖誓师复仇 | 合九部因骄致败 | 5 |
| 第 三 回 | 祭天坛雄主告七恨 | 战辽阳庸帅覆全军 | 10 |
| 第 四 回 | 熊廷弼守辽树绩 | 王化贞弃塞入关 | 16 |
| 第 五 回 | 猛参政用炮击敌 | 熬喇嘛偕使传书 | 22 |
| 第 六 回 | 下朝鲜贝勒旋师 | 守宁远抚军奏捷 | 27 |
| 第 七 回 | 为敌作伥满主入边 | 因间信谗明帝中计 | 32 |
| 第 八 回 | 明守将献城卖友 | 清太宗获玺称尊 | 37 |
| 第 九 回 | 朝鲜主称臣乞降 | 卢督师忠君殉节 | 42 |
| 第 十 回 | 失辎重全军败溃 | 迷美色大帅投诚 | 48 |
| 第 十一 回 | 清太宗宾天传幼主 | 多尔衮奉命略中原 | 54 |
| 第 十二 回 | 失爱姬乞援外族 | 追流贼忍死双亲 | 59 |
| 第 十三 回 | 闯王西走合浦还珠 | 清帝东来神京定鼎 | 65 |
| 第 十四 回 | 抗清廷丹忱报国 | 屠扬州碧血流芳 | 70 |
| 第 十五 回 | 弃南都昏主被囚 | 捍孤城遗臣死义 | 76 |
| 第 十六 回 | 南下鏖兵明藩覆国 | 西征奏凯清将蒙诬 | 81 |
| 第 十七 回 | 立宗支粤西存残局 | 殉偏疆岩下表双忠 | 86 |
| 第 十八 回 | 创新仪太后联婚 | 报宿怨中宫易位 | 92 |
| 第 十九 回 | 李定国竭忠扈驾 | 郑成功仗义兴师 | 98 |
| 第 二十 回 | 日暮途穷寄身异域 | 水流花谢撒手尘寰 | 104 |
| 第 二十一 回 | 弑故主悍师激功 | 除大憝冲人定计 | 110 |
| 第 二十二 回 | 蓄逆谋滇中生变 | 撤藩镇朝右用兵 | 116 |

| | | | |
|---|---|---|---|
| 第二十三回 | 驰伪檄四方响应 | 失勇将三桂回军…………… | 122 |
| 第二十四回 | 两亲王因败为功 | 诸藩镇束手听命…………… | 128 |
| 第二十五回 | 僭帝号遘疾伏冥诛 | 集军威破城歼叛孽………… | 134 |
| 第二十六回 | 台湾岛战败降清室 | 尼布楚订约屈俄臣………… | 140 |
| 第二十七回 | 三部内哄祸起萧墙 | 数次亲征荡平朔漠………… | 146 |
| 第二十八回 | 争储位冢嗣被黜 | 罹文网名士沉冤…………… | 152 |
| 第二十九回 | 闻寇警发兵平藏卫 | 苦苛政倡乱据台湾………… | 158 |
| 第 三 十 回 | 畅春园圣祖宾天 | 乾清宫世宗立嗣…………… | 164 |
| 第三十一回 | 平青海驱除叛酋 | 颁朱谕惨戮同胞…………… | 170 |
| 第三十二回 | 兔死狗烹功臣骄戮 | 鸿罹鱼网族姓株连………… | 175 |
| 第三十三回 | 畏虎将准部乞修和 | 望龙髯苗疆留遗恨………… | 181 |
| 第三十四回 | 分八路进平苗穴 | 祝千秋暗促华龄…………… | 187 |
| 第三十五回 | 征金川两帅受严刑 | 降蛮酋二公膺懋赏………… | 193 |
| 第三十六回 | 御驾南巡名园驻跸 | 王师西讨叛酋遭擒………… | 199 |
| 第三十七回 | 灭准部余孽就歼 | 荡回疆贞妃殉节…………… | 205 |
| 第三十八回 | 游江南中宫截发 | 征缅甸大将丧躯…………… | 212 |
| 第三十九回 | 傅经略暂平南服 | 阿将军再定金川…………… | 219 |
| 第 四 十 回 | 平海岛一将含冤 | 定外藩两邦慑服…………… | 224 |
| 第四十一回 | 太和殿受禅承帝统 | 白莲教倡乱酿兵灾………… | 230 |
| 第四十二回 | 误军机屡易统帅 | 平妖妇独著芳名…………… | 236 |
| 第四十三回 | 抚贼寨首领遭擒 | 整朝纲权相伏法…………… | 242 |
| 第四十四回 | 布德扬威连番下诏 | 擒渠献馘逐载报功………… | 248 |
| 第四十五回 | 抚叛兵良将蒙冤 | 剿海寇统帅奏捷…………… | 254 |
| 第四十六回 | 两军门复仇慰英魄 | 八卦教煽乱闹皇城………… | 260 |
| 第四十七回 | 闻警回銮下诏罪己 | 护丧嗣统边报惊心………… | 267 |
| 第四十八回 | 愚庆祥败死回疆 | 智杨芳诱擒首逆…………… | 273 |
| 第四十九回 | 征浩罕王师再出 | 剿叛徭钦使报功…………… | 279 |
| 第 五 十 回 | 饮鸩毒姑妇成疑案 | 焚鸦片中外起兵端………… | 285 |
| 第五十一回 | 林制军慷慨视师 | 琦中堂昏庸误国…………… | 291 |
| 第五十二回 | 关提督粤中殉难 | 奕将军城下乞盟…………… | 297 |
| 第五十三回 | 效尸谏宰相轻生 | 失重镇将帅殉节…………… | 303 |

| 第五十四回 | 奕统帅因间致败 | 陈军门中炮归仁 | 309 |
| 第五十五回 | 江宁城万姓被兵 | 静海寺三帅定约 | 314 |
| 第五十六回 | 怡制军巧结台湾狱 | 涂总督力捍广州城 | 320 |
| 第五十七回 | 清文宗嗣统除奸 | 洪秀全纠众发难 | 326 |
| 第五十八回 | 钦使迭亡太平建国 | 悍徒狡脱都统丧躯 | 332 |
| 第五十九回 | 骆中丞固守长沙城 | 钱东平献取江南策 | 338 |
| 第 六 十 回 | 陷江南洪氏定制 | 攻河北林酋挫威 | 344 |
| 第六十一回 | 创水师衡阳发轫 | 发援卒岳州鏖兵 | 350 |
| 第六十二回 | 湘军屡捷水陆扬威 | 畿辅复安林李授首 | 356 |
| 第六十三回 | 那拉氏初次承恩 | 圆明园四春争宠 | 362 |
| 第六十四回 | 罗先生临阵伤躯 | 沈夫人佐夫抗敌 | 368 |
| 第六十五回 | 瓜镇丧师向营失陷 | 韦杨毙命洪酋中衰 | 374 |
| 第六十六回 | 智统领出奇制胜 | 愚制军轻敌遭擒 | 380 |
| 第六十七回 | 四国耀威津门胁约 | 两江喋血战地埋魂 | 387 |
| 第六十八回 | 战皖北诸将立功 | 退丹阳大营又溃 | 394 |
| 第六十九回 | 开外衅失津丧师 | 缔和约偿款割地 | 399 |
| 第 七 十 回 | 闻国丧长悲国士 | 护慈驾转忤慈颜 | 405 |
| 第七十一回 | 罪辅臣连番下诏 | 剿剧寇数路进兵 | 411 |
| 第七十二回 | 曾国荃力却援军 | 李鸿章借用洋将 | 417 |
| 第七十三回 | 战浙东包团练死艺 | 克江宁洪天王覆宗 | 423 |
| 第七十四回 | 僧亲王中计丧躯 | 曾大帅设谋制敌 | 431 |
| 第七十五回 | 溃河防捻徒分窜 | 毙敌首降将升官 | 438 |
| 第七十六回 | 山东圈剿悍酋成擒 | 河北解严渠魁自尽 | 444 |
| 第七十七回 | 戮权阉丁抚守法 | 办教案曾侯遭讥 | 449 |
| 第七十八回 | 大婚礼成坤闱正位 | 撤帘议决乾德当阳 | 456 |
| 第七十九回 | 因欢成病忽报弥留 | 以弟继兄旁延统绪 | 462 |
| 第 八 十 回 | 吴侍御尸谏效忠 | 曾星使功成改约 | 469 |
| 第八十一回 | 朝日生嫌酿成交涉 | 中法开衅大起战争 | 475 |
| 第八十二回 | 弃越疆中法修和 | 平韩乱清日协约 | 482 |
| 第八十三回 | 移款筑园撤帘就养 | 周龄介寿闻战惊心 | 488 |
| 第八十四回 | 叶志超败走辽东 | 丁汝昌丧师黄海 | 494 |

清史演义

III

| 第八十五回 | 失津求和马关订约 | 市恩索谢虎视争雄 | 500 |
| 第八十六回 | 争党见新旧暗哄 | 行新政母子生嫌 | 506 |
| 第八十七回 | 慈禧后三次临朝 | 维新党六人毕命 | 513 |
| 第八十八回 | 立储君震惊匕鬯 | 信邪术扰乱京津 | 518 |
| 第八十九回 | 袒匪殃民联军入境 | 见危授命志士成仁 | 524 |
| 第九十回 | 传谏草抗节留名 | 避联军蒙尘出走 | 531 |
| 第九十一回 | 悔罪乞和两宫返跸 | 撤戍违约二国鏖兵 | 538 |
| 第九十二回 | 居大内闻耗哭遗臣 | 处局外严旨守中立 | 544 |
| 第九十三回 | 争密约侍郎就道 | 返钦使宪政萌芽 | 550 |
| 第九十四回 | 倚翠偎红二难竞爽 | 剖心刎颈两地招魂 | 556 |
| 第九十五回 | 遘奇变醇王摄政 | 继友志队长亡躯 | 562 |
| 第九十六回 | 二显官被谴回籍 | 众党员流血埋冤 | 569 |
| 第九十七回 | 争铁路蜀士遭囚 | 兴义师鄂军驰檄 | 576 |
| 第九十八回 | 革命军云兴应义举 | 摄政王庙誓布信条 | 584 |
| 第九十九回 | 易总理重组内阁 | 夺汉阳复失南京 | 591 |
| 第一百回 | 举总统孙文就职 | 逊帝位清祚告终 | 597 |

# 第一回　溯往事概谈身世
## 　　　　述前朝细叙源流

"帝德乾坤大，皇恩雨露深。"开场白若庄若谐，寓有深意，读者莫被瞒过。这联语是前清时代的官民，每年写上红笺，当作新春的门联，小子从小到大，已记得烂熟了。曾记小子生日，正是前清光绪初年间，当时清朝虽渐渐衰落，然全国二十余行省，还都是服从清室，不敢抗命；士读于庐，农耕于野，工居于肆，商贩于市，各安生业，共乐承平，仿佛是汪洋帝德，浩荡皇恩。比今日何如？到小子五六岁时，尝听父兄说道："我国是清国，我辈便是清朝的百姓。"因此小子脑筋中，便印有"清朝"二字模样。嗣后父兄令小子入塾，读了赵钱孙李，念了天地元黄，渐渐把"清朝"二字，也都认识。至《学庸论孟》统共读过，认识的字，差不多有三五千了，塾师教小子道："书中有数字，须要晓得避讳！"小子全然不懂，便问塾师以何等字样应当避讳？塾师写出"玄"字、"晔"字、"胤"字、"弘"字、"颙"字、"訢"字，指示小子道："此等字都应缺末笔。"又续写"歷"字、"寧"字、"淳"字，随即于"歷"字、"寧"字、"淳"字旁，添写一"曆"字、"甯"字、"湻"字，指示小子说道："'歷'字应以'曆'字恭代，'寧'字应以'甯'字恭代，'淳'字应以'湻'字恭代。"小子仍莫名其妙，直待塾师详细解释，方知"玄"字"晔"字是清康熙帝名字，"胤"字是清雍正帝名字，"弘"字"歷"字是清乾隆帝名字，"颙"字是清嘉庆帝名字，"寧"字"訢"字"淳"字是清道光、咸丰、同治帝的名字，人民不能乱写，所以要避讳的。这等塾师也算难得了。

后来入场考试，益觉功令森严，连恭代的字都不敢写，方以为大清统一中原，余威震俗，千秋万岁，绵延不绝，可以与天同休了。虚写得妙。谁知世运靡常，兴衰无定，内地还称安静，海外的风潮，竟日甚一日。安南缅甸是中国藩属，被英法两国夺去，且不必说。忽然日本国兴兵犯界，清朝遣将抵御，连战连败，没奈何低首求和，银子给他二百四十兆两，又将东南的台湾省、澎湖

## 第一回 溯注事概谈身世 述前朝细叙源流

群岛，双手捧送，日本国方肯干休。过了两三年，奉天省内的旅顺大连湾被俄国租占了去，山东省内的胶州湾被德国租占了去，胶州湾东北的威海卫被英国租占了去，广东省内的广州湾被法国租占了去，而且内地的矿山铁路也被各国占去不少。这便叫做国耻。

嗣是清朝威势全失，外患未了，内忧又起，东伏革命党，西起革命军，扰乱十多年，清廷防不胜防；后来武昌发难，各省响应，竟把那二百六十八年的清室推翻了，二十二省的江山光复了。自此以后，人人说清朝政治不良，百般辱骂；甚至说他是犬羊贱种，豺虎心肠，又把那无中生有的事情，附会上去，好像清朝的皇帝，无一非昏淫暴虐，清朝的臣子，无一非卑鄙龌龊，这也未免言过其实呢。我想中国的人心，实在是靠不住的，清朝存在的时候，个个吹牛拍马，说他帝德什么大，皇恩什么深，到了清室推翻，又个个批他一钱不值，这又何苦？帝王末路大都如是。小子无事时，曾把清朝史事约略考究，有坏处，也有好处；有淫暴处，也有仁德处；若照时人所说，连两三年的帝位都保不牢，如何能支撑到二百六十多年？是极是极。不过转到末代，主弱臣庸，朝政浊乱，所以民军一起，全局瓦解。现在"清朝"二字，已成过去的历史，中国河山，仍然照旧，要想易乱为治，须把清朝的兴亡细细考察，择善而从，不善则改，古人说的"殷鉴不远"便是此意。揭出全书宗旨，何等正大光明，不比那寻常小说家，瞎三话四，乱造是非。

闲文少表，且说清朝开基的地方，是在山海关外沈阳东边。初起时，只一小小村落，聚群而居，垒土为城，地名鄂多哩，人种叫作通古斯族。他的远祖，相传是唐虞以前，便已居住此地，称为肃慎国，帝舜二十五年，肃慎国进贡弓箭，史册上曾见过的。传到后代，人口渐多，各分支派，大约每一部落戴一首领，多生得骨格魁梧，膂力强壮，并且熟习骑射，百步穿杨；赵宋时代，金太祖阿骨打，是他族内第一个出色人物，开疆拓土，直到黄河两岸，宋朝被他搅扰得了不得。后来蒙古兴起，金邦渐衰，蒙古与南宋联兵，将他吞灭，还有未曾死亡的遗族，逃奔东北，伏处海滨。经过了二百多年，又产出一个大人物来；这个人物，说是天女所生，真正奇事！天女如何下降，不知与天孙织女作何称呼？小子尚不敢凭空捏造，是从史籍上翻阅得来：天女生在东北海滨长白山下，有姊妹三人，长名恩古伦，次名正古伦，幼名佛库伦，三人系出同胞，相亲相爱，只是塞外风俗与内地不同，男子往来游牧，迁徙无常，女子亦性情活泼，最爱游玩。一日，姊妹三人，散步郊原，到了长白山东边，有一座布库里山，洞壑清幽，别有一种可人的景致。那时正是春风荡漾，春日迷离，黄鸟双飞，绿枝连理，暗藏春色。三人欢喜非常，便从山下蹀躞前行，约里许，但见一泓清水，澄碧如镜，两岸芳草茸茸，铺地成茵，真是一副好床褥，就假此小坐。佛库伦天真烂漫，春兴正浓，就约两姊妹解衣洗浴。浴未毕，忽闻鸟声嘎嗤来，三人昂首上观，约有两三只灵鹊，仿佛像姊妹花一般。绝妙对偶。就中有一鹊吐下一物，不偏不倚，正坠在佛库伦衣上，佛库伦眼快手快，急忙拾取，视之，乃一可口的食物。是何物耶？试掩卷猜之！她也不辨名目，就衔在口内，两姊问她所拾何物，她已囫囵咽下，模糊答道："是一颗红色的果子。"两姊也不及细问，遂各上岸，着好衣服，缓步同归。谁知佛库伦服了此药，肚子竟鼓胀起来，她自己也不知所以。到十个月后，竟产出一男，不但状貌魁奇，并且语言清楚，佛库伦不忍抛弃，就在家中抚养。

光阴迅速，襁褓婴儿竟作髫年童子，只是佛库伦无夫而孕，未免惹人议论，幸而穷荒草昧，人迹稀少，始得抚育成人。可见天女之说，本来荒诞。儿名叫作布库里雍顺，系是佛库伦所取，因她在布库里山下食了朱果，以致孕育，所以特地将"布库里"三字作为儿名，留一纪念。布库里雍顺到了十多岁，颖悟非凡，自念有母无父，当属何族，遂问他母亲佛库伦。佛库伦命以爱新觉罗四字。"爱新觉罗"是长白山下居民的土音，其后布库里雍顺遗裔建一满洲国，遂相传为满洲语，若作汉文解说，爱新与金字同音，觉罗即姓氏意义，布库里雍顺的族系，即此可以明白了解。佛库伦是否天女，小子也不消细说了，以不解解之。

且说布库里雍顺渐渐长大，也学些骑马射箭的技艺，闲暇时又在河边折柳编筏。看官！你道他折柳编筏，是何意思？他是具有大志，暗想穷居草莽，终究没有生色，若将柳条编成一筏，可以驾筏出游。果然天下无难事，只怕有心人，柳条越编越多，越多越大，居然成了一叶扁舟，布库里雍顺喜不自禁，就轻轻在筏上坐住，顺着河流，飘扬而去。英雄冒险，胆大敢为，冥冥中亦像有风伯河神当先引导，竟把那布库里雍顺送到一个安乐的地方。

原来长白山东南有一大野，名叫鄂谟辉，野中有一村落，约数十百家，这数十百家内，只分三姓，习风强悍，专喜械斗，因此自相残杀，连岁不休。近时中国内地村民，亦有好械斗者，岂亦为三姓遗风所传染耶？一笑。一日，有女子汲水，见一柳筏随流漂至，其间有一青年男子端坐在内，顿时骇异非常，急忙回告父兄。那时父兄即临河眺望，果然岸傍有一少年，头角峥嵘，仪表英伟，不觉失声道："这是天生神人。"随即引之登陆，问从何来，布库里雍顺从容对答，说是天女所生，由长白山下至此。霎时间哄动乡间，无论男女老幼，一齐出观，见了布库里雍顺，都道这个好郎君，真正难得，于是各邀布库里雍顺至家，仿佛一桃花源。东牵西扯，几至大家争论起来。还是布库里雍顺从旁劝解，说我初到此地，辱承待爱，自当次第谒候。又指汲流女子的父兄道："我与他相见最早，理应先到他家，问候起居。"众人见他举止谦恭，吐属风雅，便个个叹服，一无异言。布库里雍顺就随了汲流女子的父兄，直至家内。

那家格外优待，饷以酒食；饮半酣，座上老人更详问氏族，布库里雍顺一一还答。老者又问以婚未，布库里雍顺答言未婚。老者即起身入室，半晌间引一少女出室来前。走近视之，虽是乡村弱质，倒也体态端方。仔细端详，就是汲流女子。老者嘱女子对答行礼，布库里雍顺亦离座作答。礼毕，女子转身入室，老者便对布库里雍顺道："小女伯哩年将及笄，如蒙不弃，愿附姻好。"布库里雍顺不得不推逊一番。老者执意不允，布库里雍顺方与老者行翁婿礼。老者拟择日成婚，自是布库里雍顺就住在此家。暇时到村中各家问讯，村人见他彬彬有礼，无不欢迎。

到了吉日，一对小夫妻，携了眷属，大众都到老者家贺喜，顿时高朋满座，佳客盈门。就中有一个白发朱颜的老丈，对主人道："好一个小郎君，被你家夺作女婿。"又向众人道："这是圣人出世，到吾村内，也算是阖村幸福。吾村连岁械斗，弄得家家不安，人人耽忧，现在不若奉此小郎君为主，一切听他指挥，倒可解怨息争，安居乐业，大众以为何如？"众人听这一席言语，个个鼓掌赞成，欢声如雷。也不待布库里雍顺允与不允，竟一齐请他上坐，奉他作为部长，呼为贝勒。布库里雍顺得此天假的奇缘，遂运用智谋，部勒村居人民，建设堡寨，创造鄂多哩城，成了一个爱新觉罗部，作满洲开基的始祖。后人有诗赞道：

峨峨长白映无垠，
朱果祥征佛库伦。
集庆星源三百载，
觉罗神亦衍云礽。

布库里雍顺后，传了数代，又出一个惊天动地的人物，比布库里雍顺似还强得多哩。看官！你道是谁？

且少待片刻，容小子下回报名。

是回为全书总冒，将下文隐隐呼起；并将作书总旨，首先揭示。入后叙满洲源流。运实于虚，亦有弦外深意，确是开宗明义之笔。成为帝王，败即寇贼，何神之有？我国史乘，于历代开国之初，必溯其如何祯祥？如何奇异？真是谬论。是回叙天女产子、朱果呈祥等事，皆隐隐指为荒诞，足以辟除世人一般迷信，不得以稗官小说目之。

## 第二回　丧二祖誓师复仇
　　　　合九部因骄致败

　　却说布库里雍顺所建的鄂多哩城，在今辽宁省勒福善河西岸，去宁古塔西南三百多里，此地背山面水，形势颇佳，究竟是小小部落，无甚威名。当时明朝统一中原，定都燕京，只在山海关附近设防，塞外荒地，视同化外；就是比鄂多哩城阔大几倍，也不暇去理保，何况这一个小小土堡呢？谁知深山大泽，实生龙蛇，自布库里雍顺开基后，子子孙孙，相传不绝，其间虽迭有兴衰。到了明朝中叶，出了一个孟特穆，智略过人，把祖基格外恢拓渐渐西略，移住赫图阿拉地。赫图阿拉在长白山脉北麓，后来改名"兴京"便是。

　　孟特穆四世孙名叫福满，福满有六子，第四子觉昌安，继承先业，居住赫图阿拉城，还有五子，亦各筑城堡，环卫赫图阿拉统称宁古塔贝勒。觉昌安率领各贝勒，攻破邻近部落，拓地渐广，生了数子，四子名塔克世，娶喜塔喇氏为妇，这喜塔喇氏并非天女，呼应得妙。偏生出一个智勇双全、出类拔萃的儿子来。这人就是大清国第一代皇帝

清朝子孙，称为太祖，努尔哈赤是他英名。他出世时，祖、父俱存。他有一个堂姊，是觉昌安女孙，出嫁与古埒城阿太章京，已有数年，不料明朝遣总兵李成梁驻守辽西，阴忌觉昌安，招诱图伦城主尼堪外兰，合兵围攻古埒城。这古埒城地方狭小，哪里当得住大军，连忙差人到觉罗部求救。觉昌安得报，恐女孙被陷，遂与塔克斯带领全部兵士，驰救古埒城，与敌兵接仗，不分胜负。阿太章京见救兵已到，开城迎入，城中得了一支生力军，人心少安。

　　觉昌安上城巡视，不分昼夜，每日指挥部众，极力防御。忽见城下一人，扣马而至，大呼开门，觉昌安从上俯视，其人非他，乃图伦城主尼堪外兰也。原来尼堪外兰旧隶觉昌安部下，因此相识。便问汝来何意，答言闻主子到此，特来禀见。觉昌安见无随兵，即开门纳入。尼堪外兰既入城，至觉昌安前，即抱膝请安。觉昌安命之起坐，问何故联明攻城，尼堪外兰婉言谢罪，并云："前未知古埒城主与主子有亲，故

敢冒犯,今闻主子远道驰救,方识有婚姻关系;现已向明李总兵前,盛说主子威德及人,不宜与敌,李总兵已愿退兵,若主子再令古埒城主向明廷岁献方物,李总兵且当上表明廷,请给主子封爵,管领建州。"(明称长白山部为建州卫。)觉昌安道:"汝言果真么?"尼堪外兰急得发誓道:"如有狂言,愿死乱刀之下。"大诈似信。觉昌安大喜,令阿太章京设宴相待,席间叙谈。尼堪外兰极力趋承,越说得天花乱坠,什么龙虎将军印,什么建州卫都督敕书,不由觉昌安不信。喜人家拍马屁,总要吃亏。饮毕,辞去。次日城下各军,果然齐退。阿太章京见敌军退尽,拜谢觉昌安父子救援之恩,一面备办盛筵,款待觉昌安父子,一面烹羊宰猪,犒飨军士。大众饮得酩酊大醉,至晚各自鼾睡。谁知蓦地里炮声大震,喊杀连天,众人从睡梦中惊醒,不识何处大兵,从天而下,身不及披衣,而头已断,手不及持刃,而臂已离,纷纷扰扰的一夜,城中的兵民多半向鬼门关上挂号报到;觉昌安父子及阿太章京两夫妻,也亲亲热热,一淘儿归阴去了。趣语。古人说得好:"福兮祸倚,乐极悲生。"只为觉昌安误信奸言,遂中了尼堪外兰的诡计。到此方说出原因。

是时努尔哈赤年方二十五岁,因祖父二人往援古埒城,常着人探听消息,先接到明军撤围的音信,颇自安心,嗣后续闻警耗,至祖父被害一节,不觉大叫一声,晕倒于地。颇有孝思。及众人救醒,放声大哭。连他伯叔兄弟都各凄

然。当下检查武库,只留遗甲十五副,一一携出,指示伯叔兄弟,提出复仇二字,哀恳臂助。那时伯叔兄弟自然感愤得很,分着遗甲,一拥出城,向东而去。君父之仇,不共戴天,此举不谓无名。

且说尼堪外兰用诡计袭破古埒城,掳了些金银财宝,搬回图伦,终日流连酒色,任情取乐。忽报努尔哈赤兵到,顿觉仓皇失措,勉强招集部众,出城对敌。努尔哈赤不待图伦兵列阵,即纵马直出,当先踹入敌阵中。部众乘势跟上,逢人便杀,见首辄斫,仿佛是生龙活虎一般,图伦兵从未见过这般厉害,霎时间纷纷退走。尼堪外兰见事不妙,忙拍转马头,落荒逃走。努尔哈赤追赶不及,收兵入图伦城,下令降者免死。城内外兵民闻此号令,都投首乞降。休息一天,复发兵追寻尼堪外兰,终无下落。旋探知尼堪外兰已窜入明边,乃回赫图阿拉城,修书致明朝边吏,书中大意,是请归祖父丧,及拿交尼堪外兰。明边吏将此书上达明廷,此时正在明朝万历年间,老成凋谢,佞人用事,文武各官多半是酒囊饭袋,误国该死。见了此书,就纷纷议论起来:有的说是万不能允的;有的说是允他一半。嗣经执掌朝纲的大员,以李成梁无故兴兵,亦属非是,但执送尼堪外兰,有损国威,不若归丧给爵,买他欢心为是。神宗皇帝准了此议,遂令差官奉敕三十道,马三十匹,建州卫都督册书一函,龙虎将军印一颗,并送还觉昌安父子的棺木。若此,努尔哈赤,也算是万分荣幸了。

差官到了赫图阿拉城，努尔哈赤以礼迎入，北向受封。是已有君臣之分了。只因尼堪外兰未曾拿交，仍央差官回请。差官去后，待至数月，毫无音响，努尔哈赤复仇心切，镇日里招兵买马，大修战具，分黄红蓝白四旗，编成队伍，旌旗变色，壁垒生新。一日升帐宣令，饬部下头目，排队出发，直指明边。众头目请道："此去攻明，必须经过某某部落，须先向假道方可。"努尔哈赤道："不必！有我当先开路，汝等紧随便是。"大众无言可说，便跟着努尔哈赤出城。车驰马骤，风掣电驰，所过各部落毫无防备，由他进行；稍强横的部民，拦阻马头，不是被刀杀死，便是被箭射死。行了数日，距明境只三十里，努尔哈赤便命部众停住，扎好了营，令队长齐萨率壮士数十人，往明境叩关，索交尼堪外兰。是时明总兵李成梁已由明廷谴责，说他无端启衅，褫职回籍。掉了一个新总兵，懦弱无能，闻觉罗部遣众叩关，惊慌得了不得，不得已派一属弁，与军士百人，出城与齐萨会议。齐萨所说的，无非是索交尼堪外兰，否则兵戎相见，差弁无可辩驳，只得唯唯而还。也是尼堪外兰恶贯满盈，命数该绝，正在城中探听消息，踯躅前行，无巧不成话，偏与差弁相遇；差弁即将他骗入署中，禀明总兵，一声呼喝，将尼堪外兰反绑起来，推入囚车，遣两役异出，像扛猪的扛了去。扛到郊外，送交清营。当由垂辫的兵役数名，从囚车内一把抓出，拖入帐中，尼堪外兰已魂飞天外，但闻得一声惊堂木，接连有"你这骗贼，也有今日"两语，正思开目张望，可奈乱刃交下，血晕心迷，霎时间一道魂灵，归入地府，适应了前日誓言。一报还一报，骗子究竟做不得，假愿也是罚不得。

自是努尔哈赤与明朝和好，每岁输送方物，明廷亦岁给银八百两，蟒缎十五匹，并许彼此人民互市塞外。

这觉罗部渐渐富强，名为明朝藩属，实是明朝敌国；句中有眼。远近部落，又被他并吞不少。那时这雄心勃勃的努尔哈赤，乘着这如日方升的气象，想统一满洲，奠定国基，当命工匠兴起土木，建筑一所堂子，作为祭神的场所；工匠等忙碌未了，忽掘起一块大碑，上有六个大字，忙报知努尔哈赤。努尔哈赤不见犹可，见了碑文，暗觉惊诧异常。他却阳为镇定，仔细摩挲了一回，突然向工人道："这妖言不足信，快与我击断此碑！"确肖雄主口吻。看官！你道这碑文是如何说？乃是"灭建州者叶赫"六字。煞是可惊，隐为后文伏笔。此碑既由工人击断，努尔哈赤始退回帐中，心中却闷闷不乐。次日来了一个外使，说是奉叶赫贝勒命，来此下书，努尔哈赤暗想道："偌大这叶赫部，乃竟来与我作对么？"踌躇了一会，方唤来使入帐。来使呈上书信，努尔哈赤展视之，但见书上写着：

叶赫国大贝勒纳林布禄，致书满洲都督努尔哈赤麾下：尔处满洲，我处扈伦，言语相通，势同一国，今所有国土，尔多我寡，盍割地与我？

努尔哈赤看到此句，不由得怒气上

冲,将来书扯得粉碎,掷还来使;并向来使说道:"我国寸土寸金,就使汝主首级来换,也是不允。"说罢,命左右逐出来使。使者抱头鼠窜而去。努尔哈赤即于次日出城阅兵,严行部勒,详申军律,并命军士日夜操练,专待叶赫兵到,与他厮杀。有备无患。

且说叶赫国在满洲北方,与哈达、辉发、乌拉三部,互为联络,名扈伦四部,明朝称他为海西卫。又以哈达居南,叫作南关,叶赫居北,叫作北关(叶赫为扈伦大国,清灭叶赫,始及明境,故叙述较详)。叶赫最强,又与明朝互通聘问,明朝亦略给金帛,令他防卫塞外。叶赫主纳林布禄闻努尔哈赤统一满洲,料他具有大志,宜趁势力未足的时候,翦灭了他,方无后虞。只是无故不能发兵,遂想出下书的计策,借此因头,作为发兵的话柄。到了差人回国,将努尔哈赤的言语,一一传达,纳林布禄勃然道:"有这样大言,我明日便去灭除了他。"差人道:"主子不要轻觑满洲,他部下多是勇夫,不容易对仗呢!"纳林布禄道:"你休长他人志气,灭自己威风!看你爷明日踏平满洲哩。"次日,便差各将弁四路下书,纠合远近各部,合攻满洲,事成当平分满洲土地。过了数日,哈达、辉发、乌拉三部,各率三千兵到叶赫;又过了数日,长白山下的珠舍哩、讷殷二部已有复书,说已各发兵二千,在中途等候;又过了数日,蒙古的科尔沁、锡伯卦、勒察三部,或发兵一千,或发兵一千五百,也到叶赫境内。是时纳林布禄欢喜异常,忙把部下的兵卒一齐发出,除老弱不计外,统计有一万多人,会合各部联军,祭旗出发。途中又会着长白山下二部兵士,共得三万多人,浩浩荡荡,杀奔满洲来。写得有声有色,以衬下文努尔哈赤之能。

惊报传到努尔哈赤耳中,即饬兵士驻守札喀城,阻住叶赫各部兵来路。纳林布禄到了札喀城,望见城上旗帜鲜明,刀枪森竖,料知有备,令军士退后三里,扎定营寨。次日,有探马来报,说满洲主努尔哈赤带领全部人马,扎住古垺山,纳林布禄全不在意。原来札喀城在赫图阿拉西北六十里,城右有古垺山,蜿蜿蜒蜒,包围大城。兵法云:"倚山为寨",所以努尔哈赤在山下立营。纳林布禄不知占夺此山,已输了一着。又次日,纳林布禄正准备迎敌,闻报敌兵已到,即出帐上马,率军对仗。但见前面来的满洲军只有百余骑,老少不一,带兵的头目,也没有十分骁勇。分明是诱敌的兵。他在马上大笑道:"这样小妮子,也想同我对仗,真是满洲的气数。"话未毕,旁闪出一将道:"人人说满洲强盛,看这等老弱残兵,教咱们一队兵士,已杀他片甲不留,各部将弁,都可休息,主子更不必劳动呢。"纳林布禄视之,乃是叶赫西城统领,名叫布塞,即大喜道:"你去罢!"布塞便率队上前,呐一声喊,直扑满洲军,满洲军不与交战,竟向后退去。其诈可知。布塞一马当先,乘势追赶,只见满洲军都退入山谷中,布塞也不管好歹,追入山谷。粗莽之至。忽喊声大起,一彪军从谷内拥出,截住布塞厮杀,正酣斗间,科尔沁部统领明安亦率部兵追至,他恐布塞得了首功,故急急赶来。满洲军见布塞得了援军,又纷纷退走。此路伏兵,乃是诱敌。布塞仍策马前进,明安率兵紧随,转了一坡,又过一坡,越走越险,越险越窄,走入死路去了。斜刺里喊声又起,复来一彪军,将布塞、明安的兵截作两段,前面的满洲军又回转身来,夹攻布塞。布塞军顿时大乱,忽有一将持刀突入,到布塞马前,布塞措手不及,被他一刀劈于马下。部下军士,无处逃生,都做了刀头之鬼。明安知前军被截,急忙退走。确是胜不相让、败不相救的情形。不想满洲军已满山遍野的掩杀前来,明安只得纵马而逃,不顾山路上下,拼命地奔走。忽闻扑搨一声,马被陷入淖中,明安急忙下马,轻轻地抓上山壁,已是拖泥带水地要不得,他便弃了鞍马,带扒带走地逃了去。要想争功,便落到这般田地。

当时纳林布禄信了布塞的言语,回入帐中,满望捷报,忽听帐外喊声震地,急上马出视,正遇着一彪雄军,为首的一员大将,眉现杀气,眼露威棱,手中持一大刀,旋风般杀将来。看官!你道是谁?就是满洲主努尔哈赤。此处方现。纳林布禄忙拔刀对敌,战了三五回合,不是努尔哈赤的对手。正惶急间,旁边走过了布占泰,是乌拉部贝勒的兄弟,见纳林布禄刀法散乱,忙向前敌住,纳林布禄才一歇手,猛听得大喝一声,布占泰已被努尔哈赤活擒了去。这纳林布禄吓得魂不附体,忙转身向寨后逃走,各部兵见主寨已破,尚有何心再与抵敌,人人丧魄,个个逃生。正是:

　　一声鼙鼓喧天日,
　　八面威风扫地时。

不知纳林布禄得逃脱与否,且待下回说明。

图伦城主尼堪外兰,与叶赫部主纳林布禄,名为满洲之仇敌,实皆满洲之功臣。自古英雄豪杰,不经心志之拂乱,未必能奋发有为,故敌国外患之来,实磨砺英豪之一块试金石也。本回上半截,叙努尔哈赤之勇,下半截,述努尔哈赤之智,智深勇沉,信不愧为开国主,然皆由激励而成。古所谓生于忧患、死于安乐者,于此可见矣。文中运实于虚,写得英采动人,确是妙笔。

## 第三回　祭天坛雄主告七恨
## 战辽阳庸帅覆全军

却说纳林布禄从寨后逃走，直驰至数十里，不见满洲军，方教停住。少顷，喘息已定，各部兵亦逐渐趋集，约略检点，三停里少了一停，自己部下且丧失一半；正在垂头丧气，忽见一人踉跄奔入，正是科尔沁部统领明安，尚未行礼，即大哭道："全部军士都败没了，贵统领布塞闻已战死了。"纳林布禄也忍不住垂泪道："可惜可恨！不想努尔哈赤有这般厉害。"晓得迟了。旋与各部统领商量和战事宜，大众怵于前创，都是赞成和议。纳林布禄无计可施，只得遣使求和，彼此往来商议，约定和亲，叶赫主的侄女拟嫁与努尔哈赤的代善，西城统领布塞的遗女即献与努尔哈赤为妃，才算暂时了结。

努尔哈赤得胜班师，尚恨长白山下二部结连叶赫，趁势蚕食，把他灭亡。前时擒住的布占泰，因他降顺，给了他一个宗女，放他回国。嗣后布占泰复被叶赫主煽惑，服从叶赫，叶赫主又故意出攻哈达，令哈达向满洲借兵，唆使半路埋伏，歼灭满军。谁知努尔哈赤已瞧破机关，暗率部兵，绕道至哈达城，混入城中，活擒了哈达部长孟格布禄。叶赫主闻此计不成，遣使到明朝，令归还哈达部长，努尔哈赤因明使相请，将孟格布禄子武尔古岱放还，武尔古岱从此归服满洲，努尔哈赤又收服了辉发部，并乘势讨布占泰，攻入乌拉城。布占泰逃至叶赫，努尔哈赤接还宗女，差人向叶赫索布占泰。叶赫主不允，反把这许字满洲的侄女另嫁蒙古。看官！你想这努尔哈赤，到此还肯忍耐吗？此段看似琐屑，却是不能不叙。只是努尔哈赤想攻叶赫，偏这明朝屡次出来帮护，努尔哈赤就背了明朝，自己做了满洲皇帝，比做建州卫都督，原强得多了，然不可谓非背明。筑造宫殿，建立年号，叫作天命元年，这正是明朝万历四十四年的事情。前数回不点年号，此处因满洲已建国称帝，故大书特书。自此以后，努尔哈赤就是清国太祖高皇帝。小子作书到此，也只得称他作满洲太祖，把"努尔哈赤"四字，暂时搁起。此后都说满洲太祖，为醒目计，非贡谀也。

太祖有十多个儿子，第八子皇太极最聪颖，太祖便立他为太子。还有二子，亦是非常骁勇，一名多尔衮，一名多铎，后来入关定鼎，全仗这二人做成，这且慢表。单说满洲太祖，自建国改元后，招兵添械，日事训故，除黄红蓝白四旗外，加了镶黄镶红镶白镶蓝四旗，共成八旗，分作左右两翼，准备了两年有余，锐意出发，他想不入虎穴，焉得虎子，欲灭叶赫，不如先攻明朝，遂于天命三年四月，择日誓师，决意攻明。命太子皇太极监国，自率二万劲旅，到天坛祭天。当由司礼各官，爇烛焚香，恭行三跪九叩首礼，读祝官遂朗诵祝文道：

满洲国主臣努尔哈赤谨昭告于皇天后土曰："我之祖父，未尝损明边一草寸土，明无端起衅边陲，害我祖父，恨一也；明虽起衅，我尚修好，设碑立誓，凡满汉人等，无越疆围，敢有越者，见即诛之，见而故纵，殃及纵者。讵明复渝誓言，逞兵越界，卫助叶赫，恨二也；明人于清河以南，江岸以北，每岁窃逾疆场，肆其攘夺，我遵誓行诛，明负前盟，责我擅杀，拘我广宁使臣纲古里方吉纳，胁取十人，杀之边境，恨三也；明越境以兵助叶赫，俾我已聘之女，改适蒙古，恨四也；柴河三岔抚安三路，我累世分守，疆土之众，耕田艺谷，明不容刈获，遣兵驱逐，恨五也；边外叶赫，获罪于天，明乃偏信其言，特遣使臣遗书诟詈，肆行凌侮，恨六也；昔哈达助叶赫二次来侵，我自报之，天既授我哈达之人矣，明又党之，胁我还其国，已而哈达之人，数被叶赫侵掠，夫列国之相征伐也，顺天心者胜而存，逆天意者败而亡，岂能使死于兵者更生，得其人者更还乎？天建大国之君，即为天下共主，何独构怨于我国也？初扈伦诸国，合兵侵我，天厌扈伦启衅，惟我是眷，今助天谴之叶赫，抗天意，倒置是非，妄为剖断，恨七也。欺凌实甚，情所难堪，因此七大恨之故，是以征之。谨告。"

诵毕，便望燎奠爵，外面已吹起角声，催师出发。太祖离了天坛，骑了骏马，御鞭一指，部众齐行，一队一队地向西进发。

师行数日，由前队报说，距明边抚顺城，只二三十里了。太祖便扎住营帐，正拟遣将攻城，忽有一书生求见，自称系明朝秀才；太祖唤入，见他状貌魁奇，已有三分羡慕；及与他谈论，语语中入心坎，不由得击节叹赏；就赐他旁坐，问及姓氏里居。秀才道："仆姓范名文程，字宪斗，沈阳人氏。清朝得国，都是汉人引导进来，范文程就是首魁。太祖道："我闻得中原宋朝，有个范文正公，名叫仲淹，是否秀才的远祖？"文程答道："是。"太祖道："我已到此，距抚顺城不远，抚顺的守将，姓甚名谁？"文程道："姓李名永芳。"太祖问李永芳本领如何，文程道："没甚本领。"太祖道："这是一鼓可下了。"文程道："以力服人，何如以德服人？明主且不必用兵，请先给他一封书信，劝他投降，他若顺从，何劳杀伐。"

太祖喜道："这却仗先生手笔。"文程应命作书，一挥而就。太祖大悦，便道："我国正少一个文馆的主持，劳你任了此责，参赞军机。"文程叩首谢恩。次日，太祖即遣将到抚顺城下，射进书信，率队而退。这抚顺守将李永芳，本是个没用的人物，他闻满洲军入境攻城，已吓得没了主意，及见此信，召集文武各官，会议了一夜，竟商就了"惟命是从"四字。**亏他大众想出。**翌晨开城迎接，为首的跪在城下，恭递降册，就是为明守土的李永芳。太祖命侍卫接了降册，策马入城，部军一齐随入。幸亏得范先生一言，城中的百姓，总算不遭杀戮。太祖便记范文程为首功，更命诸贝勒格外敬礼，称先生而不名，从此大家都呼文程为范先生。保全百姓之功，也不可没。

满洲兵休息三日，忽报广宁总兵张承荫领了三路兵马，来夺抚顺了。太祖问李永芳道："张承荫系何等样人？"李永芳答言："是一员勇将。"太祖道："既是勇将，想必不肯投顺，不若先发制人为妙。"遂一面派兵守城，一面发兵迎敌。离城约十里，闻报明军已相去不远，太祖仍命部众前进。此时明总兵张承荫正与左翼副将颇廷相、右翼参将蒲世芳，率军前来，两阵对圆，人人酣战。恰是棋逢敌手，将遇良材，张承荫也是不弱。自日中至傍晚，两边都余勇可贾，不肯退兵。忽然天色昏暗，一阵大风从西北吹来，猛扑明军，明军正支持不住，接连又是数阵狂飚，把明军的旗帜刮去了好几面。岂非天乎？满洲军

占住上风，格外精神抖擞，如泰山压顶般驱入明军，那时明军不由得退走，任你张承荫胆力过人，也自禁止不住。当下且战且退，适值路旁有山，正思觅径而入，为扼守计。忽山侧闪出一支满洲军，大叫道："满洲贝勒多铎在此，敌将何不下马受缚？"来得突兀。原来满洲太祖见战明军不下，特派多铎绕出后面，夹攻明军。承荫腹背受敌，无心恋战，只得杀开血路，领兵前走。可奈天色昏暮，不辨南北，满洲军又紧追不舍，惹起承荫血性，与颇、蒲二将道："战亦死，不战亦死，不如与他拼命，就使死了，也不失为大明忠臣。"可敬可佩。于是三将复转身抵敌，舍命冲突。满洲军恰不防他出此一着，前面的兵士被他杀死无数。俄听一声鼓响，满洲军阵内力弩齐发，箭如飞蝗，可怜三员勇将见危致命，俱死于乱箭之下。死且不朽。

这败报传到明京，神宗大惊，召见群臣，问京外将帅，何人可御胡虏？大学士方从哲保荐了一个人材，姓杨名镐。神宗准奏，立即召见，授兵部尚书，赐他尚方宝剑，往任辽东经略。看官！你道这杨镐是什么角色？他是河南商邱县人，前任佥都御史，曾充朝鲜经略，万历二十五年的时候，倭寇犯朝鲜，杨镐奉朝命往援，打了一个败仗，诡词报捷；后来调抚辽东，又是乱杀边民，被御史奏参，革去官职；此时，复起任边防，难道他的谋略，能敌得过清太祖努尔哈赤么？堂堂一个大明帝国，偏用了这等欺君罔上的臣子去做统兵的

元帅，哪得不破？哪得不亡？

　　杨镐既到辽东，闻报沈阳南面的清河堡又被满洲军夺去，守将邹储贤、张旆两人统已战死。副将陈大道、高炫逃回辽东，见了杨镐，杨镐却仗着声威，请出尚方宝剑，把二逃将斩首示众。逃将可诛，不当死于杨镐之手。每日檄令附近将士，赶紧援辽！自己却按兵不动。大学士方从哲闻他逗留不进，常发红旗催他出战。杨镐没法，只得领兵出塞，好在四处已到了许多兵马，叶赫兵也来了二万名，朝鲜兵又来了二万名，杨镐便派作四路，分头前进。中路分左右两翼，左翼兵委山海关总兵杜松统带，从浑河出抚顺关；右翼兵委辽东总兵李如柏统带，从清河出鸦鹘关。又令开原总兵马林，合了叶赫兵，从开原出三岔口，叫作左翼北路军；辽阳总兵刘铤合了朝鲜兵，从辽阳出宽甸口，叫作右翼南路军。四路军共二十多万，他却虚张声势，说有四十七万，满望仗此大兵，攻入满洲。预先与四路将官定约于满洲国东边二道关会齐，进攻赫图阿拉，这正明万历四十七年二月间时事（这次战事，为明清兴亡关键，所以详叙时日）。

　　先一月间，天空中出现一颗长星，光芒四射，天文家称作蚩尤星，说是主兵，又说是不祥之兆。小子未曾研究星学，只援据历史，人云亦云便了。到了二月，塞外一带，大雪飘飘，明军在途，受了无数辛苦，人马大半冰冻，只好缓缓前行。独有山海关总兵杜松，仗着膂力，想立首功，令军士冒雪西进；到了浑河，冰冻未开，杜松驱兵径渡，河中冰冻忽解，溺死军士多名。渡至对岸，有满洲军两三小队，上前拦截。怎禁得杜军一股锐气，乱杀乱斫，顿时纷纷退走。杜军争先追赶，约里许，见前面有座高山，满洲败军统向山谷中退去。杜松恐山内设有埋伏，暂止不追，令军士堵住谷口。也自仔细，然作者因恐与前回重复，故作此活笔。一面饬役侦探，回报满洲兵聚集界藩城。杜松遂把军士分作两支，一支仍令堵住谷口，一支由自己亲领，直攻界藩城。

　　原来杜军屯留山谷，叫作萨尔浒山，此山距界藩城，约有数里。界藩城筑在铁背山上，系满洲要塞，满洲太祖正令兵役一万五千运石添筑，此时闻杜军进攻，急遣长子代善，引二旗兵去防界藩城，自率六旗兵四万五千人，直攻萨尔浒明营。到了萨尔浒山正当日中，两军相遇，不及答话，便列阵开战，霎时天地晦冥，咫尺间不辨人影。明军点起火炬，与满洲军酣斗，谁知明军从明击暗，箭弹只射中柳林，满洲军由暗击明，箭弹都射着明军，这明军不知不觉的倒毙了无数。满洲军乘势驱杀过来，刀斩斧劈，好像削瓜切菜一般，眼见得明军七零八落了。

　　这时候的杜松正领兵到吉林崖，与铁背山相近，忽听后面喊声大起，满洲大贝勒代善带了二旗兵杀来。杜松急命后军作前军，前军作后军，与满洲军混战。未分胜败，骤闻后军复纷纷大乱，界藩城的兵役，也一齐杀到。杜松忙命

后军又作前军，迎截界藩城兵。杜松也算能手。正在你死我活地相拼，不料深林中又冲出一支人马，把杜军夹断。杜军已是腹背受敌，哪里禁得三面夹攻？杜松方舍命突围，飕的来了一箭，正中心窝，坠马而死。众军见无主帅，逃的逃，死的死，弄得干干净净。完了一路。看官！你道深林中人马，从哪里来的？这便是满洲太祖扫平萨尔浒明营，派来夹攻杜松的兵。

开原总兵马林方出三岔口，闻得杜军败没，一面飞报杨镐，一面倚山立营，停止前进。天色将晚，山上忽驰下满洲军，杀入营内，马军不及防备，自相溃乱；监军潘宗颜还想整军前敌，不意向前数步，头颅已被削去了半个。马林急忙奔窜，还算逃出了一个性命。完了二路。

这个辽东总兵李如柏，最是没用，说将起来，益发可笑。百忙中着此闲笔。他是慢慢地出了清河，到了虎栏关，猛听得关外山上吹起螺来，山谷响应，木叶震动，仿佛有千军万马，追杀前来。李如柏忙令退军，军士也道满洲兵杀到，各自逃生，互相践踏，恰死了一千多人。其实山上并没有什么敌兵，只满洲军二十名上山侦探，见明军出关，作鸣螺状，偏偏这个没用的李如柏上了他的当。完了三路。

独有辽阳总兵刘𫓯，曾经过数十百战，有万夫不当之勇，手持镔铁刀百二十斤，绰号叫作刘大刀，他已深入三百里，连攻下三个营寨，直入栋鄂路，望见前面有一山，山上有一军

扎住，龙旌凤旆，护着銮驾，他想这不是满洲国王的扈军么？当即横刀跃马，跳上冈来，来杀满洲太祖。满洲太祖正由萨尔浒移兵至此，猛见刘𫓯上冈，急命军士下迎。刘𫓯舞起镔铁大刀，左右盘旋，确是有些凶勇，即满洲军抵死拦阻，只杀得一个平手。刘𫓯暗想仰面上攻，实是费力，不如退至冈下，与他鏖战，便将大刀一摆，率军士下冈。满洲军亦随下，自午至暮，杀得难解难分，两军都有些疲倦起来。惟刘𫓯越战越勇，全无惧怯。忽有一彪军杀到，万炬齐明，刘𫓯从火光中望将过去，但见大旗上书一杜字，不觉喜道："杜总兵到来助我，是天使我灭满洲了。"话未毕，一将已到马前，头戴金盔，身穿铁甲，正是一员明将，只面目恰不认识，刚思动问。那来将先问道："你莫非就是刘大刀？"刘𫓯应声未完，来将手起刀落，劈刘𫓯于马下。奇极怪极。众军急来相救，已是不及，只见杀入的杜军，随手乱杀，弄得明军茫无头绪，自相屠戮，一时间全军尽没。四路都完结了。小子凑了四句俚言，作为刘大刀的定论：

奉命西征胆气豪，
大刀示勇姓名高。
臣心原是忠明者，
可惜胸中欠六韬。

毕竟杀刘𫓯者是谁，看官不必滋疑，待小子下回道来。

第三回　祭天坛雄主告七恨　战辽阳庸帅覆全军

满洲太祖以七恨誓师，未必无深文

周内之言，然明之无端起衅，亦不得谓无咎。自满洲出兵以后，复用一庸驽之杨镐，经略辽东，委二十万军于辽塞，是非明之自取其亡耶？明之亡在此，满洲之兴亦即在此。是此回为明清兴亡关键，故作者亦叙述独详，不稍渗漏。

## 第四回　熊廷弼守辽树绩
## 　　　　王化贞弃塞入关

　　却说刘𬘓被杀，全军丧亡，大众入枉死城中，还是莫名其妙。实则夹入的杜军，统是满洲军假冒。满洲大贝勒代善杀尽杜军，得了盔甲旗帜，教军士改装，扮作杜军模样，从界藩城来应太祖，巧巧碰着两军恶战，他便竖起杜字旗帜，踹入刘𬘓军中。刘𬘓深入敌境，尚未悉杜军败耗，还道来的是真杜军，因此中计，猝被杀死。从此刘大刀已化作两段，明朝失去了一员勇将，防边愈觉无人。可为朱氏一哭。

　　那时经略杨镐，还因马林败报，飞速檄止刘𬘓、李如柏两军，过了数日，只有李如柏领军回来。还算是他。马林因逃还开原后，坚守不出；是年六月，满洲军乘胜进攻，马林颇效死抵御，其后内无粮草，外无救兵，终被满洲军攻破，马林巷战死节，开原失守，铁岭亦不保了。明廷御史交章劾奏杨镐，说他丧师误国，罪无可赦。杨镐固无可赦，而言官亦只能以成败论人，奈何？朝命拿杨镐入京，令兵部侍郎熊廷弼代任经略。

　　熊廷弼系湖北江夏人氏，身长七尺，素有胆略，至是奉命出京，途中闻开原失守消息，叹道："盈廷大臣，不知边事，一味主战，以致如此。"遂即缮就奏折，遣使赍京，折中略道：

臣闻辽左京师肩背，河东辽镇腹心，开原又河东根本，开原今已破，则北关难保，朝鲜亦不可恃，辽河亦何可守？乞速遣将备刍粮，修器械，毋窘臣用，毋缓臣期，毋中格以阻臣气，毋旁挠以掣臣肘，毋独遗臣以艰危，以致误臣误辽兼误国也。谨奏。

　　奏入，神宗报允，并赐尚方宝剑，令便宜行事。

　　廷弼出山海关，见难民纷纷逃来，停车细问，方知铁岭又失，沈阳吃紧，居民为避难计，因此西奔；遂用好言抚慰，令他随回辽阳，不必惊慌。难民乃随了前行。将到辽阳，遇着逃将数人，缚住正法；逃兵令回城赎罪。既入城，复劝告百姓一番。当即督率军士，造战车，备火器，修葺城池，招集流亡；复冒雪出巡，至沈阳修城阅兵，并自制一篇痛哭淋漓的祭文，亲祭阵亡将士。随祭的军士都感激涕零。自有此一番振作，辽沈得以渐固。不愧将材。又请聚兵十八万，分守要地，任他智勇双全的满洲太祖，也没法摆布，这正是熊经略守辽的政绩。有此良将，不能长用，明之亡也无疑。

满洲太祖见辽沈无隙可乘，便移兵去攻叶赫。叶赫主纳林布禄已死，其弟金台石袭位，闻满洲军将到城下，忙集兵保守东城，并知照西城贝勒布扬古赶紧守御，互相援应。不几日满洲军已到，直逼东城，一攻一守，两不相下，满洲太祖固是能军，金台石颇也不弱。适西城遣军来援，被满洲太祖分兵杀败，追至城下，围住西城，东城守兵望见满洲军已去了一半，略一宽懈，不防满洲军已缘梯而上，城上急掷矢石，已是不及，反被满洲军残杀多人，未死的守兵统下城逃走。金台石闻城已被陷，登台死守，并纵火自焚屋宇。奈满洲军蜂拥前来，一齐杀入台中，金台石冒死突围，猛被一箭射倒，被满洲军擒拿而去。全城已破，满洲太祖入城升帐，由军士推上金台石。金台石怒气勃勃，语多不逊，恼得太祖性起，喝令枭首。但听金台石厉声道："我生前不能抗满洲，我死后无知则已，死若有知，定不使叶赫绝种，将来无论传下一子一女，总要报此仇恨。"颇是好汉，且预为后文伏笔。语未竟而首已落。太祖即令多尔衮拾起金台石首级，挑在竿上，往西城招降。

西城贝勒布扬古，系布塞的儿子。布塞的女儿曾献与满洲太祖为妃，上回已交代明白，此番闻东城已破，惶急得了不得，经多尔衮在城下招降，用了一片顾念亲谊的话儿，说动了布扬古的心，又把金台石的首级示作榜样，威吓利诱，不怕布扬古不拜倒马前。布扬古降了妹丈，忘却父仇，有愧金台石多矣。西城一降，叶赫遂亡，满洲太祖心已快慰，把从前的碑文撇在脑后，哪里晓得二百年后，复生出一桩大祸祟呢？这且慢表，小子又要讲那熊廷弼了。

熊廷弼守辽三年，人民安堵，鸡犬不惊，偏偏神宗、光宗相继晏驾，嗣位的称号熹宗，用了一个太监魏忠贤，搅乱朝纲，暗中嫉忌熊廷弼，遣吏科给事中姚宗文到辽沈阅兵。白面书生，何知军务？这分明是遣他需索。偏这熊廷弼抗傲性成，不但没有馈献，抑且不甚礼貌，姚宗文甚为恚恨，阳为阅兵，阴已定稿；回朝后，即结了一班狐群狗党，诬劾廷弼。廷弼闻知，大加叹息，便拜本辞职。朝旨允准，换了一个袁应泰来代廷弼。

应泰是进士出身，曾升任巡抚，为人颇是精敏，但不是用兵能手。既到辽东，见廷弼待下甚严，他却格外放宽，把旧制更张了好几条。适值蒙古大饥，部民多入塞乞食，应泰抚慰饥民，令在部下当兵，居住辽沈二城。小不忍则乱大谋，为此一大失着，辽沈人民又要遭劫了。妇人之仁，安可为将？

这满洲太祖灭了叶赫，正愁没法图辽，得了这个消息，喜不自胜，即发兵进攻沈阳。沈阳总兵贺世贤忙登陴守

清史演义

## 第四回 熊廷弼守辽树绩 王化贞弃塞入关

御,并着人飞报袁应泰。应泰刚想三路出师,规复清河、抚顺,得了此报,急调集诸军,拟援沈阳。忽一探马来报道:"沈阳失守,贺总军殉节。"此处用虚写。应泰大惊,及问明细底,方知沈阳有蒙人内应,贺世贤为他所卖,以致与城俱亡;这都是应泰害他。当下顿足自悔,急饬亲兵搜查城内蒙民,果得了好几封通敌书信,当即一一正法,令军士沿城掘濠,沿濠环列火器,以便守御,自率总兵侯世禄、姜弼、梁仲善等,出城五里迎战。

满洲军前队已到,梁仲善不分皂白,拍马杀入,侯世禄、姜弼恐梁有失,即上前接应,不料敌兵放进梁仲善,截住侯世禄、姜弼。侯、姜二人几次冲阵,都被敌阵中射回。霎时间一声呐喊,满洲军并力卜前,突入明军阵内。明军支撑不住,望后退走,袁应泰手刃逃兵数人,仍不济事,只得退入城中;检点军士,已丧失三分之一,侯、姜二将又身负重伤,梁仲善一去不还,想总是阵亡了。

袁应泰还仗着城濠深广,分陴固守,谁知到了次日,满洲军已将城西大闸掘开,把濠中水一泄无余,军士竟渡濠攻城,分作左右两翼,左翼兵奋勇直上,时已日暮,应泰列矩拒战,自暮至旦,守城兵士,多半伤亡,兵官牛维曜、高出等不知去向,城中大乱。翌晨,右翼兵又陆续登城,应泰避入城北镇远楼,邀巡按御史张铨至流涕道:"我为经略,城亡俱亡。公文官无城守责,宜急去,退保河西,图后举。"张铨道:"公知忠国,铨岂未知?"应泰无言,挂了剑印,悬梁毕命。还是忠臣。张铨见应泰已死,亦解带自缢。满洲军上镇远楼,见两人高悬梁上,就一齐解下,抬至满洲太祖前。太祖失声道:"好两个忠臣!"语尚未已,但见张铨两眼活动,尚有生气,忙令军士用姜汤灌救。张铨徐徐醒来,望见上面坐着一位大头目,料是满洲主子,便道:"何不杀我?"太祖劝他归降,张铨道:"生作大明臣,死作大明鬼。"可敬!太祖道:"忠臣忠臣,杀之何忍?"遂纵令还署。张铨既返署中,北向辞阙,西向辞父母,复自缢死。背主事仇者,对此曾知愧否?太祖命军士好好埋葬。

辽阳既下,辽东附近五十寨及河东大小七十余城,皆望风投降。这信传到明廷,众明臣又记起熊廷弼来,熹宗亦有悔意,命将姚宗文削职,仍召熊廷弼还朝,出任辽东经略。廷弼上三方布置策,以广宁一方为陆路界口,拟用马步军驻守,以天津、登莱二方为沿海要口,拟各用舟师驻守。熹宗准奏,仍赐尚方宝剑,且于五里外赐宴饯行。

廷弼谢恩出朝,即日就道,出山海关,到了广宁,文武各官统出城迎接,辽东巡抚王化贞亦来相见,寒暄既毕,共商战守事宜。化贞拟分兵防河,廷弼欲固守广宁,言下未免争论起来。廷弼慨然道:"今日之事,只有固守广宁一策,广宁能守,关内外自可无虞,若分兵防河,势单力弱,一营不支,诸营皆溃,尚能守么?"言之甚当。化贞终不以为然,怏怏而退。廷弼申奏朝廷,请实行三方分置策，化贞亦上沿河分守议。明廷依廷弼言，把化贞奏议搁起，化贞愈加不乐。廷弼又致书化贞，再言沿河分守之非，化贞不答。

歇了数天，辽阳都司毛文龙有捷报到广宁说，已攻取镇江堡，化贞大喜，亟议乘胜进兵。廷弼不可，化贞径自出奏。大略谓："东江有毛文龙可作前锋，降敌之李永芳，今已知悔，愿作内应，蒙古兵可借助四十万，此时不规复辽沈，尚待何时？愿假臣六万精兵，一举荡平，与景延广十万横磨剑相似。惟请朝廷申谕熊廷弼，毋得牵掣。"此奏一上，廷弼已探闻消息，遂由广宁回山海关。化贞专待朝旨一下，指日进兵。不多日朝使已到，令化贞专力恢复，不必受熊廷弼节制。廷弼亦受朝命，令他进驻广宁，作化贞后援。化贞带了广宁十四万兵士，渡河西进，廷弼不得已，亦出驻右屯。此时廷弼兵只有五千，徒拥经略虚名，心中愤闷已极，遂抗奏道：

臣以东西南北所欲杀之人，适遭事机难处之会，诸臣能为封疆容，则容之，不能为门户容，则去之，何必内借阁部，外借抚道以自固！

奏上，明廷留中不发。廷弼连章数上，大旨谓："经抚不和，恃有言官；言官交攻，恃有枢部；枢部佐斗，恃有阁臣。今无望矣。"语语切直，激怒政府，正欲罢廷弼，专任化贞，不防化贞已经败回。看官！欲知化贞败回的缘故，待小子一一叙来：

化贞率领大兵渡河，满望得胜奏凯，第一次出兵，走了数十里，并不见敌，只得引回；第二三次，也是这般；直到五次，依旧不见一人。李永芳毫无信息，蒙古兵也没有到来，化贞却安安稳稳地过了一年。至熹宗二年正月，满洲军西渡辽河，进攻西平堡，守堡副将罗一贯飞报化贞，化贞亟遣游击孙得功、参将祖大寿、总兵祁秉忠，带兵往援。至半途遇总兵刘渠，奉廷弼命来援西平堡，四将会师前进，到平阳桥，闻报西平堡失守，副将罗一贯阵亡，得功欲走回广宁，刘渠、祁秉忠二人，却是血性男儿，不肯中止，且欲进复西平堡，得功勉强相随，陆续过桥。不数里，见前面尘头大起，满洲军已整队而至。刘渠、祁秉忠等忙率兵前敌，独得功按兵不动。刘、祁二将正与满洲军厮杀，忽闻梆子声响，敌军中万矢齐发，伤了明军数百名。明军方拟持盾蔽矢，后面大声叫道："兵已败了，为何不逃？难道兄弟们不要性命吗？"这声一发，好像楚歌四起，人人惊惶，霎时间逃去一半，刘渠、祁秉忠舍命遮拦，已是截留不住，眼见得兵残力竭，以死报国。人生自古谁无死？留取丹心照汗青。但是后面的大声，发自何人？诸君一猜，便晓得是狼心狗肺的孙得功。得功本是王化贞心腹，化贞倚作长城，谁料他见了满兵，吓得心胆俱落；又恨刘、祁二公，硬要争先杀敌，因此未败叫败，摇乱军心。他却早早逃回，扬言敌兵薄城，居民闻信惊惶，相率移徙出城。得功暗想，一不做，二不休，索性缚住了王化贞，作为赘仪，做个满洲的大员，也自威风，就在城内扎定了兵，专待满

清史演义

洲兵到，作为内应。化贞视他为心腹，他却要化贞的脑袋，险极奸极！

化贞尚全然不知，阖着署门，整理文牍，从容得很。忽有人排闼入道："事急矣，请公速行！"化贞仓皇失措，也不知为着何故，只是抖个不住。那人也不及细讲，竟拉住化贞上马，策鞭出城。行了数里，化贞方望后一看，随着的是总兵江朝栋，并仆役两人，他尚莫名其妙，只管自摸头颅。直到了大凌河，见有一支人马疾驱前来，为首的一员大帅，威风凛凛，正是辽东经略熊廷弼。化贞到此，方稍觉清楚，仔细一想，惭愧了不得，顿时下马大哭。是村妇丑态，不意得之王化贞。廷弼笑道："六万军一举荡平，今却如何？"快人快语，然却是廷弼短处。化贞闻了此言，益发号啕不止。廷弼道："哭亦何益？熊某只有五千兵，今尽付君，请君抵当追兵，护民入关。"化贞此时，进退两难，欲与廷弼回救广宁，廷弼道："迟了迟了。"语未毕，探马来报，孙得功已将广宁献与满洲，锦州大小凌河松山杏山等城，都已失陷。廷弼急令化贞尽焚关外积聚，护难民十万人进山海关。败报达明京，给事中侯震旸、少卿冯从吾、董应举等，奏请并逮廷弼、化贞以伸国法。熹宗也不明功罪，即日降旨，将化贞、廷弼拿交刑部下狱。黑暗之至！

当日御史左光斗推荐东阁大学士孙承宗督理军务。熹宗准奏，遂命承宗为兵部尚书。承宗高阳人，素知兵，既受兵部职，即上表奏道：

迩年兵多不练，饷多不核，以将用兵，而以文官操练，以将临阵，而以文官指挥，以将备边，而日增置文官于幕，以边任经抚，而日问战守于朝，此极弊也。今当重将权，择沈雄有气略者，授之节钺，如唐任李郭，自辟置偏裨以下，边事小胜小败，皆不必问，要使守关无阑入，而徐为恢复之计。

熹宗览奏，深为嘉纳。喜怒不常，确肖庸主状态。是时王在晋继任辽东经略，请于山海关八里铺地方，添筑重关；并请岁给粮饷百万，招抚关外诸蒙部。朝议未决，承宗自请往视，由熹宗特许，出关相度形势，与在晋所见不合，回奏在晋不足恃，筑重关不如筑宁远城。原来宁远城为关外保障，宁远有失，山海关亦觉孤危，所以孙承宗主筑宁远，不筑重关。熹宗准奏，就令孙承宗督师蓟辽，照例赐尚方剑一口，由御跸亲送承宗启行。

承宗拜辞御驾，径至宁远，更定军制，申明职守；以马世龙为总兵官，令游击祖大寿守觉华岛，副将赵率教守前屯，遂于宁远附近，筑堡修城，练兵十一万，造铠仗数百万，开屯田五十顷，兵精粮足，壁垒森严。他在辽坐镇四年，关内外固若苞桑，不失一草一木。偏这妒功忌能的魏忠贤，又在皇帝老子前阴行媒糵。他起初尚想联络承宗，固结权势，暗中私馈无数物品，嗣经承宗尽行却还，反抗疏弹劾。此老别有肺肠。看官！你想这魏忠贤尚肯干休么？第一着下手，先逸杀熊廷弼，传首九边；冤哉枉也。第二着就泣谮承宗，说

他兵权太重,将有异图。自此承宗迭次奏陈,大半束诸高阁,一腔热血,无处可挥,自然不安于位。小子曾有绝句一首,以纪其事:

坐镇边疆见将材,
四年安堵两无猜。
如何自把长城撤?
甘使胡人牧马来。

欲知孙承宗后来情事,且待下回再说。

熊廷弼、孙承宗二人,为明季良将,令久于其位,何患乎满洲?廷弼可杀,承宗可罢,镇辽无人,满军自乘间而入。明之祸,满洲之福也。虽曰天命,宁非人事?本回章法,实是一篇熊、孙合传,而袁应泰、王化贞等,皆陪宾也。

## 第五回　猛参政用炮击敌
　　　　慈喇嘛偕使传书

　　却说孙承宗在辽，因朝中阉宦用事，刑赏倒置，心中懊怅异常；适届熹宗寿期，意欲借祝贺为名，入朝面劾阉竖。到了圣寿前一日，偕御史鹿善继，同到通州，忽兵部发来飞骑三道，止其入朝。承宗知计不成，急急回关，不意朝右阉党，已劾其擅离职守，交章论罪。承宗大愤，遂累疏求罢，熹宗便糊糊涂涂地许他免官，改任高第为经略。高第一到山海关，就把关外守具尽行撤去。自弛守备，适启戎心，又请他满洲太祖出来了。人必自侮而后人侮之，国必自伐而后人伐之。

　　且说满洲太祖自闻孙承宗守辽，数载不敢犯，但派兵丁至沈阳营造城池，招募良匠，建筑宫殿，把沈阳城开了四门，中置大殿，名笃恭殿，前殿名崇政殿，后殿名清宁宫，东有翔凤楼，西有飞龙阁，楼台掩映，金碧辉煌，虽是塞外都城，不亚大明京阙。太祖定议移都，遂率六宫后妃，满朝文武，齐至沈阳，犒饮三日。后来改名盛京，便是此地。移都事毕，专着人探听明边消息，嗣闻孙承宗免职，改由高第继任，正思发兵犯边，旋接到守备尽撤的实信，顿时投袂而起，立宣号令，饬大小军官，召集兵队，出发沈阳；途中一无阻挡，渡过辽河，直达锦州，四望无营垒城堡，私幸关外可以横行，遂命军士倍道前进。到了宁远城，遥见城上旗帜鲜明，戈矛森列，中架大炮一具，更是罕见之物，太祖不觉惊异起来，命军士退五里下寨。

　　次日，太祖率部众攻城，将到城下，但听城楼上一声鼓角，竖起一面大旗，旗中绣着一个大大的"袁"字，点出袁字，已有声色。旗下立一员大将，金盔耀目，铁甲生光，面目间隐隐露着杀气，描写威容，不可逼视。太祖见了此人，却暗暗称赞。英雄识英雄。旁有一贝勒呼道："你是守城的主将么？"城上大将答道："我是东莞人袁崇焕，大名鼎鼎。逐节叙来，至此始现姓名，愈为崇焕生色。现任殿前参政，为国守城，不畏强敌。"二语雄壮。贝勒道："关外各城，已成平地，只有区区宁远，成什么事？我劝你不如献了城池，降我满洲，倒不失高官厚禄，否则督军围攻，立成齑粉。请你三思！"崇焕厉声道："尔满洲屡次兴兵侵我边界，无理已甚，吾奉天子命，来治此土，誓死守城，宁肯降你鞑子么？"语语成金石声。说毕，梆声一响，矢石雨下。太祖急率军队，一齐回寨。众贝勒请就此进攻，太祖道："我看这袁蛮子，不是好惹的，我等且休养一天，来日誓拔此城。"

是夕，袁崇焕与总兵满桂会集军士，泣血立誓。军士见主将如此忠诚，莫不感愤。崇焕即与满桂分陴固守，坐待天明。鸡声初唱，东方渐白，百忙中叙此闲文，格外生采。遥听敌营中吹起画角，随发炮声，料知敌军将来攻城，越发抖擞精神，指麾军士。不多时，敌骑蔽野而来，将近城濠，城上的矢石如飞蝗般射去，满军前队，伤亡多名，后军复一拥而上，又受一阵矢石，伤亡无数，只是抵死不退。刚相持间，忽见满军中拥出一队盾牌兵，把盾牌护住头颅，跃过城濠，城上射下的矢石被盾牌隔住，不生效力。这盾牌兵便聚集城脚，架起云梯，攀援而上。崇焕急命军士绾下大石，杂以火器，把云梯拆毁殆尽。盾牌兵不能登城，复在城脚边用器凿穴。崇焕命开大炮。这大炮，是西洋人所造，初入中国，当时崇焕手下，只有闽卒罗立，颇能开放，闻崇焕命，随即燃炮，轰然一声，炮弹立发，把满洲前队的兵士弹向空中，随弹飞舞。可怜这满洲鞑子，未曾遇着这等利器，霎时间烟雾蔽天，血肉遍地。太祖急挥众逃走，脚长的方逃了一半性命。众贝勒经此厉害，不愿再攻，各劝太祖返驾，再图后举。太祖无法，只得应允。到了沈阳，检点军士，丧失数千，不禁叹息道："我自二十五岁起兵，战无不胜，攻无不取，不料今日攻一小小宁远城，遇着这袁蛮子，偏吃了一场大亏，可恨可恼！"处顺境者，最忌逆风。众贝勒虽百般劝慰，无奈这满洲太祖好胜，终自纳闷。古语道："忧劳所以致疾。"满洲太祖又是六十多岁的老人，益发耐不起忧劳，因此遂恹恹成病。到天命十一年八月，一代雄主，竟尔长逝，传位于太子皇太极。

皇太极系太祖第八子，状貌奇伟，膂力过人，七岁时，已能赞理家政，素为乃父所钟爱。满俗立储，不论嫡庶长幼，因此遂得立为太子。家法未善，故卒有康、雍之变。大贝勒代善等承父遗命，奉皇太极即位，改元天聪，清史上称他为太宗文皇帝。详清略明，所以标示清史也。太宗嗣位后，仍遵太祖遗志，把八旗兵队格外简练，候命出发。一日，适与诸贝勒商议军务，忽报明宁远巡抚袁崇焕遣李喇嘛等来吊丧，并贺即位。看官！你想明、清本是敌国，袁崇焕又是志士，为什么遣使吊贺？这却有一段隐情，待小子叙明底细。原来袁崇焕自击退满军后，疏劾经略高第撤去守备、拥兵不救之罪，朝旨革高第职，命王之臣代为经略，升崇焕为辽东巡抚，仍驻宁远，又命总兵赵率教镇守关门。崇焕欲复孙承宗旧制，与赵率教巡视辽西，修城筑垒，屯兵垦田，正忙个

第五回 猛参政用炮击敌 怼喇嘛偕使传书

不了，会闻满洲太祖已殁，遂思借吊贺的名目，窥探满洲虚实；又以满俗信喇嘛教，并召李喇嘛偕往。李喇嘛等既到满洲，由满洲太宗召入，相见后递上两道文书，与吊贺礼单。太宗披阅一周，见书中有释怨修和的意思，便向李喇嘛道："我国非不愿修好，只因七恨未忘，失和至今。今袁抚书中，虽欲敛兵息怨，尚恐未出至诚，请喇嘛归后，劝他以诚相见为是。"李喇嘛亦援述教旨，请太宗慈悲为念，免动兵戈。太宗乃令范文程修好答书，交与部下方吉纳，命率温塔石等，偕李喇嘛赴宁远，同见袁崇焕，当由方吉纳递上国书，崇焕展开读之，其书云：

大满洲国皇帝，致书于大明国袁巡抚：尔停息兵戈，遣李喇嘛等来吊丧，并贺新君即位，既以礼来，我亦当以礼往，故遣官致谢。至两国和好之事，前皇考至宁远时，曾致玺书，令尔转达，尚未见答。汝主如答前书，欲两国和好，当以诚信为先；尔亦无事文饰。

崇焕读到此语，将书一掷，面带怒容，对方吉纳道："汝国遣汝等献书，为挑战么？为请和么？"方吉纳见他变色，只得答言请和。崇焕道："既愿请和，何故出言不逊？余且不论，就是书中格式，汝国欲与我朝并尊，谬误已甚。今着汝回国，借汝口传告汝汗，欲和宜修藩属礼，欲战即来。本抚宁畏汝等么？"闻其声，如见其人。说毕，起身入内。

方吉纳等怏怏退出，即日东渡，回报太宗。太宗即欲发兵，众贝勒上前进谏，说是："国方大丧，不宜动众，现不若阳与讲和，阴修战备，俟明边守兵懈怠，然后大举未迟。"话虽中听，其实是怕袁崇焕。太宗乃自草国书，命范文程修饰誊写，仍差方吉纳、温塔石等投递。方、温二人迫于上命，硬着头皮，再至宁远，先访着李喇嘛，邀同进见袁崇焕，捧上国书。

崇焕复展读道：

大满洲国皇帝，致书明袁巡抚：吾两国所以构兵者，因昔日尔辽东广宁臣高视尔皇帝，如在天上，自视其身，如在云汉，俾天生诸国之君，莫能自主，欺蔑陵轹，难以容忍，用是昭告于天，兴师致讨。惟天不论国之大小，止论事之是非，我国循理而行，故仰蒙天佑。尔国违理之处，非止一端，可与尔言之：如癸未年，尔国无故兴兵，害我二祖，一也。癸巳年，叶赫、哈达、乌拉、辉发与蒙古会兵侵我，尔国并未援我，后哈达复来侵我，尔国又未曾助我；己亥年，我出师报哈达，天以哈达畀我，尔国乃庇护哈达，逼我复还其人民，及已释还，复为叶赫掠去，尔国则置若罔闻；尔既称为中国，宜秉公持平，乃于我国则不援，于哈达则援之，于叶赫则听之，偏私至此，二也。尔国虽启衅，我犹欲修好，故于戊申年勒碑边界，刑白马乌牛，誓告天地，云："两国之人，毋越疆圉，违者殛之。"乃癸丑年，尔国以卫助叶赫，发兵出边，三也。又曾誓云："凡有越边境者，见而不杀，殃必及之。"后尔国之人，潜出边境，扰我疆域，我遵前誓杀之，尔乃谓我擅

24

杀，缧系我使臣纲吉礼、方吉纳，索我十人，杀之边环，以逞报复，四也。尔以兵备助叶赫，俾我国已聘叶赫之女，改适蒙古，五也。尔又发兵焚我累世守边庐舍，扰我耕耨，不令收获，且移置界碑于沿边三十里外，夸我疆土，其间人参貂皮五谷财用产马，我民所赖以生者，攘而有之，六也。甲寅年，尔国听信叶赫之言，遣我遗书，种种恶言，肆我侮慢，七也。我之大恨，有此七端，至于小忿，何可悉数？陵逼已甚，用是兴师。今尔若以我为是，欲修两国之好，当以金十万两，银百万两，缎百万匹，布十万匹，为和好之礼。既和之后，两国往来通使，每岁我国以东珠十颗，貂皮千张，人参千斤馈尔；尔国以金十万两，银十万两，缎十万匹，布三十万匹报我。两国诚如约修好，则当誓诸天地，用矢勿渝。尔即以此言转奏尔皇帝，不然，是尔仍愿兵戈之事也。

崇焕览毕，不由得心中愈愤；转思辽西一带，守备尚未完固，现且将计就计，婉词答复，待一二年后，无懈可击，再决雌雄。笔法变换，然必如此互写，方显得有胆有谋。若说得一味粗莽，便不成为袁崇焕矣。遂命左右取过笔砚，伸纸疾书道：

辽东提督部院，致书于满洲国汗帐下：再辱书教，知汗渐息兵戈，休养部落，即此一念好生，天自鉴之，将来所以佑汗而昌大之者，尚无量也。往事七宗，抱为长恨者，不佞宁忍听之。但追思往事，穷究根因，我之边境细人，与汗家之部落，口舌争竞，致起祸端，今欲一一辨晰，恐难问之九原。不佞非但欲我皇上忘之，且欲汗并忘之也。然十年苦战，为此七宗，不佞可无一言乎？今南关北关安在？辽河东西，死者宁止十人？仳离者宁止一老女？辽沈界内之人民，已不能保，宁问田禾？是汗之怨已雪，而志得意满之日也，惟我天朝难消受耳。今若修好，城池地方，作何退出？官生男妇，作何送还？是在汗之仁明慈惠，敬天爱人耳。天道无私，人情忌满，是非曲直，原自昭然。一念杀机，启世上无穷劫运，一念生机，保身后多少吉祥，不佞又愿汗图之也！若书中所开诸物，以中国财用广大，亦宁靳此，然往牒不载，多取违天，亦汗所当酌裁也。我皇上明见万里，仁育八荒，惟汗坚意修好，再通信使，则懔简书以料理边情，有边疆之臣在，汗勿忧美意不上闻也。汗更有以教我乎？为望！

写毕，视李喇嘛在旁，令他亦作一书，劝满洲永远息兵。两书一并封固，遣使杜明忠，偕方吉纳同去沈阳。

过了数日，去使未回，警信纷至：一角文书，是平辽总兵毛文龙来报，说满洲入犯东江；一角文书，是朝鲜国王李倧，因满军入境，向明乞援。崇焕一一阅毕，立命赵率教等领了精兵，驻扎三岔河，复发水师往救东江。方调遣间，见杜明忠入帐，呈上满洲复书。崇焕约略一阅，大约分作三条：不叙原书，免与上文重复。第一条，是画定国界；山海关以内属明，辽河以东属满洲。第二条，是修正国书；满洲国主让明帝一格，明诸臣亦当让满洲主一格。

第三条,是输纳岁币;满洲以东珠、参、貂为赠。明以金银布缎为报。崇焕道:"他犯我东江,并出兵朝鲜,一味蛮横,还有什么和议可言?"遂置之不答,但饬水陆各军,赶紧出发。无奈朝鲜路远,一时不及驰救,崇焕至此,也觉焦急,眼见得朝鲜要被兵祸了。正是:

玉帛未修,杀机又促;
虽鞭之长,不及马腹。

毕竟朝鲜能抵挡满洲否?且看下回分解。

本回全为袁崇焕一人写照。崇焕善战善守,较诸熊廷弼、孙承宗,尤为出色。初为殿前参政,誓守宁远,继为辽东巡抚,遗书议和,非前勇而后怯,盖将藉和以懈满军,为修复辽西计也。读《明史袁崇焕传》,曾奏称守为正著,战为奇着,和为旁着,可知崇焕之心,固非以议和为久计者。然清太宗亦一英雄,与崇焕不相上下,书牍往还,无非虚语,读其文,可以窥其心。

## 第六回　下朝鲜贝勒旋师
##　　　　守宁远抚军奏捷

且说朝鲜国地滨东海，古时是殷箕子分封地，后来沿革不一，到了明朝，朝鲜国王李成桂受明太祖册封，累年进贡，世为藩属。当杨镐四路出塞的时候，朝鲜曾出兵相助（应第四回。）杨镐败还，朝鲜兵多被满洲擒获，满洲太祖释归朝鲜部将十数人，令他遗书国王，自审去就。此番太祖逝世，朝鲜国亦未尝差人吊问，太宗即位半年，方欲出兵报复，适值朝鲜人韩润、郑梅得罪国王，逃入满洲，愿充向导。虎伥可恨！太宗遂命二贝勒阿敏为征韩大元帅，当日点齐军马，逐队出发。临行时，阿敏入辞太宗，太宗道："朝鲜得罪我国，出师声讨，名正言顺。只是明朝总兵毛文龙，蟠踞东江，遥应朝鲜，不可不虑！"阿敏道："依奴才愚见，须两路出师。"太宗道："这且不必。"就向阿敏耳边，授了密计，阿敏领命去了。

探子报到东江，说是满洲兵入犯，这东江是登莱海中的大岛，一名叫作皮岛，岛阔数百里，颇踞形势。自从明都司毛文龙招集辽东逃民，随时教练，建寨设防，遂成了一个重镇。明朝封他为平辽总兵，他心中也自得意。有时出攻满洲，互有胜负，他却屡报胜仗。取死之由。此次闻满兵入犯，急忙发兵出防，一面向宁远告急。其实满兵此来，并非欲夺东江，不过是声东击西的计策。点明太宗密授之计。文龙只知固守东江，严防海口，不料满洲军已纷纷渡过鸭绿江，直攻朝鲜的义州。及袁崇焕调发水师，到了东江，满洲太宗恐明兵窥破虚实，就亲自出巡，到辽河左岸，扎了好几天的营寨，实在也是虚张声势，牵制宁远的援兵。

那时满洲军入攻朝鲜，势如破竹，初陷义州，府尹李莞被杀，判官崔明亮自尽；随后又攻破定州，占据汉山城，任情杀戮，到处抢劫，吓得朝鲜兵民屁滚尿流。这朝鲜国王李倧，一向靠着明朝的威势偷安半岛，此次闻满军进攻，边要尽失，正惊慌得了不得，忽有一大臣来报，安州又失，满军已长驱到国都，急得李倧目瞪口呆，如死人一般。

## 第六回 下朝鲜贝勒旋师 守宁远抚军奏捷

还是这位大臣有点主见，一请遣使求和，一请国王速奔江华岛。原来这江华岛在朝鲜内海中，四面环水，称作天险。李倧闻了此言，忙召集妃嫔，踉跄出走；随命大臣修好国书，遣使求和。朝鲜使到满营，被阿敏训斥一顿，不允和议。嗣经贝勒济尔哈朗等，与阿敏密商，以明与蒙古两路相伺，国兵不应久出，彼既乞和，不若就此修好，收兵回国。阿敏迫于众议，方语朝鲜使臣，令他谢罪订约。朝鲜使才应命而去。

阿敏又发令进攻都城，诸贝勒复入帐谏阻，阿敏不从。帐后来了李永芳，也抗言进谏，被阿敏拍案大骂，斥他降臣走狗，不配与议，说得永芳面红耳赤，哑口无言。当下将令如山，莫敢违拗，便拔寨前进，直指平山。看官！你道这阿敏执意进兵，是为何故？他自领兵攻入朝鲜，战无不克，沿途掳掠，得了许多子女玉帛、金银财宝，他想朝鲜都内，总还要繁华一点，趁此攻入，抢一个饱，岂不是大大的一桩利市么？满军既到平山，离朝鲜国都不远，阿敏拟贪夜入城，忽报朝鲜国王，遣族弟李觉求见。阿敏召入，见李觉献上礼单，内开马百匹，虎豹皮百张，棉绸苎布四百匹，布万五千匹，不由得喜动眉睫，令军士检收。便遣副将刘兴祚偕李觉同往，并嘱兴祚道："若要议和，总须待我入都。"念兹在兹。兴祚告辞出帐，帐外已立着贝勒济尔哈朗，与兴祚密谈许久。兴祚点头会意，遂随李觉赴江华岛去了。故作疑团，惹人索解。

且说阿敏自遣刘兴祚后，仍饬军士攻城，军士虽不敢不去，却只在城下鼓噪，并没有什么大举动。接连好几日，仍未攻入，恼得阿敏性起，日夕詈骂不休。济尔哈朗等婉言解劝，没奈何耐住性子。一日，又拟亲督攻城，适值刘兴祚回来，先见了济尔哈朗，说明朝鲜已承认贡献，现偕李觉同来订约。济尔哈朗道："如此便好订盟。"兴祚道："须禀过元帅。"济尔哈朗说是不必。兴祚道："倘元帅诘责，奈何？"济尔哈朗微笑道："有我在，不妨。"胸有成竹。便召李觉进见，与他订定草约，随后入见阿敏，说已定盟。阿敏怒道："我为统帅，如何全未报知？"济尔哈朗道："朝鲜已承认贡献，理应许和，何苦久劳兵众？"阿敏道："你许和，我不许和。"铜气攻心。济尔哈朗仍是微笑。忽帐下来报道："圣旨到，请大帅迎接！"阿敏急令军士排好香案，率大小官员出帐跪迎。差官下马读诏，内称："朝鲜有意求和，应即与订盟约，克日班师，毋得骚扰。"阿敏无奈，起接圣旨，饯送差官毕，方把盟约签字；暗中却埋怨济尔哈朗，料知此番旨到，定是他秘密奏闻，他要硬做名誉，钳制咱们，咱们偏要掳掠一回。就暗暗嘱咐亲信军队，四出抢夺，又得了无数子女玉帛，金银财宝，满载而归。只苦了朝鲜百姓。

李觉随了满兵入朝。满主太宗出城犒军，与阿敏行抱见礼，便赐阿敏御衣一袭，诸贝勒马一匹；李觉随即叩见，命他起坐，并赏他蟒衣一件，大开筵宴，封赏各官。过了数天，李觉回国去了。

28

太宗既征服朝鲜，遂一意攻明，传令御驾亲征，命贝勒杜度阿巴泰居守，自己带领八旗，由贝勒德格类、济尔哈朗、阿济格、岳托、萨哈廉、豪格等作为前队，攻城诸将，携着云梯盾牌，并橐驼负着辎重，作为后队。前呼后拥，渡过辽河，向大小凌河进发。

是时辽东经略王之臣，与崇焕不睦，明廷召还之臣，命崇焕统领关内外各军。崇焕闻满兵又来犯边，急令赵率教率师往援。率教到了锦州，由探马报说："大凌河已陷。"率教急命军士濬濠掘堑，多运矢石上城；复遣人向宁远告急。次日，忽来明兵一二千人，在城下大叫开门。率教上城探视，问所自来，城下兵士答称从大凌河逃至。率教见彼无狼狈情形，竟喝声道："养兵千日，用兵一时，难道叫汝等临阵逃走么？汝等既负了朝廷豢养之恩，还有何颜入城见我？"义正辞严。说毕，城下兵士尚哗噪不已，率教拈弓搭箭，射倒兵目一人，并厉声道："汝等再如此喧嚷，教你人人这般。"于是城下兵士一哄而散。原来这等兵士，有一半是被满兵获住的明军，有一半是满兵伪服汉装，冒充明军来赚锦州，幸亏率教窥破，不中他计。写赵率教机智。率教下城，暗想："满主诡计，虽已瞧破，然明日必来猛攻，现在守兵不足，援师未至，倘有疏虞，如何是好。"踌躇良久，忽猛省道："有了。"当命亲卒请钦差纪用商议。

纪用本是明廷太监，因钻入魏阉门路，得了巡视锦州的差使，太监也预军事，实是明朝气数。不料满兵前来，一时不能出城，正在着急，闻率教相请，勉强出来应酬。率教与他耳语一番，纪用本来没用，只好答道："遵命！"率教大喜，遂修好文书，由纪用署名，差人赍往满营。满洲太宗阅毕，问道："尔是纪钦差遣来的么？"明使答道："是。"太宗道："纪钦差既欲求和，可出城面陈衷曲。尔边将平日欺我，正思与尔钦差言明，转奏尔主，就使攻破尔城，我亦不妄加杀害。纪钦差可自立记号，别居他所，免致误伤。"说罢，令差官回报。率教闻知，命差官再往满营，传说："明日当出城议和。"明日纪用不出。又次日，满营遗书诘责，率教令纪用优待来人，设词延约。接连三日，太宗未免动疑，夜睡时辗转不寐；忽心中猛悟，披衣起坐道："错了，错了！我中他计了！"到底聪明，然亦晚矣。原来率教令纪用求和，分明是缓兵之计，他要纪用出名，一面是阳为推崇，使纪用心欢，一面因太监署名求和，易使敌人相信，待至满洲太宗窥破兵谋，援师已到城下，这正是赵率教的机智。

是夕，满洲太宗即传集军士，衔夜薄城，一声霹雳，三军齐动，直向锦州城扑来。赵率教也曾防着这一层，日夜留心，猛听得远远角声，料是满营出发，忙上城指麾守兵，四面防守。霎时间满军已到，急麾众齐掷矢石。满军受伤颇多，忽向城西聚集，抵死猛攻。城上守兵亦分队来援，满兵少却。此时天色黎明，两造军士都有倦容，蓦见满军后面，队伍自乱，隐约露出明军旗帜。

清史演义

## 第六回 下朝鲜贝勒旋师 宁远抚军奏捷

率教见援军已到，一声号炮，开城出攻，满军前后受敌，只得突围而退，且战且走。明军趁势会合，并力追杀，约五里许，方鸣金收军而去。这一阵，杀得满军七零八落，幸亏太宗素有约束，不致全军溃散。

太宗见明军已退，扎住了营，遣人至沈阳调发军队，报恨泄忿。不多日，沈阳兵到，太宗令新军作了前锋，乘夜间寂静时候，偷越锦州，去袭宁远。也是妙计。此时正是仲夏天气，草木阴浓，虫声嘈杂，满军衔枚疾进，直达宁远城北冈，太宗先上冈了望，见城上旌旗不整，刁斗无声，便命军士倚冈下寨。众贝勒请速攻城，太宗道："这是袁蛮子驻守的城池，难道没有防备么？此中必有诡计。"也自精细。立营未定，忽西北来了一彪人马，挂着袁字旗号，疾驱而至。太宗命军士迎敌，两边混战起来。不一时，明军望后而退，太宗乘势追赶，将到城下，忽斜刺里杀出一员大帅，手执令旗，指挥杀敌。

这人非别，正是统辖关内外的袁崇焕。此老又复出现。他自锦州开仗，便防着满军分袭宁远，是日由密探报知，便令城内偃旗息鼓，诱引满兵攻城，他却分兵两路，埋伏左右，俟满军一到，出来夹击。偏偏太宗倚冈立寨，逗军不进。崇焕见此计不中，就暗令左翼兵上前挑战，自己尚埋伏城右。此次太宗却上他的当，追赶前来，他就从右侧杀出，横截满军。被追的明军又转身奋斗，太宗忙分兵抵御，可奈明军越战越勇，看看有些支持不住；猛见袁崇焕带领诸将，冲入中军，太宗急命阿济格、萨哈廉等上前抵敌，阿、萨二人正奉命出战，不防一矢前来，正中阿济格右肩，险些儿落下马来，幸亏萨哈廉猛力救护，阿济格方逃入军中。太宗见阿济格受伤，别令部将瓦克达率精兵接应萨哈廉，一面令军士向后渐退。崇焕被萨、瓦二人牵制，不及追赶。太宗退军数里，检点军士，已丧失不少。只萨、瓦二人未回，待了好多时，始见二人身负重创，带着残兵，跟跄奔还。太宗咬牙切齿道："这个袁蛮子，真正厉害！怪不得先考在日，也吃一场大亏。此人不除，哪里能夺得明朝江山？"为后文伏笔。当下令济尔哈朗断后，把败军徐退锦州。满军虽败，仍有节制。崇焕闻满军退去，料想太宗定有准备，也收兵不追。太宗过了锦州，仍令后队猛攻一番，这是假作攻势，以进为退之计。自己却排齐队伍，一队一队的退归沈阳。

话分两头，单说袁崇焕逐退满军，遣使告捷，满望明廷降旨叙功，不料朝旨下来，反斥他不救锦州之罪。崇焕接旨大愤，即上表乞休。圣旨准奏，仍命王之臣代崇焕。满洲太宗探得此信，方额手称庆，意图再举，只因兵士新败，不得不休养一年，拟至来岁出兵。到了冬季，探报明熹宗崩，皇五弟信王嗣位，魏忠贤伏诛，太宗尚不介意。至明崇祯元年四月，探报袁崇焕复督师蓟辽，太宗顿足道："我刚想发兵攻明，如何这袁蛮子又来了？"看官！你道袁崇焕如何再出督师？原来崇焕免官，都由魏忠贤暗中反对，至崇祯帝嗣位，开手便放戮魏阉，召用袁崇焕。崇焕陛见时，崇祯帝问他治辽方略，他却奏称假臣便宜，五年可复全辽。未免自夸。当时给事中许誉卿已说他言过其实。崇焕复奏称"五年以内，户部发军饷，工部给器械，吏部用人，兵部调兵遣将，须中外事事相应，方能济事。但恐一出国门，便成万里，忌能妒功的人，即不明掣臣肘，亦能暗乱臣谋"云云。崇焕之言，虽确中时弊，然语近要挟，后来动帝之疑，实伏于此。崇祯帝为之动容，援为兵部尚书，赐尚方剑，命他即日启行。

崇焕到了关上，复缮折奏称恢复之计，应以辽人守辽土，以辽土养辽人，守为正着，战为奇着，和为旁着，法在渐不在骤，在实不在虚，愿至尊任而勿贰，信而勿疑，毋偏听左右，毋堕敌反间等语。崇焕所虑在末二语，乃后文偏如所料，令人长叹！奏上，复由崇祯帝优诏褒答。崇焕方渐渐放心，遂将关内外紧要地方，修城增堡，置戍屯田，不到一年工夫，已有成效，正是一夫当关，万夫莫入。

那时满洲太宗闻了这信，不敢轻动，只自嗟叹不已，光阴易过，转眼间便是明崇祯二年、满洲国天聪三年，编年亦不可少。太宗无聊已甚，并恐军心懈怠，时常出猎校阅，既便消遣，又资搜讨。到了初秋，太宗正出猎回来，有亲卒报道："明朝来了两员将官，说是到我国投降，现有名单在此。"太宗接单一阅，写着孔有德、耿仲明二名。太宗迟疑一回，便召贝勒多尔衮及内阁学士范文程入帐，将名单与他传阅，多尔衮道："恐是明朝奸细。"范文程道："闻他不带兵马，只有两个光身子，何必惧他？不如召他进来，一问便知。"太宗点头称善，即命手下召入。二人入见太宗，即伏地大哭。正是：

窥辽方虑名臣在，

作伥偏逢降将来。

未知二人何故愿降，且看下回便知。

满洲太宗确系能手，观其声东击西，征服朝鲜，其兵谋不亚乃父。朝鲜一失，明之左臂已断，袁崇焕虽智，至此亦穷于应付，然满军出攻宁、锦，袁、赵二将，计却强敌，满洲太宗亦遭败衄，可见明有袁崇焕，辽西未易动也。是故国家不可无良将。至五年复辽之语，虽近虚夸，要不得为崇焕咎。满洲所畏者惟崇焕一人而已。本回写满洲太宗处，即是写袁崇焕处。

## 第七回　为敌作伥满主入边
　　　　因间信谍明帝中计

却说孔、耿二明将，见了满洲太宗，伏地大哭。太宗问为何事，二人奏道："臣等都是东江总兵毛文龙部将，因袁崇焕督师蓟辽，无故将我毛帅杀死，恳求大皇帝发兵攻明，替毛帅报仇，袁崇焕杀毛文龙事，从明朝二降将口中叙出，省却无数笔墨。臣等愿为前导，虽死无恨。"朝鲜有韩润、郑梅，明朝有孔有德、耿仲明、尚可喜，何虎伥之多也！

原来毛文龙蟠踞东江，素性倔强，崇焕恐他跋扈难制，借阅兵为名，诱文龙往迎。文龙见了崇焕，语多傲慢。崇焕便赚文龙登出阅兵，帐下伏了军士，把文龙拿住，数他十二大罪，请出尚方剑，将文龙斩首。这孔、耿二人，统认文龙为义父，因文龙被杀，随即逃往满洲甘作虎伥。为私灭公，二人可诛。太宗道："照汝等说来，是真心投降么？"二人便设誓道："如有异心，神人殛之！"太宗道："汝二人欲我报仇，也可代为出力，但山海关内外，有袁崇焕把守，不易进取，汝等可有良策否？"二人沈吟许久，耿仲明先开口道："关内外不易得手，何不绕道西北，从龙井关攻入？"太宗道："龙井关在何处？"孔有德接口道："龙井关是明都东北的长城口，此去须经过蒙古，方可沿城入关。此关若入，便可向洪山、大安二口，分路进捣，直入遵化，遵化一下，明京便摇动了。"仿佛《三国演义》中，张松献益州地图。太宗喜形于色，便道："汝等愿作向导么？"二人齐声称愿。

旁闪出多尔衮道："二将弃逆归顺，正是识时俊杰，但二将前来，曾被明廷察觉否？"二人齐声答道："我等潜踪而来，不但明廷未知，连关上的袁崇焕，也未必晓得。"多尔衮道："既如此，请尔等速还登州。"太宗道："我要他作攻明的向导，你如何教他速还登州？"多尔衮道："我军此次攻明，料非一二个月可以回国，若被袁崇焕闻知，从登莱调遣水师，潜入我境，岂不是顾彼失此？好在二将前来，彼尚未晓，现仍回据登州，阳顺明朝，阴助我国，倘袁崇焕令他攻我，他可逗留勿进，若差了别将，他可预先报知，以便堵截，岂不是好？"太宗道："好是好的，但无人导入龙井关，奈何？"多尔衮道："蒙古喀尔沁部已归顺我国，我军到了蒙古，择一熟路的作了向导，便可入龙井关。从前蒙古尝入贡明廷，岂无人熟识路径？"太宗大喜，便手指多尔衮，对孔、耿二人道："这是皇弟多尔衮，足智多谋，计出万全，现请汝等依了他计，仍回登州，秘密行事，将来为我立功，不吝重赏。"孔、耿二人领命去讫。多尔衮此计，仍是未信孔、耿二人，意欲借此试二人虚实，用心更细，设计更险。《明史》崇祯四年，载登州游击孔有德叛事，此处尚是崇祯二年，故有此斡旋之笔。

是年十月，太宗亲率八旗劲旅，大举攻明，方欲启行，闻报蒙古喀尔沁部遣台吉布尔噶图入贡。太宗接见，就问龙井关路径，曾否认识？布尔噶图道："奴才数年前，曾去过一次，略识路程。"太宗即令他作为向导，顿时满城文武，除居守外，尽随驾出发。戈铤耀日，旌旗蔽天，一程行一程，一队过一队，回环曲折，越水穿林，在途中过了数天，方到喀尔沁部。喀尔沁亲王迎宴犒劳，不待细说。

太宗即日抵龙井关，关上不过几百名守卒，见满洲军蜂拥而来，都吓得魂飞天外，四散逃去。满军整队而入，遂分两路进攻，一军攻大安口，由济尔哈朗岳托为统领，共四旗；一军攻洪山口，太宗亲率四旗兵队，连夜进发。此时明军专防守山海关，把大安、洪山二口视作没甚要紧的区处，空空洞洞，毫不设备，一任满军攻入，浩浩荡荡地杀奔遵化州。

明廷闻警，飞檄山海关调兵入援，总兵赵率教奉檄出兵，星夜前进，到了遵化州东边，地名三屯营，望见前面密密层层的都是满军，把三屯营围得铁桶相似。率教自顾部众，不及他四分之一，眼见得不是对手，只是忠臣不怕死，有进尺，无退寸，当下激励将士，分为数队，呐喊一声，竟向满军中冲入。满军见有援师，让他入阵，复将两面的兵合裹拢来，把率教困在核心。率教全无惧怯，率众血战，见一个，杀一个，见两个，杀一双，自辰至午，也杀了满军多名。怎奈满军越来越众，率教只领着孤军，越战越少，满望城中出兵相应，谁知寂无声响。又复死战多时，看看日光已暮，不由得愤急起来，索性拍马当先，杀开一条血路，直奔城下，大声叫道开城。城上乱下矢石，率教大叫道："我是山海关总兵，来援此城，请速放入！"但闻城上守兵答道："主将有令，不论敌兵援兵，一概不得入城。"率教此时已身受重创，至此进退无路，视部下残兵，亦受伤过半，不能再战，便下马向西再拜道："臣力竭矣。"把剑自刎而亡。可敬可悲。

那时满兵已逼到城下，把残兵扫得精光，不留一个，当即乘胜登城。城中守将朱国彦只守着闭关的主见，不纳援军，害得赵率教自刎身亡，到了满军登城，他已无能抵御，忙回署穿好冠带，

清史演义

## 第七回 为敌作伥满主入边 因间信谗明帝中计

望阙叩头，与妻张氏并投缳毕命。愚不可及。

满军夺了三屯营，又攻遵化，巡抚王元雅昼夜巡守，满军竖起云梯，四面进攻，守兵措手不及，被满军一拥而上。王元雅以下文武各官，统同殉节。满洲太宗入城，命军士检埋元雅尸首，杀牛犒饮，庆赏一天。翌日即率师进发，所过皆墟。不到一月，蓟州、三河、顺义、通州等处，都被满军占踞，乘胜直到明都城下。明廷大震，幸亏关上满桂带兵入援。满桂也是明朝有名的猛将，见满军大至，亟麾兵迎战。两军厮杀了半日，不分胜负。忽城上放了一声大炮，弹丸四迸，烟雾蔽天，满军霎时驰退，满桂军猝不及防，反被打伤了数百名。满桂也中了一弹。

太宗收了兵马，就在城北土城关的东面扎定了营，令明日奋力攻城。忽见贝勒豪格及额驸恩格德尔两人匆匆走入道："袁崇焕又来了。"太宗惊道："袁蛮子当真又来么？"所留意者此人。原来明京自满军深入，飞诏各处迅速勤王，袁崇焕奉旨，立遣赵率教、满桂等率军入援，自己亦带领祖大寿、何可纲两总兵，随后启程。所过各城，都留兵驻守。及到明京，各道援师亦渐渐云集。崇焕入见崇祯帝，帝大加慰劳，命他统率诸道援师，立营沙河门外，与满军对垒。满洲太宗闻崇焕又至，不觉惊叹失声。豪格及恩格德尔见太宗不悦，便仗着胆道："袁蛮子没有三头六臂，何故畏他？他现在率兵初到，未免劳苦，趁此机会，劫他营寨，何愁不胜？"

太宗道："汝言虽是有理，但袁蛮子饶智有略，宁不预先防备？汝等既愿劫营，须处处防他埋伏。左右分军，互相策应，方是万全之策。"可谓小心。豪格等应命出兵。

这时满营在北，袁营在南，由北趋南，须经过两道隘口，恩格德尔自恃勇力，一到右隘，就带了本部人马，从隘口进去。卤莽可笑。豪格一想，彼从右入，我应从左进，但若两边都有埋伏，那时左右俱困，不及救应，岂不是两路失败么？现不若随入右隘，接应前军为是。亏此一想。便命军士随入右隘，起初还望见恩格德尔的后队，及转了几个湾头，前军都不见了。正惊疑间，猛听得一声号炮，木石齐下，把去路截断。豪格料知前面遇伏，忙令军士搬开木石，整队急进。幸喜山上没有伏兵下来，尚能疾行无阻。行未数里，见前面聚着无数明军，把恩格德尔围住，恩格德尔正冲突不出。当由豪格催动前骑，拚命杀入，方将明军渐渐杀退，保护恩格德尔出围。非写豪格，实写袁崇焕。随令恩格德尔前行，自己断后，徐徐回营。

明军见有援应，也不追赶。

恩格德尔回见太宗，狼狈万状，禀太宗道："袁蛮子真是厉害，奴才中了他计，若非贝勒豪格相救，定然陷入阵中，不能生还。"太宗道："我自叫你格外小心，你如何这等莽撞？本应治罪，念你一点忠心，恕你一次。"恩格德尔叩首谢恩，又谢过了豪格。太宗道："袁蛮子在一日，我们忧愁一日，总要设法除他方好。"令军士分头出哨，严防袭击。

当夜无话，次日满洲探马，来报敌营竖立棚木，开濠掘沟，比昨日更守得严密了。太宗道："他是要与我久持，我军远道而来，粮饷不继，安能与他相持过去？"当即开军士会议，文武毕集，太宗令他们各抒所见。诸将纷纷献议，或主急攻，或主缓攻，或竟提出退师的意见。太宗都未惬意。旁立一位文质彬彬的大臣，一言不发，只是微笑。太宗望着，乃是范文程，便问先生有何良策，文程道："有一策在，此刻不可泄漏，容臣秘密奏明。"太宗即命文武各官，尽行退出，独与文程秘密商议。帐外但听得太宗笑声，都摸不着头脑。是何妙计？看官试一猜之！好一歇，文程亦出帐而去。过了一天，传报明京德胜门外及永定门外，遗有两封议和书，系是满洲太宗致袁崇焕的。疑案一。又过一天，满军捉住明太监二名，太宗不命审问，就令汉人高鸿中监守。疑案二。又过一天，满军退五里下寨。疑案三。又过一天，高鸿中报明太监脱逃，太宗也不去罪他。疑案四。又过一天，高鸿中面带喜色，入报明督师袁崇焕下狱，总兵祖大寿、何可纲奔出关外去了。疑案五。太宗道："范先生好似一个智多星，此番得除掉袁蛮子，真是我国一桩大幸事。"

看官！你道这位神出鬼没的范先生，究竟是何妙策？说将起来，乃是兵书上所说的反间计。原来明京两门外的议和书，都是范文程捏造情由，遣人密置。守门的兵目得了此书，飞报崇祯帝，崇祯帝便命亲近太监出城访查，不料途中伏着满兵，被他拿去两名。这两名太监拿入满营，由高鸿中监守。高系汉人，与明太监言语相通，渐渐说得投机，非但不加刑具，并且好酒好肉地款待。是夕，鸿中与二太监酣饮，有一兵官模样入会鸿中，见二太监在座，慌忙退出。鸿中假作酒醉，忙起座追出门外，与兵官密谈。二太监见无人在座，便掩到门后窃听，模模糊糊的，听得袁崇焕已经允议，明晨我兵退五里下寨。末后这一语，是休令明太监闻知。言毕，匆匆径去。二太监以目相视，忙即回座，鸿中亦入门再饮数巡，说是要摒挡行李，恕不陪饮。鸿中别去，二太监趁这时光，走出帐外，见帐外无人把守，便一溜烟的跑回明京，详禀崇祯帝。崇祯帝因崇焕擅杀毛文龙，已自不悦，及闻了私自议和的消息，便召见崇焕，责他种种专擅，立命锦衣卫缚置狱中。总兵祖大寿、何可纲闻主帅无故下狱，顿时大愤，率兵驰回山海关。你想满洲太宗得了此信，有不格外喜欢么？陈平间范增，周瑜弄蒋幹，都是这般计策，崇祯帝号称英明，应亦晓明史事，乃竟堕入敌计，自坏长城，真正可叹！

明军失了主帅，惊惶得了不得。偏这满洲太宗计中有计，不乘势攻打明京，反向固安、良乡一带去游弋了一回。明廷还道是满兵退去，略略疏防，不料满兵复回转北京，直逼卢沟桥。此时守城大将只有满桂一人还靠得住，此外都是酒囊饭袋，全不中用。崇祯帝封

满桂为武经略，屯西直、安定二门，统辖全军，一面命各官保荐人才。好好一个大将才，缚置狱中，还要人才何用。当由庶吉士、金声保荐两人，一个是游僧申甫，想是会念退兵咒。一个是翰苑出身刘之纶。崇祯帝立刻召见，适刘之纶未曾在京，应召的只有申甫一人。陛见时问他有何才具，申甫答称："能造战车。"当场试验，颇觉灵动，遂擢他为副总兵，令他招募新军，即日赴敌。急时抱佛脚，有何益处？申甫奉了上命，就在京中开局招兵，所来的无非市井游手，或是申甫素识的僧徒，全然不晓得临阵打仗的格式，冒冒失失地领了出城，战车在前，步兵在后，大喊一声，向满营冲将过去。满军守住营寨，全然不动，前面的战车也在途中停住了。暮闻满营中一声战鼓，把寨门一开，千军万马，拥杀过来，申甫还催战车急进，怎奈推车的人早已不知去向。满军将战车尽行拨倒，提起大刀阔斧，杀入明军，好像削瓜切菜一般。这等游手僧徒，只恨爹娘少生两脚，没命的夺路乱跑。申甫也转身逃走，不到数步，被一满员赶到，刀起头落，把申甫一道魂灵，送到西方极乐世界去了。

崇祯帝闻申甫败死，越加惶急，命满桂出城退敌。满桂奏言众寡悬殊，未可轻战。偏这明廷的太监，日日怂恿崇祯帝，催令速战。是满桂催命符。崇祯帝既诛魏阉，如何尚用奄寺？令人难解。满桂只得督领兵官孙祖寿等，出城三里，与满军搏战。这场厮杀，与申甫出战全然不同，兵对兵、将对将，赌个你死我活，自早晨起，竟杀得天昏地黑。叙满桂处亦是不苟。满洲太宗见部队战明军不下，想了一计，令侍卫改作明装，就夜黑时混入明军队里。满桂不防，误作城内援兵，不料这伪明军专杀真明军，一阵骚扰，明军大乱。可怜这临阵惯战的满桂，竟死于乱军之中。满桂又死，明其危矣。满军大获胜仗，个个想踊跃登城，不意太宗竟下令退军，弄得众贝勒都疑惑起来。小子且停一停笔，先诌成一诗，以纪其事云：

大好京畿付劫灰，
强胡饱掠马方回。
谁云明社非清覆，
内讧都从外侮来。

毕竟满洲太宗何故退军，请到下回交代。


袁崇焕杀毛文龙，后人多议其专擅，愚意不然。将在外，君命有所不受，有利于国，专之可也。况崇祯帝固许其便宜行事乎！惟文龙被杀，部下多投奔满洲，甘为虎伥，绕道入塞，不得谓非崇焕疏忽之咎。然勤王诏下，即兼程前进，忠勇若此，而崇祯帝多疑好猜，竟信阉竖之谗，误堕敌人之计，崇焕下狱，满桂阵亡，明之不亡亦仅矣。读此回令人嗟叹不置。

# 第八回  明守将献城卖友
　　　　清太宗获玺称尊

　　却说满洲太宗下令退军，众贝勒都来谏阻，太宗把意见详述一番，说得众贝勒个个叹服。原来太宗的意思，恐师老日久，有前无继，转犯兵家之忌。就使乘胜攻城，应手而下，也是万不能守。一旦援军四集，反致进退两难，所以决意离京，把畿辅打扰一番，扰得他民穷财尽，激起内乱，方好乘隙而入，唾手夺那明室江山。这正是亟肆以敝的计策。确是妙算。当下率领全军，退至通州，是时已天聪四年了。点目。

　　到通州后，复渡河东行，克香河，陷永平；将到遵化，忽见前面有明军拦住，历历落落的炮弹向满军打来。太宗方令军士退后，猛听得豁喇一声，明军这边的大炮无故炸开，弄得自己打自己。太宗趁这机会，再令军士向前猛进，此时明军已纷纷自乱，哪里当得住满军。只是这位统兵大员，偏不肯逃走，麾军士拼命拦截，自辰至酉，明军已矢尽力穷，这统兵大员中了满兵两箭，坠马身亡。

　　看官！你道这明将是谁？就是金声保荐的刘之纶。之纶平日颇研究武备，尝借贷百金，造成木质大炮；又造独轮车、偏箱车、兽车，都是轻便利用，因闻崇祯帝召见的信息，亟夜到京，入奏称旨，超擢兵部侍郎，协理京营戎政，闻得满营齐退，之纶誓师出追，到了通州，闻满军东去，料他必取道遵化，退出关外，遂约总兵马世龙、吴自勉二人，尾满军后，趋向永平，自己由间道到遵化，截满军归路，与马、吴两总兵前后夹攻。计亦甚善。谁知马、吴两人违约不追，之纶只领了一支孤军，驻扎娘娘庙山。待满军到来，两边相较，已是众寡不敌；偏这大炮又炸，越加危急。左右请结阵徐退，之纶怒道："吾受天子厚恩，誓捐躯以报，战若不胜，愿死，敢言退者斩。"到了矢尽力穷的时候，之纶见不可支，大呼道："死死！负天子恩！"急解佩印付给家人道："持此归报朝廷。"不一时，即被满军射倒。所剩残兵，霎时间一扫而空。

　　太宗复领兵攻陷迁安、滦州，进至昌黎，却由该县左应选，率兵民固守，

清史演义

37

## 第八回　明守将献城卖友　清太宗获玺称尊

连番进攻，都被击退。寻闻明廷复起用孙承宗，代袁崇焕守山海关，恐他遣将前来，截断归路，遂匆匆收兵回国。既至国都，文武各官都上表庆贺，惟太宗犹有忧色。众贝勒各来进问，太宗道："袁蛮子虽已下狱，终究未死，倘或赦罪出来，又要与我国做死对头，所以放心不下。待他死了，汝等贺我未迟。"过了数日，侦察明京大事的探子，密书驰报，略说："袁崇焕已经磔死，连家产亦被籍没。"太宗方欣然道："难得此公已死，咱们可长驱入明了。"自拆股肱，适以利敌。是时范文程在旁，太宗复顾着道："这是范先生第一功。"文程道："崇焕虽死，承宗尚在，山海关尚未易下。"太宗道："待来年再行图他。只是明兵惯用大炮，我国恰无此火器，须赶紧制造，方可攻明。"文程道："这正是最要紧的事情。"遂招募工匠，铸起红衣大炮，命军士沿习燃放。

转瞬间又是一年，众贝勒复请攻明，太宗约以秋高马肥，方可进兵。是时孙承宗督师关上，收复滦州、迁安、永平、遵化四城，复整缮关外旧地，军声大震。怎奈来了一个邱禾嘉，做了辽东巡抚，偏与承宗意见不合。狭路相逢，无非冤家。承宗议先筑大凌河城，以渐而进，禾嘉恰要同时筑右屯城。工程日久，两城都未曾完工，满军已进薄城下，这是天聪五年八月内的事情。

太宗带领精骑，到了大凌河，掘濠竖栅，四面合围，令贝勒阿济格等率兵往锦州，遮击山海关援兵。邱禾嘉闻满军已至，急率总兵吴襄、宋伟等，自宁远趋锦州，是时阿济格军尚在中途，锦州城下未见敌人踪迹。禾嘉令吴襄、宋伟，率兵进发，到长山口，遇着满军，彼此交战，不分胜负。两边鸣金收军，各扎住营寨，准备明日厮杀。是夕，满洲太宗亦到阿济格营内，亲自督战。

次日，天色微明，满兵已张开两翼，向明营扑来。明总兵宋伟坚垒不动，满军连冲数次，都被宋伟的营兵枪炮打回。宋伟亦能。太宗命转攻吴襄营，吴襄忙令营兵齐放枪炮，满兵亦枪炮迭施。正轰击间，忽东北角上刮起一阵狂风，顿时飞石扬沙，天昏如墨，襄军乘风举火，烈焰腾腾，扑入满军。满军正在着急，俄见大雨奔下，风随雨转，火势反向襄军扑回。襄军出其不意，霎时大乱，满军乘风猛攻，杀得襄军零零落落，吴襄忙率残兵逃走。岂真天意。满军复驰向宋伟营，此时伟军见襄军败走，已自胆怯，怎禁得满军踊跃前来？不消一个时辰，被满军冲入营内，宋伟左右阻拦，争奈支撑不住，也只得向后退下。满军随后赶来，两路残军，抱头疾走。约数里，忽前面来了一支人马，统是满洲服式，挡住去路，后面追兵又至，吴襄、宋伟只得拼了性命，向前冲突；等到杀出重围，已失去了监军张道春、副将祖大乐，将士伤亡不计其数，疾忙趋回锦州。邱禾嘉见了败军，惊惶万状，弄得束手无策；自是大凌河城，虽连章告急，禾嘉装作痴聋一般，全不理睬了。这样无能，何苦与孙承宗反对。

且说大凌城守将，便是祖大寿、何

可纲二人。他们本是怨恨明帝，只因孙承宗面上，坚守此城。闻援兵已经败还，格外懊丧。祖大寿有一兄弟名叫大弼，曾官副总兵，有万夫不当之勇，军中称为万人敌，又因他素性粗莽，不管死活，别号作"祖二疯子"。他仗着勇力，一意主战，夜率死士百二十人，易服辫发，缒城而下，来袭满营。此公颇有机智，不是一味疯癫。适值太宗未寝，在帐中阅视文书，大弼执着大刀，当先入帐，把大刀左右乱劈，斫倒满侍卫两员。太宗见大弼入帐行凶，忙拔腰下佩剑，挡住大弼的大刀。幸亏太宗有些武力。当下交战数合，太宗力不逮大弼，渐渐退后。大弼手下的死士，亦陆续入帐，太宗正在着忙，亏得阿济格等带领侍卫十员，赶来护驾。一场酣斗，满侍卫中，尚有一人被斫断半臂。极写大弼。至满军越来越众，大弼始呼啸一声，冲围而出，此时大寿始知大弼出城劫营，出兵接入城去。大弼检点党羽，不折一人，只有数名负伤。甘宁百骑劫曹营，祖大弼可谓媲美。

次晨，太宗遂下令急攻，大寿、可纲抵死击退。又过数日，满军运红衣大炮至，击坏城外数堡，复接连轰城。城上短堞一半被毁，城中犹是固守。直到冬季，大凌粮尽，食牛马；牛马又尽，人自相食。大寿日盼援师，只是不至。惟满主招降书，屡射入城来，大寿未免动心，与可纲密议。可纲不从，大寿此时也顾不得可纲了。夜间令部下亲兵，缒城至满营，投书愿降，即于次夕献城。可纲闻知，急来拦截，被大寿一箭射倒，由满军擒捉而去。城内兵士非降即走。可纲见了太宗，劝降不允，从容就刑。算一个烈士。大弼不服兄意，早率同志出城去了。

大寿叩见太宗，太宗格外优待，命之起坐，亲赐御酒一樽。是夕，大寿仍宿大凌城，梦寐间只见何可纲索命。贼胆心虚。及至惊醒，自觉卖友求荣，于情理上很过不去。当时踌躇了一回，又忏悔了一回。翌晨，起见太宗，正值太宗升帐，会议进取锦州。大寿献计道："取锦州不难。臣的家小亦在锦州，现在锦州的守将，尚未知臣降顺天朝，若臣佯作溃奔状，归赚锦州，作为内应，陛下发兵为外合，取锦州如反掌。臣的家小，亦可藉此取来。"太宗道："你不要诳语！"大寿设誓允诺，太宗当即命出发。到了锦州，闻邱禾嘉已经被劾，调往南京。关上督师孙承宗亦被言官弹击，乞休回里。承宗又罢。大寿又把锦州缮城固守，诡报满洲太宗，说是："心腹人甚少，各处客兵甚多，巡抚巡按，防守甚严，请缓发兵为是。"太宗乃班师而去。

是年冬，孔有德大闹登州，逐登莱巡抚孙元化杀总兵张可大。越年，明兵四万攻登莱，有德等不能敌，驰书满洲告急。太宗以朝鲜已服，登莱无用，复书令有德等仍返满洲。有德遂偕耿仲明把子女玉帛载了数船，直到沈阳，（应前回）见了太宗说："辽东旅顺，乃是要塞，现在守备空虚，可以袭取。"太宗遂发兵千名，偕孔、耿二人往袭旅顺。过了数日，军中报捷，说是旅顺已

清史演义

下，杀死明总兵黄龙，招降副将尚可喜。太宗大悦，即令孔、耿二人回国，留尚可喜居守旅顺。孔、耿奉命回国，孔受封为都元帅，耿受封为总兵官，嗣后可喜亦得封总兵。从此耿、尚、孔三将，居然做满洲开国功臣了。

话休叙烦，且说满洲太宗自大凌城班师，养精蓄锐，又历一年。一日，校阅军队毕，饬令随征察哈尔部，并征集各部蒙古兵，向辽河进发。这察哈尔部在满洲西北，源出蒙古，就是元朝末代顺帝的子孙。当满洲太祖起兵时候，察哈尔势颇强大，曾做内蒙古诸部的盟长，他的头目叫做林丹汗。天命四年，尝遗书满洲，自称统领四十万众蒙古国主，致书水滨三万满洲国主。这便是自大的口吻。嗣后尝胁掠蒙古诸部，诸部受苦不堪，多来归服满洲，请满洲出兵讨伐。太宗趁兵马强壮，遂发兵渡了辽河，绕越兴安岭，向察哈尔背后攻入。林丹汗只防前面的境界，不料满军从后面扑来，蒙古本无大城，不过有几个小小的土闉，便算是头目所居的都城。满军扑到城下，林丹汗似梦初觉，仓猝不及抵敌，只得徒步飞逸。满军乘势追杀，直到了归化城，捉不住林丹汗，反把明朝边境的百姓拿来出气。明民何辜？当下由太宗命分四路兵入明边：第一路从尚方堡进宣州，到山西省大同应州；第二路从龙门口进长城，到宣州与第一路会齐；第三路从独石口进长城，到应州；第四路从得胜堡进朔州。四路的兵，长驱直入，好像一群豺狼虎豹，钻入犬羊队里，乱咬乱嚼，随心所欲，

明边的百姓无缘无故地遭此大劫。幸亏宣大总督张宗衡，总兵曹文诏、张全昌等，固守城池，击退满兵，城中的百姓，还算保全身家性命。满兵掳了人口牲畜七万六千，已是满意，遂即唱了得胜歌，出关而去，不料明廷反将张宗衡、曹文诏等革职坐戍。功罪不明，刑赏倒置，眼见得明室不久了。

只这位满洲太宗两次入明，所得财帛，不计其数。又把内蒙古各部落，统已收服，正是府库日充、版图日廓的时候。一日，有察哈尔部遗族来降，太宗问明情由，方知林丹汗逃奔青海，一病身亡，其子额哲势孤力竭，只得率领家属，向满洲乞降。当下开城纳入，行受降礼。额哲叩见毕，献上一颗无价的宝物。看官！你道是什么宝贝？乃是元朝历代皇帝的传国玺。太宗得玺后，焚香告天，非常得意，于是大开朝贺。诸贝勒联名上表，请进尊号。边外诸国，亦都遣使奉书，愿为臣属。蒙古各部，且挑选几个有姿色的女子，献入满洲，甘作太宗的妾媵。吹牛拍马，一至于此。太宗遂创设三院：一名内国史院，一名内秘书院，一名内弘文院。国史院是编制实录，记注起居；秘书院是草拟敕书，收发章奏；弘文院是讨论古今政事得失，命范文程作为总监，汇集三院文员，恭定称尊典礼。复营建天庙天坛，添造宫室殿陛。

不到数月，大礼已定，建筑告成，遂尊太宗为宽温仁圣皇帝，易国号为大清，改天聪十年为崇德元年。这是清室初造，所以叙述独详。择了吉日，祭告

天地。当命在天坛东首，另筑一坛，排齐全副仪仗，簇拥御驾，登坛即真。适值天气晴和，晓风和煦，满洲文武百官，都随太宗至天坛，司礼各官，已鹄候两旁，焚起香烛。太宗下了御驾，龙行虎步地走近香案，对天行礼。拜跪毕，由司礼官读过祝文，于是诸贝勒拥着太宗，从中阶升上即真的坛上，到中间绣金团龙的大座椅前，徐徐坐下。但觉得万人屏息，八面威风。今而知皇帝之贵。诸贝勒大臣及外藩各使，都恭恭敬敬地向上行三跪九叩礼。孔有德、耿仲明等降将，格外谨肃，遵礼趋跄，不敢稍错分毫。宣诏大臣，捧了满、汉、蒙三体表文，站立坛东，布告大众，坛下军民人等，黑压压的跪了一地。等到宣诏官读完谕旨，一齐高呼万岁万岁的声音，远驰百里。礼毕，太宗慢慢下坛，由众贝勒大臣扈跸还宫。

次日，上列代帝祖尊号，谥努尔哈赤为"承天广运圣德神功肇纪立极仁孝武皇帝"，庙号"太祖"，追封功臣，配享太庙。名宫殿正门为大清门，东为东翊门，西为西翊门，大殿正殿，仍遵太祖时所定名目，惟后殿改名中宫，皇后居之。中宫两旁，添置四宫，东为关雎宫，西为麟趾宫，次东为衍庆宫，次西为永福宫，罗列妃嫔，作为藏娇的金屋。册封大贝勒代善为礼亲王，贝勒济尔哈朗为郑亲王，多尔衮为睿亲王，多铎为豫亲王，豪格为肃亲王，岳托为成亲王，阿济格为武英郡王。此外文武百官，都有封赏。拜范文程为大学士，作为宰相。孔有德、耿仲明、尚可喜三降将，亦因劝进有功，得了什么恭顺王、怀顺王、智顺王的称号。盈廷大喜，独太宗尚未尽惬意。看官！你道为何？当日称尊登极，外藩各使，统行跪拜礼，只有一国使臣，不肯照行，因此逆了太宗的意思，又想出一条以力服人的计策来了。正是：

南面称尊，居然天子；
西略东封，雄心莫止。

欲知何国得罪太宗，请向下回再阅。

满军攻明，起初是专攻辽西，追得了向导，始由蒙古入塞，多一间道，从此左驰右突，飘忽无常。明兵则处处设防，以劳待逸，胜负之势，已可预决。至察哈尔折入满洲，长城以北，皆为满洲所有，明已防不胜防。虽无李闯之肇乱，而明亦不可为矣。若夫满洲太宗之获玺，论者谓天意攸归，故假手额哲以贵献之。夫玺之得不得，亦何关兴替？孙坚袁术，尝得汉家之传国玺矣，试问其果终为帝耶？然则满洲太宗之改号称尊，实为图明得志，借获玺之幸，而作成之耳。虽曰天命，宁非人事？惟清室二百数十年之国祚，由太宗之获玺称尊始。故书中特详述之，所以志始也。

## 第九回　朝鲜主称臣乞降
　　　　卢督师忠君殉节

　　却说清太宗登极之日，称清太宗自此始。有不愿跪拜的外使，并非别国，乃是天聪元年征服的朝鲜。朝鲜国王李倧，本与满洲约为兄弟，此次遣使来贺，因不肯行跪拜礼，即由太宗当日遣还，另命差官贻书诘责。过了一月，差官回国，报称朝鲜国王，接书不阅，仍命奴才带回。太宗即开军事会议，睿亲王多尔衮与豫亲王多铎请速发兵出征。太宗道："朝鲜贫弱，谅非我敌，他敢如此无礼，必近日复勾结明廷，乞了护符，我国欲东征朝鲜，应先出兵攻明，挫他锐气，免得出来阻挠。"仍是声东击西之计。多尔衮道："主上所虑甚是，奴才等即请旨攻明。"太宗道："汝二人当为东征的统帅，现在攻明，但教扰他一番，便可回来，只令阿济格等前去便了。"是日即召阿济格入殿，封为征明先锋，带兵二万，驰入明畿，并授他方略，教他得手便回，阿济格即领命而去。不到一月，阿济格遣人奏捷，报称入喜峰口，由间道趋昌平州，大小数十战，统得胜仗，连克明畿十六城，获人畜十八万等语。太宗即复令阿济格班师，阿济格奏凯而回。此次清兵入明，不过威吓了事，明督师兵部尚书张凤翼，宣大总督梁廷栋，闻得清兵入边，把魂灵儿都吓得不知去向，一个不如一个，大明休矣！日服大黄药求死，听清兵自入自出。瘟官当道，百姓遭殃，真是说不尽的冤屈。

　　话分两头，且说清廷自阿济格班师后，即发大兵往讨朝鲜。时已隆冬，太宗祭告天地太庙，冒寒亲征，留郑亲王济尔哈朗居守，命武英郡王阿济格屯兵牛庄，防备明师，睿亲王多尔衮、豫亲王多铎，率领精骑作了冲锋的前队。太宗亲率礼亲王代善等及蒙旗汉军，作为后应。这次东征，是改号清国后第一次出师，比前时又添了无数精采。清太宗穿着绣金龙团开气袍，外罩黄缀绣龙马褂，戴着红宝石顶的纬帽，披着黄缎斗篷，腰悬利剑，手执金鞭，脚下跨一匹千里嘶风马，左右随侍的，都是黄马褂宝石顶双眼翎，亲王贝子前后拥护的，都是雄纠纠气昂昂的满蒙汉军，画角一声,六军齐发,马队、步队、长枪队、短刀队、强弩队、藤牌队、炮队、辎重队,依次进行,差不多有十万雄师,长驱东指。

到了沙河堡,太宗命多尔衮及豪格分统左翼满蒙各兵,从宽甸入长山口,命多铎及岳托,统先锋军千五百名,径捣朝鲜国都城。这朝鲜国兵,向来是宽袍大袖,不经战阵,一闻清兵杀来,早已望风股栗,逃的逃,降的降。义州、定州、安州等地,都是朝鲜要塞,清兵逐路攻入,势如破竹,直杀到朝鲜都城。朝鲜国王李倧,急遣使迎劳清兵,奉书请罪,暗中恰把妻子徙往江华岛。那时朝鲜使臣迎谒太宗,呈上国书。太宗怒责一番,把来书掷还,喝左右逐出来使。即以其人之道,还治其人之身。李倧闻了这个信息,魂不附体,早知今日,何必当初。亟率亲兵出城,渡过汉江,保守南汉山,清兵拥入朝鲜国都,都内居民,还未曾逃尽,只得迎降马前,献上子女玉帛,供清兵使用。覆巢之下,岂有完卵?幸亏太宗有心怀远,谕禁奸淫掳掠。入城三日,已是残腊,太宗就在朝鲜国都,大开筵宴,祝贺新年。

又过数天,复率大兵渡过汉江,拟攻南汉山,适朝鲜国内的全罗、忠清二道,各发援兵,到南汉城,太宗遂命军士停驻江东,负水立寨。先锋多铎率兵迎击朝鲜援兵,约数合,朝鲜兵全不耐战,阵势已乱,多铎舞着大刀,左右扫荡,好像落叶迎风,飕飕几阵,对面的敌营,成了一片白地。李倧闻援兵又

溃,再令阁臣洪某,到满营乞和。太宗命英俄尔岱、马福塔二人,赍敕往谕,令李倧出城亲觐,并缚献倡议败盟的罪魁。李倧答书称臣,乞免出城觐见,缚献罪魁两事。太宗不允,令大兵进围汉城。

是时多尔衮、豪格二人,领左翼军趋朝鲜,由长山口克昌州,败安黄、宁远等援兵,来会太宗。太宗命多尔衮督造小舟,往袭江华岛,一面令杜度回运红衣大炮,准备攻城。多尔衮即派兵伐木,督工制船,昼夜不停,约数日,造成数十号,率兵分渡。岛口虽有朝鲜兵船三十艘,闻得清兵到来,勉强出来拦阻,怎禁得清兵一股锐气,踊跃登舟。不多时,朝鲜兵船内,已遍悬大清旗帜,舟中原有的兵役,统不知去向。大约多赴龙王宫内当差。

清兵夺了朝鲜兵船,飞渡登岸,岸上又有鸟枪兵千余名,来阻清兵,被清兵一阵乱扫,逃得精光。清兵乘势前进,约里许,见前面有房屋数间,外面只围一短垣,高不逾丈。那时清兵一跃而入,大刀阔斧地劈将进去,但觉空空洞洞,寂无人影。多尔衮令军士搜寻,方搜出二百多人,大半是青年妇女、黄口幼儿,当由清兵抓出,个个似杀鸡般乱抖。多尔衮也觉不忍,婉言诘问,有王妃,有王子,有宗室,有群臣家口,还有仆役数十名,即命软禁别室,饬兵士好好看守,不叫妇女侍寝,算是多尔衮厚道,然即为下文埋根。一面差人到御营报捷。

是时杜度已运到大炮,向南汉城轰

清史演义

43

## 第九回 朝鲜主称臣乞降 卢督师忠君殉节

击，李倧危急万分，又接到清太宗来谕，略说："江华已克，尔家无恙，速遵前旨缚献罪魁，出城来见。"至是李倧已无别法，只得上表乞降，一一如命。清太宗又令献出明廷所给的诰封册印及朝鲜二世子为质。此后应改奉大清正朔，所有三大节及庆吊等事，俱行贡献礼；此外如奉表受敕，与使臣相见礼，陪臣谒见礼，迎送馈使礼，统照事明的旧例，移作事清，若清兵攻明，或有调遣，应如期出兵，清兵回国，应献纳犒军礼物，惟日本贸易，仍听照旧云云。李倧到此，除俯首受教外，不能异议半字。当即在汉江东岸，筑坛张幄，约日朝见，届期率数骑出城，到南汉山相近，下马步行，可怜！行至坛前，但见旌旗灿烂，甲仗森严，坛上坐着一位雄士，威棱毕露，李倧又惊又惭，当时呆立不动。到此实难为李倧。只听坛前一声喝道："至尊在上，何不下拜！"慌得李倧连忙跪下，接连叩了九个响头。可叹！两边奏起乐来，鼓板声同磕头声，巧巧合拍。乐阕，坛上复宣诏道："尔既归顺，此后毋擅筑城垣，毋擅收逃人。每年朝贡一次，不得逾约。尔国三百年社稷，数千里封疆，当保尔无恙。"较诸今日之扶桑国，尚算仁厚。李倧唯唯连声。太宗方降座下坛，令李倧随至御营，命坐左侧，并即赐宴。是时多尔衮已知李倧乞降，带领朝鲜王妃王子及宗室大臣家眷，到了御营。太宗便命送入汉城，留长子溰、次子淏为质。次日，太宗下令班师，李倧率群臣跪送十里外，又与二子话别，父子生离，惨同死别，不由得凄惶起来，无奈清军在前，不敢放声，相对之下，暗暗垂泪。太宗见了这般情形，也生怜惜，遂遣人传谕道："今明两年，准免贡物，后年秋季为始，照例入贡。"李倧复顿首谢恩。太宗御鞭一挥，向西而去。清军徐徐退尽，然后李倧亦垂头丧气地归去了。弱国固如是耳。

太宗振旅回国，复将朝鲜所获人畜牲马，分赐诸将。过了数日，朝鲜遣官解送三人至沈阳，这三人便是倡议败盟的罪魁，一姓洪，名翼溪，原任朝鲜台谏；一姓尹名集，原任朝鲜宏文馆校理；一姓吴名达济，原任朝鲜修撰。三人尝劝国王与明修好，休认满洲国王为帝，也是鲁仲连一流人物，可惜才识不及。此次被解至满洲，尚有何幸，自然身首异处了。清太宗既斩了朝鲜罪首，无东顾忧，遂专力攻明。适值明朝流寇四起，贼氛遍地，李闯、张献忠十三家七十二营，分扰陕西河南四川等省，最号猖獗。明朝的将官，多调剿流贼，无暇顾边，太宗遂命孔有德、耿仲明、尚可喜三降将，攻入东边，明总兵金日观战死，复于崇德三年，授多尔衮为奉命大将军，统右翼兵，岳托为扬武大将军，统左翼兵，分道攻明，入长城青山口，到蓟州会齐。

这时明蓟辽总督吴阿衡，终日饮酒，不理政事，还有一个监守太监邓希诏，也与吴阿衡性情相似。至清兵直逼城下，他两人尚是沈醉不醒，等到兵士通报，阿衡模模糊糊地起来，召集兵将，冲将出去，正遇着清将豪格，冒冒失失地战了两三回合，即被豪格一刀，劈于马下。到冥乡再去饮酒，恰也快活。麾下兵霎时四散，清兵上前砍开城门，城中只有难民，并无守兵，原来监守太监邓希诏见阿衡出城对敌，已收拾细软，潜开后门逃去，守兵闻希诏已逃，也索性逃个净尽。还是希诏见机，逃了性命，可惜美酒未曾挑去。清兵也不勾留，进行至牛阑山，山前本有一个军营，是明总监高起潜把守。高起潜也是一个奄竖，毫无军事知识，闻清兵杀来，三十六策，走为上策。崇祯帝惯用太监，安得不亡？清兵乘势杀入，从卢沟桥趋良乡，连拔四十八城，高阳县亦在其内。故督师孙承宗时适家居，闻清兵入城，手无寸柄，如何拒敌？竟服毒自尽。子孙十数人，各执器械，愤愤赴敌，清兵出其不意，也被他杀了数十名，嗣因寡不敌众，陆续身亡。此外四十多城的官民，逃去的逃去，殉节的殉节。

清兵又从德州渡河，南下山东，山东州县飞章告急，兵部尚书杨嗣昌仓猝檄调，一面檄山东巡抚颜继祖，速往德州阻截，一面檄山西总督卢象昇，入卫京畿。继祖奉到檄文，忙率济南防兵，星夜北趋，到了德州，并不见清兵南来，方惊疑间，探马飞报清兵从临清州入济南，布政使张秉文等，统已阵亡，连德王爷亦被掳去。看官！你道德王爷是何人？原来是大明宗室，名叫由枢，与崇祯帝系兄弟行，向系受封济南，至此被掳，这统是杨嗣昌檄令移师，以致济南空虚，为敌所袭，害了德王，又害了济南人民。颜继祖闻报大惊，又急率兵回济南，到了济南，复是一个空城，清兵早已渡河北行。继祖叫苦不迭，只得据实禀报。杨嗣昌至此，惶急异常，密奏敌兵深入，胜负难料，不如随机讲和，崇祯帝不欲明允，暗令高起潜主持和议，适卢象昇奉调入京，一意主战，崇祯帝令与杨嗣昌、高起潜商议，象昇奉命，与二人会议了好几次，终与二人意见不合。未曾出兵，先争意见，已非佳兆。象昇愤甚，便道："公等主和，独不思城下之盟，春秋所耻。长安口舌如锋，宁不怕蹈袁崇焕覆辙么？"嗣昌闻言，不禁面赤，勉强答道："公毋以长安蜚语陷人。"象昇道："卢某自山西入京，途次已闻此说，到京后，闻高公已遣周元忠与敌讲和，象昇可欺，难道国人都可欺么？"是一个急性人物。随即怏怏告别。寻奏请与杨、高二人，各分兵权，不相节制。折上，由兵部复议，把宣大山西兵士属象昇，山海关宁远兵士属高起潜。崇祯帝准议，加象昇尚书衔，克日出师。

象昇麾下兵不满二万名，只因奉命前驱，也不管好歹，竟向涿州进发。忠而近愚。途中闻清兵三路入犯，亦遣别将分路防堵，无如清兵风驰雨骤，驰防不及，列城多望风失守。嗣昌即奏削象昇尚书衔，又把军饷阻住不发。象昇由涿州至保定，与清兵相持数日，尚无胜败，奈军饷不继，催运无效，转瞬间军中绝食，各带菜色。象昇料是杨嗣昌作梗，自知必死，清晨出帐，对着将士四向拜道："卢某与将士同受国恩，只患

## 第九回　朝鲜主称臣乞降　卢督师忠君殉节

不得死，不患不得生。"众将士被他感动，不由得哭作一团。旋即收泪，愿与象昇出去杀敌。

象昇出城至巨鹿，顾手下兵士，只剩五千名，参赞主事杨廷麟禀象昇道："此去离高总监大营只五十里，何不前去乞援？"象昇道："他只恐我不死，安肯援我！"廷麟道："且去一遭何如？"象昇不得已，令廷麟启行。临别时执着廷麟手，与他一诀，流涕道："死西市，何如死疆场？吾以一死报国，犹为负负。"语带寒潮呜咽声。廷麟已去，象昇待了一日，望眼将穿，救兵不至。象昇道："杨君不负我，负我者高太监，我死何妨，只要死在战场上面，杀几个敌人，偿我的命，方不徒死。"遂进至嵩水桥，正见清兵峰拥前来，胡哨一声，把象昇五千人围住。象昇将五千人分作三队，命总兵虎大威领左军，杨国柱领右军，自己领中军，与清兵死斗。清兵围合数次，被象昇杀开数次，十荡十决。清兵亦怕他厉害，渐渐退去。象昇收兵扎营。是夜三鼓，营外喊杀连天，炮声震地，象昇知清兵围攻，忙率大威、国柱等，奋力抵御，可奈清兵越来越多，把明营围得铁桶相似。两下相持，直到天明，明营内已炮尽矢竭，大威劝象昇突围出走。象昇道："吾受命出师，早知必死。此处正我死地。诸君请突围而出，留此身以报国！卢某内不能除奸，外不能平敌，罢罢！从此与诸君长别。"此恨绵绵无尽期。遂手执佩剑，单骑冲入敌中，乱斫乱劈，把清兵杀死数十百名，自身也被四箭三刀，大

叫一声，呕血而亡。如此忠臣。为权阉所陷没，可恨！

象昇自擢兵备，与流寇大小数十战，无一不胜，且三赐尚方剑，未曾戮一偏裨，爱才恤下，与士卒同甘苦，此次力竭捐躯，部下亲兵都随了主帅殉难，大威、国柱因象昇许他突围，方杀开血路而去。象昇既死，杨廷麟始徒手回来，到了战场，已空无一人，只见愁云如墨，暴骨成堆，二语可抵一篇吊古战场文。廷麟不禁泪下。检点遗尸，已是模糊难辨，忽见一尸首露出麻衣，仔细辨认，确是卢公象昇。原来象昇新遭父丧，请守制不许，无奈缞绖从戎。廷麟既得遗尸，痛哭下拜，亲为殓埋，遂会同顺德知府于颖，联名奏闻。杨嗣昌无可隐讳，只说象昇轻战广身，死不足惜。崇祯帝误信谗言，竟没有什么恤典。到了高起潜星夜遁回，廷臣始知起潜拥兵不救，交章弹劾。起潜下刑部狱，审问属实，有旨正法。这杨嗣昌仍安然如故，后来督师讨贼，连被贼败，始畏惧自杀。小子曾有一诗吊卢公象昇云：

慷慨誓师独奋戈，
臣心未死耻言和。
可怜为国捐躯后，
空使遗人雪涕多。

欲知后事如何，下回再行表明。

朝鲜之不敌满洲，固意中事，然亦由朝鲜漫无防备之故。乞盟城下，屈膝称臣，受种种胁迫之条约，真是可怜模

样,然亦未始非其自取耳。若明廷统一中原,宁不足与满清敌?顾于熊廷弼、袁崇焕,则杀之磔之,于孙承宗则免职回里,任其殉节。独遗一善战之卢象昇,又为权阉所忌,迫死疆场。谁为人主,而昏愦至死?故人谓亡明者熹宗,吾谓熹宗犹不足亡明,亡明者实崇祯帝。

## 第十回　失辎重全军败溃
　　　　　迷美色大帅投诚

　　却说清兵屡次得胜，正拟进取，忽由太宗寄谕，命回本国。多尔衮、多铎等，因不敢违命，只得率领兵士，仍取道青山口而归；归国后，问太宗何故班师，太宗道："欲夺中原，必须先夺山海关，欲夺山海关，必须先夺宁、锦诸城。否则我兵深入中原，那关内外的明兵把我后路塞断，兵饷不继，进退失据，岂不是自讨苦吃么？"多尔衮、多铎等即奏请出攻宁、锦，太宗准奏，即令发兵，直抵锦州。锦州守将还是祖大寿，多方抵御，屡却清兵，相持两年，仍屹然不动，反伤亡了清朝大将岳托。崇德五年，太宗亲征，攻锦州不下，遗书责大寿欺罔之罪，大寿不答。太宗把锦州城外四面的禾稼，尽行刈获，捆载而归。即是釜底抽薪之计。

　　六年，太宗大发兵攻锦州，大寿闻知，急向蓟辽总督处乞援。蓟辽总督洪承畴、巡抚邱民仰，带了王朴、唐通、曹变蛟、吴三桂、白广恩、马科、王廷臣、杨国柱八个总兵，统兵十三万，马四万匹，由蓟州东指，直到宁远，所带粮草，足支一年。探马飞报清太宗，太宗即令拔营，向松山进发，不多日已到松山。原来松山在锦州城南十八里，西南一座杏山，两峰相对，作为锦州城的犄角，向有明兵屯扎，保护锦州。太宗率范文程等上山瞭望，见冈峦起伏，曲折盘旋，遥望杏山的形势，与松山也差不多，只有杏山后面，还有一层隐隐的峰峦。太宗把鞭遥指，问范文程道："杏山外面的峰峦，叫什么山？"文程答道："便是塔山。"太宗望了许久，又俯瞰山麓，见远远的有旗帜飘扬，料是明军大营，便下山回帐，令全军摆成长蛇一般，自松山至杏山，接连扎寨，横截大道。明军见清营挡住去路，忙来冲突，被清兵一阵炮箭击退。次日，清兵亦去冲突明营，明军照例对敌，也将清兵射回。

　　是夜太宗复与范文程等商议军务，太宗道："我兵依山据险，立住营寨，尽可无虑，只是彼此相持，旷日持久，如何是好？"文程道："何不前去袭他辎重。"这一番把太宗提醒，便道："他的粮草，我想定在杏山后面，莫非就在塔山这边。"回应上文，方知上文不是闲笔。文程道："据臣所料，也是如此。"太宗道："此去塔山，未知有无间道？"文程把辽西地图仔细审视，寻出一条僻径，乃是从杏山左首，曲折绕出，可通塔山，忙将地图呈阅。太宗阅过地图，见有间道，心下大喜，便召多尔衮、阿济格入帐，令率领步卒，黉夜去袭明军辎重，并将地图付给，嘱他按图觅路，不得有误。二人领命，急选健卒数千名，静悄悄地出营，靠着杏山左侧，盘旋过去。可巧星月双辉，如同白昼，疾走数十里，到了塔山，正交四鼓，昂头四望，并没有什么粮草。故作一折。阿济格道："这都是老范主使出来，叫咱们白跑了许多路程。"多尔衮道："且待上山一望，再定行止。"二人便令军士停住山下，只带亲兵数十名，上山探视，见前面复有一冈，冈上林木蓊翳，辨不出有无辎重，只冈下有七个营盘扎住，寂静无声。多尔衮对阿济格道："我看前面七营，定是护着粮草的人马，正好乘他不备，杀将过去。"遂即下山把部兵分作两翼，阿济格率左，多尔衮率右，向明营扑入。这明营内军士，因有松山大营挡住敌兵，毫不防备，正是鼾声四起的时候，猛被清兵捣入，人不及甲，马不及鞍，连逃走都是无暇，哪里还能抵敌？霎时间七座营盘统已溃散，清兵驰至冈上，见有数百车辎重，立即搬运下山，从原路驰回。至洪承畴闻报，率兵追赶，已是不及，急得洪承畴面如土色。承畴之才，已可概见。

当承畴出师时，颇小心谨慎，不肯卤莽，既到宁远，又由祖大寿遣卒缒城，传语切勿浪战，只宜步步立营，逐渐出境。谁知兵部尚书已换了陈新甲，屡遣人促承畴出战，承畴只得出师松山，把粮草运至笔架冈，留兵七营守护，此次闻被劫去，安得不恼？安得不悔？迟了。没奈何进逼清营，拟与清兵大战一场，分个胜负。清太宗料知明军前来，必舍命冲突，只饬部下坚壁不动。承畴率将士冲杀数次，毫不见效，想出一个偷营的法子，故意地退兵十里下寨。随令军士饱了夜餐，扎束停当，静待中军号令。

是夕天色微黑，淡月无光，到了三鼓，传令王朴、唐通为第一队，白广恩、王廷臣为第二队，马科、杨国柱为第三队，曹变蛟、吴三桂为第四队，依次进发，后先相应，自己与巡抚邱民仰守住大营。也算持重。王朴、唐通率兵到清营附近，先叙第一队。只见清营中裹着一股杀气，阴森逼人。王朴素来胆怯，向唐通道："我看清营有备，不如退归。"唐通道："奉命前来，有进无退，安可中道折回？"于是唐通在前，王朴在后，整队望清营扑入。猛听得一声号炮，骨辘辘的弹子、豁喇喇的箭杆，从清营齐射出来，把前队冲锋的明军一半打倒。王朴、唐通急令军士退回，行不数步，两边突出两支清兵，左系多尔衮，右系多铎，以两将对两将，将明军冲作两截。唐通、王朴忙夺路逃走，清兵随后赶来。正危急间，白广恩、王廷臣已到，明军第二队出现。放

第十回　失辎重全军败溃　迷美色大帅投诚

过唐通、王朴，把清军截住。两边酣斗起来，互有杀伤。忽刺斜里又杀到一支人马，为首的有三员大将，红顶花翎，乃是清降将孔有德、耿仲明、尚可喜。以明将攻明将，是清军二次接应。白广恩、王廷臣见有清兵续至，无心恋战，遂且战且走，清兵不住地追赶，幸亏马科、杨国柱兵到，明军第三队出现。得了援应，方得走脱。

那时曹变蛟、吴三桂一军，本是明营内的后应兵，待三队兵马统行出发，方率兵出营。约里许，见唐通、王朴率领残兵回来，两下晤谈，始知清营有备。第一队军已经败还，二将急策马前进，接应第二、三队人马。叙明军第四队，另换笔法。忽听后面鼓角声喧，炮声迭发，吴三桂回头一望，向曹变蛟道："莫非清兵攻我大营？"曹变蛟道："如何我们一路行来，并不见有清兵？"语尚未毕，忽一卒从背后赶到，气喘吁吁地报说大帅有令，请二将军速回。吴三桂问他情由，答说清兵闯入大营，所以调回二将军，速去救应。吴、曹二人忙令军士转身驰归。到了大营相近，见有无数清兵，往来冲阵，洪承畴亲自督战，唐通、王朴等亦协力抵御，左阻右拦，尚是招架不住。曹变蛟一马当先，杀入清兵队里，吴三桂率兵继入，与清兵驰战多时，清兵尚是气势蓬勃，不肯退回。待白、王、马、杨四将齐到，方并力将清兵杀退。这一场恶战，明军损伤多人，方识得清兵厉害，人人畏惧。

原来清太宗料明营未败而退，必有诈谋，遂令豪格、阿济格等从间道绕出明军背后，袭击明营，一面令多尔衮、多铎伏在寨外，孔有德、耿仲明、尚可喜接应两边，所以明军不能得手，反被清兵前后攻击，受了损失。迤逦写来，至此方一归宿。太宗又料明军经此一挫，势必退走，当令得胜诸将，于次夜抄出杏山、塔山，分路埋伏，并一一授以密计；自己却亲督大军，严阵以待。

一朝易过，渐渐天昏，约值初更时候，探报明营已动，太宗即率军驰向明营，明洪承畴、邱民仰，率领曹变蛟、王廷臣两总兵，当即迎战。那时唐通、白广恩、马科、杨国柱、王朴、吴三桂六总兵，因营中饷绝，奉命退回宁远。六总兵更番断后，陆续退去，将到杏山，忽山侧冲出一彪清军，截住去路。明军因前次劫营，受了苦恼，至此复见清兵在前，都吓得毛发直竖，勉强上前冲突，方交战间，这胆小如鼷的王朴已率部队扒过山头，逃入杏山城去了。剩下五个总兵，与清兵相持，但见清兵刀削剑剌，勇悍异常，不由得心惊胆战，争先逃走，当即旗靡辙乱，无复行列。蓦听山腰里鼓声如雷，驰出一支人马，高扯明军旗号，五总兵各自惊异，还疑是宁远救兵，前来接应，谁知到了面前，这支人马不杀清兵，专杀明军，前授密计，至此始觉。弄得五总兵茫无头绪，叫苦不住。霎时间七零八落，眼见得不能驰回宁远，只得同王朴一般思想，奔入杏山城内。清兵见他们奔入杏山城，也不追赶，只将明兵所弃的甲胄炮械，搬运一空，向别处去了。不回清营，暗伏下文。

且说洪承畴、邱民仰等，向清兵混战许久，清兵有增无减，明军有减无增，方思向西退走，谁知清兵厚集西面，无从杀出；营盘又站立不住，没奈何退入松山城，鳖入瓮中了。清兵将松山城围住。过了一日，从杏山回来的清兵都到御营报功，说是杏山兵欲奔宁远，被我军杀得四散，由杏山到塔山，积尸无数，逼入海里的也不可胜计。吴三桂、王朴等人只带了几个残兵，落荒逃去。此处恰从虚写，免与上文重复。太宗大喜，命范文程一一记功，随道："此番洪承畴已中我计，恐插翅也难飞去，现请先生写一招降书，令他来降。"文程道："招降洪承畴，恐还没有这般容易，现只有多写数书，分致他部下各将，先扰惑他的军心，方可下手。"太宗称善，即连写招降书，逐日射进城去。城中只是坚守，毫不回答。太宗令军士猛攻，也未见效。

这日，李永芳上帐献计道："城内有副将夏承德，与臣向系故交，不如臣去一书，饵他高官厚禄，令他献城。"太宗道："既有此人，速即修书为是。"永芳写就书信，呈上太宗。太宗欲召人射入城中，永芳道："这且不便，须要秘密行事方好。"太宗道："这是又费周折了。"范文程在旁道："这也不难。"太宗问他何计，文程道："臣料松山现已食尽，应想突围出走，只因我军四面围住，无隙可钻，所以闭城固守，现请暂开一面，令他出来突围，我即伏兵堵截，不许放出，他定然走回城中，趁此开城的机会，令干员假扮汉装，混入城内，便可致书夏承德，暗中行事。"太宗道："好好！依计而行。"立命豪格授计城西将士，令他遵办。

是夜，松山城西面围兵，撤去一角，果然曹变蛟开城出走，被伏兵截住，仍然回城。当时投书的干员，乘隙混入。次夜干员回营，报称与夏承德之子缒城同来，当于明日夜间献城。太宗喜甚，命将承德子留住营内，专待明日破城。是时松山城内，粮食已尽，洪承畴等束手无策，只待一死。是日上城巡阅一周，因清兵围攻略懈，到了傍晚，下城晚餐，到了黄昏时候，忽报清兵已经登城，承畴急命曹变蛟、王廷臣率兵抵截。自己方思上马督战，蓦见军士来报道："王总兵阵亡。"承畴大惊。少顷，邱民仰又踉跄趋入，说是："曹变蛟亦已战死，公宜自行设法，邱某一死报君便了。"道言未绝，拔出佩刀自刎。可敬。承畴此时，亦拔剑向项，转思我死亦须保全尸首，不如投缳为是。要死就死，全尸何用？就解下腰带，挂在梁上。不防背后来了一人，将他一把抱住，旁边又转出数人，把承畴捆缚而去。这抱住承畴的人，便是夏承德，捆缚承畴的人，便是李永芳等。

承畴知己身被擒，闭目无语，被夏承德等牵到清太宗前。太宗忙令范文程代为解缚，并劝令归降。承畴道："不降！不降！"范文程即接口道："洪先生既到此地，徒死无益，不如归顺清朝，图后半生的事业。"承畴道："我知有死，不知有降。"此时恰是满怀忠义。旁边恼了多铎、豪格等，齐说道："他

清史演义

## 第十回 失辎重全军败溃 迷美色大帅投诚

既要死，赏他一刀就是，何必同他絮聒。"文程以目示意，多铎、豪格等全然不睬，想拔刀来杀承畴。太宗喝令出帐。即将承畴交与范文程，令他慢慢劝降。原来承畴颇有威望，素为孔、耿诸人所推重，禀明太宗，此次太宗费尽心机，方将承畴擒住，必欲降他以资臂助，所以把他交付文程。文程引承畴到自己营中，把什么时务不时务，俊杰不俊杰，足足地谈了半夜。偏这洪老先生垂着头，屏着息，像死人一般，随你口吐莲花，他终不发一语。次日，仍自闭目危坐，饭也不吃，茶也不喝。范文程又变了一套言语，与他谈论许久，他总是一个没有回答，文程也不觉懊恼起来。惟御营内接连报捷，锦州下了，祖大寿投降了。数年偃强，又出此着。如何对得住何可纲？杏山塔山但已攻克了。

太宗命拔营回国，范文程带了洪承畴，同到国都，又劝了承畴一回，只是不理，回报太宗，太宗也无可奈何。但因得胜回来，文武百官，上朝称贺，原是照例的规矩，宫里各妃嫔，亦打扮得花枝招展，迎接太宗，一齐的贺喜请安。太宗最爱的是永福宫庄妃，生得轻盈娥媚，聪明伶俐，她本是科尔沁部贝勒寨桑的女儿，姓博尔济吉特氏，自献与清太宗后，列为西宫，生下一子，就是入关定鼎的世祖章皇帝福临。是夕，太宗便宿在永福宫。次日辰刻，太宗出宫视事，问范文程道："洪承畴如何？"文程答道："此老固执太甚，看来是无可晓谕了。"太宗道："且慢慢再商。"忽报明朝遣职方司郎中马绍愉等，持书乞和，现在都城二十里外。太宗道："明朝既来乞和，理应迎接。"便命李永芳、孔有德、祖大寿三人出城，迎接明使。李永芳等去讫，太宗亦退入便殿。才过午牌，有永福宫太监入见，跪报洪承畴已被娘娘说下了。太宗惊喜道："果有此事么？"

原来洪承畴人本刚正，只是有一桩好色的奇癖。这日正幽在别室，他是立意待死，毫无他念，到了巳牌，红日满窗，几明室净，正是看花时节。听门外叮咚一声，开去了锁，半扉渐辟，进来了一个青年美妇，袅袅婷婷地走近前来，顿觉一种异香，扑入鼻中。承畴不由得抬头一望，但见这美妇真是绝色，髻云高拥，鬟凤低垂，面如出水芙蕖，腰似迎风杨柳，更有一双纤纤玉手，丰若有余，柔若无骨，手中捧着一把玉壶，映着柔荑，格外洁白。妖耶仙耶。承畴暗讶不已，正在胡思乱想，那美妇樱口半开，瓠犀微启，轻轻地呼出将军二字。承畴欲答不可，不答又不忍，也轻轻地应了一声。这一声相应，引出那美妇问长道短，先把那承畴被掳的情形，问了一遍。承畴约略相告。随后美妇又问起承畴家眷，知承畴上有老母，下有妻妾子女，她却佯作凄惶的情状，一双俏眼，含泪两眶，顿令承畴思家心动，不由得酸楚起来。那美妇又设词劝慰，随即提起玉壶，令承畴喝饮。承畴此时，已觉口渴，又被她美色所迷，便张开嘴喝了数口，把味一辨，乃是参汤。美妇知已入彀，索性与他畅说道：

"我是清朝皇帝的妃子,特怜将军而来。将军今日死,于国无益,于家有害。"承畴道:"除死以外,尚有何法?难道真个降清不成?"其心已动。美妇道:"实告将军,我家皇帝,并不是要明室江山,所以屡次投书,与明议和,怎奈明帝耽信邪言,屡与此地反对,因此常要打仗。今请将军暂时降顺,为我家皇帝主持和议,两下息争,一面请将军作一密书,报知明帝,说是身在满洲,心在本国。现在明朝内乱相寻,闻知将军为国调停,断不至与将军家属为难。那时家也保了,国也报了,将来两国议和,将军在此固可,回国亦可,岂不是两全之计么?"娓娓动人,真好口才。这一席话,说得承畴心悦诚服,不由得叹息道:"语非不是,但不知汝家皇帝,肯容我这般举动否?"五体投地了。美妇道:"这事包管在我身上。"言至此,复提起玉壶,与承畴喝了数口,令承畴说一允字,遂嫣然一笑,分花拂柳地出去。看官!你道这美妇是何人?便是那太宗最宠爱的庄妃。因闻承畴不肯投降,她竟在太宗前,作一自荐的毛生,不料她竟劝降承畴,立了一个大大的功劳。只小子恰有一诗讽洪承畴道:

浩气千秋别有真,
杀身才算是成仁。
如何甘为娥眉劫,
史传留遗号贰臣?

从此清太宗益宠爱庄妃,竟立她所生子福临为太子,以后遂添出清史上一段佳话。

诸君试看下回,便自分晓。

杨镐率二十余万人山塞,洪承畴率十三万人赴援,兵不可谓不众,乃一遇清军,统遭败衄。清军虽强,岂真无敌?咎在将帅之非材。且镐止丧师,洪且降清,洪之罪益浮于镐矣,读《贰臣传》,可知洪承畴之事迹,读此书,更见洪承畴之心术。

## 第十一回　清太宗宾天传幼主　多尔衮奉命略中原

前卷说到洪承畴降清，此回续述。系承畴降清后，参赞军机，与范文程差不多的位置；又蒙赐美女十人，给他使用，不由得感激万分。只因家眷在明，恐遭杀害，就依了吉特氏的训诲，自去施行。当时明朝的崇祯帝，还道承畴一定尽忠，大为痛悼，辍朝三日，赐祭十六坛；又命在都城外建立专祠，与巡抚邱民仰等一班忠臣，并列祠内。崇祯帝御制祭文，将入词亲奠，谁知洪承畴密书已到，略说："暂时降清，勉图后报。"崇祯帝长叹一声，始命罢祭。阅书中有"勉图后报"之言，遂不去拿究承畴家眷。崇祯帝也中了美人计。并因马绍愉等赴清议和，把松山失败的将官一概不问。吴三桂等运气。且说马绍愉等到了清都，由李永芳等迎接入城，见了太宗，设宴相待，席间叙起和议，相率赞成，彼此酌定大略。及马绍愉等谢别，太宗赐他貂皮白金，仍命李永芳等送至五十里外。马绍愉等回国先将和议情形，密报兵部尚书陈新甲，新甲阅毕，搁置几上，被家僮误作塘报，发了抄，闹得通国皆知。朝上主战的人，统劾新甲主和卖国，那时崇祯帝严斥新甲，新甲倔强不服，竟被崇祯帝饬缚下狱。不数日，又将新甲正法。看官！你道这是何故？原来新甲因承畴兵败，与崇祯帝密商和议，崇祯帝依新甲言，只是要顾着面子，嘱守秘密，不可声张。若要不知，除非莫为。况中外修和，亦没有多少倒霉，真是何苦！所以马绍愉等出使，廷臣尚未闻知，及和议发抄，崇祯帝恨新甲不遵谕旨，又因他出言挺撞，激得恼羞成怒，竟冤冤枉枉地把他斩首。从此明清两国的和议，永远断绝了。

太宗得知消息，遂令贝勒阿巴泰等率师攻明，毁长城，入蓟州，转至山东，攻破八十八座坚城，掠子女三十七万，牲畜金银珠宝各五十多万。居守山东的鲁王一派，系明廷宗室，仰药自尽。此外殉难的官民，不可胜计。是时山海关内外设两总督，昌平、保定又设两总督，宁远、永平、顺天、保定、密云、天津六处，设六巡抚，宁远、山海、中协、西协、昌平、通州、天州、保定设八总兵,在明廷的意思,总道是节节设防,可以无虞,谁知设官太多,事权不一,个个观望不前,一任清兵横行。阿巴泰从北趋南,从南回北,简直是来去自由,毫无顾忌。

明廷乃惶急得了不得,拣出一个大学士周延儒,督师通州。周本是个龌龊人物,因结交奄寺,纳贿妃嫔,遂得了一个大学士头衔。当时明宫里面,传说延儒贡品,无奇不有,连田妃脚上的绣鞋也都贡到。绣鞋上面用精工绣出"延儒恭进"四个细字,留作纪念。这田妃是崇祯帝第一个宠妃,暗中帮他设法,竭力抬举。此次清兵入边,延儒想买崇祯帝欢心,自请督师,到了通州,只与幕客等饮酒娱乐,反日日诡报胜仗。这清将阿巴泰等抢劫已饱,不慌不忙地回去,明总兵唐通、白广恩、张登科、和应荐等,至螺山截击,反被他回杀一阵。张和二将连忙退走,已着了好几箭,伤发身死,那清兵恰鸣鞭奏凯地回去了。

清太宗闻阿巴泰凯旋,照例地论功行赏,摆酒接风。宴飨毕,太宗回入永福宫,这位聪明伶俐的吉特氏,又陪了太宗,饮酒数巡。是夕,太宗竟发起寒热,头眩目晕。想亦爱色过度了。次日,宣召太医入宫诊视,一切朝政,命郑亲王济尔哈朗与睿亲王多尔衮暂行代理,倘有大事,令多尔衮到寝宫面奏。又数日,太宗病势越重,医药罔效,后妃人等都不住地前来谒候。多尔衮手足关怀,每天也入宫问候几回。句中有

眼。一夕,太宗自知病已不起,握住吉特氏手,气喘吁吁道:"我今年已五十二岁了,死不为夭。但不能亲统中原,与爱妃享福数年,未免恨恨。现在福临已立为太子,我死后,他应嗣位,可惜年幼无知,未能亲政,看来只好委托亲王了。"吉特氏闻言,呜咽不已。太宗命宣召济尔哈朗、多尔衮入宫。须臾,二人入内,到御榻前,太宗命他们旁坐。二人请过了安,坐在两旁。太宗道:"我已病入膏肓,将与二王长别,所虑太子年甫六龄,未能治事,一朝嗣位,还仗二王顾念本支,同心辅政。"二人齐声道:"奴才等敢不竭力。"太宗复命吉特氏挈了福临,走近床前,以手指示济尔哈朗道:"他母子两人,都托付二王,二王休得食言!"二人道:"如背圣谕,皇天不佑。"多尔衮说到"皇天"二字,已抬头偷瞧吉妃,但见她泪容满面,宛似一枝带雨梨花,不由得怜惜起来。偏这吉特氏一双流眼,也向多尔衮面上,觑了两次。心有灵犀一点通。多尔衮正在出神,忽听得一声娇喘道:"福哥儿过来,请王爷安!"那时多尔衮方俯视太子,将身立起,但见济尔哈朗早站立在旁,与小太子行礼了,自觉迟慢,急忙向前答礼。礼毕,与济尔哈朗同到御榻前告别,趋出内寝。回邸后,一夜的胡思乱想,不能安睡。

次晨,来了内宫太监,又宣召入宫。多尔衮奉命趋入,见太宗已奄奄一息,后妃人等拥列一堆,旁边坐着济尔哈朗,已握笔代草遗诏了。他挨至济尔哈朗旁,俟遗诏草毕,由济尔哈朗递与

第十一回 清太宗宾天传幼主 多尔衮奉命略中原

一瞧，即转呈太宗。太宗略略一阅，竟气喘痰涌，掷纸而逝。当时阖宫举哀，哀止，多尔衮偕济尔哈朗出宫，令大学士范文程等先草红诏，后草哀诏。红诏是皇太子即皇帝位，郑亲王济尔哈朗睿亲王多尔衮摄政。哀诏是大行皇帝于某日宴驾字样。左满文，右汉文，满汉合璧，颁发出去，顿时万人编素，全国哀号。济尔哈朗多尔衮一面率各亲王郡王贝勒贝子，暨公主格格福晋命妇等，齐集梓宫前哭临，一面命大学士范文程率大小文武百官，齐集大清门外，序立哭临。接连数月，用一百零八人请出梓宫，奉安崇政殿，由部院诸臣，轮流齐宿，且不必细说。

单说太子福临，奉遗诏嗣位，行登极礼，六龄幼主，南面为君，倒也气度雍容，毫不胆怯。登极这一日，由摄政两亲王，率内外诸王贝勒贝子及文武群臣朝贺，行三跪九叩首各仪。当由阁臣宣诏，尊皇考为太宗文皇帝，嫡母生母并为皇太后，以明年为顺治元年。王大臣以下，各加一级。王大臣复叩首谢恩。新皇退殿还宫，王大臣各退班归第。自是皇太后吉特氏，因母以子贵，居然尊荣无比；但她是聪明绝顶的人，自念孤儿寡妇，终究未安，不得不另外画策。画什么策？幸亏这多尔衮心心相印，无论大小事情，一律禀报，并且办理国事，比郑亲王尤为耐劳。正中太后心坎。过了数日，又由多尔衮举发阿达礼硕托诸人，悖逆不道，暗劝摄政王自立为君，当经刑部讯实，立即正法，并罪及妻孥。吉特太后闻知，格外感激，竟特沛殊恩，传出懿旨，令摄政王多尔衮便宜行事，不必避嫌。叫他上钩。多尔衮出入禁中，从此无忌，有时就在大内住宿。宫内外办事人员，不谅皇太后摄政王两人苦衷，就造出一种不尴不尬的言语来。连郑亲王济尔哈朗也有后言。正是多事。多尔衮奏明太后，令济尔哈朗出师攻明，此旨一发，济尔哈朗只得奉旨前去，涉辽河，抵宁远。适值明吴三桂为宁远守将，严行抵御，急切难下。济尔哈朗也不去猛攻，越过了宁远城，把前屯卫中前所中后所诸处，骚扰一番，匆匆地班师回国。

过了一年，便是大清国顺治元年，明崇祯帝十七年。是年为明亡清兴一大关键，故特叙明。元旦晴明，清顺治帝御殿，受朝贺礼，外藩各国，亦遣使入觐。"九天阊阖开宫殿，万国衣冠拜冕旒"，别有一种兴旺气象。过了一月，太宗梓宫奉安昭陵，辒辌首辙，辂仗庄严，旌幨亭盖，车马驼象，非常热闹。皇太后皇帝各亲王郡王贝子贝勒、暨文武百官以及公主格格福晋命妇，都依次恭送。正是生荣死哀，备极隆仪。偏这摄政王多尔衮，格外小心服侍吉特太后；又见太后后面有一位福晋，生得如花似玉，与太后芳容，恰是不相上下。多尔衮暗想道："我只道太后是个绝代佳人，不料无独有偶。满洲秀气，都钟毓在两人身上，又都是咱们自家骨肉，倘得两美相聚，共处一堂，正是人生极乐的境遇，还要什么荣华富贵？可笑去年阿达礼硕托等人，还要劝我做皇帝。咳！做了皇帝，还好胡行么？"看官！

你道这位福晋是何人眷属？乃是肃亲王豪格的妻，摄政王多尔衮的侄妇。正名定分，暗伏下文。

小子且把多尔衮的痴念搁过一边，单说奉安礼毕，清廷无事，郑亲王济尔哈朗仍令军士修整器械，储粮秣马，俟塞外草木蕃盛，大举攻明。时光易逝，又是暮春，济尔哈朗拟出师进发，多尔衮恰不甚愿意，因此师期尚未决定。这日，多尔衮在书斋中，批阅奏章，忽来了大学士范文程，向多尔衮请过了安，一旁坐下，随禀多尔衮道："明京已被李闯攻破，闻崇祯帝已自尽了。"多尔衮道："有这等事？"文程道："李闯已在明京称帝，国号大顺，改元永昌了。"多尔衮道："这个李闯，忽做中原皇帝，想是有点本领的。"文程道："李闯是个流寇的头目，闻他也没甚本领，只因明崇祯帝不善用人，把事情弄坏，所以李闯得长驱入京。现听得李闯非常暴虐，把城中子女玉帛搜掠一空，又将明朝大臣，个个绑缚起来，勒令献出金银；甚至灼肉折胫，备诸惨毒。金银已尽，一一杀讫。明朝臣民，莫不切齿痛恨。若我国乘此出师，借着吊民伐罪的名目，布告中国，那时明朝臣民，必望风归附，驱流贼，定中原，正在此举。"明社之屋，借范文程口中叙出，免与本书夹杂。多尔衮听罢，沈吟半晌，方答道："且慢慢商量！"文程又竭力怂恿，说是此机万不可失。可奈多尔衮恰另有一番隐情，只是踌躇未决。所为何事？范文程怏怏告别，次日，复着人至睿亲王邸第，呈上一书，多尔衮拆书视之，只见上写道：

　　大学士范文程敬启摄政王殿下：迩者有明流寇，踞于西土，水陆诸寇，缓于南服，兵民煽乱于北陲，我师燮代其东鄙，四面受敌，君臣安能相保？良由我先皇帝忧勤肇造，诸王大臣祗承先帝成业，夹辅冲主，忠孝格于苍穹，上帝潜为启佑，此正欲我摄政王建功立业之会也。窃惟成丕业以垂休万禩者此时，失机会而贻悔将来者亦此时，盖明之劲敌，惟在我国，而流寇复蹂躏中原，我国虽与明争天下，实与流寇角也。为今日计，我当任贤抚众，使近悦远来。曩者弃遵化，屠永平，两经深入而返，彼地官民，必以为我无大志，纵来归附，未必抚恤，因怀携贰。是当严申纪律，秋毫勿犯，复宣谕以昔日守内地之由，及今进取中原之意，官仍其职，民仍其业，录其贤能，恤其无告，将大河以北，可传檄而定也。河北一定，可令各城官吏，移其妻子，避患于我军，因以为质；又拔其德誉素著者，置之班行。俾各朝夕献纳，以资辅翼。王于众论择善酌行，则闻见可广，而政事有时措之宜矣。此行或直趋燕京，或相机攻取，要于入边之后，山海关以西，择一坚城顿兵，以为门户，我师往来甚便，惟我摄政王察之！

　　多尔衮阅毕，叹道："这范老头儿的言语，确是不错，但我恰有一桩心事，不能与范老头儿说明，我且到夜间入宫，与太后商量再说。"

是夕，多尔衮入宫去见太后，便把范文程的言语叙述一遍。太后吉特氏

道:"范老先生的才识,先皇在时,常佩服他的。他既主张出师,就请王爷照他行事。"多尔衮道:"人生如朝露,但得与太后长享快乐,已自知足,何必出兵打仗,争这中原?"太后道:"这却不是这样说,我国虽是统一满洲,总不及中国的繁华,倘能趁此机会,得了中国,我与你的快乐,还要加倍。况你不过三十多岁的人,多尔衮的年纪,就太后口中叙出,无怪太后特沛殊恩。来日正长,此时出去立场大功,何等光辉?何等荣耀?将来亲王以下,人人畏服,还有哪个敢来饶舌?"此妇见识,毕竟胜人一筹。多尔衮尚是沈吟,太后见他不愿出师,便竖起柳眉,故作怒容道:"王爷要什么,我便依你什么。今天要你出师攻明,你却不去,这是何意?"慌得多尔衮连忙陪罪,双膝请安道:"太后不必动怒,奴才愿去!"太后便对多尔衮似笑非笑地瞅了一眼,多尔衮道:"奴才出师以后,只有一事可虑。"太后问他何事,多尔衮道:"只豪格那厮,很与我反对,屡造谣言,恐于嗣君不利。"太后道:"这却凭你处置便是。"

多尔衮应命出宫。便召固山额真何洛会,秘密商议了一回。次晨,何洛会即联络数人,共奏肃亲王豪格言词悖妄,恐致乱政。多尔衮即偕郑亲王等,公同审鞫。豪格不服,仍出词挺撞。多尔衮遂说他悖妄属实,废为庶人。无端遭黜,请阅者猜之。于是多尔衮奏请南征,由顺治帝祭告天地太庙,不日启行。启程这一日,范文程恭拟诏敕。便在笃恭殿中,颁给多尔衮大将军敕印,敕曰:

朕年冲幼,未能亲履戎行,特命尔摄政和硕睿亲王多尔衮代统大军,往定中原。特授奉命大将军印,一切赏罚,便宜行事。至攻取方略,尔王钦承皇考圣训,谅已素谙。其诸王贝勒贝子公大臣等,事大将军当如事朕,同心协力以图进取,庶祖考英灵,为之欣慰。钦此。

多尔衮叩首受印,随同豫亲王多铎、武英郡王阿济格、恭顺王孔有德、怀顺王耿仲明、智顺王尚可喜、贝子尼堪博洛、辅国公满达海等,率领八旗劲旅,蒙汉健儿,进图中原,陆续登程,向山海关去了。正是:

虽有智慧,不如乘势。
天道靡常,一兴一替。

欲知多尔衮出师后事,且待下回再详。

和战未定,尚非致亡之因,误在崇祯帝所用非人,卒致外患日迫,内讧乘之。甲申之变,谁谓非崇祯自召耶?若清则国势方盛,太宗晏驾,以六龄之幼主,安然即位,多尔衮等忠心辅幼,竟尔乜邕无惊。至于明社已屋,又由多尔衮出师,唾手中原。后人谓多尔衮之肯出死力,皆孝庄后有以笼络之,然则孝庄后固一代尤物乎?明亡清继,成于一妇人之手,吾营其德,吾服其才。

## 第十二回　失爱姬乞援外族
　　　　　　追流贼忍死双亲

　　且说山海关内外的守将，就是明总兵吴三桂，其时三桂已封平西伯。驻守宁远，因有廷旨促他入援，遂率众西行。到山海关，闻京师已陷，明帝殉国，遂令军士扎住营寨，徘徊不进，忽探马来报道："爵帅家属，尽被李闯拿去了。"三桂大怒，率兵入关。适李闯派降将唐通，赍白银五万两并三桂父吴襄书札，来招降三桂，途次遇三桂军，便入帐进见。三桂问明来意，唐通取出吴襄书，交与三桂，三桂拆阅，大略说是："君逝父存，汝宜早降，不失通侯之赏，犹全孝子之名"云云。三桂迟疑未决，唐通又说道："崇祯已殁，明已无君，君不能使再生，父宁可以再死？不如归降为是。"三桂道："既如此，我为老父故，无奈投降，请君先行回复，我当入京来见新主。"唐通复索回书，三桂便潦潦草草写了几句，并加了封，交与唐通带回。来往书信，无关紧要，故略之。遂即召集众将，把降顺李闯的缘故约略说明。部将冯鹏谏阻，三桂不从，即在关上守候交卸。不数日，李闯差来的守关将吏已率兵赶到，三桂把关上事务交与来将，遂带了数千精兵，望燕京进发。

　　到了滦州，有家人求见。三桂唤入，详问家中近状。家人便将吴襄被掳、家产被抄情形，详细告禀。三桂道："这倒无妨。我现到京，我父自然释放，家产也自然发还了。"家人道："现在京内是闹得不像样子，闯王入京，拷逼大臣，苛索财物，且不必说。宫内的皇后妃嫔，多半随崇祯帝殉节，还有未死的宫娥彩女，都被闯王收为妃妾，日夕奸淫。昨闻我家的姨太太，亦被这闯王选入后宫，不知死活哩。"三桂急问道："哪个姨太太？"家人道："便是陈……"三桂便接口道："是否陈圆圆姑娘？"家人道："不是陈圆圆姑娘，还有谁人？"三桂不听犹可，听了此语，叫了一声爱姬，望后便倒。

　　小子要述陈圆圆历史，且把吴三桂生死，略搁一搁，请诸君先听我说这位圆圆姑娘。圆圆本太原故家，姓陈名沅，能诗能画，又善弹琴，因遭乱流

落，鬻为玉峰歌伎，艳帜高张，缠头价重。吴三桂在京师时，曾与她有一面缘，彼此企慕。嗣后沅娘艳名为藩府田畹所闻，千金购艳，充入下陈，遂改名圆圆。田畹系崇祯帝宠妃父亲，仗着皇亲势力，蓄有数百万家私，自得了陈圆圆，百般爱宠，怎奈老夫少妇终嫌非匹。"石崇有意，绿珠无情"，田畹亦无可如何。

适值李闯陷西安，秦王存枢被执，转陷太原，晋王求枢又被杀。秦、晋二邸累代积蓄，都扫得干干净净。田畹暗暗着急，终日愁眉不展，圆圆窥破情景，便乘机进言，说是："宁远总兵吴三桂部下都是精锐，国丈何不与他结交，作为护符？"已寓深意。田畹大喜，可巧吴三桂入京觐见，遂设宴相请。三桂正忆着陈圆圆，闻她身入田邸，苦难会面，一闻田畹相邀，忙即赴席。席间说起清兵强悍与流寇猖獗的事情，田畹便把全家托他保护。三桂谦让一番，田畹恐他不允，格外殷勤，向后房叫出众歌姬，奏曲侑酒。三桂仔细一瞧，虽是个个妖艳，但不见那可人儿圆圆姑娘，便问田畹道："前闻玉峰歌伎陈沅娘曾入贵邸，如何众歌姬中，独无此人？"田畹听三桂提起圆圆，呆了半晌，只因有事相干，不得不召圆圆出来。少顷，圆圆应召而出，田畹令向三桂行礼。三桂举手相让，一面瞧那圆圆，宛似宝月祥云，别具神采，比当年初见时，虽稍清减，却越显出玉质娉婷。圆圆见三桂瞧她，恰嫣然一笑，低垂粉颈，另有一种娇羞态度。三桂便转眼看众歌姬，觉得蠢俗异常，仿佛媒盐，便向田畹道："西子在前，难为众艳，请国丈令众姬入室，免得多劳，吴某只请沅姬鼓琴一曲，静心领悟，便感国丈厚谊。"田畹即令众姬退出，命圆圆侧坐鼓琴。侍女抱琴与圆圆，圆圆便轻舒皓腕，默运慧心，弹了一曲湘妃怨。弦外寓音。三桂系将门之子，颇识琴心，料知圆圆自怨非偶，不由得自念道："可惜可惜。"

田畹方欲启问，忽见家人呈进邸报，接过一瞧，不觉魂驰魄落。三桂从旁遥望，邸报上写着是："代州失守，周遇吉阵亡"九个大字，便道："代州一失，京畿要戒严了。"田畹道："老夫风烛残年，偏要遭此丧乱，奈何？"三桂趁此机会，竟借着酒意，慨然答道："吴某蒙国丈雅爱，愿力护尊邸，但有一事相求，请国丈见赐！"田畹问他何事，三桂道："便是这位沅姬，若承国丈赐与吴某，吴某誓为国丈效死。"田畹听到此语，又是怒，又是悔，勉强答道："老夫也不惜一歌伎，但未知圆圆愿否？"此时圆圆琴已弹完，就禀告田畹道："妾随国丈数年，安忍轻离国丈，但贱妾事小，国丈事大，国丈有命，敢不敬从！"三桂大笑道："沅姬愿了，沅姬愿了。"忙起身向田畹谢赐，随命自己仆役，抬进暖轿，令陈圆圆拜别皇亲，押着圆圆上轿，出了藩府，自己上了马，扬鞭径去。这位田国丈，弄得目瞪口呆，既不忍割舍，又不好拦阻，只得眼睁睁地由他劫去。

那三桂劫娶圆圆回家，像活宝贝的看待。圆圆又素羡他是当世英雄，三生有幸，两意相同，真个是你贪我爱，说不尽的绸缪。不料明廷谕旨，饬三桂迅速出关。军中不能随带姬妾，三桂硬着头皮，别了爱姬，率兵赶到关上，心中恰时时思念这陈姑娘。儿女情长，英雄气短，自古皆然，不足为三桂责。但为一爱妾故，背了君父，将何以自解？此番得了家人的传报，知陈姑娘被李闯劫夺了去，顿时魂灵儿飞在九霄云外，立即晕倒。你要劫人妻，人亦劫你妾，天道循环，何必着急。幸亏家人相救，苏醒转来，便咬牙切齿，誓报此恨。妻妾之仇，也是不共戴天，礼经上须加入一条。当即率诸将驰回山海关，逐去关上的闯将，令军士为崇祯帝服丧，设座遥奠，啮血结盟，决志扫灭李闯，为明复仇。这消息传达燕京，李闯方在宫中取乐，三日不朝，想是得了陈圆圆，格外荒淫。及接到此报，不觉大惊，亟发兵二十万，下令亲征。又命降将唐通、白广恩，率二万骑绕出关外，夹攻三桂。

三桂方整备抵御，忽报清国摄政王多尔衮，带领雄兵十万，将到宁远。三桂惶急道："内有闯贼，外有清兵，叫我如何对付？"转念道："与其把明室江山送与闯贼，不若送与满洲人。闯贼闯贼！你要夺我爱姬，我也顾不得许多了。"本心已坏。遂修好一书，令副将杨坤、游击郭云龙，赴清军乞援。此时清摄政王多尔衮正领兵到了翁后，距宁远城只数里，闻报平西伯吴三桂遣使求见，乃传令入帐。由杨坤呈上书信，多尔衮即展阅道：

明平西伯山海关总兵吴三桂，谨上书于大清国摄政王殿下：三桂初蒙先帝拔擢，以蚊负之身，荷辽东总兵重任，弃宁远而镇山海者，正欲坚守东陲，而巩固京师也。不意流寇逆天犯阙，京城人心不固，奸党开门纳款，先帝不幸，九庙灰烬，贼首僭称尊号，掳掠妇女财帛，罪恶已极，天人共愤，众志已离，败可立待。我国积德累仁，讴思未泯，各省宗室，如晋文光武之中兴者，容或有之。远近已起义兵，山左江北，密如星布，三桂受国厚恩，悯斯民之罹难，欲兴师以慰人心，奈京东地小，兵力未集，特泣血求助。我国与北朝通好二百余年，今无故而遭国难，北朝应恻然念之，夫除暴翦恶，大顺也。拯颠扶危，大义也。出民水火，大仁也。兴灭继绝，大名也。取威定霸，大功也。流贼所聚金帛子女，不可胜数，义兵一至，皆为王有，又大利也。王以盖世英雄，值此摧枯拉朽之会，诚难再得之时也。乞念亡国孤臣忠义之言，速选精兵，直入中协西协，三桂自率所部，合兵以抵都门，灭流寇于宫廷，示大义于中国，则我朝之报北朝者，岂惟财帛？将裂地以酬，不敢食言。

多尔衮阅毕，见范文程、洪承畴在旁，便将书递阅。两人阅过了书，范文程先开口道："王爷大喜，此番可手定中原了。"不枉前番苦劝。多尔衮道："这且仗先生等费心。"洪承畴道："此去中原，何患不灭李闯？但此番是为明讨贼的义师，与前次入塞不同，还请王爷发令，申谕将士，经过各府州县，毋屠人民，毋焚庐舍，毋掠财物。有敢违

清史演义

令，照军法从事。如此施行，中原人民，定当望风投诚，万里江山，唾手可下。求王爷明鉴！"多尔衮点点头，随道："吴三桂的来书，如何答复？"范文程道："请先招降三桂，令他与李闯交战，待他两边困乏，我却率领精锐，援应三桂，驱逐李闯，定卜大胜。"一鼓一吹，描尽虎伥。多尔衮道："好好！就请先生写了复书便是。"

这位才学深通的范老先生，就濡墨拈毫，伸纸疾书道：

大清国摄政王，复书吴平西伯麾下：向欲与明修好，屡行致书，曾无一言相答，是以三次逃兵攻略，欲明国之君，熟筹而通好也。若今日则不复出此，惟有底定国家，与明休息而已。予闻流寇攻陷京师，明主惨亡，不胜发指，用是率仁义之师，沉舟破釜，誓必灭贼，出民水火。及伯遣使致书，深为喜悦，遂统兵前进。夫伯思报主恩，与流贼不共戴天，诚忠臣之义也。伯虽向与我为敌，今亦勿因前故怀疑。昔管仲射桓公中钩，后为仲父以成霸业。今伯若率众来归，必封以故土，晋为藩王，一则国仇得报，一则身家可保，世世子孙，长享富贵，当如带砺河山，永永无极！

文程写毕，呈与多尔衮。多尔衮看了一遍，命文程加封，交给来使去讫。多尔衮遂拔营进发，到了连山，遇明使复来，催清兵入关。多尔衮应允，遣回来使。

那时吴三桂日盼清兵到来，不料清兵未至，李闯先到，三桂急将关内的百姓，驱入营中，复挑选精锐，登关固守。正筹备间，猛听得一声大炮，如雷震耳，三桂向西了望，但见尘头起处，千军万马，向东而来，后面隐隐有一黄盖，簇拥着一个须眉如戟、鹰目鹳鼻的主帅。三桂料是李闯，恨不得一手抓来，把他碎尸万段；当即激励将士，开关出战。李闯见三桂出来，驱众直上，把三桂困在垓心。三桂毫不惧怕，率着铁骑，左冲右突，顿时喊杀连天，山摇地动。从早晨杀到日暮，闯军尚是未退，三桂恐兵士疲乏，无奈冲开敌阵，率兵入关。李闯也不敢紧逼，令部下一齐下寨。

三桂入关，升堂检点军士，已伤亡多人，不禁号啕大哭。非哭军士，实哭爱姬。众将士亦皆感泣。忽报闯将唐通、白广恩，昔为明将，今为闯将，何无心肝乃尔？已带兵二万，从关外杀来，三桂大惊，即登陴遥望，果见东南角一军，悬着大顺旗号，旋风般地过来。三桂自语道："真个贼将又来了，内外受敌，奈何？"急煞！语未毕，听得东北角上，又炮声震天，一军复疾驰而至，旗帜飞扬，隐隐有红黄蓝白四色，三桂又自语道："莫非清兵已到么？"方在踌躇，见探子已上城飞报，说是清豫王多铎、英王阿济格已率前队兵到此。三桂不禁转悲为喜，谢天谢地，为公乎？为私乎？便下关用过夜膳，命众将士道："清军已到，可以无虑。今夜请诸位一意守关，明日我当出见清军。"

是夕，各军都休息勿动。至翌晨，

唐通、白广恩进兵攻关,三桂选了五百精兵,携着大炮,开关东出。关门甫辟,炮弹随发,冲开一条血路,直到清营,即下马求见,当由多尔衮遣将迎入。三桂既入帐,见上面坐着威风凛凛的多尔衮,即倒身下拜。为爱姬故,何妨屈膝。多尔衮出座相扶,请三桂起坐。三桂即哭诉李闯不道、残毁宫阙、故主自尽、全家被掳的情形。多尔衮道:"说来也是可恨。我到此地,即为贵爵雪仇雪恨而来。"三桂忙接着道:"王爷仗义兴师,为吴某报仇雪恨,某非木石,敢负鸿慈?"多尔衮道:"如天之福,得定中原,当以王爵相报。"三桂称谢,并请速发兵相救。多尔衮点头,命多铎、阿济格入帐,先与三桂相见,随即对二人道:"你二人带兵五千,去杀退关外贼军!"二人奉命前去。多尔衮召进洪承畴、祖大寿等,与三桂共叙寒暄。承畴是三桂故帅,大寿是三桂母舅,至此谈及明室情形,各自叹息。叹息而已,何足道哉?

不多时,多铎、阿济格二人入帐报捷,说贼将唐通、白广恩已逐走了。原来唐通、白广恩自松山一战,早识清兵厉害,今见清兵来援山海关,早已望风生畏,鼠窜而去。关外未曾大战,正好虚写。三桂便请多尔衮入关,守关将士,由三桂点名参谒,复祭告天地,歃血为盟,当下多尔衮命分列坐次,会议军事。洪承畴道:"现在闯贼率众东出,都城必然空虚,若潜军从关外绕道,逾入居庸,袭破京师,待贼回援,我在关之军蹑其后,在京之军扼其前,任他李

闯非常凶悍,也要一鼓成擒,这却是万全的计策。"若从承畴之计,三桂家属,或犹可保。三桂听这番议论,暗暗着急,忙说道:"关内人民,望大军如望云霓,若潜师袭京,多费时日,转失民望,现不如乘着锐气,驱逐逆闯,况王爷以顺讨逆,正应用着堂堂正正的举动,义师所至,无人不服,何必用这秘谋?"三桂心中,只为那人入京,早一日好一日,所以闻承畴计,极力阻挠,然亦亏他说得圆到。多尔衮道:"闯贼的兵势如何?"三桂道:"贼兵虽多,统是乌合之众,三桂只有七千人马,尚能与他杀个平手,何况王爷带来大队,个个英雄,哪有杀不过闯贼的道理?三桂不才,愿冲头阵。"多尔衮道:"既如此,明日与他决一胜负,再作计较。"

翌晨,多尔衮升帐,令吴三桂率领本部人马攻贼右面,自己的兵马攻贼左面,一声鼓号,开关出战。两边排着阵势,李闯的兵约多一倍。多尔衮向吴三桂道:"贵爵愿冲头阵,请先攻入!"三桂得令,领着本部人马,向闯兵最多处杀进去了。多尔衮恰领着英、豫二王驰上东山,立马观战。洪承畴、祖大寿、孔有德、尚可喜等也随着多尔衮上山,但见对面山上,李闯亦挟着明太子诸王等,指麾贼众,贼众张开两翼,把三桂军围了四五重。三桂军人人血战,冲荡数十回,呼杀声震动海峤。多尔衮道:"好厉害!好厉害!自我带兵以来,入塞也好几次,从没有经过这般恶斗。"对异族则怯,对同室则勇,明朝所以终亡。说时迟,那时快,海滨忽起了一阵

第十二回 失爱姬气援外族 追流贼忍死双亲

怪风,把地土尘沙,卷入空中,顿觉天昏地暗,不辨彼此。多尔衮惊道:"不好了!吴三桂要陷没阵中了,快去救他!"多铎、阿济格应声而出,跃马下山,洪承畴、祖大寿、孔有德、尚可喜等亦随下,一声号召,万马奔腾,齐向敌阵冲入。

李闯正在山上督战,见大风过处,飞尘四散,霎时尘开见日,有无数辫发兵,横跃入阵,督兵的都是红顶花翎,不觉失声道:"这是满洲兵,如何到此?"急麾盖向山下退走。贼军不见主子,纷纷大乱,满汉各军,追赶四十里,斩首数万级,方收兵回关。

多尔衮令关内兵民,尽行剃发,吴三桂首先遵令,发可剃,爱姬不可失。剃发已毕,即请作前驱,多尔衮命率兵二万名,即日就道,星夜前进。李闯弃一城,三桂捣一城。李闯遣使求和,三桂只是不允。一逃一追,直抵燕京城下。李闯驰入京中,令部众扎在城外,分作十二寨,抵敌三桂。哪禁得三桂当先踹营,无人可当,不到半日,十二寨已攻破八寨,余四寨亦绕城遁去。李闯又遣兵出城迎战,又被三桂一阵杀退,真是一夫拼命,万夫莫当。李闯大惧,复遣使求和,愿与三桂平分中原。三桂见了来使,也不令他开口,急喝令斩讫,当即命军士猛攻京城。忽听得城上一片哭声,由三桂抬头一望,乃是自己的亲父母并妻子等三十多名,都是两手被缚,负带刑具,向城下哀告道:"阖家性命,都在呼吸,你不如投降了罢!"三桂到此,愤气填胸,大呼不降。城上复答道:"你莫非连爹娘都不管么?你身从何而来?今日为爹娘的,为你一人,要身死刀下,你心何忍!"惨不忍闻。三桂抗声道:"父母深恩,儿非不知。但儿与闯贼誓不两立,今日有闯无儿,有儿无闯。若闯贼敢害我父母,儿誓把闯贼生擒活剥,偿我父母的命。"忍哉三桂!道言未绝,听城上扑的一声,掷下一颗血淋淋的首级,接连又是二三十颗。三桂令军士拾起一瞧,不由得从马上坠下。小子叙到此处,又有一诗咏吴三桂道:

秦庭痛哭亦忠臣,
可奈将军为美人。
流贼未诛家已破,
忍看城上戮双亲。

欲知三桂性命如何,请诸君再阅下回。

"恸哭三军皆缟素,冲冠一怒为红颜。"此系后人咏吴三桂诗。缟素句是宾,红颜句是主。不有红颜,何有缟素?是三桂之心,本不可问。且清师入关,不与定酬劳之约,竟尔臣事满清,甘心剃发,且愿为先导,拼命穷追,激成李闯之怒,戮其父母妻孥。不忠不孝,三桂一人实兼之。读本回如燃犀照奸,直穷其隐。

## 第十三回　闯王西走合浦还珠
## 　　　　清帝东来神京定鼎

却说吴三桂见城上掷下首级，拾起一看，正是他父母妻子的首级，惊得面色如土，从马上坠下。当由军士扶起，不禁捶胸大哭。想是不见陈圆圆首级，故尚未曾晕倒。恰好清兵亦赶到城下，闻报三桂家属被害，多尔衮即下了马，劝三桂收泪，并安慰他一番。三桂谢毕，清兵乘着锐气，攻了一回都城，到晚休息。城内的李闯王，闻满洲兵也到城下，急得屁滚尿流，忙与部下商议了一夜，除逃走外无别法。遂命部下将所索金银及宫中帑藏器皿，贪夜收拾，铸成银饼数万枚，载上骡车，用亲卒拖着，出后门先发，自率妻妾等开西门潜奔。临走时，放了一把火，将明室宫殿及九门城楼，统行烧毁，并把那明太子囚挟而去。

时已黎明，清兵方出寨攻城，忽见城内火光烛天，烈焰飞腾，城上的守兵已不知去向；随即缘城而上，逾入城内，把城门洞开。吴三桂一马冲入，军士亦逐队进城。外城已拔，内城随下，皇城已开得洞穿。三桂率兵到宫前，只见颓垣败瓦，变成了一个火堆。三桂遂令军士扑灭余焰，自己恰急急忙忙的，到了家内。故庐尚在，人迹杳然。转了身，向各处搜寻一番，只有鸠形鹄面的愚夫愚妇，并没有这个心上人儿。我亦替他一急。他亦无心去迎多尔衮，竟领兵出了西门，风驰电掣般追赶李闯。到了庆都，见李闯后队不远，便愤愤地追杀过去。李闯急令部将左光先、谷大成等，回马迎战，不数合，已被三桂军杀败，勒马逃走。抛弃甲仗无数，拥积道旁，三桂军搬不胜搬，移不胜移。等到拨开走路，眼见得闯军已去远了。

三桂尚欲前进，祖大寿、孔有德等已从京城赶到，促令班师。三桂道："逐寇如追逃，奈何中止？"大寿道："这是范老先生意见，说是穷寇勿追，且回都再议。"三桂犹自迟疑，大寿言："军令如山，不应违拗。"三桂无奈，偕大寿等回见多尔衮。多尔衮慰劳一番，三桂道："闯贼害我故君，杀我父母，吴某恨不立诛此贼。只因军命难违，姑且从归，现请仍行往追！"口头原是忠

65

第十三回　闯王西走合浦还珠　清帝东来神京定鼎

孝。多尔衮道："将军原不惮劳,军士已经疲乏,总须休养几天,方可再出。"三桂无言可答,只得辞别到家,仍密遣心腹将士,探听陈圆圆消息。念念不忘此人。接连两日,毫无音信,三桂短叹长吁,闷闷不乐。忽有一小民求见,三桂召入。那小民叩见毕,呈上一书,三桂即展读道:

贱妾陈沅谨上书于我夫主吴将军麾下:妾以陋姿,猥蒙宠爱,为欢三日,遽别征骓,妾虽留滞京门,魂梦实随左右。陌头之感,不律难宣。三月终旬,闯贼东来,神京失守,妾以隶于将军府下,遂遭险难,以国破君亡之际,即以身殉,夫亦何惜?第心未见将军,心迹莫明,不敢遽死。闯贼屡图相犯,妾以死拒。幸闯贼犹畏将军,未下毒手,令妾得以瓦全。妾之偷息以至于今者,皆将军之赐也。及闯贼举兵西走,妾得乘间脱逃,期一见将军之面,捐躯明志。乃闻将军复出追寇,不得已暂寓民家,留身以待。今幸将军凯旋,将别后情形,谨陈大略。伏维垂鉴,书不尽意,死待来命。

看官!这陈圆圆既被李闯掳去,如何李闯西奔,恰把圆圆撇下呢?前未提起,阅者早已怀疑。原来圆圆秉性聪明,闻三桂来追,李闯欲走,她思破镜重圆,故意地向李闯面前说明三桂心迹。李闯以留住圆圆,可止追军,并因妻妾多与相嫉,阴阻其行,故圆圆犹得留京,流徙民家。

三桂得了圆圆书,不禁大喜,忙赏小民二百金,这小民恰得了一注横财。令兵役肩舆至民家,接回圆圆。不一时,圆圆已到,款步而入,三桂忙起身相迎。文姬归来,丰姿如旧。圆圆方欲行礼,三桂已将她一把掖住,拥入怀中,与她接了一回吻,真是活宝贝。才对圆圆道:"不料今日犹得见卿。"圆圆道:"妾今日得见将军,已如隔世,惟妾身虽幸保全,左右不无疑虑,请今日死在将军面前,聊明妾志。"说毕,已垂下珠泪数滴,把三桂双手一推,意图自尽。一哭一死,这是妇女惯技。三桂将她紧紧抱住,便道:"我为卿故,间关万里,日不停驰,今日幸得重会,卿乃欲舍我而死。卿死,我亦不愿再生。"比君父何如?圆圆呜咽道:"将军知妾,未必人人知妾。"三桂急忙截住道:"我不疑卿,谁敢疑卿!"圆圆道:"将军如此怜妾,妾不死,无以自白,妾死,又有负将军,正是生死两难了。"三桂着急道:"往事休提,今日是破镜重圆的日子,当与卿开樽畅饮,细诉离情。"于是命侍役安排酒肴,到了上房对酌,叙这数月的相思。妾貌似花,郎情如蜜,金缸影里,半軃云鬟,秋水波中,微含春色。既而夕阳西下,更鼓随催,携手入帐,重疗相如渴病,含羞荐枕,长令子建倾心。此时三桂的心中,全把君父忘却,未知这位陈圆圆,还记念李闯否?过了数日,少不得从宜从俗,替吴襄开丧受吊。白马素车,往来不绝。嗣闻多尔衮保奏为王,又是改吊为贺,小子也不愿细叙了。

且说清摄政王多尔衮入京后,一切布置,都由范文程、洪承畴酌定。特志两人，是《春秋》书法。范、洪二人拟就两道告示，四处张贴。一道是揭出"除暴救民"四字，羁縻百姓，一道是为崇祯帝发丧，以礼改葬，笼络百姓。那时百姓因李闯入京，纵兵为虐，受他奸淫掳掠的苦楚，饮恨得了不得，一闻清兵入城，把闯贼赶出，已是转悲为喜。又因清兵不加杀戮，复为故帝发丧，真是感激涕零，达到极点，还有哪个不服呢？小信小惠，已足服人。多尔衮见人心已靖，急召集民夫，修筑宫殿。武英殿先告竣工，多尔衮升殿入座，摆设前明銮驾，鸣钟奏乐，召见百官。故明大学士冯铨及应袭恭顺侯吴维华，亦率文武群臣，上表称贺。富贵固无恙也。是日，即缮好奏摺，令辅国公屯齐喀和托及固山额真何洛会，到沈阳迎接两宫。

两大臣去讫，多尔衮退了殿，忽由部将呈上密报。多尔衮一瞧，即召入范文程、洪承畴递阅。二人阅毕，范文程道："福王朱由崧在南京监国，将来定与我为难，这事颇要费手。"洪承畴道："朱由崧是个酒色之徒，不足深虑，只是南京兵部尚书史可法，素具忠诚，未知他曾任要职否？"多尔衮道："洪先生谅识此人。"承畴道："他是祥符县人，素来就职南京，所以不甚熟识。唯他有一弟在京，日前已会晤过了。"多尔衮道："最好令伊弟招降了他。"承畴道："恐他未必肯降。但事在人谋，当先与商议便是。"多尔衮点头，二人随即退出。

过了数日，迎銮大臣饬人回报，两宫准奏，择于九月内启銮。多尔衮遂派降臣金之俊为监工大臣，从京城至山海关，填筑大道，未竣工的宫殿，加紧筑造；又招集侍女太监，派往各宫承值，宫中需用的器具物件，特遣专员往各处采办；多尔衮当政务余闲的时候，亦亲去监察。吉特太后所居之宫，想必监察较周。一日，由探马报称明福王称帝南京，改元弘光，命史可法开府扬州，统辖淮扬凤庐四镇，江淮一带都驻扎重兵了。多尔衮闻报，仍延这洪老先生密议邸中。此时这洪老先生，已托史可法兄弟寄书招降，又与多尔衮代作一书，寄与史公。此书曾载入史鉴，首末无非通套，中间恰说得委婉动人。其文云：

予向在沈阳，即知燕京物望，咸推司马。及入关破贼，与都人士相接，识介弟于清班，曾托其手书奉致衷绪，未知何时得达。比闻道路纷纷，多谓金陵有自立者，夫君父之仇，不共戴天，《春秋》之义，有贼不讨，则故君不得书葬，新君不得书即位，所以防乱臣贼子，法至严也。闯贼李自成，称兵犯阙，手毒君亲，中国臣民，不闻加遗一矢。平西王吴三桂，介在东陲，独效包胥之哭，朝廷感其忠义，念累世之宿好，弃近日之小嫌，爱整貔貅，驱除狗鼠。入京之日，首崇怀宗帝后谥号，卜葬山陵，悉如典礼。亲郡王将军以下，一仍故封，不加改削。勋戚文武诸臣，咸在朝列，恩礼有加。耕市不惊，秋毫无扰。方拟秋高天爽，遣将西征，传檄江南，联兵河朔，陈师鞠旅，戮力同心，报乃君父之仇，彰我朝廷之德。岂

## 第十三回　闯王西走合浦还珠　清帝东来神京定鼎

意南州诸君子，苟安旦夕，弗审时机，聊慕虚名，顿忘实害，予甚惑之。国家抚定燕都，乃得之于闯贼，非取之于明朝也。贼毁明朝之庙主，辱及先人，我国家不惮征缮之劳，悉索敝赋，代为雪耻，孝子仁人，当如何感恩图报？兹乃乘逆寇稽诛，王师暂息，遂欲雄踞江南，坐享渔人之利，揆诸情理，岂可谓平？将谓天堑不能飞渡，投鞭不足断流耶？夫闯贼为明朝祟，未尝得罪于我国家也，徒以薄海同仇，特申大义，今若拥号称尊，便是天有二日，俨为劲敌，予将简西行之锐，转旆东征，且拟释彼重诛，命为前导。夫以中华全力，受制溃池，而欲以江左一隅，兼支大国，胜负之数，无待蓍龟矣。予闻君子之爱人也以德，细人则以姑息，诸君子果识时知命，笃念故主，厚爱贤王，宜劝令削号归藩，永绥福禄，朝廷当待以虞宾，统承礼物，带砺山河，位在诸王侯上，庶不负朝廷仗义，兴灭继绝之初心。至南州群彦，翩然来仪，则尔公尔侯，有平西之典例在，惟执事实图利之！晚近士大夫，好高树名义，而不顾国家之急，每有大事，辄同筑舍。昔宋人议论未定，兵已渡河，可为殷鉴。先生领袖名流，主持至计，必能深维终始，宁忍随俗浮沉，取舍从违，应早审定，兵行在即，可西可东，南国安危，在此一举。愿诸君子同以讨贼为心，毋贪瞬息之荣，而重故国无穷之祸，为乱臣贼子所笑，予实有厚望焉。记有之：“惟善人能受尽言。”

敬布腹心，伫闻明教。江天在望，延跂为劳，书不尽意。

书成，命故明副将韩拱薇及参将陈万春，赍书去讫。多尔衮照常办事，除处理国务外，仍是监视工作，足足忙了两个多月，方报竣工。一日，接到沈阳谕旨，知两宫已经启銮，遂派阿济格、多铎等率兵出城巡察。嗣是连接来报，圣驾已到某处某处了。多尔衮令于通州城外，先设行殿，命司设监去设帷幄御座，尚衣监去呈冠服，锦衣卫去监卤簿仪仗，旗手卫去陈金鼓旍帜，教坊司去备各种细乐。大致齐备，传闻御驾已入山海关，进次永平，即传集满汉王大臣，统穿着吉服，往行殿接驾。是日銮驾已到通州，龙旗焕采，鸾铃和铃，两旁侍卫拥着一位七龄天子，生得秀眉隆准，器宇非凡。七岁童子，入做中原皇帝，想必器宇非凡。后面便是两宫皇太后。这位吉特氏，华服雍容，端严之中，偏露出一种妩媚。想从多尔衮眼中看出。多尔衮忙率王大臣等，排班跪接。由太监传旨平身，始一齐起立，随銮驾进了行殿。七龄天子，升了御座，旁立鸿胪寺官，俟王大臣等依次排列，一一唱名，赞行五拜三叩首礼。礼毕，退殿少息，约两三小时，复命起銮，从永定门入大清门，王大臣等仍送迎如仪。是时城内的居民，早已奉到命令，家家门前，各设香案，烟云缭绕，气象升平。銮驾徐徐经过，入了紫禁城，王大臣等始起身而退，只多尔衮随驾而入。猛见那已革的肃亲王豪格，仍然翎顶辉煌，昂头进去，多尔衮满腹狐疑，当时不便明问，只好随驾入宫。

接连忙了数日，无非是安顿行装，排设器具，毋庸细说。到了十月朔，顺治帝亲诣南郊，祭告天地社稷，并将历代神主，奉安太庙，随即升武英殿，即中国皇帝位。满汉文武各官，拜跪趋跄，高呼华祝，正是说不尽的热闹。汉代衣冠一旦休。礼毕，遂颁诏天下，大旨为"国号大清，定都燕京，纪元顺治"等语。这是满清入主中原之始，故不惮详述。是日，即加封多尔衮为叔父摄政王，因他功迹最高，特命礼部建碑勒铭，并定摄政王冠服官室各制。另定摄政王宫室制度，恐多尔衮尚未快意。又加封济尔哈朗为信义辅政叔王，名为加封，实是降级。晋封阿济格为武英亲王，复肃亲王豪格爵，赐吴三桂平西王册印。谕旨一下，多尔衮因豪格复爵，心中未免不乐，恰又不便拦阻，只好缓缓设法。是日亲王及各大臣家属亦统同到京。前文未叙及肃王福晋，故特补叙一笔，非闲文也。畿内已定，复令直隶巡抚卫国允等平定畿外，于是决议远略。闻李闯西奔入陕，遂授阿济格为靖远大将军，率同吴三桂、尚可喜等，由大同边外，会诸蒙古兵，入榆林延安，攻陕西的背后。多铎为定国大将军，率同孔有德等，由河南趋潼关，攻陕西的前面。两路进兵，都用汉将为前导，以汉攻汉，的是妙计。只可惜这平西王又要与爱姬话别了。两将军率兵去讫，多尔衮又遣豪格出师山东，语首特加多尔衮三字，阅者勿滑过。豪格不敢违慢，亦即奉令而去。

那时朝政始稍稍闲暇，多尔衮随时入宫，与吉特太后共叙离情。一日，正自大内回邸，忽由洪承畴入见，报称江南遣使左懋第、陈洪范、马绍愉等，携带白金十万两，绸缎数万匹，来此犒师。多尔衮道："何处的军士，要他犒赏？"承畴道："说来可笑。他说是犒我朝军士呢！还有史可法一封复书。"说至此，即袖出一书呈上，多尔衮拆开一阅，不禁惊叹起来。正是：

河山半壁留残局，
简牍千秋表血诚。

毕竟书中如何说法，且看下回自知。

顺治帝之入关，人谓由多尔衮之力，吾不云然。不由多尔衮，将由吴三桂乎？应之曰唯唯否否。三桂初心，固未尝欲乞援满洲也，为一爱姬故，迫而出此。然则导清入关者，非陈圆圆而谁？圆圆一女子耳，乃转移国脉如此。夏有妹喜，商有妲己，周有褒姒，圆圆殆其流亚欤？若多尔衮之经略中原，入关定鼎，亦自吉特太后激厉而来，是又以一妇人之力，肇成大统者，孰功孰罪，阅此书者当于夹缝中求之。

清史演义

## 第十四回　抗清廷丹忱报国
　　　　　屠扬州碧血流芳

　　且说清摄政王多尔衮，展阅史可法复书，不禁惊叹，因史公来书，是洋洋二大篇，比原书字数还要加倍。当即交洪承畴朗诵，承畴遂徐声念道：

　　大明国督师兵部尚书，兼东阁大学士史可法顿首，谨启大清国摄政王殿下：南中向接好音，法随遣使问讯吴大将军，未敢遽通左右，非委隆谊于草芥也，诚以大夫无私交，春秋之义。今佥愆之际，忽奉琬琰之章，真不啻从天而降也。循读再三，殷殷致意，若以逆贼尚稽天讨，烦贵国忧，法且感且愧。惧左右不察，谓南中臣民偷安江左，竟忘君父之怨，敬为贵国一详陈之：

　　我大行皇帝敬天法祖，勤政爱民，真尧舜之主也。以庸臣误国，致有三月十九日之事，法待罪南枢，救援无及，师次淮上，凶问随来。地坼天崩，山枯海泣。嗟夫！人孰无君？虽肆法于市朝，以为泄泄者戒，亦奚足谢先皇帝于地下哉？尔时南中臣庶，哀恸如丧考妣，无不捊膺切齿，欲悉东南之甲，立翦凶仇；而二三老臣，谓国破君亡，宗社为重，相与迎立今上，以系中外之心。今上非他，神宗之子，光宗犹子，而大行皇帝之兄也。名正言顺，天与人归。五月朔日，驾临南都，万姓夹道欢呼，声闻数里。群臣劝进，今上悲不自胜，让再让三，仅允监国，迨臣民伏驾屡请，始以十五日正位南都。从前凤集河清，瑞应非一，即告庙之日，紫云如盖，祝文升霄，万目共瞻，欣传盛事。大江涌出枏梓数十万章，助修宫殿，岂非天意哉？越数日，遂命法视师江北，克日西征，忽传我大将军吴三桂，借兵贵国，破走逆成，为我先皇帝后发丧成礼，扫清宫阙，抚辑群黎，且罢薙发之命，示不忘本朝，此等举动，震古铄今，凡为大明臣子，无不长跪北向，顶礼加额，岂但如明谕所云，感恩图报已乎？谨于八月薄治筐篚，遣使犒师，兼欲请命鸿裁，连师西讨，是以王师既发，复次江淮，乃辱明诲，引春秋大义，来相诘责，善哉言乎！然此为列国君薨，世子应立，有贼未讨，不忍死其君者立说耳。

若夫天下共主，身殉社稷，青宫皇子，惨变非常，而犹拘牵不即位之文，坐昧大一统之义，中原鼎沸，仓卒出师，将何以维系人心？紫阳"纲目"，踵事"春秋"，其间特书如莽移汉鼎，光武中兴，不废山阳，昭烈践阼，怀愍亡国，晋元嗣基。徽钦蒙尘，宋高嗣统，是皆于国仇未蕲之日，亟正位号，"纲目"未尝斥为自立，率以正统予之。甚至如玄宗幸蜀，太子即位灵武，议者疵之，亦未尝不许以行权，幸其光复旧物也。本朝传世十六，正统相承，自治冠带之族，继绝存亡，仁恩遐被，贵国昔在先朝，凤膺封号，载在盟府，宁不闻乎？今痛心本朝之难，驱除乱逆，可谓大议复著于春秋矣。昔契丹和宋，止岁输以金缯，回纥助唐原非利其土地，况贵国笃念世好，兵以义动，万代瞻仰，在此一举。若乃乘我蒙难，弃好崇仇，规此幅员，为德不卒，是以义始而以利终，为贼人所窃笑也。贵国岂其然？

往者先帝轸念潢池，不忍尽戮，剿抚互用，贻误至今，今上天纵英武，刻刻以复仇为念，庙堂之上，和衷体国，介胄之士，饮泣枕戈，忠义民兵，愿为国死，窃以为天亡逆闯，当不越于斯时矣。语曰："树德务滋，除恶务尽。"今逆贼未服天诛，谍知卷土西秦，方图报复，此不独本朝不共戴天之恨，抑亦贵国除恶未尽之忧。伏乞坚同仇之谊，全始终之德，合师进讨，问罪秦中，共枭逆贼之头，以泄敷天之恨，则贵国义闻，照耀千秋，本朝图报，惟力是视，

从此两国世通盟好，传之无穷，不亦休乎？至于牛耳之盟，则本朝使臣，久已在道，不日抵燕，奉盘盂从事矣。

法北望陵庙，无涕可挥，身陷大戮，罪应万死，所以不即从先帝者，实为社稷之故。《传》曰："竭股肱之力，继之以忠贞。"法处今日，鞠躬致命，克尽臣节，所以报也。惟殿下实昭鉴之！弘光甲申九月日。

洪承畴读毕，随道："据书中意思，史可法是不肯降顺我朝，但照陈洪范传说，现在明福王用了马士英、阮大铖等人，入阁办事，恐怕就要灭亡呢。"多尔衮问他何故，承畴道："马士英向来贪鄙，阮大铖是魏阉的干儿，这等人执掌朝纲，还有何幸？"多尔衮道："有史可法在。"承畴道："单靠这史老头儿，也不中用。"史老头儿不中用，洪老头儿恰很中用。多尔衮道："此外有无别说。"承畴道："来使左懋第恰有四件事要求我朝：第一件，是要在天寿山特立园陵，改葬崇祯帝；第二件，是要索还北京，只肯把山海关外，割畀我朝，每年赠我岁币，只有十万两；第三件，我朝与他国书，只许称可汗，不能称帝；第四件，来使聘问，要照故明会典，不肯屈膝。"多尔衮勃然道："左懋第何人？敢说这样话！"承畴道："闻他为兵部右侍郎，兼右佥都御史。"左懋第系南朝忠臣，故特借承畴口中表明官职，这也是紫阳书法。多尔衮想了一回，便道："且令他三人暂居鸿胪寺中，再作计较。"

歇了几天，承畴因染病乞假，不去

上朝，忽闻朝中已遣回南使，大吃一惊，忙来见多尔衮，问道："王爷把南使都遣回了么？"多尔衮道："两国相争，不斩来使，自然令他回去。"承畴道："老臣已与陈洪范密约，愿招降江南将士。洪范可去，左、马二人不应遣归。"多尔衮道："你日前未曾声明，今已遣归，奈何？"承畴道："请速派得力人员，追回左、马二人，只放陈洪范回南。"多尔衮点头，即令学士詹霸，带着禁军，飞骑南追，不到两三日工夫，即将左、马二人截回。

多尔衮正思遣将南下，忽接西征捷报，说西安已攻下了，不禁大喜。原来李闯率众入陕，攻陷长安，复令部众分扰四川、河南等省，寻闻清豫王多铎已下河南，急遣部将张有声守洛阳，张有曾守灵宝，不防清兵势大，二张具被击败，退回关中。李闯又命骁将刘宗敏，带着人马，出守潼关，与清兵战了数次，有败无胜。李闯复亲率铁骑到关，两下都是百战精兵，一攻一守，杀伤相当。这时候，清英王阿济格等，已向长城绕边入保德州，结筏渡河，入绥德，克延安，下鄜州，直趋西安。警报传至李闯，李闯又只得回援，途次正遇阿济格军，被他大杀一阵，急急地遁入城中。那时潼关也由多铎攻破，降了闯将马世尧，乘胜来会阿济格，李闯急上加急，仍如在京时放火而逃。始终是一强盗行径，如何能统中原？这一场，被清兵前截后追，杀得尸横遍野，血流成渠，是恶贯满盈之报。只剩了几十百个残卒，保着李闯，落荒逃走去了。李闯入陕，已如强弩之末，故书中叙述，亦约略及之。

阿济格既逐去李闯，与多铎相会，即联名报捷。多尔衮大喜过望，即奏请顺治帝御殿受贺（此时已是顺治二年春天了）。受贺毕，由多尔衮等会议，令阿济格仍遵前旨，追剿李闯，多铎移师下江南。小子只有一支笔，不能并叙，且先述多铎下江南事。

且说南朝的福王，系明神宗孙，福恭王常洵长子，崇祯十六年袭封。因流寇四扰，偕从叔潞王常淓，避难淮安。崇祯帝殉国，凤阳总督马士英拟迎立福王，独南京兵部尚书史可法，以福王有七不可立，一贪，二淫，三酗酒，四不孝，五虐下，六不读书，七干预有司，一之为甚，其可七乎？拟迎立潞王常淓。偏这马士英硬要推戴，勾结总兵高杰、刘泽清、黄得功、刘良佐四人，备齐甲杖，护送福王到仪真。可法无奈，与百官迎入南京，先监国，继称尊，以次年为弘光元年。士英带兵入南京，与可法同为东阁大学士，两人心术不同，屡有龃龉。可法乃自请出镇淮扬，率总兵刘肇基于永绥等，同到江北，建议分徐泗、淮海、滁和、凤寿为四镇，即命高杰、刘泽清、黄得功、刘良佐四总兵，分地驻扎。名目上归可法节制，其实统是士英羽翼，哪个肯听可法号令？史阁部死矣！四总兵闻扬州华丽，争思居住，先到扬州城下，自杀一场。亏得可法驰往劝解，方各至泛地。自是史可法在扬州驻节，屡上书请经略中原，都被马士英搁留不报。这位弘光皇帝，偏信马士英，一切政务，全然不管，专在女色上用心。宫中不足，取诸外府。时命太监出城搜寻，见有姿色的女子，一把扯去。可怜母哭儿号，生离惨别，那弘光帝恰左拥右抱，非常快活。广罗春方服媚药，尽情取乐，无愁天子。谁知春宵不永，好事多磨，霓裳之曲未终，鼙鼓之声已起。北朝的豫亲王多铎，已分军南下了。

多铎自奉了移师的上谕，便别了阿济格，把军士分作三支，望河南进发。一出虎牢关，一出龙门关，一出南阳，约至归德府会齐。时河南尚为南朝属地，巡按御史陈潜夫，保奏汝宁宿将刘洪起，可为统领，令他号召两河义旅，阻截清兵。马士英不许，反召回陈潜夫，清兵长驱河上，如入无人之境。史可法闻警，亟令高杰出师徐州，沿河筑墙，专力防御。寻因清兵已下河南府，复促高杰进屯归德。高杰欲与睢州总兵许定国，互相联络，作为犄角，不意定国已纳款清兵，送二子渡河为质。高杰尚在梦中，领了数骑，从归德趋睢州，被定国赚入城内，设宴接风，召妓侑酒。灌得高杰烂醉如泥，连从骑也没人不醉，大家挟妓酣寝。一声鼓号，伏兵齐起，高杰从醉梦中惊醒，被四妓搌住，手足动弹不得，刀锋一下，身首两分。其余从骑，也一一被他杀死。一班风流鬼，都入森罗殿去了。牡丹花下死，做鬼亦风流。

定国即至多铎处报功，多铎随进取归德，三路兵陆续会集。适清都统准塔，随豪格至山东，因山东已平，奉朝命接应多铎，亦到归德来会多铎军。多铎令准塔率本部军出淮北，自率部队出淮南。又是二路。准塔到徐州，守将李成栋乞降，进攻宿迁，刘泽清率步兵四万，船千余，夹淮相拒。准塔令兵士放炮遥击，自己恰潜渡上游，绕出泽清背后。泽清不及防备，顿时骇退。准塔追至淮安，泽清遁入海。淮北一带，望风降清。多铎由归德趋泗州，明淮河守将李际遇，焚桥遁去。清兵遂安安稳稳地渡了淮河。

那时赤胆忠心的史可法，闻高杰被杀，流涕太息，忙令高杰甥李本身往收部众，又立杰子元爵为世子，抚定军心。忽报清兵已渡淮河，急督师出御；行至半途，又报泗州紧急，复移师向泗州；行未数里，南京又飞檄召还，说是左良玉谋反，从九江入犯，赶即入卫。风鹤惊心，楚歌四面，可法因勤王事急，不得已舍了泗州，折回江南。史公可怜！

看官！你道这左良玉何故入犯？左良玉夙有战功，福王封他为宁南侯，驻守武昌，节制长江上游，作为南都屏障。这马士英偏暗中嫉忌，遇事裁抑，恼得良玉性起，索性借入清君侧为名，引兵东下，从汉口到蕲州，列舟三百多里。士英大惊，一面命阮大铖等率兵至江上，会同黄得功防堵，一面飞召史可法、刘良佐等入援。可法方渡江抵燕子矶，又遇南京差官，传来谕旨，以黄得功已破良玉军，令可法速回淮扬。可法犹欲趋援泗州，探报泗州已失，急还扬州。谁知清兵已从天长、六合长驱而

第十四回 抗清廷丹忱报国 屠扬州碧血流芳

来，距扬州城只三十里。扬州守兵，多半逃窜，至可法入城，城中已无兵可守。飞檄各镇入援，只一总兵刘肇基，从白洋河趋赴，报称："军心多变，刘泽清已潜降清军。"弄得可法战无可战，只得决计死守。

当时有清室降将李世春，奉多铎命，入城劝降。看官！你想这效死勿贰的史督师，肯甘心降敌么？愧杀洪、吴诸人。世春尚未详说，已被可法叱逐出城。世春去后，可法急令总兵李栖凤监军、副使高岐凤扎营城外，作为援应，自率刘肇基登城巡阅。猛见清兵如江潮海浪一般，推涌前来，倒也不慌不忙，待清兵将临城下，一声号令，炮弹矢石，统向清兵打去。清兵前队，多半死伤，方略略退去。相持两昼夜，可法望见城外两营，杳无声响，只有虚幌幌两座营帐；隔了一宿，连营帐都没有了。凤兮凤兮，何德之衰？可法叹道："文官三只手，武官四只脚，奈何奈何？"刘肇基献策道："城内地高，城外地低，可决淮河之水，灌入敌军，不怕敌军不退！"可法道："民为贵，社稷次之。敌军未必丧亡，淮扬先成鱼鳖，于心何忍？"到了此时，还顾恋百姓，可谓仁人。遂不从肇基之言，专务固守。

多铎接连攻城，已是数日，兵士已被伤无数，顿时愤不可遏，督兵猛扑数次，都被守兵击退。可法检点守兵，亦已许多受伤，料知城孤援绝，终难持久，啮了指血，草定遗表，还劝这位弘光皇帝去逸远色，勉力图存。又作书寄与母妻，不及家事，但云我死当葬我高皇帝陵侧。精忠报国，如见其心，读此为之泫然。遂交与副将史得威，令他逸出城外驰报去讫。到了第七日，城内的炮弹矢石，所剩无几，可法正在着急，陡闻炮声突发，城堞随崩，凭你史督师忠心贯日，也是无法可施，只好拼着命与他血斗。两下激战许久，城内外尸如山积，清兵践尸入城，刘肇基率士民巷战，杀伤十余人而死。可法见清兵已入，肇基阵亡，忙拔剑自刎。忽来了参将张友福把剑夺去，拥可法出小东门。可法大呼道："我便是史督师。"此时城内外统是清兵，闻可法自呼，不问真伪，一阵乱剁，可怜柱石忠臣，已成碧血，从此精诚浩气，直上青云。逾年，家人以袍笏招魂，葬于扬州城外的梅花岭。明史上说他是文文山后身，小子曾有《梅花岭吊古诗》道：

休言史乘太荒唐，
燕市扬州一样芳。
留得忠魂埋此土，
岭梅万树益馨香。

多铎既得了扬州，下令屠杀十日，这般惨戮的情形，小子恰有些不忍说了。后人著有《扬州十日记》，看官可以参阅，小子且停一停笔，待下回再叙。

史阁部一书，义正词严，可夺故人之气，惜所主非人耳。向使明福王任贤勿贰，去邪勿疑，则正位南京，犹仍汉代衣冠之旧。吾正望其不亡，乃淫荒无度，黜正崇邪；马阮用事，援引奄党；

中书随地有，都督满街走，监犯多如羊，职方贱如狗，相公只爱钱，皇帝但吃酒。胡儿南下，四镇抛戈，徒一憝遗之史阁部，怀才莫试，茹苦含辛，卒抗节扬州城下，岂不哀哉？本回全为史阁部写照，历表忠悃，令人不忍卒读。

## 第十五回　弃南都昏主被囚
　　　　　捍孤城遗臣死义

　　却说扬州被清兵攻入，警报传至南京，与雪片相似。马士英急遣总兵郑鸿逵、副使杨文骢，率师堵截江上。这郑杨两人，统是马党，钻营奔去，得了一个高官，晓得什么兵略，只把炮弹隔江乱放，诡报胜仗。偏这清兵故意趋避，到了炮弹声歇，他却乘着黑夜，渡江而来。待明营惊醒，清兵已经杀入，郑杨二人不知所措，只得率兵逃走。杨文骢逃至苏州，郑鸿逵越加胆小，直奔到杭州，好算是逃将军第一。清兵遂进陷镇江。

　　那时弘光皇帝恰罗列美女，饮酒取乐，不让当年陈叔宝。至镇江失守的信息报入宫中，他还拥着美人，不住地饮酒。亏他镇定。次日，又由太监入报，清兵自丹阳句容，迤逦前来，至是弘光帝方有些着急，连唤奈何。太监道："现闻黄得功屯兵芜湖，请皇上赶紧前去，叫他保驾才好。"弘光帝忙收拾行装，挈了爱妃，潜开通济门出走。次晨，马士英入朝，闻弘光帝已经逃去，忙入宫中，见太后皇后正在着忙，哭得似泪人儿一般。太后都不管，弘光帝全无心肝。士英命侍卫备驾出宫，自与阮大铖率亲兵数千名，挟了太后皇后等，匆匆逃去。

　　南京城内，人心惶惶，总督京营圻城伯赵之龙束手无策，与大学士王铎等，密议了一条救急的妙法，倒也大家心安。过了两日，清兵始到城下，赵之龙即将议定的法子，施行出来，令属员写了降书一道，赍赴清营。多铎大喜，准其投降。赵之龙即率十七侯伯，开了城门，匍匐道旁，迎接清兵，衣冠扫地。多铎入城安民。因马到即降，破格宽宥，禁止部兵掳掠，所以南京还算安静。特别提出，想见其掳掠多矣。休息一天，即遣贝勒尼堪、贝子屯齐，进兵芜湖，追擒弘光帝。适明将刘良佐奉檄入援，途次遇着清兵，并不抵御，当即迎降。尼堪令为前驱，直达芜湖江口。

　　是时江南四镇，高杰被杀，二刘降清，单剩了一个黄得功，他前时奉命去攻左良玉，良玉已死，其子梦庚败走，得功因回屯芜湖。忽见弘光帝狼狈奔到，大惊道："陛下何故轻身到此？"弘光帝流泪道："南京无一人可恃，唯卿秉性忠诚，所以冒死前来，仗卿保护。"何不叫马士英、阮大铖等保护？得功道："陛下死守京城，臣等尚可尽力，奈何轻身来此？且臣方对敌，何能扈驾？"弘光帝不禁大哭。得功无法，只得留住弘光帝，愿效死力。

不数日，清兵已到江口，得功戎装披挂，执了佩刀，坐下小舟，督部下渡江迎战。遥闻对岸有人大叫道："黄将军何不早降？"视之，乃刘良佐，不觉怒叱道："汝乃甘心降敌么？"言未毕，忽有一箭射来，正中喉间左偏，鲜血直喷，得功痛极，将佩刀掷去，拔去箭镞，大叫一声，晕绝舟中。总兵田雄见得功已死，起了坏心，一手将弘光帝掖住，复令兵士缚住弘光爱妃，送至对岸，献入清营。尼堪命将弘光帝及爱妃推入囚车，解至南京，多铎即遣使献俘。可怜这位风流天子，只享了一年艳福，到此身为俘虏，与爱妃同毕命燕京，长辞人世去了。与爱妃同死，冥中有伴了。

江南已定，范文程、洪承畴等撰颂词，修贺表，又有一番忙碌。过了数日，又有两处捷报，一是英亲王阿济格，报称追逐李闯，无战不胜，闯贼遁至武昌，入九宫山，被村民斫毙，获住贼叔及妻妾，并死党左光先、刘宗敏等，俱审实正法了。了结李闯，即从阿济格奏报中叙明，以省笔墨。一是豫亲王多铎，报称安庆、宁国、常州、苏州、松江各府，统已降顺，别遣贝勒博洛及新授援浙闽总督张存仁，南下杭州去了。此时佳音迭至，喜气盈廷，皇太后吉特氏及摄政王多尔衮，统喜欢得了不得。两人复私下商议，南征西讨诸将帅，在外多时，应召他回朝休养，再作后图，国家大事，偏称私议，句中有句。遂令英、豫两亲王，奏凯还朝。

是时英亲王阿济格，正由武昌顺流东下，略定江西，降左良玉子梦庚，得师十万，闻廷寄到来，仍自江西回湖北，规定全省，随即北还。豫亲王多铎接到召还的谕旨，收拾金银财帛，并选了江南美妇数名，带同北返。那时美妇中有一个孀姝，姓刘名三季，后来做了豫王福晋，便是从这次掣去，稗史中曾称作孀姝奇遇，小子不得不略略说明：这个刘三季，系虞邑黄亮功的继妻。亮功病殁，三季守孀，被清军掠献多铎。多铎见她天然秀媚，不同凡艳，就要逼她侍寝。三季抵死不从，把头触柱，险些儿作了血污美人。幸亏婢媪众多，把她拦住。她尚大哭大踊，弄得乱头散发，别个妇女，到这般田地，也没甚可观，偏这三季发长委地，万缕香丝，光同黑漆，尤觉动人怜爱。多铎不敢相强，只令婢媪小心服侍，多方劝解。到了回京的时候，便带了三季同还，居以大厦，被以华縠，奉以珍馐，三季毫不转意，随后闻她有个爱女，名叫珍儿，流落江南，遂令清兵沿途访觅，竟被寻着，致书三季，三季始渐渐解忧。事有凑巧，豫邸福晋忽喇氏，一病身亡，多铎又令能说能话的婢媪，许她作为继室。毕竟妇女心肠，未免势利，不由得

## 第十五回 弃南都昏主被囚 捍孤城遗臣死义

化刚为柔。妇女失贞，大都如此。多铎遂派良工制就凤冠服，赐与三季，三季亲手收了。多铎喜极，就命侍女十余名，把三季换了穿戴，簇拥登堂，成就大礼。从此下邑孤孀，居然做极品命妇了。

当时英、豫二王还朝后，与摄政王多尔衮相见，俱蒙殷勤款待，独肃王豪格自山东还京，见了摄政王，偏碰着许多钉子，竟不知所为何因。读者试猜之！摄政王平日，喜欢中亦带着三分愁闷，一班攀龙附凤的功臣从旁窥测，无从捉摸；可巧贝勒博洛的捷音又到北京，原来马士英自南京出走，奉了弘光帝母妃，南走杭州，适潞王常淓流寓在杭，马士英就劝他监国。潞王尚未允洽，不意清贝勒博洛，已率兵抵余杭，马士英与总兵方国安，上前迎敌，连战连败，向西窜逸。清兵追至钱塘江，沿江立营，杭人料他潮至必没，谁知潮神也趋奉清兵，竟三日不至。清兵渡江攻城，潞王无兵无饷，哪里还能固守？只好与巡抚张秉贞等开门乞降罢了。摄政王看了捷报，也无甚得意，淡淡地搁过一边，他的心思，无非与豪格反对，苦于无法可除，正在踌躇。

忽报故明兵部尚书张国维等，奉了鲁王朱以海，监国绍兴，故明礼部尚书黄道周等，奉了唐王朱聿键，称帝福建，多尔衮皱了一回眉，便召范文程、洪承畴等会议，并问："鲁唐二王，是否前明嫡派？"承畴答称："鲁王是明太祖十世孙，世封山东，唐王是明太祖九世孙，世封南阳。"多尔衮道："明朝的子孙，为何有这般多呢？一个弘光方才除掉，偏偏又兴起两个来。"言未毕，复有警报传到，"明给事中陈子龙、总督沈犹龙、吏部主事夏允彝，联合水师总兵黄蜚、吴志葵，起兵松江；明兵部尚书吴易、举人沈兆奎，起兵吴江；明行人卢象观，奉宗室子瑞昌王盛沥，起兵宜兴；明中书葛麟、主军王期昇，奉宗室子通城王盛澂，起兵太湖；明主事荆本彻、员外郎沈廷扬，起兵崇明；明副总兵王佐才，起兵昆山；明通政使侯峒曾、进士黄淳耀，起兵嘉定；明礼部尚书徐石麟、平湖总兵陈梧，起兵嘉兴；明典吏阎应元、陈明遇，起兵江阴；明金都御史金声，起兵徽州，有几个是通表唐王，遥受封拜，有几个是近受鲁王节制；还有明益王朱由本据建昌，永宁王朱慈炎据抚州，明兵部侍郎杨应麟据赣州，各招五岭峒蛮，冒险自守"等语。螳斧虽不足当车，然皆为故明宗室遗臣，不谓无志，故每条上皆系以明字。多尔衮皇然起立道："这么，这么！起兵的人，东数支，南数支，看来东南一带，是不容易到手了。"范文程道："爝火之光，何足以蔽日月？总教天戈一指，就可一概荡平。"多尔衮道："英豫二王，甫命还朝，不便再发，现在驱遣何人？"文程道："莫如洪老先生。他能文能武，请他督理南方军务，定能奏效。"承畴闻言，谦逊一番。多尔衮不允，承畴方唯唯听命。既作贰臣，何必强辞？拟令贝勒博洛，仍驻杭州，贝勒勒克德浑暨都统叶臣，出守江南。三人议定，便照例奏请，即于次日下旨。承畴以下，除博洛在杭外，各奉命去讫。

越宿复下一谕，令海内军民人等，薙发易服，违者立斩。原来清帝入关，政从宽大，薙发与否，暂听民便，此次谕下，怕死的人，哪个敢以头易发？自然奉旨遵行。是时江南使臣左懋第尚羁居北京太医院，他的随员艾大选也遵旨薙发，被懋第杖死。多尔衮闻了此事，命懋第弟懋泰进去诘责。懋第正色道："汝乃满清降官，何得冒称吾弟？"叱出懋泰，懋泰回报多尔衮，多尔衮亲自提审，懋第直立不跪。多尔衮喝令跪下，懋第道："我乃天朝使臣，安肯屈膝番邦？"多尔衮道："汝国已亡，汝主已戮，尚有何朝可说？"懋第道："大明宗支，散处东南，一日不尽，一日不亡，就使绝灭，我是明臣，甘为明死，要杀就杀。"多尔衮道："汝已食清粟一年，还得自称明臣么？"懋第道："汝夺明粟，无理已甚，反说我食清粟，真是强横！"可杀不可劫，确是纯儒。多尔衮道："你何故杀你随员？"懋第道："我杀随员，与你何干！"多尔衮道："你为何不肯薙发？"懋第道："头可断，发不可断。"如闻其声。多尔衮道："好个倔强的男子！"颇识英雄。语未毕，左侧闪出一人道："懋第为崇祯帝来，可饶命，为福王来，不可饶命。"懋第怒目道："你是大明会元陈名夏，有何面目敢来插嘴？你怕死，我不怕死。"多尔衮道："你不怕死，就令你死。"命左右推出宣武门外处斩。懋第已死，多尔衮暗暗叹息道："明朝的臣子，如此忠义，恐怕中原是未能平定呢。"

不言多尔衮担忧，且说清贝勒勒克德浑率兵南下，沿途所经，多望风迎降。苏州巡抚王国宝，松江提督吴兆胜，吴淞总兵李成栋，统遣使奉书，愿效麾下。勒克德浑用以汉攻汉的计策，令降臣前驱，出兵略地。到了常州，击败松江水师黄蜚、吴志葵，进略昆山，战胜王佐才，旁陷崇明，又破了荆本彻，乘胜到嘉定，围攻数日。偏这侯峒曾、黄淳耀二人，激励兵民，死守不下。那时为虎作伥的李成栋，运到大炮数尊，接连攻城，守兵犹随缺随修，毫不退怯。可奈天意偏不令固守，一阵阵的大雨，似倾盆的下来，雨过炮发，随处崩陷，成栋引着清兵，一拥入城。侯、黄二人犹率死士巷战，自朝至暮，峒曾力竭，挈二子投水死。淳耀入僧舍自缢死。城中尚有未死的兵民，被成栋下令屠戮。今日屠，明日屠，后日又屠，接连三天，共死了数万人，遍地皆血肉了。成栋之肉，其足食乎？幸亏勒克德浑檄成栋攻松江，方才罢手，率兵离城。后人称为嘉定三日屠，便是这场惨剧。

成栋既离了嘉定，便与清将马喇希恩格图会合，进袭松江，松江系沈犹龙把守，成栋恰想出一条赚城计，令兵士伪作汉装，冒充黄蜚、吴志葵军，黾夜叩城。犹龙堕入狡谋，开城放入。成栋饬兵士乱杀乱斫，并一阵乱箭，射死了沈犹龙。松江既陷，成栋复出师攻江阴，正在发兵，忽有清兵入报，将黄蜚、吴志葵二人，由金山获到。看官！

清史演义

## 第十五回　弃南都昏主被囚　捍孤城遗臣死义

你道这吴、黄二人，如何被获呢？原来吴、黄二人，自常州退至松江，被马喇希恩格图，分兵追袭，连战连败，船既被焚，身亦遭擒。成栋恰视为奇货，竟带了二人至江阴。暗伏下文。

江阴故典史阎应元，夙谙兵法，为城中士绅推举，一意抗清，清将军勒克德浑，曾遣降将刘良佐往攻。那城上的守具，一是毒矢，一是火砖，一是木铳，毒矢射人即死，火砖着人即燃，木铳中储火药，投下时，机发木裂，火药猛爆，所当立靡，这都是阎应元监工造成，用御敌军。良佐的部兵，围攻数日，多烧得焦头烂额。良佐想得一法，用牛皮帐遮蔽兵士，令之穴城，不意城上掷下巨石，牛皮洞穿。良佐复将牛皮帐作三层，用九梁八柱，架将起来，挡住巨石。那时城上恰用烧滚的桐油，泼将下去，帐篷又破。良佐正急得了不得，李成栋已到，率生力军去猛扑一番，也被守兵击退。成栋大怒，将黄蜚、吴志葵，推至城下，令他劝降。读至此，始知成栋用意。黄、蜚缄口无言，还是吴志葵说了数语。应元答道：“大明有降将军，无降典史。”良佐亦拍马向前，遥语应元道：“区区江阴，宁能久守，若变计降清，爵位不在良佐下，请足下三思！”应元道：“大明养士三百年，不料出汝等侯伯，毫无廉耻。应元犹有心肝，宁为义死，不为利生。”言毕，一声梆响，火箭齐发，慌得良佐连忙倒退，拍马而回。黄蜚、吴志葵已被火箭射伤，由军士牵回清营，未几病殁。会江宁运到大炮数十尊，马喇希恩格图，亦率兵赶到，四面夹攻，守兵死伤无数，仍是抵死勿动。奈老天又连日霪雨，把城堞冲坏数处，守兵防不胜防，竟被清兵攻入后门。应元血战一场，身中数箭，乃下马投入水中。清兵追至，将应元曳出，牵至刘良佐、李成栋前，应元骂不绝口，遂被杀。陈明遇举家自焚，满城男妇，无一降者。李成栋又倡议屠城，将城内外居民，一一杀讫，尸如山积，共计城内死九万七千余名，城外死七万五千余名。后来江阴遗民，只有五十三人躲避寺观塔上，方得保全。自从清兵南下，杀戮最惨的地方，扬州、嘉定以外，要算江阴。坚强不屈的好男儿，要算故典史阎应元。小子曾记江阴城楼，有阎典史绝笔一联云：

八十日带发效忠，
表太祖十七朝人物。
十万人同心死守，
留大明三百里江山。

欲知以后情事，且看下回分解。

弘光帝之死不足惜。四镇中有黄得功，使臣中有左懋第，临难捐躯，足为南朝官吏留一气节。至鲁王监国，唐王称帝，故明遗老，多投袂而起，力图规复，事虽不成，志实可嘉。阎典史以区区微官，死守孤城八十日，尤见忠诚。本回直叙事实，而详略不同，亦费斟酌。

# 第十六回 南下鏖兵明藩覆国
## 西征奏凯清将蒙诬

却说江阴被陷，明遗臣已亡了一半，只有宜兴、太湖、吴江、徽州等处，尚有抗清的明臣。至是势孤力危，眼见得要保不住了。宜兴的瑞昌王盛泲，是由卢象观拥戴，象观谋潜袭南京，密约城内同党，作为内应；适洪承畴到江南，搜出奸细，设伏城外，待象观率兵到来，伏兵四起，把象观的兵杀得七零八落，连瑞昌王也遭擒戮。只象观夺路乱窜，奔投葛麟、王期昇，象观方到太湖，清降将吴兆胜已奉洪承畴命令，率兵踵至。两下打了一仗，葛麟、王期昇的兵舰统被清兵火箭射入，随风延烧，葛、王等跃岸逃去。通城王盛澂已随了火德星君，归位去了。又亡了两个明宗室。

吴兆胜又进攻吴江，途中遇着吴易伏兵，杀得大败亏输，失去兵船二十艘。当贝勒博洛自杭州北还，击败徐石麟于嘉兴，逐走陈梧于平湖，沿途略地，直至吴江，遇着吴兆胜败军，与之联合，再攻吴易。吴易总道兆胜败走，不复防备，谁知清兵四面分攻，炮击火燃，将吴易军舰烧得一只不留。

江南民兵，至此已尽，洪承畴遂遣都统叶臣、总兵张天璸，进攻徽州。故明佥都御史金声，方招募义勇，分驻要塞，联络故巡抚邱祖德、职方郎中尹民兴、推官温璜吴应箕等，互为援应，并遣使通表福州。是时唐王在福州称帝，年号隆武，接阅金声奏牍，喜不自胜，命他为右都御史，兼兵部右侍郎，总督诸道兵马。金声亦感激图报，取旌德，拔宁国，声威颇振。怎奈人心未死，天意难违，节守忠操，行不让乎孤竹；志图规复，事更棘于厓山。清兵从间道入丛山关，直趋绩溪，绕出金声背后，金声急麾兵回援，正与清兵相持。忽来了贼心贼肝的黄澍，口口声声，说要恢复大明，金声道他是故明臣子，可共患难，不意他竟暗通清将，乘夜开城，放入清兵。一班遗老，被杀被擒，只逃脱一个尹民兴。内中有个江天一，系金声高足弟子，同时被清兵擒住，见了承畴，说承畴是个死人，竟将崇祯帝祭承畴文朗诵起来。身虽临危，语总快意。

81

此时建昌抚州，已被清降将金声桓率兵攻克。益王朱由本、永宁王朱慈炎俱窜死。长江上下游略定，捷报纷纷到京，提心吊胆的摄政王又稍稍称快。只鲁、唐二王尚踞浙闽，不得不再行进攻。意欲遣豪格前去，适流贼张献忠盘踞四川，任情屠掠，难民流徙他处，纷纷泣吁清廷。多尔衮遂趁这机会，命豪格为靖远大将军，令偕平西王吴三桂等西略四川。浙闽的军事，仍令博洛前行，封他为征南大将军，偕都统图赖，贝子屯齐，南下杭州。

小子不能并叙，只好先叙博洛南下事：博洛奉命南下，仍到杭州，闻鲁、唐二王自相水火，不觉大喜。看官！你道这鲁、唐二王，何故相仇呢？唐王是叔，鲁王是侄，唐王欲鲁王退就藩属，尝遣使赍饷银十万两，犒劳浙东军士，鲁王不纳。这饷银却被方国安劫去，强盗行为，何知礼义？浙、闽遂成仇敌。博洛闻此消息，正好乘隙进攻，渔人来了。率兵渡钱塘江涉江将半，东南风起，来了一只乘风鼓浪的大舰，舰首立着一位盔甲鲜明的主将，正是故明兵部尚书张国维。两下鏖众抟战，不一时，博洛的坐船被明军击了一个大窟窿，惊驶回岸，清兵亦相率奔回，登岸返城。国维乘胜至城下，竭力攻打，忽报方国安拥了鲁王已至东岸，国维只得退回迎驾，暂时休息。可巧马士英、阮大铖二人，亦奔到国安营，国安与他臭味相投，便在鲁王面前力为保荐，又请调国

维守义乌。国维一去，清兵遂运舟载炮，大举渡江。国安不敢力拒，亟挟鲁王遁回绍兴。清兵渡江而进，国安大恐，马、阮二人遂劝他降清，且嗾执鲁王以献。幸亏鲁王察觉，单身走脱，至石浦，遇着故定西侯张名振，航海东去。方国安竟率马士英、阮大铖等赴清营投降。

大铖复导清兵进攻金华，金华城守未坚，被清兵用炮轰入，杀戮甚惨，故明大学士朱大典阖门殉节。转攻义乌，张国维抵死守御，无如势孤力弱，饷匮兵虚，相持数日，渐渐支撑不住。国维知不可为，遥望江南，拜别明陵，作了绝命诗三章，投水而死。浩气千秋。清兵遂入义乌，进拔衢州，明知府伍经正等皆死节。浙东已定，博洛遂下令移师福建，眼见得唐王也保不住了。

且说唐王据守福建，颇思振作，不似弘光帝的昏庸，宫内也没有什么嬖宠，只有王妃曾氏，知书达礼，好算一位贤内助。当时长江下游的民兵统已沦亡，只杨廷麟尚固守赣州，受唐王封为兵部尚书，又有故湖广总督何腾蛟收降李闯余众，与湖南巡抚堵胤锡上书唐王，力谋恢复。唐王封腾蛟为定兴伯，兼东阁大学士，胤锡为兵部右侍郎，兼右佥都御史。

腾蛟请唐王移都湖南，被郑芝龙等所阻。芝龙系海盗出身，崇祯初，始投降明朝，代平海寇，明朝擢封为南安伯。他仗着拥戴功劳，握了重权，挟制唐王。唐王无奈，命大学士黄道周出关募兵，为扈卫计。道周手无寸铁，只带

着幕客数员，闲关跋涉，直抵婺源。偏这洪承畴侦悉行踪，竟遣兵袭击中途，将他截获。那时忠诚贯日的黄道周，怎肯做承畴第二？迫降不允，但从容赋诗，书绝命词于衣带间。临刑这一日，过东华门，立住不走，向监斩官道："此处与高皇帝陵寝相近，便是道周死地，不必他去。"监斩官怜他忠烈，就在东华门外行刑，幕下士赖雍、蔡绍谨、赵士超等皆从死。

唐王闻道周殉难，痛哭一场，决意冒险赴湘，自福州出发，直至延平。其时杨廷麟亦遣使迎驾，怎奈郑芝龙嗾使军民，劫王留闽，自愿出关拒敌。唐王行推毂礼，送他出关。他一到关前，适洪承畴遣使招降，许他侯爵，他遂假托海寇入犯，须往备御，拜疏即行。守关将士，多随了芝龙前去，仙霞岭二百余里，空无一人。清贝勒博洛遂自衢州出发，率兵过岭，长驱入关。方国立、马士英、阮大铖三人，引导入金衢，未得褒赏，怏怏失望，有不愿随行的意思。清兵迫令速行，大铖稍为迟慢，被清兵推入崖下，脑裂身死。国安、士英随至建宁，密议通闽，被博洛搜出私书，将二人双双斩首。

博洛既陷了建宁，直指延平，唐王闻报大惊，急召左右商议，延平知府王士和请唐王速奔汀州，唐王欲士和扈跸，士和道："臣有守城责，当与城存亡，只求圣驾无恙，臣死亦瞑目了。"于是唐王急挈了曾妃，并拥十余麓残书，仓皇出走。是梁湘东一流人物。士和闻清兵将到，亦麾众出避，自己退入内署，整冠自缢。清兵入城后，复西追唐王。唐王奔至汀州，从骑已多半溃散，只有故总兵姜正希率兵来卫，方得入城守御。清前锋统令努山，阅七日始抵汀州城下，正希出战不利，退回城中。忽报城西有明军数百名，竖帜前来，正希只道是遗老入卫，开城相应，谁料来者都是敌兵，急忙挥众抵敌，已是不及。那时清兵蜂拥入城，霎时间已将唐王曾妃等掳去。正希还思截夺，可奈箭如飞蝗，不能上前，部兵多被射伤，只得遁走。

清兵掳了唐王等，东渡九泷江，渡将半，忽听得一声呜咽道："陛下宜殉国，妾先去了。"清兵忙各注视，见曾妃已跃入水中，捞救无及，只落了汪汪碧水，渺渺贞魂。贤哉曾氏，不愧知书达礼。曾妃已死，清兵监守愈严，唐王屡思自尽，苦无觅死地，遂想了一个绝粒的法子，沿途不食半菽。连寻死也要用计，可怜可叹。既到福州，城内外已统是清兵扎驻，贝勒博洛早袭占福州了。努山牵唐王见博洛，博洛也不细问，令幽系别室。这唐王已槁饿数日，奄奄垂尽，是夕便滴下血泪几许，长叹一声，瞑目而逝。福唐桂三王中，还算唐王死得明白。博洛分兵下漳泉诸郡，闽地尽为清有。郑芝龙即奉表降清，独芝龙的儿子成功，前蒙唐王赐姓，封为御营中军都督，受明厚恩，不肯携贰，竟约了郑鸿逵、郑彩，出奔海岛去讫。犁牛之子骍且角。博洛在闽休养数天，尚想发兵下赣，嗣接到洪承畴咨文，说已遣降将金声桓，攻拔吉安及赣州，明

清史演义

第十六回　南下鏖兵明藩覆国　西征奏凯清将蒙诬

守将杨廷麟投水自尽，江西郡县已次第肃清了。杨廷麟殉节事，于此处叙明。博洛遂拜本告捷，静待后命。

话分两头，且说清肃亲王豪格偕平西王吴三桂，发兵西行，到了陕西，适明旧将孙守法、王光恩、武大定、贺珍等，起兵兴安、汉中，进踞西安。豪格令总督孟乔芳、和洛辉率兵攻破西安，连下兴安、汉中，孙守法等遁走，遂留贝子满达等，搜陕西余孽。自与吴三桂进军四川，此时四川人民已被张献忠杀死大半。

献忠自得四川后，僭号大西国王，无一日不杀人民，将卒以杀人多少论功，小孩多被蒸食，妇女被掳，令部众轮流奸淫，并割下弓足，聚成一大堆，号称"莲峰"。伪府中养獒数千，部下朝会，必纵獒使嗅，被嗅者立斩，叫作天杀。又立出一种剥皮刑，皮未剥尽，其人已死，就将司刑的人剥皮抵罪。伪都督张君用、王明等数十人，杀人最少，即加剥皮刑，并屠全家。自古以来，无此残贼。因此兵民交愤，常欲暗杀献忠。献忠闻知，不问谁何，一意屠戮；复尽毁成都宫室，拆去城墙，自率部众出川北，欲尽杀川北守兵。伪将刘进忠遁入陕西，到汉中遇着清兵，下马乞降，愿为向导。豪格遂令进忠前行，部兵后随，日夕催趱，直达四川西充县界，扎下营盘，饬前哨往探。回报献忠正在西充屠城，豪格立命拔营，到了凤凰山，正值漫天大雾，晓色迷濛，遂即逾山前进。适献忠屠尽西充，麾众出城，两下相遇，被清兵冲杀过去，一阵乱劈，献忠不知清兵多少，还拿着杀人的手段，左抵右挡。霎时间日光微逗，大雾渐开，献忠左右四顾，手下所剩无几，连义子孙可望、刘文秀、李定国等人都不知去向，此时方着急起来，大吼一声，杀开血路，望西而走。献忠嗜杀人粗莽可知，故作者又另具一种叙法。清章京雅布兰见献忠脱逃，忙抽弓搭箭，觑住献忠头颅，射了过去，一声喝着，献忠已翻身落马。雅布兰即纵马上前，拔刀去杀献忠，清兵踊跃随上，刀斩枪戳，把这穷凶极恶的剧贼，菹为肉酱。不足偿川民之命。豪格遂分兵四剿，计破贼营百有三十，四川略定。

吴三桂忙向豪格贺喜，偏这豪格闷闷不乐。三桂问故，豪格只是不答，反滴下几点泪来。三桂越加动疑，只是呆看豪格。迟了半响，方见豪格答道："兔死狗烹，也是常事，但我又不在此例。"三桂惊异道："莫非功高招忌么？"豪格叹道："并非功高招忌，乃是色上有刀。"说至此，又复停住。三桂已是猛悟，不敢再提此事，另说拜本奏捷等情。豪格道："劳你嘱咐文稿员，办一奏折便了。"写尽豪格牢骚。三桂应声退出，饬缮奏疏，与豪格联衔报捷。

过了一月，谕旨已下，命豪格还朝，留吴三桂镇守汉中，特简总兵李国英为四川巡抚，豪格就把一切政务交与李国英，自偕吴三桂回至汉中，复与三桂话别。临别时握三桂的手道："汝宜保重！咱们恐不复相见了。"断头语。三桂劝慰一番，并托豪格寄书家中，择日迁移家眷。沅姬有福，豪格可怜。豪格应允，就带了本旗人马，回京复命。

顺治帝御殿慰劳，赐宴回邸。征夫远归，陌头宜慰，谁知香衾未稳，缇骑忽来，蓦地将豪格牵入宗人府，缚置囹圄，说他克扣军饷，浮领兵费。豪格欲上书辩诬，偏偏被上峰阻抑，好似哑子吃黄连，说不尽的苦恼。又闻得福晋博尔济锦氏竟日夜留住摄政王府中，原来为此。那时羞愤交并，免不得怏怏成病。不到一月，把生龙活虎的英雄，变作了骨瘦形枯的病鬼。

是时郑亲王济尔哈朗、英亲王阿济格，统纷论摄政王的过失，连他兄弟多铎，也有后言。弟偎红，兄亦倚翠，何庸后言？不意贝子屯齐竟讦告郑亲王罪状，有旨革去亲王爵，降为郡王，罚银五千两。英亲王张盖午门，又犯大不敬的罪名，亦降为郡王。豫亲王把黄纱衣一袭赠与吴三桂子应熊，复说他私馈礼物，罚银二千两，这几个豪贵勋戚，为了细故，或贬或罚，还有何人敢忤摄政王？自然人人吹牛，个个拍马，今日一本奏疏，说是摄政王如何大功，宜免跪拜礼；明日又上一本奏疏，说是摄政王视帝如子，帝亦当视王如父。此时顺治帝不过十余龄，外事统由摄政王主持，内事都由太后吉特氏处置，这数本奏折呈入太后眼中，不由得满怀欢喜，就降下两道懿旨，一道是说摄政王勋劳无比，不应跪拜，着永远停止，一道是说叔父古称犹父，此后皇上宜尊摄政王为皇父。从此摄政王多尔衮，毫无拘忌，凡宫中什物及府库财帛，随意挪移，太后尚赐他禁脔，遑论什物财帛。日间在宫与太后叙旧，夜间在邸与肃王福晋取乐，好算是清皇亲内第一个福星了。小子曾有一诗为豪格呼冤云：

欲加之罪岂无辞，
缧绁横施不自知。
为语人休贪艳福，
由来祸水出娥眉。

欲知后事如何，且待下回续叙。

南中义旅，屡仆屡兴，其弊在散而无纪，涣而不群。唐、鲁二王，以叔侄之亲，亦自相水火，独不思辅车相依，唇亡齿寒。曩令戮力同心，共图兴复，则清将虽勇，亦多属酒色之徒，岂必不可敌者，乃满盘散沙，不值一扫，鲁王遁，唐王俘，东南遗老，大半沦亡，宁不可恫？若张献忠之残虐，自古罕匹，史称川中人民，被杀亦万万有奇，天道好生，胡不早为诛殛，而必假手于清军耶？清豪格为明诛马阮，复为川民戮献忠，系清帅中之最得人心者，乃偏令其衅起帷房，不得其死，天耶人耶？帝阍何处，欲问无从，读本回，令人感叹不置。

清史演义

## 第十七回　立宗支粤西存残局
　　　　　　殉偏疆岩下表双忠

　　且说明唐王败没后，其弟聿𨮁逃至广州，故明大学士苏观生等倡议兄终弟及，奉聿𨮁为帝，改年绍武，招海上，徐、马、郑、石四姓盗魁，授为总兵，又去招安海盗。太属不鉴覆辙。冠服不及裁制，就假诸优伶，暂时服用。正是一班优孟，可笑！同时肇庆恰拥立桂王由榔。桂王系明神宗孙，世封梧州，由故明兵部尚书丁魁楚及兵部侍郎瞿式耜，迎驾劝进，改年永历，颁诏湖南云贵等省。湖广总督何腾蛟与湖南巡抚堵胤锡，奉诏称臣，愿为拥护。那时桂王恰遣给事中彭燿、主事陈嘉谟，敕谕广州，令聿𨮁退就藩王礼，并与苏观生争叙伦次，断断抗辩，恼得观生性起，将彭、陈二人杀讫，即日发兵攻肇庆，令番禺人陈际泰督师。桂王亦遣兵部林嘉鼎，率兵赴三水拒敌。比闽、浙情形，又降一等。这陈际泰用了诱敌计，杀败林嘉鼎，乘势薄肇庆，亏得瞿式耜督兵至峡口，力御际泰，肇庆方安。

　　观生得了捷报，不由得意气扬扬，大作威福。小胜即骄，何足成事？忽闻清降将李成栋，奉贝勒博洛命，由闽趋粤，连下潮州惠州，观生尚毫不在意。过了数日，城外炮声四起，始出署探望，蓦见清兵已拥进东门，急忙召兵持战。仓猝调遣，哪里还来得及？就使来了几个兵卒，也统做了无头之鬼。观生没法，逃至给事中梁鏊家，邀鏊同死。鏊佯为应诺，分室投缳，观生已直挺挺地悬在梁上，梁鏊恰慢腾腾地踱出房中。当即解下观生尸首，献与清军，复导清军追擒聿𨮁。观生以此等人为友，安得不死？聿𨮁用此等人为臣，安得不亡？聿𨮁被获，清卒仍照常馈食。聿𨮁道：" 我若饮汝一勺水，何以见先人于地下？"挥去食具，夜间乘守卒不备，即解带自缢。与乃兄聿键相似，可谓难兄难弟。

　　成栋既得广州，分兵攻高雷各州，自督军进攻肇庆。此时瞿式耜尚在峡口，即奏请增兵，决一死战。偏偏桂王左右，有个司礼监王坤，只劝桂王西走。丁魁楚也附和王坤，遂不从式耜言，连夜出奔。式耜闻信，急回军挽驾。到了肇庆，闻桂王已西去数日；驰至梧州，又闻桂王已奔平乐；及抵平乐见桂王，那时肇庆梧州，统已失陷。复由王坤倡议，转走桂林。式耜想出言劝阻，转思桂林通道湖广，可与何腾蛟相倚，亦非无策，乃扈驾前行。

独丁魁楚迟迟不发，密遣人至成栋处求降，比王坤且不如。数日未得回音，只得收拾财帛，挈领妻妾子女出城。城外雇了四十号船，装载眷属及行李，一帆风顺，直达岑溪，巧与成栋船相遇，魁楚便投刺请谒，总道成栋以礼相待，既过了成栋船，但见成栋端坐不动，忽一声拍案道："左右与我拿下这匹夫！"魁楚尚欲有言，可奈两手已被反缚。又见有数十人绑缚过来，仔细一望，不是别人，正是自己的娇妻美妾、宠子爱女，不由得心如刀割，忙即跪下，哀求饶命。成栋道："你的主子，哪里去了？"魁楚道："已去桂林。"成栋道："你为何不随去？"魁楚道："闻得将军到此，特来投诚。"成栋道："我处却不容你贪诈的贼子。"魁楚道："魁楚并没有什么贪诈。"成栋笑道："你不贪诈，哪里有许多金帛？你今不必狡赖，吃我一刀便了。"魁楚哭道："愿尽献船中所有，赎我老命！"早知命重财轻，何必贪财坏命？成栋道："你的金帛，已在我处，还劳你献什么？"魁楚大哭道："愿乞一子活命！"成栋不由分说，喝令左右，将魁楚子斩讫，接连又将他妻女斩讫，妾四人斩了两个，留了两个。以两妾代一子，总算成栋有情，然被人受用，何如尽付刀下？魁楚吓得魂飞天外，跌倒船中，砉然一声，化为两段。可为贪诈者鉴。

成栋既杀了魁楚，即入据平乐，越宿复进攻桂林。桂王闻报大恐，适武冈镇将刘承胤，奉何腾蛟命，率兵到全州。王坤复请桂王往投，式耜苦谏不从，自愿留守桂林，桂王乃命麾下焦琏为总兵，助式耜守城，当偕王坤等走全州。不二日，清兵已到桂林城下，总督朱盛浓、巡按御史辜延泰，皆杳如黄鹤，只式耜仗着一片忠心，激励将士，由焦琏带领出城，与清兵连战两昼夜。式耜亦出城督阵，再接再厉，连却清兵。及回城后，苦乏库帑，将夫人邵氏的簪珥尽行取出，充作军饷。守兵感激涕零，誓杀退清兵。是夕，即捣入清营，人自为战，把清兵杀得落花流水，弃甲而逃，当即追赶数十里而回。越是拼命，越是得生。

式耜又命焦琏收复平乐梧州，遣人至桂王处报捷。时桂王已至全州，镇将刘承胤开城出迎，起初尚尽礼，后来渐渐跋扈，自称安国公，党羽爪牙，统封伯爵，将司礼监王坤，逐出永州。王坤该逐，只是桂王吃苦。且扬言清兵将至，瞿式耜已降清，迫桂王徙武冈州。既到武冈，承胤愈加专恣，桂王不堪胁迫，密遣人求救于何腾蛟。是时清廷正命孔有德为平南大将军，偕耿仲明、尚可喜等，进兵湖南，所向皆克。腾蛟麾下的镇将，或遁或亡，连腾蛟也不能抵御，自长沙走衡州，堵胤锡亦出走永定卫。清兵连拔长沙湘阴，进薄衡州，腾蛟又自衡奔永，寻又被清兵追逼，直走

清史演义

## 第十七回  立宗支粤西存残局　殉偏疆岩下表双忠

白牙市。途次接桂王密函，匆匆走谒。桂王与他密议良久，怎奈腾蛟只赤手空拳，没有能力可除承胤。适赵印选、胡一青两将从赣州到武冈，桂王乃命二将隶属腾蛟，密令后图。腾蛟领命，辞还白牙，途次被承胤党羽围住，亏得赵、胡两人前护后拥，杀出重围。既还白牙市，闻瞿式耜战胜桂林，并规复广西全省，遂徒步往依。到了桂林，与式耜相见，情投意合，稍稍安心。寻闻刘承胤已降清兵，武冈被陷，免不得一番惊惶，式耜愈加着急。嗣探得桂王已潜走象州，乃联名奏请还驾。至桂王已回桂林，即开了一番会议，命湘粤诸将分路出守，互相接应，诸将领命去讫。

这清将军孔有德降了武冈，进拔梧州，正拟入攻桂林，忽闻金声桓、李成栋统已附明，江西、广东两省复为明有，不觉大惊，忙引兵趋还湖南。途中已接到促归的上谕，别命尚可喜、耿仲明移师救江西，他乐得半途歇舵，匆匆北上去了。

单说金声桓本左良玉部将，清师南下，声桓自九江趋降，清廷授声桓为总兵，令取江西全省。江西已定，声桓自恃功高，欲升巡抚，不意清廷却简任章于天抚赣，一场大功，化作流水，免不得怏怏失望，密与党羽王得仁拟通款永历。事尚未发，被巡按御史董学成察悉，告知章于天。声桓得此消息，索性一不做，二不休，令王得仁闯入抚署，杀了学成，缚住于天，迎在籍故明大学士姜曰广入城，号召全省，通表桂王，又做那故明臣子。反复小人，不足道也。

此事传到广东，广东提督李成栋与声桓的境遇大略相似。成栋本高杰部将，以徐州降清，奔走东南，屡作功狗，自桂林败退后，又击死明遗臣陈邦彦、张家彦、陈子壮等，还扎广州，未沐重赏，总督佟养甲，复遇事抑制，忿懑得了不得。一日，接到金声桓密函，约他反正，他尚踌躇未定；是夕，入爱妾珠圆室，闷闷不乐。这珠圆是云间歌伎，被成栋掳掠得来，宠号专房，一双慧眼，煞是厉害，窥破成栋情形，即喁喁细问。成栋将声桓密函递与一阅。珠圆阅毕，便问成栋道："据将军看来，反正的事情，应该不应该？"成栋沈吟不语。珠圆道："清朝是满族，我辈是汉人，为什么帮了满清，自戕同种？妾看反正事情，极是正当办法。况将军曾为明臣，如何甘降异族？妾实难解。"这妇人大有见识，与陈圆圆判若天渊。成栋不觉起立道："看你不出，你却有这番议论，我非无意反正，但恐反正后，清兵到来，胜负难料，万一战败，如卿玉质娉婷，也恐殃及。"珠圆也起立一旁，柳眉微蹙道："将军为妾故，甘心遗臭，这反是妾累将军，妾请即死，以成将军之志。"言毕，将成栋身上的佩剑拔出，刺入颈中。成栋连忙拦阻，已是血溅蜻蛉，遗蜕委地，遂抱尸大哭一场，随说道："女子，女子，是了，是了！"煞是可佩！遂取了前明冠服，对着珠圆的尸首，拜了四拜，命即入殓。

次晨，令部兵齐集教场，声言索

饷，佟养甲出城抚辑，成栋劫养甲叛清，一面传檄远近，一面上表桂王。此报一传，四方骚动，蜀中故将李占春及义勇杨大展等起兵，分据川南、川东，张献忠余党孙可望、李定国等，率众据云南、山西，大同镇将姜瓖据山陕，皆上表桂王，愿为臣属。何腾蛟复自桂林出发，乘湖南空虚，攻克衡、永各州，联络湖南诸镇将。鲁王以海，亦遣张名振等进略闽、浙海滨。风云变色，斥骑满郊，弄得清廷遣将调兵，非常忙碌。

当由摄政王多尔衮大开军事会议，以汉将多不可恃，应派亲贵重臣，分地征剿。遂命都统谭泰为征南大将军，同着都统和洛辉，自江宁赴九江，会了耿仲明、尚可喜，专攻江西、广东，复济尔哈朗亲王原爵，封勒克德浑为顺承郡王，会了孔有德，专攻湖南、广西，连孔、耿、尚三王，亦差亲贵监守，真是严密得很！进博洛为端重郡王，尼堪为敬谨郡王，令攻大同，吴三桂、李国翰等分征川陕，洪承畴仍留镇江宁，经略沿海各地。大兵四出，昼夜不停。

谭泰等到了江西，连拔九江、南康、饶州诸府，直达南昌省城。金声桓方攻赣州，闻报急返，谭泰令精兵四伏，另率羸卒诱敌，遇着声桓前队，一战便走。声桓驱兵前进，到了七里街，伏兵尽起，四面放箭，将声桓射下马来。清兵正上前来杀声桓，忽闪出一员丑将，面目漆黑，发具五色，手执一柄大刀，盘旋左右，把清兵吓得个个倒退。眼见得声桓被救，走入城中。这丑将尚与清兵酣斗一场，从容回城。清兵探得丑将姓名，就是王得仁，因呼他为王杂毛。谭泰命军士用锁围法，掘濠载版，遍筑土垒，为久攻计。声桓大窘。王得仁请出袭九江，断敌饷道，声桓不从，只遣人缒出城外，向李成栋处求救。谁知待了月余，杳无音信，城中粮食又将告尽，不由得紧急万分。

这王杂毛日夕巡城，始终不懈，清兵怕他厉害，不敢猛攻。可巧城东武都司署内，有一年轻女子，身容窈窕，楚楚动人，被王杂毛窥见，即到都司署求为继室，不由武都司不肯，巧凤随鸦，难为都司女。克日成婚，大开筵宴。自金声桓以下，都去贺喜，不是贺喜，直是贺死。各尽欢而散。居围城中，有何欢喜？大约都是祈死。三更将尽，城外炮声大震，声桓亟登陴探视，见清兵群集得胜门，忙率众抵御，不料有清兵一队，暗从进贤门缘梯而上，城遂陷。声桓率众巷战，身中两箭，旧时的箭疮复发，遂投水死。姜曰广亦赴水自尽，清兵即搜剿余众，到了王杂毛署内，还是闭门高卧。当即斩门而入，猛见王杂毛裸体出来，清兵晓得厉害，一阵乱箭，把杂毛身上，插成刺蝟一般，可怜这武都司女，亦死于乱军之中。原来清兵已侦得王杂毛娶妇消息，先数日故意缓攻，到了杂毛娶妇这一夕，始下令攻城，却又佯攻得胜门，暗令奇兵从进贤门入，遂得了南昌城。

南昌既下，进趋赣州，赣州守将王进库本未归明，前时金声桓攻赣，进库伪称愿降，只是诱约不出。后来声桓向粤乞援，李成栋亦越岭来攻，进库仍用

清史演义

老法子，去赚成栋。成栋还军岭上，嗣因进库背约，复大举攻赣，进库乘其初至，突出精骑拒战，击退成栋。成栋走信丰，清兵由赣州南追，警报达成栋左右，佥议拔营归广州。成栋不允，部下大半亡去。那时成栋进退两难，只命左右进酒痛饮；饮尽数斗，醺然大醉，左右挽他上马，到了河边，不辨水陆，策马径渡，渡至中流，人马俱沉，明时遗臣，多亡于成栋之手，一死不足赎罪，但是有负珠圆。部兵四散，清兵遂进陷广州。

是时清郑亲王济尔哈朗亦率兵下湖南，湖南诸镇将望风奔溃。何腾蛟闻警，亟自衡州趋长沙，到了湘潭，探悉清兵将到，遂入湘潭城居守。城内虚若无人，正想招集溃兵，忽有旧部将徐勇求见，腾蛟开城延入，徐勇带数骑入城，见了腾蛟，低头便拜。拜毕，劝腾蛟降清。腾蛟道："你已降清么？"徐勇才答一"是"字。腾蛟已拔剑出鞘，欲杀徐勇，勇跃起，夺去腾蛟手中剑，招呼从骑，拥腾蛟出城，直达清营。腾蛟不语亦不食，至七日而死。湘、粤诸将闻腾蛟凶信，多半逃入桂林。桂王复欲南奔，式耜力谏不听，遂走南宁。一味逃走，真不济事。

会清恭顺王孔有德，已转战南下，克衡、永各州，进逼桂林。式耜檄诸将出战，皆不应；再下檄催促，相率遁去。桂林城中，至无一兵，只有明兵部张同敞，自灵州来见。式耜道："我为留守，理应死难，尔无城守责，何不他去？"同敞正色道："昔人耻独为君子，公乃不许同敌共死么？"可谓视死如归。式耜遂呼酒与饮，饮将酣，式耜取出佩印，召中军徐高入，令赍送桂王。是夕，两人仍对酌。至天明，清兵已入城，有清将进式耜室，式耜从容道："我两人待死已久，汝等既来，正好同去。"倒也有趣。便与偕行。至清营，危坐地上。孔有德对他拱手道："哪位是瞿阁部先生？"式耜道："即我便是，要杀就杀。"有德道："崇祯殉难，大清国为明复仇，葬祭成礼，人事如此，天意可知。阁部毋再固执。我掌兵马，阁部掌粮饷，与前朝一辙，何如？"式耜道："我是明朝大臣，焉肯与你供职？"有德道："我本先圣后裔，时势所迫，以致于此。"同敞接口大骂道："你不过毛文龙家走狗，递于本，倒夜壶，安得冒托先圣后裔？"骂得痛快，读至此应浮一大白。有德大愤，自起批同敞颊，并喝左右刀杖交下。式耜叱道："这位是张司马，也是明朝大臣，死则同死，何得无礼？"有德乃止，复道："我知公等孤忠，实不忍杀公等，公等何苦，今日降清，明日即封王拜爵，与我同似，还请三思。"式耜抗声道："你是一个男子汉，既不能尽忠本朝，复不能自起逐鹿，靦颜事虏，作人鹰犬，还得自夸荣耀么？本阁部累受国恩，位至三公，夙愿殚精竭力，扫清中原，今大志不就，自伤负国，虽死已晚，尚复何言。"语语琳琅。

有德知不可屈，馆诸别室，供帐饮食，备极丰盛。臬司王三元、苍梧道彭扩，百端劝说，只是不从，令薙发为僧，亦不应，每日惟赋诗唱和，作为消遣。过了四十余日，求死不得，故意写了几张檄文，置诸案上，被清降臣魏元翼携去，献诸有德。有德命牵出两人就刑，式耜道："不必牵缚，待我等自行。"至独秀岩，式耜道："我生平颇爱山水，愿死于此。"遂正了衣冠，南面拜讫。同敞在怀中取出白网巾，罩于身上，自语道："服此以见先帝，庶不失礼。"遵同就义。同敞直立不仆，首既坠地，犹猛跃三下。时方隆冬，空中亦霹雳三声。浩气格天。式耜长孙昌文逃入山中，被清降将王陈策搜获，魏元翼劝有德杀昌文，言未毕，忽仆地作吴语道："汝不忠不孝，还欲害我长孙么？"须臾，七窍流血死，但闻一片铁索声。有德大惊，忙伏地请罪，愿始终保全昌文。也只有这点胆量。一日，有德至城隍庙拈香，忽见同敞南面坐，懔懔可畏，有德奔还，命立双忠庙于独秀岩下。瞿张二人唱和诗，不下数十章，小子记不清楚，只记得瞿公绝命诗一首道：

从容待死与城亡，
千古忠臣自主张。
三百年来恩泽久，
头丝犹带满天香。

式耜一死，自此桂王无柱石臣，眼见得灭亡不远了，容待下回再叙。

何腾蛟、瞿式耜二公，拥立桂王，号召四方，不辞困苦，以视苏观生之所为，相去远矣。梁鉴、丁魁楚、刘承胤辈，吾无讥焉。然何、瞿二公，历尽劳瘁，至其后势孤援绝，至左右无一将士，殆所谓忠荩有余，才识未足者。至若金声桓、李成栋二人，虽曰反正，要之反复阴险，毫不足取，即使战胜，亦岂遂为桂王利？是亦梁鉴、丁魁楚、刘承胤等之流亚也。本回为何、瞿二公合传，附以张司马同敞，余皆随事叙入，为借宾定主之一法，看似夹杂，实则自有线索，非徒铺叙已也。

## 第十八回　创新仪太后联婚
　　　　　　报宿怨中宫易位

　　却说清郑亲王济尔哈朗及都统谭泰两军，俱已奏捷清廷，郑亲王且奉旨还朝，独博洛尼堪出征大同，尚与姜瓖相持不下，且四处接到警耗，统是死灰复燃的明故官，招集数百人或千人，东驰西突，响应姜瓖。博洛不得不分兵堵御，一面遣人飞报北京，请速添兵。摄政王多尔衮竟率英王阿济格等，自出居庸关，拔去浑源州，直薄大同，与博洛相会。攻扑数日，城坚难下。适京中赍来急报，因豫王多铎出痘，病势甚重，促多尔衮班师。多尔衮得了此信，遣人招姜瓖投降，瓖答以阖城誓死，乃留阿济格帮助博洛，自率军退还。到了居庸关，闻多铎已殁，忙入京临丧。刘三季仍要守孀，大约是个孤鸾命。越日，肃亲王豪格亦毙狱中，多尔衮许豪格福晋往狱殓葬。侄妇葬夫，必由其叔允许，想是满清特别法。又数日，孝端皇太后崩（孝端太后，系顺治帝嫡母），她生平不预政治，所以宫内大权统由吉特氏主张，此次崩逝，宫廷内应有一番忙碌。惟吉特太后，前时虽握大权，总不免有些顾忌，到此始毫无障碍，可以从心所欲了。伏笔。

　　多尔衮因太后崩逝，召阿济格还，令贝子吴达海往代。过了月余，始接到大同军报，略称各处叛兵，多半平定，只大同仍然未下。多尔衮未免焦急，再遣阿济格西行。阿济格一到大同，城内已经食尽，守将杨振威刺杀姜瓖，开城降清。阿济格入城，恨城内兵民固守，杀戮无数，并铲去城墙五尺，当即上书奏捷。朝旨令诛杨振威，即日班师。阿济格奉旨，将杨振威绑出正法，随将政务交与地方官，奏凯还朝。

　　摄政王多尔衮，既接山陕捷音，心中自然舒畅，在邸无事，正好与肃王福晋，朝欢暮乐。偏这摄政王元妃，屡与摄政王反目。醋瓶倒翻了。摄政王看她似眼中钉，气得元妃终日发抖，酿成一种鼓胀病。心病还须心药治，心药难求，心病日重，到了临危时候，欲与摄政王诀别。怎奈贵人善忘，待久不至，那元妃越发气闷，霎时间痰涌而逝。死不瞑目。当时大小官员，得此消息，忙去吊丧。太后亦赠了许多赙仪。两白旗牛录章京以上各官及官员妻妾，都为服孝，其余六旗统去红缨。发靷这一日，车马仪仗，不亚梓宫。送葬的大员，拟了"敬"、"孝"、"忠"、"恭"四字，作为元妃的谥法。想又是范老先生手笔。摄政王也无心推究，遂将这四字封赠元妃，算是饰终的道礼。以后继室的问题，不言可知，总轮着这位袅袅婷婷的侄妇了。

丧事已毕，摄政王拟择定吉日，与肃王福晋成婚，成就了正式夫妇。忽来了宫监二人，说是奉太后命，召王爷入宫。摄政王不敢违慢，即随了宫监入见太后。太后屏去宫女，与摄政王密谈半日，摄政王方出宫回邸。是何大事？既到邸中，即着人去请范老先生，又令邀同内院大学士刚林及礼部尚书金之俊议事。三人应召而至，摄政王格外谦恭，将三人邀入内厅，命左右进酒共饮。饮到半酣，摄政王令左右至外厢伺候，自与范老先生耳语良久。说话时，摄政王面目微赪，范老先生也觉皱眉。刻画尽致，令人费解。语毕，由范老先生转告刚林、金之俊。毕竟金之俊职掌礼部，熟谙仪注，说是这么办，这么办，便好成功。愈叙愈迷。摄政王闻言大喜，即向三人拱手道："全仗诸位费心！"三人齐声道："敢不效力。"次日即由金之俊主稿，推范老先生为首，递上那从古未有的奏议。看官！你道奏说什么话？小子尚记大略。内称"皇父摄政王新赋悼亡，皇太后又独居寡偶，秋宫寂寂，非我皇上以孝治天下之道。依臣等愚见，

宜请皇父皇母，合宫同居，以尽皇上孝思。伏维皇上圣鉴"云云。原来为此，真是从古未有。此本一上，奉批王大臣等议复。郑亲王济尔哈朗等向知多尔衮厉害，不敢不随声附和。复命礼部查明典礼，由金之俊独奏一本，援引比附，说得尽善尽美。如何援引，如何比附，惜著书人未曾录明。当于顺治六年冬月，由内阁颁发一道上谕，略云：

朕以冲龄践祚，抚有华夷，内赖皇母皇太后之教育，外赖皇父摄政王之扶持，仰承大统，幸免失坠。今皇母皇太后独居无偶，寂寂寡欢，皇父摄政王又赋悼亡，朕躬实深歉仄。诸王大臣合词吁请，佥谓父母不宜异居，宜同宫以便定省，斟情酌理，具合朕心。爰择于本年某月某日，恭行皇父母大婚典礼，谨请合宫同居，着礼部恪恭将事，毋负朕以孝治天下之意！钦此。

上谕即颁，太后宫内及礼部衙门，忙碌了好几天。到了皇父母大婚这一日，文武百官，一律朝贺，内阁复特颁恩诏，大赦天下。各省风化案，不惟宜赦，还应加赏，金之俊何见不及此？京内外各官加级，免各省钱粮一年。

太后与摄政王倍加恩爱，不必细说，只是摄政王尚忆念侄妇，未免偷寒送暖，嗣经太后盘诘，无可隐讳，不知摄政王如何恳求，始由太后特恩，许为侧福晋。顺治七年春月，摄政王多尔衮复立肃王福晋博尔济锦氏为妃，百官仍相率趋贺。后人曾有数句俚词道："汉经学，晋清谈，唐乌龟，宋鼻涕，清邋遢。"即指此事，惟《东华录》上，只

第十八回 创新仪太后联婚 报馆恐中宫易位

载摄政王纳豪格福晋事，不及太后大婚，闻由乾隆时纪昀所删。

闲文少叙，单说摄政王多尔衮，既娶了太后，又娶了肃王福晋，真是一箭双雕，非常快乐。此外妃嫔，虽尚有一二十人，多尔衮都视同媒母，不去亲幸。旁人各自艳羡，无如好色的人有一种癖病，得了这一个，又想那一个，得了那一个，又想把天下美人都收将拢来，藏在一室。销金帐里，夜夜试新，软玉屏中，时时换旧，方觉得心满意足。俗语说得好："痴心女子负心汉。"多尔衮也未免要作负心人了。

一日，朝鲜国王李淏遣使进贡，并呈一奏折，内称："倭人犯境，欲筑城垣，因恐负崇德二年之约，故特吁请，俾免残破之患"等语。多尔衮览了一遍，猛触起一件情绪来，即命朝鲜来使暂住使馆，候旨定夺。又宣召内大臣何洛会入府，授了密语，到使馆中，与朝鲜使臣相见。两下商议多时，朝使唯唯听命，别饬随员驰禀国王。这国王李淏，前曾入质清朝，因其父李倧殁后，得归国嗣位，深感多尔衮厚恩，此时不得不唯命是从，立命返报。当由何洛会禀知多尔衮，次日即发下朝鲜国奏牍，批了"准其筑城钦此"六字。使臣即奉命而回。著书人又故作秘密，令阅者猜疑。

过了月余，摄政王府内竟发出命令，率诸王大臣出猎山海关。王大臣奉命齐集，等候出发。越宿，摄政王出府，装束得异样精采，由仆从拥上龙驹；一鞭就道，万马相随，不多日，已到关外。此时正是暮春天气，日丽风和，草青水绿，一路都是野花香味，四面蜂蝶翩翩，好像欢迎使者一般。经过了无数高山，无数森林，并不闻下令驻扎，到了宁远，方入城休息。一住三日，亦没有围猎命令。醉翁之意不在酒。诸王大臣纷纷议论，统是莫名其妙。只何洛会出入禀报，与摄政王很是投机。王大臣向他诘问，也探不出什么消息。何洛会捣鬼，著书人亦捣鬼。次日，又下令往连山驿，诸王大臣一齐随行。到了连山，何洛会已经先到，带了驿丞，恭迎摄政王入驿。但见驿馆内铺设一新，五光十色，烂其盈门，把王大臣弄得越发惊疑。摄政王直入内室，何洛会也随了进去。歇了片刻，始见何洛会出来，招呼诸王大臣略谈原委，王大臣俱相视而笑，阅者尚在梦中，无从笑起。随即偕何洛会同赴河口，迤逦前行。淡光映目，但见岸侧有一大船，岸上有两乘彩舆，舆旁有朝鲜大臣站立，见王大臣至，请了安，便请舱中两女子登陆上舆。两女子都服宫装，高绾髻云，低垂鬓凤，年纪统将及笄，仿佛一对姊妹花。当由何洛会及诸王大臣，导引入驿，下了舆，与摄政王交拜，成就婚礼。诸王大臣照例恭贺，便在驿中开起高宴。这一夕间，巫峡层云，高唐双雨，说不尽的欢娱。

但这两女究系何人？恐阅者已性急待问，待小子从头叙来。这两女子系朝鲜公主，崇德年间，多尔衮随太宗征朝鲜，攻克江华岛，将朝鲜国王家眷一一拿住，当面检验，曾见有幼女二人，年

94

仅垂髫,颇生得丰姿楚楚。多尔衮映入眼波,料知长成以后,定是绝色。及朝鲜乞盟,发还家属,多尔衮亦搁过不提。此次朝鲜国奏请筑城,陡将十年前事兜上心来,遂遣何洛会索娶二女,作为允许筑城的交换品。朝鲜国此番筑城,应称作公主城。朝鲜国王无可奈何,只得饬使臣送妹前来。多尔衮恐太后闻知,所以秘密行事,假出猎为名,成就了一箭双雕的乐事。一箭双雕四字,格外确切。住驿月余,方挈了朝鲜两公主入京。此时对了肃王福晋,未免薄幸,多尔衮也管不得许多,由她怨骂一番,便可了事。只太后这边,不便令知,当暗嘱宫监等替他瞒住。

自是多尔衮时常出猎,临行时,定要朝鲜两公主相随。不耐福晋怨骂,所以挈艳出猎,可惜瞒不住阎罗奈何?青春易过,暑往寒来,多尔衮一表仪容,渐渐清减,旦旦而伐之,可以为美乎?只出猎的兴趣,尚是未衰。是年十一月,往喀喇城围猎,忽得了一种喀血症,起初还是勉强支持,与朝鲜两公主研究箭法,后来精神恍惚,竟至上床闭着眼只见元妃忽喇氏,开了眼乃是朝鲜两公主。多尔衮自知不起,但对了如花似玉的两公主,怎忍说到死字?可奈冥王不肯容情,厉鬼竟来索命,临危时,只对着两公主垂泪,模模糊糊地说了"误你误你"四字。半年恩爱,即成死别,确是误人不少。

多尔衮已殁,讣至北京,顺治帝辍朝震悼。越数日,摄政王柩车发回,帝率诸王大臣缟服出迎。太后未知在列否?奠爵举哀,命照帝制丧葬。帝还宫,令议政诸王,会议睿亲王承袭事。是时已值残腊,王大臣照例封印,暂从拦置。至顺治八年正月,始议定睿亲王袭爵,归长子多尔博承受。只是人在势在,人亡势亡,当多尔衮在日,势焰熏天,免不得有饮恨的王大臣,此次正思乘间报复,适值顺治帝亲政,下诏求言。王大臣遂上折探试,隐隐干涉摄政王故事。惟皇太后尚念摄政王旧情,从中调护,折多留中不发。王大臣探悉此情,复贿通宫监,令将多尔衮私纳朝鲜公主禀白太后。太后方悟多尔衮时常出猎,就是借题取巧,竟发恨道:"如此说来,他死已迟了。"王大臣得了此句纶音,便放胆做去,先劾内大臣何洛会,党附睿亲王,其弟胡锡知其兄逆谋,不自举首,应加极刑。得旨,何洛会及弟胡锡,着即凌迟处死。

原来顺治帝已十五龄,窥破宫中暧昧,亦怀隐恨,方欲于亲政后加罪泄愤,巧值王大臣攻讦何洛会,便下旨如议。王大臣得了此旨,已知顺治帝隐衷,索性推郑亲王列了首衔,追劾睿亲王多尔衮罪状。虽是多尔衮自取,然亦可见炎凉世态。大略说他种种骄僭,种种悖逆,并将他逼死豪格,诱纳侄妇等事,一一列入。又贿嘱他旧属苏克萨哈詹岱穆济伦,出首伊主私制帝服,藏匿御用珠宝等情,顺治帝不见犹可。见了这样奏章,就大发雷霆,赫然下谕道:

据郑亲王济尔哈朗等奏,朕随命在朝大臣,详细会议,众论佥同,谓宜追治多尔衮罪,而伊属下苏克萨哈詹岱穆

## 第十八回  创新仪太后联婚  报宿怨中宫易位

济伦,又首伊主在日,私制帝服,藏匿御用珠宝,曾向何洛会吴拜苏拜罗什博尔惠密议,欲带伊两旗,移驻永平府,又首言何洛会曾遇肃亲王诸子,肆行骂詈,不述肃王福晋事,想系为吉特太后遮羞。朕闻之,即令诸王大臣详鞫皆实,除将何洛会正法外,多尔衮逆谋果真,神人共愤,谨告天地太庙社稷,将伊母子并妻,所得封典,悉行追夺。布告天下,咸使闻知。

此谕下后,复诏雪肃亲王豪格冤,封豪格子富寿为显亲王。郑亲王富尔敦亦受封为世子。又将刚林、祁充裕二人下刑部狱,讯明罪状,着即正法。大学士范文程也有应得之罪,命郑亲王等审议。吓得这位范老头儿,坐立不安,幸亏他素来圆滑,与郑亲王不甚结怨,始议定了一个革职留任的罪名。范老头儿免不得向各处道谢,总算是万分侥幸。

话休叙烦,且说顺治帝尚未立后,由睿亲王在日,指定科尔沁卓礼克图亲王吴克善女为后。是年二月,卓礼亲王吴克善送女到京,暂住行馆,当由巽亲王满达海等,请举行大婚典礼。顺治帝不许。明明迁怒。延至秋季,仍没有大婚消息。这位科尔沁亲王在京已六七月,未免烦躁起来,只得运动亲王,托他禀命太后,由太后降下懿旨,令皇帝举行大婚礼。顺治帝迫于母命,不好遽违,只得命礼部尚书准备大典,即于八月内钦派满、汉大学士尚书各二员,迎皇后博尔济锦氏于行辕。龙旌凤辇,倍极辉煌,宫娥内监侍卫执事人等,分队排行,簇拥皇后入宫,至丹墀降舆。这时候天子临轩,百官侍立,诸王贝勒六部九卿,没有一个不到,正是清室入关后第一次立后盛举。宫女搀扶皇后,徐步上殿,那皇后穿着黄服绣帔,满身都是金凤盘绕,珍翠盈头,珠光耀目,当即面北而立,由礼部尚书捧读玉册,鸿胪寺正卿赞礼,导皇后跪伏听命。册读毕,鸿胪寺导皇后起立,文华殿大学士捧上皇后宝玺,武英殿大学士捧上玺绶,由坤宁宫总监跪接,转授宫眷,佩在皇后身上。皇后再向帝前俯伏,口称臣妾博尔济锦氏,谨谢圣恩。谢讫,帝退朝,皇后正位,群臣朝贺。礼毕入宫,笙箫迭奏,仙乐悠扬,随与皇帝行合卺礼。

次日,帝率后到慈宁宫请安,遂加上皇太后尊号,称为昭圣慈寿恭简皇太后。叙立后事,已见大礼齐备,不应无端废立。只是顺治帝终究不乐,隔了两年,竟将皇后降为静妃,改居侧宫。大学士冯铨等奏请"深思详虑,慎重举动,万世瞻仰,将在今日"。帝不省,反严旨申饬。礼部尚书胡世安等复交章力谏,奉旨"皇后博尔济锦氏,系睿王于朕幼冲时,因亲定婚,册立之始,即与朕意志不协,宫闱参商。该大臣等所陈,未悉朕意,着诸王大臣再议。"郑亲王济尔哈朗复奏圣旨甚明,无庸再议。全是私意。于是改册科尔沁镇国公绰尔济女为后,从前的正宫博尔济锦氏竟自此不见天日,幽郁而死。

小子曾有诗咏顺治帝废后事云:
国风开始咏雎鸠,
王化由来本好逑。

为怨故王甘黜后,
伦常缺憾已先留。

清宫事暂且按下,小子又要叙那明桂王了。诸君少安,请看下回。

本回全叙多尔衮事,纳肃王福晋与娶朝鲜二女,《东华录》纪载甚明,固非著书人凭空捏造。至如母后下嫁事,乾隆以前,闻亦载诸《东华录》。胡人妻嫂,不以为怪,嗣闻为纪昀删去。此事既作为疑案,然证以张苍水诗,有"春官昨进新仪注,大礼恭逢太后婚"二语,明明指母后下嫁事,是固无可讳言者也。多尔衮好色乱伦,罪状确凿,但身殁以后,诸王弹劾,竟为其暗蓄逆谋,此则罗织成文,未足深信。以手握大权之多尔衮,掉孤儿如反掌,何所顾忌而不为乎?彼投阱下石之徒,诬陷成案,吾转为多尔衮慨矣。若顺治帝为隐怨故,至废其后博尔济锦氏,尤失人君之道。观其敕谕礼臣,谓后办睿王所主议,册立之始,即与朕意志未协,是则后固明明无罪者,特嫉睿王而迁怒于后耳。迁怒于后而废之,谓非冤诬得乎?冤诬臣子且不可,况夫妇乎?本回历历表明,于睿王之功过,顺治帝之得失,已跃然纸上。

## 第十九回　李定国竭忠扈驾
## 郑成功仗义兴师

却说明桂王自窜奔南宁后，湖广各省，已为清有，清封孔有德为定南王，镇守广西，耿仲明为靖南王，尚可喜为平南王，镇守广东。为后三藩伏根。旋耿仲明死，其子继茂袭爵，镇守如旧。桂王势日穷蹙，不得已求救于孙可望。这可望系张献忠党羽，认献忠为义父，本是个杀人不眨眼的魔星，献忠伏诛，他即窜入云南。云南本故明黔国公镇守地，被土官沙定洲所逐，夫人焦氏自焚死，可望伪称焦夫人兄弟，助天波复仇，击退定洲，乘势蟠踞。其党李定国、刘文秀、艾能奇、白文选、冯双礼等，推可望为部长。可望遣定国追杀定洲，定洲死，云南全省，统归可望，可望遂僭称为王，国号后明，以干支纪年，铸兴国通宝钱，居然称孤道寡起来。南面王人人想做，何怪可望？只是李定国与可望同等，可望称尊，定国不乐，可望借阅武为名，到了操场，专寻定国隙头，将定国杖了五十，定国愤恨不已。可望恐人心离散，思借名服众，遂备黄金三十两、琥珀四块、马四匹，遣使至桂王处求封。桂王命可望为景国公，定国文秀等封列侯。可望不受，自称秦王，竟派兵袭黔东，陷川南，把故明的镇将杀逐得干干净净。桂王穷窜南宁，朝不及夕，没奈何再遣钦使，封可望为冀王，可望仍不受。又加封真秦王，乃令部将到南宁迎驾。一面派李定国、冯双礼等，率步骑八万，由全州攻桂林，一面派刘文秀、王复臣、张光璧等，率步骑六万，分道出叙州重庆，直攻成都。

这李定国一枝兵，锋利无前，所到之处，无人敢当。沅靖、武岗、全州，统被定国攻破，孔有德忙檄部将沈永忠，出去抵截，不值定国一扫。永忠退至桂林，定国亦接踵追至。桂林兵少，有几个守陴将士，瞧见定国兵到，都静悄悄地溜脱。有德不能守御，奔入府中，偕其妻痛哭一场，双双自缢。可偿瞿式耜等性命。百姓献了城，定国飞章告捷，使者回来，报称永历帝已移驾安隆，封主帅为西宁郡王，定国倒也心喜。忽报清亲王尼堪，率队至湘，清经略洪承畴，又自江宁至长沙，湖南危急。定国立率步骑往救，到了辰州，阵斩清降将徐勇，可偿何腾蛟性命。进至衡州，遇着清尼堪大兵。两下对仗，定国佯败，诱清兵追至丛林，一声号炮，推出无数伟象，张牙舞爪，向清兵乱扑。这清兵向来没有见过，顿吓得魂胆飞扬，逃命都来不及，还管什么主帅？尼堪正想拍马回奔，突遇一象冲到，将马推翻，把尼堪掀倒地下，这象便从尼堪身上腾过，霎时皮破血流，死于非命。极写定国，为后文扈驾张本。

定国得了胜仗，暂驻武岗，方思进攻衡州，忽报秦王有使命到来，请至沅州议事。定国欲行，右军都督王之邦出帐谏阻。定国问他缘由，之邦道："近闻秦王劫了永历帝，居安隆所，阳为尊奉，实是禁锢，每日肴馔，很是恶劣，他早已有心篡逆，只怕你王爷一人，此番请至沅州，有何好意？倘或前去，必遭毒手。"定国道："我若不去，孙可望必定追来，衡州尚有清兵，两面夹攻，如何对待？"之邦道："不如退回广西，再作后图。"定国点头，谢绝来使，竟引本部向广西退去，冯双礼自回。

孙可望得去使回信，不由得心中愤怒，亲率人马追赶；途次遇着刘文秀败还，方知入川各军，已被吴三桂杀败，复臣中箭身亡。川中打仗，用虚写实，为李定国抬高身份。惊愕之余，越加懊恼，没奈何带了文秀，向宝庆进发。中道又会着冯双礼一同进行。到了宝庆，巧与清兵相遇。这清兵就是尼堪部众，由贝勒屯齐接领，南徇衡永，望见可望军中的龙旗，随风飘舞，屯齐即拔箭在手，搭在弓上，飕的一箭，射倒龙旗，立率精骑冲入敌阵。可望部下不见帅旗，已自慌张，又经清兵捣入，锐不可当，便拥着可望逃走。文秀、双礼本是不得已相随，至此亦一齐退去。可望吃了一场大亏，遁至贵州，搜获故明宗室，一律杀死。贼性复发。遂自率内阁六部等官，立太庙，定朝仪，改邱文为八叠，尽易旧制。一心思想做皇帝。

桂王在安隆闻报，料知可望心变，与中官张福禄、阁老吴贞毓等密商，遣林青阳至广西，召李定国前来扈驾。青阳出发，托词乞假归葬，一去不还。桂王等得不耐烦，又差翰林院孔目周官前往催促，不料被马吉翔得知消息。马本孙可望心腹，自然暗报可望，可望立派部将郑国至安隆，迫桂王交出首谋，曹操、司马懿尚亲自逼宫，可望只令部将进逼，可谓每况愈下。桂王战栗不能答。还亏中官福禄自出承认，与吴贞毓等同受械系，由郑国严刑拷讯，共得通谋十八人，即将福禄凌迟，吴贞毓处绞，其余斩首。冤冤相凑，林青阳回来复命，亦被郑国杀死。郑国回报可望，可望即遣白文选至安隆劫驾。桂王闻文选到来，吓得魂不附体，只是呜呜哭泣。活像一女子状态，安得成中兴事业？文选进宫，见桂王神色惨沮，也觉黯然，遂跪奏道："孙可望遣臣迎驾，原来不怀好意。臣闻西宁王将到，令他护驾，尚可无虑。"桂王扶起文选道："得卿如此，不愧忠臣。但可望势力浩大，奈何？"文选道："可望蓄谋不轨，

部下都说他不是，刘文秀已通款西宁了。他逆我顺，何必畏他？"桂王才放了心。

过了数日，果闻定国兵到，即开城延入。定国恭恭敬敬地行了臣礼，桂王喜出望外，亲书诏敕，封定国为晋王。定国即请桂王驾幸云南，并言刘文秀在云南待驾，可以无虞。桂王恨不得立刻脱险，即令定国文选等扈跸，克日出发，安安稳稳地到了云南。刘文秀果不爽旧约，排队迎入；进了城，把可望府第改作行宫。文秀受封为蜀王，文选受封为巩昌王。部署甫定，警报遥传，孙可望兴兵犯阙，桂王命文选驰谕可望，与他议和。可望将文选拘住，伪上奏章，请归妻孥。桂王即派人送还可望妻子。可望因妻子还黔，遂大起兵马，入犯云南。可望部将马进忠等，多不直可望，与文选定了密计，进说可望道："文选威名服众，欲要攻滇，非令他为将不可。"可望道："他与李定国勾通，如何可使为将？"马进忠道："闻他现已悔过，愿为大王效力。"可望遂命进忠引入文选，文选佯作恭顺状态，一味趋承，喜得可望手舞足蹈，立命文选为大元帅，马进忠为先锋，发兵十四万先行。留冯双礼守贵州，自率精兵为后应。

警报飞达滇中，桂王下旨削可望封爵，命晋王李定国、蜀王刘文秀，发兵讨贼。定国、文秀不过带了万人，甲仗又不甚完全，到了三岔河，望见敌军已扎住对岸，众寡相去，不啻数倍。定国与文秀商议，文秀拟借交趾地界，作战败退处地，定国慨然道："永历孤危，全仗你我两人，协力御敌，若未战先怯，是自丧锐气，何以行军？现在只有拼命与战，决一雌雄。我想孙贼部下，多半离心，未必定是他胜我败。"定国、文秀的心术，可见一斑。计议已定，即于翌晨渡河前进。那对岸的敌军，却退后数里，一任定国兵上岸。定国望将过去，见敌阵中悬有龙旗，料知可望亦到，遂率兵径捣中坚。此冲彼阻，才交得三、五合，定国部将李本高身中两箭，跌毙马下。定国大惊失色，方欲退兵，忽见可望阵后纷纷大乱。左有马进忠，右有白文选，旗帜鲜明，从可望军内自行杀出，招呼定国挥兵大进。弄得可望神志昏乱，忙拍马而逃。定国驱杀至十里外，方与白文选、马进忠两人，并辔而回。看官！你想这次打仗，不是白文选等暗中用计，哪肯容定国渡河、战胜可望呢？

可望奔回贵州，遥望城门紧闭，城上竖着的旗帜，大书"明庆阳王冯"字样，不觉惊讶起来，正思呼城上人答话，猛见冯双礼上城俯视道："我已归顺永历帝了，永历帝封我为庆阳王，命守此城，与你无涉。"这数语气得可望发昏，回顾手下残骑，所剩无多，不能再战；且妻子统在城中，若与他争闹起来，定是性命难保，不得已忍气吞声，求双礼还他妻子。双礼乃开了半扉，就门隙中放出数人，可望一瞧，妻孥如故，财物荡然，禁不住垂下泪来。他的妻子更不必说。半生抢劫，一日全休。可望痴立一回，方挈着妻子径奔长沙，

第十九回 李定国竭忠扈驾 郑成功仗义兴师

投降清经略洪承畴去了。

这事且搁过一边,小子要叙出一个海外英雄来。看官!你道海外英雄,姓甚名谁?就是郑芝龙的儿子郑成功(应第十六回)。芝龙降清,成功独航海赴厦门,募兵兴义,仍奉隆武正朔;至隆武帝殉国,永历帝正位,复遣使奉表永历,受封为延平郡公。成功竟大举攻闽,连陷漳浦、海澄等县,进围长泰。清闽、浙总督陈锦,自舟山移师赴援,一场海战,被成功杀得大败亏输,不但长泰被陷,连平和、诏安、南靖等处,统被成功夺去。陈锦惶急万状,急向清廷求援,清封芝龙为同安侯,令作书劝成功归降。成功接阅文书,看到"父既归清,儿亦宜薙发投诚"等语,不禁愤愤道:"今来一薙发国,当即薙发,倘来一穿心国,我亦将遵命穿心么?"快人快语。

即拒绝来使,下令进攻漳州,并悬赏购陈锦首。

歇了几天,忽来了两个闽人,献上陈锦首级。成功问两人姓名职务,一个是陈锦记室李进忠,一个是陈锦仆人库成栋。成功又问是谁杀陈锦,成栋应声是我,说声未绝,两手已被成功亲卒反缚,由成功喝令处斩,怪极!吓得成栋跪求饶命,连进忠亦跪倒叩头。成功指成栋道:"你与陈锦有主仆之谊,如何忍心害主,把他首级来献?我原是悬赏购陈锦首,但你不应杀他,所以我特罪你。"复问进忠道:"这罪奴有妻子否?"进忠道:"有的,现亦随来。"成功道:"好好。他妻子到来,应照赏格发给,教他死亦瞑目。"赏罚确得当,是英雄作用。便命左右推出成栋斩讫,随将赏银付与进忠,令他转交成栋妻子。进忠领了赏银,不敢多说,就退出帐外去了。保全性命,还算幸事。

忽厦门又来使人,报称鲁王以海,自舟山逃到厦门,应否接待?成功道:"鲁、唐叔侄,自相鱼肉,太属可恨。"使人说:"鲁王已奉表永历,削去监国名号了。"成功道:"既如此,应照明宗室例优待便是。"看官!你道鲁王何故到厦门?他自窜身海外,随身只有张名振一人(应十六回),很是萧条,幸浙中遗臣张肯堂等,渡海奔赴,约得十余人,遂把南澳作了根据地。嗣后袭踞舟山,约故行人张煌言,共图恢复。不料清总督陈锦、都统金砺、提督田雄等,驾着大舰,来攻舟山。鲁王也遣张名振、张煌言等率兵迎敌。开了几仗,倒也没甚胜负,怎奈天不容明,海面上陡起大雾,罩住舟山。清兵乘雾攻入,守兵措手不及,相率溃散。名振、煌言亟奉鲁王出走。名振弟名扬,阖室自焚。张肯堂自缢死。鲁王的妃子张氏及礼部尚书吴钟峦、兵部尚书李向中等,皆殉难。清兵复分追鲁王,鲁王穷蹙无归,不得已走依成功。成功遣使人回厦门,自督军围攻漳州,适清都统率兵至漳,与城中守兵夹攻成功。成功腹背受敌,只得退保海澄。金砺追至城下,被成功一阵击退,乃留兵守海澄,自回厦门见鲁王,复与张名振、张煌言晤谈。两下各述己志,二张是始终为鲁,成功是始终为唐,彼此不便节制,商定了一个分

第十九回 李定国竭忠扈驾 郑成功仗义兴师

地驻扎、互相援应的计策。二张奉鲁王移驻金门，煌言复招集遗众，进窥南京，到了吴淞口，袭夺清舰数十艘，进破崇明，转趋丹阳，谒明太祖陵，激励军士，直指南京进发。忽闻鲁王逝世，只得折回吴淞，寻又闻名振病殛，驰回金门。到金门后，名振已死，仅留遗书一函，劝他勉图恢复。主丧友殁，日暮途穷，煌言至此，不禁涕泪交并。天实为之，谓之何哉？没奈何为主发丧，为友营葬，把出兵的念头，暂时搁置。

这且慢表，且说郑成功驻节厦门，改称厦门为思明州，分所部为七十二镇，设立储贤馆、储才馆、察言司、宾客司、印局、军器局等，井井有条。厅间供永历帝位，有所封拜，必向座奏闻。部下感他忠义，无不敬服。当张煌言带兵入江，正拟出师策应，嗣闻鲁王名振相继谢世。煌言退回金门，也自叹息一番，专使吊唁，暂休兵不动。一日，清廷派了两位钦差，赍敕来厦，封成功为海澄公。成功道："我只知奉明帝敕，不知有清帝敕。"将来使遣回。隔了一月，成功弟渡，随了清使三人，又到厦门。成功与清使相见于报恩寺中，清使令成功跪受诏书，成功道："成功系大明臣子，不受清诏。"清使阿山道："今日奉皇上圣旨，赐汝福、兴、泉、漳四府地，皇恩不可谓不重，汝宜受诏，薙发投诚。"成功正色道："四府本是明地，何劳尔国赏赐？尔国旧封，只建州一区，如今踞我中原，太属无理，成功愧不能为明恢复，还说要我薙发降敌么？海不枯，石不烂，成功不降清。"言毕，拱手自回。

是晚，郑渡入见成功，出其父芝龙书，并略说"兄若不降，父命难保"。成功阅父书毕，慨然道："忠孝不能两全，为禀老父，乞谅愚忠。"郑渡再三相劝，成功只是不从，郑渡痛哭而出。次日，清使挈郑渡北去，成功忙写了复书，遣郑说追上郑渡，将书交讫，郑说自回。郑渡随清使归报芝龙，呈上复书。芝龙拆书瞧阅，上写道：

儿以孤身僻居海隅，尝欲效秀夫之节，修包胥之忠，藉报故国，聊达素志。不意清廷海澄公之命，突然而至，儿不得已按兵以示信，继而四府之命又至，儿又不得已按兵以示信；谈席未终，敕使乃哓哓以薙发为请。嗟嗟！今中国土地数万里，亦已沦陷，人民数万万，亦已效顺，官吏亦已受命，衣冠礼乐，制度文物，亦已更易，所仅留为残明故迹者，儿头上数根发耳。今而去之，一旦形绝身死，其何以见先帝于地下哉？且自古英雄豪杰，未有可以威力胁者，今乃啧啧以薙发为词，天下岂有未称臣而轻自去发者乎？天下岂有彼不以实许而我乃以实应者乎？天下岂有不相示以信而遽请薙发者乎？天下岂有事体未明而遽欲糊涂了事者乎？父试思之！儿一薙发，将使诸将尽薙发耶？又将使数十万兵士皆薙发耶？中国衣冠相传数千年，此方人性质，又皆不乐与满夷居。一旦尽变其形，势且激变，尔时横流所激，不可抑遏，儿又窃窃为满夷危也。昔吾父见贝勒时，甘言厚币，父今日岂尽忘之？父之尚有今日，天之赐也，非满夷之所赐也。儿志已决，不可挽矣。倘有不讳，儿只缟素复仇，以结忠孝之局。

儿成功百拜。

芝龙阅毕，蹙着眉道："我的老命，看来要断送在他手中了。"随将原书呈奏顺治帝。顺治帝本封芝龙为同安侯，至是将他削职圈禁。一面命沿海督抚，固守汛界；一面饬郑亲王世子济度为定远大将军，率师防闽。济度出京，闻成功已连扰闽、浙海滨，进据舟山，遂兼程南下。到闽后，与成功连战数次，一些儿没有便宜，反失了战舰几艘，丧了战将几员。成功连获胜仗，遂大治兵马，锐意规复。从征甲士，选定十五万，五万习水战，五万习骑射，五万习步击，另外挑选万人，来往策应。适自滇中来使，封成功为延平郡王，招讨大将军、金门张煌言亦率兵来会，成功大喜，遂竖起奉旨招讨的大旗，命中军提督甘辉为先锋，总兵马信万礼为第二队，亲统大军为后援，请张煌言前导。扬旂鼓棹，陆续前进，行到羊山，忽遇着数阵飓风，撞沉巨舰数十艘，漂没士卒数千名，不祥之兆。于是只好停泊舟山，修理舟楫。

忽接到数处警报，海澄守将黄梧及旧部将施琅，俱背郑降清，清兵三路攻滇，成功不觉大愤，忙将舟楫修竣，扬帆再出。张煌言统领前部，由崇明入江，至金、焦二山，但见江中横截铁索，舟不能前。煌言令人泅水，暗把铁索斫断，遂乘着风潮，联樯而进。到了瓜洲，与清提督管效忠相遇。两下酣斗，郑军奋勇齐上，效忠寡不敌众，凫水而逃，被郑军水师统领罗蕴章入水追擒，推出斩首，当下扫清瓜洲敌舰，直逼镇江，炮声隆隆，震惊天地，城外北固山上，驻有清兵，下山来救，由郑军一阵乱斫，杀得马仰人翻，濠平尸积。败兵逃入城中，门未及闭，郑军一拥而入，城遂陷。镇江属邑，望风迎降。成功命直捣南京，帐下一人大叫道："不可，不可！"正是：

斗力不如斗智，
用兵先在用谋。

未知此人是谁，待下回再行交代。

有孙可望之跋扈，适形李定国之忠，有郑芝龙之卑鄙，益见郑成功之义，一则蹀躞滇中，一则兴师海外，虽其后赍志以终，卒鲜成效，然忠义固有足多者。成功心迹光明，尤加定国一等，故叙述亦格外生色。张煌言、张名振二人夹写在内，即为明捐躯诸遗老，亦并叙姓名，作者风世之心，可概见矣。文字之不苟作如此。

## 第二十回　日暮途穷寄身异域
## 水流花谢撒手尘寰

却说郑成功欲进攻南京，帐内有部将谏阻，这部将便是中军提督甘辉，当下献计道："我军深入南京，清廷必发兵来救，前有守兵，后有援兵，我军孤处其间，岂非陷入重围？现不如将我军分作两路，一路取扬州，堵住山东来军，一路据京口，截断两浙漕运，严扼咽喉，号召各郡，南畿不战自困，那时可以唾手而得了。"甘辉之说，未始非策，然必须云贵未破，方用得着，否则能保清军不自江而下耶？成功道："此计未免太迂。据我看来，南京清兵，多已调往云贵，现在不乘胜攻取，更待何时？况清提督马进宝，已自松江遣人通款，南京城虚援绝，还有多大本领，敢与我对敌？自然是马到成功了。"遂不听甘辉之言，命水军沂江而上，直至南京。先向孝陵前率军祭奠，随后作了一篇檄文，传布远近；令张煌言别率所部，由芜湖进取徽、宁各路，自率兵攻南京。

两江总督郎廷佐闻郑军已至，急遣将分守要害，成功围攻不下，惟接连得煌言捷报，说是太平、宁国、徽州、池州等府，都已攻克，成功不胜欣喜，料想南京一城，不日可拔。成功之心已骄矣。忽报郎廷佐遣人下书，成功传见，把来书阅看，乃是愿献城池，惟城内人心不一，须要慢慢劝导，限期半月，方可献纳。成功喜甚，即批回照准。其实郎廷佐的书信乃是缓兵之计，他已闻得云、贵获胜，桂王远遁，清兵可自西返东，来援南京，因此托词献城，宽延时日。成功不知是诈，竟堕入他计中，按兵不攻了。

小子且把云、贵获胜的事情，插叙数行：自孙可望降了洪承畴，具述桂王庸弱的情形，承畴遂上表清廷，请乘机大举。清政府本无心西略，欲弃云、贵两省，给与桂王偏安，及得了承畴奏疏，承畴为灭永历之魁。遂定议西征。命贝子洛讬为宁南靖寇大将军，会同经略洪承畴，从湖南进发；命平西王吴三桂为平西大将军，偕都统墨尔根李国翰，从汉中四川进发；命都统卓布泰为征南大将军，率提督钱国安，向广西进发。三路兵马，拟至贵州会齐，同入云南。洛讬、承畴一军，出靖沅、镇远，至贵阳，击走守将马进忠，遂入据贵阳城。三桂一军，由重庆至遵义，击退守将刘镇国，获粮三万石，降兵五千，遂入占遵义城。卓布泰一军，亦连陷南丹、那地、独山诸州，至贵阳来会。三路连章告捷，清廷复授豫王子信郡王铎尼为安远大将军，率禁旅至贵州，总统三路兵马。铎尼令洛讬、承畴，略屯贵阳，办理粮饷，自督诸军三路入滇。每路兵五万，各带着半月粮草，浩荡前进。

是时，桂王部下刘文秀已死，军政统归李定国执掌。定国闻贵州已陷，亟遣白文选至七星关，抵住西路，冯双礼至鸡公背，抵住中路，张光璧至黄草坝，抵住东路，自守北盘江铁索桥，居中策应。清兵三路，明兵亦三路。七星关系滇、蜀交界的要险，峭岸阻江，山同壁立，三桂到了关外，见关内已有人守住，料难攻入，他却佯作攻状，别遣部将绕出苗疆，抄击背后，文选只防前面进攻，不料后面复有清兵出现，顿时惊溃，窜入霑益州。明军一路已败。黄草坝在南盘江右岸，由张光璧率师扼守，将江中各船，一概击沈，阻住清军渡江。卓布泰到了左岸，无船可济，便在岸上扎营。两边隔江发炮，未曾接仗，适有泗城土司岑继禄，到卓布泰前献策，教他绕道下游，渡过对岸。卓布泰从土司言，遂于夜间分兵，直走下游，用人泅水，把凿沉各船，扛至岸侧，塞好漏洞，乘夜潜渡。张光璧尚呆守南盘江，谁知清兵已至北盘江。李定国闻清兵过河，急率兵三万，堵住双河口。清兵杀奔前来，定国挥军死战，击退清兵。到了次日，清兵复至，乘风纵火，火随风卷，野燎烛天，定国抵当不住，只得退走。明军二路俱败。到了北盘江见冯双礼亦狼狈奔回，报称清兵势大，不胜抵御，鸡公背已被夺去。明军三路俱败。定国惊惧，将江内铁索桥烧断，与双礼走回云南，清兵追至北盘江，见对岸已无明军，便搭造浮桥，逾江而进。

明桂王闻定国败还，拟连夜出奔，行人任国玺独请死守，尚在未决，只见定国进来，泣奏一切，桂王便与议去守情形，定国道："行人议是，但前途尚宽，今暂移跸，卷土重来，犹为未迟。"桂王听了此语，遂决意出走永昌，命定国断后。行未数里，白文选自霑益追至，定国遂把殿后军，付与文选，自率精骑扈驾前去。清兵三路会齐，直入云南城，洪承畴亦自贵阳趋云南。铎尼令诸军进追桂王至玉龙关，遇着白文选军，乘势猛扑。文选部下，只有数千人马，哪里禁得住三路大军？苦战多时，人马将尽，便拍转马头，率领残卒，逃出右甸去了。

警报传至永昌，桂王复匆匆逃走。定国令总兵靳统武，带兵四千扈驾，自率精兵六千，据住磨盘山，专待清兵。磨盘山在永昌城东，一名高黎贡山，为西南第一穹岭，山路崎岖，仅通一骑，定国料清兵穷追，必从此山经过，遂把六千兵分作三支，令部将窦名望，率兵

第二十回　日暮途穷寄身异域　水流花谢撒手尘寰

二千伏住山口，高文贵率兵二千伏住山腰，王玺率兵二千伏住山后。自己高坐山巅，管着号炮。遥望清兵迤逦前来，正是漫山遍野，不辨多少，他却自言自语道："任你无数人马，到了此地，恐怕虎落槛阱，无能为力了。"

歇了半晌，见清兵已从山口进来，因山口狭隘，将横队变作直队，鱼贯而进，不禁大喜。约历一、二时，清兵入山，还不过一万多名，猛听得一声炮响，清兵个个下马，停住不进。接连又是无数炮声，霎时烟雾迷蒙，只觉得鼓角声、喊杀声、兵器碰撞声，合着天上的风声，山谷的回声，闹成一片。正自惊疑不定，突然来了一个飞炮，向空坠下，不偏不倚，在定国头上滚将下来，故作惊人之笔。吓得定国心头乱跳，急忙把头一偏，那飞炮恰恰在定国身边擦过，坠落脚边。前面尘土被这飞炮一激，扬起空中，任你定国智勇深沈，也自镇定不住，忙回身逃落山下，向西急走。到了半路，始见高文贵跄奔来，手下残兵，只剩一千多人，报称："清兵迭放巨炮，烟火满山，我军无从暗伏，不得已出来对仗，可奈清兵势大，窦、王二将已经阵亡，六千人已失四千，某只得冲围前来。"定国道："可恨可恨，不知谁人泄漏消息。"随即合兵而去。

原来清兵自云南出发，渡过路江，沿途经过，不遇一敌，他即仗着锐气，越岭进行，适有故明大理寺卿卢桂生，热心富贵，竟至铎尼军前，报说山上有伏。桂生可恶。铎尼急令前队，舍骑而步，以炮发伏。伏兵齐起，与清兵鏖斗一场，杀死清都统以下十余员，精兵数千。窦名望、王玺亦战死。此次若非桂生泄计，就使不能杀尽清兵，也要大大吃亏，只是天已亡明，不容定国成功，所以清兵得转败为胜。可为长太息者此也。

那时桂王西走腾越，为从官李国泰、马吉翔所阻，转走南甸，顺着江流前去。到一大河，四望无际，招问土人，答称此河名囊木河，过河即是缅甸国界。靳统武请走还腾越，李国泰、马吉翔不从。桂王恐清兵追来，亦不愿退回，巧值故黔国沐天波前来扈驾，说与缅人相识，遂决议渡河。惟靳统武不愿，仍奔觅定国去了。

桂王至缅甸境，缅人令从官尽去兵器，方许前行。桂王无奈，命从官抛弃兵械，雇了车马，进蛮暮，缅人具四舟来迎。行三日，至缅都，不令桂王登岸。又五日，至赭砣停舟，方导桂王上陆，引入草屋中。屋外编竹为城，左右都是缅妇贸易。缅人多短衣赤足，桂王从官，亦忘却本来面目，杂入缅妇贸易场中，坐地喧笑，呼奴纵酒，正是孱君无志，徒成失国之寓公，从吏贪生，甘作穷途之丐卒，这且按下慢提。

且说清信郡王铎尼，因桂王已奔缅甸，奏捷北京，得旨令大军回朝，留吴三桂镇守云南，封三桂妻为福晋，命其子应熊在京供职，妻以太宗第十四女和硕公主，清降将中，要算是第一优待了。顺治帝以荡平云、贵，方拟郊迎功臣，饮至策赏，不期江南警报，纷纷递到，顺治帝大惊，忙召满廷文武，商议退敌，便道："朕即位十数年，南征北讨，没有一日安息，现闻云、贵已捷，明宗垂尽，朕道是舆图一统，得享承平，不料这个郑成功又来作祟，江南四府三州二十二县，都报失守，南京危在旦夕，看来还不能安枕。朕想做皇帝很没趣味，倒不如做个和尚，像西藏的达赖、班禅，安闲也安闲，尊荣也尊荣，岂不快活自在么？"顺治帝自知苦趣，颇已悟道，奈何后人偏喜做皇帝？当时文武百官都跪奏道："天子英武圣明，古今无两，区区小丑，不日敉平，何庸过劳圣虑。"顺治帝道："朕拟简率六师，自去亲征，除绝那厮逆众，然后脱卸万几，择个安静地方，去享清福。明日各王大臣，随朕至南苑阅师，不得有误！"文武百官，齐声遵旨而出。次日，各官都先集南苑，恭候御驾，到了辰牌时候，御驾已至，两旁文武站立，俟顺治帝登座，个个请过了安，遂命满汉健儿，八旗劲旅，整整地操练了一天。操毕，御驾回宫，次晨升殿，拟择日出师。适兵部尚书呈递驿奏，系是江南总督郎廷佐拜发，内称崇明总兵梁化凤，击退郑逆，阵斩贼将甘辉等，镇江、瓜州俱已克复。世祖大喜，命梁化凤为江南提督，先图形进呈，并授内大臣达素为安南将军，会同闽、浙总督李率泰进击厦门，务绝根株。旨下，文武百官，又皆叩贺，随即退朝不表。

惟这梁化凤如何击退郑成功，应由小子表明。上文说到郑成功进薄南京，中了郎廷佐的缓兵计，按兵不攻，这是成功第一失着。郎廷佐恰飞檄调兵，梁化凤即奉檄往援，两边相持数日，化凤登高望敌，遥见敌营不整，樵苏四出，军士都在后湖嬉游，郑军如此急玩，安得不败？然亦由骄盈而致。便入署禀明廷佐，黉夜袭营。是夕，化凤带了劲骑五百，潜出神策门，先捣白土山，出郑军不意，冲入前锋余新寨内。余新从睡梦中惊醒，仓卒起来，不及持械，被化凤活擒而去。成功闻报，忙率军相救，化凤已自入城，无从夺回余新。次晨，成功因廷佐失信，令甘辉守营，自出江上调发水师，夹攻南京。不料成功去后，清兵倾城出来，杀入郑营，甘辉上前拦阻，两下酣战，胜负未分。突闻营后射入铳炮，后队不战先乱。甘辉前后受敌，只自死战不退，无奈部将多已逃走，仅剩数百残兵，东冲西突，哪里还支持得住？清兵执着长枪，四面攒聚，甘辉尚竭力招架，无如马已被掷，蹶倒前蹄，眼见得甘辉坠地，不得生存了。

此时成功适在江上，见败军陆续奔来，方知大营已破，长叹一声，命残兵次第下船，自己亦匆匆下舱。未曾坐定，梁化凤已率水师追到，把火箭火球抛掷过来。成功无心恋战，急饬军舰东走，驶到崇明，已丧失了好几艘。遂扬帆出海，逃回厦门，张煌言尚在徽宁，闻报郑军败退，刚在惊疑，忽长江上游来了一支清兵，乃是从贵州凯旋，还援江南。煌言挥兵奋击，打沉敌舰数艘，余舰退去。谁知夜间炮声震天，煌言登舟四望，前后左右，都是敌舰，连忙换坐小船，偷出重围。回头一瞧，自己的

## 第二十回　日暮途穷寄身异域　水流花谢撒手尘寰

舰队尽由祝融氏替他收拾，也无暇顾惜，只命水手驶入小港，舍舟登陆，逾山过岭，绕出浙省，仍渡钱塘江出海。到了海外，闻郑成功去夺台湾，顿足浩叹，遂贻书成功，略说道：

中原板荡，明社为墟，仅存思明州一块土，为四海所属望，遗民所依归。殿下奈何弃此十万生灵，而与红毛夷争海岛乎？且苟安一隅，将来金、厦两门，亦不可守。古人云："宁进一寸死，毋退一尺生。"惟殿下实图利之！

原来闽海中有一大岛，名叫台湾，直长二千五百里，横阔五百里，倒是一个海外桃源。成功父芝龙为海盗时，曾恃此岛为出没地，芝龙入降，此岛为荷兰人所据。荷兰向称红毛夷，在岛中寄泊市舶，并筑土城数十处，屯住侨民。成功自江南败归，以进取无成，谋夺台湾为窟穴，适清靖南王耿继茂，自广东移镇闽地，与将军达素，总督李率泰，分出漳州、同安，合攻厦门，被成功一鼓击退（回应前文）。成功遂移师至台湾，巧值潮涨风顺，麾舰进鹿耳门，荷人仓卒难支，遂与成功议和，愿即迁让。荷人已去，成功遂入居台湾，与金、厦作为犄角。独这张煌言恐他无志恢复，因作书相劝，待了多日，不见回音，乃浮海至台州，到南田岛停泊，入居岛中，暂且慢表。

再说吴三桂留守云南，本没有什么大事，可以安稳度日，他偏欲剪灭明宗，上了一本奏章，这奏叫作"三患二难疏"。他说："李定国、白文选等，托名拥戴，引着溃众，肆扰边境，患在门户；土司易被煽惑，偏地蜂起，患在肘腋；投诚将士，或系念故明，边闻有警，携贰乘机，患在腰理；这便叫作三患。"又说："滇中米粮腾踊，输挽络绎，在在需资，养兵难，安民亦难；这便叫作二难。"总结是："当及时进剿，净尽根株，方得一劳永逸"等语。顺治帝因中原混一，已存一厌世心，不欲再劳兵众，清不欲除永历，偏这三桂硬要出头，真正可杀！览了此奏，犹在迟疑。朝上一班大臣，都赞成三桂议论，乃命内大臣爱星阿为定西将军，赴滇会剿。爱星阿到滇后，与三桂进兵木邦，擒住白文选，直入缅境。一面传谕缅酋，索献桂王，一面飞报捷音。

顺治帝得此捷奏，料知大功告成，已在旦夕，悠然远念，有心高蹈。只是宫中有位董鄂妃，乃是南中汉人，被虏北去，没入宫内，顺治帝见她身材窈窕，秀外慧中，竟把她格外宠幸，封为贵妃。"回头一笑百媚生，六宫粉黛无颜色。"少年天子，未免多情，为此一缕丝牵，未忍遽辞尘网。这老天偏要成全顺治帝初志，竟降了二竖下来，陪着董妃左右，从此董妃日渐瘦弱，一病不起，膏肓成痼，药石无灵，可怜一朵娇花，竟与流水同逝。顺治帝十分悲痛，辍朝五日，特谕礼部，略称："皇贵氏董鄂妃薨逝，奉圣母皇太后懿旨，宜追封为皇后，以示褒崇。朕仰承慈谕，用特追封，加以谥号，谥曰'孝献庄和至德宣仁端敬皇后'。"顺治帝颇称英武，只废后宠妃两大案，为一生缺憾。礼部奉旨，办理丧葬事宜，自必格外从丰，无庸细说。这是顺治十七年仲秋事。梧桐叶落,翡翠衾寒,转眼间霜雪连天,益增忉怛。顺治帝经此惨事,益看破世情,遂于次年正月,脱离尘世,只留重诏一纸,传出宫中。诏曰:

> 太祖太宗创垂基业,所关至重,元良储嗣,不可久虚。朕子玄烨,佟氏所生,八岁岐嶷颖慧,克承宗祧,兹立为皇太子;即遵典制,持服二十七日,释服即皇帝位,特命内大臣索尼、苏克萨哈、遏必隆、鳌拜为辅臣。伊等皆勋旧重臣,朕以腹心寄托,其勉矢忠荩,保翊冲主,佐理政务,布告中外,咸使闻知。

此诏一传,各王大臣非常惊疑,都说昨日早朝,皇上康健如恒,怎么今日会晏起驾来?且遗诏上面亦并没有说起病源,正是奇怪得很。当下照例哭临,辅政四大臣及信郡王铎尼、大学士洪承畴等,奉了八龄的新主,即帝位于太和殿,这便是皇三子玄烨嗣位。拟定年号叫康熙,次年改元,尊为清圣祖仁皇帝。后人有清凉山赞佛诗,相传是咏清世祖事,其诗道:

> 双成明靓影徘徊,
> 玉作屏风璧作台。
> 薤露雕残千里草,
> 清凉山下六龙来。

诗中有"双成"及"千里草"字样,是暗指董鄂妃,清凉山是五台山上一峰,是暗指世祖出家,小子也不能辨别真假,只好作为疑案。

顺治朝事已终,下回开篇,要说康熙朝了。

翦灭明宗之策,始之者洪承畴,成之者吴三桂。二人旧为明臣,何无香火情乃尔?清世祖颇称知足,本欲留片土以存明祀,而洪、吴二臣,先后怂恿,箭在弦上,不得不发,其初心固堪共谅也。厥后中原大定,敝履尊荣,借过眼之昙花,证前途之觉果,斯正所谓大解脱者。明眼人浏览本章,应知所褒贬矣。

## 第二十一回　弑故主悍师邀功　除大憝冲人定计

却说康熙帝即位，由四位辅政大臣尽心佐理，首拟肃清宫禁，将内官十三衙门，尽行革去。什么叫作十三衙门？即司礼监、尚方司、御用监、御马监、内官监、尚衣监、尚膳监、尚宝监、司设监、兵仗局、惜薪司、钟鼓司、织染局便是。这十三衙门中，所用的都是太监。顺治帝在日，曾立内十三衙门铁牌，严禁太监预政，只因衙门未撤，终不免鬼鬼祟祟，暗里藏奸，康熙帝即位，就裁撤十三衙门，宫廷内外，恭读上谕，已自称颂不置。清圣祖为一代令主，所以开场叙事即表明德政。到了元年三月，平西王吴三桂、定西将军爱星阿先书三桂，特标首恶。奏称："奉命征缅，两路进兵，缅酋震惧，执伪永历帝朱由榔献军前，滇局告平。"此奏一上，特降殊旨，进封三桂为亲王，镇守如故，命爱星阿即日班师。原来桂王寄居缅甸，本已困辱万分。李定国时在景线，连上三十余疏，迎驾往彼，都被缅人阻住。定国复出军攻缅城，缅人固守不下，忽闻清兵亦来攻缅，只得引还景线。适缅酋巴哇喇达姆摩弑兄自立，欲借清朝的势力，压服缅人，遂阴使通款清兵，愿执献桂王。三桂应允，限期索献。缅酋遂发兵三千，围住桂王住所，托名诅盟，令从官出饮咒水。马吉翔先出，开了头刀，李国泰作了吉翔第二，接连是走出一个，杀死一个，共死四十二人。惟沐天波与将军魏豹，格死缅人数名，自刎而亡。马、李等死有余辜，惟沐天波似觉可惜。桂王自知不免，含泪修书，遣人投递清营，交与吴三桂，其辞非常沉痛，详录如下：

将军新朝之勋臣，亦旧朝之重镇也。世膺爵秩，封藩外疆，烈皇帝之于将军，可谓厚矣。国家不造，闯贼肆恶，覆我京城，灭我社稷，逼我先帝，戮我人民，将军志兴楚国，饮泣秦庭，缟素誓师，提兵问罪，当日之初衷，固未泯也。奈何遂凭大国，狐假虎威，外施复仇之名，阴作新朝之佐？逆贼既诛，而南方土宇，非复先朝有矣。诸臣不忍宗社之颠覆，迎立南阳，枕席未安，干戈猝至，弘光北狩，隆武被弑，仆于此时，几不欲生，犹暇为社稷计乎？诸臣强之再三，谬承先绪，自是以来，楚地失，粤东亡，惊窜流离，不可胜数。犹赖李定国迎我贵州，接我南安，自谓与人无患，与世无争矣。而将军忘君父之大德，图开创之丰功，提师入滇，覆我巢穴，由是仆渡荒漠，聊借缅人以固我围，山遥水长，言笑谁欢，只益悲矣。既失山河，苟全微息，亦自息矣。乃将军不避阻险，请命远来，提数十万之众，穷追逆旅，何以视天下之不广哉？岂天覆地载之中，犹不容仆一人乎？抑封王赐爵之后，犹欲歼仆以徼功乎？既毁我室，又取我子，读鸱鸮之章，能不惨然心恻乎？将军犹是世禄之裔，即不为仆怜，独不念先帝乎？即不念先帝，独不念列祖列宗乎？即不念列祖列宗，独不念己之祖若父乎？不知大清何恩何德于将军，仆又何仇何怨于将军也？将军自以为智，适成其愚，自以为厚，适成其薄，千载而下，史有传，书有载，当以将军为何如也？仆今日兵衰力弱，茕茕之命，悬于将军之手矣。如必欲仆首领，则虽粉骨碎身，所不敢辞；若其转祸为福，或以返方寸土，仍存三恪，更非敢望，苟得与太平草木，同沾雨露于新朝，纵有亿万之众，亦当付于将军矣。惟将军命之！

这封书信，若到别人手中，也要存点恻隐，为桂王顾恤三分，偏这忍心害理的吴三桂，毫不动心，仍檄催缅酋速献桂王。桂王方等三桂复书，忽见缅兵七八十名蜂拥而入，不问情由，把桂王连人带座，抬了就走。还有桂王眷属二十五人，号哭相随。桂王此时精神恍惚，由他抬着，经过了若干路程，满望是荆蔓葛藤，无情一碧。正是荆天棘地。到了缅都城外，见有大营数座，旗帜分悬，右首是平西大将军字样，左首是定西大将军字样，缅兵从平西大将军营内进去，放下桂王，出营自去。这里自有营兵接住，桂王问此处是哪里，营兵道："是清平西大将军吴王爷大营。"桂王道："是否平西王吴三桂？"营兵应了一个"是"字，桂王叹了数声。又见眷属多蓬头赤足，被缅兵押令入营，到桂王前，个个放声大哭。营内走出一员部将，大喝道："王爷出来，休得胡闹！"眷属被他一吓，噤住哭声。

少顷，一位雄纠纠气昂昂的大员，带了数名护卫，缓步出来，对了桂王，一个长揖。桂王见他头戴宝石顶，身穿黄马褂，早料着是大将军模样，恰故意问是谁人，答称"清平西王吴……"说到吴字，停住。桂王道："你便是大明平西伯吴三桂么？"偏要提出"大明"二字，桂王也算辣口。三桂闻得"大明"二字，好像天雷劈顶一般，顿时毛骨俱悚，不由得双膝跪下，颤声道："是。"天良终自难泯。桂王道："好一个平西伯，果然能干！可惜是忘本了。但事到如今，也不必说，朕正思北去，一谒祖宗十二陵寝，你能替朕办到，朕死亦瞑目了。"三桂仍颤声道："是。"桂王命他起来。三桂即辞归营内，对众将道："我自从军以来，大小经过数百战，并没有什么恐惧，不意今日见这末代皇帝，偏令我跼蹐难安，真正不解，

清史演义

真正不解！"有何难解？随令部将护着桂王及桂王家眷，簇拥前行，自己邀同爱星阿，拔营归滇。

不几日到了云南省城，将桂王拘禁别室，与爱星阿商议处置桂王的法子。爱星阿拟献俘北京，听朝廷发落。吴三桂道："倘中途被劫，奈何？据我愚见，不如奏请就地处决为是。"爱星阿系满人，尚不欲死永历，何吴三桂，悍忍至此？爱星阿不便抗议，照三桂意拜发奏折。到了四月十四日，奉了清圣祖谕旨："前明桂王朱由榔，恩免献俘，着即传旨赐死。钦此。"志明月日，作为明宗绝灭一大纪念。三桂立即升帐，传齐马、步各军，将桂王及眷属二十余人，都拥到篦子坡法场，令即绞决。桂王也不多说。只有桂王储嗣，年只十二龄，大骂三桂道："三桂黠贼！我朝何负于汝？我父子何仇于汝？乃竟置我死地。天道有知，必不令黠贼善终！"是日，天昏地暗，风霾交作，滇人无不悲悼，改唤篦子坡为迫死坡。福、唐、桂三藩事，至此结局。

时李定国方联结暹罗、古剌诸国，拟大举攻缅，索还桂王，忽闻缅人已把桂王献与吴三桂，急引兵追截；途次，又闻桂王被弑，望北大哭，呕血数升。兵士见主帅已病，请即退还。回到猛猎，病势日重一日，临危时，尚三呼永历帝，悠然而逝。

定国已死，西陲无遗患，独东南尚有张煌言、郑成功。煌言隐居南田岛，随从只有数人，明知大势已去，无能为力，只是忠心未泯，还与台湾常通音问，屡促成功进兵。不料成功一病身亡，煌言闻讣大哭道："延平一殁，还有何望？"从此深岛屏居，谢绝一切，暇时或著书遣闷，借酒消愁。一日，方在门外闲眺山水，见有数人着了明装，走到煌言面前，瞧了又瞧。煌言方自惊诧，但听来人道："君非张煌言先生么？"煌言不便道出姓名，却转问来人。来人道："我等皆故明遗民，因闻先生居此，特来拜谒。先生何必隐匿名姓，难道疑我等为奸细么？"煌言便邀到窟穴，彼此各道姓字，无非是张三、李四一流人物。坐谈之顷，满口思明，声声忠义，与煌言说得非常投机，并云："岛口有来舟数号，舟中同志，约数百人，一成一旅，也可中兴，请先生出去一会，订定盟约，共图恢复便是。"煌言热心复明，便随了来人，步至岛口，果见口外泊船数艘，将要上船，舟中突起数人，都是辫发的清兵，煌言始知中他诡计。清兵提起铁索来缚煌言，煌言厉声道："士可杀不可辱！"道言未绝，岸上引诱煌言的来人，即摇手阻住。当下偕煌言上船，乘着风势，到了宁波，复由宁波转达杭州，由清兵上岸，雇了肩舆，抬煌言入署。巡抚赵廷臣下阶迎接，请他上坐，便唠唠叨叨地劝他降清。煌言道："如公厚谊，非不足感，但煌言义不事清，有死无二。任他辩如秦、仪，不能摇动方寸，还是早日就死，完我贞心。"廷臣见无可说，便从他志愿，送出清波门，令他就义，把遗骸送入凤凰山中。迄今凤凰山有张苍水先生墓，就是煌言遗冢。

这时候，镇守闽地的耿继茂，复与闽督李率泰、水师提督施琅，借了荷兰国夹板船数艘，攻克金、厦二岛，复名思明州为厦门。郑军退保台湾，由成功子经据守台地，仍奉永历正朔，效节海外。清廷将郑芝龙正法，并其子郑成恩、世恩、世荫等，亦一律斩首。芝龙临刑时，长叹道："早知如此，何必投降。"悔已迟了。郑经闻芝龙受刑，痛乃祖之被戮，悲厥考之无成，抢地呼天，枕戈饮血，可奈遐地徒成孤立，衔石不足填波，只得遵晦养时，再作计较。

那时八龄天子，坐享承平，归马放牛，修文偃武，太常纪绩，颁世禄以报功，胜国搜贤，予隆谥以表节。光阴荏苒，已是四年，天子大婚，册内大臣噶布喇女何舍里氏为皇后，龙凤双辉，满廷庆贺。太皇、太后与皇太后，各上徽号，虽是照例应有的事情，免不得锦上添花，愈加热闹。只范文程、洪承畴等一班勋臣，先后逝世，朝纲国计，统归辅政四大臣管理。

这四大臣中，索尼是四朝元老，资格最优，人品亦颇公正。遏必隆与苏克萨哈勋望较卑，凡事俱听索尼主裁。独这鳌拜随征四方，自恃功高，横行无忌，连索尼都不在眼中，他想把索尼诸人一一除掉，趁着皇帝冲幼，独揽大权，因此暗中设法，先从苏克萨哈下手。苏克萨哈系正白旗人，鳌拜乃镶黄旗人，顺治初年，睿亲王多尔衮曾把镶黄旗应得地，给与正白旗，别给镶黄旗右翼地，旗民安居乐业，已二十多年。鳌拜倡议，欲将原地各归原旗，明明是借题生衅。宗人府会议照准，遂命直隶总督朱昌祚，巡抚王登联，会同国史馆大学士苏纳海，经理易地事宜。俗语说道："多一事不如少一事。"这安居乐业的旗民，无缘无故要他迁徙，不免要多费财力；况且原地易还，屯庄亦须互换，彼此各有损失，各有困难，自然而然地怨恨起来。苏纳海、朱昌祚、王登联等，俯顺舆情，奏请停止，康熙帝召见四大臣，将原奏交阅。鳌拜怒道："苏纳海拨地迟误，朱昌祚阻挠国事，统是目无君上，照例应一律处斩。"这是鳌拜自创的律例。康熙帝问索尼等人道："卿等以为何如？"遏必隆连忙答道："应照辅臣鳌拜议。"索尼亦随即接口道："臣意也是如此。"口吻略有不同，然都是敲顺风锣。只苏克萨哈俯首无言。鳌拜怒目而视，恨不将苏克萨哈吞入肚中，转向康熙帝道："臣等所见皆同，请皇上发落！"康熙帝犹在迟疑，鳌拜即向御座前，检出片纸，提起御用的朱笔，写着："苏纳海、朱昌祚、王登联，不遵上命，着即处斩"十七个大字，匆匆径出。索尼等亦随了出来。鳌拜就将矫旨付与刑部，刑部安敢怠慢，即提到苏纳海、朱昌祚、王登联三人，绑出市曹，一概枭首。

康熙帝见鳌拜这副情形，遂有意亲政，阴令给事中张维赤等联衔奏请。贝勒王大臣同声赞成，独鳌拜不发一词。康熙帝又延了年月，直到康熙六年秋季，始御乾清门听政。隔了数日，索尼病逝，鳌拜欲加专恣，苏克萨哈恐不能

免祸，遂呈上奏折，略云：

　　臣以菲材，蒙先皇帝不次之擢，厕入辅臣之列，七载以来，毫无报称，罪状实多。兹遇皇上躬亲大政，伏祈令臣往守先皇帝陵寝，如线余息，得以生全，则臣仰报皇上豢育之恩，亦得稍尽。谨此奏闻。

　　帝览奏，即用另纸写就朱谕道：

　　尔辅政大臣等，奉皇考遗诏，辅朕七载，朕正欲酬尔等勤劳。兹苏克萨哈奏请守陵，如线余息，得以生全，不识有何逼迫之处？在此何以不得生？守陵何以得生？着议政王贝勒大臣会议具奏。

　　此谕一下，鳌拜已经闻知，遂至议政王处运动。这时候，议政王中，要算康亲王杰书位望较高，然见了鳌拜，尚非常畏惧。鳌拜便授意杰书，教他如此如此，杰书唯唯听命，遂照鳌拜意奏复。康熙帝见了复陈，不觉惊异起来。看官！你道他复奏中是什么说话？他说"苏克萨哈系辅政大臣，不知仰体遗诏，竭尽忠诚，反饰词欺藐主上，怀抱奸诈，存蓄异心，本朝从无犯此等罪名，应将苏克萨哈官职，尽行革去，即凌迟处死，所有子孙，俱着正法"云云。查清朝律例，凌迟处死，乃是大逆不道的处分，苏克萨哈请守陵寝，不过语言激烈一点，如何可加他凌迟，并且还要灭族？康熙帝幼年岐嶷，哪有不惊异之理？便召康亲王杰书等，及遏必隆、鳌拜二人入内，说他复奏谬误。鳌拜即向前辩驳。康熙帝道："你与苏克萨哈不知有什么仇隙，定要斩草除根，朕意恰

是不准。"鳌拜道："臣与苏克萨哈并无嫌隙，只是秉公处断。"康熙帝道："恐怕未必。"鳌拜道："若不如此办法，将来臣下都要欺君罔上了。"康熙帝道："欺君罔上之人，眼前何曾没有？朕看苏克萨哈，倒还是有些规矩。"鳌拜仍是力请，康熙帝坚持不允。鳌拜不禁大怒，攘臂直前，欲以老拳相向。康熙帝究竟少年，吓得惶恐失色，便支吾道："就要办他，亦不应凌迟处死。"鳌拜抗声道："即不凌迟，也应斩首。"康熙帝战栗不答，还是杰书同遏必隆参了末议，定了绞决，鳌拜方无言而出。可怜苏克萨哈七载勤劳，竟被权奸构陷，惨死法场。

　　康熙帝经此一激，到慈宁宫内去见太后，泣述鳌拜不法情状。太后女流，无计可施，只用言抚慰。究竟圣明天子别有心思，他向各王邸中选了百名亲王子弟，年纪多与康熙帝仿佛，一班儿练习武艺，研究拳术。将门之子，骨种不同，不到一年，都学得拳术精通，武艺高强，连康熙帝也得了一点本领。于是康熙帝不同声色，先封鳌拜为一等公；歇了数日，单召鳌拜入内议事。鳌拜欣然前往，到了内廷，见康熙帝端坐上面，两旁站立的，便是一往少年贵胄。鳌拜昂着头，走至康熙帝前。说道："皇上召臣何事！"康熙帝竖起龙目，怒向鳌拜道："你知罪么？"鳌拜毫不畏惧，直答道："臣有何罪？"康熙帝道："你结党树私，妒功害能，罪不胜举，还说无罪！"鳌拜听了此语，恼着性子，忍耐不住，仍旧发作攘臂故态。康熙帝

索性激他一激，便道："左右与我拿下！"鳌拜厉声道："哪个敢来拿我！"言未毕，一少年应声而出，走近鳌拜，鳌拜即拍面一拳，那少年不慌不忙，把鳌拜拳头接住，喝一声道："去。"鳌拜站立不住，倒退数步。众少年趁这机会，拥住鳌拜，你一拳，我一脚，鳌拜不防这童子军，竟有如许能力，方想极力招架，谁知已被众少年掀翻，打得皮破血流，奄奄一息。康熙帝便召杰书、遏必隆入内，痛骂一顿。两人连忙下跪，捣头如蒜。康熙帝便命两人拖出鳌拜，叫他拒实讯鞫，不得徇私。这两人魂胆消扬，自然尊旨勘实，奏复鳌拜罪状共三十款。末后有"鳌拜为勋旧大臣，正法与否，出自皇上圣裁"等语。正是：

当道豺狼遭失势，
满城狐鼠亦寒心。

未知鳌拜性命如何，且看下回分解。

吴三桂率军南下，严檄缅人，令献永历帝自劾，此实三桂之一失计，若稍有远识，谁肯悍然不顾，冒大不韪之名？迨缅人献出永历，复手自加弑，彼以为可免清帝之嫌。不知愈中清帝之忌。康熙帝故英断有余。观其不动声色，立除鳌拜，宁不能除三桂耶？篇中随依次舒叙事，然钩心斗角处，隐具匣剑帷灯之妙。微而显，明而晦，吾于是书亦云。

清史演义

## 第二十二回　蓄逆谋滇中生变　撤藩镇朝右用兵

却说清康亲王杰书等，既审问鳌拜，明白复奏，不日，由内阁传下谕旨。其词道：

鳌拜系勋旧大臣，受国厚恩，奉皇考遗诏，辅佐政务，理宜精白乃心，尽忠报国。不意鳌拜结党专权，紊乱国政，纷更成宪，罔上行私，凡用人行政，鳌拜欺蔽朕躬，恣意妄为。文武官员，欲令尽出其门。内外要路，俱伊之奸党。班布尔善、穆里玛塞本得、阿思哈、噶褚哈讷莫、泰璧图等，结为党与，凡事先于私家商定乃行；与伊交好者，多方引用，不合者即行排陷，种种奸恶，难以枚举。朕久已悉知，但以鳌拜身系大臣，受累朝宠眷甚厚，犹望其改行从善，克保功名以全始终。乃近观其罪恶日多，上负皇考付托之重，暴虐肆行，致失天下之望。遏必隆知其恶，缄默不言，意在容身，亦负委任。朕以罪状昭著，将其事款命诸王大臣公同究审，俱已得实，以其情罪重大，皆拟正法。本当依议处分，但念鳌拜效力多年，且皇考曾经倚任，朕不忍加诛，姑从宽免死，着革职籍没，仍行拘禁。遏必隆无结党事，免其重罪，削去太师职衔及后加公爵。班布尔善、穆里玛、阿思哈、噶褚哈塞本得、泰璧图、讷谟，或系部院大臣，或系左右侍卫，乃皆阿附权势，结党行私，表里为奸，擅作威福，罪在不赦，概令正法。其余皆系微末之人，一时苟图侥幸，朕不忍尽加诛戮，宽宥免死，从轻治罪。至于内外文武官员，或有畏其权势而倚附者，或有身图幸进而依附者，本当察处，姑从宽免。自后务须洗心涤虑，痛改前非，遵守法度，恪共职业，以期副朕整饬纪纲、爱养百姓之至意。钦此。

刑部奉到谕旨，即遵照办理，自是文武百官，方晓得康熙帝英明，不敢肆无忌惮。这事传到外省，别人倒还不甚介意，只有那两朝柱石功高望重的吴三桂，偏觉心中不安起来。事有凑巧，广东镇守平南王尚可喜，因其子之信酗酒暴虐，不服父训，恐怕弄出大祸，遂用了食客金光计，奏请归老辽东，留子镇粤，他的意思，无非望皇上召还，得以面陈一切，免致延累。适值康熙帝除了鳌拜，痛恨权臣，见了此奏，即令吏部议复。吏部堂官，早窥透康熙的意思，议定藩王现存，儿子不得承袭，尚可喜既请归老，不如撤藩回籍等语。康熙帝遂照议下谕。

吴三桂在云南，日日探听朝廷消息，他的儿子吴应熊曾招为驸马，在京供职，所有国事，朝夕飞报。尚可喜还未接谕，吴三桂早已闻知，当下写了密函，寄到福建。此时靖南王耿继茂已死，由其子靖忠袭封，仍镇守福建地方，得了三桂密书，就照书中行事，上了折子，奏请撤兵。折奏到了北京，吴三桂奏折亦到，大致与靖忠相同。如此恭顺，殊出意料。及看到后文，始知吴、耿命意。康熙帝召集廷臣会议，各大员多胆小如鼠，主张勿撤；又命议政王及各贝勒议决，也是模棱两可。康熙帝道："朕阅前史，藩镇久握重兵，总不免闯出祸来，朕意还是早撤。况吴三桂子应熊，耿精忠弟昭忠、聚忠等，都在京师供职，趁此撤藩，彼等投鼠忌器，尚不至有变动。"兵部尚书明珠、户部尚书米思翰、刑部尚书莫洛，听到此语，就随声附和起来，不是说圣意高深，就是说圣明烛照。极力谄媚。康熙帝遂准奏撤藩，差了侍郎哲尔旨、学士博达礼往云南、户部尚书梁清标往广东，吏部左侍郎陈一炳往福建，经理各藩撤兵起行事宜。

三桂闻了此信，大吃一惊，暗想道："我去奏请撤藩，乃是客气说话，不料他竟当起真来。"遂密与部下夏国相马宝计议。马宝道："这乃调虎离山之计，王爷若愿弃甲归田，也不必说，否则当速谋自立，毋再迟疑。"夏国相道："马公之言甚是。但现在且练兵要紧，等待朝使一到，激动军心，便好行事。"一吹一唱，吴氏香火，要被他断送了。三桂便于次日升帐，传齐藩标各将，往校场操演。各部将遵着号令，不敢懈怠。以后日日如此，除夏国相、马宝及三桂两婿郭壮图、胡国柱外，统是莫明其妙。

一日，传报钦使到来，三桂照常接诏，一面留心腹部员款待两使，一面部署士卒，检点库款，宛似办理交卸的样子。整顿已毕，便召众将士齐到府堂，令家人抬出许多箱笼，开了箱盖，搬出金银珠宝、绸缎衣服各类，摆列案前，随向将士说道："诸位随本藩数十年，南征北讨，经过无数辛苦，现今大局渐平，方想与诸位同亨安乐，不期朝廷来了两使，叫本藩移镇山海关，此去未知凶吉，看来是要与诸位长别了。"众将士道："某等随王爷出生入死，始有今日，不知朝廷何故下旨撤藩？"三桂道："朝旨也不便揣测，大约总是'鸟尽弓藏，兔死狗烹'的意思。本藩深悔当年失策，辅清灭明，今日奉旨戍边，不知死所，这也是本藩自作自受。确是自作自受。只可怜我许多老弟兄，汗马功劳，一旦化为乌有。"说到此处，恰装出一种凄惶的形状；并把手指向案前道："这是本藩历年积蓄，今日与诸位长别，各应分取一点，留个纪念。他日本藩或有不测，诸位见了此种什物，就

## 第二十二回　蓄逆谋滇中生变　撤藩镇朝右用兵

如见了本藩。罢罢罢，请诸位上来，由我分给！"众将士都下泪道："某等受王爷厚恩，愿生死相随，不敢再受赏赐。"

三桂见众将士已被煽动，随即说道："钦使已限定行期，不日即当起程，诸位还要这般谦逊，反使本藩越加不安。"众将士方欲再辞，忽从大众中闪出两人，抗声道："什么钦使不钦使？我等只知有王爷，不知有钦使。王爷若不愿移镇，难道钦使可强逼么？"三桂视之，乃是马宝、夏国相，却假作怒容道："钦使奉圣旨前来，统宜格外恭敬，你两人如何说出这等言语，真是瞎闹！"马宝、夏国相齐声道："清朝的天下，没有王爷，哪里能够到手？这语是极。今日他已非常快乐，反使王爷跋涉东西，再尝苦味，这明明是不知报德。王爷愿受清命，某等恰心中不服！"三桂道："休得乱言！俗语说道：'君要臣死，不得不死。'只我前半生是明朝臣子，为了闯贼作乱，借兵清朝，报了君父大仇。本藩因清朝颇有义气，故尔归清，至永历帝到云南时，本藩也有意保全，无如清廷硬要他死，不能违拗，只得令他全尸而亡，把他好好安葬。现在远徙关外，应向永历帝陵前祭奠一回，算作告别，诸位可愿随去么？"众将士个个答应。

三桂入内更衣，少顷，即出。众将士见他蟒袍玉带，竟浑身换了明朝打扮，所谓反复小人。又都惊异起来。三桂令家人扛了牛羊三牲，带同将士，到永历帝坟前酹酒献爵，伏地大哭。这副急泪，如何预备？众将士见他哭得悲伤，也一齐下泪，正在悲切之际，不料两钦差又遣使催行。三桂背后跃出胡国柱，拔了佩刀，把来人砍翻。三桂大哭道："你如何这般卤莽？叫我如何见钦使？军士快与我捆了国柱，到钦使前请罪！"众将士呆立不动，三桂催令速捆。马宝上前道："王爷如要捆绑国柱，不如将某等一齐捆去。"三桂道："你们如此刁难，难道钦使不要动气么？"马宝道："两个京差，怕他什么！"三桂道："钦使不怕，还有抚台，你可怕么？"胡国柱道："不怕不怕，我就去杀他！"众将士道："我等同去！"三桂连忙拦阻，只拦得一半，一半随着国柱忿忿前去。不消多少工夫，胡国柱提着血淋淋的人头，向地下一掷。三桂拾起一看，正是巡抚朱国治的首级，复恸哭道："朱中丞！朱中丞！本藩并不要害你，九泉之下，休怨本藩！"分明叫国柱去杀朱抚，还说不要害他，哪个相信？复对众将士道："你等无法无天，叫我如何办理？"众将士同声道："请王爷做了主子，杀往北京便了。"满盘做作，都为这两句说话。三桂收泪道："当真么？当真可做此事么？"众将士道："王爷系明朝旧臣，复明灭清，乃堂堂正正的事情，如何不可？"此语乃三桂所厌闻。三桂道："北兵到来，奈何？"众将士道："火来水淹，将来兵挡，有什么害怕？"三桂道："你等陷我至此，肯为我尽力么？"大家统大呼道："愿尽死力！"这一声，仿佛像雷声一般，震惊百里。

三桂率兵回府，急命手下将哲博两钦差捉住，拘禁狱中，写了旗帜，竖起府前。旗上写的是"天下都招讨兵马大元帅吴"十一字。一面赶撰檄文，其文道：

本镇深叨明朝世爵，统镇山海关，一时李逆倡乱，聚众百万，横行天下，旋寇京师，痛哉毅皇烈后之崩摧，痛矣东宫定藩之颠跌。文武瓦解，六宫纷乱，宗庙邱墟，生灵涂炭，臣民侧目，莫敢谁何，普天之下，竟无仗义兴师。本镇独居关外，矢尽兵穷，泪血有干，心痛无声。不得已许虏藩封，暂借夷兵十万，身为前驱，斩将入关，李贼遁逃，誓必亲擒贼帅，斩首以谢先帝之灵，复不共戴天之仇。幸而渠魁授首，方欲择立嗣君，更承宗社，不意狡虏再逆天背盟，乘我内虚，雄踞燕京，窃我先朝神器，变我中国冠裳，方知拒虎进狼之非，追悔无及。将欲反戈北逐，适值先皇太子幼孩，故隐忍未敢轻举，避居穷壤，艰晦待时，盖三十年矣。彼夷君无道，奸邪高位，道义之士，悉处下僚，斗筲之辈，咸居显爵。君昏臣暗，彗星流陨，天怨于上，山岳崩裂，地怒于下。本镇仰观俯察，正当伐暴救民，顺天听人之日也。爰率文武共谋义举，卜甲寅正月元旦，推奉三太子，水陆兵并发，各宜懔遵诰诫！

上首署衔，就是大旗上面的十一字，只是檄文中有推奉三太子一语，他是凭空捏造，说是崇祯帝三太子，留在周皇亲家，当迎他为主，自己权称元帅以便号召。遂以甲寅年为周元年（甲寅年乃康熙十三年），令军民蓄发易服，改张白帜，择日祭旗出兵。

三桂处置已毕，时已夜深，退入内寝，甫抵寝门，忽一妇人号啕前来，扯住三桂袍袖道："你要杀我儿子了。"三桂一看，乃是继室张氏。原来三桂元配被李闯所杀，三桂即继配张氏为妻，应熊即张氏所出。后来重得陈圆圆，不甚宠爱继室。三桂嗔目道："死一儿子何妨，叫我不死便好。"君父尚且不管，管什么儿子？把袖一扯，摔倒张氏，张氏放声大哭。这时陈圆圆早到云南，正在内室，闻得门外吵闹，急移步出来，两面劝解，一面扶起张氏，劝慰一番，令侍女送回正寝，一面迎三桂入卧室，问明原委。

三桂将当日情形叙述一遍，圆圆俯首长叹。三桂问道："爱妃亦以此举为未然否？"圆圆道："妾自出世以来，起初遭家不造，鬻为歌伎，辗转流离，得侍王爷。每忆当年留住京师，为寇所掠，心中尚时常震恐，到了今日，安荣已极。妾闻知足不辱，知止不殆，长此奢华，恐遭天忌，愿王爷赐一净室，俾妾茹素修斋，得终天年，实为万幸！"三桂道："我正思创立帝业，册你为后，你却欲净室修斋，令我不解。"圆圆道："自古到今，都为了争帝争王，扰得人民不宁，实在是做了皇帝，一日万几，也是没甚趣味。妾少年时，自顾姿容，亦颇不陋，常有非分之妄想，目今身为王妃，安享荣华，反觉尘俗难耐。为王爷计，倒不如自卸兵权，偕隐林下，做个范大夫泛舟五湖，宁不快乐？何苦争城夺地，再费心力，再扰生灵？"陈圆圆颇已了解，可惜三桂不醒。三桂默然

不答。圆圆复再三相劝，怎奈三桂已势成骑虎，不能再下，喟然道："不能流芳百世，亦当遗臭万年。"为此一念，误尽人心。圆圆知无可挽回，便于次晨起来，向三桂前求一僻室静居。三桂此时心乱如麻，便即应允。当下圆圆即出游城外，见城北一带地方空敞，枕水倚山，中间有一沐氏废园，甚为幽雅，便入园布置，令奴仆等就地整刷，作为净修的居室。一住数年，三桂也不去缠扰，别选美人，充了下陈。圆圆毕竟有福，到三桂将败时，一病身逝，三桂命葬在商山寺旁。绝代尤物，倒安安稳稳地与世长辞了。

这也不在话下，单说三桂既叛了清朝，号召远近，贵州巡抚曹申吉、提督李本深、云南提督张国柱，亦起兵相应。独云贵总督甘文焜得了此信，仓猝出贵阳府，带了一子及十余从骑，兼程赶至镇远，调兵守城。偏这兵士不从号令，反把甘文焜围住。文焜先将儿子杀死，然后自刎。兵部郎中党务礼、户部员外郎萨穆哈，正在贵州办差，迎接三桂眷属至京，一闻警信，吓得魂不附体，忙坐上快马，疾忙加鞭，星夜趱行，一口气跑到北京，下了马，闯入午内。守门侍卫，拦阻不住。他二人直到殿下，大声报道："不好了！不好了！吴三桂反！"说到反字，已神昏气厥，扑倒阶前。适值早朝未罢，殿上百官下阶俯视，回奏是党务礼、萨穆哈二人，康熙帝即命侍卫将二人抹入。二人尚是神昏颠倒，歇了半响，方渐渐醒转，开眼一看，乃在殿上。这二人官微职卑，从没有上殿启奏的故例，到了此时，悚惶万状，急忙跪伏丹墀，口称："奴才万死，奴才万死。"康熙帝传旨，叫他们据实奏来，二人把三桂造反，抚臣朱国治、督臣甘文焜被杀事，详奏一遍。复称："奴才昼夜疾驰，一路到京，已十二日，只望奏渎天听，不意神魂不定，闯入殿前，自知谬戾，求皇上处重！"康熙帝道："尔等闻警驰报，星夜前来，倒也忠实可嘉。只是欠镇定一点，以致如此。朕特赦尔罪，下次须谨饬方好！"两人忙谢恩趋出。

康熙帝问王大臣道："这事应如何办理？"大学士索额图奏道："奴才前日曾虑撤藩太速，致生急变，现在事已如此，只好安抚三桂，令世守云南，当可了事。"康熙帝道："三桂已反，难道尚肯听命么？"索额图道："三桂若不肯听命，请将主张撤藩的人，从重治罪，这也是釜底抽薪的一法。"米思翰、明珠、莫洛三人，亦在殿上，听到治罪一语，不觉面如土色。既要谄媚，何必畏缩？康熙帝道："胡说！撤藩是朕的本意，难道朕先自己治罪，谢这叛贼？"索额图连忙跪伏，自称不知忌讳，该死该死。康熙帝叱退索额图，立命兵部尚书明珠，在殿前恭录上谕，命都统巴尔布率满洲精骑三千，由荆州驰守常德，都统珠满率兵三千，由武昌驰守岳州，都督尼雅翰、赫叶席布根、特穆占、修国瑶等，分驰西安、汉中、安庆、兖州、郧阳、汝宁、南昌诸要地，听候调遣。写到此处，外面又递到湖广总督蔡毓荣，加紧急报，也是奏闻云南变事。康熙帝旁顾顺承郡王勒尔锦道："劳你一行，就封你为宁南靖寇大将军，统师前敌！"勒尔锦遵旨谢恩。又顾莫洛道："命你为经略大臣，督理陕西军务！"莫洛亦遵旨谢恩。康熙帝复命明珠，录写三桂罪状，削除官爵，宣布中外；并令锦衣卫拿逮额驸吴应熊下狱。明珠恭录圣旨毕，即奏道："闽、粤两藩，如何处置，应乞圣旨明示！"康熙帝道："暂令勿撤可好么？"明珠奉命续录，随即退朝。自是羽檄飞驰，劲旅四出，周太尉发兵泗上，乘传前来，裴节度进捣蔡州，轻车夜至，这一场有分教：

　　荡荡中原开杀运，

　　隆隆方镇挫强权。

欲知战事如何，请诸君续看下回。

　　自古藩镇，鲜有不生变者。撤亦反，不撤亦反；与其迟撤而养虓益深，不若早撤而除患较易。清圣祖力主撤藩，正英断有为之主。洎乎仓卒告警，举朝震动，圣祖独从容遣将，镇定如恒，且不允索额图之请，自损主威，圣祖诚可谓大过人者。或谓满汉相猜，由圣祖始，不知满人入关，汉人实为之伥，罪在汉人，不在满人。吴三桂为汉贼之魁，天道有知，断不令其长享安荣也。本回叙三桂狡诈，及圣祖英明，非颂圣祖，实病三桂，插入陈圆圆一段，尤足令三桂愧死。

## 第二十三回　驰伪檄四方响应
## 失勇将三桂回军

却说吴三桂既据了云贵，遂遣部将王屏藩攻四川，马宝等自贵州出湖南，陷了沅州。三桂闻湖南得胜，复令夏国相、张国柱等，引兵继进。湖南守将已十多年不见兵革，弓马战阵，统已生疏，此番遇着吴军，个个望风奔窜。吴军直逼长沙，巡抚卢震，即调提督桑额入援，谁知桑额早已逃去。卢震仓皇无措，也只得弃了长沙，奔往他方。清都统巴尔布、珠满等，奉命出师，行至途次，闻报吴军已得长沙，惊慌得了不得，遂扎住营寨，逗留不进。满员多是没用。于是常德、岳州、衡州、澧州一带，先后失陷，四川巡抚罗森，因王屏藩攻入境内，急就近向湖广乞救，寻闻湖南已经失守，清兵不敢前进，他暗想吴军势大，清兵不能救湖南，哪里能救四川？遂召提督郑蛟麟、总兵谭洪、吴之茂等商议。郑蛟麟已受三桂密札，方想动手，到了巡抚署内，遂怂恿降吴，罗森正中下怀，命通款吴军，联络王屏藩，背叛清朝。眼见得四川全省，又为三桂所有了。

耿精忠镇守福建，本与三桂通同一气，至是闻三桂已得湘、蜀，欲起兵遥应，是时福建总督范承谟，系三朝元老文程之子，与精忠谊关亲戚，精忠也管不得许多，把他拘禁起来；易了汉装，三路出兵，派总兵曾养性出东路，攻打浙江省内的温州、台州，白显忠出西路，攻打江西省内的广信、建昌、饶州，又令都统马九玉出中路，攻打浙江省内的金华、衢州。滇、闽、粤三藩中，已是两路构变，独尚可喜始终事清，毫无叛志。三桂通书招诱可喜，可喜将来使拘住，把来书呈奏清廷。三桂闻使人被拘，大怒，急密函致耿精忠，令攻击广东。精忠遂勾通潮州总兵刘进忠，差他进兵图粤，复约台湾郑经，夹攻粤海。中原大震，各地告急本章，像雪片般传达清廷。康熙帝复令贝勒尚善为安远靖寇大将军，出助顺承郡王勒尔锦，由鄂攻湘，贝勒洞鄂为定西大将军，出助经略大臣莫洛，由陕攻蜀。这两路是协攻吴三桂。又命安亲王岳乐为定远平寇大将军，出师江西，康亲王杰书为奉命大将军，贝子傅喇塔为宁海将军，出师浙江，这两路是攻耿精忠。另授简亲王喇布为扬威大将军，镇守江南。这一路是策应四路。

诏旨甫下，忽报广西将军孙延龄戕杀巡抚，降顺三桂，康熙帝叹气道："不料孙延龄也是这般。"原来延龄系故定南王孔有德女婿，有德殉难广西，阖门死事，仅遗一女，名四贞，留养宫中，视郡主食俸，及长，嫁与延龄为妻。夫以妻贵，因命他镇守广西，管辖南藩，禄位与滇、闽、粤三王相去无几。只是这位孔郡主，仗着自己势力，常要挟制延龄，延龄屡与他反目。三桂起事，密使相招，延龄想背了清朝，免受闺房压制，因此降顺三桂。为了河东狮，甘从滇南狼，延龄殊不值得。康熙帝还道是待他厚恩，无端背义，谁知他却是为厚恩所迫，生了异心。

闲文少表，单说康熙帝闻延龄附逆，急封尚可喜为亲王，授可喜子之孝为平南大将军，之信为讨寇将军，会同广西总督金光祖，进讨延龄。四面八方，派遣停当，满望旗开得胜，马到成功，不料湖南、四川、江西、浙江、广西诸省还没有克复消息，陕西的警报又纷达北京了。

先是清经略大臣莫洛入陕西境，提督王辅臣、总兵王怀忠先去迎接。莫洛自以为身任经略，节制全省，要摆点威风出来，镇压军心，见了王辅臣、王怀忠两人，并不用好言抚慰，反责他观望迁延，不即赴敌。速死之兆。辅臣等怏怏退出。莫洛到了西安，西安将军瓦尔喀与莫洛同是满人，两下会叙，颇觉亲热。莫洛发议，欲把提督以下尽易满员，还亏瓦尔喀谏阻，说是"用兵之际，难易生手"。因此辅臣、怀忠官职如旧，但心中已未免怀恨了。

莫洛令瓦尔喀出师汉中，自己留守西安。瓦尔喀带了辅臣、怀忠，兼程前进，到汉中，尚无敌踪，遂一路进至保宁。忽有探马来报，敌将王屏藩已出略阳，分扼栈道了。瓦尔喀大惊，与王辅臣等商议行止。辅臣道："略阳一断，水运阻塞，栈道一断，陆运阻绝。我军无饷可运，不战亦困，看来只好急退广元，向经略处催饷，免致意外疏虞。"瓦尔喀依了辅臣的计议，退至广元驻扎，遣人到西安催饷。西安饷道亦断，哪里还发得出？分明是辅臣狡谋。待了月余，毫无音响。军中你言我语，互相怨望。瓦尔喀令王怀忠出去劝谕，兵士反哗噪起来，都说没有粮饷，如何打仗？怀忠制服不住，只得回禀瓦尔喀。又令王辅臣出帐抚慰，辅臣甫出帐外，外面顿时大闹，喧声四起，吓得瓦尔喀惊魂不定，身子都发抖起来。幸王怀忠犹有良心，一手扯住瓦尔喀，从帐后逃走。还是保全官职的好处。外面的兵士随辅臣入帐，见瓦尔喀不知去向，也不喧哗了。显见是辅臣授意。

辅臣向兵士道："将军已逃，将来劾奏一本，我等都要受罪，奈何？"兵士道："闻得平西王优礼将士，到处传檄，现在不如前去通款，免得受死。"辅臣道："汝等既有此心，我可为汝等成全。吾初意欲事一而终，今事已至

此，只得与汝等共生死了。"道言未绝，帐外递进驿报，乃是莫经略出发西安，将到宁羌州。辅臣道："莫洛前来，如何是好？"兵士道："大家上前抵御，杀死这混帐经略，便可了事。"辅臣道："既如此，快随我前行。"兵士都踊跃愿从，星夜赶到宁羌，分头埋伏；又在大路中立了虚营，竖着大清旗帜，专等莫洛到来。

莫洛因清廷屡次催战，又遣贝子洞鄂来陕，他想洞鄂一到，我若仍在西安，显是逗留不进，没奈何带兵出城，一步懒一步，一日缓一日。辅臣等得不耐烦，着人催逼，只说是："保宁兵变，急求援应。"莫洛方催兵趱程。这日正到宁羌，已近日暮，宁羌四面皆山，径路崎岖，树木丛杂。莫洛上冈瞭望，见山下有清营驻扎，料是辅臣遣来接应，忙令部队向前接进。猛听得一声号炮，伏兵四起，箭弹齐发，统向莫洛军中射来。莫洛茫无头绪，只是率兵前进。不向后退，偏望前进，想是责人观望，所以如此。他想过了此地，便好与辅臣合军，就使伤折几个人马，也没甚要紧。原来为此。行出山口，巧遇辅臣前来，莫洛大喜，不防一弹射中咽喉，翻身落马。辅臣杀了莫洛，便大叫道："降者免死！"莫洛部兵见无路可逃，只得投降。

贝子洞鄂方到西安，适瓦尔喀逃回，已知保宁兵变；旋又闻莫洛被戕，哪里还敢出来？忙饬八百里加紧驿报，飞递入京。

辅臣即与王屏藩会合，乘势攻陷各郡。三桂闻陕南得手，发银二十万，犒赏辅臣部下，命与王屏藩分扰秦陇，自率大兵出发云南，赴常澧督战。临行时，其妻张氏复要向三桂索还儿子，三桂乃放出哲、博二钦使，浼他回京复奏，愿与清廷议和，清廷如肯裂土分封，不杀应熊，当即罢兵。哲、博二使唯唯连声，回京去讫。算是明哲保身。三桂又通使西藏，请达赖喇嘛代为奏陈，大约不外息事罢兵数语。康熙帝连接警报，也焦灼万分；又因哲、博二使复奏，及达赖喇嘛疏陈，越加忐忑不定，复开军士会议。

此时明珠已升任协办大学士，上前奏道："三桂不除，朝廷断没有安枕日子，乞皇上始终用兵，勿为摇动。"康熙帝道："朕意亦是如此，可惜各路将士，都不肯用力。"明珠道："各路将士，受了国恩，亦未必个个无良；但将士固应效劳，军械亦贵精利，奴才闻得西洋人南怀仁善造火炮，比我国红衣大炮厉害得多，并且非常轻便，可以越山渡水。若令他多制此炮，运到军前，不怕三桂不败。"康熙帝道："南怀仁么？是否现任钦天监副官？"明珠应了声是。康熙帝忙谕兵部传旨，户部发银，叫南怀仁招募西人，赶紧制炮。明珠又奏道："三桂子应熊，现已监禁，应即处死，俾各路将帅，晓得天威震赫，不敢观望。就是西藏达赖，亦应严旨申斥方好。"康熙帝便命将吴应熊处绞，及应熊子世霖，亦俱绞死。一面传旨严斥达赖，复向明珠道："陕西兵变，辅臣附逆，莫洛闻已被戕，恐怕洞鄂亦靠不住。"明珠道:"辅臣子继贞,前曾举发逆札,驰奏来朝,怎么今朝甘心附逆?"康熙帝道:"莫非与莫洛有隙么?"明珠道:"继贞尚在京中,请召他一问便知。"康熙帝即令侍卫召入继贞,继贞只道是为父受罪,跪在阶下,身子乱抖。驸马且要处绞,怪不得继贞发抖。康熙帝见他觳觫情形,反怜恤起来,随问道:"你父与莫洛是否有隙?"继贞战声道:"是。"康熙帝道:"你父果与莫洛有隙,朕意还可恕他。"继贞仍答称:"是是。"康熙帝又道:"朕命你持敕招抚,叫你父速即归诚。"继贞不说别话,只接连说了好几个"是"字。多说"是",少说话,是清吏秘诀。明珠向继贞道:"何不谢恩?"继贞被明珠提醒,方磕头道:"谢万万岁隆恩!"康熙帝命他急速动身,继贞还是俯伏谢恩。外面呈进驿奏,乃是甘肃提督张勇,奏称:"斩了伪使,附缴伪札。"康熙帝即命张勇为靖逆将军,便宜行事,交来使领诏回去。康熙帝退朝,王大臣散班,只有王继贞在阶下,还像犬儿一般的伏着。幸得太监通知,方起身趋出,向内阁领了诏敕,匆匆奔回。

且说三桂既到湖南,夏国相等连请渡江北犯,三桂不从,他只望清廷允他要求,划江为国;嗣闻其子应熊被戮,勃然大愤,遂留兵七万,守住岳澧诸水口,又分兵七万,守住长沙及湘、赣交界,亲率精骑赴湖北松滋县,遥应西北,拟从陕西绕攻京畿。是时王辅臣已由陕入陇,攻陷平凉、巩昌、秦州一带,烽火四彻。甘肃提督张勇,偕总兵王进宝,急至巩昌阻遏敌军,两边相持不下,忽闻宁夏提督陈福,为标兵所戕,急向清廷告急。清廷遣天津总兵赵良栋,驰赴宁夏,并命大学士都统图海为抚远大将军,任西征事,节制洞鄂以下诸军。图海颇谙兵略,为满大臣中翘楚。因闻王辅臣占据平凉,当即向平凉进发,一面约张勇夹攻。到了平凉,张勇亦率王进宝来会,图海道:"王辅臣在平凉,王屏藩在汉中,两人隐为犄角,我军围攻平凉,王屏藩必来相救,现请两将军轻骑入陕,截住屏藩,此处待老夫督兵围攻,不患不胜。"张勇、王进宝奉命去讫。

图海扎住了营,自去相度形势,回帐召集部将,各授密计。是夜严装以待,到了二更时候,闻城内隐隐有号炮声,随率部将出营。不多时,王辅臣开城潜出,率兵到清营前,一声喊杀,突入清寨,不料寨中毫无人影,只有灯光数点,辅臣知是中计,急率军退出,见寨外已布满清兵,好像天罗地网一般。辅臣一马当先,提起大刀,左斫右劈,把清兵冲开两边,剩出一条血路,率军逃走。奔至城下,见有一军前来接应,辅臣一看,乃是虎山墩守兵,忙道:"谁叫汝等前来?"守兵答道:"适有一卒来报,据言主帅劫营被困,所以特来援应。"辅臣顿足道:"吾中图海诡计,看来此城难保了。"部将问明情由,辅臣道:"此城保障,全在虎山墩,我故用精兵扼守,不料清兵冒充我卒,调兵离山,他却不费气力,占住此墩,居高望下,城内虚实,都被瞧见,如何能

## 第二十三回　驰伪檄四方响应　失勇将三桂回军

守?"图海密计,从辅臣口中叙出。部将道:"某等前去夺回便好。"辅臣道:"他用心占住此墩,还肯被我夺回么?"部将执意要去,辅臣乃派兵五千,前去夺墩,自率兵入城防守。不到数时,果然五千兵只剩一半,踉跄逃回。辅臣忙差人去汉中乞援,数日不见回音,复派兵出城冲突数次,都被清兵杀退。图海分兵断敌饷道,城中益加惶恐。又闻炮声隆隆,溜弹飞入城中,守兵多被打伤。辅臣恐兵心溃变,没奈何上城弹压,昼夜不懈。

这日正在巡城,见城下来一清将,叫开城门,辅臣开城延入,通问姓名,乃是参议道周昌,奉抚远大将军命,前来招抚。辅臣踌躇未决,周昌道:"将军困守孤城,身处绝地,此时不亟图反正,尚待何时?况圣恩高厚,前曾遣令郎特敕抚慰,格外体恤,将军当早接洽。趁此自返,朝廷决不加罪,将军仍可完名,岂不甚善?"辅臣道:"犬子继贞,曾持敕到来,某亦尝具疏谢罪,但至今未蒙赦诏,恐怕一旦归降,仍遭不测。"继贞持敕事,即从两人口中补叙。周昌道:"将军如虑及此事,尽可放心。现在抚远大将军,因前日一战,将军能杀出重围,格外爱重,曾嘱某致意将军,倘虑天威不测,愿力为担保,誓不相负。"周昌也算能言。辅臣道:"既如此,请阁下先回!某当遣部将前来订约。"

周昌随出城回营,禀报图海。图海道:"现已接得固原捷报,张勇等将王屏藩击退,辅臣内乏粮草,外无救兵,不怕他不降。"到了次日,果然来了谢天恩,由辅臣遣至乞降。图海召入天恩,呈上辅臣书,内称如蒙保全,即愿投诚。图海当即批回。辅臣即开城迎入清兵。图海入城,表闻清廷,并请特颁赦诏,康熙帝自然应允,这也不在话下。

时三桂已到松滋,方遣降将杨来嘉等进略陨阳,命与王辅臣、王屏藩联络进兵。忽传到王屏藩败报,接连又闻平凉失守,辅臣降清,三桂面色骤变。正惊疑间,有一将匆匆奔入,递上急报,三桂连忙拆阅,乃是留守长沙夏国相乞援,即问道:"常澧并没有警信,如何长沙告起急来?"来将道:"现因江西军大至,运到西洋大炮数十尊,我军不能抵挡,所以前来告急。"二桂道:"江西的耿军,已被清兵杀退么?"来将道:"耿军没有什么确实消息,大约总是败仗。现闻江西的清兵,乃是什么安亲王岳乐统带,来攻湖南的。"三桂道:"军情如此,看来只好回援湖南,再作计较。"于是拔营回湘,先令胡国柱、马宝火急前进,去守长沙,自率水师顺流而下。途次,闻勒尔锦出虎渡口,尚善入洞庭湖,江湖险要,多被清兵占去,不觉大惊;忙令母子扬帆飞驶,到了虎渡口,见岸上已无清兵,略略放心;转入洞庭湖,亦没有什么尚善,越加宽慰。原来勒尔锦、尚善等,闻三桂回军援湘,早已遁去,因此三桂由江入湖,毫无阻挡。到了长沙,马宝已扎营城外,四围浚掘重濠,布满铁蒺藜。三桂见守法严密,大加奖励。入城见胡国柱，方知夏国相往醴陵御敌，遂命部将高大节，带领精骑四千，往助夏国相，高大节骁勇善战，乃是三桂部下最得用的大将，此番出赴醴陵，又有一番恶战。正是：

彼思逐鹿，此愿从龙；

不有天甲，谁戢元凶。

未知高大节能得胜否，请向下回再阅。

本回以吴三桂为主脑，耿精忠、孙延龄、王辅臣等，皆旁枝也。然叙辅臣事独详，盖三桂既得湖南，非不欲涉江北上，只因清兵云集荆襄，不得已按兵常澧，待衅而动。王辅臣兵变之日，正有衅可乘之时，若使通道秦晋，潜袭燕京，则荆襄重兵，几成虚设，勒尔锦、尚善辈，又皆庸懦无能，未必能返旆回援。是知辅臣之叛降，实三桂成败之关键。叙辅臣，即所以叙三桂也。阅本回，方见详略之间，自费斟酌。

## 第二十四回　两亲王因败为功　　诸藩镇束手听命

却说高大节到了醴陵，来助夏国相，相见毕，国相道："前时我军已入江西，夺了萍乡县，方思与耿军会合，直攻南昌，不料清安亲王岳乐，杀败耿军，把广信、建昌、饶州等处，都占了去，他又从袁州来攻长沙。我领军至江西阻御，因他有西洋大炮数十尊，很为厉害，所以敌他不过，退回醴陵。"高大节道："岳乐前来，江西必然空虚，末将不才，愿带本部兵四千，绕出岳乐背后，公击其前，我掩其后，必获全胜。"夏国相道："此计甚妙！但将军只有四千部兵，恐怕不够，须就我处拨添兵马方好。"大节道："兵在精不在多，从前岳飞只有冤兵五百，能破金人数万。况部下的兵，已有四千，哪里还不够用？"的是将才。国相大喜，即令大节去讫。

且说清安亲王岳乐，奉命南征，到了建昌，适值闽藩总兵白显忠防守城池，岳乐督攻不下。嗣从北京运到西洋大炮，接连轰城，显忠大恐，弃城遁去，岳乐乘胜克复广信、饶州。会清廷命他进攻湖南，遂从袁州进发，遇着夏国相前锋，一阵炮弹，把他击退，乃在袁州休息三日，进攻湖南，一面咨请简亲王喇布，移镇江兵至南昌，在后策应，也算精细。自是放心大胆，督兵前进。将至醴陵，忽闻流星马来报，敌将高大节已率兵数万，从间道去攻袁州了。岳乐惊道："袁州是吾后路，若被占领，大有不便，这却如何是好？"部将伊坦布道："看来只好催简王爷进守袁州，我军方可前进。若不如此，恐要腹背受敌哩。"岳乐依议，扎住营寨，差人飞咨简亲王。不防前面又有探子前来，报称夏国相从醴陵来了。岳乐急传令回军，霎时大营齐拔，卷旆还辕。

约行百余里，天色已晚，见前面有一大山，岳乐便命倚山扎营，待明日再行。这时候军心已懈，巴不得扎营留宿，部署已毕，埋锅造饭，饱餐一顿，正欲就寝，突闻山下炮声响亮，全营大惊。岳乐急命侦骑探望，回报这山名螺子山，山形如螺，树木蓊翳，也不知敌兵多少，只是偏插伪周旗号，岳乐道：

"山势既如此峭峻,我军不宜上山,速发大炮向山轰击。"营兵得令,就扛着西洋大炮出营。岳乐亲自督放,对着山上,扑通扑通的放着无数弹子。等到烟雾飞散,遥望过去,大周旗帜,仍然如旧。岳乐再命放炮,又是扑通扑通的一阵,山上旗帜,虽打倒了数十面,还有多半竖在那里。岳乐道:"不好了,我中了敌计了。"伊坦布惊问缘由,岳乐道:"这分明是疑兵,你听山下并没影响,反使我军失却无数弹子。"晓得迟了,炮弹已放完了。便止住兵士放炮,命将大炮抬还营内。甫入营,忽山上鼓声乱鸣,矢石齐发。岳乐复出营观望,见山上有一队敌兵驰下,当先一骑,大叫道:"岳乐休走!"此时岳乐魂胆飞扬,急上马逃走。营兵见统帅已逃,还有哪个敢去截阵,自然没命地乱跑了。一阵乱窜,自相践踏,竟死了无数人马,连伊坦布也不知下落,西洋大炮,更不必说。

岳乐既逃过了螺子山,天已黎明,惊魂渐定,遂收拾残兵,奔回袁州,满望简亲王喇布在袁州接应,不料袁州城上已插了大周旗帜。周帜又见,能不惊心。岳乐正在惊疑,又听城东北角有一片喊杀声音,岳乐忙登高遥望,正是周兵追杀清兵。岳乐捏了一把汗,暗想:"此时不上前救应,我军亦没有站足地了。"遂下山部勒队伍,绕城驰救。周兵见后面有清军杀到,只得回马来敌岳乐。岳乐驱兵掩杀,怎奈周兵队里的大将,一支枪神出鬼没,竟把清兵刺倒无数。岳乐知不能取胜,领兵杀出,望东北而去。那将也不追赶,收兵入袁州城。原来那将正是高大节,他从间道绕出袁州,把袁州城夺下,当下遣了百骑,埋伏螺子山,作为疑兵。他料岳乐回军,必从此山经过,见了旗帜,定要放炮,炮弹已尽,那时回到袁州,可以截击。适值清简亲王喇布来应岳乐,到了大觉寺,大节即出兵对仗,杀得喇布大败而逃。总算岳乐去挡了一阵,大节方才退回。只是大节部兵,仅有四千,为什么探马报称恰有数万?这叫作兵不厌诈,大节欲恐吓清军,所以有此诈语。

语休叙烦,这一句是说部常套,实则上文数语,乃是要言,若非如此表明,阅者都要不明不白。且说岳乐迤逦奔回,喇布等还道是敌军追赶,后来见了清帜,方把部兵扎住,与岳乐相会。两下细叙,岳乐始知高大节厉害,叹道:"此人若在江西,非朝廷福。"言未毕,探报吉安亦已失守。岳乐与喇布道:"看来我等只好暂回南昌,再图进取。"喇布已经丧胆,自然依了岳乐,同到南昌去了。

那边高大节既得了全胜,复分兵占据吉安,飞遣人至醴陵、长沙告捷。此时吴三桂已移师衡州,只留胡国柱居守。国柱得了捷报,也自欢喜。不意国柱部下有副将韩大任素与大节不睦,入见国柱道:"大节确是勇将,但恐不能保全始终。"国柱道:"你何以见得?"大任道:"平凉的王辅臣,非一员勇将么?为什么转降清朝?"援此进谗,不怕国柱不信。国柱道:"他前时本是清

臣，所以仍旧降清。"大任道："清臣且不怕再降，何况大节？前闻大节在王爷下，常自谓智勇无敌，才力出王爷上，若使清廷遣人招致，封他高爵，哪有不变心之理。"谗人之口，偏是格外中听。国柱道："据你说来，如何而可？"大任献了调回的计策，国柱道："调回大节，何人去代？"大任又做了自荐的毛遂，国柱遂令大任去代大节，大节不服，大任也不与争论，遣人飞报国柱，说他拥兵抗命。四字足矣。国柱大怒，飞檄召回，大节无奈，把军事交与大任，出城叹道："周家气运，看来要断送在他们手中了。"随即怏怏而回。既到长沙，又被国柱痛斥一番。大节愤无可泄，遂致得疾。临危时，函报夏国相，请他注意袁州，末署"大节绝笔"四字。也是伤心，可惜事非其主。

国相接读来函，大为叹息，急向长沙添兵，拟再进江西略地。忽接江西警信，袁州已失，韩大任退守吉安，不禁顿足道："大节若在，何至于此？"正欲发兵赴援，适长沙遣马宝、王绪带兵九千来到，国相遂命两人去救吉安。两人行了数日，已抵洋溪下游，隔溪便是吉安城，遥见城下统扎清营，布得层层密密，城上虽有守兵，恰不十分严整。马宝向王绪道："我看清兵很多，城中应危急万分，为什么城上守兵，不甚起劲？"王绪道："我们且先开炮，遥报城中。若城中有炮相应，我军方可渡河。"马宝点了点头，便命兵士开炮，接连数响，城中恰寂然无声。马道："这正奇怪！莫非韩大任已降清兵么。"王绪道："大任害死大节，刁狡可知，难保今日不投降清兵。"马宝道："他若已经降清，我等不宜深入，还须想个善全的法子。"言未毕，见清营已动，忙道："不好了！清兵要过河来了。"忙令后军作了前军，前军作了后军。马宝与王绪亲自断后，徐徐引退。行未数里，后面喊声大起，清兵已经追到。马宝令军士各挟强弩，等到清兵相近，一声号令，箭如雨发，清兵只得站住。马宝能军。马宝复退数里，清兵又追将过来，马宝仍用老法子射住清兵。此法用了数回，清兵仍依依不舍，马宝恼了性子，大喝一声，领兵回马厮杀。这边清兵，系简亲王喇布统带，喇布本是个没用人物，因见敌军退走，想趁此占些便宜，立点功劳，不防马宝回身酣斗，眼见得敌他不过，即拍马驰回，军士都跟了退去，反被马宝杀了一阵，夺了许多甲仗，从容归去。

喇布仍退到吉安城下，也不敢急攻。城内的韩大任并未曾投降清兵，只因隔河鸣炮，还疑是清兵诱他出来，所以寂然不动，嗣闻清兵追击马宝，已自懊悔不及，遂于昏夜间开城逃去。喇布还道大任出来劫营，只令部兵守住营寨，由他渡河去讫。康熙帝用了这等庸将，反能逐去敌军，一来是康熙帝洪福齐天，二来是吴三桂恶贯满盈，天道不容，所以转败为胜。

江西略定，浙江亦迭报胜仗，康亲王杰书等，起初到了浙江，亦没有什么得利，幸亏总督李之芳扼守浙西，连败曾养性、马九玉等军，敌势少衰。无如

第二十四回　两亲王因败为功　诸藩镇束手听命

马九玉固守衢州，之芳累攻不下，曾养性固守温州，杰书等亦围攻无效，清廷屡次诘责，杰书焦急异常，还亏贝子傅喇塔请移师衢州，与之芳并力合攻，免得兵分力弱。杰书依议，便舍了温州，连夜赶到衢州，与之芳合军攻打。时马九玉拥兵数万，占住衢河南岸的九龙山，保护城池，又分兵万人屯扎大溪滩，保护饷道。傅喇塔复献了截击敌饷的计策，带了精骑，冲破大溪滩敌营。九玉闻饷道被截，急下山来救，巧遇杰书、李之芳两军渡河过来，九玉欲乘流邀击，偏这清兵连放西洋大炮，伤了九玉兵数百，九玉立足不住，引兵退还。杰书、之芳渡河追杀，九玉急收兵回营，可奈山下密布木桩，前时想阻住清兵，到此反把自己阻住，须要鱼贯而入，不能骤进。清兵又接连放炮，可怜九玉部下的兵，不是折腿，便是断臂。之芳复令兵士纵火，烈烈腾腾的烧将起来，大小木桩，一概燃着，顿时飞焰扑叠，焚去营帐无算。九龙山变作火焰山。九玉见势不支，忙领了步骑数百，从山后逃下。冤冤相凑，碰着傅喇塔回军接应，数百残兵，不值喇塔一扫，九玉没命地乱跑，走了数里，见喇塔不来追赶，方才停住。检点手下，只剩了三十骑，长叹一声，逃回福建去了。

杰书等立拔衢州，令李之芳回军攻击曾养性，自偕傅喇塔南下，转西攻仙霞关。这时候的耿精忠，方联络郑经，去攻广东，陷潮州、惠州二郡，平南亲王尚可喜，急命其子之孝，趋惠州拦截耿军，不料广西提督马雄，与孙延龄通同一气，来攻高、雷二州，总兵祖泽清又望风迎降。可喜东西受敌，一面向江西乞援，一面促其子之信拒敌。之信本不服父训，至是已隐受三桂伪札，运动部兵，把可喜幽禁起来，可喜忠清不忠明，故受逆子之信之报应，也自易帜改服，叛了清朝。可喜气愤已极，呕血身亡。

之信越加猖獗，江西将军舒恕及都统莽依图，率兵援广州，反被之信用炮击退。总督金光祖及巡抚佟养巨，亦与之信相连，通款三桂。三桂封之信辅德亲王，命他助款充饷，又遣董重民来代金光祖，冯苏来代佟养巨。这信传到之信耳中，暗想三桂索饷遣款，分明是来箝制，忙与金光祖商议，仍旧背周降清。等了董重民等到粤，把他拘住，率军民薙发反正，西出兵拒马雄，东出兵拒耿精忠。

精忠方拟对敌，闻报清兵已破马九玉，攻入仙霞关，急回军福建，途次又闻曾养性、白显忠二将统已降清，不觉魂飞天外。原来李之芳回军浙东，适遇白显忠自江西败回，声言将由浙趋闽，断绝康亲王后路，之芳颇觉惊恐。随营委员陆孔昭入帐禀道："某与白显忠二裨将，素来相识，请前去说降，教他擒献白显忠。"之芳大喜，立命前去。隔了数日，果然把白显忠擒来。之芳召入，当由陆孔昭引二将进来，代为绍介。一姓范名时荣，一姓王名镐，之芳奖慰一番，随后将白显忠推入。之芳下座，亲解其缚，劝他悔过投诚，显忠便即依允。之芳与显忠同到温州，又命显

忠入城劝降。曾养性势孤力蹙，哪有不愿降之理。看官！你想耿精忠三路出兵，至此尽归乌有，能不进退维谷吗？赶到福州，又闻清兵将到，精忠忙檄令各处总兵严守。檄差回报，建宁、延平等郡已投降清军；漳州、泉州、汀州等郡已献降郑经，精忠经此一吓，晕绝于地。左右用姜汤灌醒，下泪道："这遭休了！"

坐定后，见府外递进文书，精忠拆阅，乃清康亲王前来劝降。精忠一想，欲要不降，如何抵敌清军？欲要降清，总督范承谟尚在，定要陈他逆迹，将来仍难保全。左思右想，毫无计策，忽想了一条两头烧通之计。一面遣他儿子显祚赴延平去接清兵，并献出伪总统印，一面将范承谟绞死，省得将逆迹表扬。到了此时，还要杀害范承谟，煞是凶狡过人，然亦是速死之道。康亲王杰书遂进据福州，耿精忠率文武百官属出城迎降，愿随大兵立功赎罪。杰书当将实迹奏闻，同时尚之信亦遣人赴江西，到清简亲王喇布军前乞降，喇布亦据实上奏。康熙帝因三桂未除，不便声罪，仍留耿、尚爵位，命他立功抵罪。

于是浙江、福建、广东三省，次第略定，只广西尚在未靖，孙延龄降周叛清时，受临江王封爵，曾瞒住郡主孔四贞。后来被四贞闻知，劝他反正，他却不从。适故庆阳知府傅宏烈，旧被三桂攻讦，谪戍苍梧，此时独招集民夫，力图恢复。莽依图复出师广东，去会宏烈，延龄闻了此信，未免悔恨，又因闻、粤二藩统已降清，越加着急。踌躇再四，只有请教娘子军一法，当下入见四贞，四贞却满脸怒容，不去理睬。延龄挨至四贞面前，轻轻地叫了几声郡主。四贞道："你叫我什么？"延龄道："我从前不听你言，弄错主意，目下危急万分，求郡主怜念夫妇恩情，为我解围。"四贞含嗔道："像你的负恩忘义，还念什么夫妻？我从前再三相劝，叫你不要叛清，你不但一句不听，反从此不入我室，离开了我，去做什么王爷。好好！你去做王爷去！我是没福的人，不要再来惹我！"说毕，将身子扭转一边。延龄到了此时，也顾不得什么气节，只得向郡主脚边，跪了下去，做一出梳妆跪池。一面扯着郡主衣衫，千姊姊万姊姊的哀告。从来妇女的性情，容易发怒，亦容易转软，又况延龄丰姿俊美，与四贞本是一对璧人，两美并头，卿卿我我，只因意见微异，渐致乖离，此次经延龄一番温柔，自然回过心来，便道："你悔已迟了，叫我如何解围？"延龄道："我已仍愿降清，但恐皇上罪我，求郡主入京去见太后，暗中转圜，免我受罪，我死亦感激你了。"无端说一死字，亦是谶语。四贞闻延龄说一死字，顿时泪下，毕竟还是夫妇。便道："你是好好儿活着，为什么自己咒死，你既然要我赴京，事不宜迟，我就明日动身。"延龄喜极，忙与郡主料理行装。是夕，就在郡主前极力报效一宵，只此一宵欢聚，嗣后无相见期了。次日，即送孔郡主北上。

事有凑巧，傅宏烈亦致书相劝，邀他共迓清军。延龄答书："请宏烈先至广东，导达悔意，此外一律遵命。"这等事情传达湖南，三桂急调胡国柱、马宝二将速出广东，复嘱从孙吴世琮密计，驰赴广西。世琮倍道前进，径至桂林，仍用给临江王文书，教他前来领饷。就是密计。延龄正缺饷项，还道三桂未悉彼情，乐得取些饷银，聊救眉急，当即开城出迎。世琮诱他入营，暗中却已布满伏兵，等到延龄入帐，世琮方数他背叛的罪状。延龄即欲退出，被伏兵一阵乱剁，砍为肉泥。世琮入据桂林，复进占平乐。

时清将莽依图正由广东赴广西，闻胡国柱、马宝奉三桂命，来夺广东，亟回军赴援，适遇于韶州城下，与战不利，退入韶州固守。胡国柱等极力攻扑，莽依图巡视城北，见城堞未坚，令部卒筑起一层土墙，两重守护。果然胡国柱兵，登高发炮，把城堞毁去，惟土墙无恙，城得不陷。莽依图正在焦灼，突闻城东鼓角喧天，回头一望，遥见清兵如飞而至，前面的大纛绣着"江宁将军"四大字。莽依图趁这机缘，领兵杀出，内外互应，将胡国柱等杀退，追斩无算，遂接江宁兵入城。江宁将军叫做额楚，奉廷命来援广东，巧与莽依图合军，并力杀退胡、马二人，遂留额楚守韶州，莽依图赴广西去讫。

胡国柱、马宝两人奔回湖南，三桂大惊，又闻清廷命将军穆占，来助岳乐，连拔永兴、茶陵、攸县、酃县、安仁、兴宁、郴州、宜章、临武、蓝山、嘉禾、桂东、桂阳十三城，益自震恐。他却在恐惧的时候，发生一个痴念，竟想做起皇帝来了。不做皇帝死不休。小子又发了诗兴，凑成七绝一首，咏吴三桂道：

燕北甘招强虏入，
滇南又执故皇还。
君亲陷尽思为帝，
可惜皤皤两须斑。

这时候，三桂已六十七岁了。他想势力日蹙，年纪又衰，得做了一番皇帝，就使不能传世，也算英雄收场。遂令军士在衡山筑坛，居然郊天即位，小子暂停一回笔，俟下回再行细表。

陕西入清，三桂已失攻势，至江西复为清有，断湖南之右臂，三桂且不能守湖南，遑言攻耶？闽、粤二藩，更不足论。延龄辈尤出闽、粤下，小胜即喜，小挫即惧，安能为三桂臂助？三桂既失陕西、闽、粤诸奥援，其领地自云、贵以外，只存四川、湖南及广西之一部，反欲南面称帝，岂以一称帝号，遂足笼络人心，令诸将乐为之用乎？皇帝皇帝！误尽天下英雄，害尽世间百姓，吾愿自今以后，永远不复闻此二字。本回叙江西事，是记三桂之失势，叙闽、粤及广西事，是记三桂之失援，末以称帝作总写，尽三桂一生魔障，炎炎者灭，隆隆者绝，世人可以醒矣。

## 第二十五回 僭帝号遘疾伏冥诛 集军威破城歼叛孽

却说吴三桂起事以来，已历五年，康熙十三年创建国号，假称迎立明裔，其实称周不称明，早已存了帝制自为的思想。所以争战五年，并没见有什么三太子。到了康熙十七年，竟在衡州筑坛，祭告大地，自称皇帝，改元昭武，称衡州为定天府，置百官，封诸将，造新历，举云贵川湖乡试，号召远近。殿瓦不及易黄，就用黄漆涂染，搭起芦舍数百间，作了朝房。这日正遇三月朔，本是艳阳天气，淑景宜人，不料狂风骤起，怒雨疾奔，把朝房吹倒一半，瓦上的黄漆亦被大雨淋坏，莫谓天道无知。三桂未免懊恼，只得潦草成礼，算已做了大周皇帝。黄袍已经穿过，可谓心满意足。当下调夏国相回衡州，命他为相，令胡国柱、马宝为元帅，出御清兵。

是时清安亲王岳乐，由江西入湖南，前锋统领硕岱，已攻克永兴。永兴县系衡州门户，距衡州只百余里，胡国柱、马宝等奋勇杀来，清兵出城抵敌。两下混战一场，清兵不能取胜，仍退入城中。歇了数日，清兵又出城掩击，复被胡国柱等杀回。接连数战，总是周军得胜。原来清前锋统领硕岱，也是满族中一员骁将，只因永兴是周军必争的地方，永兴一失，衡州亦保不住，所以胡国柱等冒死力争，硕岱虽勇，总不能敌，只得入城固守，静待援兵。岳乐闻周军猛攻永兴，即遣都统伊里布、副都统哈克山，前来援应，就在城外扎营，作为犄角。不防马宝分军来攻，个个是踊跃争先，上前拼命，伊里布哈克山本没有什么勇力，遇了周军，好像泰山压顶一般，连逃走都来不及。一阵厮杀，两人都战殁阵中。硕岱出城接应，又被胡国柱截住，没奈何退入城内。将军穆占自郴州发兵来援，因闻伊里布等战殁，不敢前进，只远远地立住营寨。胡国柱三面环攻，止留出城东一角，因有河相阻，不便合围。还亏硕岱振刷精神，昼夜督守，城坏即补，且筑且战。胡国柱又与马宝分军，马宝截住援兵，不能并力攻城，清营虽是远立，倒也还算有力，因此城尚不陷。

康熙帝恐师老日久，屡欲亲征，议政王大臣纷纷谏阻，有的说是："京师重地，不宜远离。"有的说是："贼势日蹙，无劳远出。"于是令诸将专力湖南，暂罢亲征的计策。惟这三桂因即位的时候，冒了一点风寒，时常发寒发热，由夏及秋，没有爽适的日子。好汉只怕病来磨，又况三桂年近古稀，生了几个月的病，如何支持得起？到了八月初旬，痰喘交作，咯血频频，有时神昏颠倒，谵语终宵。夏国相领了文武各员，日日进内请安。

这日，国相又复入内，到卧榻前，见三桂双目紧闭，只是一片呻吟声。国相向诸将道："永兴未下，军事紧急，皇上反病势日重，如何是好？"诸将尚未回答，忽见三桂睁开双目，瞪视国相多时，失声道："阿哟！不好了！永历皇帝到了！"寻复闭目惨呼，大叫"皇上饶命！皇上饶命！"国相等闻此惨声，都吓得毛发森竖，只得到三桂耳边，轻轻叫道："陛下醒来！"连叫数声，三桂方有些醒悟，又开眼四顾，见了夏国相等人，忍不住流泪道："卿等都系患难至交，朕还没有什么酬劳，偏这……"说到"这"字，触动中气，喘作一团。国相道："陛下福寿正长，不致有什么不测，还请善保龙体为是。"三桂把头略点一点。国相复请太医入内，诊了一回脉，退与国相耳语道："皇上脉象欠佳，看来只有一日可过了。"国相把眉一皱，也不言语。三桂气喘略平，又向国相道："朕非不欲生，但这冤鬼都集眼前，恐要与卿等长别，未识目前军事如何？"国相道："永兴已屡报胜仗，谅不日可以攻下，请陛下宽心！"三桂道："陕西、广西有警信否？"国相等答道："没有。"三桂道："卿等且退！容朕细思，到晚间再商。"国相等奉命退出。

将到二更，复一同入宫，但觉宫门里面，阴风惨惨，鬼气森森，作者素乏迷信，因三桂作恶多端，理应有此果报。国相等助桀为虐，贼胆心虚，当亦因虚生幻，因幻成真。甫入宫门，见众侍妾团聚一旁，不住地发颤。猛闻三桂作哀鸣状，一声是"皇上恕罪！"一声是"父亲救我！"又模模糊糊地说了数语，仿佛是不忠不孝不仁不义八字。就三桂口中自述，笔愈透辟。国相等听了半晌，心头都突突乱跳。大家站了一回，三桂似又清醒起来，咳嗽了好几声，侍儿撩起床帐，捧过痰盂，接了三桂好几口血。三桂见帐外有许多官员，命侍儿悬起半帐，国相等复上前请安。三桂道："卿等少坐，待朕细嘱。"国相等告了坐，三桂一丝半气地说道："朕神气恍惚，时患昏晕，自思生平行事，大半舛错，今日悔已无及。人之将死，其言也善。长子应熊，也是为朕所害，目下只一孙世璠，留居云南，可惜年幼，朕死后，劳卿等同心辅助！"国相等齐声应命。三桂歇了一歇，又道："湘、滇遥隔，朕当亲书遗嘱。"命侍儿取笔墨过来，自己欲令侍儿扶起，可奈浑身疼痛，片刻难支，复睡下呻吟一回。国相便请道："陛下不必过劳，臣可恭录圣谕。"三桂点头，国相便展笺握管，待了许久，三桂一言不发，仔细

清史演义

135

一看，已自晕了过去。国相即命众侍妾上前调护，自率百官出了宫门。好一歇，复偕太医同入宫中，但听宫内已动了哭声。国相忙对大众摇手，大家方把哭声止住。国相复目示太医，令太医临榻诊视，诊毕，太医道："皇上此时不过稍稍痰塞，还未宴驾，大家切勿再哭！"痰塞不死，这是话里有话。言毕，即匆匆退出。国相命侍儿放下御帐，朝夕守护，只是大忌哭声。众侍妾莫名其妙，只得唯命是从。

国相退出宫外，忙令人召回胡国柱、马宝。胡、马二人自永兴急归，由国相延入，屏去左右，密语二人道："主上已宴驾了。"胡、马二人大吃一惊，问道："何时宴驾？"国相道："就在昨夜。主上命太孙世璠嗣立，我已连夜令人去迎，并命宫中秘不发丧。阅此方知上文出去一歇的事情。主上遗嘱，要我等同心辅助，还请两公遵旨。"胡、马二人自然答应。国相又道："我前时劝先帝疾行渡江，全师北向，先帝不从，今日敌兵四合，较前日尤觉困难，依我愚见，只好仍行前计，越是拼命，越不会死，越是退守，越不得生。这四语却是名言。不但云南、贵州可以弃去，连湖南也可不管，目前只有北向以争天下。陆军应出荆襄，会合四川兵马，直趋河南，水军顺下武昌，掠夺敌舰，据住上游。那时冒险进去，或可侥幸成功，二公以为何如？"马宝道："这且不可！先帝经过百战，患难余生，尚不肯轻弃滇、黔，自失根本，目下先帝又崩，时事日非，哪里还可冒险轻举？

况滇、黔山路崎岖，进可战，退可守，万一为敌所败，还可退据一方。"国相不待马宝说毕，便叹道："我能往，寇亦能往，恐怕敌兵云集，就使重谷深岩，也是保守不住。"马宝还欲争辩，胡国柱道："现在且暂主保守，俟有机会，再图进取。"国相见识颇高，但此时清兵四合，北上亦非善策。国相默然。

过了数日，世璠已到衡州，就在衡州即位，国相率百官叩贺，议定明年为洪化元年，随发哀诏，颁布国丧。胡国柱等因新帝尚幼，不宜久居衡州，仍令随员郭壮图、谭延祚等迎丧扈驾，还处云南。郭壮图等挈了世璠，回滇而去。

清兵闻三桂已死，人人思奋，个个图功，安亲王岳乐、简亲王喇布，统率大兵入湖南，克复岳州、常德，顺承郡王勒尔锦驻扎荆州已好几年，此时亦胆大起来，渡过长江，攻取长沙。千军万马，直逼衡州，任你夏国相足智多谋，胡国柱、马宝冲锋敢战，也只得弃城遁走。广西巡抚傅宏烈与将军莽依图，又攻破平乐，进复桂林，吴世琮败死陕西。大将军图海，偕提督王进宝、赵良栋等，攻破汉中，连拔保宁，王屏藩穷蹙自杀、王进宝、赵良栋复乘胜入川。川地自归三桂后，只担任周军粮饷，未见兵革，忽闻王、赵二将率军杀来，逃的逃，降的降，成都一复，川西川南，势如破竹，迎刃而下。于是吴世璠所有的地方，只剩得云、贵两省了。

康熙帝迭接捷报，把亲征的议论原是搁起不谈，且因康亲王杰书、安亲王岳乐在外久劳，召还京师，复逮回顺承郡王勒尔锦、简亲王喇布、贝子洞鄂、贝勒尚善、都统巴尔布珠满将军舒恕等，说他劳师糜饷，误国病民，一律治罪。另命贝子彰泰为定远平寇大将军，代岳乐后任，自湖南趋云、贵，又以云、贵多山，当令步兵绿营居前，满骑居后，特授湖广总督蔡毓荣为绥远将军，节制汉兵先进。另授赵良栋为云、贵总督，统川师进捣，贝子赖塔为平南将军，统闽、粤兵进攻。三路大兵，浩浩荡荡，统向云、贵进发。彰泰既到湖南，与蔡毓荣相会，督兵进攻枫木岭，击死守将吴国贵，进攻辰龙关。径狭箐密，只容一骑，夏国相等自衡州败还，留胡国柱守住隘口，一夫当关，万夫莫入。相持数月，彰泰焦急起来，悬了重赏，招募敢死士卒，潜逾峻岭，绕入关后，袭破国柱营寨。国柱败走，退至贵阳，这枫木岭与辰龙关，系是由湘通黔的要隘，二隘既破，清兵由险入夷，勇往直前。忽又接到清廷诏旨，略道：

军兴数载，供亿浩繁，朕恐累民，不忍加派科敛，因允诸臣条奏，凡裁节浮费，改折漕贡，量增盐课杂税，稽查隐漏田赋，核减军需报销，皆出兵不得已之意，事平自有裁酌。至满洲、蒙古汉军，久劳于外，械朽马毙，朕深悉其苦，其迅奏肤功，凯旋之日，所有借贷，无论数百万，俱令户部发币代还。朕不食言，昭如日月，其宣示中外，咸使闻知。

此诏一下，军士格外效命，遂自平越趋贵阳。胡国柱出战不利，退守数日。清兵用西洋巨炮，连日轰放，城陷数丈，清兵一鼓而上，国柱又弃城遁去。蔡毓荣率兵径进，彰泰暂屯贵阳，分兵复遵义、安顺、石阡、都匀、思南等府。别命提督桑格进攻盘江。盘江守将李本深毁去铁索桥，向后退走。桑格招土官速搭浮桥，允给重资。土司齐集江边，争来搭造，众擎易举，一夕便成。桑格率兵渡过对岸，急追李本深，本深还是慢慢退去，只道清兵筑桥，断没有这等迅速，谁知清兵已经追到，吓得本深心胆俱碎，忙下了马，匍匐乞降，总算蒙桑格收受了。

这时候，蔡毓荣进兵黔西，直指平远，夏国相自云南调集劲旅，练成象阵，与王会、高起隆同至平远城抵御。平远西南多山，国相令部兵依山扎营，掩住象阵，专候毓荣到来。毓荣仗着战胜的锐气，驱兵大进，路上毫不停留，既到平远，见山下敌营林立，便上前冲突，国相令营兵坚壁勿动。待清兵冲突数次，锐气少懈，然后发了密令，把营兵分开左右，推出象阵。毓荣急令兵士发炮，怎奈兵士已心慌意骇，脚忙手乱，炮未燃着，象已冲来，那时只顾保全性命，还有何心放炮？兵士逃得快，象愈赶得快，顷刻间倒毙无数，尸如山积，毓荣也没命地逃去，直退了三十里，方收拾残兵，扎住了寨。

隔了两日，复进军十里立营。又次日，复进军十里。兵士都怕象阵厉害，未敢前进，只因军令如山，不得不硬着头皮，勉强上前。是夕，毓荣升帐，召诸将听令。将士还道又要出战，个个胆

第二十五回 僭帝号遗疾伏冥诛 集军威破城歼叛孽

战心惊，到了帐下，但见毓荣向诸将道："云南多产野象，从前敬谨亲王尼堪，为象阵所迫，身殁阵中（应前一十九回事）。我前次失记，中了敌计，为他所败，部下多遭惨死，今已有计破他象阵，众将应同心敌忾，为我弟兄们复仇。"诸将听得有破敌的谋划，又复鼓舞起来，一齐喊声得令。毓荣又道："野象非人力可敌，当用火攻的计策，今夜先在营外密布火种，待明日前去诱敌，引了敌兵至此，纵火烧他，象必返奔，转为我用，乘此追杀，必得全胜。"诸将遵令自去，分头布置。

次晨，毓荣手执红旗，督兵进战，国相等开营接仗，约战数合，又把营兵两旁分开，毓荣即掉转红旗，望后急走。国相又驱出象阵，猛力追赶，毓荣佯作惊慌之状，令兵士四散奔窜。敌军恃有象阵，只望前追，约行十里，不防火种骤发，势成燎原，那些野象已有好几只跌入火坑，余象都向后返奔，反冲动敌军本队。国相知是中计，忙令军士分列两旁，让各象奔过，勒兵再战，怎奈军心已经恐慌，队伍不免错乱，这边蔡毓荣又合兵杀来，顿时全军溃窜，国相无法阻住，令王会、高起隆率军先走，自领精骑断后，一边且战且走，一边且追且击。毓荣又传令穷追，把国相逐出贵州境界，方才收军。从此吴世璠又失贵州了。

且说贝子赖塔，自广西攻云南，令傅宏烈在后策应，是时马雄已死，其子马承荫降清，留守南宁，部下多桀骜不驯，仍有变志。宏烈奏请马军随征，免为内地患，未接复旨，不料为承荫所闻，邀宏烈亲往部勒。宏烈即行，部将多说承荫狡悍，不如勿去。宏烈道："承荫已降，奈何疑他？"径领数十骑往南宁。承荫率众出迎，格外恭顺。宏烈偕承荫入城，城门陡阖，伏兵齐起，竟将宏烈拿下囚送云南。吴世璠劝宏烈降，宏烈大骂道："尔祖未叛时，我即劾奏，早知尔家必要造反，我恨不早灭尔家，难道还肯从你么？"世璠命左右将宏烈处斩，宏烈骂不绝口而死。此信传到赖塔军中，赖塔急檄莽依图攻南宁，承荫也率象阵迎敌。亏得莽依图已闻蔡军消息，也照毓荣计策，击败承荫。承荫入城拒守，莽依图围攻数日，总督金光祖亦率兵前来，两下合军攻破南宁。活擒承荫，解京磔死。

广西已定，赖塔遂一意进攻，与蔡毓荣军相遇，直趋云南。贝子彰泰继进，沿途相率迎降。各军至归化寺，距云南只三十里，世璠惶急万状，方拟遣夏国相等再出拒敌，忽报赵良栋由川赴滇，乃令夏国相、胡国柱、马宝等移阻赵军，别命郭壮图领步骑数万迎战三十里外。郭壮图向守云南，未尝御敌，至是亦驱野象数百头，列为前军。部将武安时谏道："夏国相曾用象阵，为敌所败，驸马何故复循覆辙？"郭壮图道："夏国相贪功追敌，是以致败，吾不过令象冲锋，并非靠象追敌，有何不可。"于是直趋归化寺，与清兵接仗。清贝子彰泰在左，赖塔在右，两路夹攻，郭壮图率军死战，自卯至午，五却五进，蔡毓荣见不能取胜，忽生一计，纵火焚

138

林，林中烈焰上腾，吓得众象纷纷乱窜。彰泰赖塔，乘势掩击，郭壮图只得败走。三用象阵，都被击退，可谓至死不悟。

清兵遂进逼云南省城，世璠复调夏国相等回救，赵良栋又尾追而来。孤城片影，四面楚歌，吴世璠保守五华山，饬健卒乞师西藏，又被赵良栋查获，眼见得围城援绝，指日灭亡。夏国相、马宝、胡国柱、郭壮图等，明知灭亡不远，只因身受遗命，以死自誓，两边复血肉相薄，延续数月。到康熙二十年十月中，城中粮尽，军心遂变，南门守将方志球，阴与蔡毓荣相通，放蔡军入城，由是诸军齐进，胡国柱急来拦阻，一炮飞来，正中面颊，立即毙命。夏国相、马宝犹督兵巷战，被清兵围裹，大叫："降者免死。"部兵遂倒戈相向，把夏国相、马宝都戳下马来，擒献清军。蔡毓荣即驰上五华山，守将郭壮图自杀，余兵统已溃散，当即冲入世璠住所，见世璠已悬梁自尽，侍女等一齐下跪，哀乞饶命。毓荣约略一顾，忽觉侍女中间，有两人生得非常美丽，泪容满面，犹自倾城。毓荣仔细询问，方知是三桂遗下的宠姬，便命军士好生保护，不得有违。正嘱咐间，将军穆占亦率兵进来，听见毓荣嘱咐的言语，忙道："蔡将军不要独得，须留一个与我。"毓荣无法，遂将一美姬分与穆占，一美姬带出自用。随后诸军齐到，争取子女玉帛，只赵良栋严禁部下掳掠，仅取藩府簿籍，留献京师。捷报传达清廷，下旨析三桂骸骨，颁示海内。世璠首级及夏国相等，解送北京。后来夏国相、马宝等，尽被凌迟处死，吴氏遂亡。小子又有一诗道：

滇南一破籍长沦，
天定由来竟胜人。
假使吴宗能永古，
人生何必重君亲。

滇藩已灭，还有闽、粤二藩，尚在未撤，究竟作何处置，且俟下回再说。

三桂称帝之日，天大风雨，虽属适逢其会，要不可谓非天怒之兆。称帝以后，未几遘疾，曩昔冤厉，丛集而来，此亦作者烘托笔墨，然固一神道设教之苦心也。三桂已死，大局瓦解，作者故作简笔，一一收束，愈见灭亡之速。三寸不律，缭绕烟云，忽如万岫迷濛，忽如长空迅扫，不可谓非神且奇云。

# 第二十六回　台湾岛战败降清室
## 尼布楚订约屈俄臣

却说诸清将歼灭滇藩，陆续班师，到了北京，闻尚之信、耿精忠亦已逮到治罪。原来尚之信归命后，清廷屡促出师，他只逗留不进，及三桂已死，始从征广西，驻军宣武，会之信弟之孝谋袭藩位，遣藩下人张士选赴京告密。清京遂遣侍郎宜昌阿等，驰往按问，当由都统王国栋出证罪状。之信闻知，自广西驰归，袭杀国栋。宜昌阿便檄粤军，擒归之信，有旨赐死。之孝亦坐罪革职。尚藩完了。耿精忠亦为诸弟所劾，召至京师，交部议罪。大学士明珠首言精忠应加极刑，遂把精忠磔死。耿藩又了。惟孙延龄妻孔四贞为太后义女，且劝夫反正，先至京师声明，有旨实封郡主，禄赡终身。于是大赦天下，诏户部发帑代偿宿负，并减免用兵各省赋税，特下一道明谕道：

当滇逆初变时，多谓撤藩所致，欲诛建议之人以谢过者。朕自少时，见三藩势焰日炽，不可不撤，岂因三桂背叛，遂诿过于人？今大逆削平，疮痍未复，其恤兵养民，与天下休息。

三藩已平，中国本部十八省及关东三省，都属大清版图，真成了浩荡乾坤，升平世界。独有台湾郑经，抗志海外，偏不受清朝命令。海外田横。先是精忠叛清时，与经同攻广东，精忠归闽降清，汀州、泉州、漳州等郡，皆为经所据。精忠与清亲王杰书，合军攻经收复各郡。经退守厦门，嗣复令部将刘国轩等，分路入犯，攻陷海澄，围攻漳泉，巡抚吴兴祚与将军赖塔出兵泉州，总督姚启圣与提督杨捷出兵漳州，郑军始退。只海澄仍为国轩所据，湖南水师万正色，督率战舰二百艘，由海赴闽，与兴祚、启圣等水陆夹攻，遂复海澄，并夺回金、厦二岛。郑经及国轩，仍退据台湾。将军赖塔意欲招抚郑经，省得再来缠扰，遂着人致书郑经，意旨婉转，颇承朝廷屡次招抚苦心。其中涉及议约不成之事，均将责任推诿于封疆诸臣，执泥削发登岸，彼此龃龉，对于郑经，则匆恕词，信中有云：

足下父子，自辟荆榛，且眷怀胜国，未尝如吴三桂之僭妄。本朝亦何惜海外一弹丸地,不听田横壮士,逍遥其间乎?今三藩殄灭,中外一家,豪杰失时,必不复思嘘已灰之焰,毒疮痍之民。若能保境息民,则从此不必登岸,不必薙发,不必易衣冠,称臣入贡可也。不称臣,不入贡,亦可也。以台湾为箕子之朝鲜,为徐福之日本,与世无患,与人无争,而沿海生灵,永息涂炭,惟足下图之!

郑经得书,复请如约,只要把海澄县作为互市公所。赖塔倒也有意允许,不意总督姚启圣偏说出许多后患,坚持不可。偏是汉人作梗。一场和议,化作飞灰。

郑经有子数人,长子克𡒉最贤,颇知礼贤下士,经连年出外,一切国事都交克𡒉管理,并不闻有什么失政。只克𡒉乃是乳婢所生,并非嫡出,家人统看他不起,不过郑经爱宠克𡒉,又无过可摘,只得大家隐忍。嗣郑经连为清军所败,退归台湾,郁郁不得志,乃效战国时信陵君故事,日近醇酒妇人,借消愁闷,哪里晓得酒能伐性,色足戕身,警世名言。天下没有流连酒色的人能延年益寿,不到一二年,酿成一种头昏目眩的病症,心肾两亏。日渐加重,竟致不起。遗言命克𡒉嗣位,奈家人素来轻视克𡒉,群小又惮他明察,合力构谋,不怕克𡒉不死。侍卫冯锡范甘作祸首,勾通内外,此时成功妻董氏尚存,听了左右逸言,平白地将克𡒉鸩死,拥立郑经次子克塽为主,袭爵延平郡王。克塽幼弱,不能理事,诸事统由冯锡范决断。锡范骄横不法,大失人心。台湾要保不

牢了。谍报传入内地,闽督姚启圣非常得意,想乘此吞灭台湾了。

姚启圣系浙江会稽人,证明汉族。少年时已胆大敢为,后来从征有功,康亲王杰书竭力保奏,竟擢为福建总督。福建迭遭兵燹,十室九空,康亲王收服耿藩,驱逐郑氏,表面看是平靖,内容实是撩乱。当时闽中住着一王、一贝子、一公、一伯及将军、都统各员,都带着皇室禁旅、满洲健儿。这班兵士,吃了百姓的粮米,占了百姓的房屋,还要百姓的子弟给他当差,百姓的妻女畀他侍寝,可怜这等小百姓,敢怒而不敢言。到了康亲王奉旨班师,兵士们掳去金帛,不可胜计,还有眉清目秀一班俊仆,娇娇滴滴的一班妇女,兵士不肯舍去,也要把他们带回。姚启圣假义行仁,面请康亲王下令禁止,暗地里设法偿还,计捐金二十万两,拔还难民二万多人,这不可谓非姚氏功德。因此闽人感激异常,多摆着长生禄位,供奉这位总督姚公。人人说乱世时难以做官,吾谓乱世时做官反易,如若不信,请看姚启圣。启圣暗想,人民已受笼络,功劳还是寻常,总要做一件大大的事业,方不愧为清家柱石。适值台湾内乱,立即奏了一本,说是台湾主少国危,时不可失。康熙帝便令王大臣会议,内阁学士李光地请即照准,康熙帝遂降旨准奏。启圣复力保降将施琅,材可大用,得旨授施琅为福建水师提督,加太子太保衔。武将加文衔,也是清朝创举。

施琅本郑氏旧将,习知海上险要,到任后,日夕督操,练成水师军二万,

清史演义

第二十六回　台湾岛战败降清室　尼布楚订约屈俄臣

分载战船三百艘，指日攻打台湾。会彗星出现，尚书梁清标及给事中孙蕙，疏陈天象告警，不宜用兵，有诏暂停进剿。施琅力主出师，朝议又迁延数月。到康熙二十二年，因施琅屡次上奏，遂如所请。

台湾在福建东北，姚启圣欲候北风进取台湾，施琅独请乘南风先取澎湖。且言："澎湖不破，台湾无取理，澎湖失，台湾不战自溃。"遂疏请力任讨贼，留督臣在厦门济饷。康熙帝又言听计从，于是施琅遂进兵澎湖。守将刘国轩四面筑垣，环列火器，把澎湖守得格外严密。施琅遣游击蓝理为先锋，乘潮进薄，自乘楼船继进。国轩令守兵连放火炮，间以矢石，自昼至夜，相持不下。忽然飓风大起，波如山立，战船随流簸荡，支撑不住。国轩驾船而出，直冲楼船，施琅急督兵迎敌，猛被一箭射来，正中琅目，琅不禁失声，几乎跌倒。幸亏总兵吴英见主帅受伤，一面令亲卒保护施琅，一面率军士力战，炮矢齐发，射退国轩，大风亦渐渐平息，两边鸣金收兵。

次晨，施琅定计分攻，力惩前创，命总兵陈蟒率五十艘攻鸡笼屿，总兵魏明率五十艘攻牛心湾，自督五十六艘分作八队，直捣中坚，仍用蓝理为先锋，另具八十艘为后应。国轩见清军继出，正拟坚守，仰见东南角上，微云渐合，立命发兵。部长曾遂道："施琅再来，必惩前辙，我军不如固守为是。"国轩道："今日必有大风，正可一鼓歼敌，何为不出？"曾遂问道："主帅何以知有大风？"国轩以手指东南角，示曾遂道："汝在海上多年，难道不知海上气候，云合风生，雷鸣风止么？"曾遂喜跃而出，率领战舰，先来迎敌。适遇一清舰驶至，舟上大书"蓝理"二字，曾遂知清军前锋已到，喝令水兵接仗。此时正值盛暑，蓝理裸着半体，立在船头，两手执着双刀，先把敌兵劈下了数十个，敌兵见蓝理凶猛，各执长枪刺来，蓝理将双刀乱削，削断枪杆无数，又砍了好几个敌兵。自身也着了十多枪。陡遇一弹飞来，掠过蓝理肚腹，蓝理向后而倒。那边曾遂大呼道："蓝理死了！"突见蓝理跃起，持刀大吼道："蓝理尚在，曾遂死了。"应对有趣。复连呼："杀贼，杀贼！"震声如雷。施琅闻蓝理被伤，急率军舰上前，见蓝理腹破肠出，鲜血淋漓，忙令蓝理弟蓝瑷、蓝珠，翼蓝理下了小舟，掬肠入腹，裹好创处，载回营中。

说时迟，那时快，国轩已联樯而来，接应曾遂，奋力相扑。施琅命各队分列，人自为战，枪戟并举，箭弹互施，真杀得天日无光，风云变色。突然间天空中一声霹雳，响彻海滨，国轩不胜骇愕，曾遂以下诸将士，都相顾失色，军心一乱，哪里还愿抵敌？眼见得败阵退还。清军乘势掩杀，焚毁敌舰百余艘，毙敌兵万余名，国轩仓卒退至牛心湾，遇清将魏明杀来，不敢抵当，另走鸡笼屿，又遇着清将陈蟒，前后左右，统是清兵，没奈何逃奔台湾去了。

施琅乘胜至台湾，舟泊鹿耳门，胶浅被搁，敌舰复来攻击。施琅连忙对仗，火箭火弹，互掷一阵，怎奈敌兵如蚁而来，施琅舟不能动，被他四面围住。正紧急间，蓝理摇舟来救。敌大惊，相率披靡。蓝理左手执盾，右手执刀，跃上敌船，连斩巨魁十余人，敌兵凫水遁去。乃请施琅易舟，琅执理手，并问创疾。蓝理笑道："主帅有急，就使创裂至死，亦顾不得许多。"遂与施琅轰击郑军，郑军退去。

次晨，海上大雾迷濛，潮高丈余，施琅、蓝理等鼓舟而入，国轩方在岛上督守，见清军随潮进来，推案起立，叹道："闻先王得台湾，鹿耳门潮涨，今又这般，岂非天数么？"遂遣使迎降，缴出延平郡王招讨大将军印，献出台湾版籍。自顺治十八年，成功据台湾独立，二十三年而亡。

施琅遣人由海道告捷，七日至京，康熙帝大喜，封施琅为靖海侯，命克塽等入都，授克塽海澄公，刘国轩、冯锡范亦封伯爵。克塽以下，皆得受封，康熙帝算是厚道，然冯锡范亦得伯爵，未免赏罚不当。遂于台湾辟地垦荒，设一府三县，隶属福建省。自是清朝威力，远达海外，琉球、暹罗、安南诸国都遣使朝贡，连欧洲的意大利、荷兰等国，亦通使修好，请开海禁，求互市。廷议准海滨通商，设粤海、闽海、浙海、江海四关，置吏榷税，这就是沿海通商的基础，小子且按下慢表。

且说中国北方，有个俄罗斯国，元朝时，已被蒙古兵灭掉大半，到了元朝衰微，俄罗斯又渐渐强盛起来，把蒙人尽行驱逐，独霸一方。满清初兴，遣兵略黑龙江，俄罗斯亦发远征军，越外兴安岭，到黑龙江北岸。会清兵入关，无暇远略，俄将喀巴罗领了几百个俄兵，将黑龙江北岸的雅克萨地占据了去，用土筑城，屯兵把守，复分兵下黑龙江，被清都统明安达礼及沙尔呼达，先后击退，只是雅克萨城占据如故。

康熙二十一年，三藩削平，海内无事，康熙帝想驱除俄人，略定东北，先差副都统郎坦，托名出猎，渡过黑龙江，侦探雅克萨城形势。郎坦回奏俄兵稀少，容易扫除，康熙帝乃决意征俄，预命户部尚书伊桑阿，赴宁古塔督造大船，并筑造墨尔根、齐齐哈尔两城，添置十驿，以便水陆通饷。又遣萨布素为黑龙江将军，筹画战备，令蒙古车臣汗，断绝俄人贸易。二十二年，俄将模里尼克率可萨克兵六十多人，自雅克萨城出发，直到黑龙江下流。适遇清船巡弋，一鼓而起，把六十多个可萨克兵尽行拿住。模里尼克没有飞毛腿，自然一并捉来，送到齐齐哈尔拘禁。

二十三年，清兵至雅克萨城劝降，俄兵不从。

二十四年，清都统彭春率水陆两军北征，陆军约万人，随带巨炮二百门，水军五千人，战舰百艘，从松花江出黑龙江，齐集雅克萨城下，俄将图尔布青严行拒守，部下兵只四百多名，彭春令他把城退让，引兵归国，图尔布青恃着骁勇，不肯听命，清兵始用巨炮轰城，图尔布青开城接战，以一抵十，以十抵百，倒也一番鏖斗，怎奈众寡悬殊，究不相敌，只得弃了土城，退至尼布楚。

## 第二十六回 台湾岛战败降清室 尼布楚订约屈俄臣

彭春令军士将土城毁去，率兵凯旋，谁知到了次年，图尔布青偕了陆军大佐伯伊顿，又到雅克萨地，筑起土垒，驻兵守御。彭春复引兵八千，运大炮四百门进攻，图尔布青令伯伊顿守住土垒，自率部兵抵死拒战。他手下不过四百多人，前次伤亡了数十名，只剩得三百多人，他独能与八千清兵往来冲突，清兵围住了这边，他冲到那边，围住了那边，复冲到这边。清初劲旅尚难把三百俄兵一鼓歼灭，可见俄兵强悍情形。彭春焦躁起来，督令开炮。图尔布青还不管死活，来夺炮具。轰的一声，图尔布青中弹倒毙，俄兵方逃入垒中。

伯伊顿部下，亦只一、二百名，同了图尔布青部下遗兵，死守不去。清兵放炮轰垒，他却掘了地洞，令部兵穴居避弹，弹来躲入，弹止钻出，垒有残缺，随时修补，弄得清兵没法。适荷兰贡使在都，自称与俄罗斯毗邻，愿作居间调人。康熙帝遂命荷兰使臣，遗书俄国，责他无故寇边。旋得俄皇大彼道复书，略言："中俄文字，两不相通，因致冲突。现已知边人构衅，当遣使臣诣边定界，请先释雅克萨围兵。"康熙帝因穷兵徼外，未免过劳，遂允与议和，饬彭春解围暂退。于是俄遣全权公使费耀多罗，到外蒙古土谢图汗边境，遣人至北京，请派官与议。康熙帝命内大臣索额图等往会，途次闻土谢图与准噶尔构兵，不便交通，复折回京师，再遣从官绕道出境，通信俄使，议定以尼布楚为会场。索额图又奉使至尼布楚，带领西洋教士张诚、徐日升作为译官，另备精兵万余人，水陆并进，直达尼布楚城外。俄使费耀多罗亦率千人到尼布楚，见清使兵卫甚盛，颇有惧色。外交全恃兵力。次日在城外张幕开会，两国公使及从人毕集，护兵各二百余人，手执兵刃，侍立两旁。俄使开议，语言辄碌，索额图全然不懂，经张诚翻译，始知俄使要求，以黑龙江南岸归清，北岸界俄。索额图道："哪有此理？今日俄欲议和，须东起雅克萨，西至尼布楚，凡俄领黑龙江及后贝加尔湖殖民地，一律归我方可。"以尼布楚归中国，足阻俄人东来之锋，索额图初议，很是有理。俄使费耀多罗也不懂索额图的说话，复由张诚译出，交与俄使。俄使阅毕，只是摇头。索额图见和议不谐，径自回营。翌日复会，索额图稍稍退让，拟把尼布楚地，作为两国分界。俄使亦不允，索额图又盛气回营。张诚等往来调停，复由索额图少让，北以格尔必齐河及外兴安岭为界，南以额尔古纳河为界，俄人所有额尔古纳河南堡寨，当尽移河北。俄使尚坚执不从，索额图遂召水陆两军，会齐城下，拟即攻城。俄使不得已照允。

遂于康熙二十八年订约互换，约凡六条，大旨如下：

一　自黑龙江支流格尔必齐河，沿外兴安岭以至于海，凡岭南诸川，注入黑龙江者，属中国，岭北属俄。

二　西以额尔古纳河为界，河南属中国，河北属俄。

三　毁雅克萨城，雅克萨居民及物用，听迁往俄境。

四　两国猎户人等，不得擅越国界，违者送所司惩办。

五　两国彼此不得容留逃人。

六　行旅有官给文票，得贸易不禁。

约成，勒碑格尔必齐河东及额尔古纳河南，作为界标，用满、汉、蒙古、拉丁及俄罗斯五体文字，这叫作中俄《尼布楚条约》。正是：

外交开始成和约，
后盾坚强怵外人。

自是中俄修好，百余年不兴兵革。蒙古以北，已断辖辖，只蒙古尚未平靖，且待下回再说平定蒙古的方略。

台湾孤悬海外，向未入中国版图，郑成功占踞二十余年，至其孙克塽降清，台湾始为清有，风止潮涨，一战成功，岂真天意使然？亦强弱不敌之一证也。至若尼布楚议和，清史上称为最荣誉之条约，实则俄兵远来，势孤而弱，清军近发，势盛而强。此约之成，宁非强弱不同之再证乎？然彭春再出，穷年累月，不能破一雅克萨土垒。索额图原议不谐，终至让步，俄之强已可知已。文中一鳞一爪，莫非叙述，亦莫非眉目，在善读者默会可耳。

# 第二十七回　三部内哄祸起萧墙
　　　　　　数次亲征荡平朔漠

　　上回说到索额图赴会时，本自蒙古通道，因土谢图与准噶尔构兵，中道被阻，以致折回。索额图与俄订约，已于上回叙毕，只准噶尔构兵一事，还未说明，本回正要续说下去。

　　却说中国长城外，就是蒙古地方，分作三大部：一部与长城相近，叫作漠南蒙古，亦称内蒙古；内蒙古的北境，又有一部，叫作漠北喀尔喀蒙古，亦称外蒙古，这两部统是元太祖成吉思汗的后裔；还有一部在西边，叫作厄鲁特蒙古，乃是元太师脱欢及瓦剌汗也先的后裔。漠南蒙古内分六盟，清太宗时已先后归附，独喀尔喀、厄鲁特两大部尚未帖服。喀尔喀还遣使乞盟，厄鲁特从未通使，清朝亦视同化外，不去过问。只厄鲁特自分四部，一名和硕特部，一名准噶尔部，一名杜尔伯特部，一名土尔扈特部。准噶尔部最强，顺治年间，准噶尔部长巴图尔浑台吉，并吞附近部落，势力渐盛。康熙初，浑台吉死，其子僧格嗣立。僧格死，其子索诺木阿拉布坦嗣立。僧格弟噶尔丹，把侄儿杀死，篡了汗位（外人称头目为汗），并将和硕特、杜尔伯特、土尔扈特等部，尽行霸据，于是向东略地，欲夺喀尔喀蒙古。

　　喀尔喀蒙古，旧分土谢图、札萨克、车臣三部，土谢图与札萨克相连，札萨克汗娶了一妾，人人说她是西施转世，天女化身。艳名传到土谢图部，土谢图汗竟成了一个单相思病，他却想出了一个计策，阳称到札萨克部贺喜，令部下包裹军械，分载橐驼身上，假说是贺喜的送礼，随带了部役数百名，向札萨克部进发。这蒙古地方，本没有什么宫室城郭，就使是头目住所，也不过立个木栅，叠些土垒，便算了事。土谢图汗既到，就有札萨克部役接着，通报头目。札萨克汗出来迎入，席地而坐。土谢图汗便道："闻得贵汗新纳宠姬，特来道贺！"札萨克汗答道："不敢当，不敢当！小妾已娶得多日了。"土谢图汗道："敝处与贵部，虽系近邻，有时也消息不通，直到近日方知，特备薄礼相遗，尚祈笑纳。"札萨克汗道："这是更不敢拜领了。"土谢图汗道："这也何必客气！只是贵姬艳名远噪，叨在邻谊，可否一容相见？"札萨克汗道："这又何妨。"说罢，便召爱姬出室，与土谢图汗行相见礼。土谢图汗见她颀长白皙，楚楚可人，不觉心旌摇曳，魂魄飞扬，即定一定神，召部役解囊入内，喝声道："何不动手？"札萨克汗茫无头绪，但见土谢图汗的部役，从橐中取出物件，光芒闪闪，都是腰刀。好一分贺礼。札萨克汗也管不得爱姬，转身就逃。那位爱姬正想随走，怎奈两脚如钉住一般，不能前行，被土谢图汗拦腰抱住，出外就跑。这等部役一声吆喝，赶了橐驼，都回去了。

札萨克汗既失爱姬，顿时大怒，召齐部役，来攻土谢图部。土谢图汗知札萨克汗不肯干休，急遣人联络车臣汗与札萨克汗对敌。札萨克汗不能抵当，率众败走。三部相哄，遂惹出一个大祸祟来。祸首非别，就是准噶尔部大头目噶尔丹。其实祸首不是噶尔丹，乃是札萨克的美姬。

噶尔丹闻了此信，差人到札萨克部，愿与调停。札萨克汗大喜，便叫原使到土谢图部，索还爱妾。覆水难收，索还何用？原使应命至土谢图，坐索札萨克汗的爱姬。看官！你想土谢图汗费了好些心机，把这个美人儿抱回取乐，哪里肯原璧归赵？偏这使人恶言辱骂，恼了土谢图汗，将使人杀死。噶尔丹借词报复，扬言借俄罗斯兵，来攻土谢图。土谢图汗大惧，忙整守备，待了数月，毫无影响，到边界窥探，亦没有俄兵入境，只有几个外来喇嘛，四处游牧。蒙俗向以游牧为生，邻境往来，也是常事，土谢图汗毫不在意，镇日里与抢来的美人调情饮酒。不防噶尔丹领了三万劲骑，道出札萨克部，越过杭爱山，直入土谢图境，与游牧喇嘛会合，使为前导，引至土谢图汗住所。时正夜静，土谢图汗拥着美人酣卧帐中，忽觉得火焰飙起，呼声震天，宛如千军万马排山倒海而来，他也不辨是何处人马，忙从帐后窜去。噶尔丹杀入帐中，不见一人，到处搜寻，只剩得一个美人儿，睡在床上，缩做一团。噶尔丹也不去惊她，命部骑在帐外驻扎，自回内室，做了札萨克汗第三，慢慢地抱住娇娃，享受个中滋味。一夕换得二郎君，毕竟美人有福。到了次日，复分兵为两路，一路东出，袭破车臣部，一路西出，袭破札萨克部。假虞伐虢，噶尔丹颇有狡谋。他便踞着喀尔喀王庭，募集兵士数十万，声势大张。

这喀尔喀三部人民，穷蹇无归，只得投入漠南，到中国乞降。康熙帝命尚书阿尔尼发粟赈赡，且借科尔沁水草地，暂畀游牧。噶尔丹也遣使入贡，康熙帝便令阿尔尼劝谕噶尔丹，要他率众西归，尽还喀尔喀侵地。噶尔丹拒绝清命，反日夕练兵，竟于康熙二十九年，借追喀尔喀部众为名，选锐东犯，侵入内蒙古。尚书阿尔尼急率蒙古兵截击。噶尔丹佯败，沿途抛弃牲畜帐幙。蒙古兵贪利争取，队伍错乱，噶尔丹返身来攻，阿尔尼不及整队，被他一阵掩击，杀得大败亏输，鼠窜而遁。

第二十七回　三部内哄祸起萧墙　数次亲征荡平朔漠

康熙帝得了败报，定议亲征，先命裕亲王福全为抚远大将军，率同皇子允禔，出长城古北口，恭亲王常宁为安北大将军，率同简亲王雅布，出长城喜峰口，并命阿尔尼率旧部，会裕亲王军，听裕亲王节制。又别调盛京、吉林及科尔沁兵助战。车驾拟亲幸边外，调度各路大兵。是年七月，康熙帝启銮出巡，方出长城，忽得探报，恭亲王军在喜峰口九百里外，被噶尔丹杀败回来，康熙帝命诸军急进；途次，又闻噶尔丹前锋已到乌兰布通，距京师只七百里，康熙帝倒也惊愕起来，飞诏征调裕亲王军，到乌兰布通，会截敌兵。旋得裕亲王军报，已至乌兰布通驻扎，帝心少安。

且说噶尔丹乘胜南趋，到乌兰布通，遇着清营阻住，遂遣使人见裕亲王，略言追喀尔喀仇人，阑入内地，非敢妄思尺土，但教执畀土谢图汗，即当班师。裕亲王福全把来使叱回。次日，两军对仗，噶尔丹用了驼城，依山为阵。什么叫作驼城？他用橐驼万余，缚足卧地，背加箱垛，蒙盖湿毡，环列如栅，作为前蔽，所以名叫驼城。前有象阵，后有驼城，倒是极妙巧对。清军隔河立阵，前面纯立火炮，遥轰中坚，自午至暮，驼皆倒毙，驼城中断。清军分作两翼，越河陷阵，遂破敌叠，噶尔丹乘夜遁去。次日，遣喇嘛至清营乞和。福全飞报行在，有诏"速即进兵，毋中他缓兵之计"，于是福全急发兵追赶，已自不及。噶尔丹奔回厄鲁特，遗失器械牲畜无算，复遣人赍书谢罪，誓不再来犯边，康熙帝偶有不适，遂谕来使回报噶尔丹，嗣后不得犯喀尔喀一人一畜，来使唯唯而去，遂诏诸王班师。第一次亲征，第一次班师。

三十年，康熙帝以喀尔喀新附部众数十万，应用法令部勒，且准部寇边，由土谢图汗启衅，不能不严加训斥，乃议出塞大阅，先檄内外蒙古各率部众，豫屯多伦泊百里外，静候上命。过了数日，车驾出张家口，至多伦泊，盛设兵卫，首召土谢图汗，责他夺妾开衅。土谢图汗顿首谢罪，帝乃加恩特赦，留他汗号。复谕车臣、札萨克二汗，约束本部，永远归清，二汗亦即首谢恩。于是编外蒙古为三十七旗，令与内蒙古四十九旗同例，又因蒙俗素信佛教，命在多伦泊附近，设立汇宗寺，居住喇嘛，仍听蒙人游牧近边，自此外蒙归命。

隔了两年，拟遣三汗各归旧牧，谁知噶尔丹又来寻衅，屡奉书索土谢图汗，并阴诱内蒙古叛清归己，科尔沁亲王据实奏闻，康熙帝令科尔沁亲王复书噶尔丹，伪许内应，诱令深入。噶尔丹果选骑兵三万名，沿克鲁伦河南下。克鲁伦河在外蒙古东境，他到了河边，竟停住不进。康熙帝又令科尔沁致书催促，去使还报，噶尔丹声言借俄罗斯鸟枪兵六万，等待借到，立刻进兵。真是乖刁。科尔沁复驰奏北京。康熙帝道："这都是捏造谣言，他道是前次败走，因火器不敌我军的缘故，所以佯言借兵，恐吓我朝，朕岂由他恐吓的？"料敌颇明。

遂召王大臣会议，再决亲征。

康熙三十五年，命将军萨布素，率

148

东三省军出东路，遏敌前锋。大将军费扬古、振武将军孙思克等，率陕、甘兵出宁夏西路，断敌归道。自率禁旅出中路，由独石口趋外蒙古，约至克鲁伦河会齐，三路夹攻。是年三月，中路军已入外蒙古境，与敌相近，东西两军，道阻不至，帝援兵以待。讹言俄兵将到，大学士伊桑阿惧甚，力请回銮。康熙帝怒道："朕祭告天地宗庙，出师北征，若不见一贼，便即回去，如何对得住天下？况大军一退，贼必尽攻西路，西路军不要危殆么？"叱退伊桑阿，不愧英主。命禁旅疾趋克鲁伦河，手绘阵图，指示方略。从行王大臣还是议论纷纷，各执一见，帝独遣使噶尔丹促他进战。噶尔丹登高遥望，见河南驻扎御营，黄幄龙纛，内环军幔，外布网城，护卫兵统是勇猛异常，不由得心惊脚痒，拔营宵遁。狡黠的人，往往胆小。翌日，大军至河，北岸已无人迹，急忙渡河前追，到拖诺山，仍不见有敌踪，乃命回军；独命内大臣明珠，把中路的粮草分运西路，接济费扬古军。

是时噶尔丹奔驰五昼夜，已到昭莫多，地势平旷，林箐丛杂，噶尔丹防有伏兵，格外仔细，步步留心。俄闻林中炮声突发，拥出一彪兵来，统是步行，约不过四百多名，噶尔丹手下尚有万余人，统是百战剧寇，遇着这厮小小埋伏，全不在意。大众争先驰突，清兵不敢抵抗，且战且走，约行五六里，两旁小山夹道，清兵从山右趋入。噶尔丹勒马，遥见小山顶上，露出旗帜一角，大书"大将军费"字样，便率众上山来

争。清兵据险俯击，矢铳迭发，敌兵毫不惧怯，前队倒毙，后队继进，幸亏清兵阵前，设列拒马木，阻住敌骑，噶尔丹乃止住东崖，依崖作蔽，一面令部兵举铳上击，声震天地，自辰至午，死战不退。忽山左绕出清兵千名，袭击噶尔丹后队，后队统是驼畜妇女，只有一员女将，身披铜甲，腰佩弓矢，手中握着双刀，脚下骑着异兽，似驼非驼，见清兵掩杀过来，她竟柳眉直竖，杀气腾腾，领着好几百悍贼，截杀清兵。清兵从没有与女将对仗，到了此时，也觉惊异，便与女将战了数十回合，只杀得一个平手。不料噶尔丹竟败下山来，冲动后队，山上清兵，从高临下，把子母炮接连轰放。山脚下烟雾迷漫，但见尘沙陡起，血肉纷飞，敌骑抱头乱窜，约有两三个时辰。山上山下，只留清兵，不留敌骑。清兵停放铳炮，天地开朗，准部兵倒地无数，连穿铜甲的这位女将也头破血流，死于地下。红颜委地，吊古战场文中，却未曾载入。看官！你道这员女将是哪一个？就是噶尔丹妃阿奴娘子，准部呼她为可敦。此时札萨克汗的爱姬，未知尚生存否？若尚存在，倒可升作可敦了。可敦善战，力能抵住清兵，只因噶尔丹闻后队被袭，返顾却退，清兵乘势杀下，敌兵大乱，自相凌藉，遂至可敦战殁，只逃去了噶尔丹。

费扬古止诸将穷追，收兵回营，当即置酒高会，与诸将道："今日战胜，都是殷总兵化行之力，殷总兵劝我如此设伏，方得一鼓破敌，还请殷总兵多饮数杯，聊申本帅敬意。"说毕，亲自酌

清史演义

酒，递与殷化行。化行双手捧杯，一饮而尽，接连又是两杯，化行统共饮干，离座道谢。化行是宁夏总兵，上文曾叙说费扬古率陕、甘兵出宁夏西路，化行随征献计，得此胜仗，所以费扬古特别奖劳。当时清营中欢声雷动，由费扬古飞报捷音。康熙帝大悦，慰劳有加，仍命费扬古留防漠北，遣陕、甘军凯旋，自率禁旅还京。第二次亲征，第二次班师。

噶尔丹复奔回厄鲁特，途中闻报僧格子策妄阿布坦，为兄报仇，占据准噶尔旧疆，拒绝噶尔丹。噶尔丹欲归无所，窜居阿尔泰山东麓。康熙帝闻噶尔丹穷蹙，召使归降，噶尔丹仍倔强不至。越年，康熙帝复亲征，渡过黄河，到了宁夏，命内大臣马思哈、将军萨布素，会费扬古大军深入，并檄策妄阿布坦助剿。噶尔丹闻大军又出，急遣子塞卜腾巴珠，到回部借粮。回部在天山南路，当噶尔丹强盛时，亦归服噶尔丹，至是回人将其子拘住，囚献清军。噶尔丹待粮无着，不知所为，左右亲信又相率逃去，或反投入清营，愿为清兵向导。噶尔丹连接警信，有的说："清兵将到。"有的说："策妄阿布坦亦领部众来攻。"有的说："回部亦助清进兵。"一夕数惊，徬徨达旦。噶尔丹自言自语道："中国皇帝，真是神圣，我自己不识利害，冒昧入犯，弄得精锐丧亡，妻死子虏，目今进退无路，看来只好自尽罢了。"遂即服毒而死。

帐下只遗一女，他的族人丹吉喇便挈了他的女儿，随带噶尔丹骸骨，拟至清营乞降，札萨克汗爱姬不知下落，想已被噶尔丹弄死了。不想中途被策妄阿布坦截住，将丹吉喇等捆绑起来，送交行在。康熙帝颁诏特赦，命丹吉喇为散秩大臣，噶尔丹子塞卜腾巴珠，也得了一等侍卫，俱安插张家口外，编入察哈尔旗。土谢图、车臣、札萨克三汗，遣归旧牧。此时土谢图汗与札萨克汗相遇，不知应作何状。辟喀尔喀西境千余里，增编部属为五十五旗，朔漠悉定，康熙帝铭功狼居胥山而还。第三次亲征，第三次班师。

既至京师，大犒士卒，俘得老胡人数名，能弹筝，善作歌，帝赏以酒，各使奏技。中有一人能作汉语，笳歌凄楚，音调悲壮，但听他呜呜咽咽地唱道：

雪花如血扑战袍，夺取黄河为马槽。灭我名王兮，虏我使歌，我欲走兮无骆驼，呜呼黄河以北奈若何！呜呼北斗以南奈若何！

康熙帝闻歌大笑，并赏他金银数两，橐驼一匹。小子读这歌词，又技痒起来，随作诗一首道：

绝北亲征耀六师，
往还三次始平夷；
镌碑勒石夸奇绩，
算是清朝全盛时。

看官欲知后事，请至下回再阅。

天生尤物，必倾人国，既亡札萨克，复亡土谢图，至车臣部亦遭累及，甚至噶尔丹亦因此兴师，因此覆灭。是可知妹喜祸夏，妲己祸商，褒姒祸周，史册垂戒，非无因也。康熙帝为有清一代英主，三次亲征，卒平朔漠，挞伐之功，未始不盛；但必镌碑纪绩，沾沾自喜，毋乃骄乎！秦始皇琅琊刻石，窦车骑燕然勒铭，殊不足训。以康熙帝之明，胡为效此？假故事以警世，揭心迹以垂讥。作者之用意深矣。

## 第二十八回　争储位家嗣被黜　罹文网名士沉冤

却说康熙帝聪明英武，算作绝顶，即位以后，灭明裔，扫叛王，降台湾，和俄罗斯，服喀尔喀，平准噶尔，他的圣德神功，小子已叙述大略。他还巡幸五台山，共计五次，南巡又六次。巡幸五台的缘故，有人说他是出去省亲，因顺治皇帝即位十八年，看破红尘，到五台山削发为僧，康熙帝屡去探视，每到五台，必令从骑停住寺外，单身进谒，直至顺治帝已死，方才不去。这件事只可付作疑案，小子未曾目见，不敢信为实事。若讲到巡幸东南，《东华录》上明明说为治河的缘故，其实康熙帝意思，亦并不是单为治河，当时治河能手，有于成龙、靳辅等人，专管河务，都是考究地理，熟悉水性，难道康熙帝真是生而知之的圣人，略略巡阅，便能将河道大势了然目中，格外筹画得精密么？他的深意，无非是昭示威德，笼络人心；所以禅山谒陵，蠲租免税，凡经过的地方，威德并用；东南的小百姓，从此怕他的威严，感他的德惠，把前明撇在脑后，个个爱戴清朝，清朝二百多年的基业，就此造成。若呆读《东华录》上文字，不加体会，便是笨伯，哪里晓得康熙帝的作用？小说中有这般大议论，可谓得未曾有。但本书于叙述间，亦常夹有微议，我请将原文略换数字，指示阅者云，若呆读此书的文字，不加体会，便是笨伯，哪里晓得著书人的作用。只是康熙帝恰有一大失着，晚年来弄得懊丧异常，到去世的时候，反致不明不白，待小子细细道来：康熙帝有二十多个儿子，长子名叫允禔，就是初征噶尔丹时，作裕亲王福全的副手。古语道："立嫡以长"，论起年纪来，允禔应作太子，但他乃妃嫔所生，不由皇后产出。皇后何舍里氏，只生一子允礽，允礽生下，皇后便殁，康熙帝夫妇情深，未免心伤；且因允礽是个嫡长，宜为皇储，就于允礽二岁时，先立为皇太子。二岁立储，未免太早。后来重立皇后，妃嫔亦逐渐增加，一年一年的生出许多儿子，内中有四皇子胤禛，秉性阴沉，八皇子允禩、九皇子允禟，更生得异常乖巧，康熙帝格外爱宠一点。但既立允礽为太子，自然没有掉换的心思。允礽渐长，就令大学士张英为太子师傅，教他诗书礼乐，又命儒臣陪讲性理，南巡北幸时，亦尝带了允礽出去游历，总算是多方诱导；至亲征噶尔丹，又要太子监国，宫廷中也没有生出事来。

噶尔丹既平，东西南北，都已平靖，万民乐业，四海澄清，康熙帝春秋渐高，也想享点太平弘福，有时读书，有时习算，有时把酒吟诗，选了几个博学宏词老先生，陪侍左右，与他评论评论。这老先生辈，总是极力揄扬，交口称颂。康熙帝又叫他纂修几种书籍，什么《佩文韵府》，什么《渊鉴类函》，什么《数理精蕴》，什么《历象考成》，什么《韵府拾遗》，什么《骈字类编》，还有《分类字锦》、《子史精华》、《皇舆全览》等书；就是人人购买的《康熙字典》，也是这时候编成的。开了书橱，一律搬出。每种书籍，统有御制序文，究竟是皇帝亲笔，也不知是儒臣捉刀，涉笔成趣，小子无从深考。但日间与儒臣研究书理，夜间总与后妃共叙欢情，枕边衾里，免不得有阴谋夺嫡、媒孽允礽的言语。起初康熙帝拿定主意，不听妇言，后来诸皇子亦私结党羽，构造蜚语，吹入康熙帝耳中，渐渐动了疑心。宫中后妃人等，越发摇唇鼓舌，播弄是非，你唆一句，我挑一语，简直说到允礽蓄谋不轨，窥伺乘舆，可笑这个英武绝伦的圣祖仁皇帝，竟被他内外蛊惑，把允礽当作逆子看待。康熙四十七年七月，竟降了一道上谕，废皇太子允礽，并将他幽禁咸安宫，令皇长子允禔及皇四子胤禛看守。于是这个储君的位置，诸皇子都想补入。皇八子允禩，模样儿生得最俊，性情亦格外乖刁，在父皇面前，越自殷勤讨好，暗中却想害死允礽，绝了后患。

事有凑巧，有一个相面先生，叫作张明德，在都中卖艺骗钱，哄动一时。贝子贝勒等统去请教，明德满口趋奉，统说他是什么富、什么贵。看官！试想社会中人，有几个不喜欢奉承？因此都说这明德知人休咎，仿佛神仙一般。允禩怀着鬼胎，暗想自己相貌，究竟配不配做皇帝，遂换了衣装，去试明德，谁知明德一边，早已有人知风通报，等到允禩进去，明德即向地跪伏，口称万岁。允禩连忙摇手，明德见风使帆，导允禩入内室，细谈一番，一面说允禩定当大贵，一面又俯伏称臣。允禩喜甚，不但露出真面，反与明德密定逆谋。明德伪称有好友十余人，都能飞檐走壁，他日有用，都可招致出来效劳。允禩遂与他定了密约，辞别回宫；甫入禁门，遇着大阿哥允禔，被他扯住，邀至邸中，原来允禔曾封直郡王，另立府邸，当时屏去左右，向允禩道："八阿哥从哪里来？"满俗向称皇子为阿哥，所以允禔沿习俗语，叫允禩为八阿哥。允禩道："我不过在外边闲游，没有到什么地方去？"允禔笑道："你休瞒我！张明德叫你万岁呢。"允禩惊问道："大阿哥如何晓得？"允禔道："我是个顺风耳，自然听见。"允禩道："你既晓得，须要为我瞒过父皇。"允禔道："这个自然，

清史演义

153

只可惜允礽不死，昨日闻有消息，父皇欲仍立允礽为太子。"允禩顿足道："这恰如何是好？"允禔道："我恰有一个妙法，但不知你做皇帝，怎么谢我？"允禩道："我若得了帝位，当封大阿哥为并肩皇帝。"允禔道："不好不好，世上没有并肩皇帝。况我仍要受你的封，不如勿做为是。"急得允禩连忙打恭，恳求妙策。允禔道："你既要我设法，现在牧马厂中，有个蒙古喇嘛，精巫蛊术，能咒人生死，若叫他害死允礽，岂不是好？"允禩非真心待弟，观下文便知。允禩喜甚，便托允禔即日照行，揖别而去。想做皇帝，便要弄杀阿哥，帝位之害人甚矣。

允禔即去与蒙古喇嘛商议，蒙古喇嘛名叫巴汉格隆，与允禔为莫逆交，至是允禔与商，便取出镇压物十多件，交与允禔。允禔携归，想去通知允禩，转念道："我明明是皇长子，太子既废，我宜代立，为什么去助允禩？"当下踌躇一会，忽跃起道："照这样办法，好一网打尽了。"遂匆匆入宫，见了康熙帝，把允禩与张明德勾通事，密奏一遍。康熙帝即令侍卫捉拿张明德，霎时间，明德拿到，立召内大臣问过口供，绑出宫门，凌迟处死。张明德面貌中，定要犯凌迟罪，但明德自会相面，何不趋吉避凶？一面饬宗人府将允禩锁禁，允禩一想，这事只有大阿哥得知，我叫他瞒住父皇，他莫非转去密奏么？他要我死，我亦要他死，一班犬子，奈何奈何？遂对宗人府正道："愿见父皇一面！"宗人府落得容情，便带入宫内。

康熙帝见了允禩，勃然大怒，把他批颊两下。允禩泣道："儿臣不敢妄为。都是大阿哥教儿臣行的。"康熙帝怒道："胡说！他教你行，还肯告诉我么？"允禩道："父皇如若不信，可去拿问牧马厂内的蒙古喇嘛。"康熙帝又命侍卫将蒙古喇嘛拿到，严刑拷讯，得供是实，随差侍卫至直郡王府，不由允禔分说，竟入内搜索，连地板尽行掘起，果然有好几木人头儿，埋在土内。侍卫取出，回宫奏复，康熙帝震怒得了不得，拔出佩刀，叫侍卫去杀允禔。侍卫至此，也不敢径行奉命，跪伏帝前，代允禔求恕。此时早有宫监报知惠妃，惠妃系允禔生母，得了此信，三脚两步地趋入，跪在地下，膝行而前，连磕了几个响头，口称求皇上开恩开恩。康熙帝见此情状，不由得心软起来，便道："爱妃且起！"惠妃谢过了恩，起立一旁，粉面中珠泪莹莹，额角上已突起两块青肿。美人几乎急杀，天子未免有情，遂将佩刀收入，命侍卫起来，带出允禔拘禁；又对惠妃道："看你情面，饶了允禔，但我看他总不是个好人，须派人看管方好。"惠妃不敢再言，谢恩回宫。康熙帝即亲书朱谕，将允禔革去王爵，即在本府内幽禁，领班侍卫，奉旨去讫。

康熙帝经此一怒，便激出病来，是晚遂不食夜膳，次日，微发寒热，便令御医诊治。诸皇子亲视汤药，皇四子胤禛晨夕请安，且从中婉说废皇太子的冤枉，深惬帝意，于是释放废太子，亦令入宫侍疾。越数日，帝疾渐愈，乃令废皇太子及诸皇子近前，并宣召诸王入内，随即申谕道："朕暇时披览史册，古来太子既废，往往不得生存，过后人君又莫不追悔。朕自拘禁允礽后，日日挂念。近日有病，只皇四子默体朕心，屡保奏废皇太子允礽，劝朕召见。朕召见一次，愉快一次，嗣命在朕前守视汤药，举止颇有规则，不似从前的疏狂，想从前为允禔镇魇，所以如此迷惑，现在既已改过，须要从此洗心。古时太甲被放，终成令主，有过何妨改之。即是今日诸臣齐集，或为内大臣，或为部院大臣，统是朕所简用，允礽应亲近伊等，令他左右辅导。崇进德业，方不负朕厚望。四皇子胤禛，幼年时微觉喜怒不定，目下能曲体朕意，殷勤恳切，可谓诚孝。五皇子允祺、七皇子允祐，为人淳厚，蔼然可亲，允礽亦应格外亲热。自此以后，朕不再记前愆，但教允礽日新又新，朕躬何憾！尔王大臣等须为我教导允礽，毋致再蹈覆辙！"诸王大臣未曾答复，只见皇四子跪奏道："儿臣奉皇父谕旨，说儿臣屡保奏废皇太子，儿臣实无其事。蒙皇父褒嘉，儿臣不敢承受。"故意推辞，所谓秉性阴沉。康熙帝微哂道："尔在朕前，屡为允礽保奏，尔以为没有证据，所以当众强辩。尔果不欲居功，尔衷尚堪共谅；尔如畏允禔、允禩，故意图赖，便非正直，转大失朕意了。"知子莫若父。皇四子叩首称谢，又奏道："十年前侍奉皇父，因儿臣喜怒不定，时蒙训诫，近十来年，皇父未曾申饬，儿臣省改微诚，已荷皇父洞鉴，今儿臣年逾三十，大概已定，'喜怒不定'四字，关系儿臣身上，仰恳皇父于谕旨内，恩免记载，儿臣深感鸿慈。"康熙帝便对王大臣道："近十年来，四阿哥确已改过，不见有忽喜忽怒形状，朕今不过偶然谕及，令他勉励，不必尽行记载便了。"喜怒不定四字，都要争辩，显见阴鸷。不知《东华录》已俱登出，争辩何益？

诸王大臣遵旨退出，私自议论，都料废太子又要重立，果然到了次年，复立允礽为皇太子，颁诏天下，遣官祭告天地宗庙社稷，并封皇三子允祉为诚亲王，皇四子胤禛为雍亲王，皇五子允祺为恒亲王，皇七子允祐为淳郡王，皇十子允䄉为敦郡王，皇九子允禟、皇十二子允祹、皇十四子允禵俱为固山贝子。又追究魇魅事，将蒙古喇嘛巴汉格隆处以磔刑，这事暂算了结。不料翰林院编修戴名世，作了一部《南山集》，又兴起大狱来了。

先是康熙初年，浙江湖州府庄廷鑨，素习儒业，平时颇留心史籍，一日，到市上闲游，见有一爿旧书坊，他却踱将进去，随手翻阅，旧书内中有一抄本夹入，视之，乃是明故相朱国桢的稿本。稿中记录明朝史事，自洪武至天启，都有编述，他即将此稿买回。招了几个好朋友，互览一番，友人统未曾见过，个个说是秘本。文人常态，专喜续貂，就各搜集崇祯年间事情，补入卷末，并将自己姓名及友人姓名，一一附记，算是生平得意之作。廷鑨死后，家人将此书刊行，适故归安县令吴之荣失业家居，见了此书，读到崇祯朝，有毁

清史演义

155

谤满人等语。之荣遂上书告讦，清廷即令浙江大吏，按书中姓名，一一搜捕。已死的开棺戮尸，未死的下狱正法。廷鈫是个首犯，开棺戮尸，不消说得，还把他兄弟骈戮，家产籍没，真是可怜。吴之荣复职升官，为了此事，士人多钳口结舌，不敢妄谈。偏这戴名世身居翰苑，清闲无事，著了一部《南山集》出来，集中采录明桂王事，乃抄袭桐城人方孝标遗书，并不是名世创造的。都察院御史赵申乔，竟指使是诽谤朝廷，拜疏奏发。又是一个拍马屁的官吏。康熙帝准了奏章。即饬拿名世下狱，命六部九卿会审。名世供词抄录方孝标《滇黔纪闻》是实。当由六部九卿议奏，内说戴名世有心抄录，作大不敬论，应置极刑，方孝标亦应戮尸，方、戴族人，俱应坐死。此奏一上，自然照准，可怜名世为这文字因缘，身被寸磔，戴氏族中，与名世五服相连，统皆斩首。进士方苞因是方孝标同宗，亦系狱论死，幸亏大学士李光地极力洗释，方苞得以出狱。方氏族人，除孝标子弟外，也总算矜全了几个。这是康熙五十年间事。自此体制愈严，蒙蔽愈重。康熙帝年已六旬，精神亦渐渐衰退，比不得壮年时候，事事明察。到了五十一年，皇太子允礽又不知为着什么事，触怒了康熙帝，又把允礽废黜，禁锢起来。小子但闻有御笔硃谕一道，略云：

前因允礽行事乖戾，曾经禁锢，继而朕躬抱疾，念父子之恩，从宽免宥。朕在众前，曾言其似能悛改，伊在皇太后众妃诸王大臣前，亦曾坚持盟誓，想伊自应痛改前非，昼夜警惕。乃自释放之日，乖戾之心，即行显露，数年以来，狂易之疾，仍然未除，是非莫辨，大失人心。朕今年已六旬，知后日有几，天下乃太祖、太宗、世祖所创之业，传至朕躬，非朕所创立，恃先圣垂贻景福，守成五十余载，朝乾夕惕，耗尽心血，竭蹶从事，尚不能详尽，如此狂易成疾，不得众心之人，岂可付托乎？故将允礽仍行废黜禁锢，为此特谕。

允礽再废后，康熙帝立定主意，不再言立太子事。诸皇子个个窥测，探不出什么消息，便浼王大臣上书奏请。谁知上一次书，受一次训责，甚且还要治罪。诸王大臣方在疑虑，忽西域来了警信，报称策妄阿布坦杀进西藏去了。正是：

大内未曾蠲宿蛊，
极边又已启兵争。

西藏系清朝藩属，遇着外侮，又要劳动清兵了。诸君试看下回，便自分晓。

冢嗣被黜，名士沉冤，皆专制之焰使然。惟专制故，天下始羡皇帝之尊严。官民受皇帝之压制，不敢妄想，独众皇子济济比肩，皆有世袭之望，于是勾通内外，觊觎储位，虽以清圣祖之英明，不能免巫蛊咒诅之祸。惟专制故，天下始怨皇帝之刻毒，一语失检，罪及妻孥，祸延宗族，生固难免，死且戮尸，当时畏其威而不敢动，后世必有起而报复者，虽以清圣祖之德惠，不能逃后世，是文字有关国体者，可谓稗官中千秋万世之讥。本回为清圣祖病，抑且上乘文字。为清圣祖惜。且隐悬一专制影子，留戒

## 第二十九回　闻寇警发兵平藏卫
　　　　　　苦苛政倡乱据台湾

　　却说中国西偏，有最高的大山一座，名叫喜马拉雅。喜马拉雅山北，有一种图伯特人，聚族而居，号为西藏，古时与中国不相通，唐朝时部众渐盛，入侵中华，唐史上称它为吐蕃国。唐太宗李世民，因它屡次寇边，没有安靖的日子，不得已将宗女文成公主，嫁他国王噶木布，算是两国和亲，干戈得以少息。这文成公主素信佛教，在西藏设立佛寺，供奉释迦牟尼佛像，自此西藏臣民个个皈依，变成了一个佛教国。传到元朝时候，元世祖南下吐蕃，邀请吐蕃拔思巴为帝师，册封大宝法王，令他管领藏地，总握政教两大权。他的子孙取名"萨迦胡土克图"。"萨迦"就是释迦的转音，"胡土克图"乃是再世的意义。服饰尚红，得娶妻生子，世人称为"红教"。传到明朝，红教徒渐渐不法，信用日衰，甘肃西宁卫中出了一个宗喀巴，入大雪山修行得道，别立一派，禁娶妻生子，衣饰尚黄，称作黄教。蕃众大加敬信，势力不亚法王。

　　宗喀巴死，有两大弟子，一名达赖，一名班禅，统居前藏拉萨地。他因教中严禁娶妻，不得生子，遂另创一嗣续法，说是达赖、班禅两喇嘛（喇嘛即高僧之意），世世转生。达赖死后，第一世转生，是敦根珠巴，第二世转生，是根敦坚错。传到第三世转生，是锁南坚错，较有高行，蒙古诸部入藏欢迎，邀他至漠南说教，黄教遂流传蒙古。第四世转生，是云丹坚错，势力越加扩张，漠北蒙古因居地荒僻，不得亲承教旨，另奉宗喀巴第三弟子哲卜尊丹巴后身为大胡土克图，总理外蒙古教务，居住库伦。第五世达赖转生，叫作罗卜藏坚错，用他近亲桑结为第巴。什么叫作第巴？便是中国所称管理政务的官员。达赖喇嘛只理教务，不管政事，自第二世达赖起，已另置第巴等官，代理国政。是时红教未绝，后藏地方护法教主，叫作藏巴汗，藏巴汗反对黄教，桑结欲除灭了他，省得出来作梗，遂联络厄鲁特蒙古，遣和硕特部长固始汗，引兵入后藏，袭杀藏巴，另奉班禅喇嘛移驻后藏。从此藏地分前后二部，前藏属达赖管辖，后藏属班禅管辖。

固始汗本居青海，曾受清太宗册封，康熙三十七年，固始汗第十子达什巴图尔，来京朝贡，康熙帝又封他为亲王。固始汗得清廷援助，声势颇强，至是有功黄教，复得了前藏东部喀木地，命子达贵镇守，渐渐干涉前藏事情。桑结一想，杀了一个藏巴汗，又来了一个达延汗，未免引狼入室，自取祸殃。适值噶尔丹威振西域，桑结复阴与连结，叫他出兵青海，袭破和硕特部。桑结初意，颇高于吴三桂等，但仍不能脱离外人，终非善策。达赉势力，亦因此一挫。未几达赖五世殁，桑结秘不发丧，伪传达赖命令，任意妄行。噶尔丹入寇中国，桑结亦阴为怂恿，至噶尔丹败走，乃遣使入贡，诈称奉达赖命，求赐桑结封爵。清廷未察真伪，封桑结为图伯特国王，到了噶尔丹走死后，丹吉喇等来降，方报桑结矫伪情状，康熙帝赐书切责，桑结还诈称部属未靖，不敢遽泄达赖丧事，今当另立达赖，择日发丧。康熙帝因道途辽远，不便细查，且由他将错便错地过去。桑结又欲去毒杀拉藏汗，事泄无成（拉藏汗即和硕部达赉侄儿）。达赉死，拉藏汗嗣闻桑结有意害他，遂集众潜入拉萨，将桑结捉来，一刀两段。刁狡的人，总归速死。复把桑结所立的达赖指为赝鼎，擒献清廷，另立新达赖伊西坚错为第六世。

康熙帝嘉他恭顺，封拉藏为翼法恭顺汗。偏这青海诸蒙古，不信伊西坚错为真达赖，另立了一个噶尔藏坚错，在青海坐床，请清廷速赐册印。自是达赖变了两个，谁真谁假，不能辨悉，倒像一出双包案。两下争论，遂引出策妄阿布坦的兵祸来了。策妄截献噶尔丹骸骨，奉表清廷，非常逊顺，康熙帝命划阿尔泰山西麓至天山北路一带，给彼游牧。策妄得此广土，竟想做第二个噶尔丹，并吞诸部。第一着下手，是娶了土尔扈特部阿玉奇汗女，做了妻室，复诱他妻弟背了阿玉奇，将父逐出俄罗斯。他假称发兵帮助，竟把土尔扈特部占据起来。土尔扈特部势本衰弱，自然也服了他。第二着下手，又是依样画葫芦，拉藏汗有一姊，年近花信，不知经策妄如何运动，复许嫁了他。我怪拉藏汗的阿姊，何故甘心做小老婆？想是策妄定有媚内手段，一笑。策妄娶了拉藏姊，又把那元配生的女儿，许与拉藏汗子丹衷，令他入赘伊犁，不即放归。亲上加亲，外面似非常亲热，谁知他满怀鬼蜮，诡计多端，丹衷离国日久，欲挈妇偕回，策妄许他归国，发兵护送。行了好几个月，方入藏境，拉藏汗闻子妇回来，率领次子苏尔札到达穆阿附近，一面迎接新妇，一面犒赏护送军。两下相遇，丹衷夫妇，谒见已毕，拉藏汗便命在行帐开筵，令护送军一律与宴。拉藏汗素性嗜酒，至此因子妇回国，格外畅饮，一杯未了又一杯，接连是十百千杯，饮得酩酊大醉，酣卧床上。这边的护送军，饮毕出外，就在拉藏汗行帐外扎好了营。

是夜准部将官大策零又至，部下有六千兵马，会合护送军，杀入拉藏帐内。拉藏汗手下卫兵本是不多，况又大

家吃得沉醉，还有何人抵当？准部兵一拥而入，杀死了拉藏汗，把他次子苏尔札捆绑起来，余外不是被杀，便是被捆，只剩了一对新夫妇，一个是策妄娇婿，一个是策妄娇儿，总算用些情面，不去缚他。丹衷还算运气。随即潜到拉萨，骗入拉萨城，把个半真半假的新达赖拘入暗室，做个坐关和尚。妙语解颐。

这信传到清廷，康熙帝本已遣靖逆将军富宁安，率兵驻扎巴里坤，防备西域，至是急命傅尔丹为振武将军，祁里德为协理将军，出阿尔泰山，会合富宁安军，严备准噶尔入寇，另遣西安将军额鲁特，督兵入藏，侍卫色棱为后应，康熙五十七年，两军次第渡木鲁乌苏河，分道深入。大策零分军迎战，只数合便退。明是诱敌。额鲁特率兵追入，色棱继进，到喀喇乌苏河岸，大策零留有伏兵，顿时四起，截住清兵。额鲁特等料知陷入重地，率兵猛扑，怎奈这番敌军，纯是精锐，与前时接仗，大不相同。额鲁特不能前进，只得退后，不料后面流星马又到，报称准兵绕出后路，把军饷截夺去了。清兵闻军饷被劫，不战自乱，额鲁特、色棱两人，极力弹压，勉强镇定。过了数日，粮尽矢穷，准兵四面聚集，好似天罗地网一般，一阵攻击，清兵全营覆没，都做了沙场之鬼。虽是战死，幸而死在西方，免得童男童女接引。

康熙帝接了败报，再命皇十四子允禵为抚远大将军，驻节西宁，升任四川总督年羹尧，备兵成都，拟分道进发。敕封噶尔藏坚错为达赖六世，檄蒙古兵扈从达赖，随大军直入西藏，于是蒙古各汗王贝勒，各率部兵至青海，恭候清兵出塞。康熙五十九年春，诏移允禵移驻木鲁乌苏河治饷，令将西宁军付都统延信出青海，年羹尧仍坐镇四川，令将川军付护军统领噶尔弼出打箭炉，分趋藏境。大策零闻清兵分出，自拒青海军，另遣部兵三千余人，抵当噶尔弼。

噶尔弼副将岳钟琪，素有胆略，领亲兵六百名，首先开路，至三巴桥，系入藏第一险要。岳钟琪招募番众，许他重赏，令诈降守桥兵，里应外合，竟把三巴桥占住。噶尔弼率军来会，忽闻准部兵来夺三巴桥，头目叫作黑喇玛，有万夫不当之勇，噶尔弼颇惊慌起来。岳钟琪道："有钟琪在，就使来了红喇玛，也不怕他，待明日擒他便是。"是夕，岳钟琪率兵出营，潜掘陷坑，上用青草盖住，令兵士带了钩索，伏在陷坑里面。部署已定，然后回营。次晨，黑喇玛仗着勇力，飞奔前来，岳钟琪出兵对敌，诱黑喇玛至陷坑旁。黑喇玛有勇无谋，但知上前追杀，不料脚下有坑，一脚蹈空，坠入坑内，任你黑喇玛膂力过人，至此被伏兵钩住，急切不能展身。伏兵紧紧捆缚，扛入清寨。黑喇玛受擒，余众不战自降。方拟鼓行入藏，忽来了大将军檄文，令待青海军并进。噶尔弼踌躇未决，岳钟琪道："我兵只赍两月粮饷，从川西到此，已过了四十多日，若再待青海军，粮饷食尽，如何入藏？现不如乘机疾进，沿途招抚番众，用番攻番，约十日可抵拉萨，出其不

第二十九回　闻定警发兵平藏卫　苦苛政倡乱据台湾

160

意，容易荡平。"噶尔弼欲集众议决，钟琪道："事在必行，何须多议！钟琪不才，愿喷此一腔热血，仰报朝廷，请于明晨即行。"钟琪系岳武穆王二十一世孙，武穆仇金，钟琪忠清，似不能善绳祖武，惟为清攻藏，恰有可原。噶尔弼也不多言。

次晨，岳钟琪即用皮船渡河，直趋西藏，途中遇土司公布，用好言抚慰，公布很为感激，遂代为招集番兵七千，引钟琪入拉萨。钟琪观番兵可恃，遂分部兵三千名，绕截大策零饷道，自领番众趋拉萨城。拉萨城内，只有几个准兵，见岳军大至，尽行逃散。钟琪长驱入城，号召大小第巴，宣示威德，除助逆喇嘛的，杀了五人，并幽禁九十多人，其余一概赦免，那时僧俗都顶礼膜拜，感谢再生。

这时候，青海军统领延信，正与大策零相持，连败大策零数阵，策零欲退回拉萨，又被岳军截住，进退两难，遂扒山过岭，遁回伊犁，途中崎岖冻馁，死了大半。延信遂送新达赖入藏登座，令拉藏汗旧臣康济鼐，掌前藏政务，颇罗鼐掌后藏政务，留蒙古兵二千驻守，奉诏班师，各回原地镇守，西藏暂归平靖。康熙帝又要咬文嚼字，亲制一篇平定西藏碑文，命勒石大招寺中，小子也不暇细录。

只是康熙帝安乐一次，总有一次忧愁，相逼而来。忧乐相循，祸福相倚，是颠扑不破的事理。入藏军已报凯旋，台湾忽报大乱。说来可笑，台湾乱首，乃是一个贩鸭营生的小百姓，名叫一贵，他的姓恰与大明太祖皇帝相同。尝见人家婚丧事，排列仪仗，每借同姓的头衔，书入头行牌，以示烜赫。一贵虽是贩鸭，然与明祖同姓，亦自足夸。自施琅收服台湾后，台民虽稍有蠢动，事发即平，至康熙晚年，用了一个贪淫暴虐的王珍，实授台湾知府，没有税的要加税，没有粮的要征粮，百姓不服，就要拿来打屁股，或枷号几个月，还有一切诉讼事件，有钱即赢，无钱即输，因此台民怨愤异常。官逼民反。这个朱一贵，虽是贩鸭为生，他却有几个酒肉朋友，一叫黄殿，一叫李勇，一叫吴外，这三人素不安分，与朱一贵恰很是莫逆。

一日，到了酒楼，一面吃酒，一面谈论平日事情，黄殿问一贵道："近日朱大哥生意可好？"一贵摇头道："不好不好！现在这个混帐知府，棺材里伸手，死要铜钱，连我贩卖几只鸭，也要加捐。我此番贩鸭一千只，反蚀了好几千本钱，看来只好罢休哩。"小本经营，不应加捐，观此便知。李勇、吴外齐声道："这般狗官，总要杀掉他方好。"该杀！一贵道："只有我等几个小百姓，哪里能杀知府？"黄殿道："要杀这个混帐知府，也是不难，只此处非讲事堂，兄弟们不要多嘴。"言毕，以目示意。大家饮完了酒，由一贵付了酒钞，遂同至一贵家内，彼此坐定，黄殿道："朱大哥你道是贩鸭好，是做皇帝好？"一贵醉醺醺地笑道："黄二弟真吃醉了，贩鸭的人，怎么好同皇帝去比？"黄殿道："朱大哥想做皇帝否？"一贵大笑

清史演义

161

## 第二十九回 周寇警发兵平藏卫 苛政倡乱据台湾

道："像我的人，只能贩鸭，哪里会做皇帝？"黄殿道："明太祖朱元璋曾充庙祝，后来一统江山，好端端的做了皇帝。大哥也是姓朱，贩鸭虽贱，比庙祝要略胜三分，水无斗量，人无貌相，要做皇帝，何难之有？"一贵听了此言，不觉手舞足蹈起来，便道："我就做皇帝，黄二弟等须要帮助我。"黄殿道："总教大哥不要惊慌，明日就请大哥南面为王。"一贵乘着醉意，便道："我果有一日为王，就使千刀万剐，亦是甘心。"赌什么气？罚什么咒？天道昭彰，不容妄说。黄殿道："一言为定，不要图赖。"一贵道："自然不赖。"黄殿便邀同李勇、吴外，告别而去。

到了次日，黄殿复同李勇、吴外，带了一、二百个流氓，抬了箱笼，匆匆到一贵家来。一贵不知何故，慌忙问道："黄二弟！你同这许多人，到我家何干？"黄殿道："请你即日做皇帝。"一贵此时，已把昨日的酒话，统共忘记，至此始恍惚记忆起来，便笑道："昨日乃是酒后狂言，如何作准？"黄殿道："不能，不能！昨日你已认实，今朝不能图赖。就使你要不做，也不容你不做。"说毕，就命手下开了箱衣，取出黄冠黄袍，把朱一贵改扮起来。一贵道："你等太会戏弄我了。"黄殿道："哪个来戏你？"顿时七手八脚，将朱一贵旧服扯去，穿了黄冠黄服，一个贩鸭的小民，居然要他坐在南面，做起强盗大王来了。看官！你道这套黄冠黄袍，是哪里来的？他是从戏子那里借来，暂时一穿，还有一套蟒袍宫裙，续行取出。黄殿趋入内室，扶出一个黄脸婆子，教她改装。可怜这黄脸婆子，吓得发抖，哪里敢穿这衣服？黄殿也顾不得什么嫌疑，竟将蟒袍披在黄脸婆子身上，引她至一贵左侧坐下。于是大众取出衣服，一律改扮，穿红着绿，挤作一堆，向朱一贵夫妇叩起头来。弄得朱一贵夫妇受也不是，不受也不是，索性像木偶一般。大家拜毕，竟去外边劫掠，掳些金银财帛，做起旗帐，造了军器，占了民房数十间，就揭竿起事。

一夫作俑，万人响应，不到十日，竟招集了数千人。台湾总兵欧阳凯，急议发兵往剿，游击刘得紫素称知兵，至是请行。欧阳凯不许，偏遣一个庞大无能的周应龙，领兵前去。敌寨距府城只三十里，周应龙沿途停止，三十虽路，走了三日，敌众依山拒守，应龙也不去攻击，反纵兵焚掠近村。村民大愤，相率从贼。南路奸民杜君英，亦乘此作乱，与朱一贵连合，袭杀凤山参将苗景龙，府城大震。欧阳凯带了刘得紫及副将许云，率兵一千五百，亲剿一贵，黄殿、李勇、吴外等，出寨迎敌，许云跃马陷阵，贼皆辟易，黄殿等都逃入山中。会水师游击游崇功，亦自鹿耳门入援，欧阳凯大喜，只道是敌众胆落，毫不设备。过了两日，朱一贵、杜君英合军大至，遥见尘头起处，约有数万人马，迤逦前来。清兵先已胆寒，面面相觑。欧阳凯急出抵御，正接仗间，把总杨泰立在欧阳凯背后，忽然跃起，将欧阳凯刺落马下。刘得紫急忙趋救，不防杨泰又一枪刺来，得紫急闪，坐骑已中了一枪，那马负痛踣地，把得紫掀落地上，也被叛兵擒住。霎时官军大乱，许云、游崇功拦阻不住，贼军又围裹拢来，只得拼命血战。到了日中，矢炮俱尽，各手刃数十人，自刎而亡。

于是水师游击张贤、王鼎等，率兵千余，战舰数十艘，逃出澎湖。台湾道梁文煊、知府王珍等，尽驱港内商舶渔艇，逃出鹿耳门。周应龙逃得更快，竟遁入内地。朱一贵进陷台湾府，大掠仓库，复得郑氏旧贮炮械硝磺铅铁等，非常欢喜。北路奸民赖池、张岳，亦同日陷诸罗县，击杀参将罗万仓，凡七日而全台陷。朱一贵大会部众，犒宴三日，自称中兴王，国号永和，封黄殿为辅国公，兼衔太师，李勇、吴外等为侯，以下封了许多将军总兵。袍服不及裁制，戴了一顶明朝冠，便算了事。里面掳了无数妇女，充作妃嫔。一贵左拥右抱，说不尽的快活。台湾百姓编出一种歌谣道：

　头戴明朝冠，身衣清朝衣。
　五月称永和，六月还康熙。

看了这种谣传，朱一贵的王位，恐怕是不稳固了。究竟朱一贵做了几日台湾王，下回再行详叙。

达赖转生，明是佛教欺人之说，狡黠诸徒利用之以揽权势，于是真伪达赖之问题生。内哄未休，外侮已至，卒至全藏大乱，欺人者适以自欺，亦何益乎？清圣祖既遣将平藏，何不于此时设置贤吏，昌明政教，有以移其风而易其俗？乃复送一无知无识之达赖，入藏坐床，平一时之乱或有余，平一世之乱则不足，此所谓敷衍目前之计，无怪其旋平旋乱也。若台湾收入版图，已数十年，芟荆棘，夷溪洞，用夏变夷，推行风教，吾知数十年内，亦可收功。乃所用非人，徒知殃民，不知化民，一贩鸭徒揭竿作乱，仅七日而全台俱陷，何扰乱之速耶？有清一代，惟圣祖最号英明，而于绝域政教，不甚厝意，遑问自郐以下乎？阅本回，应令人叹惜。

## 第三十回　畅春园圣祖宾天
## 乾清宫世宗立嗣

却说朱一贵既陷台湾，逃官难民，尽至澎湖，澎湖守将仓猝不知所为，亦尽室登舟，将渡厦门，百姓惊惶得了不得。独守备林亮决计固守，驰赴海滨，拦住官民家眷，不准内渡，人心稍稍镇定。水师提督施世骠自厦门至澎湖，南澳总兵蓝廷珍奉闽督檄令，亦至澎湖来会。于是命守备林亮、千总董芳为先锋，率领舰队八千人，直捣鹿耳门。适朱一贵与杜君英争长，自相残杀，乡民愤一贵暴掠，又各结民团，保护村落。清兵闻一贵内乱，百姓不附，顿时勇气百倍；到了鹿耳门，岸上大炮迭发，林亮、董芳冒死直进，遥望岸上炮台，火药累积，林亮饬水兵用炮还击，注射火药，炮声过处，火药上冲，震得海水陡立，天地为昏。那时岸上的守兵，统弹得不知去向。林亮、董芳即舍舟登岸，率兵直入。施世骠、蓝廷珍亦带领大军随进，节节进攻，随剿随抚。看官！你想这等朱一贵、杜君英的混帐东西，哪里敌得住几员虎将？连战连败，连败连走，清兵乘势追杀，直薄台湾城下，东西南北，布满兵队，大炮的声音，镇日不息。

朱一贵束手无策，只躲在伪宫内，对了一班王妃王妾，哭泣不止。此时究竟是贩鸭好？是做皇帝好？还是外面的军师黄殿想了一个劫营的计策，于夜间潜开城门，突击清营，谁知早被蓝廷珍料着，摆了一个空营计，待李勇、吴外等杀入，伏兵一齐掩击，像砍瓜切菜一般。林亮斩了李勇，董芳刺死吴外，只剩了后队的黄殿，急忙逃回，转身一望，城门已闭，城上立着一员大将，不是别人，乃是清游击刘得紫。原来刘得紫被杨泰擒去，献与一贵，一贵颇重得紫名，不去杀他，把他禁住学宫。得紫不食三日，情愿饿死。诸生林皋、刘化鲤密劝得紫受食，徐图恢复，得紫乃饮食如常，此次黄殿出城劫营，把城中部众尽行拨出，林、刘二生遂邀集良民，拥得紫出学宫，闭了城门，请得紫上城拒守。黄殿进退无路，投濠自尽。施世骠下令，降者免死，于是叛众尽降。刘得紫开城迎入，把前情叙说一遍，世骠即令导入伪宫，擒出朱一贵，审问属实，推入囚笼。室内的伪妃伪嫔，统教民间自认，令他带去。做了数日妃嫔，滋味如何？统计清兵攻入鹿耳门，进复台湾府城，也是七日。世骠复分兵搜剿南北两路，擒到杜君英等，与朱一贵槛送北京，一概凌迟处死。千刀万剐之言验了，一贵自思，甘心不甘心？复将弃台逃走的道府厅县尽行治罪。只王珍已惧罪自尽，命即剖棺枭示。王珍是个首恶，可惜不把他凌迟。施世骠等各邀奖叙，也不必细说了。

且说康熙帝因台湾再平，八荒无事，自己又年将七旬，明知风烛草霜，衰年易迈，索性开了一个盛会，凡满、汉在职官员及告老还乡、得罪被谴的旧吏，年纪六十五以上的人，统召入乾清宫，一一赐宴。这时候，正是康熙六十一年春间，天气晴和，不寒不暖，一班老头儿，团坐两旁，差不多有一千个，围住这个老皇帝，饮起酒来，皇帝又特别加恩，叫他们不要拘谨，大众奉谕，开怀畅饮。酒兴半酣，老皇帝动了诗兴，做成七律诗一首，命与宴诸臣，按律恭和。这班老头儿，把诗文一道，多半束诸高阁，满员是简直未曾用过工夫，至此要他个个吟诗，几乎变成一种虐政，幸亏这班老人有些乖刁，预料这老皇帝召他饮酒，免不得咬文嚼字，因此早打好通关，先与几个能诗作赋的老朋友，商量妥当，倩他作了抢替，一面复贿通宫监，托令传递，所以当场都吟成一诗，恭呈御览，虽是好歹不一，总算不至献丑。诗中大意，千首一律，无非是歌功颂德一套烂语。等到诗已做成，日近黄昏，大众散席，谢了圣恩，出宫而去。这场盛宴，叫作千叟宴，康熙帝倒也非常得意。太监得了银子，还要得意。

可奈盛筵不再，好景难留，转瞬间已是冬月，大学士九卿等方拟次年圣寿七旬，预备大庆典礼，谁料天有不测风云，人有旦夕祸福，康熙帝竟生起病来。这场病非同小可，竟是浑身火热，气急异常，太医院内几个医官轮流入内诊脉，忙个不了。服药数剂，稍稍减退，身子渐觉爽快，气喘也少觉平顺，只是精神衰迈，一时未能回复，所以未便起床。诸皇子朝夕问安，皇四子胤禛，此次侍奉却不见十分殷勤，每遇夜间，总要到理藩院尚书府内，密谈一回。有何大事？这理藩院尚书名叫隆科多，乃是皇四子的母舅。句中有眼。过了数日，康熙帝病体，又好了一些，因卧床多日，未免烦躁，要出去闲逛一番。皇四子胤禛入奏："父皇要出去散心，不如至畅春园内，地方宽敞，又是近便，最好静养。"康熙帝道："这也是好，只冬至郊天期已近了，朕躬不能亲往，命你恭代，须预先斋戒为是。"皇四子胤禛闻了此谕，未免踌躇。康熙帝见他情形，便问道："你敢是不愿去？"胤禛即跪奏道："儿臣安敢违旨，但圣体未安，理应侍奉左右，所以奉命之下，不觉迟疑。"康熙帝道："你的兄弟很多，哪个不能侍奉？你只管出宿斋所，虔诚一点便好。"胤禛无奈，遵旨退出。是夜，又与这个母舅隆科多，密

议了一夕大事。

次日，康熙帝到畅春园，诸皇子随驾前往，隆科多本是皇亲，也随同帮护。独皇四子胤禛已去斋所，不在其中。有隆科多作代表，已经够了。又过了数天，康熙帝病症复重，御医复轮流诊治，服了药全然无效，反加气喘痰涌，有时或不省人事，诸皇子都着了忙，只隆科多说是不甚要紧。是夜，康熙帝召隆科多入内，命他传旨，召回皇十四子，只是舌头蹇涩，说到十字，停住一回，方说出四子二字。隆科多出来，即遣宫监去召皇四子胤禛，翌晨，胤禛至畅春园，先见了隆科多，与隆科多略谈数语，即入内请安。康熙帝见他回来，痰又上涌，格外喘急。诸皇子急忙坏侍，但见康熙帝指着胤禛说道："好！好！"只此两字，别无他嘱，竟两眼一翻，归天去了。诸皇子齐声号哭，皇四子胤禛，大加哀恸，比诸皇子尤觉凄惨。真耶假耶？

隆科多向诸皇子道："诸阿哥且暂收泪，听读遗诏！"此时诸皇子中，惟允禔远出未归，允礽仍被拘禁，未能擅出奔丧，允祺先已释放，一同在内，听得"遗诏"二字，先嚷道："皇父已有遗诏么？"隆科多道："自然有遗诏，请诸阿哥恭听！"便即开读道："皇四子人品贵重，深肖朕躬，必能仰承大统，着继朕登基，即皇帝位。"允禩、允禟齐声道："遗诏是真么？"隆科多正色道："谁人有几个头颅，敢捏造遗诏？"于是嗣位已定，皇四子趋至御榻前，复抚足大恸，亲为大行皇帝更衣，可谓诚孝。

随即恭奉大行皇帝还入大内，安居乾清宫。丧事大典，悉遵旧章，不必细表。后人有满清宫词一首，纪此事道：

> 新月如钩夜色阑，
> 太医直罢药炉寒。
> 斧声烛影皆疑案，
> 是是非非付史官。

统计康熙帝在位六十一年，守成之中，兼寓创业，南征北讨的事情，上文已经详叙，若讲到内外各大吏，也算是清正的多，贪污的少。自鳌拜伏罪后，后来只有大学士明珠，佐命有功，得康熙帝信任，未免露出骄恣情状，然总不如鳌拜的专横。此外名臣如魏裔介、魏象枢、李光地、汤斌等，都通理学，于成龙、张伯行、熊赐履、张鹏翮、陆陇其等，都守清操，彭孙遹、高士奇、朱彝尊、方苞等，虽没有什么功业，也要算治世文臣，有的通经，有的能文，肚子中含有学问，与一班酒囊饭袋，究竟两样。康熙帝也好学不倦，上自天象地舆音乐法律兵事，下至骑射医药，蒙古西域拉丁文书字母，无乎不窥，无乎不晓；兼且自奉勤俭，待民宽惠，六十年间，蠲租减赋的谕旨，时有所闻，所以全国百姓，统是畏服；满族中得此奇人，总要算出乎其类，拔乎其萃了。

可惜晚年来储位未定，遂致宴驾后，出了一桩疑案。这位秉性阴沉的四阿哥，竟登了大宝，拟定年号是"雍正"两字，以次年为雍正元年，是为世宗宪皇帝。第一道谕旨，便封八阿哥允禩、十三阿哥允祥为亲王，令与大学士马齐、舅舅隆科多，总理内外事务。第二道谕旨，命抚远大将军允禵回京奔丧，一切军务由四川总督年羹尧接续办理。两谕俱有深意，休作闲文看过。

过了残腊，就是雍正元年元日。雍正皇帝升殿，受朝贺礼毕，连下谕旨十一道，训饬督抚提镇以下文武各官，大致意思是"守法奉公，整躬率物，倘有不法情事，难逃朕衷明察，毋贻后悔！"次日复视朝，百官俱至，雍正帝问百官道："昨日元旦，卿等在家，作何消遣？"众官员次第回答，或说饮酒，或说围棋，或说是闲着无事；只有一个侍郎，脸色微赪，听众人俱已答毕，不能再推，只得老老实实地说道："微臣知罪，昨晚与妻妾们玩了一回牌。"雍正帝笑道："玩牌原干例禁，昨日乃是元旦，你又只与家中人消遣，不得为罪。朕念你秉性诚实，毫无欺言，特赏你一物，你持回去，与妻妾并看罢！"说毕，掷下小纸包一个。侍郎拾在手中，谢恩而退；回到家中，遵着上谕，取出御赐的物件，叫妻妾同看；当即拆开纸包，大家一瞧，个个吓得伸舌，复将昨日玩过的纸牌，仔细一检，恰恰少一张。看官试掩卷一猜！应知这纸包中，不是别物，定是昨日所失的一张纸牌儿。那时有一位姨太太道："昨日的纸牌，是我收藏，当时也不及细检，不知如何被皇帝拿去一张？难道当今的圣上，是长手佛转世么？"侍郎道："不要多嘴，以后大家留意便是。"这位姨太太偏要细问，侍郎走出户外，四周围瞧了一番，方入户闭门，对妻妾道："我今日还算大幸，圣上问我昨日的事，我晓得这个圣上，不比那大行皇帝，连忙老实说了，圣上方恕我的罪，赐我这张纸牌；若少许欺骗，不是杀头，便是革职哩！"众妻妾又都伸舌道："有这么厉害！"侍郎道："当今皇上做皇子时，曾结交无数好汉，替他当差办事，这班人藏有一种杀人的利器，名叫血滴子。"说到此处，忽听檐上一声微响，侍郎大惊失色，连忙把头抱住。疑心生暗鬼。众妻妾不知何故，有几个胆小的，忙躲入桌下。歇了半晌，一物从窗中纵入，侍郎越加胆怯，勉强一顾，乃是一只狸斑猫。侍郎至此，不觉失笑，随令众妻妾各归内室。众妻妾经此一吓，也不敢再问这血滴子。

小子恐看官尚未明白，只好补说数语，再入正传。这血滴子是什么东西？外面用革为囊，里面却藏着好几把小刀，遇着仇人，把革囊罩他头上，用机一拨，头便断入囊中，再用化骨药水一弹，立成血水，因此叫做血滴子。这乃雍正皇帝同几位绿林豪客，用尽心机想出来的。

这班绿林豪客的首领，便是四川总督年羹尧，羹尧系富家之子，幼时脾气乖张，专喜耍枪弄棍，他的父亲年遐龄，请了好几个教书先生，教他读书，都被羹尧逐去。后来得了一个名师，能文能武，把羹尧压服，方才学得一身本领。这名师临别赠言，只有"就才敛范"四字。羹尧起初倒也谨佩师训，嗣后与皇四子胤禛结交，受他重托，招罗几个好汉，结拜异姓兄弟，帮助这位皇四子。皇四子就保荐年羹尧，说他材可

清史演义

167

## 第三十回 畅春园圣祖宾天 乾清宫世宗立嗣

大用。康熙帝召见，果然是一个虎头燕颔、威风凛凛的人物，遂连次超擢，从百总、千总起，直升至四川总督。皇四子外恃年羹尧，内仗隆科多，竟得了冠冕堂皇的帝位。他恐人心不服，有人害他，遂用了这班豪客，飞檐走壁，刺探人家隐情。抚远大将军允禵，督理西陲军务，是雍正帝第一个对头，不但怕他带兵，还要防他探悉隐情。因此借奔丧为名，立刻调回，令年羹尧继任。上文第二道谕旨，已自表明。至允禵回京后，免不得有点风声闻知，且允禩、允禟辈，又要同他细叙前情，语言之间，总带了三分怨望，谁知早已有人密奏，雍正帝即调往盛京，令他督造皇陵。允禵已去，又降了一道上谕，命总理王大臣道：

贝子允禵，原属无知狂悖，气傲心高，朕屡加训诲，望其改悔，以便加恩，但恐伊终不知改，而朕必欲俟其自悔，则终身不得加恩矣。朕惟欲慰我皇妣皇太后之心，着晋封允禵为郡王，伊从此若知改悔，朕自叠沛恩施，若怙终不悛，则国法具在，朕不得不治其罪。允禵来时，尔等将此旨传谕知之！

这道上谕，真正离奇，既要封他为郡王，又说他什么无知，什么不悛，这是何意？古人说得好："将欲取之，必姑与之。"雍正帝登位，先封允禩为亲王，也是这个用意。不过允禩本得罪先帝，人人晓得他的罪孽，所以加他封爵，绝不多谈。上文第一道谕旨，更自表明。独这允禵，乃先帝爱宠的骄子，前时并没有什么处分，只可先把他无影无踪的罪名，加在身上，一面假作慈悲，封为郡王，令臣民无从推测，然后好慢慢摆布。

过了数月，又想出一个新奇法子，召集总理王大臣及满汉文武官员，齐集乾清宫。大众不知有什么大事，都捏着一把汗。雍正威权，已见一斑。到了宫内，但见雍正皇上，南面高坐，谕众官道："皇考在日，曾立二阿哥为太子，后来废而又立，立而又废。皇考晚年，常闷闷不乐，朕想立储系国家大计，不立不可，明立亦不可。尔等有何妙策？"王大臣齐声道："臣等愚昧，凭圣衷定夺便是！"雍正帝道："据朕想来，建立太子，与一切政治不同。一切政治，须劳大众参酌，立太子的事情，做主子的理应独断。譬如朕有几个皇子，倘必经大众议过，方可立储，恐怕这个王大臣说是这个阿哥好，那个王大臣说是那个阿哥好，岂不是筑室道旁，三年不成么？既如此说，何必召王大臣会议？只是明立太子，又未免兄弟争夺，惹出祸端，朕再三筹画，想出一种变通的法子，将拟定皇储的诏旨，亲写密封，藏在匣内。"说到此处，把头向上面一望，手向上面一指，随即道："便安放在这块正大光明匾额后面，可好么？"诸王大臣等，自然异口同声，都说思虑周详，臣下岂有异议？雍正帝遂命诸臣退出，只留总理事务王大臣在内，自己密书太子名字，封藏匣内，令侍卫缘梯而上，把这锦匣安放匾额后面，总算储位已定。这方匾额，悬在乾清宫正中，"正大光明"四字，乃是雍正帝御笔亲书，这也不在话下。

总理事务王大臣，只看见这匣子，不晓得里面的名字，究竟是哪一位阿哥，后来雍正帝晏驾，方将此匣取下，开了匣子，才识密旨中写着皇四子弘历。正大光明，恐未必是这样讲法。这弘历是皇后钮祜禄氏所出，相传钮祜禄氏起初为雍亲王妃，实生女孩，与海宁陈阁老的儿子是同年同月同日生的。钮祜禄氏恐生了女孩，不能得雍亲王欢心，佯言生男，贿嘱家人，将陈氏男孩儿抱入邸中，把自己生的女孩子换了出去。陈氏不敢违拗，又不敢声张，只得将错便错，就算罢休。后人也有一首宫词，隐咏这事道：

果然富贵亦神仙，
内使传呼敞御筵。
不辨吕嬴与牛马，
上方新赐洗儿钱。

立储事已毕，忽接到川督年羹尧八百里紧报："青海造反"，为这四字，又要劳动兵戈了。

看官少憩，待小子续编下回。

本回起首二十行，只结束台湾乱事，不足评论。接续下去，便是清圣祖晏驾事，后人互相推测，议论甚多。或且目世宗为杨广，年羹尧、隆科多为杨素、张衡，事鲜左证，语不忍闻，作书人所以不敢附和也。惟圣祖欲立皇十四子允禵，皇四子窜改御书，将"十"字改为"于"字，此则故父老皆能言之，似不为无因。但证诸史录，亦不尽相符。作者折衷文献，语有分寸。至世宗嗣位，开手即鬼鬼祟祟，绘出一种秘密情状，立储，大事也，乃亦以秘密闻，然则天下事亦何在不容秘密耶？司马温公云："事无不可对人言。"清之世宗，事无一可对人言，以视乃父之宽仁，盖相去远矣。

## 第三十一回　平青海驱除叛酋
## 　　　　　颁朱谕惨戮同胞

却说青海在西藏东北，本和硕特部固始汗所居地，固始汗受清朝册封，第十子达什巴图尔又受清封为和硕亲王，前文已经表过（应二十九回）。达什死，子罗卜藏丹津袭爵。罗卜藏丹津阴谋独立，欲脱清廷羁绊，遂于雍正元年，召集附近诸部，在察罕罗陀海会盟，令各复汗号，不得再遵清廷封册，自己叫作达赖浑台吉，统率诸部。又暗约策妄阿布坦为后援，拟大举入寇。偏是丹津的同族额尔德尼及察罕丹津两人，不愿叛清，被丹津用兵胁迫，两人竟挈众内奔。是时清兵部侍郎常寿，适驻西宁，管理青海事务，因额尔德尼来奔，奏闻清廷。雍正帝尚未探悉隐情，只道是青海内哄，即遣常寿往青海调停，常寿到了青海，丹津不由分说，竟将常寿拘禁起来。川督年羹尧飞草奏报，奉命授年羹尧为抚远大将军，进驻西宁，四川提督岳钟琪任奋威将军，参赞军务。年羹尧分兵两路，北路守疏勒河，防丹津内犯，南路守巴塘里塘，阻丹津入藏，又檄巴里坤镇守将军富宁安等（见上第二十九回），出屯吐鲁番，截住策妄援兵。丹津三路援绝，只号召远近喇嘛二十万众，专寇西宁。岳钟琪自四川出发，沿途剿抚，解散丹津党羽，西陲一带，统已廓清，乘势至西宁，遥见西北郭隆寺旁，聚集番僧无数，钟琪即令兵士前进，驱杀番僧。那时番僧并没有十分勇略，不过一点劫掠的伎俩，忽见大军纷至，势甚凶猛，哪里还敢抵敌？呼啸一声，四散奔逃，被岳军追过三条峻岭，焚去十七寨及庐舍七千余，斩首六千级，余众都窜还青海，丹津闻败大惊，送归常寿，奉表请罪。原来是银样镴枪头。清廷不许，益促年羹尧进兵。

羹尧拟集兵四万余名，由西宁松潘甘州疏勒河，四面进攻，约于雍正二年四月内出发。岳钟琪请道："青海地方寥阔，寇众不下十万，我军四路会攻，彼若亦四散诱我，击彼失此，击此失彼，恐要四面受敌哩。愚见不如先期发兵，乘春草未生时，捣其不备，方为上策。"羹尧迟疑未决，钟琪飞驿上奏，并愿率精兵四千，自去杀贼。颇有胆略。雍正帝准奏,把西征事专任钟琪。钟琪遂于二月出师,途次见野兽奔逸,料知前面定有间谍,严阵前行,果遇敌骑数百,四面兜围,杀得一个不剩;复连夜进兵,沿路歼敌数千,于是敌无哨探,钟琪令部兵蓐食衔枚,宵行百六十里,直抵丹津帐外,拔栅而入。这时丹津正抱着两三个番妇,并头睡熟,不料清兵扑至,仓猝之中,扯了一件番妇衣,披在身上,从帐后逃出,骑了白驼,向西北逃去。钟琪一阵追剿,杀毙无数,真个是尸横遍野,血流成渠,一面扫穴犁庭,掺出丹津的弟妹及敌党头目数十人,头目杀讫,弟妹押解京师,招降男女数万,夺得驼马牛羊器械甲仗无算。自出师至破敌,凡十五日,往返两月,好算奇捷。诏封年羹尧一等公,岳钟琪三等公,勒碑太学,如康熙时征准部例。岳钟琪又进剿余党,以次荡平,先后拔青海地千余里,分其地赐各蒙古,分二十九旗,设办事大臣于西宁,改西宁卫为府城。青海始定。

雍正帝既平外寇,复一意防着内讧,这日召舅舅隆科多入内议事,议了许久,隆科多始自大内退出。众王大臣闻这消息,料知雍正帝必有举动。到了次日,降旨派固山贝子允禧往西宁犒师,王大臣亦看不出什么异事。过了两日,又命郡王允䄉巡阅张家口,王大臣也没有什么议论。只是廉亲王允禩未免闷闷不乐。调虎离山,其兆已见。又过了十余日。兵部参奏:"允䄉奉使口外,不肯前往,捏称有旨令其进口,竟在张家口居住"云云。有旨:"着廉亲王允禩议奏。"允禩复陈,应由兵部速即行文,仍令允䄉前往,并将不行谏阻的长史额尔金交部议处。有旨:"允䄉既不肯奉差,何必再令前往,额尔金无关轻重,何必治罪,着允禩再议具奏。"专寻着允禩,其意何居?允禩无法,只得再奏:"允䄉不肯前往,捏旨进口,应革去郡王,逮回交宗人府禁锢。"于是雍正帝批交诸王贝勒贝子公及议政大臣,速议具奏。诸王大臣已俱知圣意,不得不火上添油,井中投石,把一个郡王,逮回圈禁宗人府去了。允禩罪状已定,不料宗人府又上一本,弹章内称:"贝子允禧,差往西宁,擅自遣人往河州买草,踏看牧地,抗违军法,横行边鄙,请将允禧革去贝子,以示惩儆。"当即奉旨:"允禧革去贝子,安置西宁。"

是年冬月,废太子允礽忽在咸安宫感冒时症,雍正帝连忙着太医诊治,复派舅舅隆科多前往探问。废太子见了隆科多愈加气恼,病势日增,服药无效。雍正帝又许他入内侍奉,不到十天,废太子竟死了。雍正帝立即下旨,追封允礽为和硕理密亲王,又封弘晰母为理亲王侧妃,命弘晰尽心孝养。理亲王侍妾曾有子女者,俱令禄赡终身。又亲往祭奠,大哭一场,并封弘晰为郡王。一班拍马屁的王大臣,都说圣上仁至义尽,就是雍正帝自说:"二阿哥得罪皇考,并非得罪朕躬,兄弟至情,不能自已,并非为邀誉起见。"吾谁欺,欺天乎?只郡王弘晰奉了遗命,在京西郑家庄辟一所私第,奉母宁居,不闻朝事,总算

一个明哲保身的贵胄。

雍正三年春，廉亲王允禩、怡亲王允祥、大学士马齐、舅舅隆科多，奏辞总理事务职任，得旨照允，惟廉亲王允禩怀挟私心，遇事阻挠，不得议叙。看官！试想人非木石，哪有不知恩怨的道理？这雍正帝对待兄弟，这般寡恩，这般树怨，自然那兄弟们满怀忿恨，也想报复，偏这雍正帝刻刻防备，凡允禩、允禟、允䄉、允禵的秘密行为，令随带血滴子的豪客，格外留心侦察。一日，西宁探客来报，说："九阿哥允禟在西宁，用西洋人穆经远为谋主，编了密码，与允禩往来通递，大约是蓄谋不轨，请圣上密防！"随呈上一封密函，乃是九阿哥与八阿哥的书信，被探客窃取得来。雍正帝反复观看，任你聪明伶俐，恰是一句不懂；当即收藏匣中，令探客再去细察。又一日，盛京探客亦到，报称："十四阿哥允禵，督守陵寝，有奸民蔡怀玺，到院投书，称允禵为真主，允禵并不罪他，反将书上要紧字样，裁去涂抹，所以特来报闻。"雍正帝夸奖一番，打发去讫。这个探客已去，那个探客又来，据言："八阿哥允禩，日夜诅咒，求皇上速死。"雍正帝勃然大怒，诏大学士等撰文，告祭奉先殿，削允禩王爵，幽禁宗人府，移允禟禁保定，逮回允禵治罪。复阴令廷臣上本参奏，不到数天，参劾允禩、允禟、允禵的奏章，差不多有数十本。隆科多等尤为着力，胪陈罪状，允禩四十大罪，允禟二十八大罪，允禵十四大罪，俱乞明正典刑。雍正帝恰令诸王大臣再三复议。诸王大臣再三力请，尧曰宥之三，皋陶曰杀之三，本出苏东坡论说，想雍正帝定是读过，所以作此情状。方才下旨，把允禩、允禟削去宗籍，允禵拘禁，改允禩名为"阿其那"，允禟名为"塞思黑"。"阿其那"、"塞思黑"等语，乃是满洲人俗话，"阿其那"三字，译作汉文，就是猪；"塞思黑"三字，译作汉文，就是狗。还有数道长篇大论的硃谕，小子录不胜录，只好将着末这一道，录供众览如下：

我皇考聪明首出，文武圣神，临御六十余年，功德隆盛，如征三藩，平朔漠，皆不动声色，而措置帖然。凡属凶顽，无不革面洗心，望风响化。而独是诸子中，有阿其那、塞思黑、允禵者，奸邪成性，包藏祸心，私结党援，妄希大位，如鬼如蜮，变幻千端，皇考曲加矜全宽宥之恩，伊等并无感激悔过之意，以致皇考震怒，屡降严旨切责，忿激之语，凡为臣子者，不忍听闻。圣躬因此数人，每忧愤感伤，时为不豫，朕侍奉左右，安慰圣怀，十数年来，费尽苦心，委曲调剂，此诸兄弟内廷人等所共知者。及朕即位，以阿其那实为匪党倡首之人，伊若感恩，改过自新，则群邪无所比暱，党与自然解散，是以格外优礼，晋封王爵，推心任用。且知其素务虚名，故特奖以诚孝二字，鼓舞劝勉之。盖朕心实望其迁善改过也。乃伊办理事务，怀私挟诈，过犯甚多，朕俱一一宽免，未罚伊一人之俸，未治伊家下一人之罪，亦始终望其迁善改过耳。迨今三年有余，而悖逆妄乱，日益加甚，时以蛊惑人心，扰乱国政，烦朕心激朕怒为事。而公廷之上，诸王大臣之前，竟至指誓天日，诅咒不道，不臣之罪，人人发指。朕思此等凶顽之人，不知德之可感，或知法之可畏，故将伊革去王爵，拘禁宗人府，而阿其那反向人云："拘禁之后，我每饭加餐，若全尸以殁，我心断断不肯。"似此悖逆之言，实意想所不到，古今所罕有也。总之伊自知从前所为之事，久为朕心洞悉，且为天地所必诛，扪心自问，殊无可赦之理，遂以伊毒忍之性度朕，故为种种桀骜狂肆之行，以激朕怒，但欲朕置伊于法，使天下不明大义之人，或生议论，致朕之声名，有损万一，以快其不臣之心，遂其怨望之意。

朕受皇考付托之重，统御寰区，一民一物，无不欲其得所，以共享皇考久道化成之福，岂于兄弟手足，而反忍有伤残之念乎？且朕昔在藩邸时，光明正大，诸兄弟才识，实不及朕，待朕悉皆恭敬尽礼，不但不敢侮慢，并无一语争竞，亦无一事猜嫌，此历来内外皆知者，不待朕今日粉饰过言也。今登大位，岂忽有藏怒匿怨之事，而欲修报复乎？无奈朕昆弟中，有此等大奸大恶之徒，而朕于家庭之间，实有万难万苦之处，不可以德化，不可以威服，不可以诚感，不可以理喻，朕展转反复，无可如何，含泪呼天，我皇考及列祖在天之灵，定垂昭鉴。

阿其那与塞思黑、允䄉、允禵、允禟结为死党，而阿其那阴险诡谲，实为罪魁；塞思黑之恶，亦与相等；允䄉等狂悖糊涂，受其笼络，听其指挥，遂至胶固而不解。总之此数人者，希冀非分，密设邪谋，贿结内外朋党，煽惑众心，行险徼幸之辈，皆乐为之用，私相推戴，而忘君臣之大义。此风渐积，已二十余年，惟朕知之最详最确。若此时不将朕所深知灼见者，分晰宣谕，晓示天下，垂训后人，将来朕之子孙，欲明晰此逆党之事，恐年岁久远，或有怀挟私心之辈，借端牵引，反致无罪之人，枉被冤抑。况朕之所深知者，在廷诸臣，未必能尽知之，三年以来，朕遇便则备悉训示，明指伊等居心行事之奸险；今在廷诸臣，虽知之矣，而天下之人，未必能知之。此是非邪正，所关甚大，朕所以不得不反复周详，剖悉晓谕也。诸王大臣胪列阿其那、塞思黑、允禟各款，合词纠参，请正典刑以彰国法，参劾之条，事事皆系实迹，而奏章中所不能尽者，尚有多端，难以悉数。

今诸王大臣以邪党不翦，奸宄不除，恐为宗社之忧，数次力引大义灭亲之请者，固为得理，但朕受皇考付托之重，而手足之内，遭遇此等逆乱顽邪，百计保全而不得，实痛于衷，不忍于情。然使姑息养奸，优柔贻患，存大不公之私心，怀小不忍之浅见，而不筹及国家宗社之长计，则朕又为列祖列宗之大罪人矣。允䄉、允禵、允禟，虽属狂悖乖张，尚非首恶，已皆拘禁，冀伊等感发天良，悔改过恶。至阿其那复塞思黑治罪之处，朕不能即断，俟再加详细熟思，颁发谕旨，可将诸王大臣等所奏，及朕此旨颁示中外，使咸知朕万难

之苦衷，天下臣工，自必谅朕为久安长治之计，实有不得已之处也。特谕。

这谕下后，不到数日，顺承郡王锡保入奏，阿其那死了。雍正帝故作惊讶道："阿其那有什么重病，竟致身死？看守官也太不小心，既见阿其那有病，为何不先报知？"锡保道："据看守官说，昨日晚餐，阿其那还好好儿吃饭，不料到了夜间，暴疾而亡。"雍正帝顿足道："朕想他改过迁善，所以把他拘禁，不忍加诛，谁知他竟病死了。"正嗟叹间，宗人府又来报道："塞思黑在保定禁所，亦暴疾身死。"雍正帝叹道："想是皇考有灵，把二人伏了冥诛，若使不然，他二人年尚未老，为什么一同去世呢？"次日，诸王大臣合词奏请，阿其那、塞思黑逆天大罪，应戮尸示众，其妻子应一律正法。同党允禵、允䄉亦应斩决。允禵、允䄉等即果不法，究是雍正帝兄弟，允禩、允禟已死，允禵、允䄉不过残喘苟延，诸王大臣还要奏请斩决，连妻子都要正法，若非暗中唆使，哪有这般大胆。奉旨："阿其那、塞思黑已伏冥诛，应毋庸议！其妻子从宽免诛，逐回母家，严加禁锢。"方不再奏。后人有诗咏此事道：

阿其那与塞思黑，
煎豆燃萁苦不容。
玄武门前双折翼，
泰陵毕竟胜唐宗。

允禩、允禟死后，雍正帝已除内患，复想出一种很毒的手段，连年羹尧、隆科多一班人物，也要除灭了他，这真算是辣手。

下回表明一切，请看官往后续阅！

荡平青海，功由岳钟琪、年羹尧第拱手受成而已，封为一等公，酬庸何厚？且闻其父年遐龄，亦晋公爵，其长子斌列子爵，次子富列男爵，赏浮于功，宁非别有深意耶？后人谓世宗之立，内恃隆科多，外恃年羹尧，不为无因。作者既于前回表明，本回第据事直叙，两两对勘，已见隐情。若允禵允䄉等，不过于圣祖在日，潜谋夺嫡而已，世宗以计得立，即视之若眼中钉，始则虚与委蛇，继则屡加呵责，匪惟斥之，且拘禁之；匪惟禁之，且暗杀之。改其名曰阿其那，曰塞思黑，曾亦思阿其那、塞思黑为何人之子孙？自己又为何人之子孙乎？辱其兄弟，与辱己何异，与辱及祖考又何异。虽利口喋喋，多见其忍心害理而已。作者仅录硃谕一道，已如见肺肝，王大臣辈无讥焉。

# 第三十二回　兔死狗烹功臣骄戮
鸿罹鱼网族姓株连

却说抚远大将军年羹尧，本是雍正帝的心腹臣子，青海一役，受封一等公；其父遐龄，亦封一等公爵，加太傅衔，赐缎九十匹；长子斌封子爵；次子富亦封一等男。古人说得好："位不期骄，禄不期侈"，年羹尧得此宠遇，未免骄侈起来。况他又是雍正帝少年朋友，并有拥戴大功，自思有这个靠山，断不至有意外情事，因此愈加骄纵。平时待兵役仆隶，非常严峻，稍一违忤，立即斩首。他请了一个西席先生，姓王字涵春，教幼子念书，令厨子馆僮侍奉维谨。一日，饭中有谷数粒，被羹尧察出，立即处斩。又有一个馆僮，捧水入书房，一个失手，把水倒翻，巧巧泼在先生衣上，又被羹尧看出，立拔佩刀，割去馆僮双臂。吓得这位王先生，日夜不安，一心只想辞馆，怎奈见了羹尧，又把话儿噤住，恐怕触忤东翁，也似厨子馆僮一般，战战兢兢，过了三年，方得东翁命令，叫幼子送师归家。这位王先生离开这阎罗王，好像得了恩赦，匆匆回家；到了家门，蓬荜变成巨厦，陋室竟作华堂，他的妻子出来相迎，领着一群丫头使女，竟是珠围翠绕，玉软香温，弄得这位王先生，茫无头绪，如在梦中。后经妻子说明，方知这场繁华，统是东家年大将军背地里替他办好，真是感激不尽。那位年少公子，奉了父命，送师至家，王先生知他家法森严，不敢叫他中道折回；到了家中，年公子呈上父书，经先生拆阅，乃是以子相托，叫幼子居住师门，不必回家。先生越发奇怪，转想年大将军既防不测，何不预先辞职，归隐山林？这真不解！其实羹尧总难免一死，即使归隐，亦恐雍正不肯放过。当时亦不便多嘴，便将来书交年公子自阅。公子阅毕，自然遵了父命，留住不归。先生也自然格外优待，且不必说。

只年将军总是这般脾气，喜怒无常，杀戮任性，起居饮食，与大内无二，督抚提镇，视同走狗。在西宁时，见蒙古贝勒七信的女儿姿色可人，遂不由分说，着兵役抬回取乐，一面令提督吹角守夜。提督军门总道他得了娇娃，

## 第三十二回 兔死狗烹功臣骄戮 鸿罹鱼网族姓株连

无暇巡察，差了一个参将，权代守夜。谁知这位年大将军精神正好，上了一次舞台，又起身出营巡逻，见守夜的乃是参将，并不是提督，遂即回营，把提督参将一齐传到，喝令斩决示众。但他既残忍异常，如何军心这般畏服？他杀人原是厉害，他的赏赐也比众不同，一赐千万，毫不吝惜，所以兵士绝不谋变。惟这赏钱从哪里得来？未免纳贿营私，冒销滥报。雍正帝未除允禩、允禟等人，虽闻他种种不法，还是隐忍涵容，等到允禩、允禟已经拘禁，他索性把同与秘谋的人，也一律处罪，免得日后泄漏。手段真辣。一日下谕，调年羹尧为杭州将军，王大臣默窥上意，料知雍正帝要收拾羹尧，便合词劾奏。雍正帝大怒，连降羹尧十八级，罚他看守城门。他在城门里面，守得格外严密，任你王孙公子，丝毫不肯容情，因此挟怨的人愈沿愈多。王大臣把他前后行为，一一参劾，有几条是真凭实据，有几条是周内深文，共成九十二大罪，请即凌迟处死。还是雍正帝记念前劳，只令自尽，父子等俱革职了事。惟年富本不安本分，着即处斩，所有家产，抄没入官。

年羹尧已经伏法，还有隆科多未死，雍正帝又要处治他了。都察院先上书纠劾隆科多，说他庇护年羹尧，例应革职。得旨："削去太保衔，职任照旧。"嗣刑部又复上奏，劾他挟势婪赃，私受年羹尧等金八百两，银四万二千二百两，应即斩决。有旨："隆科多才尚可用，恰是有才。免其死罪，革去尚书，令往理阿尔泰边界事务。"隆科多去后，议政王大臣等，复奏隆科多私钞玉牒，存贮家中，应拿问治罪。奉旨准奏，即着缇骑逮回隆科多，饬顺承郡王锡保密审，锡保遵旨审讯，提出罪案，质问隆科多。隆科多道："这等罪案，还是小事，我的罪实不止此。只我乃是从犯，不是首犯。"锡保道："首犯是哪一个？"隆科多道："就是当今皇上。"锡保道："胡说！"隆科多道："你去问他，哪一件不是他叫我做的。他已做了皇帝，我等自然该死。"仿佛隋朝的张衡。锡保不敢再问，便令将隆科多拘住，一面锻炼成狱，说他大不敬罪五件，欺罔罪四件，紊乱朝政罪三件，奸党罪六件，不法罪七件，贪婪罪十七件，应拟斩立决，妻子为奴，财产入官。雍正帝特别加恩，特下谕旨道：

隆科多所犯四十款重罪，实不容诛，但皇考升遐之日，召朕之诸兄弟，及隆科多入见，面降谕旨，以大统付朕。是大臣之内，承旨者惟隆科多一人，不鲎自认。今因罪诛戮，虽于国法允当，而朕心实有所不忍。隆科多忍负皇考及朕高厚之恩，肆行不法，朕既误加信任于初，又不曾严行禁约于继，惟有朕身引过而已。在隆科多负恩狂悖，以致臣民共愤，此伊自作之孽，皇考在天之灵，必昭鉴而默诛之。隆科多免其正法，于畅春园外，附近空地，造屋三间，永远禁锢。伊之家产，何必入官，其妻子亦免为奴。伊子岳兴阿着革职，玉桂着发往黑龙江当差。钦此。

雍正帝本是个刻薄寡恩的主子，喜怒不时，刑赏不测，他于年羹尧、隆科多二人，一令自尽，一饬永禁，惟家眷都不甚株累，分明是纪念前功，格外矜全的意思。只前回说这年大将军，系血滴子的首领，此次年将军得罪，难道这种侠客，不要替他复仇么？据故老传说：雍正帝既灭了允禩、允禟一班兄弟，复除了年羹尧、隆科多一班功臣，他想内外无事，血滴子统已没用，索性将这班豪客，诱入一室，阳说饮酒慰劳，暗中放下毒药，一古脑儿把他鸩死，绝了后患，所以血滴子至今失传。这种遗闻，毕竟是真是假，小子无从证实，姑遵了先圣先师的遗训，多闻阙疑便了。

只是年羹尧案中，还牵连文字狱两案：浙人江景祺，作西征随笔，语涉讥讪，年羹尧不先奏闻，目为大逆罪，把汪景祺立即斩决，妻子发往黑龙江为奴。还有侍讲钱名世，作诗投赠年羹尧，颂扬平藏功德，谄媚奸恶，罪在不赦，革去职衔，发回原籍。榜书"名教罪人"悬挂钱名世居宅，总算是格外宽典。此外文字狱，亦有数种：江西正考官查嗣庭，出了一个试题，系大学内"维民所止"一语，经廷臣参奏，说他有意影射，作大逆不道论。小子起初也莫名其妙，后来觅得原奏，方知道他的罪证，原奏中说"维"字"止"字，乃"雍"字"正"字下身，是明明将"雍正"二字，截去首领，显是悖逆。可怜这正考官查嗣庭未曾试毕，立命拿解进京，将他下狱，他有冤莫诉，气愤而亡。还要把他戮尸枭示，长子坐死，家属充军。欲加之罪，何患无辞！又有

故御史谢济世，在家无事，注释《大学》，不料被言官闻知，指他毁谤程、朱，怨望朝廷。顺承郡王锡保参了一本，即令发往军台效力。这个谢济世竟病死军台，不得生还。秦皇焚书坑儒，亦是此意。相传雍正年间，文武官员，一日无事，使相庆贺，官场如此，百姓可知，这真叫法网森严呢。

另有一种案子，比上文所说的，更是重大，待小子详细叙来：浙江有个吕留良，表字晚村，他生平专讲种族主义，隐居不仕。大吏闻他博学，屡次保荐，他却誓死不去。家居无事，专务著作，到了死后，遗书倒也不少，无非论点夷夏之防及古时井田封建等语。当时文网严密，吕氏遗书不便刊行，只其徒严鸿逵、沈在宽等，抄录成编，作为秘本。湖南人曾静，与严、沈两人往来投契，得见吕氏遗著，击节叹赏。寻闻雍正帝内诛骨肉，外戮功臣，清宫里面，也有不干净的谣传。他竟发生痴想，存了一个尊攘的念头。他有个得意门生，姓张名熙，颇有胆气，曾静与他密议，张熙道："先生之志则大矣，先生之号则不可。"曾静道："《春秋》大义，内夏外夷，若把这宗旨提倡，哪有不感动人心？你如何说是不可？"张熙道："滔滔者，天下皆是也，靠我师生两个，安能成事？"曾静道："居！吾语汝！"满口经书，确是两个书癫子。遂与张熙耳语良久。张熙仍是摇头，曾静道："他是大宋岳忠武王后裔，难道数典忘祖么？况满廷很加疑忌，他亦昼夜不安，若有人前往游说，得他反正，何

愁大业不成？"张熙道："照这样说来，倒有一半意思，但是何人可去？"曾静道："明日我即前往。"张熙道："先生若去，吉凶难卜，还是弟子效劳为是。"有事弟子服其劳，张熙颇不愧真传。曾静随写好书信，交与张熙，并向张熙作了两个长揖，张熙连忙退避。次日，张熙整顿行装，到业师处辞行。曾静送出境外，复吩咐道："此行关系圣教，须格外郑重！"迂极。张熙答应，别了曾静，径望陕西大道而去。

这时川陕总督正是岳钟琪。张熙昼行夜宿，奔到陕西，问明总督衙门，即去求见。门上兵役把他拦住，张熙道："我有机密事来报制军，敢烦通报。"便取出名帖，递与兵役。由兵弁递进名帖，钟琪一看，是"南靖州生员张熙"八个小字，随向兵弁道："他是个湖南人氏，又是一个秀才，来此做什么？不如回绝了他！"兵弁道："据他说有机密事报闻，所以特地前来。"钟琪道："既如此，且召他进来！"兵弁出去一会，就带了张熙入内。张熙见了岳钟琪只打三拱，钟琪也不与他计较，便问道："你来此何干？"张熙取出书信，双手捧呈。钟琪拆阅一周，顿时面色改变，喝令左右将张熙拿下。左右不知何故，只遵了总督命令，把张熙两手反绑。张熙倒也不甚惊惧，钟琪便出坐花厅，审问张熙，两旁兵弁差役，齐声呼喝，当将张熙带进，令他跪下。钟琪道："你这混帐东西，敢到本部堂处献书，劝本部堂从逆，正是不法已极，只我看你一个书生，哪有这般大胆，究竟是被何人所愚，叫你投递逆书？你须从实招来，免受刑罚！"张熙微笑道："制军系大宋忠武王后裔，独不闻令先祖故事么？忠武王始终仇金，晓明攘夷大义，虽被贼臣搆陷，究竟千古流芳。公乃背祖事仇，宁非大误，还请亟早变计，上承祖德，下正民望，做一番烈烈轰轰的事业，方不负我公一生抱负。"钟琪大喝道："休得胡说！我朝深恩厚泽，浃髓沦肌，哪个不心悦诚服？独你这个逆贼，敢来妄言。如今别话不必多说，但须供出何人指使，何处巢穴。"张熙道："扬州十日，嘉定三日，这是人人晓得的故事，我公视作深恩厚泽，真正奇闻。我自读书以来，颇明大义，内夏外夷，乃是孔圣先师的遗训，如要问我何人指使，便是孔夫子，何处巢穴，便是山东省曲阜地方，所供是实。"诙谐得妙。钟琪道："你不受刑，安肯实供？"喝左右用刑。早走上三四个兵役，把张熙揪翻，取过刑杖，连挞臀上，一五一十的报了无数，连臀血都浇了出来。张熙只连叫"孔夫子"、"孔老先生"，终没有一句实供。钟琪复命左右加上夹棍，这一夹，比刑杖厉害得多，真是痛心彻肺，莫可言状。张熙大声道："招了，招了。"兵役把夹棍放宽，张熙道："不是孔夫子指使，乃是宋忠武王岳飞指使的。"妙语。钟琪连拍惊堂木，喝声快夹。兵役复将夹棍收紧，张熙哼了一声，晕绝地上。兵役忙把冷水喷醒，钟琪喝问实供不实供，张熙道："投书的是张熙，指使的亦是张熙，你要杀就杀，要剐就剐。哼、哼、哼！我张熙倒要流芳百世，恐怕你岳钟琪恰遗臭万年。"钟琪暗想道："我越用刑，他越倔强，这个蠢汉，不是刑罚可以逼供的。"当命退堂，令将张熙拘入密室。

　　过了两夕，忽有一个湖南口音，走入张熙囚室内，问守卒道："哪个是张先生？"守卒便替他指引，与张熙照面。张熙毫不认识，便是那人开口道："张兄久违了！"张熙不觉惊异起来。那人道："小弟与张兄乃是同乡，只与张兄会过一次，所以不大相识。"张熙问他姓名，那人道："此处非讲话之所。惟闻张兄创伤，特延伤科前来医治，待张兄伤愈，再好细谈。"说毕，便引进医生，替他诊治，外敷内补，日渐痊可。那人复日夕问候，张熙感他厚谊，一面道谢，一面问他来历。那人自说现充督署幕宾，张熙越加惊疑。那人并说延医诊治，亦是奉制军差遣，张熙道："制军与我为仇，何故医我创伤？"那人起身四瞰，见左右无人，便与张熙附耳道："前日制军退堂，召我入内，私对我说道：'你们湖南人，颇是好汉。'我当时还道制军不怀好意，疑我与张兄同乡，特来窥探，我便答道：'这种人心怀不轨，有什么好处？'制军怡正色道：'他的言语，倒是天经地义，万古不易，只他未免冒失，哪里有堂堂皇皇，来投密书，我只得把他刑讯，瞒住别人耳目，方好与他密议。'随央我延医诊治。我虽答应下来，心里终不相信，所以次日未来此处。处处反说，不怕张熙不入彀中。不意到了夜间，制军复私问延医消息，并询及张兄伤痕轻重如何，我又答道：'此事请制军三思，他日倘传将出去，恐怕未便，况当今密探甚多，总宜谨慎为是。'制军怅然道：'我道你与他同乡，不论国防，也须顾点乡谊，你却如此胆小，圣言微义，从此湮没了。'随又取出张兄所投的密书，与我瞧阅，说着：'书中语语金玉，不可轻视。'我把书信阅毕，缴还制军，随答道：'据书中意思，无非请制军发难，恐怕未易成功。'这一句话，恼了制军性子，顿时怒容满面道：'我与你数年交情，也应知我一二，为什么左推右阻？'我又答道：'据制军意见，究属如何？'制军道：'我是屡想发难，只惜无人帮助，独木不成林，所以隐忍未发，若得写书的人，邀作臂助，不患不成。你且将张某医好，待我前去谢罪，询出写书人姓字，前去聘他方好。'又叫我严守秘密，我见制军诚意，并因张兄同乡，所以前来问候。"张熙听他一派鬼话，似信非信，便道："制军如果有此心，我虽死亦还值得。但恐制军口是心非。"那人便接口道："现今皇上也很疑忌制军，或者制军确有隐衷，也未可知。"故作腾挪之笔，可谓善话。说毕辞去。

　　隔了一宿，那人竟与岳制军同至密室。岳制军谦恭得了不得，声声说是恕罪；又袖出人参二支，给他调养，并说道："本拟设席压惊，只恐耳目太多，不便张皇，还请先生原谅！"叙了许久，也不问起写书人姓字，作别而去。嗣后或是那人自来，或是制军同至，披肝露胆，竭尽真诚。张熙被他笼住，不知不觉地把曾静姓名，流露出来。岳钟琪当

第三十二回　兔死狗烹功臣骄戮　鸿罹鱼网族姓株连

即飞奏，并移咨湖南巡抚王国栋，拿问曾静。雍正帝立派刑部侍郎杭奕禄、正白旗副都统海兰，到湖南会同审讯。曾静供称生长山僻，素无师友，因历试州城，得见吕留良评论时文及留良日记，因此倾信。又供出严鸿逵、沈在宽等，往来投契等情。杭奕禄等据供上闻，雍正帝复飞饬浙江总督李卫，速拿吕留良家属，及严鸿逵、沈在宽一干人犯，并曾静、张熙，一并押解到京，命内阁九卿谳成罪案。留良戮尸，遗书尽毁。其子毅中处斩，鸿逵已病殁狱中，亦令枭首。在宽凌迟处死。罪犯家属，发往黑龙江充军。曾静、张熙因被惑讹言，加恩释放。惟将前后罪犯口供，一一汇录刊布，冠以圣谕，取名大义觉迷录，颁行海内，留示学宫。可怜吕留良等家眷，被这虎狼衙役，牵的牵，扯的扯，从浙江到黑龙江，遥遥万里，备极惨楚，单有一个吕四娘，乃留良女儿，她却学成一身本领，奉着老母，先日远飏去了。小子凑成七绝一首道：

文字原为祸患媒，
不情惨酷尽堪哀。
独留侠女高飞去，
他日应燃死后灰。

雍正帝既惩了一干人犯，复洋洋洒洒的下了几条谕旨，小子不暇遍录，下回另叙别情。

年羹尧、隆科多二人，与谋夺嫡，罪有攸归，独对于世宗，不为无功。世宗杀之，此其所以为忍也。且功成以后，不加裁抑，纵使骄恣，酿成罪恶，然后刑戮有名，斯所谓处心积虑成于杀者。读禁隆科多谕旨，不啻自供实迹。言为心声，欲盖弥彰，矫饰亦奚益乎？文狱之惨，亦莫过于世宗时，一狱辄株连数十百人，男子充戍，妇女为奴，何其酷耶？本回于雍正帝事，仅叙其大者，此外犹从阙略，然已见专制淫威，普及臣民，作法于凉，必致无后。吕嬴牛马，亶其然乎？

## 第三十三回　畏虎将准部乞修和　望龙髯苗疆留遗恨

却说罗卜藏丹津远窜后，投奔准噶尔部，依策妄阿布坦。清廷遣使索献，策妄不奉命。是时西北两路清军，已经撤回，惟巴里坤屯兵仍旧驻扎。雍正五年，策妄死，子噶尔丹策零立，狡黠好兵，不亚乃父。雍正帝拟兴师追讨，大学士朱轼，都御史沈近思，都说时机未至，暂缓用兵，独大学士张廷玉与上意相合。乃命傅尔丹为靖远大将军，屯阿尔泰山，自北路进，岳钟琪为宁远大将军，屯巴里坤，自西路进，约明年会攻伊犁。雍正帝亲告太庙堂子，随升太和殿，行授钺礼，并亲视大将军等上马启行。是日天本晴朗，忽然阴云四合，大雨倾盆，旌纛不扬，征袍皆湿。不祥之兆。沿途露餐风宿，到了汛地，驻扎数月。会罗卜藏丹津与族属舍楞，谋杀噶尔丹策零，夺据准部。事泄，丹津被执。身作寓公，还想吞灭主人翁，真正该死！噶尔丹策零遣使特磊到京，愿执丹津来献。于是有旨令两大将军暂缓出师，回京面授方略。令提督纪成斌、副将军巴赛，分摄两路军事。不料噶尔丹策零闻将军召还，竟遣兵二万，入袭巴里坤南境科舍图牧场，抢夺牲畜。纪成斌仓卒无备，不及赴援，幸亏总兵樊廷、副将冶大雄，急率二千兵驰救。总兵张元佐亦领兵来会。力战七昼夜，方杀退敌众，夺回牲畜大半。诏奖樊廷、张元佐等，降纪成斌为副将，仍令傅尔丹、岳钟琪各赴军营。

傅尔丹容貌修伟，颇有雄纠气象，无如徒勇寡谋，外强中干。先是与岳钟琪同时出师，沿途扎营，两旁必列刀槊，钟琪问他何用，傅尔丹道："这种刀槊，统是我的家伙，摆立两旁，所以励众。"钟琪微笑，出了营，语自己的将佐道："将在谋不在勇，徒靠这个军器，恐不中用。这位傅大将军，未免要临阵蹉跌呢！"此次奉命再出，亟至科尔多，策零遣大小策零敦多布，率兵三万，进至科尔多西边博克托岭。傅尔丹闻报，命部将往探，捉住番兵数名回来，由傅尔丹讯问。番兵答道："我军前队千余人，已至博克托岭，带有驼马二万只，后队现尚未到。"傅尔丹道：

第三十三回 畏虎将准部乞修和 望龙旗苗疆留遗恨

"你等愿降否？"番兵道："既已被捉，如何不降？"傅尔丹大喜，令为前导，即发兵万人随袭敌营。忽有数人入谏道："降兵之言不可信，大帅宜慎重方好！"傅尔丹视之，乃是副都统定寿、永国、海寿等人，便道："你等何故阻挠？"开口便说他阻挠，活肖卤莽形状。定寿道："行军之道，精锐在先，辎重在后，断没有先后倒置的道理，况据降兵报称，敌兵前队，只千余名，驼马恰有二万头，这等言语，显是不情不实，请大帅拷讯降卒，自得真供。"已经道破，人人可晓，偏这傅尔丹不信。傅尔丹叱道："他已愿降，如何还要拷讯？就使言语不实，他总有兵马扎住岭上，我去驱杀一阵，逐退贼兵，亦是好的。"总是恃勇轻敌。便令副将军巴赛率兵万人先进，自率大兵接应。

巴赛挑选精骑四千，跟降卒前行，作为先锋，三千为中军，三千为后劲，勒马衔枚，疾趋博克托岭。到了岭下，望见岭上果有驼马数十头，番兵数十名，巴赛忙驱兵登岭，番兵立刻逃尽，剩下驼马，被清兵获住。是钓鱼的红曲蟺。复向岭中杀入，山谷间略有几头驼马，四散吃草，仍是诱敌。前锋不愿劫夺，大抵嫌少。只管疾行。后队见有驼马，争前牵勒，猛听得胡笳远作，番兵漫山而来。巴赛亟想整队迎敌，各兵已自哗乱，霎时毡裘四合，把清兵前后隔断，前锋到和通泊陷入重围，只望后队援应，后队的巴赛又望前队回援，两不相顾，大众乱窜。番兵趁这机会，万矢齐射，清兵前锋四千名陷没和通泊，巴赛身中数箭，倒毙谷中。六千人不值番兵一扫，荡得干干净净。

这时候，傅尔丹已到岭下，暂把大兵扎住，拟窥探前军情形，再定进止。忽见番兵乘高而下，呼声震天，傅尔丹亟命索伦蒙古兵抵御，科尔沁蒙古兵悬着红旗，土默特蒙古兵悬着白旗，白旗兵争先陷阵，红旗兵望后遁走。索伦兵惊呼道："白旗兵陷没，红旗兵退走了。"各军队闻了此语，吓得心惊胆战，你也逃，我也走，只恨爹娘少生两条腿子，拚命乱跑。傅尔丹惊惶失措，也只得且战且走。勇在哪里？番兵长驱掩杀，击毙清兵无数，伤亡清将十余员，只傅尔丹手下亲兵二千名，保住傅尔丹逃回科尔多。番兵俘得清兵，用绳穿胫，盛入皮囊内，系在马后，高唱胡歌而去。清兵都做了入网之鱼。

败报传到北京，雍正帝急命顺承郡王锡保代为大将军，降傅尔丹职。别遣大学士马尔赛，率兵赴归化城，扼守后路。那边大小策零，既败傅尔丹，遂乘胜进窥喀尔喀，绕道至外蒙古鄂登楚勒河，惹出一个大对头来。这个大对头，名叫策凌，他是元朝十八世孙图蒙肯的后裔，幼时曾居北京，侍内廷，尚公主，后来带了家眷，还居外蒙古塔米尔河。他的祖宗蒙肯，尊奉黄教，达赖喇嘛给他一个"三音诺颜"的美号。藏俗叫善人为"三音"，蒙古俗叫官长为"诺颜"，蒙藏合词，译作汉文，就是好官长的意义。策凌袭了祖宗的徽号，隶入土谢图汗下，他因喀尔喀与准部毗连，预练士卒，防备准寇，适值小策零绕道来攻,策凌先遣六百骑挑战,诱他追来,自率精骑,跃马冲入。敌将喀喇巴图鲁,勇悍善战,持刀来迎,被策凌大喝一声,立劈喀喇巴图鲁于马下。小策零部众见喀喇被杀,无不股栗,当即退走。策凌追出境外,俘馘数千名,方令退兵。驰书奏捷,奉旨晋封亲王,命他独立,不复隶土谢图。自是喀尔喀蒙古内,特增三音诺颜部,与土谢图、札萨克、车臣三汗,比肩而立了。

小策零败还后,屯兵喀喇沙尔城,至雍正十年六月,纠众三万,偷过科尔多大营,复图北犯。顺承郡王锡保,急檄策凌截击,策凌兼程前进,将至本博图山,忽接塔米尔河警信,准兵从间道突入本帐,把子女牲畜尽行掠去,策凌愤极,对天断发,誓歼敌军,一面返旆驰救,一面告急锡保,请师夹攻。策凌部下,有一个脱克浑,绰号飞毛腿,一昼夜能行千里,他浑身穿着黑衣,外罩黑氅,每登高峰,探敌虚实,用两手张开黑氅,好像老鹰一般,敌兵就使望见亦疑是塞外巨鹰,不去防备,他却把敌兵情势,望得明明白白,来报策凌。活似戏子中一个开口跳。策凌至杭爱山西麓,得脱克浑报知,敌兵就在山后,便令部兵略略休息,到夜间逾山而下,如风如雨,杀入敌营。这等番兵得胜而归,饱餐熟睡,迨至惊觉,摸刀的不得刀,摸枪的不得枪,也有钻出头而头已落,也有伸出脚而脚已断,也有掣出刀,却杀了自己头目,点起铳,却打了自己部兵,只有脚生得比人长的、耳生得比人灵的,先行疾走,方得逃出。策凌奋力追赶,杀到天明,追至鄂尔昆河,左阻山,右逼水,中间横亘一大喇嘛庙,叫作额尔德尼寺,敌无去路,仍冒死回扑。策凌跃出阵前,也不顾死活,恶狠狠地与敌相搏。究竟敌兵已败,未免胆怯,蒙兵方胜,来得势盛,两下拼命,也有分别。这一场恶战,敌兵一半被杀,一半挤入水中,不但掠去的子女牲畜尽被策凌夺回,就是小策零带来的辎重甲杖亦统行丢弃。小策零率领残骑,扒山遁去。策凌满望锡保出兵邀击,谁知锡保所遣的丹津多尔济,观望却避,竟被小策零生还。马尔赛已奉命移守拜达里克城,亦约束诸将,闭门不出。小策零沿城西走,城内将士,请马尔赛发令追袭,马尔赛仍是不允。将士大愤,自出追敌,怎奈敌已走尽,只得了少许敌械,回入城中。策凌一一奏闻,诏斩马尔赛,革锡保郡王爵,封策凌为超勇亲王,授平郡王福彭为定边大将军,代锡保职,用策凌为副手,守住北路。

时西路将军岳钟琪驻守巴里坤,按兵不动,只檄将军石云倬等,赴南山口截准兵归路。石云倬迁延不进,纵令溃兵远飏。岳钟琪劾奏治罪,大学士鄂尔泰并劾岳钟琪拥兵数万,纵投网送死之贼,来去自如,坐失机会,罪无可贷,遂诏削岳钟琪大将军号,降为三等侯,寻复召还京师,命鄂尔泰督巡陕甘,经略军务,并令副将军张广泗,护宁远大将军印。广泗奏言准夷专靠骑兵,岳钟琪独用车营,不能制敌,反为敌制,因此日久无功,雍正帝复夺钟琪职,交兵

张广泗受任后，壁垒一新，无懈可击，准酋噶尔丹策零亦遣使请和。雍正帝召王大臣会议，或主剿，或主抚，还是雍正帝乾纲独断，对王大臣道："朕前奉皇考密谕，准夷辽远，不便进剿，只有诱他入犯，前后邀截，方为上策。现经上年大创，他已远徙，不敢深入，我两路大兵，暴露已久，不如暂时主抚，再作远图。"这谕一下，诸王大臣同声赞成，乃降旨罢征，遣侍郎傅鼐及学士阿克敦往准部宣抚。准酋欲得阿尔泰山故地，超勇亲王策凌，坚持不可，往复争论，直到乾隆二年，始议定阿尔泰山为界，准部游牧，不得过界东，蒙人游牧，不得过界西，总算勉就和平，这且按下慢表。

且说中国西南，有一种苗民，很是野蛮，相传轩辕黄帝以前，中国地方本是苗民居住，后来轩辕黄帝与苗族头目蚩尤战了一场，蚩尤战败被杀，余众窜入南方，后复逐渐退避，伏处南岭，名目遂分作几种：在四川的叫作獏；在两广的叫作獞；在湖南贵州的叫作猺；在云南的叫作猓。这数省中的苗民，要算云、贵最多，官长管不得许多，向来令他自治。地方自治制，要算由苗民发起。他族中有几个头目，总算归官长约束，号为土司。吴三桂叛乱时，云、贵土司颇为所用，事平后，清廷也无暇追究。苗民不服王化，专讲劫掠，边境良民，被他骚扰得了不得，雍正皇帝用了一个镶黄旗人鄂尔泰，做了云、贵总督，他见苗民横行无忌，竟独出心裁，上了一本奏折，内说："苗民负险不服，隐为边患，要想一劳永逸，总须改土为流，所有土司，应勒令献土纳贡，违者议剿。"这奏一上，盈廷王大臣，统吓得瞠目伸舌，这也是寻常计策，王大臣等诧为奇议，可见满廷多是饭桶，毫无远见。只雍正帝服他远识，极力嘉奖道："奇臣，奇臣！这是天赐与朕呢。"因饬铸滇、黔、桂三省总督印，颁给鄂尔泰，令他便宜行事。鄂尔泰剿抚并用，擒了乌蒙土司禄万钟及威远土目札铁匠、镇远叛首刁如珍，降了镇雄土司陇庆侯及广西土府岑映震、新平土目李百叠，于是云、贵生苗二千余寨，一律归命，愿遵约束。且从雍正四年，到了九年，这五年内，鄂尔泰费尽苦心，开辟苗疆二三千里，麾下文武，如张广泗、哈元生、元展成、韩勋、董芳等，统因平苗升官，鄂尔泰亦受封伯爵，雍正帝连下批札，有"朕实感谢"等语。这位鄂伯爵的功劳，真正是独一无二了。

雍正十年，召鄂尔泰还朝，授保和殿大学士，旋因准部内侵，命督巡陕、甘，经略军务。张广泗又早调任西北，护理宁远大将军事，自是苗疆又生变端，雍正十三年春，贵州台拱九股苗复叛，屯兵被围，营中樵汲，都被断绝。军士掘草为食，凿泉以饮，死守经月，方得提督哈元生援兵，突围出走。哈元生拟大举进剿，怎奈巡抚元展成，轻视苗事，与哈元生意见不合，只遣副将宋朝相带兵五千，进攻台拱，甫至半途，遇苗民倾寨而来，众寡不敌，相率溃退。苗民遂迭陷贵州诸州县，有旨发滇、蜀、楚、粤六省兵会剿，特授哈元生为扬威将军，副以湖广提督董芳，嗣又命刑部尚书张照为抚苗大臣，熟筹剿抚事宜。

哈元生沿途剿苗，迭复名城，颇称得手，不想副将冯茂诱杀降苗六百余名，暨头目三十余人，余苗逃归传告，纠众诅盟，先把妻女杀死，誓抗官兵，遍地蔓延，不可收拾。张照到了镇远，还是腐气腾腾的密奏改流非计，不如议抚。哈元生、董芳亦因政见不同，互相龃龉。寻议分地分兵，滇、黔兵隶哈元生，楚、粤兵隶董芳，彼此不相顾应，一任苗民东冲西突，没法弭平。朝上这班王大臣，争说鄂尔泰无端改流，酿成大祸。专事咎人，实属可恨！鄂尔泰时已还朝，迫于时论，亦上表请罪，力辞伯爵，雍正帝允如所请，只仍命鄂尔泰直宿禁中，商议平苗的政策。

张广泗闻鄂尔泰被贬，心中也自不安，奏请愿即革职，效力军前，雍正帝尚在未决。一日，正与庄亲王允禄，果亲王允礼，大学士鄂尔泰、张廷玉在大内议事，自未至申，差不多有两个时辰，方命退班。鄂尔泰因苗族未平，格外掛念，回到宅中，无情无绪地吃了一顿晚餐。忧心君国，是爱新觉罗氏忠臣。忽见宫监奔入，气喘吁吁，报称："皇上暴病，请大人立刻进宫！"鄂尔泰连忙起身，马不及鞍，只见门外有一煤骡，跨上疾走，驰入宫前，下了马，疾趋入内，但见御榻旁人数无多，只皇后已至，满面泪容。鄂尔泰揭开御帐，不瞧犹可，略略一瞧，不觉哎哟一声，自口而出。正在惊讶，庄亲王果亲王亦到，近瞩御容，都吓了一大跳。庄亲王道："快把御帐放下，好图后事。"一面并请皇后安，皇后呜咽道："好端端一个人，为什么立刻暴亡？须把宫中侍女内监，先行拷讯，有究原因方好。"还是鄂尔泰顾全大局，随道："侍女宫监，未必有此大胆，此事且作缓图，现在最要紧的是续立嗣君。"庄亲王接口道："这话很是，乾清宫正大光明匾额后，留有锦匣，内藏密谕，应即祗遵。"随督率总管太监，到乾清宫取下秘匣，当即开读，乃"皇四子弘历为皇太子，继朕即皇帝位"二语。是时皇子弘历等已入宫奔丧，随即奉了遗诏，命庄亲王允禄，果亲王允礼，大学士鄂尔泰、张廷玉辅政。经四大臣商酌，议定明年改元乾隆。乾隆即位，就是清高宗纯皇帝。但雍正帝暴崩的缘故，当时讳莫如深，不能详考，只雍正以后，妃嫔侍寝，须脱去衵衣，外罩长袍，由宫监负入，复将外罩除去，裸体入御。据清宫人传说，这不是专图肉欲，乃是防备行刺、惩前毖后的缘故。小子不敢深信，雍正帝能侦探内外官吏，宁独不能制驭妃嫔？惟后人有诗一首道：

重重寒气逼楼台，
深锁宫门唤不开；
宝剑革囊红线女，
禁城一啸御风来。

据这首诗深意，系是专指女侠，难道是上文所说的吕四娘为父报仇么？是真是假，一俟公论。

下回要说乾隆帝事情了。

惟战而后能和，惟剿而后可抚。对待外人之策，不外乎此。准部入犯，非战不可，清世宗决意主剿，善矣。乃误任一有貌无才之傅尔丹，致有和通泊之败，若非策凌获胜，不几殆甚。至苗疆之变，罪不在鄂尔泰，张照、董芳辈实尸其咎。不能剿，安能抚？此将才之所以万不可少也。世宗自矜明察，而所用未必皆材，且反以明察亡身，蒲留仙《聊斋志异》载有侠女一则、或说即吕四娘轶事，信如斯言，精明之中，须含浑厚，毋徒效世宗之察察为也。

## 第三十四回　分八路进平苗穴
## 祝千秋暗促华龄

却说乾隆帝即位后，朝政颇尚宽大，凡宗室人等，旧被圈禁，至是一律释放。封允裪、允祕公爵，复阿其那、塞思黑红带，收入玉牒；自己的兄弟骨肉亦均封为亲王；已故弟兄，各追封赐谥；尊母钮祜禄氏为皇太后，册立元妃富察氏为皇后；母族后族，都另眼相看。又把岳钟琪、陈泰等释出狱中。赦汪景祺、查嗣庭家属罪，命他回籍。因此宗室觉罗，勋戚故旧官吏人民，没一个不颂扬仁德。确能干盅。只云、贵叛苗，未曾平靖，乾隆帝初次用兵，不得不稍示威严，特逮回张照、哈元生、董芳治罪，哈元生似属可免。别授张广泗为七省经略，节制各路人马。广泗本是治苗的熟手，到了贵州，统盘筹算，想了一个暂抚熟苗、力剿生苗的计策，握定宗旨，自易下手。随即上奏道：

臣到任后，巡阅大势，默观夫叛苗之所以蔓延，张照等之所以无功者，由分战兵守兵为二，而合生苗熟苗为一也。兵本少而复分之使单，寇本众而复殴之使合，其谬可知。且各路首逆，咸聚于上下九股清江丹江高坡诸处，皆以一大寨，领数十百寨，雄长号召，声势犄角，我兵攻一方，则各方援应，彼众我寡，故贼日张，兵日挫。为今日计，若不直捣巢穴，歼渠魁，溃心腹，断不能涣其党羽。惟暂抚熟苗，责令缴凶献械，以分生苗之势，而大兵四出，同捣生苗逆巢，使彼此不能相救，则我力专而彼力分，以整击散，一举可灭，而后再惩从逆各熟苗，以期一劳永逸，庶南人不复反矣。伏乞圣鉴！

乾隆帝览毕，命他照奏办事。张广泗遂调集贵州兵马，齐屯镇远，扼守云、贵通衢，特选精兵万余人，用四千兵攻上九股，四千兵攻下九股，自统五千余名，攻清江下流各寨。号令严明，所向克捷。

乾隆元年春，复檄调各省援兵，分作八路，一齐发动，如潮前进。那时苗民虽奋死抗拒，究竟一隅草寇，不敌七省大兵，风飘雨扫，瓦解土崩，所有未死的逆苗，都逃入宿巢去了。广泗会集大军，进攻巢穴，行了数日，遥见一座

第三十四回　分八路进平苗穴　祝千秋暗促华龄

大山，挡住去路，危崖如削，峻岭横空，四围又都是小山攒住，蜿蜿蜒蜒的约有数百里。好称山国。广泗扎住了营，召进熟苗数名，问道："这个地方叫作什么？"熟苗道："这名牛皮大箐，广阔得了不得，北通丹江，南达古州，西拒都匀八寨，东至清江台拱，差不多有五百里方圆，向系生苗老巢。幽密得很，就是近地苗蛮，亦没有晓得底细。"广泗道："据你说来，简直是无人可入的，本经略却是不怕，偏要进去。"不入虎穴，焉得虎子？便令熟苗退出。

次日，召集部将，令攻牛皮大箐，将士统有难色，广泗拍案道："养兵千日，用兵一时，国家费了无数军饷，所为何事？难道叫你坐食不成？本经略受国厚恩，图报正在今日，如得一战成功，好与你等同膺巨赏，万一失败，本经略亦不忍独生，愿与大众同死此地。天下事不患不成，但患不为，果使戮力同心，生死与共，何怕这牛皮大箐？何惮这待死苗民？"慷慨激昂。将士见主帅发怒，自然唯唯从命。广泗又道："据熟苗言这牛皮大箐内，险恶异常，本经略岂肯冒昧从事，叫你前去寻死？但我来彼入，我去彼出，旷日持久，何时得了，好在各处已无叛苗，我军粮饷尚足，正应设法搜掘，谋个一劳永逸的善策。现在令各军分守箐口，先截叛苗出路，他向来不知耕作，料想箐内决无良田，不出一月，他自坐困，我们却节节进攻，步步合围，何愁不济？"将士听了此言，方个个欢喜起来，争愿效力。是所谓好谋而成。

广泗遂传令诸军，密堵箐口，又在箐外四布伏兵，严防遁逸，围了半月，始渐渐进逼，得步进步，得尺进尺，叛苗无处觅食，多在箐中饿毙。起初还有几个强悍的出来驰突，统被围军斩捕，后来不见苗踪。广泗遂驱军大进，行入箐内，但见丛莽塞径，老樾蔽天，雾雨冥冥，瘴烟幂幂，极大的蛇虺、极恶的野兽，出没其间。广泗令军士纵火焚林，霎时间火势腾上，满山满野，统是浓烟，动植各物，无不烧死。就是这等叛苗，也躲无可躲，窜出峒外，一半被杀，一半被捉，还有这种苗妻苗女，苗子苗孙，都已饿得骨瘦如柴，跪在峒旁，抱着头惨呼饶命。官兵也无暇分辨，乱砍乱戳，覆巢下无完卵，游釜中无生鱼，幸亏广泗下令禁止惨戮，还算保存了几个。

大箐已破，又搜剿附逆熟苗，分首恶、次恶、胁从三等，首恶立诛，次恶严办，胁从肆赦。约历数月，先后扫荡，共毁除一千二百二十四寨，赦免三百八十八寨，阵斩苗民一万七千余名，俘二万五千有零，获铳炮四万六千五百具，刀矛弓弩标甲，多至十四万八千件。宥其半俘，收其叛产，设九卫屯田，养兵驻守。乾隆帝闻报大喜，命广泗总督贵州，兼管巡抚事，赐轻车都尉世职，并豁免苗疆钱粮，永不征收。苗民诉讼，仍从苗俗习惯，不拘律例。自是云、贵边境，才算平靖。

苗疆已定，海内承平，乾隆帝乃偃武修文，命大学士等订定礼乐，鄂尔泰、张廷玉两大臣，悉心斟酌，规据三礼，考正八音，把朝仪定得格外严密，乐章采得格外整齐。又复连年五谷丰登，八方朝贡，真个是全盛气象，备极荣华。此时做个皇帝，方称踌躇满志。乾隆帝记起世宗遗旨，令在京三品以上及各省督抚学政，保荐博学鸿词，嗣因世宗晏驾，不及举行，至此正好缵成先志，开试文科。遂命各省文士，一律进京，计得一百七十六员，在保和殿考试。吟风弄月，摛藻扬华，篇篇是锦绣文章，个个是鼓吹盛世。当由大总裁等评定甲乙，恭呈御览。乾隆帝拔取隽才十五员，遵照康熙年例，一等五人，授翰林院编修，二等十人，授翰林院检讨及庶吉士。各员谢恩任职，也不在话下。

只这乾隆帝坐享太平，垂裳而治，未免要想出这欢娱的事情来。禁城里面的花园，算是畅春园最大，前明时懿戚徐伟作为别墅，园内花木参差，亭台轩敞，别具一番风景。圣祖在日，曾赐名畅春，复命于园内北隅，筑屋数间，赐名圆明，令皇子在此读书。世宗未登位时，最喜在圆明园饮酒吟诗，登位后，大兴建筑，楼台亭榭，添了无数。畅春园附近，又有一长春仙馆，比畅春园规模略小，馆中倒也异样精致，乾隆帝踵事增华，令把三处并为一处，发出库中存款，命工部督工改造。这一场建筑，比世宗时阔大得多。东造琳宫，西增复殿，南筑崇台，北构杰阁，说不尽的巍峨华丽。又经这班文人学士，良工巧匠，费了无数心血，某处凿池，某处叠石，某处栽林，某处莳花，繁丽之中，

点缀景致，不论春秋冬夏，都觉相宜。又责成各省地方官，搜罗珍禽异卉，古鼎文彝，把中外九万里的奇珍，上下五千年的宝物，一齐陈列园中，作为皇帝家常的供玩。略略数语，金银已不知贵得多少了。从前秦始皇筑阿房宫，陈后主起临春、结绮、望仙三阁，隋炀帝营显仁宫芳华苑，料想也不过如此。以秦始皇、陈后主、隋炀帝相比，价值何如？

这年园工告成，乾隆帝奉了皇太后，到园游览，并下特旨，自后妃以下，凡公主福晋，宗室命妇以及椒房眷属，概令入园玩赏，于是大家遵旨入园。是日，春光蔼蔼，晓色融融，乾隆帝护着皇太后銮驾，到了园内，后妃公主等，一律相随，两旁迎驾的人，统已站着。乾隆帝龙目一瞧，一半是风鬟雾鬓，素口弯腰，此时也不暇评艳。直至行宫里面，下了舆，随太后步入，大众向两宫磕头，除老年妇人外，都装扮得天仙相似，独有一位命妇，眉似春山，眼如秋水，面不脂而桃花飞，腰不弯而杨柳舞，真个是闭月羞花，沈鱼落雁。乾隆帝顾了这个丽人，暗想道："这人很有些面善，未识是谁家眷属？"只是当众人前，不好细问，便呆呆地坐着。众人又转向皇后处，请过了安，但见皇后起立，与那丽人握手道："嫂嫂来得好早！"丽人却娇滴滴道："应该恭候！"乾隆帝听了两人问答，方记起这位丽人乃是皇后的亲嫂子，内务府大臣傅恒的夫人。当由太后传下懿旨道："今日来此游览，大家不必拘礼。"众人

清史演义

都又谢恩。太后又谕道："游览不如徐步，坐了舆，反没甚趣味。"乾隆帝恰不听见，心不在焉，听而不闻。还是皇后答了"恐劳圣体"四字。太后道："我虽年老，徐步数里，想亦不至吃力。"乾隆帝方禀道："圣母既要步行，叫辇驾跟着便是。要徐步，便徐步，要乘舆，便乘舆。"太后道："这倒很好。"宫监献茶，太后以下，统已饮毕，遂出来四处闲游。皇帝皇后紧紧地跟着太后。皇后后面，便是傅夫人。皇帝频频回顾，傅夫人颇有些觉得，也有意无意，瞻仰御容。到一处，小憩一处。日中在离宫午餐，直到傍晚，太后方兴尽回宫，皇帝皇后，亦一同随返。皇后与傅夫人又是握手叙别，皇帝更恋恋不舍，临别时还回顾数次。傅夫人站立了好一歇，等到两宫不见，方坐轿回去。一缕情丝，已经牵住。

乾隆帝自此日起，常掂念着傅夫人，镇日里无情无绪，连皇后也不晓得他的心思，请问数次，不见回答。一日，遇着皇后千秋节，由太后预颁懿旨，令妃嫔开筵祝寿。乾隆帝竟开心起来，忙至慈宁宫谢恩，皇后更不必说。乾隆帝回到坤宁宫，对皇后道："明日是你生辰，何不去召你嫂子入宫，畅饮一天？"皇后道："她明日自应到来，何必去召？"乾隆帝道："总是去召她稳当。前日去逛圆明园，我见你两人很是亲热，此番进来，好留她盘桓数日，与你解闷。"皇后嘿然。乾隆帝即传宫监，叫他奉皇后命，明晨召傅夫人入宫宴赏。宫监去了一回，复奏傅夫人正预备祝千秋节，明日遵旨入宫。是夕，乾隆帝便宿在皇后宫内。次日早起视朝，不见有什么大事，当即辍朝入宫。文武百官，随驾至宫门外，祝皇后千秋。祝毕，大众散去。

乾隆帝到坤宁宫，见众妃嫔及公主福晋等，齐集宫中，傅夫人亦已在内。此时乾隆帝目中，只见有傅夫人。因御驾进来，个个站立，按照仪注行礼。乾隆帝忙道："一切蠲免。今日为皇后生辰，奉皇太后懿旨赐宴，大家好欢饮一天。若仍要拘牵礼节，倒反自寻苦恼，朕却不愿吃这苦头。"随令大家卸了礼服，一概赐坐。偏是傅夫人换了常服，越加妖艳，头上梳就旗式的髻子，发光可鉴，珠彩横生；身上穿一件桃红洒花京缎长袄，衬着这杏脸桃腮，娇滴滴越显红白；袄下露出蓝缎镶边的裤子，一双天足，穿着满帮绣花的京式旗圆。乾隆帝目不转睛地瞧著了她，她却嫣然一笑道："寿礼未呈，先蒙赐宴，这都是皇太后皇上的厚恩，臣妾感激不尽。"乾隆帝道："姑嫂一体，何用客气。"嫂可代姑，原是一体。当下传旨摆宴，乾隆帝请傅夫人上坐。傅夫人道："哪有冠履倒置的道理？"于是皇帝坐首席，皇后坐次席，第三席应属傅夫人。傅夫人又谦让一番，各位公主福晋等因傅夫人系皇后亲嫂，自然格外尊崇，定要傅夫人坐第三席，傅夫人仍坚执不肯。乾隆帝道："此处不是大廷上面，须按品列次，嫂子就坐了罢！"傅夫人无奈遵旨。比坐位重大的事情，亦应遵旨，但只一坐何妨。公主福晋等依次坐下，众妃嫔亦侍坐两旁。

这次寿筵,正是异常丰盛,说不尽的山珍海味。饮到半酣,大众都带着酒意,脱略形迹,乾隆帝发了诗兴,要大家即事联诗。公主福晋等嚷道:"这个旨意,须要会吟诗的方可遵从,若不会吟诗,只得违旨。就使皇上要治罪,也是无可奈何了。"乾隆帝道:"不会吟诗,罚饮三杯,只皇后与嫂嫂,却不在此例。"大众方各无言。当由乾隆帝起句道:"坤闱设帨庆良辰。"皇后即续下道:"奉命开筵宴众宾。"乾隆帝闻皇后吟毕,便道:"第三句请嫂嫂联吟!"傅夫人道:"这却不能,情愿遵旨罚饮三杯。"乾隆帝道:"前说过嫂嫂不在此例,就使不会吟诗,也要硬吟的。况且姑姑能诗,嫂嫂没有不能的道理。"这是从姑嫂一体语推阐出来,傅夫人只得想了一想,便吟道:"臣妾也叨恩泽逮。"乾隆帝道:"我接罢,'两家并作一家春',这句好不好?"恰是妙句。傅夫人极口赞扬。此心已许君皇了。乾隆帝又命众人拇战一回,钗声钏声,及一片呼三喝四的娇声,挤成一番热闹。傅夫人连饮了几杯,酡颜半晕,星眼微饧,一片春意。乾隆帝见她已醉,命宫女扶至别宫暂寝,复令大家闲散一番,乾隆帝也出宫而去。

隔了一小时,大家重复入席,饮酒数巡,时已未刻,皇后令宫女去视傅夫人,宫女去了,好一歇,未见回报。等到大家用过了膳,宫女始含笑而来,报称傅娘娘卧室紧闭,不便入内。皇后道:"皇上呢?"宫女道:"皇上么?"说了两声皇上,停住后文。皇后已微觉一半,不问下去。隐忍得妙。大家散了宴,少坐片刻,日影西沈,宫中统已上灯,便各谢宴退出。是晚只傅夫人不胜酒力,留住宫中。次晨,乾隆帝仍出视朝,不愧英主。傅夫人方至坤宁宫告辞,皇后对她一瞧,云鬟半軃,犹带睡容。便微哂道:"嫂子恭喜!"已含醋意。这一语,说得这位傅夫人,不知不觉,面上一阵一阵的热起来了,当即匆匆辞去。

自此皇后见了乾隆帝,不似前日的温柔,乾隆帝也觉暗暗抱愧,少往坤宁宫。昭阳殿里,私恨绵绵,谁知祸不单行,皇后亲生子永琏,竟于乾隆三年,一病不起,医药无灵。这位琏哥儿,本已由乾隆帝遵照家法,密立皇储,至此溘逝,这皇后恨上加恨,痛上加痛,哭得死去活来。乾隆帝趁这时机,打叠起温柔功夫,百般劝解,再三引咎,允她再生嫡子,定当续立为储,并谥永琏为端慧皇太子,赐奠数次,皇后方才回心转来,过了数年,又生下一子,赐名永琮,总道他长命长寿,克承大统,怎奈生了两年,陡出天花,又致夭折。看官!你想这富察皇后,此时还有趣味么?乾隆帝想了一法,借东巡为名,奉皇太后率皇后启銮,暗中实为皇后忧闷,借此消遣。伉俪情也算从重。谒了孔陵,祭了岱岳,凡山东名胜的地方,统去游览,奈这皇后悲悼亡儿,无刻去怀,外边虽强自排遣,内里不知怎样难过。沿途山明水秀,林静花香,别人看了,都觉襟怀爽适,入她眼中,独成惨

清史演义

第三十四回  分八路进平苗穴  祝千秋暗促华龄

绿愁红；又复冒了一些风寒，遂在舟中大发寒热。乾隆帝即令随带医官，诊脉进药，服了下去，好似饮水一般，复征召山东名医，尽心诊治，亦是没效，连忙下旨回銮，甫到德州，皇后已晕了数次，乾隆帝随时慰问，也没有一言相答；到皇太后来视，方模模糊糊地说了"谢恩"二字。临终时，对着乾隆帝，只滴了数点红泪。后人有诗惋叹道：

　　星霣苍龙失国储，
　　巫阳忽又叫苍舒。
　　长秋从此伤尽落，
　　云黯纤阿返桂舆。

皇后已崩，乾隆帝念自结褵以来，与皇后非常恩爱，只为了傅夫人，稍稍乖离，后来又复和协，不想中道沦亡，失了一位贤后，正是可痛，遂对棺大恸一场。皇太后闻知，忙令乾隆帝先归，自己与庄亲王允禄、和亲王弘昼，缓程回京。乾隆帝遵了母训，带同大行皇后梓宫，兼程回去。

欲知后事，下回再讲。

　　苗疆未平，清高宗无此愉快，皇后千秋节，亦无此闹热，虢姨不来，内蛊何从而起？皇后富察氏之犹得永年，未可知也。本回叙平苗事，写得声威震叠，叙祝寿事，写得喜气汪洋，而最后尾声，则又写得哀痛动人。欢容变作啼容，好景无非幻景，读此可以悟往复平陂之理。

## 第三十五回　证金川两帅受严刑　降蛮酋二公膺懋赏

却说乾隆帝自德州回京，途次感伤，不消细说；到京后，命履亲王允祹等，总理丧事，奉安皇后梓宫于长寿宫，诸王大臣免不得照例哭临；宫中妃嫔及福晋命妇，统为皇后服丧。傅夫人系皇后亲嫂子，自然格外尽礼。乾隆帝见她淡装素服，别具丰神，未免起了李代桃僵的思想，可惜罗敷有夫，不能强夺，只得背地里做个襄王，重证高唐旧梦。好在傅夫人每日伴灵，在宫内留宿，不是伴死，却是伴生。柳暗抱桥，花敬近岸，费长房暂缩相思地，女娲氏勉补离恨天，这位乾隆帝，方渐渐解了悼亡的忧痛。嗣因皇太后还宫，恐乾隆帝悲伤过甚，要替他续立皇后，乾隆帝以小祥为期，太后也不便勉强。因此坤宁宫中，尚是虚左以侍，只册谥大行皇后为孝贤皇后，并把大行皇后母家格外恩遇，晋封后兄富文公爵。余外不是封侯，就是封伯，共得爵位十四人，并升任傅恒为保和殿大学士，兼户部尚书。一大半为了令正。"外家恩泽古无伦"，这句满清宫词，就是为此而作。

内丧粗了，外衅复起，大金川土司莎罗奔忽又侵入川边来了。这个金川土司，是四川省西边土司中的一部，本系吐蕃领地，明朝时，部酋哈伊拉本内附，因他信奉喇嘛教，封为演化禅师。嗣后分为二部，一部居大金川，一部居小金川。顺治七年，小金川酋卜儿吉细与川吏往来，由川吏保为土司，康熙五年，复授大金川酋嘉勒巴演化禅师印。嘉勒巴孙莎罗奔从清将军岳钟琪征藏，颇有功，清廷又升他为金川安抚司。乾隆初，莎罗奔势渐强盛，令旧土司泽旺管辖小金川部，又把他爱女阿扣嫁与泽旺为妻。阿扣貌美性悍，憎泽旺粗鄙，不甚和睦，泽旺事事依从，她总闷闷不乐；只泽旺弟良尔吉，生得姿容壮伟，阿扣见了，未免动心。良尔吉正在青年，哪有不知风月的勾当？与阿扣眉来眼去，非止一日，奈因泽旺在旁，不便下手。这日应该有事，泽旺拟出外游猎，良尔吉托病不从，等到泽旺已去，他即闯入内寝，想与阿扣调情。色胆天来大。阿扣正手托香腮，呆坐出神，见

清史演义

193

## 第三十五回　证金川两帅受严刑　降蛮酋二公膺懋赏

良尔吉进来，便起身相迎。良尔吉久蓄邪念，管什么叔嫂嫌疑，竟似饿鹰一般，将阿扣搂住求欢。阿扣假作推开，急得良尔吉下跪道："我的娘！今日须救我一救！"阿扣道："我不是观世音菩萨，如何救你？"良尔吉道："阿嫂正是救苦救难的观世音。"阿扣瞅了良尔吉一眼，便道："好一个急色儿，起来罢！"良尔吉站起身来，不由分说，竟将阿扣抱入帐中，你半推半就，我又惊又爱，小子若再描绘情状，要变作诲淫导奸，只说一句良尔吉盗嫂便了。到了步武陈平地步。

泽旺游猎回来，那时叔嫂二人早已云收雨散，内外分居。但天下事若要不知，除非莫为，闺房中暧昧事情，免不得要传到泽旺耳中，泽旺不得不少加管束。阿扣及良尔吉不能常续旧欢，心中未免懊恼，会闻莎罗奔侵略打箭炉土司，颇得胜仗，良尔吉乘间与阿扣商量，拟请莎罗奔调泽旺从军，省得阻拦好事。阿扣大喜，伴托归宁，密禀她老子莎罗奔，献了调遣泽旺的计策。莎罗奔遂着人征调泽旺，泽旺向来懦弱，不愿与别部土司启衅，当即辞却。来人回报莎罗奔，莎罗奔大怒，饬部众去拿泽旺。阿扣忙出帐请道："要拿泽旺，何须兴动部众，只叫着数人，随女儿前去，包管泽旺拿到。"回去续欢，也是要紧。莎罗奔遂依他女儿的计策，挑选头目二人，率健婢数十名，送女回小金川。泽旺接着，只得款待来使，犒饮已毕，来使辞归，由泽旺送出帐外；忽然使变了脸，命手下健卒擒住泽旺，泽旺大叫我有何罪。来使道："你奉调不至，所以特来请你。"泽旺部下，攘臂而起，方想夺回泽旺，当由良尔吉拦阻道："我兄系大金川女婿，此去当不至受辱，若一动兵戈，大家伤了和气，反不得了。"小金川部众，闻了此语，遂束手不动，由大金川来使，劫泽旺而去。

良尔吉回入帐中，忙至内寝，但见阿扣含笑道："我的计策好不好？"良尔吉道："今日当竭力报效。"阿扣啐了一声，便整顿酒肴，对酌起来。饮酣兴至，两人又宽衣解带，做那鸳鸯勾当。从此名为叔嫂，暗实夫妇。

清廷闻莎罗奔内侵，遂命张广泗移督四川，相机勘治。广泗入川后，率兵至小金川驻扎，忽报良尔吉求见，当由广泗召入。良尔吉跪在地下，假作大哭道："莎罗奔不道，将长兄泽旺擒去，现在生死未卜，恳大帅急速发兵，攻破大金川，夺回长兄，恩同再造。"张广泗不知是诈，便叫他起来，劝慰一番，令作前军响导，往讨莎罗奔。

这大金川本是天险，西滨河，东阻大山，莎罗奔居勒乌围，令他兄子郎卡，居噶尔厓。勒乌围、噶尔厓两处非常险峻，四川巡抚纪山曾遣副将马良柱等率兵进，未得深入。张广泗奏调兵三万，分作两路，一由川西入攻河东，一由川南入攻河西；河东又分四路，两路攻勒乌围，两路攻噶尔厓，以半年为期，决意荡平。怎奈河东战碉林立，易守难攻。什么叫作战碉？土人用石筑垒，高约三四丈，仿佛塔形，里面用人守住。四面开窗，可放矢石，每夺一碉，须费若干时日，还要伤死数百人。这碉虽毁，那碉复立，攻不胜攻，转眼间已是半年，毫无寸效。张广泗急得没法，牛皮大箐不足畏，遇着战碉，反致没法，军事之难可知。命良尔吉另寻间道。良尔吉道："此处无间道可入，只有从昔岭进攻，方可直入噶尔厓，但昔岭上面，恐已有人固守，进攻亦是难事。"张广泗道："从前贵州的苗巢，何等艰险，本制军还一鼓荡平，何怕这区区昔岭呢？倘若畏险不攻，何时得平大金川？"遂命部将宋宗璋、张应虎及张兴、孟臣等，分路捣入，仍用良尔吉作为前导，谁知这良尔吉早已密报莎罗奔，令他赶紧防御，等到清兵四至，番众鼓噪而下，把清兵杀得四分五裂。张兴、孟臣战死，宋宗璋、张应虎逃回。广泗还道良尔吉预言难攻，格外信用。良尔吉两面讨好，莎罗奔竟将爱女充赏，令与良尔吉为夫妇。良尔吉快活异常，只瞒住张广泗一人，日间到了清营，虚与周旋，夜间回入本寨，偕阿扣通宵行乐。乐固乐矣，如天道难容何？广泗毫不觉察，惟仍用以碉逼碉的老法子，自乾隆十二年夏月攻起，到十三年春间，只攻下一二十个战碉，此外无功可报。

会闻故将军岳钟琪到来，广泗出营迎接，因他老成望重，虽起自废籍，倒也不敢轻视。钟琪入广泗营，两下会议，广泗愿与钟琪分军进攻。钟琪攻勒乌围，广泗攻噶尔厓，方在议决，忽报大学士讷亲奉命经略，前来视师。张、岳两人又至十里外远迎，但见讷亲昂然而至，威严得了不得，见了两帅，并不下马。两帅上前打拱，他只把头略点一点。既到战地，扎住大营，广泗等又入营议事，讷亲把广泗饬责一番，广泗大不谓然，负气而出。讷亲遂调齐诸将，下令限三日取噶尔厓，总兵任举、参将贾国良最号骁勇，奉讷亲命，领兵急进。此时良尔吉得了此信，忙遣心腹到噶尔崖，报知郎卡，教他小心抵御。郎卡遂挑选劲卒，埋伏昔岭两旁，自率精骑下噶尔厓，专待清兵厮杀。任举、贾国良驱军直入，如风驰电掣一般，到了昔岭，山路崎岖，令军士下马前行，任举在前，贾国良在后，任举兵已逾岭而进，贾国良兵尚在岭中，忽两边突出两路番兵，把清兵冲断。任举令前军排齐队伍，与番兵角斗，互有杀伤，只贾国良的后军，截留岭内，无可施展，番兵用箭乱射，任你贾国良武艺绝伦，也被无情的箭镞攒集身中，伤重而亡。这边任举还不知国良战死，抖擞精神，驱杀番兵，不想郎卡又到，一支生力军杀入，任举不能支持，奈前后无路，自知不能生还，便拼了命，杀死番兵数十名，大叫一声，呕出狂血无数。番兵围将拢来，复格死数人，方才晕绝，兵士亦大半做了刀头之鬼。

讷亲闻了败报，方识大金川厉害，亟召张广泗等商议，随向广泗道："任举、贾国良两员骁将，统已阵亡，我不料区区金川有这般厉害。还请制军等别图良策！"广泗道："公爷智深勇沈，定能指日灭贼，如广泗辈碌碌无能，老师糜饷，自知有罪，此后但凭公爷裁处，

清史演义

195

广泗奉命而行便了。"这番言语，分明是讥讽讷亲。这亦是广泗短处。讷亲暗觉惭愧；勉强道："凡事总须和衷办理；制军不应推诿，亦不可别生意见。"广泗道："据愚见想来，只有用碉逼碉一法，待战碉一律削平，勒乌围、噶尔厓等处，便容易攻入了。"俟河之清，人寿几何？广泗未免呆气。岳钟琪接口道："据大金川地图看来，勒乌围在内，噶尔厓在外，若从昔岭进攻，就使得了噶尔厓，距贼巢还有数百里，道迂且长，不如改寻别路为是。"广泗道："昔岭东边，尚有卡撒一路，亦可进兵。"钟琪道："从卡撒进兵，中间仍隔噶尔厓，与昔岭也差不多。愚见不如另攻党坝，党坝一入，距勒乌围只五六十里，山坡较宽，水道亦通，破了外隘，便可进攻内穴，敢请公爷与制军斟酌！"讷亲茫无头绪，不发一言。广泗复道："党坝一方，已着万人往攻，但亦不能得手。且泽旺弟良尔吉等，都说取道党坝，不如从昔岭卡撒，两路进兵便当。良尔吉是此地土人，应熟悉地理，况又有志救兄，谅不致误。"钟琪微笑道："制军休再信良尔吉，良尔吉与他嫂子暗里通奸，土人多已知晓，制军不可不防！"广泗道："良尔吉与嫂子犯奸，不过是个人败德，于军事没甚关系。"钟琪道："嫂可盗，要什么兄长，难道还肯真心助我么？"广泗道："如此说来，都是我广泗不好，嗣后广泗不来参与军情，那时定可成功呢。"说毕，起身别去。钟琪亦辞了讷亲，回到营中，暗想广泗这般负气，将来恐累及自己，遂修了一本奏折，劾广泗信用汉奸，防生他变。讷亲亦奏劾广泗老师糜饷各事。乾隆帝览奏大怒，立命逮广泗回京，又因讷亲旷久无功，另遣傅恒代任经略，亲赐御酒饯行，并命皇子及大学士，送至良乡。内嫂子已叠受厚恩，内兄自应加礼。

傅恒去后，张广泗已逮解到京，先由军机大臣审问。广泗把许多错误都推在讷亲身上。乾隆帝亲自复讯，广泗仍照前复对。乾隆帝怒道："你果好好布置，克日奏功，朕亦不令讷亲到川，你既失误军机，还要诿过别人，显是负恩误国。朕若赦你，将来如何御将？"便问军机大臣道："张广泗应如何处罪？"军机大臣道："按律应斩。"乾隆帝即命德保勒尔森为监刑官，把广泗绑出午门斩讫。负气的人，终归自苦。随传旨令讷亲明白复奏。

过了月余，复奏已到，也是一派诿过的话头，乾隆帝又恼了性子，将原奏掷地，饬侍卫至讷亲家，取出讷亲祖父遏必隆的遗剑，发往军前，令讷亲自裁。川内三大帅，只剩岳钟琪一人还算保全，将士们都吓得胆战心惊。

傅恒至军，由岳钟琪密禀良尔吉罪状，遂召良尔吉入帐。良尔吉从容进见，傅恒喝左右拿下。良尔吉忙道："大帅何故拿我？"傅恒喝道："你蔑兄奸嫂，漏泄军机，本经略已探闻的确，今日叫你瞑目受死。"良尔吉还想抗辩，傅恒喝左右斩讫报来。霎时间献上首级，傅恒令悬竿示众，一面摆队出营，入小金川寨中，令军士擒出阿扣，责她背夫淫叔的罪名。阿扣哀乞饶命，恁你如何长舌，已不中用。傅恒道："万恶淫妇，还想求生么？"责人固明，责己若何？亦喝左右斩讫。可怜一对露水夫妻，双双毕命。是淫恶的果报。

敌间已除，军容复整，傅恒又定了直捣中坚的计策，随即上表奏道：

臣经略大学士傅恒跪奏。金川之事，自臣到军以来，始知本末。当纪山进讨之始，惟马良柱转战直前，其锋甚锐，斯时张广泗若速济师策应，乘贼守备未周，殄灭尚易，乃坐失机会，宋宗璋逗留于杂谷，张应虎失机于的郊，致贼将尽据险要，增碉备御，七路十路之兵，无一路得进。及讷亲至军，未察情形，惟严切催战，任举败没，锐挫气索，晏起偷安，将士不得一见，不听人言，不恤士卒，军无斗志，一以军务委张广泗，广泗又听奸人所为，惟恃以卡偪卡，以碉偪碉之法。无如贼碉林立，得不偿失，先后杀伤数千人，尚匿不实奏。

臣查攻碉最为下策，枪弹惟及坚壁，于贼无伤，而贼不过数人，从暗击明，枪不虚发，是我惟攻石，而贼实攻人，且于碉外开濠，兵不能越，而贼得伏其中，自上击下，又战碉锐立，高于中土之塔，建造甚巧，数日可成，随缺随补，顷刻立就。且人心坚固，至死不移，碉尽碎而不去，炮方过而又起。客主劳佚，形势迥殊，攻一碉难于克一城。即臣所驻卡撒左右山顶，即有三百余碉，计半月旬日得一碉，非数年不能尽，且得一碉辄伤数十百人，较唐人之攻石锋堡，尤为得不偿失。如此旷日持久，老师糜饷之策，而讷亲、张广泗尚以为得计，臣不解其何心也。

兵法："攻坚则瑕者坚，攻瑕则坚者瑕"，惟有使贼失其所恃，而我兵乃得展其所长。臣拟俟大兵齐集，同时大举，分地奋攻，而别选锐师，旁探间道，裹粮直入，逾碉勿攻，绕出其后，即以围碉之兵，作为护饷之兵，番众无多，外备既密，内守必虚，我兵即从捷径捣入，则守碉之番，各怀内顾，人无斗志，均可不攻自溃。卡撒为攻噶尔厓正道，岭高沟窄，臣既身为经略，当亲任其难。至党坝一路，岳钟琪虽称山坡较宽，可以水陆并进，兼有卡里等隘，可以间道长驱，但臣按图咨访，隘险亦几同卡撒，且泸河两岸，贼已阻截，身难径达，惟可酌益新兵，两路并进，以分贼势，使其面面受敌，不能兼顾，虽有深沟高垒，汉奸不能为之谋，逆酋无所恃其险矣。至于奋勇固仗满兵，而向导必用土兵，土兵中小金川尤骁勇。今良尔吉之奸谋已诛，驱策用之，自可得力。前此讷亲、张广泗，每得一碉，即拨兵防守，致兵力日分，即使毁除，而贼又于其地立卡，藏身以伤我卒，是守碉毁碉，均为无益。近日贼闻臣至，每日各处增碉，犹以为官兵狃于旧习，彼得恃其所长，不知臣决计深入，不与争碉，惟俟大兵齐集，四面布置，出其不意，直捣巢穴，取其渠魁，约四月间当可奏捷矣。谨此上奏。

这篇大文，乃是乾隆十四年正月奏闻，乾隆帝留中不发。过了数日，反促傅恒班师回朝。傅恒复奏："贼势已衰，

## 第三十五回 征金川两帅受严刑 谇贵妃二公膺懋赏

我兵且战且前,已得险要数处,功在垂成,弃之可惜。若不扫穴擒渠,臣亦无颜回京"等语。乾隆帝复颁寄谕旨,反复数千言,且说:"蕞尔土司,即扫穴犁庭,不足示武。"看官!你道乾隆帝是何命意?他因兴师以后,已经二年,杀了两个大臣,又失了任举良将,未免懊悔,因此屡促班师。

此时大金川酋莎罗奔已断内应,并因连年抵御,部众亦死了不少,遂释归泽旺,遣师至清营谢罪。傅恒叱退来使,与岳钟琪分军深入,连克碉卡,军声大震。莎罗奔又遣人至岳钟琪营,愿缴械乞降,钟琪因前征西藏,莎罗奔旧隶麾下,本来熟识,遂轻骑往抵勒乌围。莎罗奔闻钟琪亲至,遂率领部众,出寨恭迎,罗拜马前。钟琪责他背恩负义,莎罗奔叩首悔过,愿遵约束,随遣番人至大营前,辟地筑坛,预设行幄。坛成,莎罗奔父子从钟琪坐皮船出峒,及到坛前,清经略大学士傅恒已高坐坛上,莎罗奔等俯伏坛下,由傅恒训责一番,令返土司侵地,献凶酋,纳兵械,归俘虏,供徭役。莎罗奔一一听命,乃宣诏赦罪。诸番焚香作乐,献上金佛一尊,首顶佛经,誓不复反。傅恒始下坛归营,莎罗奔率众退去。讷亲、张广泗连战无功。傅恒独一鼓平蛮,想系傅夫人的帮夫运。捷报奏达京师,乾隆帝大悦,优诏褒奖,比傅恒为平蛮的诸葛武侯、盟回纥的郭汾阳,遂封他为一等忠勇公,何不封他元绪公。岳钟琪为三等威信公,立召凯旋,命皇长子及诸王大臣郊劳。既入禁城,乾隆帝御紫光阁行饮至礼,赐经略大学士忠勇公傅恒及随征将士宴于丰泽园,复赏他御制诗章。中有一联云:

两阶千羽钦虞典,
大律宫商奏采薇。

傅恒既归,傅夫人不能时常进宫,乾隆帝要继立皇后了。继后为谁?容待下回叙明。

讷亲、张广泗二人,处罪从同,而罪状不同。广泗信汉奸,比匪人,轻视讷亲,积不相容,固有难逭之罪,然金川艰险,战碉林立,非广泗之出兵捣毁,则傅恒分路深入之计,恐亦未能骤行。且广泗逮还,高宗亲讯,以其抗辩而杀之,尤为失当。广泗有罪,理屈词穷,杀之可也,乃广泗尚有可辨之处,而高宗不问曲直,立置重刑,刑戮任情,得毋太过!况广泗有平苗之大功,尤应曲为赦宥乎?傅恒一出,叛酋乞降,虽由间谍之被诛,然其时金川精锐,已皆伤亡于张广泗之手,广泗不幸而冲其坚,傅恒特幸而乘其敝耳。莎罗奔旧隶岳钟琪麾下,至此亦由钟琪轻骑往抚,始悔罪投诚,是则金川之平,功亦多出岳钟琪,傅恒因人成事,得沐荣封,兼邀诸葛、汾阳之誉,宁能无愧?意者其殆由虢姨承宠,特别赐恩欤?本回叙金川战事,实隐指高宗刑赏之失宜。至良尔吉蔑兄盗嫂,阿扣背夫淫叔,不过作为渲染词料,然其后授首军前,揭竿示众,亦可见天道祸淫之报,于世道人心,不无裨益云。

## 第三十六回　御驾南巡名园驻跸　王师西讨叛酋遭擒

却说孝贤后崩逝后，已是小祥，乾隆帝至梓宫前亲奠一回。奠毕，慈宁宫传到懿旨，宣召乾隆帝进宫。到太后前请过了安，太后道："现在皇后去世，已满一年，六宫不可无主，须选立一人方好。"乾隆帝嘿然不答。其将谁语？太后道："宫内妃嫔，哪一个最称你意？"乾隆帝道："妃嫔虽多，没一个能及富察，奈何？"富察二字，含糊得妙。太后道："我看娴贵妃那拉氏，人颇端淑，不妨升她为后。"乾隆帝沈吟半晌，便道："但凭圣母主裁！"太后道："这也要你自己愿意。"乾隆帝平日颇尽孝道，至此也不欲违逆母命，没奈何答了一个"愿"字。退出慈宁宫，又辗转思想了一番，乃于次日下旨，册封娴妃那拉氏为皇贵妃，摄六宫事。那拉氏不即立后，乾隆帝之意可知。直到孝贤皇后二周年，尚未册立正宫，经太后再三催促，方立那拉氏为皇后。参商之兆，已萌于此。此时鄂尔泰已死，张廷玉亦因老乞归，鄂、张二人本受世宗遗旨，身后俱得配享太庙，嗣因鄂、张各存党见，朝官依附门户，互相攻讦，事为乾隆帝所闻，心滋不悦。廷玉乞归时，又坚请身后配享，触忤龙颜，严旨诘责，追缴恩赐物件，革去伯爵，并不令配享。硬要做满族奴才，致触主怒，何苦何苦！廷玉惊慌得了不得，后来一病身亡，总算乾隆帝优待老成，仍令配享太庙，廷玉好瞑目了。这是后话。

乾隆帝因宫廷中事都未惬意，不免烦恼，便想到别处闲游，借作排遣。十五年春季，奉了皇太后，巡幸五台山，秋季又奉皇太后临幸嵩岳，两处游玩，仍不见有什么消遣的地方。他想外省的景致还不及一圆明园，就时常到圆明园散闷，这日，在园中闲逛，起初是天气阴沈，不甚觉得炎热，到了午后，云开见日，遍地阳光，掌盖的忘携御盖，被乾隆帝大加申斥，忽随从中有人说道："典守者不得辞其责。"乾隆帝便问道："谁人说话？"那人便跪倒磕头。乾隆帝见他唇红齿白，是一个美貌的少年，随问道："你是何人？"那人禀道："奴才名和珅，是满洲官学生，现蒙恩充当銮

仪卫差役，恭奉御舆。"乾隆帝道："你是官学生，充这异舆的差使，未免委屈，朕拔你充个别样差使，可好么？"和珅感激得了不得，便磕了九声响头，朗声道："谢万岁万万岁天恩！"和珅初蒙主知，已极意贡谀，望而知为佞臣。乾隆帝便令他跟住身后，有问必答，句句称旨，引得龙心大开，回到宫中，竟命他作宫中总管。这和珅骤膺宠眷，打叠精神，伺候颜色，乾隆帝想着什么，不待圣旨下颁，他已暗中觉察，十成中总管八九成，因此愈加宠任，乾隆帝竟日夜少他不得，后人说他是弥子瑕一流人物，小子无从搜得确据，不敢妄说。

只乾隆帝素爱冶游，得了和珅以后，越加先意承志。说起南边风景，很是繁华，乾隆帝道："朕小想去游幸一次，只虑南北迢遥，要劳动官民，花费许多金钱，所以未决。"和珅道："圣祖皇帝六次南巡，臣民并没有多少怨咨，反都称颂圣祖功德。古来圣君，莫如尧舜，《尚书·舜典》上，也说五载一巡狩，可见巡幸是古今盛典，先圣后圣，道本同揆，难道当今万岁，反行不得么？况且国库充盈，海内殷富，就使费了些金银，亦属何妨。"乾隆帝生平，最喜仿效圣祖，又最喜学着尧舜，听了和珅一番言语，正中下怀，自来英主多愿爱民，后来亦多被小人导坏，汉武、唐玄与清高宗皆此类也。便道："你真是朕的知己！"遂降旨预备南巡。和珅讨差，督造龙舟，建得穷工奇巧，备极奢华，把康、雍两朝省下的库储，任情挥霍，好像用水一般；和珅从中得了数

十万好处，乾隆帝还奖他办事干练，升他做了侍郎。这叫做升官发财。和珅复飞咨各省督抚，赶修行宫，督抚连忙募工修筑，又把水陆各道，一律疏通，准备巡幸。乾隆十六年春正月，乾隆帝奉皇太后启銮，宫中挑选了几个妃嫔，作为陪侍，皇后独没福随游，忧俪之情可想。外面除留守人等，尽令扈从，仪仗车马，说不胜说，数不胜数。开路先锋，便是新任侍郎和珅，御驾所经，督抚以下，尽行跪接，一切供奉，统由和珅监视。和珅说好，乾隆帝定也说好，和珅说不好，乾隆帝定也说不好。督抚大员，都乞和珅代为周旋，因此私下馈遗，以千万计。

两宫舍陆登舟，驾着龙船，沿运河南下，由直隶到山东，从前已经游历，没甚可玩，只在济宁州耽搁一日。由山东到江苏，六朝金粉，本是有名，乾隆帝为此而来，自然要多留几天。扬州住了好几日，苏州又住了好几日，所有名胜的地方，无不游览。苏杭水道最便，复自苏州直达杭州，浙省督抚，料知乾隆帝性爱山水，在西湖建筑行宫，格外轩敞。两宫到了此地，游遍六桥三竺，果觉得湖山秀美，逾越寻常。乾隆帝非常喜悦，不是题诗，就是写碑；有时脑筋笨滞，命左右词臣捉刀，并召试诸生谢墉等，赏给举人，授内阁中书。又亲祭钱塘江，渡江祭禹陵，复回至观潮楼阅兵。

忽报海宁陈阁老遣子接驾，乾隆帝奇异起来，还是太后叫他临幸一番，太后应已觉着了。遂自杭州至海宁。此时

陈阁老闻御驾将到，把安澜园内装潢得华丽万分，陈府外面的大道整治得平坦如镜，随率领族中有职男子到埠头恭候。隔了数时，遥见龙舟徐徐驶至，拍了岸，便排班跪接，奉旨叫免。陈阁老等候两宫上岸登舆，方谢恩而起，恭引至家。陈老夫人亦带了命妇在大门外跪迎，两宫又传旨叫免，乃起导两宫入安澜园，下舆升坐。接驾的一班男妇，复先后按次叩首。两宫命陈阁老夫妇列坐两旁，陈阁老夫妇又是谢恩。余外男妇等奉旨退出。于是献茶的献茶，奉酒的奉酒，把陈家忙个不了。幸亏随从的人有一半扈跸入园，有一半仍留住舟中，所以园内不致拥挤，两宫命陈阁老夫妇侍宴，随从的文武百官，宫娥彩女，亦分高下内外，列席饮酒，大约有一、二百席，山南海北的珍味，没一样不采列，并有戏班女乐侑宴，这一番款待，不知费了多少金钱。只乾隆帝御容，很有点像陈阁老，陈老太太有时恰偷觑御容，似乎有些惊疑的样子，究竟乾隆帝天亶聪明，口中虽是不言，心中恰是诧异，酒阑席散，奉了太后与陈阁老夫妇，到园中游玩一周，回入正厅。乾隆帝谕陈阁老夫妇道："这园颇觉精致，朕奉太后到此，拟在此驻跸数天。但你们两位老人家，年力将衰，不必拘礼，否则朕反过意不去，只好立刻启行了。"陈阁老忙回道："两宫圣驾，不嫌亵陋，肯在此驻跸数日，那是格外加恩，臣谨遵旨！"皇帝到了家里，陈阁老以为光宠，我说实是晦气。太后亦谕道："此处伺候的人很多，你两老夫妇，可以随便疏散，不必时时候着。"阁老夫妇谢恩暂退。

是夕，乾隆帝召和珅密议，说起席间情况，嘱和珅密察。和珅奉旨，屏去左右，独自一人在园间踱来踱去，假作步月赏花的情形。更深夜静，四无人声，和珅不知不觉，走到园门相近，仍不闻有什么消息，正想转身回至寝室，忽见园角门房内，露出灯光一点，里面还有唧唧哝哝的声音，便轻轻地掩至门外，只听里面有人说道："皇上的御容，很像我们的老爷，真是奇怪。"接连又有一人道："你们年纪轻轻，哪里晓得这种故事？"前时说话的人又问道："你老人家既晓得故事，何不说与我们一听。"和珅侧着耳朵，要听他对答，不料下文竟尔停住，只有一阵咳嗽声，咯痰声，不肯直叙，这是文中波澜。不免等得焦躁起来。亏得里面又在催问，那时又闻得答语道："我跟老爷已数十年，前在北京时，太太生了一位哥儿，被现今皇太后得知，要抱去瞧瞧，我们老爷只得应允，谁料抱了出来，变男为女，太太不依，要老爷立去掉转，老爷硬说不便，将错就错的过去。现在这个皇上，恐怕就是掉换的哥儿呢。"这两句话，送入和珅耳中，暗把头点了数点。忽听里面又有人说道："你这老总管亦太粗莽，恐怕外面有人窃听。"和珅不待听毕，已三脚两步地走了。路中碰着巡夜的侍卫，错疑和珅是贼，细认乃是和大人，想上前问安，和珅连忙摇手，匆匆地趋回寝室。睡了一觉，已是天明，急起身至两宫处请安。乾隆帝忙问

第三十六回　御驾南巡名园驻跸　王师西讨叛酋遭擒

道："有消息么？"和珅道："略有一点消息，但恐未必确实。"乾隆帝道："无论确与不确，且说与朕听！"和珅道："这个消息，奴才不敢奏闻。"乾隆帝问他缘故，和珅答称："关系甚大，倘或妄奏，罪至凌迟。"乾隆帝道："朕恕你罪，你可说了。"和珅终不敢说，乾隆帝懊恼起来，便道："你若不说，难道朕不能叫你死么？"和珅跪下道："圣上恕奴才万死，奴才应即奏闻，但求圣上包涵方好！"乾隆帝点了点头，和珅便将老园丁的言语，述了一遍。乾隆帝吃了一惊，慢慢道："这种无稽之言，不足为凭。"聪明人语。和珅道："奴才原说未确，所以求圣上恕罪！"乾隆帝道："算了，不必再说了。"忽报陈阁老进来请安，乾隆帝忙叫免礼，并传旨今日启銮，还是陈阁老恳请驻跸数天，因再住了三日，奉太后回銮，陈阁老等遵礼恭送，不消细说。

两宫仍回到苏州，复至江宁，登钟山，祭孝陵，泛秦淮河，登阅江楼，又召试诸生蒋雍等五人，并进士孙梦逵，同授内阁中书。驻跸月余，方取道山东，仍还京师。回京后，乾隆帝欲改易汉装，被太后闻知，传入慈宁宫，问道："你欲改汉装么？"乾隆帝不答，太后道："你如果要改汉装，便是不忠不孝，不仁不义，我亦要让你了。"乾隆帝连称不敢，方才罢议。冕旒汉制终难复，徒向安澜驻翠蕤。

日月如梭，忽忽间又过三年，理藩院奏称准噶尔台吉达瓦齐，遣使入贡，乾隆帝问军机大臣道："准部长噶尔丹策零，数年前身死，嗣后立了那木札尔，又立了喇嘛达尔札，扰乱数年，朕因他子孙相袭，道途又远，所以不去细问。什么今日，换了个达瓦齐？"军机大臣道："那木札尔系噶尔丹策零次子，策零死，那木札尔立，后来因昏庸无道，被他女兄的丈夫弑掉了，另立策零庶长子喇嘛达尔札，现在喇嘛达尔札又被部众弑掉，改立达瓦齐，这达瓦齐闻是准部贵族大策零子孙呢。"乾隆帝道："照这般说，达瓦齐系策零仆属，胆敢篡立，实是可恨，朕拟兴师问罪，免他轻视天朝。"正商议间，又接边臣奏折，内称："辉特部台吉阿睦撒纳，为达瓦齐所败，愿率众内附"等语。乾隆帝即命阿睦撒纳来京陛见，并却还达瓦齐贡使。

阿睦撒纳奉了上谕，当即到京求见，由理藩院尚书带入，阿睦撒纳叩首毕，乾隆帝问道："你便是辉特部台吉么？"阿睦撒纳答道："是。"乾隆帝又问道："你如何与达瓦齐开战？"阿睦撒纳道："达瓦齐篡了准部，还想蚕食他方，臣本与他划疆自守，毫无干涉，他无端侵入臣境，臣与他战了一场，被他杀败，因此叩关内附，仰乞大皇帝俯赐矜全！"乾隆帝见他身材雄伟，言语爽畅，不觉喜悦，便道："朕正想发兵讨达瓦齐，你来得很好。"阿睦撒纳道："大皇帝果发义师，臣愿作为前导。"乾隆帝道："你肯为朕尽忠，朕却不吝重赏。"阿睦撒纳谢恩而出。乾隆帝即召集王大臣，会议发兵计画，并言荡平准部，就在阿睦撒纳身上。军机大臣舒赫德奏道："臣看阿睦撒纳相貌狰狞，必非善类，请圣上不要信他！"乾隆帝怫然不悦，便厉声道："据你说来，达瓦齐是不应讨么？"舒赫德道："达瓦齐非不应讨，但阿睦撒纳，乞皇上不可重用！"乾隆帝复厉声道："阿睦撒纳是生长彼地，地理人情，都应熟悉，朕若不去用他，难道用你不成！"舒赫德素性刚直，还要接口道："圣上要用这阿睦撒纳，请将他部下余众，徙入关内，免得后患。"乾隆帝怒道："你这般胆小，如何好做军机大臣？"叱侍卫逐出舒赫德。舒赫德叹息而去。忠言逆耳，令人呜咽。傅恒见乾隆帝发怒，忙上前道："圣上明烛万里，此时正好出征准部，戡定西陲。"这等拍马屁的伎俩，想是从闺训得来。乾隆帝怒容渐霁，徐答道："究竟是你有些智谋。但还是今年出兵，明年出兵？"傅恒道："据臣愚见，今年且先筹备起来，待明年出兵未迟。"乾隆帝准奏，遂下旨饬八旗将士先行操练，并封阿睦撒纳为亲王。

看官！你道这阿睦撒纳，究竟是何等样人？他的言语，究竟可靠不可靠？小子须要补述一番方好。阿睦撒纳是丹衷的遗腹子，丹衷系策妄女婿，策妄借结婚政策，灭了丹衷的父亲拉藏汗（应第二十九回），丹衷穷无所归，寄食准部，免不得怨恨策妄，策妄又把丹衷害死，将自己的女儿改醮辉特部酋，只五、六月生了一个男孩子，就是阿睦撒纳。阿睦撒纳长大起来，继了后父的位置，见准部内乱，蓄志并吞，先帮助达瓦齐，杀了喇嘛达尔札，自己迁至额尔齐斯河，胁服杜尔伯特部。达瓦齐也阴怀疑忌，大举攻阿睦撒纳，阿睦撒纳乃托名内附，想借清朝兵力，灭掉达瓦齐，自己好占据准噶尔。巧遇乾隆帝好大喜功，听了阿睦撒纳的言语，决计用兵。会准部小策零属下萨拉尔及达瓦齐部将玛木特，先后降清，阿睦撒纳又促请出师。于是乾隆二十二年春，命尚书班第为定北将军，出北路。陕甘总督永常为定西将军，出西路。北路用阿睦撒纳为前导，授他做定边左副将军。西路用萨拉尔为前导，授他做定边右副将军。玛木特做了北路参赞，西路参赞用了内大臣鄂容安。两副将军各领前锋先进，将军参赞等次第进行。浩浩荡荡，直达准部。沿途经过的部落，望见两副将军大纛，多识是前时故帅，望风崩角，拜谒马前。

到了夏间，两路大军并至博罗塔拉河，距伊犁只三百里。达瓦齐闻报，慌做一团，仓猝征兵，已来不及，只带了亲兵万人，向西北出奔，走入格登山去了。清军长驱追袭，将到格登山，夜遣降将阿玉锡等，率领二十余骑，往探路程。阿玉锡想夺头功，竟乘夜突入敌营，拍马横矛，威风凛凛，达瓦齐部众还道是清军齐到，四散奔逃。达瓦齐也落荒窜去，扒过大山，投入回疆。他想平日要好的回酋，只有乌什城主霍吉斯，一口气奔到乌什城。霍吉斯也出城迎接，谁知进了城门，一声胡哨，伏兵尽发，把达瓦齐拿住。达瓦齐向霍吉斯道："我与你一向至交，如何缚我？"霍吉斯也不与多说，取出清帅檄文，与他

203

## 第三十六回 御驾南巡名园驻跸 王师西讨叛酋遭擒

细瞧。达瓦齐道："好好！你总算卖友求荣了。"该骂！当下被霍吉斯推入囚车，解送清营。清两帅回到伊犁，这时候，罗卜藏丹津还絷在伊犁狱中，遂一并擒出，与达瓦齐槛送京师。

乾隆帝得了红旗捷报，召两军凯旋，亲御午门，行献俘礼。达瓦齐及罗卜藏丹津，觳觫万状，捣头如蒜。隆乾帝大笑道："这样人物，也想造反，正是夜郎自大，不识汉威哩。"遂传旨赦他死罪。一面大封功臣，首奖大学士傅恒襄赞有功，再加封一等公。定北将军班第封一等诚勇公，副将军萨拉尔封一等超勇公，副将军阿睦撒纳晋封双亲王，食亲王双俸，参赞玛木特封为信勇公，铭功勒石，说不尽的夸耀。永常鄂容安等末沐荣封，不识何故。又拟复额鲁特四部遗封，封噶尔藏为绰罗斯汗，巴雅特为辉特汗，沙克都为和硕特汗，还有杜尔伯特部，就封了阿睦撒纳。乾隆帝的意思，无非是犬牙相错、互生箝制的道理，谁知阿睦撒纳雄心勃勃，竟想雄长四部，渐渐的跋扈起来。正是：

非我族类，其心必异；
过严则怨，过宽则肆。

不数月，留守伊犁大臣奏报阿睦撒纳造反了，乾隆帝闻报大惊，究竟阿睦撒纳如何谋反，且看下回分解。

此回叙陈阁老事，非传陈阁老，传高宗也。叙阿睦撒纳事，非传阿睦撒纳，亦传高宗也。高宗第一次南巡，便觉挥霍不赀，厥后南巡复数次，劳民费财，可想而知。陈阁老事，尚是本回之宾，不过假故老遗传，作为渲染耳。南巡以后，复议西征，写出高宗好大喜功气象，阿睦撒纳来降，乃是适逢其会，是阿睦撒纳亦一宾也，达瓦齐则成为宾中宾矣。阅者当如此体会，方见作书人本旨。

204

## 第三十七回　灭准部余孽就歼　荡回疆贞妃殉节

却说达瓦齐就俘后，清师奉旨凯旋，只留班第、鄂容安二人，带了随兵五百名，与阿睦撒纳办理伊犁善后事宜。阿睦撒纳移檄邻部，讳言降清，阳称清廷命他统领各番，来平此地；又暗嘱党羽四布流言，欲安准部，必须立阿睦撒纳为大汗。班第、鄂容安遣使密奏，乾隆帝亦付他密旨，令诱诛阿睦撒纳。看官！你想阿睦撒纳率众西行，已似大鱼纵壑，哪里还肯来入网呢？况班第、鄂容安手下只有五百名随兵，也不好冒昧举事。接了朝旨，按住不发，惟促阿睦撒纳入朝。阿睦撒纳竟号召徒众，来攻班第、鄂容安。班第、鄂容安且战且走，驰三百余里，死的死，逃的逃，只剩了数十骑，番兵却有数千追来，班第料不能脱，拔刀自刎，鄂容安也只得步他后尘了。这是乾隆帝害他。

是时定西将军永常，已奉朝旨出驻木垒，闻报番兵大至，退兵巴里坤，移粮哈密，因此阿睦撒纳，声焰愈盛。清廷逮回永常，命公爵策楞前代，玉保富德达尔党阿为参赞，出巴里坤进剿。玉保分军先进，忽有番卒来报，阿睦撒纳已由他部下诺尔布擒献，玉保大喜，即向策楞处报捷。策楞也不辨真伪，飞章奏闻，不想过了数日，毫无影响。将军参赞先后驰至伊犁，阿睦撒纳已远飏至哈萨克了。原来阿睦撒纳闻大兵前进，恐不能敌，特差了番卒，驰到清营，假称被擒，他却望西遁去。策楞玉保中了他的缓兵计，到了伊犁，你怨我，我怨你，怨个不了，总归无益。策楞玉保统是没用人物，还亏阿睦撒纳不用诱敌计，只用援兵计，尚得安抵伊犁。

乾隆帝闻知消息，复将策楞玉保革职。令达尔党阿为将军，飞速追剿，又命巴里坤办事大臣兆惠为定边右副将军，出兵赴援，满望旗开得胜，马到成功，谁知达尔党阿到哈萨克边界，又被阿睦撒纳骗了一回，佯称哈萨克汗愿擒献阿酋。往返驰使，仍无要领，额鲁特三部新封台吉，反一律谋变，与阿睦撒纳通同一气。阿睦撒纳间道驰还，大会诸部。这达尔党阿还在哈萨克边境，檄索罪人，正是可笑。只定边右副将军兆

清史演义

## 第三十七回　灭准部余孽就歼　荡回疆贞妃殉节

惠率兵千五百人，已至伊犁，探得额尔特诸部已皆叛乱，自知孤军陷敌，不能久驻，忙领兵驰回。沿途一带，统是敌垒，兆惠拼命冲突，走一路，杀一路，杀到乌鲁木齐，刀也缺了，弹也完了，粮也尽了，可怜这等兵士，身无全衣，足无全袜，每日又没有全餐，只宰些瘦驼疲马，勉强充饥，正苦得了不得。老天又起风下雪，非常严冷，兆惠想遣人乞援，也不知何处有清兵，驿传声息，到处隔断。忽闻番兵又踊跃前来，把乌鲁木齐围得铁桶相似，兆惠泣向军士道："事已至此，看来我辈是不得活了。但死亦要死得合算，狠狠地杀它一场，方值得死哩。"军士道："大帅吩咐，安敢不从！但粮尽马疲，奈何？"正在危急，忽东北角鼓声喧天，有一支兵马到来，兆惠登高一望，遥见清军旗帜，不禁大喜，番兵见援兵已到，不知有多少大兵，一声吆喝，解围而去。番众实是无能。兆惠出寨迎接，乃是侍卫图伦楚，因兆惠久无音信，率兵二千来探信息，无意中救了兆惠。兆惠与他握手进营，住了一日，便同回巴里坤。当下飞书告急。

乾隆帝命逮达尔党阿回京，授超勇亲王策凌子成衮扎布为定边左副将军，出北路，仍令兆惠出西路往剿。此次兆惠惩鉴前辙，挑选精骑，带足粮草，誓师进发，决平叛寇。巧值绰罗斯部噶尔藏汗被兄子噶尔布篡弑，噶尔布又被部下达瓦杀死。辉特和硕特两部中，痘疫盛行，多半死亡，兆惠趁这机会，杀将过去，好像摧枯拉朽一般。番众战一阵，败一阵，诸部酋长先后败死，阿睦撒纳又弄得仓皇失措，急急如丧家犬、漏网鱼，仍窜至哈萨克。兆惠率兵穷追，到哈萨克界，哈萨克汗阿布赉遣使至军，愿擒献阿睦撒纳。兆惠对来使道："你主愿擒献阿逆，须于三日内缴到，过了三日，本将军恰是不依，驱兵进攻，玉石俱焚，那时不要后悔！"来使唯唯而去。越二日，哈萨克又遣使到军，报称"阿睦撒纳狡黠万状，我国正欲擒献，不料被他走脱，逃入俄罗斯去了。现奉汗命，前来请罪，并贡献方物，仰求大帅赦宥！"兆惠见他惶迫情状，料知语言无欺，只得略加训斥，命他回去。一面即飞奏清廷，由理藩院行文俄国，索交叛酋。后来俄国饬人搜捕，阿睦撒纳已患痘身亡，只把尸首送交清吏。于是命成衮扎布归镇乌里雅苏台，留兆惠搜剿余孽。自乾隆二十二年至二十五年，清兵先后追剿，自山谷僻壤及川河流域，没一处不寻到，没一处不搜灭，统计额鲁特二十余万户，出痘死的约四成，窜走俄罗斯哈萨克等处约二成，被清兵剿灭的约三成，还有一成编入蒙古籍，不过二万户，而且妇女充赏，丁壮为奴，额鲁特遗民，自此寥落了。

准部既平，清廷乃画疆分土，设官筑城，驻防用满兵，屯粮用旗兵，特简任伊犁将军，作了一个统辖的元帅。天山北路，方入清室版图，免不得镌碑勒石，旌德表功，费了几个儒臣笔墨，成了几篇煌煌大文，这也不消细说。

但乾隆帝得陇望蜀，平了准部，又

想南服回疆。这回疆就在天山南路,与准部只隔一山,起初系元太祖次子察哈台领土,传了数世,回教祖摩诃末子孙,由西而东,争至天山南路,生齿渐蕃,喧客夺主,察哈台的后裔反弄到没有主权。因此天山南路,变作回疆。康熙时,噶尔丹强盛,举兵南侵,把元裔诸汗迁到伊犁,并将回教头目阿布都实特亦拘去幽禁。噶尔丹败死,阿布都实特脱身归清,圣祖赏他衣冠银币,遣官送到哈密,令还故地。阿布都实特死,其子玛罕木特想自立一部,不受准噶尔约束。策妄又遣兵入境,将玛罕木特及他两个儿子统拿至伊犁,幽禁起来。及清将军班第等到伊犁后,玛罕木特已死,长子布那敦、次子霍集占尚被拘縶。班第奏闻清廷,得旨释布那敦归叶尔羌,令他统辖旧部,留霍集占居住伊犁,职掌教务。不到数月,阿睦撒纳谋反,准部复乱,霍集占反率众助逆,等到清副将军兆惠,攻入伊犁,阿睦撒纳西走,霍集占亦遁入回疆。兆惠剿平准部,奏遣副都统阿敏图,南往招抚。

这个那布敦胆子颇小,愿遵清朝指挥,偏偏胞弟霍集占自北路遁归,谏那布敦道:"我远祖摩诃末,声灵赫濯,天下闻名,传到我辈子孙,反受人家压制,真是惶愧万分。现在准部已亡,强邻消灭,不谋独立,更待何时?"语颇不错,可惜不度德,不量力。那布敦道:"清兵来攻,如何抵当?"霍集占道:"清军新得准部,大势未定,料他无暇进兵,就使率军南来,我也可据险拒守,等他兵疲粮绝,逃去都来不及,怕他什么?"那布敦尚在迟疑,霍集占又道:"哥哥若要降清,恐怕从今以后,世世要做奴仆过去,他要我的金钱,我只得将金银奉去,他要我的妻子,我只得将妻子送去,他要我的头颅,我也只得把头颅献去。我们兄弟两人,还有安静的日子么?"我亦要问霍集占道,你不降清,金银管得住么?妻子守得牢么?头颅保得定么?这叫做自去寻死。那布敦被他说得动心,遂依了阿弟的计画,便召集回众,自立为巴图尔汗,传檄各城,戒严以待。

回户数十万众,向来迷信宗教,因那布敦兄弟,的是摩诃末后裔,称他为大小和卓木(和卓木三字,乃是回语,译作汉文,便是圣裔的意义),至此得了圣裔的檄文,自然望风响应。只库车城主鄂对恐怕强弱不敌,率了党羽,拟奔伊犁,途次与阿敏图相遇,仍令回转库车,同去招抚。不料霍集占闻鄂对出走,已遣部下阿布都驰到库车,把鄂对亲族一一杀死,登陴固守。鄂对闻报,大哭一场,嗣与阿敏图商议,请亟归伊犁,添兵复仇。阿敏图道:"我是奉命招抚,今不见叛众,便想回去,叫我如何对将军?"鄂对再三谏阻,阿敏图只是不从,也是一个不识时务。且令鄂对先回伊犁。他只带了百余骑,驰到库车,阿布都诱他人城,一阵乱剁,凭你阿敏图如何忠诚,也入阎罗宝殿去了。清廷因兆惠剿抚准部,尚未竣事,别命都统雅尔哈善为靖逆将军,率兵征回。雅尔哈善自吐鲁番进攻库车,大小和卓木引军数千,越大戈壁来援,与清兵战

了两次，都被打得落花流水，大小和卓木，退入城中；清兵乘势围攻，城坚难拔，提督马得胜募敢死兵六百名，暗掘地道，昼夜不息，将及城中，守兵闻地下隐有响声，料是穿穴，便循途按索，到了城脚边，掘下一洞，适通地道守兵，把草塞住，用火燃着，烟焰冲入穴中，可怜六百个清兵，不能进，不能退，都被烧得乌焦巴弓。雅尔哈善经此大创，不敢力攻，大小和卓木乘机遁还，阿布都也率众逃去。

清兵只得了一个空城，乾隆帝闻知大怒，饬将雅尔哈善、马得胜等尽行正法，仍命兆惠移师南征。兆惠檄调各路兵，尚未到齐，因朝旨催促，即率步骑四千余先进，过了天山，收复沙雅尔阿克苏乌什等城，住阿克苏城数日。后兵未至，兆惠性急如火，留副将军富德驻阿克苏，等待后军，他竟带了二、三千人，冒险前行。途中侦知大和卓木那布敦在叶尔羌，小和卓木霍集占在喀什噶尔，乃再分兵八百名，使副都统爱隆阿，遏住喀什噶尔援路，自率千余骑，径趋叶尔羌。叶尔羌城东有河，叫作叶尔羌河，亦称黑水，兆惠兵少，不能进攻，便倚水立营。遥见叶尔羌城南驼马往来，是个阔大的牧场，兆惠欲夺作军用，径命兵士渡河，河上本有木桥，清兵跨桥而过，桥未拆断，诱敌可知。方过了四百骑，谁知桥下暗有伏兵，铙钩齐起，将木桥钩断，城中出回兵五千骑，前来邀击。隔河清兵，不能相救，河西四百骑，哪里当得住回兵？急忙弃了马匹，凫水逃回。贪小失大。回兵复搭好了桥，逾桥东来，后面又添了步兵万人，张着两翼，来围清兵。兆惠左右冲突，马中枪，再毙再易，总兵高天喜战殁，参赞明瑞亦受伤，虽杀了番兵千名，究竟众寡悬殊，支持不住，只得退入营中，赶紧筑垒，准备固守。番兵亦筑起长围，四面攻打，枪炮如雨，幸亏清营靠着丛林，枪弹多飞入林中，清兵伐树，得了铅弹数万枚，还击回兵，又复掘井得水，掘窖得粟，赖以不困。

兆惠遣了五卒，分路赴阿克苏告急，又檄爱隆阿还军阿克苏，催援军同至。爱隆阿未到阿克苏，富德已接警报，忙率军三千，冒雪赴援，到了呼拉玛，距叶尔羌尚三百余里，忽遇喀什噶尔回兵，截住去路，转战四昼夜，回兵越来越多，将富德军围住，接连数日，杳无援兵，富德急得了不得，一日，天气昏黑，入夜尤甚，回兵各燃着火把，轮流进扑，富德连忙抵御，拼命鏖斗，突闻一片喊声，自东而至，回兵纷纷倒退。富德乘势杀出，火光中来了一员清将，乃是爱隆阿，富德大喜，即与爱隆阿合兵。爱隆阿道："巴里坤参赞阿公，亦到。"富德忙拍马去会阿大臣，这位阿大臣，名叫阿里衮，他奉了廷旨，领兵六百名，解马二千匹，驼一千头，至阿克苏，适值爱隆阿去催援军，遂合军前来，解了富德的围。回兵在夜间不辨多少，四散溃遁。富德、爱隆阿与阿里衮两下相见，欣喜过望，也不及休息，同趋叶尔羌。兆惠日望援军，遥闻炮声大作，料知援军已至，即勒兵突围，内外夹攻，杀敌千余，毁了敌垒，同还阿克苏。

过了冬，已是乾隆二十四年。阿克苏已集清兵新旧军凡三万人，分道进行，兆惠由乌什攻喀什噶尔，富德由和阗攻叶尔羌，每路兵各万五千，大小和卓木闻清兵大至，不敢迎敌，带了妻孥仆从，并携辎重，逾葱岭西遁，清兵奋勇追赶，到阿尔楚山，前面见有回众，大半是老弱残兵，富德料是诱敌，令明瑞阿桂为左翼，阿里衮巴禄为右翼，先据了左右二峰，然后富德领着中军，从山口进去。进了山口，果然伏兵四起，那时清兵左右两翼，从上杀下，把伏兵一齐杀退，追攻二十余里，戮回兵无数，并斩他骁将阿布都，大小和卓木逃至巴达克山，大和卓木那布敦挈了家眷先走，小和卓木霍集占手下还有万人，倚山为阵，率众死战。富德又分军两路，左右夹攻，用了大炮，向敌轰击，霍集占不能支，逾山而遁，谁知前面山路逼促，又有辎重塞住，一时急走不脱；后面又被清军追上，进退两难。富德令降人鄂对等，竖起回纛，大呼招降，回众情愿投顺，蔽山而下，声如奔雷，霍集占忙夺路逃脱，偕那布敦急入巴达克山。

巴达克山部酋闻大小和卓木拥众而至，遣使探问，霍集占见了来使，命回报酋长，立刻亲迎。来使出语不逊，霍集占拔出佩刀，把他斩首。穷蹙至此，还要妄为，真正该死。于是巴达克山部酋兴兵拒战，和卓木兄弟连妻孥旧仆，只有三四百人，被巴达克兵围住，上天无路，入地无门，都束手就缚，个个被

他擒去。巴达克部酋为使臣报仇，将大小和卓木一齐枭首，还想将他家属统行处死，适清使持到檄文，索献罪犯，他乐得卖个人情，把大小和卓木的头颅及他家眷等，尽行缴出。金银也丢了，妻子也抛了，头颅也断送了。富德命军士押着回酋家属，驰归大营，与兆惠联衔奏捷。乾隆帝命陕甘总督杨应琚，筹办回疆善后事宜，兆惠等俱召还京师，遂封兆惠为一等公，加赏宗室公品级鞍辔，富德封一等侯，并赏戴双眼翎，参赞大臣阿里衮明瑞等，俱赏戴双眼翎，又记起从前舒赫德的忠直，还他原职，其余在事各官员，俱交部议叙。又做了几篇平定回部的碑文，内外勒石，称颂功德。

到次年二月，兆惠等奏凯还朝，乾隆帝亲至良乡，举行郊劳典礼。兆惠、富德等领队到坛，格外严肃。乾隆帝下坛迎接，兆惠以下，都下马见驾，叩首谢恩。乾隆帝亲自扶起，说了许多慰劳话儿，遂一同登坛。乾隆帝升了御幄，当由军士将大小和卓木家眷，推到坛前。这时乾隆帝龙目俯瞰，见有一位绝色妇女，也是两手反绑，列入罪犯队里，乾隆帝不禁怜惜起来，便问道："这是叛回的家眷么？"兆惠应了声"是"。乾隆帝道："妇女无知，也遭此缧绁，瞧她情状，很是可怜，朕拟一律赦宥。"兆惠忙道："罪人不孥，乃是圣主仁政，皇上恩赦了她，她定然感激不浅。"乾隆帝传旨释缚，众回家眷，叩首谢恩，独这绝色女子，虽是随班俯伏，她口中恰绝不道谢。比众不同。

清史演义

第三十七回  灭准部余孽就歼  荡回疆贞妃殉节

郊劳礼毕，御驾还宫，立召和珅入见，和珅进内请安毕，乾隆帝问道："朕见叛回眷属中，有个绝色妇人，未知是谁？"和珅道："待奴才探问的确，再来奏闻！"说毕，趋出，不一时又入大内，奏称绝色妇人，乃是小和卓木霍集占的妃子，回人叫她香妃，因她身上有一种奇香，天然生成，所以有此佳号。"乾隆帝叹道："朕做了天朝皇帝，不及那回部逆酋。"和珅道："逆酋已死，这个佳人，被我军拿来，圣上要如何处置，便作如何处置。据奴才想来，回酋的幸福，究竟不及我天朝皇帝哩。"乾隆帝道："朕想把她叫入宫中，但恐外人谈论，奈何？"和珅道："罪妇为奴，本是我朝成例，今将香妃没入掖廷，有何不可？"小人最喜逢君之恶。乾隆帝大喜，便命宫监四名，随和珅去取香妃，和珅已到，宫监导入香妃，玉容未近，芳气先来，既不是花香，又不是粉香，别有一种奇芬异馥，沁人心脾。走近御座前，乾隆帝见她柳眉微蹙，杏脸含颦，益发动人怜爱。宫监叫她行礼，她却全然不睬，只是泪眼莹莹。乾隆帝道："她生长外域，未识中朝礼制，不必多事苛求。"便命宫监引入西苑，收拾一所寝宫，令她居住，并命宫监小心伺候。宫监已去，和珅亦退。

次日，乾隆帝视朝毕，又召和珅入内，和珅见乾隆帝面带愁容，暗暗惊异，只听乾隆帝谕道："香妃不从，如何是好？"和珅道："她蒙恩特赦，又承圣上格外抬举，如何不从？"乾隆帝道："她口中说的回语，朕却不能尽懂，幸宫中有个番女，颇谙回文，朕命她翻译出来，据言：'国破君亡，情愿一死。'朕亦不好强逼，你可有什么计策？"和珅想了一会，便道："从前豫亲王多铎，得了刘三季，起初也很是倔强，后来好好儿做了豫王福晋，和睦得了不得（应二十二回）。妇人家大都如此，总教待得她好，她自然回心转意。"乾隆帝道："恐不容易。"和珅道："她是做过回妃，一切饮食起居，统是回部格式，现若令她吃回式的菜蔬，穿回式的衣服，居回式的房屋，另择回部老妇，伺候她，不怕她不渐渐服从。"乾隆帝依了和珅的计策，凡香妃服食，概募回教徒供奉，又在西苑造起回式房屋，并筑回教礼拜堂，选了数名老回妇，导香妃出入游览。怎奈香妃情钟故主，泪洒深宫，一片贞心，始终不改。乾隆帝百计劝诱，她却寂然漠然。有一日，被宫女苦劝不过，她竟取出一柄匕首来，刀光闪闪，冷气逼人，宫女都吓得倒躲。这事传到慈宁宫，太后恐乾隆帝被害，趁着乾隆帝郊天，住宿斋所，竟传旨宣召香妃，问她志趣。她只说了一个"死"字，太后遂勒令殉节。后人有诗咏香妃事道：

雏鬟生长大苑西，
钿合无情宝剑携。
帝子不来花已落，
红颜黄土玉钩迷。

香妃已死，乾隆帝尚未闻知，后来得了音耗，究竟伤感与否，容小子下回表明。

阿睦撒纳及大小和卓木，统不过胁惑徒众，盗弄潢池，故卒为兆惠所歼灭耳。不然，兆惠一卤莽武夫，只知猛进，动辄被围，得一智勇兼全之敌帅，吾恐兆惠将为塞外鬼，安能生还玉门，昂然为座上公乎？惟香妃以一被房之妇人，临以天子之尊威，始终不为所辱，凛节捐躯，临难不苟，番邦中有是妇，愧煞世人多矣。

作者亟为表扬，可作彤史一则。

## 第三十八回　游江南中宫截发
## 　　　　　证缅甸大将丧躯

却说乾隆帝郊天礼毕，回至宫中，闻报香妃已死，这一惊非同小可，忙走入香妃寝室，但见室迩人远，凄寂异常。便把侍过香妃的宫监传来问话，宫监就将太后赐香妃自尽事，说了一遍。乾隆帝道："叫曾入殓么？"宫监："早经入殓，且已埋葬得两日了。"乾隆帝道："为什么不来报知？"宫监道："奉太后娘娘命，因圣上郊天，不准通报。"乾隆帝顿足道："这件事情，太后也太辣手了。"宫监道："太后娘娘恐香妃不怀好意，所以把她赐死。"乾隆帝道："香妃死时，形状如何？"宫监道："香妃虽死，面色如生，全不见有惨死形状。"乾隆帝道："可敬，可敬，毕竟是朕没福消受。"乾隆帝得了香妃，未尝强暴，嗣闻太后赐香妃自尽，也不与太后呕气，这等举动，尚是难得。当下凭吊了一回，洒了几点惜花的眼泪。

自此闷闷不乐，几乎激成一种急病，还亏御医早日调治，方能渐渐平安。只是悲怀未释，无从排解，偏偏皇十四子永璐、皇三子永琪，又接连病逝；正是花凄月冷，方深埋玉之悲，芝折兰摧，又抱丧明之痛，未免有情，谁能遣此？傅恒、和珅等百计替他解闷，总不能得乾隆帝欢心，还是和珅知心着意，想出重幸江南的计议来，乾隆帝颇也愿意，到慈宁宫禀知太后，太后正因皇帝过伤，没法劝慰，闻了此语，便道："我也想出去散闷。俗语说得好：'上有天堂，下有苏杭'，这苏杭地方的风景，很是可玩。只前次南巡，皇后未曾随去，她已正位数年，也应叫她去玩耍一番，你意何如？"乾隆帝不敢违命，只得答道："圣母命她随去，谨当遵旨！"

当下定了日子，启跸南巡，一切仪仗，仍照前时南巡成制，不过多备了皇后凤辇一乘，龙舟等略加修饰，水陆起程，概如上年旧例。各省督抚，接驾当差，格外勤谨，只山东济宁州颜希深，下乡赈饥，擅令开仓发粟，把供奉皇差的事情，反一律搁起。两宫到了济宁州，御道上并没有什么供张，也不见知州迎驾。和珅道："哪个混帐知州，敢如此藐法么？"便令役从立传知州颜希深，回报颜希深下乡赈饥去了。和珅大怒，方想饬拿知州家属，适山东巡抚前来接驾，和珅向他发怒道："你的属官，为什么这般糊涂？想你前时忘记下劄的缘故。"山东巡抚道："卑职于月前下劄，早饬他恭迓銮舆，哪里敢忘记一点？"和珅道："他下乡赈饥，应有公文申详，你既叫他办差，哪里还有工夫赈饥？这件事显见得老兄糊涂了。"山东巡抚道："卑职也没有允他赈饥，他亦没有公事上来，真正不解。"和珅微笑道："一点点知州官儿，不奉抚台札饬，擅敢发仓赈饥，自来也没有的。老兄欺我，我去欺谁，你自己去奏明皇上罢！"写出和珅威势。这句话，吓得山东巡抚屁滚尿流，一面令仆役去拿颜希深，一面下了龙舟，跪在两宫面前，只是磕头，口称奴才该死，奴才该死。奴膝婢颜，无逾于此。两宫倒惊疑起来，问他何故，这时和珅已踱了进来，代奏道："济宁知州颜希深，目无皇上，既不来供差，又不来迎驾，奴才正问这山东抚臣哩。"乾隆帝道："颜希深到哪里去了？"和珅答道："闻说颜希深下乡赈饥，抚臣糊涂，佯作不知，求圣上明察！"寥寥数语，比上十款还要厉害。

乾隆帝正想亲鞫山东抚臣，遥听岸上隐隐有哭泣声，便问和珅道："岸上何人哭泣？"和珅出外探望，回奏："颜希深的老母，由山东抚役拘到，是以哭泣。"乾隆帝怒道："令她进来！"一声诏谕，外面即推进一个白发老妪，眼泪汪汪，向前跪下，口称臣妾何氏叩头。太后见她老态龙钟，暗加怜恤，急开口问何氏道："你是济宁知州的母亲么？"何氏微应道："是。"太后又问道："你儿子到哪里去了？"老妪道："前日河工出了险，地方绅士环请急赈，臣妾儿子颜希深，因预备恭迓圣驾，不敢离身，怎奈难民纷纷来署，哀吁不休。臣妾见他凄惨万状，令儿子希深发粟赈饥，希深因未奉省饬，不敢擅行，臣妾素仰圣母仁慈，圣上宽惠，一时愚见，竟把仓粟开发，嘱子希深下乡施赈，快去快回。不料希深今尚未到，将供差接驾的大礼，竟致延误，臣妾自知万死，伏乞慈鉴！"老妇颇善口才。太后见她应对称旨，不禁喜形于色道："你倒是一片婆心。古语说道：'国无民，何有君？'就使礼节少亏，亦应赦宥。"说到这句，便顾乾隆帝道："赦了她罢！"不愧孝圣二字。乾隆帝尚未回答，和珅却见风使帆，忙道："圣母仁恩，古今罕有。"忽而作威，忽而贡谀，这种人最是可恨。乾隆帝至此，自然也说出"遵旨"二字。太后便令何氏起来，何氏谢恩起立。这时山东巡抚还是俯伏一旁，仿佛犬儿一般，太后也命他退出。山东巡抚真是蒙着皇恩大赦，连磕数头，起身退出。

外面又禀报济宁知州颜希深恭请圣安，太后问道："颜希深来了么？"便传旨着令进见。希深膝行而进，匍匐近前，急得"微臣该死"四字都说不清楚。太后却笑起来道："你不要这般惊慌！皇上已加恩赦你。本来巡幸到此，亦没有这般迅速，巧巧遇着顺风，所以先到一二天，想你总道是来得及的，因

清史演义

## 第三十八回 游江南中宫截发 征缅甸大将丧躯

此贻误。"好太后。颜希深闻已恩赦，便放下了心，慢慢地奏道："微臣下乡赈饥，总道事已速了，不意饥民很多，误了日子，微臣因胥吏放赈，恐致乾没，不敢不亲自监察，今日返署，敬闻圣驾已巡幸到此，不及恭迎，罪当万死。幸蒙恩赦，感激莫名！"太后道："你的母亲亦已在此，你起来罢！"颜希深谢过了恩，慢慢起身，方见老母也站立一旁。太后复赐何氏旁坐，问了年龄子女等情，由何氏一一奏明。太后复道："你回署去，须常教你儿子爱国爱民，方不失为贤母。"何氏连声遵旨。太后又命宫监两名，扶他上船，令颜希深随母回署。后来颜希深历级上升，做到河南巡抚，且不必细表。

单说两宫自济宁启行，一路上看山玩水，颇觉爽适，乾隆帝命先幸江宁，一面向和珅道："江宁是个名胜的地方，前次南巡，只留驻了几日，闻得秦淮灯舫，传播一时，究竟不知如何？"和珅道："此次皇上可多留数天，奴才谨当探察。"到了江宁，文武各官，照例迎驾，不消细说。和珅见了江宁总督，密令他饬办秦淮画舫，预备游览。是日两宫登陆，驻跸江宁，隔了一宵，和珅借观风问俗的名目，导皇上微行。乾隆帝早已会意，不带随员，只命和珅扈从前往。行到秦淮河岸边，早泊有绝大画舫一艘，和珅引乾隆帝登舟，舟中都是花枝招展的美人儿，一拥上前，磕头请安。乾隆帝与和珅虽不道出真相，假名假姓地说了一番。那班美人儿，统是有名的妓女，见多识广，料知不是俗客，

况经地方官饬他当差，定然是扈跸南巡的著名人物，还差一着。便格外殷勤，奉了乾隆帝上坐，大家四围簇拥。乾隆帝龙目四瞧，这一个绰约芳姿，那一个窈窕丽质，默默地品评了一回，随向和珅道："北地胭脂，究不及南朝金粉，你道如何？"和珅应了声："是。"当下摆好酒席，乾隆帝面南而坐，和珅面北而坐，君臣礼总算不乱。东西两旁，统是美人儿挨次坐下。席间备极丰腴，浅斟缓酌，微逗轻謦，已而酒热耳红，兴高采烈，一面令舟子划入江心，一面令众妓齐唱艳曲，娇声婉转，响遏行云，耳鬓斯磨，魂消新雨。迨至夕阳西下，已近黄昏，万点灯光，荡漾水面，仿佛此身已入仙宫，别具一番乐境。此时乾隆帝已自醺然，免不得色迷心醉，左拥右抱，玉软香温，和珅亦趁这机会，分尝数脔。好一个篾片。到了次日，尚恋恋不舍，仍在舟中饮酒言欢，忽闻外面一片闹声，送入耳中，和珅即到后舱探望，见外面有一来船，船中有数人与舟夫争闹，和珅忙探头舱外，向邻船摇手，邻船中人见是和珅，方欲开口，和珅忙道："知道了，你等去罢！"原来邻船不是别人，乃是两个侍卫及太监数名，奉太后命，来寻皇帝。和珅早已猜着，不便与他细说，所以含糊回答。邻船得了消息，自然回去。和珅入舱，与乾隆帝附耳数语，便命舟夫摇船拢岸，饮完了酒，起岸而返。

太后见皇帝已回，也不暇细究，便命起銮至杭，乾隆帝遂传旨明日启跸，次晨即自江宁启行，直达杭州。途次为

了秦淮河事，与皇后反目起来。皇后自正位后，没有什么恩遇，心中早已郁闷，此次秦淮河事，被宫监泄漏，忍耐不住，便与乾隆帝斗口。乾隆帝本不爱这皇后，自然没有好话，皇后气愤不过，竟把万缕青丝，一齐翦下。这也未免过甚。满俗最忌翦发，发已翦去，连仁爱的太后也不便回护。乾隆帝大加忿怒，竟命宫监数名，将皇后送回京师，两宫到杭，又游览数日。乾隆帝因皇后挺撞，余怒未息，也不愿久留在外，便奉太后匆匆回京。自此与皇后恩断义绝，皇后忧愤成疾，延了一载，泪尽血枯，临危时候，乾隆帝反奉皇太后，到木兰秋狝去了。皇后闻知此信，痰喘交作，霎时气绝。当由留京王大臣奏闻行在，乾隆帝下谕道：

据留京办事王大臣奏：皇后于本月十四日未时薨逝。皇后自册立以来，尚无失德，去年春，朕恭奉皇太后巡幸江浙，正承欢洽庆之时，皇后性忽改常，于皇太后前，不能恪尽孝道；比至杭州，则举动尤乖正理，迹类疯迷，因令先程回京，在宫调摄。经今一载余，病势日剧，遂尔奄逝。此实皇后福分浅薄，不能仰承圣母恩眷，长受朕恩礼所致，若论其行事乖违，即予以废黜，亦理所当然，朕仍存其名号，已为格外优容，但饰终典礼，不必复循孝贤皇后大事办理，所有丧仪，止可照皇贵妃例行，交内务府大臣承办，着将此宣谕中外知之！

这是乾隆二十九年八月内的谕旨。乾隆帝罢猎回京，满大臣力争后仪，只是留中不报，自是乾隆帝竟不立后，到乾隆六十年，禅位嘉庆帝，其时嘉庆帝生母魏佳氏已经病殁，乃追封为孝仪皇后。这且慢表。

且说中国南徼的缅甸国，自执献永历后，与中国毫无往来，不臣不贡。至乾隆十八年，云南石屏州民吴尚贤，赴缅东卡瓦部开矿，立了一个茂隆银厂。尚贤运动部酋，请将矿税入贡。中国复劝缅王莽达喇上表称藩，缅王遂遣使进贡，呈上驯象数匹，涂金塔一座，乾隆帝也颇加赏赉。不料云南大吏诱尚贤回国，说他中饱厂课，拘入狱中。尚贤一片爱国心，被疆吏无端诬陷，有冤莫诉，愤极而亡。滇吏可杀。茂隆银厂当即闭歇。嗣后缅甸内乱，木疏地方的土司名叫雍藉牙，率众入缅，杀平乱党，自立为缅甸王，称新缅甸国，缅都无人反对，只桂家木邦两土司，不肯服他，联兵进攻。雍藉牙命子莽纪瑞率兵迎战，把桂家木邦部众，尽行杀败。木邦土司罕底莽被杀，桂家土司宫里雁，窜入滇边。桂家本明桂王官属后裔，尝设波龙银厂，很有资财，云南总督吴达善，闻他巨富，令他倾囊以献。贪官可杀。宫里雁不允，吴达善命边吏驱逐出境。宫里雁没法，走入孟连土司。这孟连土司刁派春素与吴达善交通，闻知宫里雁入境，潜率部众，邀击宫里雁。宫里雁不及防备，被他擒住，并将宫里雁妻孥金银，一并拿去。

刁派春将宫里雁缚献云南，复将宫里雁的金银，一半分送吴达善，一半留作自用。只宫里雁妻囊占，颇有三分姿

色，他却不忍割爱，想她做小老婆，不愧姓刁。遂于夜间召囊占入室，逼她同寝。囊占不从，他竟想用强暴手段，急得囊占路绝计生，佯言愿侍巾栉，但须释放仆役，并择吉行礼，方好从命。刁派春中了她计，遂将仆役放出，令仍侍囊占，又命大设筵宴，与囊占成婚。囊占装出柔媚态度，侍刁派春饮酒。刁派春乐地要不得，由囊占接连代斟，灌得酩酊大醉。囊占召齐故仆，将刁派春剁作几段，刁派春算刁，谁知别人比他更刁。遂命故仆引导，启户窜去。此时孟连部众，因吃了喜酒，都已睡熟，哪个去管他这种闲账。到了次日，始知头目被杀，急忙去追囊占。谁知她早已逃入孟艮土司去了。

囊占到了孟艮，探闻丈夫已被吴达善杀死，哭得死去活来；好一个智女，好一个烈女。既怨缅甸，复怨中国，遂吁请孟艮土司，要他入犯滇边，为夫报仇。孟艮部酋见她悲惨，也不论什么强弱，便入侵滇边。总督吴达善只知搜括金银，此外毫无本领，闻报滇边不靖，忙遣人到京运动调任。俗语道："钱可通神。"用了几万金银，便奉旨调任川陕，令湖北巡抚刘藻，往督云南。

刘藻到任，令总兵刘得成、参将何琼诏、游击明洪等，三路防剿，没有一路不败。刘藻束手无策，朝旨严行诘责，并命大学士杨应琚往滇督师。杨应琚到云南，刘藻恐他前来查办，忧惧交并，自刎而死。这是乾隆三十年间事。

会滇边瘴疠大作，孟艮士兵退去，杨应琚乘间派兵进攻孟艮，孟艮兵多半病死，不能抵御，一半逃去，一半迎降。应琚见事机顺手，欲进取缅甸，腾越副将赵宏榜且言："缅酋新立，木邦蛮莫诸土司，统愿内附，应乘胜急进。"应琚即上疏奏闻，极陈缅甸可取状。一面移檄缅甸，号称天兵五十万，大炮千门，将深入缅境，如该酋畏威知惧，速即投降，免致涂炭。大言何益？一面分遣译人到孟密木邦蛮莫景线各土司，诱使献土纳贡，并为具表代陈。其时缅酋雍藉牙早死，再传至次子孟骏，他见了应琚檄文，毫不畏惧，反率众略边。各土司又首鼠两端，并不是诚心内附，于是赵宏榜领兵五百，由腾越出铁壁关，袭据蛮莫土司的新街。新街系中缅交通要道，缅兵不肯干休，水陆并进。陆兵攻陷木邦景线，水军进攻新街，赵宏榜闻缅兵突至，急抛了器械，烧了辎重，走还铁壁关。惯说大话的人，最是没用。缅兵尾追宏榜，直至关外。

应琚得了败耗，又惊又悔，顿时痰喘交作，飞章告病。清廷急令两广总督杨廷璋赴滇襄办，又遣侍卫傅灵安带了御医，往视应琚疾，并察军事。杨廷璋驰入滇境，遣云南提督李时升，率兵万四千人，进防铁壁关，时升又分道出兵，遣总兵乌尔登额出木邦，朱仑出新街。缅酋闻清兵分出，率众佯退，遣使乞和。时升信为真情，停止两路进兵，与缅人议款。杨应琚闻了议和消息，喜欢起来，病也渐愈，遂与时升联衔奏捷。又要做假戏文了。杨廷璋知缅事难了，乐得退职，遂奏言应琚病瘥，臣谨归粤，得旨召还京师。应琚也巴不得廷璋离滇，省得窥破隐情。廷璋去后，忽闻缅兵绕入万仞关，纵掠腾越边境，应琚又惶急万分，飞檄乌尔登额及总兵刘得成赴援。缅兵见有援军，向铁壁关退走，铁壁关本由李时升等把守，不敢截击，由他杀出，应琚反匿不上闻。会傅灵安密奏赵宏榜朱崙失地退守，李时升临敌畏避，未亲行阵，于是清廷始悉军情，严旨诘责应琚。应琚反尽推到乌尔登额刘得成身上，得旨一并逮问，令伊犁将军明瑞，移督云、贵，明瑞未至时，由巡抚鄂宁代理。鄂宁奏称应琚贪功启衅，掩败为胜，欺君罔上各情形，乾隆帝大怒，立逮应琚到京，迫他自尽。此时杨应琚不知作何状。

及明瑞到滇，先后调满洲兵三千，云、贵四川兵二万余名，大举征缅，令参赞额尔景额及提督谭五格，率兵九千名出北路，由新街进行，自率兵万余人，由木邦南下，约会于缅都阿瓦。启行时，连旬淫雨，泥泞难行，明瑞只得缓缓前进，自夏至冬，始至木邦。木邦守兵，闻风早遁，明瑞留兵五千驻守，使通饷道，自率军渡锡箔江，进攻蛮结，连破缅兵十二垒，军威大振。乾隆帝闻报捷音，封明瑞诚勇嘉毅公。明瑞越加感奋，向缅都进发；途次险峻异常，马乏草，牛蹄途，缅人又坚壁清野，无粮可掠。走入绝路。将士请结营驻守，俟北路军有消息，再定进止，明瑞不允，仍督兵前趋。这时向导乏人，屡次迷路，旋绕了好几日，方到象孔，部兵疲惫已极，北路军仍无音信。

象孔距缅都尚有七十里，明瑞因兵劳食尽，料知难达，乃回兵至猛笼，得了敌粮少许，留驻数日，待北路军；北路军仍旧不至，乃拟由原路退归，不防缅酋率众来追，声势浩大，明瑞且战且行，令部将观音保哈国兴等，更番殿后，步步为营，每日只行三十里。缅兵虽不敢围攻，奈总尾追不舍，每晨听清军吹角起行，他也起身追逐，行至蛮化，山路丛杂，明瑞令部兵扎营山顶，缅兵亦扎营山腰。明瑞传集诸将道："敌兵藐我太甚，须杀他一阵方好。"观音保哈国兴等，唯唯听命。当下明瑞令观音保等分头埋伏，次日五鼓，命兵士接连吹角，呜呜之声，震彻山谷。缅兵只道清兵启行，争上山追逐，忽遇伏兵突出，万枪齐发，那时连忙奔逃，走得快的，失足陨崖，走得慢的，中枪倒毙，趾顶相藉，坑谷皆满。小胜不足喜。自是缅兵不敢近逼，每夜必遥屯二十里外。明瑞饬将士休息数日，徐徐退回。到了小猛育，已与木邦相近，猛听得胡哨齐起，四面敌兵蝟集，约有好几万人，明瑞大惊道："罢了！罢了！"正是：

瓦罐不离井上破，
将军难免阵中亡。

未知明瑞性命如何，请看下回分解。

高宗南巡，皇后截发，当时史官讳恶，只载迹类疯迷之谕，实则伏有原因，中宫固非无端疯迷也。著书人把赏花饮酒诸事，显为揭橥，虽或言之过

甚，然亦出自故老传闻，未尝凭空域射。且多归罪和珅，和珅固导帝微行者，不得谓事无左证也。下半回叙征缅事，与上文不相关涉，乃是从编年体裁，接连叙下。吴达善、刘藻、杨应琚等，无一胜任，赇帅当道，蠹吏盈边，清室盖中衰矣。明瑞猛将，孤军征缅，徒自丧躯，可为太息。高宗不悟，犹以好大喜功为事，其亦可以已乎。

第三十八回 游江南中宫截发 证缅甸大将丧躯

## 第三十九回　傅经略暂平南服　阿将军再定金川

却说明瑞到小猛育，见缅兵四集，不觉大惊，急忙扎住了营，召诸将会议。将士自象孔退回，途中已行了六十日，这六十日内，昼夜防备追兵，没有一刻安闲，此时四面皆敌，眼见得不能抵挡，当下会议迎敌诸将，面面相觑。明瑞道："敌已知我力竭，所以倾寨前来，但不知北路军情，究竟如何？难道是统已覆没么？我现在只决一死战，明知不能脱身，然到援绝势孤的时候，还没有一人不尽力，没有一人不致死，将来敌人亦知难而退，我死后，继任的人，当容易办理了。诸将以为何如？"观音保道："大帅且不怕死，何况我辈？惟我辈死在沙场，内地还没人知晓，这倒可虑。"明瑞道："我拟乘夜突围，令兵士前行，我愿断后，那时敌兵追来，我好死挡一阵，前面的兵士，总可逃脱几个，通报内地，叫他严守边疆，奏调别帅，岂不是好？"倒是赤胆忠心。当下议决，人人已知必死，倒也没有甚么伤感。

转瞬间已是黄昏，鼓角不鸣，拔寨齐出，哈国兴率领前队，观音保率领中队，明瑞与侍卫数十人，率领亲兵数百名断后。哈国兴一马当先，冲杀出来，缅兵不及措手，竟被他冲开血路，杀出重围。及观音保继进，缅兵已四面包围，把观音保围住，明瑞见中队被围，急率后军援应，舍命相争，人自为战，以一当十，以十当百，怎奈缅兵密密层层，旋绕上来，明瑞观音保等，冲破一重，又被第二重截住，冲破第二重，又被第三重截住。从黄昏杀到天明，四面一望，仍旧是铜墙铁壁一般，手下将士已伤亡过半，再接再厉，酣斗了两小时。观音保中枪倒毙，明瑞带领的侍卫丧失殆尽。明瑞亦着了枪弹数粒，大吼一声而死。这场死战，只哈国兴带兵数百名逃归，余都覆没，真是可痛。

但北路的额尔景额一军，究竟到哪里去呢？原来额尔景额从新街南行，进次老官屯，被缅兵阻住，相持月余，额尔景额病死，他的阿弟额尔登额代统全军，屡战屡败，退至旱塔。缅兵由间道袭击木邦，木邦兵守五千人，出战不

清史演义

## 第三十九回 傅经略暂平南服 阿将军再定金川

利，飞书至滇中告急。总督鄂宁七檄额尔登额往援，额尔登额不应，反迂道回铁壁关，再从明瑞出师的路程，往救木邦。古语说道："救兵如救火。"他却不走近路，转回关内，远绕而出，那时木邦早已陷没。留守参赞珠鲁讷等早已阵亡。缅兵从木邦回到小猛育，适值明瑞退到彼处，遂乘机邀击。后面追赶明瑞的缅兵又乘势追上，还有老官屯及旱塔诸处的缅众，也一并趋至，四面楚歌，遂把明瑞逼入鬼箓。补叙得明明白白。总督鄂宁飞报败耗，乾隆帝大怒，立命鄂宁押解额尔登额，及谭五格到京治罪，另授傅恒为经略大臣，阿里衮阿桂为副将军，舒赫德为参赞大臣，迅速赴滇，再议大举。傅恒等遵旨起程，额尔登额谭五格已解到，有旨将额尔登额凌迟处死，谭五格立斩决，罪犯亲族，一律充戍。

旋因鄂宁不亲援明瑞，降补福建巡抚，戴罪自效。云、贵总督著阿桂补授。阿桂先至云南，闻缅甸与西邻暹罗国开衅，拟约暹罗夹攻缅甸，旋因交通不便，复至罢议。乾隆三十四年四月，经略傅恒至云南边境，拟分兵三路，水陆并进，调满汉精锐五六万名，骡马六万余匹，凡京城之神机火器、河南之火箭、四川之九节铜炮、湖南之铁鹿子，及在滇制造的军装药械，靡不齐备。直到新秋，经略祭纛启行，渡过金沙江上游的戛鸠江，由西而南，孟拱、孟养各土司，献象献牛，还算效顺。无如南方炎热未退，暑雨熏蒸，士马已多僵病；又未识道路，愈难深入。傅恒无可如何，退归蛮莫。

先是阿桂在蛮莫造舟，及是舟成，得战舰百艘，闽粤水师，陆续趋集，遂由蛮莫江出伊腊瓦底河，遥望缅兵，舣舟对岸，并有陆兵驻扎沙滩。阿桂、阿里衮率步兵登岸，专攻敌营，副将哈国兴、侍卫海兰察，率舟师专攻敌舟。缅兵出营截击，阿桂令步兵齐放矢铳，复用劲骑左右冲入，缅兵抵敌不住，哗然溃散。哈国兴亦乘上风进攻敌舟，正欲迎敌，被风簸荡，自相撞击，覆溺数千，江水为赤。阿里衮经此一役，积劳成病，傅恒亦病不能兴，虑深入非计，令转攻老官屯敌垒。

老官屯本额尔登额屯兵处，敌垒甚坚，编竖木栅，栅外掘濠，濠外又横卧大树，锐枝外向，清兵用大炮轰击，弹丸都被树枝隔住，不得奏效；再伐箐中数百丈老藤，系以巨钩，夜往钩栅，又被敌人斫断；复用盾牌兵持了油柴，沿栅纵火，适值反风，栅不能爇，反烧了自己的盾牌，只得却下。阿桂百计绸缪，想不出破敌法子，最后用了穴地埋药的计策，药线一燃，药性猛发，敌栅突起丈余。清兵鼓噪而前，总道这次可以破栅，谁知栅忽平落，俄顷栅复突起，旋又平落，如是三次，栅不复动。仍旧无效。缅兵也颇危惧，阿桂又遣战舰越过木栅，阻截西岸敌援，于是缅兵有乞和意，老官屯非敌根据地，傅恒出了全力去攻老官屯，已非胜算，况又不能攻入乎？强弩之末，难穿鲁缟，信然。遣使议款。傅恒令进表纳贡，返土司侵地。缅使欲归他木邦、蛮莫、孟拱、孟养诸土司。议未协,缅使竟去。会阿里衮病殁,傅恒病亦加重,乃遣哈国兴单骑入栅,与缅帅议定和约:缅甸对中国行表贡礼,归俘虏,返土司侵地,中国将木邦、蛮莫、孟拱、孟养诸部人口,还付缅甸。傅恒遂焚舟熔炮,匆匆班师。

这番出征,先后糜饷数千万,明瑞战死,傅恒、阿桂等虽称胜敌,其实也不算有功。所订和议,两边仍未尝实行,缅人索还土司,清廷征他入贡,双方仍然龃龉。傅恒回京后,忧恚而亡。乾隆帝令阿桂备边,酌出偏师,略缅边境,阿桂探闻缅酋孟骏,破灭暹罗,气势张甚,奏言:"偏师不足济事,不如休息数年,复图大举。"乾隆帝因他忤旨,将阿桂召还,遣尚书温福往代。

缅事未了,两金川警报复至,自大金川酋莎罗奔乞降后,川边平静了十多年,莎罗奔老病,兄子郎卡主土司事渐渐桀骜,侵扰邻境,不受四川总督的命令。乾隆帝命川督阿尔泰,檄川边九土司,环攻郎卡,九土司中,惟小金川与绰斯甲还算强大,其余如松冈、梭磨、卓克基、沃日、革布什咱、党坝、巴旺七土司,统是弱小,不是大金川敌手。阿尔泰虽奉了上谕,他意中只想苟且息事,命郎卡释怨修和。郎卡遂与绰斯甲联婚,并以女嫁小金川酋僧格桑。僧格桑即泽旺子,泽旺昏耄,由僧格桑代主土司。未几,郎卡病死。郎卡子索诺木与僧格桑为郎舅亲,订立攻守同盟的条约。番人专恃结婚政策,为并吞邻部计,两金川以和亲故,独结攻守同盟,

知识程度颇出准部诸酋上,但其不利清室则一也。索诺木诱杀革什布咱土司,僧格桑亦屡攻沃日,阿尔泰因沃日被侵,发兵往援,僧格桑竟与川军开仗,川军退还。乾隆帝闻报,责阿尔泰养痈贻患,罢职召回,寻即赐死。另调滇督温福,自云南赴四川督师征讨,又命侍郎桂林为川督,襄赞军事。

温福、桂林先后到川,温福由汶川出西路,桂林由打箭炉出南路,夹攻小金川,南路副将薛琮恃勇轻进,入黑龙沟,被番兵围住。薛琮向桂林处求救。桂林逗留不进,薛琮战死,全军陷没,桂林还隐匿不报。旋由温福奏闻,乃授阿桂为参赞大臣,代桂林职。阿桂至军,督兵渡小金川,连夺险要,直抵美诺。美诺系小金川巢穴,僧格桑出战不利,遂带了妻妾数人,逃入大金川,只留老父泽旺,病卧床中。宁可无父,不可无妻妾。阿桂入帐,把泽旺缚献京师,另檄索诺木缴出僧格桑。索诺木不奉命,当由温福、阿桂请旨清廷。廷命温福为定边将军,阿桂为副将军,移师讨大金川,仍分两路进发。

大金川地本险恶,从前讷亲、张广泗屡遭失败,至此温福进兵,也被番众阻住。温福令提督董天弼,还守小金川,自率军驻扎木果木地方。番众照昔年故事,遍筑碉卡,抗拒清兵。温福也徒知攻碉,得不偿失。两边正相持不下,忽有探马飞报:"番众入小金川,董军门兵溃散了。"温福令他再探,忽又报道:"粮台被劫了。"温福仍饬令再探,粮已被劫,还探什么?他却视若无

事，仍不设备。如此从容，不念退兵咒，定念往生咒。俄闻枪声四起，番众如潮涌至，先夺炮局，继断汲道，清营内运粮夫役，纷纷避入。温福令营兵闭住垒门，一概不准入营。于是内外鼓噪，军心大震。番众乘势突进，枪如雨发，温福茫无头绪，一弹飞来，适中要害，当即晕毙。营兵见主将已死，霎时四散，被番众兜杀一阵。幸亏海兰察闻警往援，救出溃兵万数千名，且战且退。

此时阿桂方出河东，闻报小金川复陷，忙整军驰回，出屯翁古尔垄，奏报温福阵亡情形，得旨命阿桂为定西将军，丰伸额明亮为副将军，调发键锐火器营二千名，至川助剿。阿桂再与明亮等，分攻小金川，转战五昼夜，仍抵美诺，驱出番兵，再复小金川地，仍奏请力攻大金川。乾隆帝以土司恃险反复，重劳用兵，非大举深入不可，遂先将泽旺礤死，随饬阿桂等扫穴犁庭，方许蒇事。阿桂誓师进讨，复分三路进行：一军由东路入，阿桂自为统帅，一军攻大金川西南，一军攻大金川西北，由丰伸额明亮各为统领，三道并进，如火如荼。怎奈大金川里面，重重筑垒，层层设隘，自乾隆三十九年正月，阿桂出师，奋力杀入，节节进攻，击破敌垒无数，大小数百战，直到七月，始至勒乌围附近。

勒乌围前面皆山，番兵据险扼守，第一重名博瓦山，第二重名那穆山，最是险峻，阿桂令海兰察、额森特、海禄三路绕攻博瓦山后，福康安、成德特、成额三路仰攻博瓦山前。猛搏三昼夜，方杀上博瓦山，占了第一重门户。休息二日，复进攻那穆山。这山地势尤险，防守越严。阿桂仍令前后分攻，数日无效。适西北路统领明亮亦已杀到，会集阿桂军，并力攻扑，仍是不下，海兰察向称骁勇，至是大愤，遥望那穆山上，守兵布得密密层层，只西边最高峰上，虽有两个大战碉，碉里恰空若无人，他独带领死士六百名，乘昏夜时候，猱升而上，趾顶相接，直到黎明，六百人都登了高峰，捣入碉中。每碉不过数十名番兵，一阵狂扫，立刻歼除。余外守山的番众，总道是绝壁峭立，没人可上，谁料上面插起大清旗号，错疑是飞将军从天而下，顿时人心大乱，被山下的清兵杀上山腰，番众除逃窜外，概被杀死。第二重门户又破，勒尔围已无可守，索诺木没法，鸩杀僧格桑，并将僧格桑家属一并献出，请停止攻击。阿桂讯验僧格桑的尸首，的确是真，只僧格桑的家属内，只有僧格桑的妾，没有僧格桑的妻，索诺木颇有手足情。怒斥来人，勒兵再入。索诺木无从乞和，命部下极力防守。

这时已是秋末冬初，天气阴寒，雨雪霏霏，恁你阿桂奋厉无前，也不能直捣敌穴。过了年，又过了春季，渐渐冰雪消融，路上方可行动。阿桂等转战而前，只一二十里地面，却攻了三四个月，方到乌勒围。丰伸额军亦至，三路会攻，又足足一月，方破入乌勒围。可谓艰险。索诺木已与从祖莎罗奔，先期走噶尔崖，清兵整队复进，番兵又分道拒战，接连又是数月，始抵噶尔崖城下。阿桂自启行以来，至此已历两年，途中几经艰苦，恨不得立平噶尔崖，稍泄胸中忿气，奈攻了三五日，毫不见效，又攻了一二十日，虽轰坏城堞数处，仍被敌兵补好。直至乾隆四十一年二月，城中食尽，索诺木始与莎罗奔，挈家族二千余人出降，阿桂立饬人献俘京师，乾隆帝御午门受俘，因索诺木、莎罗奔等罪大恶极，着凌迟处死。其余家族人等，或斩或绞，或永远监禁，或充发为奴。封阿桂为一等诚谋英勇公，丰伸额本袭公爵，加赏继勇字号，明亮封一等襄勇伯，海兰察摧坚夺隘，格外超擢，封为一等超勇侯，额森特、福康安等，均各封赏有差，留明亮为四川将军，改大金川为阿尔吉厅，小金川为美诺厅，直隶四川省，令明亮镇守。阿桂等一律凯旋，郊劳饮至，如傅恒例。

越数月，再令阿桂赴云南，与总督李侍尧，勘定边界，严守战备，拟再图缅甸。缅酋孟炮，闻风知惧，原奉表入贡，献还俘虏，惟求开关互市。阿桂令先将俘虏释放，他只放出了一半，阿桂不允，仍移檄诘责。偏这孟炮病殁，嗣子赘角牙继立，国内大乱，叛臣孟鲁，弑了赘角牙，孟鲁又被国人杀死，迎立雍藉牙少子孟云。西邻暹罗，因缅甸内讧，背缅独立，推戴侨民郑昭为国王，规复旧土，驱逐缅甸守兵，移都盘谷，复兴兵攻缅甸，报复旧怨，并遣使航海入贡中国。郑昭殁，子华嗣，清封郑华为暹罗国王。孟云恐清廷联络暹罗，夹攻缅甸，乃由木邦赍金塔一、驯象八，及宝石、番毯等，款关来贡，并将俘虏一并送还。清廷乃敕赐册印，封孟云为缅甸国王，并谕暹罗缅甸，不得继续用兵。自是暹罗缅甸统服属清朝，小子曾有七绝一首云：

　　连番降旨命征诛，
　　一将功成万骨枯。
　　为问紫光遗像在，
　　可曾顶上血模糊？

俚句中有"紫光"二字，乃是指紫光阁故事。乾隆帝命绘功臣列像于紫光阁，前傅恒，后阿桂，是乾隆朝最智勇的大将。紫光阁上，后先辉映。方在纪实铭勋，忽接台湾警报，土豪林爽文作乱。一波才平，一波又起，欲知台湾肇乱情形，请诸君续阅下回。

　　傅恒、阿桂系乾隆朝名将，抑亦乾隆朝福将。有明瑞之丧师小猛育，而后傅恒乃慎重将事，有温福之战死木果木，而后阿桂乃坚忍成功。天下事经一度失败，始增一番惩创，明瑞、温福之不幸，即所以成傅、阿二人之幸耳。傅、阿二人殁，嗣后有名将，少福将，故乾隆朝为清室极盛时代，亦即清室中衰时代。此回传傅、阿二人事，实隐伏清史关键云。

## 第四十回　平海岛一将含冤
## 　　　　 定外藩两邦慑服

却说台湾自朱一贵乱后，清廷因地方辽阔，添设彰化县及北淡水同知，政府意思，总道多设几个官吏，可以勤求民隐，哪里晓得多一个官，只多一分剥削，与百姓这方面，反有损无益呢？乾隆五十一年，台湾土豪林爽文乱起，这林爽文本没有什么势力，只因台民半是土著，半是客籍，彼此不睦，时常械斗，地方官不去弹压，爽文假和解为名，结了几个党羽，设起一个天地会来。起初入会的人，不过数十名，后来越结越多，连官署的差役，也都入会。官吏虽有些风闻，终究得过且过，不愿查究，因循坐误，是官吏老手段。因此天地会竟横行了数十年。适值总兵官柴大纪受职到台，闻知天地会横行无忌，遂令台湾知府孙景燧、彰化知县俞峻、副将赫生额，游击耿世文，带兵缉捕。这孙景燧等统是酒囊饭袋，哪里敢去缉捕会匪？奈因上峰督饬，没奈何前去搜查。

林爽文本住彰化县的大理杙，地方很是险僻，孙景燧等不敢深入，只在五里外扎营，无缘无故，将五里外的村落，纵火焚毁，兵役乘势抢掳，劫夺一空。村中的百姓并非天地会党羽，无罪遭祸，铤而走险，都逃入大理杙中，哭报爽文，哀求保护。又是一场官逼民反。爽文乃纠众出来，袭夜攻营，孙景燧等连忙逃走，带去的兵士，多被杀死，爽文遂进陷彰化，破诸罗，扰淡水，贪官污吏，死的死，逃的逃。柴大纪忙令兵备道永福，固守府城，自率兵出城五十里，到盐埕桥，遇着爽文前锋，奋力杀退，府城总算保全。大纪派人到福建告急，水师提督黄仕简、陆路提督任承恩、副将徐鼎士，陆续带兵渡海，来援台湾。大纪接着，由黄仕简分派将士，督令恢复诸城，不想福建的援兵统是没用，都被爽文杀败；任承恩亲攻敌巢，见了路途险僻，也畏惧不前；只柴大纪收复诸罗，浚濠增垒，力任守御。

清廷因黄任无功，严旨召还，命提督常青为靖逆将军，往台湾督师；父命署浙闽总督李侍尧，调粤兵四千，浙兵三千，驻防满兵一千，赴台助剿。且因江南提督蓝元枚，系蓝廷珍子，素习台事，调赴军前，与福州将军恒瑞，同为参赞，各将吏次第进行，蓝元枚到台病卒，常青恒瑞率兵数千，至府城相近，与林爽文相遇，望将过去，旗戟隐隐，队伍层层，不知有多少人马，吓得常青恒瑞拍马而逃，走入城中。林爽文料他没用，不去攻城，只蚕食村落，胁令入会，旬日得十余万众，围攻诸罗。

诸罗当南北要冲，为府城屏蔽，爽文因大纪扼守，最称勇悍，誓要破灭此城，免他作梗，因此把诸罗城团团围住，并分了一支党羽，截他饷道。大纪率守兵四千，昼夜防御，看了敌势少懈，复引兵突出，夺他辎重。城中粮饷，赖以不绝。爽文想截人饷道，谁知自己的饷反被人夺去，所谓乌合之众，不敌纪律之师。爽文遣人诈降，又贿通内应，都被大纪察出，一一斩首。

这时候，常青也遣总兵魏大斌、参将张万魁、游击田蓝玉、副将蔡攀龙等，往援诸罗，三次进兵，三次败退。恒瑞督兵进援，亦因敌势浩大，在途中扎住。清廷屡次催问，常青、恒瑞只请添兵，乾隆帝又将他革职，命福康安代常青，海兰察代恒瑞，升柴大纪为陆路提督参赞大臣，密令大纪卫民出城，再图进取。大纪奏言："诸罗为府城北障，诸罗失陷，府城亦危，且半年来深沟高垒，守御甚固，一朝弃去，难以克复。城厢内外的百姓，不下四万，也不忍一概抛弃，任贼蹂躏，只有死守待援"等语。好总兵，好提督，好参赞大臣。乾隆帝览了奏章，眼泪都熬不住，一点一滴，湿透奏本；真耶假耶！随即传旨到台湾，嘉奖大纪，封大纪为义勇伯，改诸罗县为嘉义县，俟克复台湾，与福康安同来瞻觐云云。

福康安是傅恒的儿子，乾隆帝非常眷爱，未知是否龙种？他随阿桂出征有功，曾封三等嘉勇男，嗣复出定回疆，平了几个小小回匪，晋封侯爵。福康安往援台湾，途次闻爽文势盛，也奏请增兵，奉旨严饬。亏得海兰察愿当前敌，飞速进兵，仗着顺风，越海抵港，帆樯列数里，各村民见大兵云集，望风解散，争为乡导。海兰察扬言攻大理杙，暗中拟直趋嘉义城。爽文恐大理杙有失，分兵回救，海兰察遂进兵嘉义，沿途遇着几处埋伏，统由海兰察冲散，怒马直入，所向披靡。到嘉义城下，奋战一场，杀退敌围。福康安闻前锋得胜，自然胆大起来，也领兵到嘉义城，柴大纪出城相迎，只向福康安请安，不行跪拜礼，福康安心中已是不悦，佯为谦逊，叫大纪并马入城。大纪也不推辞，跨马导入，照清朝军制，下属迎接上司，须要身执櫜鞬，不能并马入城。柴大纪屡受褒封，身膺伯爵，自思与福康安也差不多，少许失礼，料亦不妨。岂知这福康安度量浅狭，挟恨怀仇，柴大纪的性命，要断送在福康安手中了。

福康安入城后，休息一昼夜，仍命海兰察先进，自率兵为后应，往捣大理杙巢穴。到了大理杙，时已昏暮，大理杙中，冲出一支人马，烈炬迎战。海兰察分兵千余，暗伏沟塍间，候敌近来，

## 第四十回 平海岛一将含冤 定外藩两邦慑服

铳矢齐发。从暗击明，发无不中，敌众连忙灭火，鸣鼓来攻。海兰察复命军士按声冲击，毙敌无数，敌众倒也抵死不退。海兰察跃马入阵，冲出敌背，竟赴大理杙。部众想回马去追，福康安兵已到，此时敌众仓皇失措，霎时溃散。海兰察入大理杙，林爽文拦截不住，携家属走集埔，大理杙巢穴，一鼓荡平。只林爽文遁入集埔间，依险窜伏，垒石为垒，回环数里，海兰察偕侍卫数十名，易服缉捕，寻至集埔，已得敌踪，遂暗伐箐中老藤，扳垒而上，林爽文不及防备，被他擒住，爽文家属，没一个走脱，献至京师，尽行磔死。

福康安、海兰察，俱晋封公爵，独柴大纪偏革职拿问。读至此语，令人吃惊。自福康安入嘉义城后，已着人驰递密奏，说大纪诡谲取巧，奏报不实，乾隆帝倒也圣明，料知大纪屡蒙褒奖，稍涉自满，对福康安失礼，因被参劾，遂将这种旨意，批发出来，福康安受了几句申饬。看官！你道福康安肯就此罢休么？接连又是几本弹章，复运动那奉旨查办的德成，复奏："大纪如何贪黩，如何宽纵。"乾隆帝尚在未信，命浙、闽总督李侍尧查奏。李侍尧畏福康安威势，自然随声附和，乾隆帝又将任承恩、恒瑞等，逮回亲讯，任承恩、恒瑞等一干人犯，都说大纪酿成祸乱，暗中掣肘，恁你乾隆帝什么英明，柴大纪什么义勇，至此昏蔽诬巇，就降了革职拿问的圣旨。

柴大纪自念无辜，到京被讯，宁有凭空自诬的道理，自然呼冤不置。乾隆帝亲加复讯，大纪仍微诉枉曲，龙颜动怒，竟命正法，可怜一片忠心的柴大纪，无罪遭刑，横尸燕市。比杀张广泗还要冤枉，可见做皇帝的人，多是没良心。任承恩、恒瑞等反得保全性命，还有这位谄媚取容的和珅，前已屡次超升，授职大学士，至此说他办理军机，勤劳懋著，封他为三等伯，赏用紫缰。悬空夹入。

乾隆帝又命将功臣图像，方亲制功臣像赞，镇日里咬文嚼字，忽接两广总督孙士毅奏报，略称："安南内乱，国王黎维祁出亡，遗臣阮辉宿，奉王族二百多人，叩关乞援"等语。这安南国在暹罗东边，明时尝服属中国，嗣分为大越、广南二部，黎氏主大越，阮氏主广南。清顺治末年，吴三桂等定云南，大越王黎维禧曾遣使劳军。康熙五年，嗣王黎维禧又奉表入贡，受清册封。后来黎氏渐衰，摄政郑栋，阴图篡立，恐广南王干涉，乃阴嗾广南土酋阮文岳，举兵作乱，自为外援。文岳与弟文惠、文虑乘此发难，转战十数年，竟将广南王攻灭，分北部三州与郑栋。文惠自称泰德王，郑栋也自称郑靖王。隔了几年，郑栋死了，栋子二人，一名宗，一名幹，争夺父位。文惠引文岳趋入，阳称排解，诱杀宗、幹兄弟，遂进至大越。大越王黎维禟惊慌得了不得，忙与他议和，给他两郡；又把娇娇滴滴的爱女送与文惠，畀他受用。文惠总算罢休，在大越称臣拜相。越年，黎维禟卒，嗣孙黎维祁立，文惠载了许多珍宝及驯象百头，还归广南，留郑氏遗臣贡整，镇守都城。贡整想扶黎抗阮,夺回象五十头,文惠大怒,发广南兵攻大越,贡整战死,维祁出走。文惠攻入黎京,尽毁王宫,把宫内妃嫔及金银财宝,搜括而去。一个爱女尚且不足,又添了许多妃嫔,许多金帛,大越总算晦气。

高平府督阮辉宿,挈了黎氏宗族二百口,遁至广西求救。乾隆帝览了孙士毅奏章,暗想黎氏守藩奉贡,理应保护,遂命孙士毅安抚黎氏家属,发兵代黎氏复仇。这旨一下,孙士毅立即调兵,与提督许世亨出镇南关,至凉山分路而进,沿途得土民欢迎,进薄富良江。阮文惠派兵扼住南岸,据险列炮,阻截清军。许世亨见江势缭曲,望不及远,遂令军士伴运竹木,筑桥待渡,他自己率兵二千,恰绕道潜渡。南岸守卒只防对岸的清兵,用炮轰击,不料世亨绕出背后,乘高大呼,声震山谷。是夕,天色黑暗,广南兵陡闻喊声,只道清兵大至,霎时溃退。黎明,清兵毕济,整队至大越国都,城中百姓都来迎接,跪伏道旁。孙士毅、许世亨入城宣慰,见宫室拆毁殆尽,已平成瓦砾场,不便留驻,仍出城还营。黎维祁避匿民村,到夜间方敢出来,诣营见孙士毅,九顿首谢援。

先是乾隆帝因安南道远,奏报需时,特豫撰册封,邮寄军前,令孙士毅便宜从事。士毅遂宣诏封维祁为安南国王,且驰报广西,归黎家属。捷奏到京,乾隆帝促令班师,士毅以阮氏未俘,还想深入广南,执渠立功。贪心不足。阮文惠暗筹军备,阳言乞降,士毅信以为真,悬军黎城,专待降人。乾隆五十四年元旦,士毅令军士饮酒张乐,庆祝新年,大帅逍遥,万人醺醉,自旦至暮,筵席始散。众人正要就寝,营外炮声震天,阮兵蜂拥而至。士毅即率军出营,火光中见前面排着象阵,踠躞而来,士毅知是厉害,急令军士退走。黑夜间不辨彼此,自相践踏,当下抛戈弃甲,奔至富良江。士毅一马当先,逾桥径渡,随着的兵士,三停中只过一停,士毅回顾,对岸追兵,奋勇杀来,忙命军士将桥拆去。是时许世亨等尚未逾桥,弄得进退无路,那边追兵上前围攻,许世亨等都战死。官兵夫役万余人,一半被杀,一半落水。逃还镇南关的残兵,只剩了三千名。士毅上疏自劾,乾隆帝恰说他变出意外,罪有可原,这正是特别殊恩,令人莫测。

福康安时适督闽,奉旨调任两广,代孙士毅,福康安方到任,阮文惠已遣兄子光显,奉表请降,他的降表上改名光平,略言:"世守广南,与安南乃是敌国,并没有君臣名分。文惠曾在大越摄政,尚得谓非君臣么?且只蛮触自争,非敢抗衡上国,请来年亲觐京师,并愿立庙国中,祀中国死绥将士。"福康安得了降表,遂奏请阮光平恭顺输诚,不必用兵。乾隆帝准奏,只责他两件事情:第一件,因次年八旬万寿,饬光平来京祝嘏;第二件,饬他在安南地方,为许世亨等立祠。他已自己情愿,何用复饬?光平一一应允。遂赐光平敕印,封安南国王;黎维祁的家属,光平算不去灭他,由他投入广西。乾隆帝以

227

天厌黎民，不堪扶植，天何言哉？命他挈属来京，编入汉军旗籍。

次年，乾隆帝八旬万寿，举行庆典，礼部定出祝嘏仪注，比从前万寿圣节，格外繁华，格外郑重。届了诞辰，阮光平遵旨入觐，先行到京，暹罗、缅甸、朝鲜、琉球及西藏两喇嘛，蒙古各盟旗，西域各部落，俱遣使表祝。乾隆帝御太和殿，受庆贺礼。八荒环叩，万众嵩呼，礼毕入宫，皇子皇孙皇曾孙皇玄孙，依次舞彩，称祝如仪。宫廷内外，大宴三日，特旨普免天下钱粮，表示普天同庆的意思。真是千载一时，可惜极盛难继。

只西藏虽遣使祝釐，境内恰非常扰乱，驻藏大臣保泰，专务蒙蔽，经藏使来京详陈，始悉藏境情状。西藏自康熙晚年，服属中国，不侵不叛，雍正初，复设驻藏大臣，监察政治，达赖、班禅两喇嘛不能自由行动，因此安静了数十年。乾隆帝七旬万寿时，第六世班禅喇嘛，曾至京祝寿，内廷赏赐，及王公大臣布施，约数十万金，还有许多珍品宝物。班禅欣喜过望，方拟西还，忽病痘而死。随从僧侣，奉骸骨归藏，所有遗资，统行带回。班禅兄仲巴胡土克图，向为班禅管理内库，得了这种竟外财帛，一古脑儿收入私囊，不但没有布施寺院，分给将士，连自己的阿弟，也分文不与。知利己不知利人，世人皆然，无怪仲巴。他的阿弟玛尔巴，愤懑得了不得，遂南入廓尔喀，诱使入寇。阿兄原是无情，阿弟也是不义。廓尔喀在喜马拉耶山南麓，与藏境毗连，向系蛮民杂居，分叶楞、布颜、库木三部，嗣为西境酋长布拉吞并，合作一国，称廓尔喀。廓酋因玛尔巴的诉请，遂兴兵犯藏边，驻藏大臣保泰，檄问廓酋起衅的缘故，他却借商税增额，食盐糅土等事，作为话柄。保泰尚未奏闻，只欲与廓人议和，会藏使在京祝嘏，奏陈一切，乾隆帝始命保泰据实陈奏，一面令侍卫巴忠，将军鄂辉成德等，援藏征廓。去了数月，巴忠等奏称廓人畏罪投诚，愿入贡乞封。乾隆帝览奏，疑是真话，召还巴忠，留鄂辉为四川总督，成德为四川将军。

次年，廓人又大举入藏，保泰奏称敌势浩大，请移班禅至前藏。班禅亦飞章告急，略说：仲巴胡土克图，已挈资遁去。后藏被廓人骚扰，有"日夕待援"等语。是时乾隆帝在热河行围，连接警报，大加惊疑，适巴忠正在扈驾，忙召入讯问，巴忠言语支吾，只说前时办理不善，愿驰赴藏地，效力赎罪。乾隆帝严加申斥，巴忠即投水寻死。乾隆帝越加怀疑，飞饬鄂辉、成德，明白复奏。鄂辉、成德不敢隐瞒，始将前时办理隐情，和盘托出，惟只称于己无与，都推在死人巴忠身上。原来巴忠、鄂辉、成德三人，前时到藏，按兵不战，只与廓人调停贿和，阳嘱廓人奉表入贺，阴令西藏许给岁币五千金，廓人乃退。达赖、班禅尚在梦里，后来廓人索交岁币，杳无回音，因再举深入，大掠后藏。乾隆帝既悉此情，方知鄂辉、成德，也是靠不住的人物，遂命嘉勇公福康安为将军，超勇公海兰察为参赞，调索伦满兵,及屯练士兵进讨。

乾隆五十七年二月,福康安等由青海入后藏,廓人已饱掠财帛,陆续运回,只留千余人驻守,探得清兵入剿,退至铁索桥,断桥相拒。福康安与敌相持,海兰察潜由上游结筏,渡河登山,绕出敌营后面,廓兵见前后受敌,自然窜去。福康安等直入廓境,廓酋遣使乞和,福康安不许,三路进兵,六战六捷,逾大山二重,先后杀敌数千,入敌境七百多里。将近廓尔喀都城,两面皆山,中隔一河,廓兵分扎山上,互为犄角,福康安采悉南岸山后,即廓尔喀国都,拟渡河直攻南山。海兰察请扼河立营,阻住北岸廓兵,福康安仗着锐气,渡过南岸,冒雨登山。山上木石雨下,隔河隔山的敌兵,又三路来犯,福康安不能支,且战且却。亏得海兰察率着后队,未曾前进,当即奋力杀敌,救还福康安。福康安的功劳,纯是海兰察帮他造成,富察氏实有天幸。

廓人赴印度行援,印度已为英吉利属国,设有总督,允他出兵,无如待久不至,廓人恐清军复攻,再遣使卑词请和。福康安乃与订和议,令献还所掠财宝,定五年一贡例,随即班师回藏,留番兵三千名,汉、蒙兵一千名,驻守藏境,余师凯旋。乾隆帝复赏福康安世袭一等轻车都尉,海兰察旧系二等公爵,晋封为一等公,随征将士,交部议叙。又因达赖、班禅的嗣续法,积久生弊,兄弟子姓,相继擅权,弄出仲巴兄弟,慢藏诲盗的祸祟来,此时惩前毖后,立了一个掣签的法子,将藏俗所称达赖、班禅的化身,书名签上,插入瓶中,等到前绝后继,掣签为定。这瓶供在西藏大招寺,叫作金奔巴瓶,无非是神道设教,笼络藏民的政策。乾隆帝遂自称十全老人,御制十全记,用满、汉、蒙、藏四种文字,刊碑立石,留作乾隆朝的大纪念。什么叫作十全?小子有杜撰的歌词道:

清高宗,六十年,为了准噶尔,两次征边。

定回疆,再定金川,靖台湾,服安南缅甸,紫光阁上竞凌烟。

又有那廓尔喀,先后乞怜,功也全,福也全,这才算十样完全。

一年一年的过去,乾隆帝已六十年了。乾隆帝年已八十五岁,想出一个内禅的计议来。欲知内禅情事,请俟下回披露。

本回为福康安立传,平台湾,曰福康安之功,平安南,曰福康安之功,平廓尔喀,曰福康安之功,其实福康安亦安得谓有功者,台湾一役,赖海兰察奋勇争先,一战破敌,即日解诸罗围,叛党夺气,大乱以平。至若廓尔喀之战,福康安冒险轻进,微海兰察在后援应,彼且无生还之望,遑能平敌耶?最可恨者,柴大纪忠勇绝伦,第以不执橐鞬礼,必欲置诸死地,良将风度,断不若是。高宗极加宠眷,无怪后世以龙种疑之。读本回,可以知福康安之为人,可以知清高宗之驭将。

## 第四十一回　太和殿受禅承帝统
　　　　　　　白莲教倡乱酿兵灾

　　却说乾隆帝在位六十年，多福多寿多男子，把人生荣华富贵的际遇，没一事不做到，没一件不享到。他的武功，上文已经略叙，他的文字亦非常讲究。即位的第一年，就开博学鸿词科；第二年又令未曾预考各生，一律补试。十四年，特旨命大学士九卿督抚保举经儒，授任国子监司业；南巡数次，经过的地方，尝召诸生试诗赋，举人进士中书等头衔，赏了不少；又编造巨籍，上自经注史乘，下至音乐方术语学，约有数十种，比康熙时还要加倍。三十六年，开五库全书馆，把古今已刊未刊的书籍，统行编校，汇刻一部，命河间才子纪昀，做了总裁。

　　纪昀字晓岚，博古通今，能言善辩，乾隆帝特别眷遇，别样事情，讲不胜讲，只据"老头子"三字的解释，便见纪昀的辩才。他身子很是肥硕，生平最畏暑热；做总裁时，在馆内校书，适值盛夏，炎酷异常，他便赤着膊圈了辫，危坐观书。巧逢乾隆帝踱入馆门，他不及披衣，忙钻入案下，用帷自蔽，不料已被乾隆帝瞧见，传旨馆中人照常办事，不必离座，馆中人一齐遵旨。乾隆帝便踱到纪昀座旁，静悄悄地坐着。纪昀伏了许久，汗流浃背，未免焦躁起来，听听馆中人寂静无声，就展开了帷，伸首问众人道："老头子已去么？"语方脱口，转眼一瞧，座旁正坐着这位首出当阳的乾隆帝，这一惊正是不小。向着他道："纪昀不得无礼。"纪昀此时只得出来穿好了衣，俯伏请罪。乾隆帝道："别的罪总可原谅，你何故叫我老头子？有说可生，无说即死。"众人听见这句上谕，都为纪昀捏一把汗。谁知纪昀却不慌不忙，从容奏道："'老头子'三字，乃京中人对着皇帝的统称，并非臣敢臆造，容臣详奏。皇帝称万岁，岂不是老？皇帝居兆民之上，岂不是头？皇帝便是天子，所以称子。这'老头子'三字，从此流传了。"聪明绝顶。乾隆帝拈须笑道："你真是个淳于髡后身，朕便赦你起来罢。"纪昀谢恩而起。自此乾隆帝越加优待，等《四库全书》告竣，连番擢用，任总宪三次,长礼部亦三次。此外如沈德潜、彭元瑞诸人,也蒙乾隆帝恩遇,然总不及纪昀的信任。

只是乾隆帝虽优礼文士,心中恰也时常防备:内阁学士胡中藻,著《坚磨生诗》集,内中有触犯忌讳等语,遂把他枭首;鄂尔泰侄儿鄂昌,做了一篇《塞上》吟,称蒙古为胡儿,也说他暗斥满人,将他赐死;沈归愚录有《黑牡丹》诗,身后被讦,追夺官阶;江西举人王锡侯,删改《康熙字典》,别著字贯,又饬逮下狱;浙江举人徐述夔,著一《柱楼》诗,不知如何吹毛索瘢,指他悖逆,他已经病死,还要把他戮尸。乾隆朝的文字狱,比雍正朝也差不多。

总之专制时代,皇帝是神圣无比,做臣子的能阿谀诡媚,多是好的,若是主文谲谏,便说他什么诋毁,什么叛逆,不是斩首,就是灭族,所以揣摩迎合的佞臣,日多一日。到乾隆晚年,金壬之徒,贿赂公行,乾隆帝只道是安富尊荣,威福无比,谁知暗地里已伏着许多狐群狗党,这狐群狗党的首领,系是谁人?就是大学士和珅。

无论皇亲国戚,功臣文士,没有一个及得来和珅的尊宠。乾隆帝竟一日不能离他,又把第十个公主,嫁他儿子丰绅殷德。未嫁时候,乾隆帝最爱惜十公主,幼时女扮男装,常随乾隆帝微行,乾隆帝又常带着和珅扈驾。十公主见着和珅,叫他丈人,和珅格外趋奉。十公主要什么,和珅便献什么。一日,同行市中,见衣铺中挂着红氅衣一件,十公主说了一声好,和珅便向铺中买来,费

了二十八金,双手捧与十公主。乾隆帝微笑,对着公主道:"你又要丈人破钞。"十公主原是欢喜,和珅却比十公主还要得意。这件故事,都人传为趣谈,其实常人家的用人,也多是趋奉东家儿女,不足为和珅责。后来十公主长成,就配了丰珅殷德,丰珅殷德比男妾差不多。和珅与乾隆帝竟作了儿女亲家。一个抬轿夫,宠荣至此,可谓古今罕闻。因此和珅肆行无忌,内外官僚,多是和珅党羽,把揽政柄三十年,家内的私蓄,乾隆帝还不及他。他的美妾娈童,艳婢俊仆,不计其数。还有一班走狗,仗着和珅威势,在京城里面,横冲直撞,很是厉害。御史曹锡宝,为了他家奴刘全借势招摇,家资丰厚,劾奏一本;乾隆帝令廷臣查勘,廷臣并不细查,只说锡宝风闻无据,反加他妄言的罪名。一个家奴都参他不倒,何况和珅呢?

一日,乾隆帝召诸王大臣入内,拟把帝位传与太子,自己称太上皇。诸王大臣倒也没甚惊疑,不过表面上总称圣上康颐,内禅事还可从缓。独和珅吃了一大惊,他想嗣王登位,未免失却尊宠,急忙启奏道:"内禅的大礼,前史上虽是常闻,然也没有多少荣誉。惟尧传舜,舜传禹,总算是旷古盛典。但帝尧传位,已做了七十三载的皇帝;帝舜三十征庸,三十在位,又三十余载,始行受禅。当时尧舜的年纪,都已到一百岁左右,皇上精神矍铄,将来比尧舜还要长寿,再在位一二十年,传与太子,亦不算迟,况四海以内,仰皇上若父

母，皇上多在位一日，百姓也多感戴一日，奴才等近沐恩慈，尤愿皇上永远庇护；犬马尚知恋主，难道奴才不如犬马么？"情现乎词。这番言语，说得面面圆到。从前的时候，和珅如何说，乾隆帝便如何行，偏这次恰是不从。也是和珅数到。只听乾隆帝下谕道："你等只知其一，不知其二。朕二十五岁即位，曾对天发誓，若得在位六十年，就当传位嗣子，不敢上同皇祖六十有零的年数。今蒙天佑，甲子已周，初愿正偿，何敢再生奢望？皇子永琏不幸早世，惟皇十五子颙琰，克肖朕躬，朕已遵守家法，书名密缄，藏在正大光明匾额后面，现即立颙琰为皇太子，命他嗣位；若恐他初登大宝，或致丛脞，此时朕躬尚在，自应随时训政，不劳你等忧虑。"和珅无词可说，只得随王大臣等一同退出，暗中复运动和硕礼亲王永恩等，联名汇券，请乾隆帝暂缓归政。乾隆帝仍把对天发誓的大意申说一番，并拟定明年为嘉庆元年，即饬礼部恭定典礼。

于是内禅已决，礼部因内禅制度乃是创例，清朝未曾行过，须要参酌古制，揆合时宜，定得冠冕堂皇，方餍乾隆帝的心目。巧于迎合。足足忙碌了一个月，才把内禅大典录奏圣裁。乾隆帝见得体制尊崇，立批照行。先册立颙琰为皇太子，追封皇太子生母令懿皇贵妃为孝仪皇后，位居孝贤皇后之次。候嘉庆元年元旦，举行归政典礼。和珅知事无可挽，忙到皇太子处贺喜，说了无数恭维的话。偏这皇太子不甚喜欢，只淡淡地对答数语。和珅随即辞退。马屁拍

错了。皇太子传进长史官，命嗣后和珅来见，不必进报，和珅颇为惊惧。还亏乾隆帝虽拟归政，仍是大权在手，乾隆帝活一日，和珅也活一日，因此和珅早夜祝祷，但愿乾隆帝永远活着，免生意外的危险。

话休叙烦，且说湖南贵州交界的地方，有一大山，绵亘数百里，叫作苗岭，统是苗民居住。康、雍、乾三朝次第招徕，苗民多改土归流，与汉民往来交接，汉民亦渐渐移居苗地，嗣后喧宾夺主，不免与苗民涉讼。地方官单论财势，不讲曲直，苗民多半吃亏，心很不悦。适贵州铜仁府悍苗石柳邓，素称桀黠，倡议逐客民，复故地。苗众同声附和，遂揭竿叛清。湖南永绥苗石三保，镇筸苗吴陇登、吴半生，乾州苗吴八月，各聚众响应，四出劫掠，骚扰川、湖、贵三省边境。于是湖南提督刘君辅驰保镇筸，湖广总督福宁亦调集两湖诸军，援应刘君辅，云、贵总督大学士福康安又督云、贵兵进铜仁府，四川总督和琳复统川兵至贵州，与福康安会攻石柳邓，柳邓败走，苗寨四十余被毁，贵州苗略定。福康安遣总兵花连布，率兵二千人攻永绥，刘君辅亦自永绥转战而至，两军相会，攻破石三保，解了永绥的围。只乾州已由吴八月等陷没，各军分道进攻，多被苗民截住，只刘君辅因乾州险阻，绕出西北，得了两三回胜仗，怎奈兵单饷寡，一时未能规复。旋经福康安迭破要塞，逐走石三保，生擒吴半生，永绥镇筸的悍苗稍稍平定，一意规复乾州。不料石三保、石柳邓等，

第四十一回 太和殿受禅承帝统 白莲教倡乱酿兵灾

都窜依吴八月,吴八月复进据平陇,居然称起吴王来了。吴八月也要发噱。

清廷方定期内禅,急望福康安等剿平叛苗,首封福康安贝子,和琳一等伯,加赐从征兵丁一月饷银,限期荡平。福康安亦悬赏招抚,添兵会剿,吴陇登虽已愿降,并诱擒吴八月,奈吴八月的儿子廷礼、廷义,后与陇登等仇杀不休。福康安手下将士又触冒瘴雨,病的病,死的死,弄得剿抚两穷。海兰察已死,福康安何能为。

转眼间已是残冬,过了除夕,便是嘉庆元年第一日。乾隆帝御太和殿,举行内禅大典,亲授皇太子御宝。皇太子敬谨跪受,率诸王大臣先恭贺太上皇,贺毕,太上皇还宫,皇太子遂登帝位,受群臣朝贺,随颁行太上皇传位诏书,普免全国钱粮,并下大赦诏。是日的繁华热闹,不消细说。授受成礼,内外开宴,欢呼之声,遍达宫廷。越数日,奉太上皇帝命,册立嫡妃喜塔腊氏为皇后。又越数日,侍太上皇帝御宁寿宫开千叟宴。正在兴高采烈的时候,外面递进湖北督抚的奏折,内说枝江、宜都二县,白莲教徒聂杰人、刘盛鸣等,纠众滋事,请派兵迅剿等语。嘉庆帝总道是区区教匪,有什么伎俩,即饬湖北巡抚惠龄专办剿匪事宜,谁知警报接续传来,林之华发难当阳县,姚之富发难襄阳县,齐林妻王氏发难保康县、郧阳、宜昌、施南、荆门、来凤、酉阳、竹山、邓州、新野、归州、巴东、安陆、京山、随州、孝感、汉阳、惠临、龙山数十州县,同时扰乱。教徒的声势,几遍及湖北了。

嘉庆帝大惊,忙禀知太上皇,与太上皇商议妥当,即传旨命西安将军恒瑞,率兵趋湖北当阳县,剿林之华;都统永保,侍卫舒亮、鄂辉,剿姚之富及齐王氏;枝江教匪,专饬鄂督毕沅及惠龄剿办。诸军奉诏并进,自正月至四月,先后奏报,杀贼数万,其实多是虚张功绩。只枝江教徒聂杰人,总算被总兵富志那擒住,余外的教徒,反越加鸱张。

看官!你道这等教徒,为什么这般厉害呢?白莲教的起源,也不知始自何时,小子参考史策,元末有韩林儿,明季有徐鸿儒,相传是白莲教中人,后来统归剿灭,追溯源流,方是历史小说。但总没有搜除净尽。已死的灰,尚且复燃,何况是未尽死呢?

乾隆年间,有一个安徽人,姓刘名松,他是白莲教首领,在河南鹿邑县传教,借持斋治病的名目,伪造经咒,诳骗钱财,即是黄巾贼一流人物。官吏因他妖言惑众,把他捕着,问成重罪,充发甘肃。他的徒众刘之协、宋之清等,未曾被获,仍分投川、陕、湖北一带,传播邪教,呆头呆脑的百姓受他欺骗不少。到乾隆晚年,教徒竟多至三百万人。刘之协复捏造谣言,遣徒四播,传说劫运将至,清朝又要变作明朝,百姓若要免祸,须亟求真命天子保护。可怜这种呆百姓,闻了此言,统求刘之协指出真命天子,刘之协遂奉了鹿邑同党王姓的孩子,本名发生,冒充朱明后裔,作为真命天子。煽动流俗,择日竖旗,

## 第四十一回　太和殿受禅承帝统　白莲教倡乱酿兵灾

忽被官吏探悉，将王发生一干人犯统统擒住，刘之协亦提拿在内，由吏役押至半途，得了刘之协重贿，将之协放走，只解到了王发生。年犹乳臭，乾隆帝格外开恩，把他充军了事，还有几个叛徒，尽行斩首。另下旨大索刘之协。

河南、湖北、安徽三省的官吏，得了圣旨，遂命一班狼心狗肺的差役，下乡搜缉，挨户索诈，有钱的百姓，还好用钱买命，无钱的百姓，被差役指作叛徒，下狱受苦。武昌同知常丹葵更糊涂得了不得，不怕罪人多，只怕罪人少，索性将无辜百姓捉了数千人，罗织成罪，因此百姓大加怨愤。适值贵州、湖南、四川等处，兴师征苗，沿途不无骚扰，贩盐铸钱的愚民，又因朝旨严禁私盐私铸，穷困失业，遂仇官思乱，把"官逼民反"四字作了话柄，趁着教民四起，一律往投；从此向入教的，原是结党成群，向未入教的，也是甘心从逆。

这班统兵剿匪的大员，又都变作和珅党羽，总教和珅处恭送金银，就使如何贻误军事，也属不妨。豺狼当道，安问狐狸。嘉庆帝略有所闻，因太上皇宠爱和珅，不好就用辣手，只得责成统兵各官，分地任事。保康的教徒归永保恒瑞剿办；当阳的教徒归毕沅、舒亮剿办；枝江、宜都的教徒归惠龄、富志那剿办；襄阳的教徒归鄂辉剿办。

永保奏言教匪现集襄阳，异常猖獗，姚之富、齐王氏俱在此处，刘之协亦在其中，为各路教匪领袖，应调集诸军，合力并攻等语。嘉庆帝览奏，复命直隶提督庆成、山西总兵德龄，各率兵二千往会。无如官多令杂，彼此推诿，姚之富狡悍异常，且不必说，独这齐林妻王氏，虽是一个妇人，她却比男子还要厉害。

齐林本是教徒，起事的时候，还未曾死，经了一回小小的战仗，便中了弹子，把性命送脱。齐王氏守了寡，却继着先夫遗志，组织一大队，由襄阳府冲出安陆府，直向武昌，头上带着雉尾，身中围着铁甲，脚下穿着小蛮靴，跨了一匹骏马，仿佛是戏中装扮的一员女将军。她的脸面颇也俊俏，性情颇也贞烈，手中一对绣鸾刀，颇也有数十人敌得住，可惜迷信邪教，弄错了一个念头，徒然作了叛众的女头目。若使不然，那南宋的梁夫人、晚明的秦良玉，恐怕不能专美呢。平心之论。只是官兵遇着了她，往往望风遁走，究竟是怕她的娇力，抑不知是惧她的色艺，幸亏天公连日大雨，洪水暴发，阻住她的行踪，不令进薄武昌，湖北省城还算平静。清廷屡加诘责，命永保总统湘北诸军，打了几个胜仗，方把姚之富、齐王氏驱回西北。当阳、枝江等处亦屡破教徒，陕、甘总督宜绵又奉旨助剿，略定郧阳一带。湖北境内，只襄阳及宜昌二府尚有余寇未靖，其余已统报肃清了。谁知四川达州民徐天德与太平县民王三槐、冷天禄等，又纠众作乱，告急奏章，又似雪片一般，飞达京师。正是：

日中则昃，月盈则蚀；
乱机一发，不可收拾。

未知嘉庆帝如何处置，且待下回

表明。

清高宗决意内禅，自谓不敢拟圣祖，此是矫饰之论。高宗好大喜功，达于极点，十全备绩，五世同堂，谕旨中屡有此语；但尊不嫌至，贵不厌极，因发生一内禅计议，举帝位传与仁宗，自尊为太上皇，大权依然独揽，名位格外优崇，高宗之愿，于是偿矣。岂知累朝元气，已被和珅一人，斲丧殆尽，才一内禅，才一改嘉庆年号，白莲教徒即骚然四起，岂仁宗之福，果不逮高宗？若酿之也久，则发之也烈，谁为之？孰令致之？吾则曰惟和珅，吾又曰惟清高宗。本回处处指斥和珅，即处处揭櫫高宗。用人不慎，一至于此，固后世之殷鉴也。

## 第四十二回　误军机屡易统帅
## 平妖妇独著芳名

　　却说四川的乱事，也是从搜捕教徒而起。先是金川一役，温福阵亡，官兵溃散，一班游勇欲归无所，与失业夫役、无赖悍民互相勾结，四处剽掠。官吏闻警往捕，遂收入白莲教会，冀他援应。适达州知州戴如煌老昏颠倒，饬胥吏搜缉教徒，把富户拘了无数，乘势勒索。徐天德也被拘去，费了些钱财，方得释放。戴如煌仿佛常丹葵，徐天德仿佛刘之协，可谓无独有偶。天德本达州土豪，平日与教徒隐通声气，至是越加愤激，乘襄阳教徒窜入川东，遂结连举事。王三槐、冷天禄等亦是天德要好朋友，天德倡乱，他亦闻风而起。四川总督英善、成都将军勒礼善，出兵防剿，毫无功效。徐天德等反由川入陕，大掠兴安，陕督宜绵闻警，急回军至陕，与教徒相遇，大战于兴安城外，教徒败走，陕边虽已略靖，川省仍然糜烂。警信达至北京，嘉庆帝正急得没法，幸湖南、贵州的叛苗已由内大臣额勒登保、将军明亮等先后剿平，乃命额勒登保移赴湖北，明亮移赴达州。

　　但前回说的征苗大员，乃是云、贵总督福康安，暨四川总督和琳，此次忽变作额勒登保等人，小子须要交代明白。嘉庆元年五月，福康安始擒住苗酋石三保。吴八月子廷礼亦病死，官兵遂进逼乾州。城将破，福康安竟卒于军中。和琳代福康安任，攻陷乾州，乃遣内大臣额勒登保等专攻平隆。隔了两月，和琳又殁，额勒登保复奉旨继任。湖北将军明亮亦接清廷命令，往会额勒登保，助攻平陇，到了冬天，才把平陇攻破，将吴氏庐舍尽行焚毁。又擒斩石柳邓父子及吴廷义等，苗乱算已肃清。嘉庆帝封额勒登保为威勇侯，明亮为襄勇伯，移剿教匪。

　　额勒登保驰赴湖北，明亮驰赴达州，是时湖北方面由永保剿办襄阳教徒，惠龄剿办宜昌教徒。永保部兵最多，本可兜围叛众，一鼓歼敌，奈永保专知尾追，不知迎击，教徒忽东忽西，横躏无忌，嘉庆帝怒他纵敌，逮京治罪，命惠龄总统军务。惠龄至襄阳，拟圈地聚剿，飞檄河南巡抚景安，发兵截击。景安系和珅族孙，仗着和珅势力，升任抚台，得了惠龄檄文，率兵四千出屯南阳，表面上算是发兵，其实逍遥河上，无非喝酒打牌。部下的弁兵不见有什么军令，乐得坐酒肆，嫖妓女，消遣时日。有几个狡黠的，还要去奸淫掳掠，畅所欲为，景安也不过问。因此教徒分作三队，直趋河南，姚之富、齐王氏出中路，李全出西路，王廷诏出北路，到处掳胁。不整队，不迎战，不走平原，只数百为群，忽分忽合，忽南忽北，牵制官兵。此之谓流寇。景安反避匿城中，闭门不出。湖北追兵也是随意逗留，由他冲突。一班糊涂虫。嘉庆帝随下旨切责诸将道：

去岁邪教起长阳，未几及襄郧，未几及巴东归州，未几四川达州继起。至襄阳一贼，始则由湖北扰河南；继且由河南入陕西，若不亟行扫荡，非但老师糜饷，且多一日蹂躏，即多一日疮痍。各将军督抚大臣，身在行间，何忍贸无区画？若谓事权不一，则原以襄阳一路责惠龄，达州一路责宜绵，长阳一路责额勒登保，若言兵饷不敷，已先后调禁旅及邻省兵数万，且拨解军饷及部帑，不下二千余万。昔明季流寇横行，皆由阁宦朋党，文恬武嬉，横征暴敛，厉民酿患；今则纪纲肃清，勤求民隐，每遇水旱，不惜多方赈恤，且普免天下钱粮五次，普免漕粮三次，蠲免积逋，不下亿万万。此次邪匪诱煽，不过乌合乱民，若不指日肃清，何以奠九寓而服四夷？其令宜绵、惠龄、额勒登保等，各奏用兵方略，及刻期何日平贼，并贼氛所及州县若干，难民归复若干，疮痍轻重，共十分之几，善筹恤以闻。钦此。

这诏一下，各路统兵将帅，未免有些注意起来。彼议分剿，此议合攻，忙乱了一会子，仍旧没有结果。

只将军明亮及都统德楞泰，引征苗军赴达州，连败徐天德、王三槐等。四川乡勇罗思举，亦助清兵奋击，先后毙教徒数万名。徐、王、冷三人，止剩残众一二千，势少衰。忽河南教徒，将三队并为一队，趋入陕西，复由陕西渡过汉水，仍分道入川，徐天德等得了这路援兵，又猖獗起来。嘉庆帝复责惠龄、恒瑞等，追贼不力，防汉不严，尽夺从前封赏，令戴罪效力。改命宜绵总统川陕军务，惠龄以下，悉听节制。连易三帅，统是没用。

宜绵既任了统帅，仍立定合围掩群的计议，想把教徒逼至川北，一古脑儿杀个净尽，偏这齐王氏、姚之富等人，也会使刁，只怕清帅行这一策，他自突入川北，见路径崎岖，人烟稀少，掠无可掠，夺无可夺，便急急忙忙地想窜回陕西。不料川陕交界地方，清兵密密层层，截住去路。齐王氏、姚之富、王廷诏、李全等，当下会议，拟仍走湖北，独李全仍欲留川。于是齐王氏、姚之富作了头队，王廷诏作了后队，纠众东走，与李全相别。两队各带万余人，出夔州，趋巴东，破兴山，再分路疾趋。齐王氏、姚之富由东北行，出保漳南康，直向襄阳，王廷诏由东南行，出远安当阳，直窥荆州。叙述处笔颇豪壮。清帅宜绵，急檄明亮、德楞泰等，带了

## 第四十二回 误军机屡易统帅 平妖妇独著芳名

精兵健马，兼程追蹑，留惠龄、恒瑞等在川中防御李全。明亮、德楞泰遂追入湖北，沿途转战而前，倒也歼敌数千名。恐怕齐王氏等仍还据老巢，遂分作水陆两路，紧紧赶上，德楞泰自水路径趋荆州，明亮自陆路径赴宜昌。

适朝旨发吉林、黑龙江索伦兵三千，察哈尔马八千匹，令侍卫惠伦，都统阿哈保，带至河南湖北。阿哈保至宜昌，刚与明亮接着，忽报王廷诏已到宜城东北，明亮令阿哈保为后应，自率兵先去邀击，两下相遇，兵对兵，枪对枪，酣战一场。自辰至午，不分胜败，阿哈保怒马而来，随着东三省劲旅，冲入敌阵，左荡右决，所向无敌。王廷诏乃败窜入山，由官兵追奔二十里，杀得尸横遍野，血流成渠，德楞泰至荆州，亦杀败齐王氏、姚之富等，令村民沿江树栅，筑堡自固。因此齐王氏、姚之富回到湖北，不比前次在荆襄时候，可以沿途焚掠，只得折回西走。

适留川教徒李全，与川中王三槐互有龃龉，亦欲由陕还楚，沿汉水东行，到了兴安南岸，齐王氏、姚之富亦到，王廷诏又复窜至湖北，教徒复合为一。清将明亮、德楞泰从东边追到西边，惠龄、恒瑞从西边追到东边，两路大军云集兴安，齐王氏、姚之富等尚欲渡汉北扰，因被清军截住，不能前进，当由齐王氏定了一计，佯折军南回，暗遣党羽高均德，从间道绕出宁羌州，偷渡汉水。

明亮、惠龄等正追赶齐王氏，忽接到宜绵扎子，调恒瑞回川。恒瑞去后，又接陕西警报，闻高均德渡汉。明亮大惊道："这番中了贼计了。"齐王氏智略，确是过人，可惜误入歧途。急与德楞泰等商议。明亮道："论起贼情，要算齐王氏首逆，但高均德已渡过汉水，陕西又要遭殃。不但陕西又危，就是河南、湖北亦随在可虑。看来我军只得先入陕西，截住高均德，再作计较。"德楞泰等各无异议，遂引大兵驰入汉中。

齐王氏亦由南返北，督马步二万，分道踵渡汉水，复密令高均德，引清兵向东北追去，自与姚之富、李全、王廷诏，大掠郿县、盩屋县等处，将乘势进薄西安。亏得清总兵王文雄带了兵勇三千名，奋力击退。齐王氏等复折回东南，从山阳趋湖北。明亮、德楞泰闻报，复引兵急追，到郧西界上，飞檄郧阳乡勇，扼住敌兵前面，并悬重赏募齐王氏首。一妇人头，须重赏悬募，这个妇人，也是特种戾气。

适四川东乡县人罗思举、桂涵赴营投效，受扎令斩齐王氏首级。罗思举智谋出众，胆略过人，尝率乡勇数十名，劫破丰城王三槐巢穴，教徒称为罗家将。桂涵曾为大盗，能飞檐走壁，两足尝裹铁沙数十斤，行千里外，闻官募义勇，因愿效力。至是受了清帅的扎子，易服而往，探得齐王氏屯大寺内，遂到寺前后伏着，等到夜半，越墙进去，展使绝技，寻着内室。室外有数十人守护，都执着明晃晃的刀，料室内定是齐王氏卧处，二人轻轻地纵上屋檐，翻瓦一瞧，室内红烛高烧，中垂纱帐，帐外有一足露出，不过三寸有余。两人因室

238

外有人，不敢径入，等了好一歇，室外人仍然未去，两人不耐久待，破檐下去，趸到床前，从帐隙窥入，海棠春睡，芍药烟笼，两语用在此处，尤觉艳丽。两人暗想道："这样齐整的妇人，也会造反，今日命合休了。"便各执巨斧，劈入帐内，突见帐中一足飞出，亏得桂涵眼明手快，一边将头让过，一边用斧劈去，削下莲钩一只，只听帐中啊唷一声。两人恐外人入救，拾了莲钩，纵上了屋，三脚两步地走了。回到清营，已交五鼓，明亮、德楞泰尚在帐中等候，二人入帐禀见，献上莲钩一只，视之，不过三四寸左右，但已是血肉模糊，未便细辨。明亮令二人出外候赏，一面立传号令，命诸军速攻敌寨。

此时齐王氏将死未死，昏晕床上，部众正惊惶得不得，陡闻帐外一片喊声，料知清兵已来攻营，急忙舁了齐王氏，由姚之富开路，杀出寨外。清兵围攻一阵，击毙敌众数千，尚有八九千悍敌，走据山中。明亮、德楞泰大呼道："今日不要再失机会，将士须一齐努力，杀净贼众方好！"诸军闻了此语，正是人人效命，个个争先，追入山内，遥见敌众分据左右两峰，矢石齐下。明亮与德楞泰道："首逆齐王氏等，不知在左在右，我等还是分攻还是并力一处？"德楞泰道："适有一贼目获住，尚未处斩，现不如饬他遥望，指定首逆处向，并力合攻，免他逃脱。"明亮点头称善。德楞泰遂饬军士推倒贼目，问他姓名，叫作王如美，并把好言劝诱，令他探明首逆处向。王如美仔细探瞧，回报现驻

左山，德楞泰拍马上冈，诸将顺势随上，只留后队在山下，防备右山敌众。那时左山的教徒，已知身陷重围，拼命拦阻。德楞泰亲冒矢石，左手执着藤牌，右手握着短刀，连步直上。这班兵士，藤牌队在前，枪炮队在后，以次毕登，仿佛明朝常遇春破鸡头山一般，涉笔成趣。把教徒逼得无路可走，乱向峻崖窜下。这峻崖本是削壁，窜将下去，不是头破，就是脚断，有几个还跌得一团糟。齐王氏已成独脚仙，一跌便死，姚之富跳到崖下，辗转晕毙。霎时间，左山上面，杀死的一半，坠崖的一半，落得干干净净，回顾右山上面的敌众，已逃得不知去向。明亮、德楞泰令军士缒崖下去，检点尸首，只有齐王氏、姚之富是著名首逆，军士将两尸首级割下，又把他尸身支解，直一刀，横一刀，不计其数，就使三十六刀鱼鳞剐，也没有这般惨酷。还有齐王氏莲钩一只，如何不取来成对？传首三省，争说渠魁就戮，可以指日荡平。

谁知死了一个头目，又出了两个头目，死了两个头目，又出了四个头目。湖北一方稍稍安静，四川教徒偏日盛一日。川督宜绵自明亮、德楞泰、惠龄、恒瑞等先后东去，势成孤立，部下兵又不敷调遣，王三槐、徐天德等乘间驰突，骚扰川东，又有罗其清、冉天俦等复蜂起川北。州县十余处乞援，宜绵即檄调恒瑞回川，又咨调额勒登保等自湖北入川会剿，并奏请别简大臣，总统军务，自己愿专任一方讨贼事宜。嘉庆帝以宜绵不善办理，回督陕甘，改命威勤

## 第四十二回 误军机屡易统帅 平妖妇独著芳名

侯勒保督师，兼四川总督，调度诸军。

这勒保系满洲人氏，是永保的胞兄，本没有甚么韬略。他的侯爵，是一个蛮寨佳人帮他造成的。这个蛮寨佳人，乃是黔中土司龙跃的妹子，小名么妹，清史上不甚提起，小子倒要替她表扬。阐幽扬隐，是稗官本分。原来苗疆自额勒登保平定后，善后事宜，无暇办理，即移师湖北。当时洞洒寨苗妇王囊仙，与当丈寨苗目韦七绺须勾通，号召徒众，扰乱南笼。清廷命勒保驰往剿捕，及到南笼后，闻得王囊仙挟有妖术，不敢急进，妖术二字，就吓住勒保，显见无能。只檄黔中各土司助剿。龙跃的曾祖，是有名的苗长，康熙初，曾帮辅清军，剿平滇乱，圣祖封他为总兵官，传到龙跃，世职递降，只剩了一个千总职衔。他的妹子龙么妹，颇生得才貌兼全，能文能武，此次接到勒保檄文，偏值龙跃生病不能充役，龙么妹便代兄当差，竟跨了骏马，带了数十苗女及数百苗兵，赴清营听调。巧值王囊仙韦七绺须，至南笼与清军对仗，两路夹攻，把勒保围住，龙么妹飞骑陷阵，杀退王韦，救出勒保，是晚便作为向导，引勒保兵袭洞洒寨。寨主王囊仙因出兵得胜，留住韦七绺须筵宴，正乘着酒兴，裸体讲经，肉身说法，应妖术。不防龙么妹引着清兵突入寨中，王、韦二人连穿衣都来不及，韦七绺须赤身接战，王囊仙只着了一件小衫，也来助阵。龙么妹匹马当先，巧与王囊仙遇着，两下厮杀，颇是一对敌手。么妹亦防她有妖术，把手中宝剑绕住王囊仙不放，囊仙不觉着急，只得拼命相扑。王囊仙对着韦七绺须，或有笼络的幻术，偏偏遇了龙么妹，以女对女，哪里还使得出幻术来？此时韦七绺须已被清兵围住，不能脱逃，你一枪，我一刀，双拳不敌四手，被清兵活捉了去。囊仙见七绺须遭擒，心中着忙，刀法散乱，么妹一手舞着宝剑，隔开囊仙的刀，一手把囊仙腰下的丝绦用力一扯，囊仙支持不住，跌倒地上。么妹手下的苗女一拥上前，将她捆缚停当，扛抬去了。洞洒寨已破，当丈寨自然随陷，勒保修本报捷，只说是自己的功劳，并不提起么妹。九重深远，哪里知晓？只命将王囊仙、韦七绺须就地正法，封勒保为威勤侯。么妹的官绩都付诸流水而去。后人陈云伯留有长歌一阕，赞龙么妹道：

罗旗金翠翻空绿，鬓云小队弓腰束。
乐府重歌花木兰，锦袍再见秦良玉。
甲帐香浓丽九华，玉颜龙女出龙家。
白围燕玉天机锦，红压蛮云鬼国花。
小姑独处春寒重，正峡云间不成梦。
唤到芳名只自怜，前身应是洞花凤。
一卷龙韬荐祷薰，登坛娲嫘自成军。
金阶台榭森兵气，玉寨阑干起阵云。
昔年叛将滇池起，金马无声碧鸡死。
水落昆池战血斑，多少降旛尽南指。
铜鼓无声夜渡河，独从大师挽天戈。
百年宣慰家声在，铁券声名定不磨。
起家身袭千夫长，阿兄意气凌云上。
改土归流近百年，传家犹赛龙台丈。
雪点桃花走玉骢，李波小妹更英雄。
星驰蓬水鱼婆剑，月抱罗洋凤女弓。
白莲花压黔云黑，九驿龙场堠烽逼。

一纸飞书起段功,督帅羽檄催军急。
阿兄卧病未从征,阿妹从容代请缨。
元女兵符亲教战,拿龙小部尽媌妲。
红玉春营三百骑,美人虹起鸦军避。
战血红销蛱蝶裙,军符花墅鸳鸯字。
秋夜谈兵绣裪凉,白头老将愧红妆。
围香共指花郮市,篆骑争看云鬟娘。
敌中妖女金蚕蛊,甲仗弥空胜白羽。
金虎宵传罗鬘力,红罗夜演天魔舞。
八队云旗夜踏空,擒渠争向月明中。
晋阳扫净无传箭,都让肃娘第一功。
春山雪满桃花路,铸铜定有铭勋处。
八百明驼阿槛归,三千铜弩兰珠去。
当年有客赋从戎,亲见倨仙玉帐中。
珠瞀翠眊天人样,艳夺胭脂一角红。
军书更有簪花格,蛮笺小幅珍金碧。
谁傍相思寨畔居,铃名红军芙蓉石。
功成归去定何如,跳月姻缘梦有无?
惆怅金钟花落夜,丹青谁写美人图。

南笼已平,清廷总道勒保很有智略,就调任四川,命他督师。究竟勒保的战略如何,容待下回分解。

川楚变起,宿将凋零,初任永保为统帅,而永保无功;继以惠龄,而惠龄无功;代以宜绵,而宜绵仍无功。此由和珅当道,专闻者多系庸将,第知迎合,未娴韬略,以至于此。勒保平一区区苗寨,犹仗龙么妹之力,始得成功。么妹战绩,不获上闻,赖陈云伯先生作歌赞美,始知蛮寨中有此奇女子。可见天下不患无才,一蛮女且足千秋,何况丈夫?弊在上下蒙蔽,妒功忌能,庸驽进,骐骥退,衰世之兆成矣。君子闻鼓鼙声,则思将帅之臣。读此回,应为太息,不第阐幽索隐已也。

## 第四十三回　抚贼寨首领遭擒　整朝纲权相伏法

　　却说勒保驰驿入川，川中教徒势甚猖獗，勒保率兵进剿王三槐，擒杀几个无名小卒，便虚张功绩，连章奏捷。嘉庆帝下旨嘉奖，说他入川第一功，专令搜捕王三槐。这时候湖北教徒，因齐、姚已死，谋与川北教徒联络，怂众南趋，李全、高均德一股由陕入川，还有张汉潮、刘成栋一股，也是齐、姚余党，由楚入川。朝旨以陕楚各贼，均逼入川境，四川满汉官兵，不下五万，勒保宜会同诸将，齐心蹙贼，毋致窜逸。其令额勒登保、明亮专剿张汉潮、刘成栋，德楞泰专剿高均德、李全，并会同惠龄、恒瑞，夹剿罗其清、冉天俦，宜绵专守陕境，毋使川寇入陕，景安专守楚境，毋使川寇入楚，勒保于专剿王三槐、徐天德外，仍兼侦各路敌情，相机布置，务期荡平等语。勒保接了此旨，自思身任统帅，总要擒住一二首逆，方好立功扬名，初意恰是不错。遂接连发兵先攻王三槐。怎奈三槐据守东乡县的安乐坪，地势很险，手下党羽又多，官兵不能进去，反被他出来攻击，伤毙不少。勒保还是一味谎奏，今天杀贼数百，明天杀贼数千，不想嘉庆帝有些觉察，竟下谕责他徒杀胁从，不及首逆，官兵阵亡以多报少，杀贼乃以少报多，无非妄冀恩赏，有意欺上，此后不得再行尝试。这数语正中勒保心病，勒保见了，吓得浑身是汗。

　　想了一日，又定出一个妙计，广募乡勇，令冲头阵，绿营兵，八旗兵，吉林，索伦兵，以次列后，再教他去攻三槐。他的意思，是乡勇送死，不必上报，免得朝廷有官兵阵亡，以多报少的责罚。好主见！起初如罗思举、桂涵等人，颇也为他尽力，杀败敌兵一二阵，后来闻知自己的功劳统被别人冒去了，也未免懊恼起来。自此乡勇同官兵，互相推诿，索性由教徒自由来往。勒保的妙策，又遭失败。朝旨复严责勒保老师养贼，勒保忧闷已极，左思右想，毫无计策。勒公也智尽能索了。无奈与几个心腹人员，私下密议，各人都蹙了一回眉头，无词可对。

　　忽有一个办文案的老夫子，起立

道:"晚生倒有一条计策,未知可行不可行?"勒保喜形于色,便拱手问计。那人道:"朝廷的谕旨,是要大帅专剿王三槐,若得擒住了他,便可复命。"勒保道:"这个自然。"那人道:"现任建昌道刘清,前做南充知县时,曾奉宜制军命,招抚王三槐,三槐尝随他至营,嗣因宜制军放他回去,他复横行无忌,现在不如仍令刘清前往招抚,诱他前来,槛送京师,那时岂不是大大的功劳?"

勒保大喜,随命他办好文书,传刘道台速即来营。

刘清是四川第一个清官,百姓呼他为刘青天,王三槐、罗其清等也素尝敬服,若使四川官员个个似刘青天,就使叫他造反,也是不愿。无如贪污的多,清廉的少,所以激成大祸。此次刘清奉了统帅的文书,遂带了文牍员贡生刘星渠,星夜赶来,到大营禀见。勒保立即召入,见面之下,格外谦恭。刘清便问何事辱召。勒保便把招抚王三槐计策,叙说一遍。刘清道:"三槐那厮,很是刁蛮,卑职前次曾去招抚,他明允投降,后来又是变卦,这人恐不便招抚,还是用兵剿灭他才好。"勒保道:"朝廷用兵,已近三年,人马已失掉不少,军饷已用掉不少,仍然不能成功。若能招抚几个贼目,免得劳动兵戈,也是权宜的计策。老兄大名鼎鼎,贼人曾佩服得很,现请替我去走一趟!三槐如肯投顺,我总不亏待他。贼目一降,贼众或望风归附,也未可知,岂非川省的幸福么?"口是心非,奈何?刘清无可推诿,只得应允,当下即起身欲行。勒保令派都司一员,随同前往。

三人到了安乐坪,通报王三槐。三槐闻刘青天又到,出寨迎接,非以德服人者不能。请刘清入寨,奉他上坐。刘清就反复劝导,叫他束手归诚,朝廷决不问罪。三槐道:"青天大老爷的说话,小民安敢不遵?但前次曾随青天大老爷,到宜大人营里,宜大人并没有真心相待,所以小民不敢投顺。现在换了一个勒大人,小民未曾见过,不知他是否真意?倘将我骗去斩首,还当了得。"颇肖强盗口吻。刘清道:"这却不用忧虑。勒大帅已经承认,决不亏待。"三槐尚是迟疑,刘清心直口快,便道:"你既有意外的疑虑,就请你同了我的随员,往见勒大帅,我便坐在此处,做个抵押,可好么?"三槐道:"这却不敢,我愿随青天大老爷同往,如青天大老爷肯将随员留在此处,已是万分感激。"刘清应诺。

三槐即随了刘清,动身出寨,安乐坪内的徒党素知刘青天威信,也不劝阻三槐,于是刘清在前,三槐在后,直到勒保大营。先由刘清入帐禀到,勒保即传集将士,站立两旁,摆出一副威严的体统,传王三槐入帐。三槐才入军门,勒保就喝声拿下,两旁军士应命趋出,如狼如虎,将王三槐捆住。刘清忙禀道:"王三槐已愿投降,请大帅不必用刑!"谁知这位勒大帅竖起双眉,张开两目,向着刘清道:"呸!他是大逆不道的白莲教首,还说是不必用刑么?"刘清道:"大帅麾下的都司,卑职属下

清史演义

243

## 第四十三回　抚贼寨首领遭擒　整朝纲权相伏法

的文案生，统留在安乐坪中，若使将王三槐用刑，他两人亦不能保全性命，还求大帅成全方好。"勒保转怒为笑道："你道我就将他正法么？他是朝廷严旨拿捕，自然解送京师，由朝廷发落。朝旨要赦便赦，要杀便杀，不但老兄不能作主，连本帅也不敢作主呢。若为了一个都司官、一个文案生，就把他释放，将来，朝旨诘责下来，哪个敢来担任？"总教自己官职保牢，别人的性命都又不管。刘清道："卑职愿担此责。"到底不弱。勒保哈哈大笑道："今朝捕到匪首，也是老兄功劳。本帅哪里好抹煞老兄，请你放心！"以小人之心，度君子之腹。刘清道："功劳是小事，信实是大事。今朝王三槐来降，若将他槛送京师，将来贼众都要疑阻，不敢投诚，那时恐要多费兵力，总求大帅三思！"勒保道："这恰待日后再说，且管目前要紧。"随令军士将三槐监禁，自己退入后帐，命这位定计诱贼的老夫子修折奏捷去了。

刘清叹息而退，待了一日，文牍员刘星渠逃回，刘清问他如何得脱，答称："贼众因三槐未归，欲将贡生及都司偿命，贡生无法，只得哄称勒公要重用三槐，自当暂时留住。贼众因贡生是刘青天属员，半疑半信，贡生就与他说代探消息，溜了出来。都司也欲同回，被众贼留住。如果勒公变计，恐怕都司的性命，是不保了。"刘清道："勒公无信，我亦上他的当，将来办理军务，必较前为难。我们且回任去罢！"随即写了辞行的禀单，饬役夫投递大营，自己带了刘星渠，匆匆去讫。

过了数日，上谕已下，内称据勒保奏攻克安乐坪贼巢，生擒贼首王三槐，朕心深为喜悦，着晋封勒保为威勤公，伊弟永保，前因剿匪不力，革职逮京，交刑部监禁，现并加恩释放，以示权衡功罪，推恩曲宥至意。接连又是一道上谕，晋封军机大臣大学士和珅公爵，户部尚书福长安侯爵。这个旨意，显见是太上皇诰敕，嘉庆帝难违父命，方有这道谕旨。勒保遂令部将把王三槐解送京师，一面再攻安乐坪。其时安乐坪余党，闻王三槐押解进京，将都司杀死，另奉冷天禄为头目，抗拒官兵。官兵昼夜围攻敌寨，盐粮将尽，冷天禄诈请投降，夜间却偷袭清营，官兵不及防备，顿时败退。

徐天德亦屡攻川东州县，骚扰不休，勒保再想招抚，奈教徒防着王三槐覆辙，个个拼出性命，不来上钩，反比从前越加刁悍。人而无信不知其可。只川北的罗其清，被额勒登保擒获，冉其俦被德楞泰惠龄击毙，川北巨酋，总算授首。此外如陕督宜绵，专在教匪不到的地方，安营立寨，终年未曾一战。他倒享福。景安越加无事，寇至则避，寇去则出，军中号他迎送伯。肇锡嘉名。

悠悠忽忽，已是嘉庆四年了。四年以前，外间军事，日日吃紧，宫廷里面，没甚大事，只皇后喜塔腊氏病逝，改册皇贵妃钮祜禄氏为皇后，未免忙碌了一回，四年正月，太上皇生起病来，嘉庆帝侍疾养心殿。吁天祈祷，倍切虔诚。无如寿数已终，帝阍梦梦，太上皇的病，陡然沉重，名医都束手没法，竟

244

尔"呜呼哀哉",嘉庆帝擗踊大恸,颇尽孝思。越四日,即命军机大臣拟了一道谕旨,颁给四川湖北陕西诸将帅道:

我皇考临御六十年,四征不庭,凡穷荒绝徼,无不指日奏凯,从未有劳师数年,糜饷数千万,尚未藏事者。自末年用兵以来,皇考宵旰勤劳,大渐之前,犹时望捷音,迨至弥留,亲执朕手,频望西南,似有遗憾。若教匪一日不平,朕即一日负不孝之疚,内而军机大臣,外而领兵诸将,同为不忠之臣,迩皇考春秋日高,从事宽厚,即如贻误军事之永保,严交刑部治罪,仍旋邀宽宥。其实各路纵贼,何止永保一人,奏报粉饰,捏败为功,其在京谙达侍卫章京,无不营求赴军,其归自军中者,无不营置田产,顿成殷富,故将吏日以玩兵养寇为事。其宣谕各路领兵大小诸臣,戮力同心,刻期灭贼,有仍欺玩者,朕惟以军法从事。

这旨一下,内外大臣已觉得嘉庆亲政第一道上谕,便已严厉异常,不同前日,暗料数日以内,必有一番大大的黜陟。不防嘉庆帝格外迅速,过了两日,便令侍卫锁拿大学士公和珅、户部尚书侯爵福长安下狱。

自太上皇崩后,和珅原是栗栗危惧,不过想不到这般辣手,这日正与姬妾们谈论后事,忽有十数个侍卫直入府中,豪仆还不知死活,上前喝阻。众侍卫大声道:"有圣旨到来,请你相爷接读!"豪仆闻圣旨二字,方个个伸舌,入内通报。和珅此时,心里已七上八下,勉强出来接旨。当由宣诏官站在上面,和珅跪在下边,但听宣诏官朗诵上谕道:"和珅欺罔擅专,情罪重大,着即革职,锁交刑部严讯!钦此。"和珅不听犹可,听了数句上谕,魂灵儿飞入九霄,正在没法摆布,那侍卫铁面无情,将他牵曳而去。还有好几个侍卫,留管前后门,准备查抄。早知今日何必当初。里面的老太太姨太太驸马爷少公子少奶奶等,都哭哭啼啼,急得没法,只得请出乾隆帝的十公主来,一班儿跪在地上,向他磕头求救。额驸丰绅殷德,且抢上几步,也顾不得夫妻名义,忙向公主绣鞋边跪下,捣头如蒜,床下踏板想亦跪惯,此次也不算奇怪。弄得公主难以为情,忙叫大众从长商议。大家方才起来,统是泪容满面,万分凄惶。公主也不禁流泪,情愿入宫转圜,当即带了侍女四名,乘舆出门。侍卫见了公主,不便拦阻,由她去讫。

谁想过了两日,又有数行谕旨道:

和珅受大行太上皇帝特恩,由侍卫拔擢至大学士。在军机处行走多年,叨沐殊施,无有其比。朕亲承付托之重,猝遭大故,苫块之中,每思三年无改之义,皇考简用重臣,断不肯轻为变易。今和珅情罪重大,并经科道诸臣,列款参奏,实有难以刻贷者。是以朕于恭颁遗诏日,即将和珅革职拿问,胪列罪状,特谕众知,除交在京王公大臣会审定拟外,着通谕各督抚,将指出和珅各款,应如何议罪,并此外有何款迹,各据实复奏。

原来嘉庆帝素恨和珅,因太上皇在日不好显斥,廷臣也不敢参奏。到太上

第四十三回　抚贼寨首领遭擒　整朝纲权相伏法

皇已崩，御史广兴、给事中广泰王念孙等窥破嘉庆帝意旨，一个说和珅偷改硃谕，一个说和珅擅取宫女，一个说和珅私藏禁物，一个说和珅漏泄机密，此外如遇事把持、贪赃不法、勾结党羽、残害贤良等款，不计其数。共列成二十大罪，惹得嘉庆帝怒气勃勃，立欲将和珅治罪。适值十公主入宫面请，嘉庆帝越加懊恼。嗣经公主再三哀求，只准饶了和珅家属，不饶和珅，因此遂下了这道谕旨。和珅家内，还道公主不肯着力，其实公主到嘉庆帝前，也似丰绅殷德一般，下跪磕头，无如皇帝不允，公主也没奈何。嘉庆帝遂令刑部严讯，二十款大罪中，和珅虽赖了一半，有一半寻出证据，无可抵赖，只得招认。当下就着钦差查抄，钦差到和珅宅内，便将前堂后厅，内室寝房，统行查阅。但见和珅的房屋，统用枏木造成，体剩仿佛宁寿宫，华丽仿佛圆明园，陈列的古玩奇珍，却比大内还多一二倍，顿时由侍卫带同番役，一一抄出。计开：

赤金首饰共三千六百五十七件，东珠八百九十四粒，珍珠一百七十九挂，散珠五斛，红宝石顶子七十三个，祖母绿翎管十一个，翡翠翎管八百三十五个，奇楠香朝珠六百九十八挂，赤金大碗五十对，玉碗十对，金壶四对，金瓶两对，金匙四百八十个，金盆一对，金盂一对，水晶缸五对，珊瑚树二十四株，玉马一只，银杯四千八百个，珊瑚筷四千八百副，镶金象箸四千八百副，银壶八百个，翡翠西瓜一个，猞猁狲皮八十张，貂皮二百六十张，青狐皮三十八张，黑狐皮一百二十张，玄狐皮统十件，白狐皮统十件，洋灰皮三百张，灰狐腿皮一百八十张，海虎皮三十张，海豹皮十六张，西藏獭皮五十张，绸缎四千七百三十卷，纱绫五千一百卷，绣蟒缎八十三卷，猩红洋呢三十匹，哔叽三十匹，各色布四十九捆，葛布三十捆，各色皮衣一千三百件，绵夹单纱绢衣三千二百件，御用纬帽二顶，织龙黄马褂二件，酱色缎四开裰袍二件，白玉玩器六十四件，西洋钟表七十八件，玻璃衣镜十架，小镜三十八架。铜锡等物七千三百余件，纹银一百零七万五千两，赤金八万三千七百两，钱六千吊，房屋一千五百三十间，花园一所，房地契文五箱，借票二箱，杂物不计。

统共一百零九号，除金银铜钱外，有二十六号，当时估起价来，已值银二万二千三百八十九万余两。另外八十三号，还未曾估价。若照样计算，差不多有八九万万两。自古以来，无论王崇、石恺，不及和珅十分之一，就是中外的皇帝，也没有这种大家私。嘉庆帝见了查抄的数目，也不觉暗暗惊异，下旨赐和珅自尽。福长安事事阿奉和珅，着收监，候秋后处决。和珅弟和琳，追革公爵，只额驸丰绅殷德，因顾着十公主脸面，曲加体恤，免他罪名，叫他在家安住，不许出外滋事。和珅次子丰绅殷绵等，概革去封爵，回本旗当闲散差。大学士苏凌阿，系和琳姻亲，和珅引他入相，年逾八十，老迈龙钟，勒令休致。侍郎吴省兰李潢、太仆寺卿李光云等，统系和珅引用，黜革有差。此旨一下，眼见得和珅休了。贪刻一生，徒归泡影。丰绅殷德亏是娶了一个公主，还好安耽度日。应该补磕几个响头。就是和珅的妻妾家眷，也都是公主暗中保全。小子有诗咏和珅道：

　　权奸贪冒古来无，
　　一死何曾足蔽辜？
　　毕竟犹留郎舅谊，
　　九重特旨赦妻孥。

和珅伏法后，嘉庆帝振刷精神，又有一番作为，姑俟下回再详。

　　王三槐无端起乱，假邪教以惑民，川中生灵，因之涂炭，律以应得之罪，固无可贷。但既诱之来降，不宜再行槛送，兵不厌诈，此事恰不宜诈也。勒保急功近利，但顾目前，不顾日后，当时封为上公，固觉显赫，然勒保所恃者，惟和珅，勒保封公，和珅亦封公，内外蒙蔽，不问可知，和珅败而勒保亦无幸矣。和珅为相二十余年，家中私蓄，几乎不可胜算。乾隆时，清政府岁入，止七千万，和珅家产，适当清廷二十年岁入之一半而强，然卒之全归籍没，贪官污吏之结局如此。后之身为公仆者，亦何不奉为殷鉴耶？炎炎者灭，隆隆者绝，况为贪官？况为污吏？读此回，可为居官鉴。

## 第四十四回　布德扬威连番下诏　擒渠献馘逐载报功

　　却说和珅伏诛之日，正王三槐押解到京之时。嘉庆帝命军机大臣等，审问三槐，供称"官逼民反"四字。嗣经嘉庆帝亲讯，三槐仍咬定原供。嘉庆帝道："四川的官吏，难道都是不法么？"三槐道："只有刘青大一人。"三槐被刘清诱擒，仍然不怨，供出刘青天行状，可见良心未泯，公论自存，贪官污吏，不如盗贼远甚。嘉庆帝道："哪个刘青天？"三槐道："现任建昌道刘清。"嘉庆帝又道："只有一个刘青天么？"三槐道："刘青天外，要算巴县老爷赵华、渠县老爷吴桂，虽不及刘青天，还算是个好官，另外是没有了。"嘉庆帝听了此言，不由得感慨起来，随命将三槐下狱，暂缓行刑。又下谕道：

　　国家深仁厚泽百余年，百姓生长太平，使非迫于万不得已，安肯不顾身家，铤而走险？皆由州县官吏朘小民以奉上司，而上司以馈结和珅。今大憝已去，纲纪肃清。下情无不上达，自当大法小廉，不致复为民累。惟是教匪迫胁良民，及遇官兵，又驱为前行以膺锋镝，甚至剪发刺面，以防其逃遁，小民进退皆死，朕日夜痛之。自古惟闻用兵于敌国，不闻用兵于吾民，其宣谕各路贼中被胁之人，有能缚献贼首者，不惟宥罪，并可邀恩；否则临阵投出，或自行逃出，亦必释回乡里，俾安生业。百姓困极思安，劳久思息，谅必一见恩旨，翕然来归。其王三槐所供川省良吏，自刘清外，尚有知巴县赵华、知渠县吴桂，其量予优擢以从民望。至达州知州戴如煌，老病贪劣，胥役五千，借查邪教为名，遍拘富户，而首逆徐天德、王学礼等，反皆贿纵，民怨沸腾，及武昌府同知常葵，奉檄查缉，株连无辜数千，惨刑勒索，致聂人杰拒捕起事，其皆逮京治罪。难民无田庐可归者，勒保即督同刘清，熟筹安置，或仿明项忠原杰，招抚荆襄流民之法，相度经理。

　　遍谕川楚陕豫地方，使咸知朕意。

　　自此谕下后，内外官吏方知嘉庆帝平日实是留心外事，并非没有知觉。且谕旨中含有慈祥恻怛意思，颇不愧庙号仁宗的"仁"字。仁宗二字，就此补出。但当时统兵的将帅，一时不能全换，嘉庆帝逐渐改易，另有数道谕旨，并录于后：

和珅压阁军报，欺罔擅专，致各路领兵大臣，恃有和珅蒙庇，虚冒功级，坐糜军饷，多不以实入奏。姑念更易将帅，一时乏人，勒保仍以总统授为经略大臣，其川陕湖北河南督抚，及领兵各大将咸受节制，以一事权。明亮、额勒登保，均以副都统授为参赞大臣，别领官军，各当一路，有不遵军令者，指名参奏。川楚军需，三载经费，至逾七千余万，为从来所未有，皆由诸臣内恃和珅护庇，外踵福康安、和琳积习，在军惟笙歌酒肉自娱，以国帑供其浮冒，而各路官兵乡勇，饷迟不发，致梏腹无裈，牛皮裹足，跋行山谷。此弊始于毕沅在湖北，而宜绵英善在川，相沿为例。今其严行察核，毋得再蹈前愆，致干重咎！

宜绵前后奏报，皆屯驻无贼之处，从未与贼交锋，且已老病，令解任来京。惠龄旷久无功，为贼所轻，着即回京守制。景安本和珅族孙，平日趋奉阿附，每于奏事之便，禀承指使，恃为奥援，剿堵皆不尽力，驻军南阳，任楚贼犯豫，直出武关，惟尾追，不迎截，致有迎送伯之号。甚至民裹粮请军，拒而不纳，武员跪求击贼，不发一兵，为参将广福面诮，反挟愤诬劾，其获封伯爵，亦攘道员完颜岱捕浙川邪教功，张皇入奏，欺君罔上，误国病民，着即拿解来京，照律惩办！

数道上谕，真似雷厉风行，统兵各官，不寒而栗。勒保也只得打叠精神，悉心筹画，令额勒登保、德楞泰剿徐天德、冷天禄，明亮剿张汉潮，自己驻扎梁山，居中调度。自嘉庆四年正月至六月，只额勒登保一军斩了冷天禄，德楞泰一军与徐天德相持，追入郧阳，明亮一军，徒奔走陕西境内，未得胜仗。勒保虽有所顾忌，不敢全行欺诈，然江山可改，本性难移，终究是见敌生畏，多方诿饰。新任湖广总督倭什布，据实参奏，嘉庆帝复下谕道：

勒保经略半载，莫展一筹，惟汇报各路情形，按旬入告。近据倭什布奏，川贼接踵入楚，不下二万，有北趋荆襄之势，既不堵截，又不追剿，是勒保竟择一无贼之处，驻营株守，罪一；且屡奏均言不必增兵，而附奏又请拨饷五百万，若迫不及待，自相矛盾，意图浮冒，罪二；各路奏报，多王三槐余党，勒保止将首逆诱擒，而置余匪于不问，罪三；军营报奏，大半亲随之人，而兵勇钱粮，并不按期给发，以致梏腹跋行，冻馁山谷，几同乞丐，士马何由饱腾，罪四。勒保上负两朝委任之恩，下贻万民倒悬之苦，着即令尚书魁伦，副都御史广兴，赴川逮问治罪！其经略事务，暂由明亮代理。钦此。

勒保逮回京师，永保偏出署陕抚，因明亮剿办张汉潮，迟延无功，陕西未能肃清，于自己方面，大有不便，因劾明亮观望，明亮亦劾永保推诿，双方互讼，嘉庆帝命陕督松筠密查。松筠上疏，大略言："经略明亮素号知兵，所

言似合机宜，究无实效。将军恒瑞前在湖北，战迹称最，但年近六旬，精力大减，恐不胜任。提督庆成，身先士卒，颇有胆量，奈中无主见，只能带领偏师，不能出谋发虑。署陕抚永保无谋无勇，专图利己，过辄归人，独额勒登保英勇出群，其次惟德楞泰，若要平贼，非用此二人不可。"松公颇有知人之识。于是朝旨命尚书那彦成，佩钦差大臣关印，赴陕监明亮军，兼会同松筠勘问。那彦成到陕后，细探情实，两人俱有不合，遂与松筠联衔奏参。明亮、永保褫职逮问，连庆成也在其内。适明亮追斩张汉潮，朝旨以挟嫌偾事，功不蔽罪，仍令逮解至京，命额勒登保代任经略。

额勒登保系满洲正黄旗人，旧肃海兰察麾下，讨台湾，征廓尔喀，尝随海公建功立业，每战必策马当冲，争先陷阵。海公曾对他道："你真是个将材，可惜不识汉字。我有一册兵书，叫你熟读，他日自然会成名将。"额勒登保得了赠书，遂日夕揣摩，居然熟练，能出奇制胜。看官！你道这兵书是甚么典籍？原来是一册《三国演义》，由汉文译作满文，海公也曾作为枕中秘本，赠了额勒登保，无非是传授衣钵的意思。仿佛范仲淹授狄青《左氏春秋》。额勒登保手下，且有汉将两员，统是姓杨，一名遇春，四川崇庆州人，一名芳，贵州松桃厅人。遇春梦神授黑旗，故以黑旗率众，敌望见即知为杨家军。杨芳好读书，通经史大义，应试不售，乃出充行伍，为遇春所拔识。阵斩冷天禄，实出二杨的功势。额勒登保为经略时，遇春已授任总兵，杨芳尚只一都司官，额公特保举遇春为提督，杨芳为副将。二人得额公知遇，尤为出力。就是罗思举、桂涵两乡勇，亦因额公做了统帅，有功必赏，愿效驱驰。可见为将不难，总在知人善任呢。

话休叙烦，单说额勒登保受了经略的印信，大权在手，不患掣肘，便统筹全局，令文案员修好奏折，独自上疏道：

臣数载以来，止领一路偏师，今蒙简任经略，当通筹全局，教匪本内地编氓，原当招抚以散其众，然必能剿而后可抚，且必能堵而后可剿。从前湖北教匪多，胁从少，四川教匪少，胁从多，今楚贼尽逼入川，其余川东巫山大宁接壤者，有界岭之险可扼，是湖北重在堵而不在剿；至川陕交界，自广元至太平千余里，随处可通，陕攻急则折入川，川攻急则窜入陕，是汉江南北，剿堵并重；川东川北，有嘉陵江以阻其西南，余皆崇山峻岭，居民大半依山傍水，向无村落，惩贼焚掠，近俱扼险筑寨，大者数千人，小亦数百名，团练守御，而川北形势，更便于川东，若能驱各路之贼，逼归川北，必可聚而歼旃，是四川重在剿而不在堵；虽贼匪未必肯逼归一处，但使所至俱有堡寨，星罗棋布，而官兵鼓行随其后，遇贼即迎截夹击，所谓以堵为剿，宁不事半功倍？此则三省所同。

臣已行知陕楚，晓谕修筑，并定赏格，以期兵民同心瘱贼。至从征官兵，每日遄征百十里，旬月尚可耐劳，若阅四五年之久，无冬无夏，即骡马尚且踣毙，何况于人？而续调新募之兵，不习劳苦，更不如旧兵之得力，臣之一军所以尚能得力者，实以兵士所到之处，亦臣所到之处；兵士不得食息，臣亦不得食息。自阃营将弁，无不一心一力，而各路不能尽然。近日不得已将臣所领之兵，与各提镇互相更调，以期人人精锐，足以歼敌。恐劳圣虑，特此奏闻。

据这奏牍看来，确是老成谋画，不比凡庸，自是军务方有起色。

会德楞泰追逐徐天德，转战陕境，与高均德等相遇，德楞泰乘着大雾，袭击高均德，把他擒住，有旨授德楞泰为参赞大臣。高均德死后，不料复有冉天元，收集均德残众，与徐天德合，非常厉害。额勒登保亲自督剿，令杨遇春领左翼，穆克登布领右翼，穆克登布也是一员骁将，但与杨遇春不甚相合。遇春因天元善战，非他贼比，须先用全力相搏，杀败了他，方好分队追击。额公亦赞成此议，独穆克登布意不为然。到了苍溪，闻与冉天元相近，穆克登布竟恃勇先进，绕出冉天元前面，忽伏兵齐起，前后夹攻，将穆克登布围住。穆克登布猛力冲突，不能出围，幸亏山寨乡勇，出垒救应，始拔出穆克登布，将士伤了不少。穆克登布经此大创，别人料他总要小心，谁知他依然如故，仍力追冉天元，驰至老虎垭，旁有大山，穆克登布跃马径上，直据山巅。杨遇春据山腰，天元正伏山中，先出攻杨遇春军。遇春坚壁不动，天元无可奈何，转身攻穆克登布，冒死突上，山巅促狭，恁你

穆克登布如何骁勇，也施展不出什么伎俩。天元进一步，穆克登布退一步，愈逼愈紧，穆克登布的营帐自山巅坠下，顿时军中大乱，陷死副将十余名，兵士不能悉计。

右翼军败溃，天元再攻左翼军，乘高下压，遇春抵死力战。自傍晚杀到天明，天元始退。遇春部下，也伤亡了若干名。师克在和，不和必败。额勒登保大愤，檄德楞泰夹击冉天元，不防川北的王廷诏一股，竟由川北入汉中，西窥甘肃，额勒登保闻报，又引军星夜赴援，并令德楞泰随后策应。冉天元复东渡嘉陵江，分犯潼川锦州龙安，将北合甘肃诸寇。川陕甘一带，同时告警。清廷不得已，再用明亮为领队大臣，赴湖北，赦勒保罪，授任四川提督，赴四川。屡黜屡陟，清廷可谓无人。并诏德楞泰回截冉天元，命为成都将军。

德楞泰奉命回南，探得冉天元在江油县，急由间道邀击。天元层层设伏，德楞泰步步为营，十荡十决，连夺险隘，转战马蹄冈。时已薄暮，德楞泰见伏兵渐稀，正思下马稍憩，偶见东北角上，赤的的一枝枝号火腾起，直上云霄，德楞泰惊道："我兵已陷入伏中了。"一急。话言未绝，西北角上，又见起了两支号火，再急。德楞泰忙令众兵排开队伍，分头迎敌。转身一望，西南角及东南角上，都是闪闪火光，冲天四起，马声杂乱，人声鼎沸。三急。德楞泰料知伏兵不止一、二路，亟分作四路抵御，布置才毕，敌兵已由远及近，差不多有七、八路。四急。德楞泰传令

清史演义

## 第四十四回 布德扬威连番下诏 擒渠献馘迭载报功

齐放矢铳，放了一阵，敌兵毫不退怯，反围裹拢来。德楞泰见敌兵各持竹竿，竿上缠绕湿絮，矢中的箭镞，铳中的弹丸，多射在湿絮上，不甚伤敌，所以敌仍前进，于是传令人自为战。五急。官兵知身入重围，也不想什么生还，恶狠狠地与他鏖斗，血战一夜，天色黎明，敌兵仍是不退。六急。再战一日，方渐渐杀退敌兵。官兵埋锅造饭，蓐食一餐，餐毕，四面喊声又起，忙一齐上马，再行厮杀，又是一日一夜。七急。是日官兵又只吃了一顿饭，夜间仍是对敌。八急。德楞泰暗想道："敌兵更番迭进，我兵尚无援应，若再同他终日厮杀，必至全军覆没呢。"遂下令且战且走。

官兵阵势一动，冉天元料是败却，麾众直进，行得稍慢的，多被悍目自行杀死，此时敌众不得不舍命穷追。官兵战了三日三夜，气力已尽，肚子又饥，没奈何纷纷溃散。九急。德楞泰亦觉得人困马乏，便带了亲兵数十名，跃上山巅，下马喘息，自叹道："我自从军以来，从没有遇着这等悍贼，看来此番要死在此地了。"正自言自语间，猛听得一声大叫道："德楞泰哪里走？"这一句响彻山谷。德楞泰忙上马了望，见山下一人，挥着鞭，舞着刀，冲上山来。这人为谁？正是冉天元。十急。德楞泰胸中已横着一死字，倒也没甚惊恐，且因走上山来，只有一冉天元，越发胆壮，便也大呼道："冉贼！你来送死么？"一面说话，一面拈弓搭箭，飕的一声，正中冉天元的马。那马负着痛，一俯一仰，把冉天元掀落背后，骨碌碌滚下山去。德楞泰拍马下山，亲兵亦紧随而下，见冉天元正搁住断崖藤上，德楞泰忙从亲兵手中，取了钩头枪，将冉天元钩来，掷在地上，亲兵即将他缚住。山下的兵，正上山接应冉天元，见天元被擒，拼命来夺，德楞泰复与交战，忽山后又有一支人马，逾山而至，从山顶冲下。又为德楞泰一急。德楞泰连忙细瞧，认得是山后的乡勇，德楞泰大喜。此中真是天幸。敌兵见乡勇驰到，转身复走。德楞泰偕乡勇下山招集余兵，逐北二十里。这一场恶战，自古罕有，"德将军"三字惊破敌胆，另外带兵官，多冒德将军旗帜，教徒不辨真假，一见辄逃。川西肃清，川东北虽有余孽，不足为患。适勒保至川，遂将肃清余党事，交付勒保，自赴额勒登保军。

额勒登保追王廷诏，沿途屡有斩获，王廷诏复自甘返陕，那彦成堵剿不力，有旨严谴，会河南布政使马慧裕，缉获教主刘之协于叶县，槛送京师，立正典刑。并谕军机大臣道：

前据马慧裕奏宝丰郏县地方，有匪徒焚掠之事，旋据叶县禀，缉获首犯刘之协，本日马慧裕驰奏，已收宝丰等处，白莲教匪徒千余名，悉数歼除，并提到眼目，认明刘之协属实，刘之协为教匪首逆，勾连蔓延，荼毒生灵，乃该犯仍敢在豫省纠结，潜谋起事，并欲为陕楚教匪接应，实堪痛恨。仰赖昊穹垂慈，皇考默佑，俾豫省新起教匪一千余人，立时剿捕净尽，擒获首逆，明正刑诛，可见教匪劫数已尽，从此各路大兵，定可刻期蒇事。朕于欣慰之余，转觉恻然不忍，盖教匪本属良民，只因刘之协首先簧鼓，附从日众，征兵剿办，已阅数年，无论百姓无辜，横遭杀戮，被胁多人，迫于不得已，即真正白莲教，皆我大清赤子，只因一时愚昧，致罹重罪。至各股贼首，先后就诛者，无不身受极刑，全家被戮，虽孽由自作，亦系听从刘之协倡教而起。白莲教获罪于天，自取灭亡，其顽梗可恶，其愚蠢可怜。朕仰体上天好生之仁，于万无可贷中，宽其一线，着经略额勒登保，参赞德楞泰，及各路带兵大员，与各督抚等，将刘之协擒获一事，广为宣传，并传谕贼营，伊等教首，已就诛戮，无可附从。至于裹胁之人，本系良善百姓，何苦为贼所累，自破身家，如能幡然悔悟，不但免诛，并当妥为安置。即实系同教，畏罪乞命，弃械归诚，亦必贷其一死。若经此番晓谕之后，仍复怙恶不悛，则是伊等甘就骈诛，大兵所到，诛戮无遗，亦气数使然，不能复加矜贷。额勒登保等鼓励将士，务期迅归贼氛，奠安黎庶，同膺懋赏，将此通谕知之。

嘉庆帝又亲制一篇邪教说，有"但治从逆，不治从教"的意旨。自是教徒失所倚靠，逐渐变计，化作良民。此时剧寇，只有王廷诏在陕西，徐天德在湖北，德楞泰由川赴陕，与额勒登保合军，追袭王廷诏。杨遇春为先锋，至龙池场，分兵埋伏，诱廷诏追来，一鼓擒住，并获散头目十数人，余众走湖北，由德楞泰引兵追剿，与明亮夹击、圈逼徐天德、樊人杰于均州。天德、人杰先后投水溺死。川楚陕三省的悍目，斩俘殆尽，不过还有余孽未靖了。此时已是嘉庆六年的夏季。

正是：
万丈狂澜争一霎，
七年征伐病三军。
诸君欲知后事，且待下回再阅。

仁宗初政，颇有黜佞崇忠、扶衰起敝之象。和珅一诛，而军务已有起色，勒保一黜，而寇氛以次肃清，可见立国之道，全恃元首，元首明则庶事康，元首丛脞则万事堕，彼额勒登保、德楞泰之得建奇功，莫非元首知人之效，然七年劳役，万众遭殃，不待洪杨之变，而清室衰兆见矣。故善读清史者，皆以高宗之末为清室盛衰关键云。

## 第四十五回　抚叛兵良将蒙冤　剿海寇统帅奏捷

却说川楚陕三省的教徒，头目虽多归擒戮，余孽尚是不少。额勒登保、德楞泰又往来搜剿，直到嘉庆七年冬季，始报大功戡定。嘉庆帝祭告裕陵（高宗陵）。宣示中外，封额勒登保一等威勇侯，德楞泰一等继勇侯，均世袭罔替，并加太子太保，授御前大臣。勒保封一等伯，明亮封一等男，杨遇春以下诸将，爵秩有差。

自此以后，裁汰营兵，遣散乡勇，兵勇或无家可归，或归家不敷食用，又经发放恩饷各官吏层层克剥，七折八扣，煞是可恨。因此游兵冗勇，又纠众戕官，出没为患。复经额德两将帅，东剿西抚，忙了一年，事始大定。自教徒肇乱，劳师九载，所用兵费，竟至二万万两，杀伤的教徒不下数十万，清兵乡勇的阵亡，五省良民的被难，且算不胜算，无从查考。和珅之肉，其足食乎？只这位嘉庆帝，当军事紧急时，很是审虑周详，励精图治，到西北平定，内外官吏又是歌功颂德，极力铺张，嘉庆帝也道是功德及民，渐渐地骄侈起来。逸豫忘身，中主多半如此。庆赏万寿，下嫁公主，挑选妃嫔，仪注都非常繁备，金银也用了许多。

还有一桩赏罚倒置的事情：川楚陕平靖后，因地势阻奥，增设营汛，陕西省中添了一个宁陕镇，就用杨芳做了镇台，宁陕的地方，地险粮贵，当时创议的人，因例饷不足兵用，酌定每月加给盐米银，每人五钱，三年递减，次年届期应减一钱，布政使朱勋以未奉部文，并四钱也都停发，兵士大哗。会陕西提督杨遇春方奉旨入觐，宁陕总兵杨芳调署提督，副将杨之震护宁陕镇，将哗噪的兵士不问曲直，统拿来答杖一顿，一味蛮做。兵士愈加怨愤。内有两个小头目，都是姓陈，一名达顺，一名先伦，居然纠众抗命，杀死副将游击，劫了库中的银两，放出狱中的罪犯，趁势大乱。时杨遇春尚未出境，朝旨即命他回剿，另简成都将军德楞泰为钦差大臣，赴陕督师，遇春到方柴关，叛兵设伏以待，推蒲大芳为首领，大芳骁桀善战，竟将遇春围住，官兵叛卒，互相认识，竟不肯听遇春号令，纷纷四散。遇春止率亲兵数十名，登山断后，见大芳策马而来，大声叱道："你何故造反？"大芳见是遇春，就下马遥跪，哭诉营官克饷的情形。遇春道："营官克饷，你可上诉，何苦做此大逆不道的勾当。"大芳道："现在已处骑虎之势，不能再下，须求大帅谅我！"言毕，起身径去。还亏遇春平日恩信及人，不至被迫。

是时杨芳亦驰来相救，遇春与他商议，杨芳道："叛兵都经过百战，并非一时乌合，若要除灭了他，很不容易。况官兵九载勤劳，疮痍未复，又前时与叛兵多系同功一体，以兵攻兵，终无斗志。闻叛首蒲大芳见了大帅，尚下马遥跪，卑镇家属亦由大芳送至石泉，可见大芳虽叛，还有旧部情谊。卑镇愿亲自出抚，若得大芳归降，便可迎刃而解。"遇春喜甚，即命杨芳去抚大芳。到了大芳营前，敌矛林立，军垒森严，杨芳的背后有随员数名，都吓得战战兢兢，请杨芳折回。杨芳道："天佑苍生，我必不死。且为国息兵，虽死何恨。汝等若果畏惧，不妨退还。让我一人前去便了。"遂扬鞭独进，直入大芳营。大芳忙出来迎见，杨芳向着大芳，恸哭失声道："我与汝等戮力数年，同患难，共生死，仿佛如家人骨肉一般，今朝两下对垒，反同仇敌，我不忍见汝等身陷族灭，所以单骑前来，请你等先杀了我，免得见你惨祸。"蒲大芳等听了这番言语，不由得不感激，便道："我等小兵，安敢冒犯镇台大人？大人真心相待，大芳也有天良，宁不知感。只朝廷未必肯赦前罪，奈何？"杨芳道："你果诚心悔过，我当于钦差大人前，极力保免，要生同生，要死同死，要犯罪同犯罪，不使你等独受灾殃。"沉痛语，亦刻挚语，安得不令大芳敬服？大芳到此，不禁涕零，即声随泪下道："镇台大人真是我的生身父母。我若再自逆命，恐怕皇天也不容我呢。"已五体投地了。当下对众人道："大芳今日已悔前过，情愿听这位杨镇台大人，杨镇台令我活，我就活，杨镇台要我死，我亦甘死，若兄弟们不以为然，一概听便。"大众齐声道："愿随杨大人。"杨芳见叛兵都愿就降，便道："众位都愿相随，乃是很好的了。但倡乱的人，曾在此处么？"大芳道："不在此处。"杨芳道："这却不便赦他。他戕了官，劫了库，破了狱，无法无天，若不照律究办，还要什么政府？"先宽后紧，可谓善于操纵。大芳道："这都在大芳身上，请大人放心！"杨芳随即回营。

过了两日，大芳果诱缚陈先伦、陈达顺二人，献至清营，束手归命，这次乱事，若非杨芳单骑招抚，以诚服人，眼见得叛兵四出，如火燎原，比川楚陕三省的教徒，还要厉害几倍呢。德楞泰将二陈磔死，其余依了杨芳的议论，尽行赦宥，释归原伍。只奏折上却说是叛卒穷蹙乞命，把杨芳招抚事，搁起不提。

讵料嘉庆帝忽下严旨，说德楞泰宽纵专擅，竟要将他严谴。德楞泰急得没法，又上了一篇奏章，推在杨芳一人身上。德公尚且不德，何况别将。嘉庆帝

## 第四十五回 抚叛兵良将蒙冤 剿海寇统帅奏捷

遂将杨芳革职充戍，蒲大芳二百余人，亦命随杨芳发充伊犁，又密令伊犁将军松筠将蒲大芳等诱诛。杨遇春亦坐罪降为总兵，德楞泰处罚最轻，总算革职留任。后德楞泰调任陕西，剿平西乡叛兵，赏还原职。德公也天良发现，密奏杨芳功，方将杨芳赦回，然已受侮不少了。忠而被谤，最堪愤惋。

西北一带，经数次痛剿，已算无事，偏偏东南的海寇又兴起波、掀起浪来。海洋开禁，自康熙年间起头，康熙帝尝任用客卿，如西洋人汤若望、南怀仁等，俱命司历务，外洋商船得了内援，便在中国海滨互市，往来江浙闽粤间。乾隆末年，安南阮光平父子窃位据国，国库中很是缺乏，他却想了一个盗贼政策，招集沿海无赖，给他兵船，封他官爵，叫他在海中劫掠商船，充作国用，这种政策，倒是特色。于是海寇日盛一日。嘉庆五年，海寇驾艇百余艘，聚逼台州，居然想上岸劫夺，浙江定海镇总兵李长庚生长闽海，素识海中险要，且忠勇得了不得，是日闻警，带领三镇水师，出口抵御，巧值飓风陡起，雷雨大作，寇艇多半撞溺，有几百个海寇，避风上岸，被长庚捉得一个不剩，当场审讯，内中有四个头目，系是安南总兵，佩有安南王敕印。长庚大怒，把四人磔死，并行文安南，将敕印掷还。

会安南又有内乱，广南王后裔阮福映自暹罗入国，得暹人援助，恢复旧土，灭了新阮，方思联络清朝，遂一面声明纵寇海盗，系阮光平父子所为，与己无涉，一面奉表入贡，求清册封，乞仍以越南名国。嘉庆帝封他为越南国王，令严杜海寇，阮福映遵敕照办。怎奈海寇已是不少，虽失了安南政府的保护，终究野心未戢，仍然出没海上。就中有两个悍头目，叫着蔡牵、朱渍，兼并群盗，号令一方。蔡牵有百数十艇，朱渍也有百艇，把闽海作了根据，无论何国的商船，一出海洋，须要缴通行税四百圆，进港加倍，就是买路钱的别名。因此他二人竟做了海上富豪。又交通陆地会匪，使阴济兵械，饷械充足，猖獗万分，官兵都奈何他不得。

只一智勇深沉的李长庚，还好与他酣战几场，但长庚单知忠国，不善逢迎，不如是，不足为忠臣。往往为上司所忌。可恨可叹！嘉庆帝因长庚有功，擢他为福建提督，闽督玉德偏与长庚反对，奏称长庚籍隶福建，须要回避，似乎名正言顺。朝旨乃调任浙江。浙江巡抚阮元，系江苏仪征县人，素擅文名，兼通武略，见了李长庚，谈了一回剿寇事宜，甚为合意，遂大加赏识。惺惺惜惺惺。长庚献造船、制炮两大策，阮抚台一律采用，即为筹款十余万两，交与长庚。天下无难事，总教现银子，长庚得了这项巨款，就放着胆子，造起大船三十艘，名叫霆船，铸就大炮四百尊，就各船配搭，乘风破浪，所向披靡，连败蔡牵于岐头东霍等洋，擒住贼目张如茂等，兵威大振。嘉庆八年，蔡牵至定海，到普陀山进香，长庚探悉，将霆船一齐放出，四面掩击。蔡牵不及防备，忙跳下小船，单舸逃去。余外大艇，多被长庚一阵炮弹，打得篷穿樯折；并传令舟师追赶。

此时的蔡牵，正如丧家犬，漏网之鱼，逃至闽洋，又见霆船追至，据着上风，不能冲突，他连忙取了数万银子，遣人至闽督玉德处乞降。玉德见了银子，好似苍蝇见血，叮住不放，为了此物，误尽天下官吏。还管什么真假，立饬兴泉道庆徕，赴海口招抚。蔡牵与庆徕约，如果许降，须令李长庚退兵回港，勿得穷追。庆徕飞报玉德，玉德飞饬李长庚回兵。长庚明知蔡牵诈降，无如提督的位置要受督抚节制，总督有命，不得违拗，未免落了几点英雄泪，带兵回港。

蔡牵恰慢慢儿修好橹械，备好糇粮，扬帆遁去。暗地里恰贿通奸商，替他制造巨舰，比霆船还要高大，只说载货出洋。一出了口，便交与蔡牵。蔡牵得此巨舰，又纵横海上，劫得台湾米数千担，接济朱濆，与濆合势，再犯温州。温州总兵胡振声仓皇失措，领了一班不整不齐的水师，出去截击，不值牵、濆两人一扫，非但全军覆没，连胡振声亦溺毙水中。牵、濆连舻八十余，返驰入闽，闽中没有一人敢上前抵敌。

嘉庆帝闻悉情形，命长庚总统闽浙水师。长庚感恩图报，令温州海坛二镇为左右翼，日夕操练，于嘉庆九年仲秋，向马迹洋出发。净海无波，水天一色，正好行军时候。兵行数十里，遥见前面有一海岛，左右两翼，泊着敌船，帆樯矗立，簇隐如林，差不多一二百艘。长庚把令旗一挥，大小战舰，并行而进，看看敌船将近，令各舰队齐放巨炮。蔡牵、朱濆也将战船驶开，一字儿的排着，用炮还击。霎时间烟雾迷濛，波飞浪立。长庚仔细一瞧，右边是蔡牵战船，左边是朱濆战船。他却把自己坐船直冲中心，轰的一炮，把敌阵中间的船篷打落半边，那船向后倒退。长庚乘势突入，将敌阵冲作两段。朱濆见阵势已乱，率舰逃走。蔡牵势成孤立，也转舵前奔。长庚扯满风篷，追杀过去，击沉敌船二艘，并将蔡牵的坐船篷索亦都击断。亏得蔡牵的船身高大，船篷虽坏，尚能驰驶，拼命逃了出去。长庚方传令收兵。

是年冬，败朱濆于甲子洋。次年夏，又败蔡牵于青龙港，蔡牵屡败屡奋，索性聚船百余艘，东犯台湾，攻入鹿耳门，沉舟塞港，截阻官兵援应，并结连土匪万余人，围攻府城，自称镇海王。全台大震。闽督玉德飞报清廷，嘉庆帝忙饬成都将军德楞泰，佩钦差大臣关防，调四川兵三千赴剿，将军赛冲阿为副，令速出兵。

两将军尚未出境，李长庚已到台湾。总是他捷足。他见鹿耳门已被塞住，寻出一条小港来，这港名叫安平港，可以直入府城，于是令总兵许松年、王得禄驾了小舟，率兵潜入，自己守住南汕北汕两口，堵住蔡牵出路。蔡牵只道鹿耳门已经塞住，尽可向前进攻，谁料许松年、王得禄已从间道攻入。蔡牵急分兵抵御，五战都败，失了三十多号小战船，并党羽千余人。蔡牵料台湾难下，急从北汕港遁走，将要出口，见口外有大舰数艘堵住，最高的舰

清史演义

第四十五回 抚叛兵良将蒙冤 剿海寇统帅奏捷

上立着一位大帅，手执令旗，威风凛凛，望将过去，不是别人，正是生平最怕的李长庚。蔡牵想上前冲突，后面的追兵又至，前后都用大炮轰击，蔡牵管了前，不能管后，管了后，又不能管前，急得叫苦连天，投身无路。长庚下令道："今日不擒蔡逆，更待何时，诸将士宜乘此努力。"这令一下，诸将士奋力前攻，巴不得立擒蔡牵。

怎奈将士固已齐心，老天偏不做美，一阵怪风，从海中掀起，波涛怒立，战舰飘摇，官兵急切不能自主，被蔡牵夺路逃走。一出海外，辽廓无垠，长庚只率兵三千，哪里阻截得住？仅夺了十多号战船。嘉庆帝还说他任贼远飏，夺去翎顶，德楞泰等一律截回，长庚愤极，复率兵力剿，退至福宁，岸上无一卒夹击，蔡牵、朱渍复连合来攻。长庚猛力杀退，蔡牵又与朱渍分兵，窜入浙海。只台州到定海，长庚尾追不舍，专击牵舟，牵受创又遁，有旨赏还翎顶。长庚愤怒少舒。

不防浙抚阮公丁忧去任，长庚慨然太息，与三镇总兵商议道："我自统领水师以来，全仗阮公帮助，稍得舒展。今阮公又去，知我无人，看来是难望成功呢。"三镇总兵道："浙抚已去，闽督尚在，统帅何必忧虑。"长庚道："不要提起这位闽督玉公，我要造船，他说无银；我要调军，他说无兵。台湾一役，我与诸君尽力截住蔡逆，虽是天公不公，起了飓风，被他走脱，然使玉公出兵相助，这蔡逆已被我杀败，狼狈万状，何患不能追擒？就令玉公不愿出兵。却肯预先给发银两，畀我造成大船，那时船身高大，究竟抵得住风潮，不妨冲风追袭。你看蔡逆的坐船比我的坐船要高五六尺，他在惊风骇浪中，尚能驾驶自如，我却不能，睁着眼由他逃去，真正可恨！"良将无功，多被上峰掣肘之故，不独李公为然。三总兵听到此语，也不禁忿恨起来，便一齐道："统帅既要造船，某等愿捐廉相助。"长庚道："诸君美意，煞是可敬，但我亦早有此意，还恐玉帅不允。"三总兵道："且禀报玉帅，再作计较。"长庚修好禀单，饬呈闽督，得了回批，果然说造船需时，朝廷有旨速剿，不便久待，毋得濡滞干咎。妒功忌能，莫逾于此。长庚忙召三总兵，将回批与他瞧阅，三总兵愤愤道："统帅本叫专折奏陈，何不详报皇上呢？"长庚叹道："我辈统是汉人，汉人十句话，不及满人一句。朝廷总是信玉帅，不信长庚，如何是好？"满汉界限，区画早分。三总兵道："今上圣明，或不至此，统帅总是奏陈为是。"长庚不得已，便将平日情形据实列奏。嘉庆帝果真圣明，把闽督玉德革职拿问，另命阿林保继任闽督。

阿林保到任，长庚免不得到闽贺喜，阿林保置酒款待，席间叙起剿寇事。这位新总督阿公拈着几根鼠须，沉吟一回，已露奸象。随笑嘻嘻地向长庚道："大海捕鱼，何时入网？我兄弟恰有一策，不知可用得否？"长庚道："敢不请教。"阿林保道："海外辽阔，事无左证，李总统但斩了一酋，即说是蔡牵首级，报至我兄弟衙门，我兄弟便可飞

258

章报捷，余外的贼子，统归善后办理。照这样处置，你受上赏，我亦得邀次功，比穷年累月的跋涉鲸波，侥幸万一，岂不是较好么？"原来如此！长庚不禁勃然道："大帅叫长庚杀贼，长庚恰不怕死，久视海舶如庐舍，若照这样捏诈虚报的办法，长庚不敢闻命。"阿林保道："我也无非为你打算，你定要擒真蔡牵，兄弟也不便多管。"长庚道："长庚誓与贼同死，不与贼同生。"阿林保不待长庚言毕，便道："算了！好好一个人，如何情愿求死？要死何难，要死不难。"长庚至此，不能不死。长庚满腹愤怒，只是不好发泄，勉强饮了几杯，谢宴趋出。阿林保即密劾长庚，不到一月，弹章三上，不是说长庚恃才，就是说长庚怯战，一心想置长庚于死地，小子叙说到此，也满怀愤激，吟成一绝句道：

岳王功败遭秦桧，

道济名高嫉义康；
自古忠奸不两立，
但凭人主慎端详。

未知嘉庆帝如何发落，且待下回再叙。

康熙以后，已乏练达之满员，而满汉畛域，反日甚一日。盖满员渐成无用，内而政务，外而边事，多仗汉人赞助，相形之下，未免见绌，由愧生妒，由妒生忌，于是汉员立功，往往为满员所侧目，不加残害不止。张广泗、柴大纪等事，见于乾隆朝，杨芳充戍，李长庚殉难，见于嘉庆朝，后人或目为专制之毒，实则不仅专制而已。"汉人十语，不及满人一语"，即为本回中眼目。德楞泰已负杨芳，后且求如德楞泰者，尚不可得，此汉满之所以终成水火也。

## 第四十六回　两军门复仇慰英魄
## 八卦教煽乱闹皇城

却说嘉庆帝连得阿林保密疏，也未免疑惑起来，只因前时阮元等人都极力保荐李长庚，且海上战功亦惟长庚居多，半信半疑，暂且留中不发，密令浙抚清安泰查复。清安泰虽不及阮元，恰不是阿林保的糊涂，但看他复奏一本的文词，已略见一斑了。大旨说道：

长庚熟海岛形势，风云沙线，每战自持柁，老于操舟者不能及；且忘身殉国，两载在外，过门不入，以捐造船械，倾其家资，所俘获尽以赏功，故士争效死；且身先士卒，屡冒危险，八月中剿贼渔山，围攻蔡逆，火器雨下，身受多创，将士亦伤百有四十人，鏖战不退，故贼中有"不畏千万兵，只畏李长庚"之语。

惟海艘越二三旬，即须燂洗，否则苔粘爁结，驾驶不灵，其收港并非逗留。且海中剿贼，全凭风力，风势不顺，虽隔数十里，旬日尚不能到也，是故海上之兵，无风不战，大风不战，大雨不战，逆风逆潮不战，阴雨濛雾不战，日晚夜黑不战，飓期将至，沙路不熟，贼众我寡，前无泊地，皆不战。及其战也，勇力无所施，全以大炮相轰击，船身簸荡，中者几何？我顺风而逐，贼亦顺风而逃，无伏可设，无险可扼，必以钩镰去其皮网，以大炮坏其舵牙篷胎，使船伤行迟，我师环而攻之，贼穷投海，然后获其一二船，而余船已飘而远矣。贼往来三省，数千里皆沿海内洋，其外洋瀚瀚，则无船可掠，无薮可依，从不敢往。惟遇剿急时，始间以为遁逃之地，倘日色西沉，贼直窜外洋，我师冒险无益，势必回帆收港，而贼又遁诛矣。且船在大海中，浪起如升天，落如坠地，一物不固，即有覆溺之忧。每遇大风，一舟折桅，全军失色。虽贼在垂获，亦必舍而收泊，易桅竣工，贼已远遁；数日追及，桅坏复然，故尝累月不获一贼。

夫船者，官兵之城郭营垒车马也。船诚得力，以战则勇，以守则固，以追则速，以冲则坚。今浙省兵船，皆长庚督造，颇能如式。惟兵船有定制，而闽省商船无定制，一报被劫，则商船即为敌船。愈高大，多炮多粮，则愈足贵寇。近日长庚剿贼，使诸镇之兵，隔断贼党之船，但以隔断为功，不以擒获为功；而长庚自以己兵专注，蔡逆坐船围攻，贼行与行，贼止与止；无如贼船愈大，炮愈多，是以兵士明知盗船货财充足，而不能为擒贼擒王之计。且水陆兵饷，例止发三月，海洋路远，往返稽时，而事机之来，间不容发，迟之一日，虽劳费经年，不足追其前效，此皆已往之积弊也。非尽矫从前之失，不能收将来之效；非使贼尽失其所长，亦无由攻其所短，则岸奸济贼之禁，尤宜两省合力，乃可期效。谨奏。

这篇奏牍，说得剀切真挚，把李长庚一生经济及海上交战情形，统包括在内。确是前清奏牍中罕见之作。嘉庆帝览之此奏，方悉阿林保妒功情状，下旨切责。略说："阿林保甫莅任旬月，专以去长庚为事，倘联误听谗言，岂非自杀良将？嗣后剿贼事宜，责成长庚一人，阿林保不得掣肘！若再忌功诬劾，玉德就是前车之鉴。"谕旨也算严切，无如巨奸未去，忠臣总无安日。并饬造大梭船三十艘，未成以前，先雇大商船助剿。阿林保见弹劾无效，反遭诘责，气得暴跳如雷，独自一人乱叫道："有我无长庚，有长庚无我，我总要他死。他死了，方出我胸中的气。"遂飞檄催战。

原来清廷定例，总督多兼兵部尚书职衔，全省水陆各军，统归节制。长庚虽总统水师，不能不受阿林保命令。长庚方思修理船只，整备军械，为大举出洋的计划，那阿林保的催战文书，三日一道，五日两道，长庚休战不到一月，他恰下了十数道檄文。秦桧用十二金牌，促岳武穆班帅，阿林保恰用十数道檄文，促李忠毅出战，行迹不同，用心则一。长庚叹道："我不死在海贼手里，也难逃奸臣计中，看来不如与贼同死罢！"遂召集诸将克日出师，一面修好家书，寄与夫人吴氏，内说："以身许国，不能顾家。"并将落齿数枚，一同缄固，着人送回家中。这次出发，凭着一股怒气，驶船出港。敌船见长庚出来，望风趋避，都逃至粤海中。长庚追至竿塘，方寻着敌船数只，接连放炮，击坏敌船两艘，活擒盗目一名，系是蔡牵侄儿，名叫天来。蔡牵因长庚至粤，复北航至浙，长庚也追到浙江，到温州海面，把他击败。他又自浙窜粤，自粤窜闽，盘旋海上，长庚只是不舍。遇着了他，便首先冲阵，不管死活，与他争战，弄得蔡牵走投无路，连败数次。

嘉庆十二年，命总兵许松年等击朱渍，自率精兵专剿蔡牵，朱渍被许松年击败，势已穷蹙，长庚亦连败蔡牵数阵，蔡牵只剩得海船三艘，长庚拟一鼓歼敌，檄福建水师提督张见升一同穷追。蔡牵逃至黑水洋，长庚率水师追及，蔡牵逃无可逃，与长庚决一死战。长庚亲自擂鼓，督众围攻，约战了两个时辰，牵船上的风帆触着弹子，霎时破裂，长庚令兵士乘势纵火，直逼牵船后艄，火势炎炎，燔及牵船，兵士各握着兵器，想随着火势扑将过去。猛听得蔡牵船后，一声炮发，弹丸穿入长庚船

第四十六回 两军门复仇慰英魄 八卦教煽乱闹皇城

中，兵士向后一顾，见统帅长庚已跌倒在船板上，连忙施救，咽喉中已鲜血直流，无可救药。阿林保闻报，谅必得意非凡。军中失了主帅，自然慌乱。本来张见升跟着后面，不妨过船代督士卒，少持半日，即可歼贼，谁知他是阿林保心腹，不愁蔡牵生，但愿长庚死，当下便引船径退，众兵船亦相率退驶。蔡牵带了残船三艘，竟遁安南。这信传达京师，嘉庆帝大为震悼，何益？特旨追封壮烈伯，赐谥忠毅，饬地方官妥为保护，送柩回籍，俾立专祠。已经死了，特恩何用？随命长庚裨将王得禄、邱良功二人升任提督，分率长庚旧部，叫他同心敌忾，为长庚报仇。

是时蔡牵、朱渍俱已势衰力竭，闽督又改任方维甸，浙抚又重任阮元，军机大臣复换了戴衢亨，将相协力，内外一心，歼除这垂亡小丑，自然容易得很。许松年在闽海击毙朱渍，渍弟朱渥率众乞降。王、邱二提督闻松年已立大功，自己恐落人后，随慷慨誓师，决擒蔡牵，蔡牵已招集残众，再入闽浙海面，直到定海的渔山，二提督蹑踪追剿，乘着上风，奋呼轰击，转战至绿水洋，天已昏黑，纵火烧贼舟，不想风浪大起，蔡牵复乘浪脱走。二提督愤极，当晚商议，邱良功对王得禄道："前日临行时，抚帅阮公，曾教我等分船隔攻，专注蔡逆，明日要擒蔡牵，须用此策。"王得禄道："此计甚好。"次晨复出师穷追，蔡牵一见即逃，驶出黑水洋，邱良功赶忙追上，令舰队各自分堵，自己坐的船与蔡牵坐船并列，专攻蔡牵。王得禄坐船亦至，与邱良功船并列，接应邱良功。两下里誓死猛扑，烟硝蔽天，忽良功坐船上的风篷，与蔡牵坐船上的风篷，结成一块，蔡众持着长矛，将良功的风篷扯毁，复用桩札住良功坐船。良功大喝一声，执了雪亮的宝刀，去劈敌桩，说时迟，那时快，敌众的长矛已刺入良功脚上，血流如注。良功部下，见主帅受伤，毁桩脱出。蔡牵正思逃走，王得禄又挥众直上，弹如贯珠，蔡牵仍誓死抵拒，战至日暮，牵船中弹丸已尽，待别舟相援，又被闽浙二军隔住，自顾不暇。王得禄料敌势已蹙，纵火焚牵船尾楼，忽身上中了数颗炮弹，虽觉得疼痛，却没有弹丸的猛烈。仔细一瞧，并不是弹丸，那是外洋通用的银圆。得禄大呼道："贼船内弹药已完，打过来统是银圆，不能伤人。军士替我尽力向前，擒渠受赏。"军士一看，果见船板上面银圆爆入不少，顿时胆子愈壮，气力愈大，一面放火，一面用枪矛钩断牵船篷桅。牵知无救，遂首尾举炮，将坐船自裂，连人连船，沉落海中。积年巨寇，逃入龙王宫里去躲避，余党大半乞降。王得禄、邱良功收兵而回，忙用红旗报捷。诏封王得禄二等子，邱良功二等男，于是闽浙二洋，巨盗皆灭。若叙首功，当推李长庚第一，阮元为次。粤洋尚存几个艇盗，被粤督百龄严断接济，饬兵搜剿，弄得个个穷蹙，情愿投诚乞命，粤盗亦平。

嘉庆帝内惩教匪，外惩海盗，遂下旨严禁西洋人刻书传教，适粤民陈若望，私代西洋人德天赐，递送书信地图，事发被拿，下刑部讯鞫，究出传教习教多人，遂把德天赐充发热河，幽禁额鲁特营房，陈若望充发伊犁，给额鲁特人为奴，传教习教一干人犯，亦照例充配。过了数年，西洋人兰月旺，又潜入湖北传教，被耒阳县查悉，将他获住，解入省中，报闻刑部，又照律治罪，处以绞决。教案萌芽。

这时候，英吉利人屡乞通商，亦奉旨批斥，忽广东沿海的澳门岛外来英舰十三艘，舰长叫作度路利，投书粤督，声明愿协剿海寇，只求通商为报。粤督吴熊光以海寇渐平，抗词拒绝，英舰仍逗留未去，反入澳门登岸，分据各炮台。熊光据事奏闻，有旨责熊光办理迟延，革职留任。并说："英舰如再抗延，当出兵剿办。"熊光通知英将，英将乃起碇回国。五口通商之征兆。

已而英国复遣使臣墨尔斯，直入京师，与政府直接交涉，愿结通商条约，清廷迫他行跪拜礼，他恰不从，当即驱逐回国。英人未识内情，暂时罢手，清廷还道是威震五洲，莫余敢侮。夜郎自大。嘉庆帝方西幸五台，北狩木兰，消遣这千金难买的岁月，到嘉庆十六年，彗星现西北方，钦天监奏言星象主兵，应预先防备，嘉庆帝复问星象应在何时，经钦天监细细查核，应在十八年闰八月中，应将十八年闰八月，移改作十九年闰二月，或可消弭星变。天道远，人道迩，徒将闰月移改，难道便可弭变么？嘉庆帝准奏，又诏百官修省，百官为重，君为轻，也是当时创例。这等百官，多是麻木不仁的人物，今朝一慌，明朝没事，就罢了。

忽忽间已是二年，嘉庆帝也忘了前事。七月下旬，秋狩木兰，启銮而去，不想宫廷里面，竟闹出一件大祸祟来。原来南京一带，有一种亡命之徒，立起一个教会，叫作天理教，亦名八卦教，大略与白莲教相似，号召党羽，遍布直隶河南山东山西各省，内中有两个教首：一个是林清，传教直隶；一个是李文成，传教河南。他两人内外勾结，一心思想谋富贵，做皇帝，闻得钦天监有星象主兵，移改闰月的事情，便议乘间起事，捏造了两句谶语，说是："二八中秋，黄花落地。清朝最怕闰八月，天数难逃，移改也是无益。"这几句话儿，哄动愚民，很是容易。又兼直隶省适遇旱灾，流民杂沓，聚啸成群，林清就势召集，并费了几万银子，买通内监刘金高广福阁进喜等作为内应，京中发难，比外省尤为厉害，我为嘉庆帝捏一把汗。一面密召李文成作为外援。

文成到京两次，约定九月十五日起事，就是钦天监原定嘉庆十八年闰八月十五日。但天下事若要不知，除非不为，林、李两人密干的谋画，只道人不知，鬼不觉，谁料到滑县知县强克捷，竟探闻这种消息，飞速遣人密集巡抚高杞、卫辉知府郎锦麒，请速发兵掩捕。那高抚台与郎知府疑他轻事重报，搁过一边。克捷急得了不得，申详两回，只是不应。克捷暗想："李文成是本县人氏，他蓄谋不轨，将来发泄，朝廷总说我不先防备。抚台府宪，今朝不肯发兵，事到临头，也必将我问罪，哪个肯

把我的详文宣布出来？我迟早终是一死，还是先发制人为妙。就使死了，也是为国而死，死了一个我，保全国家百姓不少。"好一个知县官。主见已定，待到天晚，密传衙役人众，齐集县署听差。衙役等闻命，当即赶到县衙，强克捷已经坐堂，见衙役禀到，便吩咐道："本官要出衙办事，你等须随我前去，巡夜的灯笼、拿人的家伙统要备齐，不得迟误！"衙役不敢怠慢，当即取出铁索脚镣等件，伺候强克捷上轿出衙。

克捷禁他吆喝，静悄悄地前行，走东转西，都由强克捷亲自指点。行到一个僻静地方，见有房屋一所，克捷叫轿夫停住，轿夫遵命停下。克捷出了轿，分一半衙役，守住前后门，衙役莫名其妙，只得照行。有两三个与李文成素通声气，也不敢多嘴。还有一半衙役，由克捷带领，敲门而入。李文成正在内室，夜餐方毕，闻报县官亲到，也疑是风声泄漏，不敢出来。克捷直入内室，文成一时不能逃避，反俨然装出没事模样。强克捷原是精细，李文成恰也了得。克捷喝声拿住，衙役提起铁链，套入文成颈上，拖曳回衙。

克捷即坐堂审问，文成笑道："老爷要拿人，也须有些证据，我文成并不犯法，如何平空被拿？"克捷拍案道："你私结教会，谋为不轨，本县已访得确确凿凿，你还敢抵赖么？好好实招，免受重刑！"文成道："叫我招什么？"克捷道："你敢胆大妄为，不用刑，想也不肯吐实。"便喝令衙役用刑。衙役应声，把夹棍"碰"的掷在地上，拖倒文成，脱去鞋袜，套上夹棍，恁你一收一紧，文成只咬定牙关，连半个字都不说。强克捷道："不招再收。"文成仍是不招。克捷道："好一个大盗，你在本县手中，休想活命！"吩咐衙役收夹加敲，连敲几下，刮的一声，把文成脚胫爆断。文成晕了过去，当由衙役禀知。克捷令将冷水喷醒，钉镣收禁。

克捷总道他脚胫已断，急切不能逃走，待慢慢儿的设法讯供，怎奈文成的党羽约有数十人，闻得首领被捉，便想出劫狱戕官的法子。于九月初七日，聚众三千，直入滑城，滑城县署只有几个快班皂役，并没有精兵健将，这三千人一拥到署，衙役都逃得精光，只剩强克捷一门家小，无处投奔，被三千人一阵乱剁，血肉模糊，都归冥府。乱众已将县官杀死，忙破了狱，救出李文成。文成道："直隶的林首领，约我于十五日到京援应，今番闹了起来，前途必有官兵阻拦，一时不能前进，定然误了林大哥原约，奈何奈何？"众党羽道："我等闻兄长被捉，赶紧来救，没有工夫计及后事，如今想来，确是太卤了。"文成道："这也难怪兄弟们，可恨这个强克捷误我大事，我的脚胫又被他敲断，不能行动，现在只有劳兄弟们分头干事，若要入都，恐怕来不及了。林大哥！我负了你呢。"当下众教徒议分路入犯，一路攻山东，一路攻直隶，留文成守滑养病。

嘉庆帝在木兰闻警，用六百里加紧谕旨，命直隶总督温承惠、山东巡抚同兴、河南巡抚高杞，迅速合剿；并饬沿河诸将弁，严密防堵。这旨一下，眼见得李文成党羽不能越过黄河，只山东的曹州定陶金乡二县，直隶的东垣长明二县，从前只散布教徒，先后响应，戕官据城，余外防守严密，不能下手。京内的林清，恰眼巴巴望文成入援，等到九月十四日，尚无音信，不知是什么缘故，焦急万分。他的拜盟弟兄曹福昌道："李首领今日不到，已是误期，我辈势孤援绝，不便举动。好在嘉庆帝将要回来，闻这班混帐王大臣统要出去迎驾，这时朝内空虚，李首领也可到京，内外夹攻，定可成功。"林清道："嘉庆回京，应在何日？"曹福昌道："我已探听明白，一班王大臣于十七日出去接驾。"林清道："二八中秋，已有定约，怎好改期？"曹福昌道："这是杜撰的谣言，哪里能够作准？"林清道："无论准与不准，我总不能食言，大家果齐心干去，自然会成功的。"强盗也讲信实。他口中虽这般说，心中倒也有些怕惧，先差他党羽二百人，藏好兵器，于次日混入内城，自己恰在黄村暂住，静听成败。

这二百个教徒混入城内，便在紫禁城外面的酒店中，饮酒吃饭，专等内应；坐到傍晚，见有两人进来，与众人打了一个暗号，众人一瞧，乃是太监刘金、高广福，不觉喜形于色，就起身跟了出去，到店外分头行走。一百人跟了刘金，攻东华门，一百人跟了高广福，攻西华门，大家统是白布包头，鼓噪而入。东华门的护军侍卫见有匪徒入内，忙即格拒，把匪徒驱出门外，关好了

门。西华门不及防御，竟被教徒冲进。反关拒绝军禁，一路趋入，曲折盘旋，不辨东西南北，巧值阁进喜出来接应，叫他认定西边，杀入大内，并用手指定方向，引了几步。进喜本是贼胆心虚，匆匆自去。这班教徒向西急进，满望立入宫中，杀个爽快，夺个净尽，奈途中多是层楼杰阁，挡住去路，免不得左右旋绕，两转三转，又迷住去路。遥见前面有一所房屋，高大得很，疑是大内，遂一齐扑上，斩关进去，里面没有什么人物，只有书架几百箱，教徒忙即退出，用火把向门上一望，扁额乃是文颖馆，复从右首攻进，仍然寂静无声，也是列箱数百具，一律锁好，用刀劈开，箱中统是衣服。又转身出来，再看门上的扁额，乃是尚衣监，写出昏瞆形状，真是绝妙好辞。不由得焦躁起来，索性分头乱闯。有几个闯到隆宗门，门已关得紧闭，有几个闯到养心门，门亦关好。内中有一头目道："这般乱撞，何时得入大内？看我爬墙进去，你等随后进来，这墙内定是皇宫呢。"言毕，即手执一面大白旗，猱升而上，正要爬上墙头，墙内爆出弹丸，正中这人咽喉，哎的一声，坠落墙下去了。正是：

　　顺天者存，逆天者亡；
　　天不亡清，宁令猖狂？

毕竟墙内的弹丸是何人放的？待小子下回表明。

　　海寇剿平，未几即有天理教之变，内乱相寻，清其衰矣。要之皆内外酾

嬉，用人未慎之故。闽有玉德、阿林保，于是蔡牵、朱濆扰攘海上数年，良将如李长庚，被迫而死。迨疆吏得人，内廷易相，王邱二提督，即以荡平海寇闻。迨教徒隐伏直豫，温承惠、高杞等，又皆漫无觉察，尸位素餐；强克捷既已密详，高杞尚不之应，微克捷之首拘李文成，则届期发难，内外勾通，清宫尚有幸乎？然克捷被戕，高杞蒙赏，死者有知，宁能瞑目？以视李长庚事，不平尤甚。且煌煌宫禁，一任奄竖之受贿通匪，直至斩关而进，尚未识叛党之由来，吾不识满廷大吏，所司何事？嘉庆帝西巡北幸，方自鸣得意，而抑知变患生于肘腋，干戈伏于萧墙，一经爆发，几至倾家亡国，其祸固若是其酷也。展卷读之，令人感慨不置。

第四十六回

两军门复仇慰英魄

八卦教煽乱闹皇城

# 第四十七回　闻警回銮下诏罪己
　　　　　　护丧嗣统边报惊心

　　却说教徒中弹坠下，放弹的人是皇次子绵宁。皇次子时在上书房，忽闻外面喊声紧急，忙问何事，内侍也未识请由，出外探视，方知有匪徒攻入禁城，三脚两步地回报。皇次子道："这还了得！快取撒袋鸟铳腰刀来！"内侍忙取出呈上。皇次子佩了撒袋，挂了腰刀，手执鸟铳，带了内侍到养心门。贝勒绵志亦随着后面，皇次子命内侍布好梯子，联步上梯，把头向外一瞧，正值匪徒爬墙上来，皇次子将弹药装入铳内，随手一捻，弹药爆出，把这执旗爬墙的人打落地上，眼见得不能活了。一个坠下，又有两个想爬上来，皇次子再发一铳，打死一个，贝勒绵志也开了一铳，打死一个，余众方不敢爬墙，只在墙外乱噪。打死一两个人，便见辟易，这等教徒，实是没用。齐声道："快放火！快放火！"大家走到隆宗门前，放起火来。皇次子颇觉着急，忽见电光一闪，雷声隆隆，大雨随声而下，把火一齐扑灭。有几个匪徒想转身逃去，天色昏黑，不辨高低，失足跌入御河。当时内传来报，说是天雷击死，皇次子方才放心。

　　此时留守王大臣，已带兵入卫，一阵搜剿，擒住六七十名，当场讯问，供称由内监刘金、高广福、阎进喜等引入。随命兵士将三人拿到，起初供词狡展，经教徒对质，无可抵赖，始供称该死。皇次子一面飞报行在，一面入宫请安，宫中自后妃以下，都已吓得发抖，及闻贼已净尽，始改涕为欢。嘉庆帝接到皇次子禀报，立封皇次子为智亲王，每年加给俸银一万二千两，绵志加封郡王衔，每年加给俸银一千两，并下罪己诏道：

　　朕以凉德，仰承皇考付托，兢兢业业，十有八年，不敢暇豫。即位之初，白莲教煽乱四省，黎民遭劫，惨不忍言，命将出师，八年始定。方期与我赤子，永乐升平。忽于九月初六日，河南滑县，又起天理教匪，由直隶长垣，至山东曹县，亟命总督温承惠率兵剿办，然此事究在千里之外；猝于九月十五日，变生肘腋，祸起萧墙，天理教匪七

清史演义

267

## 第四十七回　闻警回銮下诏罪己　护丧嗣统边报惊心

十余众，犯禁门，入大内，有执旗上墙三贼，欲入养心门，朕之皇次子亲执鸟枪，连毙二贼，贝勒绵志，续击一贼，始行退下，大内平定，实皇次子之力也。隆宗门外诸王大臣，督率鸟枪兵，竭二日一夜之力，剿捕搜拿净尽矣。我大清国一百七十年以来，定鼎燕京，列祖列宗，深仁厚泽，爱民如子，圣德仁心，奚能缕述？朕虽未能仰绍爱民之实政，亦无害民之虐事，突遭此变，实不可解。总缘德凉愆积，惟自责耳。然变起一时，祸积有日，当今大弊，在"因循怠玩"四字，实中外之所同，朕虽再三告诫，奈诸臣未能领会，悠忽为政，以致酿成汉唐宋明未有之事。较之明季梃击一案，何啻倍蓰？言念及此，不忍再言。予惟返躬修省，改过正心，上答天慈，下释民怨。诸臣若愿为大清国之忠良，则当赤心为国，竭力尽心，匡朕之咎，移民之俗；若自甘卑鄙，则当挂冠致仕，了此残生，切勿尸禄保位，益增朕罪。笔随泪洒，通谕知之。

这次禁城平乱，除皇次子及贝勒绵志外，要算仪亲王永璇、成亲王永瑆，最为出力。两亲王都是嘉庆帝的阿哥，嘉庆帝对待兄弟颇称和睦，不像那先祖的薄情，所以平日仪成两邸，很有点势力。此次留守禁城，督剿教匪，又蒙嘉奖，将所有未经开复的处分，一概豁免。革步军统领吉纶及左翼总兵玉麟职，命尚书托津英和回京，查办余逆，饬陕西总督那彦成为钦差大臣，督兵飞剿河南，然后从白涧回銮。

托津英和到了黄村，闻教首林清已经擒住，赶即进京。自九月十五日起，至十九日，雷电不绝，风霾交作，镇日里尘雾蔽天，昼夜差不多的光景，因此京城里面，人心恐慌，谣言四起，亏得托津英和等已经到京，方晓得銮舆无恙，到嘉庆帝回宫，遂渐渐镇定。都是巡幸的滋味。二十三日，嘉庆帝亲御瀛台，讯明教首林清及通匪诸太监，证供属实，均令凌迟处死，传首畿内。

是时李文成胫疾未愈，不能远出，众教徒又为官兵所阻，只聚集道口镇，钦差大臣那彦成，偕提督杨遇春，率兵至卫辉府。遇春向来英勇，即日带亲兵数十名，由运河西进，直至道口，遇着教徒一队，约有数千人，当即大呼突击，策马先驱。教徒见他黑旗远扬，知是杨家军，先已惊慌得很，纷纷渡河遁回。遇春追过了河，擒斩教徒二百多名，方拟回营；检点亲兵，尚少二人，复冲入敌队，夺还二尸，始暂归北岸，待那彦成到来，一齐进兵。

不想等了两日，那钦差竟不见到，原来那彦成到了卫辉，本想即日进兵，因接高抚台来文，内说教徒势大，未免也有些胆怯。高杞自己胆怯，还要去吓别人。拟俟调山西、甘肃、吉林索伦兵来助，然后进战。遇春是个参赞，拗不过大帅，只得日日等着，亏得嘉庆帝闻知消息，严促那彦成进兵，方不敢违慢，驰至军营。

杨遇春进攻道口镇，教徒出营探望，瞧见杨家军又至，齐声叫道："不好了！不好了！髯将军又来了！"遇春年已将老，颏下多髯，因此教徒称他作髯将军。髯将军一到，教徒弃营而遁，一边逃，一边追，那钦差又渡河策应，克复桃源进围滑城。

忽探马来报，尚书托津，已平定直隶教匪，所带的索伦兵已奉旨来助剿滑城了。接连又有人报道："山东的教匪也被盐运使刘清剿杀净尽。"那彦成向杨遇春道："直隶、山东统归平靖，只河南未平，滑县又是古滑州旧治，城坚土厚，一时不能攻下，奈何？"遇春道："刘清文吏，尚建奇功，参赞受国厚恩，誓破此城，擒这贼首。"那彦成道："刘清向称刘青天，不特能文，兼且能武，真不愧本朝名臣。老兄亦是本朝人杰，成功应在目前，不必着急。"这且颇得激将之法。

正谈论间，索伦兵已到，由那彦成召入，命随杨遇春攻城。遇春督兵开炮，弹丸迭发，打破城墙外面，中间恰是不动，反把弹丸颗颗裹住；经遇春仔细察看，方知墙土裹沙，炮遇土则入，遇沙则止，所以不能洞穿。遇春连攻数日，总不能破，又用了掘隧灌水的计策，亦被守兵察觉，统归无效。是时杨芳仍任总兵，也在营中，便献计道："这城坚固难下，若要攻入，必须多费时日，愚意不如三面围攻，留出北门，待他出走，掩杀过去，方可得手。"遇春依计，便将北门留出不攻。果然这日黄昏，桃源贼首刘国明从北门潜入，护李文成出城，将西走太行山，为流寇计。杨芳连忙追击，文成走入辉县山，据住司寨，经杨芳奋勇杀入，正在乱剁乱斫的时候，猛见里面火光冲起，直透云霄，教徒统已四散。由杨芳驰入寨中，扑灭了火，拨出文成尸首，已是乌焦巴弓，当下收兵回到滑城。滑城尚未攻入，杨芳佯向北门筑栅，似乎要四面兜围，守兵专力攻御，他却到西南角上，暗掘旧隧，装满火药，等到夜半，令官兵退下三里，甲骑以待，自率亲卒燃着药线，引入地道，药性暴发，宛似天崩地陷，把城墙轰坍二十多丈，砖石上腾，尸骸飞掷，官兵争先夺城，蚁附而入。守城首领牛亮臣、徐安国等巷战许久，都就擒获，槛献京师磔死，滑县平定，天理教徒，悉数殄灭，那彦成得晋封三等子，授太子太保，杨遇春三等男，杨芳、刘清等赏赉有差。强克捷首发逆谋，为贼所害，赐谥"忠烈"，世袭轻车都尉，饬于滑县及原籍韩城，建立专祠。

那彦成拟请入觐，朝旨命移剿陕西三才峡贼。三才峡贼多是木商夫役，岁饥停工掠食，地方官下令捕缉，他即推了万二为首领，纠众抗命。巡抚朱勋张皇入告，托词教匪作乱，因此朝命那彦成迅速赴剿。及那彦成到陕，这个万二的小丑已由总兵祝廷彪、吴廷刚两人破灭掉了。此后各地乱民亦时思蠢动：江西百姓胡秉辉，买得残书一本，内有阵图及俚语，假称天书，拥朱毛俚为首领，居然设立国号，叫做后明。适阮元调任赣抚，率兵密捕，把朱毛俚、胡秉辉等一齐捉住，首犯凌迟，从犯斩决。安徽百姓方荣升伪造匿名揭帖，上印九龙木戳，散布大江南北，江督百龄，多方侦探，竟得首从主名，拿到百数十

清史演义

人，先后正法。云南边外夷民高罗衣，聚众万人，劫掠江外土司，自称窝泥王，被滇督百龄击破，罗衣走死；从子高老五，又袭称王号。渡江攻临安府，又由百龄派兵擒获，立即正法。虽是癣疥之疾，总非承平之兆。

到嘉庆二十五年，嘉庆帝闲着无事，循例秋狩木兰，亲王贝勒免不得出去扈驾。不意嘉庆帝到木兰后，驻跸避暑山庄，竟生了一种头痛发热的病症。起初总道偶冒暑气，不足为患，仍然照常治事，嗣后日日加重，竟尔大渐。召御前大臣赛冲阿、索特那木多布齐，军机大臣托津、戴均元、卢荫溥、文孚，内务府大臣禧恩和世泰，恭拟遗诏。嘉庆帝回光返照，心中尚是清楚，传示诸大臣，说十嘉庆四年，已遵守家法，密立次子绵宁为皇太子，现在随跸至此，着即传位于皇太子绵宁，即皇帝位。未几驾崩，皇次子智亲王稽颡大恸，擗踊无算，当命御前侍卫吉伦，驰驿回哀，请母后安，尊母后钮钴禄氏为皇太后，封弟惇郡王绵恺为惇亲王，绵愉为惠郡王，绵忻已封瑞亲王，无从加封，仍从旧称。皇太后懿旨，传谕留京王大臣驰寄皇次子，即正大位，皇次子因梓宫未回，命即起程，奉梓宫回京，方行即位礼。八月中旬，梓宫至京师，奉安乾清宫，皇次子始即帝位于太和殿，颁诏天下，以明年为道光元年，是为宣宗，尊谥大行皇帝为"仁宗睿皇帝"，卜葬昌陵。

道光帝即位数日，想起自己的名字，上一字与兄弟相同，若要避讳，未免不便，遂改"绵"为"旻，"叫作"旻宁"。"旻宁"二字，饬臣民不得妄写，"绵"字不讳。专从小节上着想，道光帝行谊可知。他又念着乾隆、嘉庆两朝，东征西讨，南巡北幸，把库款用尽，只好格外俭省，把宫中需用的银两，省而又省，自己服食一切，也比从前的皇帝减下若干；后妃以下，统教屏去繁华，概从朴实；宫娥彩女，又放了许多出宫。且命亲王贝勒等，务从节俭，不得广纳姬妾，任意挥霍。用意颇善，可惜不知大体。朝上一班王大臣，揣摩迎合，上朝的时候，格外装出节俭的样子，朝冠朝服，多半敝旧，道光帝瞧着，颇也喜欢，谁知他退朝回府，仍旧是锦衣美食，居移气，养移体呢？

还有一个豫亲王裕兴，酗酒渔色，竟闹出一桩风化案来。豫邸中有一使女，名叫寅格，年方二八，楚楚动人，裕兴看上了她，时常向她调戏，她却怀着玉洁冰清的烈志，始终不肯顺从。落花有意，流水无情，惹得裕兴懊恼，情急计生，趁着大行皇帝几筵前行大祭礼，亲王贝勒及福晋命妇统去磕头，他也不能不去按班排列；轮着了他，匆匆忙忙地行过了礼，赶即乘车先回。别人还道他染着急病，谁知他的病证，不是什么受寒冒暑，乃是一种单思病。到了邸中，不叫别人，只叫那心上人儿寅格。寅格不知何故，忙即趋入，裕兴哄她跟入内室，将门关住。寅格方慌张起来，裕兴道："你也不必慌张，今日不由你不从。"随手去扯寅格，急得寅格脸色通红，只说"王爷动不得"五字。

裕兴见她红生两颊，愈觉可爱，色胆如天，还管什么主仆名义，竟将她推倒炕上，不由分说，乱褪下衣。寅格极力撑拒，怎奈窈窕女儿，不敌裕兴的蛮力，霎时间，被裕兴剥得一丝不挂，恣意轻薄，约过了一个时辰，方才歇手。既要磕老头，又要磕小头，裕兴此日也忙极了。寅格负着气，忍着痛，开门走出，回入自己房中，越想越羞，越羞越恨，哭了一会，闻得外面一片喧声，料是福晋等归来，急忙解带悬梁，自缢而死。身虽被污，心实无愧。这时福晋等不见寅格，正饬婢媪使唤，一呼不应，两呼三呼又不应，撬开房门，向内一瞧，吓得乱跑，顿时满屋鼎沸，通报裕兴，别人都甚惊异，独裕兴视作平常。经众人留心探视，才晓得强奸情由，一传十，十传百，被宗人府得知，据实参奏。道光帝大怒，欲将裕兴赐死，还是惇瑞两亲王替他挽回，从轻发落，革裕兴王爵，交宗人府圈禁三年，期满释放。强奸逼死，照清朝律例，应置大辟，裕兴从轻发落，总未免顾全面子，只难为了寅格。

道光帝余怒未消，回疆又来警报。据说回酋张格尔纠众滋事，屡寇边界，道光帝即召集王大臣问道："回疆已安静多年，为什么又会作乱？莫非参赞大臣斌静，昏庸失德，不能安治回民么？"王大臣道："圣上明见，洞烛万里，大约总是斌静不好，惹出这个张格尔来。现在且令伊犁将军就近查勘，再定剿抚事宜。"道光帝准奏，即令伊犁将军庆祥，往勘回疆。

庆祥奉旨，即日出发，一到回疆，回民争来控诉，不是贪虐，就是奸淫，又是一个闯祸的祖宗。当即据实奏闻。原来回疆自大小和卓木死后，各城统设办事领队大臣，独喀什噶尔，设一参赞大臣，统辖各城官吏。参赞大臣的上司，就是伊犁将军，每年征收贡赋，十分中取他一分，比前时准部的苛求、两和卓的骚扰，宽得许多。清廷又尝慎选边吏，或是由满员保举，或是由大吏左迁，抚驭得法，回民赖以休息，视朝使如天人。到嘉庆晚年，保举不行，派往回疆各官，多用内廷侍卫及口外驻防，这班人员偏把回疆作了利薮，与所属司员章京任情剥削，一切服食日用，统向回城伯克征索（伯克系回城土官的名目）。他与清吏狼狈为奸，借着供官的话柄，鹗派回户，需索百端。回疆通用赤铜普尔钱，钱形椭圆，中无孔，每一枚当内地制钱五文。喀什噶尔每年征收普尔钱八九千缗，叶尔羌征收万余缗，和阗征收四五千缗，还有各种土产，如毡裘金玉缎布等类，统要随时奉献，只嫌少，不嫌多。伯克得四成，章京得四成，办事大臣得二成，大家作福作威，肆行无忌；甚且选有姿色的回女，入置署中，要陪酒，就陪酒，要侍寝，就侍寝。

这位参赞大臣斌静，乐得同他混做一淘，司员章京及各城伯克又向参赞大臣处竭力讨好，采了上等的子女玉帛，供奉进去。回女本没甚廉耻，见了参赞大臣，仿佛如天上神仙，斌静又是个色中饿鬼，多多益善，竟至白昼宣淫，裸

第四十七回 闻警回銮下诏罪己 护丧嗣统边报惊心

体相逐。只是回女的父兄丈夫，既受了层层克剥，还要把家中女眷由他糟塌，正是痛上加痛，气上加气。适值大和卓木孙子张格尔随父萨木克遁居浩罕国边境，通经祈福，传食部落，闻知参赞斌静荒淫失众，遂思报复祖仇，声言替回民雪愤，纠众寇边。头目苏兰奇忙来通报，章京绥善，反说他无风生浪，叱逐出去。苏兰奇大愤，出寨从贼，反做了张格尔的向导。当时领队大臣色普征额，领兵防御，打了一回胜仗，将张格尔驱逐出境，擒了百余人，回入喀城，与斌静同赏中秋节。斌静先将擒住各人，一概斩首，然后肆筵设席，坐花赏月。司员把盏，回妇侑歌，正高兴得了不得。讵料庆将军暗查密访，把他平日所做的事情，和盘托出，奉旨将斌静革职逮问，派永芹代任，正是：

昨日酣歌方得意，
今朝铁链竟加头。

嗣后永芹接任，能安抚回民与否，且看下回分解。

木兰秋狩，本清代祖制，所以示农隙讲武之意。但观兵第为末务，耀德乃是本原，仁宗连番北狩，一变而乱兴宫禁，再变而驾返鼎湖，可见讲武之举，不足为训。及宣宗嗣位，力自撙节，清帝中之以俭德闻者，莫宣宗若。然亦徒齐其末，未揣其本，省衣减膳之为，治家有余，治国不足。内如裕兴，外如斌静，荒淫失德，宁知体黼座深衷，随时返省乎？读此回，可以知人君务末之非计。

## 第四十八回　愚庆祥败死回疆
## 智杨芳诱擒首逆

却说永芹到了回疆，也是没有摆布，虽不比斌静荒淫，无如庸庸碌碌，总不能立平匪乱。张格尔却外集党羽，内通回户，屡次骚掠近边，清兵出塞，他即远遁；又或诡词乞降，变端百出，弄得永芹束手无策，因循迁延，直达三年。道光五年夏季，边报张格尔大举入寇，领队大臣巴彦图，自恃勇力，率兵二百人，出塞掩捕，走了四百里，并没有张格尔踪迹，他竟勃然大愤，行到布鲁特地方，见有回众游牧，率妻挈子，约有二三百人，遂纵兵杀将过去。回众吓得四散，只有青年妇女、黄口儿童，一时不能急走，被他见一个，杀一个，可怜这班无罪无辜的妇孺，都做了身首异处的尸骸。巴彦图愤已少泄，当下回军，逾山越岭而还，无复行列。谁知逃走的回民，因妇子被杀，哭诉回酋汰列克，汰列克大怒，领部众二千名前来追袭，把巴彦图围住，十个杀一个，霎时间把清兵扫光，随即与张格尔联合进兵，势甚猖獗。永芹无可隐讳，慌忙拜本乞援。道光帝召还永芹，令伊犁将军庆祥往代。又命大学士长龄往代庆祥。

庆祥到喀什噶尔，召集司员章京及各城伯克会议。伯克中有个阿布都拉，自称详悉回务，庆祥便把张格尔情形详细问他。他却说张格尔乃是假名，冒充和卓木后裔，前时乃是阿奇木王努斯谎报，遂至哄动一时，为丛殴爵。参赞大人现到此处，不必劳动兵戈，只教声明张格尔不是回裔，那时回众自不去从他，乱事便可消灭了。庆祥信以为真，一面出示晓谕回民，一面奏劾阿奇木王努斯谎报的罪状。纯是呓语。张格尔得了此信，也恐众心离散，带了五百多人，突入回城，拜奠他先祖和卓木坟墓。回徒叫和卓坟为玛杂，非常敬信。玛杂在喀城外，距喀城约八十多里，乾隆时，大小和卓木被诛，所有喀城外旧存和卓等墓，仍奉旨令回户看守，毋得樵采污秽。下此谕时，实是为了香妃。张格尔欲借祭祖为名，固结众心，因有这番举动，协办大臣舒尔哈善、领队大臣乌凌阿，忙入报庆祥。庆祥急召阿布都拉，阿布都拉已不知去向，顿时仓皇

第四十八回　愚庆祥败死回疆　智杨芳诱擒首逆

失措，还是舒乌两人禀道："张格尔深入喀境，非发兵驱逐不可。"庆祥点头，命二人带兵千余名，去攻张格尔。朝发夕至，仗着锐气，击杀回众四百人，张格尔退入大玛杂内，倚着三重墙垣，誓死固守；复遣人出布谣言，说清军要铲除圣墓，屠尽回族子孙。回民闻言大恐，遂聚集数千人，去救张格尔。舒乌两大臣正围攻玛杂，忽见回众如潮涌至，急分兵抵御，不防张格尔也乘势杀出，内外夹攻，把清兵杀得七零八落。舒大臣阵亡，乌大臣跟跄奔回，入见庆祥。庆祥急调各营卡兵，尽集喀什噶尔，保守喀城。

张格尔倒还不敢进逼，饬人往浩罕国乞援。浩罕王摩诃末阿利新即位，知人善任，威服附近哈萨克诸部，当时有百回兵不如一安集延的传闻（安集延就是浩罕东城）。张格尔联约浩罕，俟得回疆西四城后，子女玉帛，情愿公分，还许割让喀城，作为酬劳。浩罕王大喜，即允发兵，令去使先回。张格尔知有后援，遂率军大进，前哨到了浑河，探得喀域外面，只有三座清营，报知张格尔，张格尔道："这么说来，天山北路的清军，尚未南下，我等赶紧前进方好。"遂下令渡河。

忽报浩罕王率兵亲到，不由得惊疑道："浩罕兵来得这般迅速，真出意外，我初意总道清兵大集，所以通使浩罕，乞师相助，现在喀城守兵甚少，且夕可下，还要浩罕兵何用？"就想抵赖。随遣使赴浩罕军前，叫他不必前进。浩罕王愤怒，竟率军渡河，围攻喀城。张格尔却止住不行，暗中密布兵队，阻截浩罕王归路。太觉阴险。浩罕王攻城数日，急切难下，又探知张格尔不怀好意，恐腹背受敌，乘夜遁回。才渡过浑河对岸，树林中杀出一班回众，大叫浩罕王休走，吃我一刀。浩罕王不瞧犹可，瞧了一瞧，正是张格尔，气得无名火高起三丈，麾兵接战，黑夜里不辨回众多少，越杀越多，只觉得四面八方，统是回子旗帜，凭尔安集延兵马精锐，到此也心慌胆怯，败阵而逃。浩罕王夺路走脱，还有安集延兵二三千名，被张格尔围住，无可投奔，没奈何缴械乞降。

张格尔收为亲兵，进攻喀城，此时喀城外面的清营抵御安集延兵已是数日，累得人疲马倦，药尽刀残，哪里禁得起张格尔这支生力军又复杀到，领队大臣乌凌阿、穆克登布统同战殁。庆祥坐守孤城，左思右想，无能为计，只认定了一个死字，投缳自尽。还算忠臣。喀城无主，即被张格尔攻破，张格尔又分据英吉沙尔叶尔羌和阗三城。回疆西四城俱陷。

清廷连接警信，遣兵调将，忙个不了。圣旨下来，命署陕甘总督杨遇春为钦差大臣，统陕甘兵五千，驰赴回疆，会诸军进剿。署陕西巡抚卢坤，赴肃州理饷。这旨方下，又接到伊犁将军长龄急奏，内称："逆酋已踞巢穴，全局蠢动，喀城距阿克苏二千里，四面回村，中多戈壁，断非伊犁乌鲁木齐六千援兵所能克复，恳请速发大兵四万，以一万五千分护粮台，以二万五千进战"等语。道光帝览奏毕,即硃批授长龄为扬威将军,颁给印信,军营大小官员悉听节制,伊犁将军职务,暂由德英阿代理。又命山东巡抚武隆阿,率吉林黑龙江三千骑,出嘉峪关,与陕甘总督杨遇春,同为参赞大臣,进剿逆回。

统计回疆分八城,西四城已俱失陷,还有东四城未失,一名喀喇沙尔,一名库车,一名乌什,一名阿克苏。阿克苏为东方屏蔽,张格尔遣兵入犯,直至浑巴什河,距阿克苏只四十里,城中兵不盈千,人心惶惶,亏得办事大臣长清、遣参将王鸿仪,领兵六百,扼住河岸,再战再胜,回众始却。会援兵亦云集阿克苏,东四城方得保全。

道光帝又饬长龄查办历任回疆各吏,长龄复奏斌静、色普、徵额、巴彦图、绥善各人情状,有旨拘斌静、色普、徵额下狱,拟斩监候,绥善充发黑龙江,巴彦图滥杀偾事,不得因阵亡例,列入恤典。又诏令办理粮饷大臣,定则例,绘图说,核实开销,不准妄费。并开回疆铜山,铸普尔钱,拨乌里雅苏台及伊犁各牧厂中牛马橐驼,接济军用。自是回疆军务,渐有起色。

道光七年,扬威将军长龄率步骑二万二千名,由阿克苏出发,一路进行,未见敌踪。至洋阿巴特沙漠,时已半月,粮且食尽,方惶急间,忽探报五六里外有敌营数座。长龄下令道:"我兵自阿克苏到此,粮食将尽,现闻敌营已在前面,不乘此杀贼囤粮,尚待何时!"将士得了此令,个个摩拳擦掌,踊跃愿往。长龄分军士为三队,自与杨遇春督率中军,武隆阿领左翼,杨芳领右翼,三路进攻。回众据冈迎敌,由高临下,声势颇锐。清兵夺粮心急,不顾矢石,拚命杀上,回众不能抵抗,纷纷溃窜,遗下牲畜糗粮,尽被清兵搬回。清兵得食,勇气百倍,追至沙布都特,地多苇湖,回徒四处分扎,决水成沮,阻住清兵去路。长龄命步卒冒险越渠,用短兵接战,复麾骑兵绕左右浅渠,横截入阵。回营见清兵骤至,忙开铳迎击,不料贮药失火,把自己营帐燃着,那时救火都来不及,还有何心接仗。清兵趁势杀入,射死回徒头目,夺了回徒旗鼓,回众又复四窜,追北数十里,擒馘万计。

清兵复进至阿瓦巴特,见有侦骑数百,遇清兵,慌忙反走,长龄恐有埋伏,饬兵止追,夜遣吉林劲骑,从左右间道绕出敌后,次日方拔营齐进,用枪炮兵为前列,藤牌兵为后劲,沿途果遇埋伏,两下酣斗,枪炮迭施,回众也冒死撑拒。藤牌兵自清阵内驱出,个个穿着虎衣,跃入敌阵,回众尚是死战,怎奈回马疑虎至,向后倒退,顿时辙乱旗靡。吉林劲骑,又从后面杀到,回众大溃。安集延二帅,亦被清兵杀死。

清兵再进至浑河北岸,张格尔亲率众十余万,阻河列阵,横亘二十余里,筑垒为蔽,凿穴列铳,鼓角震天。长龄望见敌势浩大,未免心怯,上文逐层叙来,长龄颇有韬略,此次见敌势浩大,便自心怯,所谓一鼓作气,再衰三竭者欤?忙与杨遇春商议,遇春道:"贼势果然浩大,但我兵且坚垒不动,夜遣死

清史演义

第四十八回　愚庆祥败死回疆　智杨芳诱擒首逆

士分扰敌营，不要杀入，只叫他扰乱贼心，使他自眩，便好相机进攻。"长龄依计而行，遂遣死士数百人，乘筏夜渡，鼓噪河中。张格尔屡出巡哨，喧嚣达旦。次夜，长龄拟仍用疑兵，忽西南风起，撼木扬沙，天昏如墨，不辨南北，长龄急令退营。杨遇春入帐道："大帅退营何故？"长龄道："贼据形势，逼近咫尺，且彼众我寡，恐不相敌，倘因天昏地黑，渡河而来，四面蹙我，岂不要全军覆没么？所以我拟退营十余里，俟明晨天霁，再进未迟。"总不脱一怯字。遇春道："大帅所虑虽是，据愚见想来，乃是天助我兵的时候，要擒张格尔，就在今夜。"有胆有识。长龄不觉起立，便道："参赞有何妙计？"遇春道："贼军虽众，只知并作一队，依垒自固，兵略疏浅，可想而知。我兵远来，利在速战，若与他隔河相持，今日不战，明朝不攻，师老粮竭，那时不能进，不能退，反中了深沟高垒的贼计。现在天适昏暗，贼不防我急渡，我竟渡河过去，出其不意，攻其无备，不怕张格尔不败。看杨某仗剑为大帅杀贼哩！"长龄道："参赞此言，也是有识，但我军渡河，倘被他半渡邀击，如何是好？"遇春道："这也不难，大帅可遣索伦兵千骑，绕趋下游，牵制贼势，遇春愿自率亲兵，向上游急渡，据住上风，两路得手，大帅自可从容过河了。"长龄尚在踌躇，遇春道："寇不可玩，时不可失，请大帅急速准行！"

于是长龄把退营的军令，改作进兵的军令，照遇春计划，先从上下游潜渡，乘风破浪，直达彼岸。遇春令前队扛着巨炮，直薄敌营。张格尔尚在梦里，被炮声震醒，忙起床督战，这时候，炮声与风沙声相杂，宛似数十万大兵，摧压垒门，弄得人人丧胆，个个惊心。到了天明，索伦兵从下游趋至，长龄亦亲督大兵，逾河前来，风止雾霁，乘势冲入敌垒，张格尔率众窜去。回俗统着高履，履后无跟，行走时许多不便，且各裹糇粮，负载累重，至此为逃命要紧，抛了重负，弃去高履，遍地统是橐驼。清军遂进薄喀什噶尔城下，一鼓登城，擒住张格尔甥侄及安集延两伪帅，并从逆伯克等，杀敌无算，活擒回徒四千多名。

长龄即将克复喀城情形，由八百里加紧驰奏，满望朝廷论功行赏，不想朝旨批回，略说："命将出师，期歼元恶，今乃临巢兔脱，弃前功，留后患，罪无可辞，长龄夺紫缰，杨遇春夺去太子太保衔，武隆阿夺去太子少保衔，仍着勒限捕获！"这谕旨也出人意外。长龄未免怏怏，杨遇春倒不在意，仍率师攻克英吉沙尔及叶尔羌，又使杨芳复和阗。西四城都已规复，乃出塞觅捕张格尔。二杨各率兵四千，分道西进，遇春屯色勒库，芳屯阿赖，南北相去十余站。阿赖系葱岭山脊，乃回疆通浩罕要道，浩罕留兵驻守，闻清兵骤至，据险阻截，杨芳当先突阵，浩罕兵且战且退，才行一二里，岭路越险，伏兵邃发，鏖战一昼夜，清兵损失甚众，还亏杨芳素有节制，步步为营，严阵出险，方得生还。长龄复据事陈奏，有旨责"诸将孤军深入，劳师糜饷，不如罢兵。姑留官兵八千防喀城，余兵九千，即随杨遇春出关，杨芳代为参赞，与长龄、武隆阿筹画善后事宜，明白奏闻！"这旨下后，遇春自然遵旨东还，长龄与两参赞筹议一番，武隆阿议将西四城仍归回徒，长龄意见亦同，杨芳因新任参赞，不便力争，由长龄、武隆阿分上奏折，驿呈清廷。道光帝见有二奏本，先展开长龄的奏折，把官衔等不去细瞧，单瞧那善后的筹画道：

愚回崇信和卓，犹西番崇信达赖喇嘛，已成不可移之锢习，即使张逆就擒，尚有其兄弟之子在浩罕，终留后患，势难以八千留防之兵，制百万犬羊之众。若分封伯克，令其自守，则如伊萨克玉素普等，助顺官兵，均非白回所心服之人，惟有赦回酋那敦之子阿布都里，乾隆中羁在京师者，令归总辖西四城，庶可以服内夷，制外患。

道光帝览到此处，大怒道："长龄想是老昏颠倒了。高宗纯皇帝费了无数心力，方将逆酋那布敦除灭，逆裔阿布都里因解进京，给功臣家为奴，朕即位时，照例恩赦，畀脱奴籍。此番因张逆作乱，照亲属缘坐例，正应将他治罪，长龄反要朕释归阿布都里，不是老昏颠倒，哪里有这种谬论？但不知武隆阿什么计法，想总说长龄的不是呢。"随即将武隆阿奏折，续行展开，大略瞧道：

善后之策，留兵少则不敷战守，留兵多则难继度支。前次大兵进剿，贼即有外袭乌什，内由和阗直驱阿克苏之谋，幸克捷迅速，奸谋始息。臣以为西

四城各塞，环逼外夷，处处受敌，地不足守，人不足臣，非如东四城为中路必不可少之保障，与其糜有用兵饷于无用之地，不若归并东四城，不须西四城兵费之半，即巩若金瓯，似无需更守西四城漏巵。

道光帝不待览毕，将两奏折统行掷下，随召军机大臣入内道："长龄昏谬，欲归逆裔阿布都里，使长旧部，武隆阿趋奉长龄，亦是这样说话。你去拟旨，将他二人革职，暂时留任，另授直隶总督那彦成为钦差大臣，速赴回疆，代筹善后，方不误事。"军机大臣当即照面谕拟定，由道光帝阅过，始行颁发。道光帝又道："阿布都里须发往边省监禁，你可咨文刑部，立即发配。"军机大臣唯唯而退。

长龄接到革职消息，大吃一惊，不由得坐立不安，忙请杨参赞商议，杨参赞想了一回，说出了一个反间的计策，长龄方喜形于色。忽忧忽喜，患得患失。看官！你道杨参赞的反间计，从何处入手？原来回徒向分两派，一派叫做白山党，一派叫做黑山党。张格尔是白山党首领，据喀城时，尝滥用威权，虐杀黑山党，黑山党大愤，多阴通清营，长龄奏折中所说的伊萨克玉素普等，统是黑山党徒，与白山党互有嫌隙。解释上文白回二字，笔不渗漏。杨芳遂就此生计，密遣黑山党出卡造谣，扬言官兵全撤，喀城空虚，诸回统望和卓转来。这语传入张格尔耳中，顿时喜出望外，遂纠合残众，复来窥边。先令侦骑入探，果不见官兵踪迹，遂潜入阿尔古回

清史演义

## 第四十八回　愚庆祥败死回疆　智杨芳诱擒首逆

城。时近岁暮，张格尔拟待除夕日，袭喀什噶尔，昼夜整备军械，忙个不了。是夕，张格尔亲出巡城，遥见东北角上，隐隐有人马行动，不觉失声道："不好了！不好了！清兵来了！"急忙开城出走。后面已报清军杀到，为首大将，正是杨芳。张格尔无心恋战，拚命奔逃，杨芳也拚命追赶，至喀尔铁盖山，回徒奔散殆尽，只剩张格尔三十余骑，弃马登山。杨芳忙令副将胡超、都司段永福，绕出山后，堵住去路，自率亲卒从前面登山，兜拿张格尔。张格尔扒过山头，向山后乱跑，猛听得有人叫道："张贼快来受死！"张格尔心中一急，脚下一绊，向后便倒。正是：

　　准备铁笼擒虎豹，
　　安排陷阱絷豺狼。

未知张格尔果否遭擒，容至下回叙明。

张格尔之倡乱，与大小和卓木不同。大和卓木有管辖回部之权，张格尔无之；小和卓木有主持回教之权，张格尔又无之。彼从挟唪经祈福之伎俩，传食部落，势不能偏惑愚民，捽而去之，本易事耳。乃斌静以后，继以永芹，永芹以后，继以庆祥，不能平乱，反致酿乱，数百回徒，直入玛杂，响应者以数万计。回疆西四城，接续被陷，何其速耶？庆祥死事，长龄继任，转战而前，连败回众，张格尔之无能可知。然浑河一役，长龄又欲折回，幸赖杨遇春之定计渡河，驱逐回酋，以次规复西四城，是长龄办不过一庆祥之流亚，微杨忠武，吾知其亦无功也。厥后捐西守东之议，尤属悖谬，西四城为东四城之屏蔽，无西四城，尚可有东四城乎？宣宗严词诘责，迫令歼敌，而掩捕之功，复出杨芳，满员无材，事事仗汉将为之，而清廷犹以右满左汉为得计，亦安怪乱世之相寻不已耶。本回宗旨，实为二杨合传，以满员相较，尤见二杨功绩。

　　二杨固人杰矣哉！

## 第四十九回　证浩罕王师再出　剿叛猺钦使报功

却说张格尔失足坠地，就被清将捆缚而去，清将不是别人，就是杨芳所遣的副将胡超、都司段永福，当下红旗报捷，道光帝大喜，立封大学士长龄为二等威勇公，陕西固原提督杨芳，为三等果勇侯，命长龄率师凯旋，留杨芳驻扎回疆，与那彦成筹办善后事宜。乾隆中叶以来，久不行献俘礼，此次擒获张格尔，道光帝思绳祖武，踵行盛举，遣官告祭太庙社稷，亲御午门楼受俘，仪仗森严，不消细说。受俘后，廷讯张格尔罪状，着即寸磔枭示。又命庆祥子文辉、乌凌阿子忠泰，随监刑官同往市曹，看视行刑，并把张格尔心肺取出，交与文辉、忠泰，到该父墓前致祭，用慰忠魂。威武极了。杨遇春、武隆阿等，亦传旨嘉奖，自长龄以下，得有功将士四十人，一律绘图紫光阁。并因军机大臣曹振镛、王鼎、玉麟诸人，办事勤劳，亦许附入紫光阁列像。

满廷官员，歌功颂德，合词请加上尊号，道光帝已渐骄盈，怎禁得这班饭桶又来拍马。奉旨："以康熙乾隆年间，尚未允行，势难俯准，惟念铭功偃武，皆由圣母福庇，国有大庆，允宜祗循令典，备极显扬，朕谨当躬率王大臣等，加上皇太后徽号，共伸贺悃，所有应行典礼，饬所司敬谨详议"等语。于是礼部又有一番忙碌，自夏至冬，筹备了好几月，方得举行恭上皇太后徽号，称作恭慈康豫安成皇太后。礼成颁诏天下，覃恩有差。越年，又亲制碑文，勒石大成殿外，比康熙乾隆两朝，尤觉得踵事增华，备极夸耀。共计出师至献俘，用去帑银约数千万两。节省多年不够一掷。正热闹间，那彦成奏本到京，略说："张逆就擒后，曾檄谕浩罕布哈尔等国，缚献逆裔家属，今浩罕遣使来贺，只言俘虏可返，和卓子孙不可献，究应如何处置？仰求圣训，以便遵行。"道光帝便提起朱笔，批在折后，其词道：

逆孥么么，无关边患，那彦成杨芳等，只应严守卡伦，禁其贸易，俟夷计穷蹙，自将缚献求市，毋须檄索！

看这数句批示，便可见道光帝心思

了。那彦成窥破意旨，先后奏善后章程数十条，什么安内策，什么制外策，说得津津有味，其实多是纸上谈兵，空中楼阁。纸糊中国。道光帝闻内外安静，遂召那彦成、杨芳二大臣还朝。

二大臣于道光九年回京，安集延即于道光十年入寇。当时那彦成的制外策中，把浩罕留居内地的侨民，一概驱逐，且并他财产收没。倒是理财妙策，惜似盗贼行为。侨民愤甚，探知大兵已归，即一面禀报浩罕王摩诃末阿利，一面至布哈尔，迎奉张格尔兄摩诃末玉素普为和卓，纠众入边。浩罕王又遣将哈库库尔及勒西克尔等率兵策应。警报传到回疆，回郡王伊萨克，飞报参赞大臣札隆阿。札隆阿是个终日不醒的酒鬼，斌静第二。接到警报，恰糊糊涂涂道："张逆家属，统已授首，还有什么阿哥？这都是伊萨克贪功妄报，在本大臣手里，休使这般伎俩。"遂叱回来使，并恐伊萨克先行驰奏，也修好奏章，略言："南路如果有事，惟臣是问。"过了数日，边城的告急文书陆续递到，札隆阿被他吓醒，方命帮办大臣塔新哈、副将赖永贵，分路迎击。二将去讫，札隆阿复安然饮酒，昏昏沈沈地过了数天。忽外面又递到紧急公文，札隆阿恰有意无意的，取过一瞧，但见上面写着帮办大臣塔新哈、副将赖永贵误中贼计，遇伏阵亡，顿时面如土色，把一张关公脸，变做了温元帅脸。趣语。好一歇儿不说话。外面又递进叶尔羌禀报，更觉惶急万分，展开一阅，乃是叶尔羌办事大臣璧昌，驰报胜仗，不禁失声道：

"还好还好。"于是督兵守城，方有一些兴会起来。

是时那彦成子容安为伊犁参赞大臣，奉旨统伊犁兵四千。驰赴阿克苏督剿，闻敌兵势盛，拟俟乌鲁木齐兵至，然后进军。统是畏生怕死。叶尔羌又复被攻，幸亏璧昌决河灌敌，出城痛击，敌兵始不敢近城，只是沿途掳掠，转入喀什噶尔。见城上守兵颇还严整，也无意进攻，专劫城外回庄，把子女玉帛，搜掠殆尽。札隆阿忙向阿克苏乞援，容安拥重兵八九千，反绕道乌什，趋向敌兵不到的和阗去屯驻了。清廷闻容安逗兵不进，下旨革职，命哈丰阿继任，又遣大学士公长龄、陕甘总督杨遇春、固原提督杨芳，参赞大臣哈朗阿，调兵赴援。哈丰阿先至喀什噶尔，敌兵解围而去，飚飚出塞。

迨杨芳、哈朗阿等到喀城，已无一敌。

札隆阿恐朝廷问罪，与幕中老夫子商量一条诿过的法子，只说伊萨克通贼，潜袭南路，所以前此未曾闻知，有南路无事的奏报。及见了杨芳、哈朗阿，仍把这样话儿，搪塞过去。杨、哈两人，被他蒙混，也代札隆阿上奏洗刷。札隆阿钻营之力，颇也不小。会大学士长龄行至叶尔羌，接读上谕，令与伊犁将军玉麟，会审札隆阿、伊萨克案，乃折回阿克苏。玉麟亦奉命而至，当下会谳，究出主谋草奏的幕友，得坐实札隆阿罪状，奏达清廷。部拟札隆阿斩监候，令先枷示阿克苏两月。长龄依议办法，把札隆阿枷出署门，调授璧昌为喀什噶尔参赞大臣。

长龄拟由伊犁乌什喀城三路，出讨浩罕，浩罕王慌张起来，亟通贡俄罗斯，乞兵相助。俄人拒绝去使，不许入境。浩罕王无奈，乃遣使臣三人到喀城，备述七十余年通商纳贡的旧好及五年来闭关绝市的苦累，请修好如旧。长龄提出和议两条，第一条缚献叛酋，第二条放还被虏兵民。浩罕使臣因未奉汗命，俟还报后，方与订约。长龄将来使留住一人，遣还二使，并命伯克霍尔敦同往。等了两月，霍尔敦始回，报言被虏兵民，可以释还，惟缚献回酋，回经所无，只可代为监守，惟要求通商免税，及给还侨民资产二事。长龄即上奏道：

臣闻安边之策，振威为上，羁縻次之。浩罕与布喀尔达尔九斯喀拉提锦诸部落，犬牙相错，所属塔什及安集延等七处，均无城池，其临战皆以骑贼冲阵，然不能于马上施铳，倘遇连环鸟枪，则骑贼先奔。又卡外布鲁特哈萨克，皆受其欺凌，争求内徙。而卡内回众，亦俱恨其掳掠，遂欲声罪致讨，但选精锐三四万人，整旅而出，并于伊犁乌什边境，声称三路并进，先期檄谕布哈尔等部，同时进攻，则不待直捣巢穴，而其附近伪部，已群起乘衅，四面受敌，可一举扫荡。惟是一出塞后，主客殊形，自喀浪圭卡伦，至浩罕千六百余里，中有铁列克岭，为浩罕布鲁克交界，两山夹河，仅容单骑，两日方能出山，此路最险，不值劳师远涉。拟遣还所留来使一人，令伯克霍尔敦寄信开导，为相机羁縻之计，如此，则师不劳而浩罕亦就范矣。谨奏。

道光帝准奏，命长龄从浩罕要请，定了和约。浩罕大喜过望，又遣使至喀城，抱经立盟，通商纳贡，西城事总算了结。后来喀什噶尔参赞大臣，移至叶尔羌，驻满汉兵六千，居中控驭，别留伊犁骑兵三千，陕甘步兵四千，分驻各城。回疆的防御，方渐渐稠密了。

偏偏国家多难，湖南永州傜目赵金龙又纠众作乱。先是永州有一种奸民，结起一个天地会，强劫傜寨牛谷，傜民向官厅控诉，奈官署中的胥吏统与天地会连结，不但状词不准，反加他诬告罪名。胥吏不杀，天下无治日。气得傜民发昏，个个去请教赵金龙。金龙倡言复仇，差他同党赵福才，招集广东散傜三百余人，湖南九冲傜四百余人，焚掠两河口，杀死会党二十多名。江华知县林光梁、永州镇左营游击王俊，率兵役往捕，被傜众击退。总兵鲍友智调兵七百，偕永州知府李铭绅、桂阳知州王元凤等，分头夹击，乘风纵火，毁坏傜巢，毙傜三百名。赵金龙收拾残众，窜往蓝山，所至虏胁，竟得二三千人。蓝山官吏向省中告急，巡抚吴荣光飞檄提督海凌阿往援，海凌阿点了五百名将士，风驰雨骤地赶援蓝山，见前面有去路两条，一是大路，一是小路，副将马韬等请从大路进兵，海凌道："救兵如救火，大路总是迂回，不如由小路进去，较为直截。"正议论间，路旁有役夫数名，被海凌阿瞧见，传至军前，问大路通蓝山，与小路有无远近？役夫答称小路近十多里，海凌阿遂由小路进发，并

清史演义

令役夫前导，谁知役夫乃是猺民假扮，引海凌阿走入绝路，才走数里，两旁统是仄径，天又下起雨来，满路泥泞，狼狈不堪，只路旁役夫却是很多，都愿替官兵代舁枪械，官兵乐得快活，弯弯曲曲，行将过去。一步狭一步，一路险一路，忽然山顶吹起胡哨，有无数猺匪，乘高冲下，官兵赤手空拳，如何对敌？忙教役夫转来。那班役夫携着官兵枪械，反转身来杀官兵，官兵上天无路，入地无门，只好伸了头颈，一个个由他开刀。海凌阿以下，统被杀死。

赵金龙既得胜仗，声势张甚，桂阳常宁诸土猺都来归附，号称数万。清廷急命湖广总督卢坤、湖北提督罗思举，督师往讨，又移贵州提督余步云助剿。增调常德水师及荆州满骑数千，归卢坤节制。卢坤偕罗思举至永州，闻报赵金龙率八排猺，及江华、锦田各寨猺为一路，赵福才率常宁、桂阳猺为一路。还有赵文凤率新田、宁远、蓝山谷猺为一路，三路都出没南岭，互为犄角。罗思举遂献策道："猺皆山贼，倚山为窟，我兵与他山战，他长我短，定难取胜，看来只好诱入平原，逼归一路，令他技无可施，方可歼灭。"卢坤鼓掌称善，且道："照这样说，常德水师，荆州满骑，统是没用，不如改调镇筸苗疆兵，前来助剿方好。"罗思举道："大帅明见极是。但此处未设粮台，输运不便，现应派兵勇护送粮饷，步步为营，一面坚壁清野，檄将弁分路防堵。贼无可掠，自然散入平原，容易中计。"卢坤道："老兄谋略，本宪很是佩服，就请照行便了。"从善如流，可称良帅。当下奏罢常德荆州调兵，另调苗疆兵助剿，又将罗思举计议，统行列入，末说思举定能灭贼，不致有负委任等语。思举格外感激，卢坤且叫他便宜行事。将帅乘和，帅必有大功。

于是思举分兵进逼，将西南各路扼住，免他窜入两粤，单留东面一路，由他出来。当时三路猺四五千人，及虏胁妇女三四千，都被官兵驱逼出山，东窜常宁县属的洋泉镇。这镇为常宁水口，有溪通舟，市长数里，墙垣坚厚，叛猺把市民逐出，拥众占守。思举从后追至，笑道："虎落平原，虾遭浅水，不怕他不绝灭了。"忙檄各守隘兵，速来合围。话镇筸兵已调到，思举亲自督阵，率镇筸兵猛扑敌垣。镇筸兵素称矫捷，跳跃如飞，有数十名跃上墙头，乱砍叛猺，叛猺倒也了得，与镇筸兵相持，始终不退。镇筸兵前队伤堕，后队继登，毙猺数百，猺众兀自守住；争杀两日，各守隘兵统已到齐，猺众登墙，大呼乞降。思举不允，督攻益力。诸将道："叛猺已降，何必再攻？"思举道："这是明明诈计，他不缴军械，不献首逆，但凭一声呼降，便好允他么？我欲允他，他仍窜入山中，那时前功尽弃，还当了得。"诸将个个敬服，遂奉思举命令，合力进攻。毁墙巷战，叛猺虽是呼降，仍然死斗。究竟寡不敌众，被清兵击毙六千，只散猺八九百，拒守市内大宅。思举料宅内定匿匪首，禁用大炮；定要活擒该逆，将士冒死攻入，搜寻宅内。只获头目数十名，妇女数十名,单不见赵金龙。经思举当场讯问,方知赵金龙已中枪身死,急忙饬军士寻金龙尸首,一面饬人至卢坤处报捷。

卢坤忙即奏闻,过了三日,帐外报钦差大人到来,由卢坤出营相迎,钦差不是别个,乃是户部尚书宗室禧恩,盛京将军瑚松额。卢坤先请过圣安,随接钦差入营,寒暄已毕,禧恩先开口道:"兄弟奉命视师,到此已闻大捷,真是可贺。"卢坤道:"不敢不敢,这都仗皇上洪福,将士勤劳,所以一举成功呢。"禧恩道:"现在逆首赵金龙,想已擒住。"卢坤道:"这却尚未。据提督罗思举来报,已讯过赵逆妻子,说是中枪身死了。"禧恩道:"罗思举太也糊涂,未曾擒住赵金龙,如何报捷?老兄现已出奏否?"卢坤道:"坤已照思举来文,于三日前出奏。"禧恩道:"倘将来赵逆未死,反变了欺君罔上,兄弟定要得了真犯,方可复旨。"说现成话,最是容易。卢坤道:"现闻思举已搜访逆尸,不患不得确据。"瑚松额插嘴道:"卢制军亦太相信属将了。逆首未得,如何奏捷?"一吹一唱,无非妒功。卢坤默然不答。忽报罗思举回营求见,卢坤命即传入,思举入帐,向钦差前请了安。禧恩便问道:"你就是提督罗思举么?"思举答了一个"是"字,转对卢坤行礼。卢坤起立还礼,命他旁坐。思举未曾坐定,禧恩复问赵逆已拿住否,思举道:"赵逆已死,只有遗尸。"禧恩摇头道:"尸首哪里靠得住?"总要寻隙。思举道:"现已得了真尸,身上尚佩剑印,请钦差大人验明。"赖有此耳。禧恩便同瑚松额出帐验尸,并验剑印是实,再命俘虏细认,都说无讹。禧恩还想驳诘,只一时想不出话。

忽蓝山又来急报,由卢坤接过一瞧,捧交禧恩,禧恩阅毕,笑道:"赵金龙算是真死,赵仔青又来了。我说叛徭还没有净尽呢。"卢坤道:"幸逢大人到此,就请大人出令,坤亦愿效前驱。"禧恩道:"大家同去可好。"当下同至衡州,由禧恩命,仍令罗思举为前锋,余步云为后应,往剿蓝山。两人方领命前去,京中诏旨已到,卢坤、罗思举平徭有功,赏戴双眼花翎,并世袭一等轻车都尉。禧恩见了此诏,免不得称贺一番。隔了几天,罗思举捷音已至,说是生擒赵仔青,禧恩便向卢坤道:"罗提督确是一员良将,不枉老兄青眼。"越是小人,越会转风。卢坤道:"这也全仗大人栽培!"自是置酒高会,朝夕谈心,与卢坤格外莫逆,卢坤也只得虚与周旋。及罗思举回到衡州,禧恩、瑚松额都出来相迎,非常客气。思举道:"赖钦差大人威灵,得活擒赵逆仔青。"禧恩道:"这是罗提督的功劳,何必谦逊。"前后大不相同。当下推出赵仔青,讯明确实,命即磔死。

忽京中又来诏旨,命禧恩、瑚松额率余步云,赴广东剿连州八排徭。禧恩瑚松额不敢不去,只得与卢坤相别,移师广东。原来八排徭的作乱,也是为奸民衙役激迫而起。八排徭向有黄瓜寨,被奸民衙役劫夺,因到官厅起诉,连州同知蔡天培,断民役偿徭千二百金,民役不偿,寨徭遂出掠报复。天培即向粤

督处告变，粤督李鸿宾令提督刘荣庆、署按察使庆林，率兵二千堵御。荣庆主抚，庆林主剿，意见不合。会新任广东按察使杨振麟到省，闻楚师告捷，将士同膺懋赏，遂也起了贪利徼功的思想，怂恿李鸿宾出师。鸿宾遂偕提督率兵进剿，八排傜首八人，出山跪迎，愿将黄瓜寨逆傜献出，请即回师。鸿宾佯为应允，至逆傜缚献到军，一律斩讫，兵仍不退，反奏称："杀贼七百名。"傜众大愤，负峒死拒，官兵进攻，峒险箐密，接连遇伏，自相惊溃。三路皆败，游击都司等官，死了数十。兵士死了千数。清廷因褫李鸿宾、刘荣庆职，命禧恩、瑚松额移师往剿。

禧恩等到粤，初意也想奋力进攻，嗣后探得傜峒奇险，不易深入，只是虚报捷音，所奏杀贼，皆数百计，其实按兵不动，并未尝经过一仗。专会说人，要自己去做，却如此搪塞。会闻卢坤移督广东，计程将至，心中未免焦灼起来。他在湖南时诘责卢坤，未获首逆，此次恐卢坤要来报复，忙令杨振麟赴傜寨招抚。傜众惩八人故事，不肯出来，官兵又惩李、刘前败，不敢进去，旬日不见一傜，禧恩愈加着急，只催振麟克日招降，迟则严参。一派官话。振麟无法，只得把库内银子取来乱用，出示布告叛傜，如肯投诚，当有重赏。傜众还疑是诳言，振麟又令熟傜赴寨，作了抵质，傜众方有一二人出来尝试；果得银洋盐布，领受而归。于是傜众贪利踵至，十日间得数百人。并缚黄瓜寨附近傜三人出献，算作首逆。禧恩遂奏报肃清，不欺君者如是，不罔上者如是，令人可笑可恨。俟卢坤一到，交印即行。可称狡猾。

南北暌违，道光帝自称明察，终究被他瞒过，加封禧恩为不入八分辅国公，赏戴三眼孔雀翎，瑚松额、余步云，均世袭一等轻车都尉。王大臣等又上表庆贺，还有宫内的全妃钮祜禄氏，用了七巧板儿，排出"六合同春"四大字，献呈御览。道光帝大喜，即封钮祜禄氏为皇贵妃。后人有宫词一首道：

蕙质兰心并世无，
垂髫曾记住姑苏。
谱成"六合同春"字，
绝胜璇玑织锦图。

全贵妃得此宠遇，未知后来如何，下回再行续叙。

中国大患所在，第一项是个"欺"字。夸诞锢蔽，皆由自欺而致。宣宗一平西域，即铺张扬厉，行受俘礼，绘功臣像，上母后尊号，勒石大成殿外，夸耀达于极点，要之一欺人而已。上欲欺下，下亦欺上，札隆阿、容安、禧恩、瑚松额等，无在非欺，即那彦成、长龄诸人，当时称为功首，亦曷尝实事求是乎？幸而浩罕小国不足道，土傜乌合尤不足道，苟且即可了事，敷衍尚能塞责。宫廷上下，且以为河清海晏，可以坐享承平，庸讵知大患之隐伏其间耶？回傜平，宣宗愈骄，朝臣愈佞，上下愈以欺饰为务，而中国始多难，本回固一来上起下之转捩文也。

## 第五十回　饮鸩毒姑妇成疑案　焚鸦片中外起兵端

却说皇贵妃钮祜禄氏，系侍卫颐龄的女儿，幼时尝随官至苏州。苏州女子多年慧秀，通行七巧板拼字，作为兰闺清玩，钮祜禄氏随俗演习，后来熟能生巧，发明新制，斫了木片若干方，随字可以拼凑。人人羡她聪明，称她灵敏，且生就第一等姿色，模样与天仙相似，天仙的容色如何？我欲一问作者。艳名慧质，传诵一时。道光时亲选秀女，颐龄便把女儿送入，这样如花似玉的芬容，哪得不中了圣意？当下选入宫中，就沐恩幸。美人承宠，天子多情，立即封为贵人。这钮祜禄氏本是伶俐得很，侍侧承欢，善窥意旨，道光帝越瞧越爱，越爱越宠，不一年就升为嫔，再一年复升为妃，因她才貌双全，特赐一个"全"字的封号。偏老天亦怜爱佳人，特地下一个龙种，于道光十一年六月初九日，生了一子，取名奕詝，就是后来嗣位的咸丰帝。而且事有凑巧，皇后佟佳氏，竟尔病故，全妃钮祜禄氏既封为皇贵妃，与皇后只差一级，皇后崩逝，自然由全妃补缺。

道光十三年，大行皇后百日服满，皇贵妃钮祜禄氏奉皇太后懿旨，总摄六宫事务，越一年册为皇后，追封皇后父故乾清门二等侍卫，世袭二等男，颐龄为一等承恩侯，谥"荣禧"，由其孙瑚图哩袭爵，册后典礼，一律照旧。只道光帝心中恰比第一次册后时，尤为欣慰。

又过一年，皇太后六旬万寿，命礼部恭稽祝典，格外准备。届期这一日，道光帝率王公大臣，诣寿康宫行庆贺礼，皇后钮祜禄氏亦率六宫妃嫔，诣太后前祝嘏，奉皇太后命，宫廷内外，一概赐宴。

道光帝素知孝养，见皇太后康健逾恒，倍加喜悦，亲制皇太后六旬寿颂十章。皇后钮祜禄氏向来冰雪聪明，诗词歌赋，无一不能。这会因御制皇太后寿颂，她也技痒起来，恭和御诗十章，献上太后，道光帝越加快意。

独这皇太后别寓深衷，当时虽不露声色，后来恰与道光帝闲谈，说起皇后敏慧过人，未免有些惋惜模样。道光帝

## 第五十回 饮鸩毒姑妇成疑案 焚鸦片中外起兵端

甚为惊异，细问太后。太后恰道出缘由。略说："妇女以德为重，德厚乃能载福，若仗着一点材艺，恐非福相。"太后未免迂腐，然也不无见识。这句话，亦不过一时评论，没甚介意，偏偏传到皇后耳中，竟不以为然。她想："本身已做国母，又生了一个皇子奕詝，虽是排行第四，然皇长子皇次子皇三子等，统已夭殇，将来欲立太子，总轮着自生的皇儿，皇儿嗣位，自己若是在世，便也挨到太后的位置，难道还算没福么？"为此一念，遂不知不觉的，与太后成了嫌隙。

胸中有了三分芥蒂，面上总要流露出来；每日遵着宫制，到太后前请安、说长道短的时候，不免含着讥刺。看官！你想太后是个帝母，又是钮祜禄氏的亲姑，岂肯受这恶气？有时当面训斥，有时或责道光帝不善教化。帝后两人，素来恩爱，道光帝得了懿旨，免不得通知皇后。那时皇后越加懊恼，见了皇太后，也越加挺撞。妇人多半固执，观此益信。两宫嫔监，又播弄是非，摇唇鼓舌，无风尚是生浪，况明明婆媳不和呢？

蹉跎数载，诽语流言，布满宫闱，到道光十九年腊月，皇后偶患寒热，皇太后亲自临视，详问疾苦，颇也殷勤。过了年已是元旦，皇后病已少瘥，起至太后前叩头贺喜。过了二日，太后特派太监，赐皇后一瓶旨酒，皇后谢过了恩，把酒酌饮，很是甘美，竟一饮而尽，到夜间不知怎么竟崩逝了。毕竟红颜薄命。当时宫中传出上谕道：

皇后正位中宫，先后事朕多年，恭俭柔嘉，壸仪足式，窃冀侍奉慈帏，藉资内佐，遽尔长逝，痛何可言！着派惠亲王绵愉，总管内务府大臣裕诚，礼部尚书奎照，工部尚书廖鸿荃，总理丧仪。钦此。

相传道光帝遇了后丧，非常痛悼，心中也很自动疑，但因家法森严，不便异论；且素性颇知孝顺，只好隐忍过去，皇太后却去亲奠三次。猫哭老鼠假慈悲。道光帝命皇四子奕詝守着苫块大礼，居侍梓宫。是年冬，封静贵妃博尔济锦氏为皇贵妃，就将皇四子交代了她，命她小心抚字。静贵妃奉了上命，自不敢违，又兼皇后在日，曾蒙皇后另眼相看，至此皇四子年甫十龄，一切俱宜照顾，便提起精神，朝夕抚养。只这位道光帝伉俪情深，时常哀戚，特谥大行皇后为"孝全皇后"，嗣后不另立中宫，暗报多年情谊。并拟立皇四子为皇太子，这是后话。后人却有宫词记孝全皇后事，其诗列后：

如意多因少小怜，螳杯鸩毒兆当旋。温成贵宠伤盘水，天语亲褒有孝全。

丧事才了，忽东南疆吏报称西洋的英吉利国发兵入寇，为此一场兵祸，遂弄得海氛迭起，贻毒百年。堂堂华夏，竟被外人窥破，把我五千年来的古国，看做一钱不值呢。言之痛心。这英吉利是欧罗巴洲中的岛国，平时政策，专讲通商。本国内的交通固不必说，他因环国皆水，造起许多商舶，驶出外洋，这边买卖，那边贩运，得了利息，运回本国,遂渐渐富强起来。

明末清初的时候,欧洲的葡萄牙国、荷兰国、西班牙国、法兰西国、美利坚国,多来中国海面互市,英吉利人也扬帆载货,随到中国,适值亚洲西南的印度国,为了英人通商,互生嫌隙,两边开仗,印度屡败,英人屡胜,印度没法,竟降顺英国。印度的孟加拉及孟买地方,专产鸦片,英人遂把这物运到中国,昂价兜销。

这物含有毒质,常人吸了容易上瘾,起初吸着,精神陡长,气力倍生,就使昼夜干事,也不疲倦;及至吸上了瘾,精神一天乏一天,气力一日少一日,往往骨瘦如柴,变成饿鬼一般,此时欲要不吸,倒又不能。半日不吸这物,眼泪鼻涕,一齐进出,比死还要难过,因此上瘾的人,只会进步,不会退步。从前明朝晚年,已有此物运入,神宗曾吸上了瘾,呼为福寿膏,晏起晚朝,把国事无心办理。但输入不多,百姓还轮不着吸,到英国得了印度,遍地种植,专销别国,他自己的百姓不准吸食,单去贻害外人。外洋的国度,晓得此物利害,无人过问,独我中国的愚夫愚妇,把它作常食品,你也吸,我也吸,吸得身子瘦弱,财产精光。既剥我财,又弱我种,英人真是妙算。嘉庆时,英国遣使至京,乞请通商,因不肯行跪拜礼,当即驱逐,通商事毫无头绪(应四十六回),只鸦片竟管进来。

道光帝即位,首申鸦片烟禁,洋舶至粤,先由粤东行商,出具所进货船,并无鸦片甘结,方准开舱验货,如有欺隐,查出加等治罪。随又饬海关监督,有无收受鸦片烟重税,应据实奏闻;又申谕海口各关津,严拿夹带鸦片烟;又定失察鸦片罪名。三令五申,也算严厉得很,无如沿海奸民专为作弊,包揽私贩仍然不绝。且因清廷申禁,那包卖的窖口,反私受英人贿赂,于中取利,大发其财。自道光初年到了中叶,禁令无岁不有,鸦片烟的输入无岁不增,每岁漏银约数千万两,于是御史朱成烈、鸿胪寺卿黄爵滋先后奏请严塞漏卮,培固国脉。道光帝令各省将军督抚,各议章程具奏,当时没有一人不主张严禁。湖广总督林则徐说得尤为剀切,大略言:"烟不禁绝,国度日贫,百姓日弱,数十年后,不惟饷无可筹,并且兵无可用。"道光帝览奏动容,下旨吸烟贩烟,都要斩绞;并召林则徐入京,面授方略,给钦差大臣关防,令赴广东查办。

这位林公系福建侯官县人,素性刚直,办事认真,自翰林院庶吉士,历级升官,做到总督,无论何任,他总实心实力地办去,一点没有欺骗。实是难得。此番奉旨赴粤,自然执着雷厉风行的政策,恨不把鸦片烟毒立刻扫除。两广总督邓廷桢也是个正直无私的好官,与林则徐相见,性情相似,脾气相投,遂觉得非常莫逆。则徐问起鸦片事件,廷桢答称已奉廷旨,吸烟罪绞,贩烟罪斩,现在已拿得无数烟犯,禁住监中,专待钦使大人发落。则徐道:"徒拿烟犯,也不济事,总要把鸦片趸船,一概除尽,绝他来源,方是一劳永逸呢。"廷桢道:"讲到治本政策,原是要这般

287

办理，但恐洋人不允，奈何？"则徐道："鸦片趸船，现有多少艘数？"廷桢道："闻有二十二艘，寄泊零丁洋中。"则徐道："零丁洋虽是外海，终究与内海相近。他不过是暂时趋避，将来总要把鸦片烟设法贩卖。据兄弟意见，先令在洋趸船，把鸦片悉数缴销，方准开舱买卖。"廷桢闻言，踌躇半响，方答道："照这么办，非用兵力不可。"则徐道："这也何消说得。鄙见先令沿海水师分路扼守，然后与他交涉便了。"两人计议已定，随传令水师提督，派兵扼守港口。林则徐本有节制水师的全权，下了几个劄子，提镇以下，唯唯听命，顿时调集兵船，分布口门内外。

广东向有十三家洋行，贩运外洋货物，则徐把洋行司事，统同传到，叫他传谕洋商，限三日内尽缴出趸船内的鸦片。各司事领了谕帖，只得转递英商，英商忙禀知英领事义律，义律毫不着急，反到澳门出逛去了。各英商观望迁延，你推我诿，只道中国官吏都是虎头蛇尾，没甚要紧，谁料这个林钦差，言出法随，到三日期满，见英商没有复音，便移咨粤海关监督，封闭各商舶货物，停止贸易；又将洋人雇用的买办拿捕下狱。此事沿海商船，不止一国，为了英人违禁，把别国也都停止，免不得埋怨英人，英领事义律无可避匿，勉强来省，入洋馆中，照会中国，愿缴出鸦片烟一千零三十七箱。则徐又把义律来文持与邓廷桢察阅，廷桢道："鸦片趸船有二十多艘，哪里止一千多箱。"则徐道："每艘趸船，约装若干？"廷桢道："每艘装载，差不多有一千箱。"则徐不禁愤怒起来，便道："英领事太觉可恶！取了二十分中的一分，想来搪塞，林某不比别人，难道任他戏弄？"遂发陆军千名，围住洋馆，又令水师出发，截住趸船饷道，恁他狡黠万端的义律，到此亦束手无法，愿将鸦片二万零二百八十三箱一概缴出。林则徐遂会同邓廷桢及粤抚怡良，赴虎门验收。零丁洋内的趸船，计二十二艘，陆续驶至虎门，缴出烟箱，每箱偿茶叶五斤，复传集外洋各商，令他具永不售卖鸦片甘结，如再营私贩卖，人即正法，货船入官。

则徐遂与邓怡两督抚联衔入奏。将先后查办鸦片烟情事，据实陈明，并请将鸦片送京销毁。道光帝召集王大臣商酌，王大臣等多说广东距京甚远，途中恐有偷漏抽换的弊端，不如就粤销毁为便。道光帝准奏，遂传谕道：

奏悉！所缴鸦片烟土，钦即在虎门外销毁完案，无庸解送来京，俾沿海居民，及在粤夷人，共见共闻，咸知震詟。该大臣等唯当仰体朕意，核实稽查，毋致稍滋弊混！钦此。

林则徐等奉到此旨，就令在虎门海岸，把鸦片二万零二百八十三箱统共堆积，下令焚毁。这焚毁的法儿，并不是真用一把火，将鸦片一箱一箱地烧掉，他就虎门海岸，凿起两个方塘，直十五丈，横十五丈，前设涵洞，后通水沟，先将食盐投入，引水成卤，再加石灰，使水腾沸，方把鸦片一一投下，烟随灰燃，自然溶化，开了涵洞，令随潮出海，连烟灰都荡灭无踪了。海龙大王，未知爱吸鸦片否？若爱吸这福寿膏，这个机会，很是难得。

这次焚毁鸦片，沿海居民统来瞧看，人潮人海，拥挤不堪，内中拍手称快的倒有一大半；只上了烟瘾的愚夫愚妇，一时没得吸，未免难过；还有运售的洋商、私贩的奸民，心中更加怏怏。英领事义律因英国商民无端失此大利，痛恨得了不得。则徐布告各国商人，如愿通商，须具甘结，这甘结内便是："此后如夹带鸦片，船货没官，人即正法"数语。别国统愿照约，惟义律不愿，由广州退出，航赴澳门，请则徐至澳门会议。则徐不许，禁绝薪蔬食物入澳，义律挈妻子及流寓英人五十七家，聚居尖沙嘴商船，潜招英国兵船数艘，借名索食，突攻九龙岛。被清参将赖恩爵用炮击沈一艘兵船，义律倒也有些惊慌。葡萄牙浼人出来转圜，愿遵清国新律，惟请削"人即正法"一语。则徐飞奏清廷，道光帝批回奏折云：

既有此番举动，若再示柔弱，则大不可。朕不虑卿等孟浪，但诫卿等不可畏葸，先威后德，控制之良法也，特此手谕。

林则徐接此谕后，回绝英领事义律。义律再派兵船，寄泊口外，拦住遵结各船，不准入口。则徐闻报，令水师提督关天培率领兵船五艘，出洋查办。英船见中国兵船出口，先开炮轰击，天培发炮还应，击坏英船柁楼，死了好几个水手。英船转入官浦，由天培尾追，一阵击退。天培乘胜追至尖沙嘴，把英船逐出老万山外洋。清廷连闻胜仗，王大臣遂多半主战，大理寺卿曾望颜，且请封关禁海，尽停各国贸易。全然不知世事。道光帝令则徐议奏，则徐复陈英国违禁，与他国无与，现只有禁英通商，不便一例峻拒等语。道光帝乃只停英人贸易，谕旨如下：

英吉利夷人，自议禁烟后，反复无常，若准其通商，殊属不成事体，至区区关税，何足计较。我朝抚绥外国，恩泽极厚，英夷不知感戴，反肆鸱张，我直彼曲，中外咸知。自外生成，尚何足惜？其即将英吉利国贸易停止！钦此。

中英两国，自此绝交，义律报达英国政府，请速发兵。英国政体，是君主立宪，向设上下两议院，当时即开议院会议，有几个力持正道的人，颇说鸦片贸易，殊不正当，若为此事开战，有损英吉利名誉。英政府因此踌躇三日，怎奈议员宗旨不一，彼此投票解决，主战派多占九票，遂下令印度总督，调集屯兵万五千人，令加至义律统陆军，伯麦统海军，直向中国进发。正是：

过柔则弱，过刚必折；
滚滚海氛，一发莫遏。

欲知后来胜负，待小子停一停笔，下回再行录叙。

鸩毒一案，千古传疑。不敢信其必有，亦不敢谓其必无。但钮祜禄氏挟才自恃，因宠生骄，姑妇之间，总不免有勃豀之隐，所以暴崩之后，遂生出种种疑议。宫中之疑团未释，而海外之战衅

清史演义

又开。宣宗始终自大，卒至海氛一发，无怪家邦之多事也。本回前后叙事，截不可收拾。古人有言："刑于寡妻，至于兄弟，以御于家邦。"刑于之化未端，然不同，而从夹缝中窥入隐微，实足互勘对证，宣宗之为君可知矣。

第五十回 饮鸩毒姑妇成疑案 焚鸦片中外起兵端

## 第五十一回　林制军慷慨视师  琦中堂昏庸误国

却说英国发兵的警报传到中国，清廷知战衅已开，命林则徐任两广总督，责成守御；调邓廷桢督闽，防扼闽海。则徐留心洋务，每日购阅外洋新闻纸，阴探西事，闻英政府已决定主战，急备战船六十艘，火舟二十只，小舟百余只，募壮丁五千，演习海战；自己又亲赴狮子洋，校阅水师，军容颇盛。能文能武，是个将相材。道光二十年五月，特书年月，志国耻之缘起。英军舰十五艘，汽船四艘，运送船二十五艘，舳舻相接，旌旗蔽空，驶至澳门口外，则徐已派火舟堵塞海口，乘着风潮出洋，遇著英船，放起一把火来。英船急忙退避，已被毁去杉板船两只。

英将伯麦，贿募汉奸多名，令侦察广东海口何处空虚，可以袭入。无奈去一个，死一个，去两个，死一对。最后有几个汉奸，死里逃生，回报伯麦，说海口布得密密层层，连渔船蛋户统为林制台效力，不但兵船不能进去，就使光身子一个人，要想入口，也要被他搜查明白，若有一些形迹可疑，休想活着。看来广东有这林制台，是万万不能进兵呢。伯麦道："我兵跋涉重洋，来到此地，难道罢手不成？"汉奸道："中国海面，很是延长，林制台只能管一广东，不能带管别省，别省的督抚，哪里个个像这位林公，此省有备，好攻那省，总有破绽可寻；而且中国的京师，是直隶，直隶也是沿海省分，若能攻入直隶海口，比别省好得多哩。"为虎作伥，煞是可恨！伯麦闻言大喜，遂率舰队三十一艘，向北进驶。

则徐探悉英舰北去，飞咨闽、浙各省，严行防守。闽督邓廷桢早已布置妥帖。预募水勇，在洋巡逻，见英船驶近厦门，水勇便扮做商民模样，乘夜袭击，行近英舰，突用火罐喷筒，向英舰内放入，攻坏英舰舵帆，焚毙英兵数十。英兵茫无头绪，还道是海盗偷袭，连忙抵敌，那水勇却荡着划桨，飞报内港去了。伯麦修好舵帆，复进攻厦门。金厦兵备道刘曜春早接水勇禀报，固守炮台，囊沙叠垣，敌炮不能洞穿，那炮台还击的弹力，很是厉害，响了数声，

291

把敌舰轰坏好几艘。伯麦料厦门也不易入，复趁着东北风，直犯浙海。

浙海第一重门户，便是舟山，四面皆海，无险可扼。浙省官吏又把舟山群岛，看作不甚要紧的样子，英舰已经驶至，还疑外国商舶，毫不防备。当沿海戒严时，就使是外国商舶，亦须稽查，况明明是兵舰乎？英人经粤、闽二次惩创，还不敢陡然登岸，只在海面游弋。过了两三天，并没有兵船出来袭击，遂从群岛中驶入，进薄定海。定海就是舟山故地，因置有县治，别名定海，后来遂把定海、舟山，分作两地名目。定海设有总兵，姓张名朝发，平时到也怀着忠心，只谋略却欠缺一点，不去袭击外洋，专知把守海口。英舰二十六艘，连樯而进，朝发方下令防御。中军游击罗建功，还说外洋炮火，利水不利陆，请专守城池，不必注重海口。越是愚夫，越说呆话。朝发道："守城非我责任，我专领水师，但知扼住海口，不令敌兵登岸，便算尽职。"随督师出港口。

英将遣师投函，略说："本国志在通商，并非有意激战，只因广东林、邓二督，烧我鸦片烟万余箱，所以前来索偿。若赔我烟价，许我通商，自应靡兵回国"等语。朝发叱回，令军士开炮轰击，英舰暂退。翌晨，英舰复齐至港口，把大炮架起桅樯上面，接连轰入，势甚凶猛。港内守兵抵当不住，船多被毁。朝发尚冒死督战，左股上忽中一弹，向后晕倒，亲兵赶即救回，于是纷纷溃退。英兵乘胜登岸，直薄定海城下。定海城内无兵，知县姚怀祥遣典史金福，招募乡勇数百，甫至即溃。怀祥独坐南城上，见英兵缘梯上城，奔赴北门，解印交仆送府，自刎死。朝发回至镇海，亦创重而亡。

败报到京，道光帝即命两江总督伊里布赴浙视师。伊里布尚未抵浙，英将伯麦复遗书浙抚，浙抚乌尔恭额料知书中没甚好话，不愿拆阅，竟将原书发还。伯麦方拟进攻，适领事义律至军，请分兵直趋天津。伯麦依言，遂与义律率军舰八艘，向天津进发。

道光帝因定海失守，未免忧虑，常召王大臣会议。军机大臣穆彰阿以谄谀道宠，平时与林则徐等本不相和协，至是遂奏林则徐办理不善，轻开战衅，宜一面惩办林则徐，一面再定和战事宜。又是一个和珅。道光帝尚在未决，忽由直隶总督琦善递上封奏一本，内称："英国兵船，驶至天津海口，意欲求抚。我朝以大字小，不如俯顺外情，罢兵息事为是。此等言语，最足荧惑主听。且粤督林则徐，办理禁烟，亦太操切，伏乞皇上恩威并济，执两用中"等语。道光帝览了奏牍，又去召穆彰阿商量。穆彰阿与琦善本是臭味相投的朋友，穆彰阿要害林则徐，琦善自然竭力帮忙。况且这班奸臣，屈害忠良，是第一能手，欲要他去抵御外人，他却很是怕死，一些儿没能耐。

相传义律到津，直至总督衙门求见，琦善闻英领事来署，当即迎入，义律取出英议会致中国宰相书交与琦善。琦善本由大学士出督直隶，展开细瞧，半字不识，随令通事译读。首数句无非说东粤烧烟,起自林、邓二人,春间索偿,被他诟逐,所以越境入浙,由浙到津。琦善听了,尚不在意,后来通事又译出要约六条,随译随报。看官!你道他要求的是什么款子?小子一一开录如下:

第一条　赔偿货价。

第二条　开放广州、福建、厦门、定海、上海为商埠。

第三条　两国交际,用平等礼。

第四条　索赔兵费。

第五条　不得以英船夹带鸦片累及居留英商。

第六条　尽裁洋商(经手华商)浮费。

琦善听毕,沉吟了好一会,方向义律道:"汝国既有意修和,那时总可商议。明日请贵兵官来署宴叙便了。"义律别去,次日,琦善令厨役备好筵宴,专待客到。约至巳牌时候,英国水师将弁二十余人,统是直挺挺雄纠纠地走入署中。琦替接入,见他威武非凡,不由得心头乱跳。见了二十多人,便已畏惧,若多至十倍百倍,定然向他下拜了。英兵官虽不能直接与他谈论,然已瞧透他畏怯情状,便箕踞上坐,命随来的通事传说:"本国已发大兵若干万,炮船若干艘,即日可到中国。若中国不允要求,请毋后悔!"这番言语,吓得琦善面色如土,忙央通事说情,愿为转奏。英将弁眉飞色舞,乐得大嚼一回,吃他个饱。席散后,琦善便据事奏陈,当由穆彰阿一力推荐,道光帝便命琦善赴粤查办。琦善闻命,即与英领事义律,约定赴粤议款。义律等徐返舟出,琦善入京听训,造膝密陈,廷臣多未及闻知。迨琦善出京,部中接山东巡抚托浑布奏报,略称:"义律等自津回南,路过山东,接见时很是恭顺。大约为自己写照。今因琦中堂赴粤招抚,彼亦返粤听命"云云。嗣又接到伊里布奏本,据说:"与英人订休战约,愿还我定海"等语。部臣方识琦善、伊里布,统是一班和事老。有几个见识稍高,已料到后来危局,然内有穆彰阿,外有琦善、伊里布,内外朋比,说亦无益,还是得过且过,做个仗马寒蝉。这也难免误国之罪。

这且慢表,且说林则徐方加意海防,严缉私贩,每月获到贩烟人犯,总有数起,则徐一一奏闻。起初接到廷寄,多是奖勉的话头,一日,传到京抄,上载大学士琦善奉旨赴粤查办,则徐不禁浩叹,正扼腕间,又接批发奏折的硃谕道:

外而断绝通商,并未断绝;内而查拿犯法,亦不能净尽。无非空言搪塞,不但终无实济,反生出许多波澜。思之曷胜愤懑,看汝又以何词对朕也。特谕。

则徐览毕无语。幕友在旁瞧着,不禁气愤,随道:"大帅这般尽力,反得这般批谕,令人不解。"则徐叹道:"信而见疑,忠而被谤,古今来多出一辙。林某自恨不能去邪,所以遭此疑谤。现既奉谕申斥,不得不自去请罪。"随即磨墨濡毫,草拟请罪折子,并加附片,愿戴罪赴浙,投营效力,当下交给幕友

## 第五十一回 林制军慷慨视师 琦中堂昏庸误国

誉清，即日拜发。甫发奏折，又来严旨一道：

前因鸦片烟流毒海内，特派林则徐驰往广东海口，会同邓廷桢查办。原期肃清内地，断绝来源，随地随时，妥为办理。乃自查办以来，内而奸民犯法，不能净尽；外而私贩来源，并未断绝。本年福建、浙江、江苏、山东、直隶、盛京等省，纷纷征调，糜饷劳师。此旨林则徐办理不善之所致。林则徐、邓廷桢着交部分别严加议处。两广总督，着琦善署理，未到任以前，着怡良暂行护理。钦此。

越数日，大学士署理两广总督琦善到任，此时粤督印信，已由林则徐交与怡良；怡良复交与琦善。琦善接印在手，别样事不暇施行，先查刺林则徐罪状，怎奈遍阅文书，无瑕可摘；随召水师提督关天培、总兵李廷钰等入见，责他首先开衅，此后须要格外谨慎，方可免咎。关、李等气愤填胸，只因总督系顶头上司，不好出言辩驳，勉强答应而退。琦善摆着钦差架子，也不出送。

忽巡捕传进英领事义律来文，琦善忙即展阅，阅罢，急下令将沿海兵防尽行撤退；并旧募之水勇渔艇，一律解散。还是怡良闻着此信，赶到督署探问，琦善把义律来书交与怡良瞧阅，口中却说道："兄弟并不是趋奉洋人，只圣上已经主抚，不得不从圆一点。照英领事的书中，要我退兵，我只得把兵撤退，推诚相与，方好成全抚议。"明明是畏敌如虎，反说得与己无涉。怡良道："夷情叵测，不可不防，还求中堂明察！"琦善拈须笑道："兄弟在直隶时，已与义律面约休战，还怕什么？"怡良无可再说，随即告别。

琦善方欣欣得意，专等义律来署议款。等了数日，毫无消息，只有属员来报，或说是获住汉奸，或说是捕到私贩，或说是英舰出入海口，侦探虚实。惹得琦善性起，大怒道："好好一个中国，都被这等混帐东西，闹成这种模样。此后若再来尝试，定不姑贷！"属员碰着这个顶子，大家都回到衙中，吃着睡着，乐得安逸，不管闲账。

琦善又招了一个粤人鲍鹏，作为翻译官，差他往来传信。鲍鹏曾在西商处，充过买办，为义律所奴视，琦中堂偏当他作奇材看待，言无不听，计无不从，因此义律越知琦善无能，日夜增船橹，造攻具，招纳叛亡，准备角战。琦善却一些儿不防，一些儿不备，只叫鲍鹏催促义律复音。

这日，鲍鹏带来复文一角，琦善即命鲍鹏译出，内说："前索六款，统求准议，还请割让香港一岛，畀英国兵商寄居，是否限三日答复！"这封书，便是外人所说哀的美敦书，是挑战的意思。琦善顿足道："这都是林则徐闯出来的祸祟，他既要我准他六款，还要什么香港一岛，如何是好？"鲍鹏道："香港是海口荒岛，就使允给了他，也没甚要紧。"分明是个汉奸。琦善道："这个却未便照准。"鲍鹏道："书中限期，只有三日，三日不复，他便要率兵进港来了。"琦善道："你却去对英领事说，叫他静心伺候，待我出奏，再行答复。"

鲍鹏应命而去。琦善却令幕宾修了一个模糊影响的奏折,拜发出去。

隔了两宿,鲍鹏回报义律不肯遵命,说是:"且开了仗,再好议和。"琦善大惊,正在慌张,沙角炮台将陈连升,赍文请援,琦善不愿发兵,仍遣鲍鹏赴英舰议和。鲍鹏阳虽应命,暗中却往别处耽搁了好几天,琦善还道他磋磨和议,不加着急,忽由飞骑来报:"陈副将连升与英兵开战,轰毙英兵四百多人,后因火药倾尽,力竭身亡,连升子举鹏与千总张清鹤,统已阵殁。沙角炮台,已失陷了。"琦善道:"有这么事!"竟像作梦。接连又报:"大角炮台,亦被英人陷没,千总黎志安,受伤出走。"琦善皱眉道:"我已着鲍鹏去止英兵,什么鲍鹏不来,英兵只管进攻。"

语未毕,署外传进手本,乃总兵李廷钰求见。琦善道:"我没有传他回省,他来做什么?"传递手本的巡捕答称李镇台说有紧急事情,因此进省禀见。琦善方命传入,相见毕,廷钰禀道:"沙角、大角两炮台,俱已陷落,英兵已进攻虎门,请大帅急速发兵,由卑镇带去把守!"琦善道:"我奉旨前来议抚,并不是与英开战,怎好添兵寻衅?"梦人说梦话。廷钰道:"英兵不愿就抚,奈何?"琦善道:"我已着鲍鹏前去相商,谅无不成,明后日便可没事,老兄不必过虑!"廷钰道:"大帅不要过信鲍鹏,鲍鹏前曾私贩烟土,犯过罪案,倘再被他通洋舞弊,恐怕祸患不浅。"琦善闭着目,只是摇头。廷钰下泪道:"虎门系粤东门户,虎门一失,省城万不能

保。廷钰等死不足惜,大帅恐亦未便。"说到这一句,琦善方张目道:"据你说来,是必要添兵的。现调兵二百名,给你带去,可好么?"廷钰道:"二百名不够分布。"琦善道:"再添三百,凑成五百,想总够了。"好像买卖人论价,可笑之至。廷钰方起身告辞,琦善又道:"老兄带了五百兵出去,只可黑夜中潜渡,若被英人得知,责我添兵,那时万不肯就抚了。"廷钰又气又笑,告别出外,急赴虎门守威远炮台去了。

琦善正遣发廷钰出署,见鲍鹏进来,好像得了宝贝,忙问抚议如何,鲍鹏答称义律必欲照约,方许退兵。琦善道:"你如何今日才来?"鲍鹏道:"卑职前日奉命前去,义律只是不见,守候数日,方得见他,磋商许久,仍无成议。只是请大帅允准要约,非但把炮台归还,连定海亦即交付。"琦善道:"你再去与他商议,前六款中,烟价偿他若干,广州可以开放,香港亦可婉商,余事待后再谈。"鲍鹏去了一会,又回报:"义律已经首肯,请大帅出订和约。"琦善道:"话虽如此,但我尚未奏准,如何与他订约?"鲍鹏道:"可去订一草约,然后奏准未迟。"琦善从鲍鹏言,借查阅炮位为名,与义律会于莲花城,愿偿烟价七百万圆,并许开放广州,割让香港。义律亦许归还定海,及沙角、大角两炮台。双方议定草约,琦善还署,即咨伊里布接收定海,一面即据义律来文,说出不得不抚情形,奏达清廷。

道光帝未经大创,安肯遽允?即命

## 第五十一回 林制军慷慨视师 琦中堂昏庸误国

御前大臣奕山为靖逆将军,提督杨芳、尚书隆文为参赞大臣,赴粤剿办,并降旨道:

览奏,曷胜愤懑。不料琦善怯懦无能,一至于此!该夷两次在浙江、粤东肆逆,攻占县城炮台,伤我镇将大员,荼毒生民,惊扰郡邑,大逆不道,覆载难容。无论缴还定海,献出炮台之语,不足深信。即使真能退地,亦只复我疆土,其被戕之官兵,罹害之民人,切齿同仇,神人共愤;若不痛加剿洗,何以伸天讨而示国威?奕山、隆文兼程前进,迅即驰赴广东,整我兵旅,歼兹丑类!务将首从各犯,通夷汉奸,槛送京师,尽法处治。至琦善身膺重寄,不能声明大义,拒绝要求,竟甘受其欺侮,已出情理之外;且屡奉谕旨,不准收受夷书,胆敢附折呈递,代为恳求,是何居心?且据称同城之将军、都统、巡抚、学政及司道府县,均经会商,何以折内阿精阿、怡良等,并未会衔?所奏显有不实,琦善着革去大学士,拔去花翎,仍交部严加议处!钦此。

琦善接旨,不由得身子发抖,又闻伊里布亦奉饬回任,料知朝廷变了和议,将来如何答复英人?惶急了数天,忽又接到京中家报,说是家产都要籍没了,心中一急,昏晕倒地,不省人事。家不可忘,国恰可卖。正是:

内家而外国,义本同休戚;
误国即误家,身败名亦裂。

未知琦善性命如何,请看下回分解。

焚烟之举,虽未免过激,然使省省有林、邓,则善战善守,英何能为?且但患畏葸,不患孟浪,本出自宣宗之口,林、邓二公,不过奉上而为之耳。何物穆彰阿,敢行炀蔽,妨贤病国,纵故姝民,弛一日之大防,酿百年之遗毒。不知者谓鸦片之祸,起自林文忠,其知者则固谓在彼不在此也。琦善奸党,右穆左林,骧车实,长寇仇,莫此为甚。读此回,令人惋惜,又令人愤激;虽本事实之不平,亦由抑扬之得体。

## 第五十二回　关提督粤中殉难　奕将军城下乞盟

却说琦善闻家产籍没，顿时昏绝，经家人竭力施救，方渐渐苏醒，垂着泪道："早知英人这样厉害，朝局这样反复，穆中堂这样坐视，我也不出来了。"悔已无及。于是再召鲍鹏密议。鲍鹏道："大人不必着急！总叫得英人欢心，不与大人为难。后事归后人处置，大人即可脱然无累了。"琦善思前想后，亦没有救急法子，只得搜罗歌女，摆列盛筵，时常请英使享宴，迁延时日，这英领事义律及英将伯麦等抱着始终不让的宗旨，外面却与琦善周旋，大饮大吃，酒酣耳热，还抱着歌女取乐。广东咸水妹，想是从此而起。正在花天酒地时候，朝旨已下，琦善接读朝旨，方悉家产籍没的原因，实是怡良一奏而起。小子先录登当时的上谕道：

香港地方紧要，前经琦善奏明，如或给与，必致屯兵聚粮，建台设炮，久之觊觎广东，流弊不可胜言；旋又奏请准其在广东通商，并给与香港泊舟寄住。前后自相矛盾，已出情理之外；况此时并未奉旨允行，何以该督即令其公然占踞。览怡良所奏，曷胜愤懑！朕君临天下，尺土一民，莫非国家所有，琦善擅予香港，擅准通商，胆敢乞朕格外施恩，且伊被人恐吓，奏报粤省情形，妄称地理无要可扼，军器无利可恃，兵力不坚，民心不固，摘举数端，危言要挟，不知是何肺腑？如此辜恩误国，实属丧尽天良。琦善著即革职拿问，所有家产，即行查抄入官！钦此。

琦善读毕，眼泪复如泉水涌下，随道："我与怡良，无仇无隙，如何把我参奏？且他的奏稿中，不知说什么说话，真是可恨！"责人不责己。当下着人到抚署中，抄出怡良奏稿，回报琦善，由琦善接瞧道：

自琦善到粤以后，如何办理，未经知会到臣，忽外间传说："义律已在香港出有伪示，逼令彼处民人，归顺彼国"等语。方谓传闻未确，蛊惑人心，随据水师提督转据副将禀抄伪示前来，臣不胜骇异。惟大西洋自前明寄居香山县属之澳门，相沿已久，均归中国之同知县丞管辖，而议者犹以为非计，今该

夷竟敢胁天朝士民，占踞全岛，该处去虎门甚近，片帆可到，沿海各州县，势必刻刻防闲，且此后内地犯法之徒，必以此为藏纳之薮，是地方既因之不靖，而法律亦有所不行；更恐犬羊之性，反复无常，一有要求不遂，必仍非礼相向，虽欲追悔从前，其何可及？伏思圣虑周详，无远不照，何待臣鳃鳃过计。但海疆要地，外夷公然主掌，并敢以天朝百姓，称为英国之民，臣实不胜愤憾！第一切驾驭机宜，臣无从悉其颠末，惟于上年十二月二十八日，钦奉谕旨，调集兵丁，预备进剿，并令琦善同林则徐、邓廷桢妥为办理，均经宣示。臣等晤见时，亦请添募兵勇，以壮声威，固守虎门炮台，防堵入省要隘。今英夷窥伺多端，实有措手莫及之势。现既见有夷文伪示，不敢缄默，谨照录以闻。

琦善瞧完，又气又惧，急得手足冰冷。忽有水师提督关天培递来急报，说："英舰复来攻虎门，请派兵速援！"琦善此时，已如死人一般，还有什么心思去顾虎门？随把急报搁起，一概不管。

原来英领事义律已闻清廷主战消息，与伯麦定议续攻，趁奕山、杨芳、隆文等未曾到粤，即调齐兵舰，高扯红旗，向虎门进发。水师提督关天培正守靖远炮台，一面飞速请援，一面督军防御；遥见英舰如飞而至，天培督令军士开炮，炮声数响，倒也击着英舰数艘，可恨未中要害，只把铁甲上面打破了几个窟窿。英舰冒险冲入，两下里炮声震天，轰个不住。天培手下多中炮倒毙，只望援军前来接应，谁知相持多时，毫无援音。英舰得步进步，所发炮弹，越加接近，宛如雨点雷声，没处躲避，蓦然间一颗飞弹，从天培头上落来，天培把头一偏，那弹正中左臂，接连又是数颗弹丸，把天培身边几个亲兵大半击倒。兵士便哗乱起来，你逃我走，个个要管自己的性命。天培左臂受伤，已忍痛不住，又见兵士纷纷溃败，大呼道："英人可恶，琦善可恨！天培从此殉国了。"一恨千古。就将手中的剑，向颈上一抹，一道魂灵，直升天府。

英人乘胜登岸，占据了靖远炮台，转攻威远、横档两炮台。两炮台上的守兵，已自闻风奔溃，总兵李廷钰、副将刘大忠禁止不住，也只得退走。眼见得两炮台尽陷，虎门失守，英人将虎门各隘所列大炮三百余门，及上年林则徐购得西洋炮二百余门，统行夺去；并且长驱直入，进薄乌涌。乌涌距省城只六十里，镇守员是总兵祥福，率同游击沈占鳌，守备洪连科，竭力拒战。杀了一两日，寡不敌众，弹药又尽，祥总兵及麾下二将，临敌捐躯，同时毕命，大帅怕死，裨将虽死无益。省城大震。幸亏参赞大臣杨芳，率湖南兵数千至城内，杨参赞素有威名，人心赖以少安。

是时畏懦无能的琦善，已由副都统英隆奉旨押解进京，只怡良尚任巡抚，即与杨芳相见。当下谈起琦中堂议抚事情，怡良道："琦中堂在任时，单信任汉奸鲍鹏，堕了英领事义律诡计，一切措置，力反林制台所为。林制台处处筹防,琦中堂偏处处撤防,所以英人长驱直入。现在虎门险要,已经失去,乌涌地方,又复陷落,省城危急异常。幸逢参赞驰至,还好仗着英威,极力补救。"杨芳道:"琦中堂太觉糊涂,抚议未成,如何就自撤藩篱?现在门户已撤,叫杨某如何剿办?看来只好以堵为剿,再作计较。"怡良道:"英兵已入乌涌,海面不必讲了,现只有堵塞省河的办法。"杨芳道:"省河有几处要隘?"怡良道:"陆路的要隘,叫做东胜寺;水路的要隘,叫做凤凰冈。"杨芳道:"这两处要隘,有无重兵防守?"怡良道:"向来设有重兵,被琦中堂层层撤掉,琦中堂被逮,兄弟方筹议防守。但陆兵尚敷调遣,水师各船,被英人毁夺殆尽,弄到无舰可调,无炮可运,兄弟正在焦急哩。"杨芳道:"舰队已经丧失,且扼守河岸要紧。"遂派总兵段永福,率千兵扼东胜寺;总兵长春,率千兵扼凤凰冈。

两将才率师前去,探马已飞报英舰闯入省河。杨芳拟自去视师,遂起身与怡良告别,带了亲兵数百名,亲到河岸督战;行近凤凰冈,遥闻炮声不绝,知已与英兵开仗,忙拍马前进到凤凰冈前,见总兵长春正在岸上耀武扬威,督兵痛击,英舰已向南退去。杨芳一到,长春方前来迎接,由杨芳下马慰劳一番,再偕长春沿河巡视,远望南岸河身稍狭,颇觉险要,便向长春道:"那边却是天然要口,为什么不见守兵?"长春答道:"河身稍狭的区处,便是腊德及二沙尾,闻林制军督师时,曾处处驻兵,后来都由琦中堂撤去,一任英使出入,所以空空荡荡,不见一兵。"杨芳刚在叹息,忽见南风大起,潮水陡涨,忙道:"不好!不好!"急传令守兵,一齐整队,排列岸上。杨果勇,不愧将材,可惜大势已去。长春问是何意,芳向南一指,便道:"英舰又乘潮来也。"长春望将过去,果见一大队轮船,隐隐驶入,比前次更多一二倍,连忙令军士摆好炮位,灌足火药,准备迎击。

顷刻间,英舰已在眼前,即令开炮出去,扑通扑通的声音接连不断,河中烟雾迷蒙,弹丸跳掷。那英舰仗着坚厚,只管冲烟前进,还击的飞炮火箭,亦很猛烈。杨芳、长春两人左右督战,不许兵士少懈。两边轰击许久,潮亦渐退,英舰方随潮出去。杨芳道:"真好厉害!外人这般强悍,中国从此无安日了。"知己之言。是夜,即在凤凰冈营内暂宿。

次晨,美国领事,到营求见,由兵弁入报。杨芳道:"美领事有什么事情,要来见我?"迟了半晌,方命兵弁请美领事入营。两下相见,分宾主坐定,各由通事传话。美领事先请进埠开舱。杨芳道:"我朝与贵国,本没失好意见,上谕原准贵国通商,只是英人猖獗异常,与我寻衅,所以连累贵国。这是英人不好,并非我国无情。"美领事道:"闻英人亦不欲多事,只因天朝不准通商,两边误会,才有此战。窃想通商一事,乃天朝二百年来恩例,何妨一例通融,仍循旧制。"杨芳道:"我朝原许各国通商,宁独使英人向隅?奈英人私卖

清史演义

违禁的鸦片，不得不与他交涉。且英人很是刁狡，今朝乞抚，明朝挑战，如何可以通融？"美领事道："这倒不妨。英领事义律，已有笔据呈交呢。"随取出义律笔据，交与杨芳。杨芳瞧着，乃是几行汉文，有"不讨别情，惟求照常贸易，如带违禁货物，愿将船货入官"等语，便道："照这笔据，似还可以商量。但英商再有贩运违禁货物，那便怎么处置？"美领事道："英国商人并未随同兹事，若准他通商，货船便即入口，就使英兵要战，英商也是不肯，反可制服兵船，岂不是敛兵息争的好事么？"杨芳道："贵领事既与他说情，本大臣就替他奏请便是。只英舰不得无故闯入，须等上谕下来，或和或战，再行答复。"美领事应诺而去。

杨芳回省与怡良商议，彼此意见相同，遂联衔会奏，大旨以敌入堂奥，守具皆乏，现由美领事为英缓颊，姑借此羁縻，为退敌收险之计。此奏很是。这奏一上，总道廷旨允从，失之东隅，还可收之桑榆，谁知道光帝偏偏不依，真正气数。竟下旨严斥道：

览奏，愤懑之至！现在各路征调兵丁一万六千有余，陆续抵粤，杨芳乃迁延观望，有意阻挠，汲汲以通商为请，是复蹈琦善故辙，变其文而情则一，殊不可解。若如此了结，又何必命将出师，征调官兵。且提镇大员及阵亡将弁，此等忠魂，何以克慰？杨芳、怡良等只知迁就完事，不顾国家大体，殊失朕望，着先行交部严议。奕山、隆文经朕面谕一切，必能仰体朕意，现已到粤，兵多粮足，自当协力同心，为国宣劳，以膺懋赏，断不准提及"通商"二字，坐失机宜，此次批折，着发给阅看。钦此。

是时靖逆将军奕山及参赞隆文，还有总督祁𡎴，俱已到粤，杨芳接见，便与叙起战事利害，及奏请羁縻缘由。奕山道："皇上的意思是决计主剿，所以参赞出奏，致遭严斥。兄弟亦知粤东空虚，但难违上命，奈何？"祁𡎴道："闻得前时林制军，办理得很是严密，何妨请他一议！"奕山点头称善，当由祁𡎴取出名刺，去请林则徐。

原来林则徐虽已被谴，尚未离粤，闻祁𡎴相邀，随即入见。祁𡎴引他见了奕山，奕山便问防剿事宜。则徐道："现在寇入堂奥，剿堵两难。省城又是卑薄得很，无险可扼，欲要挽回大局，很不容易。只有暂时设法羁縻，计诱英舰，退至猎德二沙尾外面，连夜下桩沉船，用重兵大炮把守，令他无从闯入。一俟风潮皆顺，苇筏齐备，再议乘势火攻，方出万全。"奕山默然不答。意中还不以为然，想总要吃个败仗，方觉爽快。祁𡎴道："闻省河一带，都有英船出没，如何诱他出去？"则徐道："那总有法可想。"祁𡎴道："这却还仗大力。"则徐道："林某在粤待罪，恨不将英人立刻驱逐，奈因琦中堂处处反对，无能为力，负罪愈深。今日得公等垂青，林某敢不效死。"忠忱贯日。言未毕，外面报圣旨下来，要林公出接。则徐忙出去接旨，系授则徐四品京堂，驰赴浙江会办军务。则徐束装即行。粤东失了臂助。

义律待了多日，未见杨芳复音，复来催索烟价。奕山叱回，即欲发兵出战。杨芳谏道："兵船未备，水勇未集，此时不宜浪战，还请固守为是！"奕山道："各省兵士，已调集一万七千名，粤兵亦有数万，若再顿兵不战，上头亦要诘责，只好与他拼一死战便了。"若能与他拼一死战，也不失为忠臣，只怕是空说大话。于是令提督张必禄屯西炮台，出中路，杨芳由泥城出右路，隆文屯东炮台，出左路；并遣四川客兵，及祁䵺所募水勇三百名，驾着小舟，携火箭喷筒，驶出省河，突攻英船。英船不及防备，被焚桅船二只，舢舨船二只，小船五只，英兵亦毙了数百名，并误伤美人数十。又开罪美国了。奕山闻报，正欣喜过望，慢着！忽递到败耗，说是英兵来打回复阵，把我兵轮三艘毁去，我兵败退，英舰已闯入十三洋行面前，奕山又忧虑起来。忽喜忽忧，活绘出一个庸帅。次日，探马又飞报英兵大至，天字炮台守将段永福败走，炮台被陷，炮台上面的八千斤大炮，都被英人夺去；接着又报泥城炮台守将岱昌及刘大忠亦已败退。奕山搓手道："不得了！不得了！"忙檄两参赞及张必禄回守省城。自己不敢出战，到也罢了，还要调回别人保护自己，真是没用的东西！

公文才发，又接到紧急军报，据称："港内筏材油薪船，并水师船六十多艘，统被英兵及汉奸烧尽。现在英兵已进攻四方炮台了。"奕山此时，好像兜头浇下冷水，一盆又一盆，身子都冷了半截，免不得上城了望。目中遥见火光烛天，耳中隐闻炮声震地，他在城上踱来踱去，急得愁肠百结，突见东南角上有旗号展出，后面随着许多人马，不觉大惊，险些儿跌下城来，仔细一瞧，乃是自己兵队，方略定了一定神。等到兵马已到城下，后队乃是两参赞押着，忙即下城，开门延入。杨芳道："四方炮台，据省城后山，为全城保障，现闻英兵进攻，参赞等正思驰援，因奉调回来，不敢违命。好在城中尚无要事，待杨某出去救应。"奕山道："不，不必。昨日闻中到有水勇，已由祁督遣调往援，此刻城中吃紧，全仗诸公保护，千万不要离城。"

正议论间，探报四方炮台，又被英人夺去。杨芳着急道："怎么如此迅速！四方炮台一失，敌兵据高临下，全城军民，如坐穿中，奈何奈何？"奕山道："这……这……这，全仗杨……杨果勇侯，出……出力保全。"杨芳不暇答应，急率军士登城固守，布置才毕，城北的火箭炮弹已陆续射来。杨芳亲至城北督防，兀坐危楼，当着箭弹，终日不退。老天恰也怜他忠心，镇日里大雨倾盆，把英人射来的火器，沾湿不燃。城中人心，稍稍镇定。

看官！你道英人何故这么强？粤兵何故这么弱？小子细查中外掌故，方知英领事义律虽是求抚，暗中却屡向本国调兵。水军统帅伯麦早到中国，经过好几次战仗，上文统已叙明；陆军统帅加至义律，亦到粤多日；这时候复来了陆军司令官卧乌古，带了好几千雄兵，来

清史演义

301

## 第五十二回  关提督粤中殉难  奕将军城下乞盟

粤助阵，所以英兵越来得厉害。这边粤中将弁，因海口已失，心中早已惶惧；奕山又是个纸糊将军，并不敢出去督战。大帅安坐省城，将弁还肯尽力么？因此英兵进一步，粤兵退一步；英兵越进得猛，粤兵越退得远。炮台失了好几个，兵船军械，夺去无数，将弁恰是一个不伤。应为将弁贺喜。奕山住在围城中，既不敢战，又不敢逃，只好虚心下气，向属员问计。苦极！还是广州知府余保纯献了一个救急的妙法子，无非是"议和讲款"四字。当由余保纯出去议款，经了无数口舌，复由美利坚商人，居中调停，定了四条款子，开列如下：

第一条　广东允于烟价外，先偿英国兵费六百万圆，限五日内付清。

第二条　将军及外省兵，退屯城外六十里。

第三条　割让香港问题，待后再商。

第四条　英舰退出虎门。

余保纯回报奕山，奕山唯唯听命。遂搜括藩运两库，得了四百万圆，还不够二百万圆，由粤海关凑足缴付英人。一面又下令出城，退屯六十里外的小金山。杨芳敢怒而不敢言，只请留城弹压，奕山也没有工夫管他，径自出去。

隆文随着出城，心中也愤恚万分。到了小金山，隆文生起病来，竟尔逝世。小子叙到此处，也叹息不置，随笔成一七绝道：

主和主战两无谋，
庸帅何能建远猷？
城下乞盟太自馁，
西江难濯粤中羞。

和议已定，英人曾否退兵？且待下回再详。

　　去了一个琦善，又来了一个奕山。清宣宗专信满人，以致专阃诸帅，多属庸驽，虽以老成历炼之杨芳，屡建奇绩，洊膺侯爵，至此发言建议，犹不能邀宣宗之信用；彼关天培辈，宁尚值宸衷一顾？忠愤者徒自捐躯，狡黠者专图幸免，边事之坏，自在意中。观琦善之被逮，为之一快；继任者为一奕山，又为之一叹。关天培等之殉难，为之一恸；杨芳、怡良会奏之被斥，尤为之一惜。至城下乞盟，愿允四款，更不禁涕泪交垂矣。书中自成波澜，阅者心目中，应亦辘轳不置。

## 第五十三回  效尸谏宰相轻生
## 　　　　　　失重镇将帅殉节

　　却说英国兵舰，自收到兵费后，总算拔椗出口，慢慢儿地退去，从佛山镇取道泥城，经萧关三元里。三元里里民因英人沿途肆掠，愤愤不平，遂纠众拦截，竖起平英团旗帜，把英兵围住。英兵终日冲突，不能出围，统帅伯麦亦受伤。义律亟遣汉奸混出围场，遗书余保纯求救。保纯亟率兵往解，翼义律等出围，始得脱去。奕山不敢实奏，捏称："焚击英船，大挫凶锋，义律穷蹙乞抚，只求照旧通商，永不售卖鸦片，惟追交商欠六百万圆。当由臣等与他议约，令他退出虎门外面。"道光帝高居九重，只道奕山是亲信老臣，不至捏饰，当下准奏，谁知他是一片鬼话。杨芳奏请抚议，并不要六百万偿银，反加申斥；奕山饰词上告，将赔偿兵费之款，捏称追交商欠，虽改重从轻，而偿银总是确实，乃反准奏不驳，谓非重满轻汉而何？

　　朝中只恼了一个大学士王鼎，上了一道奏章，说："抚议万不可恃，将军奕山，其偿银媚外罪，较琦善尤重。"这篇奏牍，好似朝阳鸣凤，曲高和寡，哪里能回动圣听？况王鼎是山西蒲城人氏，并非皇帝老子戚族，凭你口吐莲花，总是不肯相信。当时留中不发，后来细问内监，方知道光帝览了奏牍，倒也有点动容，经权相穆彰阿袒护奕山，不说奕山有罪，反说奕山有功，因此把奏章搁起不提。王中堂得此消息，已自愤恨，适廷议追论林则徐罪状，谪戍伊犁，协办大学士汤金钊，因保荐林则徐材可重用，亦遭严谴，连降四级。王中堂料是穆彰阿暗中唆使，气得满腹膨胀，随即嘱咐家人，愿效史鱼尸谏，草了遗疏数千言，历述穆彰阿欺君误国，不亟治罪，大局无安日，海疆无宁岁。结尾有"臣请先死以谢穆彰阿"等语。遗疏写毕，读了一遍，便叹道："奸贼若除，我死亦瞑目了。"当下将遗疏恭陈案上，并用另纸一条，留嘱家人，饬他明日拜发；随望北谢恩，悬梁自尽。其迹似迂，其心无愧。

　　这一死传到王大臣耳中，很是惊异。穆彰阿是个多心人，料得王中堂无

303

病而逝，必有缘故，然而凭空悬想，总不能摸着头脑，搔头挖耳地想了一会，暗道："有了，有了！"忙饬家仆去召一个谋士。谋士非别，乃是户部主事军机章京聂沄。聂沄一到，穆彰阿嘱他探听王中堂死事。聂沄与王中堂儿子王伉向来熟识，此番受穆彰阿嘱托，遂借吊丧为名，当夜前去侦察。行过吊礼，由王家仆役引入客厅。聂沄遂私问王中堂死状，王仆遂一五一十，告诉聂沄，并说出遗疏大略。聂沄道："我与你家大少爷素来莫逆，你去取出遗疏，令我一瞧！"王仆道："现在少爷忙得很，不便通报。"聂沄道："你不必通报少爷，你私下去取了出来，我一瞧过，便好归还。"王仆尚是为难，聂沄允给他千金。俗语说得好："重赏之下，必有勇夫"，况不过盗取一张文牍，稍费手脚，坐得千金，那里有做不到的道理？王仆去了片刻，即将遗疏取来。聂沄一瞧，吓得瞠目伸舌，便向王仆道："这篇遗疏，亏得未上，若上了这疏，贵东人要惹大祸了。"王仆知识有限，也吃了一惊。聂沄道："我既允你千金，快随我去取！这遗疏由我取去，另换一张方好。"当下不及告辞，匆匆径去。王仆随到聂寓，由聂沄取出笔墨，另写数行，假作王鼎遗疏，付与王仆，复检出银票千两，作为赠资。王仆称谢而去。

聂沄忙把遗疏转呈穆彰阿。穆彰阿瞧了一遍，说道："险极，险极！这事幸亏有你，你是拔贡出身，还好应试，将来我总设法谢你一个状元。"双手瞒天，无事不可为，区区状元，值得甚

么。聂沄欢喜异常，把千金都不提起，直到后来为穆彰阿所闻，方照数给还。待至礼部试期，穆彰阿不忘前言，替他暗通关节。总算信实。偏同考官中有个山西人，本充御史，得了聂沄试卷，竟藏好箧中，上了锁，绝不提起，到填榜时候，主司房考不得聂卷，相顾错愕。还是御史自说："某夕阅卷，不戒于火，有一卷为火所烬，想来便是聂卷。榜发后，当自议请处了。"好好一个状元，被这侍御送掉，应为聂沄扼腕。嗣后御史自请处分，解职回籍，这位权势赫奕的穆中堂倒也没法害他，只一手提拔聂沄，历任至太常侍卿，这是后话慢表。

且说奕山与英人议和，单就广东一省，议定休兵息战，此外仝不相关。清廷只道是和议已定，可以没事，令江、浙各省裁兵节饷。不意英人仍不肯罢兵，一面率军舰退出虎门，经营香港，规复广东贸易，一面复思借战胜余威，率军北进。适伯麦调印度战舰至粤，遂与义律等决议北犯，途次遇着飓风，撞破坐船。奕山、祁𡶜等张皇入告，说："英舰漂没无数，浮尸蔽海。"道光帝还疑是海神有灵，饬颁藏香，令祁𡶜敬谢祷天。可笑！

英政府令大使璞鼎查代义律职，海军少将巴尔克代伯麦职，义律、伯麦回国。璞鼎查、巴尔克会同卧乌古，带领军舰九艘、汽船四艘、运送船二十三艘，于道光二十一年七月游弋闽海，进犯厦门。此时邓廷桢已得罪革职，与林则徐同戍伊犁，闽浙总督换了颜伯焘。这位颜制台，颇热心拒外，到任后方督

第五十三回 效尸谏宰相轻生 失重镇将帅殉节

修战备，奈朝旨反令他裁兵节饷，只好缓缓布置。忽闻英兵入犯，急驰至厦门防御；甫到厦门，英舰已闯入鼓浪屿口。颜制台急饬兵开炮，接连炮响，轰沉英国火轮船五艘。英舰反蜂拥齐进，弹丸如雨点般打来。他的炮弹不是望空乱发，只并力攻一炮台。一台破，再攻一台。厦门口岸本有炮台三座，起初颜制台防他分攻，也派兵分守，谁知他却一座一座地攻打，这座被毁，那座早已震动。兼且炮台统用砖石砌成，未叠沙垣，弹丸飞至，不是击坍，便是击破。自辰至酉，炮台多半毁坏。英兵用小船驳到岸边，分路登岸，官军不能抵御，水陆皆溃。金门镇总兵江继芸，身中炮弹，落水溺死。副将凌志，署淮口都司王世俊，水师把总纪国庆、杨肇基、季启明等，各力战而亡。英兵据了炮台，反将炮台上面的大炮移转向北，对着厦门官署轰击，房屋七洞八穿，兴泉永道刘曜春同知顾效忠皆遁走。颜制台也只得退守同安。

英兵乘势劫掠，厦民大愤，推陈姓为首，聚集五百人，抗英五千众。英兵用大炮，厦民用抬枪，打了一仗，英兵死了百人，厦民只死三人，因此英兵不敢久驻，仍退泊鼓浪屿。越数日，又进攻厦门，副将林大椿、游击王定国又被击毙。还亏提督普陀保、总兵那丹珠督兵力御，击沉英舰一艘，方扬长而去。颜制台初奏厦门失守，旋即报称收复，奉旨责他先事疏防，降三品顶戴留任。

闽海少安，英舰转入浙海。适两江总督裕谦继伊里布后任，至浙视师。裕钦差任事刚锐，可惜未娴武备。先是调林则徐到浙，亦系由他密荐，则徐方感他知遇，竭力筹防，怎奈遣戍命下，不能逗遛。两下相别，彼此洒了几点热泪。裕谦虽非将才，然存心很是忠诚，著书人秉公褒贬，并不以满人少之。会裁兵节饷的上谕颁到浙江，裕钦差心中大不谓然，时常遣人侦探英舰动静。忽报英兵在粤，新增战舰，声言将移兵入浙，连忙写好奏本，请清廷转饬奕山，问明何故有英人入浙传言，该英人是否诚心乞抚，抑仍是得步进步故智？谁料廷旨批回，反说："英人赴浙，出自风闻，不足为据，著裕谦仍遵前旨，酌量撤兵，不必为浮言所惑，以至糜饷劳师。"这位裕钦差看到此语，不禁叹气道："敌常增兵，我反撤兵，两不抖头，可笑可恨！想来总是穆中堂主见。穆彰阿穆彰阿！你要误尽国家了！"随赴镇海阅防。

途中接厦门失陷消息，飞檄定海镇总兵葛云飞、处州镇总兵郑国鸿、安徽寿春镇总兵王锡朋，统兵五千，严守定海。这三位总兵统是忠肝义胆，葛公云飞，尤智勇双全。云飞系浙江山阴人氏，是武进士出身，超擢至定海镇总兵；道光十九年，丁父忧回籍；二十年，海疆事棘，夺情起用。他因定海先尝陷落，收复后，守备空虚。云飞到任，请三面筑城，环列巨炮，堵住竹山门深港，使不复通舟；且增筑南路土城，与五奎山诸岛相犄角。裕钦差到浙时，颇有心采用，奈朝廷叫他裁兵，嘱他节饷，他若还要筑城增垒，岂不是违

## 第五十三回 失重镇将帅殉节 效尸谏宰相轻生

拗圣旨？因此把筑城事中止。这时三总兵同到定海，手下兵只有五千。三总兵阅视形势，议扼要驻守。王锡朋愿守晓峰岭，郑国鸿愿守竹山门，道头街一带归葛云飞扼守。惟晓峰岭背面负海，有间道可入，三镇兵只三千名，不敷分派，且炮火亦不够用。由王、葛二公商议，请增派兵船及大炮，堵住间道。

当下飞详镇海，裕谦接到详文，邀浙江提督余步云，共议添兵事宜。步云道："浙江要口，第一重是定海，第二重是镇海，镇海比定海，尤为要紧。现在镇海防兵，亦只数千，自顾不暇，还有什么兵马炮火可以调遣？"王、葛两总兵亦有详文到步云处，步云已戒他死守，毋望援兵。裕谦道："这么一个要紧海口，只有几千兵马！"余步云道："上年恰不止此数，因朝旨屡促裁兵，所以减去三分之一，现在只四千名营兵了。"裕谦道："这正没法可想，只得听天由命。天若不亡浙江，定海应保得住，镇海也可无虑。本大臣以身许国，到危急时，拚死报君便了。"忠有余而智不足，即此可知。

步云退出，战信已到，英兵已来攻定海，驶进竹山门，被我军奋勇迎击，轰断英船大桅杆，英兵已退去了。裕谦稍稍放心。过了两日，又报英兵绕出吉祥门，入攻东港浦，被我炮击却，现英人改由竹山嘴登岸。郑镇台正在截击哩。接连又到紧急文书两角：一角是王总兵锡朋详文，一个是葛总兵云飞详文。裕谦展开一瞧，统是请大营济师，便道："怎么处？怎么处？定海兵尚有五千，此处兵恰只四千，难道三总兵未曾知悉么？若我亲去督战，恐怕镇海没人把守，我看这余军门步云，事事推诿，很是刁猾，恐怕也靠不住呢。现在没处调兵，奈何，奈何？"就将详文搁过一边，只自一人愁眉兀坐。

适值天气沈阴，连日霪雨，弄得越加愁闷，遂出了营，上东城眺望。突见城外招宝山悬著白旗，不由得慌张起来，便下城去召总兵谢朝恩。朝恩未至，警信又到，乃是晓峰岭失陷，王总兵锡朋中枪阵亡，寿春营溃散。裕谦正在惊愕，朝恩已跟跄进来，报称竹山门失守，郑总兵亦战殁了。裕谦道："莫非讹传。把王总兵误作郑总兵。"郑王二姓，百家姓上本是联按，王已先死，郑何能免？道言未绝，外面已递进败耗，确是郑国鸿又死。裕谦道："三总兵已死二人，单剩一个葛云飞，想总支持不住。好！好！三总兵不要怨我不救，看来我也是难保了。"说毕，泪如雨下。朝恩见主帅伤心，也陪了两三点泪珠，一面恰勉强劝慰。裕谦道："我恰不是怕死，若怕死也不来督师了。只可惜三员大将，一朝俱尽，国家从此乏材。还有一桩可疑的事情，招宝山上，如何竖起白旗来？"朝恩道："招宝山上，乃是余提督军营，为什么竖起白旗，卑镇倒也不解。"裕谦道："开战挂红旗，乞和挂白旗，这是外洋各国通例。现在本帅并不要乞和，英兵还未到镇海，那余军门偏先悬白旗，情迹可知。我朝养士二百年，反养出这般卖国的大员来，越叫人痛惜三总兵。"朝恩道："待卑镇去问明提台，再作区处。"朝恩趋出，外面又传报葛总兵云飞阵亡。统用虚写，比实写尤觉凄惨。裕谦此时又悲又恼，悲的是三总兵阵殁，恼的是余步云异心。踌躇一夜，想出一个盟神誓众的法儿。

待到天明，忽见巡捕进来，呈上手本，说是义勇徐保求见。裕谦问徐保隶何人部下，巡捕答称是葛镇台部下。裕谦遂传令入见。徐保入帐，请过了安，便禀道："葛镇台阵殁，现由小兵舁尸内渡，已到此处。"裕谦问葛镇台阵殁情状，徐保答道："英人从晓峰岭间道攻入，先破晓峰岭，次陷竹山门，王、郑二镇台先后阵亡，葛镇台扼住道头街，孤军激战，镇台手掇四千斤大炮，轰击英兵，英兵冒死不退。镇台持刀步斗，阵斩英酋安突得，无如英兵来得越多，我镇台拼命督战，刀都砍缺三柄，英兵少却。镇台拟抢救竹山门，方仰登时，突来两三员敌将，夹攻镇台，镇台被他劈去半面，鲜血淋漓，尚且前进；不防后面又飞来一弹，洞穿胸前，遂致殒命。小兵到夜间寻尸，见我镇台直立崖石下，两手还握刀不放。左边一目，睒睒如生，小兵欲负尸归来，那尸身兀立不动，不能挪移。随由小兵拜祝一番，请归见太夫人，然后尸身方容背负，驾着小船，潜渡至此。"裕谦叹道："好葛公！好葛公！"当下命随员偕了徐保，往去祭奠，并檄大吏护丧还葬，一面飞章出奏。

料理已毕，遂召集部将，设著神位，饬同宣誓，总兵以下，统共到来，独余步云不到。裕谦正思启问，谢朝恩已近前禀道："余军门已差武弁伺候。"裕谦冷笑道："想是本帅不曾亲邀，所以不到。"那边提辕武弁闻了此语，急忙上前请安，禀称军门现患足疾，特来请假。裕谦摇头道："敌兵到来，那足自然会好了。"既晓得步云异心，如何不先为撤换？叱退武弁，随至神位前祭告。此时牲醴早陈，香烛齐爇，当由裕钦差行跪叩礼，众将官亦随同跪叩。裕钦差亲读誓文，无非劝勉属下文武，同仇敌忾，倘有异心，神人共殛等语。不求己而求神，简直是捣鬼。方才读罢，猛听得隐隐炮声，自远至近，不由得惊讶起来，便即起身誓众道："本帅的誓文，想大家都已听明，不日间英兵到来，须靠大家同心抵御，有功立赏，有罪立刑。"总兵谢朝恩，先应了声"得令"，众将士也随声附和。裕谦方命军士们撤了神位祭礼，正思向谢朝恩追问招宝山白旗缘故，探马忽报英兵来了。谢朝恩即抽身告辞，裕谦执着朝恩手道："这城屏障，便是招宝山及金鸡岭两处。老兄驻守金鸡岭，本帅很是放心，只有招宝山放心不下。"朝恩道："这要看朝廷洪福，卑镇愿以死报。"当下由裕谦亲送出营，朝恩匆匆别去。

裕谦遂登陴守城，城下忽来了余步云，由兵士将弁启门放入。步云径上城来见裕谦，裕谦便道："军门足疾已愈么？"步云道："足疾尚未痊可，因敌兵入境，不得不前来请教。"裕谦道："誓死对敌，此外没有什么法子。"步云道："敌兵很是厉害，万一挫失，全城要糜

清史演义

307

烂了。"裕谦道："这也没法。依你怎么处？"步云道："据步云愚见，只可暂事羁縻。外委陈志刚人颇能干，不如叫他前去议抚。"裕谦笑道："我道军门有什么妙策，城下乞盟的事件，本帅却不愿闻。"步云道："大帅既不愿议抚，此处恐守不住，只好退守宁波。"裕谦正色道："敌到镇海，便退宁波，敌到宁波，将退何处？我与军门都受朝廷重任，难道叫我逃走么？"步云碰了一个钉子，下城自去。

约过两三个时辰，遥见招宝山上已换了英国旗号，裕谦大惊道："不好了！余步云卖去招宝山了。"果然探马报来，招宝山被陷，余军门不知下落。接着，又报："英兵攻金鸡岭，谢朝恩击死英兵数百，因招宝山失守，军士惊溃，谢镇台身中数创，也即殉难，金鸡岭又被英人夺去了。"裕谦道："罢罢罢！"言未毕，英兵已到城下。城外守兵，逃避一空。裕谦下城，解下城防，交副将丰伸泰送与浙抚，自己投奔学宫前，跳入泮池。经家人捞救，已剩得奄奄一息。文武官员闻裕谦投水，都弃城逃走。只有县丞李向南，冠带自缢。临死对，还有两首绝命诗。其诗道：

有山难撼海难防，

匪地奔驰尽犬羊；
整肃衣冠频北拜，
与城生死一睢阳。

孤城欲守已仓皇，
无计留兵只自伤；
此去若能呼帝座，
寸心端不听城亡。

英兵遂乘胜入城，踞了镇海。欲知后事，且看下回。

本回以王相国鼎及裕钦差谦为主脑，两人皆清室忠臣，惜乎其为愚忠。王鼎尸谏，无论其遗疏未上，为奸党用贿取去，即使不然，穆彰阿方沐君宠，能一击即倒乎？古人有为国除奸者矣，宁必尸谏？裕谦明知余步云之奸，不能立申军法，如穰苴之斩庄贾，已成大错；且定海孤悬海外，与其万不可守，曷若内捍镇海，自固堂奥，乃以三镇敢死之将，置诸必不可守之城，以两端怀异之人，授以险要必争之地。用隋侯珠，弹千仞雀，卒至两城迭陷，力竭躯捐，虽曰见危授命，于国事究何补焉？故忠固足悯，忠而愚，盖不能无疵云。

## 第五十四回　奕统帅因间致败　陈军门中炮归仁

却说英兵入镇海城，悬赏购缉裕谦，因裕谦在日，尝将英人剥皮处死，且掘焚英人尸首，所以英人非常忿恨。其时裕谦经家人救出，舁奔宁波，闻到这个信息，又由宁波奔余姚，裕谦一息余生，至此方才瞑目。进至萧山县的西兴坝，浙抚刘韵珂差来探讯，接着裕钦差尸船，替他买棺入殓。当由刘韵珂据事入奏，奏中并叙及余步云心怀两端等情。看官！你道这余步云究往何处去呢？步云自入城见裕谦后，回到招宝山，见英兵正向山后攀登，他竟不许士卒开炮，即弃炮台西走，先到宁波，继走上虞。生了三只脚，还假称有病。英兵攻入宁波，复犯慈溪，还恐内地有备，焚掠一回，出城而去。

清廷闻警，特旨授奕经为扬威将军，侍郎文蔚、都统特依顺为参赞，驰赴浙江防剿；粤抚怡良为钦差大臣，移驻福建，调河南巡抚牛鉴总督两江，分任南北沿海的守御。奕经奏调川、陕、河南新兵六千，募集山东、河南、江淮间义勇及沿海亡命徒数万。以道光二十二年元旦至杭州，大小官员出城迎接，不消细说。奕经格外起劲，留参赞特依顺驻守杭州，自己偕参赞文蔚，督兵渡江，进次绍兴。沿途颇也留意招徕，故福建水师提督王得禄，愿至军前投效，奕经嫌他年老，劝他回籍。前泗州知州张应云入营献计，奕经虚心下问。应云道："英人深入内地，都由汉奸替他导引，其实汉奸所为，不过贪图贿赂，并没有什么恩义相结。现闻宁波绅民，延颈盼望大军，那班汉奸又都是本地百姓，若大帅亦悬重赏招抚，汉奸可变作洋谍，大军出剿，使他作为内应，定卜成功。这便是兵法上所说的'因间'二字，敢乞大帅明鉴！"张应云因间之计，并非全然纰谬，但亦视乎善用不善用耳。奕经道："这策恰是很妙，但叫谁人去招呢？"应云道："卑职不才，愿当此任。"奕经大喜，遂议定进兵方略：令参赞文蔚率兵二千，出屯慈溪城北的长溪岭；副将朱贵、参将刘天保率兵二千，出屯慈溪城西的大宝山，专图镇海；总兵段永福率兵勇四千，偕张应云

出袭宁波；故总兵郑国鸿子鼎臣统率水勇东渡，规复定海；海州知州王用宾出驻乍浦，雇渔舟渡岱山，策应鼎臣；奕经自率兵勇三千，驻扎绍兴东关镇，接运粮饷，调度兵马。

计划已定，各路同时出发，只望旗开得胜，马到成功。谁知郑鼎臣航海东去，遇著大风颠簸，先荡得七零八落，没奈何收兵回来，帆樯已损破不少，总算数千名水勇，还幸生全。王用宾出渡岱山，因鼎臣遇风回航，反致孤军深入。到定海附近，被英人侦悉，放炮的放炮，纵火的纵火，连忙逃回，渔船已一半被毁了。一路完结。

段永福与张应云居然招集许多义勇，又收买汉奸，令为内应，先由段永福伏兵城外，约期正月晦日攻城，偏这汉奸反复无常，阳与张应云联络，暗中却把师期通报英将。两面赚钱，不愧汉奸二字。英将巴尔克忙与濮鼎查商议。濮鼎查是英国有名的谋士，便定了一个将计就计的法子，先期佯开城门，诱段永福入城。亏得永福刁猾，只令前队五百人进去，一入城中，两旁火弹雨下，英兵左右杀出，段军转身就逃。脚长的人，逃出了一半性命，还有一半，统做了宁波城中的炮灰。永福、应云不敢再战，先后奔回东关。两路完结。

还有出屯慈溪的两将，素称骁勇，刘天保欲立首功，先自发兵，甫至镇海城外，就大声呼噪。英兵闻警登城，接三连四的开放大炮，招宝山上的英兵，又发炮相应，凭你刘天保如何勇力，究竟血肉身子，敌不过两边炮弹，只得退回大宝山。朱贵接着埋怨他不先通知，以致败退，刘天保尚倔强不服。不想英兵反水陆并进，来攻大宝山。刘天保扎营山左，朱贵率长子昭南，扎营山右。英兵自右攻入，朱贵麾兵迎击，前队用抬炮数十，更迭激射，击毙英兵三四百名，英兵前仆后继，只是不退。朱贵父子亦拼命相搏，从辰时战到申时，朱军饥渴交加，单望天保军相救，天保军竟镇日不到。忽来了一支人马，冲阵而入，朱贵还道是天保军至，谁知他一入阵中，倒戈相向，才识是洋人卖通的乡勇，前来抗拒官军。朱贵怒极，下令搜杀，奈队伍已被冲乱，洋人乘间抄袭，后面导引水师登岸，巨炮火筒，射烧营帐，烟焰蔽天。这时候，天保军亦受冲击，反从山左窜到山右，弄得朱军越乱。朱贵见势不支，犹誓死格斗，把手中所执大旗，插在地上，抢着一柄大刀，拍马驰赴敌阵，见一个，杀一个，大约杀了几十个英人，身上亦着了数创，马亦受伤。朱贵被马掀下，英兵用着长矛，来戳朱贵，不防朱贵突然跃起，把敌矛夺住两杆，左右冲荡，吓得英兵纷纷倒退。英将见战朱贵不下，暗中携着手枪，乘朱贵杀入，陡发一弹，可怜盖世英雄，倒毙沙场上面。长子昭南见父已倒地，忙冲出父尸前，猛力抗拒，意中想保护父尸；怎奈英兵攒聚，双拳不敌四手，虽格杀英兵数名，已是身无完肤，大叫一声而亡。父忠子孝，朱氏有光。手下亲兵二百五十人，没一个不殉难。还有知县颜履敬，在后面督粮，距大宝山二里，闻报朱军鏖斗，登

第五十四回　奕统帅因间致败　陈军门中炮归仁

310

高观战，遥见朱军危急，奋然道："我与朱协台交好多年，理应出去帮助。"忙脱了外衣，拔出佩刀，下山驰赴，仆从上前谏阻，履敬道："我此去明知一死，但能上报君恩，下全友谊，死亦甘心，何足惧哉？"仆从见主子不允，也只得随着，驰入阵中，死斗一场，统中炮身死。死友义仆，足垂千古。

刘天保奔回长溪岭，促文蔚往援朱贵，文蔚不允，部下亦代为力请，始许发兵二百。时已薄暮，传报朱军覆没，慌得面如土色，急令截回二百兵，夤夜逃走。我不解道光帝何故专用这等人物，想总由平时会拍马屁。到了东关，那位扬威将军奕经早已接得败耗，遁到杭州去了。

先是两江总督伊里布，奉旨回任，因家人张喜往来英船，事涉通番，被逮入都，按律遣戍。浙抚刘韵珂与伊里布素有感情，上了一道奏章，说他因公得罪，心实无他。英人向来器重伊里布，就是伊仆张喜亦素得洋人倾服，倘令伊里布来浙效力，该英人不复内犯，亦未可定，伏望俯赐采纳等语。保荐伊里布，无非叫他议和。道光帝竟言听计从，赦伊里布罪，赏他七品顶戴，令赴浙营效力。并授宗室尚书耆英署杭州将军，连宗室都任命出来，道光帝之心如揭。与参赞齐慎一同赴浙。又密谕奕经，叫他注意防堵，暂勿出战，静俟机会。英将见浙省不敢发兵，遂欲转略长江，断绝南北交通，威吓中国，先勒索宁波绅士，犒军银一百二十万圆，才许退兵。绅士无奈，东凑西借，方得如数交去。英舰乃退，只留兵千余名，轮船四艘，驻守定海。

奕经忙奏陈收复宁波，刘韵珂亦照样驰奏。奏折才发，乍浦的警报又到。乍浦系浙西海口，向属嘉兴府管辖，驻有汉兵六千三百人，满兵千七百人，副都统长喜及同知韦逢甲率兵抵御，遥见英舰列阵而来，好像山阜一般，满汉兵先已气索，弄得脚忙手乱。英舰尚未近岸，他却乱放枪炮，一颗儿都没有放着。等到英舰拢岸，弹药已经用尽。那边英兵，蓬蓬勃勃，炮弹如雨点般打来，岸上的官兵，赤手空拳，焉能抵挡？自然败北而逃。长喜、韦逢甲禁喝不住，也只得退回城中。英兵登陆进攻，猛扑东门，城上炮石齐发，击伤英兵多名，英兵绕攻南门，长喜亦由东至南，奋力督守。忽见城中火起，烟尘抖乱，长喜料知汉奸内应，欲下城搜捕，那时英兵已缘梯登城，长喜左拦右阻，致受重伤，遂下城投水。经亲兵救出，隔宿乃亡。韦逢甲力战多时，炮伤左胁，亦即毙命。佐领隆福额特赫、翼领英登布、骁骑校该杭阿等，统同殉难。佐领果仁布妻塔塔拉氏惧城陷被辱，与二女投井死。生员刘楸被虏，由英人逼写告示，不从被杀。佣工陆贵遇着英兵，叫他抬炮，他反大骂，被英兵一枪戳死。木工徐元业也被英人执住，令他引搜妇女，他却自刎而尽。还有庠生刘东藩女，年二十二，尚未出嫁，英兵见她生有姿色，用刀胁刘，令女受污，女不从，也投入井中。刘进女凤姑，年十九，出城避难，遇英兵尾追，不能急

清史演义

走，反回身痛詈，甘心受刃。余外殉难的人，多不知名姓，无从纪载，相传共七百多人。扬忠表节，是好稗官。自从英人犯浙，别处城邑百姓，多望风先避，独乍浦猝遭失陷，趋避不及，罹祸最酷。上自官弁，下至工役妇女，宁为玉碎，毋为瓦全，也算是历史上光荣呢。古道犹存，今亡矣夫。

适值伊里布至浙，巡抚刘韵珂亟令赴英舰议款，英将巴尔克未许。还是家人张喜下船一谈，巴尔克只索还俘虏十数名，扬帆退去。张喜有这般能力，真也奇怪。当由刘韵珂一一奏明，伊里布遂由七品衔，升至副都统了。承蒙家人抬举。英舰自乍浦退出，转入江苏，驶至吴淞口，江南提督陈化成夙具将略，本系福建同安县人，清廷鉴他忠勇，特破回避本乡的故例，超擢厦门提督。嗣因江防紧急，调任江南。方才到任，即迭接定海、镇海败耗。江、浙是毗连省分，浙省遇警，江南应该戒严。吴淞又是长江南面的要口，向设东西两炮台，互为犄角。化成督兵把守，三阅寒暑，与士卒同甘苦，就使风霜雨雪，他也同将弁们在营住宿，军中感他惠爱，呼他作为陈佛。及英兵进逼吴淞，总督牛鉴也到宝山县督防。牛鉴胆气很小，忙召化成熟商。宝山距吴淞只六里，一召便到，牛鉴见了，别事不闻提起，单问保全生命的法儿。化成道："大帅不要惊慌！吴淞口向设炮台，用炮扼险，可决胜仗。只叫大帅坐镇宝山，不可轻出轻入！那时化成自能退敌。"牛鉴道："可靠得些么？"化成道："兵家胜负，虽是不能预料，但一夫拼命，万夫莫当。总叫上下将弁戮力同心，何愁不胜？"牛鉴道："全仗！全仗！"化成告退，仍回吴淞。参将周世荣接着，问制军有无对敌方略，化成微笑道："老哥别问！只我与你的福气，统是不薄。"世荣不觉惊讶，化成道："明日与英人开战，得了胜仗，我与你同受上赏；万一战败，死且不朽，非福而何？"当夜，遣别将守东炮台，自与周世荣守西炮台。

次日，化成手执红旗，登台挥战。英舰先发炮射来，化成亦发炮出去。一边仰攻，一边俯击，两下里喊杀震天，烟雾蔽日。相持多时，化成走到最大的炮门后面，亲自动手，望准英舰，放将出去，不偏不倚，正中英舰的烟囱，一声炸裂，沉下海底去了。台上的官兵，齐声欢呼。化成又开第二炮，这一炮，却没有前时的准，只击断了英舰的桅杆，放到第三炮，仍不过击断船桅；第五六回放炮，却是射不着；接连打了数十回，虽击死英兵数百名，终不能打沉英船。化成性急起来，把住锚头，仔细窥着，适有一舰鼓轮驶入，化成连击两炮，一炮击着敌舰的汽锅，一炮击着敌舰的轮叶，那舰向下一沉，又望上一跃。一跃一沉，钻入水底，只剩了桅杆的头梢，微露海面。这边台上鼓噪如雷，比第一炮越发欢跃。化成亦欣喜非常。

这位牛大帅，闻知官兵得胜，也想到军前扬威，跨上宝马，驰出南门。不要他轻出，他偏轻出。徐州兵亦随着前来，由总兵王志元押阵。牛大帅意气扬扬,只道英舰已退出口外,他来虚张声势,托词策应。纵着马上了海塘,见两边正在酣战,你一炮、我一枪的轰击,他已惊得目瞪口呆;突然面前落下一颗流弹,险些儿把灵魂飞去,转身就跑。这一跑,跑出大祸祟来了。不要他轻入,他偏轻入。原来台上兵弁闻制台亲来督战,正格外奋勇,忽见牛制台奔回,徐州兵统同骇散,海塘上杳无人迹,还道后面伏着英兵,不禁慌乱;心中一慌,手中渐渐疏懈。这时英兵攻西炮台不下,方转攻东炮台,东炮台守兵,闻西炮台炮声渐稀,错疑西炮台已经失守;又经牛大帅一逃,不由得魂销魄丧,弃台而走。

英兵乘势登岸,踞了东炮台,复来夹攻西炮台。化成前后受敌,危急万分,周世荣请化成退兵,化成拔剑叱道:"庸奴,庸奴!我误识汝。"世荣易服潜逃。这位陈提台化成尚竭力支撑,手燃巨炮,猛击英兵,怎奈顾前不能顾后,后面的炮弹接连打来,化成受了数弹,喷下几口狂血,舍生取义去了。守备韦印福,千总钱金玉、许林、许攀桂,外委徐大华、姚雁字等,见提台阵亡,感他平时的恩惠,情愿随死,乃与英兵鏖战许久,究竟众寡不敌,先后战殁。武进士刘国标,趁这血战的时候,夺出陈化成尸身,背负而出,藏在芦苇

里面,嗣经嘉定县令练廷璜,遣人舁至关帝庙殡殓。百姓多扶老携幼,争来哭奠,生荣死哀,陈提台也好瞑目。只牛制军奔回宝山,未曾喘息,忽报东西两炮台,统已失陷,提督以下,多半殉难,英兵已来攻宝山了。牛鉴不待听毕,忙带亲兵若干,拼命出走。英兵势如破竹,直入宝山,转陷上海,又扬帆入长江口,去追这位牛大帅。江浙有几句童谣道:

一战甬江口,制台死,提台走;

再战吴淞口,提台死,制台走;

死的死,走的走,沿海码头多失守。

究竟牛鉴能逃得性命否,容待下回再表。

奕经、牛鉴平时本无功绩可言,乃用以作折冲之选,其致败也宜矣。朱贵父子及陈提台化成,皆骁勇善战,一误于文蔚之不救,一误于牛鉴之猝逃,奕经无可诿之中,犹可强诿,牛鉴则胆小如鼷,闻炮惊走,坐乱军心,徒委陈化成于敌手,为国家失一良将,其罪殆不可胜诛矣。本回于朱、陈战状,极力形容,即所以甚奕经、牛鉴之罪。旁及死事诸将弁,及殉节诸工役妇女,尤足愧煞庸奴。

## 第五十五回　江宁城万姓被兵
　　　　　　静海寺三帅定约

却说牛鉴自宝山逃走，沿路不暇歇脚，一直奔回江宁。英兵即溯江直入，径攻松江。松江守将姓尤名渤，乃是寿春镇总兵，从寿春调守松江城。他闻英兵入境，带着寿春兵二千，到江口待着。英兵见岸上官军一队一队的排列，严肃得很，他也不在心上，仗着屡胜的威势，架起巨炮，向岸上注射。尤总兵见敌炮放来，令兵士一齐伏倒；待炮弹飞过，又饬兵士尽起，发炮还击。这二千寿春兵，是经尤总兵亲手练成，坐作进退，灵敏异常，俄而起，俄而伏，由尤总兵随手指挥，无不如意。英兵放来的炮弹，多落空中，官兵放去的炮弹，却有一大半击着。相持两日，英兵不得便宜，转舵就走，分扰崇明、靖江、江阴境内，都被乡民逐出。

当下英将巴尔克、卧乌古及大使濮鼎查，密图进兵的计策。卧乌古的意思，因长江一带，水势浅深，沙线曲折，统未知晓，不敢冒昧深入，还是濮鼎查想了一个妙计。看官！你道他的妙计是怎样？他无非用了银钱，买通沿江渔船，引导轮船驶入。中国人多是贪财，所以一败涂地。沿途进去，测量的测量，绘图的绘图，查得明明白白，并探得左右无伏，遂决意内犯。

镇江绅士得此消息，忙禀知常镇通海道周顼。周顼同绅士巡阅江防，绅士指陈形势，详告堵截守御事宜。周顼笑道："诸君何必过虑！长江向称天堑，不易飞渡，江流又甚狭隘，水底多伏暗礁，我料英兵必不敢深入。他若进来，必要搁浅。等他搁浅的时候，发兵夹击，便可一举成功，何必预先筹备，多费这数万银钱呢？"敌已在前，他还从容不迫，也是可哂。遂别了绅士，径自回署。谁知英舰竟乘潮直入，追薄瓜洲，城中兵民，已经逃尽，无人抵敌。英兵转窥镇江，望见城外有数营驻扎，就开炮轰将过去。这镇江城外的营兵，乃是参赞齐慎及提督刘允孝统带，闻得敌炮震耳，没奈何出来对敌，战了一场。敌炮很是厉害，觉得支持不住，还是退让的好，一溜风跑到新丰镇去。又是两个不耐战。

城内只有驻防兵千名，绿营兵六百，老弱的多，强壮的少，军械又不甚齐备，副部统海龄恰是个不怕死的硬汉，率兵登城，昼夜守御，英兵进薄城下，攻了两日，不能取胜。又是卧乌古等想出声东击西的诡计，佯攻北门，潜师西南，用火箭射入城中，延烧房屋。海龄正在北门抵御，回望西南一带，火光冲天，英兵已经上城，料知独力难支，忙下城回署，将妻妾儿女一古脑儿锁入内室，放起火来，霎时间阖门一炬，尽作飞灰。海龄在大堂上，投缳殉节。英兵入城，把余火扑灭，搜捕官吏，已经一个不留。沿江上下的盐船估舶，或被英兵炮毁，或被枭匪焚掠，一片烟焰，遮满长江。扬州盐商个个惊恐，想不出避兵法儿，只得备了五十万金的厚礼，恭送英兵，才蒙饶恕。英舰直指江宁，东南大震。

牛制台奔回江宁，总道是离敌已远，可以无恐，城中张贴告示，略称："长江险隘，轮船汽船，不能直入，商民人等，尽可照常办事，毋庸惊惶！"这班百姓见了文告，统说制台的言语，总可相信。那时电报火车，一些儿都没有，但叫官场如何说，百姓亦如何做，到了镇江失守，南京略有谣传，牛制军心里虽慌，外面还装出镇定模样，兵也不调，城也不守。简直是个木偶。忽然江宁北门外，烽火连天，照彻城中，城内外的居民，纷纷逃避。牛制军遣人探听，回报英兵舰八十多艘，连樯而来，已至下关。牛制军被这一吓，比在宝山海塘上那一炮，尤觉厉害。

呆了好一歇，忽报伊里布由浙到来，方把灵魂送回，才会开口，好一个救星。道了"快请"二字。伊里布入见，牛鉴忙与他行礼，献茶请坐，处处殷勤。便道："阁下此来，定有见教。"伊里布道："伊某奉诏到此，特来议抚。"牛鉴道："好极，好极！中英开衅，百姓扰得苦极了，得公议抚，福国利民，还有何说？"伊里布道："将军耆英，亦不日可到，议抚一切，朝旨统归他办理。伊某不过先来商议，免得临时着忙。"牛鉴听罢，便道："耆将军尚未到来，英兵已抵城下，这且如何是好？"伊里布道："小价张喜，与英人多是相识，现不如写一照会，差他前去投递，便可令英人缓攻。"牛鉴道："照会中如何写法？"伊里布道："照会中的写法，无非说钦差大臣耆英，已奉谕旨，允定和好，请他不必进兵。再令小价张喜，与他委婉说明，包管英人罢兵。"牛鉴喜极，随令文牍员写好照会，即挽伊里布叫入张喜，亲自嘱托，即刻令投送英船。张喜唯唯而去。老家人又出风头。去了半日，才来回报，牛鉴不待开口，忙问道："抚议如何？"张喜道："据英使濮鼎查说，和议总可商量，但耆将军到此无期，旷日持久，兵不能待，须就食城中方可。"牛鉴闻他和议可商，已觉放心；及听他就食城中的要约，又着急起来，便道："据这句话，明明是要来攻城，这却如何使得？"张喜道："家人亦这样说，同他辩驳多时，他说要我兵不入城，须先办三百万银子送我，作了兵饷，方好静候耆将军。"大敲竹杠。

清史演义

第五十五回　江宁城万姓被兵　静海寺三帅定约

牛鉴道："这也是个难题目。银子要三百万，哪里去办？"

道言未绝，外面报副将陈平川禀见，牛鉴传入。平川请过了安，向牛鉴道："寿春镇的援兵已到城下，求大帅钧示，何日开战？"牛鉴道："要开战么？这事非同儿戏，倘一失败，南京难保，长江上游，处处危急，岂不是可怕么？"平川道："不能战，只好固守，请下令闭城，督兵登陴方好。"牛鉴道："你又来了。前日将军德珠布，闻英兵已到，饬十三城门统行关锁。你想朝廷现主抚议，如何可闭城固守，得罪英人？我与伊都统费尽口舌，才争得'已启申闭'四字。德将军掌管全城锁钥，我没奈何去恳求他，你如何也说出这等话来？"平川道："耆将军尚在未到，抚议尚无头绪，倘英人登岸攻城，城中没有防备，如何抵敌？"牛鉴不禁变色道："英将并不来攻城，你却祝他攻城，真正奇怪！本帅自有办法，不劳你们费心！"当下怒气勃勃，拂衣起座，返身入内。不愧姓牛。平川只得退出。

牛鉴到了内厅，亲写了一封急信，叫干役两名，把信付他，令他加紧驰驿，去催耆钦使。一面又命张喜，再赴英舰，与他附耳谈了数语。什么秘计，诸君试一猜之！张喜领命又去。

看官！你道这个家人张喜，真能够与英帅面谈么？原来英舰中有个末弁，叫作马利逊，能作汉语，张喜与马利逊认识，数次往返，统由马利逊介绍；此次仍由马利逊引见濮鼎查，两边言语，也由马利逊传译。濮鼎查就问三百万兵饷，可曾备齐么，张喜道："耆将军即日可到，和事就可开议。牛大帅恐贵使性急，特遣张某前来相告。贵国初意，无非为了通商的事情，现我朝愿允许通商，贵国当可罢兵了。"濮鼎查道："要我罢兵，也是容易，但须依我几件事情。第一件须赔偿烟价，要一千二百万圆。"张喜道："广东已给过六百万圆，如何今日还要倍索？"濮鼎查道："那是兵费，不是烟价。现在我兵由粤到此，饷项又用去数千万，亦须照例赔偿。"张喜不禁伸舌，便道："还要赔兵费么？"濮鼎查道："烟价、兵费外，香港是要割让的。香港以外，还要把广州、福州、厦门、宁波、上海五港口，开埠通商。"张喜道："款子有这么多！"濮鼎查道："还有，还有。讲和以后，俘虏是要放还；将来两国通使，应用平等款式。此外如我国的商民，损失颇多，也应酌量赔偿。烦你去通报贵国公使，如肯照允，当即退兵。"濮鼎查真是泼辣。张喜不敢辩论，便辞别了濮鼎查，当由马利逊送他登岸。张喜向马利逊道："议和的条件，这般厉害，恐怕是不易办到。"马利逊道："我与你向来熟识，不妨对你直言。这是我国所索，并非中国所许。此次我国兴兵，通商为主，不在银钱，但得两三港贸易，已能如愿，余事由中国裁酌便了。"张喜点头告别。相传马利逊本是中国人，因在英领事处，服役多年，投入英籍。英领事嘉他勤慎，所以拨他作了英官。马利逊这番言语，也算是暗地关会，格外有情。

316

张喜据实回报，牛鉴不好遽复，又延挨了两三天，忽闻钦差大臣耆英到了，牛鉴忙出城迎接。耆英入城，谈起和战事宜，与牛鉴很是投机。也是牛类。刚拟去拜会英帅，英帅的照会已到，大略照前时所说的款子。耆英按照各款，稍稍驳诘，即行咨复。不料英使濮鼎查定要件件依他，方许讲和，否则明日开战。这个照会答复过来，急得耆英、牛鉴、伊里布没法摆布。忽报英舰高悬红旗，声势汹汹，准备开仗。耆英不得已，复遣张喜赴英船，与约翌朝会商。濮鼎查却翻着脸道："还要商议什么？允与不允，一言可决。闻汝大帅还添调寿春兵，与我接仗，我却不怕，明日同你交锋便了。"张喜忙说："没有这事。"濮鼎查不信，还是马利逊从旁缓颊，方说："明日辰刻，如再不允，我兵一齐登岸，运炮至钟山顶上，轰碎你的全城，休要后悔！"分明恫吓。张喜还报。

翌晨，耆英遣侍卫咸龄、藩司黄恩彤、宁绍台道鹿泽长，往英舰会商。两边磋议了一回，由濮鼎查定出数款：第一款，是清、英两国，将来当维持平和。这一条是面子上语，无关得失。第二款，是清国须给英兵费洋一千二百万圆，商欠三百万圆，赔偿鸦片烟六百万圆，共二千一百万圆，限三年缴清。第三款是，开广州、厦门、福州、宁波、上海五港，为通商口岸，许英人往来居住。第四款是，割让香港。第五款是，放还英俘。第六款是，交战时为英兵服役的华人，一律免罪。第七款是，将来两国往复文书，概用平行款式。第八款是，条约上须由清帝钤印。咸龄等见了此款，明知厉害得很，但是耆将军等一意主和，不好再行申驳，只说："即日照奏，请俟政府批回，即可定约。"濮鼎查道："须要赶紧，迟则不便。"咸龄等唯唯趋出，急报知耆英等，将条约草案呈上。耆英也不待瞻明，即与牛、伊二人会衔，饬文牍员写好奏章，由八百里加紧驿使，驰奏北京。

道光帝览奏，未免懊恼，立召军机大臣会议。军机大臣不敢多嘴，只大学士穆彰阿道："兵兴三载，糜饷劳师，一些儿没有功效，现在只有靖难息民的办法。等到元气渐苏，再图规复不迟。惟钤用御宝一条，关系国体，不便允准，应饬耆英等改用该大臣关防，便好了案。"见小失大，忽近图远，真好相才。道光帝迟疑一会，才道："照你办罢！"当由军机处拟旨，饬耆、牛、伊三人遵行。

耆、牛、伊三人奉到上谕，见各款都已照准，只有钤用御宝，须改易三大臣关防，暗想这是最后一款，谅来英使总可转圜，遂令张喜至英舰知会，约期相见。马利逊先问张喜道："议和各款，已批准么？"张喜道："件件批准，只钤用御宝事不允。"马利逊道："我国最重钤印，这事不允，各议款都无效了。"张喜突然一惊，半晌道："且待三帅等会过英使，再作计较。"马利逊道："我国礼节，与中国不同，钦使制府，必欲来会，请用我国的平行礼。"张喜道："是否免冠鞠躬？"马利逊道："免冠鞠

317

躬，仍是平时的礼节，军礼只举手加额便是。"张喜道："简便得很，我去禀明便了。"

两人别后，转瞬届期，耆、牛、伊三帅，带领侍卫司道，径往英舟。濮鼎查出来相见，两下用了平行礼，分宾主坐定，订定盟约，倒也欢洽异常。耆、牛、伊回城后，又想了一桩拍马屁的法子，备好牛酒，于次日亲去犒师，到了英舟，濮鼎查忽辞不见。三人驰回，急令张喜去问马利逊，一时回报，据英使意见，日前议定各款，一字不能改易，如或一字不从，只好兵戎相见，毋烦犒劳！耆英道："他如何知我消息？我昨日与英使相会，因初次见面，不好骤提易印二字，今日是借了犒师的名目，去议这件款子。偏偏他先知觉，不识有哪个预报详情？"张喜在旁，垂头不答。牛鉴道："为了这事仍要用兵，殊不值得，想圣上英明得很，且再行申奏，仰乞天恩俯准，当无不可。"耆英道："如何说法？"伊里布道："奏中大意，只叫说钤用御宝，乃是彼此交换的信用。我国用御宝，彼国君主亦应照办，讲到平行款式，尚属可行。这么说来，想皇上亦不至再行申斥。况内有穆中堂作主，我们备一密函，先去疏通，自然容易照准了。"耆英依言照办，奏折上去，果然降旨依议。耆英等再赴英舰，与濮鼎查申明允议，约定仪凤门外的静海寺中，两下换约。届期免不得有一番手续，小子不欲再详，只好大书道光二十二年七月二十四日，即西历一千八百四十二年八月二十九日，清英结南京条约，和议告成，便算完案。第一次国耻。

但英舰尚未退去，兵弁多上岸游览，江南华丽，远胜他省，青年妇女妆扮得百般妖艳，英兵不懂中国禁忌，就上前去握手相亲，吓得妇女们大叫救命，恼了许多男子汉，说他怎么无礼，将英兵围住，手打脚踢，着实地敲了一顿。这一场瞎闹，几乎又惹起大交涉来。英将要下令赴斗，耆、牛、伊三人，亟遣黄藩司前去道歉。那英将不肯干休，定欲按问，没奈何将闹事的百姓拿了几个，枷号示众。不愿作元绪公，恰要他吃独桌。并出示晓谕军民，只说："外洋重女轻男，握手所以示敬，居民不要误会，致启嫌隙！"若比握手更亲一层，便是相敬如宾了。众百姓似信非信，因内外交相胁迫，只得忍气吞声罢了。

到八月终旬，英兵先得六百万圆偿金，方退出江宁，还屯舟山。长江一带无英兵，惟舟山及鼓浪屿，英兵尚不肯撤退，须俟偿款交清，方行撤去。清廷无可奈何，只好一期一期地解他赔款。道光帝痛定思痛，想惩办一二庸帅，遮盖自己脸面。廷臣窥伺意旨，参本弹章，陆续投呈，于是道光帝连下谕旨。牛鉴革职逮问，命耆英代任江督，奕山、奕经、文蔚，亦仿牛鉴例逮治，余步云正法。独伊里布特沐重恩，升任钦差大臣，赴粤议互市章程，这是议和的功绩，清廷原特别优待他的。

转瞬间又是一年，春王正月，诏闽督怡良谳台湾狱。革台湾总兵达洪阿、兵备道姚莹职，海内哗然。这件案情，也是从英兵入境而起。英舰入犯的时候，曾遣偏师窥台湾，达洪阿、姚莹督率参将邱镇功，守御鸡笼口，见英舰驶入，开炮抵敌，轰退英兵。当下捷报到京，道光帝下旨嘉奖。嗣后英兵又窥大安港，达洪阿、姚莹预设埋伏，诱敌进口，英舰鼓轮直入，巧巧触着暗礁，霎时间伏兵齐起，奋勇上船，擒住白人二十四名，黑人一百六十五名，炮二十门及英兵所得浙军器械，约数百件。捷报再上，道光帝亲书硃谕，赏达洪阿太子少保衔，加姚莹二品顶戴。达、姚二人，将英俘监住，请旨正法，有旨批准。达洪阿等也算谨慎，把黑人一百六十四名斩首，留白人不杀。到了江宁议和，两国当交还俘虏，台湾只交出白人。英使濮鼎查寻了闲隙，遍诉江、浙、闽粤诸大吏，略说："台中两次俘获，均系遭风难民。镇台达洪阿、道台姚莹，垂危邀功，请会奏惩处！"这位和事老耆英，连忙上奏，洋奴，洋奴！达洪阿闻这消息，也具奏声明原委，最后的一篇奏牍，恰是自请开缺，候钦派大臣查办。道光帝遂饬怡制台渡台讯究，一面将达、姚二人撤任。正是：

　　功罪不明先受谴，
　　忠奸未辨已蒙冤。

毕竟怡制台讯究后，达、姚二人得罪与否，请看下回分解。

　　中英开衅，为禁烟而起，屡战屡败，直至江宁受困，情见势绌，不得已而乞和。种种条款，令人难堪，耆、牛、伊三大臣，唯唯诺诺，不敢少违。英人始愿，且不及此，何其怯欤？顾后人以此为五口通商之始，目为耆、牛、伊罪案，吾谓通商尚不足病，重洋洞辟，万国交通，中国宁能长此闭关乎？但战事为禁烟而起，至和议成后，于禁烟二字，绝不提及，是真可怪。英人未尝不允禁烟，我既事事如约，则禁烟二字，应不难乘此提议，数十百年之积毒，不至长遗，尚足为万一之补救。乃议和诸臣，见不及此，清宣宗亦屡败而惧，含糊了事。虎头蛇尾，能毋为外人窥破耶？本回写牛鉴，写伊里布，写耆英，暗中实写宣宗。语重心长，隐含无数感慨。

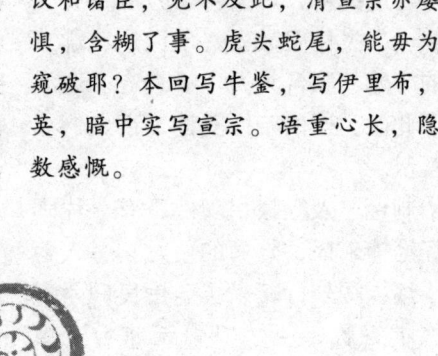

## 第五十六回　怡制军巧结台湾狱
## 涂总督力捍广州城

却说闽浙总督怡良，本是达、姚二人的顶头上司，只因军务倥偬，朝廷许他专折奏事，达、姚遂把始末战事，直接政府，闽督中不过照例申详，多未与议，因此怡良亦心存芥蒂。此次奉旨查办，大权在手，乐得发些虎威，聊泄前恨。外不能御侮，内却偏要摆威，令人可恼！到了台湾，驺从杂沓，仪仗森严，台中百姓，闻得怡制台为办案而来，料与达镇台、姚道台一方面，有些委屈，途中先拦舆鼓噪，争说达、姚二官员的好处，制台大人不必查究。达洪阿得了此信，连忙亲往驰谕，百姓们才渐渐解散。

怡制台一入行辕，门外又有一片闹声，经巡捕来报，外面的百姓，每人各执香一炷，闯入行辕来了。怡良问为何事，巡捕答称，百姓口中无非为达镇台、姚道台伸冤。此时达、姚二人见过怡制台，已自回署，怡良忙着人传见。不一时，达、姚俱到，百姓分开两旁，让两人入辕。怡良此时，只得装出谦恭模样，起身相迎，与两人行过了礼，随说：“两位统是好官，所以百姓这般爱戴。现仍劳两位劝慰百姓，禁止喧闹，兄弟自然与二位伸冤。”达、姚二人忙禀道：“大帅公事公办，卑职等自知无状，难道为了百姓，便失朝廷赏罚么？”正答议间，外面的喧声越加闹热。怡良忙道：“二位且出去劝解百姓，再好商量。”达、姚二人只好奉命出来，婉言抚慰。众百姓道：“制台大人，既已到此，何不出来坐堂，小百姓等好亲上呈诉。”达姚二人乃再请怡制台坐出堂去，晓谕百姓。怡良没法，亲自出堂，见外面有无数百姓，执着香，黑压压的跪了一地。前列的首顶呈词，由巡捕携去，呈与怡良。怡良大略一瞧，便道：“本宪此来，原是与达镇、姚道伸冤，汝等百姓，好好静候，千万不要喧哗。”众百姓尚是不信，又经达姚二人再三劝慰，百姓方才出去。

怡良又邀达、姚二人入内，便道："二位的政声，兄弟统已知悉，但上意恐有误抚议，所以遣兄弟前来。"一面取出密旨，交与二人阅看，内有"此案如稍有隐饰，致朕赏罚不公，必误抚局，将来朕别经察出，试问怡良当得何罪"等语。炀灶蔽聪，前后多自相矛盾。两人阅过上谕，便道："卑职等的隐情，已蒙大帅明察，甚是感德不忘，现只请大帅钧示便了！"怡良道："现在英人索交俘虏，台中擒住的英人，已多半杀却，哪里还交付得出？兄弟前时曾有公文寄达两位，叫两位不要杀戮洋人，两位竟将他杀死一大半，所以今日有这种交涉。"达洪阿道："这是奉旨照办，并非卑镇敢违钧命。"怡良道："君要臣死，不得不死。专制时代的谰语。现在抚议已成，为了索交俘虏一事，弄得皇上为难，做臣子们也过意不去。为两位计，只好自己请罪，供称：'两次洋船破损，一系遭风击碎，一系被风搁沉，实无兵勇接仗等事。前次交出白人数十名，乃是台中救起的难民，此外已尽逐波臣，无处寻觅。'照此说来，政府可以藉词答复，免得交涉棘手了。"计策恰好，只难为了达、姚。达洪阿不禁气忿道："据大帅钧意，饬卑镇等无故认罪，事到其间，卑镇等也不妨曲认。但一经认实，岂非将前次奏报战仗，反成谎语？欺君罔上，罪很重大，这却怎么处？"怡良道："这倒不妨，兄弟当为二位转圜。"遂提笔写道："此事在未经就抚以前，各视其力所能为。该镇、道志切同仇，理直气壮，即办理过当，尚属激于义愤。"写到此处，又停了笔，指示两人道："照这般说，两位便不致犯成大罪，就使稍受委屈，将来再由兄弟替你洗刷，仍好复原。这是为皇上解围，外面不得不把二位加罪，暗中却自有转圜余地。兄弟准作保人，请两位放心！"如此做作，可谓苦心孤诣。达、姚二人，没奈何照办。

怡良就将写好数语，委文牍员添了首尾，并附入达、姚供状，驰驿奏闻。道光帝一并瞧阅，见怡良奏中，末数语，乃是："一意铺张，致为借口指摘，咎有应得"三语。总不肯放过。遂密逮达、姚二人入都，交刑部会同军机大臣审讯。隐瞒百姓，阳谢英人，苦极苦极！道光帝自己思想，无故将好人加罪，究竟过意不去，刑部等的定谳也是不甚加重，遂由道光帝降旨道：

该革员等呈递亲供，朕详加披阅，达洪阿等原奏，仅据各属文武士民禀报，并未亲自访查，率行入奏，有应得之罪。姑念在台有年，于该处南北两路匪徒，叠次滋扰；均迅速藏事，不烦内地兵丁，尚有微劳足录。达洪阿、姚莹，著加恩免其治罪！业已革职，应毋庸议！钦此。

台湾的交涉，经这么一办，英人算无异言。这是怡制台的功劳。奈自洋人得势后，气焰日盛一日，法、美各国，先时尝愿作调人，江宁和约，不得与闻，免不得从旁讥议；况且中国的败象，已见一斑，自然乘势染指。是时钦差大臣伊里布赴粤，与英使濮鼎查，开议通商章程，尚未告成，伊已病殁。清廷命两江总督耆英，继了后任，订定通商章程十五条。自此英人知会各国，须就彼挂号，方可进出商船，输纳货税。法、美各商以本国素未英属，不肯仰英

321

## 第五十六回 耆制军巧结台湾狱 徐总督力捍广州城

人鼻息，遂直接遣使至粤，请援例通商。耆英不能拒，奏请许法、美互市，朝旨批准，随于道光二十四年，与美使柯身，协定中美商约三十四款，又与法使拉萼尼，协定中法商约三十五款，大旨仿照英例。惟约中有"利益均沾"四字，最关紧要。耆英莫名其妙，竟令他四字加入，添了后来无数纠葛，又上法、美的当。这且待后再详。

只江宁条约，五口通商，广州是排在第一个口岸，英人欲援约入城，粤民不肯，合词请耆英申禁。耆英不肯，众百姓遂创办团练，按户抽丁，除老弱残废及单丁不计外，每户三丁抽一，百人为一甲，八甲为一总，八总为一社，八社为一大总，悬灯设旗，自行抵制英人，不受官厅约束。会英使濮鼎查自香港回国，英政府命达维斯接办各事。达维斯到粤，请入见耆英。耆英晓得百姓厉害，即遣广州知府刘浔先赴英舰，要他略缓数日，等待晓谕居民，方可入城相见。

知照后打道回衙，适有一乡民挑了油担，在市中卖油，冲了刘本府马头，被衙役拿住，不由分说，撅倒地上，剥了下衣，露出黑臀，接连敲了数十百板。市民顿时哗闹，统说官府去迎洋鬼子入城，我们百姓的产业，将来要让与洋人，应该打死。这句话，一传两，两传十，恼得众人性起，趁势啸聚，跟了刘本府，噪入署中。刘本府下了舆，想去劝慰百姓，百姓都是恶狠狠一副面孔，张开臂膀，恨不得奉敬千拳。吓得刘本府转身就逃，躲入内宅。百姓追了进去，署中衙役哪里阻拦得住？此时闯入内宅的人，差不多有四五千。幸亏刘本府手长脚快，扒过后墙，逃出性命，剩得太太、姨太太、小姐、少奶奶等，慌做一团，杀鸡似的乱抖。百姓也不去理他，只将他箱笼敲开，搬出朝衣朝冠等件，摆列堂上。内中有一个赳赳武夫，指手画脚地说道："强盗知府，已经投了洋人，还要这朝衣、朝冠何用？我们不如烧掉了他，叫他好做洋装服色哩！"众人齐声赞成。当下七手八脚，将朝衣、朝冠等，移到堂下，简直一把火，烧得都变黑灰。倒是爽快，但也未免野蛮。又四处搜寻刘本府，毫无踪迹。只得罢手，一排一排的出署。

到了署外，督抚已遣衙役张贴告示，叫百姓亟速解散，如违重究。众百姓道："官府贴告示，难道我们不好贴告示么？"当由念过书的人，写了几行似通非通的文字，贴在告示旁边，略说："某日要焚劫十三洋行，官府不得干预，如违重究！"趣极。这信传到达维斯耳内，也不敢入城，退到香港去了。百姓越发高兴，常在城外寻觅洋人，洋人登岸，不是著打，就是被逐。英使愤甚，迭贻书耆英，责他背约。耆英辩无可辩，不得已招请绅士，求他约束百姓，休抗外人。绅士多说众怒难犯，有几个且说："百姓多愿从戎，不愿从抚，若将军督抚下令杀敌，某虽不武，倒也愿效前驱。"耆英听了，越加懊恨，当即掇茶谢客。返入内宅，眉头一皱，计上心来，展毫磨墨，拂笺写信，下笔数行，折成方胜，用官封粘固,差了一个得力家人,付了这信,并发给路费,叫他星夜进京,到穆相府内投递。家人去讫,过了月余,回报穆相已经应允,将来总有好音。耆英心中甚喜,只英使屡促遵约,耆英又想了一个救急的法儿,答复英使,限期二年如约。于是耆英又安安稳稳地过了一年。

道光二十七年春月,特召耆英入京,另授徐广缙为两广总督,叶名琛为广东巡抚。这旨一下,耆英额手称庆,暗中深感穆相的大德,前信中所托之事,读此方知。日日盼望徐、叶二人到来。等了数月,徐、叶已到,耆英接见,忙把公事交卸,匆匆地回京去了。

光阴如箭,倏忽间又是一年。英政府改任文翰为香港总督,申请二年入城的契约,旧事重提,新官不答。广东绅士已闻知消息,忙入督署求见,由徐广缙延入。绅士便开口道:"英人要求无厌,我粤万不能事事允行。粤民憾英已久,大公祖投袂一舍,负杖入保的人,立刻趋集,何虑不胜?"广缙道:"诸君既同心御侮,正是粤省之福,兄弟自然要借重大力。"

绅士辞去,忽由英使递来照会,说要入城与总督议事。广缙忙即照复,请他不必入城,若要会议,本督当亲至虎门,上船相见。过了两日,广缙召集吏役,排好仪仗,出城至虎门口外,会晤英使文翰。相见之下,文翰无非要求入城通商,广缙婉言谢却。当即回入城中,与巡抚叶名琛商议战守事宜。名琛是个信仙好佛的人,一切事情,多不注意;况有总督在上,战守的大计划应由总督作主。此时广缙如何说,名琛即如何答。城中绅士又都来探问,争说:"义勇可立集十万,若要开仗,都能效力,现正伫候钧命!"广缙道:"英人志期入城,我若执意不许,他必挟兵相迫,我当预先筹备。等他发作,然后应敌,那时便彼曲我直了。"绅士连声称妙。

不想隔了一宿,英船已闯入省河,连樯相接,轮烟蔽天,阖城人民统要出去堵截。广缙道:"且慢!待我先去劝导,叫他退去。他若不退,兴兵未迟。"随即出城,单舸往谕。文翰见广缙只身前来,想劫住了他,以便要求入城。两下方各执一词,忽闻两边岸上,呼声动地,遂往舱外一望,几乎吓倒。原来城内义勇统已出来,站立两岸,好像攒蚁一般,枪械森列,旗帜鲜明,眼睁睁地望着英船,口内不住地喝逐洋人。文翰一想,众寡情形,迥不相同,万一决裂,恐各船尽成齑粉,于是换了一副面庞,对着徐制台虚心下气,情愿罢兵修好,不复言入城事。中国百姓,能时时如此,何患洋人?广缙亦温言抚慰。劝他休犯众怒,方好在广州海口开舱互市。文翰应允,就送广缙回船,下令将英船一律退去。

广缙遂与名琛合奏,道光帝览奏大悦,即手谕道:

洋务之兴,将十年矣。沿海扰累,糜饷劳师。近年虽累臻静谧,而驭之之法,刚柔不得其平,流弊以渐而出。朕深恐沿海居民踩躏,故一切隐忍待之,盖小屈必有大伸,理固然也。昨因英使

清史演义

复申粤东入城之请，督臣徐广缙等，迭次奏报，办理悉合机宜。本日又由驿驰奏，该处商民，深明大义，捐资御侮，绅士实力匡勷。入城之议已寝。该英人照旧通商，中外绥靖，不折一兵，不发一矢，该督抚安内抚外，处处皆抉摘根源，令外人驯服，无丝毫勉强，可以历久相安。朕嘉悦之忱，难以尽述，允宜悬赏以奖殊勋。徐广缙著加恩赏给子爵，准其世袭，并赏戴双眼花翎。叶名琛着加恩赏给男爵，准其世袭，并赏戴花翎以昭优眷。发去花翎二枝，着即分别祇领！穆特恩、乌兰泰等，合力同心，各尽厥职，均着加恩照军功例，交部从优议叙。候补道许祥光，候补郎中伍崇曜，着加恩以道员尽先选用；并赏给三品顶戴。至我粤东百姓，素称骁勇，乃近年深明大义，有勇知方，固由化导之神，亦其天性之厚；难得十万之众，利不夺而势不移。朕念其翊戴之功，能无恻然有动于中乎？着徐广缙、叶名琛宣布朕言，俾家喻户晓，益励急公亲上之心，共享乐业安居之福。其应如何奖励，及给予扁额之处，着该督抚奖其劳勋，锡以光荣，毋稍屯恩膏以慰朕意。余均着照所议办理！钦此。

这道上谕，已是道光二十九年四月内的事情。道光帝以英人就范，从此可以无患，所以有小屈大伸的谕旨。谁知英人死不肯放，今年不能如愿，待到明年；明年又不能如愿，待到后年；总要达到目的，方肯罢手。外人的长处，便在于此。这且慢表。且说道光帝即位以来，克勤克俭，颇思振刷精神，及身致治，无如国家多难，将相乏材，内满外汉的意见，横着胸中，因此中英开衅，林则徐、邓廷桢、杨芳等几个能员不加信任，或反贬黜。琦善、奕山、奕经、文蔚、耆英、伊里布等，庸弱昏昧，反将更迭任用。琦善、奕山、奕经、文蔚四人，虽因措置乖方，革职逮问，嗣后又复起用。御史陈庆镛直言抗奏，竟说是刑赏失措，未足服民。道光帝也嘉他敢言，复夺琦善等职。怎奈贵人善忘，不到二年，又赏奕经二等侍卫，授为叶尔羌参赞大臣，奕山二等侍卫，授为和阗办事大臣，琦善二等侍卫，授为驻藏大臣，后竟升琦善四川总督，并授协办大学士，奕山也调擢伊犁将军。林、邓二人未始不蒙恩起复，林督云贵，邓抚陕西，然后究贤愚杂出，邪正混淆，又有权相穆彰阿，仿佛乾隆年间的和珅，妒功忌能，贪赃聚敛，弄得外侮内讧，相逼而来。道光帝未免悒悒。俗语说得好："忧劳足以致疾。"道光帝已年近古稀，到此安能不病？天下事往往祸不单行，皇太后竟一病长逝，道光帝素性纯孝，悲伤过度。皇四子福晋萨克达氏又复病殁。种种不如意事，丛集皇家，道光帝痛上加痛，忧上加忧，遂也病上加病了。总括一段，正是：

天有不测风云，人有旦夕祸福。

究竟道光帝的病体，能否痊愈，待至下回续叙。

道光晚年，为民气勃发之时。台湾谳案，达洪阿、姚莹，几含不白之冤，闽督怡良,又思借端报复,微台民之合词诉枉,达、姚必遭冤戮。虽复奏案情,仍有"一意铺张,致遭指摘"等语,然上文恰谕其志切同仇,激于义愤,于谴责之中,曲寓保全之意,皆台民一争之效也。至若广州通商,为江宁条约所特许,英人入城,粤民拒之,以约文言,似为彼直我曲之举,然通商以海口为限,并非兼及城中,立约诸臣,当时不为指出界限,含糊其词曰广州,固有应得之咎,而于粤民无与。耆英诱约而去,徐广缙衔命而来,微粤民之同心御侮,广缙且被劫盟,以此知吾国民气,非真不可用也。但无教育以继其后,则民气只可暂用,而不可常用。本回于台、粤民气,写得十分充足,实为后文反击张本。满必招损,骄且致败,作者已寓有微词矣。

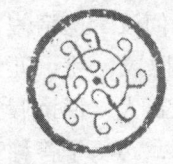

## 第五十七回　清文宗嗣统除奸　洪秀全纠众发难

　　却说道光帝身体违和，起初尚勉强支持，日间临朝办事，夜间居圆明园慎德堂苫次。孝思维则。延至三十年正月，病势加重，自知不起，乃召宗人府宗令载铨，御前大臣载垣、端华、僧格林沁，军机大臣穆彰阿、赛尚阿、何汝霖、陈孚恩、季芝昌，内务府大臣文庆，入圆明园苫次，谕令诸大员到正大光明殿额后，取下秘匣，宣示御书，乃是"皇四子奕詝"五字，遂立皇四子奕詝为太子。道光帝时已弥留，遂下顾命道："尔王大臣等，多年效力，何待朕言。此后夹辅嗣君，总须注重国计民生，他非所计。"诸臣唯唯听命。一息残喘，延到日中，竟尔宾天去了。皇四子遂率内外族戚及文武官员，哭临视殓，奉安入宫，不烦细叙。

　　这皇四子奕詝，本是孝全皇后所出，前文已经叙过。道光帝早欲立为皇储，嗣后又钟爱皇六子奕訢，渐改初意，不过孝全崩逝，疑案未明，道光帝始终悲悼，倘若不把皇四子立为太子，总有些过意不去，因此逡巡未决。是时滨州人侍读学士杜受田，在上书房行走，授皇子读书，他与皇四子感情最深，满拟皇四子入承宗社，将来稳稳是个傅相。旋因道光帝意有别属，未免替皇四子捏一把汗。一日，皇四子到上书房请假，适值左右无人，只一位杜老先生，兀坐斋中，皇四子便向他长揖，并说请假一日。杜老先生问他何事，皇四子答称奉父皇命，赴南苑校猎。杜老先生便走至皇四子前，与他耳语道："四阿哥至围场中，但坐观他人驰射，万勿可发一枪一矢；并当约束从人，不得捕一生物。"皇四子道："照这么说，如何覆命？"杜老先生道："覆命时，四阿哥须如此如此，定能上邀圣眷。这是一生荣枯关头，须要切记！"笔下半现半隐，令人耐读。皇四子答应而去。行到围场，诸皇子兴高采烈，争先驰逐，独他一人呆呆坐着，诸从人亦垂手侍立。诸皇子各来问道："今日校猎，阿哥为什么不出手？"皇四子只说是身子未快，所以不敢驰逐。猎了一日，各回宫覆命，诸皇子统有所得，皇六子奕訢猎得禽兽比别人更多，入报时，尚露出一种得意模样。偏偏皇四子两手空空，没有一物。道光帝不禁怒道："你去驰猎一整日，为何一物没有？"皇四子从容禀道："子臣虽是不肖，若驰猎一日，当不至一物没有。但时当春和，鸟兽方在孕育，子臣不忍伤害生命，致干天和；且很不愿就一日弓马，与诸弟争胜。"道光帝听到此语，不觉转怒为喜道："好！好！看汝不出有这么大度，将来可以君人。我方放心得下哩。"于是遂密书皇四子名，缄藏金匮。

道光帝崩，皇四子为皇太子，即皇帝位，以明年为咸丰元年，是谓文宗。即位后，尊谥道光帝为"宣宗成皇帝"。又因生母孝全皇后早已崩逝，咸丰帝素受静皇贵妃抚养，至此尊为康慈皇贵太妃，奉居寿康宫；后尊为太后，奉居绮春园，就是宣宗颐养太后的住所。以七阿哥奕𫍽生母琳贵妃，温良贤淑，亦尊为琳贵太妃，奉居寿安居西所，统格外敬礼，一体孝养。随封弟奕誴为惇亲王，奕訢为恭亲王，奕𫍽为醇郡王，奕詥为钟郡王，奕譓为孚郡王；且追念杜师傅的拥戴大功，立擢为协办大学士。知恩报恩，确不愧君人之度。杜师傅更力图报称，所有政务，时常造膝密陈，因此求贤旌直的诏旨，连篇迭下。起擢故云贵总督林则徐、漕督周天爵、总兵达洪阿、道员姚莹等，多是杜协揆暗中保荐，中外翕然称颂。还有一种最得人心的上谕，由小子录述如下：

任贤去邪，诚人君之首务。去邪不断，则任贤不专。方今天下因循废堕，可谓极矣。吏治日坏，人心日浇，是朕之过。然献替可否，匡朕不逮，则二三大臣之职也。

穆彰阿身任大学士，受累朝知遇之恩，不思其难其慎，同德同心，乃保位贪荣，妨贤病国；小忠小信，阴柔以济奸回，伪学伪才，揣摩以逢主意。从前戎务之兴，穆彰阿倾排异己，深堪痛恨。如达洪阿、姚莹之尽忠宣力，有碍于己，必欲陷之。耆英之无耻丧良，同恶相济，尽力全之。似此之固宠窃权者，不可枚举。我皇考大公至正，惟知以诚心待人，穆彰阿得以肆行无忌，若使圣明早烛其奸，则必立寘重典，断不姑容。穆彰阿恃恩益纵，始终不悛，自本年正月，朕亲政之初，遇事模棱，缄口不言。迨数月后，则渐施其伎俩，如英船至天津，伊犹欲引耆英为腹心，以遂其谋，欲使天下群黎，复遭涂炭。其心阴险，实不可问。潘世恩等保林则徐，伊屡言林则徐柔弱病躯，不堪录用；及朕派林则徐驰往粤西，剿办土匪，穆彰阿又屡言林则徐未知能去否。伪言荧惑，使朕不知外事，其罪即在于此。

至若耆英之自外生成，畏葸无能，殊堪诧异。伊前在广东时，惟抑民以媚外，罔顾国家。如进城之说，非明验乎？上乖天道，下逆人情，几至变生不测。赖我皇考洞悉其伪，速令来京，然不即予罢斥，亦必有待也。今年耆英于召对时，数言及如何可畏，如何必应事周旋，欺朕不知其奸，欲常保禄位，是其丧尽天良，愈辩愈彰，直同狂吠，尤

不足惜。

穆彰阿暗而难知，耆英显而易著，然贻害国家，厥罪维钧。若不立申国法，何以肃纲纪而正人心？又何以使朕不负皇考付托之重欤？第念穆彰阿系三朝旧臣，若一旦竟置之重法，朕心实有不忍，着从宽革职，永不叙用。耆英虽无能已极，然究属迫于时势，亦着从宽降为五品顶戴，以六部员外郎候补。至伊二人行私罔上，乃天下所共见者，朕不为已甚，姑不深问。

办理此事，朕熟思审度，计之久矣，实不得已之苦衷，尔诸臣其共谅之！嗣后京外大小文武各官，务当激发天良，公忠体国，俾平素因循取巧之积习，一旦悚然改悔，毋畏难，毋苟安，凡有益于国计民生诸大端者，直陈勿隐，毋得仍顾师生之谊，援引之恩，守正不阿，靖共尔位，朕实有厚望焉。布告中外，咸使知朕意，钦此。

原来咸丰帝即位时，天津口外突来英船两艘，只说是赴京吊丧。直隶总督据事奏闻，咸丰帝召问穆彰阿及耆英两人，统答称英人请助执绋，无非为修好诚意，不如命他入京。独咸丰帝心中不以为然，随命直隶总督婉言谢却。英船亦起椗退去。于是咸丰帝因英人恭顺，回忆前次海疆肇衅，实由议抚诸臣，未战先怯，酿成种种失败的结果，遂追论前罪，将穆、耆二人分别谴责。穆、耆二人，罪无可逭，但为英人吊丧起见，亦未免近于周内，两国通好，吊贺固宜，乃以却之使去，即目为恭顺，因追论疆事失败之罪，揆情度理，殊嫌失

当。穆、耆二人虽因新主当阳未免有些寒心，然一年还没有过得，就使上头变脸，也不至这般迅速。谁料迅雷不及掩耳，革职夺级的上谕陡然下来，穆彰阿欲想挽回，已经没法，只得除下了红宝石顶子，脱下了一品仙鹤补服，没情没绪地领了一班妻妾子妇，回入自己的旗籍去了。还算运气。耆英做过大学士，一落千丈，降到五品顶戴，自想也没有脸面在朝打诨，也谢职而去。这且不必细表。

但咸丰帝谕旨中，有派林则徐驰赴粤西、剿办土匪等语，小子叙到这事，竟要大大地费一番笔墨了。先是道光二十八年，两广岁饥，盗贼蜂起，广西的东南一带，做了强盗窠，变成一个强梁世界。庆远府有张家福、钟亚春，柳州府有陈亚葵、陈东兴，浔州府有谢江殿，象州有区振祖，武宣县有刘官生、梁亚九，统是著名的盗魁，四处劫掠，横行乡里。巡抚郑祖琛年老多病，很是怕事，偏偏这强盗东驰西突，没有一日安静，百姓苦得了不得，到各处地方官禀报。地方官差了几个衙役，下乡查缉，捕风捉影，简直是一个没有拿到。还有一班猾吏，与强盗多是同党，外面似奉命缉盗，暗里实坐地分赃，百姓越加焦急，又推了就地绅士，向抚院呈诉。这位吃饭不管事的老抚台，见了数起呈文，都是详报盗案，免不得叫出几位老夫子，令他写好了几角公文，饬府州县严行捕盗。公文发出，郑老抚台又退入内室，吃着睡着，享那自在的闲福。这班府州县各官，早知郑抚台没甚

严峻，也学那郑抚台模样，糊糊涂涂的过去，凭他什么申饬，仍旧毫不在意。百姓没法，不得已自办团练，守望相助。从此百姓自百姓，官吏自官吏，官吏不去过问百姓，百姓也不去倚靠官吏。自郑老抚台以下各官，乐得在署中安享荣华，拥着娇妻美妾，吸尽民膏民脂。不意桂平县金田村中，起了一个天空霹雳，直把那四万万方里的中国，震得荡摇不定，闹到十五六年，方才平靖，这也是清朝的大关煞，中国的大劫数。叙入洪杨乱事，应具这副如椽大笔。

金田村内，有个大首领，姓洪名秀全，本系广东花县人氏，生于嘉庆十七年。早丧父母，年七岁，到乡塾中读书，念了几本四书五经，学了几句八股试帖，想去取些科名，做个举人进士，便也满愿，怎奈应试数场，被斥数场。文字无灵，主司白眼。他家中本没有什么遗产，为了读书赶考，更弄得两手空空，没奈何想出救急的法子，卖卜为生，往来两粤。把洪氏历史，叙得格外明白，就可定实洪氏一生行谊。忽闻有位朱九涛先生，创设上帝教，劝人行道，自言平日尝铸铁香炉，铸成后就可驾炉航海。秀全疑信参半，就邀了同邑人冯云山，去访九涛。见面胜于闻名，便拜九涛为师，诚心皈依。九涛旋死，秀全继承师说，仍旧布教。适值五口通商，西人陆续来华，盛传基督教义，基督教推耶稣为教主，也尊崇上帝，有什么《马太福音》及《耶稣救世记》等书。秀全购了一二部，暇时瞧阅，与自己所传的教旨，有些相像，他就把西教中要义，采了数条，羼入己意，汇成一本不伦不类的经文。谬称上帝好生，在一千八百年前，见世人所为不善，因降生了耶稣，传教救世。现在人心又复浇薄，往往作恶多端，上帝又降生了我，入世救人。上帝名叫耶和华，就是天父，耶稣乃上帝长子，就是天兄。这派说话，已是戛戛独造了。

后来与云山赴广西，居桂平、武宣二县间的鹏化山中，借教惑民，结会设社，会名叫作三点会（取洪字偏旁三点水的意义）。桂平人杨秀清、韦昌辉，贵县人石达开、秦日纲，武宣人萧朝贵，争相依附。秀全与萧朝贵最称莫逆，就把妹子许嫁了他。洪妹名叫宣娇，倒有三分色艺，朝贵很是畏服；为此一段姻缘，越发鞠躬尽瘁，帮助秀全。秀全得亲这几个党羽，遂差他分投各邑，辗转招集，运动了桂平富翁曾玉珩，入会输资，信教受业。秀全趁这机会，开起教堂，更立会章，不论男女，皆可入会传教，更不论尊卑老幼，凡是男人，统称兄弟，凡是妇女，统称姊妹。每人须纳香镫银五两，作为会费。这桩是第一要紧。起初被诱的人，尚是寥寥，秀全与冯云山、萧朝贵等，密议了一个计策，装成假死。外面不知是假，听说洪先生已死，都来吊唁。萧朝贵因是妹婿，做了丧主，受吊开丧。秀全便直挺挺的仰卧在灵床上，但见灵帏以外，有几个上来拜奠，有几个焚化纸钱，有几个会中妇女，还对着灵帏，娇滴滴地发作哀声，你也哭声洪哥哥，我

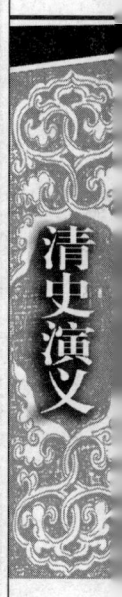

第五十七回 清文宗嗣统除奸 洪秀全纠众发难

也哭声洪哥哥,这位洪哥哥,听到此处,暗中笑个不了,勉强忍住了数日。倒也亏他。日间装作死尸模样,夜间与几个知己,仍是饮酒谈心。过了七天,突把灵帏撤去,灵床抬出外面焚掉。当下惊动无数乡民,都来探问。萧朝贵答称洪先生复生,因此人人传为异事。

洪先生复遍发传单,说要讲述死时情状,叫乡民都来观听。看官!你道这等愚夫愚妇,能够不堕他术中么?当下就在堂中设起讲坛,摆列桌椅,专等乡民听讲。到开讲这一日,远近趋集,齐入教堂,比看戏还要闹热。只见上面坐著一位道冠道服,气宇轩昂,口中叨叨说法,这个不是别人,就是已死复生的洪秀全。但听秀全说道:"我死了七日,走遍二十三天,阅了好几部天书,遇了无数天神天将,并朝见天父,拜会天兄,真是忙得了不得。世间一年,天上只有一日,列位试想这七日内,天上能有多少时候?我见天上的仙阙琼宫,正是羡煞,巴不得在天父殿下,充个小差使,做个逍遥自在的仙人。怎奈天父说我尘限未满,仍要回到凡间,劝化全国人民,救出全国灾厄,方准超凡归仙。余外还有无数训辞,都是未来的世事。天机不可泄漏,我所以不便详告。最要紧的数句,不能不与列位说明:'清朝气数将尽,人畜都要灭绝,只有敬拜天父,尊信天兄,方可免灾度厄。'我前时设会传教,还是凭着理想,今到天上见过天父天兄,才信得真有此事。列位如愿入会忏悔,定能趋吉避凶,我可与列位做个保人,不要错过机会。"说到此处,即由冯云山、萧朝贵等,取出一本名簿,走到坛下,朗声呼道:"列位如愿入会,赶紧前来报名。"于是听讲的人统愿报名入会,只愁会费没有带来,与冯、萧诸人商量暂欠。冯云山道:"暂欠数日不妨,但已经报过了名,会费总当缴纳,限期七日一律缴清,如或延宕,要把姓名除没,将来灾难万不能逃呢。"那班愚民齐声答应,一一报名,登录会簿,随退出堂外。有钱的即刻去缴,没有钱的就典衣鬻物,凑足五两数目,赶至堂内缴讫。愚民可怜。

秀全开讲数日,入会的人累千盈万。党徒也多了,银子也够了,留住广西,秀全遂蓄着异谋,想乘机发难,遂令冯云山募集同志,自己返到广东,招徕几个故乡朋友,共图起事。秀全已去,云山且招兵买马,日夕筹备,渐被地方官吏察觉,出其不意,将云山拿去。云山入狱,富翁曾玉珩等费了无数银钱,上下纳贿,减轻罪名,递解回籍。此时秀全已招了好几个朋友,方想再赴广西,巧遇云山回来,仍好同行。转入广西省平南县,遇着土豪胡以晃,意气相投,又联作臂助,各人在以晃家一住数日。杨秀清、韦昌辉、石达开、秦日纲诸人,聚居金田村,日俟秀全到来,望眼将穿。旋探得秀全寄居在以晃家内,忙率众迎至金田。秀全见金田寨内多了几个新来的豪客,互通姓名,一个系贵县人林凤祥,一个系揭阳县人罗大纲,一个系衡山县人洪大全,谈吐风流,性情豪爽,喜得洪秀全心花怒开,倾肝披胆地讲了一会,当下杀牛宰豕,歃血结盟,誓做异姓弟兄,大有桃园结义、梁山泊拜盟的气象。当下第一把椅子,就推了洪秀全,第二把椅子,推了杨秀清。洪、杨慨然不辞,竟自承诺,随令众人蓄发易服,托词兴汉灭胡,竟就金田村内,竖起大元帅洪的旗帜来了。小子记得石达开有一诗云:

　　大盗亦有道,诗书所不屑。
　　黄金似粪土,肝胆硬如铁。
　　策马度悬崖,弯弓射胡月。
　　人头作酒杯,饮尽仇雠血。

这一首诗中,已写尽这班人物粗莽豪雄的状态。但推那洪秀全作为首领,也未免择错主子,小子不欲细评,且至下回叙述洪杨起事的战史。

　　高宗用一和珅,酿成川、楚、陕之乱凡九年。清宣宗用一穆彰阿,酿成洪杨之乱凡十五年。养奸之祸,若是其甚欤!曰:一奸人进,群奸亦连类而升,内而公卿庶尹百执事,外而督抚道府州县,皆奸党也。无在非奸党,即无在非乱源,培克聚敛,激成民怨,伏处草泽者,乘间而起,天下无宁日矣。迨至奸谋败露,菑害已至,虽诛夺元凶,亦觉其晚。齐王氏一妇人耳,犹能扰攘四五省,洪秀全传会西教,诈死惑民,一发而不可收拾。非跳梁者之果有异能,殆权奸当道,小民铤走之所由致也。本回可与五十一回参看,而用笔则详略褒贬,具见苦心。

## 第五十八回　钦使迭亡太平建国
## 悍徒狡脱都统丧躯

却说洪秀全、杨秀清等，蟠踞了金田村，气焰日盛，桂平知县差了几十皂班快班，前往缉捕，不是被杀，就是被逐；而且风声日紧，有戕官据城的谣传。桂平县官连忙申详府道，府道又申详巡抚。郑抚台祖琛杜门不出，方喜盗案渐稀，清闲度日，忽接桂平警报，内说洪杨蓄谋不轨，与寻常盗贼不同，他不禁忧虑起来，搔头挖耳地思想。想了半日，尚无妙策，就邀了几位幕宾，同议剿匪事宜。三个臭皮匠，比个诸葛亮，竟想出一个奏报北京迅派大员的计策。当由幕友修好奏折，即日拜发。咸丰帝览奏之下，便召杜协揆受田入议，受田力保故云贵总督林则徐及故提督向荣。于是朝旨特下，派林则徐为钦差大臣，向荣为广西提督，迅赴粤西剿办；一面令郑祖琛出省督师。郑抚台接到此旨，一喜一惧：喜的是有人接替，可以少卸肩子；惧的是钦使未到，仍要出省剿匪。左思右想，无可奈何，只得带了绿营兵数千，出了省城，慢慢地南下，行至平乐府，竟就此屯驻了。原来平乐府西南，就是浔州府，桂平是浔州首县，郑老抚台明哲保身，暗想平乐府尚是安靖，若再南行，便要近着盗窠，倘或被围，恐怕老命都要送脱；因此半途中止，裹足不前。这个妙策，想也是幕友教他。

会提督向荣驰到桂林，闻巡抚已出省督师，料想金田一面，由抚台亲自督剿，当不致蔓延四出，自己不如向柳州、庆远一带，先剿土匪，翦灭洪杨羽翼，然后夹攻金田，较易荡平。主见一定，遂饬弁飞陈郑抚台。郑抚台不知可否，令他便宜行事。于是向荣遂出柳州、庆远，转入思恩、南宁，沿途杀逐无数盗贼，颇有摧枯拉朽的威势。

怎奈郑抚台安驻平乐，洪、杨等也暂不出发，只是蓄粮备械，从容布置，方思克日大举，忽探得钦差大臣林则徐，奉旨前来，秀全大惊道："罢了罢了！林公一到，我辈休了。"石达开在旁道："大哥何胆怯至此？难道不闻水来土掩，将到兵迎么？"秀全道："并非愚兄胆怯。这林公智勇双全，英人尚敌他不过，何况我辈？"石达开道："弟亦晓得林公厉害，但我军饷械充足，总可支撑数月。倘果不能支撑，兄弟们尚可航海逃命，且待林公到来，再图进止！"秀全听说，略略放心，只差人窥探林钦差行程。

过了一二天，探报林钦差已到潮州普宁县，广西巡抚郑祖琛革职遣戍，由林钦差兼任巡抚事。秀全愈加惶急，正踌躇间，见洪大全趋入，笑容满面道："大哥恭喜！林钦差死了。"秀全不觉跃起，便问道："可真么？"大全道："自然真的。现闻满清政府已命前两江总督李星沅继任钦差大臣，广西藩司劳崇光，署理巡抚了。"秀全道："这全仗上帝保佑，但不识李星沅是何等人物？"大全道："想总不及林钦差能耐。鄙意不若乘他未到，赶速发兵。"秀全道："很好很好。"忙召杨秀清等定议出发。石达开道："若要出兵，预先做张檄文，声明贪官污吏的罪孽，才算得师出有名呢。"秀全道："这须劳老弟大笔！"石达开道："论起文字一道，还要让大全兄。"秀全随令大全草檄，不到一时，草成檄文道：

奉承天道吊民伐罪大元帅洪谨以大义布告天下：窃以朝有奸臣，甚于盗贼；署中酷吏，无异豺狼，利己殃民，剥闾阎以充囊橐，卖官鬻爵，进谄佞而抑贤才；以致上下交征，生民涂炭。富贵者稔恶不究，贫穷者含愤莫伸，言者痛心，闻者裂眦。即以钱漕一事而论，近加数倍，三十年之税，免而复征，重财失信，挖肉敲脂，民财竭矣。剧盗四起，嗷鸿走鹿，置若罔闻，外敌交攻，割地赔钱，视为常事，民命穷矣。朝廷恒舞酣歌，讳乱世而作太平之宴，官吏残良害善，掩毒焰而陈人寿之书，荏苻布满江湖，荆棘遍丛道路，民也何罪？遭此鞠凶！我等志士仁人，伤心恻目，用是劝人为善。设教牖蒙，乃当道斥为莠民，诬为匪类，欲逞残民之焰，遽操同室之戈。我等环顾同胞，义难袖手，因之鼓励同志，出讨巨奸。凡我百姓兄弟，不必惊惶！商贾农工，各安生业！富者助饷，贫者效力，智者协谋，勇者仗义，共襄盛举，再造升平，则虎狼戢而天日清，蠹贼除而苗禾殖矣。倘有愚民助桀为虐，怙恶不悛，天兵所到，必予诛夷，凛之慎之！檄到如律令。

檄文一发，便制定旗帜，取炎汉以火德旺的意义，全用红色，更令人人用红布包头，扎束妥当，各执军械，排齐队伍，从金田村出发，进屯大黄江，遂分攻桂平、武宣、贵县、平南等县，前锋直到象州。清廷再授周天爵署广西巡抚，加总督衔，迅赴广西办理军务。既遣李星沅，复遣周天爵，初次着手，已嫌骈枝。复命两广总督徐广缙，派兵夹剿。广缙遣副都统乌兰泰，赴广西佐理军事，与向提督荣，分统二军，进剿洪杨。又是歧出。

向荣兵至马鹿岭。马鹿岭在大黄江对面，由秀全遣兵堵守。向荣一鼓而上，驱散洪军，追至武宣，又与洪军酣战。洪军败走，入紫荆山。此时乌兰泰军亦到，分头攻截，又因李星沅已驰抵柳州，周天爵亦驰抵桂林，俱派兵协

清史演义

## 第五十八回 钦使迭亡太平建国 悍徒狡脱都统丧躯

剿。无如李、周二人意见未合，李星沅素重向荣名，所遣各军，统令归向荣节制。周天爵兼任督务，以权出向荣上，派遣将弁，暗中授意，令直接抚辕管辖，不受提辕干涉。乌兰泰又为广东总督所派遣，更与向荣各竖一帜，各分门户。向荣迭遭牵掣，自然要向李钦使处哓哓申诉。李钦使飞咨周署抚，又遭周署抚辩驳，李钦使也未免愤激，疏请简派统帅，一面进次武宣，忧心内焚，遂致病作。

星沅系湖南湘阴人氏，秉性忠孝，叠任封疆大员，累建政绩。道光帝晏驾，他自江南入京，哭临尽礼。咸丰帝即位，召对大廷，语多称旨，并因母老乞归。咸丰帝鉴他诚挚，允他暂归省亲。迨林则徐病殁普宁，乃复下旨令为钦差大臣。星沅入告母陈太夫人，即驰赴粤西，至是病日增剧，竟致不起。遗疏言："贼不能平，不忠；养不能终，不孝；殓用常服，以彰臣咎。"咸丰帝见他遗疏，也不禁垂泪，推重李星沅，便阴贬周天爵。一面优旨嘉慰，赐予祭葬；一面令大学士赛尚阿率都统巴清德，副都统达洪阿督京师精兵四千人赴粤视师。周天爵闻星沅病故，遂劾奏向荣不遵节制。咸丰帝因星沅疏中有隐怨天爵等语，遂罢天爵督师，褫总督衔，改用邹鸣鹤为广西巡抚。

赛尚阿至军，即饬各路进攻紫荆山。紫荆山前面叫作新墟，后面叫作双髻山、猪仔峡，统是异常险隘。当下达洪阿攻西南，乌兰泰攻西北，总兵李能臣经文岱攻东南，巴清德会集向荣军，自紫荆山后路攻入，直登猪仔峡，据住要口。洪杨等拼命抵敌，究因要口已失，不能支持，遂率众倒退。向荣等步步紧逼，进夺双髻山要隘。洪军乃弃了紫荆山，分水陆两路，窜入永安州。赛尚阿即驰疏奏捷，得旨嘉奖。当时总道巢穴已破，可以指日肃清。不想永安失守的警信，又报入清营。原来永安本乏守备，洪杨等窥他空虚，竟率众攻入守城，官吏早逃得不知去向。秀全既得了永安城，遂与会党拟定国号，叫作太平天国。自称天王，封杨秀清为东王，萧朝贵为西王，冯云山为南王，韦昌辉为北王，石达开为翼王，洪大全为天德王，秦日纲、胡以晃等四十余，各称丞相军师，居然要与大清国抗衡了。纯是皇帝思想，安知援救同胞？清军因他蓄发易服，称为发逆；亦叫他作长毛贼。他却呼清军为妖。

赛尚阿闻洪、杨已入永安，急移屯阳朔县，督诸军追剿。诸军统领，总要算向荣、乌兰泰最勇，追至永安城下，立营数十。向荣统北路，乌兰泰统南路，旗帜鲜明，刀枪密布，险些儿要踏破城池。怎奈两将素不相容，你要速，我要缓；你要合，我要分；一连数月不下。失机在此。乌兰泰麾下，有故秀水知县江忠源，素为知兵，至是往返调停，总未能解嫌释怨。会都统巴清德病殁，兵士亦多触暑瘴，锐气渐衰。江忠源夜出巡逻，见永安城北角独阙围兵，忙入营禀乌兰泰道："现在长毛都聚集城内，全靠今日合围，悉敌歼除，方免后患。卑职巡绕四周，见城北独留出不围,倘被他窜逸,将来四出为殃,大为可虑。"乌兰泰道:"城北归向军门督攻,我却不便干涉。"忠源道:"这事关系甚大,还请大人与向军门熟商。"乌兰泰默然不答。忠源道:"大人若不便与商,待卑职自去见向军门,只请大人命下便是。"热诚可敬。乌兰泰道:"这却不妨听便。"忠源奉命,径至向营求见,由向军门召入,行过了礼,便献上合围的计议。向荣道:"古人说得好:'困兽犹斗。'若将这城四面围住,贼众无路可走,定然誓死固守。现已攻了两三个月,未能破入,兄弟所以撤去一隅,诱他出来,以便截击。一则得城较易,二则亦不怕他遁去,岂非两全之策么?"忠源道:"大人明见,未始不能破贼,但我现有三万多人,贼众不过万余,我众彼寡,尽可合围。若恐血肉相搏,所失亦多,何不断他樵采,绝他水道,使他自乱?不出十日,包可攻入了。"向荣仍是不依,忠源退出,自叹道:"此计不用,我辈难逃大劫了。"遂回报乌兰泰,歇了数天,托病自去。可惜!

洪秀全见城北无兵,便有意溃围,自己带领杨秀清、冯云山、石达开出北门,令洪大全、秦日纲等出东门,萧朝贵、韦昌辉等出南门,林凤祥、罗大纲出西门,乘着黑夜,一声呐喊,便向四门杀出。清军虽也日夜防备,怎奈全城悍党,猛扑出来,好像饿虎饥鹰一般,这边围住,那边被他冲出,那边围住,这边被他冲出。乌兰泰适在东门,望见洪大全等出来,忙率兵抵敌,大全亦转

寻乌兰泰角斗,两下酣战,毕竟乌兰泰勇力过人,奋战数合,将洪大全活捉过去。秦日纲忙来抢救,已是不及,复恶狠狠地与乌兰泰相扑。乌兰泰麾军四逼,把秦日纲困在垓心。日纲正在危急,巧逢萧朝贵、韦昌辉两路杀入,救出日纲,清总兵长瑞、长寿二人,忙去拦阻,怎禁得萧韦一军,大刀阔斧,逢人便砍,二总兵措手不及,都丧掉了性命。萧朝贵、韦昌辉、秦日纲等,合众东走,乌兰泰尚不肯舍,只饬人押解洪大全入京,自率兵尾追而去。

是时北门无兵,由洪杨等拍马驱出,行了一二里,突遇清兵拦住,为首大将,正是向荣。当下火光如炬,枪声如雷,两军混战多时,杀得地惨天愁,尘昏月暗。秀全部下统是异常精锐,凭你向军门如何能耐,不过杀了一个平手。不防林凤祥、罗大纲等,又从西边杀到,秀全得了这军,格外抖擞精神,与向军死战。向荣尚拼命拦截,谁知老天又偏偏下起雨来,弄得官兵拖水带泥,有力难使。总兵董先甲、邵鹤龄又先后战殁,眼见得这位洪天王要被他窜去了。向荣收兵入城,检点队伍,已伤亡不少,慨然道:"悔不听江忠源计策,相持数月,只得了一座空城,目下贼众北窜,定去窥伺省会,省会一失,广西全省统难保了。"前策已失,此策亦只得了一半。随即整顿兵队,出了永安城,从间道驰赴桂林去讫。

这边乌兰泰尾敌东追,遥望萧韦各军,绕山北走,料知敌众将犯省垣,遂命军士竭力赶上,将到六塘墟,敌众已

第五十八回
钦使殁亡太平建国
悍徒狡脱都统丧躯

不知去向,当下扎住了营,令侦骑四探,回报贼兵已踞住墟中。乌兰泰升帐,传集将弁,便道:"本都统受国厚恩,愿与贼同生死,现闻贼众已踞六塘墟,想必是休养数日,出犯省城,不乘此奋力邀击,省城定要遭殃。"说到此处,令部下取过一盂,突拔佩刀,向臂上刺入,顿时血洒盂中,复令搅入清水,陈于案上,向将弁道:"诸君如热忱报国,请饮此血!"将弁等不敢违慢,便个个向前,各呷一口。饮毕,拔营北进,直指六塘墟,急如电掣,疾若星驰。勇有余而智不足。行入墟口,夕阳已是西下,但见树木丛杂,路径纷歧。副将金玉贵上前禀请,拟就此暂驻,待明晨进兵。乌兰泰道:"行军全靠锐气,若待至明日,气便衰了。本都统定要今日歼贼,虽死不辞。"谶语。金玉贵不敢多言,即随乌兰泰前进。愈入愈险,愈险愈暗,一声鼓响,长毛从暗中杀出。左有秦日纲,右有韦昌辉,乌兰泰全然不惧,列炬开战。你一刀,我一枪,争个你死我活。相搏多时,韦、秦二人率众退去,乌兰泰仍驱军穷追。直到将军桥,日纲、昌辉逾桥过去,乌兰泰亦怒马当先,跑过了桥,官兵逐队随上,甫过一半,豁喇一声,桥梁中断,坠水的人不计其数。恼得乌兰泰怒气冲天,索性向前,不顾后面,忽见前面来了一大队长毛,打着东王、南王旗号,让过韦、秦,截住乌兰泰。乌兰泰不管死活,上前冲突。此时天尚未明,猛听得一阵炮响,弹子如飞蝗般射来,乌兰泰身先士卒,毫无遮护,身中竟着了三弹,跌下马来。部将田学韬疾忙趋救,巧巧一弹飞到面前,躲闪不及,正中脑袋,脑浆进出,死于非命。乌兰泰亦狂喷鲜血,大叫一声而亡。可为勇者鉴。霎时间乌军前队统被长毛杀毙,只后队还在桥南,由金玉贵带着,正思渡水接应,见长毛兵已回杀前来,料知主将陷没,忙令部兵整阵而退。自己独怒目横矛,立于桥侧,大呼道:"长发贼敢过来斗三百合否?"长毛见他单骑直立,不觉惊异,便去禀报杨秀清。秀清拍马趋出,在桥北遥望,见玉贵身穿白袍,威风凛凛,不由得暗暗惊叹,随道:"这位白袍将,好像唐朝薛仁贵,我等不要惹他,让他去罢!"长毛思想,不过尔尔。当下麾兵退去。玉贵亦舒徐不迫,回呼部兵,改道趋桂林。

原来洪秀全出永安时,相约北趋,至此会合韦、秦各军,得了胜仗,遂直犯桂林,进逼城下。抬头一望,守城兵统已严列,防备得非常周到。秀全对众人道:"这个邹妖,倒很有点来历。你看他防兵密布,好严肃得很哩。"话尚未毕,城上的枪炮已一齐射来,秀全转身就走,退五里下寨。次日,复遣石达开、韦昌辉等,率众进攻,又被守兵击退。回报妖将向荣,亦在城中,秀全道:"怪不得!怪不得!我道邹妖那有这般厉害!"又接连攻了数日,一些儿不得便宜,俄报东岸碟洲又有妖兵来了,秀全忙令冯云山前去迎敌。云山去讫,达开献计道:"广西僻处偏隅,无足轻重,我军不如悉锐北上,道出两湖,据江为守,相机以争中原,方为上策。"秀全鼓掌道："好计，好计！"遂下令拔寨都起，东出碟洲想策应冯云山。忽接前哨来报，南王追妖兵至蓑衣渡，中炮身亡。秀全不听犹可，听了云山死信，魂灵儿都飞入九霄云外。接连又报天德王被解入京，惨遭极刑。秀全大叫道："痛哉，痛哉！"一语出口，两眼直视，竟向前扑倒。真耶假耶？正是：

　　揭竿才托中兴号，
　　闻耗先惊死党亡。

洪秀全倒地后，若果身死，倒也风平浪静了。但秀全是个乱世魔王，人叫他死，天偏叫他不死，这正没法，容小子下回接叙。

洪杨发难金田，尚是幺么小丑，林公不亡，洪、杨徒航海出走，与波臣为伍已耳。林公即亡，继起者果同心协力，合图扑灭，则聚而歼之，尚为易事。乃李、周相嫉，乌、向不睦，坐使入网之鱼，终致漏网；陷阱之兽，又复脱阱。虽曰天数，宁非人事？本回叙洪、杨四出之原因，以见将帅不和之大弊。语曰："和气致祥，乖气致戾。"观此益信。

## 第五十九回　骆中丞固守长沙城
　　　　　　钱东平献取江南策

　　却说洪秀全晕厥过去，经众人七手八脚，扶起灌救，半晌才渐渐醒来，不禁长叹道："出师未捷，先伤两将，使我如失左右手，真是可痛可恨！"众人极力解劝。秀全又问道："哪个妖将，伤我兄弟云山？"探弁答称是"江忠源"。看官！你道这江忠源何故又来？他自托病告归后，料得长毛必逸出永安，北犯桂林，桂林有失，必入湖南。湖南系忠源原籍，为保全桑梓起见，不得不募勇赴援。适有同里刘长佑与忠源意气相投，忠源遂邀为臂助，招集乡勇千人，出援桂林，甫到碟洲，已被冯云山截住。忠源佯退，诱云山至蓑衣渡，数枪并发，将云山击死。秀全闻到江忠源姓名，还不晓得他的智略，便道："什么江妖，敢伤我南王？兄弟们替我前去，除灭江妖，报复大仇。"众人齐声得令，个个摩拳擦掌，向蓑衣渡杀去。

　　只见江军扎在蓑衣渡对岸，部下甚是寥寥。秀全命部众劫夺民船，渡将过去；才到中流，这船竟停住不动。对岸开了一炮，四面八方，小船齐集，统用火枪火箭，向长毛船上掷去。秀全仗着多人，冒火死斗。不想南风陡起，火势愈猛，一船被焚，那船又燃；要想回船逃生，恁你划桨摇橹，总是窒碍难行。秀全不信，令死党泅水窥探，回报："船底统是大树，七桠八杈，把船只牵住，所以不便行动。"从悍党口中述出，才识江忠源妙计。秀全急弃掉大船，改乘小船，驶到岸旁，登陆东窜。这一仗，烧死了许多长毛兵，乃是洪秀全出兵以来未曾受过的大亏。不过长毛可以随处掳胁，沿途经过，村落为墟，战败时只剩残兵疲卒，转眼间又是士饱马腾。行为如此，还称他作义兵，谁其信之？

　　江忠源闻长毛东走，飞禀钦差大臣赛尚阿，出师拦截。这赛大臣的行踪，小子久不提起，只好从此处补叙。原来赛大臣无他谋略，专工趋避，自长毛逸出永安后，他已从阳朔潜返桂林。嗣闻桂林又要被兵，复从桂州退至永州。永州系湖南门户，此番长毛东走，正望永州进发，所以江忠源飞请出师。忠源着急万分，那赛大臣却雍容坐镇，视作没事模样，因此洪秀全掠地攻城，势如破竹。提督余万清，驻守道州，闻长毛将至，弃城遁去，秀全等从容入城。占踞月余，复分兵破江华、永明、嘉禾、蓝山等县，转入桂阳州郴州。

警报直达长沙。长沙是湖南省城，巡抚骆秉章与秀全本是同乡，幼时又与秀全同学，尝在暑夜同浴鱼池。秀全出了一课，要秉章属对。秀全的出句是"夜浴鱼池，摇动满天星斗"，秉章的对句是"早登麟阁，挽回三代乾坤"。两人志趣，少小时已见一斑。两人各自惊叹。此次成为仇敌，秀全未免畏惧三分，遂在郴州逗留不进。萧朝贵上帐请道："大哥何不去夺长沙？留在此地做什么？"秀全道："长沙有骆秉章守住，非可轻敌，只好慢慢进兵。"朝贵道："一日过一日，等到妖兵四集，我们要坐困了，还是赶紧进兵为是。"秀全尚在迟疑，被朝贵催逼不过，只得移攻永兴。永兴城内的县官闻敌先溃，秀全复长驱直入。朝贵仍请进攻长沙，秀全道："妹夫！你不要性急，骆秉章非同小可，不应冒昧进攻。"朝贵道："大哥休张他人锐气，灭自己威风！我兵从广西到湖南，只蓑衣渡吃了场亏，此外战无不胜，攻无不取，简直是不曾费力。骆妖系湖南巡抚，湖南一省，统归他管辖，为什么不派重兵分守？据我看来，毫不中用。大哥怕他，朝贵却不怕他呢。"言未毕，探马来报，骆秉章已罢官了，现在继任的巡抚，叫作张亮基。

朝贵便起身道："大哥所怕的骆妖，已经罢职，这是天意叫我去取长沙，小弟愿去走一遭。"秀全道："你既要去，须多带人马。"朝贵道："不必，不必，小弟部下有锐卒千人，已经敷用，包管可得长沙。"秀全应允。朝贵入内，别了洪宣娇，宣娇嘱他小心，朝贵道："区区长沙城，有何难取？若不取得，誓不回军。"随与宣娇作别，竟带了千名死士，出永兴城，向东北进发。

这萧朝贵果然厉害，一经出兵，好似风驰雨骤的过去，破安仁县，转陷攸县，及醴陵县，进薄长沙城下。湖南新任巡抚张亮基，尚未到省，旧抚骆秉章，因总督程矞采出驻衡州，无从交卸，所以还在城中，突闻长毛已来攻城，忙率提督鲍起豹，登陴守御，并飞檄各镇入援。城内兵民不道长毛来得这般迅速，统惊慌得了不得，幸亏骆秉章昼夜巡查，随时抚慰，鲍起豹留心防堵，甚至向城隍庙中，异出神像，置诸城楼，与他对坐，藉安民心。朝贵攻了数日，没有效果，气得暴跳如雷，喝令部兵猛扑。城上守兵险些儿抵挡不住，忽见清总兵和春、常禄、李瑞、德亮等，率军驰至，朝贵才停住勿攻，固垒自守。和春等见朝贵壁垒森严，军械环列，倒也不敢惹他，只在城外扎住了营，相持又数日。

会清廷因长毛围急，赛尚阿、程矞采二人坐驻衡永，畏缩不前，严旨把他革职，调徐广缙驰督两湖，并促广西提督向荣，速援湖南。向荣尝轻视赛尚阿，不愿受他节制，所以桂林围解，他

第五十九回　骆中丞固守长沙城　钱东平献取江南策

便托病安居，不肯前敌，至赛已革职，方才启行。向荣未抵长沙，江忠源已倍道驰至，两人相较，优劣自见。遥望朝贵兵分据城外天心阁，立栅甚坚。忠源道："阁上地势甚高，贼众据此，长沙危了。"急领兵争夺天心阁，一场恶战，方把朝贵兵杀退。朝贵愤极，仍督众攻南门，手执令旗，当先跃登；不防城上飞下一弹，对准朝贵头上，扑的一声，把头颅轰破，坠地而死。

死信传至永兴，秀全大吃一惊，与秀清道："我说骆秉章有些才智，不可轻敌，偏这萧妹夫硬要前去，被他击毙，宁不痛心！"秀清未答，洪宣娇已号哭入帐，问阿哥来讨丈夫，弄得秀全无言可答。还是秀清从旁劝解，并许率众复仇，宣娇方肯止哭，于是率众北行，飞扑长沙。宣娇亦领了一班大脚妇女，自成一队，跟随军后。其时张亮基及向荣，统到长沙城内，援军大集，数近五万。秀全屡攻无效，复广募矿夫，屡凿地道。地雷两发，俱被向荣麾下邓绍良、瞿腾龙等，抢险堵塞，反伤毙长毛数百名。秀全没法，潜令解围。宣娇尚不肯从，秀全许他另置男妾，方随同西去。

江忠源率兵驰逐，途遇秀全断后军，鏖战被刺，伤腓坠马，逃免回营。入城见新抚亮基，力陈河西一带，兵备空虚，请调兵扼堵，亮基也依计调遣。奈河西诸将，都畏长毛声势，作壁上观。秀全遂从容走宁乡，破益阳，出湘阴，渡洞庭，直达岳州。岳州文武各官，自提督博勒恭武以下，统已逃去。

秀全整队而入，得了武库一所，启门细瞧，甲仗炮械，不计其数，乃是吴三桂遗物。秀全喜出望外，传令进攻汉阳，先向江口劫夺商船五千余艘，驾载部众，舳舻蔽江，旌旗耀日，顺流而下，直抵汉阳。知府董振铎死守三日，救兵不至，城被陷，振铎率家丁巷战而死。知县刘宏庚自缢。秀全转向汉口焚掠五昼夜，百货为空。

时值隆冬，江水已涸，中涨巨洲，秀全令部众连舟为梁，环贯铁索，从汉阳接到武昌，环城设垒。巡抚常大淳，督兵数百拒守。向荣自湖南驰救，至洪山下寨。洪山在武昌城东，向荣因汉口已失，不欲并守孤城，所以在洪山立营，与城中遥为犄角。驻扎才定，杨秀清率众夹攻，见向营坚壁勿动，几回冲突，统被击退。是夕月色无光，秀清总道向军初到，不敢袭击，便安心睡着。谁料到了夜半，寨外人马喧天，鼓声震地，秀清从梦中惊觉，忙起来抵敌，见向军如潮涌入，一将跃马入营，舞着大刀，左右乱砍，秀清不见犹可，见了这人，大喝道："好个背义负盟的张嘉祥，来！来！来！我与你拼三百合罢。"随拍马向前，持刀力战，约十数合，耳边但听得一片呼声，都道："快捉杨贼！"秀清心怯，转身便逃。怎奈向军紧追不舍，部众已被他杀得七颠八倒，正在危急，幸石达开、林凤祥前来救应，与向军恶斗一场，还杀不过向军，又来了陈坤书、郜云官等一枝新兵，方才战退向军。这番败仗，长毛兵死了不少，被毁营垒十几座，失去枪炮二千有余。秀清咬牙切齿，恨煞张嘉祥，连石达开等亦愤愤不已。

　　看官！你道张嘉祥是何等样人？他本是广东高要县的大盗，洪、杨倡乱，召张入党。初次与向荣对垒，秀清令嘉祥率二百人，至向营诈降，向荣探知来意，留住二百人，另易二百壮士，从嘉祥出战，大败贼众。秀清遂将嘉祥妻子，一并杀讫。嘉祥不能转去，遂投顺向荣，改名国梁，向荣亦格外优待。只秀清还不晓得他改名，所以曾叫他为嘉祥。

　　向荣得此大胜，正思进兵援城，忽天雨如注，朔风凛冽，兵士不能前进，只好缓待数天。经这一雨，武昌城被地雷轰破，常大淳以下藩臬各官，统同殉难。清廷闻警，因徐广缙逗留湘潭，延不到任，以致寇势日炽，遂革职逮问。授向荣为钦差大臣；起故大学士琦善，选兵驻河南。此老又现。调张亮基署湖广总督；潘铎署湖南巡抚；截住骆秉章回京，令署抚湖北。原来骆秉章前次罢官，实被赛尚阿劾奏。赛尚阿奉命督师，道出湖南，供张独薄，遂劾他吏治废弛，因此夺职。补足上文，且贬赛尚阿。嗣因赛尚阿得罪，朝旨乃仍令抚楚。这时候，已是咸丰二年十二月了。

　　秀全便在武昌度岁，居然御朝受贺，大开盛宴。适外面来报，有一书生求见，递上名刺，秀全一瞧，乃是浙江归安人钱江，便道："白面书生，何知大事。"已露骄态。言下有拒绝意。还是石达开上前说："现时正要延揽人才，不宜谢客。"因命召入。钱江进内，长揖不拜。秀全见他气度雍容，倒也有些器重，便令钱江旁坐，问他来历。钱江答道："钱某前时曾充林则徐幕宾，林公罢职，英兵入境，钱某集众明伦堂，鼓励绅民，方思联合上下，出去抵敌，乃混帐官府，主张和议，反说钱某无端滋事，饬知县梁星源，捕某下狱，后被押解回籍，郁郁久居。今闻大王起义，是以不远千里，前来求见。"明珠暗投，也是可惜。秀全道："你既来此，有何见教？"钱江道："大王欲手定中原，此处非久居之所，还应亟图进取，方可得志。"秀全道："我亦作这般想。但闻满廷怕我北伐，已遣什么琦善率大兵阻截河南。看来河南非急切可攻，只好暂住武昌，相机行事。"钱江道："武昌居四战之地，万难长守。况向荣现逼城下，设或清兵再集，那时四面受困，如何是好？"秀全道："进兵四川可好么？"钱江道："也是不好。为大王计，第一著是取江南，第二著是取河南，第三著是取山东。从前明太祖破灭胡元，也是从这三路进发，大王现欲破灭满清，何不仿行此策？"计画未尝不是，马屁也算会拍了。秀全闻到此言，不禁眉飞色舞，便道："先生真是异才！今日正在开宴，请先生畅饮三杯，再当领教。"钱江也不推辞，只与几位头目，行过相见礼，便在洪天王侧侍宴。天王便问他表字，叫作东平。饮至半酣，议论风生，乐得秀全手舞足蹈，仿佛如刘备遇孔明，苻坚遇王猛一般。兴尽席散，钱江乘夜做了一篇好文字，于次日入呈秀全，秀全展阅道：

341

## 第五十九回 骆中丞固守长沙城 钱东平献取江南策

草莽臣钱江上言：伏维天王起义之初，箕发易服，欲变中国二百年胡虏之制，筹谋远大，创业非常，知不以武昌为止足也明矣。今日之举，有进无退，区区武昌，守亦亡，不守亦亡；与其坐以待亡，孰若进而冀其不亡？不乘此时长驱北上，徒苟安目前，懈怠军心，甚无谓也。或谓武昌襟带长江，控汴梁而引湘鄂，据险自固，然后间道出奇。以一军出秦川，定长安，或以一军趋夔州，取成都。不知秦陇四塞，地错边鄙，人悍物啬，粮食艰难。且重关叠险，纵我攻必克，必大费兵力，劳而无成，固贻后悔。得不偿失，亦弃前功，况削其支爪，究不若动其腹心之为愈也。至于四川一局，今昔异形。其在蜀汉之时，先以诸葛之贤，继以姜维之志，六出九伐，不得中原寸土，赖吴据长江之险以为唇齿，尚难得志，况今日哉？

方今天下财库，大半聚于东南，当此逐鹿于宁谧之时，欲以四川一隅敌天下，江知无能为也。以江愚昧，不如舍西而东，金陵建业，皆帝王建都之所。淮泗汴梁，实真人龙起之方。宜先取金陵，以为基本，次取开封以为犄角，终出济南以图进取。握齐鲁之运河，可以坐困通仓之食，截南北之邮传，可以牵制勤王之师。如此而有不成功者，江未信也。故为今日计，莫若急趋江南。南京底定，招集流亡，秣厉兵马，扼要南堵，挥军北上。左出则趋江北以进战，急则可调淮扬之军以继之；右出则据黄河以拒敌，急则可调开归之军以应之。

再发锐卒以图西略，徇行河内州县，直抵燕冀无返斾；更遣偏师以收南服，戡定浙东郡邑，闲窥闽粤无轻举。兵不止于一路，计必出于万全。外和诸戎，内抚百姓，秦蜀一带，自可传檄而定，此千载一时之机会也。

自汉迄明，天下之变故多矣。分合代兴，原无定局。晋乱于胡，宋亡于元，类皆恃彼强横，赚盟中夏，然皆不数十年而奔还旧部，从未有毁灭礼义之冠裳，削弃父母之毛血，如今之甚且久者。帝王自有真，天意果谁属？复我文物，扫彼腥膻，阵堂旗正，不必秘诈，军行令肃，所至如归。彼纵有满洲蒙古殚精竭虑之臣，吉林索伦精骑善射之将，虽欲不望风投顺，我百姓其许之乎？更有期者，草茅崛起，缔造艰难，必先有包括之心，寓乎宇宙，而后有旋乾转坤之力。知民之为贵，得民则兴；知贤之为宝，求贤则治。如汉高祖之恢廓大度，如明太祖之夙夜精勤。一旦天人应合，不期自至。否则分兵而西，武昌固不能久守，且我之势力一涣，即彼之势力复充。久而久之，大势一去，不能复振，噬脐之悔，诚非江所忍言者矣。管见所及，不敢自隐，伏乞采择施行！

秀全阅毕，便道："奇才，奇才！"钱江开口称臣，已中秀全之意，故极口奖赏。遂封钱江为军师，即于咸丰三年正月元旦，连舟万余，载资粮军火财帛及所掠男妇五十万，弃武昌东下。沿江守卒望风披靡，只寿春总兵恩长，奉江督陆建瀛命，在中流截击，麾下只松江兵二千名，不值长毛一扫，恩长战死，舟师尽溃。陆建瀛方率兵数千，移舟上驶，才到九江，接到恩长死耗，从兵恟惧，霎时溃散。建瀛手下只有十七人，驾着二舟，跟跄走江宁。真不济事。秀全遂于正月初九日破九江，十七日陷安庆，安徽巡抚蒋文庆自尽。秀全留安庆三日，得藩库银三十余万两，漕米四十余万石，又掠得子女玉帛无数。驱运入舟，乘胜东指，连破太平、芜湖等县，击毙福山总兵陈胜元，至正月二十九日，已到江宁城下。连营二十四座，列舟自大胜关达七里洲，水陆兵号称百万，昼夜兼攻，凭南京城如何坚固，也要被他踏平了。小子有诗记事道：

　　天昏地黯鬼神愁，
　　百万强徒出石头。
　　想是东南应遇劫，
　　㯭枪一现碎金瓯。

究竟江宁被陷否，下回再行分解。

本回前半截是传骆秉章，后半截是传钱东平。骆秉章系清室名臣，长沙一役，骆已罢职，犹督兵固守，始终保全。洪秀全解围西去，虽渡洞庭，陷武汉，而后路卒为所握。湖南不下，湘北宁能长有乎？且其后洪氏之灭，多出湘勇力，假使当时无骆秉章，则长沙已去，即有曾、罗诸人，何所恃而募勇？何所据而练军？以此知长沙之幸存，实为保障大江之锁钥。清有骆公，清之幸也。钱东平掉三寸舌，献取江南之计，不得谓其非策。明太祖尝建都金陵矣，安得谓江南之不必取耶？惟弃武昌而不守，殊为失算。武昌据长江下游，可南可北，可东可西，洪氏有兵百万，何不分兵东下，一守武昌，一取江南，联络长江上下以固根本，而顾劝其舍西取东也，奚为乎？助洪氏者，东平也，误洪氏者，亦东平。东平固不足道哉！

## 第六十回　陷江南洪氏定制　攻河北林酋挫威

　　却说江宁被困，总督陆建瀛率绿营兵守外城。将军祥厚、副都统霍隆武，率驻防兵守内城。城外商民亦自募义勇队出击，守陴官兵发炮助战。义勇兵系临时召募，究竟不谙战阵，被长毛杀败，转身逃回，城上的炮声还是不绝，一阵弹子，把义勇打死无数，余众骇溃。长毛兵乘势扑城，陆制台本是个文吏出身，不善督兵，勉强守了七八日，外援不至，弹丸又尽，长毛在仪凤门外，暗穴地道，埋藏地雷，一声爆发，城崩数丈。守门兵连忙抢筑，连驻守别门的将弁也闻声赶集，专堵一隅。不防长毛别队，偏从三山门越城而入，外城遂陷。陆制台自杀，秀全等进了外城，复攻内城，祥厚、霍隆武又拼命防御，阅两昼夜，力竭身亡，内城亦破。长毛不问好歹，不管亲仇，见财便夺，逢人便砍，遇有姿色的妇女，拖的拖，拉的拉，奸淫强暴，无所不至。岂是兴汉人物？城中官绅及兵民死难，多至四万余人。时咸丰三年四月十日也。从洪氏东下以来，连书月日，一以见各城之易失，一以志洪氏之极盛。

　　秀全出所获赀财，犒将士，部众都称他万岁，他亦居然称朕，称部下头目为卿。皇帝想到手了。随召集东王杨秀清、北王韦昌辉、翼王石达开等及军师钱江会议。钱江复上兴王策，大旨在注重北伐；此外如设官开科，抽厘助饷，通商睦邻，垦荒开矿诸条，一一申明。秀全道："先生的奏议，统是因时制宜的良策，朕自当次第施行。但金陵系王气所钟，朕即欲建都定鼎，可好么？"钱江尚未回答，东王杨秀清道："弟意本欲进攻河朔，昨闻老舟子言，河南水少无粮，地平无险，倘战被困，四面受敌。此处以长江为天堑，城高池深，民富食足，正是建都的地方，何必异议！"钱江因东王势大，不好多言，只说："东王计画，很是有理，只镇江、扬州一带，亟宜攻取，方可隔断南北清军，巩固金陵根本。"秀清道："这著原是要紧。"遂不待秀全下令，竟向大众道："何人敢去取镇江、扬州？"丞相林凤祥应声愿往。秀清道："林丞相胆略过人，此去必定获胜。但一人却是不足，还须数人同去方好。"当下罗大纲、李开芳、曾立昌等都愿随凤祥前行。秀清道："甚好，甚好！"遂请秀全发令，命众人率众去讫。

秀全复道："朕既在此地建都，难道仍称为南京么？"秀清道："我朝既名天国，何不就称为天京？"秀全大喜，就把总督衙门改为王宫，拣择故家大宅作为诸王府，募集工匠，大兴土木，修筑得非常华丽。于是定官制，立朝仪，订法律官制，以王位为最大，统辖一切政务，次为丞相，有天官、地官、春官、夏官、秋官、冬官等名目，兼理文武。行军则专属武职，叫作天将，有三十六检点及七十二指挥。又设立女官，分充宫府中女簿书，算是男女平等。朝仪设君臣座位，免去一切拜跪仪文。会议时依次坐定，言者起立，方许发言。法律如蓄妾有禁，卖娼有禁，缠足有禁，嚣奴有禁，吸鸦片有禁，略似西国的摩西十诫，号为天条，犯者立诛。以三百六十六日为一年，有闰日，无闰月。每七日一礼拜，赞美上帝。另建说教台，高数丈，演说宗教，常作天父附身的模样。总之是不古不今不中不西的一般制度。确评！宫殿既成，正殿叫作龙凤殿，匾额是"龙凤朝阳"四字，旁有两联，一联是："虎贲三千，直扫幽燕之地；龙飞九五，重开尧舜之天。"一联是："拨妖雾而见青天，重整大明新气象；扫蛮氛以光祖国，挽回汉室旧江山。"这两联，大约是钱军师手笔。秀全把掠取女子，选择好几十名，充作妃嫔，遂诹吉行升御礼，戴紫金冕，前后垂三十六旒，穿黄龙袍，浑身统用绣金盘成，当下升了御座，受文武百官朝贺。礼毕，就在殿中大飨群臣。

忽报清钦差大臣向荣，统率大兵数万，已到城东孝陵卫扎营了。秀全大惊道："这个向妖，怎么惯与我作对？总要设法除灭了他，方可安心。"道言未绝，又报清钦差大臣琦善，统率直隶、陕西、黑龙江马步各军，与直隶提督陈金绶，内阁学士胜保，已自河南出发，来攻天京了。秀全道："怎么好？怎么好？"钱江起座道："陛下不必着急！扬州一带，已由老将林凤祥等出去攻略，当能截住北军；况琦善那厮，前在粤时，很是没用，这路兵不足为虑。只向荣很是耐战，又有张国梁为助，声势浩大，须要派遣重兵，屯驻城外，才可无虞。"正议论间，镇江、扬州的捷音络绎前来，并接林凤祥奏议，略说："二月二十一日，拔镇江，二十三日，陷扬州，一路进行，毫无阻碍。现得金银若干，子女若干，赍送天京，伏祈赏收。惟满廷遣琦善到此，统率各妖，约有数万，臣观他营伍不整，攻城不力，毫不足惧，但留臣指挥曾立昌，防守扬州，已足堵御，臣愿率兵北伐"等语。秀全向钱江道："果不出军师所料。"钱江道："林丞相虽是雄才，惟孤军深入，未免疏虞，应请添派大兵，作为后应方好。"秀清道："就派吉丞相文元前去。"钱江道："吉丞相么？"言下有不足意。秀清道："吉文元系北王亲戚，当不致有异心。"钱江道："并非防他有

清史演义

第六十回　陷江南洪氏定制　攻河北林酋挫威

异心，但为北伐计，非计出万全不可。"秀清道："方今满清精锐，已聚南方，北省地面，料必空虚，有林、吉二人前去，何虑不胜？"钱江不便再争，遂由秀清派吉文元去讫。原来吉文元妹子嫁与北王韦昌辉，韦为北王，杨为东王，两人势力相当，杨欲独揽大权，恐韦从旁牵掣，因此先把吉文元调开，削他羽翼，以便将来篡立。钱江窥破此意，只因洪、杨为患难交，疏不间亲，只得嘿然。韦杨内哄张本。

秀全便道："江北妖营，已不足虑，江南妖营，如何抵御？"钱江道："第一着是添派重兵，分堵要口，只叫坚守得住，不必与他开仗；待他旷日持久，兵心懈弛，自有破敌之策。第二着是分扰安徽、江西，截他后路，断他饷道，凭他如何骁勇，不能耐久，将来总是难逃吾手。"秀全亟称妙计。秀清道："安徽、江西，系江南上流，关系甚大。看来安徽一带，须劳翼王，江西一带，须劳北王，我愿与天王共守此城。现在我军部下，如李秀成、陈玉成等，统是后起英雄，叫他分堵江南，何怕向、张二妖。"仍是私意。秀全道："好！好！"遂命北王韦昌辉出兵江西，翼王石达开出兵安徽。诸王统已调开，秀清可横行无忌了。两王各带天将数十人，长毛数万众，分路而去。

秀清又遣派部下各将，分堵雨花台、天保城、秣陵关各要口，密布得铜墙铁壁相似，遂一味骄淫奢侈，恢拓府第至周围四五里，服食起居，概与秀全相等。搜取城内美女三十六人，充作妾媵，号为王娘，统是破瓜年纪，绰约丰神；又与天妹洪宣娇私相来往，亦未免有苟合勾当。每一出门，前后拥护数千人，金鼓旌旄等类数十件，又有洋绸五色巨龙一大条，长约百丈，高亦丈余，行不见人，随着音乐，大吹大打地过去；然后继以大轿，轿夫五十六人，轿内左右，立着一对男女，右系娈童，左系娇妾，一捧茗瓯，一执蝇拂，仿佛神仙相似。每晨高坐府中，官属先以次进见，随后去朝洪天王。这位天王，亦耽情酒色，镇日里在后宫取乐，十日中只有一二日视朝，军事文报，刑赏黜陟，一任秀清所为。

秀清又是个色中饿鬼，渐渐弄得形神尪弱，还要怂恿天王，速开男女各科，由秀清主试，钱江为副。男状元取了池州人程文相，女状元取了金陵人傅善祥。男状元乃是陪宾，秀清注意在女状元。男科题为《蓄发》檄，程文相文中有云："发肤受父母之遗，无翦无伐；须眉乃丈夫之气，全受全归。忍看辫发胡奴，衣冠长玷，从此簪缨华胄，髦弁重新。"由钱江拔为男状元。女科题为《北争》檄，傅善祥文中有云："问汉官仪何在？燕云十六州之父老，已呜咽百年；执左单于来庭，辽卫八百载之建胡，当放归九甸。今也天心悔祸，汉道方隆，直扫北庭，痛饮黄龙之酒；雪仇南渡，并摧北伐之巢。"由钱江拔为女状元。秀清本不甚通文，统归钱江取录，只看中这女状元，才貌俱全，便叫她充东王府女簿书，日司文牍，夜共枕席。女状元感恩图效，格外婉媚恭顺，太无廉耻。秀清非常合意。不料积宠生娇,批判牍牒,信口诋骂,屡言首事诸酋,狗矢满中,甚至秀清亦被她批得一文不值。秀清愤怒起来,竟说她嗜吸黄烟,枷号女馆。状元二字扫地了。红颜女子,受了这般凌辱,免不得怏怏成病。病中上书秀清,内称:"素蒙厚恩,无以报称,代阅文书,自尽心力,缘欲夜遣睡魔,致干禁令,偶吸烟草,又荷不加死罪,原冀恩释有期,再图后效,讵意染病三旬,瘦骨柴立,似此奄奄待毙,想不能复睹慈颜,谨将某日承赐之金条脱一,金指圈二,随表纳还,藉申微意。"秀清阅毕,又动了怜惜之意,忙令释放,并令闲散养疴,许她游行无禁。原来长毛定制,除诸王丞相及大小官吏外,男归男馆,女归女馆,不得夹杂;就使本是夫妇,也不得同宿,违犯天条,双双斩首。傅善祥得任意游行,乃是秀清特令,后来善祥竟不知去向,大索不得。颇称炎烩,可惜失身于贼。这是后话。

且说林凤祥带领二十一军出滁州,据临淮关,进破凤阳,兵锋锐甚。吉文元又由浦口攻亳州,与凤祥合军,北趋河南。江北清营,亟令胜保分兵追蹑,那林、吉两人率着悍党,兼程前进,好似狂风骤雨,片刻不停。胜保未入河南,林、吉已陷归德,河南巡抚陆应谷,督兵出城,向归德防剿,谁料警报到来,长毛已由间道趋开封。开封系河南省会,陆抚台安能不急?飞檄藩司沈兆云等,登陴固守。沈兆云才接抚剳,整备守城,林凤祥前队,已扑到城下。

城中守兵,仓猝聚集,正在惊惶,亏得新任江宁将军托明阿,方督三镇兵过河南,乘便入援,与城兵内外夹击,足足战了两昼夜,才把长毛兵杀退。林、吉小挫。

林凤祥因开封难下,直趋河北,分兵围郑州荥阳县,牵制南岸的清兵,自己却与吉文元潜收煤艇,黉夜渡河,进捣怀庆府城。清廷已授直隶总督讷尔经额为钦差大臣,与尚书恩华,率精兵数千,驰赴河南。到了怀庆,正与林、吉相遇,林凤祥方穴隧攻城,见援军已至,只得分兵抵截。城中闻有援兵,知府以下,个个胆壮,格外奋力,坚守不懈。凭他如何设法,总被城中堵住。隔了数日,郑州荥阳的长毛,亦败窜过河,托明阿尾追而到。李开芳谏林凤祥道:"顿兵城下,兵家所忌,我军不如转旆东趋,从大名进逼天津,攻心扼吭,方为上策。"凤祥道:"怀庆扼黄河要害,怀庆不下,转向东行,倘若腹背受敌,如何是好?"遂不听李开芳言,一面饬人至江宁乞援,一面竖栅为城,一面深沟高垒,为自固计。两下相持复十日,胜保又到,开芳仍请变计,凤祥只是不从。失计在此。先后与清兵血战,计十数次,凤祥总不能稍占便宜。驹光如驶,竟逾月余,清廷下旨严责各军,讷尔经额与恩华、托明阿、胜保三人,不免焦灼,遂督励将士,誓破长毛。当下分兵三路,夺攻敌栅,那边开炮,这边纵火,霎时间烟焰蔽空,积成红光一片。林凤祥等固守不住,只得弃栅出来,抵死相扑。那官军亦拼命拦

清史演义

截，飞炮流弹，简直在各兵头下乱滚。吉文元躲避不及，中弹倒毙。长毛见伤了一个主将，只杀得一条血路，拥着林凤祥北走。林、吉大挫。

这一战，凤祥麾下的精锐，几已死尽。讷尔经额凯旋直隶，托明阿南赴江宁，单由胜保追击凤祥。凤祥后无退路，竟窜入山西。

山西巡抚哈芳，一些儿都没有预备，边境空虚得很。凤祥又乘虚突入，从垣曲县出曲沃县，连拔平阳府城，进至洪洞县，适江宁援兵二万人，由曾立昌、许宗扬等统带，自东而来，与凤祥相会。凤祥大喜，再合军东趋，寻出潞城、黎城两县间的小路，卷旗掩鼓，疾驱至临洺关。临洺关在直隶邯郸县北，系直隶省要隘。讷尔经额率军凯旋，方在关内驻扎，忽有探马来报，说西南角上有一大队人马，悬着大清旗号，向关上赶来。讷钦差茫无头绪，便道："这枝兵从何而至？难道是胜保的兵么？"饬令再探！探马才出，那支兵已蜂拥而至，不管三七二十一，竟冲入关中，讷军摸不着头脑，有几个上前拦阻，不料来军一齐动手，把拦阻的官军杀得一个不剩。讷尔经额尚在营内，闻外面一片喊杀声，出来探望，才叫得一声苦。原来冲入关内的人马，前队服着清装，后面统是红布包头的长毛，当时失声叫道："长毛到了！长毛到了！"兵士闻着"长毛"两字，不由得胆战心摇，三十六着，走为上着，统抱头窜去。讷尔经额也是逃命要紧，跨马疾走。这一大队长毛，正是林凤祥用了诡计，掩袭讷军。凤祥也算聪明，无如天不容他。当下乘势追杀，把清兵击死多人，一径驰到深州。

深州各官，早已遁去，无阻无碍，听长毛入城。

深州距京师只六百里，警报递入清廷，与雪片相似。咸丰帝亟命惠亲王绵愉为大将军，科尔沁郡王僧格林沁为参赞大臣，督京旗及察哈尔精兵，星夜驰剿。时胜保已收复山西平阳府，自山西趋入直隶，亦奉旨代讷尔经额后任，与惠亲王、僧郡王等夹攻长毛。这位僧郡王有万夫不当之勇，是蒙旗第一个人物，手下的亲兵也似生龙活虎一般，这番奉命视师，仗着一股锐气，连破敌营十数座，击毙长毛七八百人，杀得林凤祥不能住足，弃了深州，东走天津，又被胜保夹击一阵，凤祥不敢攻天津城，退据静海，渐渐穷蹙了。三次大挫，不死何待？

北方稍静，南方偏骚扰异常。安徽省城安庆府被石达开再陷，江西省城南昌府又被韦昌辉围攻。杨秀清又遣豫王胡以晃、丞相赖汉英、石祥贞等，分头接应。皖赣两省，糜烂不堪，几无一人与长毛对手。只有升任按察使江忠源，奉命赴江南大营帮办，行次九江，闻南昌围急，倍道往援，才算得了一回胜仗，入南昌城助守。不意吉安又起了土匪，联络长毛，围困府城，江忠源飞书至湖南告急，为这一书，激出一位清室中兴的大功臣来。看官！你道大功臣是谁？就是湖南湘乡人曾国藩。

国藩字伯涵，号涤生。他降生的时

候，家人梦见巨蟒入室，鳞甲灿然，尝相传为异事。道光十八年中进士，至道光末年，已升至礼部右侍郎。咸丰元年，诏求直言，国藩应诏，有详陈圣德三端，预防流弊一折，语语切直，几干罪谴。还亏大学士祁寯藻及国藩会试时房师季芝昌，极力解救，方得免罪。二年丁母忧回籍，适洪、杨四扰，烽火弥天，有旨令他帮助巡抚张亮基，督办团练，搜查土匪。他本是理学名家，拟请守制终丧，不欲与闻军事，适友人郭嵩焘，劝他墨绖从戎，不违古礼，于是投袂而起，募农夫为义勇，用书生为营官，仿明朝戚继光束伍成法，逐日操练，遂创成团练数营。湘军发轫。已而张亮基移督湖北，骆秉章回抚湖南，国藩与秉章很是投契，练勇亦愈集愈多，是时得忠源乞援书，遂入见骆抚道："江岷樵系戡乱才，不可不救。"原来江忠源表字岷樵，国藩在京时，江适会试，谒见国藩，谈了一会方去。国藩曾说他后必立名抗节，至此与骆抚议妥，遂遣湘勇千二百，楚勇二千，营兵六百，属编修郭嵩焘及道员夏廷樾、知县朱孙诒，带领赴援。忠源弟忠济暨诸生罗泽南，亦各率子弟乡人，随同前去。湘军出境剿敌，好算破题儿第一遭了。看官记着。正是：

　　建州一脉延王气，
　　衡岳三湘出辅臣。

　　湘军出境以后，胜败如何，当于下回交代。

　　洪氏之不终也宜哉！定都江宁，尚无关得失，乃安居纵乐，荒淫无度，军国大事，尽归杨秀清掌握，秀清专权自恣，淫佚与洪氏同，而骄纵且倍之。君相若是，宁能成功乎？林凤祥等率众北犯，本系洪氏胜算，越淮入汴，所向无前，可谓锐矣。然不乘清军未集之时，驰入齐鲁，进窥燕都，而乃西趋怀庆，迂道力争，复从山西间道，绕入直隶，师劳力竭，安能不败？宁待深州大挫，始知其无成耶？然观洪、杨之皮相西法，屠毒同胞，即使北犯而胜，亦无救于亡。故本回为洪、杨惜，亦为洪、杨病。林凤祥、吉文元辈，犹为本回之宾。项庄舞剑，意在汉王，阅者当于言外求之。

# 第六十一回　创水师衡阳发轫　发援卒岳州鏖兵

　　却说湘军出援江西,到了南昌,长毛即上前抵敌,两下酣战起来。究竟湘军是初次出山,敌不过百战余生的悍卒。罗泽南等又统是文质彬彬的书生,凭他如何奋勇,受着这厉害的枪弹,不是倒毙,就是受伤,亏得江忠源引兵杀出,才接应湘军入城。检点兵士,湘楚军及营兵已丧失一二百名,罗泽南的朋友亦死了七人。当下与江忠源商议,忠源道:"钢非炼不成,剑非磨不锐,湘楚各勇,仗义而来,很是可敬,但未经磨炼,不能与悍党争锋。目下不如出击土匪,先求经验;若能把土匪剿平,也可翦长毛羽翼。那时长毛少了援应,解围而去,亦未可知。"老成远见。众人齐声赞成。于是夏廷樾出攻樟树镇,罗泽南出攻安福县,江忠济及刘长佑出攻泰和县,留郭嵩焘、朱孙诒两人,偕江忠源守城。不到半月,各路土匪统已平靖,各军亦陆续归来。忠源遂会集将士,督率出城,与长毛恶斗一场,竟将长毛杀退,追至十数里外乃回。湘、楚军始有喜色。

　　郭嵩焘道:"这城虽已解围,无如贼势飚忽,来往无定。且东南各省,多半阻水,江中统是贼舟,一日遇风,可行数百里,解了这边的围,就向那边围住,我若驰救那边,他又到这边来了。他由水路,我由陆路;他用舟楫,我用营垒;他逸我劳,何能平贼?现在须亟办长江水师,沿江剿堵,方能取胜。"忠源鼓掌称善,遂令嵩焘回湖南,请国藩代为奏请。国藩具疏详陈,主张造船购炮,募兵习操,洋洋洒洒数千言,无非是肃清江面的大计划。朝旨准奏,即命国藩照奏施行。国藩奉命,自长沙移至衡州,赶造战船,创办水师,经过无数手续,问过无数熟手,才造成战船三种:一种叫作快蟹,船式最大,用桨工二十八人,橹八人;一种叫作长龙,比快蟹略小,用桨工十六人,橹四人;一种叫作三板,船最小,用桨工十人。每船各置舱长一名,炮手三名,头工二名,柁工一名,副柁二名。快蟹系营官坐船,长龙作为正哨,三板作为副哨,募集水师五千人,日夕操练,共成十营。六营兵自衡州募来,即令成名标、诸殿元、杨载福、彭玉麟、邹汉章、龙献琛六人,作为营官。四营兵由湘潭募来,即令褚汝航、夏銮、胡嘉垣、胡作霖四人,作为营官。褚汝航曾任粤省同知,颇谙水师情形,遂兼任水师总统。又增募陆师五千人,分为十三营,派周凤山、储玟躬、林源恩、邹世琦、邹寿璋、杨名声及国藩季弟国葆等,分营统带。并特保举游击塔齐布为副将,充作先锋。极力叙写,为殄灭长毛张本。水陆共得万余人,由国藩总辖,一俟船炮办齐,粮械完备,即拟沿湘而下,与长毛决一雌雄。

忽报长毛攻陷九江,分股窜湖北。署湖广总督张亮基兵溃田家镇,江忠源赴援,亦被杀败,长毛已进趋武昌了。国藩道:"前阅京报,湖广总督,已由吴老先生补授,张署督已调抚山东,为什么出兵打仗,还是张署督主持呢?"过了数日,接到湖广总督紧急公函,拆开一瞧,乃是新督吴文镕乞援手书。原来吴文镕系国藩座师,闻武汉危急,乃驰抵武昌,张亮基才得交卸。此时长毛兵已连破黄州、汉阳,武昌吃紧万分,因向国藩处求救。国藩苦炮械未齐,一时不能出发,奈朝旨亦来催促,上奉君命,下顾师恩,不得不酌遣数营,赴鄂救急。正在派遣,又递进吴督文书,总道是二次促援,及展阅后,方知长毛已经击退,并说衡湘水师关系全局,宜加意训练,毋轻赴敌。国藩才放下了心,停军不发。

谁知安徽的警信又日紧一日。自石达开攻破安庆,安徽文武大吏,皆避至庐州,权作省治。奈长毛酋秦日纲又至,连陷舒、桐二城,在籍侍郎吕贤基殉难,日纲直趋庐州。朝旨授江忠源巡抚安徽,且饬国藩出兵,与忠源同援庐州。国藩拟部署大定,始行出发,而忠源已由鄂赴皖,冒雨前进,到六安州,将士多病,忠源亦疲惫不堪。六安吏民,遮道乞留。忠源不可,留总兵音德布统千人入守,自率数百人,力疾至庐州。庐州城内的官吏已多半逃去,粮械一无所有,只有千余名营兵及千余名团勇,连忠源带去亲卒数百,统得三千人,忙督率登陴,誓死守城。才隔一宵,秦日纲已薄城下,忠源仗着一片热诚,激厉将士,日夜捍御,日纲倒也无法可施,方思撤围东去,忽胡以晃自安庆驰至,步骑约十余万,来助日纲,密结城中知府胡元炜,作为内应,从水西门掘了地道,埋药燕火,轰陷城墙十多丈。忠源犹拼死堵塞,且战且筑,不想胡元炜已潜开南门,放长毛入城,霎时间火势燎原,阖城鼎沸。忠源知不可为,掣佩刀自刎。手下一仆,从后面抽去佩刀,背忠源出走。忠源啮仆耳,血流及肩,仆不堪痛苦,将忠源委地。长毛亦已追及,忠源复徒手搏战,格杀长毛数人,身中七枪,投水自尽。果不出国藩所料。

败报传至衡州,国藩叹息不已,正悲悼间,黄州又来警耗,报称湖北总督吴文镕阵亡,国藩大惊。原来吴文镕初到武昌,巡抚崇纶,拟移营城外,阴谋脱逃,文镕即至抚署,约与死守,崇纶

清史演义

351

不以为然。文熔愤甚，拔出佩刀，掷诸案上，厉声道："城存与存，城亡与亡，司道以下敢言出城者，污吾刀！"于是崇纶不敢异议。至武昌围解，崇纶虑不相容，私念不如先发制人，遂奏劾文熔闭城坐守。朝廷信崇纶言，信汉人，总不如信满人。促文熔出省剿贼，文熔方调贵州道员胡林翼，率黔勇六百人会剿。林翼未至，朝命已到，不得已带了七千人，出赴黄州，适值残腊雨雪，满途军士，相率僵毙，崇纶又遇事掣肘，军械辎粮，不肯接应。文熔叹道："吾年过六十，何惜一死？可惜死得不明不白。"随进薄黄州，休息数日，已是咸丰四年正月中。文熔探得长毛张灯高会，遂发兵袭击，不料反堕敌计，中途遇伏，官军哗溃。文熔率都司刘富成，往来冲突，手刃长毛数十名，究因军心懈散，寡不敌众，竟下马叩辞北阙，投河而亡。国藩闻座师凶信，复探悉崇纶倾陷状，便切齿道："可恨崇纶，我若得志，必诛此人。"

忽又有朝旨到营，令速率炮船兵勇，出援武昌。国藩乃传集水陆兵马，从衡州起程，到长沙取齐。水师沿湘而下，陆师分道而前，这一队击楫中流，那一队扬鞭大道，正有如火如荼的声势。表扬处具有深意。途次闻长毛兵已陷岳州，破湘阴，入宁乡，不禁失声道："了不得！了不得！"遂命水师趋湘阴，陆师趋宁乡，褚汝航率数船先进，湘阴城内的长毛，望风退去。国藩闻前队得利，督战船继进，才到洞庭湖口，十八姨忽然作怪，狂飚陡作，白浪滔天。这班战船内舱长梢工，连忙下帆抛锚，尚且支撑不住。一阵乱荡，两船相撞，慌乱了许多时辰，方有些风平浪静。检点船只，已损失好几十号，勇丁亦溺毙了数百名。国藩令收入内港，暂缓出师。

忽接陆军详报宁乡得胜，长毛遁去，国藩道："这是还好。"言未毕，又有兵目来报，储统领玫躬逐北阵亡，国藩连叫可惜。接连又有人报称："邹统领寿璋、杨统领名声等，杀败长毛，追至岳州，不料王统领鑫，自羊楼司溃回，冲动我军，长毛又乘势杀来，我军亦被杀败了。"国藩道："王璞山专喜大言，我前时曾劝他敛抑，他竟不信，反与我别张一帜，今朝失败，咎由自取，可惜我军亦被牵动，应亟去接应方好。"遂令褚汝航率领水师三营，赴岳州援应陆师，汝航甫去，警信又来，长毛复杀入湘江，踞住靖港，别遣一队绕袭湘潭，占住长沙上游，顿时触动了国藩的忠愤，口口声声埋怨王璞山。小子前次叙述水陆各将，未曾说起王璞山，不得不补叙明白。璞山即王鑫表字，与国藩同里，国藩治团练时，尝相助为理。嗣因王鑫负才恃气，与国藩意见不合，遂自募乡勇二千多人，别为一军，至此闻长毛窜入湖南，独率乡勇阻截，才抵羊楼司，遇着长毛大队扑来，乡勇胆怯，不战自溃。国藩既与他微有嫌隙，又因邹杨各军，被他牵扰，长毛乘胜长驱，掩入上游，心中遂越加懊恨，于是檄塔齐布回援湘潭，自督舟师迎击靖港。

方才出发，贵州道胡林翼到来。林

第六十一回 创水师衡阳发轫 发援卒岳州鏖兵

352

翼字贶生,号润芝,湖南益阳县人氏,也是个进士出身,素有韬略。吴文镕初督云贵,正值林翼需次贵州,相见之下,大加赏识。及文镕移督湖广,因调林翼为助。曾、胡齐名,叙述所以独详。林翼到湖南,闻吴督已经战殁,途中又被长毛阻隔,只得来见曾国藩。国藩延入,抵掌高谈,吐弃一切,说得国藩非常倾心,当下令林翼率了黔勇,偕塔齐布同往湘潭。塔齐布系旗籍中翘楚,胡林翼系汉员中巨擘,一个膂力过人,一个智谋出众。两将直至湘潭,打一仗,胜一仗,长毛头目没有一个是他敌手。

只曾国藩出师靖港,遇着西南风,水势湍急,被长毛乘风杀来,战船停留不住,纷纷奔溃。国藩愤极,猝投水中,亏得左右赶紧捞救,总算不死。两次出湖,第一次遭风漂没,第二次遇敌溃散,可见治事甚不容易。随退驻省城南门外妙高峰寺,定了一回神,便召众将弁商议道:"靖港一败,北面受困,倘或湘潭失守,南面又要吃紧,岂不要前后受敌么?"杨载福起身道:"今日的时势,只有添兵去救湘潭,湘潭得胜,后路无虞,方可并力驱逐敌船。载福不才,愿带水师一营,去助塔副将。"国藩尚在踌躇,彭玉麟道:"杨君之计甚是,此处且坚守勿动,待湘潭收复,水陆夹攻,不怕长毛不败。彭某也愿同去一走!"国藩见彭、杨二人主见相同,便即依从。彭、杨遂整集船舶,扯起风帆,命柁工水手向南速驶。

到了湘潭附近,遥听岸上一片战鼓声,震得波摇浪动,料知此时定在开战,令更加樯急进,直薄湘潭城下,见长毛水陆两路,夹攻湘军,塔齐布、胡林翼两人,分头抵敌,正是血肉相薄的时候,杨载福出立船头,当先冲入,彭玉麟继进。长毛不意水师猝至,相顾愕眙,刚思回船相扑,不防火弹火药,飞入船中,烟焰冒空直上,船内的长毛脚忙手乱,这边未曾救灭,那边又被烧着。长毛见不是路,多半弃船登岸,剩得小船数艘,划桨飞奔,也被彭、杨手下追及,开炮轰沉。逃上岸的长毛,碰着塔、胡两军,正在截杀,杨载福、彭玉麟已烧尽敌船,也摆船近岸,跃登岸上,用刀一招,水师陆续随上,杀得长毛遍地是血,死了四五千人。长毛知湘潭难保,一溜风逃得精光。塔、胡、彭、杨四营官,收复湘潭城,差专弁至长沙报捷。

国藩日盼消息,接到捷书,乃奏陈靖港、湘潭胜负各情,并自请交部议罪。奉旨:"靖港败衄,不为无咎,姑念湘潭全胜,加恩免罪,赶紧杀贼自赎。湖南提督鲍起豹,未闻带兵出省,仅知株守,有负委任,著即革职,所有提督印信事务,暂由塔齐布署理"等语。国藩接旨,即檄塔齐布回省。塔齐布入见,国藩就告知恩眷,并慰劳一番。塔齐布亦深为感谢。

国藩复将水陆各军,汰弱留强,重整规模,指日进剿。

适值广西知府李孟群,率水勇千名,广东副将陈辉龙率战舰数艘,同到长沙,都向曾营内投递手本,由国藩同

时接见。国藩本是虚心下气，延揽人材的主帅，无论何人进谒，总叫他不要拘束，随便自陈。这是曾公第一好处。两人纵谈了一回，统是意气自豪，不可一世，辉龙尤睥睨一切。国藩暗暗嗟叹，只嘱咐他小心两字。暗伏二人结果。

辞出后，军弁来报，华容、常德、龙阳各县城，统被贼陷。国藩道："贼势至此，我军不能再缓了。"言未已，澧州、安乡等又报失守，接连来了一枝湖北败兵，保着湖北巡抚青麟，逃至长沙。国藩道："巡抚有守城的责任，为什么逃至此地？莫非武昌已失守么？"看官记着湖北巡抚本是崇纶，崇纶丁艰去职，由学政青麟摄篆，总督乃是台涌，接吴文镕职任。台涌出省剿贼，长毛偏沂江而上，连破安陆府、荆门州，直逼荆襄。幸亏荆州将军官文，遣游击王国才，率兵勇千七百人，击退长毛，长毛重复下窜，转攻武昌。青麟未谙军旅，又因城中饷匮，不能固守，只得弃了城奔到长沙。武昌再陷。青麟投刺曾营，国藩拒不见面，入城去见骆巡抚，骆秉章亦不甚款待，遂绕道奔赴荆州，途次奉旨正法，台涌亦革职，并命曾国藩迅速进剿。于是国藩分水师为三路，褚汝航、夏銮等为第一路，陈辉龙、何镇邦、诸殿元等为第二路，国藩自率杨载福、彭玉麟等为第三路。陆师亦分三路，中路属塔齐布，西路属胡林翼，东路属江忠淑、林源恩。六路大兵，一齐出发。

早有细作通报长毛，长毛倒也惊慌，退出常澧，专守岳州。褚汝航、夏銮鼓棹直前，驶至南津，长毛出港迎战，正杀得难解难分，陈辉龙、何镇邦、诸殿元复到，两路夹攻，长毛渐却。杨载福、彭玉麟又督战船驶入，把长毛的战船，冲作四五截，眼见得长毛大败，弃掉战船十数艘，拼命地逃去了。水师乘胜驱至岳州，守城的长毛，还想抵御，谁知塔齐布亦自陆驰到，与水师夹击岳州城，一阵鼓噪，把长毛赶得无影无踪。随即迎曾帅入城。安民已毕，当令前哨侦探敌踪，回报长毛水军在城陵矶，陆军在擂鼓台。国藩道："这两处离城不远，仍旧在岳州门口，还当了得。"急命水师攻城陵矶，陆师攻擂鼓台，各将都奉命出发。只国藩在城留守，眼望旌旗，耳听消息。第一次军报，城陵矶水师大胜，获战船七十六艘，毙长毛千余，生擒一百三十名；第二次军报，陆师已薄擂鼓台，战败贼酋曾天养。国藩自语道："这次可直达湖北了。"过了一日，接到第三次军报，水师追长毛至螺矶，途遇南风，为敌所乘，褚汝航、夏銮、陈辉龙、何镇邦、诸殿元等，先后战殁，国藩大惊失色，正是：

胜败靡常，危得危失；
军情变幻，不可预测。

欲知后来胜负情形，试看下回分解。

曾国藩始练湘勇，继办水师，沿湖出江，为剿平洪、杨之基础，后人目为汉贼，以其辅满灭汉故。平心而论，洪、杨之乱，毒痛海内，不特于汉族无益，反大有害于汉族，是洪、杨假名光复，阴张凶焰，实为汉族之一大罪人。曾氏不出，洪、杨其能治国乎？多见其残民自逞而已。故洪、杨可原也而实可恨，曾氏可恨也而实可原。

著书人秉公褒贬，无私无枉，笔致曲折淋漓，犹其余事。

# 第六十二回　湘军屡捷水陆扬威
　　　　　　畿辅复安林李授首

　　却说褚汝航等进兵螺矶，遇着逆风，被长毛顺风纵火，烧掉了三十多艘战船，褚汝航等不肯退走，硬要与长毛拼命。陈辉龙越加气愤，从火中跳进跃出，指挥部下，究竟水火无情，一众英雄，陆续毕命。这信传达岳州，试想这再接再厉的曾大帅，能不惊心动魄么？亏得杨、彭二将，又差军弁飞速进见，报称退守陵矶，扼住要口，长毛已经退去，国藩稍稍放心，只想褚汝航等患难至交，到此尽行战殁，未免痛心；随令同知俞晟代汝航，令他收拾余烬，再图大举。愈失败，愈激厉，遣大投艰，端恃此举。

　　正布置间，军报又到，塔军门大破擂鼓台，阵斩贼目曾天养。国藩一想，陆师得此大胜，正好抄至城陵矶，会合水师，进攻长毛，只恐塔齐布势孤，不敷调遣；方在踌躇，忽报周凤山、罗泽南自长沙到来，国藩大喜，立即延入。周、罗二人行礼毕，便道："骆中丞闻水师新挫，特遣某等前来听差。"原来二人本留守长沙，奉骆抚命来助国藩，

国藩遂令周凤山赴擂鼓台，罗泽南赴城陵矶。二人甫去，李孟群又到。孟群父卿谷，曾官湖北按察使，武昌再陷，卿谷殉难，孟群得此凶信，日夜泣血，禀请骆抚，愿前敌报仇；当下入见曾帅，号啕大哭。国藩也陪了数点眼泪，随即温言劝慰，令他驶至城陵矶，帮助水师。

　　自是水陆两军，齐集城陵矶。城陵矶附近有高桥，长毛扎下营寨，作为城陵矶犄角。塔军门奉国藩檄，匹马单刀，直趋高桥，长毛率众来扑，塔军门把刀一招，后面的罗、李各军，统赶上来杀长毛。长毛斗不过，败奔城陵矶。湘军乘势追上，城陵矶的长毛约有二万余名，倾巢出来，恶狠狠地来敌湘军。塔军门一马当先，冲入长毛队里，打长毛时，满人中之最得力者，只一塔齐布，可谓硕果仅存。湘军随后杀入。适天雨如注，东南风大作，湘军乘风猛扑，人人拚命，个个争先，拔去竹签数丈，跃过濠沟两重，杀声与风雨声相应，震动天地，吓得长毛步步倒退。湘

军越发奋勇,连毁敌垒十余坐,水师亦击沉敌船数十艘,从城陵矶杀到螺山,从螺山杀到金口,简直是没有歇手,任他长毛凶悍,总是敌不住湘军。战了两三日,把东岸的旋湖港、芭蕉湖、道林矶、鸭栏矶,又西岸的观音洲、白螺矶、阳林矶,各处地方的敌垒,一扫而空。从此由岳入湘的门户,方稳固无虞了。保全湖南,亏此一战。

国藩接着捷报,就从岳州出发,进驻螺山,拜疏奏捷。有旨赏给三品顶戴。国藩上疏力辞,并附陈李孟群忠勇奋发,思报父仇,现在服尚未阕,请从权统领水师,借专责成。朝旨擢孟群为道员,不准国藩辞赏。国藩复出驻金口,饬水陆两军,乘胜穷迫,声势撼天,所向无敌。适荆州将军官文,亦遣将魁玉、杨昌泗等,率五千人来会,军容愈盛,遂复蒲圻、嘉鱼等县,直入武汉境内。是时湖北总督换了杨霈,亦收复蕲水、罗田及黄州府属各城,北路亦渐次肃清。

国藩遂召集诸将,商取武昌。罗泽南袖出一图,指示诸将道:"欲攻武昌,须出洪山、花园两路,花园濒江环城,闻悍贼悉众死守,洪山贼势少减,然亦屯有重兵。罗某愿攻洪山。"塔齐布微笑道:"罗山先生,避难就易,未免不公。"原来罗泽南字罗山,素讲理学,湘乡人多执贽为弟子。罗山从军,弟子亦多半相随,军中多称为罗山先生。只罗山向来持重,不轻出战,塔齐布屡次挑激,此次因花园一路,要塔往攻,所以出言诮让。国藩忙道:"罗山亦并非胆怯,只虑部下不足,现加派兵二千,令罗山弟子李迪庵,统带接应,罗山便好往攻花园了。"代为解围,真好主帅。泽南应允,随率兵去讫。

塔齐布去攻洪山,泽南自为前锋,令弟子李续宾为后应。续宾即迪庵名,与泽南同隶湘乡县籍,身长七尺,膂力过人,至此始独率一军,随泽南进行。泽南将到花园,长毛已出来迎截,两造正鏖战不下,忽北岸火光烛天,大炮声陆续不绝。长毛恐江面失败,无心恋战,慌忙退入垒中。原来花园北濒大江,内枕青林湖,长毛南北列营,置炮累累,向北者阻清水师,向南者阻清陆军。国藩既遣去泽南,复令杨载福、俞晟、彭玉麟、李孟群、周凤山等,率水师前后进击,纵火焚敌船,火炮火球,飞掷如雨,敌船被毁几尽。长毛的尸首浮满江滨。泽南趁势攻敌垒,垒有九,四面立栅,上列巨炮,泽南令军士携着手枪,俯伏而进。长毛开枪轰击,军士毫不畏惧,执枪滚入,近垒始起。前列奋登,后队继上,自辰至酉,连克八垒,还有一垒,是长毛大营,悉众来争。泽南手下,已觉疲乏,几乎不能支持,巧值李续宾到来,一支生力军横厉无前,将长毛一阵击退。长毛尚据营自固,适俞晟、杨载福等已自江登陆,夹攻长毛大营。长毛至此,已势穷力竭,只得弃营逃走。极写花园之不易攻入。泽南进薄武昌,塔齐布亦攻克洪山,随后踵至,城内长毛宵遁,遂复武昌。隔岸的汉阳城,由荆州军统领杨昌泗,奉曾公命,渡江收复,相距只一小时。还

357

第六十二回 湘军屡捷水陆扬威 畿辅复安林李授首

有黄州府城，亦由知府许赓藻率团勇攻克，侥幸生存的长毛四散窜去。

国藩驰至武昌，奏报武昌、武汉的情形，由咸丰帝下谕道：

览奏，感慰实深。获此大胜，殊非意料所及。朕惟兢业自持，叩天速救民劫也。钦此。

隔了一日，又有谕旨一道，寄至武昌。其辞云：

此次克复两城，三日之内，焚舟千余，蹋平贼垒净尽，运筹决策，甚合机宜。尤宜立沛恩施，以彰劳功。曾国藩著赏给二品顶戴，署理湖北巡抚，并加恩赏戴花翎，塔齐布著赏穿黄马褂。钦此。

国藩奉诏后，疏称母丧未除，不应就官，坚辞巡抚职任。奉旨照允，仍赏给兵部侍郎衔，另授陶恩培为湖北巡抚，饬曾国藩顺流进剿。国藩遂统领水陆各军，沿江东行，下大冶，拔兴国，破蕲州，直达田家镇。田家镇系著名险隘，东面有半壁山，孤峰峻峙，俯瞰大江，一夫为守，万夫莫开。长毛复从半壁山起，置横江铁锁四道，栏以木簰，遍列枪炮，另置战船数千艘，环为大城，好像一座巨岛，岸上又有敌垒二十余座。湘军自蕲黄东下，陆师先至，塔、罗二将为统领，与田家镇长毛开了一仗，虽擒斩了数千名，尚不能越雷池一步。

至杨载福、彭玉麟等踵至，定议分水师为四队：第一队用洪炉大斧，熔凿铁锁；第二队挟炮进攻，专护头队；第三队俟铁锁开后，驶至下游，乘风纵火；第四队守营各勇，依令并举。四队排齐，杨载福率副将孙昌凯，作为第一队先导，熔斩铁锁，驶舟骤下，余三队陆续继进。开炮的开炮，放火的放火，逼得长毛上天无路，入地无门。那时岸上的塔、罗二军，望见水师已经得手，亦各宣军令，急攻敌垒，先进者赏，退后者斩。各军士拼命向前，刀削枪截，尚不济事，也顺风纵起火来。于是江中纵火，岸上亦纵火，烧了一日一夜，就使铜墙铁壁，也变成了一片焦炭。不亚当年赤壁情景。可怜红巾长发，死于水，死于火，死于刀兵枪弹，都向鬼门关上报到。还有一小半长毛，不该死在此地，纷纷逃命。这次乃是湘军同长毛第一次恶战，岸上的长毛营二十三座，江中的长毛船五六千艘，被祝融氏收得精光，遂拔田家镇。自是湘军威名震天下。

长毛首领陈玉成窜至广济，联合秦日纲、罗大纲等，分守各要隘，怎禁得塔、罗二军，乘胜前来，步步逼人，节节进剿，连趋避都来不及，还有何心抵当？广济不能守，转走黄梅。黄梅乃湖北、江西、安徽三省总汇的地方，陈、秦、罗三个头目，并力死拒，挑选悍卒数万名，驻扎城西的大河埔，分遣万余名守小池口，万余名扼城北，数千名游弋水陆，互为援应。塔军才至双城驿，距大河埔十里，尚未立营，玉成已率众杀来，亏得塔军素有纪律，奋登山冈，立住脚跟，养足锐气，冲杀而下。正酣斗间，杨、彭等已攻进小池口，不由玉成不走。湘军水陆齐进，立毁大河埔敌营，城北的长毛已望风遁去。塔齐布猛扑城头，首受石伤，裹创再攻，长毛不能支，缒城窜去，遂复黄梅。

国藩进驻田家镇，连日奏捷，又附陈吴文熔被陷状（应前回）。奉旨令崇纶自尽，并优奖国藩。国藩因湖北略平，遂督军顺流东下，直攻九江。湖北下窜的长毛纠合安庆新到的长毛，固守九江城，急切不能攻下。那时河北的长毛恰有肃清的消息，小子只好将九江战事，暂搁一搁，别叙那河北情形。

长毛丞相林凤祥，自深州败走，返据静海，分兵屯独流及杨柳青二镇，作为犄角。清将胜保，进攻不能下，且被长毛杀败一阵。咸丰四年正月，清郡王僧格林沁，亦率军趋至，会合胜军，先攻独流镇。独流镇的长毛最是犷悍，固垒抗拒，清军连冲数次，都被击退，恼了有进无退的僧郡王，严申军法，留胜保军堵住杨柳青，自率精骑蹀入敌营。长毛更番堵御，奈见了僧王虎威，都已心惊胆栗，且战且走。这边僧军更抖擞精神，上前奋杀，不一时已将敌营踏破。僧军转旆攻杨柳青，见胜军已经杀入，接踵而进，立刻荡平。二镇已破，静海的长毛，自然立脚不住，由凤祥挈领南窜，入踞阜城。

阜城县外，有堆村、连村、林家场三处，俱占要害，凤祥就分兵屯驻，连寨以待。僧王一到，相度地势，立派副都统郭什讷、达洪阿，副将史荣椿、侍卫达崇阿等，分头纵火。东延西燃，把三村房屋，烧得一间不留，逃得慢的长毛都做了火烧鬼，逃得快的，还算走入城中。僧王正围攻阜城，满拟指日克复，忽报安徽长毛，由金陵遣至山东，偷渡黄河，攻陷金乡县，于是急遣将军善禄等分兵驰援。

过了一日，廷寄复下，令胜保速赴山东，堵剿匪目曾立昌、许宗扬。原来曾立昌、许宗扬二人，由凤祥派遣，暗使往会山东长毛，攻扰临清州，冀解阜城的围困，凤祥确是多智，奈势已穷蹙何？所以清廷有此谕旨。胜保到了山东，临清州闻已失陷，山东巡抚张亮基奉旨革职遣戍，连胜保、善禄等亦遭褫革，戴罪自效。胜保气得了不得，偕善禄驰攻临清，日夜袭击。城内的长毛颇有能耐，一味坚守，胜保大愤，督军士三面猛攻，单剩南面一隅，放走长毛。长毛因有隙可逃，渐渐松懈，被清兵一拥登城，城立拔，长毛纷纷南奔。

胜保不及安民，即出城追赶，到了冠县，一蓬火，烧死长毛头目陈世保。曾立昌、许宗扬等落荒而逃，遁至曹县，四面筑起木城，为固守计。胜保追至曹县，与善禄密议道："曾、许两贼已是穷蹙，定不能固守此城；但彼窜我追，何时方能住手？必须想一斩草除根的计策，方便收军。"善禄踌躇一会，也无良法，只请胜保周视地形。胜保留善禄攻城，自率轻骑数十名，往各处巡阅一天。是晚回营，即与善禄附耳数语，令善禄分兵去讫。

到了夜半，胜保传军士各执火具，往焚木栅，霎时间烟焰蔽天，吓得长毛四散奔逃，胜保恰趁这黑雾迷漫的时候，麾众上城，曾、许二人知不可守，

即弃城出窜。胜军恰紧紧追赶。时已黎明，曾、许两人，逃至漫口，见前面水色微茫，料无去路，正思沿河窜逸，忽河侧有一支兵杀到，视之，乃系清将军善禄所领的马兵。善禄于此处出现，上文附耳数语，即此可见。曾、许急忙回头，胜保又率步兵追到，马步夹攻，就使曾、许两人有三头六臂，也是抵挡不住，"啯咚啯咚"数声响，曾立昌、许宗扬都投入水中，眼见得两道灵魂，随河伯当差去了。差使不断，尚是幸事，恐怕河伯要带去问罪，奈何？其余的长毛不是赴水，定是身死刀下，悉数殄除，无一漏网。

东境业已肃清，胜保整军而回，途次闻林凤祥已窜入连州。看官！你道林凤祥何故入连州呢？他闻曾、许已攻入临清，拟乘此还军，联络曾、许，遂弃了阜城，南窜连州，占踞连镇。僧王率众南追，胜保也移师会剿，总道林凤祥已成瓮鳖，不日可平。谁知凤祥真来得厉害，自知无生还望，索性拼着老命，坚持到底。僧王攻一日，凤祥守一日，僧王攻一月，凤祥守一月，僧王方焦躁得了不得，忽有长毛自南门杀出，势甚凶悍，僧王急麾兵拦阻，已是不及，被他突围而去。这突围的长毛统领，乃是李开芳。原来凤祥尚未知山东败耗，特遣开芳南走，接应曾、许，合军来援。开芳到了山东，曾、许已溺毙多日，无处求救，疯狗噬人，不管好歹，窥见高唐州守备空虚，竟一鼓陷入，杀死知州魏文翰，他尚思分踞村庄，陡闻城外鼓角喧天，清将胜保已率军追至城下，没奈何登陴死守。自是胜保围高唐，僧格林沁围连镇，此攻彼守，足足相持了半年。

僧王本是个骁悍人物，到此也无可奈何，看看冬季将尽，两湖的捷报连日传来，僧王恨不得立破敌垒，昼攻夜扑，一息不停，方将连镇踏平了一半。连镇系东西二砦联络而成，所以叫作连镇，僧王费了无数气力，才将西镇攻破。凤祥收拾余烬，坚守东镇，直至咸丰五年正月，粮尽力穷，方被僧军猛力攻入。凤祥尚是死战，可奈前后左右统是僧军，此牵彼扯，活活的被他擒住，槛送京师。僧王再移军攻高唐，高唐自胜保围攻，也是半年有奇，李开芳的坚忍不亚凤祥，僧王仗着初到的锐气，攻扑一番，仍然无效。他却想了一计，令全军一律退去。是时城内闻僧军到来，到也惊惶，及见城外的清兵尽行退去，不得不乘机出窜。讵料行未数里，清兵竟漫山蔽野地掩杀过来，开芳知不能敌，回头狂奔，直到茌平县属的冯官屯，入村踞守。那时开芳手下的长毛只有五百多人，尚与僧、胜两军坚持了两个月。僧王决河灌敌，开芳始无路可走，终被僧军擒去，解往京师，与凤祥并受凌迟罪。河北肃清洪天王的兵力，从此只限于南方，不能展足了。林、李一死，已定洪氏兴亡之局。小子又有俚句一首，咏林凤祥、李开芳道：

北上鏖兵固善谋，
孤军转战死方休。
如何所事偏非主，
空把明珠作暗投。

僧王凯旋，清廷行凯撤典体，免不得有一番热闹。那时咸丰帝喜慰非常，遂酿出一场大公案来，小子且至下回叙明。

本回为洪氏兴亡之关键，自曾国藩战胜江湖，而湘军遂横厉无前；自僧格林沁肃清燕鲁，而京畿乃完全无缺。南有曾帅，北有僧王，是实太平军之劲敌，而清祚之所赖以保存者也。林凤祥、李开芳二人，为太平军之佼佼者，转战河北，至死方休。令洪氏子一入金陵，用以攻北，即亲率全军为后应，则河北之筹备未足，江南之牵掣无多，一鼓直上，天下事殆未可料。不此之图，徒令林、李两头目，孤军图河，至京畿被困，已挽救无方，林、李死而洪氏已亡其半矣。读此回已见洪氏子之必亡。

## 第六十三回　那拉氏初次承恩
## 　　　　　圆明园四春争宠

　　且说咸丰帝迭闻捷报，心中欣慰。少年天子，蕴藉风流，只因长毛蔓延，烽烟未靖，不免宵旰勤劳，连那六宫妃嫔都无心召幸。这番河北肃清，江南复连报胜仗，自然把忧国忧民的思想，稍稍消释。大凡一个人，遇着安逸时候，容易生出淫乐的念头，况咸丰帝身居九五，年方弱冠，哪里能抛除肉欲？即位二年，曾册立贵妃钮祜禄氏为皇后。皇后幽娴静淑，举止行动，端方得很，咸丰帝只是敬她，不甚爱她。此外妃嫔，虽也不少，都不能悉如上意。只有一位那拉贵人，芙蓉为面，杨柳为眉，模样儿原是齐整，性情儿更是乖巧；兼且通满汉文，识经史义，能书能画，能文能诗，满清二百多年宫闱里面，第一个能干人物，要算这位那拉氏。就使顺治皇帝的母亲，相传是色艺无双，恐怕还不能比拟呢（回应孝庄后）。

　　这位那拉氏籍贯，说将起来，恰要令人一吓，她就是被清太祖灭掉的叶赫国后裔（回应第二回）。太祖因掘出古碑，上有"灭建州者叶赫"六字，所以除灭叶赫。只因太祖皇后本是叶赫国女儿，为了一线姻亲，特令苟延宗祀，但不过阴戒子孙，以后休与结婚。顺治后颇谨遵祖训，传到咸丰时候，已是年深月久，把祖训渐渐忘怀；且因那拉氏的祖宗并非勋戚出身，入宫时只充一个侍女，后来渐遭宠幸，封为贵人。清制皇后以下，一妃二嫔，贵人列在第三级，与皇后尚差四等，本来是不甚注意，谁知后来竟作了无上贵妇。命耶数耶！

　　那拉氏幼名兰儿，父亲叫作惠征，是安徽候补道员，穷苦得不可言状，遗下一妻二女，回京乏资，亏了个清江知县吴棠，送他赙仪三百两，方得发丧还京。看官！你道这吴知县何故送他厚赙？吴宰清江时，曾有副将奔丧回籍，与吴有同僚旧谊，因副将舟过清江，乃遣使送给厚仪，不意去使误送邻船。这邻船就是那拉氏姊妹北归，正虑川资不继，忽来了这项白镪，喜从天降。那是吴县官得知误送，几欲索还，旋闻系惠征丧船，从前也有一面缘，就将错便错的过去，不过把去使训斥了一顿。谁知后来的高官厚禄，都是这三百两银子的报酬。失之东隅，收之桑榆，也是吴县官运气。兰儿曾语妹道："他日吾姊妹两人，有一得志，休要忘吴大令厚德。"志颇不小。

回京后，过了一二年，正值咸丰改元，挑选秀女，入宫备使。兰儿奉旨应选，秀骨姗姗，别具一种丰韵，咸丰帝年少爱花，自然中意，当即选入宫中，服侍巾栉。兰儿素好修饰，到此越装得秀媚。娥眉不肯让人，狐媚偏能惑主。用讨武曌檄中语，已寓深意。只因咸丰帝政躬无暇，兰儿的佳运，尚未轮着，所以暂屈辕下。到了咸丰四年，这兰儿命入红鸾，缘来福辏，竟居然得邀天宠了。一日，咸丰帝退朝入宫，面上颇有喜色，适值皇后奉太后召，赴慈宁宫。宫嫔竞上前请安，兰儿也在后面随着跪下，被咸丰帝瞧见，不由得惹起情肠，当下令宫嫔各回原室，独留兰儿问话。兰儿一寸芳心，七上八下，也不知是祸是福，遂向咸丰帝重行叩见。咸丰帝温颜悦色道："你且起来，立在一旁！"兰儿复叩首道："谢万岁爷天恩。"这六个字从兰儿口中吐出，仿佛似雏燕声、黄莺语，清脆得了不得。待兰儿遵谕起侍，由咸丰帝仔细端详，身材体格恰到好处，真个是增之太长，减之太短，亭亭玉立，无一不韵。那满头的万缕青丝，尤比别人格外润泽，玄妻鬓发，不过尔尔；还有一双慧眼，俏丽动人，格外可爱。情人眼里出西施，况兰儿确是可人。顿时把这位少年天子，目不转瞬地注着兰儿。兰儿不觉俯首，粉脸上晕起桃红，含着三分春意，愈觉秀色可餐。咸丰帝瞧了一回饱，方问她年岁姓名。兰儿一一婉答，咸丰帝猛然记忆道："不错不错，你入宫已一两年了。朕被这长毛闹得心慌，将你失记，屈居宫婢，倒难为你了。"这数语传入兰儿耳膜，感激得五体投地，又叩谢温语优奖的天恩。咸丰帝见她秀外慧中，越加怜爱，恨不得立命承御，适值皇后回宫，不得不遣发出去。看官记着！这一夕，咸丰帝就在别宫，召进兰儿，特沛恩膏。兰儿初承雨露，弱不胜娇，输万转之柔肠，了三生之凤孽。绮丽中带讥讽语。一宵恩爱，曲尽绸缪，把咸丰帝引入彀中，翌日，即封她为贵人。她从此仗着色艺，竭力趋承，不到一两年工夫，竟由圣天子龙马精神，铸造出一个小皇帝来。

这且慢表，单说清宫挑选秀女不限年例，咸丰帝因宠幸那拉贵人，免不得续添宫娥，准备服役，遂又下旨重选秀女。满蒙各族女孩儿，年在十四岁以上，二十岁以下，一概报名听选。只有财有势的旗员，不忍抛儿别女，方贿赂宫中总监，替他瞒住，余外不能隐蔽。一日，正是皇上亲视秀女期限，一班旗下的女子，都与父母哭别，随了太监，往坤宁宫门外，排班候驾。自辰至未，车驾不至，诸女来自民间，骤睹宫卫森严，已是心中忐忑；兼且站立多时，饥肠辘辘，未免怨恨起来。嗟叹声，呜咽声，杂沓并作。总监怒喝道："圣驾将至，汝等倘再哭泣，触动天威，恐加鞭责，那时追悔无及。"诸女被他一喝，

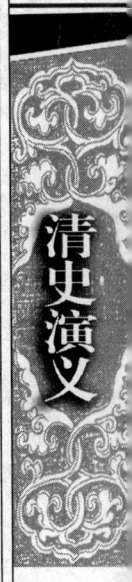

清史演义

## 第六十三回　那拉氏初次承恩　圆明园四春争宠

越发慌张，战栗无人色。

忽有一女排众直前，朗声道："我等离父母，绝骨肉，入宫听选，统是圣旨难违，家贫莫赎，没奈何到此。就使蒙恩当选，也是幽闭终身，与罪犯囚奴相似。人孰无情，试想父母鞠育深恩，无以为报，生离甚于死别，宁不可惨？况现在东南一带，长毛遍地，今日称王，明日称帝，天下事已去大半，我皇上不知下诏求贤，慎选将帅，保住大清江山，还要恋情女色，强搂良家女，幽闭宫禁中，令她们终身不见天日，一任皇上行乐，历朝以来的英主，果如是么？我死且不怕，鞭扑何惧？"满清一代的奏议，多是婥阿取容惶悚感激的套话，铺写满纸，不意有此女丈夫，真正难得。这一番话，说得宫监们个个伸舌。事有凑巧，咸丰帝御驾适到，太监料已听见，忙将这女子缚住，牵至咸丰帝前请罪，叫她下跪。她偏不跪，仍抗言道："奴一女子，粗知大义，不比你们龌龊小人，专知逢君之恶。今日特来请死，何跪之有？"咸丰帝龙目一瞧，见她庄容正色，英气逼人，不禁心折，便令太监替她释缚，温言谕道："你前番的说话，朕在途中，只听得一半，你再与朕道来！"那女子照前复述，毫无喋嚅情状。咸丰帝道："你真不怕死么？"那女子道："圣上赐奴死，奴死了，千秋万古，颇识奴名，但不知圣上将自居何等？"说到此句，便欲把头触柱。王鼎尸谏，不及此女。咸丰帝忙令太监拦住，便极口赞道："奇女，奇女！朕命宫监送你回家便了。"并召诸秀女上前，问愿入选否，诸女皆不敢答。咸丰帝道："汝等都没有答应，想是不愿入选，宫监可一一送还，不准无礼！"咸丰帝之不亡，赖有此耳。于是直言的女子领了众女俯伏谢恩，随众太监出去。

咸丰帝回宫，尚记念这奇女子，等到太监复旨，便问此女何人，太监奏称："此女出身寒微，他父是个骁骑校官职，是小得很哩。"咸丰帝道："你不要轻视此女，此女若不识文字，断不能为此言。"太监道："万岁爷真是圣明。闻女家甚贫，全靠这女课童度日，得资养亲哩。"咸丰帝道："忠孝两全，确是奇女，不意我旗人中，恰有这般闺秀，朕倒要设法玉成，保全她一世方好。"自是咸丰帝时常留意，嗣因某亲王丧偶，遂代为指婚。小子并非杜撰，可惜这女子姓氏，一时无从搜考，只好待他时查出，再行补叙。

且说咸丰帝闻了旗女直言，颇思励精图治，日夕听政，连那拉贵人都无心召幸。一日朝罢，接阅兵部侍郎曾国藩奏报："水陆各军，合攻九江城，贼坚守不能下，臣督水师三板船驶入鄱阳湖，毁去贼船数千艘，追贼至大姑塘，被贼抄袭后路，将内湖外江隔断，贼复夜袭臣船，仓猝抵御，竟致败衄，臣座船陷没，案卷荡然。臣自知失算，愧对圣上，愿驰敌死难，经臣罗泽南劝臣自赎，臣是以待死候旨，伏乞交部严加议处！臣虽死，且感恩不朽"云云。咸丰帝瞧了又瞧，不禁长叹，便召军机大臣入内，将奏报递阅。内中有个满军机文庆，阅奏毕，便道："曾国藩确是忠臣，即如此次败仗，毫不隐讳，据实自劾，已见他存心不欺。现在东南一带，如国藩的忠诚，实无几人，皇上果加恩宽宥，他必愈加感激，时思报称。奴才愚见，欲灭发逆，总在这国藩身上呢。"文庆颇独具真鉴。咸丰帝沈吟半晌，方道："你说亦是，你去拟旨罢！"文庆便草拟上谕，略说："曾国藩自出岳州后，与塔齐布等协力同心，扫除群丑，此时偶有小挫，尚于大局无损。曾国藩自请严议之处，着加恩宽免"等语。拟毕，由咸丰帝瞧过，随即颁发。

只咸丰帝心中，未免怏怏，有几个先意承志的宫监，便导咸丰帝去逛圆明园。这圆明园是全国著名的灵园，园中一切布置，没有一件不玲珑精巧，豁目赏心。所有楼台殿阁，不计其数；昔人所谓五步一楼，十步一阁，也差不多的景象。作者惯将亡国殿鉴作为比拟，可为善讽。此外如青松翠柏，瑶草琪花，碧涧清溪，假山幻嶂，更觉得密密层层，迷离心目。咸丰帝朝罢余闲，尝去游玩。这日到了园中，正值隆冬天气，花木多半萧疏，不免闹中带寂，咸丰帝转弯抹角，向各处逛了一周，终觉得无情无绪。行一步，叹一声。宫监知龙心未悦，只得曲意奉承，多方凑趣。有一慧且黠的某总管，竟启口禀奏道："这园内的花草，得邀宸盼，也算是修来幸福。可惜经冬凋谢，不能四时皆春，现应续选名花入园，令它颜色常新，方不负圣躬宠眷。"咸丰帝闻言微笑道："世上没有不凋的花草，任它万紫千红，一遇风霜，便成憔悴，除非是有美人儿，或者还可代得。"某总管道："本年挑选秀女，万岁爷圣德如天，叫她们个个回家。倘若不然，令群女入值园内，岂不是众美毕具了？"咸丰帝道："一班都是旗女，也不见什么好处。"总管道："万岁爷贵为天子，富有天下，只叫一道圣旨，令各省选女入侍，就使西子太真，亦可立致。"历代主子，统由此辈教坏。咸丰帝道："祖制不准采选汉女，哪里可由朕作俑？"总管又道："宫里应遵祖制，园内想亦无妨。"硬要逢君之恶，殊属可恨！咸丰帝想了一回，便道："这也须秘密办理，不宜声张。"某总管说声遵旨，俟咸丰帝游毕，即随驾回宫。

不到半年，南中已献入汉女数十名，供值圆明园，分居亭馆，个个是纤秾合度，修短得中。更有那裙下双弯，不盈三寸，为此金莲瘦削，越觉体态轻盈。咸丰帝得了许多美人，每日在园中游赏，巧遇艳阳天气，春色争妍，悦目的是鬓光钗影，扑鼻的是粉酿脂芳。酒不醉人人自醉，花不迷人人自迷。香国蜂王，任情恣采，今夕是这个当御，明夕是那个侍寝，内中最得宠幸的，计有四人，咸丰帝赐她们芳名，叫作牡丹春、杏花春、武林春、海棠春。

牡丹春住在圆明园东偏，宫院名牡丹台，嗣改名镂月开云；杏花春住在圆明园西室，宫院名杏花村馆；武林春住在圆明园南池，池上建起一座寝宫，天然佳妙，池名武林春色，宫院亦就池出名；海棠春住在圆明园北面，宫院恰不

是海棠名号，偏叫作绮吟堂。在咸丰帝的意思，乃是将四春佳丽，分居四隅，绾住那一年春色，自己作为护花使者。乐将极矣。无如雨露虽是宏施，膏泽总难遍及，重门寂寂，夜漏迟迟，听隔院之笙歌，恼人情绪，看陌头之杨柳，倍触愁肠。由悲生怨，由怨生妒，酸风醋雾，迷漫全园。谁意四春夺宠之时，正值太后弥留之日，咸丰帝入侍慈躬，好几日不到圆内，羊车望幸，愈觉无期。接连又是太后崩逝，哭临奉安的手续，忙了两三个月。咸丰帝颇尽孝思，百日以内，未尝入园。至易夏为秋，时日已多，哀思渐杀，方再入园中游幸。

当时四春娘娘，都已料圣驾将临，眼巴巴的在园探望。偏这杏花春慧心独运，捷足先登，数日前已遍赂值园宫监，叫他留意迎驾。那宫监得了好处，自然格外献功，咸丰帝未入园门，狡太监已先探报。杏花春即带领宫眷等，至要路迎迓，遥见御驾徐徐过来，早已轻折柳腰，俯伏在地。是时因太后丧期，妃嫔等都遵制服孝，杏花春浅妆淡抹，越显得云鬟鬓黑，玉骨清芬。咸丰帝瞧将过去，好似鹤立鸡群，分外夺目，多日不见，益令人醉。忙龙行虎步地走将拢来，令她起立。杏花春珠喉婉转，先禀称臣妾迎驾，继禀称臣妾谢恩，然后站起娇躯，让咸丰帝先行，自率宫眷等后随。到了寝宫，又复叩首请安。咸丰帝叫她不必多礼，并赐旁坐。这时候的杏花春自然提足精神，殷勤献媚，把这咸丰帝笼住不放。留连至晚，即留宿在杏花村馆。

翌日，复由咸丰帝特旨，开群芳宴，传谕各宫妃子贵人，都到杏花村馆领宴。那时六院三宫，接奉圣谕，就使心中未惬，也只好联翩前来。园内的牡丹春、武林春、海棠春，满肚子含着醋意，终究不敢不到。只有钮祜禄后，领袖宫闱，天子不能妄召，所以未尝与宴。还有一位那拉贵人，奉了命，竟叫宫监回奏，称病不赴。咸丰帝圣度汪洋，总道她身怀六甲，无暇责备，谁知入宫见嫉，她已别有心肠。那拉氏之心术，已露一斑。是日，杏花村馆，大集群芳，"花为帐幄酒为友，云作屏风玉作堆"，说不尽的绮腻风光，描不完的温柔情态。咸丰帝至此，乐得不可言喻。恐怕此时的欢乐，只有咸丰帝一人，杏花春或尚得其半，此外则阳作欢娱，阴怀妒忌，未必尽如帝意也。但天下无不散的筵席，圆则易缺，满则易倾，咸丰帝一生，也只有这场韵事，算作极乐的境遇了。后人曾有诗咏道：

纤步金莲上玉墀，

四春颜色斗芳时；

圆明劫后宫人在，

头白谁吟湘绮词？

咸丰帝罢宴后，次日早朝，忽接到六百里加紧奏章，忙拆开一阅，乃是荆州将军官文，奏称武昌复失，巡抚陶恩培以下，大半殉难，不禁大惊。看官！要知武昌失守情形，待小子下回说明！

酒色财气四字，为人生最大之魔障，而色之一关，尤为难破，其酿祸亦最甚。士大夫之家无论已，试观历朝以来，亡国之朕，大半由于女色。若仅仅酗酒，仅仅嗜财，仅仅使气，虽不能无弊，国尚不至于亡。咸丰帝颇号英明，当时称为小尧舜，观其闻选女之谠言，不加以罪，反褒奖之，其器识已可见一斑，然卒未能屏除肉欲，幸那拉，孽四春，为主德累，四春尚未足亡清，而那拉实为亡清之张本，夫岂真遗碑成谶，非人力可以挽回者？主德可以格天，主不德，天数始不能逃也。本回专载清宫事，于咸丰帝之明昧，或抑或扬，隐寓劝惩之义，而于前后各回历述战事外，列此一回，尤足令人醒目。

## 第六十四回　罗先生临阵伤躯
## 　　　　　沈夫人佐夫抗敌

却说湖北巡抚陶恩培，莅任两月，因省城初复，元气中枵，兵民寥落，守备空虚，陶抚方赶紧筹防，不料长毛大至，连破汉口、汉阳，直达武昌。小子于六十二回中，曾叙武昌克复事，由曾国藩苦心孤诣，塔齐布以卜将弁，效死前驱，方得杀败长毛，夺回武汉，为什么长毛又得达武昌呢？看官不必动疑，小子即要详叙。

自曾国藩战败鄱阳，内湖外江，水师隔绝，长毛复分军趋长江上游。湖北总督杨霈本有兵勇二万名，驻扎广济，适值咸丰四年除夕，营中置酒高会，总道长毛麇集九江，一时不致复来，且安安稳稳的过了残腊，再作计较。失之毫厘，谬以千里。正在欢饮酬呼的时候，营外忽然火起，急忙出营了望，那火势已经燎原，火光中跃出无数红巾，个个是执着大刀，横着长枪，向营内扑来。营兵醉眼模糊，错疑是祝融肆虐，带来的火兵火卒，其实是长毛掩袭，纵火攻营，等得营兵回报，还有何人敢去抵敌？杨霈仓皇失措，吓得魂不附体，连逃走都来不及，幸亏将官李士林效死抗敌，截住营前，杨霈方得向营后走脱。士林本是个长毛出身，经杨霈招降，恩礼相待，所以得他保护，逃了性命。亏此一着。奔到汉口，暗料长毛必进薄武汉，不如择个僻静处，将就安身，遂借防敌北窜的名目，一溜风趋至德安府，才住了脚。

这时长毛沂江而上，如风驰电掣一般，陷汉口，破汉阳，竟到武昌省城。巡抚陶恩培麾下，只有兵勇二千，连守城尚且不足，那里能出城堵截？等到长毛已逼城下，勉率司道等登陴固守，一面遣人至江西求援。曾国藩正被长毛截入鄱阳，不能展足，至此闻武昌危急，只得飞檄外江水师统领俞晟，带了几艘战船，去援武昌；又保荐胡林翼为湖北臬司，付他陆军六千名，从间道赴武昌。水陆两军，星夜前进，至小河口、鹦鹉洲、白沙洲等处，被长毛阻住。开了数仗，小小获胜，谁知长毛另股，复由兴国上窜，径扑省城。陶抚台已困守多日，怎禁得长毛麇集，一时迫不及防，竟被长毛攻入。陶抚以下，如知府多山、游击陶德焘等，皆力战阵亡。武昌三陷。胡林翼等驰救无及，只得扼守金口，收集溃卒，再图恢复。

廷旨擢林翼为湖北巡抚，更饬曾国藩分军赴援。国藩想弃了江西，转援湖北，一时不能解决，乃召幕宾会议。湘乡生员刘蓉向与国藩友善，国藩许他为卧龙，至是适襄戎幕，遂起座道："江西形势，上下受敌，我军孤悬此地，如在瓮中，决非万全计策。但今欲往援湖北，坐弃江西，亦属非计。我军一去，九江贼众，必内破南昌，上走鄂岳，乃是越不得了。看来眼前只可整缮水师，接应陆师，务期攻克九江，才得西援东剿。"国藩点头称善；遂檄塔军门，仍围九江，不可轻动，自己驰抵南昌，添置船炮。

忽报饶州、广信两府城接连失陷，国藩颇为惊惶，罗泽南时正在营，投袂而起，愿往一剿。国藩遂拨他高弟李续宾军，一同去讫。可见为主帅者，不可无良将为辅。去了数日，得广信捷音，报称："罗、李两军，连克大水桥、陈家山，乘胜追剿，击毙长毛首领，立复广信府城"等语，国藩稍稍心安。

杨载福、彭玉麟因船炮尚未备齐，暂时乞假回湖南，国藩应允。杨、彭二人甫去，九江陆师又来了一封烧角文书，报称塔军门病殁了。又是一惊。这位塔军门齐布，由侍卫拣发外任，从都司荐擢提督，所向有功。鄱阳湖一战，水师陷入湖中，四面皆敌，几乎全军覆没，亏得他带领陆军，截住岸上长毛，血战获胜，遥为声援。那时鄱阳湖内的长毛，多自去救应陆兵，于是杨、彭诸将，方得收拾残师，退扼上游。前回叙鄱阳战事，只录曾国藩奏报中数语，未曾详明，故此处复补入事迹。这回围攻九江，计已多日，愤激得了不得，致患心病，半日即剧，死于军中。国藩闻信，不暇哀悼，忙出城下船，率领水师出发九江。途中遇敌船来扑，由国藩一声号令，纷纷杀出。长毛见他来势凶猛，也即退让。国藩无心追赶，竟至九江陆师营内，哭奠一番。并闻塔军门部曲童添云先日阵亡，免不得也去祭奠。随令几员将士，拥护丧车回籍；并命周凤山暂代塔任，用好言抚慰部众，叫他继述塔公遗志。塔军门待下有恩，与士卒同甘苦，因此塔虽病殁，军心不变。满人中得此良将，也算奇特。

国藩复遣水师攻湖口，初次得胜，继复失利，退扎青山，又由国藩驰抚。部署已定，回驻南康。途次闻义宁县失陷消息，又拟调兵往救；嗣复接到罗泽南来书，知已由广信驰还，收复义宁，书中复陈述厉害，称："东南大势在武昌，得武昌乃可控制江皖，江西亦得屏蔽。若株守江西，徒与贼搏战，无益大局，请自率所部，径出湖北，规复武昌，再引军东下，取登高建瓴局势，会合水陆各军，合力攻湖口，截住敌船上下，方可肃清江西。"国藩服他议论，但因江西三面皆敌，塔军门已死，杨、彭尚未到来，一旦有急，无人可使，所以迟迟未答。

泽南等待数日，未见复音，遂单骑

## 第六十四回 罗先生临阵伤躯　沈夫人佐夫抗敌

至南康，面陈机宜，国藩允准派五千精卒为助。刘蓉进见道："大帅麾下，惟恃塔、罗两君，塔公已亡，罗公又令他远行，将来缓急谁恃？"国藩道："我也晓得这个苦况，但为东南大局计，不得不然。倘罗军能迅复武昌，自可回救江西。我是虽困犹荣了。"刘蓉道："照此说来，原是不能不去，刘某不才，愿随罗公一行，或可少资臂助。"援湖北即是救江西，刘霞轩毕竟不弱。说着，罗泽南已来辞行，国藩即遣刘蓉同去。泽南道："得刘君为助，还有何说！但九江一带的陆师，只宜坚守，不宜屡攻，愿明公转饬诸将。"国藩道："敬听忠告。"于是泽南启程，经国藩送出城外，握手依依，犹有留连不舍之状。曾、罗二人，自此永诀。国藩道："罗山此去，为国立功，不负大丈夫壮志。后会有期，谨从此别！"泽南道："不复武昌，誓不见公。"壮士一去不复还，大有易水悲歌气象。国藩闻言，神经为之怅触，但号令已出，不好收回，便叹息而别。郭嵩焘又送了一程，至柴桑村，泽南请嵩焘回去，嵩焘道："曾帅坐困江西，君去必不能支，如何是好？"泽南道："曾公所治水师，幸能自立，但教曾公常在，便无他患。俗语说得好：'谋事在人，成事在天'，天苟不亡清朝，此老断不至死。"确论。随与嵩焘揖别，至义宁领了部卒，向西进发。

沿途叠接探报，杨载福、彭玉麟二将已由湘抚骆秉章遣募水师，赴鄂助剿，鄂署抚胡林翼，已自金口进薄武昌。泽南颇为喜慰，遂分军为三，自领中营，李续宾领左营，刘蓉领右营，风驰雨骤地赶入湖北，一战克通城，再战克崇阳，进拔蒲圻，并复咸宁。适胡林翼军，自汉阳败退，渡江而南，与泽南相会。林翼道："长毛真厉害得很，我屡攻武昌不下，转攻汉阳，几陷贼中，幸鲍都司春霆，划船相救，方得免祸，看来长毛还不易除灭哩。"泽南道："鲍都司非即鲍超么？他系四川奉节县人氏，曾隶塔军门部下，后由曾帅拔充哨官，随战洞庭，异常骁勇，确是一员猛将，将来必立奇功。"鲍超历史，从泽南口中叙出，笔法善变。林翼道："罗山兄所见，与弟相同。"泽南道："现在德安一路，消息如何？"林翼道："从前杨制军回屯德安，欲遣我驻扎汉川，截贼北走。罗山兄！试想武汉为长江咽喉，武汉不复，贼将四出，哪里还能堵截？我便具疏力争，亏得圣明在上，俯从愚见，所以在此相持。不意杨制军弃了德安，直走枣阳，真是畏缩得很。现在改任荆州将军官文为湖广总督，西凌阿为钦差大臣，进攻德安，比从前稍有起色了。"借此数语，了结杨霈。正谈论间，忽报伪翼王石达开，率众数万，将到蒲圻城下了。泽南起身道："蒲圻新复，又来悍寇，真个了不得。罗某且去杀他一阵再说。"林翼道："君为前驱，我为后应，能够杀退此贼，还好合攻武汉。"于是泽南在前，林翼在后，两军趋至蒲圻，正遇石达开前锋。泽南鼓勇而前，英风锐气，辟易千人。长毛前队散去，后队继上。胡军队亦到，接应罗军。两下酣斗，直杀到天昏地暗，鬼哭神愁，石达开才麾众退去。罗、胡收军入城，次日出探，石达开已驰入江西去了。泽南道："贼去江西，曾帅越加危急，看来我军只可急攻武昌，必待武昌克复，方得返援江西。"林翼亦以为然，遂合军直趋武昌，分屯城东洪山，及城南五里墩。

是时钦差大臣西凌阿，攻德安不克，有旨革职，令官文代任督师。官文连破德安、汉川，进薄汉阳。长毛坚守武汉，屡攻不下，江西警报，日甚一日，泽南愤极，誓死攻城。长毛亦不甘退让，每夜遣悍卒出城袭营。泽南设伏数处，诱敌进来，伏兵陡起，将长毛围住。长毛拼命杀出，已有四百个头颅，向地上滚去。妙语。自咸丰六年正月至二月，大小百数十战，罗军虽胜多败少，总不能扑入城中。

三月朔，忽有大星陨落西北。晨起，大雾漫天，长毛蜂拥出城，与罗军决一死战。这番对仗，不比往日，那长毛都是舍了命，前来猛扑，险些儿把罗军杀退。罗军多是乡里子弟，夙负气谊，不肯相弃，总算还抵挡得住。泽南执旗指挥，凭他枪林弹雨，总是不退一步。怎奈枪弹无情，射中左额，血下沾衣，泽南忍痛收军，长毛亦退入城去。

胡林翼闻泽南受伤，忙来视病，起初见泽南还可支持，到三月八日，病不能起，汗出如沈，林翼入视，不禁流涕。泽南张目，见林翼在侧，握住林翼手，便道："武汉未克，江西复危，不能两顾，正是可恨。我死不足惜，弟子迪庵，可承我志，愿公提挈，期灭此贼。"林翼点头，泽南遂瞑目而逝。泽南已受布政使职衔，至此出缺，由林翼疏奏，优旨照巡抚阵亡例抚恤，并赐祭葬，予谥"忠节"。罗山是兴清功臣，且以书生赴大敌，其志可嘉，故叙述独详。

林翼遂令李续宾代统罗军，仍扎洪山，林翼亦仍驻五里墩。会江西乞师文书，星夜投递，林翼不得已，派兵四千往援。援师未至，江西省已大半糜烂。先是太平天国翼王石达开，攻入安徽省城，颇知联结民心，张榜安民，斟定赋税，百姓颇有些畏服。既而秦日纲又至，攻破庐州，击毙江忠源，安徽全省，几尽入长毛手。达开遂率众旁出，驰至湖北，被胡、罗二军击退，转入江西，连破义宁、新昌、瑞州、临江各城。广东土寇，复逃出湖南，侵入江西边境，陷安福、分宜、万载等县，联络长毛，合趋袁州，南昌戒严。

国藩飞檄周凤山军，解九江围，回驻樟树镇，屏蔽省会。此时江西陆师，只有周凤山一支人马，水师统将，如杨、彭等，又皆在湖北助剿。国藩危急万分，惟驰檄两湖，乞济援师，奈远水难救近火，一时总盼望不到。忽有一人敝衣草履，跨着大步，走入曾营。营弁欲去通报，他迫不及待，径入内见曾国藩。国藩一瞧，乃是彭玉麟，不觉大喜，便道："雪琴来得真好。"雪琴系玉麟表字，呼字不呼名，系朋友通例。玉麟答称："因江西紧急，徒步来此，七百里路，走得两日半，今日才到。"国藩道："你真是我的好友！"遂派领水

第六十四回 罗先生临阵伤躯 沈夫人佐夫抗敌

师，赴临江县扼剿。

正在调遣，周凤山败报已到，乃是兵溃樟树镇。国藩忙自南康趋南昌，助巡抚文俊守城，奈吉安府、抚州府等，又陆续失守，江西七府一州五十余县，统被陷没。只南昌、广信、饶州、赣州、南安五郡，尚为清属。广信府在抚州东，长毛酋杨辅清，由抚州进攻，亏得一员女将军，佐夫守城，激厉兵民，才将府城保住。这位女将军是谁？乃是林文忠公则徐女，署广信知府沈葆桢妻。

沈葆桢自御史出任知府，原任是九江，未到任，九江已陷，乃改署广信。此时正在河口办粮，城中吏民，闻长毛将至，逃避一空。及葆桢闻信，驰归署中，只剩了一个夫人。外而幕僚，内而仆婢，统已星散。葆桢问道："你何故独留？"林氏道："妾为妇人，义当随夫。君为臣子，义当守城。君舍城安往？妾舍夫安适？"大义凛然，不愧林公令爱。葆桢道："区区孤城，如何能守？"林氏道："内署尚有金帛，妾已检出，准备犒军。大堂上已设巨锅一只，可以炊爨，准备饷军。现在且令军民暂时守城，再作计较。"葆桢道："幕友已去，仆婢已散，何人办理文书？何人充当厨役？"林氏道："这个不难，妾都可以代劳。"

于是葆桢召兵民入署，取出内署金帛及簪珥等属，指示兵民道："长毛将到，这城恐不可守，汝等可取此出走，作为途中盘费。我食君禄，只能与城存亡，从此与汝等长别。"遣将不如激将，葆桢也有智谋。兵民齐声答道："我等愿随大老爷同守此城，长毛若来，杀他几个，亦是好的。就使杀他不过，也愿与城同尽。"葆桢道："汝等有此忠诚，应受本府一拜。"随即起座，恭恭敬敬地向兵民一揖。兵民连忙跪下，都道："小的哪里敢当！总凭大老爷使唤便是。"葆桢令兵民起立，遂将金帛等分给，兵民不肯受赐。葆桢执意不允，兵民遂各受少许，一一拜谢。

当下林夫人出堂，荆布钗裙，左手携米，右手汲水，到大锅前司炊。兵民望见，便道："太太如何执爨？"林夫人道："汝等为我守城，我应为汝造饭。"兵民道："城是国家的城，并非老爷太太应该守城，小人们不必守城；老爷太太这般恩待，小人们如何过意得去？"林夫人道："但得诸位尽力，我与老爷已感激多了。少许劳苦，何足挂齿？"随即造好了饭，令兵民饱食一餐。兵民各执了军械，踊跃登城，葆桢自去巡视一周，返入署内，与夫人林氏道："兵民等虽已感我恩义，情愿死守，但寡不敌众，奈何？"林氏道："此去至玉山，约九十里，有浙江总兵饶廷选驻守，他系先父旧部，当可乞援。"葆桢道："如此甚好，待我修起书来。"林氏道："君是巡城要紧，文牍一切，由妾代理。"随即入内修书，修好后，出交葆桢。葆桢取来一瞧，字字作淡红色，既不是墨，又不是硃，忙看下款，乃是林氏血书四字，即张着目呆看林氏。林氏道："君毋过虑！这是指血书成，不甚要紧。"葆桢闻言，也为堕泪。

此书一发，那总兵饶廷选，自然兼程驰到。饶廷选入城，长毛才薄城下，遥见城上旌旗严整，已自惊心，不想城中复杀出一员饶镇台手下将士，统似生龙活虎一般，一当十，十当百，杀得长毛大败亏输，退五里下寨。次日，饶镇台又来攻营，后面是沈本府押队，带来兵勇越多，呼声震动天地，长毛先已胆怯，战了几个回合，便即逃去。这番胜仗，传入曾国藩耳中，自然将夫妇共守事，奏达清廷，廷旨擢葆桢为兵备道，后且升任江西巡抚。文肃公自此成名，夫人并垂不朽。士民感颂慈荫，至今不绝。

这且慢表，且说江西警报，遍达两湖，经湖北巡抚胡林翼，遣兵四千，驰至湖南，巡抚骆秉章亦派刘长佑、萧启江分道赴援。国藩弟国华又募兵数千，转战而东，连克新昌、上高各城，直抵瑞州。国藩乃再遣李元度、刘于浔、黄虎臣等，分头接应。自是江西与两湖，渐渐通道，军务方有起色。谁知江南大营，竟于咸丰六年五月间败溃，向荣忧死，洪天王气焰骤涨一倍，正是：

貔虎合群方逞勇，
鲸鲵得势又扬鬐。

欲知大营溃败情形，且至下回再表。

塔、罗二人，为曾氏麾下之最著名者。但塔本武夫，从军是其天职，罗为文士，独能组成一旅，亲当大敌，亦古今来之罕见者也。且以理学名家，具兵学知识，尤为难能可贵。或者犹以反抗洪氏少之，抑知洪氏盗也，生平行事，无一足取。试问明火执仗，杀人越货诸徒，为民间害，设处圣明之世，其有不立杀无赦乎？周公诛管蔡，犹不失为圣人，盖乱贼必诛，无论亲疏，不得恕罪。执是以论，于罗山何病？若沈夫人以一妇女身，具伟丈夫胆略，是殆所谓巾帼而须眉者非耶？林公家法，可于其女见之。是回为名士杰女合传，可以作士气，可以当女箴。

## 第六十五回　瓜镇丧师向营失陷
## 韦杨毙命洪酋中衰

却说江南大营，系是钦差大臣向荣统辖，张国梁为辅，自咸丰三年起，驻扎南京城外孝陵卫，与江北大营相犄角。江北大营统帅琦善，本是个没用人物，围攻扬州几一年，兵饷用得不少。左副都御史雷以諴正奉命巡阅河防，闻琦善师久无功，请旨剿贼，捐资募勇，自成一军，扎营扬州城东面，与琦善大营作为犄角。又复仿江都仙女镇抽厘章程，创设板厘活厘的名目，收充军需。板厘是取诸坐贾，按月征收，活厘是取诸行商，设卡征收，看货物的贵贱，作为等差；大约每百文中，取他两三文，商贾尚不致病累，军饷恰赖是接济，当时称他为妙法，都照样循行。此特一时权宜之策，乃军兴以后，相沿未绝，至今益厉，商民交怨，不得谓非雷氏之作俑。琦善大营，自然照办，不必细说。

当下士饱马腾，正期一鼓歼敌，朝旨又责成琦善，叫他克日破城，歼除务尽，毋使旁突滋扰。会洪秀全遣丞相赖汉英援扬，为副都统萨炳阿等所败，琦善因胜而骄，自谓无恐，哪知赖汉英竟赴瓜洲，杀退参将冯景尼、师长镰及盐大使张翊国。扬州长毛得知瓜洲道通，遂率全股冲出扬城，会合赖汉英，占据瓜洲，琦善徒得了一个空城，有旨责琦善不力，革职留效，冯景尼正法，师长镰等遣戍。琦善惶急异常，令总兵瞿腾龙进剿瓜洲，腾龙阵亡。警报传至扬州，急得琦善成病，不数月而逝。江宁将军托明阿，奉旨代琦善任。托明阿的才识与琦善也差不多，只浦口一战，稍获胜仗，然亦亏向荣派员夹攻，方得此胜。嗣后拥兵自固，毫无进取，因此江北大营，远不及江南大营的威望。但向荣、张国梁虽是有些智勇，誓复金陵，究竟金陵城大而坚，洪、杨又作为根据地，悉锐固守，被围两三年，仍旧负嵎抗拒；兼且遣众四扰，牵动官兵，向荣又不能坐视不救，只得分兵援应。以故转战频年，迄无成效。

会上海一带，土匪蜂起，占住县城，与长毛勾通。江苏巡抚吉尔杭阿、督总兵虎嵩林、参将富安、守备向奎等，水陆进攻，足足攻了好几个月，始由江宁府知府刘存厚,挖地成穴,埋入地雷,轰踢城垣二十多丈,方得克复上海县。上海既复,进攻镇江,镇江已由提督余万青,奉向大臣檄,率兵万余,攻打数月。吉抚领兵八九千人,到镇江城下,与余提督分营对立,仍用了老法儿,开隧种火,轰去了一小段城墙角。正拟督兵入城,不料城中长毛已探悉轰城的计策,遣悍卒潜出,绕至吉营背后,鼓噪而入,幸亏吉营尚有纪律,一时不致溃乱,当下返身拒敌,鏖斗一场,方将长毛杀退。回望城头,轰陷的城隙已由长毛用土塞住。料知进攻无益,只得退休,白费了掘地埋药的工夫,蹉跎蹉跎,又是一年。镇江的长毛与瓜洲的长毛,不但蟠踞如故,并且双方联络,气焰越盛。

金、焦两山,虽有总兵周士法、陈国泰两部率舰分泊,怎奈逍遥坐视,一任长毛往来。长毛藐视已久,一面把两处勾结,暗袭扬州,一面遣人知会南京,请发兵接应。扬州知府世琨,安坐城中,总道瓜洲、镇江都已围住,长毛虽插翅不能飞来,忽闻城外喊杀连天,忙上城探望,已是满地红巾,仓猝调兵,应者寥寥;只有参将祥林,领了数百个羸兵弱卒,前来听令。世琨令他登陴守御,不到一日,已被长毛攻陷。祥林巷战许久,力竭身亡。世太守也算殉城毕命。善善从长,不拼其美。这位托大臣得知此信,遣了几员将官,来救扬州。扬州城已于前日失守,援军初到城下,尚未住脚,长毛忽自城内冲出,汹汹地杀将过来。一阵乱扫,把援军扫得四散。

隔了几天,诏书特下,革托明阿及陈金绶、雷以諴职,令都统德兴阿代任。德兴阿骤遭宠遇,格外效力,亲督兵至扬州城西北隅,猛扑城头,一当十,十当百,任你长毛如何凶悍,也只得缩着手,抱着头,弃城出走。可见用兵全在冒死。扬州算是再克,镇江、瓜洲仍然不下。苏抚吉尔杭阿,颇具血诚,默念城下顿兵,何日方了,踌躇再四,想出了一条釜底抽薪的计策,竟欲截断长毛的粮道。当下与知府刘存厚商议道:"野战不如扼要,攻坚不若断粮,这是军法上最要秘诀。我闻发贼运粮,全恃高资为通道,高资一断,贼技自穷,非但镇江、瓜洲可以立复,即金陵逆首亦只能束手受擒。老兄以为何如?"存厚道:"抚帅所言,确是制贼的妙策,卑职很是赞成。"吉抚道:"我欲截彼粮道,彼岂不防此一着,必须有坚忍能耐的干员,方能当此重任。"存厚慨然起立道:"卑职愿去。"吉抚道:"老兄肯去最好。万一有急,兄弟定来救应。"存厚即辞了吉抚,带领知县松寿,盐大使张翊国,飞驰而去。

看官!这粮道是全军的性命,长毛闻存厚前往,哪有不出兵力争之理?存厚既到高资,就烟墩山倚冈为寨,扎了品字式三个营盘。过了一天,已来了镇江长毛数千名,前来扑营,被存厚一阵击退。又过了两日,复来了无数长毛,乃是金陵遣来的精锐,如蝇逐臭,如蚁附膻,争向烟墩山扑来。刘存厚到了此时,明知众寡悬殊,不是对手,只因奉

清史演义

375

命到此，早把生死置诸度外。长毛拼命攻扑，存厚拼命抵御，炮声震地，烟雾迷天，战了两三个时辰，忽报松寿、张国翊，均已阵亡，三营中失去二营，不由不令存厚心惊，只得收兵入寨，守住孤营，专待援应。

这消息传到吉抚军中，吉抚立率兵前往，将到高资，遥见黄旗红巾，满坑满山，连刘营都望不清楚，诸将都已失色。吉抚即欲杀入，有一偏将拦马禀道："贼为护粮而来，生死所关，安肯轻去？我军不过万人，主客情形，相去悬绝，看来不如退守为是。"吉抚怃然道："我以一部郎，不数年任开府，仗节麾，受恩深重，何敢贪生？今若一战而胜，贼粮可断，逆穴可平，上纾天子之忧思，下解生民之疾苦。万一失败，愿捐躯报知遇恩。况我与刘知府曾面约往援，岂可失信？"怀忠履信，吉抚可谓完人。言毕，即当先冲入，众将亦不得不随往，前驰后骤，竟将长毛冲倒数百名，劈开一条血路，直入刘存厚营。长毛见吉抚入内，霎时四合，百炮齐鸣，千弹并发，吉抚闻这声耗，登高四望，正觑那长毛的隙处，意欲舍坚攻瑕，俄闻蛩的一声，忙睁睛瞧着，忽有滚圆的一粒炮子飞将前来，撞着脑袋，如石击卵，顿时鲜血直流，痛极而仆。众军见主帅晕毙，统是惊骇异常，长毛即一拥前进，杀的杀，劈的劈，军士见不可敌，大家是逃命要紧。有几百名随着刘存厚左右冲突，欲翼吉抚尸身出围，可奈长毛围绕得紧，杀一重，又一重，存厚力竭气喘，大吼一声而亡。这是一场血战，故叙述较详。吉、刘两人都已殉难，围攻镇江的余万青，也立脚不定，自然撤围，长毛遂四出纷扰。

钦差大臣向荣亟命张国梁驰剿。国梁系江南大营的栋柱，自围攻金陵后，转战无虚日，金陵悍酋屡次出犯，都由国梁杀退；各处闻警，得国梁驰救，亦无不克复。此时正收复江浦，渡江回营，接向大臣命令，不及休息，率兵即行，至丁卯桥遇着长毛，一鼓荡平；进至五峰口，又杀掉了数百名长毛；再进至九华山，见长毛驻扎较多，他却偃旗息鼓，佯为退走；至夜间挥兵前往，把敌营踏平好几座。这一股英风锐气，正足辟易千人。

长毛战不过国梁，都窜回金陵。国梁正尾追西归，遥见大营火起，营内的兵勇，狼狈奔来，料知营中遇变，加鞭疾行。到了孝陵卫不见大营，只见遍地是火，长毛正杀得高兴，仗火肆威，当下不知向公下落，只拣着长毛多处，挥刀直入，左冲右荡，尚寻不着向大帅。忽见东南角上，火光荧荧，尚现出向字旗帜，忙奋勇杀将过去。那长毛如蜂如蚁，裹将拢来，他恰不管利害，仗着一柄大刀，东劈西削，无不披靡。杀了好一歇，方逼近向字旗边，见向帅正危急万分，急呼道："国梁在此，保大帅出围！"向荣闻国梁兵到，气为一振，即众将士亦变怯为勇，拼着命随了国梁，突出重围。长毛亦不敢追赶，由国梁保着向公，自淳化镇退保丹阳。为张国梁写生，故江南大营失陷，仍写得烨烨有光。这次大营失陷，是由向大臣分兵四出,麾下兵寡将单,镇江长毛与金陵长毛,窥破向营情形,互约夹攻,前后纵火,向军腹背受敌,以致大溃。这是顿兵坚城的坏处。

向荣至丹阳后,婴城固守,长毛分途逼围,重营叠垒,势甚鸱张。向荣忧愤成疾,由国梁收集散卒,激厉将士,开城再战,连破长毛营寨,斩首数千级,丹阳方转危为安。无如向荣病终不起,临危时,以军事付国梁,并嘱咐道:"汝才足办贼,我死何憾!"国梁垂泪受命,忽向荣自床上跃起道:"终负朝廷恩。"言毕而仆,遂殒。江南提督和春,奉旨代向荣督师,国梁以提督衔帮办军务,人心稍固。

独这位洪天王秀全,闻江南大营都被击退,向荣又死,遂自以为强盛无匹,越加骄淫。杨秀清手握大权,至此益妄作妄行,每日掠夺佳丽,轮班入侍,可怜三吴好女子,被这杨贼糟蹋无数。有崇拜洪、杨者,心中所慕,亦是为此,不然,何以有杨梅都督、花界大王。奈秀清最宠的是傅善祥,善祥逸去,秀清大索不得,怅望异常,恰巧扬州献一个美人儿,姓朱名九妹,年十九,能诗文,才貌与善祥相似。秀清是欢喜极了,即令人值东王府,代善祥职,夜间即要她侍寝。九妹不从,娉婷弱质,不敌混世魔王,卒被他强暴胁迫,恣意淫污。九妹恨甚,阳作欢笑容,暗中誓不与俱生,趁着秀清饮酒,偷放砒毒。不料被秀清察破,迫她自饮,毒发而毙。又有江宁李氏女,选入东王宫,亦遭淫辱,她在髻内藏小刀寸许,伺秀清醉酒酣睡,直刺其喉。秀清适转身,误中左肩,秀清大怒,立呼左右用点天灯刑。什么叫作点天灯?系用布帛将人束住,溃油使透,倒绑杆上,烧将起来。看官!你道惨不惨呢?又有一个赵碧娘,丰姿秀美,年仅十五六,初被掳充绣馆女工,碧娘本是一手好针绣,制了二冠,呈诸东王。秀清见她精致绝伦,称赏不置。不意被同馆所妒,说她内衬秽布,裂视果然。即令馆监先加杖责,讯是何人指使?碧娘矢口自承,遂令于明晨点天灯示众。时碧娘已经昏晕,弃桂树下,夜半始醒,醒即自缢,才免惨焚。秀清怒无所泄,竟杀守者及知情不举的数十人。看官!你道惨不惨呢。再加一语,益令人发指,崇拜洪、杨者其听之!

秀清一想,民女多是靠不住,只有天妹洪宣娇,素与交好,不如娶她过来,巧值秀清妻死,便娶天妹作了继室,天妹倒也愿意成亲。这日是个伏天,秀清饬制大凉床,穷工极巧,四面玻璃,就中注水,养大金鱼百数,荇藻交横,微风习习,秀清、宣娇裸体交欢,一对淫夫淫妇,只嫌夜短,不虑昼长。但秀清本有许多姬妾,自从宣娇娶入,都成了有夫的寡妇,长夜绵绵,令人难耐。适有东府承宣陈宗扬,生得一表人材,面如冠玉,惹得这班王娘,统愿屈体俯就,要宗扬来替秀清。宗扬没有分身法儿,久之久之,自然闹出事来。

秀清下令,斩了宗扬。宗扬是韦昌辉妻弟,昌辉时在江西,得了此信,暗

清史演义

第六十五回　瓜镇丧师向营失陷　韦杨毙命洪酋中衰

暗怀恨。正值秀清恶贯已满，由秀全降下密旨，召昌辉回南京。昌辉率众回来，秀清不许入城，由昌辉再三恳请，愿留部下在城外，只带随从数十名进来，乃为秀清所许，入见秀全。秀全佯怒道："现在天国军权，归东王执掌，你岂不知？东王不要你回来，你何得擅回？快去东王府请罪！东王若肯赦你，你宜速赴泛地。"言毕，恰暗暗垂泪。昌辉觑见，料知天王见迫，不便明告，随往东王府请谒求赦。秀清立即延入，昌辉央恳向天王前缓颊。秀清道："弟事自当代请，但我将以八月生日，进称万岁，弟知之否？"昌辉道："四兄勋高望重，巍巍无比，早宜明正位号。不过弟在外征妖，未敢明请哩。"当即跪下，叩称万岁，并令随从各员，亦跪称万岁，秀清大喜，命即赐宴，昌辉以下，一律犒饮。昌辉入席，起初还是极力趋承，嗣见秀清微醉，便起立道："天王有命，秀清谋逆不轨，着即加诛！"秀清闻言欲避，昌辉从员，已一拥而上，将他砍死。想做皇帝，谁料遭此结果。拥入内室，把他子女侍媵一一斩首，只剩了天妹洪宣娇，由昌辉搂抱而去。

返入北王府内，先与宣娇合欢，然后报知天王。

不意东王余党集众攻北王府。昌辉复开城召入部众，与东王党互斗，你杀我，我杀你，两下相杀，城河为赤。忽翼王石达开自江西驰回，燕王秦日纲亦自安徽趋至，两人俱奉天王密旨，入靖内乱。既入城，闻秀清已被昌辉杀死，两党鏖战不休，遂相与调停。昌辉不服，定要杀尽东王余党，当下恼了石达开，便大声道："你既杀了东王，也好罢手，为什么灭他家族？你灭他家族，还嫌不足，定要除他余党，我天国不为东王而亡，恐要为你而亡了。"昌辉不答，达开愤愤而出。是夜翼王、燕王两府，统被昌辉手下围住，秦日纲出问被杀，翼王府内竟是全家被害。独达开不知如何察觉，竟缒城出走，将纠合部众入犯。昌辉去报秀全，秀全不觉失声道："汝不听达开言，倒也罢了，今将他全家杀死，莫怪他不肯干休。昌辉嘿然，竟自趋出，反戈围天王府。天王兄弟仁发、仁达，暗与东王党讲和，同攻昌辉。昌辉败走，东王党趁势入北王府，见一个，杀一个，不特昌辉妻妾，统做了刀头之鬼，就是宣娇玉骨，也被大众剁成肉泥。昌辉出城，手下只剩数十人，渡江至清江浦，适遇前使在外的东王党，将他擒住，押送江宁。秀全命即磔死，将首级送与达开，温词召达开回来。

达开怨愤少泄，返入江宁，大家推他辅政，如秀清故事。怎奈秀全心怀疑忌，只恐达开如韦、杨一般，仁发、仁达又与达开意见不合，达开就辞别天王，出城径去。这次秀全谋除秀清，密召韦、石诸人，还是钱军师代他决策，后见韦、杨内哄，他竟不知去向。从此秀全失了一个参谋，内外政事，都由仁发、仁达主持，越加梦乱。

是时曾国藩在江西，得两湖援军，攻克南康，曾国华等亦收复瑞州，李元度、刘于淳诸将，复取宜黄、崇仁、新淦等县，江西军务，渐有起色。会官文拔汉阳城，击毙长毛军的钟丞相、刘指挥。胡林翼拔武昌城，生擒长毛检点古文新等十四人，武汉三失三复。湘军遂乘胜收黄州、兴国、蕲州、蕲水、广济等处，仅十日间，肃清湖北。于是杨载福率领水师四百余艘，李续宾率领陆师八千余人，沿江东下，连战皆克，直达九江。国藩在南昌闻报，亲赴九江劳师，途次闻萧启江、刘长佑二军，已夺得袁州；其弟国荃亦组成一部吉字军，由萍乡入会周凤山，攻取安福。喜信迭来，精神益爽。到了九江，但见水陆两军声势甚盛，杨、李两统领，都来迎谒。那时这位奔走仓皇的曾大帅，不禁喜逐颜开，携了杨、李两将手，慰劳一番，并传见水陆将弁，一一慰谕；又出饷银分犒兵士。三湘豪杰，七泽健儿，个个欢腾，人人效命，立思踏平九江城。怎奈攻了月余，仍未见效。转瞬已是咸丰七年，国藩在营中度岁，过了正月，拟移节瑞州，忽由湘乡发来讣闻，乃是国藩父竹亭封翁寿终。国藩大恸一回，立即奔丧。瑞州的曾国华、吉安的曾国荃，亦先后驰归，到家中守制去了。正是：

　　出则尽忠，入则尽孝。
　　吁嗟曾公，无忝名教。

国藩既归，朝议令他墨绖从戎，由国藩固请终制，此是正理。乃诏令总兵杨载福、道员彭玉麟，就近统领兵勇，并命两湖巡抚，酌派陆军赴江西助剿。

这回已可作结束，待小子休息一刻，再叙下回。

琦善之不逮向荣，人尽知之。顾向荣顿兵三年，师老日久，亦犯兵家之忌。行军之要素有二：一仗气势，二仗纪律。三年无功，气势馁矣，纪律亦安望常严？即非分兵四出，亦安保其不倾覆者？或谓苏抚吉尔杭阿，不攻高资，则镇江不致撤围，城内之太平军，无自纠合金陵，夹攻向营，向营即可以不覆，是说似是而实非。高资既为贼军运粮之处，则向荣早宜设法要截，宁必待吉抚乎？吉抚之不成，众寡不敌致之也。就令吉抚不死，向营宁能长保乎？惟金陵韦、杨二首，一胜即骄，自相残杀，此可以见盗贼之必亡。不然，金陵之围已解，向荣殁，曾国藩被困南昌，洪氏正可乘势而逞，天下事，未可知也。本回前半截叙向营之被陷，有以见专阃之非才，后半截叙韦、杨之自残，有以见剧盗之必灭。

## 第六十六回　智统领出奇制胜　愚制军轻敌遭擒

　　却说湖北巡抚胡林翼，奉旨派兵援赣，即遣李续宾赴瑞州，文翼赴吉安。湖南巡抚骆秉章亦遣江忠义、王鑫赴临江。是时吉安、临江两处尚在长毛手中，临江方面，由刘长佑、萧启江进攻，相持不下；吉安方面，自曾国荃去后，诸将各存意见，积不相容。适江西巡抚文俊罢职，代以耆龄，耆龄恐临江失守，遂一面调王鑫至吉安，一面奏起曾国荃，仍统吉安军。王鑫既到吉安，长毛酋石达开前锋正到，两下交战一场，互有胜负。这位王鑫颇有才名，他亦以安邦定国自命，至此与长毛另股相搏数日，一些儿没有便宜，反伤失军士数百名，未免心中怏怏；其言之不怍，则为之也难。自是忧愤成病，终日在床上呻吟。忽报石达开自至，军中大愕，急禀知王鑫，急得王鑫冷汗交流，霎时间口吐白沫，竟到阎罗殿去报到。亏得国荃驰至，军心方定。

　　国荃即率军击石达开，达开是长毛中一个黑煞星，至是因韦、杨内哄，孤军出走，悲愤得了不得，还有何心恋战？既到吉安，见国荃军容甚整，他竟不战而去。先到的长毛，因后队无故退回，自然一哄随行，走得稍慢的长毛，反被国荃追至，杀毙了好几百名。嗣因长毛去远，仍回军围攻吉安。

　　这时杨、彭二将围九江，已将一年，守城悍酋林启荣屡出兵相扑，都被杨、彭击败；他却一意固守，始终不懈，杨、彭二将倒也无法可施。且因外江内湖的水师，被阻三年，仍然不能沟通。杨、彭商议多日，由玉麟建议，力攻石钟山。这石钟山是江湖的要口，长毛布得密密层层，作九江城的保障，所以湘军内外隔绝。杨、彭二人悬军九江城下，左首要防着九江，右首要防着石钟山，两面兼顾，为碍甚多，于是决意攻石钟山，密遣人暗约内湖水师，里应外合，又与陆军统领李续宾，商定秘谋，令他照行。此处用暗写，以免平衍。

　　发兵这一日，内湖水师先冒死冲出湖口，依山列阵，长毛无日不防他出来，自然率众堵御。但长毛内也有能人，一则恐杨、彭夹攻，二则恐李续宾也舍陆登舟，前来接应，故写长毛防备，以显杨、彭妙策。旋探知李续宾已先日拔营，往宿太等地方去了，长毛遂专力御两面水师。杨、彭二将闻内湖水师已出湖口，遂将战船分作两翼，鼓棹疾进。那时山上山下的长毛，已分头抵敌，这里方击楫渡江，那边已投鞭断水，两军接仗，都是把性命丢在云外，恶狠狠地搏战，自午至暮，足足斗了四五个时辰，喊杀之声，尚然未绝；两下列炬如星，再接再厉，你不让，我不走，直杀到天愁地惨，鬼哭神号。猛然见山上火起，照彻江中，映着水波，好像火龙一条，夭矫出没，顷刻间烟焰迷腾，满江皆赤。长毛都惊愕不知所措，回望山顶，恍如一座火焰山，矗起江面，凭他浑身是胆，到此也不寒而栗。一夫骇走，万夫却行，湘军趁这机会，把长毛杀得四分五裂，如摧枯，如拉朽，未及天明，已夺得战舰八十九艘，炮千二百尊，杀毙长毛万余人。外江内湖的水师，并合为一。这一场恶战，若非李续宾佯赴宿太，乘夜渡江，绕出石钟山后，登山纵火，尚未见水师定获大胜。叙明前次秘谋，可谓兵不厌诈。杨、彭至天明收军，检点部下，十分中亦死了两分，伤了三分，正是由性命换了出来。后来由曾国藩奏闻，就石钟山上建昭忠祠，便是因伤亡太多，借祠立祭，妥侑忠魂，这且慢表。

且说湖口既克，下游六十里，就是彭泽县。彭泽县南有小孤山，也是挺立江中，长毛据高为垒，就南北两岸，修筑石城，环以深濠，密排桩木，藉此守彭泽县，作为九江声援。长毛酋赖汉英，踞城扼守，已历四年，杨载福合军进取，到彭泽县南岸，饬兵士登陆，佯修营垒，作长围状。长毛出城猛扑，筑营的兵士，都纷纷逃走。那时长毛争先追赶，直到急水沟，只听得一声号炮，万马奔腾，杨载福亲统大军，于长毛背后杀到。长毛知势不妙，连忙回军，已是不及，没奈何与杨军接战，无如后面又有兵至，把长毛冲作数截。长毛心慌意乱，只得人人自顾性命，各寻生路，奔回城中。这长毛后面的敌兵，看官不必细问，就可晓得是筑营佯败的兵士了。杨载福率众掩杀，擒斩无算，立即围住彭泽城，四面攻打了一日。次日撤去两隅，单从西南两面猛攻，赖长毛汉英，亦令长毛并力抵御，自辰至暮，两造军士都有些困乏起来。攻城的兵士渐渐懈手，守城的兵士亦渐渐放松。赖酋也总道无虞，不防城东突有清军登陴，拔去赖字的长毛旗，换了李字的清军旗，吓得赖酋手足失措，只好招呼部众，开了北门，一齐逃走。看官记着！杨军单攻西南，已是明明有意，留出东北两面，一面约李续宾夜袭，一面放赖汉英出逃，这有勇无谋的赖长毛，正中了杨提督的妙计。名为汉英，实是汉愚，不败何待？

赖汉英出了彭泽城，拟逃往小孤山，到了江边，张目一望，只叫得一声苦，正思拍马回走，沿江已有清兵杀来，一片喊杀的声音，震动江流，不知有多少清兵。幸汉英忙中有智，急脱去

清史演义

军装,除下红巾,一溜烟的逃脱,所遗部众,被清兵杀得一个不留。阅至此处,方知杨载福放走赖酋,亦自有计,只赖酋尚不该死耳。后人有诗咏这事道:"彭郎夺得小姑回。"小孤山亦称小姑山,彭郎就指玉麟。杨载福攻城时,彭玉麟已分兵攻小孤山,夺山破城,可巧是同一日,只相隔了几小时。赖酋逃至江岸,上山下水,已统悬"彭"字大旗,此时除微服潜逃外,还有何法?杨、彭、李既连拔要害,扫清九江上下游敌垒,遂专力攻九江。

这时候,和春、张国梁自丹阳合兵,复进攻江宁属县,攻克句容、溧水等城,仍逼镇江。镇江是金陵椅角,前次余、吉二人围久无功,都因金陵屡次出援,所以失利。这番张国梁来攻镇江,仍用吉尔杭阿旧法,自率兵营高资,扼敌粮道,长毛屡次来争,国梁竭力抵拒。长毛战一仗,败一仗,连败四次,方不敢来敌国梁,只扼守运河北岸,筑垒相拒。可见吉抚之计,未尝不是,但兵力不逮国梁,故成败异势。国梁亦不去硬夺,但蓄养了数天,密约总兵虎嵩林、刘季三、余万青、李若珠等,合力攻城。镇江长毛,狃于前胜,不甚措意,至四总兵杀到,如狂风骤雨一般,震撼城垣,气腾貔虎,锋刓蛇虺,草木皆兵,风云变色,长毛见了这般军容,不觉大惊,急率众堵御,开炮掷石,忙个不了。怎奈顾了东管不到西,顾了西管不到东,方在走投无路,那赫赫威灵的张军门大旗,亦乘风飘到。长毛望见旗号,越加股栗,城外的清兵,偏格外起劲,城墙也似骇他的威望,竟一块一块的坠将下来。清兵即溃垣而入,破了城,搜杀数千人,只寻不着长毛酋吴知孝,追到江边,也没有踪迹,料是逸围而去。

国梁收复镇江城,德兴阿也克复瓜洲。原来德兴阿驻节扬州,闻镇江长毛与清军相持,料知江南的长毛无暇兼顾江北,遂益勒兵攻瓜洲,四面兜裹,突将土城攻破;长毛无路可逃,多被清兵杀毙。有几十百个长毛窜出城外,又由清水师截击,溺毙无遗。叙德兴阿克瓜洲,与张国梁事,简略不同,已可见两人之优劣。

南北捷书相望,和春、张国梁仍进规江宁,又组成一个江南大营。事有凑巧,江西的临江府也由湖南遣来的援军,一鼓攻入,刘长佑积劳成病,乞假暂归,代以知府刘坤一,与萧启江军同向抚州,江西已大半平定,眼见得九江一带,亦不日可平了。暂作一束。

谁想内乱方有转机,外患又复相逼,广东省中,又闹出极大的风波来。广东的祸胎,始自和事佬耆英。英商入城一案,经粤督徐广缙单舸退敌,英使文翰,才不复言入城事(接五十六回),广东安静了几年。长毛倡乱,广东亦不被兵革,只徐广缙调任湖广后,巡抚叶名琛,就升为总督,会英政府召回文翰,改派包冷来华。包冷复请英商入城,名琛不许,包冷屡次相聒,名琛竟不答复。有时连咨请别事,他也束诸高阁,清廷因广东数年无事,总道他坐镇雍容,定有绝大才略,授他体仁阁大学士，留任广东，名琛益大言自负。咸丰六年，英政府复遣巴夏礼为广东领事，巴夏礼又来请入城，名琛仍用老法子，一字不答。巴夏礼素性负气，竟日夜寻衅，谋攻广东。适值东莞县会党作乱，按察使沈棣辉，督官绅兵勇，把会党击退，棣辉列保兵勇战功，请名琛疏荐，名琛也搁置不提，兵勇自是懈体，一任党匪逃去。党首关巨、梁楫等，遁居海岛，投入英籍，献议巴复礼，请攻广东。名琛原是糊涂，党匪亦太丧心。巴复礼遂训练水手，待时发作。

冤冤相凑，海外来了一只洋船，悬挂英国旗帜，船内却统是中国人。巡河水师疑是汉奸托英保护，登船大索，将英国旗帜拔弃，并将舟子十三人，一概锁住，械系入省，以获匪报。名琛也不辨真假，交给首县收禁。忽由巴夏礼发来照会一角，名琛有意无意的，接来一瞧，内称"贵省水师，无故搜我亚罗船，殊属无理。舟子非中国逃犯，即使得罪中国，亦应由华官行文移取，不得擅执。至毁弃我国国旗，有污我国名誉，更出意外"等语。当下名琛瞧毕，便道："我道有什么大事，他无非为索还水手，唠唠叨叨地说了许多，哪个有这般空工夫，与他计较？"随召入巡捕，叫他知照首县，发放舟子十三人，送还英领事衙门。不意到了次晨，首县禀见，报称："昨日着典史送还英船水手，英领事匿不见面，只由通事传说，事关水师，不便接受。"名琛道："听他便是，你且仍把水手监禁，不必理他。"首县唯唯而退。

不到三日，水师统领遣人飞报英舰已入攻黄埔炮台。名琛道："我并不与英人开衅，为什么攻我炮台？"正惊讶间，雷州府知府蒋音卬到省求见，由名琛传入。名琛也不及问他到省缘故，便与他讲英领事瞎闹情形。蒋知府道："据卑府意见，还是向英领事处，问明起衅情由，再行对付。"名琛道："老兄所见甚是，便烦老兄去走一遭。"蒋知府不好推辞，就去拜会英领事，相见之下，英水师提督亦在座。蒋知府传总督命，问他何故寻衅，两人同答道："传言误听，屡失两国和好，请知府归语总督，一切事情，须入城面谈。"蒋知府回报名琛，名琛道："前督徐制军，已与英使定约，洋人不得入城，这事如何通融？"蒋知府不敢多言，当即退出。巴夏礼又请相见期，名琛以入城不便，谢绝来使。巴复礼再请入城相见，名琛简直不答。

于是巴夏礼召集英兵，由水师提督统带入攻省城，只听一片炮声，震天动地。名琛并不调兵守城，口中只念着吕祖真言宝训。巡抚柏贵、藩司江国霖急忙进见，共问退敌的计策。名琛道："不要紧！洋人入城，我可据约力争，怕他怎么？"柏贵道："恐怕洋人不讲道理。"名琛道："洋人共有多少？"柏贵道："闻说有千名左右。"名琛微笑道："千数洋人，成甚么事！现在城内兵民，差不多有几十万，十个抵一个，还是我们兵民多。中丞不闻单舸赴盟的徐制军么？英使文翰，见两岸有数万兵民，便知难而退，况城内有数十万兵民，他若

清史演义

383

第六十六回 智统领出奇制胜 愚制军轻敌遭擒

入城，亦自然退去。"道言未绝，猛听得一声怪响，接连又是无数声音，柏、江两人吓得什么相似，外面有军弁奔入，报称城墙被轰坍数丈，柏贵等起身欲走，名琛仍兀坐不动。镇定功夫要算独步。柏贵忍不住，便道："城墙被轰坍数丈，洋兵要入城了，如何是好？"名琛假作不闻，柏、江随即退出。是夜洋人有数名入城，到督抚衙门求见，统被谢绝，洋人也出城而去。名琛闻洋人退出，甚为欣慰，忽报城外火光烛天，照耀百里。名琛道："城外失火，与城内何干？"歇了半日，柏巡抚又到督辕，说："城外兵勇暴动，把洋人商馆及十三家洋行，统行毁去，将来恐更多交涉。"名琛道："好粤兵！好粤兵！驱除洋人，就在这兵民身上。"柏抚道："闻得法兰西、美利坚商馆，亦被烧在内。"名琛道："统是洋鬼子，辨什么法不法，美不美？"柏抚台又撞了一鼻子灰，只得退出。柏贵比叶名琛虽稍明白，然亦是个没用人物。

是时已值咸丰六年冬季，倏忽间已是残腊，各署照例封印，名琛闲着，去请柏、江二人谈天。二人即到，名琛延入，分宾主坐下。名琛开口道："光阴似箭，又是一年，闻得长江一带，长毛声势少衰，但百姓已是困苦得很，只我广东，还算平安，就是洋人乱了一回，亦没甚损失，当时两位都着急得很，兄弟却晓得是不要紧呢。"柏抚道："中堂真有先见之明。"名琛掀髯微笑道："不满二位，我家数代信奉吕祖，现在署内仍供奉灵像，兄弟当日，即乞吕祖飞乩示兆，乩语洋人即退，所以兄弟有此镇定呢。"原来如此。柏抚道："吕祖真灵显得很。"名琛道："这是皇上洪福，百神效灵。闻得本年新生皇子，系西宫懿嫔所出，现懿嫔已晋封懿妃，懿妃凤称明敏，有其母，生其子，将来定亦不弱。看来我朝正是中兴气象，区区内乱外患，殊不足虑。"随即谈了一会属员的事情，何人应仍旧，何人应离任，足足有两个时辰，方才辞客。看官！你道名琛所说的懿妃，是什么人？便是上回叙过的那拉氏。那拉氏受封贵人后，深得咸丰帝欢心，情天做美，暗孕珠胎，先开花，后结果，第一次分娩，生了一个女孩儿，第二次分娩，竟产下一位皇儿，取名载淳。咸丰帝时尚乏嗣，得此儿后，自然喜出望外，接连加封，初封懿嫔，晋封懿妃，比皇后只差一级了。此咸丰六年事，所以夹叙在内。

这且慢表，且说英领事巴夏礼，因入攻广州，仍不得志，遂驰书本国政府，请派兵决战。英国复开上下议院，解决此事。英相巴米顿力主用兵，独下议院不从。嗣经两院磋商定议，先遣特使至中国重定盟约，要索赔款，如中国不允，然后兴兵。于是遣伯爵额尔金来华，继以大轮兵船，分泊澳门、香港；又遣人约法兰西连兵，法人因商馆被毁，正思索偿，随即听命。额尔金到香港，待法兵未至，逗遛数月，至咸丰七年九月，方贻书名琛。名琛方安安稳稳地在署诵经，忽接英人照会，展开一瞧，乃是汉文，字字认识，其词道：

查中英旧约，凡领事官得与中国官

相见，将以联气谊，释嫌疑。自广东禁外人入城后，浮言互煽，彼此壅阏，致有今日之衅。粤民毁我洋行，群商何辜，丧其资斧？拟约期会议偿款，重立约章，则两国和好如初，否则以兵戎相见，毋贻后悔，西历一千八百五十七年十月日。大英国二等伯爵额尔金署印。

名琛阅毕，自语道："混帐洋人，又来与我滋扰了。"接连递到法、美领事照会，无非因毁屋失货，要求赔款，只后文独有"英使已决意攻城，愿居间排解"二语。名琛又道："一国不足，复添两国，别人怕他，独我不怕。"有吕祖保护，原可不怕。遂将各照会统同搁起，仍咿咿唔唔的诵经去了。到了十一月，法兵已至，会合额尔金，直抵广州，致名琛哀的美敦书，限四十八小时内，答复偿款、换约二事，否则攻城。名琛仍看作没事一般。将军穆克德讷、巡抚柏贵、藩司江国霖，闻着此信，都来督署商战守事。名琛道："洋人虚声恫吓，不必理他。"穆将军道："闻英、法已经同盟，势甚猖獗，不可不防！"名琛道："不必不必。"穆将军道："中堂究有什么高见，可令弟等一闻否？"名琛道："将军有所不知。兄弟素信奉吕祖，去岁洋兵到来，兄弟曾向吕祖前扶乩，乩语洋兵即退，后来果然。前日接到洋人照会，兄弟又去扶乩，乩语'是十五日，听消息，事已定，毋着急'。祖师必不欺我，现已是十二日了，再过三四日，便可无事。"将军等见无可说，只得告退。

是日英兵六千人登陆，次日，据海珠炮台，千总邓安邦率粤勇千人死战，杀伤相当，奈城内并无援兵，到底不能久持，竟致败退。又越日，英、法兵四面攻城，炮弹四射，火焰冲霄，城内房屋，触着流弹，不是延烧，就是摧陷，总督衙门也被击得七洞八穿。名琛此时颇着急起来，捏了吕祖像，逃入左都统署中。吕祖不来救驾，奈何？柏巡抚知事不妙，忙令绅士伍崇曜出城议和，一面去寻名琛，等到寻着，与他讲议和事宜，名琛还说"不准洋人入城"六字。倔强可笑。柏抚不别而行，回到自己署中，伍崇曜已经候着，报称洋人要入城后，方许开议。柏抚急得了不得，正欲去见将军，俄报城上已竖白旗，洋兵入城，放出水手，搜索督署去了。柏抚正在没法，只见洋兵入署，迫柏抚出去会议。柏抚身不由主，任他拥上观音山。将军、都统、藩司等，陆续被洋人劫来。英领事巴夏礼亦到，迫他出示安民，要与英、法诸官一同列衔。此时的将军、巡抚，好似猢狲上锁，要他这么便这么。安民已毕，仍导军抚都统回署，署中先有洋将占着，竟是反客为主。柏抚尚记念名琛，私问仆役，报称被洋将拥出城外去了。于是军抚联衔，劾奏名琛，奉旨将名琛革职，总督令柏抚署理，这是后话。

且说名琛匿在都统署，被洋人搜着，也不去难为他，还是吕祖暗中保佑。仍令他坐轿出城。下了兵轮，从官以手指河，教他赴水自尽，名琛佯作不觉，只默诵吕祖经。先被英人掳到香港，嗣又被解至印度，幽禁在镇海楼

清史演义

上。名琛却怡然自得，诵经以外，还日日作画吟诗，自称海上苏武。他的诗不止一首两首，小子曾记得二律道：

　　镇海楼头月色寒，将星翻怕客星单；
　　纵云一范军中有，争奈诸军壁上观。
　　向戍何心求免死，苏卿无恙劝加餐；
　　任他日把丹青绘，恨态愁容下笔难。

　　零丁飘泊叹无家，雁札犹传节度衔；
　　门外难寻高士米，斗边远泛使臣槎。
　　心惊跃虎笳声急，望断慈乌日影斜；
　　惟有春光依旧返，隔墙红遍木棉花。

名琛在印度幽禁，不久即死。英人用铁棺松椁，收殓名琛尸，送回广东。广东成为清、英、法三国公共地，英人犹不肯干休，决议北行。法、美二使，亦赞成，连俄罗斯亦牵入在内，当下各率舰队，离了广州，向北鼓轮去了。欲知后事，请阅下回。

　　行军之道，固全恃一智字，即坐镇全城，对待邻国，亦曷尝可不用智。杨载福之屡获胜仗，迭据要害，虽非尽出一人之力，然同寅协恭，和衷共济，卒能出奇制敌，非智者不及此。若叶名琛之种种颠顶，种种迁延，误粤东，并误中国，不特清室受累，即相沿至今，亦为彼贻误不少。列强环伺，连鸡并栖，皆自名琛启之。误中国者名琛，名琛之所以自误者，一愚字而已。且一智者在前，则众智毕集，彭、李诸人之为杨辅是也。一愚者在上，则众愚亦俱至，穆、柏诸人之为叶辅是也。此回前后分叙，一智一愚，不辨自明。

# 第六十七回　四国耀威津门胁约
　　　　　　两江喋血战地埋魂

　　却说英法俄美四国舰队，自广东驶至上海，各遣员赍书赴苏州，见江苏巡抚赵德辙。德辙把来书瞧阅，乃是致满大学士裕诚书，当即与洋员说明，愿将来书投递北京，叫他在上海候复，洋员答应自去。赵德辙即咨送江督何桂清，何桂清时驻常州，接德辙咨文，并四国来书，遂飞驿驰奏。咸丰帝立召大学士裕诚及军机大臣会议。议了半日，方定计简放黄宗汉为钦差，赴粤办理交涉，一面由裕诚署名，答复英法两国，是令他速赴广东，与黄宗汉会商；并说本大臣参谋内政，未预外事，不便直接。复美使书，也是令他赴粤，不过有要他排解的意思。复俄使书，略说中俄原约，只在黑龙江互市，如有相争事件，可速赴黑龙江，自有办事大臣接商，无庸与本大臣交涉。这等复书，仍饬江督何桂清转交。偏这英使额尔金、法使噶罗不肯照行，仍牵率俄美两使，向天津进发。

　　咸丰八年三月，四国军舰云集白河口，投书直督谭廷襄，仍请转达首相。廷襄是照例奏闻，诏令户部侍郎崇礼、内阁学士乌尔焜泰，驰赴天津，会同直督，照会各国使臣，约期开议。不意英、法两使复称钦差非中国首相，不便和议，决词拒绝。外人得步进步，原是狡狯，然亦由中国自召。只俄、美两使，算是接见，相与往来，但不过是空言敷衍，毫无效果。这位谭制台，恰格外巴结，差了武弁，驾着小船，引导洋人进出。洋人本未识大沽险要，至此往来窥测，探悉路径，又见大沽防务疏忽得很，突于四月初八日，驶入小轮船数艘，悬起英、法两国红旗，开炮击大沽炮台。守台官游击沙春元、陈毅等，仓猝迎战，卒以众寡不敌，次第殉难，前路炮台陷。副都统富勒登太，守住后路，猝闻前军失守，逃得不知去向，后路炮台又陷。这一仗战争，提督张殿元、总兵达年、副将德奎，在大沽附近，吃粮不管事，由他捣入。咸丰帝闻警大怒，把提督、总兵、副将各人，革职拿问，特命亲王僧格林沁，带兵赴天津防守；又命亲王绵愉，总管京师团防

清史演义

387

第六十七回 四国耀威津门胁约 两江喋血战地埋魂

事务，严行巡逻。

僧亲王抵天津后，俄、美二使愿居间排解，只乞改派相臣议款。僧亲王复据实陈奏，咸丰帝不得已，命大学士桂良、吏部尚书花沙纳，再赴津议款。这时候，清廷大臣，如惠亲王绵愉、尚书端华、大学士彭蕴章等，关心和议，记起这位和事佬耆大臣来，当即联衔保奏。咸丰帝立命陛见，和事佬耆英挺然出来，造膝密陈，似乎有绝大经济，不由咸丰帝不信，叫他自展谋猷，不必附合拘泥，随赏给侍郎衔，饬至天津商办。耆英抵津，坐着绿呢轿，径去拜会英使，投刺进去。等候了好一歇，由翻译出来，说声挡驾。耆英私问翻译，为什么不见，翻译道："耆大人想忘记广东的事情了。原约许英人二年入城，什么到了四五年，尚未践约。耆大人！你还是回去的好，免得多劳往返。"讥讽之言，不堪入耳。耆英回见桂良，便将此事说明，挽桂良奏请召回。桂良随即出奏，耆英即收拾行李，驰还通州。忽有廷寄颁到，令他仍留天津，自行酌办。耆英回京心急，仍自启行；到了京师，巧遇巡防大臣绵愉，问他未奉谕旨，如何回来，耆英便说英使怀恨，不便在津，是以急回。绵愉恐坐保举失察罪，即上本参劾。咸丰帝本不悦耆英，接阅此奏，便降旨诘责，说他离差罪小，诿过罪大，有负委任，赐令自尽。可怜这位和事佬，白发苍颜，还不得善终，这也是甘心误国的报应。

谁知耆英虽死，衣钵恰传出不少，桂良、花沙纳统是得着耆英的秘诀。英人要约五十六条，法人要约四十二条，都一一照奏。小子于英法要求各条款，也记不胜记，只最关紧要的，约有数条：第一是各派公使驻京；第二是准洋人持照至内地游历、通商；第三是增开牛庄、登州、台湾、潮州、琼州等处为商埠；第四是长江一带，自汉口至海滨，由外人选择三口，以便往来通货；第五是洋人得挈眷属在京居住；第六是偿英国商耗银二百万两，军费亦二百万两，法国减半。奏折一上，廷臣鼓噪，都主张驳斥。你一本，我一本，大半痛哭陈辞，赛过贾长沙、陈同甫一流人物，其实统是纸上空谈，无裨实用。还是咸丰帝晓明大局，料知无人能战，无地可守，没奈何忍痛许和。

俄使公普、美使列卫廉据利益均沾的通例，亦要求订约，桂良、花沙纳仍行奏请。咸丰帝无话可说，只传旨准奏，钦此，便算了事。四国使臣与清国两钦差，各订约签押，因要钤用国宝，须费一番手续，定期来年互换，于是各国舰队，次第退出，这叫作天津和约。

是年，江南军事亦胜败不一。九江城为林启荣所据，坚忍能军，十易寒暑，固守如故。杨、彭、李会集水陆各军，浚濠环攻，连番猛扑，终不能下；复开地道数处，迭毁东南二门，登城者再，卒被击退。李续宾痛励将士，再行掘隧，曾国华亦自长沙趋至，助续宾连夜掘穴，地道又成。乃饬水陆军十六营，四门进攻，攻至夜半，由地道举火，地雷骤发，砖石飞腾，迤东而南的城垣，轰坍一百多丈。湘军痛两次伤亡的惨剧，誓死复仇，人人思奋，踊跃先登，呼声动天地，冲锋掩杀，约两三时，击毙长毛一万七千多名，积尸如山，流血成渠。凭启荣怎么强悍，双手不敌四拳，终被他剁为肉泥。还有悍酋李兴隆，也随了启荣，为洪天王殉节，九江乃平。李续宾因功邀赏，得加巡抚衔，专折奏事。曾国华亦得同知衔。

抚州、建昌同时肃清，只吉安长毛尚是死守，曾国荃屡攻未克，回湘添募营勇，大举进攻。也是吉安长毛该当数尽。先是守城的长毛首领，计有二人，一为先锋李雅凤，一为丞相翟明海。李、翟连番出城，冲击曾营，屡被杀败，翟明海败仗尤多。两人互相埋怨，恼了李雅凤，竟将明海杀死。明海的部下，开城窜去。李雅凤势孤力弱，由国荃乘间攻入，巷战许久，将雅凤擒住，解省正法。自相鱼肉，断没有好结果，大则韦杨，小则翟李，可为前鉴。

江西已平，于是朝旨令李续宾军图安徽，再起曾国藩督师。国藩至江西，闻长毛分窜浙、闽，督师往援，途次闻浙西一带，长毛不多，尚无大碍，只闻省浦城、崇安、建阳、松溪、政和各县，窜入红巾，烽火相寻。国藩令萧启江、张运兰赴闽剿办，兵甫出发，忽有大股长毛，回扑江西抚州、建昌，两府戒严。亏得刘长佑出来督军，截住新城，把长毛击退，长毛仍还入闽境，萧张两路兵马，分道趋闽，因天雨连绵，岭路泥泞，军士又复遇疫，中道折回。

天下不如意事，十常八九，闽中未闻报捷，皖中先已丧师。山龙过脉，自成一线。自洪天王建都江宁，恃安徽为门户，兵粮军械，全杖安徽接济，所以安徽境内的长毛，个个是几经挑选，方许驻守。督率守兵的头目，起初是翼王石达开，素称骁将，嗣后是英王陈玉成，骁勇几出达开上。玉成眼下有双疤，官军叫他四眼狗。这四眼狗，确是厉害，清将闻他悍名，个个吐舌，偏这不怕死的李续宾，硬要与他反对。续宾沿江入皖，仗着勇气，倍道而前，平太湖，拔潜山，下桐城、舒城，千百个小长毛，都抱头窜去。忽闻四眼狗攻扑庐州，遂麾军急进，一意赴援。部将谏道："现在安庆未克，若进攻庐州，恐怕安庆长毛，要截我后路，不如在桐城休养数日，相机而行。"续宾道："安庆方面，已有都将军马队进攻，长毛必并力守城，无暇与我为难，我军正可进攻庐州。"原来荆州将军都兴阿，方奉旨图皖，接应续宾，前锋为鲍超、多隆阿，正进趋集贤关，所以续宾有此计议。部将道："都将军既至安庆，我军正好与他联络，先把安庆克复，再图庐州未迟。"续宾瞋目道："救急如救火，庐州危急万分，安能不救？倘庐州一陷，狗贼回援安庆，连都将军也站立不住，我军在此何为？"部将又道："我军不过数千人，前无导，后无继，孤军直入，万一遇险，奈何？"续宾道："这可发书湖北，请兵援应便是。"当下写了一书，遣人驰送，另派兵驻守舒、桐各城，简了精锐，星夜前驰，直抵三河镇。这镇系宁皖交通的要道，距庐州只五十里，长毛环筑大城，厚屯兵马，防

守得非常严密，诸将又请续宾择地驻营，等待援兵。续宾才驻扎了一天，到了次日，湖北杳无援音。原来此时的胡林翼，已丁忧去位，总督官文，得续宾书，不以为意，简直是一兵不发。毕竟是个满员。续宾又待了一日，不觉焦躁起来，复麾军欲出。诸将又再三劝阻，续宾愤愤道："我自用兵以来，只知向前，不知退后。就使死敌，也是我辈带兵的本分。明日定要破他坚垒，除死方休！"诸将始不敢多言。

翌晨，即下令进逼敌垒，续宾执旗当先，将士紧紧随着，不管他枪弹飞来，总是冒死冲人。自昼至夜，连平长毛九座营盘，检点部下，死了参将萧意文、都司胡在位及兵勇千余人。忽后面战鼓喧天，喊声大震，长毛如墙而至，遥望旗号，乃是太平天国英王陈、太平天国侍王李。续宾道："四眼狗到了。什么还有侍王李？想是李世贤的狗头。"随即列好阵脚，专待敌军。说时迟，那时快，四眼狗前锋已到，与续宾部下，血战起来。长毛兵有十多万，续宾兵只有四五千人，眼见得长毛陆续趋上，把续宾军围住，围了一重，又是一重。重重围住，直围到数十重。续宾还拚命冲突，怎奈四面如铜墙铁壁，有力也没处使，将士又逐渐倒毙。续宾叹道："今日败了，是我殉节之日了。"回顾诸将，令各自逃生。诸将道："公不负国，我等岂可负公？"续宾乃传令见月出走。未几月出，续宾争先陷阵，长毛丛集，哪怕续宾三头六臂，到此也不能脱免。参将彭友胜、游击胡廷槐、饶万福、邹玉堂、杜延光，守备赵国梁，先后战死。续宾亦力竭身亡。续宾一死，军心大乱，越要急走，越是先死。同知曾国华及知府王忠骏、知州王揆一、同知董容方、知县杨德闿等，皆殉难。道员孙守信、同知丁锐义坚守中右营三日，弹药水火都尽，营破死之。次第叙来，可见续宾之死，亦由刚愎之咎。桐、舒、潜、太四邑，复被陷没。都兴阿也撤安庆围，退屯宿松，皖楚大震。

湖广总督官文、湖南巡抚骆秉章飞章入告，请调曾国藩移师援皖。朝旨令国藩统筹全局，斟酌具奏。国藩乃具疏上陈，最要紧的数语，录述如下：

就数省军务而论，安徽最重，江西次之，福建又次之。计惟大口南岸，各置重兵，水陆三路，鼓行东下。剿皖南则可以分金陵之贼势，剿皖北则可以分庐州之贼势。北岸须添足马步三万人，都兴阿、李续宜、鲍超等任之；南岸须添足马步二万人，臣率萧启江、张运兰任之；中流水师万余人，杨载福、彭玉麟任之。至江西军务，亦分两路，臣与抚臣耆龄任之，臣任北路，耆龄任南路，闽省兵力，足以自了，尚可无虑。

奉旨准议。惟起复胡林翼，仍任湖北巡抚。林翼受任，出驻黄州，拊循士卒，严防长毛入犯。长毛果欲泝江而上，被多隆阿、鲍超击退。国藩正拟出图皖南，忽报长毛大酋石达开，率众趋江西，攻陷南安县城。国藩急檄萧启江等往援。才到南安，达开已弃城出走。

捷书方至，国藩幕下接连又闻庐州失守，李孟群殉难。孟群自战胜湘鄂，即由朝旨令他援皖，独当一面，以累功擢安徽布政使，兼署安徽巡抚事。其实孟群的才识也没什么过人，闻他的妹子素贞，恰是熟谙兵法，饶有胆力。孟群出军，素姑必戎装相从。一日，孟群被围，别将都不敢往援，独素姑怒马跃入，手斩数十人，护孟群归，甲裳都赤，军中惊为天神，连长毛亦怕她雌威。嗣是孟群格外敬服，有所讨伐，必令素姑相随。至官、胡两军攻汉阳，孟群兄妹偕往，一场血战，素姑阵亡，年才二十岁。清廷重男不重女，到武汉克复后，把素姑的血战功，也并加在孟群身上，所以孟群由知县出身，迭次超擢，竟至方面。表扬闺阃，独显幽光。惟孟群自丧妹后，失去一个臂助，惘惘的到了安徽，正值连天烽火，遍地寇氛。到了庐州，适四眼狗纠众大至，连战数日，卒因众寡不敌，败退官亭，扎了数营，挡住庐州西面的长毛。至李续宾战死三河，都兴阿撤围安庆，四面无援，只剩孟群一军，孑然孤立，哪里还支持得住？不到数日，庐州失守，长毛大股都来扑孟群营，副将邓清、知县李孟政两营，先被攻破，纷纷溃散。长毛并力攻中营，从早起战到晚间，中营复陷。孟群持矛屹立，厉声骂贼，长毛一拥而上，尚被孟群刺死三名，未几遇害。千总沈国泰觅获遗骸，始得归葬。国藩闻这凶耗，悲他父子殉节，格外伤心。谁知还有一妹。

寻又报石达开窜入湖南，湖南系国藩故里，桑梓攸关，急个不了。忙咨湘抚骆秉章，令他赶紧堵御。秉章正在筹防，为这一场匪警，又引出一个大人物来。为人最要立点事业，看后世稗官家，要叙一出色人物。下笔且是不苟。这位大人物是谁？乃是湘阴县人左宗棠。闻名久矣。宗棠字季高，少年倜傥不羁，常以王佐才自许，骆抚曾招致幕下，待以上宾礼。属僚有事禀白，都付他裁决。名高致谤，权重招忌，几乎把宗棠性命，断送在骆抚手中。可为有才者叹。永州总兵樊燮，刚愎自用，骆抚劾他骄倨，有旨革职，不意樊燮运动都察院，奏称无罪。廷旨令湖广总督官文查办，官文隐袒樊燮，密查骆抚弹章，出宗棠手，竟召宗棠对簿武昌，拟他重辟。骆抚疏争不得，亟函致在京编修郭嵩焘，令他向军机大臣肃顺处说情。嵩焘与宗棠同乡，自然暗中关说，并挽南书房行走潘祖荫，疏救宗棠；接连又是曾、胡二公，上疏荐宗棠才可大用。内外设法，始得将宗棠保全，脱罪回籍。险哉宗棠！至达开窜入湖南，击败总兵刘培元、彭定泰等，陷桂阳及兴宁、宜章等县，骆抚夙重宗棠，再请出山，委以军事。宗棠亟檄刘长佑、江忠义、田兴恕等赴援，一月内成军四万人，泽隘设守。官、胡二督抚复飞咨都兴阿将军，调拨吉林、黑龙江马队回鄂，驰赴湘南，并派知府肃翰庆，率水师炮船三十二只，克期会长沙。

时石达开沿途裹胁，挟众二三十万，意欲踞险自雄，与洪天王另张一帜。大约仍是帝王思想。初攻武冈祁阳，城坚不能拔，转攻宝庆，连营百余里。刘长佑、田兴恕各援军先后踵至，

## 第六十七回　四国耀威津门胁约　两江喋血战地埋魂

与石达开血战数次，杀伤相当。胡抚以宝庆重地，不可无良将为统帅，乃遣李续宜统五千人往，所有援军，悉归节制。达开颇惮续宜威名，闻他前来，亟挑选精悍，裹三日粮，誓破宝庆。续宜兼程而至，与刘长佑会商军务，为避实击虚计，从北路进攻，遂渡资水而西，击达开背后。达开正誓死攻城，不防续宜从后掩入，或横截，或包抄，或旁敲，或侧击，弄得达开茫无头绪，只得且战且走。清军已经得势，如旋风一般的追将过去。达开又回战几仗，总是当不住兵锋。战一回，伤亡几千长毛。战两回，又伤亡几千长毛。看看已毙了二万多人，料难住足，不得已呼啸一声，向西南逃窜去了。达开亦如强弩之末。

湖南解严，续宜还鄂，曾国藩闻桑梓无恙，方才安心。忽朝旨促他入川，令他堵截达开，国藩不敢违慢，急率兵泝江而上。及到湖北，探闻无达开入蜀消息。看官！你道达开到哪里去？他已经窜入广西，都是这位官制军，闻风虚报，奏调曾军，弄得这位曾侍郎奔波不息，官制军恰暗里笑着呢。官文人品，如是如是。

国藩行抵黄州，与林翼会叙，握手道故，非常亲昵。国藩道："官制军的脾气，煞是可怪。不知吾兄如何对付？"林翼道："为了一位官制军，左季高几丧了性命。此次石逆入湘，若非季高尚在，兄弟倒措手不及了。"国藩道："季高得生，闻仗肃军机暗中挽回，肃公颇还知人。"林翼道："这也是季高不该死。肃军机哪里靠得住？不然，本年顺天乡试，正考官柏中堂，如何被他葬死呢？"国藩叹息道："明珠、和珅闹得如此厉害，未罹重辟，柏葰究是一个大学士，偏为了科场舞弊，竟致身首两分，天下事原有幸有不幸哩！"林翼道："科场中的弊端，闻柏中堂并未预知，榜发后查勘原卷，说是硃墨不符，误中了一个唱戏的平龄。究竟平龄是否唱戏？是否冒名？是否柏中堂家人暗中掉卷？兄弟不在朝中，无从确查。论起理来，不过一个失察的处分，偏这肃尚书顺，定议按律处斩，与同考官程炳采同死市曹，若是一位满大员，断不至此。"柏葰处斩，是咸丰九年间事，曾、胡二公口中叙明，以省笔墨，是简略得当处。国藩道："议亲议贵，古今一辙，恰也莫怪。但吾兄与官制军同处，颇称莫逆，此中必有良法，倒要请教。"林翼道："说来可笑。那日官制军的姨太太做三十岁生辰，分柬请客，司道等都不愿往贺，我为时局计，不得不例外通融，赴贺督辕。司道们见我前往，也不好不去，乐得官制军喜笑颜开，要与我约为兄弟。次日，他的姨太太亲来谢步，拜我母亲为义女，从此以后，遇着军国大事，总算承他协力同心。涤公！你想可笑不可笑么？"毕竟胡公有才。国藩道："这是枉尺直寻的办法，我也要照样一学，到武昌去走一遭。"林翼道："涤公！你去做什么？"国藩道："我现在决计图皖，恐怕官制军同我作对，几句奏语，又要我忙着。"林翼闻言，不禁失笑。国藩道："安徽长毛，厉害得很，我若往剿，兄须助我。"林翼道："这个不劳嘱咐，同为朝廷办事，可以相助，无不尽力。"国藩告别，径趋武昌，与官文谈论皖事，格外谦恭。官文亦格外敬礼。自是国藩不虑牵掣，由湖北还趋宿松去了。平勃交欢，即是此意。小子曾有诗道：

满人当道汉人轻，
汉满由来是不平；
毕竟通儒才识广，
好从权变立功名。

国藩去后，林翼亦移驻英山，协图安徽，将来总有一番战仗，小子下回表明。

本回叙事，看似丛杂，实则上半回是叙战将之不力，以致大沽失守，迫允要求，下半回是叙战将之尽忠，因之两江屡败，仍未退缩。至其关键处，则仍注重将相。桂良、花沙纳无外交才，唯唯诺诺以外，无他技也，若曾、胡二公，文足安邦，武能御侮，清之不亡，赖有此耳。肃顺官文，吾亦拟诸自郐以下。

## 第六十八回　战皖北诸将立功
## 　　　　　　退丹阳大营又溃

却说胡巡抚林翼移驻英山，即命多隆阿总统诸军，用鲍超为前锋，蒋凝学为后援，浩浩荡荡，杀奔太湖。四眼狗陈玉成闻清军大集，急纠合捻匪首领龚瞎子、张洛型等，由庐州上攻，有众十多万。

捻匪是什么人物？相传"捻"字是捏聚的意义，无赖亡命，捏聚成群，肆行劫掠，因此叫他捻匪；或又因他明火劫人，捻纸捻脂，叫作捻匪。这种匪徒，起自山东，康熙年间，已是四伏，但当清朝兴盛，官吏严行缉捕，所以随聚随散，未敢称乱；延到洪、杨发难，骚扰东南，捻匪亦乘机起事。首领龚瞎子、张洛型等，占据安徽蒙城县雉河集，恣意出没。清廷曾命太仆寺卿袁甲三，率军剿办。但捻匪性质与长毛不同，长毛有争城夺地的思想，专从险要上着手，所踞城池，总派人防守、捻匪以雉河集为根据，称作老巢，老巢以外，不去占据，有时四出掳掠，所得金银财宝，统是搬归老巢。当出发时，先传令整顿行具，名曰整旗，临行则用马前驱，叫作边马。边马在先，大股在后，遇着官兵，可战便战，不可战，就四散走开，不留人影。独老巢恰四面固守，依险负嵎，就使有千军万马，一时也攻不进去。所以这位袁太仆，剿办了好几年，仍旧不见半静。袁太仆也是没用。此次陈玉成欲犯江淮，暗中勾结龚、张两捻首，同敌清军。

多隆阿正到太湖，接这警信，忙令鲍超回军小池驿，阻住发捻，适与陈玉成相遇。鲍超兵只有数千，玉成兵恰有数万，那时狗性狂发，又似三河围李续宾一般，把小池驿团团围住。鲍超本是一员猛将，竭力搏战，总不能杀出重围；飞书至多隆阿处告急。多隆阿撤去太湖的围师，星夜赶援，仍被敌军隔断，不能前进。鲍超被围数日，不见援军，急得眼中出火，鼻窍生烟，忙取出两纸，各随便写了几笔，差几个得力将弁，赶至曾、胡二处乞援。

国藩时在建昌，正拟探听各军消息，忽由外面递进告急书，不瞧犹可，瞧着时，便道："鲍春霆危急极了！"急传令调发营军，火速进援。后来幕府阅鲍超来书，乃是一个斗大的包字，包字外一个大圈，大圈外面，又有无数小圈，都是莫名其妙。还是曾公替他解释，讲明包字即鲍字右旁，外加大圈小圈，乃是被敌重重围住的意思。春霆若非危急异常，断不出此，所以赶派援军救应。嗣闻胡抚亦发兵驰援，便道："胡润芝毕竟聪明，也晓得春霆用意。"（润芝系胡抚林翼表字，春霆就是鲍总兵超。）亏有曾、胡二公，方识鲍超书意，否则鲍其休矣！鲍超得了援军，遂出兵大战，两边抖擞精神，打了一日一夜，不分胜败。巧值东南风大起，清军适当上风，放起火来，风猛火烈，熊熊焰焰，扑入敌垒。长毛捻众，顿时大乱。四眼狗陈玉成，拥着黄盖羽葆，尚是兀立指挥，鲍超杀得性起，驰马直前，大呼道："四眼狗快来受死！"刀随声下，望玉成脑袋上劈下，亏得玉成眼明手快，忙用刀架住。战了数合，见长毛已经溃散，玉成也虚掩一刀，落荒败走。龚瞎子、张洛型等也都遁去。敌垒七十余座，成为焦土。四眼狗数年积蓄，统被祝融氏收去，狗威才渐渐落风了。

太湖城内的长毛闻玉成败耗，弃城夜遁，窜入潜山。多隆阿等督兵进剿，距城数里，长毛已悉众扑来。多隆阿治军有律，见长毛大至，令部众严阵以待。长毛冲突数次，只受了无数枪弹，不动清兵分毫。蓦然间鼓角齐鸣，清军分两翼杀出，勇壮得了不得，尘埃滚滚，杀气腾腾，此时长毛锐气已衰，哪里还能抵敌？三脚两步的向北而逃。将到城下，见前面排着马队，悬着清军旗号，一铡齐的立着，吓得长毛胆战心摇，不敢入城，只好从斜刺里逃将过去。清军马步合队，向后尾追，直至青草塥，连人带草地乱刈，把长毛的头颅砍落无数；有几个脚生得长，命不该绝，才得漏脱。

看官阅此，方知多隆阿严阵不动的时候，已暗遣马队截敌归路，瘟长毛管前不管后，自然中计。长毛已死得许多，还要说他是瘟，冤哉！于是太湖、潜山二县，都由多隆阿收复。接连克凤阳，复建德，拔太平、石埭及泾县，各路捷书，先后纷驰。老成练达的曾国藩遂决议率部军攻安庆。适四弟国荃复自湖南募勇驰至，国藩即分部众与国荃，令他出集贤关，规复安庆去了。

忽报江南大营又溃，张国梁战死，和春退走常州，亦伤重身亡，国藩不禁叹息。原来和春、张国梁自组成大营，直指江宁后，第一仗，攻克秣陵关，第二仗，大破长毛于七瓮桥、雨花台等处。洪天王汹惧异常，令在安徽的长毛占踞来安县城，作大江南北的声援。偏这和大臣派了总兵成明，协领博奇等，潜师夜袭，竟将来安城克复，江宁愈形危蹙。洪遣沿江驻扎的长毛出兵四扰，怎奈清水师已随处密布，总兵李德麟、吴全美等，分头截击，又杀毙长毛二千多名。洪天王愤恚已极，饬众出太平、神策两门，分犯大营。副将张玉良、冯子材等踊跃入阵，夺得长毛大纛，竟将悍目的头颅，借了数颗。趣语。长毛虽

称强悍，也是怕死，没奈何退回城中。和春又定了一计，令军士沟濠筑垣，把江宁周城百余里，都用短垣围住，然后将部下八万人，星罗棋布，环绕四周。江中复用舢舨联络，成一水营，水陆兼顾，内外相维，竟把一座江宁城，围得水泄不通。

俗语起得好："狗急跳墙"，这洪秀全做了十几年天王，难道竟没有一点主见吗？况且手下有一班党羽，三个臭皮匠，比个诸葛亮，到了无可奈何的时候，穷思极想，毕竟也有一条救急的方法出来。说得入情入理。当下由李秀成献议，仍用多方误敌的计策，对付江南的大营。秀成乃是长毛中后起人杰，虽然是仍抄老文章，但欲解江宁的围困，舍此更无别法。洪天王信用了他，就命江西、安徽的长毛，分扰浙闽，牵制江南大营，总教江宁解围，不各重偿。江西长毛酋应命，遂出兵犯浙江。果然浙中大吏，向江南大营乞援，和春只好分兵南下，派周天受援浙，忽闻长毛又窜入闽省，浙闽是毗连的行省，既援浙，不得不援闽，复派周天培赴援。孤军转战，往往累月不归。又蹈向荣复辙。

会四眼狗陈玉成自皖东败走，回攻浦口，德兴阿猝不及防，竟被四眼狗搗入，全营溃退，走入扬州。江浦、天长、仪征等县，次第失陷。四眼狗余威尚在，竟长驱至扬州，攻西北门，这时候的德兴阿，恰在江口水师舟中，安安稳稳地坐着，一任扬州受敌。扬州没有一定的主帅，见长毛围攻西北，便由营总富明阿、守备詹启纶，分率马步各军，出北门对敌，守备张德彪出西门迎战。两边正酣斗不下，那四眼狗刁滑得很，窥南门守御空虚，竟分兵逾城而入。城既被破，富、詹等人自然不敢恋战，夺路而逃。德兴阿闻这消息，倒也惊惶起来，急走邵伯湖，收集溃卒，扎营万福桥，扼守东北，一面向江南大营乞师。和春不得已，遣张国梁渡江而北，会集江北军，攻扬州城。突有长毛开城出敌，由国梁飞马迎击，单刀直上，勇不可当。长毛狂奔回城，城尚未闭，国梁已一马跃入，麾兵前进，立复扬州。移攻仪征县，亦随手而下。

只六合县在江宁北面，一介孤城，独当劲敌，自县令温绍原募勇居守，已历六年。这六年间，大小百战，屡歼红巾，至德兴阿退驻邵伯，扬州叠陷，六合益危。这次张国梁已克扬州，自然统兵往援。到陈板桥，距城仅十余里，长毛知张军且至，分锐出阻，一面穴隧轰城。国梁方与长毛接仗，六合城已被轰坍，绍原投水死，妻孥亦殉节。这信传至张军，恼了这位张军门，恨不把长毛立刻荡平。无如长毛来得很多，一队杀退，一队又来，杀败了数十队，方没有挡路的长毛，正思进攻六合。忽由大营传檄，令他速援溧水，军令如山，不得不南辕前往。至溧水，城早被陷，总兵张玉良已奉调进攻。国梁巡视形势，见城西有高古山，冈峦环抱，仿佛画屏，遂依山立营，踞住要害，姑把围城的事情，责成玉良。看似国梁推诿，实则让首功于玉良，看官不要错过！玉良遂着副将冯子材、陈朝宗等竖梯登城。城上矢石如飞，由冯、陈二将裹创力战，卒将守陴兵杀退，率兵入城。是时正有大股长毛来救溧水，到高古山，由张国梁带兵杀出，左冲右突，如入无人之境。长毛阵中，有个黄衣头目，不知死活，执刀来斗，战未数合，被国梁手起刀落，劈于马下。头目已毙，部众立即溃散。国梁击退援军，令玉良得复县城，可见国梁之功，亦是不小。当由两张合军穷追，各处兜截，生擒了几个长毛酋，什么洪国宗，什么铜天侯，都就军前正法，叫他到天父天兄处，销差去了。妙语解颐。

怎奈江南得捷，皖北丧师，正值李续宾战死三河，四眼狗异常猖獗，皖南的告急文书，又叠至江南大营。和春复派总兵江长贵往都门青阳，总兵戴文英、副将朱承先赴宁国，营内的兵士又分去了万人。长毛复从九洑洲率众而来，那时仍劳动这位张军门，躬率大队，前去横扫了一阵。和春因屡次告捷，未免骄盈，遂劾奏德兴阿师久无功，清廷谏行言听，竟夺德兴阿职，令和春兼辖大江南北，自是辖地益广，军事益繁。德兴阿固是当劾，但和春立营江南，也只靠了张国梁，算不得什么大才。和春既受了兼辖的重任，不得不出些风头，当下令总兵李若珠攻六合，偏偏不如所愿，若珠败还，长毛乘胜至浦口，列营皆溃。前时援闽的周天培，正回军驻扎浦口，力战身亡，余军退保江浦。此时的长毛军，气焰越张，东伺扬仪，西逼江浦，南窥溧水，亏得张国梁渡江督剿，三战三捷，击走江浦长毛，下浦口，破沿江敌垒八大座，纵火焚九洑洲，把长毛老巢烧得乌焦巴弓。

国梁回江南，与和春定议招降，解散贼党，申明大义，谕令去逆就顺，有七里洲守营长毛谢茂廷、寿德洲守营长毛秦礼国，俱暗约投诚，愿为内应。这寿德洲系江宁上关的屏蔽，七里洲系江宁下关的藩篱，两洲内溃，待张军门国梁一到，外杀进，里杀出，弄得长毛不知头路，只好弃了关，逃命要紧。不到一昼夜，连克重关，平长毛营垒数十，获大炮百余，战船六十，拔难民男妇五千余人。自这场战胜长毛，金陵城外的犄角，削除殆尽。和春以下诸将士，满意攻克金陵，易如反手。谁知天有不测风云，人有旦夕祸福，为山九仞，功亏一篑，竟令一座威耀无比的大营，倏忽间化作子虚乌有的幻境。见道名言。

闲话休表，单说洪天王秀全，闻上下关接连失守，焦急万分，就近饬皖南军，陷泾县、旌德县，并破广德州，由广德州窜入浙湖安吉县境，道出武康，直扑浙江省城。浙抚罗遵殿，分路乞援，待久未至。长毛在清波门外，暗掘地道，轰塌城垣三十余丈，罗抚麾兵抵敌，可奈众寡悬殊，战了半日，只落得忠魂千古，阖属捐躯。独有杭州将军瑞昌与副都统来存，勒兵坚守满城，鏖战六昼夜，尚未被陷。适值张玉良奉和春命，到了杭城，长毛本无意据杭，不过为江宁撤围计，牵掣江南大营，使他分兵四顾，免注全力，所以闻玉良援浙，即开城出走，向余杭上窜，连陷长兴、建平、溧阳等县。至清军尾追痛击，他

清史演义

397

## 第六十八回  战皖北诸将立功  退丹阳大营又溃

又随取随舍，把占据的县城，一概弃去。明明是亟肆以疲，多方以误之计。和春既兼辖南北，复奉旨遥督浙江军，正是趾高气扬的时候，况迭接浙江捷音，自谓无敌不摧，无战不克，麾下将士亦逐渐骄蹇，营规日弛，防守日懈；又因饷运艰难，每四十五日，只发一月的粮饷，俟大功成后，一律补给，兵勇满怀不服，未免退有后言。

咸丰十年闰三月七日，皖浙的长毛分道并进，纷扑大营。张国梁昼夜拒战，一些儿没有休息，接连八日八夜，长毛越来越多；究竟人生只有一副血肉，一副精神，要这般的打仗，凭你无上的好汉，也闹得筋疲力衰，支持不住。十四日天大雷雨，至夜奇寒，国梁尚统兵搏战，忽营中无故火起，一刹那间，遍及各营。国梁知军心已变，急翼和春出营，退守丹阳。长毛并力追来，破了溧阳，据了宜兴，进攻丹阳城。当时尚惮国梁威名，不敢逼近，遍筑土垒，步步为营。嗣后令死士潜入清营，伺国梁出战，从后狙击，中国梁腰，国梁回刺死士，背上又中了数枪，受创甚深。尚握着刀连斫数人，冲开一条血路，至丹阳滨，下了马，向北再拜，一跃入水。水波一动，这烈烈轰轰的张军门，已漩沉水底，与世长辞了。可惜！

国梁已死，偌大的丹阳城，眼见得保守不住，当由众将士保着和春，突围出走。将抵常州，回顾后面的长毛，尚是紧追不舍。和春返身迎战，突来一粒枪弹，不偏不倚，正中胸前，当即拍马回走，退至浒墅关，狂血直喷，顿时身死。营务处湖北提督王俊、寿春总兵熊天喜俱阵亡。独江督河桂清率司道逃至苏州，被苏抚徐有壬所拒，桂清走上海。长毛夺了常州，进攻苏州，苏州兵不满四千，还是老弱居多，不习战事。徐抚激励拊循，勉强支持了数日，终被长毛攻入，徐抚死之。小子有诗寄慨道：

　　红巾四抚太披猖，
　　百战将军饮血亡；
　　怪底后人偏不谅，
　　诬称汉贼实荒唐。

警耗传至京师，朝旨把死事诸臣，一抚恤，独将何桂清革职拿问，另简大臣为江督。朝右纷议未决，这次倒是军机大臣肃顺，保着了一个大才，后来果如所言。欲知此人是谁？看官且猜一猜，待小子下回说明。

　　江皖相依，隐为唇齿。皖不复，江宁必不克。曾、胡二公决议图皖，不以三河之覆辙为惧者，攻其所必救，兵法固然，无能避也。和春顿兵城下，蹈向荣覆辙，而骄蹇且过之。师劳必惰，将骄必败，大营之溃，固意中事，所惜者亡一良将耳。读是回，可知行军之得失。

## 第六十九回　开外衅失津丧师　缔和约偿款割地

　　却说清廷拟简放江督，廷臣多推胡林翼，独肃顺奏称林翼未可轻动，不如任用曾国藩。肃顺以骄恣闻，推重楚贤，是其特识。咸丰帝从肃顺言，遂命国藩任两江总督，督办江南军务。国藩奉旨，即具奏道：

　　目下安庆一军，已薄城下，为克复金陵张本，不可遽撤。臣奉恩命权制两江，驻扎南岸，以固吴会之人心，而壮徽宁之声援。臣亟商官文、林翼，酌拨万人，先带起程，仍分遣员弁回湘募勇，赶赴行营，以资分拨。至于粮糈军械，必以江西、湖南为根本，臣咨商两省抚臣，竭两省之力，办江楚三省之防，布置渐定，然后可以言剿矣。是否有当？伏乞圣鉴！

　　奏上，奉谕照所拟办理；并因胡林翼奏保左宗棠，特给四品京堂，襄办国藩军务。国藩复与胡林翼会商，调鲍超部下六千人及朱品隆、唐义训等所领三千人，渡江而南，驻扎徽州祁门县。

　　秀全闻曾国藩出驻皖南，料知东图江宁，遂封李秀成为忠王，带同古隆贤、赖裕新等，率长毛数万，直入安徽。时左宗棠、鲍超各军尚未到皖，李秀成已由广德州趋宁国府，守将周天受战死，宁国被陷，徽州戒严，国藩即遣李元度接办徽防。元度甫至徽州，长毛酋侍王李世贤，率大股长毛又至，元度不能支，退保开花。世贤破徽州府城，进逼祁门，国藩惶急万分，幸亏鲍超率军到来，张运兰亦闻警驰援。于是遣鲍超出守洹亭，张运兰出守黟县，正在难解难分之际，忽由北京递来八百里加紧排单，促国藩带兵勤王。突如其来，令人莫测。小子只有一枝笔，不能双方并叙，只好把祁门军事，暂搁一歇，先将那北京紧急军情，叙述一番。

　　上回说的天津和约，须至次年互换，次年便是咸丰九年，各国舰队驶赴天津，遵例换约。适值僧格林沁在大沽口经营防务，修筑炮台，丛植木桩，遥见洋舰飞驶前来，忙遣员荡舟出口，往晤各国使臣，告以大沽设防，请改由北塘驶入。使臣多半听命，独英舰长卜鲁士，系额尔金兄弟，抗不遵行，竟驶入

## 第六十九回 开外衅失津丧师 缔和约偿款割地

大沽,把截住港口的铁链,用炮炸裂,卜鲁士坐船当先,随后有英俄法小轮船十三艘,鱼贯而进,居然竖起红旗,要与中国开战。外人论力不论理,可为一叹。僧王也传下军令,俟外人逼近炮台,方开炮轰击。卜鲁士竟将港内的铁锁木桩,一概毁掉,进攻炮台。守兵开炮还击,把英舰轰沉数艘,余船亦中炮不能行动,只有一艘逸去。英兵死了数百,炮台上面的武弁,亦伤亡数人。只美使华若翰遵约,改道行走,才得换约。

清廷狃于小胜,方私相庆贺,不料英人暗图报复,在广东修造船只,招募潮勇,再图入犯。咸丰十年六月,英使额尔金、法使噶罗复率舰队,北犯天津,僧格林沁料洋人必取道大沽,或由北塘袭入大沽后路,遂派重兵守住大沽南岸,一面在北塘密埋地雷。英将额尔金狡猾异常,先将各船在口外游弋,一步儿不敢放入,暗中却派遣汉奸,入口侦探。岸上守兵总道英舰未曾拢岸,没甚要紧,谁知里面的虚实早已被汉奸窥去。英人用了舢舨小船,乘夜入北塘口,挖去地雷,长驱而进。副都统德兴阿驻守北塘里面的新河,率兵拒战,连吃败仗,英法联兵万八千人,追入内港。适潮水退出,舟被胶住,额尔金、噶罗颇惊慌起来,连忙竖起白旗,佯称请款,僧格林沁还道他有意议和,不敢邀击。大误。谁知潮水一涨,英法各舰鼓棹直前,僧王尚不在意,等他傍岸登陆,方麾劲骑堵御,英法联兵排成一大队,各执精利火器,专俟清军过来,一声号令,众枪竞发,发无不中,清兵都从马上坠下,霎时间三千铁骑,如墙齐陨,只剩七人逃回。僧格林沁始悔失策,然已不可救药了。

英法联兵遂自后面攻北岸炮台,提督乐善忙上前迎敌,英兵连掷开花弹,飞入火药库,訇然一声,好似天崩地裂,不但守台兵弁,向空飞去,连那炮台都坍陷一半。此时的乐提台,也不知冲至何处,连尸首都不见了。僧格林沁尚兀守南炮台,朝旨飞促退还,僧王不敢违旨,遂退军张家湾。遇着大学士瑞麟,统京旗兵九千出防,僧王道:"我守南岸炮台,还好保护津门,不知上头听了何人,令我退守。我退一步,敌进一步,如何是好?"僧王之言,亦未必由衷。瑞相道:"现在顺亲王端华、尚书肃顺,都主张抚议,所以上头召王爷退守,且已令侍郎文俊,前粤海关监督恒祺,往天津议款去了。"正议论间,探报天津被陷,僧格林沁顿足不已。这是自悔失计,并非怨及召还,看官莫被瞒过!忽又报文俊、恒祺被洋人拒回,朝旨已改派桂良前往。僧王道:"此时议和,恐怕没有这般容易。"

随与瑞麟同驻通州,静待后命。

桂良抵津与英人开议抚事,英使额尔金及参赞巴夏礼,提出要求条款:一是要增军费,二是要天津通商,三是要各国公使,酌带洋兵数十名,入京换约。桂良以闻,咸丰帝严旨拒绝,饬僧格林沁、瑞麟,严防外人内犯。京师亦饬令戒严。英使见和议不就,复从天津派兵北上,扰及河西务,京城里面,一日数惊。端华、肃顺想了一个避难的法儿，请咸丰帝驾幸木兰。这语一传，廷臣大哗，十个人中倒有六七个不赞成。咸丰帝踌躇未决，因召南军入援。

副都统胜保时在河南，接旨最早，急会同贝子绵勋，调九旗禁兵万人，驰赴通州助剿。且闻咸丰帝有北狩信息，上疏谏阻，力请咸丰帝坐镇京师，不可为一二奸佞所误。咸丰帝优诏褒答。胜保正拟出师，英法兵已逼张家湾，胜保未曾与外人交战，还道外人没有能耐，遂上马驰去，不意洋人一见面，就扑通扑通的枪声放将过来。胜保起初倒也不怕，麾军上前，往来督战。英法领队官，望见胜保戴着红顶子，穿着黄马褂，料知是督兵大帅，命军士丛枪注击，胜保防不胜防，一粒弹子飞到面前，适中右颊，胜保忍不住痛，颠落马下。亏得亲军救起，上马逃走。主帅一逃，将士自然溃散。

僧、瑞二营，不战先怯，也从通州退还北京，驻扎城外。

咸丰帝闻报，一面遣怡亲王载垣，再赴通州议和，一面收拾行李，出驻圆明园。载垣驰至通州，由桂良接着，议好照会，请英法两使入城议和。英法两使答于次日相见。越日，载垣、桂良等在通州城内天岳庙，预备筵宴，恭候英法使臣。约至巳牌，始报英法使臣到来。载垣等慌忙迎接，但见一排儿洋兵，护着两乘绿呢大轿，直入庙中。轿子歇下，跨出两人，一个是法使噶罗，一个不是英国正使，乃是参赞巴夏礼。英使额尔金真会摆架子。两下相见毕，载垣便命开宴，两下分宾主坐定，酒至数巡，载垣方谈到和议。法使噶罗倒还和颜悦色，口中说是情愿修和，独巴夏礼攘袂起道："今日的事情，须面见中国皇帝，方可定约。"载垣、桂良两人面面相觑，不能回答。巴夏礼又道："我等远居欧洲，久欲观光上国，现拟每国各带千人入京觐见。但两国礼节不同，此番请用军礼罢了。"舌剑唇枪，巴夏礼真英国能臣。载垣沈吟半响，想出了"请旨定夺"四字，回答巴夏礼。巴夏礼露出不悦情状，宴毕，傲然径出。法使噶罗总算还欢然道别。适值僧王带兵进来，探听和议消息，载垣与他谈起巴夏礼情形，僧王跃起道："待我去拿住了他再说。"当即跳上马鞍，一鞭径去。活写卤莽。桂良恐干和议，忙上马随了出来，行未数里，遥见僧王已将英法二使截住，急加鞭赶到。僧王正把巴夏礼捆缚停当，并要去缚法使噶罗。桂良连忙遥手，向僧王道："法使恭顺，不可缚他。"僧王道："桂中堂替他恳情，就饶他去罢！"噶罗才得脱身，由桂良送了一程，道歉告别。

英使额尔金闻参赞被擒，不由得愤怒起来，便率洋兵长驱而北。警报递入圆明园，雪片相似，端华、肃顺一班大臣，惊惶万状，唯恐惠咸丰帝北狩。于是咸丰帝命端华入宫，密挈后妃等出幸。此时康慈王太后早已去世，只由皇后钮祜禄氏、皇贵妃那拉氏以下，统随端华至圆明园，约有一百多人，皇长子载淳亦在其内。咸丰帝又令四春娘娘，也收拾完备，于咸丰十年八月八日，启

## 第六十九回 开外衅失津丧师 缔和约偿款割地

銮北狩，后妃以下，皆随驾同行。端华、肃顺及军机大臣穆荫、匡源、杜翰等，一律扈跸。途次始传旨到京，命恭亲王奕䜣为全权大臣，留守京师，僧格林沁、瑞麟、胜保各军，仍驻城外防剿。

此时京内居民，闻皇帝出走，纷纷迁避。禁旅多奉调扈驾，剩下几个老弱残兵，也渐渐逃散。连僧、瑞等麾下兵弁，亦都解体。偏这英法兵不肯罢手，扬旗鸣炮，直逼京城。恭王忙召在京王大臣商议，王大臣主见不一，惟大学士周祖培、尚书陈孚恩等仍拟主抚。恭王没法，也只讲和的计策。忽由桂良递入英照会，索交巴夏礼，恭王再与王大臣会商，许久不决。恭王道："巴夏礼于前日解到，我曾谓僧、怡二王未免卤莽，现在不放不可，欲放又不能，恰是为难得很。"恒祺此时在京，便禀恭王道："巴夏礼不放，抚议断无成日。且两国相争，不斩来使，本是我国古礼，现不如放他回去，借他的口，去报英使额尔金，速来换约。"恭王道："照你说来，也是有理，就着你去办罢。"到此地步，实是为难，无怪恭王多疑少决。恒祺去了半日，回报巴夏礼已放出城外，叫他去问抚议了。恭王稍稍放心。

又阅半日，突闻外面人声马嘶，闹成一片，接连是隆隆的炮声，拍拍的枪声，不绝于耳。正欲派人出探，忽一内监跟跄奔入，报道："不好了！洋兵攻入内城了。"恭王道："僧王、瑞相、胜副都统等，到哪里去了？"内监道："这也不知底细。但闻城外各军，见了洋兵，统已逃去，剩得僧王爷、瑞中堂、胜大人三个，赤手空拳，无可迎敌，只得由洋人入城了。"恭王大惊失色，忽见恒祺又趋入道："洋人纵火烧圆明园。"恭王顿足道："怎么好？"恒祺道："现在只好向洋人说情，叫他不要纵火。"恭王道："劳你前去一说便是。"恒祺不敢违慢，跨着马驰到圆明园，园外统是洋兵守住，恒祺会说几句英语，说是前来请和，洋兵始放他进去。一入园门，见祝融氏正在肆威，兰宫桂殿，凤阁龙楼，已被毁去数座。恒祺向没火处走入，劈面正碰着巴夏礼同一个洋装的中国人，巴夏礼佯作不见，还与那人指手画脚，导引放火。可恶。恒祺忍着一股气，先与那洋装的中国人搭讪起来，问他姓名籍贯。他却大声道："谁人不晓得我龚孝拱，还劳你来细问！"

看官！你道龚孝拱是何人？他是晚清文人龚定庵长子，他的学问不亚乃父，旅居上海多年，各国语言文字统知一二，只性情怪僻得很，不屑与人谈话，巧遇了英人威妥玛在上海开招贤馆，延为秘书，月致千金。孝拱得了脩脯，便去孝敬歌妓，父母妻子一概不管，只纳了一个妓女为妾，颇称眷爱，时人叫他龚半伦，他亦以半伦自号。半伦的意义，说他生平不知五伦，只宠爱一个小老婆，算作半伦。此人可杀。这次英人北犯，他恰跟了入京，烧圆明园，实是他唆使。巴夏礼是外人，恃强逞威，尚不足怪，半伦何物，乃敢出

402

此？恒祺见不是路，乃与巴夏礼扳谈，巴夏礼才脱帽行礼。恒祺便道："现在我国与贵国议和，何故在此纵火？"巴夏礼道："你们中国人，专会放刁，今日议和，明日又议和，终究没有结果，还要把我去监禁数日，你想天下有无此理？所以我在此纵火泄忿。"恒祺再向他谢罪，巴夏礼道："如中国果真心议和，限你三日开紫禁城，迎我入议。再我被执的时候，还有几个从员，也被拿去，现应立刻放还，方可议和。"恒祺唯唯从命，但请他不再放火。巴夏礼也含糊答应。恒祺忙回报恭王，恭王再命恒祺释放英俘，不想到了狱中，已有英人数名倒毙。恒祺这一急，真急得手足冰冷，也不暇去问狱卒，转身就飞报恭王。恭王又呆得木偶一般，还是恒祺想了一法，照会巴夏礼，说是待和议成后，一律释放。偏这巴夏礼耳朵很长，已探悉英人监毙数名，索性大烧圆明园，把这一二百年的建筑，几千百间的殿阁，连那点缀的亭台花木，摆设的器皿什物，烧了三日三夜，变成了一堆瓦砾场。只有珍奇古玩，由龚半伦带领洋兵，搜取净尽。半伦得了百分之一，运到上海变卖，作为嫖费，嫖光吃光，发狂而死，这是后话。

且说巴夏礼既毁圆明园，复声言要攻紫禁城，恭王又召入恒祺，商量救急的法儿。恒祺想了一会，方道："法使噶罗倒还和平，若去请他排解，或可转圜。"恭王闻言，又欲令恒祺往会法使。恒祺道："这个差使，还是请桂中堂去罢。桂中堂与法使有些投机，可以去得。"于是恭王遂遣桂良去见法使，法使颇肯居间调停。这是礼送法使的好处。桂良先回，随后法使的照会亦到，内说英使额尔金索抚恤监毙英人银五十万两，须立即付过，方可莅盟修好。恭王不得已，大加搜括，凑足五十万两银子，解至英营，并约于礼部衙门内恭候议和。

九月九日，与英使议约，免不得又要设宴。恭王太苦，遭此重阳。是日黎明，恭王奕䜣率同大学士贾桢、周祖培，尚书赵光、陈孚恩，侍郎潘曾莹、宋晋等，具了仪卫甲仗，先至礼部衙门等候。好一歇，才见英使额尔金、参赞巴夏礼乘舆而至。恭王率众官迎入，行过了礼，分东西坐定。额尔金提议换约，除八年原议五十六条外，还要加添数条，赔偿兵费，增开口岸，派驻领事。经恭王再四磋磨，通事往返传命，议定偿他兵费一千二百万两，增辟天津为商港，各口许驻英国领事。总不外"谨遵台命"四字。双方允妥，彼此入席，酒酣兴尽而散。翌日，复请法使噶罗，至礼部共商和议。法使算是有情，只索兵费六百万两。恭王一口应承，也照英使例盛筵相待，迎送如仪。

十一日与英使换约，恭王据实奏闻。咸丰帝已至热河，览奏未免叹息，但木已成舟，不能再变，只好降旨允准。独俄使伊格那替业幅圆滑得很，所得权利，比英法要加数倍，他表面还非常和平，暗中却厚索利益。中俄通商，向止恰克图一处，咸丰三年，始行文中国，假勘界为名，阴图占地，清政府征

剿长毛，且来不及，还有何心对付外人，自然把此事搁起。俄人竟自由行动，直入黑龙江，通过爱珲。黑龙江将军奕山，派员禁阻，俄人不听，乃奏闻清廷。政府命奕山与他交涉，俄人索龙江北岸地，奕山竟唯唯从命，订了爱珲条约。后来英法兴兵，俄使也率领舰队，随在后面，大沽一战，英法各舰，多遭损失，退还广东，独俄使入京，于咸丰十年五月，另订专约十二条，大致是两国往来，平等相待，海口通商，照英法例。还要派遣领事，随带兵船，这叫作天津专约。到了英法联军入京，硬要入城开议，恭王胆小，不敢照允，俄使伊氏趁这机会，入劝恭王叫他在礼部衙门会议，可以无患。原来礼部衙门与俄使馆相近，所以担任保护。恭王才放着胆，与英法使臣相见。和议成后，俄使便来索酬，再订北京条约，举乌苏里河东岸地，统划归俄人。看官！你道这俄使乖不乖？巧不巧？正是：

鹬蚌相争，渔翁得利；

哀我中华，瘝国万里。

外患稍平，有旨阻南军入援，于是太平天国气数将尽了。小子且停一歇笔，再叙详情。

本回专叙外交事情，为国耻上增一纪念，即为交涉上广一见闻。当时内乱方亟，外患复来，为清廷计，万无可战之理。秉国诸公，早应审时度势，认定方针，天津之创，已昭覆辙，彼来换约，只好以礼相迎，不宜再开战衅。虽劝令改道，名正言顺，英使不从，曲固在英，然我果善为调停，则必不至有后此之结果。乃忽战忽和，忽和忽战，小胜即喜，小败即怯，我之伎俩，早为所窥，犹且首鼠两端，茫无定见，至于京师陷没，海椗被焚，始俯首乞盟，偿款不足，则益之，商埠不足，则增之，增之益之而又不足，则割地以畀之。谁秉国政，辨不早辨耶？长沙尚在，当不至痛哭流涕长太息而已。

## 第七十回　闻国丧长悲国士
　　　　　　护慈驾转忤慈颜

　　却说曾国藩驻节祁门，接到勤王诏命，与胡林翼往复驰书，筹商北援的计策。怎奈安徽军务正在吃紧，一时不能脱身；且长毛目的专注祁门，分三路来攻：一出祁门西边，陷景德镇；一出祁门东边，陷婺源县；一出祁门北边，逾羊栈岭，直趋国藩大营。国藩麾下，只有鲍超、张运兰二军还是得用，奈已调发出去，弄得孤营独立，危急万状。国藩不得已自去抵敌，行至途次，闻长毛数万到来，军心大恐，霎时溃退，只得回转祁门。国藩能将将，不能将兵，所以屡出屡败。亏得左宗棠驰至婺源，六战六胜，把长毛驱逐出境，东路始通。鲍超、张运兰复破长毛于羊栈岭，长毛亦即遁走，北路方才安靖，国藩心中稍慰。廷寄亦于此时到来，阻住入援。自是国藩益加意防剿。到咸丰十一年春季，左宗棠与鲍超合军，克复景德镇，军威大振。左宗棠得赏三品京堂，鲍超得赏珍物。

　　已而张运兰攻克徽州，左宗棠收复建德，祁门解严。

　　国藩移驻东流县，檄鲍超助攻安庆。安庆为长江重镇，自曾国荃进攻，长毛遂各处窜扰，冀国荃撤围自救。偏这国荃不肯撤围，日夜攻扑；就是当祁门紧急时，国藩受困，他也无心顾及，硬要攻破此城。长毛恨极，遂集众十万，由陈玉成统带，来援安庆。国荃趁他初到，分军围城，自己却督率精锐，出其不意，冲入敌营。长毛自远道会集，方在劳乏的时候，勉强抵敌，心志未定，没有不败的道理。当被国荃一阵杀退，玉成尚思整队再战，忽报胡林翼移营太湖，遣多隆阿、李续宜等前来安庆，玉成料是不佳，改图上攻，从间道绕出霍山，一鼓攻入，接连破了英山，直趋湖北，拔了黄州，分兵取德安、随州。胡林翼急檄李续宜回援，玉成留党羽守德安，自率众三万复回安庆，扑攻国荃营数日。国荃凭濠堵御，好似长城一般，玉成不能克；鲍超自南岸进攻，多隆阿自东岸进攻，玉成走踞集贤关，忙调集杨辅清等，再至安庆，筑起十九垒，援应城中；留悍酋刘玱林，屯驻关

清史演义

## 第七十回 闻国丧长悲国士 护楚驾转忤楚颜

内，作为后应。国藩檄鲍超攻集贤关，杨载福率炮船水师助国荃，守住营壕；多隆阿移驻桐城，截剿长毛后援。自四月至七月，相持不下。胡林翼复遣成大吉助鲍超，两军夹攻，猛扑七昼夜，方得攻入，擒住悍酋刘玱林，解京正法。集贤关已下，陈、杨两酋断了后应，曾国荃气焰越张，会合杨载福炮船，水陆攻击，连毁敌垒十九座，陈玉成、杨辅清等遁去。安庆城内的长毛，至是始孤立无助。到七月下旬，粮又告绝，守城悍酋叶芸来，悉锐突围，被国荃截住，无路可钻，只得退回。国荃逼城筑垒，掘隧埋药，于八月朔日，地雷暴发，轰坍城墙，国荃率军杀入，城内长毛，没有一个逃避，大家冒死巷战。等到筋疲力尽，枪折刀残，方个个毕命。自叶芸来以下，共死一万六千人。安庆被长毛占据，已历九年，国荃得此雄都，戡定东南的基础，才得立定。

国藩闻捷，驰至安庆受俘，当下飞章奏告。奏折甫发，忽接到一角咨文，乃是从热河发来，拆开一瞧，顿时大哭。原来七月十七日，咸丰帝驾崩热河，国藩深感知遇，悲动五中，怪不得涕泪俱下。只咸丰帝年方及壮，如何就会宴驾？待小子细细叙来。

咸丰帝即位初年，颇思励精图治，振饬一新，无如国步艰难，臣工玩愒，内而长毛，外而洋人，摇动江山，日劳睿虑。咸丰帝日坐愁城，免不得寻些乐趣，借以排闷。那拉贵妃、四春娘娘就因此得宠。但蛾眉是伐性的斧头，日日相近，容易斫丧精神；况且联军入京，乘舆出走，朝受风霜，暮惊烽火，到这个时候，就使身体强壮的人，也要急出病来。至和议告成，恭王遣载垣奏报行在，并请回銮日期，咸丰帝详问京中情形，载垣便据实复陈，圆明园烧了三日三夜，内外库款，搜括净尽，你想咸丰帝得此消息，心中难过不难过呢？咸丰帝心灰意懒，自然不愿回銮，便说天气渐寒，朕拟暂缓回京，待明春再定行止。载垣也不规谏，反极口赞成，便令随行的军机大臣录了上谕，颁发到京。载垣留住行在，算是扈驾，他与郑亲王端华、协办大学士户部尚书肃顺本是要好得很，至此遂同揽政权，巩固权势。这三人中，肃顺最有智谋，载垣、端华的谋画，都仗肃顺主持。景寿、穆荫、匡源、杜翰、焦祐瀛五个军机，随驾北行，便是肃尚书一力保举，作为走狗。

肃顺所最忌的有两人，一个是皇贵妃那拉氏，一个是恭亲王奕訢。那拉贵妃是个士女班头，宫中一切事务，多由那拉指使，咸丰帝非常宠任，皇后素性温厚，不去预闻。恭王系咸丰帝介弟，权出怡、郑二王上，所以肃顺时常忌他。北狩的主见也是肃顺主张，他想离开恭王，叫他去办抚议。办得好，原不必说；办得不好，可以加罪。且恭王在京，距热河很远，内中只有一个那拉贵妃，究系女流，不怕她挟持皇帝，因此在京王大臣陆续奏请回銮，肃顺与怡、郑二王总设法阻止。冬季说是太寒，夏季说是太热，春秋二季无词可藉，只说是京中被了兵燹，凄惨得很。咸丰帝得过且过，一挨两挨，挨到十一年六月，竟生成一场不起的病症。二竖相煎，便成绝症，况三竖乎。病已大渐，即召载垣、端华、肃顺、景寿、穆荫、匡源、杜翰、焦祐瀛八人，入受顾命，立皇子载淳为皇太子；并因太子年幼，淳淳嘱咐，要他尽心竭力，夹辅幼君。八人奉命而出，过了一日，咸丰帝竟崩于避暑山庄行殿寝宫，享年三十一岁。载垣、端华、肃顺等，即扶六岁的皇太子在柩前即了尊位，便是穆宗毅皇帝。当下尊皇后钮祜禄氏及生母皇贵妃那拉氏，都为皇太后。拟定新皇年号，是"祺祥"二字。后来尊谥大行皇帝为"文宗显皇帝"，并上皇太后徽号叫做"慈安皇太后"，生母皇太后徽号叫做"慈禧皇太后"。后人呼她们为东太后、西太后。

这且慢表。单说载垣、端华、肃顺等，扶新皇帝嗣位，自称为参赞政务王大臣，先颁喜诏，后颁哀诏。在京王公大臣多至恭王府议事。恭王奕䜣道："现在皇上大行，嗣主年幼，一切政权，想总在怡、郑二王及尚书肃顺了。"言至此，叹了数声。王大臣等多与肃顺不合，且见恭王有不足意，便齐声道："王爷系大行皇帝胞弟，论起我朝祖制，新皇幼冲，应由王爷辅政，轮不到怡、郑二王身上，肃尚书更不必说呢。"恭王虽没有回答，头已点了数点。

正筹议间，忽报宫监安得海自热河到来。安得海系那拉太后宠监，恭王料有机密事件，便辞退王大臣，独召安太监进府。安太监请过了安，恭王引入秘室，与他讲了一日，别人无从听见，小子也不敢虚撰。安太监于次晨匆匆别去，恭王即发指日奔丧的折子。这折子递到热河，怡、郑二王先去展阅，阅毕，递与肃顺。肃顺大略一瞧，便道："恭王借口奔丧，突来夺我等政权，须阻住他方好。"怡亲王道："他是大行皇帝胞弟，来此奔丧，名正言顺，如何可以阻他？"肃顺道："这有何难？即说京师重地，留守要紧，况梓宫不日回京，更无庸来此奔丧。照这样说，难道不名正言顺么？"肃顺的机谋，恰也不劣，无如别人还要比他聪明，奈何？怡亲王大喜，便令肃顺批好原折，颁发出去。

这事方布置妥帖，忽御史董元醇遽上一折，请两宫皇太后垂帘训政。怡亲王一瞧，便道："放屁！我朝自开国以来，并没有太后垂帘的故例，哪个混账御史，敢倡此议？"肃顺道："这是明明有人指使，应严加驳斥，免得别人再来尝试。"于是再由肃顺加批，把"祖制"两字抬了出来，将原折驳得一文不值。末后有"如再荧言乱政，当按律加罪"等语。批发以后，三人总道没有后患，哪里晓得这等批语，统是没效！咸丰帝临终时，这世传受命的御宝，早被西太后取去，肃顺虽是聪敏，这件事恰先输了一着。一着走错，满盘是输，所以终为西太后所制。西太后见怡亲王等独断独行，批谕一切，并未入禀，遂去与慈安太后商议。慈安太后本无意垂帘，被西太后说得异常危急，倒也心动起来，便道："怡、郑诸王怀着这么鬼胎，如何是好？"西太后道："除密召恭王奕䜣外，没有别法。"慈安太后点头，遂由西太后拟定懿旨，请慈安太后用

印。慈安太后道："前日先皇所赐的玉玺，可用得么？"西太后道："正好用得。"随取玉玺钤印，乃是篆文的"同道堂印"四字，仍遣安得海星夜趱程，去召恭王。

约越一旬，恭王奕䜣竟兼程驰至。肃顺留意侦探，闻恭王到来，忙报知怡、郑二王。怡、郑二王大吃一惊，正想设法对付，忽报恭王奕䜣来见。三人只得出迎，接入后，先由载垣开口，问："六王爷何故到此？"奕䜣道："特来叩谒梓宫，并慰问太后。"载垣道："前已有旨，令六王爷不必到来，难道六王爷未曾瞧过？"奕䜣说是未曾接到，并问何时颁发，载垣屈指一算道："差不多有十多天了。"奕䜣道："这且怪个得，兄弟出京，已七八天了。"这是诡语。肃顺即插口道："六王爷未经奉召，竟自离京，京城里面，何人负责？"奕䜣道："这且不妨。在京王大臣多得很哩。现在京内安静如常，还怕什么？况兄弟此来，一则是亲来哭临，稍尽臣子的道理；二则是来请两宫太后安，明后日即拟回京。这里的事情，有诸公在此，是最好的了。兄弟年轻望浅，还仗诸位指教。"肃顺尚未回答，忽从载垣背后走出一人，朗声道："叩谒梓宫原是应该的，若要入觐太后，恐怕未便。"奕䜣瞧将过去，乃是军机大臣杜翰，便道："为何不便？"杜翰道："两宫太后与六王爷有叔嫂的名义，叔嫂须避嫌疑，所以不应入觐。"奕䜣不觉奇异，正想辩驳，奈载垣、端华、肃顺三人都随声附和，好似杜翰的言语，当作圣经

贤传。恭王一想，彼众我寡，不便与他争执，还是另外设法为是。随道："诸位的说法，却也不错，拜托诸位代为请安便了。"这是恭王深沈处。

当下辞出，回到寓所，巧值安得海已在寓守候，奕䜣又与他密议一番，安得海颇有小智，竟想出一个妙法，与奕䜣附耳低言。奕䜣眉头一皱，似乎有不便照行的意思。复经安得海细说数语，奕䜣方才应允。安得海辞去，是日傍晚，夕阳西下，暮色沈沈，避暑山庄寝门外，来了一乘车子，车中坐着的，仿佛是个宫娥，守门侍卫正欲启问，安太监已自内出来，走到车前，搴动帘帏，搀着一位宫装的妇人下来。侍卫瞧着，确是妇女，由她随安太监进去。次日黎明，宫门一开，这位宫装的妇人，仍由安太监引导出门，乘舆径去。约到辰牌时候，恭王奕䜣又复出现，赴梓宫前哭临。次日，即至怡、郑两王处辞行。看官！你想恭王奕䜣奉太后密召而来，难道不见太后，便匆匆回去么？上文说的宫装妇人，来去突兀，想来总是恭王巧扮，由安得海引他出入，暗中定计，瞒过侍卫的眼珠；若是明眼人窥着，自能瞧破机关。那班侍卫，虽是怡、郑二王的爪牙，毕竟没甚智识，总道是个妇人，也不去通报怡、郑二王，所以竟中了宫内外的秘计。

恭王去后，两宫太后便传懿旨，准即日奉梓宫回京。载垣、端华、肃顺三人又开密议。载垣意思，迟一日，好一日，肃顺道："我们且入宫去见太后，再行定议。"三人遂一同入宫，对着两

位太后请了安，两旁站定。西太后便谕道："梓宫回京的日子，已拟定么？"载垣道："闻得京城情形，尚未安静，依奴才愚见，不如展缓为是。"西太后道："先皇帝在日，早思回銮，因京城屡有不靖的谣言，以致迁延岁月，赍恨以终。现若再事逗留，奉安无期，岂不是我等的罪孽？你们统是宗室大臣，亲受先皇帝顾命，也该替先皇帝着想，早些奉安方好。"三人默然不答。西太后瞧着慈安太后道："我们两人统系女流，诸事要靠着赞襄王大臣，前日董御史奏请训政，赞襄王大臣也未与我辈商量，骤加驳斥，我也不去怪他。但既自命赞襄，为什么将梓宫奉安，都不提起？自己问自己，恐也对不起先皇帝呢。"慈安太后也不多说，只答了一个"是"字。肃顺此时忍耐不住，便道："母后训政，我朝祖制，未曾有过，就使太后有旨垂帘，奴才等也不敢奉旨。"西太后道："我等并不欲违犯祖制，只因嗣王幼冲，事事不能自主，全仗别人辅助，所以董元醇一折，也不无可采处。你等果肯竭诚赞襄，乃是很好的事，何必我辈训政！但现在梓宫奉安，嗣主回京的两桩大事，尚且未曾办就。哼！哼！于赞襄二字上，恐有些说不过去。"载垣听了此语，心中很不自在，不觉发言道："奴才等赞襄皇上，不能事事听命太后，这也要求太后原谅。"西太后变色道："我也叫你赞襄皇上，并不要你赞襄我们，你既晓得'赞襄皇上'四个字，我等便感你不浅。你想皇上是天下共主，一日不回京，人心便一日不安，皇上也是一日不安，所以命你等检定回京日子，劳你等奉丧扈驾，早日到京，乃就是赞襄尽职了。"端华也开口道："梓宫奉安，及太后同皇上回銮，原是要紧的事情，奴才等何敢阻难。不过恐京城未安，稍费踌躇呢。"西太后道："京中闻已安静，不必多虑，总是早日回去的好。"三人随退即出。

肃顺气得要不得，又与怡、郑二王回寓会商，定了一计，拟派怡亲王侍卫兵丁护送后妃，在途中刺杀西太后，聊以泄忿；就拟定九月二十三日，皇太后、皇上奉梓宫回京。到了启行这一日，由怡、郑二王扈从皇太后、皇上，肃顺、穆荫等护送梓宫。照清室礼节，大行皇帝灵榇启行，皇帝及后妃等都行礼奠酒，礼毕，立即先行，以便在京恭迎，此次自然照例办理，銮舆在前，梓宫在后。载垣等预定的密计，拟至古北口下手，偏这西太后机警得很，密令侍卫荣禄带兵一队，沿途保护。那拉后才具确是不小。荣禄系西太后亲戚，有人说西太后幼时曾与荣禄订婚，后因选入宫中，遂罢婚约，这话未免虚诬。但荣禄生平，忠事西太后，西太后得此人保驾，恁你载垣、端华如何乖巧，竟不敢下手。及至古北口，大雨滂沱，荣禄振起精神，护卫两宫，自晨至夕，不离两宫左右，一切供奉，统由荣禄亲自检视。载垣、端华二人只有瞪着两目，由他过去。

九月二十九日，皇太后、皇上安抵京城西北门，恭王奕䜣率同王大臣等，出城迎接，跪伏道旁。当由安太监传

清史演义

409

第七十回　闻国丧长悲国士　护慈驾转忤慈颜

旨，令恭王起来。恭王谢恩起身，随銮舆入城，载垣、端华左右四顾，见城外统是军营驻扎，两宫经过时，都俯伏行礼，不由得心中忐忑。只因梓宫尚未到京，想一时没有变动，便各回原邸安宿一宵。翌晨起来，刚思入朝办事，忽见恭王奕訢，大学士桂良、周祖培，带了侍卫数十名，大着步进来。载垣接着便问何事，奕訢道："有旨请怡王解任。"载垣道："我奉大行皇帝遗命，赞襄皇上，那个令我解任？"奕訢道："这是皇太后皇上谕旨，你如何不从？"正在争论，端华亦走入厅来，约载垣同去入朝，见了奕訢、载垣两人相争，还不知是何故，只见奕訢对着他道："郑王已到，真正凑巧，免得本邸往返。现奉谕旨，着怡、郑二王解任！"端华嗤的一笑，随道："上谕须要我辈拟定，你的谕旨，从哪里来的？"奕訢取出谕旨，令二人瞧阅。二人不暇读旨，先去瞧那钤印。但见上面钤着御宝，末后是"同道堂印"四字。载垣问此印何来，奕訢道："这是大行皇帝弥留时，亲给两宫皇太后的。"载垣、端华齐声道："两位太后不能令我等解任。皇帝冲幼，更不必说。解任不解任，由我等自便，不劳你费心！"奕訢勃然大愤道："两位果不愿接旨么？"两人连说："无旨可接。"奕訢道："御宝不算，有先皇帝遗传的'同道堂印'，也好不算么？"奕訢此时，也只知太后了。喝令侍卫将两人拿下。后人有诗咏同道堂玺印道：

北狩经年跸路长，
鼎湖弓剑望滦阳；
两宫夜半披封事，
玉玺亲钤同道堂。

毕竟两人被拿后，如何处置，且至下回续叙。

以国士待我，当以国士报之，曾公之意，殆亦犹是。若载垣、端华、肃顺辈，以宗室懿亲，不务安邦，但思擅政，何其跋扈不臣若此？无莽操才，而有莽操之志，卒之弄巧成拙，反受制于妇人之手，宁非可愧？惟慈禧心性之敏，口给之长，计虑之深，手段之辣，于本回中已崭然毕露。吴道子摹孔子像，道貌如生，作者殆亦具吴道子之腕力矣乎？

## 第七十一回　罪辅臣连番下诏　剿剧寇数路进兵

却说载垣、端华两人被奕䜣饬侍卫拿下，载垣、端华道："我两人无故被谴，究系如何罪名？"奕䜣道："你听著！待我宣旨。"遂捧着谕旨朗读道：

上年海疆不靖，京师戒严，总由在事之王大臣等筹画乖方所致。载垣等复不能尽心和议，徒诱获英国使臣，以塞己责，致失信于各国，淀园被扰，我皇考巡幸热河，实圣心万不得已之苦衷也。嗣经总理各国事务衙门王大臣等，将各国应办事宜，妥为经理，都城内外安谧如常，皇考屡召王大臣议回銮之旨，而载垣、端华、肃顺，朋比为奸，总以外国情形反覆，力排众论。皇考宵旰焦劳，更兼口外严寒，以致圣体违和，竟于本年七月十七日，龙驭上宾，朕抢地呼天，五内如焚，追思载垣等从前蒙蔽之罪，非朕一人痛恨，实天下臣民所痛恨者也。朕御极之初，即欲重治其罪，惟思伊等系顾命之臣，故暂行宽免，以观后效。

孰意八月十一日，朕召见载垣等八人，因御史董元醇敬陈管见一折，内称请皇太后暂时权理朝政，俟数年后，朕能亲裁庶务，再行归政；又请于亲王中简派一二人，令其辅弼；又请在大臣中，简派一二人，充朕师傅之任。以上三端，深合朕意。虽我朝向无皇太后垂帘之仪，朕受皇考大行皇帝付托之重，惟以国计民生为念，岂能拘守常例？此所谓事贵从权，特面谕载垣等著照所请傅旨。该王大臣等哓哓置辨，已无人臣之礼；拟旨时又阳奉阴违，擅自改写，作为朕旨颁行，是诚何心？且载垣等每以不敢专擅为词，此非专擅之实迹乎？纵因朕冲龄，皇太后不能深悉国政，任伊等欺蒙，能尽欺天下乎？此皆伊等辜负皇考深恩，若再事姑容，何以仰对在天之灵？又何以服天下公论？载垣、端华、肃顺，着即解任！景寿、穆荫、匡源、杜翰、焦祐瀛，着退出军机处！派恭亲王会同大学士六部九卿翰詹科道，将伊等应得之咎，分别轻重，按律秉公具奏！至皇太后应如何垂帘之仪，一并会议具奏！钦此。

载垣、端华听毕，便道："恭王！

你是西后的心腹,总算是亡清的功臣。灭清朝者叶赫,这句话要应验了。罢!罢!罢!我等与你同去。"句中有眼。当下恭王奕䜣令侍卫等牵出载垣、端华,到宗人府署,交宗令看管,即入宫复旨。西太后毕竟辣手,就命将载垣、端华、肃顺,革去爵职,著宗人府会同大学士九卿等,严行议罪。一面派睿亲王仁寿、醇郡王奕譞,迅将肃顺拿问。

睿、醇两王奉了懿旨,遂带领侍卫番役百名,出了京城,两人在途中密商,托词迎接梓宫,以便诱擒肃顺。计画已定,行了百余里,正与梓宫相遇,扈送梓宫的第一大员,趾高气扬,正是御前大臣肃顺。两王下了马,与肃顺拱手,肃顺亦下马相迎,随即由肃顺导至梓宫前,行过了礼。两王复对了肃顺,好言慰劳,肃顺正欲探盘舆消息,便问两宫皇太后及皇上安。睿亲王仁寿说了一个"安"字,醇郡王奕譞独说是到了驿站,再好细谈。三人同行了一程,已至梓宫停歇的地点,大众停住。仁寿、奕譞便在站中吃了晚餐,餐毕,又历数小时,各人都要安寝,惟肃顺尚与二王闲谈。奕譞不觉起立道:"有旨拿革员肃顺!"肃顺大惊,但见侍卫、番役等已一齐进来,将肃顺按住,上了锁。肃顺喧噪道:"我犯何罪?"奕譞道:"你的罪多得很,且至宗人府再说。"肃顺道:"哪个叫你来拿我?"奕譞道:"奉上谕拿你。"肃顺道:"六岁小儿,何知拿人?无非是里面的那拉氏同我作对。你等都是那拉氏走狗,她要这么,你便这么!吕雉、武曌出世,我等老臣,原是该死。"从肃顺口中讥刺慈禧,用笔便灵。奕譞也不与多辩,便命侍卫带着肃顺,冀夜进京。次日巳牌,便降旨道:

前因肃顺跋扈不臣,招权纳贿,种种悖谬,当经降旨将肃顺革职,派令睿亲王仁寿、醇郡王奕譞,即将该革员拿交宗人府议罪。乃该革员接奉谕旨后,咆哮狂肆,目无君上,悖逆情形,实堪发指。且该员恭送梓宫,由热河回京,辄敢私带眷属行走,尤为法纪所不容。所有肃顺家产,除热河私寓,令春佑严密查抄外,其在京家产,着即派西拉布前往查抄,毋令稍有隐匿!钦此。

是日即授恭王奕䜣为议政王,在军机处行走。越二日,梓宫已抵得胜门,两宫皇太后及皇上出得胜门跪迎,奉梓宫入紫禁城,停乾清宫。于是大学士贾桢、副都统胜保等,亟请太后训政。大学士周祖培,奏改建元年号,因原拟祺祥二字,意义重复,应请更正。一班拍马屁朋友,都应时出来。当由两宫下谕,命议政王、军机大臣等,改拟新皇年号。议政王等默窥慈怀,恭拟"同治"二字进呈。西太后瞧这两字,暗寓两宫同治的意义,私心窃慰,遂命以明年为同治元年,颁告天下。翌日复降旨一道,其辞云:

载垣、端华、肃顺,于七月十七日皇考升遐,即以赞襄政务王大臣自居,实则我皇考弥留之际,但面谕载垣等,立朕为皇太子,并无令其赞襄政务之谕。载垣等乃造作赞襄名目,诸事并不请旨,擅自主持,即两宫皇太后面谕之事，亦敢违阻不行。御史董元醇条奏皇太后垂帘事宜，载垣等独擅改谕旨，并于召对时，有伊等系赞襄朕躬，不能听命于皇太后，伊等请皇太后看折，亦系多余之语，当面咆哮，目无君上情形，不一而足。且每言亲王等不可召见，意存离间，此载垣、端华、肃顺之罪状也。肃顺擅坐御位，于进内廷时，当差时，出入自由，目无法纪，擅用行宫内御用器物，于传取应用物件，抗违不遵，并请两宫皇太后应分居召对，词气之间，互有抑扬，意在构衅，此又肃顺之罪状也。一切罪状，均经母后皇太后、圣母皇太后面谕议政王、军机大臣，逐款开列，传知会议王大臣等知悉，兹据该王大臣等，按律拟罪，请将载垣、端华、肃顺凌迟处死，当即召见议政王奕䜣，军机大臣户部左侍郎文祥，右侍郎宝鋆，鸿胪寺少卿曹毓瑛，惇亲王奕誴，醇郡王奕譞，钟郡王奕詥，孚郡王奕譓，睿亲王仁寿，大学士贾桢、周祖培，刑部尚书绵森，面询以载垣等罪名，有无一线可原？据该王大臣等，佥称载垣、端华、肃顺，跋扈不臣，均属罪大恶极，于国法无可宽宥。朕念载垣等均属宗人，遽以身罹重罪，悉应弃市，能无泪下？惟载垣等前后一切专擅跋扈情形，实属谋危社稷，是皆列祖列宗之罪人，非独欺凌朕躬，为有罪也。在载垣等未尝不自恃为顾命大臣，纵使作恶多端，定邀宽宥，岂知赞襄政务，皇考并无此谕？若不重治其罪，何以仰副皇考付托之重？亦何以饬法纪而示万世？即照该王大臣所拟，均即凌迟处死，实属情真罪当。惟国家本有议亲议贵之条，尚可量从末减，姑于万无可贷之中，免其肆市。载垣、端华均着加恩赐令自尽！肃顺悖逆狂谬，较载垣等尤甚，本应凌迟处死，现著加恩改为斩立决。至景寿身为国戚，缄默不言，穆荫、匡源、杜翰、焦祐瀛，于载垣等窃权政柄，不能力争，均属辜恩溺职。穆荫在军机大臣上行走最久，班次在前，情节尤重。该王大臣等，拟请将景寿、穆荫、匡源、杜翰、焦祐瀛革职，发往新疆，效力赎罪，均属咎有应得。惟以载垣等凶焰方张，受其钳制，均有难于争衡之势，其不能振作，尚有可原。御前大臣景寿着即革职，加恩仍留公爵，并额驸品级，免其发遣。兵部尚书穆荫着即革职，加恩改为发往军台效力赎罪。吏部左侍朗匡源、署礼部右侍郎杜翰、太仆寺卿焦祐瀛，均着即行革职，加恩免其发遣。钦此。

是旨一下，即派肃亲王华丰、刑部尚书绵森，往宗人府逼令载垣、端华二人自杀。又派睿亲王仁寿、刑部右侍郎载龄，至宗人府拿出肃顺，至午门监斩。三人临死时，都痛骂西太后及恭王奕䜣。肃顺越骂得厉害，索性连西太后历史背了一遍，方才就刑。自己失策，骂亦何益？三人已死，盈廷大吏，哪个还敢违忤母后？遂于十月甲子日，六龄幼主，在太和殿重行即位礼，受王大臣等朝贺。十一月朔日，奉两宫皇太后，在养心殿垂帘听政。同治元年二月十二日，皇帝在弘德殿入学读书，特简礼部尚书前大学士祁隽藻、管理工部事务前

清史演义

大学士翁心存、工部尚书倭仁并翰林院编修李鸿藻授读。嗣是清廷政治，都由两宫太后主张，慈安后本无意训政，垂帘后不过挂个名目，万事都是慈禧专断，慈安坐受其成。慈禧后煞是英明，用人行政，多有特识。东南军务，专责成两江总督曾国藩，令他统辖江苏、安徽、江西三省，并浙江全省军务，所有四省巡抚提镇以下，悉归节制。这般重大的责任，自清朝开国以来，连皇亲国戚都没有受此异数。国藩是个汉员，独邀朝廷重眷，岂不是慈禧太后的慧眼么？

是时湖北巡抚胡林翼，自太湖还援湖北，收复黄州、德安等处，积劳成疾，得咯血症，竟病殁武昌，遗疏荐李续宜为代。朝旨即命续宜为湖北巡抚。曾国藩以辖地太大，恐怕疏忽，特荐左宗棠督办浙江军务，奉旨令左宗棠赴浙剿贼，浙省提镇以下，均归左宗棠调遣，岂不是慈禧后的从谏如流么？

只安徽知府吴棠，经慈禧垂帘后，累次超擢，不几年竟授四川总督，这是未免私意。然古来漂母一饭，韩信犹报千金，慈禧幼年，受过吴公的大德，知恩报恩，乃是慈禧后的厚道，不足为怪。圆明园内四春娘娘，后来竟不知下落，或说是发放出宫，或说是被慈禧处死。大约处死一说，不足为据。汉朝人彘，唐室醉妪，言者惨鼻，独清宫恰未闻有此惨剧，也总算是慈禧的好处。

话休烦絮，这一段是叙西太后初政时行谊。且说曾国荃克复安庆，满拟沿江而下，直捣江宁，只滨江两岸各要隘驻扎的长毛，尚是不少，国荃会同杨载福水师，节节进剿，连克敌垒。长毛首忠王李秀成、侍王李世贤，窜入江西，复陷瑞州。国藩飞檄鲍超赴援。鲍超兼程驰去，前面悬红绫丈余，中间大书一"鲍"字，沿途经过，长毛望见"鲍"字旗帜，即纷纷逃去。秀成、世贤还想与他对敌，无如部众胆落，一战即溃，被鲍超连破七十余营，驱逐出境。江西又报肃清。强弩之末，难穿鲁缟。

国荃闻江西已平，上游安靖，遂与国藩会商，进攻江宁。国藩恐兵勇不足，令国荃回至湖南，添募乡勇。奉旨赏国荃头品顶戴，任浙江按察使，授鲍超浙江提督，恰是令他楥浙的意思。浙江自张玉良收复后，长毛仍四扰不休，且因和春兵溃，苏、常相继沦陷，江浙交界的嘉兴县，至此也遭殃及。玉良率兵往援，连战不利，退入杭城，属县多失守。李秀成、李世贤又自江西入浙境，攻陷严州。玉良复自省城出剿，总算将严州克复。秀成等窜至湖州，城绅赵景贤募集团勇，一阵击退。李世贤走入江西，李秀成走入安徽。世贤被左宗棠击败，秀成被鲍超杀退，两人仍窜入浙境，复陷严州及金华，顺道浦阳江，从临浦镇攻萧山、诸暨，势如破竹，进据绍兴，转攻杭州。是时浙江巡抚，已改任王有龄，坚守两月，援绝，乃啮指写成血书，飞至安徽乞援。国藩注重江皖，不愿分师，唯促左宗棠由赣赴浙，左军未入浙境，省城已是不支。张玉良师至江干，又被长毛列炮击毙，城内粮尽援绝，遂致失守。巡抚王有龄、将军瑞昌及总兵饶廷选,一概死难。

国藩闻浙江被陷,自请严议,诏从豁免,反授他协办大学士职衔;西太后权术,可爱可敬。并命左宗棠为浙江巡抚,令与曾国藩统筹大局,亟图补救等语。国藩感激异常,越思竭力报效,适朝旨因杭城陷没,淞沪戒严,饬国藩派员防剿。国藩物色人材,又保举一员大人物,看官道是谁人?就是后来的傅相李鸿章。鸿章字少荃,安徽合肥县人,道光年间进士,曾任福建省道员。国藩闻他多才,招为幕宾,尝疏请简于江北,兴办淮扬水师,事未果行。至是因政府旁求将帅,遂荐他才大心细,劲气内敛,堪膺封疆重寄,奉旨报可。国藩即令鸿章回募乡勇,照湘军成制,练淮徐兵丁,又选湘军名将程学启、郭松林,做他帮手。鸿章初出茅庐,悉心训练,遂组成乡勇一大队,称为淮军,作湘军的后劲。淮军出现。同治元年二月,鸿章率淮勇至安庆,国荃与弟国葆亦率湘勇驰至,于是统辖东南的曾大帅,显出生平绝大的抱负,调遣精兵猛将,分路出剿,进攻江宁的兵马归国荃统带,佐以杨载福、彭玉麟二路水师,规取江苏的兵马,归李鸿章统带,佐以黄翼升的水师;恢复浙江的兵马归左宗棠统带。另调广西臬司蒋益澧率所部至浙助剿;庐州一带归多隆阿剿办;宁国一带归鲍超剿办;李续宜已调抚安徽,颖州一带归他戡定。数路大军,统由曾大帅节制。余外还有淮上的袁甲三、扬州的都兴阿、镇江的冯子材,虽未经曾帅调遣,亦由曾帅统筹兼顾。正是马援聚殿前之米,张华推局上之枰,金钺分颁,铁骑四出,眼见得太平天国,要保不住了。好一部点将录。

国藩驻节安庆,居中指挥,军书旁午,捷报飞传。都兴阿获胜天长,左宗棠克复遂安,曾国荃、国葆会合水陆各军,一破长毛于荻港,再破长毛于望城岗,三破长毛于铜城闸。拔巢县、含山县、繁昌县及和州,乘势夺西梁山,复太平府城。彭玉麟入金柱关,袭据东梁山,收复芜湖县,与国荃合逼江宁。

多隆阿进攻庐州,击败四眼狗陈玉成,缘梯登城,玉成遁去。玉成为太平天国名将,至此被多军击走,日暮途穷,往依练总苗沛霖。沛霖系安徽凤台县人,尝为团练头目,时人叫他苗练,颇有威名。太平天国诱他叛清,畀以封爵,旋由清副都统胜保,招抚沛霖,奏擢道员。沛霖首鼠两端,居心叵测,适胜保复出驻颖州,沛霖感胜保荐擢,遂诱四眼狗入城,出其不意,把他捆住,并将他家眷部属尽行拿下,解送颖州胜保营。胜保劝降,玉成不从,乃槛送京师,有旨令在河南卫辉府伏法。只玉成妻很有姿色,中胜保意,留住营中,作为侍妾。妇人家水性杨花,有几个晓得贞烈?昨日偶玉成,今日偶胜保,总教是个有情男子,就是袍衾与裯,亦所甘愿。胜保怜她秀媚,非常宠爱。后来苗练复叛,胜保被逮,连侍妾押解过河,为德楞额所见,说是陈玉成贼妇,不得随行,将侍妾轧住。其实德楞额也爱她美色,截住这个淫妇,自己受用去了。一般是狗,一般是贼。

## 第七十一回 罪辅臣连番下诏 剿剧寇数路进兵

玉成既死，楚皖间遂没有剧寇。鲍超又攻克宁国府城，走太平辅王杨辅清，降其将洪容海。曾国荃亦连克秣陵关、大胜关，进驻雨花台，距江宁城仅四里，分军与国葆，留屯三汊河江东桥一带，傍水筑垒，输通饷道。好一座金陵城，至此既失了皖南的犄角，复受水陆各军的围困，洪秀全焦急万状，亟促李秀成、李传贤还援。两李未至，国荃军忽遭疾疫，病的病，死的死，国藩令国荃退守，国荃执意不允。忽报李秀成率苏、常悍党二十万人，还救江宁，要去攻扑国荃大营了。国藩闻警，亟奏请另简大臣，驰赴江南，有"分重大之责任，挽艰难之气数"等语。旋奉上谕，节录如左：

朝廷信用楚军，以曾国藩忠勇，发于至诚，倚以挽救东南全局。今疾疫流行，将士摧折，深虞骧士气而长寇氛，此无可如何之事，非该大臣一人之咎。意者朝廷政事多阙，是以上干天和，我君臣当痛自刻责，实力实心，勉图禳救之方，为民请命，以冀天心转移，事机就顺。刻下在京，固无可简派之人，环顾中外，才力气量，如曾国藩者，一时实难其选。该大臣素尝学问，时势艰难，尤当任以毅力，矢以小心，仍不容一息少懈也。钦此。

国藩接旨，知京中已无意发兵，飞檄调苏州程学启军，浙江蒋益澧军，驰救国荃大营。怎奈接得覆书，都说军务吃紧，不能应命，竟令这足智多谋的曾大帅，弄得无法可施。正是：

帷幄方闻成算定，
疆场可奈寇氛深。

究竟国荃大营果被长毛陷没否？看官不要性急，续阅下回自知。

　　载垣、端华、肃顺，非无可杀之罪，但为抗争垂帘事，骤置重辟，则未免冤诬。母后临朝，历代所戒，至若两宫垂帘，尤为历代所未有。即谓嗣主冲幼，专贵从权，究不得因故旧谏诤，横加诛戮。本回选录谕旨，正以明三人罪案，无非为抗争垂帘而致。且谕中有两宫皇太后，将三人罪状面谕议政王、军机大臣，是所谓罪状者，俱出皇太后之私意，慈安本无意构成此狱，主其事者，实为慈禧，哲妇固可畏也。独信用曾国藩，实为慈禧之卓识，畀以重任，言听计从，卒能削平大难，戡定东南，清之不亡于洪氏，慈禧与有力焉。然吾闻狄仁杰媲卢氏云："吾止有一子，不愿使事女主"，令曾公闻之，得毋为之汗颜乎？若以剿灭长毛，目为汉贼，吾尚无取此说云。

## 第七十二回　曾国荃力却援军
## 李鸿章借用洋将

却说曾国荃进攻江宁，长毛酋李秀成率众驰援，国藩恐其弟有失，檄江浙军助剿，许久不至，此时江宁及苏浙三处，都在血战的时候，小子只有一枝笔，不能并叙，只好先接着上文，叙述国荃对敌事。

国荃兵不满万，合杨、彭两路水师，尚不满二万人，加以瘟疫盛行，死亡相继，正危急得了不得。突闻李秀成带了数十万长毛，自苏常到来，国荃誓众固守，预浚营濠，坚筑壁垒，准备抵敌。布置才毕，秀成已经驰到，麾众猛扑。国荃坚壁勿动，秀成不能入，乃结成营垒二百余座，围住国荃营。国荃昼不得安，夜不得眠，只指挥三军，竭力堵御。秀成令部众更迭进攻，前队不胜，后队继上；后队不胜，前队复上。无如国荃真是能耐，凭他如何攻法，总是守定营盘，一动都没有动。接连十昼夜，彼此未曾休息，到第十日早起，炮声陡发，山鸣谷应，震得营盘都摇摇不定。国荃部将倪桂巫率军堵截，突来了一颗炮弹，滴溜溜滚将下来，扑的一声，弹丸炸开，遍地都是火星。倪桂被火触着，立即倒毙。军士汹汹道："这是开花炮！这是开花炮！"言未绝，国荃已怒马直出，把首叫开花炮的人，一刀削去脑袋，竟上前亲挡炮弹。写得突兀。恰值第二个炮弹又至，国荃将手中令旗对弹一拂，那弹堕入濠中，偏偏不炸。实是天幸。军士瞧着，才知开花炮弹，也不是个个会炸的，胆气一壮，自然向前。国荃下令，用火箭火球，飞掷出去，长毛到死了不少，只是抵死勿退。

次日，天气阴沉，间以微雨，开花炮越发没效。一连下雨好几日，长毛用枪来攻，国荃令军士持枪还击，相持之下，国荃面上受了一粒弹子，血流交颐，他忍着痛，益向前督战。军士见主帅如此奋勇，自然努力效死。到第十六日间，李世贤又自浙赶来，拥着无数人马，来助秀成，望将过去，差不多有十数万，一到濠外，就来猛扑。这时候，曾营里面，已是九死一生，逃又没处逃，躲又没处躲，索性拼了命去，与长

毛死斗，杀了两昼夜，方得稍稍休息。除已死的军士外，也没一个不汗透重衣，腿臂麻木。解开战袍，有重伤的，也有轻伤的，国荃亲与将弁裹创，将弁又与部下裹创，指臂相联，痛痒相关。因此人人感德，个个齐心。

过了数天，长毛反不甚起劲，似乎有些懈怠的样子，国荃向众将道："此必有诈，须格外小心！"果然到了次晨，一声怪响，土石上飞，壁垒坍去数丈，长毛逾垣而进，前仆后继，国荃亟命将士乱掷火球，夹以枪炮，足足支撑了三个时辰，方将进来的长毛击毙了几千名，缺口亦堵塞完工。长毛又白费心思，懊丧回营。嗣后长毛仍暗开地道，私埋火药。国荃分军为三，一军专务防堵，一军增筑内墙，一军专伺地道。长毛掘地洞七处，都被曾营发觉，抢险塞住，长毛已自心灰，守兵尚有余力。国荃竟开壁出战，鼓号一响，如潮冲出，长毛见了，无不失色。当下被国荃冲破营盘十余座，斩首数百级，方才回营。长毛见曾营难下，分兵去截饷道，饷道系国葆保护，早已防得严密，只国葆也遭时疫，寒热交乘，此时力疾从公，强起督战，与长毛打一仗，胜一仗。国荃复分军接应，又将长毛杀退。自同治元年闰八月十九日起，直至十月初四日，共计四十六天，国荃目不交睫，衣不解带，与长毛相持，愤恨已极，军士也怒气填胸。初五日黎明，长毛又来环攻，国荃率全营军士，开壁出来。这次比前次厉害，真是一当百，百当千，千当万，踏破敌营数十座，长毛望风披靡，

好像瓦解土崩一般，秀成、世贤支持不住，分途溃去。国荃大营之围始解，这是湘军第一场恶战。

曾营内的将士，狞目髹面，皮肉几尽；国荃亦疲惫不堪；国葆竟一病不起，于十一月十八日卒于军。国葆字季洪，易名贞幹，系本籍诸生，从军后累战有功，晋同知衔，此次复擢升知府，因积劳病殁，由李鸿章奏请逾格优恤，特旨照二品例饰终，予谥"靖毅"，敕建专祠，宣付史馆立传。

这且按下，且说李鸿章带领淮勇，正拟出发，适江苏绅士钱鼎铭、潘馥等，备银十八万两，至皖迎师。鸿章遂乘了便船，与程学启、郭松林诸将，同抵上海。上海系各国通商码头，与苏州相近，长毛既据苏州，并欲东图上海，苏松太道吴煦联合英法各军，设立会防局，分头防御。美人华尔出守松江，连破长毛，尤为出力，及鸿章至上海，部下各兵统是衣冠朴陋，不禁大笑。鸿章道："兵贵能战，不在华美，待吾一试，笑也未迟。"忽有吴县诸生王韬求见，由鸿章召入，王韬献计道："此处大吏，屡借洋兵攻敌，愚意以招募洋兵，人少饷费，不如令本国壮勇充数，只雇洋人教练火器，自可收效。"鸿章甚以为是。王韬去后，道员吴煦进谒，鸿章便问洋将优劣，吴煦道："英国水师提督何伯、法国水师提督卜罗德，统愿帮助中国，但他是外国舰长，不受我国驾驭。最好是美人华尔，他是获罪本国，逃匿上海，经吴某与美领事商洽，替他洗刷罪名，代我教练洋枪。他已死心塌地，为

我出力，若招他练兵，必无变志。"鸿章大喜，便命吴道台檄调华尔。不到二日，华尔驰至，鸿章好言劝勉，令他竭诚练勇。华尔一口应承，遂募乡勇三千人，归华尔督练，叫作常胜军。

适朝旨命鸿章署理江苏巡抚，鸿章初受兵事，兼辖疆圻，遂令参将李恒嵩，会同华尔，并联络英法兵，攻克嘉定、青浦二城。英提督何伯请鸿章会攻浦东厅县，乃令程学启、刘铭传、郭松林、滕嗣武、潘鼎新诸将，进兵南汇县的周浦镇，作为北路；英提督何伯、法提督卜罗德，自松江进金山卫，作为南路。两军才发，忽闻李秀成出攻太仓州，知州李庆琛兵溃，秀成进攻嘉定，洋兵败走，嘉定复陷，青浦垂危。鸿章急调程学启，移扼虹桥，截击秀成，复咨英法两提督，驰救青浦。时英法两提督正攻克奉贤，接鸿章咨文，移师青浦，适遇秀成部众，两下开战，卜罗德中枪身死，何伯惊退。华尔正守青浦城，见英法各军败溃，亦突围出走松江。秀成直犯上海，薄程学启营。学启兵只八百人，秀成兵不下十万，众寡悬绝，学启毫不畏惧，亲登营墙，见长毛围营数十匝，他却自放开山炮，轰击长毛。长毛九却九进，尸与濠平，将藉尸登墙；忽东北角上，来了一支大队，旗帜飘扬。学启用远镜窥望，见旗上大书"署江苏巡抚李"六字，知是鸿章来援，大呼出击。长毛骇愕起来，随即却走。鸿章与学启合军追杀过去，刀斩斧劈，好似削瓜切菜，杀得沿途尽是血水。秀成带来有十二个悍酋，都抱头鼠窜而去。这场大胜，映入洋人眼帘，传到洋人耳鼓，才晓得淮军勇敢，李抚英伟，不敢揶揄了。合肥自此著名。

嗣是复南汇，复金山卫，复青浦、嘉定。长毛酋慕王谭绍洸，听王陈炳文，复纠苏、杭、嘉兴长毛，从昆山、太仓入犯，鸿章檄诸军堵截，听程学启指挥。学启分道进击，谭、陈二酋退据三江口，绍洸屯江北，炳文屯江南。鸿章亲去督战，令刘铭传当中坚，郭松林当左，程学启当右，自辰至未，长毛坚守勿退，松林、铭传率军士冒死逾濠，匍伏而前。有黄衣酋登墙迎战，被松林觑准要害，一枪洞胸，黄衣酋堕地，长毛骇噪。学启乘势攻入，身中数伤，仍裹创疾前，长毛不能抵当，且战且走。官军三面掩杀，长毛大败而遁，松沪解严，诏实授鸿章江苏巡抚。

时宁绍台道史致鄂，因长毛攻陷慈豁，向沪上乞救。鸿章令华尔率常胜军往援，复慈豁城，华尔中炮死，常胜军还松江，由美人白齐文代为统带。不料白齐文闭城索饷，随处劫夺，鸿章解白齐文兵柄，勒令归国，另用英将戈登续统常胜军。白齐文反投入李秀成处，阴为谋主，旋被浙军擒住，解至上海讯治，中途舟覆溺死，这是后话。外人之不可滥用如此。

鸿章既解松沪围，遂进规苏常，招降常熟长毛骆国忠及太仓长毛钱寿仁，捣福山，取昆山，逼苏州。李秀成自江宁败还，趋入江北，闻宁国府城已被鲍超攻破，东西梁山又由国荃分军守御，遂回走苏州。适值李鸿章督兵进攻，秀

成倍道来援，径至常熟，但见城上刀枪齐列，为首一员将官，面目很熟，仔细一瞧，确是骆国忠，不过已改服清装。秀成便大呼道："你如何背叛天朝？"国忠道："忠王！你也是一时豪杰，难道不识时务么？洪氏灭亡在迩，你不如下马乞降，免得玉石俱焚。"为秀成特留身分。秀成瞋目叱道："我是烈烈丈夫，宁效汝等昧良！"道言未绝，两旁鼓声乱鸣，左有李鸿章，右有刘铭传，两路军蜂拥而来。秀成忙分军迎敌，炮声枪声，闹成一片。杀了三四个时辰，长毛毫不懈怠，越战越悍，越悍越战，不防后面杀入郭松林，戴板挥刀，十荡十决，浑身都被人血汗渍，好像一个血人儿。长毛相顾惊愕，霎时溃退。官军追至无锡，秀成入城拒守，调战舰百艘，云集城外，作为犄角。郭松林会合黄翼升水师，定议火攻，巧巧遇着顺风，一把火起，烈焰腾空，把长毛百艘战舰，烧得一只不留。李秀成兀坐城楼，见江中火发，料知战舰失守，忽报战船已被烧尽，水兵死了万余，不由得涕泪交垂，便道："这是天绝我天国了。"何不上诉天父？

正欲弃城出走，城外来了白齐文，在上海掠得轮船二艘，入献秀成，并说："船中载有巨炮，很是厉害。"秀成也管不得好歹，便出城下船，亲去一试，对著黄翼升水师，突开巨炮，一炮甫发，对面的战船果轰破了数艘。再令开第二炮，不防对面来了两三艘划船，约离秀成座船丈许，为首的执着短刀，一跃而过，随后又有数十名兵士，陆续跳上，来杀秀成。秀成认得首领，是钱寿仁，便道："钱寿仁！你做什么？"寿仁道："哪个是钱寿仁？我却是周寿昌，特来取你首级。"这人比骆国忠更凶。原来钱寿仁却是假姓名，降清朝后，复姓名为周寿昌。秀成也不再多说，便持刀对敌。无如清水师越来越多，索性纵火焚船，秀成见事机已急，只得弃了座船，跳至白齐文船，拨艇遁去。

清军夺了无锡，乘胜追至苏州，秀成已先入城，与谭洸等固守。清军运至炸炮二十具，把城外敌垒统行毁去。学启攻城南，戈登攻城北，鸿章亲自指麾，誓破此城，城中恟惧。秀成、绍洸率悍党万人，突出娄门拒战，学启令骁将王永胜、陈忠德、陈有升、周良才、龚生阳、朱宝元等，分头拦截，自已至未，将城中长毛杀回。鸿章令将士射书入城，略说："降者免死，斩酋出降者有赏。"于是城中悍将郜云官缒城夜出，径诣副将郑国魁营，甘心投诚。国魁引至程学启处，双方订约，愿斩谭绍洸首以献。学启并命杀李秀成，云官不忍，只允杀谭而去。自此学启一面攻城，一面专等内应，接连数日，毫无影响。忽一夜，天黑如墨，胥门水渎隐约有鼓棹声。学启闻报，忙亲自巡阅，已不见片影，因天昏月暗，不便追袭，只命军士格外留心，谁知李秀成已于是夜出走。秀成心灵眼快，窥透郜云官异谋，三十六着，走为上着，遂将城守事付与绍洸，对他恸哭一场，握手为别。秀成已做了铩羽之鸟。秀成已去，绍洸势孤，苦守数日，郜云官令部将汪有为，随绍洸巡城，出其不意，从绍洸背后一枪，贯入心窝，霎时倒毙。绍洸手下还有亲从千余人，与云官奋斗，怎禁得云官同志多至数万人，不到一时，统与绍洸背包裹去了。

云官开齐门迎降，学启入城，抚视降酋，共有八人，都是容貌狰狞，仿佛魔鬼。八人至学启前，仍傲然自若。学启按名检阅，第一个是太平国纳王郜云官，第二个是比王伍贵文，第三个是康王汪安均，第四个是宁王周文佳，还有范启发、张大洲、汪怀武、汪有为四人，俱自署天将。学启眉头一皱，计上心来，便好言抚慰。郜云官道："李帅既准我等投诚，应该替我等保举，大的是总兵，小的是副将。"学启道："这个自然，兄弟应代白李帅。"云官道："还有一桩要求，我等部下，差不多有二十营，须仍归我八人统带，驻扎阊、胥、盘、齐四门。"盗贼心肠，总是不改。学启也随口答应，言甘心苦。匆匆出城，与李鸿章谈了一夜。次晨入城，令八人出谒受赏，八人欣然领诺。学启先出城，部署诸军，张设营幄，约至午牌，鸿章在营高坐，候八人入见。八人骑马出城，到营方才下马，由学启导入，行过了礼，鸿章令两旁坐定。学启出营，带兵径入，八人方在惊愕，不料鸿章下令，将八人拿下。八人手无寸铁，如何抵挡？即被学启部兵擒住。八人大呼无罪，学启道："你托名投降，居心狡诈，妄想拥兵弄权，恃众横行，还说无罪么？"便请军令将八人正法。鸿章尚在犹豫，学启道："虎已缚住，万难再放，他甘心负谭绍洸，宁不敢负我大帅？"鸿章点头，当下把八人推出，霎时间献上血淋淋的八颗首级。学启将首级悬出，传令城内外长毛，各缴军械，不得再生异心，否则以此为例。长毛觳觫万状，多将军械缴出，只有二千余人，不肯遵行，又被学启一一杀讫，遂整众入苏州城。独戈登以杀降非义，痛詈学启，誓不相容，洋人尚义，不无可敬。亏得鸿章委曲调停，才肯罢手。

鸿章加太子少保衔，戈登亦得赏头等功牌，并银万两。这是鸿章作用。遂分军两路，一路由程学启、刘秉璋、潘鼎新、李朝斌统带，兜剿浙西长毛，遥应左宗棠、蒋益澧军，肃清江浙通道；一路由鸿章自行督领，率李鹤章、刘铭传等，进攻常州，与曾国荃、鲍超军相呼应。两路大兵，分头出发，势如破竹，所向无敌。学启下平湖、乍浦、海盐、澉浦，直攻嘉兴，太平堵王黄文金，自湖州趋援，由学启一鼓击退，遂促将士登嘉兴城。城上枪炮雨下，血肉枕藉，学启愤甚，持矛亲登，额上中了一弹，复坠城下。部将刘士奇、王永胜见主将受伤，怒气填胸，麾众继上，人声鼎沸，炮弹纵横，长毛酋挺王刘得功、荣王廖发寿不能阻拦，被他一拥而入，城遂破，刘、廖二酋战死。学启负创回苏州，医治渐愈，只额下留有败骨，饮食不便。学启非常忿懑，竟将败骨剜出，创口复裂，大叫数声而亡。这是好杀降人之报。

此时鸿章已克宜兴，拔溧阳，进围常州，水陆炮声如雷。太平守将护王陈

清史演义

坤书、烈王费天将凶狠有名,至是与鸿章连战数次,无一得胜。城外营垒陆续被毁,只好入城死守。鸿章督兵猛扑,连日不下,又值春雨绵绵,越生阻碍。鸿章调回嘉兴军,并力攻城,等到天已大晴,风向城内,遂乘风放炮,烟焰迷天。这城墙已受大雨浸渍,不甚坚固,被炮一击,顿时坍坏数十丈。陈、费二悍酋用人塞缺,炮过弹炸,手足旗帜砖石,飞扬天中,盘旋空际。长毛原是忍心,鸿章亦乏仁术。鸿章令郭松林、王永胜、刘永奇、周盛波,携藤牌喷筒,冒死杀入,在城上接战良久,松林生擒陈坤书,周盛波生擒费天将,长毛见头目被擒,各弃械乞降。常州以咸丰十年四月六日失陷,越四年克复,月日时都不爽,时人称为奇事。苏常已复,江苏全省,除江宁外,已都平靖。长毛多分窜江西,由曾国藩檄鲍超军还援,李鸿章亦分军代堵,独撤去常胜军,遣戈登归国。自是淮军名誉,推重世界,并称李鸿章能善驭洋将,鸿章的功劳,算是很大了。语下有不足意。小子有诗咏此事云:

淮军练就扫红巾,

百战贤劳算荩臣;
可惜诛锄非异种,
犹留惭德笑欧人。

这诗末韵,系指李鸿章使德,与德相俾斯麦闲谈,盛述自己打长毛的功劳。俾斯麦道:"欧洲人以杀异种为荣,若专杀同种,反属可耻。"鸿章不禁自惭。

这且不必细说,下回续叙江浙的事情,请看官接阅便了。

本回叙曾、左二人之战功,亦即叙李秀成之败史。太平军中,后起骁将,无如李秀成,率数十万众,驰救江宁,围攻曾国荃营,四十余日,终被国荃击退,众不敌寡,讵不可怪?迨转援苏州,一筹莫展,遇战即怯,临敌即溃,何其困惫若此?盖一鼓作气,再而衰,三而竭,左氏之言,其明证也。以长毛之暮气,当湘淮各军之朝气,其败亡也宜矣!曹操至赤壁而蹶,苻坚至淝水而挫,宁特一秀成然哉?若借洋将,杀降酋,第一时权宜之策耳,不足以为训。

## 第七十三回　战浙东包团练死艺
## 克江宁洪天王覆宗

却说李鸿章克复苏、常的时候，左宗棠在浙亦屡获胜仗。宗棠自克复遂安后，严州一带，依次肃清。太平侍王李世贤，率金华大股长毛围衢州，宗棠亲自往援，杀败世贤，世贤回金华。台州为闽将林文察所复，宁波为宁绍台道史致鄂及英将丢乐德克等所复。惟湖州被太平堵王黄文金，辅王杨辅清攻破，团绅赵景贤被执，不屈死。宗棠以浙省长毛，金华最众，决计由衢州攻金华，乃遣蒋益澧等，拔龙游兰溪，金华长毛，亦弃城遁去。

看官！你道金华长毛，为什么不战而溃？他因诸暨有个包立身，很是厉害，遂一齐拔营，去围包村。包立身世务农业，膂力过人，他幼时曾习奇门遁甲，上知天象，下知地理，他因长毛犯浙，聚集村人，筑塞设堡，专与长毛相抗。长毛去一千，死一千，去二千，死二千，因此长毛大愤，纠众围攻，有"宁失南京，毋失包村"的意义。以包村抵南京，未免拟不于伦。时苏松兵备道吴晓帆，本系浙人，代理藩司事，闻包立身有异能，欲招致幕下，引为己助，苦无人前去致意。适佐杂班中，有个冯仰山，自称系立身姑表兄弟，晓帆令他蓄发三月，备文前往。到了包村附近，见四面都扎长毛营垒，冯逡巡不敢入，巧遇包村勇目逸出村外，与仰山素识，引他绕道二百里，始得入村。仰山单身前进，被村中巡勇捉住，疑为长毛细作，亏得仰山认包至戚，乃引冯入见，各道艰苦。是时包村附近数百里居民，都搬至包村避难，倚包先生若长城，连仰山家眷也在其内。仰山与家族相见，不觉欣慰，便备述吴公所招意。立身叹道："我亦知孤村无援，势难固守，且兵粮仅支两月，安能持久。只村内百姓群集，弃之不忍，欲要一同出围，恐不容易，是以尚在踌躇。"包先生颇具婆心。

正议论间，忽闻村外炮声隆隆，料是长毛猛攻，便邀仰山登高瞭望，遥见前山上面设有大炮，正对村施击。立身轮指一算道："这炮在艮方，今日月神适犯我村，恐于我不利。"言未已，急

## 第七十三回  战浙东包团练死艺  克江宁洪天王毙宗

推仰山伏地，自己亦向地伏着。但听得一声响亮，炮子簌簌然从上飞过，仰山吓得乱抖。立身道："嗣后不妨，可以起来。"立身遂脱帽散发，跣足仗剑，如道家步罡状，选了勇目三名，衣皂随行，自己喃喃诵咒，飞行而去。勇目紧随不舍，仰山犹立在高阜，只见立身出村，竟驰至前山，把剑向前一指，守炮的长毛，纷纷扑地。立身即令勇目三人，将炮抬归。仰山即驰下迎迓，立身已在前面。三人所抬的炮，不下四五百斤，仰山不禁奇异，便道："弟与兄自幼同学，并未识兄有异术，后来弟赴苏州，远离乡井，闻兄尝韬晦田园，罕至城市，何时得六甲真传，具此神妙？"立身道："我于二十年前，曾遇异人授我秘册，虽非全帙，然天文地理，略知一二，此刻去取敌炮，就是六丁缩地法，可惜我所学习，还是皮毛，若能尽知底细，虽有千万长毛，亦何足虑！"仰山又问长毛何时可平，立身道："我夜观星象，并占易数，江浙长毛，不久即平。只我村恐保不住。"两人随谈随走，已至营中。

立身升帐，传集村勇，即发令道："明日当有大雨，汝等出战，向西杀去，定能冲破贼营，虽然不能大胜，也可杀贼数百，挫他凶锋。"仰山因天久不雨，疑信参半。到了次日，村勇三千人，执五色旗，分作五队，奉令出去。启行时，天色犹霁，一出村门，忽然黑云层合，大雨滂沱，仰山瞠目良久。约一小时，村勇已整队回来，报称破贼西营，得牲口器械数十具。仰山忙问立身道："既已得胜，何不追杀一阵？"立身道："贼势犹旺，不应追杀，追杀必败。"俄有长毛入村求见，立身命他进来，长毛说："奉天将令，愿以绍兴府城相让，嗣后毋与天兵作对。"立身笑道："这明明是诱我的计策，无论浙东俱陷，孤城难守，且入城后，如入陷阱，粮草更易断绝，将来恐无人得脱了。"喝令立斩来使，仰山请道："来使不要杀他，不如放他回去，叫他解围为是。"立身摇头道："他那里就肯解围？杀了他，免得再来尝试。"太属粗莽！当下将通使的长毛，推出斩讫。

长毛酋闻了此信，越发调兵进攻，仰山未免焦急，遂请回报吴公，发兵接应，并欲挈眷同行。立身道："试为一卜。"卜得吉占，便道："老弟启行，便在今夕。"是夜大雨，立身命仰山束装，携眷出村，只饬护勇六人，仿着长毛服色，改装相送。仰山不敢多请，只与立身订约，速定行期。立身应允，与仰山握别。仰山冒雨而出，黑暗中见有无数卫兵，戴着红帽，穿着皂衣，站立两旁。仰山怯甚，私问护勇，勇但摇手，引仰山绕出小径，匆匆别去。

仰山去后，长毛愈集愈众，防立身有异术，遍掠民间妇女，将她们上下衣服褪去，赤身露体，驱作前队。妇女活活遭劫。又用鸡羊狗血盛入喷筒，向村中乱射。立身被他厌襘，所用法术未免不灵，遂决计突围。先占一卦，大惊道："细察卦象，惟今夜二鼓可出，若交子正，便无出围的日子，大祸且不远了。"遂令团勇速即收拾，约黄昏启程。

夜餐已毕，便令团勇四千人，分作五队，队各八百人，用红旗队作先锋，次白旗队。又次是青黄两队，皂旗殿后。时值戌初，红旗队已发，远闻金鼓震天，枪炮声相续不绝，立身正调发白旗队，忽见村中百姓，扶老携幼，聚哭包门，都说包先生若去，我等从亦死，不从亦死，现在只有留住包先生，仗他保护，或可苟延性命。立身出来劝慰，怎奈人声鼎沸，连包先生的说话，没有一人听得清楚，只是阻住门前，不容出去。立身顿足道："这是天数，时将错过，大限难逃，奈何奈何？"因令后队暂停不发。这时红旗队已冲围而去，白旗队随后继进。长毛料村人绝粮夜遁，不去追赶前队，独率众捣入村中，喷筒火箭，接连射入。顿时火光烛天，杀声震地，村勇已无斗志，又值难民纷扰，不战先乱，当下被长毛毁门冲入，见屋便烧，逢人便刃，满村尽被烟焰迷住，进退无路。杀到天明，村中鸡犬不留，包先生亦不知去向，大约已死在乱军中。有人谓包先生已经遁去，只包先生有一妹子，也知兵法，被长毛擒住，五马分尸，这也不知是真是假，小子不敢妄断。恃术者卒以术败。

包军一破，蒋益澧军已到，长毛已打得筋疲力尽，闻左军到来，料知抵敌不住，霎时逃散。有几个逃得慢的，被蒋军截住，没奈何匍匐乞降，遂复诸暨。宁波军亦进克上虞、台州，并复绍兴府城。朝命授左宗棠为闽浙总督，兼署浙江巡抚。宗棠檄蒋益澧军，自诸暨直下，取道临浦义桥，直趋萧山，渡钱塘江，规取杭州。复令水师骁将杨政谟，与益澧会杨政谟把江上敌舟，纵火烧尽，遂薄望江门。太平守将听王陈炳文，飞调附近各长毛，会援杭州，益澧遣康国器、魏喻义等，分头堵截，自督高连陞等，屯六和塔万松岭，俯瞰杭城。既而左宗棠亦自严州移驻富阳，征法国总兵德克碑，率洋枪队攻陷富阳城。宗棠进薄余杭，命德克碑转助益澧，这时苏军已克嘉兴，海宁守将蔡元隆向蒋益澧处纳款请降，于是杭城饷绝援穷。陈炳文出城死战，自晨至暮，不能取胜，仍回城督守。德克碑用炸炮轰凤山门，城塌三丈。炳文率众堵塞，益澧不能入，再令德克碑昼夜炮击，城中危急万分，炳文知不可守，遂黄夜开北门出走。杭城遂复。余杭守将康王汪海洋亦弃城走德清。宗棠乃移驻省城，与益澧经营善后事宜，全浙百姓，方渐渐苏息。后人有《闻见篇》四章，古节古音，不减杜少陵《哀江头》诸作。小子走笔至此，记将起来，不忍割爱，爰次第录成，供诸君一读。

《猪换妇》：朝作牧猪奴，暮作牧猪妇，贩猪过桐庐。睦州妇人贱于肉，一妇价廉一斗粟，牧猪奴牵猪入市廛，一猪卖钱十数千，将猪卖钱钱买妇。中妇少妇载满船，蓬头垢面清泪涟，我闻此语坐长吁。就中亦有千金躯，嗟哉妇人猪不如？

《屋劈柴》：屋劈柴，一斧一酸辛，昔为栋与梁，今成樵与薪。市儿诋价苦不就，行行绕遍江之滨。江风射人天作雪，饥腹雷鸣皮肉裂，江头逻卒欺老

清史演义

第七十三回　战浙东包团练死艺　克江宁洪天王毙宗

人，夺柴炙火趋城闉。老人结舌不能语，逢人但道心中苦，明朝老人无处寻，茫茫一片江如银。

《娘煮草》：龙游城头枭鸟哭，飞入寻常小家屋。攫食不得将攫人，黄面妇人抱儿伏，儿勿惊！娘打鸟，儿饥欲食娘煮草。当食不食儿奈何？江皖居民食草多。儿不见门前昨日方离离，今朝无复东风吹。儿思食稻与食肉，儿胡不生太平时。

《船养姑》：月弯弯，动高柳，乌篷摇出桐江口。邻舟有妇初驾船，乱头粗服殊清妍，橹声时与歌声连。月弯弯，照沙岸，明星耿耿夜将半。谁抱琵琶信手弹，三声两声摧心肝，无穷幽怨江漫漫？或言妇本江山女，名隶江花第一部，头亭巨舰属官军，两妹亦被官军掳，妇人无大惟有姑，有夫陷贼音信无。富商贵胄聘不得，妇去姑老将安图？呜呼！妇去姑老将安图？妇人此义羞丈夫。

浙江本是僻处东南的海疆，与全局没甚关系，长毛起初并不注意，后来江宁被困，长毛才窜入浙省，欲分江宁围军的势力，因此浙省被兵，百姓辛苦流离，已到这样地步。看官！你想江西、安徽的地方，三五次吃这长毛苦头，比浙江的情形，更如何呢？后人还说长毛乃是义兵，实是革命的大人物，小子万万不敢赞同。索性驳倒长毛，免得盗贼藉口。

话休烦絮，小子且要补述石达开事情（应六十七回），石达开自江宁出走，初至江西，与曾国藩相持；旋走湖南，被骆秉章遣将击走；驰入广西，又为蒋益澧等所破。达开此时，已自张一帜，与洪秀全不通闻问。自思湖广一带，无可驻足，不如窜入滇蜀，还可独霸一方。其时川寇蓝大顺、李永和方四出劫掠，达开与他勾通，乘机入蜀。清廷因骆秉章剿寇有功，令他移督四川。秉章督师西上，先剿平蓝、李二寇，然后专力围攻达开。达开生平，奔突万余里，蹂躏百余城，专以出没边地，避实蹈瑕为能事。秉章遂将计就计，与幕僚刘蓉定议，决逼达开入边，四面兜剿，使他无路可走，自入罗网。达开果率大队西渡金沙江，拟向越巂厅出发。秉章遣重兵潜蹑其后，并檄邛部土司岭承恩横截其前。达开避入小岭，全柴打地方，想由大渡河过去。适值天雨如注，山水暴发，不能径渡。天意亡项，何由免脱。川将唐友耕追至，达开奔老鸦游，友耕会合土兵，左右环逼，达开尚欲渡河，甫至半渡，为诸军所蹙，大半溺死。达开妻妾五人及幼子俱沈于河。只达开凫水而遁，直至对岸，巧遇岭承恩候着，乘他上来，一鼓擒住，槛送军前。友耕押达开至成都，对簿时犹侃侃谈论，口若悬河。自称年三十三，凡太平天国诸将及清军诸帅，都加贬辞，独推重曾国藩，说他知人善任，规画精严，实是得未曾有的大帅。英雄识英雄，可惜达开自误，后竟被磔于成都市。

嗣是洪氏所有的要地，只一江宁城，余外虽尚有党羽，分扰赣皖，势已成为弩末。秀全自知穷蹙，将各处头目，一律封王，满望他感激图效，谁意封王越多，纪律越乱，一切号令，转不得行。曾国荃闻苏浙俱已得手，独江宁未克，日夜奖励诸军，节节进攻。李秀成领败众数万，分布丹阳、句容间，自率数百骑入江宁，劝秀全弃都避难。秀全不从，秀成贻书李世贤，约他就食江西，自留江宁助守，屡出死党扑国荃营。国荃添募兵勇，先夺雨花台，次平聚宝门外石垒九座，分军扼孝陵卫，只九洑洲为江宁对岸重镇，长毛集数百战舰，严行拥护，一面接应城中，一面遏截长江。又有阃江矶、草鞋峡、七里洲、燕子矶、上关、下关诸隘，都竖长毛旗号，气势甚盛。杨载福已改名岳斌，率水师至九洑洲，与彭玉麟分队夹击。彭玉麟自草鞋峡进，杨岳斌自燕子矶进，各带火枪火弹，随掷随入。洲两岸纯是芦荻，岳斌用油浇灌，遍地纵火，大江南北，煽成一片火光，长毛屯船，多被烧着。彭玉麟率总兵成发翔，冒烟直上，先登南岸，北岸长毛尚与杨岳斌死战，总兵胡俊友中炮死，岳斌大愤，传令洲破乃还师，否则传餐而战，必破此洲乃已。部将俞俊明、王吉、任星元等，更番迭攻，战至日暮，将士乘暗登洲，冒炮争上，践尸而过，九洑洲竟破，万余寇无一脱死，并获马三百余匹。

自此洲破后，江宁益困，国荃乘势攻克钟山石垒。这钟山石垒，长毛叫作天保城，乃是江宁城外第一保障。天父想已死了，所以保守不住。国荃得了此隘，遂得合围。鲍超又攻克句容、金坛，长毛溃走江西，鲍超会合杨岳斌水师，同追长毛，向江西而去。彭玉麟又移驻九江。清廷恐国荃势孤，亟令李鸿章助攻江宁。看官！你想曾国荃自进攻江宁以后，费了无数心血，吃了无数辛苦，才得把江宁城团团围住，此时功成八九，偏有人出来分功，非但国荃不愿，就是国荃部下诸将士，也是没一个情愿呢。李鸿章本是国藩保荐，自然不欲夺国荃功劳，只推说有病在身，延久不至，将轮船经费五十万两，拨充国荃营饷。国荃复鼓励将士，攻克龙膊子山阴坚垒，这垒比钟山还要坚固，长毛叫作地保城。天也不保，地也不保，洪天王不死何待？地保城得手，就在城上造起炮台，日发大炮射击城中。可怜城中粮草早绝，饥民嗷嗷，天王府内，供给葱韭菜蕨白菜，几与黄金同价。始而米尽，继之以豆；豆尽，继之以麦；麦尽，继之以熟地薏米黄精，或牛羊猪犬鸡鸭等物。复尽，用苎根草根，调糖蒸熟，糊成药丸一般，取了一个美名，称作甘露疗饥丸。还想骗人。名目虽好，无济实事。这班饥民，夜间私自缒城，出来就食，嗣后长毛也禁止不住，白日里亦缒城而出。

到同治三年五月，洪天王挨不得苦，仰药自尽。洪仁发、仁达等拥立幼主福瑱即位，年纪不过十五六龄。国荃闻这消息，饬军士轮流苦攻，连凿地道三十余穴，俱被城内堵住。复由国荃部将李臣典、率吴宗国等，从敌炮极密处，重开地道。至六月十六日，地道告成，国荃悬不次之赏，严退后之诛，安放引线，用火燃着。不到一刻，蓦地火

清史演义

## 第七十三回  战浙东包团练死艺 克江宁洪天王毙宗

发,声如霹雳,轰开城垣二十余丈。烟尘蔽空,砖石如雨,李臣典率官军蚁附争登,从缺口冲入,长毛用火药倾盆而下,军队少却。彭毓橘、萧孚泗等手刃数人,弁勇皆奋,分路齐进。王远和、王仕益、朱洪章、罗雨春、沈鸿宾、黄润昌、熊上珍等进击中路,直扑天王府。刘连捷、张诗日、谭国泰、崔文田等,进击右路,由台城趋神策门,适朱南桂、朱惟堂、梁美材诸人,亦从神策门缘梯而入,兵力益厚,鏖战至狮子山,夺取仪凤门。左路由彭毓橘、武明良等,自内城旧址,直击至通济门。萧孚泗、熊登武、萧庆衍、萧开印等,复分途夺取朝阳、洪武二门,时太平忠王李秀成率众巷战,见大势已去,拟向旱西门夺路冲出,不料清将陈湜、易良虎等,正由旱西门攻进,被他拦住,不得已折回清凉山,隐匿民房。黄翼升率水师攻夺中关,拦江矶石垒,进薄旱西门,遂与陈湜、易良虎,夺取水西、旱西两门,全城各门皆破。

天色已晚,只天王府尚未攻入,国荃令军士暂行休息,惟督王远和、王仕益、朱洪章等,夤夜搏战。三更时,天王府突然举火,冲出悍党千余人,手执洋枪,向民房街巷狂奔。官军也不去追赶,齐入天王府内,扑灭烟焰,检点遗尸,多是府内宫女,单不见秀全尸首及幼主福瑱。时已天明,国荃复下令闭城,搜杀三日夜。毙长毛十余万人。这也太惨。到十九日,萧孚泗搜获洪仁发、李秀成等,讯得实供,方识秀全尸首瘗埋宫内,幼主福瑱乘官兵夜战时,已由缺口遁走。当下飞报曾国藩,由国藩主稿,推湖广总督官文居首,连衔入告。随奉上谕道:

本日官文、曾国藩,由六百里加紧红旗奏捷,克复江宁省城一折,览奏之余,实与天下臣民,同深嘉悦。发逆洪秀全,自道光三十年倡乱以来,由广西窜两湖三江,并分股扰及直隶山东等省,逆踪几遍天下。咸丰三年,占踞江宁省城,僭称伪号,东南百姓,遭其荼毒,惨不忍言。罪恶贯盈,神人共愤。我皇考文宗显皇帝,赫然震怒,恭行天罚,特命两湖总督官文为钦差大臣,与前任湖北巡抚胡林翼,肃清楚北上游,胡林翼驻扎宿松一带,筹办东征;复特授曾国藩为两江总督,并命为钦差大臣,东征江皖,号令既专,功绩日著。十一年七月,我皇考龙驭上宾,其时江浙郡县,半就沦陷,遗诏谆切,以未能迅殄逆氛为憾。

朕以冲幼,寅绍丕基,祗承先烈,恭奉两宫皇太后垂帘听政,指示机宜,授曾国藩协办大学士,节制四省军务,以一事权。该大臣自受任以来,即建议由上游分路剿贼,饬彭玉麟、杨岳斌、曾国荃等,水陆并进,叠克沿江城隘百余处,斩馘外援逆匪十数万人,合围江宁,断其接济。本年六月十六日,曾国荃率诸将克复江宁,多年悍贼,经各将士于十七八日,搜杀净尽。三日之内,毙贼十余万人,伪王伪主将伪天将,及三千余名,无一得脱者。此皆仰赖昊苍眷佑,列圣垂麻,两宫皇太后孜孜求治,识拔人材,用能内外一心,将士用命，成此大功。上慰皇考在天之灵，下孚薄海人民之望。自维菲躬凉德，何以堪此？追思先皇未竟之志，不克亲见成功，悲怆之怀，何能自已？

此次洪逆倡乱粤西，于今十有五载，窃踞金陵，亦十有二年，蹂躏十数省，沦陷百余城，卒能次第荡平，殄除元恶，该领兵大臣等，栉风沐雨，艰苦备尝，允宜特沛殊恩，用酬劳勋。钦差大臣协办大学士两江总督曾国藩，自咸丰三年，在湖南首倡团练，创立舟师，与塔齐布、罗泽南等，屡建殊功，保全湖南郡县，克复武汉等城，肃清江西全郡，东征以来，由宿松克潜山太湖，进驻祁门，叠复徽州郡县，遂拔安庆省城，以为根本，分檄水陆将士，规复下游州郡。兹幸大功告蒇，逆首诛锄，实由该大臣筹策无遗，谋勇兼备，知人善任，调度得宜。曾国藩著赏加太子太保衔，锡封一等侯爵，世袭罔替，并赏戴双眼花翎。浙江巡抚曾国荃，以诸生从戎，随同曾国藩剿贼数省，功绩颇著。咸丰十年，由湘募勇，克复安庆省城。同治元二年，连克巢县、含山、和州等处，率水陆各营，进逼金陵，驻扎雨花台，攻拔伪城，贼众围营，苦守数月，奋力击退。本年正月，克钟山石垒，遂合江宁之围，督率将士鏖战，开挖地道，躬冒矢石，半月之久，未经撤队，克复全城，殄除首恶，实属坚忍耐苦，公忠体国。曾国荃著赏太子少保衔，锡封一等伯爵，并赏戴双眼花翎。记名提督李臣典，于枪炮丛中，开挖地道，誓死灭贼，从倒口首先冲入，众即随之，

因而得手，实属谋勇过人，著加恩锡封一等子爵，并着赏穿黄马褂，戴双眼花翎。萧孚泗督办炮台，首先夺门而入，并搜获李秀成、洪仁发，实属勋劳卓著，加恩锡封一等男爵，并赏戴双眼花翎。钦此。

其余文武一百二十余员，亦论功进秩有差，一场大乱，总算从此结束。

曾国藩由安庆至江宁，始发掘洪秀全尸首，遍体统用绣龙黄缎包裹，头秃无发，须已闲白，遵尚异教，不用棺木。国藩令即戮尸，焚骨扬灰，并将洪仁发、李秀成等处死。只洪福瑱不知下落，国藩奏称大约已死，其实洪福瑱已出走广德，转入湖州去了。小子又有一诗道：

覆巢自古无完卵，
密网由来少漏鱼；
为语暴徒应反省，
天心彰瘅果何如？

毕竟洪福瑱能逃出性命否，容下回续叙详情。

包立身以一隅团勇，抗数十万劲寇，事虽不成，亦足自豪。然天下惟正可以胜邪，断未有以邪克邪者。后世以异术推包立身，吾谓包之败，正坐此异术之害也。独怪长毛不图挽大局，徒甘心于寸土，不胜为笑，胜之不武。死一包立身，若九牛亡一毛，于官军无损，于洪氏无益，何其愚顽若此？洪氏至死不悟，尚欲以苎麻草根，取名甘露疗饥丸，令民间如法泡制。百姓无长物久

矣，即有草根，何处得蔗浆？"天下饥，何不食肉糜"，自古有此笑语，洪氏子亦其流亚也。江宁一陷，毙长毛十数万众，杀戮固未免太过，抑亦长毛冥顽不灵，自致死地，强梁者不得其死，观此益信。

第七十三回 战浙东包团练死艺 克江宁洪天王殒宗

## 第七十四回　僧亲王中计丧躯　曾大帅设谋制敌

前回说到洪福瑱出走，自广德转入湖州。其时浙江诸郡县，次第克复，独湖州尚为长毛酋黄文金所守，苏浙官军，会攻未下。文金迎幼主福瑱，至湖州就食，左宗棠、李鸿章探知消息，急檄部将努力图功。于是浙将高连陞、王月亮、蔡元吉、邓光明等，攻湖州东南，苏将郭松林、刘士奇、王永胜、杨鼎勋等，攻湖州西北，迭毁城外石垒，连破敌众。黄文金率悍党数万，启西门出战，郭松林督水陆军攻其左，王永胜由山径攻其右。文金袒露两臂，衔刀狂突，往返数回，终被枪炮截住。文金尚冒死力争，忽报浙军已攻入湖州东门，顿时心慌意乱，拥福瑱西走，遁至宁国府山中，不料兜头碰着鲍超，大杀一阵，歼毙无算，没奈何回走浙江淳安。途中又遇浙将黄少春，弄得文金无路可奔，舍命相扑，身被数十创，方突出重围。闻李世贤、汪海洋等在江西，决计由浙赴赣。约行数十里，文金创病大发，呕血而亡，遗命兄弟黄文英，力卫福瑱入江西境。

文英遂挟福瑱至广信，浙军紧追不舍，前面又有江西军要击，只得转趋石城。记名按察使席宝田，方在崇仁攻李世贤，探闻洪福瑱已入江西，防他与世贤军联合，急率轻骑由间道出截，至石城县杨家牌地方，危崖盘郁数十里，夕阳已衔挂山麓，暮色如画。前锋逗留不进。宝田召前锋前校，问伊何故逗留，将校以日暮对。宝田怒道："过岭即逋寇所在，汝何懈我军心？"喝令推出斩首，诸将股慄，奋勇而上。走了一夜，岭路渐平，东方亦渐明亮，遥见岭下有一簇长毛，正在早炊，军士大呼而下，长毛错愕相顾，不及逃避。黄文英勉强格拒，马蹶被擒；还有洪族中洪仁、洪仁政及他酋数十人，亦被宝田军擒住，单不见了洪福瑱。宝田讯问黄文英等，都不肯实供，只俘房中有一牧马小儿，由宝田诱出供词，说小天王逃遁不远，尚在山中。宝田乃分兵堵住谷口，自督部将沿山搜寻，瓮中捉鳖，网里捕鱼。不到二日，部将周家良报称已擒住洪福瑱，当下由宝田亲鞫，可怜十五六岁的

童子，杀鸡似的乱抖，只答了一个"是"字。宝田即将洪福瑱及黄文英等押解南昌。巡抚沈葆桢，迅速奏闻，上谕下来，叫他就地正法。自是福瑱被磔，黄文英、洪仁玕、洪仁政等，都随了小天王，同登鬼箓去了。了结洪氏。

是时太平酋康王汪海洋，正纠合余众十万，来迎福瑱，距战处仅百里，闻得福瑱被虏，众心解散，海洋气夺，窜入福建。李世贤亦自赣入闽。闽省空虚无兵，不意穷寇猝至，汀漳二郡尽被蹂躏。按察使张运兰率五百人拒战，众寡不敌，陷没阵中，被他支解而死；提督林文察，亦战死漳州，闽省大震。左宗棠飞檄黄少春、刘明灯自衢州趋延平为中路军；刘典、王德榜自建昌趋汀洲为西路军；高连陞自宁波泛海，趋福州出兴泉为东路军。三路官军至闽，不甚得手，李鸿章亦遣郭松林、杨鼎勋，统军乘轮船至闽，合围漳州，鲍超亦自江西至武平，各军会集。李世贤、汪海洋乃由闽窜粤。海洋攻入镇平，李世贤亦至，由海洋郊迎入城。两人议论军事，意见不合，海洋竟刺杀世贤。到此还要相杀，可谓至死不悟。又欲返走江西，为席宝田所阻，杀了一场。海洋背受矛伤，仍回广东，陷嘉应州。左宗棠促鲍超率军赴粤，自己亦入粤督师。由是浙军围嘉应州东南，鲍军当州城西面，北面由粤军方耀军环攻，惟南面驻扎敌营。海洋倾寨出战，官军失利，嗣复出攻浙军，黄少春、刘典、王德榜等亦败却。长毛得胜，可谓回光返照。海洋乘胜追赶，黄少春等选枪炮队抵御海洋，

更番注射，长毛反奔。诸军闻浙营得胜，三面夹攻，海洋中炮死，余党败入城中，推僧王谭体元主城守事。谭体元懦弱无能，开南门出走，官军追至黄沙嶂，山回谷绝，荒僻无人，将长毛逼入谷内，四围兜剿，长毛胆落，环跪乞降，体元及诸魁皆被诛，太平军才杀尽无遗。时已同治四年十二月了。了结长毛余众。

长毛尽歼，捻子尚骚扰山东、河南、陕西等省，清廷命科尔沁亲王僧格林沁及湖广总督官文会剿捻子。官文本是个因人成事的脚色，虽然出省督师，却只迁延观望，独僧亲王骁悍善战，所向无前。同治二年，攻破雉河集老巢，擒斩捻酋张洛型，只洛型从子张总愚遁去。适苗练沛霖复叛，陷寿州，围蒙城，攻临淮，众号百万。僧王毫不畏惧，直向蒙城进发。那时苗练部下，闻到僧格林沁四个大字，统已魂驰魄丧，望风归降。苗沛霖势成孤立，被僧王逼得无路可走，为部下所杀。另有沛霖一班义儿，个个生得眉清目秀，仿佛美人儿一般，遇着这粗豪勇莽的僧王，偏生成一种好杀的奇癖，每获一人，总叫刽子手细细剐碎，他却当作一样乐事，坐在上面，斟酒畅饮。犯人越哀号，他越快活。所以苗练一死，这班狡童俱同归于尽。南风固不足爱，其如惨无人道何？

僧王复回军河南，驰入湖北，降长毛余党蓝成春、马融和等，逼死扶王陈得才，独捻匪张总愚，纠合党羽任柱、赖文洸，东奔西窜。僧王追到东，他却

走到西,僧王追到西,他又走到东,凭你僧王勇悍过人,他竟不与一战,专寻山谷沮洳、峰回路阻的地方,分队匍伏。僧王手下统是满蒙铁骑,在平原旷野间,无人敢挡,若逢着山路崎岖,骑不得骋,马不得驰,真是有力也没处用。独僧王不管厉害,只饬诸将追入,诸将稍有违慢,他便鞭责杖笞,不肯少恕,所以诸将闻令,无一敢怠。奈一入山中,屡遇贼伏,良将恒龄、舒通额、苏克金等,统同战死。僧王愈怒,日夕驰二三百里。宿不入馆,衣不解带,席地而寝,天未明,即令军士造饭,早餐一顿,余外尽带干粮,僧王执鞭在手,上马疾驰,主帅一动,将士自个个随上。奈这捻子狡猾得很,从湖北窜河南,又从河南窜山东,弄得僧军昼夜穷追,气竭力弱。总兵陈国瑞、何建鳌叩马谏阻。僧王那里肯从,只命将士尽力追赶,一程复一程,直到曹州。已是英雄末路。

此时已是同治四年四月,天气微炎,南风习习,僧军多追得气喘吁吁,汗流浃背,遥听山后隐隐有号炮声,僧王传令速进,当下爬山过岭,越了几个峦头,仍不见敌踪,只小坳内有樵夫数名,不待僧军往问,他已走谒马前,报称捻匪在前,愿为前导。分明有诈。僧王大喜,便令樵夫前行,自率军紧紧相随,但见暮霭横空,落霞散绮,孤鸦觅队,倦鸟归林。叙入暮景,另有一番描写。军士不及夜餐,已是面带饥容,勉强前进。忽闻四面呐喊,前后左右,拥出无数捻子,把僧军困在垓心。僧王尚不在意,只督令诸将杀贼,捻众偏不与力敌,专用枪炮乱击,相持一二时,天色昏黑,僧军汹汹欲溃。诸将请突围出走,僧王不许,再三固请,乃饬召引路的樵夫,仍拟从原路杀出。樵夫恰也不逃,只说王爷随小的出去,决不有误。僧王尚命亲兵进酒,饮了数斗,吃得酒气醺醺,才提鞭上马,那马偏无故倔强,兀立不动。僧王加了几鞭,马反跳跃起来,险些儿把僧王掀下。马亦有知,人不如马奈何?僧王易马突围,眼睁睁望着樵夫,杀将出去。

谁意樵夫引着僧王,偏向捻子最多处引入,总兵陈国瑞见捻子重重拦阻,料知樵夫心怀不良,忙叫王爷速回。那樵夫闻国瑞大呼,霎时变脸,怒目相向,反叫捻子围杀僧王,国瑞忙挺身出救,无如捻子如蜂拥上,把僧王、国瑞冲作两截。国瑞舍命上前,连突数次,统被捻子击回。此时国瑞知无可救,只得自己寻条血路,冲杀出来。等到国瑞杀出,天色已经微明,检点手下残卒,只剩了数百人,方思下马暂憩,见有一队败卒,踉跄而来。国瑞忙问王爷何在,有一败卒道:"黑夜中人自为战,未识王爷下落。但百忙中见有贼首戴着三眼花翎,扬扬而去。贼首哪里来的花翎,想总是王爷殉难了。"国瑞道:"我等且再向前去探寻王爷踪迹,果得确实消息,方可奏闻。"部兵总不敢前行,由国瑞登高瞭望,已不见捻子片影,遂带部兵趋回原地。沿途尸如山积,仔细视,觅得总兵何建鳌及内阁学士全顺尸身,未免叹息。复寻将过去,只见一

清史演义

尸，卧丛箐中，有身无首，旁有一尸，却还身首俱全。国瑞令军士辨认，才识身首俱全的死尸乃是僧王帐前马卒，无首的死尸不是别人，正是亲王僧格林沁，身上已受了八创。国瑞相对泪下，遂率军士罗拜，异尸归省。连何总兵、全学士的尸身，也一同载回。当下飞章奏告，两宫太后亟下懿旨，从优议恤，准建专祠，并令配享太庙，予谥曰"忠"。

小子叙到此处，于上文樵夫底细，尚未详述，究竟樵夫是真是假？不得不补叙数语。樵夫实是捻子桂三假扮，导僧王走入绝地，僧王一味粗莽，不暇详辨，所以中计。缴足上文。

这时曾国藩正在南京，闻僧王轻骑追敌，每日夜行三百里，国藩叹道："兵法忌之，必蹶上将军。"方拟草疏密陈，忽报廷寄到来，僧王在曹州战殁，令他携带钦差大臣关防，赴山东剿捻，所有直隶、山东、河南三省绿旗各营及文武官弁，统归节制。两江总督职任由李鸿章暂署，另命刘郇膏护理江苏巡抚。先是朝旨赐国藩为毅勇侯，国荃为威毅伯，官文为果威伯，左宗棠为恪靖伯，李鸿章为肃毅伯。国藩持盈戒满，自思于功臣中，独膺侯爵，未免高而益危，至此接节制三省的上谕，遂上疏力辞，朝旨不许，只催他速赴山东，国藩不得已受命。是时捻众方战胜僧王，鸱张益甚，自山东编造木筏，搜劫民船，蓄意北犯，畿辅戒严。两江署督李鸿章，恐直隶兵单，亟遣布政使潘鼎新，统带鼎字淮军十营，由海道赴天津，与直督刘长佑筹固京防。捻众乃还集亳州一带，窥伺雉河。又想归老巢来了。曾国藩闻这警耗，急调刘铭传、周盛波等，率本部淮军往援。刘周两统领，向在鸿章麾下，系淮军中著名健将，此次奉调出剿，纵横扫荡，所向无前。捻首任柱、赖文洸虽竭力抗拒，究竟不是他对手，霎时间阵势已乱，分头窜去，雉河得转危为安。

朝旨奖赏有差，并促曾国藩克期平捻。国藩老成持重，复陈目下情形，万难迅速，一因楚勇裁撤殆尽，仅存三千作为亲兵外，现只留刘松山一军及刘铭传淮勇各军，不敷调遣，当另募徐州勇丁，就楚军规模，开齐奁风气，最快亦须数月，方可成军；二因捻匪战马极多，单靠步兵，断不足当骑贼，须派员赴古北口采办战马，在徐州添练马队，乃可进兵；三因扼贼北窜，全恃黄河天险，现办黄河水师，亦须数月，始可就绪；四因直隶一省，应另筹防兵，分守河岸，不宜令河南兵卒，兼顾河北。末后最要紧数语，乃是齐、豫、苏、皖四省，不能处处顾到，山东只能办兖、沂、曹、济四郡，河南只能办归、陈两郡，江苏只能办徐、淮、海三郡，安徽只能办庐、凤、颍、泗四郡。这十三府，系捻匪出没的地方，可以责成臣办，此外须责成本省督抚，屯驻泛地，各有专属等语。确是老成持重之言。两宫太后方倚重国藩，自然照准。

国藩恰安排多日，方出驻徐州。那时捻众恰东驰西突，随地蔓延，忽扰安徽，忽走山东，忽入河南，虽由官军四处追剿，总难圈住敌锋。朝旨免不得诘问国藩，又由国藩复奏，大致谓："捻匪已成流寇，官兵不能与之俱流，现惟择要驻军，不事驰逐，军饷器械，由水道转运，江南作根本，清江浦作枢纽，溯淮颍而上，可达临淮关，溯运河而上，可达徐州济宁。目下正分设四镇重兵，安徽以临淮为老营，归刘松山驻扎；山东以济宁为老营，归潘鼎新驻扎；河南以周家口为老营，归刘铭传驻扎；江苏以徐州为老营，归张树声驻扎。一处有急，三处往援，首尾相应，或可以拙补迟，徐图功效。"清廷也不能驳他，只好听他缓缓的布置。曾侯不求速效，隐惩僧邸覆辙，然平捻之机，实自此始。

会张总愚窜入南阳，两宫太后又焦急起来，令李鸿章督带杨鼎勋等军，驰赴一带防剿。结末又有"与曾国藩妥同商酌，不必拘泥谕旨，务期计出万全"云云。国藩恰奏称："河洛无可剿之贼，淮勇亦无可调之师，李鸿章若果入洛，岂肯撤东路布置已定之兵，挟以西行，坐视山东、江苏之糜烂而不顾？"等语。看曾侯此奏，似愤懑得很。还有李鸿章一奏，更说得剀切恳挚，他奏疏中有三大纲，曾由小子忆着，节录以供众览，便知当日用兵的情形。其文云：

臣按我朝从前武功，专恃兵力，此次军务，全资勇力。臣初至军营，习闻周天爵、福济、琦善、向荣、和春诸臣之议论，皆谓绿旗弁兵，驯谨而易调遣，各省勇丁，桀骜而少纪律，其不得已而用勇，就地召募，随时遣汰，尚无甚流弊，若远调数千里外，终必哗溃误事。咸丰初年，广西所募潮勇最多，向荣、张国梁带赴江南，沿途骚扰，卒至十年三月金陵之变，一溃而不可收拾矣。自曾国藩、江忠源、胡林翼、李续宾等创练楚勇，不用一兵，盖深知绿营废弛已久，习气太深，万不足以杀敌致果。而以楚将练楚勇，恩信素孚，法制严密，又由湖南北转战江皖，一水可通，人地相宜，是以历久而能成功。然李续宜、唐训方以楚勇剿淮北之捻，刘长佑以楚勇剿直隶之骑马贼，均未大著功效，则以离乡太远，南北异宜，勇性未能驯服，何能得其死力？曾国藩有鉴于斯，故于金陵克复，东南军事将竣，即将所部湘勇，全行遣撤，但属臣暂留淮勇，以备中原剿捻，自系因地制宜。

夫捻匪系皖豫东三省无赖纠合而成，其隶皖籍者，大都蒙亳颍宿人，皆在淮北；臣籍隶庐州，实在淮南。所部淮勇，则庐州、六安、安庆、扬州人居多，皆滨江之处，于长江上下防剿最宜。军士战于其乡，亦较得力。若赴河洛山陕，水土不习，诚恐迁地勿良，勇心涣散。朝廷期望于臣，欲以西北军事相属，不过以臣在吴，粗立战功，而臣亦唯赖所部将士，踊跃用命。若令臣去，而平素所用之健将劲兵，不得随行，臣复何能为役？曾国藩筹设徐州、济宁、周家口等处防军，皆臣部最出力者。臣若不调西行，则声势不能大振。若全调他往，则东皖无以自立。若另图添募马步，而随身先无亲信可恃之兵勇，必致偾事，无裨全局，此兵势不能

435

遽分者一也。

凡欲灭贼，必先治兵，欲强兵，必先足饷，欲筹饷，必先得人与地。臣自咸丰三年至八年，皆在皖北军中，窃见和春、郑魁士之军，战阵颇勇，旋因饷缺而溃。袁甲三、翁同书继之，更因饷绝而败。即十年江南大营之溃，十一年浙江之陷，皆由于粮饷断绝。官文、胡林翼筹鄂饷以供东征，曾国藩进图江皖，以江西、湖南、广东厘金为饷源，左宗棠以浙饷办闽浙之贼，臣以苏沪入款，办江浙之贼，皆能自我为政，转谕不匮，幸而蒇事。从古至今，言兵事未有不先筹饷糈者也。曾国藩夏间奉命剿捻，臣忝署江督，即以后路筹饷，引为己任以安其心。数月来分屯豫东苏皖千余里，湘淮兵勇四万余，粮运供支，源源接济，又兼筹苏松扬州留防各陆营，长江外海各水师，皖南江西防剿遣撤各湘军之饷，虽以入抵出，不敷尚多，竭力匀拨，幸无贻误。臣若奉命西征，则现在进图剿捻后路分防各军之饷，尚无专责之人，即臣带兵远出，饷源当居于何处？筹饷当责成何人？且欲图兜灭北捻，必须多练马队以备冲突，广置车骡以资转运，饷需甚钜，豫中蹂躏已久，力难供应。若专指苏饷，目下苏沪税厘，分供前敌，淮军已虞饥溃，再添练马步，人数益多，道路益远，势必不支。臣一经离任，恐亦不能遥制，此饷源不能专恃者二也。

臣军久在江南剿贼，习见洋人火器之精利，由是尽弃中国习用之抬枪鸟枪，而变为洋枪队，现计出省及留防陆营五万余人，约有洋枪三四万杆，铜帽月需千余万颗，粗细洋火药，月需十余万斤，均按月在上海、香港各洋行，先期采买，陆续供支。臣每亲自料理，又有开花炮队四营，一为潘鼎新带往济宁，一交刘秉璋镇守苏州，其副将罗荣光、刘玉龙两营为臣亲兵，现分守金陵城外之下关江东桥两处江口，以杜奸人觊觎。臣若出省督师，必须酌量调往，藉壮声势。惟炮队所用器械子弹，尽仿洋式，所需铜铁木煤各项工料，均来自外国，故须就近设局制造。苏州先设有三局，嗣因丁日昌在沪购得机器铁厂一座，将丁日昌、韩殿甲两局，移并上海铁厂，曾经奏明欲再移设金陵，为久远计。臣若遽赴他省，则炮局与铁厂，久必废弛，不但技艺不能渐精，且虑工费多有缺乏，而臣军接济，亦有断绝之时，此军火不能常常接济者三也。

臣所虑者只此三端，倘蒙皇上天恩，俯悯愚忱，熟思审处，俾微臣带兵远出，日后无掣肘之患，臣得效命疆场，帮同曾国藩，为国家歼此残孽，万死何辞！谨奏。

奏入，奉谕照旧办理，毋庸更张。于是曾国藩在徐州，除分设四镇外，添练马队一支，令李鸿章弟昭庆统带，作为一队游击兵，令他先赴河南，然后移节前进，驻扎周家口，居中调度。捻众闻报，竟另辟一路，窜入湖北，任柱、赖文洸向黄冈，张总愚向襄阳，蕲黄一带，遍地寇氛。曾国藩急调刘铭传援鄂。铭军一至，任、张两大股捻子，又并窜山东，连扑运河，被潘鼎新军击败。又入河南，遇着铭军回援，复东走淮徐，忽东忽西，忽分忽合，弄得官军疲于奔命。当由从容坐镇的曾大帅，想一个防河圈捻的计策出来，正是：

欲防兽逸先施罥，
为恐鸿飞且设罗。

毕竟曾侯所设的计策，是否有效，且看下回分解。

捻众四出滋扰，纯系盗贼性质，无争城夺地之思想，其知识更出洪杨下。然其东西驰突，来去飘忽，比洪、杨尤为难平。以此伏迹者一二百年，构乱者十三四年。僧亲王锐意平捻，所向无前，戮张洛型，诛苗沛霖，铁骑所经，风云变色，乃其后卒为张总愚等所困，战殁曹南。盖有勇无谋，以致于此。曾、李二公，更事既多，行军自慎，读其奏疏，不啻举二十年战事，尽绘纸上，故本回可为轻躁者戒，慎重者勖云。

## 第七十五回　溃河防捻徒分窜
## 　　　　　毙敌首降将升官

却说钦差大臣曾国藩，因捻众四出为患，决议扼守沙河、贾鲁河，逼捻众入西南，为竭泽而渔之计。自河南周家口以下，至槐店止，这一带属沙河，自周家口以上至朱仙镇止，这一带属贾鲁河，两处统设重兵扼守。自朱仙镇以北四十里，至汴梁省城，又北三十里，至黄河南岸，无河可扼，挖濠设防。自槐店以下至正阳关，尚是沙河余流，亦派重兵驻扎。自正阳关以下，统滨淮河，由水师与皖军会防。各分泛地，逐层布置，依次紧逼，免得捻众四溢。规画已定，遂檄刘铭传、潘鼎新、周盛波各军，分防沙河，严扼要隘，遍筑墙堡。捻首张总愚与牛老红正渡沙河南下，任柱与赖文洸亦渡淮并趋南路，这防河圈捻的计策，正用得着。各镇官军，方拟四面兜剿，不料夏雨过多，水势盛涨，南阳微山等湖，与运河连成一片，各路所筑堤墙，多半坍毁。想系捻众尚未该绝，所以如此。兼且积潦盈途，深过马腹，军中米粮子弹，输运迟滞，文报往来，亦多延误，民庐漂没，饿莩盈野，捻势因之益横。张、牛、任、赖，并合全力，由汴梁省城附近，排墙而进，直犯豫军。豫军只有抚标二营，敌不住大股捻匪，立时溃退。那捻众夷堑填濠，向东驰去。

是时刘铭传方在朱仙镇，遥望火光渐迤西北，料知豫中泛地有警，忙令乌尔图那逊带领马队向东驰援，唐殿魁带领步军，望北截剿。两军到开封境内，捻众大股已渡过黄河，窜入山东，只有几个小捻匪剩落后面，做了刀头之鬼。当下山东告警，菏泽、曹县、郓城、钜野一带，纷纷乞援。警报迭达清廷，这种酒囊饭袋的王大臣，遂交章弹劾国藩，说他暮气已深，不能再当重任。惯说现成话。事为国藩所闻，未免气愤，竟至成疾，因上疏请假。朝命李鸿章携带关防，驰赴徐州，调度湘淮各军，防卫淮徐以东，并与山东巡抚阎敬铭，商办山东军务，互相策应。

及鸿章到徐州后，刘铭传、潘鼎新两军已蹑捻众至郓北，与捻众战了一仗，大获全胜。捻众复折回西窜，又入河南，谋决黄河，断流徒涉，方在薄河掘堤，铭鼎两军先后追至，捻众分路散走，张总愚由河南窜陕西，任柱、赖文洸由河南窜安徽，自是张称西捻，任、赖称东捻。这位忧逸畏讹的曾侯，已告假了数日，索性再上奏章，自称剿捻无功，愿即开缺撤封，降为散员，留营效力。曾侯亦思效张子房耶？两宫太后垂念旧勋，不从所请，令他在营调理，赏假一月，这一月内，着李鸿章署理钦差大臣，国藩尚请开缺另简，以专责成。李鸿章也上疏推辞，仍把分兵筹饷的两样难处，申奏一番。朝议遂将曾李二人，易一位置，两人不便再违，遂遵旨奉行。

当曾、李交替的时候，东捻复从安徽回河南，从河南窜湖北。国藩弟国荃时为湖北巡抚，闻东捻窜入，出驻德安，飞咨钦差大臣李鸿章，调兵进剿。鸿章急檄刘铭传、刘秉璋等，自周家口拨队进固始商城，与周盛波、张树珊各军，分道入鄂。任柱、赖文洸本思由湖北入陕西，联合西捻，因被曾国荃所扼，不能前进，遂率众直趋德安，绵亘数十里。周盛波、张树珊军正自河南驰至，与捻众开仗，任、赖麾众冲突，由周、张开放炸炮，连环袭击，捻尚未退。前者仆，后者继，自未至戌，鏖战四时，周、张两军抛了无数炸炮，遍地爆裂，毙捻无数，捻众始折奔西北。张树珊与盛波军东西分追，相距约二十余里。树珊至德安府境王家湾，遥见捻众在前，尚不下数万名，当即麾兵直上，至新家闸。捻众列阵以待，树珊分两翼夹进，自督副队居中，用马队为外护，奋勇杀入，毙敌无算，捻众复回头窜去。

兵法有云："穷寇莫追"，树珊仗着锐气，满望得当歼敌，仍率兵踊跃前进，为这一追，适中兵法所忌，又蹈僧王覆辙了。树珊前追数十里，忽后面喊声大起，有大队捻子杀到，前面的捻子也转身夹击，把张军前后队冲断。树珊久战无继，免不得穷蹙起来，战至夜半，不得出围，所督副队及亲兵伤亡殆尽。树珊自知必死，大呼陷阵，杀伤略当，力尽堕马，遂遇害。树珊，庐州人，系张树声兄弟，自咸丰四年，随兄至皖北带勇，隶李鸿章麾下，树声以谋胜，树珊以勇胜，相辅而行，故所向有功。至同治四年，树声赴徐海道任，树珊已洊升至右江镇总兵，此次奉命援鄂，鸿章颇虑其轻敌，令与周盛波合进。不意树珊偏孤军追敌，竟堕了捻子前后夹攻的诡计。叙明树珊履历，犹是旌忠之意。

刘铭传闻树珊败没，驰至德安，会周盛波军追踪进蹑，击败捻众于下沙港，捻众东窜枣阳，西折至安陆府属的尹瀍河。时鲍提督超正驻军樊城，铭传与他函商，约期夹击。铭军由北而南，先至尹瀍河，望见捻众均扎驻对岸，遂留王德成、龚元友两营，护守辎重，自率大众渡河。至中流，捻众作邀击状，被铭军炮弹击退。铭军既登对岸，捻众不战而走，由铭军追杀五六里。铭传老将，胡犹不知捻匪诈计？此可见行军之难。忽有紧报传来，说是捻子已渡河劫

辎重，铭传大惊，急分前敌步队三营、马队三营回顾后路，六营方发，任、赖二捻竟悉众回扑铭军，铭传即分中、左、右三军迎敌。战不多时，左军统带刘盛藻败退过河，捻子并力攻中右两军，中军营官李锡增，中弹身亡，铭传也不能支，只得且战且退。右军统带唐殿魁被困，战没阵中，于是捻众乘势掩杀，亏得王德成、龚元友两营沿河救应，方得护铭传过河。捻众又渡河追来，铭传正在危急，幸鲍超亲率霆军来援，两军齐奋，方将捻众杀退，向安陆西路窜去。铭传收拾余军，五停中已丧失一停，询问王龚两营官，才知抢劫辎重乃是捻子谣言，故意误人，摇动铭传军心之计，铭传懊丧不迭，奏闻清廷，自请处分。有旨加恩宽免，只责刘盛藻督队不力，拔去花翎，撤去勇号，仍令带罪图功。其余阵亡将士，各赐恤有差。捻匪计中有计，不可谓无人。

同治六年，李鸿章抵徐州，朝旨令他任湖广总督，仍著在营督军剿捻。鸿章接旨后，复自徐至周家口，定议先剿东捻，后剿西捻，又因树珊战殁，铭传败退的缘故，料得穷追无益，决计用曾老旧谋，仍主圈地。闻任、赖等尚在鄂境，劫掠裹胁，乃檄各路统领，陆续赴鄂，围攻捻众。赖文洸刁猾得很，与任柱商议，由鄂窜豫，至信阳州。刘铭传急统军回防，周盛波亦随后踵至，两路夹击，阵擒捻党汪老魁、陈大狗、祝老伏等十八人，斩余捻二千余名，只阵亡总兵刘启福。任、赖经此大创，只得折回，转而图皖，又被刘秉璋、杨鼎勋击败。任、赖急得没法，还想下窜，由刘铭传驰入鄂边，拦头痛剿，连败数阵。适时当仲夏，天久不雨，湖河尽涸，人马转战疲惫，无水不足以制敌。水溢不足制敌，水涸又不足制敌，流寇确是难剿。鸿章正在忧虑，俄闻捻众又逼近南阳，忙檄刘铭传尾追，周盛波迎截，潘鼎新、刘士奇等分路兜剿。任、赖闻风东趋，竟自河南窥山东，日夕驰数百里，势如飙发。各军驰追不及，竟被他冲破运防，直达济宁。运防是什么要隘？因前次曾侯督师时，除豫省贾鲁河、沙河两岸设防外，又于山东省的运河东岸，修堤筑墙，防捻东窜。豫防溃陷，运防尚屹然如故。仼、赖等远窜鄂中，距运防已远，戍卒多懈，不防捻众突然驰至，冲过运河东岸长墙，把东军防营内的军械，抢掠殆尽，并掳胁民船，迫渡全师。东军统带王心安、水师统带赵三元都逃得不知去向，一任捻众所为，这叫做"蝗虫吃稻，蚱蜢当灾"。王心安太安心了，赵三元想是癞头鼋转世，故鬼水隐去。

鸿章闻报，亟自周家口赴归德，调集淮军全营，赴东防堵。刘铭传、潘鼎新为淮军领袖，因捻众渐趋登莱，遂建倒守运防，进扼胶莱的计议，鸿章甚为赞成，遂派铭军由济宁向泰安、莱芜，径趋青州为中路，鼎军由潍县昌邑赴莱州为北路，又派徐州镇董凤高，昭通镇沈宏富马步十五营，由郯城兰山进莒州为南路，三路兜截而前，期逼二捻酋到海滨，使他进退无路，束手就毙。于是将大略疏陈，复旨命他移驻东境，就近调度。鸿章乃再自归德趋济宁,又调周盛波、刘秉璋、杨鼎勋各军,分戍运河。并咨河南巡抚李鹤年,派张曜、宋庆两军扼东平,并约安徽巡抚英翰,派黄秉钧、张得胜、程文炳各军,扼守宿迁上下游一带。并调水师三营,入运巡护。乃弟李昭庆亦令守韩庄八闸。各军陆续到防,旌旗飘荡,戈戟森然。就中有坍陷的河堤,毁坏的墙垣,令弁勇赶紧修筑,不论炎风烈日,统是昼夜不停。这一番布置,真是密密层层,像铜墙铁壁一般,一些儿没有渗漏。鸿章复亲去巡视,东至运河,西至胶莱河,都已筹防完固。只淮河西岸,统是沙滩,接近海口,一时不及筑墙,当遣东军十营防堵,想亦无妨。遂回驻济宁,眼睁睁地望着捷报。布置妥帖,总望有成,谁料尚有缺点。

第一次报到,捻匪窜即墨县,由东抚率军击退;第二次报到,捻匪犯新河,由潘鼎新军击退;第三次报到,捻匪大股扑豫军,由宋庆等并力杀败,追奔二十余里。鸿章暗想道:"这番的捻匪,已入我笼中,就使插翅也难飞去了。"过了两三日,接到一角紧要文书,拆开一瞧,乃是捻匪全股从海神庙扑渡潍河,王心安营溃,营官胡祖胜等阵亡。亡字未曾看完,不由得将来文掷下,勃然道:"混账的王心安,前次为运防失陷,已经革职,只望他效力赎罪,他又溃走,误我大事,真正可恨!但尚有王成谦十营,为什么坐视不救呢?"看官听着!这王成谦系候补道员,就是东军十营的统领,潍河西岸,归他防堵,他因营墙未成,不免心虚,左思右想,只有已革总兵王心安,原扎辛安庄,颇有营墙掩护,遂与他商议,令他移驻海神庙。海神庙系在海口,心安总道捻匪不来,便亦允商。都是避难就易的想头。当下将所部四营移扎,偏这任柱、赖文洸与他作对,竟从此冲出,心安又跳身遁去。王成谦袖手旁观,竟被捻众一拥过河。心安善走,成谦善避,真是一对好同宗。至刘铭传、潘鼎新及董凤高、沈宏富等闻警驰至,那捻众已似漏网鱼,脱笼鸟,远飏而去。恼得李鸿章无自泄愤,一口气都喷在王成谦身上,拜表弹劾,立即革职。一面专顾运防,亲赴台庄,妥慎布置。

清廷的王大臣,又疑议起来。一班饭桶,又想出头。说是:"胶莱且溃,何论运河?"即寄谕询问李鸿章。鸿章复奏:"胶莱河防三百余里,尚不可靠,沿运千里,似更难恃,但从前议守运河,原恐胶莱河防,仓猝难成,所以画一圆圈,扼捻归路,檄皖豫鄂各军,出境守运,既便顾外,尤便顾内。若自撤运防,令捻匪得以窜逸,将来流毒数省,贻害无穷。"这数语感动天听,有旨报可。果然任、赖二酋急欲突出运河,窜至宿迁,幸亏刘铭传、潘鼎新、周盛波各军拦住厮杀,截回捻众。任、赖又图扑苏境,经各军前截后追,打一仗,输一仗,没奈何仍返山东。是时已秋尽冬初,捻酋闻潍县有粮,想掳掠一番,为御冬计,不意铭军急急追来,任柱等方到潍县,铭军潜踵而至,乘其不备,黉夜攻入,把捻巢截作三段,捻众

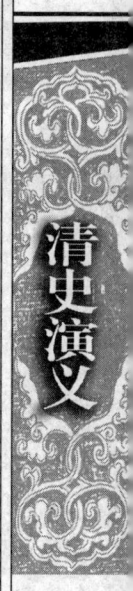

大乱。捻党王双如等被斩，张斯、潘德、杨三洼等受擒，任柱、赖文洸尚抵死拒战，当由铭军叠放排枪，中者死，着者伤。又毙捻众数千人，获住好几个头目。任、赖也几乎成擒，只得落荒逃走。任柱等经此一战，吃亏得了不得，所有精悍，多半被歼。奔到日照县，那刘铭传仍不肯舍，率马步两队追至，枪弹无情，又将任柱右耳击伤，任柱再向南窜，径奔江苏赣榆县境。遥望后面尘头又起，料知铭军杀到，不禁大愤，向手下党羽道："今日定要决一死战，有他无我，有我无他。汝等如不从令，先血吾刃。"一味蛮抗，有何益处？当下选捻子数万名，设伏城东丛林中，自己怡裹创以待。

刘铭传追至赣榆，也防任柱设伏，分兵两路，一路由城东进，派副都统善庆、温德勒克统带，一路由城西进，派总兵陈振邦及副将徐邦道、勇目陈凤楼等统带。陈振邦等甫过西关，正遇着赖文洸，率马步数千人前来，两下接仗，不到数合，赖捻即退，振邦麾众尾追，甫及里许，喊声大起，有一大股捻子，都执着长矛，相夹而进。赖捻也转身杀来，振邦颇觉心寒，幸来了刘盛休、唐定奎两将领着步队，接应振邦，夹击捻众。捻众毫不畏怯，奋勇死斗，正杀得难解难分。刘铭传亲督全军，摇旗而至，那边瞥不畏死的任柱，望见铭传亲来，就将丛林内的伏捻，一齐号召，向刺斜里杀出。说时迟，那时快，善庆、温德勒克一支人马，也从城西绕到，敌住任柱。东来西应，颇觉好看。这时候炮声飚发，弹焰星攒，一面是只思脱险，猛鸷异常，一面是满望立功，悍勇无匹。酣斗了好几时，尚是不分胜负。忽然烟雾四塞，昏不见人，赖文洸一股，纷纷退走，刘铭传趁这机会，派刘克仁步队六营及丁寿昌、滕学义等，乘着雾，由城北绕出，攻任捻的背后。自率各军会合善庆等，专攻任柱。任柱分股相拒，越斗越狠，癞狗一般不管死活，一味乱噬。不到数刻，刘克仁、丁寿昌等从背后冲入捻阵，捻众始乱。独任柱指麾自若，仍一些儿没有惊慌。刘铭传下令，得任贼首，立膺上赏，军士越加感奋，踊跃上前。怎奈任柱手下的悍捻，煞是能耐，左挡右拦，无隙可入。猛听得一声大叫道："任柱中枪死了。"这声传出，捻众惊噪，乃大奔。铭传挥军掩杀，穷追二十余里，擒斩千余名，夺得骡马器械无数，方才收军。

当下拜表奏捷，叙明降人潘贵升的首功。有旨自铭传以下，均加赏赉。独降人潘贵升，补用千总，并赏加游击衔，又给银二万两。看官！你道这潘贵升，何故独蒙优赏呢？原来贵升见任捻势蹙，曾向陈凤楼马队营内，密信乞降，愿杀任捻为进身阶。这日两边接仗，战久不下，贵升混入清营，密报哨官邓长安，计歼捻首。长安为语铭传，令他立功受赏。贵升即返，也是任柱命数该绝，天大烟雾，前后迷濛，被贵升施枪洞胸，顿时毙命。贵升大呼而出，至铭军处报功。捻众无头自乱，焉有不溃之理？补叙任柱中枪之原因，是作者惯手。小子曾戏作十六字道：

任柱不任，贵升偏贵。

天道昭彰，贼死无悔。

任柱已死，只剩了一个赖文洸，独木不成林，不怕他不死了。欲知后事，且看下回。

圈地剿捻之谋，实是制捻胜算。曾国藩剏之于前，李鸿章踵之于后，萧规曹随，不是过也。乃一溃河防，而言官文劾曾侯，再溃河防，而言官群诋李督，众口铄金，积毁销骨，设非老成人，坚持到底，鲜有不隳成谋，破全局者。阃外之事，将军主之，此乃颠扑不破之至理，悠悠之口无取焉。任柱为捻徒各股总头目，桀黠称最，自被其下潘贵升所刺，而捻众乃瓦解矣。然非圈地制捻之计行，则任柱之势不蹙，贵升固捻党耳，岂肯反噬乎。读此回吾服李督，吾尤服曾侯。

# 第七十六回　山东圈剿悍酋成擒
河北解严渠魁自尽

却说捻众自任柱死后，推赖文洸为首领，文洸激励众捻，为任柱复仇，自赣榆县奔至海州，收拾余烬，再图大举。会清军营内又添了一员郭松林，郭向隶李督麾下，平苏常有功（应七十二回），任福建陆路提督，前时因病乞假，此番病愈来营，由李鸿章派拨马步二十营，交他统带，令赴前敌。松林与刘铭传是老同寅，自然竭力帮助，会泮昇新至海州，击败赖文洸于上庄镇，降捻党五营头目李宗诗，复追入山东诸城县境，途次遇边马游弋，亟饬将士前进，步步为营；行不数里，果见捻众数百骑，如飞而至，被鼎军一阵痛击，都拍马逃去。鼎新向步军各统领道："这是捻匪惯技，明明诱我，使我中伏，我恰偏要追去，汝等须步步留意，倘或伏贼齐来，不要惊惶，只教立定脚跟，静待号令。"捻匪惯技，已被清将瞧破，这叫作鼯鼠技穷，安能不毙？诸将齐声答应，鼎新即自率马队，分东西两路追入，步军随后徐进，一声胡哨，捻众从冈岭三路压下，好像风卷潮涌，飚忽而来，鼎新恰从容指挥，令前后马步两队，各自严列，用枪对敌，不得妄动，违令者斩。此令一出，各军士屹立不动，凭捻众如何冲突，只用枪弹对付，捻众无法叵施，所有锐气，已自不战而挫。鼎新见捻众已怠，鸣鼓进军，前马队，后步兵，纵横驰突，锐不可当，杀得捻众叫苦连天，一霎时跑得精光。

自是赖文洸一筹莫展，只向寿光、昌邑、潍三县交界处，往来盘旋，到潍县东北安堌地方，又想抄袭陈文，从海滩窜渡内地。突见清军大队，摇旗而来，旗上都大书一刘字，不是旧日的王心安。文洸到此，逃已不及，仓皇整队，迎拒铭军。方交战间，但闻四面八方，都是清军杀到，口口声声地呼杀赖贼，文洸不免慌张，忙冲开血路，向东狂奔，一口气驰至杞城，旗靡辙乱，毫无纪律。蓦闻前面有炮声枪声，振响空中，清军随声而出，当头拦截，为首一员大将，红顶花翎，跃马突入。这位大将是谁？就是郭军门松林。文洸尚不知他厉害，呼众迎战，被郭松林手刃数人，方晓得不是等闲，正思回走原路，谁知铭军又复赶到。文洸势成死地，不得不力战求生，遂令步队居中，马队分两翼，翕张凶焰，恶狠狠地相扑，究竟弱不敌强，被铭、松各军追至河曲，群捻自相残踏，尸横狼藉，后路的捻众多凫水逃去，赖文洸也总算幸脱。想还有几日好活。

各官军复跟踪追剿，直至胶州县的小南沟，趁他未备，又尽力掩杀一阵，只剩了几个老捻子及七八千残众随着赖酋，窜至寿光县界。官军四路相逼，蹙至海隅，圈入南北洋河巨弥河中间，河水甚深，捻众背水死战，松林、鼎勋两军从东面攻入，铭传率大军从西面攻入，把捻众冲得四分五裂。文洸死斗一日，看看支撑不住，索性把马匹辎重尽行弃掉，轻骑东奔。铭军令兵士不得妄取，专力追赶，由洋河追至弥河，捻众已零星四散，文洸还想冲突运防，奔至沭阳，遇着皖军程文炳，略战数合，当即折回，复至淮安，有李昭庆、刘秉璋、黄翼升水陆各军驻扎，眼见得不能过去，再窜扬州。适道员吴毓兰奉李督檄，统带淮勇防戍，闻捻徒突至，出队迎击，文洸不敢恋战，仍且战且奔，追杀至瓦窑铺，天大风雨，昏黑莫辨，战至五鼓，毙捻数百名。此时文洸已入围中，无路可窜，竟纵火焚毁民屋，想借此摇惑官军，以便漏网。毓兰正防这一着，麾军冒火搜剿，但见火光中有一巨酋，骑着黄马，手执黄旗，指挥残捻，料知是赖文洸，叠发数枪，击中文洸马首，文洸随马仆地，毓兰急督亲卒突进，生生地将他擒住。审讯是实，就地正法，余捻不过数百人，擒斩殆尽，就使有几个逃出，也被各军搜杀无遗。

东捻各股，一律荡平，朝达捷书，夕颁赏典。李鸿章蒙赏加一骑都尉世职，提督刘铭传以下，均沐厚赉，曾国藩筹饷有功，已升授体仁阁大学士，至此亦加一云骑尉世职。清廷待遇功臣，也算不薄了。红顶子都从人血染出。就中一位勾通捻匪的张七先生，占踞山东省肥城县的黄崖山，也被官军入山穷剿，杀得一个不留。这位张七先生名叫积中，本江南仪征县人，少时曾读过诗书，应试不隽，他穷极思迁，竟去投贽周星垣门下，拜他为师。周称太谷先生，素讲修炼采补术，门徒颇盛。积中学了五六年，尽得师承。太谷被江督百龄，拿去正法，门徒统行逃匿，积中也避至山东，寻闻禁缉渐宽，遂借传教为名，不论男女，尽行收录。有时占候风角，推测晴雨，颇觉有验，因是被惑的人，日多一日；连一班莫名其妙的官僚，也有些将信将疑，远近遂称他为张圣人。不知是文圣人，是武圣人。事有凑巧，捻匪骚扰山东，他恰托词筹防，占住黄崖山，叠石为砦，依山作垒，引诱愚民，说是北方将乱，只此间可以避兵。乡民越加信从，趋之若鹜。他偏装腔作势，不轻易见人，平日讲授教旨，无非叫他高徒赵伟堂、刘耀东等，作为代表，他自己只同两个女弟子，深居密室，也不知研究什么经典。大约是闺门秘术戏图之类。这两个女弟子的芳名，一名素馨，相传是太谷孙妇；一名蓉

## 第七十六回　山东圈剿悍酋成擒　河北解严渠魁自尽

裳，系一个吴家新孀。山中每月必设祭一二次，每祭必在深夜，香烟缭绕，满室皆馨。积中仗剑居中，两女盛装夹侍，庄严得了不得。非教中人，不能入窥，乡里都称为张圣人夜祭。谁知后来竟约会捻徒，揭竿起事。捻徒失败，一座孤危的黄崖山，哪里还保得住？被官军一阵乱杀，覆巢下无完卵，不特积中就戮，连素馨、蓉裳两女侍，也没有着落，大约不是逃，就是死，一场好因缘，都化作劫灰了。死则同穴，可以无恨。

话分两头，且说东捻失势的时候，正西捻蔓延的日子。西捻首领张总愚，自河南窜入陕西，适值叛回骚扰陕甘，遂与他联络一气。陕回的头目叫做白彦虎，甘回的头目叫做马化隆。他因发捻肇乱，亦乘机扰清，清廷曾赦胜保旧罪，令他往讨，师久无功，逮问赐死（应第七十一回），更调多隆阿往代。多隆阿迭破回砦，嗣后亦伤重身亡，再命杨岳斌督师，又因病乞归。西警频闻，恼了这位恪靖伯左宗棠，自请往讨，为国效力。两宫太后，欣然批准，立命移督陕甘。

宗棠到了陕西，闻捻、回勾结，上疏剿捻宜急，剿回宜缓，朝旨自然照办。宗棠即令提督刘松山及总兵郭宝昌、刘厚基等，率军驱捻，不令捻、回合势。张总愚遂自秦入晋，自晋入豫，自豫入燕，直扰保定、深州等处，京畿戒严。盛京将军都兴阿奉命赴天津，严行防堵；并调李鸿章督师北上，会剿西捻。鸿章不敢迟慢，即檄各路兵马，启程前进。惟刘铭传创疾骤发，不能乘骑，乞假养疴，因此未与。

鸿章既到畿南，以河北平原旷野，无险可守，只得坚壁清野，令捻徒无处掠食，然后再用兜剿的法子。于是劝令就地绅民，赶筑圩寨，一遇寇警，即收粮草牲畜入寨内，免为匪掠。绅民倒也遵谕筹办，无如张捻已四处窜突，连筑堡也来不及。第一次接仗，郭松林、潘鼎勋各军，破张捻于安平城下；第二次接仗，河南陕西各军亦到，与郭松林等会合，蹑捻至饶阳县境，袭斩捻党邱德才、张五孩；第三次接仗，捻偷渡滹沱河，松林、鼎勋兼程追到，陕军统领刘松山，豫军统领张曜、宋庆，亦先后踵至，各路截击，渡河各捻，杀毙甚众，张捻向南窜逸；第四次接仗，捻自直隶窜河南，复自河南回直隶，各军截剿于滑县的大伾山，又获大胜；第五次接仗，仍在滑县，捻用诱敌计引诱官军，记名提督陈振邦阵亡，其余各军，也伤失不少。讨东捻用详叙，讨西捻用简述，并非详东略西，实因东西捻之情势，大略相同，为避重复计，不得不尔。朝旨遂易宽为严，左宗棠先已被谴，至是李鸿章亦罣吏议，连直隶总督官文及河南巡抚李鹤年，统革职留任。

左宗棠向负盛气，督军前敌，亲至畿南，与李鸿章会商军务，决议严守运防，蹙贼海东。统是抄袭曾文。规画方定，张捻已直走天津，亏得郭松林等冒雨忍饥，日夜驰数百里，抄出敌前，击败张捻，捻始折回。从前张捻的计策，很是厉害，他从陕西到京畿，飙疾异常,本拟马到成功,立夺津沽,不期淮勇亦倍道来援,日夕争逐,未能遂志。他又故意窜至河南,牵掣淮军南下,然后疾卷回犯津沽,出人不意,掠夺奥区。偏这郭松林等,与捻众角逐已久,熟悉狡谋,防他回袭,与之并趋而北,且比他赶向上风。一场酣斗,竟得胜仗,自此敌谋乃沮,折入运东。总叙数语,申明上文。

李鸿章遂力主防运,拟先扼西北运河,联筑长墙,绝捻出路。适郭松林等追捻南下,道出沧州;沧州南有捷地坝,在运河东岸,当减河口,以时启闭,蓄泄济运,减河水深,足限敌骑窜津之路。鸿章飞饬郭松林,腾出潘鼎新、扬鼎勋两军,筑减河长墙八十余里,分兵扼守,津防以固。再调淮直豫陕皖楚各军,各守运河泛地,运防亦因是告成。鸿章又亲率周盛波行队,由德州沿运河,察勘形势,尚未回辕。张捻果率众扑减河长墙,见淮军整队出迎,料不可敌,不战即走;至盐山附近,突遇两支大军,一支是湘军刘松山,一支是豫军张曜、宋庆,由陕督左宗棠统率前来。两下对垒,张捻大吃其亏,由盐山遁去,走入茌平高唐境内。嗣是捻中无一步队,专恃马军,每人备马三四,倏忽易骑,势如飘风疾雨,遇敌即奔,追亦难及。鸿章只饬各军添筑长墙,一层紧一层,一步紧一步,圈地益蹙,捻势亦益衰。嗣至沙河左近,被松林等探悉行踪,乘雨潜袭,列阵而进,行十余里,渡过沙河。捻方起队欲走,行列未定,蓦见官军突至,不觉大惊,急思策马前奔,怎奈泥淖载途,骑不能骋,此时前有松林,后有鼎新,前后夹击,马步连环迭进,无不以一当百,枪丸如雨而下,呼声雷动。捻众大衄,官军乘势压追,直抵商河城下。自沙河至商河三十里,沿途伏尸,顶趾相接,张总愚尚亲率黑旗队,回战数次,被官军排枪齐放,着了弹子数粒,坠落马下。旁有骑卒数十名,忙将总愚扶起,翼之而遁。这一场大战,毙捻徒二三千名,生擒千余名,还有五千余骑,向东驰脱。

鸿章复奏调刘铭传赴军,联络各路,逼捻入山东省,至济阳境内,斩尾捻二百余级,生获捻党郑文起,余捻折向南遁,窜入黄河沿岸的老海洼,凫水狂奔。各官军亦凫水进逼,由水登陆,把捻中最悍头目程二老坎、程三老坎、张锦泗、周六等,统共杀死。张捻辗转至德州,连番抢渡运河,都由炮船民团击溃。著名悍捻张正邦、张正位、张可师、张九临、尹汤成、李老怀、邱麻子等,率旧夥缴械乞降。张总愚再窜商河,已零零落落,不能成队。刘铭传等复率队来追,追总愚于黄河运河间,八面围攻,生擒总愚爱子张葵儿及其兄宗道、弟宗先、侄正江,并悍目程四老坎、马老三、樊大等,统就阵前枭首。总愚于乱军逸出,东北走至徒骇河滨,顾手下只有八骑,不禁涕泗横流,下马与八人永诀,投水而逝。全尸而死,还是张捻之幸,看官莫以项羽相比。及官军追至,六骑死矛刃下,两骑被擒,西捻亦就此肃清。当由六百里驰驿奏捷,李鸿章、左宗棠等,自然官还原职,其

清史演义

## 第七十六回　山东圈剿悍酋成擒　河北解严渠魁自尽

余得力将弁，亦奖叙有差。军机大臣恭亲王奕訢，暨文祥、宝鋆、沈桂芬诸人，也因赞襄机务，昕夕慎勤，得邀特赏。就是亲郡王贝勒贝子公及内外文武，大小臣工，概蒙赏加一级。拨开云雾，重睹承平，又是一番好景象了。语中有刺。

只陕甘叛回，尚未平靖，由左宗棠入觐，奏称五年以后，定可报绩。两宫太后非常欣慰，令他即日还陕。宗棠受命，风驰电掣而去。左公好大喜功，言下自见。还有云南一带，亦有叛回滋扰，云贵总督潘铎，被叛回马荣杀死，亏得代理藩司岑毓英，密抚回酋马如龙，合击马荣，一鼓歼除。毓英本粤西诸生，带勇入滇，累著战功，潘铎歾后，朝命劳崇光继任。崇光一见毓英，大加赏识，遂将云贵军事，委任毓英。会黔苗陶新春兄弟，无端倡乱，毓英又出省讨平。师出未归，迤西回酋杜文秀，聚众数十万，连陷二十余城，直犯省会。劳制军急檄毓英回援，毓英倍道返省，戈矛耀日，旌旆迎风，叛回闻他威名，先已股栗，待至交战，岑军果个个勇猛，大小回垒数十，被岑军一一踹破。文秀回踞大理府，毓英遂晋升云南巡抚。两宫皇太后及同治皇上，料知陕甘云贵一带，不日可以荡平，遂将平日宵旰忧劳的心思，改作安闲自在的态度。慈安太后素性贞淑，倒也没甚变态，独这花容月貌、聪明伶俐的慈禧后，未免放荡起来，宠了一个安得海，闹出一场招摇撞骗的笑话。正是：

　　安者危之机，逸者欲之渐；
　　宵小伏宫闱，怪象从此现。

欲知安得海招摇情形，待下回再行表明。

东西捻同一性质，所以制东捻者在圈地，则制西捻应亦如之。本回叙东捻事较详，述西捻事少略，为省繁避复起见，细评中已言及之，阅者应自默会也。或谓洪氏子有帝王思想，与著书人寓意不同，故特加贬笔，东西捻则来去飙忽，未尝踞一城，占一地，似较洪氏为可原。不知洪氏为大盗，东西捻为流寇，大盗不可恕，流寇其可恕乎？同一病国，同一殃民，何分之有？著书人仍深斥之，所以遏乱萌，防流弊也。张积中言祇行诡，恶似较浅，而心更可诛，故特附入篇中，以垂炯戒。

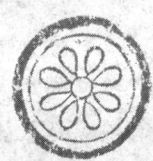

## 第七十七回　戮权阉丁抚守法　办教案曾侯遭讥

却说慈禧太后在宫无事，静极思动，未免要想出消遣的法子。她生平最喜看戏，内监安得海先意承志，替太后造了一座戏园，招集梨园子弟，日夕演戏。安得海亦侍着太后，日夕往观，仿佛唐宫，只慈禧厚福，恰比杨玉环要加十倍。因此安太监愈得太后欢心。安太监于两宫垂帘时，曾有参赞秘谋的功绩，至此权力越大，除两宫太后外，没一个敢违忤他，就是同治皇帝，也要让他三分。宫中称他小安子，都奉他如太后一般。慈禧后有时高兴，连咸丰帝遗下的龙衣，也赏与小安子。直视小安子如咸丰帝，比武后宠张昌宗何如？当时有个御史贾铎，素性鲠直，闻得小安子擅权，专导慈禧后看戏，每演一日，赏费不下千金，他心中愤懑得很，竟切切实实地上了一本，奏中不便指斥慈禧，只说是"太监妄为，请饬速行禁止，方可杜渐防微"等语。慈禧太后览奏，却下了一道懿旨，责成总管太监，认真严察，如太监有不法等情，应由总管太监举发，否则定将总管太监革退，还要从重治罪。内外臣工，见了此旨，都称太后从谏如流，歌颂得了不得。其实慈禧是借此沽名，宫中仍按日演戏，且令小安子为总管，权柄日盛一日。

适值粤捻荡平，海内无事，小安子活不耐烦，想出京游赏一番；恰巧同治皇上，年逾成童，两宫欲替他纳后，派恭亲王等，会同内务府及礼工二部，豫备大婚典礼。小安子乘机密请，拟亲往江南，督制龙衣。慈禧太后道："我朝祖制，不准内监出京，看来你还是不去的好。"小安子道："太后有旨，安敢不遵？但江南织造，向来进呈的衣服，多不合式，现在皇上将要大婚，这龙衣总要讲究一点，不能由他随便了事。而且太后常用的衣服，依奴才看来，也多是不合用的，所以奴才想自去督办，完完全全的制成几件，方好复旨。"慈禧后素爱装扮，听小安子一番说话，竟心动起来。只是想到祖制一层，又不便随口答应，当下狐疑未决。究竟是个女流。小安子窥透微意，便道："太后究竟慈明，连采办龙衣一件事，都要遵照祖

清史演义

制，其实太后要怎么办，便怎么办，若被'祖制'二字，随事束缚，连太后都不得自由呢。"慈禧后性又高傲，被这话一激，不禁发语道："你要去便去，只这事须要秘密，倘被王大臣得知，又要上疏奏劾，连我也不便保护。"小安子闻慈禧应允，喜得叩首谢恩。慈禧又嘱他沿途小心，小安子虽口称遵旨，心中恰不以为然。随即辞了太后，束装就道，于同治八年六月出京，乘坐太平船二只，声势勋赫，船头悬着大旗一面，中绘一个太阳，太阳中间，又绘着三足乌一只。这是何意？大约是天子当阳的意义。两旁插着龙凤旗帜，随风飘扬。船内载男女多人，前有娈童，后有妙女。安得海是个阉人，要娈童妙女何用？我却不解。品竹调丝，悠扬不绝。

道出直隶，地方官吏差人探问，答称奉旨差遣，织办龙衣。看官！你想这班地方官，多是趋炎附膻的朋友，听得钦差过境，自然前去奉承。况又是赫赫有名的小安子，慈禧太后以下，就算是他，哪个敢不唯命是从？小安子要一千金，便给他一千金，小安子要一万金，也只得如数给他。安得海喜气洋洋，由直隶南下山东，总道是一路顺风，从心所欲，不意恶贯满盈，偏偏碰着一个大对头。这大对头姓丁，名宝桢，贵州省平远州人，问起他的官职，便是当时现任的山东巡抚。剿捻寇时，曾随李鸿章等，防堵有功，连级超擢。生平廉刚有威，不喜趋奉。一日，在签押房亲阅公牍，忽接到德州详文，报称钦差安得海过境，责令地方供张，应否照办？宝桢

第七十七回　戮权阉丁抚守法　办教案曾侯遭讧

私讶道："这安得海是个太监，如何敢出都门？莫非朝廷忘了祖训么？"当即亲拟奏稿，委幕友赶紧抄就，立差得力人员，嘱他由六百里驰驿到京，先至恭王邸报告，托他代递奏章。

原来恭王奕䜣见安得海威权太重，素不满意，接着丁抚奏折，立刻入宫去见太后。可巧慈禧后在园观剧，不及与闻，也是安得海该死。恭王便禀知慈安太后，递上丁宝桢密奏，由慈安后展阅一周，便道："小安子应该正法，但须与西太后商议。"恭王忙奏道："安得海违背祖制，擅出都门，罪在不赦，应即饬丁宝桢拿捕正法为是。"慈安太后尚在沈吟，半晌才道："西太后最爱小安子，若由我下旨严办，将来西太后必要恨我，所以我不便专主。"慈安懦弱。恭王道："西太后么？以祖制论，西太后也不能违背。有祖制，无安得海，还请太后速即裁夺。若西太后有异言，奴才等当力持正论。"慈安后道："既如此，且令军机拟旨，颁发山东。"恭王道："太后旨意已定，奴才即可谨拟。"当下命内监取过笔墨，匆匆写了数行，大致说："安太监擅自出都，若不从严惩办，何以肃宫禁而儆效尤？着直隶、山东、江苏各督抚速派干员，严密拿捕，拿到即就地正法，毋庸再行请旨"等语。拟定后，即请慈安太后盖印。慈安竟将印盖上，由恭王取出，不欲宣布，即交原人兼程带回。

直隶、山东本是毗连的省分，不到三天，已至济南。丁抚接读密谕，立饬总兵王正起，率兵追捕，驰至泰安县地

方,方追着安太监坐船。王总兵喝令截住,船上水手毫不在意,仍顺风前进,忙在河边雇了民船数只,飞棹追上,齐跃上安太监船中。安得海方才闻知,大声喝道:"哪里来的强盗,敢向我船胡闹?"王总兵道:"奉旨拿安得海,你就是安得海么?"安得海却冷笑道:"咱们是奉旨南下,督办龙衣,沿途并没有犯法,哪有拿捕的道理,你有什么廷寄,敢来拿我!"王总兵道:"你不要倔强,朝旨岂可捏造么?"便令兵弁锁拿安得海。安得海竟发怒道:"当今皇帝也不敢拿我,你等无法无天,妄向太岁头上动土,难道寻死不成?"兵弁被他一吓,统是不敢上前,气得王总兵两目圆睁,亲自动手,先挥去安得海的蓝翎大帽,然后将安得海一把扯倒,令兵弁取过铁链,把他锁住。兵弁见主将下手,不敢不从,当将安得海捆缚停当,余外一班人众,统行拿下。随令水手回驶济南。

丁抚正静候消息,过了两天,王总兵已到,立即传见,接谈之下,知安得海已经拿到,即传集两旁侍役,出坐大堂。兵弁带上安得海,便喝问:"安得海就是你么?"安得海道:"丁宝桢!你还连安老爷都不认得,作什么混账抚台?"丁抚也不与辩驳,便离了座,宣读密谕,读至"就地正法"四字,安得海才有些胆怯,也只有这点胆量。徐徐道:"我是奉慈禧太后懿旨,出来督办龙衣的。丁抚台!你敢是欺我么?"渐渐口软。丁抚道:"这是何事,敢来欺你!"安得海道:"朝旨莫非弄错,还求你老人家复奏一本,然后安某死也甘心。"丁抚道:"朝命已说是毋庸再请,难道你未听见?"安得海还想哀求,迟了。怎奈丁抚台铁面无情,竟饬刽子手将他绑出,一声号炮,安得海的头颅,应刃而落,其余一干人犯,暂羁狱中,候再请旨发落。

复奏到京,又由恭王禀报慈安太后,一不做,二不休,索性令将随从太监,一并绞决。还有一道严饬总管的谕旨,联翩而下。丁抚自然遵旨办理,将安得海随从陈玉麟、李平安等,讯系太监,立即处绞。此外男女多名,充戍的充戍,释放的释放,总算完案。

这件事情,慈禧后竟未曾得知,直至案情已了,方传到李莲英耳中,急忙转告慈禧。李莲英是什么人物?也是一个极漂亮的太监。安得海在时,莲英已蒙慈禧宠幸,只势力不及安得海。此时安得海已死,莲英心中,恰很快活,因巴结慈禧要紧,便去详报。慈禧后大惊道:"有这件事么!为何东太后全未提起?想系是外面谣传,不足凭信。"莲英道:"闻得密谕已降了数道,当不至是谣言。"慈禧后道:"你恰去探明确凿,即来禀报。"莲英得了懿旨,径往恭邸探问。恭王无从隐讳,只好实告。莲英道:"慈禧太后的性子,王爷也应晓得,此番水落石出,恐怕慈禧太后是不应许呢。"恭王道:"遵照祖制,应该这样办法。"莲英微笑道:"讲到祖制两字,两宫垂帘,也是祖制所没有,如何你老人家却也赞成?"以矛攻盾,煞是厉害!恭王被他驳倒,一时回答不出。莲英便要告辞,做作得妙。恭王未免着

## 第七十七回　戮权阉丁抚守法　办教案曾侯遭讥

急，顺手扯着莲英，到了内厅，求他设法。莲英方才献策道："大公主在内，很得太后欢心，可以从中转圜。若再不得请，奴才也可替王爷缓颊。"恭王喜道："这却全仗……"莲英不待说完，即接口道："奴才将来要靠王爷照拂时候，恰很多哩！区区微效，何足挂齿？"随又请恭王缴出密谕稿底，恭王即检付一纸，那是东后的谕旨，临别时还叮咛嘱托。莲英一肩担任，连说："王爷放心，总在奴才身上。"内侍母后，外结亲王，莲英开手，便比安得海高一着。当下别了恭王，匆匆回宫，将密谕呈上。由慈禧后瞧阅道：

本月初三日，丁宝桢奏，据德州知州赵新禀称，有安姓太监乘坐大船，捏称钦差，织办龙衣，船旁插有龙凤旗帜，携带男女多人，沿途招摇煽惑，居民惊骇等情。当经谕令直隶山东各督抚，派员查拿，即行正法。兹按丁宝桢奏，已于泰安县地方，将该犯安得海拿获，遵旨正法。

慈禧后阅到此语，不禁花容变色，几乎要堕下泪来。随又阅下道：

其随从人等，本日已谕令丁宝桢分别严行惩办。我朝家法相承，整饬官寺，有犯必惩，纲纪至严。每遇有在外招摇生事者，无不立治其罪。乃该太监安得海，竟敢如此胆大妄为，种种不法，实属罪有应得。经此次严惩后，各太监自当益加儆慎，仍着总管太监等，嗣后务将所管太监，严加约束，俾各勤慎当差。如有不安本分，出外滋事者，除将本犯照例治罪外，定将该管太监一

并惩办。并通谕直省各督抚，严饬所属，遇有太监冒称奉差等事，无论已未犯法，立即锁拿奏明惩治，毋稍宽纵！钦此。

慈禧后阅罢，把底稿撕得粉碎，大怒道："东太后瞒得我好，我向来道她办事和平，不料她亦如此狠心，我与她决不干休。"说着，便命李莲英随往东宫。莲英道："这事也不是东太后一人专主。"索性和盘托出，免得后来枝节。慈禧后道："此外还有何人，除非是奕䜣了？可恨可恨！"莲英道："太后一身关系社稷，不应为了安总管，气坏玉体。"随即替慈禧捶背。言动皆善于迎合。约半小时，见慈禧气喘少息，随道："安总管也太招摇，闻他一出都门，口口声声，说奉太后密旨，令各督抚州县报效巨款，所以闹出这桩案情。"归罪安得海，便好开脱恭王。慈禧后道："有这等事么？他亦该死！但东太后等不应瞒我。"

正絮语间，忽由宫监来报，荣寿公主求见。这荣寿公主，便是恭王女儿，宫中称她大公主，她为文宗所宠爱，文宗崩后，慈禧后因自己无女，就认她为干女儿，入侍宫中，封她为荣寿公主，莲英与恭王密谈，说起大公主，就是指她。回宫后，即密递消息，叫她前来恳求。慈禧正欲发泄怒意，便道："叫她进来！"荣寿公主入见，请过了安。慈禧后道："你父亲做得好事！"公主佯作不解，莲英从旁插口道："就是安总管的事情，大公主应亦好晓得了。"公主忙向慈禧跪下，叩头道："臣女在宫侍

奉,未悉外情,今日方有宫人传说,臣女即回谒臣父,据称安总管招摇太甚,东抚丁宝桢,飞递密奏,刚值圣母观剧,恐触圣怒,不敢禀白,所以仅奏明慈安太后,遵照祖制办理。"慈禧后道:"你总是为父回护。"公主再碰头乞恩,慈禧后道:"这次姑开恩饶免,你去回报你父,下次瞒我,不可道我无情。"公主谢恩趋出。慈禧后还欲往东宫,莲英道:"太后圣度汪洋,恭王爷处尚且恩释,难道还要与东太后争论么?有心不迟,不如从长计议。"慈禧后见莲英伶俐,语语中意,遂起了桃僵李代的意思,把他擢为总管。莲英感太后厚恩,鞠躬尽瘁,不消细说。

光阴如箭,又过一年,天津地方,闹出一场教案,险些儿又开战衅,总算由曾国藩等委曲调停,方免战祸。原来中外互市以后,英法俄美诸商民,纷纷来华,时有交涉。天津和约,复订保护传教的条约,通商以后,又来了许多教士,更未免与华民龃龉。清廷特建总理各国衙门,并在各口岸设通商大臣专管外交。嗣是德意志、丹麦、荷兰、西班牙、比利时、意大利、奥大利、日本、秘鲁等国,各请互市,均由总理衙门与订条约。曾国藩、李鸿章等留心外事,自愧不如,乃迭请办新政,改习洋务。廷臣又据了用夏变夷的古训,先后奏驳。满首相倭仁,尤为顽固,事事梗议。夏虫不可语冰。幸两宫太后信用曾、李,次第准行。同治二年,在京师立同文馆;三年,遣同知容闳出洋,采办机器;四年,命两江总督,兼充南洋大臣,设江南制造局于上海;五年,置福建船政局;七年,派钦差大臣志刚、孙家毂,偕美人蒲安臣,游历西洋,与美国订互派领事,优待游学等约;九年,命直隶总督兼充北洋大臣,增设天津机器局。在清廷方面,也算是破除成例,格局一新,其实还是洋务的皮毛,只好作为外面粉饰。评论的确。而且办事的人,统是敷衍塞责,毫无实心。内地的百姓,又是风气不通,视洋人如眼中钉。

适值天津有匪徒武兰珍迷拐人口,被知府张光藻、知县刘杰缉获,当堂审讯,搜出迷药,供称系教民王三给与。民间遂喧传天主教堂,遣人迷拐幼孩,挖目剖心,充作药料。当时一传十,十传百,以讹传讹,并将义冢内露出的枯骨,均为教堂弃掷;人情汹汹,都要与教堂反对。通商大臣崇厚及天津道周家勋,往会法国领事丰大业,要他交出教民王三,带回署中,与兰珍对质。兰珍又翻掉原供,语多支离,无可定谳。崇厚饬役送王三回教堂,一出署门,百姓争骂王三,并拾起砖石,向王三抛击,弄得王三皮破血流。王三哀诉教士,教士转诉丰大业,丰大业不问情由,一直跑到崇厚署,咆哮辱詈。崇厚用好言劝慰,他却不从,竟向袋中取出手枪,击射崇厚。崇厚忙避入内室,一击不中,愤愤出署。途中遇着知县刘杰,正在劝解百姓,他又用手枪乱击,误伤杰仆。百姓动了公愤,万眦齐裂,顿时一拥而上,把他推倒,你一拳,我一脚,不到半刻,竟将这声势赫奕的丰大业,殴毙

道旁。丰大业固由自取，百姓亦属无谓。随即鸣锣聚众，闯入教堂，看见洋人及教民，便赠他一顿老拳。至若器具什物等件，尽行捣毁。百姓忿尚未泄，索性放一把火，将教堂烧得精光，眼见得闹成大祸了。

是时曾国藩已调任直隶总督，方因头晕请假，朝命力疾赴津，与崇厚会同办理。曾侯到津，主张和平解决，不欲重开兵端，蹈道咸年间的覆辙。又因崇厚就职多年，久习洋务，凡事多虚心听从。怎奈崇厚非常畏缩，见了法使罗淑亚，竟不能据理与辩。罗淑亚要求四事：一是赔修教堂，二是安葬领事，三是惩办地方官，四是严究凶手。崇厚含糊答应，为了含糊二字，贻误交涉不少。报知曾侯。曾侯拟允他两三条，独惩办地方官一事，因与主权有碍，不肯照允。法使罗淑亚，得步进步，反来一照会，竟欲将府县官，及提督陈国瑞抵偿丰大业性命，否则有兵戎相见等语。曾侯到此，也未免踌躇起来。崇厚又从旁撺掇，似乎非允他照办，不能了事。于是奏劾府县官的弹章，即日拜发。有旨"逮知府张光藻，知县刘杰，交部治罪。"这旨一下，天津绅民大哗，争詈崇厚及曾国藩。曾侯因亦自悔。那崇厚还欲巴结外人，力主府县议抵，并昌言洋人兵坚炮利，不许即将发难。惹得曾侯懊恼，当即发言道："洋人道我没有防备，格外怕死么？我已密调队伍若干，粮饷若干，暗中设防。就使事情决裂，也管不得许多。况我自募勇剿贼以来，此身早已许国，幸赖朝廷洪福，将帅用命，得以扫尽狂氛。目下旧勋名将，虽止十存四五，然还有左宗棠、李鸿章、杨岳斌、彭玉麟诸人，志切时艰，心存君国，且久经战阵，才力胜我十倍。我年过花甲，有渠等在，共匡帝室，我虽死亦可瞑目了。"崇厚撞了一鼻子灰，嘿然退出，单衔独奏。略说"法国势将决裂，曾国藩病势甚重，请由京另派重臣来津办理。"曾侯亦因谕旨垂询，据实复奏道：

查津民焚毁教堂之日，众目昭彰，若有人眼人心等物，岂崇厚一人所能消灭？其为讹传，已不待辨。至迷拐人口，实难保其必无。臣前奏请明谕，力辨洋人之诬，而于迷拐一节，言之不实不尽，诚恐有碍和局。现在焚毁各处，已委员兴修。教民王三，由该使坚索，已经释放。查拿凶犯一节，已饬新任道府，拿获九名，拷讯党羽。惟罗淑亚欲将三人议抵，实难再允所求。府县本无大过，送交刑部，已属情轻法重，彼若不拟构衅，则我所不能允者，当可徐徐自转。彼若立意决裂，虽百请百从，仍难保其无事。谕旨所示，弭衅仍以起衅，确中事理，且佩且悚。外国论强弱，不论是非，若中国有备，和议或稍易定。窃臣自带兵以来，早矢效命疆场之志。今事虽急，病虽深，此心毫无顾畏，不过因外国要挟，尽变常度。

区区微忱，伏乞圣鉴。

奏上，清廷派兵部尚书毛昶熙等，到津会办教案。一面调湖广总督李鸿章及在籍提督刘铭传，到京督师，防卫近畿。毛昶熙随员陈钦，素有胆略，到津后,与法使侃侃力辨。法使不能诘,只固执前说,径行回京。崇厚奉旨出使法国,即由陈钦署理通商大臣。曾侯遂与陈钦会奏罗淑亚回京缘由,请中外一体坚持定见,并将连日会议情形,具报总理衙门。当由总理衙门转奏,奉谕着李鸿章驰赴天津,会同曾国藩等迅速缉凶,详议严办,及早拟结。曾、李乃分别定拟,把滋事人民十五人正法,军流四人,徒刑十七人。朝旨又命将张光藻、刘杰充戍黑龙江,教案才结。

一事甫了,一事又起,两江总督马新贻,被刺客张汶祥刺毙,凶信到京,这老成练达的曾侯爷,又要奉旨调动了。小子有诗咏曾侯云:

天为清廷降荩臣,
百端尽付宰官身。
从知舆论难全信,
后世如曾有几人?

欲知曾侯调动情形,且待下回再叙。

安得海之伏法,予服丁宝桢,予尤佩慈安太后。丁宝桢不畏疆御,敢于弹劾,其胆量诚有过人之处。慈安太后遇事温厚,独于安得海一案,经恭王怂恿,即密令拿捕正法,此为慈安太后一生明断,迄今都人士,称颂不衰。至若天津教案,曾国藩办理少柔,致遭非议,实则当时有不得不柔之势。粤捻初平,西陲未靖,海内伤痍,方资休养,岂尚可轻开边衅,蹈昔时旋战旋和之失耶?予读此回,于前半见丁抚之能刚,于后半见曾侯之能柔,且以见两宫垂帘之时,廷旨多满人意,不可谓非慈安之力,谁谓慈安非贤后哉?

## 第七十八回　大婚礼成坤闱正位
　　　　　　撤帘议决乾德当阳

　　却说天津教案，甫行办竣，江督马新贻被戕，有旨授李鸿章总督直隶，调曾国藩回督两江。是年适当国藩六十寿辰，御赐"勋高柱石"匾额一面，福寿字各一方，梵佛铜像一尊，玉如意一柄，蟒袍一袭，还有吉绸线绉等件。国藩入朝谢恩，当由慈禧太后问他天津情形，并令他速赴江南。国藩一一应答，随即退出，于同治九年十月出都，沿途无事，直至江宁督署接印视事。清廷以前督被刺，事关重大，并命钦差郑敦谨南下，会同审问，传集中军官、旗牌官、巡捕官、王命司、护印司、护勅司、刀斧手、捆绑手、刽子手、洋枪队、马刀队、钢叉队，排得密密层层，异常威赫。曾侯爷与郑钦使，同升公座，喝令带上张逆犯。当由两旁兵役，一声吆喝，推上张汶祥当面。曾、郑两公，先用威吓，后用刑讯。这张汶祥毫无实供，只说是刺死马新贻，可以泄忿，大事已了，愿即受死。曾侯又问他是何人主使，他却大声道："要刺马新贻是我，刺杀马新贻也是我，好汉做事一身当，凭你如何处治便了。"郑钦差还想设词诱骗，他索性说主使的人便是你们。弄得曾、郑二公无法可施，只得奏称该犯实无主使，应处极刑。廷旨准奏，即着凌迟处死。

　　列位看到此处，应该问作书的人，究竟这张汶祥，为着何事，去刺马新贻？小子也无从实考，只听得故老相传，马新贻未显达时，曾与一个结义兄弟非常莫逆。嗣因义兄弟娶了一位妻房，生得柳腰杏脸，妩媚过人，他就觑在眼中，艳羡得了不得。一时不便勾搭，日思夜想，几乎害成一种单思病。冶容诲淫。但他在宦途中，是个钻营的能手，由县丞起马，不数年连升总督。看官！你想中国有几个总督大员，一朝权在手，就把事来行。他外面装出一副义重情深的形状，把义兄弟立刻提拔，差他出外办公，又令他把家眷搬入衙门，说是便于照管，叫他放心前去。他义兄弟感谢不尽，即将家眷安顿督署内，奉委就道。这马新贻已摆好迷阵，不怕他妻房不上勾当。他妻房究系女流,那里晓得这种圈套?一入署中,即被他灌得烂醉,扯入寝室,宽衣解带,无所不至。等到醒来,悔已无及。马新贻又拿出温存手段,妇人家总带三分势利,暗想马新贻是现任总督,比自己的丈夫要尊贵数倍;又兼性情相貌,都比丈夫胜过几筹,事已如此,索性由他摆弄,自己也乐得快活。总是马新贻不好。后来马新贻越加宠爱,她也越加柔媚,鹣鹣比翼,合力同心,只愿地久天长,谐成眷属,单怕她丈夫回来。

一年复一年,她丈夫惹动儿女情肠,屡次申文请假,马新贻不但不准,且下了一角密札,给他办事地方的长官,说他勾通大盗,证据确凿,不必审讯,饬即密捕正法。这义兄弟茫无头绪,冤冤枉枉的拿去斩首。密报到省,喜得马新贻手舞足蹈,总道是大患已除,可以安心取乐,谁料他义兄弟竟有好友,闻知这事,动起义愤,竟到两江督署左右,专等马新贻出门,托词拦舆诉冤。三脚两步地走到舆前,手持利刃,刺入新贻胸膛。随役连忙拿住,新贻已不省人事,抬回署内,见他情妇模模糊糊地说了"我害你,你害我"两语,两眼一翻,双足一蹬,竟呜呼哀哉了。那时情妇一想,为了自己一人,害死两条性命,天良发现,也悬梁自尽。嗣经臬司审问刺客,只答称"好汉张汶祥,刺死马新贻",余外全无实供。后经曾、郑二大员复审,供语已见上文,不必重叙。侠客做事,往往不欲宣布,这事可见一斑。近来说张汶祥也是革命人物,如徐锡麟刺恩铭相同,恐怕未必

确实。将来清史告成,或有真传,也未可知,小子只好借此了案,再叙别事。

且说同治帝即位后,悠悠忽忽,过了十年。同治帝的年纪,已十七岁了。寻常百姓人家,也要替他授室,何况是至尊无上的天子?满蒙王公,有几个待字的女儿,哪一个不想嫁入宫中,做个椒房贵戚?只慈禧太后单生了这个儿子,哪得不细心择妇,成就一对佳偶?自八年间起,筹备大婚典礼,已是留意调查,直到十年冬季,方才挑选了几个淑媛。一个是状元及第现任翰林院侍讲崇绮的女儿,系是阿鲁特氏;一个是现任员外郎凤秀的女儿,系是富察氏;一个是旧任知府崇龄的女儿,系是赫舍哩氏;一个是前任都统赛尚阿的女儿,也系阿鲁特氏,才貌统是差不多。慈禧后已经选定,免不得与慈安后商量。慈安后道:"女子以德为主,才貌到还是第二层,未知这四女中,那个德性最好,堪配中宫?"的是正论。慈禧后道:"闻得这四个女子,崇女年纪最大,今年已十九岁,凤女年纪最轻,今年才十四岁。"慈安后即接口道:"皇后母仪天下,总是年长的老成一点。"慈禧后呆了一呆,随道:"凤女虽是年轻,闻她很是贤淑。"慈安后道:"皇后册定,妃嫔也不可少,这等女孩子,都选作妃嫔便了。"慈禧后道:"且去传奕䜣进来,叫他一酌。"慈安点头,即命宫监去召恭王。不一时,恭王入见,向两太后行礼毕,慈禧后就说起立后情事,恭王也主张年长。名正言顺,说得慈禧不好不依,后来嘉顺不终,伏线在此。随于次

清史演义

年仲春降谕道：

钦奉慈安皇太后，慈禧皇太后懿旨，皇帝冲龄践阼，于今十有一年，允宜择贤作配，正位中宫，以辅君德，而襄内治。兹选得翰林院侍讲之女阿鲁特氏，淑慎端庄，著立为皇后，已著钦天监诹吉，于本年九月举行。所有纳采大征，及一切事宜，著派恭亲王奕訢、户部尚书宝鋆，会同各该衙门详核典章，敬谨办理！特谕。

这谕一下，恭亲王等揣摹慈禧后性情，很爱奢华，所定典制，比往时繁缛数倍。正在预备的时候，忽由江苏巡抚奏报，两江总督曾国藩出缺，恭亲王也吃了一惊，急忙入奏两宫太后。两宫太后很为叹息，命同治帝辍朝三日，即下谕追赠太傅，照大学士例赐恤，予谥"文正"，入祀京师昭忠祠、贤良祠；并于湖南原籍，江宁省城，建立专祠；生平政绩，宣付史馆。一等侯爵，著伊子曾纪泽承袭、次子附贡生曾纪鸿、长孙曾广钧，均着赏给举人。还有曾广钧、曾广铨一班孙儿，亦赏给员外郎主事等职衔。并派穆腾阿等，接连往祭。有御赐祭文碑文等，都是翰苑手笔，小子录不胜录，但抄述两篇如下：

御赐祭文曰：朕惟功懋懋赏，信圭表延世之勋，思赞赞襄，雕俎厚饰终之典。爰申荐奠，用贲丝纶。尔原任大学士两江总督一等毅勇侯赠太傅曾国藩，赋性忠诚，砥躬清正，起家词馆，屡持节而沦才，涖陟卿曹，辄上书而陈善。值皇华之载赋，闻风木而遄归。忽乡邻有斗之频惊，潢池盗弄，懔战阵无勇之非孝，墨绖师兴。奇功历著于江淮，大名永光于玉帛。俾正钧衡之位，仍兼军府之尊。一等酬庸，锡侯封于带砺；双轮曳羽，飘翠影于云霄。重锁钥而任北门，百僚是式；还徽戒而惠南国，万众腾懽。方期硕辅之延年，岂意遗章之入告？老成忽谢，震悼良深！颁厚赙于帑金，遣重臣而奠辍。特易名于上谥，赠太傅之崇阶。列祀典于昭忠贤良，建专祠于金陵湘渚。彝章载考，祭典特颁。天不慭遗一老，永怀翊赞于元臣，人可赎兮百身，用寄咨嗟于典册。灵其不昧，尚克钦承。

又御赐碑文曰：

朕惟台衡绩懋，树峻望于三公，钟鼎勋垂，播芳徽于百世。宠颁紫绂，色焕丹珉。尔原任大学士两江总督一等毅勇侯赠太傅曾国藩，秉性忠纯，持躬刚正，阐程朱之精蕴，学茂儒宗；储方召之勋猷，器推公辅。登木天而奏赋，清表风规；历芸馆而迁资，诚孚日讲。屡持使节，兼校春闱，荐擢卿班，允谐宗伯。溯建言之直节，荷殊遇于先朝。凡兹靖献之丹忱，早具忠诚之素志。乃突来夫粤匪，俾训练夫楚军。拔岳郡而克武昌，功成破竹；靖章江而平皖水，威振援枹。两江尊总制之权，九伐重元戎之命，朕丕承基绪，眷念成劳，荣衔特畀以青宫，峻望更登诸黄阁。辞节制于三省四省，弥见寅恭；精调度于湘军淮军，务严申令。联苏杭为犄角，坚垒同摧；倚昆季为爪牙，逆巢早捣。金陵奏凯，慰皇考知人善用之明；玉诏酬庸，褒元老决胜运筹之略。既析圭而列爵，亦垒翠以飘缨。既而懋辅量移，因之阙廷展觐。汲黯近慧，实推社稷之臣；杨震厚遗，无惭清白之吏。惟是疮痍未复，每厪念夫天南，锁钥攸司，仍遣归于江左。方谓功资坐镇，何期疾遽沦殂？赠太傅而阶崇，祀贤良而誉永。专祠遍祭，世赏优颁。易名以表初终，核实允孚文正。于戏！松楸在望，倍怀麟阁之遗型；金石不磨，长荷鸾纶之锡宠。钦兹巽命，峙尔丰碑！

从此这效忠清室的曾侯爷，长辞人世，其生也荣，其死也哀，也算是千古不朽了。此老系清代伟人，所以叙述独详。曾侯出缺，继任的便是肃毅伯李鸿章，倒也不在话下。

日月如梭，已届同治帝大婚吉期，先封皇后父崇绮为三等承恩公，母宗室氏瓜尔佳氏均为公妻一品夫人。九月十二日甲午，因大婚期迩，遣官祭告天地太庙。次日乙未，同治帝御太和殿，阅视皇后册宝，遣惇亲王奕誴为正使，贝勒奕劻为副使，持奉册宝诣皇后邸，册封阿鲁特氏为皇后。又遣大学士文祥为正使，礼部尚书灵桂为副使，赍册印至员外郎凤秀第，封富察氏为慧妃。是夕，复命惇亲王奕誴及贝子载容，行奉迎皇后礼。越日子刻，皇后在邸中拜辞祖先，出升凤舆，前陈鼓乐，后拥仪卫，由大清中门行御道，至乾清宫降舆。皇上穿好礼服，在坤宁宫等着。宫眷引进皇后，行合卺礼。皇后奉觞，皇上赐盏，两旁细乐悠扬，笙箫迭奏。又越日丁酉，皇上率皇后诣寿皇殿行礼，诣慈安皇太后、慈禧皇太后前行礼。礼毕，上御乾清宫。适慧妃亦送入宫中，由皇后带领朝贺。又越日戊戌，皇后朝两太后于慈宁宫，盥馈醴飨如仪。嗣是上两宫徽号，受群臣庆贺，赐皇后亲属，暨满汉王大臣及蒙古外藩使臣等宴，并赏赉办事诸臣有差。知府崇龄女赫舍哩氏及副都统赛尚阿女阿鲁特氏，亦次第入宫。崇龄女受封瑜嫔，赛尚阿女受封珣嫔，少年天子，左抱右拥，今夕到这边，明夕到那边，皇恩浩荡，雨露普施，愉快得莫可言喻。这一段文字，统为嘉顺皇后叙写。

隔了数天，内阁复传出上谕道：

钦奉两宫皇太后懿旨，前因皇帝冲龄践阼，时事多艰，诸王大臣等不能无所禀承，姑允廷臣垂帘之请，权宜办理。皇帝典学有成，当春秋鼎盛之时，正宜亲统万几，与中外大臣共求治理，宏济艰难，以仰副文宗显皇帝付托之重。著钦天监于明年正月内选择吉期，举行皇帝亲政典礼，一切应行事宜，及应复旧制之处，着军机大臣大学士会同六部九卿，敬谨妥议具奏！钦此。

看官！这慈禧太后，本是个贪揽大权的英雌，为什么即肯归政呢？大约发生此议，总由慈安后主张。慈安后本不愿垂帘，被慈禧后抬上此座，这时皇后已经册立，皇帝已值成年，慈安后意欲息肩，遂倡议归政。慈禧后不便辩驳，又想同治帝是亲生儿子，将来如有大政，总要禀白母后，暗中仍可揽权。当即随声附和，下了懿旨。钦天监遵旨择吉，定于次年正月二十六日举行，礼部衙门又要敬谨筹备起来。部曹不患没饭

## 第七十八回　大婚礼成坤闱正位　撤帘议决乾德当阳

吃。事有凑巧，皇上亲政的日子甫行颁布，云南督抚的捷报陆续奏闻。是时云贵总督劳崇光在任病殁，以前任滇抚刘岳昭升任总督与巡抚岑毓英合剿回匪。岳昭坐镇省中，仍委岑毓英出省剿办。回酋杜文秀占踞大理府城，僭拟王制，附近各郡县多被吞并。岑毓英既抚回酋马如龙，荐任提督，令他招降群回，又联结云南苗酋，协攻杜文秀。文秀渐渐穷蹙，所据各郡县，次第失去，只剩大理一城，孤危得很。岑军复四面兜围，百计攻扑，文秀自知无幸，把子女分寄大司衡杨荣，大经略蔡廷栋家中，托他照顾，自己与妻妾数人，服毒自尽。部下见他将死，舁出城外，投降岑军。毓英先验明杜酋正身，枭首示众，随问城中情形，知回众尚有数万，恐他后来反复，传令三日内齐缴军械，回众以半年为期，毓英佯为应诺，密令部将杨玉科，选死士数百，同太和县官入城受降。城外恰严布重兵，掘了大坑，专等回众出迎，玉科入城后，驱回众出城，可怜回众无知无识，个个陷入重围，跌下坑内，被岑军活活埋死。毓英仿佛李鸿章，玉科仿佛程学启。杨荣、蔡廷栋统由岑军擒住，一律磔死。只有文秀女儿秋娘与母何氏，逃出城外，孤身只影，流落天涯，就使有志报仇，究竟是一个女孩子，哪个肯去帮助？延了数年，老母何氏先死，秋娘也玉碎香沈，同归于尽。只留有一封书信，相传是秋娘遗墨，小子还约略记得其词云：

妾，家亡国破之人也。先君子早年，恫满人之虐，因众志，倡义旗，保固一方，以待清宴。外抗边夷，内静狂寇，比于窦融张轨，岂遑多让？妾生长深宫，略谙诗礼，亦俨然金枝玉叶也。昊天不吊，苗贼助凶，四十万人，一齐解甲。先君既抱恨枭路，弱女遂零落天涯。嗟乎！覆巢之下，岂有完卵？所含辛茹苦，苟且偷生者，希冀手屠苗贼之胆，以复不共之仇也。不意薄命人，命薄于纸，辗转风尘，所遭辄不如意，岂以平生志节犹存，不甘屈下之故耶？秣陵仓猝，沪渎流离，蹉跎之痛，遂及老母。闲关来粤，乃复逢君。欲述苦衷，难于倾吐。畴昔一夕话，君忆之否？盖改弦易辙之志，于此决矣。果也雏儿浅躁，入我彀中，不幸诉起禧闱，事机不遂，老贼狡猾，遂动猜疑。记先君子方盛之时，苗贼亲来纳款，当时妾侍于侧，贼遽以奏箫为请，先君爱妾，不欲委之虎口，以少长相远为词。彼乃愤怒，中夜斩关而出。衅起于妾，遂致覆祀灭宗。嗟乎！此耻则西江不濯，此恨则万世不复，哀哉！天下丈夫，惟君尚能垂怜薄命，用敢略述腹心，使君知区区清白身，非甘心作河间妇者也。计书达时，妾魂当散为轻尘，淹为虫沙久矣。天长地久，蒙耻饮恨，痛如之何！

**魂与笔销，无多赘述！**

据这书看来，秋娘的大仇，实是苗酋。苗酋本与杜文秀相联，因欲求秋娘为妾，被文秀所拒，遂降服岑毓英，灭了文秀。秋娘逃出后，委身柳巷，留意英雄，得了一个如意郎君，仍不能替她报仇，秋娘自己亦不能成事，终至赍志以殁，其间曲折，苦无信史可据，只剩了一鳞一爪，遗传后世，说来也甚可怜。惟清廷得这捷音，说圣天子洪福齐天，才拟亲政，就有云南肃清的好消息，两宫太后也非常欢悦。转瞬间过了残腊，又是新年，八方昇平，四海无事，宫廷内外，喜气洋洋，免不得照例庆贺，又有一番忙碌。到了二十日外，又降了上谕数行道：

钦奉慈安端裕皇太后、慈禧端佑皇太后谕旨：皇帝寅绍丕基，于今十有二载，春秋鼎盛，典学有成，兹于本月二十六日，躬亲大政。欣慰之余，倍深兢惕。因念我朝列圣相承，无不以敬天法祖之心，为勤政爱民之治。况数年来东南各省，虽经底定，民生尚未乂安。滇陇边境，及西北路军用未藏，国用不足，时事方艰。皇帝日理万机，敬念惟天惟祖宗所以托付一人者，至重且巨。祗承家法，夕惕朝乾，于一切用人行政，孳孳讲求，不敢稍涉怠忽。视朝之眼，仍略讨论经史，深求古今治乱之源。克俭克勤，励精图治，此则垂帘听政之初心，所凤夜跂望而不能或释者也。在廷王大臣等，允宜公忠共矢，勿避怨嫌，本日召见时，业已谆谆面谕。其余中外大小臣工，亦当恪恭尽职，痛戒因循，宏济艰难，弼成上理，有厚望焉。钦此。

到了二十六日，两宫撤帘，同治帝亲政，王大臣们又有一番歌功颂德的贺表。看似挖苦，实是真相。两宫太后又加上徽号。东太后加了"康庆"二字，西太后加了"康颐"二字。亲政数月，陕甘总督左宗棠又收降靖边县土匪董福祥，迭复各城，逐陕回叛酋白彦虎，擒甘回叛酋马化隆，奏报关内肃清，有旨赏给左宗棠一等轻车都尉世职。将军金顺，提督徐占彪以下，俱邀升叙。并饬左宗棠督师出关，征抚西域，当下龙心大悦，遂想出及时行乐的念头来。正是：

人逢喜事精神爽，
时际承平逸欲多。

未知同治帝如何行乐，请看下回便知。

本回叙事，以立后归政为大纲。有清十数传，立后事多矣，是书独于顺治立后，同治立后，叙述较详，因顺治后无故被废，同治后不得令终故也。悲于终，不得不详于始。治国之道，本自齐家，家不齐，国能治乎？至若归政之举，所以志两宫垂帘，初次告藏。慈安太后秉性冲和，倡言归政，无可讥议；慈禧太后犹在试验之期，一切用人行政，皆几经审慎，故称颂者多而毁谤者少。训政十年，东南戡定，西北渐平，两宫之力居多焉。然曾侯殁而清廷少一伟人，已有人亡政息之慨，左岑效绩边陲，反以酿九重之纵欲，外宁必有内忧，朕兆其已见乎？故本回事略，作清廷之过渡时代观可也。

## 第七十九回　因欢成病忽报弥留　以弟继兄旁延统绪

却说同治帝亲裁国政，一年以内，倒也不敢怠忽，悉心办理。只是性格刚强，颇与慈禧太后相似。慈禧太后虽已归政，遇有军国大事，仍著内监密行查探，探悉以后，即传同治帝训饬，责他如何不来禀白。偏这同治帝也是倔强，自思母后既已归政，为什么还来干涉？母后要他禀报，他却越加隐瞒，因此母子之间，反生意见。独慈安太后静养深宫，凡事不去过问，且当同治帝进谒时候，总是和容愉色，并没有一毫怒意。同治帝因她和蔼可亲，所以时去省视，反把本生母后，撇诸脑后。慈禧太后愈滋不悦，有时且把皇后传入宫内，叫她从中劝谏。皇后虽是唯唯遵命，心中恰与皇帝意旨相合。花前月下，私语喁喁，竟将太后所说的言语，和盘托出，反激动皇帝懊恼。背后言语，总有疏虞，传到慈禧太后耳中，索性迁怒皇后，衔恨切骨。

同治帝亦很是懊怅。内侍文喜、桂宝等，想替主子解忧，多方迎合，便怂恿同治帝，重建圆明园。这条计划，正中同治帝下怀，自然准奏，即饬总管内务府择日兴工。谕中大旨却说是备两宫皇太后燕憩之用，所以资颐养，遂孝思，其实暗中用意，看官自能明白，不烦小子絮述。含蓄语，尤耐意味。惟恭亲王奕䜣，留心大局，暗想国家财政，支绌得很，如何兴办土木？便进谏同治帝，请他中阻。同治帝一番高兴，被这老头儿出来絮聒，心中很不自在。那奕䜣反唠唠叨叨，把古今以来的君德，如何勤，如何俭，说个不休，惹得同治帝暴躁起来，便道："修造圆明园，无非为两宫颐养起见。我记得孟子说过：'尊亲之至，莫大乎以天下养。'恭王要把古训规劝，所以同治帝也引古语回驳。现拟造个小园子，还不好算得养亲，皇叔反说有许多窒碍，我却不信。"奕䜣还想再谏，同治帝怒形于色，拂袖起身，踱入里边去了，奕䜣只得退出。

冤冤相凑，奕䜣退出宫门，他儿子载澂却入宫来见同治帝，原来载澂曾在宏德殿伴读，自小与同治帝相狎，到同治帝亲政，退朝余暇，常令载澂自由入宫，谈笑解闷。这日载澂求见，内侍即入内奏闻，偏偏同治帝不令进谒。载澂莫名其妙，仍旧照往时玩笑的样子，说道："皇上平日非常豁达，为什么今天摆起架子来？"说毕，扬长而去。内侍未免多事，竟将载澂的说话，一一奏明。同治帝大怒道："他的老子刚来饶舌，不料他又来胡闹。他说我摆架子，我就摆与他看。"便宣召军机大臣大学士文祥进见，文祥奉旨趋入，同治帝道："恭王奕䜣对朕无礼，他儿子载澂更加不法，朕意将他父子赐死，叫你进来拟旨。"

文祥不听犹可，听了此谕，连忙跪下，只是磕头。同治帝道："你做什么？"文祥道："恭、恭亲王奕、奕䜣，勤劳素著，就使他犯了罪，也求皇恩特赦！"同治帝冷笑道："朕晓得了！你等都是他的党羽，所以事事回护。"文祥又磕了几个头，随答道："奴才不、不敢。"同治帝又道："赐死太重，革爵便了。"文祥到此，不敢违旨，只好草草拟就，捧呈御览。同治帝阅毕，点了点头，便道："你将这稿底取去，明日就照此颁布罢！"文祥领旨退出，也不回府，一直跑到恭王邸中，密报恭王。恭王也是着急，忙邀几个知己商议，三个臭皮匠，比个诸葛亮。一面由文祥飞禀慈禧太后，一面由御史沈淮、姚百川出头，拟定奏折，内称："圣上饬造圆明园，颐养圣母，实是以孝治天下之盛德，但圆明园被焚毁后，一切景致，尽付销沈，不如三海名胜，近在宫掖，饬工修筑，易于观成"等语。巧于措词。

折才拟就，文祥已自宫中出来，回报恭王。据说："草定谕旨，已由西太后取去，谅可搁置。"恭王才稍稍放心，次日沈、姚两御史又把奏折呈上，同治帝阅到"易于观成"一语，方有些回心转意，当命内阁拟诏，即日宣布道：

前降旨谕令总管内务府大臣，将圆明园工程，择要兴工，原以备两宫皇太后燕憩，用资颐养而遂孝思。本年开工后，闻工程浩大，非克期所能藏功，现在物力艰难，经费支绌，军务未甚平安，各省时有偏灾，朕仰体慈怀，不欲以土木之工，重劳民力，所有圆明园一切工程，均着即行停止，俟将来边境乂安，库款充裕，再行兴修。因念三海近在宫掖，殿宇完固，量加修理，工作不致过繁。著该管大臣查勘三海地方，酌度情形，将如何修葺之处，奏请办理！钦此。

过了数日，同治帝视朝，巧值恭王奕䜣随班朝见，由同治帝瞧着，翎顶依然照旧，不由得诧异起来。退朝后，立召文祥入见，问前次谕旨，已将奕䜣革去亲王，何故翎顶照常？文祥无可辩说，只推在西太后一人身上。奏称："圣母闻知，饬收成命，所以恭王爷爵衔照旧。"同治帝怒道："朕既亲政，你等须遵朕谕旨，难道知有母后，不知有朕么？"随将文祥斥骂一顿，叱令滚出，立刻提起朱笔，写了数行，令内侍张示王大臣道：

传谕在廷诸王大臣等，朕自去岁正月二十六日亲政以来，每逢召对恭亲王时，语言之间，诸多失仪，著革去亲

王，世袭罔替，降为郡王，仍在军机大臣上行走。并载澂革去贝勒郡王衔，以示薄惩。

这谕才行宣布，不到数时，西太后处已由奕訢、文祥二人进去泣诉。当蒙西太后劝慰，令他退出，即传同治帝入内，严词训责，令给还恭王父子爵衔。气得同治帝哑口无言，只好出命内阁，于次日再行降旨道：

朕奉慈安端裕康庆皇太后、慈禧端祐康颐皇太后懿旨，昨经降旨将恭亲王革去亲王世袭罔替，降为郡王，并载澂革去贝勒郡王衔，在恭亲王于召对时，言语失仪，原为咎有应得，惟念该亲王自辅政以来，不无劳勋足录，著加恩赏还亲王，世袭罔替。载澂贝勒郡王衔，一并赏还。该亲王仰体朝廷训诫之意，嗣后益加儆慎，宏济艰难，用副委任！钦此。

自有这番手续，同治帝连日怏怏。文喜、桂宝二人又想出法子，导同治帝微行，为这一著，要把十三年的青春皇帝，断送在他两人手中了。宵小可畏。

京师内南城一带，向是娼寮聚居的地方，酒地花天，金吾不禁。同治帝听了文喜、桂宝的说话，带了两人，微服出游，到了秦楼楚馆，尝试温柔滋味，与宫中大不相同。满眼娇娃，个个妖艳，眉挑目语，无非卖弄风骚，浅透轻颦，随处生人怜惜。开琼筵以坐花，飞羽觞而醉月。灯红酒绿，玉软香温。既而玉山半颓，海棠欲睡，罗襦半解，芗泽先融，衣扣轻松，柔情欲醉。描不尽的媚态，说不完的绸缪，倒凤颠鸾，为

问汉宫谁似？尤云殢雨，错疑神女相逢。从此巫峰遍历，帝泽皆春，愿此生长老是乡，除斯地都非乐境。

春光漏泄，谏草上呈，当时内务府中，有一个忠心为主的满员，名叫桂庆，因帝少年好色，恐不永年，请将蛊惑的内侍，一并驱逐。至若祸首罪魁，应立诛无赦。且请皇太后保护圣躬，毋令沈溺。真是语语剀切，言言沈挚。有此谏官，还是满廷余泽。同治帝原是厌闻，西太后恰也不怪。西太后是何用心？想是左袒内监的缘故。桂庆即辞职回籍。以道事君，不可则止，桂庆颇有古大臣风度。嗣是同治帝每夕出游，追欢取乐，到了次晨，王大臣齐集朝房，御驾尚未返阙。恭亲王以下，统已闻知，因鉴前时圆明园事情，不敢犯颜直谏，只暗中略报西太后，西太后恰也训戒数次。嗣因同治帝置诸不闻，忤了慈容，索性任他游荡，惟朝廷大事，叫恭亲王等格外留心。同治帝越加惬意，适西太后四旬万寿，总算在宫中住了两天，照例庆贺。

是年没甚要政，只与中国通商的日本国，有小田县民及琉球国渔人，航行海外，遇风漂至台湾，被生番劫杀，日本遣使诘责，清廷答称生番列在化外，向未过问。明明台湾百姓，如何说是化外？日本遂派中将西乡从道，率兵至台，攻击生番。闽省船政大臣沈葆桢及藩司潘蔚，往台查办，又说台湾系中国属地，日本不得称兵。语多矛盾，煞是可笑！西乡从道哪里肯允，且言琉球是他保护国，所有被杀的渔人，统要中国

赔偿。葆桢遂函商直督李鸿章,令奏拨十三营,赴台防边。日本见台防渐固,又遣专使大久保利通至京,与总理衙门交涉。当由英使威妥玛居间调停,令中国出抚恤银十万两,军费赔款银四十万两,才算了事,日兵乃退出台湾。其实琉球亦是中国藩属,并非日本保护国,清廷办理外交的大员,单叫台湾没有日兵,便是侥幸万分,哪里还要去问琉球?琉球已失去了。

同治帝一意寻花,连什么台湾,什么琉球,一概不管。朝朝暮暮,我我卿卿,不意乐极悲生,受了淫毒,起初还可支持,延到十月,连头面上都发现出来。宫廷里面,盛称皇上生了天花,真也奇怪。御医未识受病的缘由,只将不痛不痒的药味,搪塞过去,庸医杀人。因此蕴毒愈深,受病愈重。十一月初,御体竟不能动弹,冬至祀天,遣醇亲王奕𫍽恭代行礼,所有内外各衙门章奏,都呈两宫皇太后披览裁定。王大臣等总道是皇上染了痘症,没有什么厉害,况且年未弱冠,血气方刚,也不至禁受不起,大家不过循例请安,断不料变生意外,帝疾竟至大渐,到十二月初五日,崩于养心殿东暖阁。

慈禧太后飞调李鸿章淮军入都,自己与慈安太后同御养心殿,立传惇亲王奕誴、恭亲王奕䜣、孚郡王奕譓、惠郡王奕详、贝勒载治、载澂、一等公奕谟、御前大臣伯彦讷、谟祜、军机大臣宝鋆、沈桂芬、李鸿藻,总管内务府大臣英桂、崇纶、魁龄、荣禄、明善、桂宝、文锡,弘德殿行走徐桐、翁同龢、王庆祺,南书房行走黄钰、潘祖荫、孙诒经、徐郙、张家骧等入见。亲王以下,尚未悉皇帝宾天情事,但见宫门内外,侍卫森列,宫中一带,又是排满太监,布置严密,大异往日状态,不禁个个惊讶;行至养心殿内,两宫太后已对面坐定,略带愁惨面色。

王大臣等不暇细想,各按班次请安,跪聆慈训。慈禧后先开口道:"皇上病势,看来要不起了,闻皇后虽已有孕,不知是男是女,亦不知何日诞生,应预先议立皇嗣,免得临时局促。"诸王大臣叩头道:"皇上春秋鼎盛,即有不豫,自能渐渐康泰,皇嗣一节,似可缓议。"慈禧后道:"我也不妨实告,皇帝今日已晏驾了。"这语一传,王大臣等,哭又不好,不哭又不好,有几个忍不住泪,似乎要垂下来形状。其实都是做作,但此时倒也为难。慈禧后道:"此处非哭临地方,须速决嗣主为要。"诸王大臣不敢发议,只有恭王奕䜣,仗着老成,便抗言道:"皇后诞生之期,想亦不远,不如秘不发丧。如生皇子,自当嗣立,如所生为女,再议立新帝未迟。"慈禧后大声道:"国不可一日无君,何能长守秘密?一经发觉,恐转要动摇国本了。"军机大臣李鸿藻、弘德殿行走徐桐、南书房行走潘祖荫,都碰头道:"太后明见,臣等不胜钦佩。"慈安太后也插口道:"据我意见,恭亲王的儿子,可以入承大统。"恭王闻言,连称不敢,随奏道:"按照承袭次序,应立溥伦为大行皇帝嗣子。"慈禧后又不以为然,便道:"溥伦族系,究竟太

远，不应嗣立。"原来溥伦系过继宣宗长子奕纬，血统上稍差一层，所以被慈禧后驳去。恭王尚要启奏，慈禧后毕竟机警，便对慈安后道："据我看来，醇王奕𫍽子载湉可以继立，应即决定，不可耽延时候。"恭王心中很不赞成，连我也不赞成，无怪恭王。即向奕𫍽道："立长一层，好全然不顾么？"不特立长而已，且置大行皇帝于何地？奕𫍽便叩头力辞，慈禧后道："可由王大臣投票为定。"慈安太后没有异言，当由慈禧后命众人起立，记名投票。投讫发阅，只醇王等投溥伦，有三人投恭王子，其余皆如慈禧意，投醇王子，于是大位遂决。不必运动，而众大臣多投醇王子，慈禧之权力可知。

看官！你道慈禧太后，何故定要立醇王子？第一层意思，是立了溥字辈为嗣，便是入继同治帝，同治帝有了嗣子，同治后将尊为太后，自己反退处无权，因此决意不愿；第二层意思，醇王福晋，便是慈禧后的妹子，慈禧入宫，作为媒妁，她想亲上加亲，必无他虞。兼且醇王子年仅四龄，不能亲政，自己可以重执大权，所以不顾公论，独断独行。众大臣竭力逢迎，才成了这样局面。这时候已当夜间九句钟，狂风怒号，沙土飞扬，天气极冷，慈禧后即派兵一队，往西城醇王邸中，迎载湉入宫，又派恭亲王留守东暖阁。不是亲他，实是防他。宫内外统用禁旅严卫，督队的便是步军统领荣禄。随即颁布遗诏道：

朕蒙皇考文宗显皇帝覆育隆恩，付昇神器，冲龄践阼，仰蒙两宫皇太后垂帘听政，宵旰忧劳，嗣奉懿旨，命朕亲裁大政，仰惟列圣家法，一以敬天法祖，勤政爱民为本，自维薄德，敢不朝乾夕惕，惟日孜孜。十余年来，禀承懿训，勤求上理，虽幸官军所至，粤捻各逆，次第削平，滇黔关陇，苗匪回匪，分别剿抚，俱臻安靖。而兵燹之余，吾民创痍未复，每一念及寤寐难安。各直省遇有水旱偏灾，凡疆臣请蠲请赈，无不立沛恩施。深宫兢惕之怀，当为中外臣民所共见。朕体气素强，本年十一月适出天花，加意调护，乃迩日以来，元气日亏，以致弥留不起，岂非天乎？顾念统绪至重，亟宜传付得人，谨钦奉两宫皇太后懿旨，醇亲王之子载湉（此二字贴黄），著承继文宗显皇帝为子，入承大统为嗣皇帝。嗣皇帝仁孝聪明，必能钦承付托。天生民而立之君，使司牧之，惟日矢忧勤惕厉，于以知人安民，永保我丕丕基。并孝养两宫皇太后，仰慰慈怀，兼愿中外文武臣僚，共矢公忠。各勤厥职，用辅嗣皇帝郅隆之治，则朕怀藉慰矣。丧服仍依旧制，二十七日而除。布告天下，咸使闻知！

同治帝崩，年只十有九岁，新帝载湉，入嗣文宗，尊谥同治帝为"穆宗"，封皇后阿鲁特氏为"嘉顺皇后"，改元"光绪"，即以明年为光绪元年，是谓"德宗"。当下诸王大臣，希旨承颜，奏请两宫皇太后重行训政。慈安太后颇觉讨厌，并不免有三分伤感，独慈禧太后，因同治帝不肯顺从，时常怀恨，此时重出训政，颇慰初念，倒也没甚悲痛。所最伤心的，莫如同治皇后，入正中宫，只有两年，突遭大丧，折鸾离凤，已是可惨，还有慈禧太后，对着她很不满意。这番立嗣，非但不令她预闻，而且口口声声，骂她狐媚子，狐媚子。她哭得凄惨一点，越触动慈禧太后恶感，戟指骂道："狐媚子！你媚死我儿子，一心思想做皇太后！哼哼！像你这种人，想做太后，除非海枯石烂，方轮到你身上。"这番言语，已是令人难堪。嗣复下了一道懿旨，内称大行皇帝无嗣，俟嗣皇帝后生皇子，即承继大行皇帝为子。牵强得很。这正是断绝皇后希望。

当时嗣皇改元，两宫训政，盈廷庆贺，热闹得很。只同治后独坐深宫，凄凉万状，暗想腹中怀妊，未识男女，即使生男，亦属无益，索性图个自尽，还是完名全节。主意已定，只望见父一面，与他诀别。巧值宫内赐宴，承恩公崇绮亦在其内，宴毕，顺道入视。父女相持大哭，到临别的时光，皇后只说了一声，儿本薄命，望父亲不必记念。阅者不忍卒读。次晨，宫内即传出皇后凶信，这般下场，何如民家？满廷臣工，很是惊异，大臣不言，小臣却忍耐不住，呈上谏章，第一个是内阁侍读学士广安奏道：

窃惟立继之大权，操之君上，非臣下所得妄预。若事已完善，而理当稍为变通者，又非臣下所可缄默也。大行皇帝，冲龄御极，蒙两宫皇太后垂帘励治，十有三载，天下底定，海内臣民，方得享太平之福。讵意大行皇帝，皇嗣未举，一旦龙驭上宾？凡食毛践土者，莫不叫天呼地。幸赖两宫太后，坤维正位，择继咸宜，以我皇上承继文宗显皇帝为子，并钦奉懿旨，俟皇帝生有皇子，即承继大行皇帝为嗣，仰见两宫皇太后宸衷经营，承家原为承国，圣算悠远，立子即是立孙。不惟大行皇帝得有皇子，即大行皇帝统绪，亦得相承勿替。计之万全，无过于此。惟是奴才尝读宋史，不能无感焉。宋太后遵杜太后之命，传弟而不传子，厥后太宗偶因赵普一言，传子竟未传侄，是废母后成命，遂起无穷驳斥。使当日后以诏命铸成铁券，如九鼎泰山，万无转移之理，赵普安得一言间之？然则立继大计，成于一时，尤贵定于一代。况我朝仁让开基，家风未远，圣圣相承，夫复何虑。我皇上将来生有皇子，自必承继大行皇帝为嗣，接承统绪，第恐事久年湮，或有以普言引用，岂不负两宫太后贻厥孙谋之至意？奴才受恩深重，不敢不言，请饬下王公大学士六部九卿会议，颁立铁券，用作奕世良谟。谨奏。

这篇奏牍，言人所不敢言，满员以内，好算得庸中佼佼，铁中铮铮了。偏偏懿旨说他冒昧渎陈，殊甚诧异，著即申饬。于是王公以下，乐得做了仗马寒蝉，哪个还敢多嘴？同治帝的丧礼，还算照着旧制，勉强敷衍，同治后的丧礼，简直是草草了事，不过加了"孝哲"二字的谥法，饰人间耳目。光绪四年，葬穆宗毅皇帝孝哲毅皇后于惠陵，大小臣工，照例扈送。有一个小小京官，满腔不平，欲言不可，不言又不

清史演义

忍，他竟抱了尸谏的意见，殉义于惠陵附近的马神桥，上了一本遗折，比广安所奏，尤为痛切。正是：

　　古道犹存，臣心不死；
　　效节史鱼，直哉如矢！

未知折中有何言论，尸谏的究是何人，且待下回再叙。

　　同治帝之崩，相传为游荡所致，天花之毒，明系饰言，作者固非诬毁。但慈禧后为同治帝生母，不应以帝稍忤颜，遂成闲隙，寻常民家，母子不和，犹关家计，况帝室乎？且纵帝游荡，酿成淫毒，得疾以后，又不慎重爱护，以致深沉不起。母子之间，殊不能无遗憾焉。若光绪帝之立，种种原因，备见书中，无非为慈禧一人私意。嘉顺皇后，由此自尽。"昭阳从古谁身殉，彤史应居第一流。"我为嘉顺哭，犹为嘉顺幸，而慈禧之手段，于此益见。

　　吕、武以后，应推此人。

第七十九回　因欢成病忽报弥留　以弟继兄旁延统绪

# 第八十回　吴侍御尸谏效忠
　　　　　　曾星使功成改约

　　却说当时尸谏的忠臣，乃是甘肃皋兰人吴可读。可读旧为御史，因劾奏乌鲁木齐提督成禄，遭谴落职，光绪帝即位，起用可读，补了吏部主事。因见帝、后迭丧，后嗣虚悬，早思直言奏请，但是广安一奏，犹且被斥，自己本是汉人，又系末秩微员，若欲奏陈大义，必遭严谴。且吏部堂官，也必不肯代奏，于是以死相要，将遗折呈交堂官。堂官谅他苦心，没奈何替他代奏，当由两宫太后展阅道：
　　奏为以一死泣请懿旨，预定大统之归，以毕今生忠爱事。窃罪臣闻治国不讳乱，安国不忘危，危乱而可讳可忘，则进苦口于尧舜，为无疾之呻吟，陈隐患于圣明，为不祥之举动。罪臣前因言事愤激，自甘或斩或囚，经王大臣会议，奏请传臣质讯，乃蒙先皇帝曲赐矜全，既免臣于以斩而死，复免臣于以囚而死，又复免臣于以传讯而触忌触怒而死。犯三死而未死，不求生而再生，则今日罪臣未尽之余年，皆我先皇帝数年前所赐也。乃天崩地坼，忽遭十三年

二月初五日之变，钦奉两宫皇太后懿旨，大行皇帝龙驭上宾，未有储贰，不得已以醇亲王之子，承继文宗显皇帝之子，入承大统，为嗣皇帝，俟嗣皇帝生有皇子，即承继大行皇帝为嗣。罪臣涕泣跪诵，反覆思维，以为两宫皇太后，一误再误，为文宗显皇帝立子，不为我大行皇帝立嗣。既不为我大行皇帝立嗣，则今日嗣皇帝所承大统，乃奉我两宫皇太后之命，受之于文宗显皇帝，非受之于我大行皇帝也。而将来大统之承，亦未奉有明文，必归之承继之子，即谓懿旨内既有承继为嗣一语，则大统之仍归继子，自不待言。罪臣窃以为不然。
　　自古拥立推戴之际，为臣子所难言，我朝二百余年，祖宗家法，子以传子，骨肉之间，万世应无间然，况醇王公忠体国，中外翕然，称为贤王，王闻臣有此奏，未必不怒臣之妄，而怜臣之愚，必不以臣言为开离间之端。而我皇上仁孝性成，承我两宫皇太后授以宝位，将来千秋万岁时，均能以我两宫皇

第八十回 吴侍御尸谏效忠 曾星使功成改约

太后今日之心为心。而在廷之忠佞不齐，即众论之异同不一，以宋初宰相赵普之贤，犹有首背杜太后之事，以前明大学士王直之为国家旧人，犹以黄竑请立景帝太子一疏，出于蛮夷，而不出于我辈为愧。贤者如此，遑问不肖？旧人如此，奚责新进？名位已定者如此，况在未定，不得已于一误再误中，而求归于不误之策，惟仰祈我两宫皇太后再行明白降一谕旨，将来大统，仍归承继大行皇帝嗣子，嗣皇帝虽百斯男，中外及左右臣工，均不得以异言进。正名定分，预绝纷纭，如此则犹是本朝祖宗来子以传子之家法。而我大行皇帝，未有子而有子；即我两宫皇太后，未有孙而有孙。异日绳绳缉缉，相引于万代者，皆我两宫皇太后所自出，而不可移易者也。罪臣所谓一误再误，而终归于不误者此也。

彼时罪臣即以此意拟成一折，呈由都察院转递，继思罪臣业经降调，不得越职言事。且此何等事？此何等言？出之大臣重臣亲臣，则为深谋远虑；出之小臣疏臣远臣，则为轻议妄言。又思在廷诸臣忠道最著者，未必即以此事为可缓，言亦无益而置之，故罪臣且留以有待。洎罪臣以查办废员内，蒙恩圈出引见，奉旨以主事特用，仍复选授吏部，迄来又已五六年矣。此五六年中，环顾在廷诸臣，仍未念及于此者。今逢我大行皇帝永远奉安山陵，恐遂渐久渐忘，则罪臣昔日所留以有待者，今则迫不及待矣。仰鼎湖之仙驾，瞻恋九重；望弓剑于桥山，魂依尺帛。谨以我先皇帝所赐余年，为我先皇帝上乞懿旨于我两宫皇太后之前。惟是临命之身，神志瞀乱，折中词意，未克详明，引用率多遗忘，不及前此未上一折一二，缮写又不能庄正。罪臣本无古人学问，岂能似古人从容？昔有赴死而行不成步者，人曰："子惧乎？"曰："惧！"曰："既惧何不归？"曰："惧吾私也，死吾公也。"罪臣今日亦犹是。鸟之将死，其鸣也哀；人之将死，其言也善。罪臣岂敢比曾参之贤？即死，其言亦未必善。惟望我两宫皇太后我皇上，怜其哀鸣，勿以为无疾之呻吟，不祥之举动，则罪臣虽死无憾。

宋臣有言："凡事言于未然，诚为太过；及其已然，则又无所及，言之何益？可使朝廷受未然之言，不可使臣等有无及之悔。"今罪臣诚愿异日臣言之不验，使天下后世笑臣愚，不愿异日臣言之或验，使天下后世谓臣明。等杜牧之罪言，虽逾职分，效史鳅之尸谏，只尽愚忠。罪臣尤愿我两宫皇太后我皇上，体圣祖世宗之心，调剂宽猛，养忠厚和平之福，任用老成，毋争外国之所独争，为中华留不尽！毋创祖宗之所未创，为子孙留有余！罪臣言毕于斯，愿毕于斯，命毕于斯。

再，罪臣曾任御史，故敢昧死具折，又以今职不能专达，恳由臣部堂官代为上达。罪臣前以臣衙门所派随同行礼司员内，未经派及罪臣，是以罪臣再四面求臣部堂官大学士宝鋆，始添派而来。罪臣之死，为宝鋆所不及料，想宝鋆并无不应派而误派之咎。

时当盛世,岂容有疑于古来殉葬不情之事?特以我先皇帝龙驭永归天上,普天同泣,故不禁哀痛迫切,谨以大统所系,贡陈缕缕,自称罪臣以闻。

两宫皇太后阅毕,慈禧太后心中很是不乐,外面恰装出一种坦适样子,向慈安太后道:"这人未免饶舌,前已明降谕旨,嗣皇帝生有皇子,即承继大行皇帝为嗣,还要他说什么?"慈安太后道:"一个小小主事,敢发这般议论,且宁死不讳,总算难得!"慈安究竟持平。慈禧后歇了半响,方道:"且著王大臣等会同妥议,可好么?"慈安后应了声好,遂命内阁拟旨,着将吴可读原折交廷臣会议。王大臣等合议许久,多以清代家法,自雍正后,建储大典,未尝明定,此次若从可读奏请,明定继统,即与建储没甚分别,未免有违祖制。此时还有什么祖制?又因可读尸谏,确是效忠清室,一概辩驳,心中亦属难安。当下公拟了一番模糊影响的言语,复奏上去。嗣后徐桐、翁同龢、潘祖荫三人又联衔上了一折,宝廷、张之洞且各奏一本,两宫太后参酌众议,随降懿旨道:

前于同治十三年十二月初五日降旨,俟嗣皇帝生有皇子,即承继大行皇帝为嗣,原以将来继统有人,可慰天下臣民之望。第我朝圣圣相承,皆未明定储位,彝训昭垂,允宜万世遵守。是以前降谕旨,未将继统一节宣示,具有深意。吴可读所请颁定大统之还,实与本朝家法不合。皇帝受穆宗毅皇帝付托之重,将来诞生皇子,自能慎选元良,缵承统绪,其继大统者,为穆宗毅皇帝嗣子,守祖宗之成宪,示天下以无私,皇帝亦必能善体此意也。所有吴可读原奏,及王大臣等会议折,徐桐、翁同龢、潘祖荫联衔折,宝廷、张之洞各一折,并闰三月十七日及本日谕旨,均著另录一分,存毓庆宫。至吴可读以死建言,孤忠可悯,著交部照五品官例议恤!钦此。

此旨一下,同治帝一生事情,化作烟云四散,吴可读慷慨捐躯,也不过留个名儿罢了。

驹光如驶,倏忽间已是光绪五年。琉球国被日本灭掉,改名冲绳县,这信传到中国,总理衙门的人员,才记得琉球是我属国,与日本交涉。日本简直不理,只好作为罢论。忽又接到伊犁交涉消息,好大喜功的左宗棠决意主战,于是总署诸公又有一番绝大的忙碌。

先是陕回叛酋白彦虎,出走西域,依附安集延酋阿古柏,安集延系浩罕东城,阿古柏即安集延城主。他因回疆蠢动,中国政府专剿粤捻,无暇西略,遂乘机攻入,踞了喀什噶尔,胁服回徒,自称毕调勒特汗。清廷以时艰饷绌,拟暂弃关外地,独左宗棠已平陕甘,决计进兵,借了华洋商款,充作军饷。光绪二年,督办新疆军务,自驻肃州调度,令都统金顺、提督张曜率兵驻哈密,京卿刘锦棠及提督谭上连、谭拔萃、余虎恩等,分道进攻,连败阿古柏兵,克复乌鲁木齐及附近各城,北路略定。到光绪四年,刘锦棠军自北趋南,张曜军自西趋东,夹击阿古柏。阿古柏想走回安

清史演义

集延,奈浩罕全国统被俄罗斯占夺,欲归无路,仰药而亡。只阿古柏长子伯克胡里,尚据英吉沙尔、喀什噶尔、叶尔羌、和阗四城,白彦虎又窜往依附。适遇锦棠等进剿,胡里不能抵敌,偕白彦虎遁入俄境,南路亦平。左宗棠晋封二等侯,刘锦棠加封二等男,随征将士,统邀奖叙。

只新疆西北有伊犁城,地味饶沃,俄人乘乱进来,把伊犁占去,阳称帮中国暂时保管。天下无此好人。至回乱已平,清政府欲索回伊犁,遂派吏部侍郎崇厚出使俄国,畀他全权,商办伊犁事宜。这位崇钦使素来胆怯,天津教案已见过他的伎俩,清廷还认是专对能手,要他前去办理这案。列位试想如虎如狼的俄国,能给他一点便宜么?果然双方开议,俄人要索很奢,崇钦使不能答辩,格外迁就,订了十八条约章,只归还伊犁一城,西境的霍尔果斯河左岸及南境的帖克斯河上流两岸,都要割让俄人,还要中国给偿俄银五百万卢布。俄币制名,价有涨跌,价涨时一卢布约合中国规银九钱三分一厘,价跌时约七钱左右。而且增开口岸,添设领事,凡勘界行轮运货免税等条件,统是夺我权利。崇钦使不问政府,仗着全权行事的招牌,竟骤然决然地签定了押,咨报总理衙门。王大臣等把约文细阅,统说是不便照行,当下有一班意气嚣凌、文采焕发的言官,洋洋洒洒挥成千万言,奏闻两宫。你主调兵,我主调将,都要与俄开战。最利害的,是请诛崇厚,仿佛是崇厚一诛,俄人即可吓倒。书生之见。两宫太后大为感动,令总署驳斥原约,将崇厚褫职逮问,一面垂询左宗棠和战情形。宗棠慷慨激昂,上了一篇奏章,好似苏东坡万言书。小子笔不胜录,只录他后半篇道:

察俄人欲踞伊犁为外府。为占地自广,借以养兵之计,久假不归,布置已有成局。我索旧土,俄取兵费巨资,于俄无损而有益。我得伊犁,只剩一片荒郊,北境一二百里间,皆俄属部,孤注万里,何以图存?况此次崇厚所议第七款,接收伊犁后,霍尔果斯河及伊犁山南之帖克斯河归俄属,无论两处地名,中国图说所无,尚待详考,但就方向而言,是划伊犁西南之地归俄也。自此伊犁四面,俄部环居,官军接收,堕其彀内,固不能一朝居耳。虽得必失,庸有幸乎?武事不竞之秋,有划地求和者矣,兹一矢未闻加遗,乃遽议捐弃要地,餍其所欲,譬犹投犬以骨,骨尽而噬仍不止。目前之患既然,异日之忧何极?此可为叹息痛恨者矣!

金顺、锡纶,拟缓收伊犁,而以沿边喀什噶尔、乌什、精河、塔尔巴哈台四城,宜足兵力,浚饷源,广屯田,坚城堡,先实边备,自非无见,惟伊犁沿边无定议,谋新疆者非合南北两路通筹不可。现在伊犁界务未定,则收还一节,自可从缓计议。喀什噶尔乌什,规画已周,毋庸再议,其塔尔巴哈台,精河,急须加意绸缪,应由金顺锡纶,自行陈奏请旨外,所有崇厚定议画押十八款内偿费一节,业经奉有谕旨,第八款所称塔城界址,拟稍改,照同治三年界址，尚只电报，应俟崇厚奏到再议。第十款于旧约喀什噶尔库伦设领事官外，复议增设嘉峪关、乌里雅苏台、科布多、哈密、吐鲁番、乌鲁木齐，古城七处，十四款并有俄商运俄货，走张家口嘉峪关，赴天津汉口，过通州、西安、汉中，运土货回国，均经总理衙门奏奉谕旨接驳外，第二款中国允即恩赦居民，业经遵旨照办，被贼官截阻赍示委员，不准张帖。第三款伊犁民人迁居俄国，入籍者，准照俄人看待，意在胁诱伊犁民人归俄。而以空城贻我，与阻截赍示委员，同一用心。第四款俄人在伊犁，准照管旧业，虽伊犁交还，中外商民杂处，无界限可分，是包藏祸心，预为再踞之计。至商务允其多设口岸，不独夺华商生理，且以启蚕食之机。总理衙门原奏，筹虑深远，实已纤细毕周。谕旨允行，则实受其害，先允后翻，则曲仍在我，应设法挽回以维全局。

窃维邦交之道，论理亦论势，本山川为疆索，界画一定，截然而不可逾。彼此信义相持，垂诸久远者理也；至争城争地，不以玉帛而以兴戎，彼此强弱之分，则在势而不在理。所谓势者，合天时人事言之，非仅直为壮而曲为老也。俄踞伊犁，在咸丰十年同治三年定界之后，旧附中国与中国民人杂处各部落，被其胁诱，俄官即视为所属，借以肆其凭陵。俄之取浩罕三部也，安集延未为所并，其首阿古柏畏俄之逼，率其部众，陷我南疆，我复南疆，阿古柏死，逆子窜入俄境。俄乃认安集延为其所属，欲借为侵占回疆腹地之根，现冒称喀什噶尔住居之俄属，本随帕夏而来之安集延余众。俄之无端冒为己属，实与交还伊犁，仍留复踞地步，同一居心，观其交还伊犁，而仍索南境西境属俄，其诡谋岂仅在数百里土地哉？界务之必不可许者此也。俄商志在贸易，本无异图，俄官则欲借此为通西于中之计，其蓄谋甚深，非仅若西洋各国，只争口岸可比。就商务言之，俄之初意，只在嘉峪关一处，此次乃议及关内，并议及秦蜀楚各处，非不知运脚繁重，无利可图，盖欲借通商便其深入腹地，纵横自恣，我无从禁制耳。嘉峪关设领事，容尚可行，至喀什噶尔通商一节，同治三年虽约试办，迄未举行，此次界务未定，姑从缓议。而乌里雅苏台、科布多、哈密、吐鲁番、乌鲁木齐、古城等处，广设领事，欲因商务蔓及地方，化中为俄，断不可许。此商务之宜设法挽回者也。此外俄人容纳叛逆白彦虎一节，崇厚曾否与之理论，无从悬揣，应俟其复命时，请旨确询，以凭核议。

臣维俄人自占踞伊犁以来，包藏祸心，为日已久。始以官军势弱，欲诳荣全入伊犁，陷之以为质，继见官军势强，难容久踞，乃借词各案未结以缓之。此次崇厚全权出使，俄臣布策，先以巽词饴之，枝词惑之，复多方迫促以要之，其意盖以俄于中国，未尝肇启战端，可间执中国主战者之口。又忖中国近或厌兵，未便即与决裂，以开边衅，而崇厚全权出使，便宜行事，又可牵制疆臣，免生异议。是臣今日所披沥上陈者，或尚不在俄人意料之中。当此时事

第
八
十
回

吴
侍
御
尸
谏
效
忠

曾
星
使
功
成
改
约

纷纭，主忧臣辱之时，苟心知其危，而复依违其间，欺幽独以负朝廷，耽便安而误大局，臣具有天良，岂宜出此？就事势次第而言，先之以议论委婉而用机，次之决战阵坚忍而求胜，臣虽衰庸无似，敢不勉旃！

两宫太后依议，特遣世袭毅勇侯出使英法大臣大理寺少卿曾纪泽，备述官衔，隐寓紫阳书法。使俄改约，并命整顿江海边防，北洋大臣李鸿章筹备战舰。山西巡抚曾国荃调守辽东，派刘锦棠帮办西域军务，加吴大澂三品卿衔，令赴吉林督办防务，饬彭玉麟操练长江水师，起用刘铭传、鲍超一班良将，内外忙个不了。俄国亦派军舰来华，游弋海上，险些儿要开战仗，亏得曾袭侯足智多谋，能言善辩，与俄国外部大臣布策反覆辩难，弄得布策无词可答，只是执着原约，不肯多改。巧值俄皇被刺，新主登基，令布策和平交涉，布策始不敢坚持原议。曾袭侯虽是专对才，亦亏机缘相凑。两边重复开谈，足足议了好几个月，方才妥洽，计改前约共七条：

一　归还伊犁南境。

二　喀什噶尔界务，不据崇厚所定之界。

三　塔尔巴哈台界务，照原约修改。

四　嘉峪关通商，照天津条约办理，西安、汉中及汉口字样，均删去。

五　废松花江行船至伯都讷专条。

六　仅许于吐鲁番增一领事，其余缓议。

七　俄商至新疆贸易，改均不纳税为暂不纳税。此外添续卢布四百万圆。

签约的时候，已是光绪七年，虽新疆西北的边境，不能尽行归还，然把崇厚议定原约改了一半，也总算国家洪福，使臣材具了。我至此尚恨崇厚。沿江沿海，一律解严，改新疆为行省，依旧是升平世界，浩荡乾坤。王大臣等方逍遥自在，享此庸庸厚福，不意宫内复传出一个凶耗，说是慈安太后骤崩，小子曾有诗咏慈安后云：

牝鸡本是戒司晨，
和德宣仁誉亦真。
十数年来同训政，
慈安遗泽尚如春。

这耗一传，王大臣很是惊愕，毕竟慈安太后如何骤崩，且至下回分解。

本回录两大奏摺，为晚清历史上生色。吴说似迂，左议近夸，但得吴可读之一疏，见朝廷尚有效死敢谏之臣工，得左宗棠之一折，见疆臣尚有老成更事之将帅。光绪初年之清平，幸赖有此。或谓吴之争嗣，何裨大局？俄许改约，全恃曾袭侯口舌之力，于左无与？不知千人诺诺，不如一士谔谔，盈廷谐媚，而独得吴主事之力谏，风厉一世，岂不足令人起敬乎？外交以兵力为后盾，微左公之预筹战备，隐摄强俄，虽如曾袭侯之善于应对，能折冲樽俎乎？直臣亡，老成谢，清于是衰且亡矣。人才之不可少也，固如此夫！

## 第八十一回  朝日生嫌酿成交涉  中法开衅大起战争

却说慈安太后的崩逝,很是一桩异事。为什么是异事呢?慈安太后未崩时,京师忽传慈禧病重,服药无效,诏各省督抚进良医,直督李鸿章、江督刘坤一、鄂督李瀚章,都把有名的医生,保荐进去。慈禧一病数月,慈安后独视朝,临崩这一日,早晨尚召见恭亲王奕䜣、大学士左宗棠、尚书王文韶、协办大学士李鸿藻等,慈容和怡,毫无病态,不过两颊微赤罢了。恭亲王等退朝后,约至傍晚,内廷忽传慈安后崩,命枢府诸人速进,王大臣等很为诧异,都说:"向例帝后有疾,宣召御医,先诏军机大臣知悉,所有医方药剂,都命军机检视,此次毫无影响,且去退朝时候,止五小时,如何有此暴变?"但宫中大事,未便揣测,只好遵旨进去。一进了宫,见慈安后已经小殓,慈禧后坐矮凳上,并不像久病形状,只淡淡地说道:"东太后向没有病,近日亦未见动静,忽然崩逝,真是出人意外。"对人言只可如此。众王大臣等,不好多嘴,惟有顿首仰慰。左宗棠意中不平,颇思启奏,只听慈禧后传谕道:"人死不能再生,你等快出去商议后事!"善箝人口。于是左宗棠亦默然无语,偕王大臣等出宫,暗想后妃薨逝,照例须传戚属入内瞻视,方才小殓,这回偏不循故例,更觉可怪。奈满廷统是唯唯诺诺,单仗自己一片热诚,也是无济于事,因此作为罢论。

天下事若要人不知,除非莫为。相传光绪帝幼时,亦喜欢与慈安后亲近,仿佛当日的同治帝,慈禧后已滋不悦。到光绪六年,往东陵致祭,慈安太后以咸丰帝在日,慈禧后尚为妃嫔,不应与自己并列,因令慈禧退后一点。慈禧不允,几至相争,转想在皇陵旁争论,很不雅观,且要招亵渎不敬的讥议,不得已忍气吞声,权为退后;回到宫中越想越气,暗想前次杀小安子,都是恭王怂恿,东后赞同,这番恐又是他煽动,擒贼先擒王,除了东后,还怕什么奕䜣?只有一事不易处置,须先行斟酌,方好下手。看官!你道是什么事情?咸丰帝在热河,临危时,曾密书硃谕一纸,授

清史演义

475

慈安后，略说："那拉贵妃如恃子为帝，骄纵不法，可即按祖制处治。"后来慈安后取示慈禧，令她警戒一二。慈禧后虽是刚强，不敢专恣，还是为此。东陵祭后，她想消灭遗旨，正苦没法，巧遇慈安后稍有感冒，太医进方，没甚效验，过了数日，不药而愈。慈安后遂语慈禧，说服药实是无益。慈禧微笑，慈安不觉暗异。忽见慈禧左臂缠帛，便问她何故，慈禧道："前日见太后不适，进蔆汁时，曾割臂肉片同煎，聊尽微忱。"真乎假乎，我还欲问慈禧。慈安闻了此言，大为感动，竟取出先帝密谕，对她焚毁，隐示报德的意思，其实正中了慈禧的隐谋。一着得手，两着又来。慈安后竟致暴崩，谣言说是中毒，小子姑就轶闻，略略照叙，也不知是真是假。只慈禧后并不持服，乃是实事。

话休絮述，且说慈安后已崩，国家政治，都由慈禧太后一人专主，不必疑忌。慈禧至此，方觉得心满意足，任所欲为。国丧期未满，奉安未届，暂命恭王奕訢等照常办事。越年，慈安太后合葬东陵，加谥"孝贞"，生荣死哀，临时又有一番热闹。

葬礼才毕，东方的朝鲜国，忽生出一场乱事，酿成中日的交涉。原来朝鲜国王李熙，系由旁支嗣立，封生父李应罢为大院君，主持国柄。李熙年长，亲裁大政，大院君退处清闲，党与亦渐渐失势。王妃闵氏才貌兼全，为李熙所宠幸，闵族中倚着王妃的势力，次第用事，尽改大院君旧政。大院君素主保守，拒绝日本，闵族公卿，多主平和，与日本结江华条约，开元山津与仁川二口岸，给日本通商。朝鲜本中国藩属，总理衙门的大员偏视为无足重轻，绝不过问。朝鲜恰暗生内讧，一班守旧派又请大院君出头，与闵族反对。时当光绪八年，朝鲜兵饷缺乏，军士哗变，守旧派遂趁势作乱，扬言入清君侧，闯进京城，把朝上大臣及外交官杀死了好几个，并杀入王宫，搜寻闵妃，可巧闵妃闻风避匿，无从搜获，遂鼓噪至日本使馆，戕杀日本官吏数人。真是瞎闹。警报传至中国，署直隶总督张树声、亟调提督吴长庆等，率军入朝鲜。长庆颇有才干，到了汉城，阳说来助大院君。大院君信为真言，忙到清营会议。大鱼自来投网，正好被长庆拿住，立派干员，押解天津；还有百余个党首，亦由长庆捕获，尽置诸法。这时候日本亦发兵到来，见朝鲜已没有乱事，只得按住了兵，索偿人命。当下由长庆代作调人，令朝鲜赔款了事。日本还要屯兵开埠，朝鲜国王唯唯听从，自己与日本立约，才算了案。自后中日两国，各派兵驻扎朝鲜京城。朝鲜既为我属，日本何得驻兵？当时以吴长庆等执归大院君称为胜算，于日本驻兵事置诸不论，可谓懵然。大院君到天津后，由张树声请旨发落，奉旨李应罢着在保定安置。后来朝鲜又复闹事，比前次还要瞎噪，小子本好连类叙下，只中间隔了一场中法开衅的战史，依着年月日次序，只好将中法战史开场，表叙明白。

中法战衅，起自越南，越南王阮光缵，为故广南王阮福映所灭，仍认中国为宗主国,入贡受封。惟阮福映得国时,曾赖法教士帮助,借了法国兵士,灭掉阮光缵,原约得国以后,割让化南岛作为酬谢,且许通商自由。后来越南不尽遵约,且无故戕害教民,法人愤怒,遂派军舰至越南,破顺化府沿岸炮台,乘胜阑入,夺南方要口的西贡,并陷嘉定、边和、定祥三州。越南国王无法可施,没奈何割地请和,这是咸丰年间事。同治初,复开兵衅,再订和约,又割永隆、安江、河仙诸州,畀之法国,南圻尽为法据。法人得步进步,得尺进尺,不到几年,又说越南虐待教士,要求越南允他二事:第一条,要越南王公,信奉天主教;第二条,要在越南北圻的红河通航。两国尚未定约,法人已托词保商,派兵驻河内、海防等处。

是时越南有一个惯打不平的好汉,姓刘名永福,系广西上思州人氏,乃是太平国余党。他部下有数百悍卒,张著黑旗,叫作黑旗军,或叫他黑旗长毛。刘永福素性豪爽,见越南被法所逼,以大欺小,很是无礼,遂带了黑旗兵,帮越南王抗拒法人。法将安邺勾结越匪黄崇英,谋踞全越。永福闻安邺屯兵河内,竟由间道绕赴,出其不意,攻破法兵,将法将安邺杀死。越南王闻报,一喜一惧,喜的是刘永福战败法人,惧的是法人将来报复。于是再与法国议和,于同治末年,协订和约数条,大致认越南为独立国,令断绝他国关系,以及河内通商,红河通航等条件。一面檄刘永福罢兵,封为三宣副都督,管辖宣光、兴化、山西三省,越南暂就平静。

独越匪黄崇英,尚出没越南北境,进窥南宁。两广总督刘长佑率师巡边,连破崇英党羽,蹙崇英至河阳,一鼓擒住,并将他妻子一律骈诛。长佑奏凯入关,只留驻千人防边。光绪五年,越边又有吴终及苏啯汉等,倡乱殃民,越南王又求助清廷,清政府即命粤督刘长佑,再出越南,替他靖乱。长佑遂率提督冯子材,由龙州出发,旗开得胜,马到成功,不数月间,乱党已无影无踪了。越南王很为感激,怎奈法人得知此信,据约诘责,约章上是越南独立,既认与他国断绝关系,如何请清军代平乱事?越南王绝不答复。法国遣将李威利,进攻河内,黑旗军又来出头,一阵厮杀,非但将法人击败,直把李威利杀毙。法人大举入越,海陆并进,陷河内、南定、河阳等地,只山西一带,由刘永福扼守,不能攻入。法海军转趋顺化府,顺化系越南都城,守城兵统是饭桶,一些儿都没用,闻报法兵来攻,吓得魂飞天外,保着越南王出都避难。法兵遂入据越都,越南王再向法乞和,法人要越南降为保护国,且割让东京与法。越南王但求息事,不管好歹,竟允了法人的要约。

清廷接信大惊,飞檄驻法公使曾纪泽,与法交涉,不认法越条约,又令岑毓英调督云贵,出关督师,与刘永福协力防法;擢彭玉麟为兵部尚书,特授钦差大臣关防,驰驿赴粤;故山西巡抚曾国荃赴署粤督,筹备军糈;东阁大学士两江总督左宗棠督办军务,兼顾江防。

## 第八十一回 朝日生嫌酿成交涉 中法开衅大起战争

一班老臣宿将，分地任事。廉将军犹能强饭，马伏波再出据鞍。劲气横秋，余威慑敌，法人倒也不敢暴动，差了舰长福禄诺等，直到天津，去访直督李鸿章，无非说些愿归和好等语，但越商总要归法保护。咬定一桩宗旨，有何和议可说。李鸿章既不照允，也不坚拒，只用了模棱两可的手段，对付外交。此老未免油滑，然已带三分暮气。适粤关税司美国人德璀林愿作毛遂，居间调停，竟与李鸿章订定五条草约，准将东京让法，清军一律撤回。惟法越改约，不得插入伤中国体面语。越南已去，还有什么体面？双方允议，鸿章当即奏闻，总理衙门的王大臣也与李爵帅一般见识，总教体面不伤，管什么万里越南？随即核准，批令鸿章签押。

这边玉帛雍容，方与法使互订和局，那边云南兵将，已进至谅山，尚未接到和好消息，法将突勒亦入谅山驻扎。两下相遇，滇军磨拳擦掌，专待角斗，突勒亦不肯让步，顿时开了战仗，你开枪，我放炮，相持半日，法兵受了好多损失，向后退去。中国人向来自大，闻了这场捷音，个个主战，几乎有灭此朝食的气概，偏偏法人行文总署，硬索偿款一千万镑，总署不允，法愈增兵至越南，攻陷北宁。岑毓英退驻保胜，扼守红河上游，法复派军舰至南洋，袭攻台湾，把基隆夺去。幸亏故提督刘铭传奉旨起复，督办台湾军务，他即兼程前进，到了台湾，以守为战，法人才不敢入犯，把基隆守住。

法提督孤拔，转入闽海，攻打马尾。马尾系闽海要口，驻守的大员叫做张佩纶。佩纶是个白面书生，年少气盛，恃才傲物，本在朝上任内阁学士官职，谈锋犀利，没人赛得他过，讲起文事来，周召不过如此，讲起武备来，孙吴还要敬避三舍。其言之不怍则为之也难。清廷大加赏识，特简为福建船政大臣，会办海疆事宜。以言取人失之宰予。中外官僚，方说朝廷拔取真才，颂扬圣哲。合肥伯相李鸿章也因他多材多艺，称赏不置。这张佩纶更睥睨不群，目空一切，既到福州，与总督何璟、巡抚张兆栋会叙，高谈阔论，旁若无人，督抚等也莫名其妙。因闻他素负才名，谅来必有些学识，索性将全省军务，都推到佩纶身上。佩纶居然自任，毫不推辞；任事数月，并没有整顿军防，单是饮酒吟诗，围棋挟妓。有的说是名将风流，大都这样，有的说是文人狂态，徒有虚名。

这年秋季，在值法孤拔率舰而来，直达马江。好像是一块试金石。海军将弁闻风飞报，佩纶毫不在意，简直如没事一般。过了一宵，法舰仍在马江游弋，尚未驶入口内，那时张佩纶谈笑自若，反邀了几个好友，畅饮谈心，忽报管带张得胜求见，佩纶道："我们喝酒要紧，不要进来瞎报！"才阅片刻，又报管带张成入谒，佩纶张开双目，向传报的军弁叱道："我在此饮酒，你难道不晓得么？为什么不挡住了他？"军弁道："张管带说有紧急军情，定要面禀，所以不敢不报。"佩纶道："有什么要事？你去问来。"军弁去了半晌，回称法兵轮已驶入马尾,应预备抵敌,恳大人速谕机宜。佩纶冷笑道:"法人何从欲与我接仗,不过虚声恫吓,迫我讲和,我只按兵不动,示以镇定,法人自然会退去的。我道他是何等高见,谁知恰是如此。你去传谕张管带,叫他不要妄动便好。"军弁唯唯,刚欲退出,佩纶又叫他转来,便道:"你去与张管带说明,第一着是法舰入口,不准先行开炮,违令者以军法从事。"军弁又答应连声,自去通知张管带,佩纶仍安然痛饮,喝得酩酊大醉,兴尽席残,高朋尽散。

佩纶一卧不醒,法舰已自进口,准备开炮轰击。中国兵轮也有十多艘,船上管带各着弁目走领军火,请发军令。不意佩纶尚在黑甜乡玩耍,似乎可高枕无忧的样子。门上因昨日碰了钉子,不敢通报,弁目只在门房伺候,那边兵轮内的管带,急切盼望,杳无回音,欲要架炮迎击,既无军令,又无弹丸,真正没法得很。约到巳牌时候,尚不见军令领到,法舰上已将大炮架起,红旗一招,炮弹接连飞来。中国兵轮里面毫无防备,管带以下,急得脚忙手乱,不消一个时辰,已被击破四五艘,还有未曾击坏的兵轮,只是逃命要紧,纷纷拔椗,向西北逃命。奈法舰不稍容情,接连追入,炮声越紧,炮弹越多,中国兵轮又被击沉了好几艘。海军舰队丧亡几尽。

这时候佩纶才醒,听得炮声震耳,还说何人擅自放炮,起床出来。外面已飞报兵轮被毁,接续传到七艘,于是轻裘缓带的张大臣也焦灼起来,急命亲兵二人,随着开了后门一溜烟的逃去。确是三十六策中的上策。法舰乘胜进攻,夺了船坞,毁了船厂,复破了福州炮台,占领澎湖各岛。廷旨令左宗棠飞速赴闽,与故陕甘总督杨岳斌,帮办闽省军务,调曾国荃就江督任,续办江防。左宗棠到闽后,奉旨查办张佩纶,佩纶已由督抚访寻,在彭田乡觅着,畴昔豪气,索然而尽,只有笔底下却还来得,草了一篇奏牍,自请处分。内中有"格于洋例,不能先发制人,狃于陆居,不能登舟共命"等语。巧于脱卸。左宗棠怜他是个名士,也为他洗刷回护。大约是惺惺惜惺惺。清廷以佩纶罪无可逃,责左宗棠祖护罪员,甘陷恶习,着传旨申斥。佩纶逮京治罪,充戍黑龙江完案。

马江方报败仗,谅山又闻失守,镇南关守将杨玉科阵亡。慈禧不禁震怒,把统兵的大员,议处的议处,镌级的镌级,并有一道罢免恭王的懿旨,亦蝉联而下,处心积虑久矣。立言颇极微妙,今录述如下:

钦奉慈禧康颐昭豫庄诚皇太后懿旨:现值国家元气未充,时艰犹巨,政多丛脞,民未敉安。内外事务,必须得人而理,而军机处实为内外用人行政之枢纽,恭亲王奕䜣等,始尚小心匡弼,继则委蛇保荣;近年爵禄日崇,因循日甚,每于朝廷振作求治之意,谬执成见,不肯实力奉行。屡经言者论列,或目为壅蔽,或劾其委靡,或谓簠不饬,或谓昧于知人。本朝家法綦严,若谓其

清史演义

如前代之窃权乱政，不惟居心所不敢，亦实法律所不容。只以上数端，贻误已非浅鲜，若仍不改图，专务姑息，何以仰副列圣之伟业？贻谋将来，皇帝亲政，又安能臻诸上理？若竟照弹章一一宣示，即不能复议亲贵，亦不能曲全耆旧，是岂宽大之政所忍为哉？言念及此，良用恻然。

恭亲王奕訢、大学士宝鋆，入直最久，责备宜严，姑念一系多病，一系年老，兹特录其前劳，全其末路，奕訢著加恩仍留世袭罔替亲王，赏食亲王全俸，开去一切差使，并撤去恩加双俸，家居养疾！宝鋆着原品休致！协办大学士吏部尚书李鸿藻，内廷当差有年，只为囿于才识，遂致办事竭蹶，兵部尚书景廉，只能循分供职，经济非其所长，均着开去一切差使，降二级调用！工部尚书翁同龢，甫直枢庭，适当多事，惟既别无建白，亦有应得之咎，着加恩革职留任，仍在毓庆宫行走，以示区别！朝廷于该王大臣之居心办事，默察已久，知其决难振作，诚恐贻误愈重，是以曲示矜全，从轻予谴。初不因寻常一眚之微，小臣一疏之劾，遽将亲藩大臣，投闲降级也。嗣后内外臣工，务当痛戒因循，各摅忠悃。建言者秉公献替，务期远大，朝廷但察其心，不责其迹，苟于国事有补，无不虚衷嘉纳，倘有门户之弊，标榜之风，假公济私，倾轧攻讦，甚至品行卑鄙，为人驱使，就中受贿，必当立抉其隐，按法惩治不贷，将此通谕知之！

恭亲王既已罢免，军机处另用一班人物。恭亲王的替身，就是礼亲王世铎。还有户部尚书额勒和布、阎敬铭、刑部尚书张之万，也都命在军机上行走。工部侍郎孙毓汶因与李莲英莫逆，亦得厕入军机。慈禧太后又下特旨："军机处遇有紧要事件，着会同醇亲王奕譞商办。"国子监祭酒盛昱，左庶子锡钧，御史赵尔巽见了这谕，以醇亲王系光绪帝父亲，入直军机，殊非所宜，遂援古斟今，联翩入奏，请收回成命。慈禧后思想灵敏，把垂帘二字提出，说："当垂帘时代，不得不用亲藩，俟皇帝亲政，再降懿旨。在廷诸臣，当仰体上意，毋得多渎！"这旨一下，言官等又箝口无言。

只是海氛未靖，边报相寻，朝旨调湖南巡抚潘鼎新，移至广西，与岑毓英联军迎剿，并令提督苏元春与冯子材、王孝祺、王德榜等，率军援镇南关。冯王诸将，恰是异常奋勇，一到了关，即开关出战。任凭法人枪炮厉害，他却督着人马，冒死进去。枪炮越多的地方，清军越加不怕。星驰飚卷，岳撼山摇，直至两军接近，连枪炮都成没用，当下各用短兵，互相搏击。法人虽是强悍，至此已失所长，不得不渐渐退下。清军勇气，陡增十倍，杀得尸横遍野，血流成川。自从中法开衅，这场恶斗，独出法人意外。法人才有点怕惧，弃了谅山。岑毓英闻谅山克复，亦秣马厉兵，亲督大军，鼓行前进，连败法兵，迭克要隘。临洮一战，阵斩法将七人，杀毙法兵三千数百名，获辎重枪炮军械无算，进捣河内，威声大振。法提督孤拔困守澎湖，连接越南败耗，已是郁愤，上书政府，请速派兵再战。适值法内阁连番更迭，主战主和，毫无定见。孤拔大愤，索性带了兵舰，闯入浙江三门湾，夜深月朗，孤拔轻轻地扒上桅竿，窥探内地形势，不防一声怪响，竟将孤拔击落船中。正是：

明枪容易躲，暗箭最难防。

未知孤拔性命如何，待小子下回再说。

朝鲜、越南皆中国藩属，安能与日法两国私立条约？总理衙门人员，不闻则已，既已闻之，势不能袖手旁观，置诸不问。乃得过且过，坐听藩属之日削，一若秦越肥瘠，漠不相关者。然朝鲜之乱，吴长庆等急入汉城，诱执大院君以归。日本师至，乱事已靖，于此不惩前毖后，犹令朝日自行结约，宁非大误？法、越之争有年矣，中国不闻援据公法，与法交涉，法入越境，越南王再三乞和，清廷又不过问。迨越南请兵平乱，始由粤督刘长佑等，代为戡定，其误与对待朝鲜，同出一辙。天津和约，不与法争宗主权，乃尚欲保存体面，掩耳盗铃，煞是可笑。曲突徙薪之不早，至于焦头烂额晚矣！迨焦头烂额而仍无效，不且晚之又晚耶！谅山失守，马江败绩，焦头烂额，尚且无成。谁司外交，一至于此！读此令人痛惜不置！

## 第八十二回  弃越疆中法修和  平韩乱清日协约

却说孤拔入袭浙境，浙江提督欧阳利已先机预防，飞檄海口炮台守将，严行堵御。守将静候数天，未见动静，未免懈怠起来。也是孤拔命运该绝，闯入三门湾的时候，遥望岸上刁斗无声，未知有备无备，因此猱升桅竿，窥探内容。适值炮台上面，有一巡卒，见敌舰连檣而来，暗想不及通报，他竟仗着胆子，径去开炮。扑通一声，不偏不倚，正中桅竿上的孤拔。孤拔受着弹丸，脑子一晕，自然坠落。此时炮台守将闻有炮声，惊讶得了不得，忙饬弁目查明。弁目到了炮台，那放炮的巡卒，还是接连开放。弁目厉声道："你如何未奉军令，擅自试炮？"巡卒至此，才觉得弁目来前，回头行礼，禀明原委。弁目向外了望，果见有兵舰数艘徐徐退去。随道："你虽击退敌舰，然总是未奉军令，恐干军法，快到军署内请罪为是！"巡卒默然，随了弁目，去见统领。亏得统领还有些明白，仍饬查明，再定功罪。次晨，闻报法舰轰坏二艘，法提督孤拔亦已毙命，不禁喜出望外，向提督欧阳利去报捷。一面赦了巡卒擅令的罪名，拔为弁目。大约运气到了。浙江海面，浪静风平，提督欧阳利，免不得虚张战绩，奏达清廷，当即奉旨嘉奖，欧阳利以下多蒙优叙。欧阳利还是运气。

孤拔一死，法军夺气，谅山粤军及临洮滇军，都是雄心勃勃，恨不得立刻规复全越，扫除法人，正在耀武扬威的时候，忽又传到天津议和的消息。众战将疑信参半，个个扼腕兴嗟。还有钦差大臣督办粤东海防的彭玉麟，接到此信，气得白胡须根根竖起，连声叫道："哪一个和事佬专要议和？"随即拈纸抒毫，缮就奏疏数千言，大致说："有五不可和：法人无端生衅，不加惩创，遽与议和，不可一；法人未受惩创，即来请款，是必中藏诡谲，不可二；法人即不索兵费，但求越境通商，恐将来取偿于后，必加十倍，不可三；就外强中干的法人，不问情罪，降心求和，恐各国将环向而起，不可四；云南物产富饶，西人垂涎已久，若与议和，必许通商，广传邪教，密布羽翼，一旦窃发，将何以支，不可五。"又言："有五可战：揣敌情可战；论将才可战；察民情可战；采公法可战；卜天理可战。"言言激烈，语语忠诚。这奏牍发后，出使法国的曾纪泽，也有密电到京，说法国内阁迭更，宗旨若不定，与我国议和，必须还我越南宗主权，方可允议。

谁知中外大臣的奏牍，终不敌一全权大臣肃毅伯李鸿章。鸿章与法使巴特纳，竟在天津磋定和约，共计十款，最要紧的几条：一、是法人占领东京。二、是越南归法人保护。三、是法兵不得过越南北圻与中国边界，中国亦不派兵至北圻。四、是留据台湾的法兵，一律撤回。五、是中国允于保胜以上、谅山以北，辟商埠二处。这约订后，一二百年来的南藩，拱手让与法人，法人不索兵费，还算他的情谊。后来开龙州、蒙自两商场，许法人互市，就是彼此有情的对待。从此赫赫有名的肃毅伯，遂负了秦桧、贾似道的大名。这也未免甚。彭、左、岑、冯诸公，心中都是怏怏，只因廷旨许和，停战撤兵，没奈何收兵敛伍，赋了一篇归去来辞。

但这肃毅伯李鸿章，也是个中兴名臣，为什么硬主和议？他为了中外交涉，杂沓而来，法越事情正在着紧，朝鲜又发生乱事。上次朝日交涉，朝鲜国臣朴咏孝赴日本谢罪，鉴日本国维新的效果，归谋变法，联络一班有名人物，如金玉均、洪英植等，组成维新党，主张倚靠日本。独朝内执政诸大臣，多主守旧，领袖闵咏骏，系椒房贵戚，素来顽固，愿事清朝，与维新党反对。这维新党中人，统是少年志士，意气凌人，仗着日本作了靠山，时思推倒政府，日本国趁这机会，复用外交手段，勾结维新党，劝他独立，愿为臂助。维新党总道他情真意切，一些儿不疑心，这叫作引虎自卫。居然率领党人，发起难来，召日本兵入宫，先搜闵族贵官，自闵咏骏以下，一律杀死，连闵妃也饮刃而亡。只有国王李熙尚未杀死，党人胁他速行新政。李熙变作鸡笼内的鸡儿，无论要他什么，只得唯唯听命。朴咏孝揽了大权，兼任兵部，金玉均为左相，洪英植为右相，其余一班党人，统授要职。

此时驻扎朝鲜的吴长庆，因法越事起，调至金州督防。继任的提督，也与长庆同姓，名叫兆有，闻了朝鲜宫内的乱事，急召总兵张光前商议。光前推举一人，说他智勇深沈，定有妙计，应邀他解决这问题。看官！你道是谁？就是当时帮办营务，近时民国大总统袁世凯。大名鼎鼎。世凯名慰亭，河南项城县人，袁总督甲三，便是他的从祖。捻匪肇乱，他曾出驻皖豫，奉旨剿办，倒也立过战绩。世凯父名保庆，本生父名保中，少时倜傥不羁，昂藏自负。段学士靖川，有知人名，尝说他非凡品；嗣因乡试不第，弃举子业，纳粟得同知衔。提督吴长庆闻他多材，延作幕宾，襄办营务。在营时，曾替长庆约束军士，号令一新。朝鲜国王常问长庆借将练兵，长庆就荐他出去。至长庆调任，还有部兵截留朝鲜，便奏请委他管带。张总兵亦很是器重，所以经军门垂询，

便欲邀他会商。

吴兆有忙着亲兵携刺往招,世凯昂然而至,彼此行过了礼,两旁坐定。兆有就谈及朝鲜情形,商议救护的计策。世凯道:"不入虎穴,焉得虎子。现在请急速发兵,捣入朝鲜宫内,除了乱党,护出朝王,再作计较!"此公原有胆有识。吴兆有道:"闻得朝鲜宫内,有日本兵守卫,恐怕不易攻入。"世凯道:"几个日本兵,怕他什么?"张光前道:"袁公议论,颇是先声夺人的计策,未知军门大人以为何如?"吴兆有道:"计非不是,但必须至北洋请示,方好举动。"世凯道:"救兵如救火,若要请示北洋,必至迟慢,倘被别人走了先着,反为不妙。"吴张二人尚面面相觑,世凯见他没有决断,便道:"既要到北洋请示,请立办好文书,饬快轮飞递为要。"二人应允,即办就公文,派泰安轮船飞递。

兵轮才发,朝鲜国王,已密遣金允植、南廷哲至清营求救。吴、张二人仍不敢遽允,嗣由探马密报,党人拟废去国王,改立幼君,依附日本,背叛清朝,吴兆有才有些着急,可奈北洋回音未转,自己部兵不多,恐怕不敌日本,尚是迟疑不决。外面又来了袁公世凯,未曾坐下,即向吴张二人道:"乱党的消息,两公想亦闻知。若再不发兵入宫,不但朝鲜已去,连我辈归路,都要被他截断,只好在朝鲜作鬼了。"吴、张二人被他一激,倒也奋发起来,实是保全性命要紧。随道:"据老兄高见,究竟如何办法?"世凯道:"为今日计,只有迅速调兵,分路进攻,能够一鼓攻入,肃清朝鲜宫禁,我们便占上风,不怕日本出来作梗。"吴兆有道:"应分几路?"世凯道:"该分三路进攻。军门大人领中路,镇台大人领右路,袁某不才,愿当左路。"吴兆有尚有难色,世凯不禁愤懑,奋然道:"二公如以中路为费手,袁某愿当此任!吴军门率左,张镇台率右,彼此接应,不愁不胜。"吴兆有道:"就如这议,今夜发兵。"

是夜天色微明,三路清军,衔枚出发,严阵而行,到了朝鲜宫门,已是残夜将尽,袁世凯督令猛攻,里面枪声,也劈劈拍拍的放将出来。袁军前队,伤了数十名,似乎要向后却避,世凯传令,不准退后,违令立斩。这令一传,军法如山,军士方冒险前进,霎时间攻破外门,进至内门。忽后面抄到日本兵,来攻袁军,世凯分兵抵挡,这时腹背受敌,胆大敢为的袁公,倒也吃惊不小,惟队伍恰依然不乱。巧值提督吴兆有,已从左路杀到,一阵夹击,才将日本兵杀退。清军抖擞精神,再接再厉,枪声陆续不绝,震得屋瓦齐飞,宫墙洞陷。刚在得势的时候,又来了朝鲜兵数百名,由世凯一瞧,乃是曾经自己教练过的兵卒,熟门熟路,同德同心,当下把内门破入。维新党不管死活,还要前来阻拦,被清军排枪迭击,毙了几十人。洪英植亦战死在内。朴咏孝、金玉均等,方从宫后逃去。

吴、袁二人整队而入,张光前右路兵亦到。人家得胜,他方到来,可谓知几之士。朝鲜宫内,已是空空洞洞,不见有什么人物。清军仔细搜寻，只有几个宫娥女仆，躲匿密室，余外统已不知去向。当由吴、袁、张三人，诘问国王世子踪迹，据说："乘宫中大乱时，逃出宫外。"世凯令军士赶即找寻，在王宫前后左右，寻了一周，杳无影响。世凯未免焦灼。忽有朝鲜旧臣来报："国王世子，在北门关帝庙内。"世凯大喜，遂与吴、张二人，会议往迎。这个差使，吴提督恰直任不辞，确是好差使。忙率部兵前去。袁张已扫清宫阙，收兵回营，不一会，朝鲜国王及世子也随了吴提督进来。国王见了袁世凯，很是感谢，并请追缉朴咏孝、金玉均等。世凯道："朴金诸叛党，现在想总逃至日本使馆，不如先照会日使竹添进一郎，叫他即速交出，否则用兵未迟。"张、吴连声称善，随即写好照会，遣兵弁送与日使。未几兵弁还报，日本使馆内，已无人迹，公使竹添进一郎，闻已逃回本国，往济物浦去了。于是袁、吴、张三人，送朝鲜国王还宫，一场大乱，化作烟销日出，总算是袁公世凯的大功。

无如日本人煞是厉害，遣了全权大使井上馨，到朝鲜问罪，又令宫内大臣伊藤博文，农务大臣西乡从道，来与中国交涉。这三位日本大员，统是明治维新时紧要伟人，这番奉命出使，自然不肯舍脸。井上馨到了朝鲜，仍直接与朝鲜开议，要索各款，无非要朝鲜偿金谢罪等语。朝鲜国王无可奈何，别人又不便与议，只好暗中讯问袁世凯。世凯正接北洋来信，说是伊藤、西乡两日员，到了天津，声言清军有意寻衅，不肯干休，朝廷已派吴大澄、续昌二人，东来查办。看官！你想袁公是个英挺傲岸的人物，哪里肯受这恶气？当即请了假，回到北洋。谒见肃毅伯李鸿章，极陈利害，大意是："要监督朝鲜，代操政柄，免得日人觊觎。"李鸿章颇为叹赏，但心中恰是决计持重，不愿轻动，反教世凯敛才就范，休露锋芒。老袁后半生行事，实是承教合肥。世凯太息而出。

这位李肃毅伯，已受朝命，为全权大臣，与日本使臣议约。肃毅伯专讲国家体面，摆设全副仪仗，振起全副精神，在督署中请日使进见。日使伊藤博文及西乡从道，瞻仰威仪，倒也没甚惊慌，坦然直入，侃侃辩论。议定款约两大条：第一条，清日两国，派驻朝鲜的兵，一律撤去；第二条，两国将来，若派兵到朝鲜，应互先通知，事定后即行撤回，彼此依议签约，中日已定和议。清廷吴兆有等，都遵约归国，连大院君亦放回去，朝鲜国王李熙势孤援绝，对了日本要索各款，无非是谨遵台命四字，赔了银洋十一万圆，向他谢罪了案。从此日人得步进步，已认朝鲜为保护国，中国如肃毅伯等，还说朝鲜是我藩属，两不相对，各有见解，总不免后来决裂，只好算作暂时结束。暗伏下文。

越南已去，朝鲜亦半失主权，法日两国，满意而归，英吉利不甘落后，遂乘此胁取缅甸。缅甸当乾隆年间，国王孟云受清廷册封，定十年一贡的制度，久为中国藩属。道光初年，英并印度，与缅甸西境相接，缅甸西境有阿剌干

清史演义

第八十二回 弃越疆中法修和 平韩乱清日协约

部,适有内乱,向缅甸乞援,缅甸借出援为名,竟占据阿剌干部。阿剌干部众不服,复向印度英总督处求救。英总督遂发兵攻缅。缅人连战连败,没奈何与他讲和,愿割让阿剌干地,并偿英国兵费二百万镑。缅人不图自强,徒然衔怨英人,遇着英商入境,任意凌辱。亡国之由,多在于此。英人愤无可遏,又起兵攻略缅甸,把缅甸南境的秘古地方,占夺了去。到光绪十一年,法取越南,日图朝鲜,英人闻中国多事,索性起了大兵,直入缅京,废了国王,设官监治。中国无事时尚不过问,多事时,还有什么工夫。光绪十二年,英人兼并上下缅甸,编入英领印度内。云贵总督岑毓英奏闻,清廷王大臣,又记起昔年档册,缅甸为我属国。事事如此,大约由贵人善忘的缘故。此时驻法使臣曾纪泽,因争论中法和约,调任英使,总署衙门又发电到英京,命他至英廷抗议。猫口里挖鳅。英人已将缅甸全部列入版图,布置得停停当当,哪里还肯交还?曾纪泽费尽心力,据理力争,起初是要他归还缅甸,英人不理,后来复要他立君存祀,仍守入贡旧例,英人又是不从。可叹这位曾袭侯说得舌敝唇焦,谈到山穷水尽,才争得"代缅入贡"四字。其实也是有名无实的条约。当时还按期进呈方物,嗣因清室愈衰,把此约亦撇在脑后。此非曾袭侯无能,乃王大臣因循之误。英人得了缅甸,还要入窥云南,滇缅勘界,屡费周折,后来结果,终究是英人得利,中国吃亏,云南边徼又被英人割去无数。昔也日辟国百里,今也日蹙国百里,这也是中国的气数。

越南、缅甸的中间,还有一暹罗国,也是中国藩属,按年朝贡,洪、杨乱后,贡使中绝。自从越南归法,缅甸归英,英法各想并吞暹罗,势均力敌,互生冲突,旋由两国会议,许暹罗独立自主,彼此不得侵略。只暹罗所辖的南掌地方,取来公分,至今暹罗尚算幸存,不过与中国早脱关系。从此中国的南服屏藩,丧失无余了,说来真是可叹!清廷王大臣,多是醉生梦死,不顾后患。慈禧太后逐渐骄侈,还想起造颐和园来,做个享福的区处。小子叙述至此,殊不能为慈禧讳了。

有诗咏道:
东南迭报海氛来,
割地偿金不一回;
圣母独饶颐养福,
安排仙阙竞蓬莱。

颐和园的风景,真是一时无两,欲知建筑的原因,容待下回续述。

合肥伯李鸿章,非真秦桧、贾似道之流亚也,误在暮气之日深,与外交之寡识。越南一役,中国先败后胜,法政府又竞争党见,和战莫决,彼心未固,我志从同,乘此规复全越,料非难事。乃天津订约,将与法使议和,但求省事,不顾损失,暮气之深可知矣。朝鲜再乱,维新党召日本兵入宫,日本未尝知照中国,遽尔称兵助乱,其曲在彼,不辨自明。袁世凯倡议入援,偕吴、张二将，代逐乱党，翊王免难，日使竹添进一郎，至遁回济物浦，我已一胜，日已一挫，斯时日本，犹未存与我决裂之想。为合肥计，亟应声明朝鲜之为我属，一切交涉，当由中国主持，胡为井上馨至朝鲜，仍任朝鲜自与订约？伊藤西乡至天津，乃与订公同保护之约乎？光绪三四年间，日本咨照清廷，称朝鲜为自主国，不认为我藩属，经总理衙门抗辩，内称："朝鲜久隶中国，其为中国所属，天下皆知。即其为自主之国，亦天下皆知。日本岂能独拒？"妙语解颐，日本人尝一笑置之。合肥知识，殆亦犹此。即或稍胜，亦百步与五十步之比耳。外交无识，宁有善果？越南去，朝鲜危，缅甸暹罗，相继丧失，不得谓非合肥之咎。本回实为合肥写照，暗寓讥刺之意。书法不隐，足继董狐直笔矣。

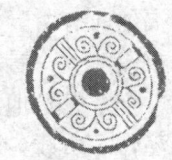

## 第八十三回　移款筑园撤帘就养
## 　　　　　　周龄介寿闻战惊心

却说颐和园开工，乃是光绪十一二年的时候，耗去经费，约不下三千万金。这时国帑支绌，三千万金的巨款，从何而来？相传是从海军款项下，调拨过去。中法一战，马江败绩，闽海舰队，丧亡殆尽，清廷因海氛日恶，决议大兴海军，整顿海防，将台湾划为一省，改福建巡抚为台湾巡抚，原有福建巡抚事，归浙闽总督兼管。并在北京设海军衙门，命醇亲王奕𫍽作为总办，奕劻、李鸿章作为会办，善庆、曾纪泽作为帮办。五大臣共同商酌，拟先从北洋入手，督练第一支海军，择定盛京旅顺口，山东威海卫为军港。醇亲王奕𫍽本没有海军经验，奕劻、善庆不消说起，只有李鸿章、曾纪泽二人，素称是究心洋务，曾纪泽又时常出使外洋，主持海军的要人，自然要推李鸿章。但海军问题，繁费得很，免不得要筹集巨资。鸿章苦心筹画，接连奏请，朝上总是驳的多，准的少。巧妇难为无米炊，妙手空空，如何兴得起海军？鸿章没法，亲自入觐，密探内廷意旨。当由太后身旁的宠监李莲英传出消息，说是："太后近年，有意静居，拟造个园子，以便颐养，苦无的款可筹，时常烦躁，所以遇着各省筹款的事项，往往有驳无准。"鸿章沈吟一会，便与李莲英附耳数语，莲英点了好几回头。要造颐和园，恐亦是他怂恿出来。鸿章即回至天津，嗣凡有所奏请，无不照准。

看官！你道这位李伯爷，是什么妙想？他与李莲英定议，欲借海军名目，责成各疆吏岁拨定款，就中提出一半，作了造园经费，一半作了海军经费，两事都可成就。确是筹款妙法。慈禧太后闻言欣慰，于是大兴土木，把清漪园旧址，辟地建筑，改名叫颐和园。造了两三年，方才告竣。园中的楼台殿阁，亭轩馆榭，实是数不胜数。最著名的是乐寿堂正殿，即慈禧太后住所，规模很是壮丽。又有仁寿殿亦相仿佛，系召见王大臣处。还有颐乐殿，是太后听戏的地方，更造得穷工极巧。殿外就是戏台，分上中下三层，上层颜曰庆演昌辰，中层颜曰承平豫泰，下层颜曰欢胪荣曝。

将戏台叙得更详,作者之意可知。此外有知春亭、夕佳楼、芸碧馆、藕香榭、养云轩、瞰碧台、宝云阁、云松巢、邵窝、贝阙、石舫、荇桥等佳境,无妙不臻,有美毕具。这园本倚万寿山,泉清水秀,草长花香,山巅更建一佛香阁,轩厂华丽,上出云霄。慈禧太后在园时,每日必登阁游览,俯瞰全园,气象万千。下有千步廊,曲折而下,直达殿门,所以往来甚便。历述园中胜景,写尽当时奢侈。园已告成,慈禧太后将移居园内,降了一道懿旨,即日归政。醇亲王奕譞、礼亲王世铎,先后上疏,无非因帝年尚幼,恳请太后再行训政数年。太后俯准所请,随带同光绪帝,幸颐和园,把内阁军机处以下各机关,都迁入园内办理,就是梨园子弟,也与官僚一同居住。直把官场作戏场。这也不在话下。

且说北洋海军,办了一二年,既集了好多经费,总要掩饰全国耳目,购了几只战船,募了几千舰队,才报成立。奉旨派醇亲王奕譞到天津巡阅,肃毅伯李鸿章即饬干员办差,布置行辕,务期完美。不料内廷又来了密函,由李鸿章展阅一周,忙召办差的委员入内,叫他在行辕里面,再布置一个房间。体制虽略逊一筹,装饰须格外精雅,不得疏忽!委员不敢多问,只得小心办理,一切铺设,已觉妥当,方回辕禀报。经李伯爷自去察视,到了正厅,系预备醇亲王居住,他倒不过大略一瞧,便算了事。转入厢房,反留心检点,那一件还嫌粗率,这一件更嫌简慢。委员暗暗惊讶,私自揣测,究竟是何人来此居住,要这般仔细挑剔?但奉上司命令,不得不再行掉换。

过了数日,醇亲王已到码头,当由李鸿章亲去迎迓,办差的委员亦随同前去,留心窥伺。见李伯爷谒过醇亲王后,即与醇亲王旁边的随员殷勤问话,很带着谦恭样子。委员未曾认识,嗣闻李伯爷称他总管,方晓得是赫赫有名的太监李莲英。从旁面写入,比实叙还要厉害。醇亲王与李莲英一齐上岸,直抵行辕,由李鸿章送入,周旋一番。又引李莲英到厢房,满口说是委屈,李莲英左右一瞧,只淡淡地答了费心二字。宿了两宵,醇亲王临场校阅,李莲英随侍在后,当由李鸿章传出军令,饬海军会操。舰队排樯而至,或分或合,或纵或横,映入醇亲王眼帘中,只觉得整齐错落,如火如荼。阅毕,极力褒奖。李鸿章只是拈须微笑。这一笑恰有微意。又过数天,醇亲王与李莲英方辞别回京。这次阅操,又糜费了许多银两,李莲英处又须安置妥贴,一古脑儿在海军里报销,连委员都是瞠目伸舌。

李莲英回京后,威势愈盛,宫中称他九千岁。御史朱一新偏呆头呆脑地奏了一本,内有"李莲英随醇亲王阅兵,恐蹈唐朝监军覆辙"等语。慈禧后勃然震怒,立命降级,调补主事。这旨下后,还有那个敢冲撞李莲英?一班蝇营狗钻的人物,总教钻入李总管门路,不怕没有官做。

转眼间已是光绪十四年,光绪帝年已十八,大婚期届,册立皇后。这皇后

清史演义

是谁家淑女？说将起来，又与慈禧后大有关系。从前立同治皇后时，慈禧后的主张，原是属意凤秀的女儿。旋由东太后决立年长，因把崇绮女为皇后，后来常与慈禧后反对，至死方休。这次光绪帝又要立后，慈禧后自然加意拣选。她想胞弟桂祥，曾任副都统，生有一女，与光绪帝年纪相仿，遂与光绪帝指婚。是年十月间，特降懿旨，立副都统桂祥女叶赫那拉氏为皇后，并选侍郎长叙两女，备作妃嫔。次年二月，光绪帝大婚，一切排场，与前代略同，小子若再叙述，笔意未免重复，不如概从简略。大婚礼毕，即封长叙长女那拉氏为瑾嫔，次女为珍嫔。慈禧后即下谕撤帘。归政典礼，虽是照同治朝依样举行，总要另画一个葫芦，费点手续。况慈禧后是个喜欢热闹的人，踵事增华，自在意中。归政后连加太后徽号，于"慈禧端祐康颐昭豫庄诚"外，添了"寿恭钦献"四字，凑成了十四个。慈禧后喜溢眉宇，格外畅适。又因中外无事，没甚牵挂，遂率同李莲英等，颐养园中，或是登山，或是游湖，或是听戏，或是抹牌，有时随作书画，消遣光阴。皇后本不善书，经慈禧太后指教，亦能了悟草法，得心应手。后来能书擘窠大字，尝自署斋名，叫作延春阁。她本是慈禧后侄女，平时能得慈禧欢心，因此慈禧游玩，常令皇后随从。慈禧后既有可意的内侍，又有如愿的佳妇，左右侍奉，正是快乐得很。

忽由河道总督吴大澂，呈上奏折，乃是请尊醇亲王称号。善拍马屁！内称醇亲王督办海军，功绩卓著，且自为帝父，应予尊崇。先引孟子"圣人人伦之至"的遗训，后引史事，谓宋朝的濮议，王珪、司马光与欧阳修所议不合，从前高宗纯皇帝御批，以欧说为是。又明朝的世宗，欲追尊生父兴献王帝号，群臣争执，高宗御批，亦加驳斥。应请皇太后特旨，加醇亲王徽号，遂皇上孝敬之忱，塞薄海臣民之望云云。奏上，太后即降旨如下：

本日据吴大澄奏请饬议尊崇醇亲王典礼一折，皇帝入继文宗显皇帝，寅承大统，醇亲王奕譞，谦卑谨慎，翼翼小心，十余年来，深宫派办事宜，靡不殚竭心力，恪恭尽职。每逾优加异数，皆再四涕泣恳辞。前赏杏黄轿，至今不敢乘坐，其秉心忠赤，严畏殊常。非从深宫知之最深，实天下臣民所共谅。自光绪元年正月初八日，醇亲王即有豫杜妄论一奏，内称历代继统之君，推崇本生父母者，以宋孝宗不改子偁秀王之封为至当，虑皇帝亲政后，金壬幸进，援引治平嘉靖之说，肆其奸邪，豫具封章，请俟亲政时，宣示天下，俾千秋万载，勿再更张。其披沥之忱，自古纯臣居心，何以过此？此深宫不能不嘉许感叹，勉从所请者也。兹当归政伊始，吴大澄果有此奏，若不将醇亲王原奏，及时宣示，则后此邪说竞进，妄希议礼梯荣，其患何堪设想？用特明白晓谕，并将醇亲王原奏发抄，俾中外臣民，咸知我朝隆轨，超越古今，即贤王心事，亦从此可以共白。嗣后阘名希宠之徒，更何所容其觊觎乎？将此通谕中外知之！

越年,醇亲王病殁。未殁时,慈禧太后屡率光绪帝至醇邸问疾,因醇亲王福晋本是太后亲妹子,醇亲王又始终忠事太后,恭邸罢职,醇邸即续揽军机,一切政务,随时请太后指示,不敢独断独行。怪不得太后格外亲信,格外优待。临殁,太后极为痛惜,定称号曰皇帝本生考,予谥曰"贤"。丧葬一切,典礼特崇。惟谕中有"不可过事奢侈,致伤王生时恭俭盛德"。仍是防他僭越。并令将醇邸分为二处,一处崇祀醇亲王祖宗,一处为光绪帝发祥地点。醇亲王次子载沣袭爵,三子载洵、四子载涛,皆封公。醇亲王薨后,光绪帝虽然亲政,凡事仍禀白慈宫,不敢专主。慈禧太后亦尝令皇后及李莲英暗中监察,免蹈同治覆辙。光绪帝恰也养晦遵时,没甚违忤。

自十五年至二十年,只有与英吉利、俄罗斯稍有交涉。英国为了哲孟雄,启衅构兵,哲孟雄在西藏南境,介居布丹、廓尔喀两部中间,布、廓两部同为西藏藩属。廓、哲失和,英人尝助哲败廓,令哲王割让大吉岭及附近印度的平原,作为己有,算是出兵的酬谢费。嗣后屡有要索,哲人愤恨,竟将英人囚住。英人遂发兵攻哲,哲王哪里能抵挡英人?免不得肉袒牵羊,乞降大不列颠旗下。引虎者终为虎噬,亚洲诸小国皆蹈此失。英人得了哲孟雄,又把布丹亦收为属部。哲、布已失,西藏藩篱被撤,藏人震惧,日思规复,至哲部隆吐地方,设立卡房。英人安肯干休?自然要与西藏为难,攻毁卡房,并据藏南要隘。中国的驻藏大臣,向不中用,至是令帮办大臣升泰赴任,与英国总理印度大臣兰士丹,在印度孟加拉会议,定藏印条约八款,承认哲为英属,勘定藏哲分界,才得和平了结。后来复把藏南的亚东地方,开为商埠,许英人互市,这也是司空见惯,不足为奇。

至与俄国交涉的事情,系为帕米尔高原。帕米尔为新疆西南边徼,在葱岭外面,北通浩罕安集延,为亚洲最高的陆地。亚洲大山,多自帕米尔发脉,中国曾建设卡伦,并据伊犁西境,遂迫中国将卡伦撤去,中国不允。已而英人复降服阿富汗,嗾阿人逐中国卡伦兵,俄国以英人复来染指,忙出兵据帕米尔。于是中俄英三国,皆有违言。经中国出使大臣洪钧、许竹筠先后会议,结果是俄人得了大利,英人次之,中国最是吃亏,把帕米尔高原尽行弃掉,只以葱岭为界,清政府因中国幅员,素号辽廓,割了一些儿荒徼,也没有十分痛苦。总教家保住,管什么边疆荒地?

到光绪二十年,是慈禧太后六旬万寿。又是天大的喜事。寿辰在十月十日。正二月间,就饬王大臣预备祝嘏典礼,仿照康熙、乾隆时故例。着各省将军督抚,先期派员来京,庆祝圣母万寿,一面饬内务府督率工役,自大内至颐和园,统要盖搭灯棚,点缀景物,并要沿途建设经坛,由喇嘛僧带领僧众,唪诵寿生真经。颐和园内,还要造大牌楼,作圣母万寿纪念。内务府因库款支绌,授意内外大员,预送寿礼,大员们哪个不想巴结?彼此会议各捐俸银二十

第八十三回 移款筑园撤帘就养 周龄介寿闻战惊心

五成，作了万寿的送费，聊表微忱。内中有个西安将军荣禄，于俸银二十五成外，更献了许多金银珍宝，顿时喜动慈颜，立召内用。荣禄本太后功臣，热河回跸，全仗荣禄随扈，为什么外任西安，就了闲散的职任？原来荣禄扈驾回京，慈禧后记念大功，擢为内务府总管，宫廷得自由出入。每有要事，慈禧后亦常与商量，同治帝宾天时，荣禄尚入直宫中，很邀宠眷。到了光绪六年，忽由光绪帝师傅翁同龢密白太后，劾荣禄浊乱宫禁的罪状，慈禧后不信，暗中恰是加意侦查，果然事出有因。这位有胆有识的荣大臣，竟在某妃房中，竭忠效力，被慈禧后亲见亲闻，当下怒气勃发，立将荣禄驱逐出京，革去官职。慈安崩后，慈禧后又记起荣禄，疑是慈安设计陷害，俾折臂助，但因荣禄犯罪太重，不欲骤然起用。自是荣禄失官数年，嗣后不知荣禄如何运动，又超擢为西安将军。想来总是李总管的大力。此番奉召入都，再任步军统领，自然格外小心，格外勤谨。预备祝寿期内，他亦着力帮忙。慈禧太后复降恩旨，晋封瑾、珍二嫔为妃，此外贵人等，亦照例递升。宗室外藩王公及中外文武大臣都驰恩罩封，官上加官，爵上晋爵，满拟届了寿期，做一场普天同庆的旷典。谁料一到五月，朝鲜又闯起大祸，弄得中日开衅，陡起战云。清军连战连败，慈禧太后懊怅异常，不得不另降懿旨，罢除庆贺。小子曾记当时有一上谕云：

朕钦奉慈禧端佑康颐昭豫庄诚寿恭钦献皇太后懿旨：本年十月，予六旬庆辰，率士胪欢，同深忭祝。届时皇帝，率中外臣工诣万寿山行庆贺礼，自大内至颐和园，沿途跸路所经，臣民报效，点缀景物，建设经坛。予因康熙隆乾年间，历届盛典崇隆，垂为成宪，又值民康物阜，海宇乂安，不能过为矫情，特允皇帝之请，在颐和园受贺。讵意自六月后，倭人肇衅，侵予藩封，寻复毁我舟船，不得已兴师致讨。刻下干戈未戢，征调频仍，两国生灵，均罹锋镝。每一念及，悯悼何穷？前因念士卒临阵之苦，特颁内帑三百万金，俾资饱腾。兹者庆辰将届，予亦何心侈耳目之观，受台莱之祝耶？所有庆辰典礼，著仍在宫中举行。其颐和园受贺事宜，即行停办！朕仰承懿旨，孺怀实有未安，再三吁请，未蒙慈允。敬维盛德所关，不敢不仰遵慈意，为此特谕！钦此。

一场盛举，化作烟销，日本太是无情，海军真也不力。届寿辰时，只在园内排云殿受贺，就算完结。后人有宫词一绝道：

别殿排云进寿觥，
慈怀日夕轸边情。
诸州点景皆停罢，
馈饷频闻发大盈。

究竟中日何故开战，且到下回续叙。

母后训政，既非美事，亦非易事。历代有此成例，乃因主少国疑，不得已而出此耳。然阎窦临朝而常侍横，武韦专政而奄竖兴，郑李恃宠而珰祸炽。后妃专政，往往为中官所播弄，堕其术中而不之觉。以慈禧太后之英明，而前有安得海，后有李莲英。李莲英之擅权，较诸安得海，尤专且久。颐和园之建筑，李莲英导之也，六旬万寿之侈备典礼，何一非自李莲英等，曲意逢迎，隐图中饱耶？贵胄若醇亲王，元老若李肃毅伯，犹且不敢忤李莲英，遑论他人？故慈禧二次之训政，几与李莲英训政无异。本回叙慈禧，实即叙李莲英。叙李莲英，即不啻叙慈禧。清朝二百数十年之国祚，断丧于李总管一人之手，内监之祸烈矣哉！慈禧后殆犹可原焉。

## 第八十四回　叶志超败走辽东
## 　　　　　丁汝昌丧师黄海

却说朝鲜自迭遭乱事，国势愈衰，国王李熙又是个贪安图逸的人，凡事都因循苟且，不愿振作，因此日贫日弱，寇盗纷起，日本尤为垂涎，独中国置若罔闻。驻英法德俄使臣刘瑞芬，明察外事，思患预防，曾致书北洋大臣李鸿章，建了两策：上策欲乘他内敝，收他全国，改为行省；次策应约同英美各国，公同保护，方足保全朝鲜。结尾是朝鲜安全，东三省亦可无虞等语。李鸿章亦以为然，将刘书上之总署，总署诸公，多是酒囊饭袋，醉生梦死，管甚么朝鲜存亡。应骂！鸿章孤掌难鸣，也只能得过且过。

光绪二十年，朝鲜国全罗道东阜县，有东学党起事，党魁叫做崔时亨，自号纬大夫。这东学党徒，并不是留学东瀛，乃是剽窃佛老绪论，妄参己意，辗转传授。国王因他妖言惑众，出兵捕治。崔时亨遂揭竿起事，连败王兵，复从全罗道转攻忠清道，声势非常厉害。国王李熙忙向中国告急，并咨照中国驻使。看官！你道这驻使系是谁人？便是当年帮办营务的袁世凯。世凯接读咨文，飞电北洋，当由北洋派遣提督叶志超及总兵聂士成等赴援。李鸿章颇也精细，遵守天津条约，电告驻日钦使汪凤藻，叫他知照日本。日本真是厉害，不肯后人一著，派大岛圭介率兵赴朝鲜。两国兵队，先后出发，钦差袁世凯闻叶提督已到牙山，随即致书叶提督，请他出示晓谕，解散乱党。乱党究系是乌合之众，见了一纸文告，吓得四散奔逃。朝鲜失守的地方，不战自复。清军拟即撤回，只日本兵，恰有进无退。袁钦使照会大岛圭介，仍援天津约文，谓彼此撤兵。此次中日交涉，中国原未违约。大岛圭介含糊照复，暗中反添兵派将，陆续运到朝鲜，分守釜山、仁川的要害。日本因两番落后，故此次用着全力来。袁钦使复电达北洋，请预防决裂，速筹战备。无如肃毅伯李鸿章，明知中日开衅，必须海战，北洋海军虽然办了好几年，恰是外强中干，不堪一战，谁叫你把海军经费，拨造颐和园。因此复袁使电文，只要他据约力争，并咨照总理衙门与驻华的日使小村寿太郎，速即和平办理。

总署王大臣统是糊涂颟顸，尚说朝鲜是我藩属，所以发兵平乱，日本不得干涉。为了这语，又被日使藉口，他道是朝日两国，有直接条约，中日两国，为了朝鲜，亦曾订有天津约章。朝鲜明明自主国，不过他国度很小，未能自保，所以由我两国共同保护，何得说我国不得干涉？据他的说话，很像理直气壮。总署王大臣无可辩驳，反仗着自己余威，要与日本开战。你上一折，我上一本，统说区区日本，无理如此，宜亟发海陆两军，声罪致讨。光绪帝少年好胜，瞧了各大臣奏章，也锐意主战，催促北洋大臣李鸿章，速剿倭寇。统是自大的口吻。此时这李伯爷，好像哑子吃黄连，说不出的苦楚。复飞电驻日汪使，叫他诘问日本外部，何故违背天津专约，不肯撤兵？日外部又提出条件，是要与中国同心协力，改革朝鲜内政。又是个冠冕堂皇的题目。汪使电复李鸿章，李鸿章尚是持重，不肯主战，奈内外官员，不识外情，不是说李伯爷胆怯，就是说李伯爷面软，连袁钦使世凯，也总道北洋海军，可以一试，请命北洋，愿即回国，决与日本开仗。李鸿章尚未答复，日本兵已入朝鲜王宫，幽禁国王李熙，推大院君主持国柄，并宣告朝鲜独立。那时连翼翼小心的李伯爷，也只得开战，召袁钦使回国。朝旨又三令五申，派副都统丰伸阿，提督马玉昆，总兵卫汝贵、左宝贵等，各带大兵，由陆路进发。

日本用先发制人的手段，乘清军尚未云集，即进攻牙山的清军。叶军门志超怯弱无能，镇日里饮酒高卧，忽报日兵将来攻击，连忙向北洋求救。李鸿章闻警，还恐自己先行发兵，将来要被日本指摘，想了一计，向英商处租了高升轮船，载兵二营，出援牙山。不意到了丰岛，日本已暗伏军舰，截住去路，连珠炮发，将高升轮船击沉。船内的兵士，统行漂没。可怜可怜！叶志超待了数日，不见援兵到来，正急得没有摆布，还是总兵聂士成有些胆量，慷慨誓师，愿决一战。忽由探马来报日兵已到成欢，士成即持鞭请行，见志超面色如土，半晌才说了两语道："老兄小心前去！兄弟当守……守住此地。"言下已有逃意。士成领命赴敌，不半日已到成欢，恰遇日兵整队前来，士成即传令开枪，两下里杀了一阵，只见烟雾迷天，弹丸蔽日。约战了两个小时，日兵恰向后退去，士成追袭一程，方收队扎营，即差兵弁往牙山报捷。到的次晨，差去的兵弁尚没有回来，日本大队又到。这次日本兵不似前次的怯战，遥望过去，已是精锐得很。士成倒也不怕，仍下令开营迎敌。营门甫开，炮弹已到，聂军连忙还击，正在酣战时候，差去的兵弁才到，报称牙山已没有大兵，闻叶军门已退驻平壤去了。这语一传，兵心渐懈，日本兵又是漫山遍野，杂沓而来。士成到此，未免心惊，料知支持不住，乃命部兵移前作后，严阵而退。士成好算不弱。日本兵恰不敢进逼，由士成退去。士成回到牙山，果然不见一卒，长

清史演义

495

叹了数声。暗想部下只有数千兵马，万不能保守这地，与其孤军死敌，不如全师早返，于是传令退兵，齐回平壤，眼见得牙山要地，被日兵占去。罪在叶志超，不在聂士成。

士成到了平壤，谒见叶志超，问他何故退兵，志超支吾了一会，士成又道："成欢已败日兵，军门大人若果多留数天，牙山也可保得住。"也未可必。志超道："老兄战功，兄弟已经探闻，报告朝廷，现在辽东派来的人马，已会集此处，总教此处得胜，牙山虽失，还可无虞。"士成也不敢多说，随即退出。志超仍然日坐营中，并没有什么举动。丰伸阿、马玉昆、左宝贵、卫汝贵等，见了志超，无非说的应酬常套，也未闻商及机宜。士成背地嗟叹，暗自灰心。日兵闻清军云集平壤，倒也扎住牙山，一时不敢进发，叶志超乐得快活几天。忽接到北京电报，令他节制各军，拜为统帅。聂士成擢为提督，将弁获奖数十员，军士得赏银二万两。志超喜出望外，设筵庆贺，置酒高会。各路统领，少不得亲自贺喜，热闹了好几天。

但志超本非将才，骤升统帅，哪个去畏服他？所有号令一切，多半是阳奉阴违，连志超营内的将弁，也是逐队四出，奸淫掳掠，无所不为。朝鲜百姓本是爱戴清朝，箪食壶浆，来迎王师，不料清兵都妄作妄行，反致朝民失望。志超的意思，总教守住平壤，余事都可不问，因此划分守汛，令丰伸阿、马玉昆、左宝贵、卫汝贵各将，驻扎平壤城四面。看看中秋将近，日兵尚没有消息，正拟大排筵席，宴赏良辰。突闻哨卒来报，日将野津，已统兵来攻平壤，人马很是不少。志超大吃一惊，急传丰伸阿、马玉昆、左宝贵、卫汝贵各将商议。志超道："日兵已要逼近，诸位可有退敌的计策么？"各将的资格，要算丰伸阿，他先开口答道："全凭统帅调度！"志超道："据兄弟看来，还是深沟高垒，不战为妙。"各将尚未见答，就中恼了左宝贵，向志超道："现在的战仗，不比从前刀枪时代，炮火很是厉害，断非土石所能抵挡，不如趁日本未逼近时，先行迎截，方为上计。"叶志超脸色忽变，半晌才道："我意主守，老兄主战，想老兄总有绝大勇力，可以退敌，不妨请老兄自便！"陷死左宝贵，就在此数语内。宝贵道："统帅是节制各军，卑镇安敢自由进退？但是这次开战，关系国家不少，卑镇奉命东来，早已誓死对敌，区区寸心，要求统帅原谅！"志超道："老兄晓得国家，难道兄弟不晓得国家么？"未曾开战，先自争论，焉得不败？丰伸阿等见两人闹起意见，只得双方劝解，谈论了好一歇，并没有什么定议，外边的警报恰络绎不绝。宝贵勃然起座，对诸将道："宝贵食君禄，尽君事，敌兵已到，只有与他死斗的一法。若今日不战，明日又不战，等到日兵抄过平壤，截我归路，那时只好束手待毙了。诸公勉之！宝贵就此告辞！"已甘永诀！当即忿忿而出。丰伸阿、马玉昆亦别了志超，自回营中。只卫汝贵少留片刻，与志超密谈数语，不知是何妙计，大约总是预谋保身

第八十四回 叶志超败走辽东 丁汝昌丧师黄海

496

的秘诀。

且说左宝贵到了营中，遥闻炮声隆隆，料知日兵已近，当命部下各兵，排齐队伍，鸣角出营。宝贵当先领阵，行不一里，已见火焰冲霄，日兵的炮弹如雨点般打将过来。宝贵自然督军还击，砰砰訇訇，扑扑簌簌，互轰了大半天。日兵煞是厉害，前敌残缺，后队补入，枪子射得越急，炮弹放得越猛。左军这边前队亦多伤亡，后队的兵士，亦督令照补。宝贵喝令一齐放枪，自己越小心督察，忽见后队所持的军械，多是手不应心，有的是放不出弹，有的是弹未放出，枪已炸破。宝贵还道他是操练未精，手执快刀，斫了几个，后来见兵士多是这般，他急从兵士手中夺过了枪，亲自试放，用尽气力，也不见弹子出来。仔细一瞧，机关多已锈损，不禁失声道："罢了罢了。"看官！你道这种枪械，为何这般不中用？原来中国枪械，多从外国购来，北洋大臣李鸿章闻德国枪炮最利，就向他工厂内订购枪械若干，不想运来的枪械，一半是新，一半是旧。当时只知检点枪支，哪个去细心辨认？这番遇着大战仗，便把购备的枪杆陆续发出。左军前队的兵士，乃是临阵冲锋的上选，所用枪械，时常试练，把废窳的已经剔去，后队的或系临时招募，随便给发枪械，因此上了战仗，有此蹉跌。部将请宝贵退兵，宝贵叹道："本统领早知今日，所愿多杀几个敌人，就是一死也还值得。不料来了一个没用的统帅，又领了一种没用的枪支，坐使敌军猖獗，到了这个地步。"道言未绝，突然飞到一弹，宝贵把头一偏，正中在肩膀上。日本兵又如潮涌上，冲动左军阵势。宝贵尚忍痛支持，怎奈敌炮接连不断，把左军打倒无数。宝贵身上又着了数弹，口吐鲜血，晕倒地上。可怜可怜！蛇无头不行，兵无将自乱，霎时间全军溃散，逃得一个不留。

这时候日本兵三路进攻，丰都统、马提督也分头抵截，丰伸阿本没有能耐，略略交绥，便已却退。马玉昆颇称骁勇，督领部众，鏖战一回，只因枪械良窳不齐，打出去的枪弹不及日本的厉害。日本的枪子，一发能击到百数步，中国的枪子，只有六七十步可击，已是客主不敌。况又有机关不灵、施放不利的弊病，哪里能长久支持？凭你马提督如何勇悍，也只得知难而退。甫到平壤城，见城上已竖起白旗。好称救命旗。马玉昆驰入城内，见叶统帅坐在厅上，身子兀自乱抖。玉昆便问高竖白旗的缘故，志超道："左宝贵已经阵殁，卫汝贵已经走掉，阁下与丰公闻又不能得利，偌大的平壤城，如何能守得住？只好扯起白旗，免得全军覆没。"玉昆见主帅如此怯战，也是无法可想。聂士成本随着志超守住平壤城，一再谏阻，终不见从，也是说不尽的愤闷。

日本兵直薄城下，望见城上已竖白旗，守着万国公法，停炮不攻。志超恰趁这机会，黄夜传令，静悄悄地开了后门，率诸将遁还辽东。这计恰用著了。这诸路兵士，一半是奉军，一半是淮军，都经李鸿章训练，日人颇惮他威名，到此始觉得清军没用，益放胆进

清史演义

497

第八十四回　叶志超败走辽东　丁汝昌丧师黄海

攻。据了平壤，又占了安州、定州，得机得势，要渡过鸭绿江，来夺辽东了。清朝的陆军，已一败涂地，统退出朝鲜境，还有黄海沿岸的海军，悬着龙旗，随风飘荡，日本军舰十一艘，驶出大同江，进迫黄海，清海军提督丁汝昌闻日舰到来，也只得列阵迎敌。当时清舰共有十二艘，定远、镇远最大；致远、靖远、经远、来远、济远、平远次之；广甲、广丙、超勇、扬威又次之。汝昌传令，把各舰摆成人字阵，自坐定远舰上，居中调度，准备开战。遥望日舰排海而来，仿佛如长蛇一般，大约是个一字阵。汝昌即饬将弁开炮，其实两军相隔，尚差九里，炮力还不能及，凭空的放了无数炮弹，抛在海中。开手便已献丑。日舰先时并不回击，只是开足汽机，向前急驶。说时迟，那时快，日本的游击舰已从清军左侧驶入，抄袭清军后面，日本主将伊东祐亨，驾着坐船，带领余舰，来攻清军前面。那时炮才迭发，黑烟缭绕，迷濛一片。不到一时，中国的超勇舰，着了炮弹，忽然沉没。清军少见多怪，惹起了兔死狐悲的观念，顿时慌乱起来。一经慌乱，便各归各驶，弄得节节分离，彼此不相援应。

这舰队中管带，只有致远管带邓世昌、经远管带林永升，具着赤胆忠心，愿为国家效死。日舰浪速，与致远对轰，两边方在起劲，又来了一艘日本巨舰，名叫吉野，比浪速舰还要高大，也来轰击致远。致远船身受伤，恼得邓世昌性起，亲督炮架，测准吉野敌楼，一炮一炮的轰去。吉野舰内的统带官急忙驶避，世昌饬令追去，舱中报弹药已尽，不便再追，世昌慨然道："陆军已闻败绩，海军又要失手，堂堂中国，被倭人杀得落花流水，还有何颜见江东父老？不如拼掉性命，撞沉这吉野舰，与他俱尽，死亦瞑目。"便令鼓轮前进。看看将追上吉野，不意触着鱼雷，把船底击碎，海水流入船内，渐渐地沉入海去。世昌以下，一律殉难。可怜可怜！

经远管带林永升，与日本赤城舰相持。赤城舰的炮火，攒射经远，经远中弹突然火发，林永升不慌不忙，一面用水扑火，一面窥准敌舰，轰的一炮，正中敌舰要害，成了一个大窟窿。敌舰回身就走，永升死不放松，传令追袭，也是气数该绝，追了一程，又被水雷触裂，沉下海中。可怜可怜！两员虎将，同时死难，余外的战舰，越加心慌。济远管带方伯谦向来胆小，本是在旁观望，遥见致远经远，都被击沉，还有何心观战？忙饬舵工转舵，机匠转机，向东逃走。冤冤相凑，撞在扬威舰上，扬威已自受伤，经不起这么一撞，随波乱荡，不能自主。海水泼入船内，随即沉没。济远舰只管着自己，逃入旅顺口内，广甲、广丙两舰也跟着逃遁，只留了定远、镇远、靖远、来远、平远五艘，尚在战线范围内，被日舰围住奋击。丁汝昌还算坚忍，迭放大炮，轰沉日本西京丸一艘，并击伤日本松岛舰。奈定远舰也中了五六炮，失战斗力，靖远、平远、来远三舰，亦受了重伤，突围出走，单剩定远、镇远，势孤力竭，不得已冲出战域，驶入口内。丁汝昌尚肯自尽，故书中叙述海战，比叶志超陆军较有声势。这一场海战，兵舰失掉五艘，余舰亦多伤损。二十余年经营的海军，不耐一战，正是中国莫大的耻辱。小子叙述到此，泪随笔下，立成悲悼诗一绝道：

　　海滨一战覆全师；
　　太息烟云起灭时。
　　我为合肥应堕泪，
　　构园贻误少人知。

海陆军统已失败，中日的胜负已定，日本还不肯罢战，竟想把中国并吞下去。小子要洒一番痛泪，只好把笔暂停一停，待下回再行详叙。

中日一战，为清室衰亡张本，即为中国孱弱张本。世人皆归咎合肥，合肥固不得为无罪，但不得专咎合肥一人。海军经费，屡请屡驳，合肥不得已，移其半以造颐和园，而海军才有眉目。否则甲午一役，虽欲求一败衄之海战，亦不可得，宁非尤足羞者。惟选将非人，购械不慎，不得谓非合肥之咎。叶志超、丁汝昌辈，多由合肥一手提拔，彼皆非专阃才，胡为而推毂乎？当时勇毅如左宝贵，忠愤如邓世昌、林永升，俱足为干城选，仅令其率偏师，充管带，受制于一二庸夫之下，徒令其战死疆场，饮恨以殁，以视曾文正之知人善任，合肥多惭色矣。若讥其迁延观望，不愿开战，至于内外交迫，孤注一掷，以至败亡，说虽近似，而吾且以此为合肥原。盈廷虚骄，交口主战，合肥犹知开战之非策，不可谓非一隙之明。知彼知已方足与言对外，假使当日从合肥言，勉从和议，尚不至失败若此。此回为合肥一生恨事。叙叶志超，叙丁汝昌，无一非为合肥写照。作者固别蓄深意，阅者亦当别具眼光，毋滑口读过！

清史演义

## 第八十五回　失津求和马关订约　市恩索谢虎视争雄

却说叶志超既逃归辽东，丁汝昌又败回旅顺，警报迭达北京，光绪帝大为懊恼，即命将叶志超、丁汝昌革职，卫汝贵、方伯谦拿问，并严责北洋大臣李鸿章。李鸿章只得自请议处，又把海军败绩的缘由，推在方伯谦等身上。奉旨令将方伯谦军前正法。李鸿章咎亦难辞，拔去三眼翎，褫去黄马褂，改命提督宋庆出兵旅顺，提督刘盛休出兵大连湾，将军依克唐阿出兵黑龙江。三路兵驻守辽东，防堵日本。嗣又命宋庆统制各路人马。各路统领，与宋庆资格多是不相上下，忽接朝廷旨意，要归他节制，免不得郁郁寡欢。又是败象。宋庆到了九连城，收集平壤败兵，倚城下寨。九连城濒鸭绿江口，为辽东第一重门户，这重门户不破，辽东自可无恙。宋庆把守此处，也算是因地设险。当下传集各统将，分守汛地，叫他努力防御。各统将虽是面从，心中很是不悦，出了大营，满肚里都受着委曲，你也不愿尽力，我也不肯效命，勉强起程，按着所派汛地，率军进行。

那边的日本兵，确是勇迅，闻鸭绿江西岸，清军未曾严守，当即率兵飞度。过了鸭绿江，浩浩荡荡，杀奔九连城。这时刘盛休、依克唐阿、马玉昆、丰伸阿、聂士成诸将，沿途抵敌，都杀不过日兵。清军退一里，日兵进一里，清兵退十里，日兵进十里，待日军进薄九连城，各路统将，统已远远的避去，只剩了城中一个老宋。老宋闻诸军皆溃，独力难支，没奈何弃城出走，退守凤凰城。嗣又因凤凰城孤悬岭外，不便扼守，复弃城西遁。统帅一走，各将愈闻风而逃，日本兵遂进占凤凰城，复分三路。一路出西北，扑连山关；一路出东北，攻岫岩州；一路出东南，窥金州大连湾。不到数日，各路都已得手，只连山关一路，被依克唐阿与聂士成两军，南北夹攻，得而复失，并伤毙中尉一员。凤凰城日军来援，又被依军杀退。依将军是久败思奋，所以尚得一二回胜仗，聂军门本是个出色当行的人材，当中国初次发兵时，已拟率陆军进捣韩城，调海军进扼仁川港口。这是先发制人的妙计,可惜当时不用。嗣因空言无补,没人见用,到了牙山,又为叶提督所制,愤愤而退。此次见清军连溃,彼此不相照应,连自己也只得节节退步。后来得了依将军一臂之力,遂得转败为胜。随又行文各帅,愿自率部下人马,抄袭敌军后面,断他饷道,令他不久自乱,那时首尾夹攻,定能克敌。此计亦妙,可惜又不见用。各路将帅,有一半说是危计,有一半简直不答。适廷旨又调他入关,保护畿辅,将行的时候,还杀败日兵数次,所以凤凰城东北一带,尚没有名城失陷。东路自岫岩州陷落,日兵又连陷海城,清军都退到辽西,靠了辽河,作为防蔽,总算暂时敷衍过去。

独东南一隅,既无良将,又无重兵,只有旅顺口向称天险,内阔外狭,层山环抱,有一夫当关、万夫莫入的形势。丁汝昌反认作绝地,且因战舰待修,转入威海卫,暂避敌焰,只留了总办龚照屿居住旅顺。日兵既陷了金州大连湾,拟乘势攻旅顺,但恐旅顺险峻,不易攻入,遂先勾引汉奸,令他混入口内,四贴日人告示,声言日兵于某日取旅顺,居住的兵士,应及早投降,否则大兵一到,玉石俱焚,无贻后悔。明明是虚声恫喝。龚照屿得着此信,吓得魂不附体,忙坐了鱼雷艇,顺风逃去。还有一班驻守的人员,见照屿已遁,个个慌乱,带了枪械,各自逃生。一个重大的要口,变作杳无人影的空谷。至日兵入港,清军已逃去两日了。日兵不费一弹,不发一枪,把北洋第一个军港,唾手而得,真是绝大的喜事。

这时候日本兵舰,已纵横辽海,北面的盖平营口,已在囊中,南面的荣城登州,又仿佛握在掌内。狼狈不堪的丁汝昌,方困守威海卫外的刘公岛,只望日兵饶恕了他,不来作对。谁知日兵偏不许他独生,鼓着大舰,驾起巨炮,又向刘公岛进攻。可怜汝昌手下,只有几片败鳞残甲,一阵轰击,定远、威远、来远三艘,又被打沉,丁汝昌亦受了弹伤,刘公岛势处孤危,万不能守。日兵还是接连开炮,四围攻打。汝昌到此,垂头丧气,饬兵士竖起白旗,一面致书日将,约不得伤害地方民命,自己哭了三四次,仰药自尽。还是好汉。日兵遂据刘公岛,并入威海卫,于是北洋第二个军港,亦被日本夺去。所有败残军舰,统归日兵占领。清廷还起恭亲王奕訢,总理海军事务,其实辽海沿岸大小兵轮,只有旭日旗招飐,并没有龙旗片影,还要管理什么海军?

光绪帝迭闻败报,召王大臣会议,从前锐意主战、慷慨激昂的诸人物,至此都俯首无言。独有二个满员,上书言事,煞是可笑。一个满御史,请起用檀道济为大将,檀道济是刘宋时人,死了一二千年,为什么奏请起用?他因同僚拟用董福祥,假名檀道济以示意。他即问"檀道济"三字如何写法,经同僚书示,遂冒昧照奏。又有一个满京堂,奏称日本东北,有两个大国,一是缅甸,一是交趾,日本畏他如虎,请遣使约他夹攻,必可得志。想是做梦。光绪帝见了这等奏章,又气又恨,只得与恭王等

501

商议，定了一个请和的计策，命侍郎张荫桓、邵友濂赴日本议和。日本很是厉害，拒绝两使。他说这等小官，不配讲和，弄得张、邵二人，垂头丧气，踉跄归来。清廷方议改派，恼了一个安御史维峻，抗词上奏，虽不似满员的荒谬，也多牵强附会，都下偏传诵一时，小子将原奏详录，以供看官一粲，道：

奏为疆臣跋扈，戏侮朝廷，请明正典刑，以尊主权而平众怒，恭折仰祈圣鉴事。窃北洋大臣李鸿章，平日挟北洋以自重，当倭贼犯顺，自恐寄顿倭国之私财，付之东流，其不欲战，固系隐情。及诏旨严切，一意主战，大拂李鸿章之心，于是倒行逆施，接济倭贼煤米军火，日夜望倭贼之来，以实其言。而于我军前敌粮饷火器，故意勒掯之。有言战者，动遭呵斥。闻败则喜，闻胜则怒。淮军将领，望风希旨。未见贼，先退避，偶遇贼，即惊溃，李鸿章之丧心病狂，九卿科道亦屡言之，臣不复赘陈。惟叶志超、卫汝贵均系革职拿问之人，藏匿天津，以督署为逋逃薮，人言啧啧，恐非无因。而于拿问之丁汝昌，竟敢代为乞恩，并谓美国人有能作雾气者，必须丁汝昌驾驭。此等怪诞不经之说，竟敢陈于君父之前，是以朝廷为儿戏也，而枢臣中竟无人敢为争论者。良由枢臣暮气已深，过劳则神昏，如在云雾之中。雾气之说，入而俱化，故不觉其非耳。张荫桓、邵友濂为全权大臣，未明奉谕旨，在枢臣亦明知和议之举，不可对人言，既不能以死生争，复不能以去就争，只得为掩耳盗铃之事，而不知通国之人，早已皆知也。倭贼与邵友濂有隙，竟敢索派李鸿章之子李经方为全权大臣，尚复成何国体？李经方为倭贼之婿，以张邦昌自命，臣前劾之。若令此等悖逆之人前往，适中倭贼之计。

倭贼之议和，诱我也。我既不能激励将士，决计一战，而乃俯首听命于倭贼，然则此举非议和也，直纳款耳，不但误国而且卖国。中外臣民，无不切齿痛恨，欲食李鸿章之肉。而又谓和议出自皇太后意旨，太监李莲英实左右之，此等市井之谈，臣未敢深信。何者？皇太后既归政皇上矣，若犹遇事牵制，将何以上对祖宗，下对天下臣民？至李莲英是何人斯？敢干预政事乎？如果属实，律以祖宗法制，李莲英岂复可容？惟是朝廷被李鸿章恫喝，未及详审利害，而枢臣中或系李鸿章私党，甘心左袒，或恐李鸿章反叛，姑事调停。初不知李鸿章有不臣之心，非不敢反，实不能反。彼之淮军将领，皆贪利小人，无大伎俩，其士卒横被克扣，则皆离心离德，曹克忠天津新募之卒，制服李鸿章有余，此其不能反之实在情形，若能反则早反耳。既不能反，而犹事挟制朝廷，抗违谕旨，彼其心目中，不复知有我皇上，并不知有皇太后，而乃敢以雾气之说戏侮之也。臣实耻之，臣实痛之！惟冀皇上赫然震怒，明正李鸿章跋扈之罪，布告天下，如是而将士有不奋兴，倭贼有不破灭，即请斩臣以正妄言之罪。祖宗监临，臣实不惧。用是披肝胆，冒斧锧，痛哭直陈，不胜迫切待命之至！谨奏。

奏上，有旨"安维峻呈进封奏，肆口妄言，著即革职，发往军台效力！"是日恭亲王适请假。次日入朝，始知这事，斥同僚道："这等奏折，不值一噱，付诸字麓内，便好了事。诸公欲令竖子成名么？"恭亲王尚是有识。正议论间，朝旨又下，派李鸿章为全权大臣，速赴日本议和。恭王即饬军机处办事人员，电达天津。李鸿章接着此旨，明知战败求和，还有什么光采？但事已如此，欲救眉急，不得不硬着头皮，指日前往。方就道时，先电商各国驻华公使，请为臂助。俄使喀希尼慨然答复，愿保全中国疆土，代拒日本。言太甘者心必苦。

李鸿章始航行而东，到日本山阳道海口，地名马关，日本已遣专使伊藤博文及陆奥宗光在马关守候。鸿章在途中，屡接中国警耗，日本北据营口，南占澎湖，心中正焦灼，见了伊藤、陆奥两人，寒暄已毕，便请停战。伊藤、陆奥不允，必欲先订和约，方许停战，经鸿章再三磋商，才提出停战条件。看官！你道条件是什么要约？他说要山海关、大沽口及天津三处，作了抵押品。这三处乃是京畿要口，押与日本，简直是引狼入室，叫这位李钦差如何答应？没奈何把停战问题，暂时搁起，先把和款商量起来。伊藤、陆奥煞是厉害，要索各款，统是不堪忍受。鸿章与他辩论，他却绝不理会，反将冷语谐词，调侃鸿章。鸿章此时，既不敢反唇相讥，又不便屈意俯就，只得熬了一肚子气闷，拿出迁延手段，敷衍他们。今朝说，明朝再议，明朝说，后日再议。未

免有情，谁能遣此？一日，自会所返寓，鸿章因连日会议，毫无效果，坐在马车中，正自忐忑不定，突听得枪声一发，忙从左边一顾，不防劈面来了一颗弹子，正中左颧。鸿章忍着痛，急呼日本警察，日警过来，见鸿章颧血直喷，忙去捉拿刺客。鸿章也不及问刺客情状，匆匆回寓。病了好几日，警闻直达欧美，各国新闻纸争说日人无理，大有攘臂直前，代鸣不平的意见。日本始自知理屈，遣使谢罪，并饬日医替他调治。伊藤、陆奥亦至李寓道歉，随允转圜和议。鸿章即要约停战，伊藤、陆奥亦即照允。日本刺客，恰是清国功臣。嗣后申定和议，伊藤、陆奥终究不肯多让，李鸿章无可如何，勉依条约十一款。大纲如下：

一　认朝鲜为自主国。

二　偿日本兵费二百兆两。

三　割让辽东半岛及台湾澎湖。

四　开沙市、重庆、苏州、杭州为商埠。

五　中日旧订之约章，一律废止，嗣后日货进口，运往内地，得暂行租栈，免纳税钞。并于通商各口，得自由制造。

日本全权大使伊藤博文、陆奥宗光，中国全权大使李鸿章，于光绪二十一年三月二十三日签约。国耻！两江总督张之洞，凭着书生意见，谏阻和议，内有"赂倭不如赂俄，所失不及一半，就可转败为胜，恳请饬总署及出使大臣，急与俄国商定条约，如肯助我攻倭，胁倭尽废全约。即酌量划分新疆，

清史演义

或南路数城,或北路数城"等语。非我族类,其心必异,张之洞读书有素,难道转忘此说么?这奏虽留中不发,王大臣等多以为是,纷纷主张亲俄政策。

俄使喀希尼居然请政府仗义责言,联合德法二国,替清廷索还辽东,先用三国联名公文,直致日本外部,迫他把辽东还清,日皇睦仁本是全球著名的英主,到手的辽东,哪里肯归还中国?免不得直言抗驳。俄、德、法三国遂各派舰队东来,有几艘寄泊辽海,有几艘直薄长崎,声势汹汹,要与日本决战。日本自与中国开衅后,虽连战连胜,势如破竹,究竟劳师糜饷,伤亡了若干人,耗费了若干银了,也弄得财力两竭。况俄德法统是有名强国,不似中国的空虚,大丈夫能屈能伸,只好暂时抱屈,允还辽东,惟增索赎辽东费一百兆两。嗣经三国公断,减至三十兆两成议。日使林董至北京,与李鸿章订还辽东半岛约,中日战事,至此才了。

只日本收领台湾时,台民大骇,恳请收回成命。清廷不答,台民推巡抚唐景崧为总统,驻守台北,拒绝日人。日本发兵赴台湾,景崧方拟抵敌,不意抚署兵叛,焚署劫库,扰得景崧手足无措,仓猝内渡。台北既失,台南系总兵刘永福驻扎,厉兵秣马,亦思与日本一战。终因寡不敌众,弃台奔还。台湾版图,遂长被日兵占领了。*得易失亦易。*

中国经此大挫,方归咎李鸿章,罢直督职,令他入阁。俄使喀希尼欲来索谢,因李闲居,暂缓申请。越年春,俄皇行加冕礼,各国都派头等公使往贺,中国亦拟派王之春作贺使。喀希尼入见总署,抗言:"俄皇加冕,典礼最崇,王之春人微望浅,出使我国,莫非藐视我国不成?"总署王大臣,吓得面色如土,急问喀希尼,须何等大员,方配贺使?喀希尼道:"非资望如李中堂不可。"朝旨乃改派李鸿章。喀希尼复贿通宫禁,转禀太后,说是还辽义举,必须报酬,请假李鸿章全权,议结这案。鸿章出使时,由慈禧太后特别召见,密谈半日,方辞别出都。一到俄都圣彼得堡,加冕期尚未至,俄大藏大臣微德,伴与李鸿章格外交欢,时常过谈,暗中恰利诱威迫,提出条约数件,令鸿章画押。鸿章方恨煞日人,自思联俄拒日,也是一策,遂草草定议。俄国不用外务大臣出头,反差了大藏大臣,与鸿章密议,实是避各国的耳目。明修栈道,暗度陈仓,不怕李伯相不堕计中。*巧极狡极!*

等到加冕期过,李鸿章游历欧洲,俄使喀希尼竟将俄都所定的草约,递交总署,要中国皇上亲钤御宝。全署人员统是惊愕,不得不进呈御览。光绪帝龙目一瞧,见草约中所列条件,开口是中俄协力御日六字,颇也心慰。仿佛是钓鱼的红曲鳝。看到后面,乃是吉林、黑龙江两省铁路,许俄国专造,复准俄驻兵开矿,暨借俄员训练满洲军队并租借胶州湾为军港。光绪帝不禁大怒道:"照这几条约文,是把祖宗发祥的地方,简直卖与俄国了。"便将草约搁过一边,不肯钤印。俄使喀希尼闻光绪帝拒绝草约,不肯钤印,日来总理衙门胁迫。一

第八十五回 失津求和马关订约 市恩索谢虎视争雄

连几天，还没有的确的回报，即告总署王大臣道："此约若不批准，当即日下旗回国。"王大臣听了这语，好似雷劈空中，惊惶万状，忙即禀报太后，说俄使要下旗回国，明明示决裂的意思。中国新遭败衄，哪堪再当强俄？慈禧后已与李鸿章密定联俄政见，至是命交军机处，与俄使定约，不由总理衙门，也是掩耳盗铃。并亲迫光绪帝签押。光绪帝逆不过太后，勉强盖印，眼中恰忍不住泪，好像珍珠一般，累累下垂。独慈禧后面色如常，毫不动容。印已盖定，草约变作真约，由军机处发交俄使，俄使似得了活宝，即日携约就道，亲自送还俄都。东三省的幅员，轻轻断送，遂酿成日俄战争的结果。

法国亦得了滇边陆地，及广西镇南关至龙州铁路权，并辟河口思茅为商埠，与中国订了专约，也算有了酬报。独德国未得谢礼，隐自衔恨，中国亦绝不提起。三国牵率而来，独令德国向隅，必要待他开口，也是愤愤。过了一年，山东曹州府地方，偏偏出了教案，杀伤德国教士二人。总理衙门得着此信，方虑德使出来要索，又有一番大交涉，不料德使海靖，虽是行文诘责，倒也没有甚么严厉，总署还道是德使有情，延挨了好几天。忽接山东电报，德国兵舰突入胶州湾，把炮台占据去了。正是：

　　漏屋更遭连夜雨，
　　破船又遇打头风。

欲知中德和战的结局，小子已写得笔秃墨干，俟下回分解。

马关议和为合肥一生最失意事，敦请再四，毫无成效，至被刺客所击，始得以颅血博和议，可为痛心！然果以此事为足辱，则应返国图强，日申儆讨，卧薪尝胆，苦心焦思以为之，安见十年生聚，十年教训，不能如范大夫之霸越沼吴乎？乃受日本之压迫，愤而求逞，反欲丐俄人以为助，张之洞等书生管见，尚不足责，合肥名为老成，顾亦作此拒虎进狼之计，殊不可解！俄索辽东，纠合德法，三国何爱于清室，肯作此仗义执言之侠举，此宁待智者而始知之耶？与日本和，割地偿金，所患者犹仅一日本，至俄德法牵率而来，名为助我，实则愚我，我得辽东半岛，而仍费三万万两之巨款，受惠不多，而索酬者已踵相接，种种要挟，贻害无穷，此则合肥最大之咎；而中日一役，全军皆没，其为失固犹浅也。观于此，可知恃人不恃己之失计。

## 第八十六回　争党见新旧暗哄
## 　　　　　行新政母子生嫌

却说德国兵舰突入胶州湾内，占据炮台，惊报传至总理衙门，总署办事人员，都异常惊愕，忙派员去问德使海靖。海靖提出六条要约，大致是将胶州湾四周百里，租与德国，限期九十九年。还要把胶州至济南府的铁路，归他建筑，路旁百里的矿山，归他开采。若有半语不从，立刻要夺山东省。看官！你想中国的海军，已化为乌有，陆军又一蹶不振，赤手空拳，无可打仗，除奉令承教外，还有何策？只好一律照允。但胶州湾的地方，照中俄密约，已允租与俄国，此番又转给德人，俄使自然不肯干休，急向总署诘问。总署无词可答，奈何奈何！好似哑子吃黄连，说不尽的苦楚。亏得李伯爷一场老脸，出去抵挡，把胶州湾一处，换了旅顺、大连湾二处，还算是中国便宜，租期二十五年，与德国相较，少了七十四年，这才是中国的真便宜，可惜不好算数。准他建筑炮台，并展长西伯利亚路线，通过满洲，直到旅顺为终点，才算了结。

总署人员，因俄德交涉，已经议妥，方想休息数天，饮酒看戏，挟妓斗牌，不意英使又来了一个照会，略说：德国租了胶州湾，俄国租了旅顺、大连湾，如何我国终没有租地？难道贵国不记得从前约章，有"利益均沾"四字么？可见从前约文，都有伏笔，苦在中国不懂，铸成大错。总署不好回驳，只得仍请这位李伯爷，与英使商议。英使索租威海卫，并要拓九龙司租界。九龙司在广东海口，北京和约，割界英国，英人屡思展拓租界，苦无相当机会，此次适得要挟地步，遂与威海卫一同索租。李鸿章允展九龙租界，拒绝威海卫。两下争论多时，英使拍案道："贵国何故将旅顺、大连湾租与俄人，胶州湾租与德国？俄德据了这数处地方，储兵蓄械，一旦南下，是要侵占长江的范围。长江一带，是我国通商的势力圈，若被他侵占，还当了得。所以我国索租威海卫，防他南来，并非我国硬要租借这地。"鸿章还要辩论，英使怫然起座道："你若能索还旅顺、大连湾、胶州湾三处，我国不但不租威海卫，连九龙司也奉还中国。如若不能，休要固执！"言毕，碧眼骤张，虬髯倒竖，简直是要开仗的情形。比马关议约，还要难受。鸿章无可奈何，结果是唯唯听命。前日英名，而今安在。威海卫租期，照俄国旅顺、大连湾二处。九龙司展拓租界，照德国租胶州湾年限，这都是光绪二十四年的事情。

翌年，广州附近，突有法国兵官，被中国人民戕害，法人效德国故智，把兵舰闯进广州湾，安然占踞。总理衙门料知无力挽回，乐得客气，与法使订约，将广州湾租与法国，限期如德租胶澳例。国耻重重，何时一洒。

俄德英法都得了中国的良港，顿时惹起欧美各国的观感，欧洲南面的意大利国，无缘无故，也来索租浙江的三门湾，总署这番倒强硬起来，简直不允。意大利国总算顾全友谊，不愿硬索。廷臣以各国纷索海口，不如自己一律开放，索性给各国通商，还可彼此牵制，免生觊觎，虽非上策，却不失为下策。乃自把直隶省的秦皇岛、江苏省的吴淞口、福建省的三都澳，尽行开埠。各国见海口尽辟，无从要索，才算罢休。自此以后，中国腐败的情状，统已揭露，朝野排外的气焰，索然俱尽，且渐渐变成媚外风气。外国侨民，势力益张，华民与有交涉，不论曲直，官府总是袒护洋人。郁极思奋，愤极思通，中国从此多事了。暗为拳匪伏线。

且说光绪帝亲政，已是数年，这数年内丧师失地，一言难尽。光绪帝很是不乐，默念衰弱至此，非亟思变法不可。只朝臣多是守旧，一般顽固的官员，恐怕朝廷变法，必要另换一种人物，自己禄位不能保住，因此百计营谋，私贿李莲英，托他在太后前极力转圜，不可令皇上变法。太后因中日一役，多是皇帝主张，未经慈命，轻开战衅，弄得六旬万寿的盛典，半途打消，未免生恨；又经宠监李莲英从旁撺掇，遂与皇帝暗生嫌隙。只是外有恭王奕䜣，再出为军机大臣领袖，老成稳练，内有慈禧后妹子醇王福晋，系光绪帝生母，至亲骨肉，密为调停，所以宫闱里面，还没有意外变动。

光绪二十四年二月，恭王得了心肺病，逐日加重，太后率光绪帝视疾，前后三次，又命御医诊治，统是没效。四月初旬，病殁邸中，遗折是规劝皇上应澄清仕途，整练陆军；又言一切大政，须遵太后意旨，方可举行。恭王虽亦阿附太后，然心地尚称明白，遗折劝光绪帝遵奉慈命，亦是地位使然。若恭王尚存，戊戌之变，庚子之乱，当可不作。太后特降懿旨，临邸奠醊，赐谥曰"忠"，入祀贤良祠，即令恭王孙溥伟承袭亲王。光绪帝亦随附一谕，命臣下当效法恭王竭尽忠悃。懿旨在前，太后之有权可知。但天下事福不双行，祸不单至，醇王福晋又生成一不起的病症，缠绵床褥，服药无灵，竟尔溘逝。慈禧后未免伤心，光绪帝尤为悲恸，外失贤辅，内丧慈母，从此光绪帝势成孤立，内外没有关切的亲人。

当时军机处重要人材，一个是礼亲王世铎，一个是刑部尚书刚毅，一个是

清史演义

## 第八十六回　争党见新旧暗哄　行新政母子生嫌

礼部尚书廖寿丰,一个是户部尚书翁同龢。这四个军机大臣内,刚毅最是顽固,翁同龢要算维新。刚毅在刑部时,与诸司员闲谈,称皋陶为舜王爷,驾前刑部尚书皋大夫,"陶"本读如"遥",他却仍读本音;每遇案牍中有"庚毕"字样,常提笔改"瘦"字,反叱司员目不识丁;到了入值军机,阅四川奏报剿办番夷一折,内有"追奔逐北"一语,连说川督糊涂,拟请传旨申斥。适翁同龢在旁,问他何故,他道:"'追奔逐北'一语,定是'逐奔追比'四字误写。"翁同龢仍茫然不解。他又说道:"人人称你能文,如何这语还没有悟到?逆夷奔逃,逐去捕住,追比他往时劫掠的财物,方是不错。若作'逐北'字样,难道逃奔的逆夷,不好向东西南三面,一定要向北么?"讲得有理,我倒很佩服他。翁不禁失笑,勉强忍住,替他解明古义。他尚摇头不信,只不去奏请。

翁同龢系光绪帝师傅,帝五岁时,翁即入宫。他本是江苏省常熟县人,江苏系近世人文荟萃的地方,翁又学问渊博,看了迂疏愚蠢的满员,好似眼中钉,满员遂与翁有隙。光绪二十年,翁曾奏参军机孙毓汶等,经光绪帝准奏,罢斥孙毓汶,此外亦有数人免职,遂将翁补入军机。还有李鸿藻、潘祖荫二人,亦同时补入。李鸿藻系直隶人,与同治帝师傅徐桐友善。两人为北派领袖,素主守旧。潘祖荫亦江苏人,与翁同龢友善,为南派翘楚,素主维新。两派同直军机,互争势力。守旧派联结太后,维新派联结皇帝。于是李党翁党的名目,变称后党帝党。后党又浑名老母班,帝党浑名小孩班。门户纷争,不祥之兆。

光绪二十三年,潘、李统已病故,徐桐失了一个臂助,遂去结交刚毅、荣禄诸人。刚与翁本无夙怨,不过刚毅生平素有满汉界限,他脑中含着十二字秘诀。看官!你道他是那十二字?乃是:"汉人强,满人亡;汉人疲,满人肥"十二字。无论什么汉人,他总是不肯相容。徐亦汉人,何故友善。荣禄因翁曾讦发私事(应八十三回),暗地怀恨,徐桐与他联络,势力益固。这边翁师傅孤危得很,恭王在日,尚看重他的学问,另眼相待,恭王一死,简直是没有凭藉,单靠了一个师傅的名望,有什么用处?况这光绪皇上,名为亲政,实事事受太后压制;还有狐假虎威的李莲英,常与光绪帝反对,从中播弄。这李莲英本是宫监,专务迎合,为什么单趋承太后,不趋承光绪帝?其间也有一个原因,小子正在追述祸根,索性也叙了一叙。

莲英有个妹子,貌甚美丽,性尤慧黠,并识得几个文字。莲英得宠,挈妹入宫,慈禧太后见她韶秀伶俐,极力赞美;入侍数月,太后的一举一动,一颦一笑,统被她揣摩纯熟,曲意承欢。慈禧太后怜爱异常,比李莲英尤加宠幸,常叫她为大姑娘,每日进膳,必令她侍食,且赐旁坐。连太后自己的胞妹,还没有这般优待。六旬万寿的时节,醇王福晋蒙懿旨特召,入园看戏,福晋因自己身分反敌不过莲英妹子,佯称有疾,不肯赴召。嗣经懿旨再三催促,勉强入园。慈禧后还按礼接待,那莲英妹子却昂然列坐,连身子都不抬一抬。福晋眼中实在看不过去,仍托疾避席,还归邸中。但莲英献妹的意思,不是单望太后爱宠,他想仗着阿妹的姿色,蛊惑皇上,备选妃嫔,将来得生一子,作慈禧太后第二,自己的后半生,还好比前半生威显几倍。第二个李延年。因此光绪帝入园请安时,他的妹子起初遵兄吩咐,很献殷勤,眉挑目语,故弄风骚。偏偏这假痴假呆的光绪帝,对了这种柔情,好像守着佛诫,无眼耳鼻舌生意,恁她甚么美艳,甚么挑逗,总是有施无报,惹得美人儿生了懊恼,遇着皇帝入园,索性一眼不睬。这还是笼络手段,莫认她是无情。光绪帝才窥透心肠,暗想李莲英如此阴险,不可不防,辜负美人厚情,皇帝真也少福。于是把莲英也渐渐疏远。

莲英一计不中,又生一计,时常到太后面前,捏报光绪帝过失。慈禧后起初倒也明白,遇皇上请安,只劝他性情和平,宽待下人。后来经莲英兄妹百端逸构,遂添了太后恶感。太后回宫,皇帝必在宫门外跪接,稍一迟误,便生间言。若皇帝到园省视,也不能直入太后室中,必跪在门外,候太后传见。李莲英又作了一条新例,不论皇亲国戚,入见太后,必须先索门包,连皇上也要照例。外面还道皇上什么尊贵,谁知光绪帝反受这样荼毒,积嫌之下,不免含恨。本可与别人谈叙,借为排遣,奈内外左右,多是太后心腹,连皇后也是个女侦探,替太后监察皇帝。旁皇四顾,郁将谁语?只有翁师傅素来密切,还好与他密谈两三语。翁师傅见皇帝忧苦,遂保荐一个人材。看官!你道是谁?就是南海康先生有为。

此时康先生才做了工部主事,他生平喜新恶旧,好谈变法事宜,只因官卑职小,人微言轻,没有一人服他伟论。独翁师傅竟垂青眼,一手提拔。光绪帝特别召见,奏对时洋洋数千言,仿佛淮阴侯坛上陈词,诸葛公隆中决策,每奏一语,光绪帝点一点头,良久方令退出。自从清朝开国以来,召见主事,乃是二百数十年来罕有的际遇。康主事感怀知己,连上三疏,统是直陈利弊,畅所欲言。光绪帝本有意变法,经他迭次陈请,自然倾心采用,遂于二十四年四月中,接连降旨,废时文,设学堂,裁冗员,改武科制度,开经济特科,又下决意变法的上谕道:

数年以来,中外臣工,讲求变法自强。迩者诏书数下,如开特科,裁冗兵,改武科制度,立大小学堂,皆经一再审定,筹之至熟,妥议施行。惟是风气尚未大开,论说莫衷一是。或狃于老成忧国,以为旧章必应墨守,新法必当摈除。众喙哓哓,空言无补。试问时局如此,国势如此,若仍以不练之兵,有限之饷,士无实学,工无良师,强弱相形,贫富悬绝,岂真能制挺以挞坚甲利兵乎?朕惟国是不定,则号令不行,极其流弊,必至门户纷争,互相水火,徒蹈宋明积习,于国政毫无裨益。即以中

国大经大法而论，五帝三王不相袭，譬之冬裘夏葛，势不两立。用特明白宣示，中外大小诸臣，自王公以及士庶，各宜努力向上，发愤为雄，以圣贤义理之学，植其根本，又须博采各学之切于时务者，实力讲求，以救空疏迂谬之弊。专心致志，精益求精，毋徒袭其皮毛，竞腾其口说，务求化无用为有用，以成通经济变之才。京师大学堂，为各行省之倡，尤应首先举办，着军机大臣总理各国事务王大臣，会同妥速具奏！所有翰林院各部院司员，各门侍卫，候补候选道府州县以下，各官大员子弟，八旗世职，各武职后裔，其愿入学堂者，均准入学肄习，以期人才辈出，共济时艰。不得敷衍因循，徇私援引，致负朝廷谆谆告诫之至意，将此通谕知之！

这谕未下的时候，光绪帝也预备一着，先往颐和园禀白太后，太后亦未尝阻挠，恰说："变法也是要紧，但毋违背祖制，毋损满洲权势，方准施行。"太后自问，曾毋违祖制否？又言："翁同龢断不可靠，应及早罢官为是。"光绪帝唯唯而出，遂一意饬行新政，特设勤政殿，谘商政要。常召康主事密议一切，拟旨多出康手，康荐同志数人，如内阁候补侍郎杨锐、刑部候补主事刘光第、内阁候补中书林旭、江苏候补知府谭嗣同，统称他才识渊通，可以重用。光绪帝便各赏四品卿衔，令在军机章京上行走。康有高弟梁启超及胞弟康广仁，亦经康主事荐引。因他未曾出仕，一时不能超拔，只好缓缓录用。但这班维新党人，统是资卑望浅，一旦擢用，盈廷大员，靡不侧目。且朝变一制，暮更一令，所有改革事宜，多需礼部核议，弄得礼部人员，日无暇晷。礼部尚书怀塔布，系太后表亲，又有许应骙，亦是太后平日信任，两人素来守旧，见了这番手续，愤闷已极，恨不得将维新党人立刻撵逐。因此一切新政，关系礼部衙门，免不得暗中搁置。御史宋伯鲁、杨深秀，与康有为等气味相投，上书参劾许应骙，说他阻挠新政。光绪帝览奏震怒，本拟即行革职，因碍着太后面子，令他明白复奏。许即按照原奏，逐条辩驳，并劾康有为妄逞横议，勾结朋党，摇惑人心，混淆国事，请即斥逐回籍。光绪帝见许复奏，揭康短处，心滋不悦。过了数日，御史文悌又参奏："宋伯鲁、杨深秀二人，欺君罔上，若非立加罢斥，必启两宫嫌隙。"顿时触怒天颜，斥他莠言乱政，挑动党争，命即夺职。

文悌忙求怀塔布往颐和园乞救。太后不答，但迫令光绪帝速斥翁同龢。一经下手，便剔本根，太后手腕，毕竟不同。光绪帝没法，只得令开缺回籍。次日，又由太后特降懿旨，令简荣禄为直隶总督，裕禄在军机处行走。光绪帝又不能不允。两禄揽权，明夺光绪帝天禄。光绪帝暗中探听消息，乃是从怀塔布逸构所致，遂也赫然下谕，把礼部尚书怀塔布、许应骙及侍郎坤岫、徐会澧、溥颋、曾广汉等六人，一律免职。守旧党见了这旨，吓得神志颓丧，陆续至颐和园，钻营运动，求太后重执朝

第八十六回　争党见新旧暗哄　行新政母子生嫌

政。太后恰从容不迫，谈笑自若，城府深沈。暗地里恰着着安排。

还有一个不自量力的王照，次第上书，先请翦发易服，继请皇帝奉太后游历日本。这等奏牍，守旧党闻所未闻。又有最关重要的一着，触犯李总管莲英。维新党人，以欲行新政，必斥太监，光绪帝深恨李莲英，正想乘此开刀，急得李莲英走头无路，率着娇娇滴滴的妹子，泣诉太后，磕头无数，不由太后不从，当下与莲英密议，定了一个秘计，密寄荣禄。荣禄随即上折，请帝奉太后往天津阅兵。光绪帝览到此奏，满腹踌躇，即到颐和园禀闻太后。太后很是喜欢，命光绪帝即行下谕，定期九月初五日，奉太后赴津阅操。光绪帝回宫，虽遵照慈命，准即阅操，心中总怀疑不定，遂传召一班维新人物，到勤政殿面议。康主事造膝密陈："此去阅操，前途很险，预乞圣裁！"光绪帝连忙摇手，令他出外商妥，入宫详奏。康主事退出，与同志暗地商量，议定一釜底抽薪的计策，先杀荣禄于天津督署内。既杀荣禄，即调陆军万人，星夜入都，围住颐和园，劫太后入城，圈禁西苑，俾终余年。无权无勇，奈何得行此策。商定后，即由康主事入宫密奏，光绪帝沉吟不答。经康力劝，方说待天津事定后再办。康乃退。

这时候，朝旨已命全国立官报局，任康为上海总局总办。又设译书局，命康徒梁启超总办。康、梁因密图大事，尚留住京师。光绪帝听了康主事秘计，筹划了好几日，暗想畿内兵权握在荣禄手中，不便轻举，除非得一胆大心细的人物，先夺荣禄兵权，万难成事。日思夜想，觅不出这样人材。适值直隶按察使袁世凯入觐，光绪帝闻他胆大敢为，当即召见，先问他新政是否合宜，袁极力赞扬。光绪帝不得不信，随又问道："倘令汝统带军队，汝肯忠心事朕否？"袁即磕头道："臣当竭力报答皇上厚恩。一息尚存，必思图效。"未必未必。次日即降谕道：

现在练兵紧要，直隶按察使袁世凯，办事勤奋，校练认真，着开缺以侍郎候补，责成专办练兵事务。所有应办之事宜，着随时具奏！当此时局艰难，修明武备，实为第一要务。袁世凯当勉益加勉，切实讲求训练，用副朝廷整饬戎行之至意！钦此。

守旧党见了此谕，彼此猜疑，急去禀报太后。其实宫廷内外，太后已密布心腹，时令传达，就是康有为入宫，亦经内监密报。只谋围颐和园的事情，尚未闻知。太后曾令光绪帝下谕，凡二品以上官授任，当亲往太后处谢恩，此番袁世凯擢任侍郎，官居从二品，理应照敕奉行。到颐和园谢恩时，太后立即召见，细问召对时语。袁一一照奏，太后道："整顿陆军，原是要紧，但皇帝也太觉匆忙，我疑他别有深意，你须小心谨慎方好！"袁自然答应。到八月初五日，袁请训往天津，光绪帝出乾清宫召见，用尽方法，不使言语漏泄。殿已古旧黑暗，晨光透入颇微，光绪帝坐在龙座，已是末次了。告袁密谋，命袁往津，即向督署内捉杀荣禄，随即带兵入

都，围执太后；俟办事已竣，当续任直隶总督，千万勿误！袁唯唯趋出。临行时付他小箭一支，作为执行证据。袁即坐第一次火车出京。光绪帝总道是委任得人，十有九稳，不意下午五点钟，荣禄竟乘专车入京。人耶鬼耶？俗语有道：

不如意事常八九，
可与人言无二三。

毕竟荣禄何故入京，容待下回说明。

清室不竞，外患迭乘，此时不革故鼎新，万不能挟强返弱。顽固诸徒，迂腐荒谬，固不足责，无论刚毅之显分畛域，自速其亡，即如徐桐、李鸿藻、怀塔布、许应骙辈，但务株守，各争党见，亦何在不足误国。但维新党人，锐意更张，亦未免欲速不达。善医者诊治弱症，必先培其元，然后可以祛邪，元气未培，猛加以克伐之剂，恐转有立踬之弊。为政之道，何以异是？且围园劫后之谋，名不正，言不顺，慈禧究非武曌，维新党人之力，宁及五王？乃欲冒天下之不韪，以皇帝作孤注，甚为计不亦太疏乎？经著书人按事铺叙，随手抑扬，益知守旧派固无所逃罪，维新派亦不能免讥。一击不中，十日大索，可恫亦可惜也。

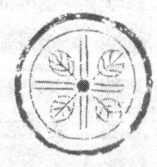

## 第八十七回　慈禧后三次临朝
　　　　　　维新党六人毕命

　　却说袁世凯上午赴津，荣禄下午抵京，此中隐情，不烦小子说明，看官当一目了然。含糊得妙。荣禄抵京这一日，正值慈禧后还宫，亲祭蚕神。祭毕，退入西苑。照清朝故例，外省官员入京，非奉有召见特旨，不得入宫。荣禄不管禁令，他不用人引导，径至西苑叩谒。当由守门人阻住，荣禄忙道："咱们有机密要事，入禀太后，恳迅速引见。"守门人本是太后心腹，与荣禄联同一气，且荣禄系太后亲戚，仓猝入宫，必有特别大事，便引了荣禄直至太后前。荣禄急忙下跪，磕头如捣蒜，太后忙问何故，荣禄泣道："求老佛爷救命！""老佛爷"三字，乃是满人尊称帝后的徽号。荣禄因乞命要紧，所以不称太后，直呼老佛爷。太后道："禁城里面，你有什么事要我救命？这里没有甚么危险，宫里也不是你避难的地方，你如何冒昧前来？"荣禄请屏去左右，太后即令内监退出，只留李莲英一人。荣禄即将皇帝密谋，一一陈奏。太后问："此事可真么？"荣禄从靴中取出小箭一支，作为确证。这支小箭，系光绪帝亲授袁侍郎，如何落在荣禄手中？太后大怒，立命荣禄传集满亲贵数人，并守旧党首领世铎、刚毅等俱到，又有怀塔布、许应骙二人，亦蒙特召，皆会集太后前，黑压压的跪满一地，叩请太后速出训政，挽救危机。太后准议，饬荣禄带兵入卫。荣禄答称亲兵已有数千人来京，大约此时可到。荣禄确有智识，无怪太后宠任。太后道："甚好，甚好！"随令荣禄召兵进来，将禁城内的侍卫，一律调出。再命荣禄仍回天津，截住康党，毋任狡脱。荣禄奉命而去。

　　不防会议的时候，有个孙姓太监，素为光绪帝所亲信，得了这个消息，忙去报知光绪帝。光绪帝知事已泄漏，恐康有为必遭逮捕，忙自草一谕，令孙太监密递康主事。其谕道：

　　谕工部主事康有为：前命其督办官报局，此时闻尚未出京，实堪诧异！朕深念时艰，思得通达时务之人，与商治法。康有为素日讲求，是以召见一次，令其督办官报，诚以报馆为开民智之

本，职任不为不重，现筹有的款，着康有为迅速前往上海，毋再迁延观望！钦此。

康主事瞧罢，见确是皇帝手笔，且谕中有召见一次的话儿，亦系掩饰耳目，暗伏机关，明人不用细说，便谢了孙太监，送别出门，自己匆匆随出，不暇通报同志，连阿弟广仁也不及详告。行至车站，天已微明，当即乘火车出京，一抵塘沽，忙搭轮直往上海。及荣禄到京，康有为已乘轮南下。荣禄忙电饬上海道速即查拏。

这时候，光绪帝已被撤政柄，幽禁瀛台。原来八月初六日清晨，光绪帝登太和殿，方阅礼部奏折，预备秋祭典礼，忽由宫监传出懿旨，宣召帝至西苑。帝出殿，宫监已在殿门外伫候，引帝入西苑内，即由李莲英带领阉党，簇拥光绪帝登舟，直达瀛台。

瀛台系西苑湖中一个小岛，环岛皆水，光绪帝到了此间，料知没有好结果，不禁泪下。李莲英厉色道："太后即来，皇后亦至，难道万岁爷还怕寂静么？"言毕自去，留内监守卫。约一时许，太后已到，皇后珍妃等亦在后相随。光绪帝忙即跪接，太后怒目视帝，戟指叱道："你入宫时，年只五岁，立你为帝，抚养成人，今已将二十年，不是我一力保护，你哪得有今日？你要变法维新，我也不来阻你，你为什么听人唆弄，忘我大德，还要设计害我？你试细想一想，应该不应该的？"光绪帝跪伏地上，战栗不能出声。我为光绪帝道，此后愿生生世世，勿生帝王家。太后又叹道："我想你的薄命，有何福气做皇帝，现在亲贵重臣，统请我训政，没有一人向你。就使汉大臣中，有几个助你为恶，你还道是好人，其实统是奸臣，我自然有法处治。"说至此，恨恨不已，似乎有即行废立的形状。恼了一个珍妃，突出皇后前面，向太后跪下，吁请太后宽恕帝罪，勿加斥责。太后怒道："像你这种狐媚子，也配着与我讲话么？"珍妃愤极，不觉大胆道："皇帝系一国共主，圣母亦不能任意废黜。"这句话尚未说完，面上已扑的一声，受着一个嘴巴，粉靥陡起桃花，不禁垂首。但听太后厉声道："快与我将这狐媚子，牵了出去，圈禁宫内。"当由内监请珍妃起来，带领回宫，引到一个密室，把她幽闭。长门寂寂，谁慰寂寥，免不得珠泪莹莹，长此愁苦，这且慢表。

单说慈禧后尚在瀛台，痛责光绪帝，经李莲英从旁解劝，方命还跸，令皇后留住帝处，监视皇帝言动，此外不准擅召一人。太后回宫，飞饬步军统领，逮捕维新党人，当时拿住杨深秀、谭嗣同、杨锐、林旭、刘光第、康广仁等六人，下刑部狱中，一面密议废立事件。王大臣等都不敢决议，慈禧后究属聪明，暗想骤然废立，恐惹起中外干涉，乃即以帝名降谕道：

现在国事艰难，庶务待理，朕勤劳宵旰，日综万几，兢业之余，时虞丛脞。恭溯同治年间以来，慈禧端佑康颐昭穆庄诚寿恭钦献崇熙皇太后，两次垂帘听政，办理朝政，弘济时艰，无不尽美尽善。因念宗社为重,再三吁恳慈恩训政,仰蒙俯如所请,此乃天下臣民之福。由今日始在便殿办事,本月初八日,朕率诸王大臣,在勤政殿行礼,一切应行礼仪,著各该衙门敬谨预备!钦此。

这谕下后,眼见得光绪皇上与废立无异了。只是维新党首康有为未曾拿获,太后哪里肯饶恕他?再饬步军统领,挨户搜查,务期拿获严办。十日大索,仍无影响。时康已乘轮赴沪,全然不知京内消息,轮船上又毫无风声,自己更不便探听,只好闷坐房舱中,消磨时日。过了三四天,轮船已到吴淞口,有为正开窗了望,但见有小火轮一艘,迎面而来。小轮上站着西人,喝令大轮停止,他即驶近大轮,一跃而上。手中持有照相片一纸,向舱内四处寻人,寻到康有为,将照片对证。形容毕肖,便将他一把扯住。有为未免着忙,随问何事,这个西人已通华语,便道:"你在京中闯什么祸,由上海道严密捉拿。"有为颇谙西国法律,便说:"奉旨来办官报局,出京时,并没有这般消息,现在不知何故被逮。想因康某倡行新政,被旧党挟嫌的缘故。"西人道:"你便是维新党首康先生么?据你说来,也不过是政治犯,西国律例上不便引渡,你且放心,快随我前去!"有为不便多说,即随着西人,换坐小轮。吴淞口本是西人范围,哪个敢来过问?有为一走,大轮自然放汽进口,到了码头,见沪兵已布列岸上,遇客登岸,加意侦察。谁知这位康先生,早随西人到关上,改坐英国威海司军舰,直赴香港去了。命不该死,总有救星。

还有梁启超闻风尚早,逃出塘沽,径投日本兵船,由日本救护,直往日本,至横滨上岸,借宿旅馆,专探康先生下落。歇了好几天,康自香港到来,师弟重逢,好如隔世。谈起诸同志被拿,不胜叹息,泪下沾襟。从此师弟两人,逋亡在外,游历各地,组织报馆,倒也行动自由,言论无忌。直到宣统三年,革命军起,方才归国,这是后话。

且说八月八日,清廷大集朝臣,请出这位威灵显赫的皇太后三次临朝,光绪帝也暂出瀛台,入勤政殿,向太后行三跪九叩礼,恳请太后训政。太后俯允,仍命遵昔时训政故例。退朝后,光绪帝仍返瀛台。嗣后虽日日临朝,却是不准发言,简直同木偶一般。这班顽固老朽的守旧党,统是欣欣得意,喜出望外。太后又借了帝名,屡次下谕,托言朕躬有恙,令各省征求名医。当有几个著名医生,应征入都。诊治后,居然有医方脉案,登录官报。实在光绪帝并没有病,不过悲苦状况,比生病还要厉害。医生视病时,又由太后监视,拜跪礼节,繁重得很,已弄得头昏脑晕,还有甚么诊视心思?况医生视病,不外"望闻问切"四字,到了这处,四字都用不着。临诊时不好仰视,第一个"望"字,是抹掉了。屏气不息,系臣子古礼,医官何得故违?第二个"闻"字,又成没用。医官不能问皇帝病,只由旁人代述,第三个"问"字,也可除去。名为切脉,实是用手虚按,不敢略

重,寸关尺尚不可辨,何况脏腑内的病症?第四个"切"字,有什么用处?诸名医视病后,未免得了贿赂,探出帝病形状,遂模模糊糊地写了脉案,开了医方,把无关痛痒的药味,写了几种,上呈军机处转奏帝前,也不知光绪帝曾否照服,这也不在话下。

只是海内的舆论,儒生的清议,已不免攻击政府,隐为光绪帝呼冤。有几个胆大的,更上书达部,直问御疾。一手不能掩天下目,奈何?其时上海人经元善,夙具侠忱,联络全体绅商,颁发一电,请太后仍归政皇上,不必以区区小病,劳动圣母。倘不速定大计,恐民情误会,一旦骚动,适召外人干涉,大为可虑。这样激烈的话头,确是得未曾有,到了太后眼中,顿时大怒,降旨严斥。还有密旨令江苏巡抚拿办。元善恰预先趋避,走匿澳门。太后又密电各省督抚下询废立事宜。两江总督刘坤一守正不阿,首先反对。高冈鸣凤。各督抚遂多半附和。各国使臣闻着这信,亦仗义力争,于是二十多年的光绪帝,实际上虽已失政,名义上尚具尊称。太后还欲临幸天津,考察租界情形,兼备游览,经荣禄力阻,乃收回天津阅操的成命。召荣禄入都,授军机大臣,节制北洋军队,兼握政治大权。直隶总督一缺,着裕禄出去补授。隐伏拳匪祸乱。太后遂与荣禄商议,处置维新党事,荣禄力主严办,遂由刑部提出杨深秀、谭嗣同等六人,严加审讯,六人直供不讳,又在康寓中抄出文件甚多,无非攻讦太后隐情。六人寓中,亦有排议太后

案件。太后闻报,非常震怒,不待刑部复奏,已将六人处斩,并于次日借帝名下谕道:

近因时事多艰,朝廷孜孜图治,力求变法自强,凡所设施,无非为宗社生民之计。朕忧勤宵旰,每切兢兢,乃不意主事康有为,首创邪说,惑世诬民,而宵小之徒,群相附和,乘变法之际,隐行其乱法之谋,包藏祸心,潜图不轨。前日竟有纠约乱党,谋围颐和园,劫制皇太后,陷害朕躬之事,幸经觉察,立破奸谋。又闻该乱党私立保国会,言保中国不保大清,其悖逆情形,实堪发指。

朕恭奉慈闱,力崇孝治,此中外臣民之所共知。康有为学术乖僻,其平日著述,无非离经叛道,非圣无法之言。前因讲求时务,令在总理各国事务衙门章京上行走,旋令赴上海办理官报局,乃竟逗留辇下,构煽阴谋,若非仰赖祖宗默佑,洞烛几先,其事何堪设想?康有为实为叛逆之首,现已在逃,着各省督抚一体严密查拿,极刑惩治。举人梁启超与康有为狼狈为奸,所著文字,语多狂谬,着一并严拿惩办。康有为之弟康广仁及御史杨深秀、军机章京谭嗣同、林旭、杨锐、刘光第等,实系与康有为结党,阴图煽惑,杨锐等每于召见时,欺蒙狂悖,密保匪人,实属同恶相济,罪大恶极。前经将各该犯革职,拿交刑部讯究,旋有人奏,若稽时日,恐有中变,朕熟思审虑,该犯等情节较重,难逃法网,倘语多牵涉,恐致株累,是以未俟覆奏,于昨日谕令将该犯

等即行正法。此事为非常之变，附和奸党，均已明正典刑，康有为首创逆谋，罪恶贯盈，谅亦难逃法网。现在罪案已定，允宜宣示天下，俾众咸知。

我朝以礼教立国，如康有为之大逆不道，人神所共愤，即为覆载所不容。鹰鹯之逐，人有同心。至被其诱惑，甘心附从者，党类尚繁，朝廷亦皆察悉，朕心存宽大，业经明降谕旨，概不深究株连。嗣后大小臣工，务当以康有为为炯戒，力扶名教，共济时艰，所有一切自强新政，骨关国计民生，不特已有者，亟应实力举行；即尚未兴办者，亦当次第推广，于以挽回积习，渐臻上理，朕实有厚望焉。将此通谕知之！

看官读这上谕，似除六人正法，严拿康梁外，不再株连，并言新政亦拟续行，表面上很是明恕，不想假名的上谕，又是联翩直下。尚书李端棻，侍郎张荫桓、徐致靖，御史宋伯鲁，湘抚陈宝箴，或因滥保匪人，或因结连乱党，轻罪革职，重罪充军，及永禁官报，罢撤小学，规复制艺，撤销经济特科，所有各种革新机关，一概反旧，这便是戊戌政变，百日维新的结果。后人推谭嗣同等六人，为杀身成仁的六君子，并有诗吊他道：

不欲成仁不杀身，
浏阳千古死犹生。
即人即我机参破，
斯溺斯饥道见真。
太极先天周茂叔，
三闾继述楚灵均。
洞明孔佛耶诸教，

出入无遮此上乘。
东汉前明殷鉴在，
输君巨眼不推袁。
爱才岂竟来黄祖，
密诏曾闻讨阿瞒。
十日君恩嗟异数，
一朝缇骑遍长安。
平戎三策何多事？
抔土今还湿未干。

太后既尽除新党，力反新政，遂貌托镇静，安定了一年。这一年内所降谕旨，不是说母子一体，就是说母子一心，再加几句深仁厚泽的套语，抚慰百姓。百姓倒也受他笼络，没甚变动。

不意到光绪二十五年十二月中，竟立起大阿哥溥儁来，究竟是何理由，待至下回再说。

维新诸子之功过，已见上回总评。至若慈禧太后之所为，一经叙述，并未周内深文，而已觉强悍泼辣，仿佛吕武，非经绅商之电争，江督之抗议，各国使臣之反对，几何而不如吕后之私立少帝，武后之擅废中宗也。夫慈禧以英明称，初次垂帘，削平大难，世推为女中尧舜，胡为历年愈久，更事益多，反不顾物议，倒行逆施若此？意者其亦由新党之过于操切，激之使然乎？密谋被发，全局推翻，幸则窜迹海邦，不幸则杀身燕市，自危不足，且危及主上，危及全国，操切之害，一至于此，吾不能为维新诸子讳矣！

## 第八十八回　立储君震惊七鬯　信邪术扰乱京津

却说大阿哥溥儁，系道光帝曾孙，端郡王载漪的儿子，虽与光绪帝为犹子行，然按到支派的亲疏，论起继承的次序，溥儁不应嗣立。且光绪帝年方及壮，何能预料他没有生育，定要立这储君？就使为同治帝起见，替他立嗣，当时何不早行继立，独另择醇王子为帝呢？这等牵强依附的原因，无非为母子生嫌而起。慈禧后三次训政，恨不得将光绪帝立刻去，只因中外反对，不能径行，没奈何勉强含忍，蹉跎了一载光阴。但心中未免随时念及，口中亦未免随时提起。端郡王载漪本没有什么权势，因太后疏远汉员，信任懿亲，载漪便乘间幸进。他的福晋，系阿拉善王女儿，素善词令，其时入直宫中，侍奉太后，太后游览时，常亲为扶舆，格外讨好，遂得太后宠爱。溥儁年方十四，随母入宫，性情虽然粗暴，姿质恰是聪敏。见了太后，拜跪如礼，太后爱他伶俐，叫他时常进来，随意顽耍，因此溥儁亦渐渐得宠。载漪趁这机会，觊觎非分，一面嘱妻子日日进宫，曲意承欢，一面运动承恩公崇绮及大学士徐桐、尚书启秀。

崇绮自同治后崩后，久遭摈弃，闲居私第，启秀希望执政，徐桐思固权位，遂相与密议，定了一个废立的计策，想把溥儁代光绪帝。利欲薰心，不遑他顾。只因朝上大权，统在荣禄掌握，若非先为通意，与他联络，断断不能成事。当下推启秀为说客，往谒荣第，由荣禄迎入。寒暄甫毕，启秀请密商要事，荣禄即导入内厅，屏去侍从，便问何事待商？启秀便与附耳密谈如此如此，这般这般，荣禄大惊，连忙摇首。启秀道："康党密谋，何人先发？太后圣寿已高，一旦不测，当今仍出秉政，于公亦有不利。"荣禄踌躇一会，其心已动。随道："这事总不能骤行。"启秀又道："伊霍功勋，流传千古，公位高望重，言出必行，此时不为伊霍，尚待何时？"先以祸怵之，后以利动之，小人真善于措词。荣禄道："这般大事，我却不能发难。"启秀道："崇、徐二公，先去密疏，由公从旁力赞，何患不成?"荣禄还是摇首,半晌才道:"待吾细思!"启秀道:"崇、徐二公,也要前来谒候。"荣禄道:"诸公不要如此卤莽,倘或弄巧成拙,转速大祸。崇、徐二公亦不必劳驾,容我斟酌妥当,自当密报。"启秀随即告别,回报崇、徐二人,崇、徐仍乘舆往见荣禄。到了荣第,门上出来挡驾,怏怏退回。又与启秀商议道:"荣中堂不肯见从,如何是好?"启秀道:"荣中堂非没有此心,只是不肯作俑,二公如已决计,不妨先行上疏,就使太后不允,也决不至见罪,何虑之有?"是夕,二人遂密具奏折,次晨入朝,当即呈递。

退朝后,太后览了密奏,即召诸王大臣入宫议事。太后道:"今上登基,国人颇有责言,说是次序不合,我因帝位已定,不便再易,但教他内尽孝思,外尽治道,我心已可安慰。不料他自幼迎立,以至归政,我白费了无数心血,他却毫不感恩,反对我种种不孝,甚至与南方奸人,同谋陷我,我故起意废立,另择新帝,这事拟到明年元旦举行。汝等今日,可议皇帝废后,应加以何等封号?曾记明朝景泰帝,当其兄复位后,降封为王,这事可照行否?"诸王大臣面面相觑,不发一言。独大学士徐桐挺然奏道:"可封为昏德公。从前金封宋帝,曾用此号。"丧心之言。太后点头,随道:"新帝已择定端王长子。端王秉性忠诚,众所共知,此后可常来宫中,监视新帝读书。"端王闻了此语,比吃雪还要凉快,方欲磕头谢恩,忽有一白发苍苍的老头子叩首谏道:"这事还求从缓!若要速行,恐怕南方骚动。太后明睿,所择新帝,定必贤良,但当待今上万岁后,方可举行。"太后视之,乃是军机大臣大学士孙家鼐,陡然变色,向孙道:"这是我们一家人会议,兼召汉大臣,不过是全汉大臣体面,汝等且退!待我问明皇帝,再宣谕旨。"王大臣等遵旨而退。独端王怒目视孙,大有欲得甘心的形状,孙即匆匆趋出,于是端王等各回邸中。

是时荣禄尚在宫内,将所拟谕旨,恭呈御览。太后瞧毕,便问荣禄道:"废立的事情,究属可行不可行?"荣禄道:"太后要行便行,谁敢说是不可。但上罪不明,外国公使,恐硬来干涉,这是不可不慎!"太后道:"王大臣会议时,你何不早说?现在事将暴露,如何是好?"荣禄道:"这也无妨,今上春秋已盛,尚无皇子,不如立端王子溥㒞为大阿哥,继穆宗后,抚育宫中,徐承大统,此举才为有名,未知慈意若何?"太后沉吟良久,方道:"我言亦是。"遂于十二月二十四日,召近支王贝勒、御前大臣、内务府大臣、南上两书房翰林、各部尚书,齐集仪鸾殿。景阳钟响,太后临朝,光绪帝亦乘舆而至,至外门下舆,向太后拜叩。太后召帝入殿,帝复跪下,诸王公大臣等仍跪在外面。太后命帝起坐,并召王公大臣皆入,共约三十人,太后宣谕道:"皇帝嗣位时,曾颁懿旨,俟皇帝生有皇子,过继穆宗为嗣,现在皇帝多病,尚无元嗣,穆宗统系,不便虚悬,现拟立端王子溥㒞为大阿哥,承继穆宗,免致虚

清史演义

## 第八十八回 立储君震惊七耄 信邪术扰乱京津

位。"言至此，以目视光绪帝道："你意以为是否？"光绪帝哪敢多说，只答"是是"两字。随命荣禄拟旨，拟定后，呈太后阅过，发落军机，次日颁发。太后即命退朝，翌晨即降旨道：

朕冲龄入承大统，仰承皇太后垂帘训政，殷勤教诲，巨细无遗，迨亲政后，正际时艰，亟思振奋图治，敬报慈恩，即以仰副穆宗毅皇帝付托之重。乃自上年以来，气体违和，庶政殷繁，时虞丛脞，惟念宗社至重，前已吁恳皇太后训政。一年有余，朕躬总未康复，郊坛宗庙诸大祀，不克亲行。值兹时事艰难，仰见深宫宵旰忧劳，不遑暇逸，抚躬循省，寝食难安。敬溯祖宗缔造之艰难，深恐勿克负荷，且入继之初，曾奉皇太后懿旨，俟朕生有皇子，即承继穆宗毅皇帝为嗣。统系所关，至为重大，忧思及此，无地自容。诸病何能望愈，用再叩恳圣慈，就近于宗室中，慎简贤良，为穆宗毅皇帝立嗣，以为将来大统之畀。再四恳求，始蒙俯允，以多罗郡王载漪之子溥儁，继承穆宗毅皇帝，钦承懿旨，欣幸莫名。谨敬仰遵慈训，封载漪之子为皇子，将此通谕知之。

旨下后，大阿哥入居青宫，仍辟弘德殿，命崇绮充师傅，徐桐充监管。大阿哥不喜读书，只有两只洋狗，是他所钟爱，入宫第二日，即带了进去，有识的人，已料他是不终局了。只大阿哥正位青宫，端王权力，从此益大。徐桐、刚毅、启秀等，极力赞助，遂闯出一场古今罕有的奇祸。看官！你道是什么祸祟？便是拳匪肇乱，联军入京，两宫出走，城下乞盟，订约十数款，偿金数百兆，弄得清室衰亡，中国贫弱，一点儿没有生气。说将起来，正是伤心！小子未曾下笔，身已气得发颤，泪已落了无数，若使贾太傅、陈同甫一班人物，犹在此时，不知要痛哭到哪样结果？愤激到甚么地步？拳匪之祸，关系中国兴亡，故不得不慨乎言之。

话休叙烦，待小子细细表明。拳匪起自山东，就是白莲教遗孽。本名梅花拳，练习拳棒，捏造符咒，自称有神人相助，枪炮不能入。山东巡抚李秉衡，人颇清廉，性质顽固，闻得拳匪勾结，他却不去禁阻，反许聚众练习。秉衡奉调督川，继任的名叫毓贤，乃是一个满员，比秉衡还要昏谬，竟视拳匪为义民，格外优待。因此拳匪遂日盛一日，蔓延四境。当中东开战的时候，直隶、山东异常恐慌，官商裹足，人民迁徙，未免有荡析流离的苦趣。到了马关约成，依然无恙，官商人等，方渐渐安集。适天津府北乡，开挖支河，掘起一块残碑，字迹模糊，仔细辨认得二十字，略似歌诀，其文道："这苦不算苦，二四加一五。满街红灯照，那时才算苦。"众人统莫名其妙。及拳匪起事，碑文方有效验。难道真有天数么？拳匪中有两种技艺，一种叫作金钟罩，一种叫作红灯照。金钟罩系是拳术，向来习拳的人，有这名号，说是能避刀兵。只红灯照的名目，未经耳闻，究竟红灯照是什么技术？原来红灯照中，统是妇女，幼女尤多。身着红衫裤，挽双丫髻，年长的或梳高髻，左手持红灯，右手持红巾及红色折扇,先择静室习踏空术,数日术成,持扇自煽,说能渐起渐高,上蹑天空,把灯掷下,便成烈焰。时人多信为实事,几乎众口一词,各称目睹,其实统是谣传。所造经咒,尤足令人一噱。"唐僧、沙僧、八戒、悟空"八字,乃是无上秘诀。八字念毕,猝然倒地,良久乃起,即索刀械,捏称齐天大圣等附体,跳跃而去。又有几个,说是杨香武、纪小唐、黄飞虎附身,怪诞绝伦,不值一辩。偏偏这巡抚毓贤,尊信得很。

毓贤本系端王门下走狗,趋炎附热,得放东抚,他即密禀端王,内称:"东省拳民,技术高妙,不但刀兵可避,抑且枪炮不入。这是皇天隐佑大阿哥,特生此辈奇材,扶助真主,望王爷立即招集,令他保卫宫禁,预备大阿哥即真"等语。端王接禀,喜欢得了不得,暗想太后不即废立,实是怕洋人干涉,若得这种拳民保护,便可驱逐洋人,那时大阿哥稳稳登基,自己好作太上皇,连慈禧后都可废掉,何况这光绪帝呢?如见肺肝。便即入宫告知太后。太后起初不信,援述张角、孙恩故事,拒驳端王。若说是立刻轻信,便不成为通文达史的慈禧后!端王道:"老佛爷明见千里,钦佩莫名!但据抚臣毓贤密报,的确是真。毓贤心性忠厚,或不至有欺罔等情。奴才愚见,不如饬直督裕禄,招集拳民数十人,先行试验。果有异术,然后添募,选择忠勇诸徒,送到内廷供奉,传授侍卫太监,将来除灭洋人,报仇雪恨,老佛爷得为古今无二的圣后,奴才等亦得叨附骥常,宁不甚妙?"太后闻他说得天花乱坠,不由得不动心,便道:"这语也是有理,就饬裕禄查明真伪便了。"误入迷途,可恨可叹。

端王退出,即命军机拟旨,密饬裕禄招集拳民,编为团练,先行试办。裕禄与端王又是一鼻孔出气,忙行文到山东咨照毓贤,毓贤即将大队拳民送至,由裕禄一一试验,只见他个个强壮,人人精悍,红巾红带,挥拳如筹。惟枪炮有关性命,不便轻试,只好模糊过去。便令设立团练局,居住拳民,竖起大旗一面,旗中大书"义和团"三字。拳民辗转勾引,逐渐传授,不数月间,居然聚成数万,裕禄竟当他作十万雄师。光绪二十六年春,山东直隶一带,已成拳匪世界。

在天津的匪首,第一个叫做王德成,第二个叫做曹福田,第三个叫做张德成。王自称老师傅,曹称大师兄,张称二师兄,其余还有许多首领,叙不胜叙。团练局中,不敷居住,遂分居庙宇。庙宇又不足,散入民宅。令家家设坛,人人演教。见有姿色妇女,强迫她们习红灯照,日间阳令学习,夜间恣意奸淫。令人发指。又姘识津门土娼,推了一个淫妓为红灯照女首领,托名黄莲圣母,能疗团民伤痛。这位糊涂昏瞆的裕制军,闻圣母到津,竟朝服出迎,恭恭敬敬地接入署内,向她参拜。圣母傲然上坐,绝不少动。制军行礼毕,由团民簇拥出署,入神庙中,仿佛如城隍娘娘一般,上供神食,黄幔低垂,红烛高烧,一班愚民,跪拜拥挤,几乎没有插

## 第八十八回  立储君震惊七鬯  信邪术扰乱京津

足地。圣母以下，又有三仙姑、九仙姑等，年纪统不过二十岁上下，面上各带妖态，其实多是平康里中人物。后来津城失陷，圣母仙姑，都不知去向，大约已升入仙班去了。涉笔成趣。

天津拳匪，越聚越多，寻至四散，于是涞水戕官的警报，接沓而来。涞水县有天主教堂，招收教徒，某乡民与教徒涉讼，始终不胜，挟嫌成仇，适拳匪散入涞水，即在某乡民家，招众习拳。某乡民想藉他势力，报复教徒，教徒也预防祸害，密禀涞水县官。县官祝芾据情详报大宪，由大宪札复，说是愚民无知，不必剿捕，日久自当解散。祝大令奉了此札，自然不敢剿办。旋经教士再四禀恳，又经领事照会人吏，乃由省中派出杨副将福同，率领马步兵数百人，到场弹压。杨尚未到，拳匪已号召徒党，围住教堂，攻进大门，见人便杀，不论男女长幼，统是乱刀齐下，砍成肉酱。霎时间火焰冲霄，尸骨塞路。拳匪手舞足蹈，欢声雷动。适杨副将兼程驰到，先用劝谕手段，令他抛弃兵械，便是良民。拳匪不从，各执刀枪相向。官兵仅执空枪，未及装弹，只得退后数步。不料拳匪纠众直上，乱击乱刺，杨副将饬兵士装弹，弹一装好，枪声齐发，拳匪多应声倒毙，当即溃散。既曰枪炮不入，何故应声倒毙？次日，杨副将率兵进剿，又毙拳匪数十名。匪徒到处号召，分途四伏，用了诱敌的计策，引杨入伏。杨副将身先士卒，冒险直进，经过好几个村落，树尽匪起，蜂拥而来。杨副将连忙抵敌，不料马惊踣地，把杨副将掀翻地上，匪徒乘势乱戮，眼见得一位协戎，死于非命。官军失了主将，自然奔回。拳匪得胜，越加骄横，蔓延各处。裕禄不得已奏闻，朝旨虽令严拿首要，解散胁从，暗中恰饬直督妥为安插，并令协办大学士刚毅及顺天府尹兼军机大臣赵舒翘，出京剿办。

刚毅、赵舒翘到了涿州，正值涿州地方官缉捕拳匪，拿住数人。刚毅即命放还，赵舒翘亦不敢多嘴，随同附和。当由刚毅带了许多拳匪，回到京师。二人入朝复旨，请太后信任义和团，用为军队，抵制洋人，断不至有失败等事。总管太监李莲英也在内竭力赞助，屡述义和团神奇。六十多岁的老太后，至此遂误入迷团，变成守旧党的傀儡。只大学士荣禄，独说义和团全系虚妄，就使有小小灵验，亦系邪术，万不可靠，屡将此意禀白太后。怎奈太后左右，统是端王党羽，满口称赞义和团，单有荣禄一人反对，彼众我寡，哪里还能挽回？太后又令端王管辖总理衙门，启秀为副，对付交涉。庄王载勋、协办大学士刚毅，统率义和团，准备战守。于是京城里面，来来往往，无非拳匪，骚扰得了不得。

是时京畿设武卫前后左右四军，由宋庆、聂士成、马玉昆、董福祥四人分领。董福祥本甘肃巨匪，经左宗棠收抚后，超擢甘肃提督，调入内用，统带武卫后军，驻扎蓟州。董军部下，纯系甘勇，董又一粗莽武夫，受端王暗中笼络，命他率军入卫。看官！你想此时的拳匪，已是横行京都，肆无忌惮，又加那一班轻躁狂妄，毫无纪律的甘勇，成群结队，驱入京中，这京城还能安静么？当下毁铁路，拆电线，捣洋房，纷纷扰扰，闹个不休。并拥到正阳门内东交民巷，把各国公使馆，团团围住，镇日攻打。各公使拼命防守，一面咨照总署，严词诘问。总署已归端王管理，所有洋人公文，简直不理。正阳门内外，被焚千余家，独使馆仍岿然存在，不被攻入。一个使馆尚不能攻入，还想抵制联军，煞是可笑。清廷还要降旨，嘉奖拳民及甘勇，拳匪越加得势，甘勇也越发胡行。

那个意气扬扬的端郡王，坐在总署，只望攻入使馆的捷音，忽报日本使馆书记官杉山彬被甘勇杀死永定门外，端王大叫道："杀得好，杀得好。"随又报德国公使克林德男爵拟来总署，途次由拳民击毙，端王喜极，又连声叫道："好义民！好义民！"正在说着，由外面递进一角紧急公文，乃直督裕禄所发。端王拆开一瞧，皱了皱眉，与启秀密谈数语，遂入宫奏报太后。太后道："洋人真是可恶，联络八国，来索大沽炮台，这事倒不易处置。"端王道："有这班义民效力，还怕什么洋鬼子？请太后即降旨宣战便了。"太后迟疑未决，端王道："这事已成骑虎，万难再下。老佛爷若瞧着外交团照会，就要不战，也是不能。"太后道："什么照会？"端王道："奴才已着启秀进呈，在门外恭候懿旨。"太后立命宣入，启秀行过了礼，即把照会呈上。太后不瞧犹可，瞧了一瞧，不觉大怒，把照会一掷，起座拍案道："他们怎么敢干涉我的大权？这事可忍，何事不可忍？我也顾不得许多了。拼死一战，比受他们的欺侮，还强得多哩。"随命端王启秀，预召各王大臣，于明晨会议仪銮殿，二人唯唯退出。看官！你道这照会中是甚么言语，激怒太后？小子探听明白，乃是端王嘱启秀假造出来，内说："要太后归政，把大权让还皇帝，废大阿哥，并许洋兵一万入京。"太后不辨真伪，因此大怒，决意主战。正是：

　　既不知己，又不知彼；
　　以一敌八，何往不殆？

欲知王大臣会议情形，俟至下回续叙。

端王不见用，则大阿哥不立，大阿哥不立，则亦无拳匪之乱。拳匪系白莲教余孽，种种荒诞，稍有识者，即知虚妄，宁以聪明英毅之慈禧后，独见不及此？就令一时误听，偶信邪言，而最蒙亲信之荣禄，再三谏阻，则应亦幡然悔悟，胡为始终不悛，长此执迷乎？盖一念之误，在憎光绪帝，再念之误，在爱大阿哥，爱憎交迫，憧憧往来，于是聪明英毅之美德，均归乌有，而为端王辈所播弄，开古今未有之大祸，斯即欲为慈禧讳，要亦无能讳矣。诗曰："哲妇倾城"。妇既哲矣，何故有倾城之祸？观于此而始知诗言之非诬也。

## 第八十九回　袒匪殃民联军入境
　　　　　　　见危授命志士成仁

　　却说清廷会议这一日，军机大臣世铎、荣禄、刚毅、王文韶、启秀、赵舒翘皆到。天色将明，太后独御仪鸾殿，垂询开战事宜。荣禄含泪跪奏道："中国与各国开战，原非由我启衅，乃是各国自取；但围攻使馆，决不可行，若照端王等主张，恐怕宗庙社稷，俱罹危险。且即杀死使臣数人，也不能显扬国威，徒费气力，毫无益处。"太后怒道："你若执定这个意见，最好是劝洋人赶快出京，免至围攻，我不能再压制义和团了。你要是除这话外，再没有别的好主意，可即退出，不必在此多话。"荣禄叩头而退。启秀由靴中取出所拟宣战谕旨，进呈慈览。太后随阅随语道："很好，很好！我的意思，也是这样。"又问各军机大臣是否同意，军机大臣不敢异言，都说："诚如圣意。"

　　太后乃入宫早膳，约过一二小时，复御勤政殿，召见各王公。光绪帝亦到，候太后轿至，跪接而入。端王载漪、庆王奕劻、庄王载勋、恭王溥伟、醇王载澧、贝勒载濂、载滢及端王弟载澜、载瀛，并军机大臣，六部满汉尚书，九卿，内务府大臣，各旗副都统，黑压压的挤满一殿。饭桶何多。但听太后厉声道："洋人此次侮我太甚，我不能再为容忍。我始终约束义和团，不欲开衅，直至昨日看了外交团致总理衙门的照会，竟敢要我归政，才知此事不能和平解决。皇帝自己承认不能执掌政权，外国何得干预？现在闻有外国兵舰，驶至大沽，强索大沽炮台，无礼已极，如何忍耐得住？诸下大臣等如有所见，不妨直陈！"言毕，坐待了好一歇，不见有什么奏请。太后又侧视光绪帝，问他意见。光绪帝迟疑良久，方说："请圣母听荣禄言，勿攻使馆，应即将各国使臣，送至天津。"言至此，仰瞻太后容貌，已是略变。太后后面站着李莲英，好像护法韦驮，威棱四射。光绪帝不禁震慑，回看各王公，正对着端王眼光，仿佛如恶煞神一般，非常凶悍，吓得战战兢兢，急回脸禀太后道："这乃最大的国事，不敢决断，仍请太后作主。"做这种皇帝，实是可悯。太后不答。

时赵舒翘已升任刑部尚书。当即上奏,请明发上谕,灭除内地洋人,免作外国间谍,泄露军情。太后命军机大臣斟酌复奏。于是兵部尚书徐用仪、户部尚书立山、吏部左侍郎许景澄、内阁学士联元、太常寺卿袁昶,依次进谏,统说:"与世界各国宣战,寡不敌众,必至败绩。外侮一人,内乱随发,后患不堪设想,恳求皇太后皇帝圣明裁断"等语。袁昶并言:"臣在总理衙门当差二年,见外国人多和平讲礼,不致干涉中国内政。据臣愚见,请太后归政的照会,未必是真。"这句话,正打动端王心坎,即勃然变色,斥袁昶道:"好胆大的汉奸,敢在殿中妄说!"随又向太后道:"老佛爷肯听这汉奸的说话么?"太后命袁昶退出,并责端王言语暴躁,不应面辱廷臣。面辱不可,擅杀其可乎?随命军机颁发宣战的谕旨,电达各省,又令荣禄明白通知各使,如愿今晚离京,即应派兵保护,妥送至津。各王公陆续退出,只端王及弟载澜,尚留殿中,奏对多时,大约是密陈战术,外人无从闻知,小子亦无从臆造。

只许、袁二公自退朝后,又联衔上奏,极陈拳匪纵横恣肆,放火杀人,激怒强邻,震惊宫阙,实属罪大恶极,万不可赦。请责成大学士荣禄,痛行剿办,并悬赏缉获拳匪首领,务绝根株,然后可阻住洋兵,削平巨患。正是语语剀切,言言沈挚。奏上后,好似石投大水,毫无影响,此外都作仗马寒蝉;许、袁二公不胜焦灼,方拟续上谏章,忽闻外省督抚,亦通电力阻,因此暂行搁笔,再探宫廷消息。

看官!你道外省督抚,是哪个最识时务?最矢忠忱?待小子一一表来:原来这时的山东巡抚毓贤已调任山西,后任便是袁世凯。世凯知拳匪难恃,决意痛剿,只因端王等袒护拳匪,不好违背,他却想了一个妙法,札饬属吏,略说:"真正拳民,已赴京保卫宫廷,若留住本省,练拳设坛,必是匪徒冒托,应立惩无赦!"于是山东省内文武各官,日夕搜捕,所有拳匪,死的死,逃的逃,不到数日,全省肃清。此公恰是多材。还有两广总督李鸿章,老成练达,他自中东战后,调入内阁,做个闲官,因见溥儁入嗣,端王专权,宫中必生乱端,将来左右为难,不如讨个差使,离开宫禁,免致牵连。天缘凑巧,两广总督谭钟麟开缺,他正好乘机运动,果然得旨外放,补授粤督,权势自然不弱。此公恰是多智。又有一个总督张之洞,文采风流,善观时势,朝野想望丰采,也算是总督中的翘楚。此公实是狡猾。这三省外,最忠诚的要算两江总督刘坤一。刘系湖南人,洪杨乱时,曾随曾、左、彭、杨诸人,屡立战功。曾、左、彭、杨次第病殁,单剩他管辖两江,与李伯相同为遗老。光绪帝未遭废立,全亏他倡议保全,这番闻拳匪肇乱,已经愤激万分。一日,正在签押房阅视文书,忽由京中传到电报,急忙译出,低声读道:

我朝二百数十年深仁厚泽,凡远人来中国者,列祖列宗,罔不待以怀柔。

## 第八十九回 祖匪殃民联军入境 见危授命志士成仁

迨道光、咸丰年间，俯准彼等互市，并乞在我国传教，朝廷以其劝人为善，勉允所请。初亦就我范围，遵我约束，讵料三十年来，恃我国仁厚，一意姑循，乃益肆枭张，欺凌我国家，侵犯我土地，蹂躏我人民，勒索我财物，朝廷稍加迁就，彼等负其凶横，日甚一日，无所不至。小则欺压平民，大则侮慢神圣，我国赤子，仇怨郁结，人人欲得而甘心。此义勇焚烧教堂，屠杀教民所由来也。

读至此，不禁失色道："这等乱民，还说他是义勇，真正奇怪！"随又读道：

朝廷仍不开衅，如前保护者，恐伤我人民耳。故再降旨申禁，保卫使馆，加恤教民，故前日有释民教民，皆我赤子之谕，原为民教解释宿嫌，朝廷柔服远人，至矣尽矣。乃彼等不知感激，反肆要挟，昨日公然有杜士立照会，令我退出大沽口炮台，归伊看管，否则以力袭取，危词恫喝，意在肆其猖獗，震动畿辅。平日交邻之道，我未尝失礼于彼，彼自称教化之国，乃无礼横行，专恃兵坚器利，自取决裂如此乎？朕临御将三十年，待百姓如子孙，百姓亦戴朕如天帝，况慈圣中兴宇宙，恩德所被，浃体沦肌，祖宗凭依，神祇感格，旷代所无。朕今涕泣以告先庙，慷慨以誓师徒，与其苟且图存，贻羞万古，孰若大张挞伐，一决雌雄？

读到这句，又大惊道："阿哟！不好了！竟要同各国开战么，这事还当了得。"随即停住读声，一目瞧下：

连日召见大小臣工，询谋金同。近畿及山东等省义兵，同日不期而集者，不下数十万人，下至五尺童子，亦能执干戈，卫社稷。彼尚诈谋，我恃天理；彼凭悍力，我恃人心。无论我国忠信甲胄，礼义干橹，人人敢死，即土地广有二十余省，人民多至四百余兆，何难翦彼凶焰，张国之威？其有同仇敌忾，临阵冲锋，抑或仗义捐资，助益饷项，朝廷不惜破格悬赏，奖励忠勋。苟其自外生成，临阵退缩，甘心从逆，竟作汉奸，即刻严诛，决无宽贷。尔普天臣庶，其各怀忠义之心，共泄神人之愤，朕实有厚望焉！钦此。

阅毕，叹息一会，即令办理折奏的老夫子，先拟电稿，后拟奏折，统是力阻战事，次第拜发。一面分电各省督抚，详询意见，经李鸿章、张之洞、袁世凯等复电，都说："拳匪难恃，不应开战，已发电谏阻。"刘制军稍稍放心。忽闻大沽炮台失守，罗提督荣光逃回天津，警报如雪片相似，拟再上书极谏；适前川督李秉衡奉旨巡阅长江，亦电复到来，大致与各督抚相同，接连又来了北京电报，译出后，又有一道催办兵饷的上谕。其辞道：

昨已将团民仇教，剿抚两难，及战衅由各国先开各情形，谕李鸿章、李秉衡、刘坤一、张之洞矣。尔各督抚度势量力，不欲轻搆外衅，诚老成谋国之道。无如此次义和团民之起，数月之间，京城蔓延已遍，其众不下数十万，自民兵以至王公府第，处处皆是，同声与洋教为难，势不两立。剿之则即刻祸起肘腋，生灵涂炭，只合徐图挽救。奏称:"信其邪术以保国",似不谅朝廷万不得已之苦衷。尔各督抚知内乱如此之急,必有寝食难安,奔走不遑者,安肯作一面语耶?此乃天时人事,相激相随,遂至如此。尔各督抚勿再迟疑观望,迅速筹兵筹饷,立保疆土。如有疏失,唯各督抚是问!特此电谕。

刘制军览到此谕,料知朝廷已执意主战,非笔舌可以挽回,就使屡次谏争,也是无益。但北方已经开仗,各国兵舰,必陆续来华,将来游弋海面,东南亦必吃紧,牵动全局,涂炭生灵,在所不免。当下左思右想,苦无良策,正踌躇间,接各国领事来文,都是:"中外开衅,祸由拳匪,洋人在华,仍求保护"等情。刘制军忽然触悟,想出一个保护东南,为民造福的法子来。亏得有此一着。随即电达各督抚商议大计。又由东南各督抚回电,极力赞成,遂由自己倡首,联合李鸿章、张之洞、袁世凯三总督,与各国领事开议,东南一带,决不开战,洋人亦不得无故侵扰。各国领事,统言:"须请命政府,猝难定约。"巧值联军统帅英提督西摩尔,简率轻军,自大沽进攻杨村,被董军及拳匪击退,中国哗传大捷。外人确遭小挫,各国领事未免惊心动魄,遂竭力怂恿政府,与中国东南各督抚定约。此约一定,东南才得安枕。到了后来议和的时节,还可援为话柄,这也是东南不该遭劫,中国不应灭亡,方得此救国救民的好督抚主持大计,这且按下慢表。各省独立之机,亦未始不萌芽于此。

且说各国兵舰,自齐集大沽口后,即索让炮台,提督罗荣光婉词拒绝,洋兵即开炮轰击。罗提督不能守,奔回天津。是时天津一带,统被拳匪蟠据,山东拳匪,为巡抚袁世凯驱逐,亦相率到津,勒民供给,兼索官饷,稍有不从,肆行掳掠。并至紫竹林租界,杀人放火,见有洋行洋房,立即焚毁;并四处张贴俚词,语多不伦不类。有"天兵天将,八月齐降,重阳灭尽洋人,神仙归洞"等语。此等无稽之言,大半为小说所误。各国联军统帅西摩尔登陆驰援,带兵不多,遇着大股拳匪及董福祥部下甘勇,略开战仗,死了几个洋兵,西摩尔以寡众不敌,当即折回。在津拳匪,越发兴高采烈,似乎洋人已被他灭尽。总督裕禄连忙奏捷,朝旨格外褒奖,赏拳匪及甘军银子各十万两。自是兵匪联结,抢夺不休,只有聂提督士成,素嫉拳匪,饬部众不得袒护,拳匪亦仇视聂军。

当战事未开的时候,聂军门驻扎芦台,保护铁路,拳匪拟把铁路烧毁,正在倾浇煤油,沿轨放火,不料聂军门猝至,勒令解散。拳匪佯为听令,乘聂不备,挺刃而起,猛扑聂军。亏得聂军素有纪律,结阵自固。拳匪四面围攻,一匪首猱上电杆,执旗指挥,被聂军门望见,开枪遥击。初击不中,再击,正中匪首股中,颠踣地上。遂有军门亲卫跃马而出,刃及匪首腰际,匪首随仆随起,连受数刃,仍不见毙,卫卒亦惊为神;追至下马追及,猛斫匪首项领,领始随手而落,才知拳匪实无异术,不过与江湖卖艺,稍知运气者相同,这是拳

匪真本领。随即携首返报。拳匪见首领被杀，连忙逃遁，已被聂军击死数百人，拳匪遂恨聂不置。

后来大沽失守，聂奉旨赴津防守，途遇拳匪，各持刀奔至，急驰入督署；拳匪亦直入署中，指名硬索。裕禄先为剖辩，继为缓颊，复邀聂与匪首相见。匪首尚欲挟聂至坛，聂坚持不往，匪首悻悻而去。自此聂军每为拳匪所戕，诉诸裕禄。裕禄阳出排解，暗中恰上疏弹劾，朝命革职留任。聂军愤无可泄，会马提督玉昆随宋庆来津防守，聂入马营诉苦。马玉昆道："君斯时疑谤交乘，只有直前赴敌一法，若能胜敌，原是最妙，否则马革裹尸，也算是以身报国的大丈夫。是非千古，听诸后人。今欲与拳匪争论，实是无益。九重深远，呼吁无闻，请明见裁察！"聂闻言，亦料得进退两难，只好谨遵友教。会闻洋兵又鼓勇杀来，势如破竹，将薄天津城下，遂与母太夫人诀别，命护卫亲校，送太夫人回里，仿佛周遇吉别母。并挥将弁使去。将弁跪请效命。聂军门不禁泪下，随道："我死是分内事，汝等进不死于敌，退必死于匪，既死还被通洋的恶名，汝等何必随我俱尽？"将弁仍不肯去，随聂出营。行了数十里，遇着洋兵前锋，聂已自知必死，当先冲敌，将校随上，勇气百倍，互击了四五时，敌已少却，战颇得手。不防后面喊声大起，枪弹齐飞，聂军道是洋兵掩袭，回首一望，乃是头裹红巾、腰扎红带的拳匪，急呼将校道："汝等杀退拳匪，自行逃生，我死于此便了。"将校牵着马

缰，乞军门回营，军门用刀将马缰割断，冲入敌阵，身中数弹而亡。洋人嘉他勇敢，不忍伤尸，听部卒负归。拳匪反挟刃相向，意欲捽尸万段，方足泄忿。幸亏洋兵赶上，击退拳匪，始得全尸归葬。朝命还说他："督师多年，不堪一试，殊堪痛恨！姑念他为国捐驱，着加恩开复处分，照提督阵亡例赐恤！"这正是冤枉到底呢。

聂军已败，只马玉昆统率数营，扼守京津车道，并令拳匪协力对敌。洋兵节节攻入，拳匪跳舞而前，一遇枪炮，立即反奔，反致冲动官军。官军还要让他归路，否则拳匪且倒戈相向，因此官军越加困难。会马军统带草笠，拳匪指为洋奴。屡向裕禄哓哓，欲与马军开仗，裕禄与马军门婉商数次，不得已将草笠除去。马军门亦愤恨异常，与洋人交战，常拼命相争，愿随聂军门于地下。洋兵见他奋勇，倒也惧怯三分。一日，马军又与洋兵对垒，酣战多时。马军前仆后继，一往无前，把洋兵逼还租界，正拟乘胜追逐，忽东南风大起，暴雨骤下，马军被雨扑面，不能开目，反被洋兵顺风袭击，大半伤亡，只得退回原地。自聂军门阵亡，善阵善战要算马军门部下，亦谨守军法，临敌不避，非义不取，洋兵推为中国名将。这次败挫，全因草笠不戴，无从蔽雨，致为洋兵所乘，伤毙甚众。不特军门痛恨拳匪，即将校也辱骂不止。时宋庆已奉旨节制各军，闻马军败退，已知津城难守，三十六着，走为上着，复檄马军退守北仓，防洋兵北上。马军奉檄退守，

第八十九回　祖匪殃民联军入境　见危授命志士成仁

洋兵遂进薄津城。宋庆本是无能，中日一役，已是可鉴。

裕禄不胜惊慌，忙请拳首商议守御，拳首还说："不妨，已遣神团守护城南，定可无虑。"裕禄深信不疑。至死不变，强哉矫！拳首自去，次日召集匪党，托词开城出战，一出了城，哄然四散。洋兵趁这机会，攻入城南，裕禄尚在署中恭候义民捷音，忽由巡捕入报，洋兵已经入城。裕禄起身便逃，耳中但闻一片枪炮声，吓得心胆俱裂，驰出北门，径投马营。只罗荣光已先服药自尽，天津既陷，联军大振。日本兵最多，计万二千人，俄兵八千人，英美兵各二千五百人，法兵千人，德兵二百五十人，奥兵一百五十人，意兵最少，只五十人。适德国统领瓦德西复率德奥美军继至，联军遂改推瓦德西为统帅，长驱北向。

宫廷中屡闻惊耗，军机大臣还不敢据实奏闻，只端王仗胆入奏道："天津已被洋鬼子占去，都是义和团不肯虔守戒律，以致战败。现闻直督裕禄与宋庆、马玉昆等，退守北仓，洋鬼子颇占势力。但北京极其坚固，鬼子决不能来。"太后怒道："今晨荣禄上奏，据言前日外国照会，现已查出，乃是军机章京连文冲捏造，你同启秀唆使，现在弄到这个地步，你有几个头颅，敢这般大胆？"端王连忙叩头道："奴才不、不敢！"太后道："我今朝才晓得你的心肝了。你想儿子即位，你好监国，这等痴心妄想，劝你趁早罢休！我一天在世，一天没有你做的，放小心点，再不安分，就赶出宫去，家产充公。像你的行为，真配你的狗名！"端王名载漪，乃是犬旁，所以有如此云云。端王自用事以来，从没有太后呵斥，此番是破题儿第一遭，俯伏在地，只是磕头。由内监奏闻太后，报称甘军统领董福祥求见。太后厉色道："叫他进来！"董入内跪下，太后道："你好！你好！从上月起，已来奏过十多次，都说围攻使馆的胜仗，为什么到今朝还不攻破呢？"董福祥答道："臣来求见，正为这事。臣闻武卫军中有大炮，若攻使馆，立即片瓦不留，臣向他索取几回，荣禄立誓不肯借用。并言老佛爷即使有旨，也是不从。请老佛爷速即罢斥荣禄！"太后大怒道："不许说话！你是强盗出身，朝廷用你，不过叫你将功赎罪，象你这狂妄样子，目无朝廷，仍不脱强盗行径，大约活得不耐烦了。快滚出去！以后非奉旨意，不准进来！"董谢恩趋出，太后命速召荣禄，内监奉旨而去。

太后见端王尚是跪着，亦令滚出。端王出宫，正值荣禄趋入，端王在外探听消息，约有两三小时，方闻荣禄出来。当由内监密报，太后令荣中堂速办礼物，送与使馆，并要他转饬庆王，前往慰问。又命调李鸿章补授直督，由荣中堂拟旨电发。连忙回头，已经迟了。端王道："迅雷不及掩耳，真是出人意外。"那密报端王的内监道："还有许侍郎、袁京卿二人，又上疏参劾各大臣，闻连王爷亦被劾在内。"端王闻言，不禁气冲牛斗，大声道："都是这班汉奸，蒙蔽太后，所以太后痛饬我们，我总要

清史演义

## 第八十九回　祖匪殃民联军入境　见危授命志士成仁

杀死了他，才见老子手段。"次晨，已由军机处发出奏稿，端王不待瞧毕，便请徐桐、刚毅、赵舒翘、启秀等密议，定下计策。徐桐等方去，忽报李秉衡进谒，即由端王迎入，谈论间颇为款洽。端王又密嘱周旋，李秉衡应命而退。原来李秉衡应诏勤王，一入北京，把从前袒匪的故态，又流露出来。太后召见时，禀称："愿自赴敌，决一死战。"太后喜甚，大加信任，因此端王托他臂助，秉衡即密奏："许、袁二人，擅改谕旨，从前太后颁发各谕，于待遇洋人事件，杀字统改为保护字样，专擅不臣，应加诛戮。"太后又勃然怒发，斥为赵高复生，应加极刑。这语一传，端王不待奉旨，便令刑部尚书赵舒翘，拿许、袁二人下狱，绝不审讯，即于次日押赴市曹，令刑部侍郎徐承煜监斩，两公都以直谏得祸。袁公文学治术，尤称卓绝，所上奏本，统系袁主稿。后人有诗三章吊之云：

　　八国联兵竟叩阙，
　　知君却敌补青天。
　　千秋人痛晁家令，
　　曾为君王策万全。

　　民言吴守治无双，
　　士道文翁教此邦。
　　黔首青衿各私祭，
　　年年万泪咽中江。

　　西江魔派不堪吟，
　　北宋新奇是雅音。
　　双井半山君一手，
　　伤哉斜日广陵琴。

欲知二公临刑情状，请看官续阅下回。

拳匪乱起，京津涂炭，八国联兵，合从而来，犹逞其一时意气，愤然主战，真令人不可思议。中东之役，以一敌一，尚且全军覆没，乃反欲以一服八耶？就使拳匪果有异术，亦未便轻于尝试，外人并未尝与我启衅，而我乃毁教堂，戕教士，甚至围攻使馆，甚且杀害公使，野蛮已甚，无一合理。证诸有史以来，从未闻有此背谬者。聂、马二军门，良将也，以仇匪而致败，聂且甘心殉难。许侍郎、袁京卿二人，名臣也，以忠谏而致祸，同罹惨刑。丹心未泯，碧血长埋。谁为为之，以至于此？或谓东南督抚，不奉朝命，徒令一隅开战，致陷孤危。是不然。中国孱弱久矣，宁有以一服八之理？且幸得此督抚之反抗，始得障护东南，保全大局，再造之恩，殊不在曾左下。故吾谓清之亡，实皆自满人使之，于汉人无尤焉。

## 第九十回　传谏草抗节留名　避联军蒙尘出走

却说许、袁二公,被刑部饬赴市曹,刑部侍郎徐承煜,系徐桐子,比乃父还要昏愦,至是奉端王命,作监斩官,既到法场,叱褫二公衣。许侍郎道:"未曾奉旨革职,何为褫衣?"承煜不能答。袁京卿道:"我等何罪遭刑?"承煜道:"你乃著名的汉奸,还要狡辩甚么?"袁京卿道:"死也有死的罪名。我死不足惜,只是没有罪证。汝等狂愚,乱谋祸国,罪该万死!我死之后,看汝等活到几时?"又转语许景澄道:"不久即相见地下,将来重见天日,消灭僭妄,我辈自能昭雪,万古留名。"说着,两边已是拳匪环绕,拔刀拟颈。袁京卿亦厉声道:"士可杀不可辱,我辈大臣,自有朝廷国法,何烦汝等动手?"言至此,号炮已发,二公从容就刑。忠臣殉国,谏草流传,参劾通匪各大臣,已是第三次奏章。第一疏已略见上文,第二疏是请保护使馆,万勿再攻;第三疏尤为切直,小子不忍割爱,录出如下:

奏为密陈大臣信崇邪术,误国殃民,请旨严惩祸首,以遏乱源而救危局,仰祈圣鉴事:窃自拳匪肇乱,甫经月余,神京震动,四海响应,兵连祸结,牵掣全球,为千古未有之奇事,必酿成千古未有之奇灾。昔咸丰年间之发匪捻匪,负嵎十余年,蹂躏十数省,上溯嘉庆年间之川陕教匪,沦陷三四省,窃据三四载,当时兴师振旅,竭中原全力,仅乃克之。至今视之,则前数者为手足之疾,未若拳匪为腹心之疾也。盖发匪捻匪教匪之乱,上自朝廷,下自闾阎,莫不知其为匪。而今之拳匪,竟有身为大员,谬视为义民,不肯以匪目之者。亦有知其为匪,不敢以匪加之者。无识至此,不特为各国所仇,且为各国所笑。

查拳匪揭竿之始,非枪炮之坚利,战阵之训练,徒以"扶清灭洋"四字,号召群不逞之徒,乌合肇事,若得一牧令将弁之能者,荡平之而有余。前山东抚臣毓贤,养痈于先,直隶总督裕禄,礼迎于后,给以战具,傅虎以翼。夫"扶清灭洋"四字,试问何从解说?谓

## 第九十回  传谏草抗节留名  避联军蒙尘出走

我国家二百余年深恩厚泽,浃于人心,食毛践土者,思效力驰驱,以答覆载之德,斯可矣。若谓际兹国家多事,时局艰难,草野之民,具有大力,能扶危而为安,扶者倾之对,能扶之即能倾之,其心不可问,其言尤可诛。臣等虽不肖,亦知洋人窟穴内地,诚非中国之利,然必修明内政,慎重邦交,观衅而动,择各国中之易与者,一震威棱,用雪积愤。设当外寇入犯时,有能奋发忠义,为灭此朝食之谋,臣等无论其力量何如,要不敢不服其气概。今朝廷方与各国讲信修睦,忽创灭洋之说,是谓横挑边衅,以天下为儿戏。且所灭之洋,指在中国之洋人而言,抑括五洲之洋人而言?仅灭在中国之洋人,不能禁其续至。若尽灭五洲各国之洋人,则洋人之多于华人,奚啻十倍?其能尽灭与否,不待智者知之。

不料毓贤、裕禄,为封疆大吏,识不及此。裕禄且招揽拳匪头目,待如上宾,乡里无赖棍徒,聚千百人,持义和团三字名帖,即可身入衙署,与该督分庭抗礼,不亦轻朝廷羞当世士耶?静海县之拳匪张德成、曹福田、韩以礼、文霸之、王德成等,皆平日武断乡曲,蔑视官长,聚众滋事之棍徒,为地方巨害,其名久著,土人莫不知之,即京师之人,亦莫不知之。该督公然入诸奏报,加以考语,为录用地步,欺君罔上,莫此为甚。又裕禄奏称:"五月二十夜戌刻,洋人索取大沽炮台屯兵,提督罗荣光,坚却不允,相持至丑刻,洋人竟先开炮攻取,该提督竭力抵御,击坏洋人停泊轮船二艘。二十二日,紫竹林洋兵分路出战,我军随处截堵,义和团分起助战,合力痛击,焚毁租界洋房不少。"臣询由津来京避难之人,佥谓击沉洋船,焚毁洋房,实属并无其事。而我军及拳匪,被洋兵击毙者,不下数万人,异口同声,决非谣传之讹。甚有谓:"二十日洋人攻击大沽炮台,系裕禄令拳匪攻紫竹林先行挑衅"等语。此说或者众怨攸归,未可尽信,而谎报军情,竟与提督董福祥诈称使馆洋人焚杀净尽,如出一辙。董福祥本系甘肃土匪,穷迫投诚,随营战力,积有微劳,蒙朝廷不次之擢,得有今职,应如何束身自爱,仰答高厚鸿慈?乃比匪为奸,形同寇贼,迹其狂悖之状,不但辜负大恩,益恐狼子野心,或生他患。裕禄屡任兼圻,非董福祥武员可比,而竟昏愦乃尔,令人不可思议。要皆希合在廷诸臣谬见,误为我皇太后皇上圣意所在,遂各倒行逆施,肆无忌惮,是皆在廷诸臣欺饰锢蔽,有以召之也。

大学士徐桐,索性糊涂,罔识利害;军机大臣协办大学士刚毅,比奸阿匪,顽固性成;军机大臣礼部尚书启秀,胶执己见,愚而自用;军机大臣刑部尚书赵舒翘,居心狡狯,工于逢迎。当拳匪甫入京师之时,仰蒙召见王公以下,内外臣工,垂询剿抚之策。臣等有以团民非义民,不可恃以御敌,无故不可轻与各国开衅之说进者。徐桐、刚毅等,竟敢于皇太后皇上之前,面斥为逆说。夫使十万横磨剑,果足制敌,臣等凡有血气,何尝不欲聚彼族而歼旃。否则自误以误国,其逆恐不在臣等也。五月间,刚毅、赵舒翘奉旨前往涿州,解散拳匪,该匪勒令跪香,语多诬妄。赵舒翘明知其妄,语其随员人等,则太息痛恨,终以刚毅信有邪术,不敢立异,仅出告示数百纸,含糊了事,以业经解散覆命。既解散矣,何以群匪如毛,不胜狉獉?似此任意妄奏,朝廷盍一诘责之乎?近日天津被陷,洋兵节节进逼,曾无拳匪能以邪术阻令前进,诚恐旬日之间,势将直扑京师。万一九庙震惊,兆民涂炭,尔等作何景象?臣等设想及之,悲来填膺,而徐桐、刚毅等,谈笑漏舟之中,晏然自得,一若仍以拳匪可作长城之恃,盈廷惘惘,如醉如痴。亲而天潢贵胄,尊而师保枢密,大半尊奉拳匪,神而明之。甚至王公府第,闻亦设有拳坛,拳匪愚矣,更以愚徐桐、刚毅等。徐桐、刚毅等愚矣,更以愚王公。是徐桐、刚毅等,实为酿祸之枢纽,若非皇太后皇上,立将首先袒护拳匪之大臣,明正其罪,上伸国法,恐廷臣佥为拳匪所惑,疆臣之希合者,接踵而起,又不止毓贤、裕禄数人。国朝数百年宗社,将任谬妄诸臣,轻信拳匪,为孤注之一掷,何以仰答列祖列宗在天之灵?

臣等愚谓时止今日,间不容发,非痛剿拳匪,无词以止洋兵。非诛袒护拳匪之大臣,不足以剿拳匪。方匪初起时,何尝敢抗旨辱官,毁坏官物?亦何敢持械焚劫,杀戮平民?自徐桐、刚毅等称为义民,拳匪之势益张,愚民之惑滋甚,无赖之聚愈众。使去岁毓贤能力剿该匪,断不至为蔓延直隶,使今春裕禄能认真防堵,该匪亦不至阑入京师。使徐桐、刚毅等,不加以义民之称,该匪尚不敢大肆焚掠杀戮之惨。推原祸首,罪有攸归,应请旨将徐桐、刚毅、赵舒翘、启秀、裕禄、董福祥、毓贤,先治以重典,其余袒护拳匪,与徐桐、刚毅等谬妄相若者,一律治以应得之罪。不得援议亲议贵,为之末减,庶各国恍然于从前纵匪肇衅,皆谬妄诸臣所为,并非朝廷本意。弃仇寻好,宗社无恙,然后诛臣等以谢徐桐、刚毅诸臣。臣等虽死,当含笑入地。无任流涕具陈,不胜痛愤惶迫之至,伏乞皇太后皇上圣鉴!

小子统观清朝奏议,谄媚居多,切直很少,就使君相有失,也是乱拍马屁,不是说钦佩莫名,就是说莫名惶悚,哪个犯颜敢谏呢?许、袁二公,弹劾当道,不避权贵,老虎头上抓痒,虽被老虎吞噬,究竟直声义胆,流传千古,好算替清史增光了。

端王杀了许、袁,又想汉尚书徐用仪、满尚书立山及学士联元,也是与我反对,一不做,二不休,索性也把他除灭。只有荣禄得宠太后,不好妄动,暂且寄下头颅,再作计较。不论满汉,一概斩首,很是妙法。当下密嘱拳匪矫诏逮捕,将徐用仪、联元、立山三人,次第拿到,送刑部狱。徐用仪居官四十多年,谨慎小心,遇事模棱,本没有甚么肝胆,此次因拳匪事起,恰也忍耐不住,谁知竟触怒权奸,陷入死地。联元本崇绮门下士,起初亦鄙塞不通,嗣因

清史演义

第
九
十
回

传谏草抗节留名
避联军蒙尘出走

女夫寿富，与言欧美治术，始渐开明，至是因反抗端王，疏劾拳匪，亦同罹祸。立山内务府旗籍，任内府事二十年，积资颇饶，素性豪侈，最爱的是菊部名伶，北里歌伎，都下有名伎绿柔，与立山相暱，载澜亦暱绿柔，红粉场中，惹起醋风。且载澜虽封辅国公，入不敷出，所费缠头，不敌立山，妓女见钱是血，遇着有钱的阔老，格外巴结，载澜相形见绌，挟嫌成恨。与许、袁二公相较，亦有优劣。立山死后，门客星散，独伶人十三旦，往收尸首，经理丧事。立尚书生平得了这个知己，也不枉做官一场。奚落立山，亦讽刺门客。

端王杀了五大臣，余怒尚未平息，暗地里还排布密网，罗织成文。到了七月初旬，闻报北仓败绩，裕禄退走杨村，随又报杨村失陷，裕禄自杀，端王虽然着急，心中还仗一着末尾的棋子。看官！你道是哪一着残棋？原来李秉衡奏请赴敌，朝旨遂命他帮办武卫军务，所有张春发、陈泽霖各军，统归节制。李秉衡出京督师，端王日盼捷音，谁料李秉衡到河西务，用尽心力，招集军队，张春发、陈泽霖等阳听调遣，阴怀携贰。洋人日逼日近，官兵转日懈日弛，恁你爱戴端王、有志灭洋的李秉衡，也是没法，只好服了毒药，报太后、端王的恩遇。秉衡一死，不但张、陈各军纷纷溃退，就是各路武卫军队，也四散奔逃。还有这班义和团，统已改易前装，大肆抢掠。可怜溃兵败匪，挤做一槽，百姓不堪骚扰，反眼巴巴的专望洋兵。洋兵到一处，顺民旗帜，高悬一处。百姓虽乏爱国心，然非权奸激变，亦决不至此。

七月十七日联军入张家湾，十八日进陷通州，二十日直薄京城。荣禄连日入宫禀报太后，太后自悔不及，只有对着荣禄，呜呜哭泣。噯其泣矣，何嗟及矣！荣禄道："事已至此，请太后不必悲伤，速图善后事宜！"太后止泪道："前已电召李鸿章入京议和，奈彼逗留上海，不肯进来，反来一奏，说我议和不诚，硬要我先将妖人正法，并罢斥信任拳民的大臣。他是数朝元老，还作这般形态，奈何，奈何？"说着，即检出李鸿章原奏，递交荣禄。荣禄接着瞧道：

自古制夷之法，莫如洞悉彼情，衡量彼己，自道光中叶以来，外患渐深，至于今日，危迫极矣。咸丰十年，英法联军入都，毁圆明园，文宗出走，崩于热河，后世子孙，固当永记于心，不忘报复；凡我臣民，亦宜同怀敌忾者也。自此以后，法并安南，日攘朝鲜，属地渐失，各海口亦为列强所据。德占胶州，俄占旅顺、大连，英占威海、九龙，法占广湾，奇辱极耻，岂堪忍受？臣受朝廷厚恩，若能于垂暮之年，得睹我国得胜列强，一雪前耻，其为快乐，夫何待言！

不幸旷观时势，唯见忧患之日深，积弱之军，实不堪战，若不量力，而轻于一试，恐数千年文物之邦，从此已矣。以卵敌石，岂能幸免？即以近事言之，聚数万之兵，以攻天津租界，洋兵之为守者，不过二三千人，然十日以来，外兵之伤亡者，仅数百人，而我兵已死二万余人矣。又以京中之事言之，使馆非设防之地，公使非主兵之人，而董军围攻，已及一月，死伤数千，曾不能克。现八国联军，节节进攻，即得京师，易如反掌。皇太后皇上即欲避难热河，而今日尚无胜保其人，足以阻洋兵之追袭者。若至此而欲议和，恐今日之事，且非甲午之比。盖其时日本之伊藤，犹愿接待中国之使，如今日任拳匪，围攻使馆，犯列强之众怒，朝廷将于王公大臣中，简派何人，以与列强开议耶？以宗庙社稷为孤注之一掷，臣思及此，深为寒心！若圣明在上，如拳匪之妖术，早已剿灭无遗，岂任其披猖为祸，一至于此？历览前史，汉之亡，非以张角黄巾乎？宋之削，非以信任妖匪，倚以御敌乎？

臣年已八十，死期将至，受四朝之厚恩，若知其危而不言，死后何以见列祖列宗于地下？故敢贡其愚直，请皇太后皇上立将妖人正法，罢黜信任邪匪之大臣，安送外国公使至联军之营，臣奉谕速即北上，虽病体支离，仍力疾冒暑遄行。但臣读寄谕，似皇太后皇上仍无诚心议和之意，朝政仍在跋扈奸臣之手，犹信拳匪为忠义之民，不胜忧虑！臣现无一兵一饷，若冒昧北上，唯死于乱兵妖民，而于国毫无所益。故臣仍驻上海，拟先筹一卫队，措足饷项，并探察列强情形，随机应付，一俟办有头绪，即当兼程北上，谨昧死上闻。"

荣禄瞧毕，呈还原奏，便道："李鸿章的奏折，恰也不错。现在欲阻止洋人，只好将袒护拳匪的罪魁，先行正法，表明朝廷本心，方可转圜大局。"太后默然，忽见澜公踉跄奔入，大声叫道："老佛爷！洋鬼子来了。"言未已，刚毅也随了进来，报称有洋兵一队，驻扎天坛附近。太后道："恐怕是我们的回勇，从甘肃来的。"刚毅道："不是回勇，是外国鬼子，请老佛爷即刻出走。不然，他们就要来杀了。"太后迟了半晌，才道："与其出走，不如殉国。"荣禄道："太后明见很是。"太后道："你快去收集军队，准备守城，待我定一会神，再作计较。"荣禄应命退出。载澜、刚毅亦退。

是日召见军机，接连五次，直到夜半，复行召见。光绪帝亦侍坐太后旁，等了好一会，只刚毅、赵舒翘、王文韶三人进来。太后道："他们到哪里去了，丢下我母子二人不管，真是可恨！"刚毅道："洋兵已经攻城，皇太后皇上不如暂时出幸，免受洋鬼子恶气！"太后道："荣禄叫我留京，我意尚在未定。"刚毅道："洋鬼子厉害得很，闻他带有绿气炮，不用弹子，只叫炮火一燃，这种绿气喷出，人一触着，便要僵毙，所以我兵屡败，两宫总宜保重要紧，何苦轻遭毒手。"何不叫拳匪前去抵敌？太后道："照此说来，只好暂避。但你们三人总要跟随我走。"三人齐声遵旨。太后复向王文韶道："你年纪太大了，我不忍叫你受此辛苦，你随后赶来罢！"王文韶道："臣当尽力赶上。"光绪帝闻言，亦开口道："是的，你总快快尽力赶上罢！"太后又语刚毅、赵舒翘道：

清史演义

"你们两人会骑马，应该随我走，沿路照顾，一刻也不能离开！"二人又唯唯连声。太后令他退出，整备行装，候旨启行。

三人才退，宫监来报洋鬼子已攻进外城了，太后忙回入寝宫，卸了旗装，唤李莲英梳一汉髻。太后平时最爱惜青丝，乌云压鬓，垂老不白一茎，相传同治年间，李莲英曾得何首乌，献入太后蒸服，因有此效。每当梳洗，必令莲英篦刷，莲英做了梳头老手，每日不损太后一发，又善替太后装饰，向例宫中梳髻，平分两把，叫作叉子头，垂后的叫作燕尾，莲英为太后梳成新式，较往时髻样尤高，油光脂泽，不亚玄妻。淡淡点缀，已见慈禧后性质。这时改作汉髻，太后尚顾影自怜道："讵料今天到这样地步。"当下叫宫监取一件蓝夏布衫，穿在身上，又命光绪帝、大阿哥及皇后瑾妃，统改了装，扮作村民模样，随召三辆平常骡车，带进宫中，车夫也没有官帽。

众妃嫔等，统于寅初齐集，太后谕众妃嫔道："你们不必随去，管住宫内要紧！"又命崔太监至冷宫，带出珍妃。珍妃到太后前，磕头请安。太后道："我本拟带你同行，奈拳众如蚁，土匪蜂起，你年尚韶稚，倘或被掳遭污，有损宫闱名誉，你不如自裁为是。"珍妃到此，自知必死，便道："皇帝应该留京。"太后不待说完，大声道："你眼前已是要死，还说甚么？"便喝崔某快把她牵出，叫她自寻死路。光绪帝见这情形，心中如刀割一般，忙跪下哀求。太后道："起来，这不是讲情时候，让她就死罢，好惩戒那不孝的孩子们，并叫那鸱枭看看，羽毛尚未丰满，就啄他娘的眼睛。"光绪帝向外一顾，见崔太监已牵出珍妃。珍妃还是向帝还顾，泪眼莹莹，惨不忍睹。我且不忍读此文，况在当局？不到一刻，崔监回报，已将珍妃推入井中。一个凶到底，一个硬到底。

光绪帝吓得浑身乱抖。太后道："上你的车子，把帘子放下，免得有人认识。"光绪帝上了车，太后令溥伦跨辕，自己亦坐入车内，放下帘子，叫大阿哥跨辕，令皇后瑾妃亦同坐一车。又命李莲英道："我知道你不大会骑马，总要尽力赶上，跟我走。"莲英应命。太后复饬车夫，先往颐和园，倘有洋鬼子拦阻，你就说是乡下苦人，逃回家去。车夫唯唯，天尚未明，三辆骡车，已自神武门出走，只端王载漪及刚毅、赵舒翘，乘马随行。途中幸没有洋兵拦阻，一直到颐和园，太后等入园坐了片刻，略用茶膳。外面又有太监来报，洋鬼子追来了。太后忙率着皇帝等，上车急奔。

行了六七十里，日已西斜，还没有吃饭的地方。又行数里，到了贯市。贯市是个荒凉市镇，只有一个回回教堂，有几个回子居住。太后见天色将晚，便令车夫向教堂借宿，回子还算有情，慨然应允。进了教堂，便饬车夫觅购食物，怎奈贯市地方，寻不出什么佳点，只有绿豆粥一物，由车夫买了一大盂，呈上两宫。太后、皇帝等人见了这物，既是齷齪，又是冰冷，本想不去吃它，怎奈饥肠辘辘，没奈何吃了一碗，勉强充饥。这等美味，应该叫他一尝。教堂中本没有被褥等件，太后又不说真名真姓，哪个来侍奉老佛爷，到了夜间，随地卧着，只太后睡一土炕，忍冻独眠，朦朦胧胧的睡了一回。比宁寿宫况味何如？光绪帝寤不成寐，辗转反侧，未免自言自语道："这等况味，统是义民所赐。"太后偏偏听见，便嗔道："你岂不知属垣有耳么？休要多嘴！"

翌晨早起，出了教堂，又坐着骡车赶路。接连三日，尚无官厅，统是随便歇宿，无被无褥，无替换衣服，也无饭吃，只有小米粥充饥。直到怀来县，县令吴永起初未得报告，毫无预备。忽闻太后到署，手忙脚乱，连朝服都不及穿着，即由便衣跪接，迎入署中。太后住县太太房，皇上住签押房，皇后住少奶奶房。太后至房中，手拍梳头桌道："我腹饥得很，快弄点食物来吃！无论何物，都可充饥。"吴大令哪敢怠慢，嘱厨子备了上等菜蔬，虽不及宫中的美备，比途次的粗茶稀粥，何止十倍？这时李莲英早到，太后急命他改梳满髻，梳毕进膳。正大嚼间，庆亲王奕劻及军机大臣王文韶赶到。太后极喜，并分燕窝汤赏给，且道："你们三日内所受困苦，大约与我等相同，我等已狼狈不堪了。"庆王、王文韶谢过了恩，太后命庆王回京，与联军议和。庆王支吾了一会，太后道："看来只好你去。从前英法联军入都，亏得恭王奕訢商定和议，你也应追效前人，勉为其难罢了。"庆王见太后形容憔悴，言语凄楚，不得已硬着头皮，遵了懿旨，在怀来县休息一天，即告别回京。后人有诗咏两宫西狩道：

宫车晓出凤城隈，
豆粥芜蒌往事哀。
玉镜牙梳浑忘却，
慈帏今夜驻怀来。

欲知两宫西狩详情及京中议和略状，统在下回表明，请看官再行续阅。

本回两录谏草，一为许、袁二公文，一为李伯相文。当时宫廷昏愦情状，两谏草中已备载无遗，阅者读之，不能不为慈禧咎。迨联军入京，仓猝西走，犹必置珍妃于死地，然后启程，妇人情性，辄蹈偏端，爱之则非常宠幸，虽为所播弄，至身败名裂而不恤；恶之则非常痛恨，当艰难困苦之遭，且出一波辣手段，珍绝私仇，以泄昔时之忿。故牝鸡司晨，惟家之累，古人有深戒焉。西走之时，三日薄粥，一饱难求，曾不足以示罚，冥冥中殆隐有主宰，不欲因此毙后，必俟瓦解土崩，而后促登冥箓欤？天道无凭若有凭，叶赫亡清之谶，其信也夫！

## 第九十一回　悔罪乞和两宫返跸　撤戍违约二国鏖兵

却说两宫西狩，京城已自失守，日本兵先从东直门攻入，占领北城，各国兵亦随进京城，城内居民，纷纷逃窜。土匪趁势劫掠，典当数百家，一时俱尽，这北城先经日兵占据，严守规律，禁止骚扰，居民叨他庇护，大日本顺民旗，遍悬门外。可为一叹。各国兵不免搜掠，却没有淫杀等情，比较乱兵拳匪，不啻天渊。紫禁城也亏日兵保护，宫中妃嫔，仍得安然无恙。满汉各员，也有数十人殉难。联元女夫寿富，慷慨赋诗，与胞弟仰药自尽。大学士徐桐，也总算自缢。承恩公崇绮，偕荣禄同奔保定，住莲花书院。崇绮亦赋绝命诗数首，投缳毕命。荣禄先取崇绮遗折，着人驰奏，自己亦赶赴行在。太后闻崇绮自尽，甚为伤悼，降旨优恤。等到荣禄赶到，两宫已走太原，召见时，先问崇绮死时情状，既杀其女，焉用其父？慈禧之意，无非一"顺我生逆我死"之私见耳。然后议及善后计策。荣禄答道："只有一条路可走。"太后问是哪一条路，荣禄道："杀端王及祖拳匪的王公大臣，以谢天下，才好商及善后事宜。"太后不答。总是左袒。光绪帝亦独传荣禄入见，嘱他快杀端王，不可迟缓。荣禄答道："太后没有旨意，奴才何敢擅行？皇上独断下谕的时候，现在业已过了。"满口怨愤，难为光绪帝。

太后侨居太原，山西巡抚毓贤殷勤供奉，太后也不加诘责，还道他是忠心办事，只是要瞒中外耳目，不得不推皇帝出头，颁发几句罪己话头，并令直督李鸿章为全权大臣，会同庆王奕劻与各国议和。李伯相虽是个和事佬，但到这个地步，要与各国协议和局，正是千难万难，所以卸了广东督篆，行至上海，只管逗留，等到联军入京，行在的诏旨屡次催逼，不得已启程北上，由海道至天津，由天津至北京。但见京津一带，行人稀少，满目荒凉，未免叹息。大有箕子过殷之感。既到京中，庆王奕劻先已在京，两人商议一番，遂去拜会这位瓦德西统帅。

瓦德西自入京后，占居仪銮殿。当时联军驻京，多守规则，惟德军较为狠鹜，苛待居民，留守王大臣哪个敢去争论？甚且肆筵设席，供应外国兵官，把自己的姨太太，请出侍宴，巴结得了不得。廉耻丧尽。德军益任意横行。就中有个名妓赛金花，借色迷人，居民倒受了好些厚惠。

赛金花原姓傅名彩云，籍隶皖省，年十三，侨居沪上，艳帜高张，里门如市。洪学士钧一见倾心，慨出重金，购为簉室，携至都下，宠擅专房。旋学士升任侍郎，持节使英，一双比翼，飞渡鲸波。英女皇维多利亚年垂八十，雄长欧洲，见了彩云，亦惊为奇艳，曾令她并坐照像。青楼尤物，居然象服雍容。学士卸任后，载回京邸。相如固然消渴，文君别具琴心，两三俊仆，替学士夜半效劳，学士作了元绪公，于心不甘，于情难舍，忧瘵而死。彩云不惜降尊，竟与洪仆结成腻友，既而私蓄略尽，仍返沪作卖笑生涯，改名赛金花。苏人公檄驱逐，转入津门，徐娘半老，丰韵依然。会值瓦德西统军过津，心喜猎艳，得了赛金花，很加宠爱。大清的仪銮殿，作了德帅的藏娇屋。帐中密语，枕畔私盟，瓦将军无不俯从。赛金花乘间进言，愿为京民请命，因此瓦帅严申军法，部勒各军，京民赖以少靖。王大臣的姨太太，反不及一淫妓，可愧可丑！后来联军撤回，赛金花仍入歌楼，虐婢致死，被刑官押解回籍。既知保民，何故虐婢？瓦将军返国，德皇闻他秽行，亦加严谴，这也不在话下。尤物毕竟害人。

且说庆王、李相拜会德帅瓦德西，瓦德西颇为欢迎。李相又曾与瓦德西会过，彼此握手，欢颜道故。及谈到和议，瓦德西亦曾首肯，不过说要与各国会议。庆王、李相又去拜会各国公使，各公使接见后，主张不一，嗣后与瓦帅协议，先提出两大款：第一条是严办罪魁，第二条是速请两宫回京。两条照允，方可续议和款。庆王、李相只得电奏行在，太后犹豫未决。各国联军因未见复音，整队出发，攻陷保定，旁扰张家口。庆、李急得没法，一面飞电报闻，一面再晤瓦帅，极力劝阻。瓦帅拥艳寻欢，恰还无意西进，只要求速允前议。偏偏慈禧太后闻联军从北京杀来，越奔越远，竟由太原转趋西安。临行时接着庆、李电奏，勉强敷衍，毓贤开缺，又命大臣拟谕一道，电复北京，其词云：

此次开衅，变出非常，推其致祸之由，实非朝廷本意，皆因诸王大臣纵庇拳匪，开衅友邦，以致贻忧宗社，乘舆播迁。朕固不能不引咎自责，而诸王大臣等无端肇祸，亦亟应分别重谴，加以惩处。庄亲王载勋，怡亲王溥静，贝勒载濂、载滢，均着革去官职！端郡王载漪着从宽撤去一切差使，交宗人严加议处，并着停俸！辅国公载澜、都察院左都御史英年，均着交该衙门严加议处！协办大学士吏部尚书刚毅、刑部尚书赵舒翘，着交都察院交部议处，以示惩儆！朕受祖宗付托之重，总期保全大局，不能顾及其他。诸王大臣等谋国不臧，咎由自取，当亦天下所共谅也！钦此。

这道上谕，明明是祖护罪魁，并没一个严刑重罚。各国公使不是小孩子，哪里肯听他搪塞，就此干休呢？庆、李二大臣宣布电谕，各使臣当即拒绝。庆、李不得已，再行电奏。是时两宫已到西安，刚毅在途中病死，得全首领，要算万幸。又接庆、李奏牍，方将端王革职圈禁，毓贤充戍边疆，董福祥革职留任。这谕颁到北京，各使仍然不允，庆、李两大臣因屡次迁延，一年已过，只好遵着便宜行事的谕旨，决意将各国提出两事，径行照允，然后商订和议。议了数次，听过了多少冷话，看过多少脸面，方才有些头绪，共计十二款，录下：

一　戕害德使，须谢罪立碑。

二　严惩首祸，并停肇祸各处考试五年。

三　戕害日本书记官，亦应派使谢罪。

四　污掘外人坟墓处，建碑昭雪。

五　公禁输入军火材料凡二年。

六　偿外人公私损失，计四百五十兆两，分三十九年偿清，息四厘。

七　各国使馆划界驻兵，界内不许华人杂居。

八　大沽炮台及京津间军备，尽行撤去。

九　由各国驻兵，留守通道。

十　颁帖永禁军民仇外之谕。

十一　修改通商行船条约。

十二　改变总理衙门事权。

以上十二大纲，经双方议定，由庆、李电奏，预请照行。太后到此，无可如何，即命两人全权签定草约，随又降惩办罪魁的上谕道：

京师自五月以来，拳匪倡乱，开衅友邦，现经奕劻、李鸿章与各国使臣在京议和，大纲草约，业已画押。追思肇祸之始，实由诸王大臣等，昏谬无知，嚣张跋扈，深信邪术，挟制朝廷，于剿办拳匪之谕，抗不遵行，反纵信拳匪，妄行攻战，以致邪焰大张，聚数万匪徒于肘腋之下，势不可遏。复主令卤莽将卒，围攻使馆，竟至数月之间，酿成奇祸。社稷贴危，陵庙震惊，地方蹂躏，生民涂炭。朕与皇太后危险情形，不堪言状，至今痛心疾首，悲愤交深。是诸王大臣等信邪纵匪，上危宗社，下祸黎元，自问当得何罪？

前经两降谕旨，尚觉法轻情重，不足蔽辜，应再分别等差，加以惩处。已革庄亲王载勋，纵容拳匪，围攻使馆，擅出违约告示，又轻信匪言，枉杀多命，实属愚暴冥顽，着赐令自尽！派署左都御史葛宝华，前往监视。已革端郡王载漪，倡率诸王贝勒，轻信拳匪，妄言主战，致肇衅端，罪实难辞，降调辅国公！载澜随同载勋，妄出违约告示，咎亦应得，着革去爵职！惟念俱属懿亲，特予加恩，均着发往新疆，永远监禁，先行派员看管。已革巡抚毓贤，前在山东巡抚任内，妄信拳匪邪术，至京为之揄扬，以致诸王大臣，受其煽惑，又在山西巡抚任，复戕害教士教民多名，尤属昏谬凶残，罪魁祸首。前已遣发新疆，计行抵甘肃，着传旨即行正法！并派按察使阿福坤监视行刑。前协办大学士吏部尚书刚毅,袒庇拳匪,酿成巨祸,并曾出违约告示,本应置之重典,惟现已病故,着追夺原官,即行革职!革职留任甘肃提督董福祥,统兵入卫,纪律不严,又不谙交涉,率意卤莽,虽围攻使馆,系由该革王等指究,难辞咎使,本应重惩,姑念在甘肃素著劳绩,回、汉悦服,格外从宽降调。都察院左都御史英年,于载勋擅出违约告示,曾经阻止,情尚可原,惟未能力争,究难辞咎,着加恩革职,定为斩监候罪名。英年、赵舒翘两人,均着先行在陕西省监禁!大学士徐桐、降调前四川总督李秉衡,均已殉难身故,惟贻人口实,均着革职,并将恤典撤销!

经此次降旨后,凡我友邦,当其谅拳匪肇祸,实由祸首激迫而成,决非朝廷本意。朕惩办祸首诸人,并无轻纵,即天下臣民,亦晓然于此案之关系重大也。钦此。

过了数日,已是新年,行在虽停止庆贺,随驾的王大臣们总不免有一番忙碌。忽又接到北京电奏,说是各国使臣还嫌惩办罪魁,处罚不严,应酌请加重等语。于是英年、赵舒翘也不能保全了,当下赐令自尽。又有启秀、徐承煜于京城被陷时,不及逃避,被日本兵拘住,囚禁顺天府署中。庆、李两全权密奏,启、徐俱国家重臣,与其被外人拘戮,不如自请正法,还得保全主权。太后允奏,命庆、李照会日本兵官,将两人索回,行刑菜市口。启秀还神色自若,转语日本兵官道:"中日本唇齿相依,同文同种,与他国异,自悔从前错误,卤莽从事,此后望贵国助我中华,变通治法,渐图自强,我死亦感德了。"日本兵官倒也好言劝慰。只徐承煜已面如死灰,口中还极称冤枉。可记监斩许、袁二公否?启秀向承煜道:"你还要说甚么?我两人奉旨就刑,不是洋人的意思,死亦何怨?"言毕,即由刽子手动刑,霎时身首异处,算是袒护拳匪的结果。毓贤在甘肃正法,临刑时尚自作挽词一联道:

臣死君,妻妾死臣,谁曰不宜?最堪怜老母九旬,孤女七龄,茕稚难全,未免致伤慈孝治。

我杀人,朝廷杀我,夫复何憾?所自愧奉君廿载,历官三省,涓埃莫报,空嗟有负圣明恩。

后人说毓贤居官时,操守廉洁,声名颇盛,死后贫无一钱,也没有一件新衣,足以备殓,可惜为攘夷一说所误,至于庇护拳匪,倒行逆施,终至首领难保,身死边疆,这真所谓失之毫厘,谬以千里了。有一善可录处,著书人总代为表扬,即此可见公道。

两宫西幸,已将一年,袒护拳匪的罪魁,死的死,杀的杀,或遣戍,或夺职,已是不留一个。只日夜随侍太后的李莲英,依然无恙。驾出走时,却也有些害怕,后来和议告成,还恐洋人指名坐罪,因此中外各官,力请两宫回銮,莲英尚从中暗阻。嗣闻洋人索办罪魁,单上不及己名,庆王又密函相告,力保无事,李总管幸逃法网,权势犹存,阻止回銮的计画,才行作罢。惟京中财产多半遗失,也就怂恿太后,催解贡银。

## 第九十一回 悔罪乞和两宫返跸 撤戍违约二国鏖兵

太后本是个嗜利妇人，料得联军入京，私积已尽，正思借此规复，既为太后，还要私产何用？遂听了李总管言，竭力搜括。李总管乐得分润，中饱了若干万两，方与两宫一同还京。回銮以前，先把大阿哥废黜，复将徐用仪、立山、许景澄、联元、袁昶五人，追复原官。又命醇亲王载沣赴德，侍郎那桐赴日本，遵约谢罪。改总理衙门为外务部，班出六部上。此外如保护洋人，改易新政，旁求贤才的上谕，亦接连下了几道。各国见清廷悔祸，命将联军撤回，只酌留洋兵一二千人，保护使馆。太后闻京中已经安靖，复得最好消息，宫中储藏的宝物，亦未被掠去，遂决意回京。

溽暑已过，正值秋凉，太后挈着光绪帝等，由西安启跸，骖从极多，沿途供张，备极完美。比北京出走时情形，大不相同。行未数程，闻报全权大臣李傅相鸿章病殁，太后下旨优恤，除各省曾经立功的地方，许立专祠外，并在京师准立一祠，赐谥"文忠"，备极荣典。命王文韶继任李职，商订和约未了事宜。两宫在途中行了两三月，无甚可纪，直到冬季，始至北京，接见各国公使及公使夫人，都是殷勤款待。太后此时，颇欲引用贾谊五饵三表的法子，驾驭洋人，其实大错铸成。外洋各国，非匈奴比，五饵三表之法，实用不着。只恨自己未习洋文，一切应酬，不便直接，未免心中怏怏。可巧来了两个闺媛，本是旗员女儿，随父出洋好几年，能通数国语言文字，至此归国入觐，做了宫中招待员，把一个痴心妄想的西太后，喜欢极了。

看官听着！待小子报明两位闺媛的姓名。这两闺媛，系同胞姊妹，一名德菱，一名龙菱，乃是曾任法钦使裕庚的女公子。裕庚系满洲镶白旗人，字朗西，由军功溱封公爵，他曾出使日本，又使法国，使节所临，眷属亦都随着。此时正卸任回国，入觐太后，太后闻他二女秀慧，遂当面传旨，令饬二女至颐和园陛见。当由裕夫人带领二女，遵旨入园。德菱、龙菱从未到过颐和园中，此次随母入觐，自然格外注意。但见园中广敞异常，所有布置，都是异样精采，目不胜睹。第八十三回中，已将园中景致，大略叙明，故此处不复复叙。既到仁寿殿外，由太监导入殿侧耳房，陈列着紫檀桌椅，统是雕镂精工，壁上悬着各式自鸣钟，短针正指到五点五十分。

母女三个少憩片时，旋有李总管到来，居然穿着二品公服，戴着红顶孔雀翎。太监亦阔绰至此，不亚当年魏忠贤。裕夫人颇有些认识，即挈女起迎，那总管也笑容可掬，与裕夫人谈了数句，无非是循例寒暄，及太后就要召见等语，语毕即去。二女问明裕夫人，方知这位翎顶辉煌的总管，就是赫赫有名的李莲英。随后又有几位宫眷，导他母女三人出了耳房，经过三重院落，到了正殿，殿额上大书乐寿堂三字（应八十三回）。殿内立着妇女数人，大约年轻的居多。就中有一位旗妇，装束略异，且髻上戴着金凤凰，与别人更觉不同。裕夫人瞧着，认得是光绪皇后，正欲入殿请安,忽见数宫女护着太后,从屏后出来,到了宝座间,将身坐定。后面踱出李总管,即传旨陛见。当下裕夫人率同二女,趋跄入殿,一例拜跪报名,由特旨叫他起立。太后略问一番,裕夫人一一答述,太后又仔细瞧那二女,不觉生爱,起握二女手道:"你两人煞是可爱,难为这裕钦使,生就这粉妆玉琢的两女儿。你两人可愿在此伴我么?"两女本伶俐得很,即欲跪下谢恩。太后便道:"不必拘礼,你肯遵我的意旨,叫我做老祖宗,晨夕侍着,我就喜欢你了。"两女连声遵旨。太后复命皇后等,与她们相见,母女三人先请过皇后的安,嗣与各宫眷一一行礼,这等宫眷们,无非是各邸的郡主,相见后,太后复嘱皇后道:"你可引他母女们,入内玩耍,我且到朝房一转,再来与他们叙谈便是。"皇后唯唯听命,太后即举步出殿。殿外早已备着露舆,俟太后上舆后,前后左右,统是很体面的太监,簇拥而去。这位李总管莲英,本与太后时刻不离,至此随着同行,更不必说了。皇后以下,恭送太后上舆毕,即引裕家母女三人,转身入内,闲谈消遣,至太后回园后销差。未几太后回来,赐母女三人午餐,午后复赏她们听戏。太后最爱的是梆子调,与德菱姊妹谈论腔调的好处。德菱姊妹不敢不随声附和。其实一片征声,已寓亡国之音,后人有诗叹道:

泼寒妙乐奏昇平,
南府新开散序成。
不是曲终悲伴侣,
似嫌激征杂秦声。

未知德菱姊妹,曾否在园侍奉,且看下回分解。

中外议和,订约十二款,不必一一推究利弊,即此四百五十兆之赔款,已足亡中国而有余。原约赔款计四百五十兆两,分三十九年偿清,息四厘,子母并计,不啻千兆。此千兆巨款,尽由中国人负担,以二三权贵之顽固昏谬,酿成莫大巨祸,以致四万万人民,俱凋瘵捐瘠,千载以后,不能不叹息痛恨于若辈也。载漪以下,黜戮有差,其实万死不足蔽辜。阉竖李莲英,且安然无恙。孔子言妇人为难养,况可使之屡次临朝,庇护此肉不足食之狐鼠耶?迨回銮以后,不能悔过图强,且反欲援五饵三表之计,驾驭洋人。当时贾长沙犹徒托空言,无当实用,况如近今之外洋各国,其智识远出匈奴上乎?至如裕家二女之入园,本属无关得失,但就微论著,可见慈禧后之心,无非为便嬖使令起见。国已危矣,卧薪尝胆且不暇,尚爱他人之希旨承颜,自图快活耶?德菱姊妹,尚有学问,非李莲英妹比,故未闻有浊乱宫禁之弊,否则不入嬖幸传者几希。

## 第九十二回　居大内闻耗哭遗臣
## 处局外严旨守中立

却说裕朗西夫人及德菱姊妹,陪着太后,足足一日。俄见夕阳西下,天也将瞑,太后方命裕家母女回家,并嘱她即日来宫。裕夫人不好违拗,自然连称遵谕。临别时,太后又赐她衣料食物等件,母女叩首谢恩,不必细说。母女回家后,即把入觐情形及太后促召入宫的意旨,与裕庚说明。掌上双珠,虽不欲使离左右,无如煌煌懿旨,不敢有违,只得略略收拾,指日入宫。光阴似箭,倏忽两天,裕夫人仍率领二女,入宫觐见。太后见她遵旨前来,愉快得不可言喻。叫人家好儿女入宫当差,使之无暇事亲,恐非以孝治天下之道。当下引她到仁寿宫右侧房内,命她住着,所有应用各物,都叫官监置备;惟衣服被褥等,已由裕家母女随身带入。太后令裕夫人指导宫监,随意安排,自己带着德菱姊妹入宫,随即嘱咐德菱道:"看你聪明伶俐,恰是我一个大帮手。闻你通数国方言,倘有外妇入觐,你可与我做翻译。平日无事,好与我掌管珠宝首饰。我这里宫眷虽多,看来都不及你呢!"德菱复奏道:"老祖宗特恩,命臣女当这重差。只恐臣女年龄尚稚,更事无多,万一有误,反致辜负天恩,还请老祖宗俯鉴微忱,令臣女退就末班,学着办事便是!"太后笑道:"你亦何用自谦,我看你不致荒谬,你且试办数天,再作处置!"德菱只得谢恩受职。太后复顾龙菱道:"你年纪较轻,可跟着你姊,随便办事。"龙菱也谢过了恩。此时光绪帝适来请安,德菱欲趋前行礼,转思太后在前,恐于未便。至光绪帝趋出,德菱随着出来,循例谒驾,不料被太后觉着,已大声呼德菱名。德菱连忙走入,虽未遭太后斥责,仰见太后面上,已含有怒容。爱之欲其生,恶之欲其死,是惑也。从此德菱格外小心,一切举止,都是三思而后行。

一住数日,忽报俄使夫人勃兰康觐见,太后即令德菱迎宾,自己带着李总管,至仁寿堂受觐。光绪帝也总算与座。德菱引着勃夫人,到了殿中,行觐见礼,太后亦起与握手。两下寒暄数语,统由德菱传译。勃夫人又与光绪帝行礼，光绪帝亦答礼如仪。太后下了座，引勃夫人入宫，叙谈片刻，又命德菱导她去见皇后。周旋已毕，即令赐勃夫人午餐，由众宫眷陪食。席间略仿西式，每人都设专菜。德菱奉太后命，坐了主席，殷勤款待，与勃夫人宴饮尽欢。席散后，勃夫人复进谒太后，谢了宴，由太后赐她宝玉一方，勃夫人谢了又谢。慈禧后之意，以为优待西妇，可以联络邦交，不知外人所欲，并不在此，岂区区宴赐所能笼络耶？待勃夫人去后，太后语德菱道："你随父出使法国，并不是俄国，为何恰懂俄国语言？"德菱道："俄语本不甚解，但俄人亦惯操法语，所以尚堪应对。"太后道："你与勃夫人所说，统是法国语么？"德菱道："多半是法国语。"太后道："勃夫人的装束，也总算华丽了，但我恰不甚喜欢西装。她满身不著珠宝，总觉装潢有限。我生平恰最爱珠宝呢，可惜西幸一次，丧失甚多。目下只剩下数百盒，你应与我收管方好。"爱珠宝不爱才德，总不脱妇女习气。随起身道："你且跟我来！"

德菱遵旨随着，偕太后入储珍室，但见室内箱橱林列，左首标着黄签，是珍藏内府的秘笈，右首标着红签，是供奉老佛爷的珠宝。太后命宫监取钥，叫德菱启视右橱，橱开后，里面都是金镶玉嵌的盒子，大小不一，有长有方。盒外只标着号码，不列物名。第一盒奉命取出，启视盒内，贮有精圆的明珠，晶莹的宝石，光芒闪闪，统是无上奇珍。第二盒又奉命取视，乃是珠玉扎成的饰物，虫鱼花草，色色玲珑。第三四盒，系玛瑙珊瑚等类，光怪陆离，无不夺目。第五六盒藏着簪环，第七八盒藏着钗钏。镂金刻玉，美不胜收。看到第十盒，方觉金饰居多，珠玉较少。太后语德菱道："这十盒算是上选，余外亦无甚足观了。若非庚子之变，何止于此！"谁叫你信端王，谁叫你用拳匪？言下有懊丧状。亏得德菱伶牙俐齿，婉婉转转地劝慰几句，太后方从这十盒内，拣了两三件佩物，悬在身上，随令德菱藏盒扃橱，寻复向德菱道："拳匪的乱事，外人总道我暗中作主，其实统是载漪那斯的主张。到了联军入京，我初意是愿殉社稷，经刚毅等力劝出京，方才西幸，途中受了无数苦楚。及次年回京，差不多换了个世界。我累年积蓄，被洋人携去不少，我想洋人也好知足了。未必！目下我国新败，元气难复，只好与洋人略略周旋，我的心中，总不甚相信洋人，洋人所制的器械，我国或不及他，洋人所讲的政教，难道我国果不及他吗？"可见回銮以后，所行新政，全不由衷。

德菱正思回答，忽有宫监跟跄奔入，报称荣中堂已出缺了，太后惊愕道："我昨日尚差宫监探视，闻他还不甚要紧，如何今日就死？咳！他死后，哪个还有像他忠诚？"言至此，竟似鲠在喉，扑簌簌的垂下泪来。太后一生，多仗荣禄保护，无怪闻死垂泪。德菱不好不劝，只得禀请道："老祖宗慈体，亦请保重，祈勿过伤！"太后道："你哪里知我的苦衷，他是我患难与共的大

清史演义

臣。"德菱不敢再劝，由太后凄惋许久，方见太后吩咐道："今日你也疲乏了，你可随意出外，不必侍着！"德菱闻此数语，恍似皇恩大赦，退回自己的房中去了。这位老祖宗，实是不易侍奉。

次日太后临朝，由内务府递上荣中堂遗折，太后即启视道：

为病处危笃，恐今生不能仰答天恩，谨跪上遗折，恭请圣鉴事：窃奴才以驽下之才，受恩深重，原冀上天假以余年，力图报称。追思奴才起身侍卫、咸丰十年，国势岌岌，内则奸臣蓄谋不轨，外则英法联军，占据京师，宗庙震惊，宫驾出狩，驻跸热河。奴才备位侍从，文宗显皇帝圣躬不豫，渐至弥留，奴才乘间进言于皇太后，发觉郑、怡二王之阴谋。及圣驾宾天，奸王僭称摄政，图谋不轨，皇太后身处危险之中，有非臣下所忍言者。幸上天佑助，皇太后沉几默运，宗社危而复安。自此之后，两宫太后垂帘听政，叛乱削除，升平复睹，奴才蒙恩升任内务府大臣。当穆宗毅皇帝宾天之际，皇太后亲命奴才迎请皇上入宫，以社稷重大之事，付之奴才。受命之下，惶悚感激，岂可言喻！奴才虽竭尽心力，岂能仰报于万一耶？其后受任步军统领，触犯圣怒，七年之中，闭门思罪。皇上亲政，复蒙慈恩出任西安都统，既而仍回原职。

光绪二十四年，皇太后皇上鉴于国势之弱，决意采行新法，以图自强，皇上召见奴才，蒙恩简任直隶总督，命以破除积习，励行新政。孰意康有为借口变法，心怀逆谋，致为新政之阻。皇上误信夸诞之词，一时之间，偶亏孝道，亲笔书谕，言变法之事，为皇太后所阻，又谓皇太后干预国政，恐危国家，对于奴才，数动天威，几罹斧之诛。奴才密见皇太后，陈述康党逆谋；皇太后立允奴才等所请，再出垂帘，以迅雷之威，破灭奸党。

光绪二十六年，诸王大臣昏愚无识，尊信拳匪，蒙蔽朝廷，虽以皇太后之圣明，不免为其所动，直至宗庙沦陷，社稷贴危，竟以国家之重，轻徇妖术，奴才屡请皇太后睿识独断，不蒙信纳，数奉申斥，忧惧无术。四十日中，静候严罚。然皇太后仍时时召奴才垂询，虽圣意未能全回，而得稍事补救，各国公使，不致全体遇害，故事过之后，时荷天语感谢。自西安回銮之初，即将肇祸之王公大臣，分别定罪，渐次改革庶政，不得急激，期臻实效。两年以来，改革已不少矣。圣驾回京，如日再中，东西各国，亦均感皇太后之仁慈。

奴才自去年以来，旧病时发，勉强支撑，两月之前，请假开缺，蒙皇太后时派内侍慰问，赏赐人参，传谕安心调理，病瘥即行销假，恩意叠沛，无奈奴才命数将尽，病久未瘥，近复咳嗽喘逆，呼吸短促，至今已濒垂绝之候。一息尚存，唯愿皇太后皇上励精图治，续行新政，使中国转弱为强，与东西各国并峙。奴才在军机之日，见朝廷用人，时有人地不宜者，此乃中国致弱之源。奴才以为改革之根本，尤在精选地方官吏，及顾恤民力，培养元气之一端。皇太后皇上深居九重之中，间阎疾苦，难以尽知，拟请仿行康熙、乾隆两朝出巡之故事，巡行各省，周知民情。奴才方寸已乱，不能再有所陈，但冀我皇太后皇上声名愈隆，得达奴才宿愿，则虽死之日，犹生之年。谨将此遗折，交奴才嗣子桂良呈请代递。临死语多世缪，伏祈圣鉴赦宥！奴才荣禄跪上。备录遗折，可见以上各回之录荣禄事，无一虚诬。

太后览遗折毕，即谕王大臣道："荣禄一生忠诚，庚子乱时，尤为尽力。现在不幸病故，须格外优恤方好！"庆亲王奕劻在侧，便奏请赐陀罗经被及赏银三千两治丧。太后点着头，并道："据他功绩，应否入贤良祠？"庆王连忙赞成。太后又道："应派亲王前去祭奠否？"庆王又奏称应派。于是派恭王率领侍卫十人，前往致祭，此恭王乃奕劻子，看官莫误作奕劻。并令礼部拟谥，随即退朝。越日，由礼部拟上谥法数则，太后即圈出"文忠"二字，复再赐祭席一桌，并命将荣禄事绩，宣付国史馆立传。在任一切处分，均予开复，并赏其子以优等袭职等语。太后待遇荣禄，好算是始终尽礼了。

过了多日，太后把忆念荣禄的哀思，渐渐减杀，爱仍往颐和园，游览自娱。一年容易，又是春宵，园中花木盛开，太后遍邀各国公使眷属，入园游宴。美公使康格夫人，作为外眷的领袖，还有美参赞韦廉夫人，也随着前来。此外如西班牙公使佳瑟夫人、日本公使尤吉德夫人、葡萄牙代理公使阿尔密得夫人、法参赞勘利夫人、英参赞瑟生夫人等，联翩踵至，随身各带女眷，黑踏踏的聚集一堂，先行了觐见礼，然后到别宫赐宴。宴毕，统在园中游览一周。大众推康格夫人作了代表，至太后处道谢。康格夫人带着一个女子，生得细腰绰约，身态苗条，太后瞧着，觉得她俏丽绝伦，遂欲问她姓氏。当由康格夫人代答，德菱传译，叫作克姑娘，乃是个女画士。太后问她能否写真，又经德菱与克姑娘谈了一会，然后详禀太后，说是："写真系克姑娘惯技，她正欲绘就慈容，送到路易博览会去。"太后踌躇半响，方道："她既欲绘我肖像，叫她缓日前来便好。"德菱把这语传达，然后两人兴辞而去。

太后便语德菱道："我朝旧例，帝后的像，须俟万岁千秋后，方可照绘。今克姑娘欲为我画像，我又不便当面回复，如何是好？"德菱道："现在世界开通，越是圣明的帝后，越得肖像流传各国，俾作纪念。英女皇维多利亚的肖像几乎传遍地球，如老祖宗福寿双全，何妨破例一绘！"太后听到此语，方有些高兴起来，无非喜谀。便道："既如此，且择个吉辰，令她来绘。"当即取出历本，选了一个黄道吉日，饬人至美使馆，通知克女士。届期克姑娘入宫，对太后行礼毕，即请太后端坐开绘。太后此时已服盛装，肃容上坐，约数刻钟，见克姑娘并不开手，专睁着绿色的眸子，向太后呆瞧。太后语德菱道："她眈眈视我，何故？"德菱道："外人绘像与华人不同，外人落笔，先就神情上注意，所以绘成后，格外生色。闻她是画中名手，临池审慎，无怪其然。"确是

547

第九十二回　居大内闻耗哭遗臣　处局外严旨守中立

游过外洋，见多识广，故言之了了。太后道："照汝说来，待她画成，费时不少，我恰是不耐久坐的。"德菱道："待臣女与她商量，或者可简便一点。"当下与克女士商议，传述太后的意思，克女士颇能体会，格外迁就，每日临绘一小时，绘至两星期才罢。及呈与太后，果然眉目如生，与拍照相似。太后很是喜欢，命赏千金。古人千金买骨，慈禧后独千金买容。谁知忧喜相寻，一喜之后，又是一忧。宫监报到消息，说是日俄将要开战，把东三省作交战场。东三省是中国幅员，如何被外人作为战场？太后又未免焦劳。

这日俄开战的事情，从何而起？小子先将原因表明。原来拳匪扰乱时，黑龙江将军寿山，阿附端王，立意排外。适俄兵入黑龙江，欲假道黑龙江省城，至哈尔滨保护铁路。哈尔滨在省城西南，系满洲铁路的中心点，寿山非但不允，反出兵去攻哈尔滨，一面厉兵秣马，反由瑗珲城侵入俄境。俄人正苦无隙可乘，得了这个好机会，遂磨拳擦掌，分三路进发。东路由珲春，中路由三姓，两路趋援哈尔滨。西路陷爱珲，击毙副都统凤翔，并将中俄交界的屯驻旗人，统驱入黑龙江，进攻齐齐哈尔（即黑龙江省城）。寿将军束手无策，只有一条死路，遂仰药自尽。俄军合趋吉林，转向奉天，所至蹂躏。清兵及官吏无一敢抗，东三省几尽归俄人掌握。奉天将军增祺，鉴了寿山覆辙，遇着俄兵，事事听命。俄兵陆续增添，多至十八万人。等到北京议和后，俄使特别要挟，拟把东三省利权，一概取去。李相不从，俄使多方恫喝，强迫李相签押。东南督抚及士绅，联电力争，英日两国，也有违言，李相气愤成病，竟至不起。东三省事，暂从缓议。

至光绪二十八年，始由庆王奕劻、大学士王文韶，与俄使雷萨尔，订交收东三省条约。东三省的俄兵，限十八个月内，分三期撤退。此约定后，总道俄国如约撤兵，谁知俄国狡猾得很，第一次届期，只略略减退几名。第二次届期，俄兵一个不去，反在吉林增加兵额，中国不敢诘责。那时虎视东业的日本国与英国密订攻守同盟，又联合了美国，劝清政府急开放满洲，作为各国通商场，免得俄人垄断。清政府就将此言照会俄使，俄使百计阻挠，俄兵又迁延未撤。于是日人不肯坐视，自与驻日俄使，直接会商，硬要俄国撤兵。俄使不允所请，竟致两国决裂，于光绪二十九年十二月宣战，把辽东作了战场。

看官！你想这女掌男权、统辖全国的慈禧太后，"女掌男权、统辖全国"八字，正是西太后的好头衔。焉有不耽忧之理？立召满汉王大臣入宫，面议这事。当时满大臣领袖，要算庆亲王奕劻，汉大臣领袖，要算孙家鼐、瞿鸿玑。各人谈论多时，议定了一个良法，奏闻太后。太后道："东三省系祖宗陵寝所在，关系甚大。汝等议定这么计策，可保陵寝无碍么？"庆王道："俄日战线，想必不惹着陵寝，当可无虞。"太后道："且电问各省疆吏，是否赞同？"庆王遵旨，即命军机处拟电拍发。

隔了一天，各省将军督抚，多覆电赞成，复由庆王汇禀太后，太后就令拟好谕旨，颁发出去。谕云：

日俄两国，失和用兵，朝廷轸念彼此均系友邦，应按局外中立之例办理，着各省将军督抚，通饬所属文武，并晓谕军民人等，一体钦遵，以笃邦交而维大局，勿得疏误！特此通谕知之！钦此。

这道谕旨，乃就万国公法，援引局外中立一条，做了火烧眉毛的挡牌。两客交斗于门内，主人反作鼾睡，也是千古奇闻。复谕令驻扎俄日两国的钦使，咨照他外部，宣布中立意旨。俄国没甚答覆，只日本恰声请中国仍须防守，由驻日杨钦使电闻。太后遂派马提督玉昆带兵十营驻山海关，郭总兵殿辅带兵四营，驻张家口，复令驻日杨钦使，与日本郑重交涉，凡东三省的陵寝宫殿及城池官廨、人命财产，交战国不得损伤。战后无论谁胜，东三省的主权，仍应归中国云云。日本总算应允，然后酌定全国中立章程，及辽东战地界限规则，颁布中外。

不到几日，辽左方面，鼓声冬冬，炮声隆隆，日俄两国的海陆军，竟开起战仗来了。太后甚注意日俄战事，每日饬人采购西报，叫德菱译呈。开战的起手，是海军交绥，仁川的俄舰，统被日军击沉。旅顺口黄金山下的俄舰，又遭日军袭没。嗣后乃是陆军对垒，日军入辽东半岛，连败俄兵，九连、凤凰、牛庄、海城等处，次第被日军占据。太后向德菱道："俄大日小，不意反为日败。"德菱道："行军全仗心力，不论众寡。日人此番打仗，上下一心，闻得男子荷械从军，妇人尽撤簪珥，充作军饷，所以临阵无前，屡次获胜。"太后点头，随又道："日胜俄败，远东尚可保全，我的忧心，到也可消释一二了。"恃人不恃己，何足解忧？言未已，外面又递进西报，由德菱译出，呈与太后。太后接着，不觉惊异，正是：

优胜劣败，弱肉强食。

国运靡常，所视惟力。

欲知太后惊异缘由，试看下回自知。

慈禧后之喜谀好奢，曾见近今印行之《清宫五年》记，原书即德菱女士所著。本回第节录一二，而慈禧后之性情举止，已可概见。拳匪之乱，联军入京，为慈禧后一大惩创，至回京以后，不思发愤图强，犹恋恋于珠宝首饰，宝非所宝，不亡何待？荣禄为慈禧一生之忠仆，荣禄死而慈禧失一臂助，恤典特优，固无足怪。惟遗折中有精选官吏，及顾恤民力，培养元气等语，人之将死，其言也善，慈禧胡不力行之耶？至如日俄之战，祸仍胎自拳乱，清庭不敢袒俄，又不敢袒日，仅守局部中立，坐视关东之横被兵革，未由保护，天下之痛心疾首，孰逾于此？当时或有以日人仗义，出于抗俄，为中国幸者。夫日本何爱清室？又何爱中国？不过报宿愤，争权势。昔俄以索还辽东抗日本，今日本遂亦以迫还关东抗俄，要之皆利我之东三省耳。观此回不能无恨于拳乱，并不能无憾于慈禧后。

## 第九十三回　争密约侍郎就道 返钦使宪政萌芽

　　却说德菱译出的新闻，乃是日韩特订条约。韩国疆域，由日本政府保护，一切政治，亦由日本政府赞襄施行。太后阅毕，便道："韩国就是朝鲜国，当日马关条约，曾迫我国承认朝鲜自主，为何今日要归日本保护呢？可见外国是没有什么公法，如此过去，朝鲜恐保不住了。"何不切唇亡齿寒之惧？正在惊愕的时候，庆王奕劻忽入宫禀报，俄舰逸入上海，由日使照会我外务部，迫令退出，现在双方交涉，尚未议妥，因此入奏太后。太后道："现闻日胜俄败，一切交涉，总须顾全日本体面为是。"庆王道："据奴才愚见，诚如圣训。"太后道："我国虽弱，究竟是个独立国，也不宜令俄舰逸入，坏我中立。你去饬知外务部，电令南洋大臣，速迫俄舰出口！"庆王遵旨退出。太后复自语道："外人论力不论理，辽东战局，究不知如何结果，京师相距不远，未免心寒。早知日俄有这番争端，不如暂住西安，稍觉安逸呢。"德菱在旁，也不敢多谈。

　　当日无别事可记，到了次日，京中谣言不一，盛传两宫又要西幸。有一个汪御史凤池，竟信为实事，做了一篇奏疏，阻止西巡，待太后临朝时，率尔上陈。太后阅毕，怒道："日俄战事，我国严守中立，京城内外，一律安堵，为什么我要西巡？这等无稽之言，如何形入奏牍？"遂向庆王奕劻道："速叫军机处传旨申饬，嗣后如有谣言惑众，应着步军统领衙门顺天府五城御史，一体拿办！"庆王唯唯遵谕，自然令军机处照旨恭拟，即日颁发。这也不在话下。

　　过了一年，日俄战事还是未息，中国总算没有出险，不过将各省官职裁并了好几处，且废制艺，试策论，兴办京师大学堂，把新政办了好几桩。又派商约大臣吕海寰与葡使新订商约二十条，出使英国大臣张德彝，与英外部会订保工章程十五条，约中大旨，无非是保护两国工商，彼此统有些利益。只驻藏大臣有泰，恰来了一道紧急公电，报称英将荣赫鹏入藏，与藏官私自订约，请朝廷速与交涉，于是外务部又要着忙。是谓急时抱佛脚。

原来日俄未战的时候，俄人曾南下窥藏，密遣员联络达赖，令他亲俄拒英。达赖颇被他运动，阴与英人龃龉。从前光绪十九年，清参将何长荣与英使保尔订定藏印条约，承认亚东开关，许英人通商。亚东在西藏南境，毗连印度，此约订后，英人尝从印度入境，至藏互市。达赖偏同他反对，种种掯阻，英商未免吃苦。只因俄人暗中袒护，英政府也未便发难。会日俄战起，英政府乘机图藏，令印度总督，遣将荣赫鹏率兵深入。荣赫鹏遂带了英兵三千、印兵八千、廓尔喀兵三千及工兵二千，长驱北向，攻入藏境。看官！你想这腐败不堪的藏官，哪里能敌他纪律森严的英将？达赖不知厉害，竟召集一班番官，向释迦佛前，祈祷了好几次，居然仗着佛力，令番官一齐出来，与英将接仗。两下对垒的时光，相距还差数百步。那英兵的枪炮，已是扑通扑通的乱响，藏官不知何故遭瘟，都是应声而倒。想是佛来接引，令往西方享福，故无病而亡。前队既毙，后队自然逃走。英将率众追赶，自江孜北进，所向披靡，如入无人之境。及到拉萨，这位主持佛教的达赖喇嘛，早已闻警远飏，逃到库伦去了。何不请韦驮保护？达赖一遁，城中无主，还亏噶尔丹寺的长老，仗着胆出迓英军，与他讲和。英将荣赫鹏遂趁势恫喝，迫他立约十条，不由寺长不允。签约后，方经驻藏大臣有泰探悉，电达清廷，清外务部茫无头绪，由尚书侍郎，会议一番，定出一个主见，仍复电令有泰就近开议。

这位有大臣，本是个糊涂人物，他当英藏开战的时候，未尝设法劝解，等到两造定约，木已成舟，还有何力挽回？况且英将荣赫鹏已奏凯回去，再与何人商议？当下召到噶尔丹寺长，令他抄出密约，仍行电达，并奏称达赖贻误兵机，擅离招地，应革去封号。身任驻藏大臣，坐令英兵压藏，不知应革职否？清廷知他没用，也不去依他奏请，只令外务部讨论约章的利害。侍郎唐绍仪素来研究外交，遂指出约中的关碍。原约共有十条，最要紧的是除前约亚东开埠外，更辟江孜、噶大克为商埠，此后是印度边界，至亚江噶三处，藏人不得设卡，须添英员监督商务。所有英国出兵费用，应由藏人赔偿五十万镑。偿款未清以前，英兵酌留春丕，俟偿清后方得撤回。还有一条定得更凶，乃是藏地及藏事，非经英国照允，无论何国不得干预。看官试想！西藏是中国领土，兵权财权，统归驻藏大臣管辖，此次英藏私自立约，有无论何国不得干预的明文，是全把西藏占夺了去，哪里还是中国的管辖权呢？唐侍郎指出此弊，外务部堂官，自然着急，当据实奏闻，并保荐唐绍仪为全权大臣，赴藏改约。唐使至藏，照会英国，派员会议，辩论了好几年，英员坚执不允，直到三十二年，英始承认中国有西藏领土权，允不占并藏地及干涉藏政，此外不肯改易。唐侍郎也无可奈何，只得将就画押。这是后话。

且说日俄交战，已是一年，俄国的海陆军屡战屡败，日本战舰进陷旅顺

## 第九十二回 争密约侍郎就道 返钦使宪政萌芽

口。奉天省城也被日本陆师占住,俄人尚不肯干休,竟派波罗的海舰队,大举东来。波罗的海在欧洲北面,系俄国西境的领海,他要从西到东,绕越重洋,路有一万八千里。今日到某处,明日到某处,早被日人探悉。就是舰队中一切情形,日人也耳熟能详,因此养精蓄锐,预先筹备。知己知彼,百战百胜。俄舰远道而来,舰中人已疲乏得很,兼且未谙路径,未识险要,贸贸然驶到日本海,即使有通天手段,一时也用不出。况日本系三岛立国,四周都是海峡,海峡里面,正好设伏,掩击俄舰。他闻俄舰将至,料必从对马海峡驶入,暗集水师,密为布置,不怕俄舰不堕入计中。这俄舰也防着险要,无如势不能避,只好闯入对马峡。一入峡中,四面八方的日舰,统行驶集,把俄舰困在垓心,你开枪,我放炮,一齐动手,弄得俄兵防不胜防,御不胜御。恶龙难斗地头蛇,打了一仗,被日兵杀得大败亏输,战无可战,逃无可逃,只得束手归降,做了俘虏。日俄战事,虽与中国大有关系,然究与中外开战不同,故叙笔概从简略。

日俄胜负已决,于是美国大统领罗斯福出来调停,劝日俄休兵息战。俄人此时,因鞭长莫及,不能再事调兵,日人以俄国究系强大,迁延非计,得休便休,遂各允了美统领的布告,各派公使到美国会议,就朴子茅斯作会议场。日使小村氏提出要索各款共计十一条:第一条是索偿战费;第二条是承认朝鲜主权;第三条是要俄国割让桦太岛;第四条是旅顺大连湾的租借权,要让与日本;第五条是俄国撤退满洲兵;第六条是承认保全清国领土及开放门户;第七条是哈尔滨以南的铁路亦须割让;第八条是海参崴的干线应作为非军事的铁道;第九条是窜入中立港的兵舰,当交与日本;第十条是限制东洋的俄国海军;第十一条是沿海州的渔业权等,亦应归与日本。这十一条款子,经俄使槐脱抗议,所有赔偿兵费、割让桦太、中立港窜入军舰的交与及限制俄国海军四大问题,概不承诺。再四磋商,方允将桦太岛南半部让与日本,余三条一概取消。日本亦总算承认,和议遂成。东三省的俄兵才如约撤退,领土权交还中国,惟路矿森林渔业边地,各项交涉,仍日日相逼,清廷不敢不允。从此北满洲为俄人的势力圈,南满洲为日人的势力圈,名为中国的东三省,实则已归日俄的掌握了。

自日俄战争后,中国人士统说专制政体不及立宪政体的效果。什么叫做专制政体?全国政权,统归君主一人独断,所以叫作专制。什么叫作立宪政体?君主只有行政权,没有立法权,一国法律,须由国会中的士大夫议定,所以叫作立宪。日本自明治维新,改行新政,把前时专制政体,改作君主立宪,国势渐渐强盛,因此一战败清,再战胜俄,俄国政体,还是专制,终被日本战败。自是中国人的思想言论,骤然改变,反对专制的风潮,日盛一日。这是中国人惯技。慈禧太后虽然不愿,也只得依违两可,与王公大臣,商定粉饰的计策,停止科举,注重学堂,考试出洋学生,训练新军,革除枭首凌迟等极刑,并禁刑讯。复派遣载泽、绍英、戴鸿慈、徐世昌、端方五大臣出洋,考察政治,于光绪三十一年七月启行。临行这一日,官僚多出城欢送,五大臣联翩出发,才到正阳门车站,方与各同寅话别。忽听得豁喇一声,来了一颗炸弹,炸得满地是烟硝气,五大臣急忙避开,还算保全性命。载泽、绍英,已受了一些微伤,吓得面色如土,立即折回。

看官!你道这颗炸弹,从哪里来的?说来又是话长,小子略略叙述,以便看官接洽。原来康梁出走时,立了一个保皇会,号召同志,招集党徒,散放富有贵为等票,传布中外。在外游学的学生与充工贩货的侨民,倒被他联络不少。独有一个广东人孙文,表字逸仙,主张革命,与康梁意见不同。他童年时在教会学堂肄毕,把平等博爱的道理印入脑中,后来又到广州医学校内,学习医术。学成后,在广州住了两三年,借行医为名,结识几个志士,立了一个秘密会社。嗣因同志渐多,改名兴中会,自己做了会长。李鸿章未没时,他竟冒险到京,访到李寓,与李谈了一回革命事情。李以年老为辞,他遂回到广州,凑集几个银钱,向外国去购枪械,竟想指日起事。事不凑巧,秘谋被泄,急航海逃至英国。粤督谭钟麟拿他不住,探听他遁至外洋,飞电各国公使,密行查拿。驻英使臣龚照玙诱他入馆,把他禁住,亏得从前有位教师,是个英国人,名叫康德利,替他设法救出。自此以后,这位孙会长格外小心,遍游欧美各国,遇有寓居外洋的华人,往往结为好友。有几个志士,愿入党的,有几个富翁,愿助饷的。他住在海外,倒也不愁穿,不愁吃,单愁革命不成,欲想回国,又恐怕自投罗网,只得时常与同志通信。

有广东人史坚如,与中山是莫逆朋友,结了几个党人,要去借两广总督德寿的头颅。不料德寿的头颅保得很牢,反将史坚如的头颅借得去了。这是革命流血第一个志士。嗣后又有湖南人唐才常,想在汉口起事,占据两湖,又被鄂督张之洞查悉,拿获正法。才常死后,广东三合会首领郑弼臣,受孙文运动,愿听指挥,发难惠州,又遭失败。过了一年,湖南人黄兴在长沙密谋革命,亦被泄漏。黄遁走日本,嗣又潜回上海,邀了同志万福华,刺杀前桂抚王之春。福华被拿,黄亦就获,经问官审讯,黄无证据,始得释,乃航海东去。浙江人蔡元培、章炳麟在上海组集会社,开设报馆,鼓吹革命。四川人邹容,又著了一册《革命军》,被江督魏光焘闻知,饬上海道密拿。元培走脱,章、邹二人被捉,邹容在狱病故,章炳麟幽禁数年,方得释放。到光绪三十一年,湖南人胡瑛、湖北人王汉,谋刺钦差铁良,尾至河南彰德府,无隙可乘,王汉愤极,将手枪对着自己胸前,一发而毙。胡瑛料知无成,亦遁往日本。历历写来,简而不漏。

接连又有五大臣出洋事,恼动了一位志士吴樾。樾系皖北桐城人,生得慷

慨激昂，自命为暗杀党先锋，他与五大臣毫无私仇，只为了排满主义，挟着炸弹，潜身进京。这日闻五大臣乘车出发，他先在车站坐待，等到五大臣陆续入站，将上火车，就取出炸弹，突然抛去。五大臣到底有福，未遭毒手，那仆役们恰死了好几个。误中仆役，恰难为一颗炸弹。当下大起忙头，由全班巡警，分路搜查，竟不见有可疑人物，只火车外面，有好几具尸首，仔细检查，除被炸的仆役外，有一血肉模糊的尸骸，粗具面目，恰没有人认识，复将衣服内一一检查，怀中尚藏有名片，大书吴樾姓名，名下又有"皖北人"三字，烈士徇名。大众料是革命党中人物，彼此相戒，几乎风声鹤唳，杯弓蛇影。

闹了月余，始渐平静。徐世昌、绍英不愿出洋，清廷只得改派了尚其亨、李盛铎。五大臣驾舰出游，自日本达美国，转赴英德。考察了数国政治，吸受些文明气息，遂从外洋拟了一折，把各国宪政大略，叙述进去。差不多如王荆公万言书，结末是请速改行立宪政体，期以五年。这奏折传达清廷，皇太后尚迟疑未决，至次年七月，五大臣回国，由两宫召见数次，他五人各畅所欲言，说得非常痛切。太后也为动容，遂于光绪三十二年七月十三日，颁发预备立宪的上谕道：

朕奉慈禧端佑康颐昭豫庄诚寿恭钦献崇熙皇太后懿旨：我朝自开国以来，列圣相承，谟烈昭垂，无不因时损益，著为宪典。现在各国交通，政治法度，皆有彼此相因之势，而我国政令，积久相仍，日处阽危，忧患迫切，非广求智识，更订法制，上无以承祖宗缔造之心，下无以慰臣庶治平之望，是以前简派大臣分赴各国，考查政治。现载泽等回国陈奏，皆以国势不振，实由于上下相睽，内外隔阂，官不知所以保民，民不知所以护国。而各国之所以富强者，实由于实行宪法，取决公论，君民一体，呼吸相通，博采众长，明定权限，以及筹备财用，经画政务，无不公之于黎庶。又兼各国相师，变通尽利，政通民和，有由来矣。时处今日，惟有及时详晰甄核，仿行宪政，大权统于朝廷，庶政公诸舆论，以立国家万年有道之基。但目前规制未备，民智未开，若操切从事，徒饰空文，何以对国民而昭大信？故廓清积弊，明定责成，必从官制入手。亟应先将官制分别议定，次第更张，并将各项法律，详慎厘订，而又广兴教育，清理财政，整顿武备，普设巡警，使绅民明悉国政，以预备立宪基础。着内外臣工切实振兴，力求成效，俟数年后规模粗具，查看情形，参用各国成法，妥议立宪实行期限，再行宣布天下。视进步之迟速，定期限之远近。着各省将军督抚，晓谕士庶人等，发愤为学，各明忠君爱国之义，合群进化之理，勿以私见害公益，勿以小忿败大谋，尊崇秩序，保守和平，以预备立宪国民之资格，有厚望焉！钦此。

这篇谕旨，在清廷以为空前绝后的政策，其实纸上空谈，连实行的期限尚且未定，已可见慈禧后的粉饰手段了。当下派载泽等编纂新官制，停捐例，禁鸦片，创设政务处及编制馆等，似乎锐意维新，不涉空衍。并命庆亲王奕劻为总核大臣，这庆亲王仰承慈眷，把懿旨格外凛遵，不到几日，就将京内外官制，核定崖略，具折奏陈：内阁军机处，暂仍旧贯，把六部改作十一部，首外务部，次吏部，次民政部，次度支部，次礼部，次学部，次陆军部，次法部，次农工商部，次邮传部，次理藩部，每部设尚书一员，侍郎二员，不分满汉，都察院改为都御史一员，副都御史二员，大理寺改为大理院，太常光禄鸿胪三寺，并入礼部，国子监并入学部，太仆寺并入陆军部，这算是京内官制的改革。各省督抚下，设布政、提法、提学三司，交涉纷繁的省分，增交涉使，有盐省分，仍留盐法使，或盐法道与盐茶道，东三省设民政、度支两使，代布政使职任。又裁撤分巡分守各道，添设巡警、劝业二道，分设审判厅，增易佐治员，这算是外省官制的改革。徒改官制，摆成一个空架子，究于国家何益？官制粗定，复开宪政编查馆，建资政院，中央立统计处，外省立调查局，并派汪大燮、于式枚、达寿三大臣，分赴英德日三国考察宪法。

正在忙碌时候，忽报革命党人赵声肇乱萍乡，清政府方道是宣布立宪，可以抵制革命，谁知革命党仍旧横行，免不得意外忧虑。嗣闻萍乡县已经严防，党人无从侵入，有几个已拿下了，有几个已枪毙了，只主张起事的赵声，恰远飏得脱，遍索无着。有人查得赵声履历，乃是江苏丹徒人，表字伯先，系南洋陆师学堂第一次毕业生，与吴樾很是投契。吴樾未死的时候，曾遗书赵声，有"君为其难，我为其易"的密约。赵声也有赠吴的诗章，小子曾记得二绝云：

淮南自古多英杰，
山水而今尚有灵。
相见尘襟一潇洒，
晚风吹雨大行青。

一腔热血千行泪，
慷慨淋漓为我言。
大好头颅拼一掷，
太空追撅国民魂。

清廷闻萍乡已靖，又渐渐放心，不意御史赵启霖，平白地上了一折，竟参劾黑龙江署抚段芝贵，连及农工商部尚书载振，又惹起一番公案来。

看官欲明底细，请向下回再阅。

光绪之季，清室已不可为矣。外则列强环伺，以辽东发祥地，坐视日俄之交争而不能止，西藏服属二百年，又被英人染指，剥丧主权。外交之失败，已不堪问。内则党人蜂起，昌言革命，纷纷起事，前仆后继，子房之椎，胜广之竿，皆内溃之朕兆。内外交迫，不亡可待？清廷即急起图治，实行立宪，亦恐未足固国本，树国防，况徒凭五大臣之考察，数月间之游历，袭取各国皮毛，而即谓吾国立宪，已十得八九，不暇他求，其谁信之？本回依事直书，而夹缝中屡寓贬笔，是固所谓皮里阳秋者耶。

## 第九十四回　倚翠偎红二难竞爽
## 剖心刎颈两地招魂

　　却说农工商部尚书载振，系庆亲王奕劻子，他因庆王执掌朝纲，子以父贵，曾封镇国将军及贝子衔。自官制改更，把工部易名农工商部，就令他作为部长。一介贵公子，只可曾顿化丛，如何能主持实业？少年显达，倜傥风流，前时未任部长，尝悦妓女谢珊珊，招至东城余园侑酒，备极媟亵。御史张元奇曾专折奏参，说他为珊珊傅粉调脂，失大臣体。折上留中，庆王心中似乎过不下去，令封闭南城妓馆，尽驱诸妓出京。莺莺燕燕，纷纷逃避，也算是红粉小劫，奈振贝子最爱赏花，遇着这般禁令，暗中未免埋怨。亏得境随时易，旧事渐忘，两宫宠眷，较前益隆。公子竟冠部曹，美人复来都下。一班袅袅婷婷的丽姝，渐集京津。内京有个杨翠喜，破瓜年纪，妩媚动人，又生就一副好歌喉，专演花旦戏，登台一唱，满场喝采，且将戏中淫媟情状，描摹得惟妙惟肖，顿时哄动都人。振贝子闻这艳名，哪得不亲去赏鉴？相见之下，果然名不虚传。那杨美人本藉此为生，晤着这般阔老，位尊多金，年轻貌秀，自然格外巴结。一醉留髡，愿谐白首。振贝子虽然应允，但总不免有些顾忌，未便遽贮金屋。忽被黑龙江道员段芝贵闻知，竟替翠喜赎出歌楼，允为侍婢，献进相府，喜得振贝子心花怒开，忙替他运动一个署抚缺，报他厚德。不料河南道监察御史赵启霖竟闻风上疏，劾他私纳歌妓，并参段署抚夤缘亲贵，物议沸腾。在赵御史恰也多事，慈禧后不得不派官调查。醇亲王载沣、大学士孙家鼐等奉派查办，把振贝子巧为开脱，只将"事出有因，查无实据"八字，做了回话手本。官场通病。赵启霖遂以谎奏革职，只这位揣摩迎合的段署抚，已先时撤去重差，未由复任，也算暂时倒运。案结后，言路大哗，庆王又令振贝子具疏辞职，奉旨虽准他开缺，恰仍温语褒奖，说他年富力强，才识稳练，有此本领，故善作护花铃。仍应随时留心政治，以资驱策。那时都御史陆宝忠、御史赵炳麟等，还是不服，上了宽容台谏一折。苍蝇碰石廊柱，终究是不生效力。

振贝子一场趣案,既瓦解冰消,他的兄弟载抟,也有好花癖性,访艳藏娇,成为常事。此次见阿兄无累,格外放胆做去,偏来了一个苏宝宝,与抟二爷有些因果,合做露水姻缘。宝宝别号情天楼,幼时本骏稚愚笨,不甚出色。乃姊叫作媛媛,在上海操卖淫业,名盛一时,宝宝私心艳羡,极力模仿乃姊,巧为妆饰。到了十四五岁,居然尽态极妍,一个黄毛丫头,竟变成了盛鬋丰容的丽女。还有一桩媚骨柔声,超出乃姊上。乃姊因妒成嫉,横加摧折。同胞寻仇,系中国人恒态,无怪苏媛媛。宝宝发愤为雄,偏离了阿姊,独张一帜。只因时运未至,操业不能称心。可巧有一老妪从北京回来,见了宝宝,视为奇货,即挈她北上。时来运转,迁地果良,竟结识了一个抟二爷,彼此定情,你贪我爱,这一段风流趣史,流传都中。报纸上又为他夸扬,一传十,十传百,连他老子奕劻也都闻知,把他严词训责。抟二爷无可奈何,只得忍痛割爱,暂避讥嘲。过了数月,旧性复发,又与一个名妓洪宝宝结不解缘,抟二爷专爱宝宝。与阿兄适成匹敌,真个是难兄难弟。当时某酒楼有题壁诗四绝,很有趣味,第一首云:

翠钿宝镜订三生,
贝阙珠宫大有情;
色不误人人自误,
真成难弟与难兄。

第二首云:

竹林清韵久沈寥,
又过衡门赋广骚;
转绿回黄成底事,
误人毕竟是钱刀。

第三首云:

红巾旧事说洪杨,
惨戮中原亦可伤;
一样误人家国事,
血脂新化口脂香。

第四首云:

娇痴儿女豪华客,
佳话千秋大可传;
吹皱一池春水绿,
误人多少好姻缘。

这四诗所指,即咏女伶杨翠喜、名妓洪宝宝事。后来御史江春霖,又劾直隶总督陈夔龙及安徽巡抚朱家宝儿子朱纶,说陈是庆王的干女婿,朱纶是振贝子的干儿子,朝旨又责他牵涉琐事,肆意诬蔑,着回原衙门行走。时人又拟成一副谐联云:

儿自弄璋爷弄瓦,
兄会偎翠弟偎红。

这联传诵一时,推为绝对。正是一门盛事。只台谏中有了二霖,反对庆邸父子,免不得恼了老庆。江春霖籍隶福建,赵启霖籍隶湖南,此时汉大学士瞿鸿玑,与赵同乡,老庆暗怨赵启霖,遂至迁怒瞿鸿玑。满汉相轧,汉相敌不过满相,已在意中。待至运动成熟,竟由恽学士毓鼎出头,参劾瞿鸿玑四大款:什么授意言官,什么结纳外援,什么勾通报馆,什么引用私人,恼动了慈禧太后,竟欲下旨严谴。幸而查办大臣孙家鼐、铁良等,代瞿洗释,改大为小。这瞿中堂算得免斥革,有旨以"开缺回

第九十四回 倚翠偎红二难竞爽 剖心刻颈两地招魂

籍"四字，了结此案。二霖扳不倒，老庆一鼎已足压双木，可见清廷敝政。

自是全台肃静，乐得做仗马寒蝉，哪个还出来寻衅？这慈禧太后恰清闲了不少，每日与诸位宫眷，抹牌听戏。戏子谭鑫培是伶界中泰斗，专唱老生戏，入园供直，相传谭演《天雷报》一剧，唱得异常悱恻，居然空中应响，起了一个大霹雳，时人因称他作谭叫天，太后呼他为叫天儿。叫天儿上台，没一个不表欢迎，所以京中人都着谭迷，几乎举国若狂。当时肃亲王善耆，任民政部尚书，在宗室中称是明达，也未免嗜戏成癖。先时与叫天儿作莫逆交，得了几句真传，竟微服改装，与名伶杨小朵合演《翠屏山》，善耆扮石秀，杨扮潘巧云，演到巧云斥逐石秀时，杨斥善耆道："你今天就是王爷，也须与我滚出去！"听戏的人，有认得善耆的，都为杨伶捏一把汗，偏这善耆毫不介意，反觉面有喜容，所以谭叫天亦极口称赞，说是可授衣钵，惟他一人。官场原是戏场，肃王旷达，何妨小试。

一班梨园子弟，正极承慈眷的时候，忽一片骇浪，发自安徽。一个管辖全省的恩巡抚，被一候补道员徐锡麟手枪击死。这警电传到北京，吓得这位老太后，也出了一回神，命即停止戏剧，匆匆回宫，连颐和园都不敢去。"渔阳鼙鼓动地来，惊破霓裳羽衣曲"，想清宫情景，也如唐宫里差不多哩。小子闻那道员徐锡麟，系浙江绍兴人，曾中癸卯科副贡，科举废后，在绍兴办了几所学堂，得了两个好学生，一姓陈名伯平，一姓马名宗汉，嗣因自己未曾习武，复赴德国入警察学堂，半年毕业，匆匆回国。适他表亲秋女士瑾也从日本留学回家，秋女士的仪表，不亚男子，及笄时，曾出嫁湖南人王某，两人宗旨不同，竟成怨偶。她即赴东留学，学成归国，至上海遇着徐锡麟，谈起宗旨，竟尔相同，无非是有志革命。当下徐锡麟创设光复会，叫陈、马两学生做会员，自任为会长，联络各处同志，结成一个小团体。既而偕秋女士同回绍兴，把前立的大通学校，认真接办，注重体操，隐储作革命军，嗣接同乡好友陶成章来书，劝他捐一官阶，厕入仕途，以便暗中行事。锡麟深以为然，他家本是小康，又经同志帮助，凑成了万余金，捐了一个安徽候补道。银两上兑，执照下颁，锡麟领照到省，参见巡抚恩铭，恩抚不过按照老例，淡淡地问了几句。锡麟口才本是很好，见风使帆，引磁触铁，居然把恩抚一副冷肠，渐渐变热。官场中的迎合，亏他揣摩。传见数次，就委他作陆军小学堂总办；旋又因他警察毕业，兼任他做巡警会办。他得了这个差使，尽心竭力，格外讨好，暗中恰通信海外，托同志密运军火，相机起事。恩抚全然不知，常赞他办事精勤。不想两江总督端方来了密电，内称革命党混入安徽，叫恩抚严密查拿。恩抚立传徐锡麟进见，示他译出的电文，锡麟一瞧，不由得吃了一惊。这电文内所称党首，第一名就是光汉子，幸下文没有姓名，还得暂时瞒住，佯作不解状，从容对恩抚道："党人潜来，应亟加防备，职道请大帅严饬兵警，认真稽查！"恩抚道："老兄办事，很有精神，巡警一方面，要托老兄了。"

锡麟应声而别，回寓后与陈、马二人密商，主张速行起事，先发制人，是年已是光绪三十三年。锡麟拟赶办学堂毕业，请恩抚到堂，行毕业礼，乘间刺杀恩铭。议定后，遂备文申详，定于五月二十八日行毕业礼，经恩抚批准，锡麟即密招党人，届期会集安庆，内应外合，做一番大大的事业。谁料到二十八日外，忽由恩抚传见，命他改期。锡麟惊问何故，这一惊比前更大。恩抚说二十八日系孔子升祀大典，须前去行礼，无暇来堂，所以要提早两日。锡麟踌躇了一会，只推说文凭等件，都未办齐，恐不能提早。恩抚微笑，半响才道："赶紧一些，便好办齐，有什么来不及哩！"锡麟观形察色，未免有些尴尬，不好再说。恩抚已举茶辞客，锡麟回寓，又与陈、马二人密议多时，统是没法，只得拼了性命，向前做去。到了二十六日，锡麟命在学堂花厅内摆设筵席，预埋炸药，俟恩抚到堂，先行请宴，索性连巡抚以下各官，一概炸死，以便发难。辰牌时候，司道等俱至堂中，恩抚亦乘轿到来，由锡麟一一迎入。献茶毕，恩抚便命阅操，锡麟忙回禀道："请大帅先饮酒，后阅操！"恩抚道："午后有事，不如先阅操为便。"便传集全堂学生，齐立阶下。恩抚率司道坐堂点名，忽走入学务委员顾松，请恩抚就座少缓。锡麟听着，疑顾松已知密谋，遂不管好歹，从怀中取出炸弹，向前抛去，偏偏炸弹不炸。想是司道等不该死。

恩抚听见响声，忙问何事，顾松接口道："会办谋反。"说时迟，那时快，恩抚面前，又是一弹飞至。恩抚忙把右手一遮，刚刚击中右腕，这颗枪弹，是马宗汉放出来的。锡麟见未中要害，竟取出手枪两支，用两手连放，击射恩铭。恩铭受了数创，最厉害的一弹，穿过小腹，立即晕倒。文巡捕陈永颐忙去救护，一弹中喉，又复毙命。武巡捕德文，也身中五弹，顿时堂中大乱。恩抚守护军将恩铭背出，恩铭尚未至毙，一声呼痛，一声叫拿徐锡麟。藩司冯煦带了各官，越门而逃，锡麟忙叫关门，奈被顾松阻住，竟放各官出门。锡麟大愤，执了马刀，赶杀顾松，顾松欲逃，被陈伯平开了一枪，了结性命。锡麟见各官已去，与陈、马二徒胁迫学生多名，趋占军械所。城内各兵，已奉藩司命围攻，锡麟命伯平守前门，宗汉守后门，内外轰击了一回，被官兵攻入，击死陈伯平，捉住马宗汉，单单不见徐锡麟。就近搜查，到方姓医生家，竟被搜着。冤家相遇，你一手，我一脚，把锡麟打至督练公所。当由藩司冯煦、臬司毓钟山，坐堂会审。锡麟立而不跪，冯煦厉声喝道："恩抚是你的恩帅，你到省未几，即委兼差，你应感激图报，为什么下此毒手？且有同党几人？"锡麟道："这是私恩，不是公愤，你等也不配审我，不如由我自写。大丈夫做事，当磊磊落落，一身做事一身当，何容隐讳？"冯煦道："很好。"便命左右取过

纸笔，令他自书。锡麟坐在地上，提笔疾书道：

  我本革命党大首领，捐道员，到安庆，专为排满而来。满人虐我汉族，将近三百年，综观其表面立宪，不过牢笼天下人心，实主中央集权，可以膨胀专制力量。满人妄想立宪便不能革命，殊不知中国人之程度，不够立宪。以我理想，立宪是万万做不到的。若以中央集权为立宪，越立宪得快，越革命得快。我只拿定革命宗旨，一旦乘时而起，杀尽满人，自然汉人强盛，再图立宪不迟。我蓄志排满，已十余年，今日始达目的，本拟杀恩铭后，再杀端方、铁良、良弼，为汉人复仇，乃杀恩铭后，即被拿获，实难满意。我今日之举，仅欲杀恩铭与毓钟山耳。恩抚想已击死，可惜便宜了毓钟山。此外各员，均系误伤，惟顾松系汉奸，他说会办谋反，所以将他杀死。尔言抚台是好官，待我甚厚，诚然。但我既以排满为宗旨，即不能问满人作官好坏。至于抚台厚我，系属个人私恩，欲杀抚台，乃是排满公理。

  此举本拟缓图，因抚台近日稽查革命党甚严，恐遭其害，故先为同党报仇。且要当大众面前，将他打死，以成我名。尔等再三问我密友二人，现已一并就获，均不肯供出姓名，将来不能与我大名并垂不朽，未免可惜，所论亦是。但此二人皆有学问，日本均皆知名，以我所闻，在军械所击死者，为光复子陈伯平，此实我之好友。被获者，或系我友宗汉子，向以别号传，并无真姓名。此外众学生程度太低，无一可用之人，均不知情。你们杀我好了，将我心剖了，两手两足斩了，全身砍碎了，均可。不要冤杀学生，学生是我诱逼去的。

  革命党本多，在安庆实我一人。为排满故，欲创革命军，助我者仅光复子、宗汉子两人，不可拖累无辜。我与孙文宗旨不合，他也不配使我行刺，我自知即死，因将我宗旨大要，亲书数语，使天下后世，皆知我名，不胜荣幸之至！徐锡麟供。

  写毕，掷交公案。藩臬两司已得实供，复闻恩铭已死，便商议一番，拟援张汶祥刺马新贻案，惩办锡麟。一面电奏北京，一面将锡麟钉镣收禁。隔了两天，京中复电照办，并命冯煦署理皖抚，冯煦即命将锡麟挪出正法，复剖胸取心，致祭恩抚灵前。刑已减轻，如何仍此惨酷？复将马宗汉讯问得供，亦推出枭首。又传电浙江，查办徐氏家属，浙江巡抚张曾敫，接着此信，忙饬绍兴府贵福遵行。锡麟父徐梅生向来守旧，曾告锡麟忤逆，至是到会稽县自首。县令李端年调查旧卷，果有梅生控子案，遂不去逼迫，只饬交捕厅管押。锡麟弟伟，正去安徽访父，被冯署抚拿住，供称与兄意见不合。今欲到表伯俞巡抚处省视，路过安庆，顺道访兄，不意被拿，兄事实不知情。冯抚察无虚语，又因他供与湘抚俞廉三有亲，未免袒护一点，遂把他减轻罪名，监禁十年。

  只绍兴府贵福，本系满人，格外巴结，不但将徐氏家产，抄没入官，并把大通学堂，也勒令封闭；并令差役入内检查。适值秋瑾女士偶憩校中，差役不由分说，竟将她拿入府署，给她纸笔，逼令供招。秋瑾提笔写一"秋"字，经堂下令她写下，她又续书六字，凑成了一句诗，乃是"秋风秋雨愁煞人"一语。贵福道："这句便是谋反的意想。"不知所据何典？所引何律？遂夤夜电禀张抚，说是："秋瑾勾通徐锡麟，谋叛已有实据，现在拿获，应请正法！"张抚闻有谋叛确证，复电就地处决。可怜这位秋女士，被绑至轩亭口，愤无从泄，竟尔受刑。同善堂发棺收殓，以免暴骨。那贵福既杀了秋瑾，复令兵役到处搜查，忙乱了好几日，查不出有革命党踪迹。兵役异想天开，遇着居民行客，任意敲诈，连秃头和尚、天足妇人，统说他是徐、秋二人党羽，得了贿赂，方才释手。约有一两个月，兵役已经满意，始复称没有革命党。贵福照禀张曾敭，曾敭电达安徽，并奏报北京，才算了案。杭绍的百姓，只有三魂六魄，已吓去了一半。至民国光复后，方把徐氏家产发还，并将秋女士遗骸改葬西湖，碣书鉴湖女侠秋璿卿墓。璿卿即秋瑾表字，"鉴湖女侠"乃秋瑾别号。后人有挽徐志士并秋女侠对联两副，颇觉可诵。挽徐志士一联云：

铁血主义，民族主义，早已与时俱臻；未及睹白帜飘扬，地下英灵应不瞑。

只知公仇，安识私恩，胡竟为数所厄？幸尚有群雄继起，天涯草木俱生春。

挽秋女士一联云：

今日何年？共诸君几许头颅，来此一堂痛饮。

万方多难，与四海同胞手足，竞雄廿纪新元。

皖浙事方了，粤省又有会党起事，正是一波才平，一波又起，清室江山，总要被他收拾了。待小子下回再叙。

立宪之伪，于改革官制见之。官制虽更，而一班绔袴少年，以涂脂抹粉之手段，竟尔超升高位，欲其改良政治也得乎？迨御史攻讦，老羞成怒之奕劻，不知整饬家法，反令迁谪言官，甚至同寅大僚，亦受嫌被黜，周厉监谤，不是过也。徐锡麟谓越立宪的快，越革命的快，斯言实获我心。疆吏趋承上旨，加以惨戮，激之愈烈，发之办愈速。徐死后仅阅五年，而鄂军发难，清社墟矣。

书有之："四海困穷，天禄永终"，信然！

## 第九十五回　遘奇变醇王摄政
## 　　　　　　继友志队长亡躯

　　却说粤东西两省，自洪杨荡平后，尚有余党孑遗，当时虽幸逃性命，本心终是未改，隐名韬姓的溷了几年，联络几个老朋友，免不得又来出头。什么三点会，三合会，统是藏着洪大王的姓，想与洪天王复仇。革命党人利用这班会党，密与通信，叫他起事，因此广东韶平县的会党，攻黄冈协镇衙门；惠州府的会党，谋变七女湖；钦州的会党，也闻风踵起，攻陷防城。只是乌合之众，终究不能济事。革命党联络会党，也太觉拉杂。官兵一出马，两三仗便把会党击败，四散逃走。清廷以为癣疥微疾，不足深虑，独直督袁世凯以内忧外患，交迫而起，奏请实行立宪。鄂督张之洞以各校学生日趋浮嚣、好谈革命，奏请设存古学堂，冀挽颓风。一促维新，一拟存古，看似两岐，实是同一般用意。清廷遂召两督入京，统补授军机大臣，另下诏化除满汉畛域，令内外各官条陈办法。

　　当下各官吏应诏陈言，有说宜许满汉通婚，有说要实行立宪、筹定年限。慈禧太后，倒也无乎不可，遂改考查政治馆为宪政编查馆，叫他按年筹备。宪政编查馆诸公，遂提出九年的期限，拟自光绪三十四年起，至四十二年止，将预定各事，陆续办齐，按年列表，上陈慈鉴。日月逝矣，岁不我与，奈何？奉谕："逐年筹备事宜，照单察阅，统是立宪要政，必须秉公认真，次第推行"云云。官廷中的意见，总道是谕旨迭下，可以销弭隐祸，笼络人心。徒托空言，何济于事？偏偏民情愈奋，民气益张。苏浙两省为了沪杭甬铁路，决议自办，拒绝英国借款；山西人为了外人开矿，有失利权，决立矿务公司，力图抵制；安徽又开铁矿大会，协争江浙铁路借款，并力请自办浦信铁路；广东人因外务部许税司管理西江捕权，会议力争。这一桩，那一件，都来与政府交涉。军机处的王大臣及各部堂官，忙得日无暇晷，磋磨又磋磨，调停复调停，方才敷衍过去。

　　忽闻广西镇南关，又有革命党攻入，夺去右辅山炮台三座。有旨切责桂抚，令他指日克复。桂抚连忙调兵派将，运械输粮，与革命军对垒。官兵的饷械，陆续前来，革军的饷械，只是孤注。相持了好几日，革军已是械尽粮空，没奈何仍走外洋。桂抚遂上折报功，有几个有运气的将士，升官蒙赏，又沐了好些皇恩。

勉勉强强过了一年，已是光绪三十四年了。过年的时候，宫中照例庆祝，又有一番热闹。初十日是皇后千秋节，除太后皇帝外，众人统向皇后祝寿。元宵这一日，花灯绚彩，烟火幻奇，宫中复另具一番景色。不意日本公使来了一个照会，内称粤海关擅扣汽船，侮辱国旗，要求外务部赔偿损失，吓得外务部瞠目结舌，正拟拍电去粤，粤省的大吏已有电文传到，照电译出，系日本汽船二辰丸私运军火，接济民党，由粤海关查出，搜得枪枝九十四箱、子弹四十箱，当将二辰丸扣留，卸去日本国旗。外务部据事答复，偏偏日使不认，硬要同清廷呕气，彼此舌战了一回，日使竟取出强权手段，欲以武力对待。外务部无如彼何，只好事事应允，释船惩官，赔款谢罪，才算了结。强国有公理，弱国无公理，可为一叹。粤民大愤，拟停止日货交易，日使又强迫外务部，令粤督严禁，中国人虎头蛇尾，五分钟热心，不久即消灭净尽，日货仍充塞街中了。我同胞听着。

那时西陲的廓尔喀、尼泊尔两国，恰遣使入贡，达赖喇嘛前次避入库伦，至是闻英藏案结，回至西宁，亦上表入觐。太后特旨嘉许，命地方官优礼相待。到京后，赐居雍和宫，加封为诚顺赞化西天大善自在佛。徒事羁縻，不足以服达赖。会太后诞辰将至，便留达赖替他祝寿，自己畅游颐和园万寿山，图个尽欢。大约自己亦知不永。到了万寿期内，城内正街，装饰一新，宫中设一特别戏场，演戏五日，这是拳匪以后第一次盛典。达赖喇嘛亦带领属员，向太后叩祝，外国使臣，各遣员祝贺。只光绪帝已经抱病，不能率王大臣行礼，但于万寿日早晨，由瀛台至仪鸾殿，勉强拜祝。太后见他颜色憔悴，形容枯槁，亦未免动了慈心，命太监扶掖上轿，令帝回入瀛台。是日下午，太后挈后妃福晋太监等泛舟湖中，天气晴和，湖光一碧，太后老兴勃发，命妃嫔福晋等，改着古衣，扮做龙女善男童子，李莲英扮韦驮，自己扮观音大士，拍一照相，留作纪念。七十余年的历史，统作幻影观可也。游至日暮，兴尽方归。归途中凉风拂拂，侵入肌骨，又多吃乳酪苹果等物，竟至病痢。翌日尚照常理事，批阅奏折多件。又越日，太后皇帝都不能御殿。达赖闻太后染疾，呈上佛像一尊，禀称可镇压不祥，应速往太后万年吉地，妥为安置。太后喜其，病几少瘥。翌日仍御殿，召见军机大臣，命庆王送佛像至陵寝。庆王闻命，迟疑一会，才奏称："太后皇上，现皆有病，奴才似不便离京。"太后道："这几日中，我不见得就会死，我现在已觉得好些了。无论怎样，你照我话办就是。"庆王不敢违旨，始奉佛像去讫。次日，太后皇帝同御便殿，直隶提学使傅增湘陛辞，太

后道:"近来学生,思想多趋革命,此等颓风,断不可长。你此去务尽心力,挽回末习方好。"言下颇为伤感,傅增湘应令趋退,太后即宣召医官入内诊病。

自是光绪帝不复视朝,太后亦休养宫中,未曾御殿。御医报告两宫病象,均非佳兆,请另延高医诊视。军机处特派员请庆王速回,一面增兵卫宫,稽查出入,伺察非常。庆王接信,兼程入京,一到都下,闻光绪帝病重,太后已拟立醇王子溥仪为嗣,当下入宫谒见太后。太后即向庆王道:"皇上病重,看来要不起了。我意已决,立醇王子溥仪。"庆王道:"就支派上立嗣,溥伦是第一个应继,其次还是恭正溥伟。"太后道:"我意已定,不必异议。从前我将荣禄的女儿与醇王配婚,便等她生下儿子,立为嗣君,报荣禄一生的忠心。荣禄当庚子年防护使馆,极力维持,国家不亡,全仗彼力。今年三月,曾加殊恩与荣禄妻室,现已饬迎醇王子溥仪入宫,授醇王为监国摄政王了。"庆王闻言,暗想木已成舟,无可再说,便道:"太后明见,想亦不错。"太后又道:"皇上终日昏睡,清醒时很少,你去看他一看,倘或醒着,可将此意传知。"

庆王便转至瀛台,到光绪帝寝榻前,但见光绪帝双目睁着,气喘吁吁,瘦骨不盈一束。榻下只有一两个老太监,充当服役,连皇后瑾妃都不在侧,未免触景生悲,暗暗堕泪。当时请过了安,光绪帝亦两泪含眶,便有气无气地向庆王道:"你来得很好!我已令皇后往禀太后,恐不能长侍慈躬,请太后选一嗣子,不可再缓。"庆王便婉述太后旨意,光绪帝半晌才道:"立一长君,岂不更好?但不必疑惑,太后主见,不敢有违。"到死还不敢批评太后,惊弓之鸟,煞是可怜!庆王道:"醇王载沣,已授为监国摄政王,嗣君虽幼,可以无虑。"光绪帝道:"这且很好,但我……"说到"我"字,喉中竟哽咽起来。庆王连忙劝慰,便道:"皇上不必怆怀,如有谕旨,奴才当竭力遵办。"光绪帝道:"你是我的叔父行,不妨直告。我自即位以来,名目上亦有三十多年,现在溥仪入嗣,还是承继何人?"庆王闻了此语,倒也踌躇了一会;想定计画,才道:"承继穆宗,兼祧皇上。"光绪帝道:"恐怕太后未允。"庆王道:"这在奴才身上。"言未毕,太监报称御医入诊,当由庆王替光绪帝传入。医官行过了礼,方诊御脉。诊罢辞退,庆王亦随了出来,问御医道:"脉象如何?"御医道:"龙鼻已经煽动,胃中又是隆起,都非佳兆。"庆王问尚有几日可过,御医只是摇头。

庆王料是不久,便别了御医,径禀太后。太后道:"各省不知有无良医,应速征入都方好。"还要良医何用?庆王道:"恐来不及了。"太后道:"你却去叫军机拟旨,如有良医,速遣入诊,我也病重得很。"庆王退出。还有宫监们旁构逸言,说皇帝前数日,闻太后病,尚有喜色。太后发怒道:"我不能先他死。"小人之可恶如此。是日下午,太后闻报帝疾大渐,便亲至瀛台视疾,光绪帝已昏迷不省，太后命宫监取出长寿礼服，替帝穿着，帝似乎少醒，用手阻挡，不肯即穿。向例皇上弥留，须着此礼服，若崩后再穿，便以为不祥。太后见帝不愿穿上，便令从缓，延至五点钟驾崩，是日为光绪三十四年十月二十一日。太后、皇后、妃嫔二人及太监数人在侧。太后见帝已崩逝，匆匆回宫，传谕降帝遗诏，并颁新帝登基喜诏。庆王闻耗，急趋入宫，见遗诏已经誊清，忙走前瞧阅道：

朕自冲龄践阼，寅绍丕基，荷蒙皇太后怙育仁慈，恩勤教诲，垂帘听政，宵旰忧劳，嗣奉懿旨，命朕亲裁大政，钦承列圣家法，一以敬天法祖，勤政爱民为本。三十四年中，仰禀慈训，日理万机，勤求上理，念时势之艰难，折衷中外治法，辑和民教，广设学堂，整顿军政，振兴工商，修订法律，预备立宪，期与薄海臣庶，共享昇平。各直省遇有水旱偏灾，凡疆臣请赈请蠲，无不恩施立沛。本年顺、直、东三省，湖南、湖北、广东、福建等省，先后被灾，每念我民满目疮痍，难安寝馈。朕躬气血素弱，自去岁秋间不豫，医治至今，而胸满胃逆，腰痛腿软，气壅咳喘诸证，环生迭起，日以增剧，阴阳俱亏，以致弥留，岂非天乎？顾念神器至重，亟宜传付得人，兹钦奉慈禧端佑康颐昭豫庄诚寿恭钦献崇熙皇太后懿旨，以摄政王载沣子溥仪，入承大统，在嗣皇帝仁孝聪明，必能仰慰慈怀，钦承付托，忧勤惕厉，永固邦基。尔京外文武臣工，其清白乃心，破除积习，恪遵前次谕旨，各按逐年筹备事宜，切实办理！庶几九年以后，颁布立宪，克终朕未竟之志。在天之灵，藉稍慰焉。丧服仍依旧制，二十七日而除。布告天下，咸使闻知。

庆王瞧毕，便禀太后道："新皇入嗣，是否承继穆宗？"太后道："这个自然。吴可读曾至尸谏，难道竟忘记么？"庆王道："承继穆宗，原应该的，但大行皇帝，亦不可无后，应由嗣皇兼祧。"太后不应，庆王再请，太后且有怒容。庆王叩头道："从前穆宗大行，未曾立嗣，因有吴可读尸谏。现今皇上大行，若非筹一兼顾的法子，仍如穆宗无嗣，安得没有第二个吴可读，仍行尸谏故事？将来应如何对待，还乞太后圣裁。"太后被他驳住，才忍着性子道："你去拟旨来，待我一阅。"庆王即起，取纸笔，草拟遗诏道：

钦承慈禧端佑康颐昭豫庄诚寿恭钦献崇熙皇太后懿旨：前因穆宗毅皇帝，未有储贰，曾于同治十三年十二月初三日降旨，皇帝生有皇子，应承继穆宗毅皇帝为嗣。今大行皇帝龙驭上宾，亦未有储贰，不得已以摄政王载沣之子溥仪，承继穆宗毅皇帝为嗣，兼承大行皇帝之祧。

兼祧之制已定，光绪帝才算有嗣。最感激的，乃是光绪皇后。庆王等退出，时已夜半，太后才得安寝。次日尚召见军机与皇后摄政王及摄政王福晋，谈论多时。复用新皇帝名目，颁一上谕，尊太后为太皇太后，皇后为太后，其时尚谈及庆祝尊号及监国授职的礼

## 第九十五回 遗奇变醇王摄政 继友志队长亡躯

节。到了午膳，太后方饭，忽然间一阵头晕，猝倒椅上。李莲英等忙扶太后入寝宫，睡了好一歇，方才醒转，令召光绪皇后、摄政王载沣及军机大臣等齐集，咐吩各事，从容清晰。并云："病将不起，此后国政应归摄政王办理。"随令军机大臣拟旨，大略如下：

奉太皇太后懿旨：昨已降谕，以醇王为监国摄政王，禀承予之训示，处理国事。现予病势危急，自知不起，此后国政，即完全交付监国摄政王。若有重要之事，必须禀询皇太后者，即由监国摄政王禀询裁夺。

看这道上谕，可见慈禧后爱怜侄女，与待同治皇后大不相同。不但爱怜侄女，且暗蓄那拉族势力。慈禧后叮嘱既毕，喉中顿时痰壅，咯了几口，休养了好一会。军机大臣尚未趋退，当下命草遗诏。军机拟诏毕，呈慈禧后，慈禧后还能凝神细阅，从头至尾，看了一遍。又命军机加入数语，才算定稿。到了傍晚，渐渐昏沉，忽又神气清醒，谕王大臣道："我临朝数次，实为时势所迫，不得不然。此后勿再使妇人预闻国政，须严加限制，格外防范！尤不得令太监擅权，明末故事，可为殷鉴。"说到末句，已是不大清楚。临终时偏有此遗嘱，所谓人之将死，其言也善。喉中的痰，又壅塞起来。面色微红，目神渐散，随即逝世。时仅两日，遭了两重国丧，宫廷内外，镇定如常，这还是慈禧一人的手段。越日即传布遗诏道：

予以薄德，祗承文宗显皇帝册命，备位宫闱。迨穆宗毅皇帝，冲年嗣统，适当寇乱未平，讨伐方殷之际，时则发捻交讧，回苗傲扰，海疆多故，民生凋敝，满目疮痍，予与孝贞显皇后，同心抚视，夙夜忧劳，秉承文宗显皇帝遗谟，策励内外臣工，暨各路统兵大臣，指授机宜，勤求治理，任贤纳谏，救灾恤民，遂得仰承天庥，削平大难，转危为安。及穆宗毅皇帝即世，今大行皇帝入嗣大统，时事愈艰，民生愈困，内忧外患，纷至沓来，不得不再行训政。前年宣布预备立宪诏书，本年颁示预备立宪年限，万机待理，心力俱殚，幸予气体素强，尚可支持。不期本年夏秋以来，时有不适，政务殷繁，无从静摄，眠食失宜，迁延日久，精力渐惫，犹未敢一日暇逸。本年二月一日，复遭大行皇帝之丧，悲从中来，不能自克，以致病势增剧，遂致弥留。回念五十年来，忧患迭经，兢业之心，无时或释。今举行新政，渐有端倪，嗣皇帝方在冲龄，正资启迪，摄政王及内外诸臣，尚其协心翊赞，固我邦基！嗣皇帝以国事为重，尤宜勉节哀思，孜孜典学，他日光大前谟，有厚望焉！丧服二十七日而除，布告天下，咸使闻知！

遗诏既下，准备丧葬典礼，务极隆崇。加谥曰"孝钦显皇后"，谥光绪帝为"德宗景皇帝"。越月，嗣皇帝溥仪即位，年甫四龄，由摄政王扶掖登基，以明年为宣统元年，上皇太后徽号曰"隆裕皇太后"，并颁摄政王礼节，及覃恩王公大臣有差。

京中一吊一贺，方在热闹得很，忽报安徽省又起革命风潮。大众还道徐锡麟复生，惊疑不定，后来探听的确，方知发难的首领，乃是炮队队官熊成基。成基因徐锡麟惨死，心怀不平，适值前炮营正目范传甲，与锡麟乃是故交，锡麟死时，曾对着尸首，恸哭一回，被抚院卫队撞见，飞奔得脱。是时闻两宫崩逝，遂潜至安庆，运动熊成基起事。成基应允，密召部下营兵，宣告革命。部众倒也赞成，当即编成命令十三条，定于十月二十六日颁布。处置既定，又暗约弁目薛哲在城内接应。届期十点钟，炮营内全队俱发，先至陆军小学堂，破门而入，直趋操场军械室，取得枪杆；又至火药库，夺了子弹，正想长驱入城，不料城门已是紧闭。成基还待薛哲接应，等了许久，毫无影响，遂在沿城小山上架炮轰城。连放数炮，城不能破，反被城上轰击过来，死伤部众数十人。正在着忙，忽闻长江水师已奉江督端方命令，来救安庆，成基料知事泄，便率众向西北遁走。途中解散部众，只身独行。沿路记念范传甲，不知如何下落。行到山东，适遇一位好友从安庆来，两下相叙，才知范传甲谋刺大吏，未成被获，已是就义，不禁涕泪交横。友人复劝他远走辽东，免被缉获，成基应诺而去。

到了宣统二年，贝勒载洵出使英国，贺英皇加冕，道出哈尔滨，成基想把他刺死，偏偏载洵的卫队布得密密层层，孑身无从下手，只得眼睁睁由他过去。不过成基心总未死，拟乘载洵回国，再行着手。一面联络石往宽、喻培伦二人，做了臂助。无如谋事在人，成事在天，载洵从原路归来，成基方与石、喻二友，执着手枪，拼命入刺，哪知枪还未发，已被巡警捉住。三个人拿住了一双半，解到吉林，由巡抚审讯，三人直供不讳，眼见得性命难保了。军官也要革命，虽不中，不远矣。

这且搁下不提，单说皖乱已平，江督端方即报知摄政王，摄政王稍觉安心。只光绪帝曾有遗恨，密嘱摄政王，摄政王握了大权，便想把先帝恨事，报复一番。正是：

遗命不忘全友爱，
宿仇未报速安排。

毕竟所为何事，且从下回叙明。

慈福太后之殁，距光绪帝崩，仅一日耳，后人啧有烦言，或谓光绪帝已崩数日，宫内秘不发丧，直至嗣皇定位，慈禧复逝，因次第宣布。或谓光绪帝之崩，实在太后临终之后，守旧党人，恐光绪帝再出亲政，不免于祸，遂设法置诸死地。以讹传讹，成为千古疑案。予考中外成书，于两宫谢世，并无异论，是则悠悠之口，不足为凭。著书人据事叙录，未尝羼入谬论，存其实也。独慈禧太后两立幼君，至于光绪帝崩，复迎立四龄幼主，入宫践阼。意者其尚望延年，仍行训政欤？否则为光绪后留一地步，维持叶赫族永久权势，而因有此举也。后人曾有咏宫词云：

纳兰一部首奸诛，
婚媾仇雠篋脱弧。
二百年来成倚伏，

两朝妃后侄从姑。

即是以观,叶赫亡清之谶,不特应于慈禧后一人之身,隆裕后亦与焉。皖中革命,先徐后熊,影响及仕途军界,清之不亡无几矣。隆裕后尚无亡国之咎,不过慈禧当国数十年,天人交怨,特假隆裕以泄其忿耳。慈禧考终,不及见逊位之祸,慈禧其亦幸矣哉!

第九十五回 遘奇变醇王摄政 继友志队长亡躯

## 第九十六回　二显官被谴回籍　众党员流血埋冤

　　却说摄政王载沣,因记起光绪帝遗恨,亟图报复,遂密召诸亲王会议。庆王奕劻等,都至摄政王第中,由摄政王取出光绪帝遗嘱,乃是的确亲笔,朱书五个大字。庆王奕劻瞧着,便道:"这事恐行不得。"摄政王道:"先帝自戊戌政变以后,幽居瀛台,困苦得了不得,想王爷总也知道。现在先帝驾崩,遗恨终身,在天之灵,亦难瞑目。"言毕,面带泪容。庆王道:"畿辅兵权,统在他一人手中,倘欲把他惩办,以致禁军激变,如何是好?"故抱含蓄之笔。摄政王嘿然不答。庆王又道:"闻他现有足疾,不如给假数天,再作计议。"摄政王勉强点头。

　　看官,你道光绪帝恨着何人?遗嘱内是什么要语?小子探明底细,乃是"袁世凯处死"五字。一鸣惊人。原来戊戌变政时,光绪帝曾密嘱袁世凯叫他赴津去杀荣禄。袁去后,荣禄即进京禀报太后(照应八十七回),太后再出训政,把帝幽禁终身,不能出头。你想光绪帝的心中,如何难过?能够不引为深恨么?荣禄本系太后心腹,光绪帝还原谅三分,只老袁奉命赴津,不杀荣禄,反令荣禄当日赴京,那得不气煞恨煞?荣禄死后,老袁复受了重任,统辖畿内各军,权势益盛。太后复格外宠遇,因此光绪帝愈加愤闷。临危时,闻胞弟载沣已任摄政王,料得太后年迈,风烛草霜,将来摄政王总有得志日子,所以特地密嘱。摄政王奉了兄命,趁这大权在手,自然要遵照施行。可奈庆王从中阻止,只得照庆王的计画,从宽办理。那老袁亦得着风声,便借足疾为名,疏请辞职。摄政王便令他开缺回籍,他即收拾行李,竟回项城县养疴。摄政王因老袁已去,将端方调任直督,保卫京畿。

　　宣统改元,半年无事,隆裕太后在宫娱养,免不得因情寄兴,想拣个幽雅地方,闲居消遣。适大内御花园左侧,有土阜一区,很是爽敞,向由堪舆家言,不宜建筑。隆裕后性颇旷达,破除禁忌,竟饬工匠在土阜上兴筑水渠,四围浚池,引玉泉山水回绕殿上。窗棂门户,无不嵌用玻璃,隆裕太后自题扁

额,叫作灵沼轩,俗呼为水晶宫。土木初兴,中元复届,太皇太后梓宫,尚未奉安,隆裕记念慈恩,特饬造大法船一只,用纸扎成,长约十八丈有零,宽二丈,船上楼殿亭榭,陈设俱备,侍从篙工数十人,高与人等,统穿真衣。上设宝座,旁列太监宫女,及一切器用,下面跪着身穿礼服的官员,仿佛平日召见臣工的形状。中悬一黄缎巨帆,上书"普渡中元"四大字。船外围绕无数红莲,内燃巨烛,都人推为巨制。统是民血,何苦如此?摄政王用皇帝名致祭舟前,祭毕,将大法船运至东华门外,敬谨焚化。一时男妇老幼,都来观集,叹为古今罕见。这项报销,闻达数十万金。过了两月,奉安届期,前三日间,又焚去纸扎人物,驼马器用等,不可胜计。

奉安这一日,车马喧阗,旌旗严整,簇拥着太皇太后金棺,迤逦东行。摄政王载沣骑马前导。隆裕太后率领嗣皇及妃嫔人等,乘舆后送。两旁都是军队警吏,左右护卫,炫耀威赫景象,几乎千古无两。极盛难继。全队向东陵进发,东陵距京约二百六十多里,四面松柏蓊蔚,后为座山,与定陵相近。定陵就是咸丰帝陵寝,从前由荣禄监陵工,只东陵一穴,共费银八百万两,这场丧费,比光绪帝丧费,要加二倍有余。光绪帝梓宫奉安,较早半年,彼时只费银四十五万两有零。太后奉安,费银一百二十五万两有零。相传摄政王曾拟节省糜费,因那拉族不悦,没奈何摆了一场体面,不过国库支绌,未免竭蹶得很,这也不必细表。

单说隆裕太后到了东陵,下舆送窆,忽见旁边山上,有一摄影器摆着,数人穿着洋装,对准新太后拍相。隆裕太后大怒,喝令速拿,侍从忙赶将过去,拿住洋装朋友两名,当场讯鞫。供称系奉直督端方差遣,隆裕太后勃然道:"好胆大的端方,敢这么无礼,我定要把他惩办!"隆裕当时,很欲效法慈禧。送窆礼毕,愤愤回京,即命摄政王加罪端方,拟将他革职拿问。还是摄政王从旁婉解,极称:"端方已是老臣,乞太后宽恕一点。"于是罪从末减,定了革职回籍,才算了案。端既革职,王大臣们方识得隆裕手段,不亚乃姑。只端方素爱滑稽,最好用联语嘲人,同官中被他侮弄,未免衔恨,见了革职的谕旨,也很为畅快。小子曾记得端方有二联语,趣味独饶,一是嘲笑同官赵有伦,一是嘲笑同官何乃莹。二人姓名,也是天然对偶。赵有伦系京师富家儿,目不识丁,赖他母舅张翼,提拔入资郎,累得阔差,至充会典馆纂修。一块没字碑,看作藏书麓,已未免遭人谤议。赵又出了千金,购一妓女为妾,偏偏他大妇是个河东吼,立刻撵逐,不得已赁一别舍,居住小星。大妇又侦悉赵谋,禁赵自由出门,归家少迟,辄遭诟詈。端方遂做了一联,嘲笑有伦云:

一味逞豪华,原来大力弓长,不仅人夸富有。

千金买佳丽,除是明天弦断,方教我去敦伦。

又代著一额,乃是"大宋千古"四

字。有伦闻知，还极口称赞。每出遇人，常诩诩自述，嗣经好友替他讲解，方绝口不谈了。何乃莹曾官副宪，性甚顽固，戊戌政变，规复八股，由何所奏，后因祖庇拳匪革职，何本庚辰翰林馆改部，签分工曹。妻室某氏，因何失翰林，大发雌威，何无言可答，直至长跪榻前，方蒙饶恕。既入工部，往拜某尚书，具赀百金。某尚书嫌他礼薄，呵斥备至，端方又撰一联道：

百两送朱提，狗尾乞怜，莫怪人嫌分润少。

三年成白顶，蛾眉构衅，翻令我作丈夫难（清例，翰林七品戴金顶，改为部曹，已成六品，例戴白顶）。

额曰："何若乃尔"。这两联确是有味，但滑稽谈，容易肇祸，所以同僚中也常嫉视。此次遣人至陵前摄影，亦太儿戏，所以触怒太后，竟致革职。若长此革职回籍，倒也安然，可惜还想做官，终至身死西蜀。

端方去后，京中没甚大事，忽然间又到残冬。只京中虽是平安，外面恰很危险。英法日俄诸国，各订立关系中国的密约。俄人增兵蒙古，英人窥伺西藏，法人觊觎云南，中国大局，危迫万分，满廷亲贵，还是麻雀叉叉，姨娘抱抱，妓女嫖嫖，简直是痴聋一样。是年各省已开谘议局，舆论以速开国会，缩短立宪期限，为救亡的计策，遂推举代表，齐赴京师，要求速开国会，至都察院递请愿书。都察院置不理，竟将请愿诸书搁过一边。各代表又遍谒当道，竭力陈请。旗籍亦举了代表，加入请愿团，都察院无可推诿，始行入奏。奉旨因不及筹备，且从缓议。各代表无可如何，只好纷纷回籍，拟至次年申请。翌年，朝鲜国又被日本并吞，国王被废，亚东震动。各省政团商会及外洋侨民，各举代表，联合谘议局代表议员，再赴北京，递呈二次请愿书，清政府仍然不允。于是革命党人，密谋愈急。

粤人汪兆铭，曾肄业日本法政学校，毕业后，投入民报馆，担任几篇报中文字。原来民报馆正是革命党机关，报中所载的论说，无非是痛詈清廷，鼓吹革命。兆铭在此办理，显见得是个同志。他闻得载沣监国，优柔寡断，所信用的，无非叔侄子弟，已是愤激得很，会民报馆又被日本警察干涉，禁止发行，兆铭决计回国，干这革命的事业。他想擒贼必先擒王，不入虎穴，焉得虎子？便离了日本，潜赴北京，并邀同志黄树中，同至京内。树中在前门外琉璃厂，开了一片照相馆，做了侨寓的地点，每日与兆铭往来奔走，暗暗布置，幸未有人窥破。约过数月，忽有外城巡警多人，围住照相馆，警官似虎如狼，趋入馆内，搜缉汪兆铭、黄树中。汪、黄二人料知密谋已泄，毫不畏惧，立随巡警出门，到了总厅。厅长问明姓名，二人便直认不讳，由总厅送交民政部。

民政部尚书善耆，坐堂审讯，先问两人姓名，经两人实供后，随问地安门外的地雷，是否你两人所埋。两人直捷应声道："确是我们埋着。"善耆道："你埋着地雷何用？"两人答道："特来轰击摄政王。"浑身是胆。善耆道："你

清史演义

571

与摄政王何仇？"汪兆铭答道："我与摄政王没甚仇隙，不过摄政王是个满人首领，我所以要杀他。"善耆道："本朝开国以来，待你汉人不薄，你何故恩将仇报？"兆铭大笑道："夺我土地，奴我人民，剥我膏血，已经二百多年，这且不必细说；现在强邻四逼，已兆瓜分，摄政王既握全权，理应实心为国，择贤而治，大大的振刷一番，或尚可挽回一二。讵料监国两年，毫无建树，中外人民，请开国会，一再不允，坐以待亡。将来覆巢之下，还有什么完卵？我所以起意暗杀。除掉了他，再作计较。"善耆本号旷达，听了此言，也似有理，便道："你们两人，必分首从，究竟那个是主谋？"黄树中忙说："是我。"汪兆铭怒对树中道："你何尝主张革命？你曾向我劝阻，今朝反来承认，为我替死，真正何意？"回头对善耆道："主谋的人，是我汪兆铭，并非黄树中。"树中也说："是我主谋，并非汪兆铭。"善耆见他二人争死，也不禁失声道："好烈士！好烈士！"又向二人道："你两人果肯悔过，我可赦你不死。"两人齐声道："你等满亲贵如肯悔祸，让了政权，我死亦无他恨。"

善耆不能辩驳，令左右将二人暂禁，自己至摄政王第中，报明底细。摄政王道："地安门外，是我上朝的出入要路，他敢在此埋着地雷，谋为不轨，若非探悉密谋，我的性命，险些儿丧在他手，请即重办为是！"善耆道："革命党人，都不怕死，近年以来，枭首剖心，也算严酷，他们反越聚越多，竟闹到京中来了。依愚见想来，就使将他立刻正法，余外的革命党又至，办也办不完，还是暂从宽大，令他感我恩惠，或可销除怨毒，也未可知。"摄政王道："难道汪、黄两人，竟好释放么？"善耆道："这也不能，且永远监禁，免他一死。"摄政王点头，善耆退出，便令将汪、黄送交法部狱中。法部尚书廷杰愤愤道："肃王爷也太糊涂，夺我权柄，饶他死罪，是何道理？"命司狱官拣一黑狱，将汪、黄钉了镣铐，羁黑狱中。

不言二人在狱受苦，且说革命党闻汪、黄失败，又被拿禁，大家都是悲愤。赵声、黄兴一班首领，仍拟集众大举，先夺广东为根据地。原来广东是中国富饶的地方，兼且交通便当，所以革命党人屡次想夺广东，立定脚跟，渐图扩张。无如广东大吏防备严密，急切不得下手，只好相时而动。暗中从南洋办到二十多万金，购到外洋枪药炸弹，因恐路中有人盘查，专用女革命党，运入广州，租了房屋，藏好火器。门条上面，统写某某公馆，或写利华研究工业所，或写学员寄宿舍。又把各种文书，如营制饷章军律札符安民告示，保护外人告示，照会各国领事文，取缔满人规则，预先属草。筹备了好几月，已是宣统三年，清廷方开设资政院，赞成缩短立宪期限下，旨以宣统五年为期，实行开设国会，并令民政部饬国会请愿团，即日解散。请愿团尚欲继续要求，当由清廷下令驱逐，如再逗留，还要拿办，各代表跟跄出京。大廷专制，物议沸腾，革命党以为机会已到，公推黄兴为总司令,招集义友,约于宣统三年四月朔举行。

适值粤人冯如,在美国学造飞行机,竣工回国,往见粤督张鸣岐,自言在美国学制飞艇,已二十多年,现更自出心裁,造成一艇,能升高三百五十尺,载重四百余吨,此番回国,已将飞机运归,准备试验。张督即命冯如再往海口,载回飞艇,择日试演。这个消息传出,省城官绅商民,争欲先睹为快。冯如择定日期,拟于三月初十日,在燕塘试放。届期这一日,远近到者数万人,红男绿女,络绎途中,真个是少见多怪,哄动全粤。广州将军孚琦,系荣禄从侄,闻得燕塘试演飞机,亦想一广眼界,当下坐了绿呢大轿,排仗出城。清制,将军不能擅自出城,孚琦欲广目界,违制私出,只道清廷无由遥制,谁知冥官偏不留情。一到燕塘,张督等统已出场,相见毕,彼此坐定。霎时间飞艇上升,越腾越高,但听得大众惊诧声、鼓噪声、谈笑声,闹成一片。不但百姓齐声喝采,连大小文武各员,也称为奇物。孚琦更为快慰,只因身任将军,有守城责,不便多留城外,便起身辞了各官,先行入城。

甫至城门口,忽闻轰的一声,孚琦探头出望,巧巧一颗子弹,飞中额上。可谓一广额界。孚琦慌忙大喝道:"有革命党,快快拿住!"这话一说,反把手下亲兵吓得四散,连轿夫也弃轿远走。孚琦正在惊慌,那枪弹还是接连飞来,凭你浑身是铁,也要洞穿,弹声中止,放弹的人跳跃而去。适值张督等回来截住,刺客一时不能逃避,枪弹又未装就,即被兵警擒住。这时才去看孚将军,早已鲜血淋漓,全无气息,轿子已打得七洞八穿,玻璃窗亦碎作数片。广州府正堂及番禺县大令,忙饬轿夫抬回尸首,一面押着刺客,随张督等一同进城。张督立饬营务处审讯,刺客供称:"姓温名生财,曾在广九铁路做工,既无父母,又无妻小,此次行刺将军,系为四万万同胞复仇。今将军已被我击死,我的义务尽了,愿甘偿命!"问官欲究诘同党,温生财道:"四万万汉人,便是我同党。"问官又欲诘他主使,温生财道:"击死孚琦是我,主使也就是我,何必多问!"视死如归。问官得了确供,便向督署中请出军令,立刻用刑。

温生财既死,官场中格外戒严,纷纷调兵入城。黄兴等闻这消息,顿足不已,大呼为温生财所误。当下秘密会议,有说目下未便举动,且暂时解散,再作后图。独黄兴主张先期起事,提出三大理由:第一条是说我等密谋大举,不应存畏缩心。第二条是说大军入城,有进无退,若半途而废,将失信用,后来难以作事。第三条是蓄谋数年,惹起各国观瞻,若不战而退,恐被外人笑骂。

众人闻这三条理由,恰是确实情形,不得不举手赞成,遂决计起事。到了三月二十九日,官场也微悉风声,防守越严。黄兴谓束手待毙,不如冒险进取,遂于是日下午六点钟出发,他们先想了一个计策,着敢死团坐了轿子,向

清史演义

总督衙门内一直抬入。管门的人，还道他是进见总督，不敢上前拦住，那敢死团已闯进衙门，便乱掷炸弹，将头门炸坏，击毙管带金振邦。敢死团复向二门捣进，直到内房，并不见有总督，也不见有总督家眷。原来总督张鸣岐闻风声紧急，早将家眷搬在别处，只有自己留住署内。是日听得衙门外面，枪声大作，忙令巡捕探悉。巡捕未出内室，外面已报革命党进衙，不免心慌意乱，亏得巡捕扯住了他，从室中走上扶梯，开了窗，正是当铺后墙，他两人即攒出窗门，越过当铺后檐，径入当铺中。众朝奉认得张督，自然接待，张督不暇安坐，急令朝奉引出偏门，三脚两步的，走入水师统领署内。

水师统领李准已闻督署起火，正拟调兵救护，忽报张督微服前来，便迎进花厅，作揖才罢，张督即令发兵拿革命党。李准请张督暂住书室，自己忙调动城内防营，速救督署，复亲自上马出衙，赶至督辕前，见营兵已与革党酣战。党人气焰很盛，枪杆统是新式，看看防营中人，有点抵挡不住，李准大喝一声，催各兵竭力向前，能获住党人一名，便有重赏。那时众兵听见"有赏"二字，争先杀敌，党人虽拼命死战，究竟寡不敌众，有几个中弹死了，有几个跌倒地上，被拿去了，渐渐的剩了数十人，只得望后退走。李准带了营兵，追向前去，到了大南门，又遇着一队党人，混战一场，党人又死了一半，四散奔逃。李准见四面统有火光，复分营兵为数队，向各处兜拿。火起处不得赴救，总教要路拦住，不使党人逃窜，就算有功。所以党人无从得利，次日清晨，还有党人一大群，去夺军械局，又被营兵杀退。营兵到处搜索，党人无路可走，竟拥入米肆中将米袋运至店口，堆积如山，阻住营兵。营兵搬不胜搬，枪弹又打不进去，正在没法，李准下令，用火油浇入店中，烧将起来。可怜党人前后无路，多被烧死。

这日党人死了无数，城中损失，恰不甚多。因党人不肯骚扰居民，见有老幼妇女，尝扶他回家，就是街中放火，也不过是摇惑军心的计策，往往自放自救。到了四月朔日，城中已寂静无声了。那时张鸣岐已回到督署，将捉到党人若干名，一一审讯。党人统是慷慨直陈，无一抵赖。张督便命一半正法，一半收监。旋由同善堂内检点各处尸首，向黄花冈埋葬。后来经党人自己调查，阵亡的著名首领，约有八十九人，姓名录下：

| | | | |
|---|---|---|---|
| 林 文 | 林觉民 | 林尹民 | 林常拔 |
| 方声洞 | 陈与燊 | 陈更新 | 陈汝环 |
| 陈文波 | 陈可均 | 陈德华 | 陈 敏 |
| 陈启言 | 陈 福 | 陈 才 | 冯超骧 |
| 冯仁海 | 冯 敬 | 冯雨苍 | 刘六湖 |
| 刘元栋 | 刘 锋 | 刘钟群 | 刘 铎 |
| 李 海 | 李 芳 | 李雁南 | 李 晚 |
| 李 生 | 李海书 | 李文楷 | 徐满凌 |
| 徐培汉 | 徐礼明 | 徐日培 | 徐保生 |
| 徐广滔 | 徐沛流 | 徐应安 | 徐钊良 |
| 徐 端 | 徐容九 | 徐松根 | 徐廉辉 |
| 徐茂苗 | 徐培深 | 徐习成 | 徐林端 |
| 徐进台 | 罗 坤 | 罗 俊 | 罗 联 |

| | | | |
|---|---|---|---|
| 罗干 | 罗仲霍 | 石经武 | 石庆宽 |
| 荣肇明 | 劳培 | 马侣 | 马胜 |
| 周华 | 韦云卿 | 梁纬 | 喻纪云 |
| 庞鸿 | 庞雄 | 何天华 | 王明 |
| 姚国梁 | 宋玉琳 | 饶辅廷 | 余东鸿 |
| 日全 | 雷胜 | 黄鹤鸣 | 杜凤书 |
| 萧盛跻 | 游寿 | 秦大诱 | 伍吉三 |
| 郭继梅 | 冼选 | 程耀林 | 葛郭树 |
| 黎新 | 吴润 | 彭容 | 廖勉 |
| 江继厚 | | | |

这八十九人内，有七十二人葬在黄花冈，只黄兴、赵声、胡汉民及李燮和数人，总算逃出香港，才免拿获。赵声恨事不成，病痈而死，与黄花冈诸君相见地下，这是广州流血大纪念。民国纪元，当三月二十九日，为黄花冈志士周年期，上海某报曾有一副挽联云：

黄花冈下多雄鬼，

五色旗中吊国殇。

广州流血后，水师提督李准得了黄马褂的重赏，清政府也以为泰山可靠，越加放心。从此阳说立宪，阴加专制，不到数月，又想出一个铁路国有的计策，闯出一件大大的祸事来了。欲知后事，请看下回。

摄政王载沣，监国三年，未闻大有失德，而国势日危，实由于变乱已深，不可救药。故谓亡清之咎，专属摄政王，我不敢信。但必以摄政王可告无罪，亦岂其然？当其监国之始，严谴袁、端二大臣，似觉刚克有余，乃其后太阿倒持，政权旁落，叔侄子弟遍要路，无一干济才，但惟是贪婪淫欲，掊克为生，是岂恐其亡之不速，而故速其亡耶？谁秉国政，顾任其骄纵若此？革命党人乘机骚动，一败而清廷相庆，再败而清廷益相贺，三败四败，而清廷且自以为无恐矣。抑知败者愈奋，胜者愈骄，革命革命之声喧传海外，虽欲不亡，不可得也。故广州一役，人为革党悲，吾为清室惧，天夺之鉴而益其疾，觇国者于此决兴亡焉。

## 第九十七回　争铁路蜀士遭囚
## 兴义师鄂军驰檄

　　却说清政府闻广州捷报，方在放心，安安稳稳地组织新内阁。庆王奕劻资望最崇，作为总理，自不消说。汉大臣中，如孙家鼐、鹿传霖、张之洞等，先后逝世，只有徐世昌，历任疆圻，兼掌部务，算是一位老资格，遂令他与那尚书桐，作为内阁总理的副手。内阁以下，如外务、民政、度支、学务、吏、礼、法、陆军、农工、邮传、理藩各部，统设大臣、副大臣各一员，从前尚书、侍郎的名目，悉行改革。凡旧有的内阁军机处，亦一律撤去。又增一海军部，命贝勒载洵为大臣，并设军谘府，命贝勒载涛为管理。洵、涛统是摄政王胞弟，翩翩少年，丰姿原是俊美，可惜胸中并没有军事知识，只仗着阿兄势力，占居枢要。一对绣花枕，好看不中用。各省谘议局联合会上书，略称："内阁应负责任，不宜任懿亲为总理，请另简大员，改行组织。"折上，留中不报。联合会再上书续请，方接复旨。据言："用人系君主大权，议员不得干预！"顿时全国大哗。

　　还有邮传部大臣盛宣怀，倡起铁路国有的议论，怂恿摄政王施行。中国的铁路，自造的只有三四条，余外多借外款建筑，甚且归外人承办。光绪晚年，各省商民，知识新开，才听得借款筑路，由外人监督，连土地权也保不住，于是创议自办，把京汉、北京至汉口，粤汉、广东至汉口两大干路，集款赎回，又由四川到汉口一线，亦由川汉商民，自行兴筑，这也是保全铁路的良策。偏偏这位盛大臣宣怀，要收归国有，难道果有绝大款项，能买回这铁路么？据盛大臣奏章，说是："川粤铁路，百姓无钱续办，不如收为国有，借债造路。此路一成，偿了外债，还有盈余。"说话似乎中听，其实只好去骗摄政王。除摄政王外，若非与盛大臣串同舞弊，简直是骗不进的。

　　盛大臣是常州人，他家私约几百万，也算是中国一个富翁。他的钱财，多半从做官来的，已经到了这个地步，也好知足，还要做什么邮传部大臣？还要想什么铁路国有的计策？无如他总想不通，看不破，家中的姨太太，弄了好几十个，费用浩大，挥金如土。他的子弟们，又是浪吃浪用，不肯简省，累得这位盛老头儿，还不能回家享福。他运动了一个邮传部缺分，本是很好，可奈晚清路航邮电各局，多抵外债，进款也是有限，他从没法中想出一法，借铁路国有的名目，去贷外款几千万，一来可以敷衍目前，二来有九五回扣，可入私囊。等到外人讨还，他已早到棺材里去了。就使寿命延长，尚是未死，借主是清朝皇帝，与己无涉，中人勿赔钱，乐得眼前受用。摄政王视事未久，不甚晓得暗中弊端。庆亲王奕劻总教有点分润，也与盛大臣一样想头，此倡彼和，居然把盛大臣原奏批准下来。

盛大臣遂与英美德法四国，订定借款，办粤汉川汉铁路。外人正想做些投资事业，一经盛大臣与他商议，把路作押，自然谨遵台命。那时盛大臣又想出办法，把从前川粤汉的百姓已垫路本，统作七折八扣的计算，从中又好取利若干，而且不必还他现钱，只用几张钞票，暂时搪塞，便好将百姓的路本，取作国用，一举数得，真是无上妙法。谁知百姓不肯忍受，竟要反抗政府。咨政院也奏请开临时会，参议四国借款。各省谘议局，直接申请，要请政府收回铁路国有成命。盛大臣一概不理，且怂恿摄政王，下了几道上谕，说甚么不准违制，说甚么格杀勿论，百姓看了这等话头，越加气恼。川人格外愤激，开了一个保路大会，定要与政府为难。川督赵尔丰与将军玉昆，将川中情形联衔上

奏。这时盛大臣已有二三百万回扣到手，哪里还肯罢休？巧值端方入京，运动起复，费了十万金，得着一个铁路总办的缺分。盛大臣本帮他运动，所以同他商议，要他去压制川民，就可升任川督。端方利令智昏，居然满口答应，草整行装，立即启程。行抵武昌，闻川民闹得不可开交，商人罢市，学堂罢课，不觉暗想道："赵尔丰如此无能，一任民人要挟，如何可作总督？"遂夤夜拟一奏折，叫文稿员缮就，翌晨出发，奏中极说"赵督庸懦，须另简干员"，大有舍我其谁的意思。嗣得政府复电，令他入川查办，端方遂向鄂督瑞祐，借兵两队，指日入川。此时可算威风。

川督赵尔丰，本是著名屠户，起初见城内百姓捧着德宗景皇帝的牌位，到署中环跪哀求，心中也有些不忍，因此有暂缓收回的奏请。旋闻端方带兵入川，料是来夺饭碗，不禁焦急起来。欲利人，难利己；欲利己，难利人。两利相权，总是利己要紧。人人为此念所误。忽外面传进了一纸，自保商权书，列名共有十九人，他正想把这十九人传讯，那十九人中，竟有五人先来请见。尔丰阅五人名片，是谘议局议长蒲殿俊、副议长罗纶、川路公司股东会长颜楷、张澜、保路会员邓孝可，不由得愤愤道："都是这几人作俑，牵累老夫，非将他们严办不可！"遂传令坐堂。巡捕等茫无头绪，只因宪命难违，不得不唤齐卫队，立刻排班。

赵屠户徐踱出来，堂皇上坐，始唤五人进见。五人到了堂上，瞧这情形，

清史演义

577

第
九
十
七
回　
争
铁
路
蜀
士
遭
囚　
兴
义
师
鄂
军
驰
檄

大为惊异。但见赵屠户大声道："你五人来此何为？"邓孝可先发言道："为路事，故来见制军，请制军始终保全。且闻端督办带兵入川，川民惶惧得了不得，亦乞制军奏阻。"赵屠户道："你等敢逆旨么？本部堂只知遵旨而行！"这句话恼动了蒲殿俊，便道："庶政公诸舆论，这明是朝廷立宪的谕旨，制军奈何不遵？况四川铁路，是先皇帝准归商办，就是当今皇上，亦须继承先志，可容那卖国卖路的臣子，非法妄为吗？"观此可知川民捧景帝牌位之用意。说得赵屠户无言可驳，益发老羞成怒，强词夺理道："你等欲保全路事，亦须好好商量，为什么叫商人罢市，学堂罢课？你等心犹未足，且闻要抗粮免捐，这非谋逆而何？"殿俊道："这是川民全体意旨，并非由殿俊等主张。"赵屠户取出自保商权书，掷示五人道："你们自去看来！这书上明明只书十九人，你五人名又首列。哼哼！名为绅士，胆敢劫众谋逆，难道朝廷立宪，就可令你等叛逆么？"五人瞧着，尚思抗辩，赵屠户竟喝令卫弁，将五人拿下。卫弁奉令来缚五人，忽听大门外一片哗声，震动天地，望将过去，约不下千人，头上都顶着德宗景皇帝神牌，口口声声，要释放蒲罗等。惹得屠户性起，命卫队速放洋枪，这令一下，枪声四射，起初还是开放空枪，后来见百姓不怕，竟放出真弹子来，把前列的伤了数名。大众越加动怒，反人人拼着性命，闯入署中。正在不可开交的时候，亏得将军玉昆飞马前来，下了马，挨入督辕，先抚慰民人一

番，然后进商赵屠户，劝他不要激变。屠户铁石心肠，还是坚执一词，玉昆不待应允，竟命将蒲罗等五人，释了缚，随身带出，又劝大众散归、大众才陆续归去。

赵屠户愤犹未息，竟奏称乱民围攻督署，意图独立，幸先期侦悉，把首要擒获；嗣复联络鄂督瑞澂，迭上奏章，说如何击退匪徒，说如何大战七日，其实不过用兵监谤，与乡间百姓闹了两三场，他便捕风掠影，捏词陈奏，想就此冒点功劳，可以保全禄位。川民自保，赵督亦自保，势已分裂，如何持久？鄂督瑞澂闻川省议员萧湘由京过鄂，潜差人将他拘住，发武昌府看管。原来萧在京时，曾反对借债筑路，瑞澂把他拘禁，无非巴结政府，与赵屠户心计，彼此一律。看官！试想民为国本，若没有百姓，成何国度？况且清廷已筹备立宪，凡事统在草创中，难道靠了几个虎吏，就可成事么？清政府阅赵督奏折，还道川境大乱，仍用前两广总督岑春煊，前往四川，会同赵尔丰办理剿抚事宜。岑意主抚，行到湖北，与鄂督商议，意见相左。又与赵尔丰通信，尔丰大惊，想道："既来了端老四，又来了岑老三，正是两路夹攻，硬要夺我位置。"夺他位置，其患犹小，将来恐不止此，奈何？连忙写了复书，婉阻岑春煊，说是日内即可肃清，毋庸劳驾等语。岑得书，也不欲与他争功，便上书托疾，暂寓武昌，借八旗会馆，作为行辕，这是宣统三年八月初的事情。

转瞬间，已到中秋，省城戒严，说

578

有大批革命党到了,春煊还不以为意。后来闻知总督衙门内,拿住几个革命党,他也不去细探。至十九夜间,前半夜还是静悄悄的,到了一两点钟时候,忽听得有劈劈拍拍的声音,接着又是马蹄声、炮声、枪声,嘈杂不休。连忙起床出望,外面已火光烛天,屋角上已照得通红。方惊疑间,但见仆人跟跄走来,忙问何事,仆人报称:"城内兵变。"春煊道:"恐怕是革命党。我是查办川路,侨居此地,本没有地方责任,不如走罢。"便命仆人收拾行装,挨到天明,自己扮了商民模样,只带了一个皮包,挈仆出门。到了城门口,只见守门的人臂上都缠着白布,他也莫名其妙,混出了城,匆匆地行到汉口,趁了长江轮船,径回上海去了。

原来这夜的扰乱,正是民军起事,光复武昌的日子。是历史上大纪念日。鄂督瑞澂未出仕时,在沪曾犯拐骗珠宝案,公廨出票拘提,他即遁去。后来不知如何钻营,迭蒙拔擢,相传与泽公有葭莩谊,因此求无不应。他本识字无多,"肄业"的"肄"字,尝读作"肆"音,士人传为笑柄。此次擢任鄂督,除逢迎政府外,别无他能。八月初九日,接到外务部密电,略说:"革命党陆续来鄂,私运军火,并有陆军第三十标步兵,作为内应,闻将于十五六日起事,宜速防范"云云。他见了这种电文,飞饬陆军第八镇统领张彪,分布军队,按段巡查。督署内外,布满军警,又命文武大小各官,不得赏中秋节,连自己亦无心筵宴,日夜不得安枕。过了十五六两日,毫无动静,方才有些安心。十七日晚间,始与妻妾,补赏中秋,大家格外欢乐。宴毕,十二巫峰,任他游历,也总算是乐极了。乐极以下,便是生悲。

翌日,接到荆襄巡防队统领沈得龙电文,说:"在汉口英租界拿获革党刘汝夔、邱和商两名,已着护军解省。"瑞澂将电文交与巡捕,令颁发营务处,俟刘、邱两人解到听审。次日,又接张彪电话,说:"在小朝街拿革党八人,内有一女革党,叫作龙韵兰,又有陆军宪兵队什长彭楚藩,内通革党,亦已查出拿下。同时在雄楚楼北桥高等小学堂间壁洋房内,拿获印刷告示缮写册子的革党五人。"接连又接到关道齐耀珊禀,说:"洋房公所吴恺元,于汉口俄租界宝善里内,捉到秦礼明、龚霞初二名,并搜出炸弹、手枪、旗帜、印信、札文底册、信件甚多。"刚在一起一起的举发,外面又解到革党杨宏胜一名,说在黄土陂千家街地方小杂货店内捉了来的。瑞澂被他闹昏,咐吩巡捕道:"如有革党解到,不必琐报,总叫暂收狱中,我索性总审一堂,尽行将他正法,免得耽忧。"巡捕应声而出。是晚督署内复查出炸药一箱,有教练队军兵二人形迹可疑,拿讯时,果然由他运入,立即枭首。十九辰刻,瑞澂坐了大堂,审讯革党,有几个直认不讳,把他正法,有几个尚无实供,仍令收禁。

审讯已毕,适张彪到署,瑞澂把搜出名册,交他详阅。并说:"名册中牵连新军,应即严查!"张彪告别回营,

579

## 第九十七回 争铁路蜀士遭囚 兴义师鄂军驰檄

便饬将弁向各营查诘，营兵人人自危，遂密约起事，一火烧熟。定于十九夜间九点钟后，放火为号，一齐到火药局会齐，先搬子弹，后攻督署。可怜瑞澂、张彪等，尚在睡梦中。是晚月色微明，满天星斗悬在空中，听城楼更鼓，已打二下，忽然红光一点，直冲九霄。工程第八营左队营中，列队齐出，左右手各系白巾，肩章都已扯去。督队官阮荣发、右队官黄坤荣、排长张文澜等，出营阻拦。大家统说："诸位长官，如要革命，快与我辈同去！"阮黄诸人还是神气未清，大声喝阻。语尚未绝，枪弹已钻入胸膛，送他归位。当下逐队急趋，遇着阻挡，一律不管，只请他吃弹子。到了楚望台边，有旗兵数十人拦住，被他一阵排枪，打得无影无踪，遂扑入火药局内，各将子弹搬取。此时十五协兵士，已齐集大操场，随带弹药，同工程营联合，去攻督署。适遇防护督署的马队，阻止前进，兵士齐叫道："彼此都系同胞，何苦自相残杀？"倘令长存此心，何患国家不治？马队中听得此言，很是有理，遂同入党中。于是分兵三处，一向凤凰山，一向蛇山，一向楚望山，各将大炮架起，对着督署轰击，霎时间将督署头门毁去，各兵从炮火中，奔入督署，找寻瑞澂，谁知瑞澂早已率同妻妾，潜逃出城，到楚豫兵轮上去了。转身去寻张彪，也与瑞澂同一妙法，逃得不知去路。亏得会逃，保全老命。

各兵拥集督辕，天色渐明，大众公推统领，倒是齐声一致的，愿戴一位黎协统。乱世出英雄。这黎协统名元洪，字宋卿，湖北黄冈县人，从前是北洋水师学堂的学生，毕业后，娴陆海军战术，中东一役，黎曾充炮船内的兵目，因见海军败没，痛愤投海，为一水兵救起，由烟台流入江南，适值张之洞为江督，一见倾心，立写"智勇深沉"四大字，作为奖赏。嗣张督调任两湖，黎亦随去。及张入京，未几病逝，黎仍留鄂，任二十一混成协协统，为人温厚和平，待士有恩，所以军队无不乐戴。众议既定，都奔到黎营内，请出黎协统，要他去做都督。黎公起初不允，旋由大众劝迫，才说："要我出去，须要听我号令：第一条，不得在城内放炮。第二条，不得妄杀满人。此外如抢劫什物，奸淫妇女，捣毁教堂，骚扰居民等事，统是有干法律，万不可行！诸位从与不从，宁可先说，免得后悔。"大众齐声遵令，遂拥着黎公到谘议局，请他立任都督，把谘议局改作军政府，邀议长汤化龙，出任民政。

部署渐定，遂发了密令，命统带林维新带兵去袭汉阳。林统带连夜渡江，袭据了兵工厂，随向汉阳城进发。汉阳知府，不待兵到，早已远飏，正是不劳一炮，不血一刃，唾手得了汉阳城。旋又分兵过河，占住了汉口镇。汉口有各国租界，当由鄂军政府，照会各国领事，请他中立，并愿力任保护外人生命财产。各领事见他举动文明，也是钦佩，遂与军政府声明中立条约三件：

一是无论何方面，如将炮火损害租界，当赔偿一亿七万两。

二是两方交战，必在二十四点钟前，通告领事团。

三是水陆军战线，必距离租界十英里外。

鄂军政府一一承认，遂由各国领事团，宣布中立文，并与军政府订定条约，凡从前清政府，与各国约章，继续有效，此后概当承认。赔款外债，照旧担负，各国侨民财产，一概保护。惟各国如有阴助清政府，及接济满清政府军械，应视为仇敌。所获物品，尽行没收。双方签定了押，遂由鄂军政府，撰布檄文，传达全国。其文道：

中华开国四千六百零九年八月，中华民国军政府檄曰：夫春秋大九世之仇，小雅重宗邦之义，况以神明华胄，匍匐犬羊之下，盗憎主人，横逆交逼，此诚不可一朝居也。惟我皇汉遗裔，奕叶久昌，祖德宗功，光被四海。降及有明，遭家不造，蠢尔东胡，曾不介意。遂因缘祸乱，盗我神器，奴我种人者，二百六十有八年。凶德相仍，累世暴殄，庙堂皆豕鹿之奔，四野有豺狼之叹。群兽嘻嘻，羌无远虑。慢藏诲盗，遂开门揖让，裂弃土疆，以苟延旦夕之命，久假不归，重以破弃。是非特逆胡之罪，亦汉族之奇羞也。幕府奉兹大义，顾瞻山河，秣马厉兵，日思放逐，徒以大势未集，忍辱至今。天夺其魄，牝鸡司晨，块然胡雏，冒昧居摄，遂使群小俱进，黩乱朝纲，斗聚金璧，以官为市，强敌见而生心，小民望而鬖额。犬羊之性，好食言而肥，则复有伪收铁道之举，丧权误国，劫夺在民。愤毒之气，郁为云雷。由鄂而湘而粤而川，扶摇大风，卷地俱起。土崩之势已成，横流之决，可翘足而俟。此真逆胡授命之秋，汉族复兴之会也。幕府总摄机宜，恭行天罚，惧义帅所指，或未达悉，致疑畏之徒，遇事惶惑，僻远诸彦，莫知奋起，用先以独立之义，布告我国人曰：

在昔虏运方盛，则以野人生活，弯弓而斗，睒目瞻舌，习为豺狼，是以索伦凶声，播越远近。入关之初，即择其强梁，遍据要津，而令吾民输粟转金，鋈其丑类，以制我诸夏。传且九叶，则放诞淫侈，贪缘苟偷，以袭取高位。枯骨盈廷，人为行尸，故太平之战，功在汉贼，甲午之役，九庙俱震。近益岌岌，祖宗之地，北削于俄，南夺于日，庙堂闃寂，卿相嘻嘻，近贵以善贾为能，大臣以卖国相长，本根已斩，枝叶瞥乱。虎皮蒙马，聊有外形。举而蹴之，若拉枯朽，是虏之必败者一。

昔三桂启关，汉家始覆，福酋定鼎，益因缘汉贼，为之佐命。稍浴汉风，遂事羁縻，维时中邦，大势已去，义士窜伏，迂儒小生，勿能自固，遂被迫胁，反颜事仇，渐化腥膻，遂忘大义，合薰于莸，以逆为正，予予贪夫，时效小忠。虏遂奋然高踞，骄吸民脂，浸淫二百年，汉族义师，屡蹶不起，爰及洪王，几复汉土，曾胡左李，以本族之彦，倒行逆施，遂使虏危而复安，久留不去，此实孝孙之已醉，非逆胡之可长也。方今大义日明，人心思汉，觥觥硕士，烈烈雄夫，莫不敬天爱祖，高其

节义。虽有缙绅,已污伪命,以彼官邪,皆舆金辇璧,因货就利,鄙薄骄虚,毋任艰巨。虏实不竞,汉臣复匮,盲人瞎马,相与徘徊,是虏之必败者二。

邦国迁移,动在英豪,成于众志,故杰士奋臂,风云异气,人心解体,变乱则起。十稔以还,吾族巨子,断脰决腹者,已踵相接。徒以民习其常,毋能大起,虏遂起持其间,因以苟容,迁延至今,乃以立宪改官,诈为无信,借款收路,重陷吾民,星星之火,乘风燎原。川湘鄂粤之间,编户齐民,奔走呼号,一夫奋臂,万姓影从,颓波横流,贩舟航之,是虏之必败者三。

昔我皇祖黄帝,肇造中夏,奄有九有。唐虞继世,三王奋迹,则文化彬彬,独步宇内,煌煌史册,逾四千年。博大宽仁,民德久著,衡之西欧,则逊其条理已耳。先觉之民,神圣之胄,智慧优渥,宜高踞土疆,折冲宇宙,乃锐降其种,低首下心,以为人役,背先不孝,丧国无勇,失身不义,潜德幽光,望古遥集。瞻我生身,吊景惭魂。返性则明,知耻则勇,孝子不匮,永锡尔类,则汉族之当兴者一。

大道之行,天下为公,国有至尊,是曰人权。平等自由,乐天归命。以生为体,以法为界,以和为德,以众为量。一人横行,谥曰独夫,凉彼武王,遂有典刑。满虏僭窃,更益骄恣,分道驻防,坐食齐民,厚禄高官,皆分子姓。胁肩谄笑,武断朝堂,国土国权,断送唯意。束我言论,遏我大群,扰我闾阎,诬我善良,锄我秀士,夺我民业,囚我代表,杀我议员,天地晦盲,民声销沉。牧野洋洋,檀车煌煌,复我自由,还我家邦,则汉族之当兴者二。

海水飞腾,雄强参会,弱国孱种,夷为犬豕。民有群德,朝有英彦,威能达旁,乃竞争而存耳。惟我中华,厄于逆虏,根本参差,国力遂糜。虏更无状,鱼馁肉败,腥闻四布,遂引群敌,乘间抵隙,边境要区,割削尽去,拊背扼吭,及其祖庙,卧榻之间,鼾声四起,耳目蔀覆,手足縶维,遂使我汉土堂奥尽失,民气痿痺,将破碎颠连,转鬵封豕,不去庆父,鲁难未已,廓而清之,骏雄良材,握手俱见,万几肃穆,群敌销声,则汉族之当兴者三。

维我四方猛烈,天下豪雄,既审斯义,宜各率子弟,乘时跃起,云集响应。无小无大,尽去其害,执讯获丑,以奏肤功。维我伯叔兄弟,诸姑姊妹,既审斯义,宜矢其决心,合其大群,坚忍其德,绵系其力,进战退守,与猛士俱。维尔失节士夫,被逼军人,尔有生身,尔亦汉族,既审斯义,宜有反悔,宜速迁善,宜常怀本根,思其远祖,宜倒尔戈矛,毋逆义师,毋作奸细。维尔胡人,尔在汉土。尔为囚徒,既审斯义,宜知天命,宜返尔部落,或变尔形性,愿化齐民,尔则无罪,尔乃获赦宥。

幕府则与四方俊杰,为兹要约曰:"自州县以下,其各击杀虏吏,易以选民,保境为治。又每州县,兴师一旅,会其同仇,以专征伐,击杀虏吏。肃清省会,共和为政,幕府则大选将士,亲率六师,犁庭扫穴,以复我中夏,建立民国。"

幕府则又为军中之约曰:"凡在汉胡苟被逼胁,但已事降服,皆大赦勿有所问。其在俘囚,若变形革面,愿归农牧,亦大赦勿有所问。其有挟众称戈,稍抗颜行,杀无赦;为间谍,杀无赦;故违军法,杀无赦。"以此布告天下,如律令。

又有一阕兴汉军歌,尤觉得慷慨异常,小子备录于此,以供众览道:

地发杀机,中原大陆蛟龙起,好男儿濯手整乾坤;拔剑斫断胡天云。复我皇汉,完我自由,家国两尊荣。乐利蒸蒸,世界大和平,中外禔福乐无垠。好男儿!撑起双肩肩此任!

鄂军一起,清廷大震,立命陆军部及军谘府,派兵赴鄂,欲知谁胜谁负。请至下回表明。

盛宣怀为亡清罪魁,实足为民国功臣。铁路国有之策不倡,则争路之风潮不起,鄂军即或起义,其成功与否,尚未可知,故谓盛为民国功臣可也。赵、端诸人,皆为渊驱鱼,为丛驱雀之流,清无此人,乌乎亡?民国无此人,乌乎兴?然则赵、端诸人,其亦皆民国功臣耶?鄂军之起,实自天怒人怨致之。檄文一篇,说得淋漓酣畅,足为吾华生色。而本回叙事,亦气势蓬勃,抑扬得当,是固皆好手笔也。

## 第九十八回　革命军云兴应义举　摄政王庙誓布信条

却说清廷闻武昌兵变，即派陆军两镇，令陆军大臣荫昌督率前往，所有湖北各军及赴援军队，均归节制调遣。一闻鄂耗，即派陆军大臣前往，势成孤注，可见清政府之卤莽。又令海军部加派兵轮，饬萨镇冰督驶战地，并饬程允和率长江水师，即日赴援。一面把瑞澂、张彪等革职，限他克日收复省城，带罪图功。种种谕旨传到武昌，黎都督元洪恰也不慌不忙，只分布军队，严守武汉，专待北军到来，一决雌雄。从容布置，便见老成。有弁目献计军政府，请拆京汉铁路若干段，阻止北军前来。黎都督道："我军将要北上，如何拆这铁路？目前所虑，只患兵少，不敷防御，现拟暂编步兵四协，马队一标，炮队两标，工辎队各一营，军乐队一营，权救眉急。"于是出示招兵，不到三日，已有二万人入伍，遂令各队长日夕操练，预备对垒。复出一剪发命令，无论军民人等，一律剪辫，把前清时候的猪尾巴统行革去。剪辫是第一快事。当下择定八月二十五日祭旗，立红黄蓝白黑五色旗为标帜。届期天气晴明，黎都督率同义师，诚诚恳恳地祷了天地，读过祝文，然后散祭。大家饮了同心酒，很有直捣黄龙的气势。

是日闻北军统带马继增，已率第二十二标抵汉口，驻扎江岸。清陆军大臣荫昌亦出驻信阳州，海军提督萨镇冰复率舰队到汉，在江心下椗。双方战势渐渐逼紧。黎都督先探听汉口领事团，知已与清水陆军，签定条约，不准毁伤租界。租界本在水口一带，水口挡住，里面自可无虞，清水师已同退去一般。黎都督就专注陆战，于二十六日发步兵一标，赴刘家庙，布列车站附近。是时张彪军尚在此驻扎，鄂军放了一排枪，张军前列，伤了数十人，随即退去。鄂军也不追赶，收队回营。

次日，鄂军复分队出发，重至刘家庙接仗，那边仍来了张彪残兵，与河南援军会合，共约一镇，载以火车。鄂军队里的督战员，是军事参谋官胡汉民，令军队蛇行前进，将要接近，见河南军猛扑过来，气势甚锐，汉民复下一密令，令军队闪开两旁，从后面突开一炮，击中河南兵所坐的火车头，车身骤裂。河南兵下车过来，鄂军再开连珠炮，相续不绝，恍似千雷万霆，震得天地都响。两下相持了数点钟，河南兵伤了不少，方哗然退走，避入火车，开机驰去。一刹那间，又复驰了转来，不意扑塌一声，车竟翻倒，鄂军乘机猛击，且从旁抄出一支奇兵，把河南兵杀得落花流水，大败而逃。看官！这河南兵去而复回，明明是出人不意、攻人无备的意思，如何中途竟致覆车呢？原来河南兵初次退走，有许多铁路工人在旁，倡议毁路，以免清军复来。当时一齐动手，把铁轨移开十数丈。河南兵未曾防备，偏着了道儿，越弄越败，懊悔不迭。这便是倒灶的影子。至傍晚两军复战，清军在平地，鄂军在山上。彼此轰击，江心中的战舰助清陆军，开炮遥击，约有二小时，鄂军队中发出一炮，正中江元炮船，船身受伤，失战斗力，遂驶去。各舰亦陆续退出，直至三十里外。翌日再战，各舰竟遁回九江去了。清水师虽是无用，亦不至怯敌若此，大约是不愿接仗之故。

至第三次开战，鄂军复夺得清营一座，内有火药六车、快枪千支、子弹数十箱、白米二千包、银洋十四箱以及军用器物等，都由鄂军搬回。第四次开战，鄂军复胜，从头道桥杀到三道桥，得着机关炮一尊。第五次开战，鄂军用节节进攻法，从三道桥攻进溇口。清军比鄂军，虽多数倍，怎奈人人解体，全不耐战，一大半弃甲而逃，一小半投械而降。陆军大臣督兵而来，恰如此倒脸，真是气数。

自经过五次战仗，鄂军捷电，遍达全国，黄州府、武昌县、沔阳州、宜昌府、沙市、新堤次第响应，竖满白旗。到了八月三十日，湖南民军起义，逐去巡抚余诚格，杀毙统领黄忠浩，推焦达峰为都督，陈作新为副都督，只焦达峰是洪江会头目，冒托革命党人，当时被他混过，后来调查明白，民心未免不服，暂时得过且过，徐作计较。同日，陕西省亦举旗起义，发难的头目，系第一协参谋官，兼二标一营管带张凤翙及三营管带张益谦，两人统是日本士官学校毕业生，一呼百应，攻进抚署。巡抚钱能训，举枪自击，扑倒地下。两管带攻入后，见钱抚尚在呻吟，倒不去难为他，反令手下扶入高等学堂，唤西医疗治。其余各官，逃的逃，避的避，只将军文瑞，投井自尽，全城粗定，正副两统领，自然推举两张了。

余诚格自湖南出走，直至江西，会晤赣抚冯汝骙，备述湖南情形，且叙且泣。冯抚虽强词劝慰，心中怡非常焦灼，俟诚格别后，劳思苦想，才得一策，一面令布政使筹集库款，倍给陆军薪饷，一面命巡警道饬役稽查，且夕不怠，城内总算粗安。偏偏标统马毓宝举义九江，逐去道员保恒及九江府朴良。九江系全赣要口，要口一失，省城也随在可虞，不过稍缓时日便了。铜山西奔，洛钟东应。

此时各省警报纷达清廷，摄政王载沣惊愕万状，忙召集内阁总理老庆、协

## 第九十八回 革命军云兴应义举 摄政王庙誓布信条

理徐世昌及王大臣会议。一班老少年，齐集一廷，你瞧我，我瞧你，面面相觑，急得摄政王手足冰冷，几乎垂下泪来。老庆睹此情形，不能一言不发，遂保荐一位在籍的大员，说他定可平乱。看官！你道是何人？乃系前任外务部尚书袁世凯。摄政王嘿然不答。老庆道："不用袁世凯，大清休了。"用了袁世凯，大清尚保得住么？摄政王无奈下谕，着袁世凯补授湖广总督。又有一大臣道："此次革党起事，全由盛宣怀一人激变，他要收川路为国有，以致川民争路，革党乘机起衅，为今日计，非严谴盛宣怀不可。"于是盛大臣亦奉旨革职。过了两三天，袁世凯自项城复电，不肯出山。内阁总理老庆又请摄政王重用老袁，授他为钦差大臣，所有赴援的海陆各军，并长江水师，统归节制。又命冯国璋总统第一军，段祺瑞总统第二军，均归袁世凯调遣。袁世凯仍电奏足疾未愈。乐得摆些架子。摄政王料他纪念前嫌，不欲再召。

忽由广州来电，将军凤山被革命党人炸死。凤山在满人中颇称知兵，清廷方命任广州将军，乘轮南下，既抵码头，登岸进城。到仓前街，一声奇响，震坍墙垣，巧巧压在凤山轿上，连人带轿，捣得粉碎。临时只有一党人毙命，闻他叫作陈军雄，余皆遁去。摄政王闻知此信，安得不惊？没奈何依了老庆计策，令陆军大臣荫昌亲至项城，敦请袁世凯出山。那时这位雄心勃勃的袁公，才有意出来。时机已至。荫昌见他应允，欣然告别，返至信阳州，趁着得意的时候，竟想出一条好计，密令在湖北军队，打仗时先挂白旗，假作投降，待民军近前，陡起轰击，便可获胜。湖北带兵官，依计而行，果然鄂军不知真伪，被他打死了数百人，败回汉口，把刘家庙大智门车站各地，尽行弃去。荫昌闻这捷音，乐不可支，忙电奏京都，说民军如何溃败，官军如何得胜，并有可以进夺武汉等语。摄政王稍稍安心。

嗣闻瑞澂、张彪都逃得不知去向，遂下令严拿治罪。其实鸿飞冥冥，弋人何篡，摄政王也无可奈何。默思川湖各地，必须用老成主持，或可平乱，遂命岑春煊督四川，魏光焘督两湖。岑、魏都是历练有识的人，料知大局不可收拾，统上表辞职。那时只有催促这位老袁，迅速赴敌。老袁至此，始从彰德里动身，渡过黄河，到了信阳州，与荫昌相会。荫昌将兵符印信，交代明白，匆匆回京复命。

这位袁老先生，确是有点威望，才接钦差大臣印信，在湖北的清军已是踊跃得很，磨拳擦掌，专待厮杀。总统第一军的冯国璋，又由京南下，击退民军，纵火焚烧汉口华界，接连数日，烟尘蔽天，可怜华界居民，或搬或逃，稍迟一步，就焦头烂额。更可恨这清军仗着一胜，便奸淫掳掠，无所不为。见有姿色的妇女，多被他拖曳而去，有轮奸致死的，有强逼不从，用刀戳毙的。就是搬徙的百姓，稍有财产，亦都被他抢散。正在兴高采烈的时候，忽有鄂军敢死队数百人，上前拦截，清军视若无睹，慢腾腾的对仗。不意敢死队突起奋击,如生龙活虎一般,吓得清军个个倒退。还有后面的鄂军,见敢死队已经得势,一拥而前,逢人便杀,清军逃得快的,还保住头颅,略一迟缓,便已中枪倒毙。这场恶战,杀死清军三千五百多名,在汉口华界的清军,几乎扫荡一空。有在街头倒毙的兵,腰中还缠着金银洋钱,哪里晓得恶贯满盈,黄金难买性命,扑通一枪,都伏维尚飨了。可为贪利者作一棒喝。

清军还想报复,不意袁钦差命令到来,竟禁止他非法胡行,此后不奉号令,不准出发。各军队也莫名其妙,只好依令而行。原来袁世凯奉命出山,胸中早有成竹,他想现今革命军,且万万杀不完的,死一起又有一起,我如今不若改剿为抚,易战为和。只议抚议和的开手,也须提出几条约款,方可与议。当下先上奏折,大旨是开国会,改宪法,并罢斥皇族内阁等件,请朝廷立即施行。摄政王览了此奏,又不觉狐疑起来。正顾虑间,山西省又闻独立,巡抚陆钟琦死难。陆钟琦系由江南藩司升任,到任不过数月,因陕西已归革命军,恐他来袭边境,遂派新军往守潼关。新军初意不愿,故设种种要求,有心激变。陆抚恰一一答应,新军出城而去。次日偏又回来,闯进抚署,迫陆抚独立。陆抚说了一个"不"字,那新军已举枪相向,待陆抚说到第二个"不"字,枪弹立发,适中陆胸。陆子亮臣,系翰苑出身,曾游学外洋,至是适来省父,劝父姑从圆融,谁意祸机猝发,到署仅隔宿,竟见乃父丧躯。父子恩深,如何忍耐,即取出手枪还击。此时的革命军,还管着什么余地,顺我生,逆我死,众枪齐发,又将亮臣击毙。陆抚父子殉难,虽是尽忠一姓,心迹尚属可原,故文字间独无贬笔。再拥进内署,把陆抚眷属,复枪毙了好几人。抚署已毁,转至藩臬两署,拥藩司王庆平、提法使李盛铎至谘议局,迫他独立。两司不从,被禁密室,另推协统阎锡山为都督。锡山受任后,婉劝李盛铎出任民政,盛铎乃允。只王庆平执意如故,由锡山释放使归。

山西省的警信方来,江西省的耗音又至。江西自九江兵变后,省城戒严,勉强维持了几天。绅商学各界,组织保安会,将章程呈报抚署,请冯汝骙做发起人,冯抚倒也承认。嗣军界亦入保安会,请冯抚即举义旗,冯抚不允,于是各军队夜焚抚署,霎时间火光烛天,冯抚自署后逃出,匿入民房。藩司以下,亦皆走避。革命军出示安民,方拟公举统领,适马毓宝自九江驰至,由各界欢迎入城,当于教育会开会,以高等学堂为军政府,仍举冯汝骙为都督。汝骙闻这消息,料军民都无恶意,遂出来固辞,乃改举协统吴介璋任都督,刘起凤任民政长,汝骙交出印信,挈眷归去。马毓宝亦返九江。江西独立,最称安稳。

这时候的云南省,也由协统蔡锷倡义,与江西省同日独立。云南边隅,次第为英法所占,是年英兵复占踞片马,滇民力争不得,未免怨恨政府,兼以各省独立,军界跃跃欲试,遂由协统蔡锷

清史演义

开会，召集将弁，同时发作，举火为号。第一营统带丁锦不从，被他驱逐，随攻督署，迫走总督李经羲，即改督署为军政府，举蔡锷为都督。各军搜捕各官吏，拿住世藩司，因他不肯降顺，一枪结果了他的性命。只李督在滇，颇有政绩，经各军搜出后，蔡锷独优礼相待，劝他为民军尽职。李督心有未安，情愿回籍。蔡锷不便强留，由他携眷回去。可见做官不应贪虐，到变起时，尚得保全性命。且因督署总是老衙门，舍旧谋新，将都督府迁至师范学堂，会同起事诸人，组织各种机关，并电各州县即日反正。不到数日，云南大定。

这数省的电音，传至摄政王座前。正急个不了，内廷的王公大臣又纷纷告假，连各机关办事人，十有九空。老庆、载泽等并没有法子，还是各争意见，彼此上奏，愿辞官职。贝勒载涛也辞去军谘大臣的缺分，弄得这个摄政王，呆似木雕，终日只是泪珠儿洗面，到无可奈何之际，不得不请老庆商量。老庆只信任一个袁世凯，便把内阁总理的位置一心让与袁公，且劝摄政王概从袁议。摄政王已毫无主意，遂授袁为内阁总理大臣，叫他在湖北应办各事，布置略定，即行来京。越重任，越将清社送脱。一面取消内阁暂行章程，不用亲贵充国务大臣，并将宪法交资政院协议。资政院的老臣先请下诏罪己，速开党禁，然后好改议宪法。摄政王惟言是从，下了罪己诏，开了党人禁，方由资政院拟定宪法大纲十九条，择定十月初六日，宣誓太庙。可奈各省民气，日盛一日，凭你如何改革，他总全然反对。

上海的制造局，系东南军械紧要地，九月十三日，被革命党人陈其美率众攻入，复占了上海道县各署，公举其美为沪军都督，吴淞口随即起应，遍悬白旗，宝山县亦即光复。沪上人民欢声如雷。正在相庆，贵州独立的电报亦到沪渎，说是巡抚沈瑜庆以下，尽行驱逐，现举杨荩诚为正都督，赵德全为副都督，全境安谧等语，沪军政府越觉欢跃，立派军士五十余人，至苏州运动军营，共建义旗。各军官一律应允，黉夜出发军队，齐集城下。十四日天明时，城门一开，各军鱼贯而入，径至抚署喧呼革命。苏抚程德全仗胆登堂，问他来意。各军齐请程抚独立。程抚没法，只好赞成，但饬军队勿扰百姓。各军大呼万岁，即在门外连放九炮，悬起江苏都督府大旗。至十五日，苏城内外，就遍悬白旗，程抚居然改做都督，选绅士张謇、伍廷芳、应德闳等，分任民政、外交、财政等事，并截断苏宁铁路，派兵扼守，以防南京。江苏系官长独立，真是不血一刃，较江西尤为快利。

江苏既定，沪上复遣敢死队到杭州，浙抚增韫，正焦愁万分，每日召官绅会议，绅士以独立二字为请，增抚总是不从。至敢死队到杭，密寓抚署左近，约各营乘夜举事。于是笕桥大营的兵士入艮山门占住军械局，南星桥大营的兵士入清波门占住藩运各署。敢死队怀着炸弹，猛扑抚署，一入署门，第一个抛弹的首领，乃是女志士尹锐志，闻她系绍兴嵊县人，尝在外洋游学，灌入

第九十八回 革命军云兴应义举 摄政王庙誓布信条

革命知识，此次挈她妹子锐进，同来效力。首掷炸弹，毁坏抚署，卫队及消防队不敢抵敌，统行入党。急得增抚避匿马房，被党人一把抓出，拖至福建会馆幽禁。藩司吴引孙等一律逃去。未及天明，全城已归革命军占领，推标统周赤城为司令官，以谘议局为军政府。临时都督举了童训，童训自请取消，另举前浙路总理汤寿潜。汤尚在沪，由周赤城派专车往迎。只杭州将军德济，尚不肯投顺，几乎决裂，两边要开炮相斗，幸海宁士民杭幸斋至满营妥议，方才停战。等到汤督到杭，复与满人订了简约：（一）改籍，（二）缴械，（三）暂给饷项，徐图生活。满人料不可抗，唯唯听命，自是全城遂安。浙江独立，也算迅捷，且有女志士先入抚署，尤为特色。后来增抚等人，都由汤都督释回。

长江流域各省，多半光复，只湖南都督，改推议长谭延闿。焦、陈二人被革军查出违法的证据，将他枭首，复枪毙焦党数名，稽查数天，仍归平靖（回应上文）。只驻扎信阳的袁大臣，奉了回京组阁的谕旨，先遣蔡廷干、刘承恩到武昌，与黎都督议和。黎都督定要清帝退位，方肯弭兵。经蔡、刘二员再四商榷，终不见允，只得回复袁大臣。袁大臣见议和无效，默默地筹画一番，复召冯、段二统领，密议办法，将军事布置妥当，才拟启程北上。成算在胸，可南可北。袁未到京，宣誓太庙的日期已至，摄政王率领诸王大臣到太庙中，焚香爇烛，叩头宣誓。誓文云：

维宣统三年十月六日，监国摄政王载沣，摄行祀事，谨告诸先帝之灵曰：惟我太祖高皇帝以来，列祖列宗，贻谋宏远，迄今将垂三百年矣。溥仪继承大统，用人行政，诸所未宜，以致上下睽违，民情难达，旬日之间，寰逼纷扰，深恐颠覆我累世相传之统绪。兹经资政院会议，广采列邦最良宪法，依亲贵不与政事之规制，先裁决重大信条十九条。其余紧急事项，一律记入宪法，迅速编纂。且速开国会，以确定立宪政体，敢誓于我列祖列宗之前。

随即颁布宪法信条十九条：

一　大清帝国之皇统，万世不易。

二　皇帝神圣，不可侵犯。

三　皇帝权以宪法规定为限。

四　皇帝继承之顺序，于宪法规定之。

五　宪法由资政院起草议决，皇帝颁布之。

六　宪政改正提案权，属于国会。

七　上院议员，由国民于法定特别资格公选之。

八　总理大臣由国会公选，皇帝任命。其他国务大臣，由总理推举，皇帝任命。皇族不得为总理及其他国务大臣，并各省行政官。

九　总理大臣受国会弹劾，非解散国会，即总理大臣辞职，但一次内阁，不得解散两次国会。

十　皇帝直接统率海陆军，但对内使用时，须依国会议决之特别条件。

十一　不得以命令代法律。但除紧急命令外，以执行法律，及法律委任者为限。

十二　国际条约，非经国会议决，不得缔结。但宣战构和，不在国会会期内，得由国会追认之。

十三　官制官规，定自宪法。

十四　每年出入预算，必经国会议决，不得自由处分。

十五　皇室经费之制定及增减，概依国会议决。

十六　皇室大典，不得与宪法相抵触。

十七　国务员裁判机关，由两院组织之。

十八　国会议决事项，由皇帝宣布之。

十九　第八条至第十八各条，国会未开以前，资政院适用之。

颁布以后，在清室已算让到极点，与民更始。可奈民心始终不服。两广、安徽、福建等省，又次第举起独立旗来，正是：

人意难回天意去，
民权已现帝权终。
看官欲知后事，请至下回再阅。

鄂师一起，四方响应，中国之不复为清有，已可知矣。荫昌、萨镇冰辈，率全国之师，对付一隅，屡战未捷，是岂皆荫、萨二人，韬略未娴，不堪与黎军敌耶？周武有言："纣有亿兆夷人，离心离德，予有乱臣十人，同心同德。"观于清末，而古人之言益信。至若载沣摄政，仅二年余，此二年间，亦非有大恶德，但以腐败之老朽，痴呆之少年，使操政柄，猝致激变，载沣亦不得谓无咎焉。迨各省告警，云集响应，始有宣誓告庙之举，晚矣。故本回只据事直书，而瓦解土崩之状，已令人目不胜接，徒有浩叹而已。

## 第九十九回  易总理重组内阁　夺汉阳复失南京

却说广西巡抚沈秉坤，系湖南善化人，闻湖北早起义师，湖南亦告独立，长江下游，大半响应，广西虽处偏隅，势不能免，不如由我倡起，免受黎军压制。当下召文武各官，密谋独立。藩司王芝祥、提督陆荣廷，首先赞成。再开谘议局会议，通过多数，遂举沈为广西都督，改抚署为军政府，谘议局为议院。司道府县，暂仍旧贯，原有军队，统称广西国民军。组织粗定，秉坤愿任北伐事，将都督印信让与王芝祥、陆荣廷，自挈家眷回籍。临行时有留别父老书，说得缠绵恺切，小子也无暇详述。广西独立，较江苏尤举动文明，沈秉坤功成即退，尤为难得。

只广东尚无独立消息，王芝祥因唇齿相依，意图联络，遂发电劝粤督张鸣岐，两三日未接复音。又过了好几天，始探得广东也独立了。原来广东自凤山炸毙后，早有人提倡独立，因粤督张鸣岐，模棱两可，忽愿独立，忽又不愿独立，弄得军民各界，无从捉摸。迁延一日，闻粤西赶先起义，大众始忍无可忍，各到谘议局开会，决议用和平手段，要求独立。仍推张鸣岐为都督，提督龙济光为副手。当下办就印信公文，送到督署。不意署中已空无一人，张鸣岐不知去向，转送与龙济光。济光因张督不到，亦不愿就任，于是改推革命党人胡汉民为都督。时胡汉民甫离湖北尚未到粤，由协统蒋尊簋暂代。胡到后，乃将都督印信交出。广东独立的音信，尚未北达，安徽独立的音信，先已南来。安徽居长江下游，巡抚叫作朱家宝。朱是幕府出身，人品素来圆滑。他起初还首鼠两端，嗣为军民所迫，不得已任为都督。后来安庆稍有变乱，朱缒城出走，大众请九江分府马毓宝莅任，人心乃安。

此时东南一带，只有南京及福建两处，尚未反正。南京由各省联军进讨，福建恰乘机响应，新军统制孙道仁，与谘议局副议长刘崇佑，联络兴师，先照会总督松寿，另立新政府，所有闽省政务，应归新政府施行。再照会将军朴寿，迫驻防兵缴出军械火药。两寿统是

清史演义

第九十九回 易总理重组内阁 夺汉阳复失南京

满人，松寿犹豫未决，朴寿偏决意主战。民军闻他不允，遂出占各署，松寿仰药自尽，朴寿饬满兵对仗，恃于山为根据，开炮轰击民军。民军偏冒险登山，前仆后继，竟将满兵杀退。朴寿还不肯罢手，亲率满兵来攻汉界，螳斧当车，不自量力，战到结果，弄得一命呜呼。两寿不寿，惟满人殉主，不谓无名，后人作史，书法应在陆钟琦上。满兵既无统帅，只可缴械投诚，当下推孙道仁为都督，受印悬旗，与各省大致相似，不必细说。

只这位摄政王载沣，迭接警耗，正似哑子吃黄连，有说不尽的苦楚。老庆也不胜着急，默念东南半壁，尽付乌有，所恃山东、河南，尚无变动，京畿总还保得住。不意来了一个急电，系山东巡抚孙宝琦奏请独立，不觉魂魄飞扬，几致晕倒。"独立"二字，形诸奏牍，更属闻所未闻。看官！你道是何故？因孙抚乃庆王儿女亲家，老庆总道靠得住，陡接此奏，正是事出意外。哪里晓得孙抚恰也有苦心，他受军民胁迫，不好力拒，又不便赞成，无策中想了一策，阳允军民设临时政府，暗中把苦情奏达清廷。老庆未曾详阅，险些儿几被吓煞。嗣经复电细问，方晓得孙抚意思，倒也少慰。

无如警报又逐渐到来，山东烟台商埠，真个独立，这还是一隅小事。至接到海军各舰归附民军的消息，又是不胜骇愕。原来清军舰退出鄂境，悬着白旗，拟顺流行至九江，偷过青山炮台，追抵田家镇，该镇开空炮示警，清军舰无都督护照，不敢停泊待验，乃重复折回。惟镜清、保民、楚观、江元、江亨、建威、通济、楚同、楚泰、飞鹰、楚谦、虎威、江平及张字号鱼雷艇，共十四艘，竟沿江而下，直达镇江。看官！你道十四艘兵舰如何能畅行无阻呢？相传是镜清船上，有帮管带陈复，与同志刘樾、刘勋名、杨砥中、常光球等三十余人，响应民军，暗中联络，是以途中无阻，竟一律开往镇江。镇江是时亦已与苏州相应，推林述庆为都督，闻陈复已至，派员接收，至此清军舰十失六七，只海容、海琛、海筹、湖鹗及鱼雷艇等，孤立江心，不复成军。提督萨镇冰见大势已去，另乘大通轮船，避往上海。那时海容、海琦、海筹三舰长，除效顺民军外，无他良法，遂向九江马都督处投诚。马都督毓宝自然欢迎，接见后，置酒款待，彼此尽欢。惟海容舰长喜昌、海琛长荣续均系满人，辞职回里，马都督各给洋五六百元，派人送沪去讫。

只老庆急上加急，每日电促袁世凯到京。袁大臣在途，请足疾假、咳嗽假，逗留又逗留，至缓无可缓，方率兵两大队，冠冕堂皇地到了京都。这也是步步为营之计。京中官民闻袁大臣到来，相见恨晚，就是摄政王载沣亦蠲除宿怨，极诚迎迓。两下相见，立开军事会议，袁大臣先将议和不成的情形说了一遍。摄政王皱着眉道："鄂军既不肯议和，看来只好主战。"袁大臣道："主战亦是，但没有军饷，如何是好？"此时庆王在座，百忙中想出一法，乃是孝钦太后留有遗积，现在隆裕太后手中，要摄政王入宫支取。袁大臣竭力赞成，当由摄政王入见隆裕太后。隆裕太后方宠幸太监小德张，又是一个李莲英，安排水晶宫装设，想步孝钦后后尘，不幸福气淡薄，革命党举事武昌，竟致四方响应，不可收拾。摄政王屡次进陈，已是愁闷得很，忽又要支取内帑，弄得无词可答，只有珠泪双垂。摄政王也相对而泣，哭了一场，总是无法可施，勉强取出若干万，交付摄政王，由摄政王交给袁大臣。袁大臣遂组织内阁，选了几个有名的人才，请旨颁布道：

梁敦彦为内务大臣，赵秉钧为民政大臣，严修为度支大臣，唐景崇为学务大臣，王士珍为陆军大臣，萨镇冰为海军大臣，沈家本为司法大臣，张謇为农工商大臣，杨士琦为邮传大臣，达寿为理藩大臣。

这道旨意，颁发下来，满拟人才毕集，挽救时艰。谁知有一半不肯出山，有一半供职清廷，也上表力辞，不愿担任危局。升官发财，人之所欲，何图此时，反相枘凿？袁大臣再请任各省宣慰使，选出几位耆硕去当此任，偏偏又无人应命。且闻吉林、黑龙江各设保安会，奉天也杂入革命军，举党人蓝天蔚为都督，消息日恶一日。江南第九镇统制徐绍桢，又召集浙沪苏宁各军，攻打南京。江督张人骏、将军铁良及提督张勋，虽尚服从清室，与徐绍桢等相抗，究竟城孤兵少，四面楚歌，免不得向清廷乞救。袁大臣至此，亦愤闷得了不得，他想民军气焰逼人，总不肯就我羁勒，能战然后能和，射人必先射马，欲想处处兼顾，势有未能，不如力攻武汉，杀他一个下马威，令他见我手段，方才逞志。洞见肺腑。遂将内帑运至鄂中，令冯、段两统领，奋击汉阳。

冯、段二人接此命令，果然格外效力，亲率全军赴汉阳，鄂军方面，由黄兴督师，两下连战两昼夜，清军先挫。梅子山一带，为鄂军所占。嗣清军潜渡汉江，改服鄂军衣装，各持白旗，来袭美娘山。鄂军不及预防，还道是武昌遣来援军，至清军前队登山，见人辄斫，方晓得系清军伪充，连忙对仗，已是不及。恶斗了半日，清军越来越众，炮火越猛，鄂军死伤千余人，只好把美娘山弃去，退至龟山。清军乘胜追至，被鄂军一阵杀退，不意龟山方幸保全，雨淋山又闻失守。恼了这班敢死队，纠众进攻，冒死上登，竟将雨淋山夺回，并乘间渡江，拟占刘家庙。才至汉口，清军突来，战了一仗，不分胜负。清军退至歆生路，两下收军。越宿，清军又拔营齐出，群往雨淋山，用全力争汉阳。那时两军已连战五昼夜，雨淋山的鄂军只道清军已退，令招来新兵把守。新兵未经战阵，骤见清兵如蚁而来，哗然四散。清军遂据雨淋山，突闻山下枪炮齐发，由清军俯视，只见来势勇猛，正是鄂军里的敢死队。清军也怕他骁悍，胆已先怯，勉强下迎，毕竟敢死队以少胜多，又将雨淋山夺去，并夺得清军机关枪两尊。

翌日黎明，两军统帅都亲自督阵，大战于十里铺。自辰至午，清军炮火甚

烈，鄂军不能取胜，方收队休息。忽后面大起炮声，回头一望，乃是清军全队，猛力扑来。民军前后受攻，任你什么敢死团也是不济，只好退归汉阳。这支清军，如何在鄂军后面？看官听着！待小子叙明。原来汉阳城外有扁担山，系全城保障，山上有一员炮队管带，姓张名振臣，系张彪的儿子，张彪遁去，振臣尚在，黄兴未曾察破，被他勾通清军，竟将这山奉送。复卖嘱黑山、龟山、四平山、梅子山的炮弁，把炮闩除去，并将地雷火线绝断。霎时间，清军四路分攻，守山的将士放炮炮不响，蓺线线无灵，徒靠着血肉之躯，与枪弹相搏，哪有不败之理？眼见得四座峻岭，被清军陆续占去。为一张振臣，几致全军皆没，可见用人不可不慎。

这时候的汉阳总司令黄兴，早回城中，败兵入城，犹待总司令宣布军号，以便防守。谁知待了许久，杳无音响，到总司令府谒问，只剩了一间空屋，室迩人远，弄得大众面面相觑，城外又鼓声大震，清军齐来薄城。城中已无主帅，不由得军心大乱，纷纷出城。等到武昌闻警，发兵来援，全城已为清军占领，还有什么效力？但见汉阳城外的人民，夺路奔逃，渡船如蚁，飞向武昌驶去。溃军也杂民中，争船而走。军械辎重，漂流江面，不计其数。这皆由黄司令之力。黎都督闻汉阳已失，不禁叹惜道："我道这位黄司令，总有些能耐，不料儒弱如此。"忙出城抚慰兵民，并言"黄司令已往上海，去集援军，计日可至。汉阳虽失，尽可无虑，武昌有我

作主，总要拼命保守"等语。兵民闻言，方觉心安。于是续派军队，沿江分驻，上自金口，下至青山，皆立栅置炮，日夜严防，武昌才算稳固。

冯、段两统领既得汉阳，即向清廷告捷，且拟指日攻复武昌，清廷王大臣，又相庆贺，独这袁总理心中，恰另有一番计画。此公浑身是计。正踌躇间，又来了三道警电：第一道是第六镇统制吴禄贞，奉清命去攻山西，被麾下周符麟、吴鸿昌等刺死。袁见了尚不以为意，因吴禄贞是革命党人，命攻山西，乃由军谘使良弼发议，明是以毒攻毒，此次见刺，安知非从良弼授意，当即将电义搁过一旁。第二道是四川独立，端方在资州被杀，其弟端竞，亦遭惨戮，不由得太息道："端老四何苦费了数万金，卖个身首异处，真不值得。"不如公固远甚。亦将此电搁起。第三道是南京危急万分，火速求援。这电文映入袁总理眼帘，恰瞧了又瞧，默想片时，竟取出两笺，各书数字，交左右至电报处拍发。一电系寄往南京，说急切无兵可援。明明是叫他弃城。一电系寄往汉阳，说是暂且停战。明明是有意讲和。

冯、段两统领，向来尊信袁公，自然停兵勿进。独南京张人骏等，接到袁电，未免有些怨恨。张勋更暴躁得很，还要与民军争个雌雄。那时攻打南京的徐绍桢，因出战不利，退回镇江，改推苏督程德全为海陆军总司令，出驻高资。程遂召集各军司令官，带兵前进。宁军总司令仍是徐绍桢，镇军总司令就

是林述庆,还有浙军总司令朱瑞、苏军总司令刘之杰等,会集部兵三万余人,一齐杀去。南京清提督张勋确是能耐,督率十八营如狼似虎的防军,前来对垒。交绥数次,联军未见胜仗,反伤了无数士卒,嗣经济军统领黎天才,率兵六百余人,来攻南京。

黎素以勇毅闻,见各军相率逡巡,勃然大愤,即慨请先行,请浙军司令官朱瑞派兵为后应。当下进攻乌龙山,下令首先登山者,赏银千元。军士闻令踊跃,争先抢占。清军不能支,立被占住,再攻幕府山。下令如前,一声呐喊,猛力前进。清军马步队,方在炮台上了望,见民军来势汹涌,行动如飞,台兵不慌不忙,也不开炮,竟下来欢迎,请天才登山。天才检点将士,共四百余员,咸请:"我辈湘人,不愿与同胞为难。"天才大喜,登山遥望,正与城内狮子山相对。狮子山也有炮台守兵,颇有整肃气象,蓦闻狮子山开炮轰来,天才颇为一惊。旋见射来的炮弹都落山外,不觉动疑起来,问明降军,方知狮子山的守兵亦系湘人,彼此同心,不愿轰击,所以随便开放。天才也令炮兵停击,竟分兵去夺下关。下关炮弁何明焕度势不支,有心反正,遂悬起白旗,以示降顺。天才喜出望外,把下关两座炮台一律收入,复会合苏浙联军,往攻孝陵卫。张勋亲率部将三员,分四路出城迎敌,联军奋力齐进,击毙张军千余名。张勋知不可胜,退入朝阳门,负嵎死守。

只张勋有个爱妾,芳名小毛子,生得妩媚动人,秦淮河畔,无此丽姝,白下城中,群推绝色。佳人配悍帅,尚嫌非耦。那张大帅好勇性成,生死恰付诸度外,惟瞧着这蔽月羞花的篷室,未免生愁。小毛子以张勋威望素著,起初倒也不怕,只教张勋固守;寻闻险要已失,孤城坐困,也觉得忧虑起来。美人颜色,易致憔悴,怎禁得起连日惊耗,渐渐腰围瘦损,华色枯凋,张勋见她形容,也无心恋战。张人骏、铁良等毫无成见,凡事都由张勋作主,张勋要战,不得不战,张勋要逃,不得不逃。张勋一面求救清廷,一面令小毛子收拾细软,派得力兵队,潜护出城。过了两日,接袁总理复电,无兵可援,不禁懊悔道:"大家坐视,独我奋力,我也无此耐烦。"会联军又夺天保城,张勋遂与张人骏、铁良密商,不如带兵北上,徐图后举,此时且与联军议和。张、铁无计可施,遂允勋议。

当下拟定四大纲,令部将胡令宣出城请和。苏军司令刘之杰接阅和款:一是不得伤人民生命,二是不得杀旗人,三是准张勋率兵北上,四是准令张人骏、铁良北上。刘之杰瞧毕,对胡令宣道:"这事我不能作主,须禀报总司令处,方可定议,你且回城候复!"胡令宣唯唯去讫。次日由总司令答复,允他三条,独张勋北上条不许。张勋怒吼上马,再拟背城借一,经张人骏、铁良劝阻,勉过一天。翌晨正拟出发,忽报四城火起,联军已进攻南门、神策门、太平门、仪凤门及狮子山炮台。张人骏、铁良两人避至日本领事馆,乞他保护出

清史演义

城。张勋令部兵白旗出迎，自己恰括尽库款，从旁门走脱。等到联军入城，早已虚若无人了。张大帅有人有财，毫不吃苦。南京光复，因程督不能离苏，公举镇军都督林述庆，为南京临时大都督。适值黄兴到沪，拟集联军援鄂，在上海开会，由各省代表推他为大元帅，黎元洪为副元帅，正是：

郁之益久，发之益光。
师直为壮，我武孔扬。

小子著书至此，已九十九回了，下文只有一回，便要完卷。看官且再拭目！阅那结末的第一百回。

"将军欲以巧胜人，盘马弯弓故不发。"这两语正可移赠袁公。迟迟出山，又迟迟入京，处危疑交集之秋，尚属从容不迫，其才具已可概见。汉阳一役，明以示威，得汉阳而失南京，正袁公之所以巧为处置也。从字句间体察之，可以觇袁大臣之心，可以见著书人之识。

第九十九回　易总理重组内阁　夺汉阳复失南京

## 第一百回　举总统孙文就职　逊帝位清祚告终

却说黄兴既受了大元帅的职任，正拟派兵援鄂，忽闻清廷降旨，命袁世凯为议和全权大臣，料知停战在即，因此从缓。这袁大臣恰委任尚书唐绍仪，作为代表，南下议和。唐奉命至汉口，先由驻汉英领事，转告黎都督，黎不便力拒，允与熟商，当由双方暂时停战。唐绍仪进见黎都督，交换意见，议了两天，黎以黄兴在沪，已任为大元帅，一切取决，当就上海开议。于是唐绍仪又从汉口乘轮到上海来，是时上海各代表，已公推博士伍廷芳为外交总长，议和事亦委他主持。会议地点，就在上海英租界的市政厅。两下列座，除两大代表外，尚有参赞数员。晤谈后，各取委任书交阅，互验属实，然后讨论和议。议至四点多钟，伍代表提出四事：一，清帝退位。二，改行民主政体。三，给清帝年金。四，量恤旗民。唐代表瞧这四条，不便承认，只答称须电达内阁，方可定夺，当下散会。

看官！你想"清帝退位"四字，简直是要将清室河山，归还民国，清廷王大臣，焉肯即日允从？袁大臣自然不能代允，但欲峻词拒却，必致决裂，弄得战祸绵延，终非良策。恰是两难。想了又想，只好把君主、民主两问题，熟详利害，复电唐代表，令他再行辩驳。唐绍仪乃续约伍廷芳，申议两次，伍廷芳决立民主政体，方可休兵，彼此几至决裂。当由德领事出为调停，德领事名婆黎，系上海各领事的领袖，他奉驻京德使命，有意排解。遇开领事团会议，招集英美法日俄五领事，详述意旨，五领事自然乐从。那时德领事即将意见书，交与伍、唐两代表，其文云：

　　驻扎北京德国公使馆，曾奉本国政府训令，向各议和使陈述私见。德国政府，以为中国如果继续战争，不特有危于本国，并有危于外人之利益安宁。现德国政府，依旧严守中立，但不得不尽义，为私交上之忠告。愿两议和使设法将战事早日消灭，从两造之所自愿者，办理一切事宜，有厚望焉。

伍、唐两代表接书后，只得共表同情，再事磋商。会闻山东都督孙宝琦取

消独立，山西省城太原府又由清军占领，清廷一方面，似乎有些生色。嗣由革命党大首领孙文，航海归来，沪上各民军代表，个个欢迎，一片舞蹈声，喧呼声，与吴淞江水声相应，热闹得了不得。过了两三天，各代表遂开选举大总统会，投票选举。启箱后，孙文票数最多，应任为大总统。续举副总统，是黎元洪当选。大众遂欢呼"中华共和万岁"三声，随由各代表通电各处，于辛亥年十一月十三日，即西历一千九百十二年一月一号，组织中华临时政府于上海，建号中华民国，即以此日为民国元年元月元日。是民国一大纪念，故大书特书。孙文赴南京受任，火车上面，遍插国旗，站旁军队林立，专送孙总统上车。由沪至宁，每到一站，两旁皆列队呼万岁。午后抵南京，国旗招展，军乐悠扬，政学军商各界，统来站相迎。驻宁各国领事，亦到来迎接。各炮台，各军舰，各鸣炮二十一门，表示欢忱。别开生面。孙总统下车后，改坐马车至临时总统府，早有黄兴、徐绍桢等站着左右，迎迓入内。是晚即在公堂行接任礼，各省代表，与海陆军代表，齐呼"中华民国万岁"，声振屋瓦。代表团报告选举情形，请临时大总统宣读誓词。孙文即朗声宣诵道：

颠覆满清专制政府，巩固中华民国，图谋民生幸福，此国民之公意，文实遵之。以忠于国，为众服务，至专制政府既倒，国内无变乱，民国卓立于世界，为列邦公认，斯时文当解临时大总统之职，谨以此誓于国民！

读毕，由代表团推举景帝召，捧呈大总统印信，由孙总统接受如仪。各代表又推徐绍桢读颂词，读后，孙总统答称："誓竭心力，勉副国民公意。"大众更欢呼而散。孙总统遂立中央政府，为行政总机关，中央设参议院，各省设省议会，为立法机关。并提议改用阳历，交参议院公决。参议院议员，暂以各省代表充选，即日通过改历议案，以十月十三日为正月一日，并为中华民国纪元，通电各省公布。又议定政府制度，暂仿美国成制，不设总理，但设各部总次长如下：

陆军总长黄兴、次长蒋作宾，海军总长黄钟瑛、次长汤芗铭，司法总长伍廷芳、次长吕志伊，财政总长陈锦涛、次长王鸿猷，外交总长王宠惠、次长魏宸组，内务总长程德全、次长居正，教育总长蔡元培、次长景耀月，实业总长张謇、次长马和，交通总长汤寿潜、次长于右任。

南京政府成立，民军声焰愈张，遂创议北伐，传檄远迩。各省踊跃起应，连一班女学生，也想大出风头，组织北伐队。这也可以不必。上海名优阔妓，都借着色艺，募捐助饷，似乎直捣黄龙，指顾间事。各洋商见时势危急，恐碍商务，遂联名发电，直致清廷，要求早日改建国体，妥定大局。先是摄政王载沣，因袁大臣已任内阁总理，自己无权无勇，正好借此下台，辞退监国重任。经隆裕太后允准，令他仍醇王爵号，退归藩邸，不再预政。此后一切政务，都责成总理大臣。至保护幼帝的责任,归太保世续、徐世昌。此旨颁后,全副重担,都肩在袁总理身上。袁总理倒也不怕。惟南北和战事宜,所关重大,且迭接南方各电,不得不与清皇族会商,遂奏请隆裕太后,开御前会议,把民军提出各条,令皇族自行酌夺。皇族多半反对,袁总理再电唐绍仪,征求意见。绍仪复称应速开临时国会,解决政体。袁总理复转达皇族,皇族仍是不从。唐遂辞职,议和事由袁总理自行直接。

会四川省杀了总督赵尔丰,新疆省杀了将军志锐,甘肃省杀了总督长庚,蒙古、西藏也居然独立起来。袁总理未免着急,仍奏请隆裕太后,如前代表唐绍仪议。太后踌躇未决,袁总理也奏请辞职,愿退居间地。急得太后束手无策,只好温词慰留。袁总理仍是固辞,太后复封他一等侯爵。清已不腊,还有什体虚名虚位,可以笼络袁总理。袁复恳切上表,不愿就封。做作耶?真心耶?太后只得再与老庆商议,要他至袁总理邸第,竭力挽留。袁乃辞封就职,再与伍廷芳往返电商。奈民军得步进步,先争论国会地点,两方辩驳的电文,差不多有数十通。至南方政府成立,竟将国会一说搁起,定要清帝退位,才肯干休。山穷水尽,奈何奈何?

斯时清廷已无兵无饷,势难再战,只得由隆裕太后出场,再开御前会议。皇族等统已垂头丧气,隆裕太后也垂着两行酸泪,毫无主见。独军谘使良弼抗声道:"太后万不能俯允民军,愚见决计主战。"只你一人主战,如何成事?太后道:"兵不效力,饷无从出,奈何?"良弼道:"宁可一战而亡,免受汉人荼毒。"皇族见良弼非常决裂,恰也胆大起来,随声附和。会议仍然无效,过了两三日,袁大臣出东华门,遇着炸弹,未被击中,恰拿着刺客三名,偏偏这良弼从外归家,突被炸弹击毙。拿住刺客,据供是民党彭家珍,也不知是真是假。家珍当时受戮,无从细询。自是清皇族个个惊慌,逃的逃,躲的躲,哪个还敢来反对逊位?在鄂统领段祺瑞,复联合北方将弁四十二人,电请逊位。隆裕太后不得已,授总理大臣袁世凯特权,电告民国代表伍廷芳,商议优待清室条件。彼此又辩论数日,适值汪兆铭等,释放回南,参赞和议,于优待清室事,恰主张从厚,才得磋商定局。袁总理禀明隆裕太后,且再请皇族议定。隆裕太后含泪道:"他们都已拥赀走避了,剩我母子两人,还有何说?你去拟旨便是。"言毕,痛哭一场。还是袁总理劝慰数语,才行退出。随即拟定三道谕旨,入呈太后瞧阅。太后只得钤印御宝,钤宝时,两手乱颤,一行一行的泪珠儿,流个不休,随把谕旨交与袁总理。袁总理也即署名,于宣统三年十二月二十五日,即中华民国元年二月十二日,颁布天下。第一道谕旨云:

朕钦奉隆裕皇太后懿旨:前因民军起事,各省响应,九夏沸腾,生灵涂炭,特命袁世凯遣员与民军代表,讨论大局,议开国会,公决政体。两月以来,尚无确当办法。南北睽隔,彼此相持,商辍于途,士露于野,徒以国体一

日下决，故民生一日不安。今全国人民心理，多倾向共和，南中各省，既倡议于前，北方各将，亦主张于后，人心所向，天命可知。予亦何忍以一姓之尊荣，拂兆民之好恶。是用外观大势，内审舆情，特率皇帝将统治权公诸全国，定为共和立宪国体，近慰海内厌乱望治之心，远协古圣天下为公之义。袁世凯前经资政院选举为总理大臣，当兹新旧代谢之际，宜有南北统一之方，即由袁世凯组织临时共和政府，与民军协商统一办法。总期人民安堵，海内乂安，仍合汉满蒙回藏五族完全领土，为一大中华民国，予与皇帝得以退处宽闲，优游岁月，长受国民之优礼，亲见郅治之告成，岂不懿欤？钦此。

第二道谕旨云：

朕钦奉隆裕皇太后懿旨：前以大局阽危，兆民困苦，特饬内阁与民军，商酌优待皇室各条件，以期和平解决。兹据复奏，民军所开优待条件，于宗庙陵寝，永远奉祀，先皇陵制，如旧妥修各节，均已一律担承。皇帝但卸政权，不废尊号，并议定优待皇室八条，待遇满蒙回藏七条，览奏尚属周到。特行宣示皇族，暨满蒙回藏人等，此后务当化除畛域，共保治安，重睹世界之升平，胥享共和之幸福，予实有厚望焉！

钦此。

（甲）关于大清皇帝辞位之后，优待之条件：

今因大清皇帝，宣布赞成共和政体，中华民国于大清皇帝辞退之后，优待条件如下：

第一款　大清皇帝辞位之后，尊号仍存不废。中华民国以待各外国君主之礼相待。

第二款　大清皇帝辞位之后，岁用四百万两，俟改铸新币后，改为四百万圆，此款由中华民国拨用。

第三款　大清皇帝辞位之后，暂居宫禁，日后移居颐和园，侍卫人等，照常留用。

第四款　大清皇帝辞位之后，宗庙陵寝，永远奉祀，由中华民国酌设卫兵，妥慎保护。

第五款　德宗陵寝未完工程，如制妥修，其奉安典礼，仍如旧制。所有实用经费，并由中华民国支出。

第六款　以前宫内所用各项执事人员，可照常留用，惟以后不得再招阉人。

第七款　大清皇帝辞位之后，其原有之私产，由中华民国特别保护。

第八款　原有之禁卫军，归中华民国陆军部编制，额数俸饷，仍如其旧。

（乙）关于清皇族待遇之条件：

（一）清王公世爵，概如其旧。（二）清皇族对于中华民国国家之私权及公权，与国民同等。（三）清皇族私产，一体保护。（四）清皇族免当兵之义务。

（丙）关于满蒙回藏各族待遇之条件：

（一）与汉人平等。（二）保护其原有之私产。（三）王公世爵，概仍旧。（四）王公中有生计过艰者，设法代筹生计。（五）先筹八旗生计，于未筹定之前，八旗兵弁俸饷，仍旧支放。（六）从前营业居住等限制，一律蠲除，各州县听其自由入籍。（七）满蒙回藏原有之宗教，听其自由信仰。

第三道谕旨云：

朕钦奉隆裕皇太后懿旨：古之君天下者，重在保全民命，不忍以养人者害人。现在新定国体，无非欲先弭大乱，期保乂安。若拂逆多数之民心，重启无穷之战祸，则大局决裂，残杀相寻，势必演至种族之惨痛，将至九庙震惊，兆民荼毒，后祸何忍复言？两害相形，惟取其轻者，正朝廷审时观变，痌瘝吾民之苦衷。尔京外臣民，务当善体此意，为全局熟权利害，勿得挟虚憍之意气，逞偏激之空言，致国与民两受其祸。着民政部步军统领姜桂题、冯国璋等，严密防范，剀切开导，俾皆晓然于朝廷应天顺人，大公无私之意！至国家设官分职，以为民极，内列阁府部院，外建督府司道，所以康保群黎，非为一人一家而设。尔京外大小各官，均宜慨念时艰，慎供职守，应即责成各长官，敦切劝诫，毋旷职守，用副夙昔爱抚庶民之至意！钦此。

清帝退位，南北统一，临时大总统孙文，因袁世凯推翻清室，有功民国，特把大总统位置，完全让与。大众亦多半赞成。于是内阁总理袁大臣，遂任民国第二次临时大总统。至若副总统位置，当南京会议时，曾推黎都督元洪，不复再选。从此"帝德皇恩"的字样，一概删除。回应首回起笔。这位隆裕太后，自宣布共和后，寂居宫禁，抑郁寡欢，至次年冬间，积成胀疾，奄奄而逝。上谥为"孝定景皇后"，清室事从此了结。全部《清史通俗演义》，亦就此告终。

统计清自天命建号，至宣统退位，共二百九十六年，自顺治入关，至宣统退位，共二百六十八年。小子于此书告成后，拟再从各省光复起，至袁总统谢世止，把民国历年大事，演成小说，陆续出版，以供诸君续阅。但现在笔秃墨干，脑枯力敝，只好休息数天，与诸君期诸他日。诸君少待，还有几句俚词，作为全部小说的尾声：

清自摄政始，复以摄政终。
顺治推早慧，宣统亦幼聪。
孝庄与孝定，权位毋乃同。
得国由吴力，逊位本袁功。
一往又一复，天道如张弓。
寄语后起者，为国应效忠！
努力惩覆辙，毋以私害公！
皇帝不足贵，何苦效乃翁？

此诗归结全书宗旨。

民国成立，自南京组织临时政府始。孙中山以二十载之苦心，始得躬逢其盛，不可谓非有志竟成之举。惟推倒清室，则实自袁项城成之。袁之才具智术，实出民党诸人上。而庆王奕劻、摄政王载沣以及满廷诸皇族，更无一足与袁比。袁固乱世之雄哉！若隆裕太后之决计主和，下诏逊位，虽出于中外之逼迫，不得已而使然，然较诸固执成见，贻害生灵者，殆有间焉。著书人或详或

略，若抑若扬，皆斟酌有当，非漫以铺叙见长，成名为小说，实侔良史。录一代之兴亡，作后人之借鉴，是固可与列代史策，并传不朽云。

第一百回　举总统孙文就职　逊帝位清祚告终

图书在版编目(CIP)数据

清史演义 / 蔡东藩著.
—北京：中央编译出版社，2014.7(2015.2 第 2 次印刷)
(中国历代通俗演义)
ISBN 978-7-5117-2171-6

Ⅰ.①清…
Ⅱ.①蔡…
Ⅲ.①章回小说-中国-现代
Ⅳ.①I246.4

中国版本图书馆 CIP 数据核字(2014)第 104667 号

清史演义

| | |
|---|---|
| 出 版 人： | 刘明清 |
| 出版统筹： | 董 巍 |
| 责任编辑： | 王正斌 |
| 责任印制： | 尹 珺 |
| 出版发行： | 中央编译出版社 |
| 地　　址： | 北京西城区车公庄大街乙 5 号鸿儒大厦 B 座(100044) |
| 电　　话： | (010)52612345(总编室)　　(010)52612370(编辑室)<br>(010)52612316(发行部)　　(010)52612317(网络销售)<br>(010)52612346(馆配部)　　(010)55626985(读者服务部) |
| 传　　真： | (010)66515838 |
| 经　　销： | 全国新华书店 |
| 印　　刷： | 北京紫瑞利印刷有限公司 |
| 开　　本： | 787 毫米 × 960 毫米　1/16 |
| 字　　数： | 643 千字 |
| 印　　张： | 38.75 |
| 版　　次： | 2015 年 2 月第 1 版第 2 次印刷 |
| 定　　价： | 55.00 元 |
| 网　　址： | www.cctphome.com　　邮　箱：cctp@cctphome.com |
| 新浪微博： | @中央编译出版社　　微　信：中央编译出版社(ID: cctphome) |
| 淘宝店铺： | 中央编译出版社直销店(http://shop108367160.taobao.com)　(010)52612349 |

本社常年法律顾问：北京市吴栾赵阎律师事务所律师　闫军　梁勤
凡有印装质量问题，本社负责调换，电话：(010)55626985